KB017050

채만식 소설어사전

채만식 소설어사전

1판 1쇄 인쇄 2024년 2월 29일
1판 1쇄 발행 2024년 3월 10일

엮은이 임무출
펴낸이 이재종
펴낸곳 도서출판 아로파
주소 서울시 강남구 도곡로 63길 23, 302호
전화 02-501-1681
팩스 02-569-0660
홈페이지 www.rainbownonsul.net
전자우편 rainbownonsul@hanmail.net
ISBN 979-11-87252-11-5 91810

채만식 소설어사전

임무출 엮음
최기호 감수

아로파

책을 내면서…

요즘 우리들은 책의 홍수 속에 살고 있다고 해도 과언이 아니다. 그런 가운데 1920~1930년대 소설이 계속 우리에게 관심을 갖게 하는 것은 일제 치하의 참혹한 현실 속에서도 우리 민족의 다양한 삶의 모습들을 보여 주기 때문이다. 그리고 주인공들의 삶의 모습은 우리에게 많은 교훈과 감동을 주고 있기에 주목할 필요가 있다.

이 시대의 소설을 읽다 보면 제일 먼저 어려움에 부딪치는 것이 어휘 문제이다. 지금의 사전에 실려 있지 않은 어휘와 사전에 실려 있더라도 뜻이 다른 것도 있고 외래어를 포함해 생소하고 난해한 것들이 많다. 어휘의 정확한 이해 없이는 작품을 올바르게 이해하고 해석할 수 없기 때문에, 그 속에 담긴 다양한 삶의 진실과 가치를 제대로 파악할 수 없을 뿐만 아니라 교훈과 감동도 얻지 못한다. 누군가 가급적 어휘를 많이 찾아내고 풀이하여 책으로 펴내는 작업을 꾸준히 함으로써 이 문제를 쉽게 해결할 수 있도록 해야 할 것이다.

막상 혼자서 작업을 하다 보니 작품수가 많아 전작품을 다루는 데에는 엄청난 시간이 걸렸다. 그래서 우선 1924년 채만식의 데뷔작 〈세 길로〉를 포함하여 1940년 이전까지 발표한 단편 소설 전부(37편)와 장편 소설 중 대표작으로 평가받는《탁류》,《태평천하》를 대상 작품으로 선정했다.

《채만식 소설어 사전》에는 표제어 9,482개와 예문 12,858개를 실었다. 표제어에는 토박이말 50.61%, 한자말 37.78%, 외래어 등 기타 어휘가 11.61%로 구성되어 있는데, 그중에는 전라도 등 여러 지역의 방언(1.28%), 비속어(1.87%), 외래어(4.72%), 음성 상징어(2.38%), 준말(2.29%), 속담(1.43%) 등이 포함되어 있어, 어휘 형태가 다양하다. 이는 채만식이 당시의 어느 작가 못지 않게 어휘 구사력이 뛰어났음을 실증적으로 보여 준다.

한 가지 흥미로운 사실은 이 중에서 기존의 국어사전에 없는 토박이말이 1,631개로, 전체 토박이말의 33.99%나 되었고, 한자어도 13.52%나 되었다. 국어사전에 이렇게 많은 우리말이 빠져 있다는 것은 큰 문제다. 엮은이의 전공 분야가 아닌데도 이 사전을 엮기로 마음먹은 것도 고등학교와 대학교에서 현대 문학을 강의하면서 늘 어휘 문제에 부딪쳐 왔기 때문이다. 여기에서 채만식 소설에 나오는 어휘를 찾아 의미를 풀이하는 데 만족할 수밖에 없다. 각 어휘의 음운 및 형태의 특징과 신조어 문제 등은 국어학 전공자가 밝혀 주기를 기대한다.

이 책이 발간되기까지 여러 가지로 도와 주신 모든 분들께 이 자리를 빌려 감사드린다. 일일이 원고를 검토해 주신 박용애 연구원님에게도 감사를 드린다. 상명대학교 최기호 박사님은 멀리 캐나다의 앨버타 대학에 교환 교수로 나가 계시면서도 일일이 원고를 검토하고 조언해 주시면서 관심을 가져 주셨고 감수의 말까지 보내 주셨다. 아무쪼록 이 책이 채만식의 소설을 읽고 이해하는 데 많은 도움이 되기를 바라며 부족한 점에 대해서는 따끔한 질책을 기대한다. 이 질책이야말로 엮은이가 앞으로 김유정, 현진건, 나도향 등 여러 작가의 어휘 풀이 작업을 하는 데도 참고가 될 것이기 때문이다.

1997년 5월 5일

삼만실에서 엮은이 씀

감수의 말…

필자가 임무출 박사님을 만난 것은 1995년이었다. 출간된 책이 나온 것이 인연이 되어 대구에서 먼길을 찾아와 이근술 사장님과 함께 사전의 문제점에 대하여 여러 가지 이야기를 나누었다. 그때 《채만식 소설어 사전》을 만들 계획이라는 말을 듣고 반가워했는데 불과 2년 동안에 채만식의 방대한 어휘가 정리되었으니 그동안의 노고가 얼마나 컸는지 짐작하고도 남는다. 아마도 한 작가의 여러 작품을 두루 섭렵하여 하나의 어휘 사전을 만들기는 이번이 처음이 아닌가 한다.

한글 학회에서 1957년에 《큰사전》을 펴낼 때 국어사전의 표제어는 16만 4천여 단어였다. 그 후 여러 곳에서 사전이 만들어져서 현재는 40만 단어를 훨씬 웃돌고 있다. 제법 두툼한 사전이 만들어진 셈이다. 그러나 사전의 내용 면에 많은 문제점이 있다.

첫째, 지금의 국어사전은 국어사전이 아니라 백과·잡학사전이다. 이스타일(건축 재료), 이스타틴(화학 원소 이름), 아세트(네덜란드 법률가), IADB(미주개발은행) 따위의 외래어들이 수없이 국어사전에 올라 있는 형편이다. 그 외에 중국과 일본의 지명, 사람 이름을 비롯하여 이두, 중국어, 일본어, 식물 이름, 동물 이름, 광물 이름 따위가 버젓이 국어사전 속에 자리잡고 있다. 정작 국어사전에 올라 있어야 할 우리말은 빠진 것이 너무 많아 이것을 제대로 찾아 실어야 한다.

둘째, 우리 국어사전에는 용례가 거의 없다. 한글학회의 《큰사전》 편찬 이후 낱말의 쓰임새를 검증하는 노력이 거의 이루어지지 않았다. 그러다보니 옥편이나 영어 사전, 심지어는 일본어 사전에 있는 한자어까지 마구 국어 단어로 둔갑하여 사전에 오르는 꼴이 되었다. 영국이 자랑하는 옥스퍼드 사전(Oxford English Dictionary)의 표제어는 국어사전보다 적은 41만여 단어에 지나지 않지만 거기에 인용된 용례는 자그마치 1,800만 개나 된다고 한다. 또한 미국의 웹스터(Webster)사전 속의 45만 표제어는 인용문이 1,660만 개나 된다고 한다. 우리 국어사전에는 용례가 거의 없다. 최근 일부 사전에서 찾아 실으려는 노력을 기울이고는 있으나, 이것도 먼저 정해진 표제어와 뜻풀이에 용례를 찾아 꿰맞추는 꼴이어서 참다운 용례 구실을 한다고 보기 어렵다. 용례를 기둥으로 삼지 않은 뜻풀이는 옳다고 볼 수 없기 때문이다.

사전을 만들 때 용례 조사가 먼저 광범위하게 이루어지고 이 자료를 바탕으로 표제어를 골라내어 뜻풀이를 하는 것이 옳은 방법이다. 말의 쓰임새에 대한 조사는 전 국민이 사용하는 말들을 대상으로 광범위하고 거국적으로 수행되어야 할 과제이다. 조상들이 남긴 문헌 자료들을 비롯하여 시, 소설 등 거의 모든 글이나 작품이 조사 대상이다. 또한 선국 각지의 대중들이 쓰는 입말도 포함되어야 한다. 전라도 농부의 말이나 강원도 산골의 나무꾼이 쓰는 말, 제주도 어부의 말, 충청도 빨래하는 아주머니의 말까지 모두 채록하여 표제어를 골라낸 뒤, 구체적인 쓰임새에 따라 뜻매김을 하는 방법으로 사전을 만들어야 한다.

그런 의미에서 임무출 박사님이 《채만식 소설어사전》을 엮은 것은 비록 방대한 사전 만들기 작업의 기준으로 볼 때는 작은 부분에 속할지 모르나 먼저 시작했다는 점에서 참으로 기쁘고 다행이다. 엮은이는 고등학교와 대학에서 현대 문학을 가르치면서 기존의 국어사전으로 해결되지 않는 어휘가 자주 나와 어려움을 겪었으며, 그 경험이 어려운 작업을 시작하게 된 동기였다고 한다. 그렇기 때문에 이 사전은 일반 독서가에게 물론 교육 현장에서도 많은 도움이 될 것이며 앞으로 제대로 된 국어사전을 만드는 데 주춧돌이 되리라는 점에 주목 받기를 바란다. 다른 사람들도 이 방면에 더욱더 관심을 가지고 꾸준히 연구해야 할 것이다. 끝으로 박사님의 노고를 위로하며 박수 갈채를 보내고 싶다.

1997년 5월 12일
캐나다 앨버타 대학에서
문학박사 최기호 적음

일러두기…

1. 작품의 글은 《채만식 전집》(창비, 1989)이다.
2. 이 책은 어휘의 선별 기준을 (1)우리말 큰사전에 실려 있지 않은 어휘, (2)사전에 실려 있더라도 사어(死語)가 되다시피한 어휘, (3)사전에 실려 있는 것 가운데 중·고등학교 학생 수준으로 이해하기 어렵다고 판단되는 어휘 등에 두었다.
3. 쓰임의 예는 원칙적으로 각 작품의 처음에 나오는 것을 취하여 수록했다.
4. 표제어와 쓰임의 예는 원래 글의 표기법을 따르되 띄어쓰기와 붙여쓰기는 현행 맞춤법 규정에 따라 바로 잡았다.
5. 어휘 풀이 다음에는 각 작품에 나오는 쓰임의 예를 발표 연대순으로 제시하여 그 말의 생동하는 모습을 보임과 동시에 작가가 즐겨 사용하는 어휘 파악도 할 수 있도록 했다.
6. 어휘 해석이 불명확한 것은 '(?)'로 표시했다. 이것은 잘못된 풀이가 굳어지는 경우를 방지하기 위해서다.
7. 잘못 쓰이는 말, 버려야 할 말은 화살표(→)로 해당 표준어를 보여 주었다.
8. 어휘 쓰임의 예에 나오는 작품 이름은 〈 〉로 표시했다. 특히 장편 소설의 경우에는 장(章) 표시를 함께 했다.

   〖예〗〈탁류①〉: 탁류 1장, 〈태평천하②〉: 태평천하 2장.
9. 단어와 단어 사이에 선택적으로 끼는 조사는 ( )로 보여 주었다.

   〖예〗가위(에) 눌리다. **〖관용〗** (힘에 겨운 일을 당하여) 일의 차례나 갈피를 차리지 못하다.
10. 한 단어가 여러 뜻갈래로 나누어진 때에는 윗첨자 1, 2 등을 붙였다.
11. 표제어로 잡은 어휘가 현행 맞춤법 등의 규정에 어긋날 경우, 표제어는 바른 말로 잡되, 어휘는 원문과 바른 말을 함께 보여 주었다.

    〖예〗가다귀(를) 치다 **〖관용〗** (잔가지를 친다는 뜻으로) 일을 거듬거듬 해치우다. ¶ 그것두 놉이나 하나 얻어서 가다구(귀)를 쳐 버려야지… 도리깨질 맻 번 했더니 허리가 아푼 걸…." 〈보리방아〉

12. 품사는 약어(略語)로 표시하였다.

[명] 명사
[대] 대명사
[수] 수사
[동] 동사
[형] 형용사
[관] 관형사
[부] 부사
[감] 감탄사
[조] 조사

13. 기타 기호 및 약어

〖관용〗 관용구
〖준말〗 준말
〖같은〗 뜻이 같은 말
〈 큰 말
〖센말〗 센 말
〖거센말〗 거센 말
〖쓰임〗 쓰임새에 관한 설명
〖속〗 속담
〖상대〗 뜻이 상대되는 말
〖비슷〗 뜻이 비슷한 말
〉 작은 말
〖여린말〗 여린 말
〖보기〗 보기 글
〖참고〗 참고할 어휘나 설명
〖혼동〗 말이나 말뜻이 비슷하여 혼동하기 쉬운 말
→ 풀이된 표준어를 가리킴
¶. 쓰임새와 출전의 시작을 알리는 표

14. 어휘 풀이 대상 작품은 다음과 같다.

- 《세 길로》, 1924
- 《불효자식》, 1925
- 《생명의 유희》, 1928
- 《산적》, 1929
- 《그 뒤로》, 1930
- 《병조와 영복이》, 1930
- 《앙탈》, 1930
- 《산동(山童)이》, 1930
- 《창백한 얼굴들》, 1931
- 《화물자동차》, 1931
- 《암소를 팔아서》, 1931~1932
- 《농민의 회계보고》, 1932
- 《팔려간 몸》, 1933
- 《레디 메이드 인생》, 1934
- 《보리방아》, 1936
- 《소복 입은 영혼》, 1936
- 《빈(貧)…제1장 제2과》, 1936
- 《명일》, 1936
- 《얼어죽은 모나리자》, 1937
- 《생명》, 1937
- 《어머니를 찾아서》, 1937
- 《탁류》, 1937~1938
- 《태평천하》, 1938
- 《동화》, 1938
- 《치숙(痴叔)》, 1938

- 《두 순정(純情)》, 1938
- 《쑥국새》, 1938
- 《이런 처지》, 1938
- 《용동댁(龍洞宅)》, 1938
- 《소망(少妄)》, 1938
- 《정자 나무 있는 삽화》, 1938
- 《패배자의 무덤》, 1939
- 《반점(斑點)》, 1939
- 《흥보씨》, 1939
- 《이런 남매》, 1939
- 《모색(摸索)》, 1939
- 《상경 반절기(上京半折記)》, 1939
- 《순공(巡公) 있는 일요일》, 1940
- 《회(懷)》, 1940

ㄱ

가명 어떤 물체의 바깥 둘레나 언저리. ¶ 저편 가로다가 울퉁울퉁 닳아빠진 옷뿌렁구를 드러내 놓고서, 정자나무는 비스듬히 박혀 있다. 〈정자나무 있는 삽화〉

가관(可觀)명 가히 볼 만함. 또는 꼴 같지 않다는 뜻으로 어떤 행동이나 상태를 비웃는 말. ¶ 가관이네… 아니, 쥐뿔은 어떻구? 〈탁류⑧〉 ¶ 대학교 출신이 막벌이 노동이란 게 꼴 가관이지만 그대도 할 수 없지, 뭐. 〈치숙(痴叔)〉

가구(架構)명 구조물. ¶ 재동 네거리에서 안동 네거리를 바라고 내려오느라면 별궁을 채 못 미쳐 바른손 편으로 일컬어 '장송루'라는 한 가구의 청요릿집이 있다. 〈회(懷)〉

가권(家券)명 집안 가구. 호주나 세대주에게 딸린 식구. 『같은』 가속(家屬). ¶ 그는 열두 해 전 용댕이에서 가권을 거느리고 저렇게 똑딱선으로 건너오던 일이 우연히 생각났다. 〈탁류①〉 ¶ 지금으로부터 10여 년 전, 가권을 거느리고 서울로 이사를 해 오던 그때의 집계를 보면, 벼를 십만 석을 받았고, 〈태평천하④〉

가긍히(可矜-)부 불쌍하고 가엾게. ¶ 그 여편네의 신세를 가긍히 여겨 그랬다느니 보다, 〈태평천하⑧〉

가누다동 기운, 정신, 감정 등을 가다듬어 차리다. 〈거누다. ¶ 장차 어떻게 내 한 몸을 가눌 것인가, 〈탁류⑪〉

가냘피부 가냘프게. 가늘고 약하게. 여기서는 '잠자는 상태가 깊지 않게'의 뜻. ¶ 피곤한 끝에 가냘피 들었던 잠이 먼저 깬 것은 김 씨다. 〈탁류⑩〉

가늠명 대중으로 하는 짐작. 또는 목표나 기준에 맞고 안 맞음을 헤어리는 기준. ¶ 윤 직원 영감은 시방, 그런 것 저런 것 속으로 가늠을 해 보면서, 〈태평천하⑩〉 ¶ 갑쇠는 그새 여러 해 두고 이 논을 붙여 보아 논의 성깔을 아는 만큼, 그만한 가늠은 잡아 주어도 실수는 없을 줄 안다. 〈정자나무 있는 삽화〉 ¶ 칠십만 인구였던 가늠만 하고서 그 수효를 표준하여 식량 배급 마련을 했더니 자꾸만 외착이 나고 나고, 할 수 없이 호구 조사를 새로이 해 본즉, 자그마치 구십삼만이더라고. 〈회(懷)〉 ¶ 계집아이는 김 씨가 시킨 가늠이 있는지라 그대로 대답을 한다. 〈탁류⑩〉 ¶ 옥초는 아닌 게 아니라 제가 한 가늠이 있어놔서 바륵바륵 웃으면서 대뜰로 마주 내려설 듯하다가 (쯧!) 그만둔다. 〈모색〉

가늠하다동 일이 되어 가는 형편이나 기미를 살펴 짐작하다. ¶ 제 딴에는 한참 내 신경 상태를 두고 가늠하는 속이 있어서 걱정을 하던 것이요. 〈상경반절기〉

가다동 앞말이 나타내는 수준이나 정도에 이르거나 미치다. ¶ 조금 앉았노라니까, 아마 윤 직원 영감의 다음은 가게 날쌘 사람이었든지, 한 사십이나 되어 보이는 양

복 신사 하나가 비로소 들어오더니….〈태평천하③〉

가다구니하다[동] 꾸리다. 일을 알뜰하고 규모있게 처리하다. ¶물론 작년 이보다 며칠 늦어서 저 자리에다가 저렇게 무덤을 묻고는 손에 묻은 흙도 씻는 둥 마는 둥, 바로 살림을 가다구니하느라고 서울로 올라갔었고.〈패배자의 무덤〉

가다귀(를) 치다[관용] (잔가지를 친다는 뜻으로) 일을 거듬거듬 해치우다. ¶“그러구 아까 말허든 나락은 거 안 되겄네.”하고 아무렇지도 않게 가다귀를 치려 한다. 아까 태호의 옷을 탈을 잡은 것은 그 복선이었던 것이다.〈보리방아〉 ¶“그것두 놉이나 하나 얻어서 가다구(귀)를 쳐 버려야지… 도리깨질 몇 번 했더니 허리가 아푼 걸…”〈보리방아〉

가대(家垈)[명] 집과 터전. ¶그 말썽 많은 시집살이 31년을 유난히 큰 가대를 휘어잡아 가면서 그래도 쫓겨난다는 큰 파탈은 없이 오늘날까지 살아왔습니다.〈태평천하⑤〉

가도(家道)[명] 집안의 도덕이나 규율. 집안에서 마땅히 지켜야 할 도덕적 규범. ¶선비네 집안의 가도대로, 하늘 천 따 지의 천자를 비롯하여 사서니 삼경이니를 다 읽었다.〈탁류①〉

가도록[부] 갈수록 ¶그렇다고 점잖지 못하게 이불을 뒤쓰고 앉았을 수도 없고, 가도록 심산스럽기만 하다.〈모색〉

가드(guide)[명] →가이드. 여기서는 ‘가이드 포스트(guide post)’의 준말로 ‘도로 표지’, ‘도로 표지판’을 가리킴. ¶초봉이는 마침 가드 밑을 지나면서 전에 서울로 수학여행을 갈 제 이것을 보고 진기하게 여기던 그때 일이 생각이 나서 한눈을 파느라고 제호가 재우쳐 물을 때서야 겨우 알아들었다.〈탁류⑫〉

가등(街燈)[명] ‘가로등’의 준말. 거리를 밝히기 위하여 길거리에 매단 등(燈). ¶희미한 가등에 비춰 보니 팔목시계가 여덟 시하고 사십 분이나 되었다.〈탁류⑱〉

가뜬하다[1][형] (물건이나 차림 따위가) 알맞게 가볍고 단출하다. 또는 쓰거나 다루기에 매우 가볍고 간편하다.〈거뜬하다. [여린말] 가든하다. ¶그새 안방과 부엌으로 팔락거리고 드나들던 김 씨가 행주치마에 가뜬한 맵시로 앞쌍 창을 크게 열더니, 방안을 한번 휘휘 둘러본다.〈탁류⑦〉

가뜬하다[2][형] 일이 야물고 조촐하다. [여린말] 가든하다. ¶이렇듯 태수는, 마치 무슨 의식을 거행하는 데 순서를 작정한 것처럼, 앞일을 가뜬하고 분명하게 짜 놓았다.〈탁류⑨〉

가랑이[명] 바지의 다리를 꿰는 부분. ¶고무신에 대님은 양말 목에다가 매고 고의 가랑이는 정강이에서 반까지밖에 더 내려오지 아니한다.〈보리방아〉

가래발리다[동] 가로 방향으로 벌리다. ¶갑쇠가 치하를 하는 것을 오 서방은 알아듣지를 못하고, 에? 하면서 입을 가래발리고 턱을 쑥 내민다.〈정자나무 있는 삽화〉

가래비쌔다[동] 가로로 벌리다. ¶“나, 된…” 돈이란 말인데, 어리광으로 입을 가래비쌔고 말을 하니까 된이 됩니다.〈태평천하⑤〉

가랭이가 찢어지게 가난하다[속] 매우 가난하다. 먹지 못해 궁둥이에 살이 없이 몹시 말라서 가랭이(가랑이)가 찢어질 것 같다는 말. ¶오막살이에 가랭이가 찢어지게 가난한 집인데, 그나마 방정맞게끔 혼인한 지 일 년 만에 사위가 전차에 치어 죽고, 딸은 새파란 과부가 되어 지금은 친정살이를 하지만…. 〈태평천하④〉 ¶그렇다고 '자격자'를 골라서 혼인을 하잔 즉, 지체도 없으려니와 가랭이가 찢어지게 가난한 터수에 도무지 가량없는 소망이고 해서…. 〈동화〉

가량(假量)명 어림짐작. 어림으로 대강 헤아리는 짐작. ¶물론 이튿날부터의 양식조차 가량이 없이 맨손으로 들어온 영섭이었었다. 〈이런 남매〉 ¶정거장의 잡답이 우선 가량도 없었다. 〈상경반절기〉 ¶도저히 감당키 어려운 소임이어서, 통히 가량이 없고 자신이 없노라고 일단 모피를 꾀하여 보았었다. 〈회(懷)〉

가량(假量)없다형 어림짐작이 없다. 가망이 없다. ¶그렇다고 '자격자'를 골라서 혼인을 하잔 즉, 지체도 없으려니와 가랭이가 찢어지게 가난한 터수에 도무지 가량없는 소망이고 해서. 〈동화〉

가로되동 말하기를. 이르기를. 왈(日). ¶떠나기 전에 그는 제호를 잡아 앉히고 가로되, 오입을 하지 말 일, 물론 첩을 얻어 들이지 말 일. 〈탁류⑫〉

가르키다동 →가르치다. 지도하다. 교육하다. ¶"그러니까 적어도 초등 정도로부터 중등 교육까지의 상식은 제가 집에서 가르킬 생각입니다." 〈명일〉

가리마명 →가르마. 이마에서 정수리까지의 머리털을 양쪽으로 갈라 붙여 생긴 금. ¶한가운데로 탄 가리마가 새하얗게 그린 그림 같다. 〈동화〉 ¶품에 안긴 어린 것을 들여다보느라 약간 소곳한 머리의 하이얀 가리마 밑으로 곱게 빗어진 누이의 얼굴. 〈패배자의 무덤〉

가마보꼬(かまぼこ)명 '어묵'의 일본어. 생선의 살을 으깨어 소금, 갈분, 미림 등을 섞고 나무판에 올려 쪄서 익힌 일본식 음식. ¶또 은근히는 (노상 그 가마보꼬를 좋아하는) 마누라도 생각이 났고 하기는 했습니다. 〈흥보씨〉

가막소명 '감옥서(監獄署)'에서 온 말로 '감옥'을 속되게 일컫는 말. ¶그버담 더한 천하에 몹쓸 죄인두 가막소에서 밥은 얻어 먹는데, 죽일 놈두 맥여 죽이는 법인데, 〈탁류⑮〉 ¶가막소 문앞에 막 나서자 아주머니가 기다리고 있으니까 그래도 눈물이 핑 돌던데요. 〈치숙(痴叔)〉 ¶도둑놈이 있으면 예끼놈! 붙잡아 포승으로 꽁꽁 묶어 가막소로 보내고, 〈순공(巡功) 있는 일요일〉

가만쩌부 →가만히. 움직이지 않거나 아무 소리 없이. ¶"가만쩌 가만쩌!…" 그는 팔을 저으면서 달래듯 우리를 제지시킨 후에 다짐을 두던 것이었었다. 〈회(懷)〉

가망(可望)명 가능성이 있는 희망. 이룰 수 있을 만한 희망. ¶아침에 밀가루 십 전어치를 사다가 수제비를 떠서 아이들 둘까지 네 식구가 요기를 하고는 당장 저녁거리가 가망이 없는 판이다. 〈명일〉

가망수(可望-)명 가능성이 있을 만한 방법이나 도리. ¶아무리 둘러대 보아야 그것은 힘에 벅찬 거역이어서, 도저히 가망수가 없으리라 싶기만 하던 것입니다. 〈태평천하⑨〉

가모(かも)㉮ '봉(鳳)'의 속어. '이용하여 우려먹기 쉬운 대상이나 사람'이라는 뜻의 일본어. ¶뭐, 어떤 '가모'가 하나 더 덤벼들어설랑, 허허 허허 제기할 것…. 〈탁류②〉

가무레하다㉯ 옅게 가무스름하다. 〈거무레하다. ¶요새 봄볕에 약간 그을어 가무레한 게 오히려 더 건강해 보인다. 〈탁류⑯〉

가무잡잡하다㉯ (얼굴이) 칙칙하게 가무스름하다. 〈거무잡잡하다. ¶비로소 뒤를 돌려다보는데, 코밑에 몽당수염과 가무잡잡한 살빛이며 파스르름하나 두꺼운 입술이, 우선 보매 상당하다. 〈이런 남매〉

가법(加法)㉮ '덧셈'의 옛 용어. ¶그는 7.5 0.5 1.5 0.3 1.8 0.7 0.3 하고 무슨 가법 운산을 죽 하고 있었던 것이다. 〈세 길로〉

가보(カフ)㉮ 화투 등의 노름에서, 아홉 끗을 일컫는 일본어. ¶그리하여 부르조아지는 '가보'를 잡고 공부한 일부의 지식꾼은 진주(다섯 끗)를 잡다. 〈레디 메이드 인생〉

가부㉮ →가불(假拂). 봉급을 기일 전에 미리 지불하는 것. ¶"가부를 좀 했지요." P는 십 원짜리 하나를 내놓고 식권을 사면서 범수를 돌아다보고 웃는다. 〈명일〉

가분가분하다㉯ (말이나 동작 등이) 매우 가볍다. 〈거분거분하다. ¶"그래 그럼 가서 갖구 오마." 산동이는 발이 땅에서 떠오르는 것같이 가분가분하였다. 〈산동이〉

가분가분㉰ 말이나 행동이 매우 가벼운 모양. 〈거분거분. ¶오래비 경호는 오래간만에 넓은 대기 속에서 훠얼훨 이렇게 걷는 것이 대단히 유쾌한가 본지 벌써 저만치 멀찍이 모자는 빼뚜름 단장을 홰애홰, 길도 안 난 산비알 잔디밭으로 비어져서 가분가분 걸어 내려가고 있다. 〈패배자의 무덤〉 ¶"마나님 말씀마따나 아직두 얌전하니깐요, 네." 하고는 고개를 까댁, 돌아서서 가분가분 걸어 나간다. 〈모색〉

가빠하다㉱ 숨이 몹시 가쁘게 되다. ¶점례는 가빠하는 체하고 쓰러질 듯 팔에 가 매달린다. 〈쑥국새〉

가뿐하여지다㉱ 가뿐하게 되다. '가뿐하다'는 몸이나 마음이 가볍게 되다. ¶실컷 눈물을 흘려 울고 나니 이상하게도 그의 마음은 가뿐하여진 것 같았다. 〈산동이〉

가사(袈裟)[1]㉮ 중이 장삼 위 어깨에 걸쳐 입는 법의(法衣). ¶미리 안표를 해 둔 갸름한 돌을 집어넣고 또 한 개 큼직한 놈을 집어넣어 어깨에 가사 메듯 걸메고는, 정자나무 밑으로 척척 걸어가더니 밑에서부터 꼬느듯 쓰윽 구멍께까지 천천히 올려다본다. 〈정자나무 있는 삽화〉

가사(假使)[2]㉰ 가령(假令). 가정하여 말하여. 가정하여 말한다면. 예컨대. 이를테면. ¶그러니, 가사 그랬다손 치더라도 저편이 변심이 되었다거나, 혹은 달리 무슨 사정이 있어서 그리하는 것일 터인즉 〈탁류⑧〉 ¶가사 10전짜린 줄 알고 50전짜리를 잘못 꺼냈더라도, 톱날이 있고 없는 것으로, 아주 적실하게 분별을 할 수가 있는 것이니까요. 〈태평천하①〉 ¶그러니 가사 양행을 한다고 했자 산을 뽑아 짊어지고 올 바 아니며. 〈패배자의 무덤〉 ¶양복때기나 걸치고서 "게이죠오 이찌마이."하는 자리는 가사 십 원짜리를 내더라도 잔돈이 없으면 고이 없다고 하지, 〈상경반절기〉

가사리다㉪ 움츠리다. 몸을 오그려 작아지게 하다. ¶그이는 조용히 들어와 방구석에 가사리고 앉아서 칠복의 범연한 얼굴을 자애 깊은 눈으로 바라보며…〈불효자식〉

가산(家産)㉥ 한 집안의 재산. ¶한데 그만 가산일망정 장차 다른 데로 갈 바 없으니.〈용동댁〉

가세(家勢)㉥ 집안 살림살이의 형편. ¶"실례올시다마는 댁이 아마 가세가 좀 어려우시지요?"〈보리방아〉

가속(家屬)㉥ 한 집안에 딸린 식구. 『같은』 가권(家眷). 가족. ¶"몸 하나 실허구, 소처럼 꿍꿍 일 잘허구 헌깐, 쯧, 제 가속 밴 안 곯릴 테지만서두…."〈암소를 팔아서〉 ¶아, 손자놈들이 다아 장성을 허구, 경손이 놈두 전 같으면 벌써 가속을 볼 나인데,〈태평천하⑤〉

가솔린(gasoline)㉥ 끓는 점이 비교적 낮은 탄화수소의 혼합물인 원유를 증류하여 정제한 것. 대개는 무색 투명하고 냄새가 좋음. 자동차용, 항공용, 공업용으로 쓰임. 『같은』 휘발유. ¶그렇기 때문에 가솔린이 모자라 자동차가 코를 고는 이 당철,〈이런 남매〉

가스러지다㉪ (성질이) 순하지 못하고 거칠어지다. ¶영주의 생각에는 오늘은 어쩐지 남편이 일부러 자기 속을 질러 주려고 하는 것만 같이 더욱 신경이 가스러졌다.〈명일〉

가슴아피㉥ →가슴앓이. 가슴속이 쓰리고 켕기며 아픈 병. ¶그 밖에 종기야 가슴아피야 하고 모여드는 사람은 이루 헬 수가 없다.〈탁류⑮〉

가슴에 불을 묻다『관용』 울분 따위를 마음 속 깊이 품다. ¶그때에 내가 젊은 놈이 가슴에 불을 묻었고, 그 후부터 여편네 첫 것을 와락 더 미워했더니.〈이런 처지〉

가슴패기㉥ '가슴의 바닥'의 속된 말. ¶번쩍 턱밑까지 높이 쳐들어 올린 맷돌을, 형보의 가슴패기를 겨누어 앙칼지게 내리 부딪는다.〈탁류⑱〉 ¶싸늘한 쇠끝에 새까만 구멍이 똑바로 가슴패기를 겨누고서 코앞에다가 들이댄 걸, 그러니 염라대왕이 지켜선 맥이었지요.〈태평천하④〉 ¶미럭쇠는 종수의 배를 타고 앉아서 주먹으로 가슴패기를 짓찧는다.〈쑥국새〉

가시같이 보채다『관용』 날카롭게 보채다. ¶그러던 끝인데, 아이가 체를 했는지 달리 무슨 병이 났는지 몸이 불덩이같이 덥고 가시같이 보채면서.〈빈(貧)… 제1장 제2과〉

가시도 없다『관용』 남을 공격하거나 악의를 품은 마음이 없다. ¶"남을 울리는 몹쓸 사람… 사람을 우리려 세상에 났나? 요부도 아니면서 독부도 아니면서 가시도 없는 좋은 사람…"〈병조와 영복이〉

가시버시㉥ 부부. 남편과 아내. ¶혹은 둘이서 귀영머리를 마주 풀고 아무렇게나 가시버시가 되어, 자식새끼나 낳고 농사나 지어 가면서 그럭저럭 살아를 버린다든지.〈정자나무 있는 삽화〉 ¶물론 그런 게 아니라도 노마네는 같이 사는 사내요, 그래서 이름이 가시버시요 하여서 남들이 그러하고 법이 그러한 대로 그저 같이 살아갈 따름이요.〈이런 남매〉

가시잖다㉧ 가시지 않다. (어떤 상태나 느낌이) 없어지거나 달라지지 않다. ¶모가지와 손등과 귀밑에는 지나간 겨울에 트고 눌어붙고 한 때곱재기가 아직도 가시잖은 놈이 거지반이다. 〈탁류⑮〉

가십(gossip)㊐ 신문, 잡지 등에서 유명한 사람의 사생활에 대해 험담을 늘어놓은 기사. ¶한때는 야속한 생각도 없지는 못했었다. 종작없는 가십을 곧이듣고서 불쾌하여 한 적도 있었다. 〈회(懷)〉

가외(加外)[1]㊐ 일정한 표준이나 한도에 더하는 일. ¶결과는 돈 5전을 가외에 더 뺏겼고, 해서 정히 역정이 났었고, 〈태평천하③〉

가외(加外)[2]㊐ 일정한 표준이나 한도의 밖. ¶지금은 그를 가외 사람으로 돌려 버리지, 상관을 아니하게 되었다. 〈얼어죽은 모나리자〉 ¶그것이 너무 급했던 만큼 환멸의 반동이 가외로 컸던 것이다. 〈패배자의 무덤〉 ¶그 대신 뒤엣사람들은 열이면 열, 스물이면 스물, 제가끔 그만한 가외의 수고를 부담해야 해. 〈상경반절기〉

가욋것㊐ 필요 밖의 일이나 물건. ¶남녀가 서로 합심이 되어서 살게 된다면 그것이 근원이지 벼슬이니 법이니 예절이니 재물이니 하는 것은 다 거기 따르는 가욋것이다. 〈소복 입은 영혼〉

가용(家用)㊐ 집에서 필요하여 쓰는 돈. 집안 살림살이. 가계(家計). 집안 살림살이에 쓰는 비용. ¶정 주사는 명색 가장이랍시고 벌어들인다는 것이 가용의 십분지 일도 대지를 못한다. 〈탁류①〉 ¶그때에는 대복이가 집안 가용을 지출하는 데 있어서…. 〈태평천하②〉 ¶월량 푼이나 생기면 잔 가용에 보태 쓰라고 얼마간 집에 떼어 보내고는 나머지를 가지고 글장하는 친구들과 어울려 술이나 마시고 풍월이나 하기로 온갖 낙을 삼는 터. 〈용동댁〉

가위(에) 눌리다『관용』 (힘에 겨운 일을 당하여) 일의 차례나 갈피를 차리지 못하다. 여기서 '가위'는 잠자다가 꿈에 나타나는 무서운 광경 같은 것을 이르는 말. '눌리다'와 결합하여 쓰임. ¶차가 슬며시 움직이자 이걸로 가위를 눌리던 악몽은 하직이요, 새로운 생애의 출발인가 하면 무엇인지 모를 안심과 희망이 조용히 솟는 것이나, 〈탁류⑪〉

가이사(Caesar)㊐ →카이사르. 시저. (로마의 정치가 카이사르의 이름에서) 모든 로마 황제에게 붙여진 칭호. 본디 로마의 절대 집정자 카이사르와 그 양자 아우구스투스를 가리키던 말. 나중에 일반 황제를 일컫는 말이 되었다. ¶'쯧! 가이사의 것은 가이사에게 돌려보내란 푼수로, 그야 미나미상이 훠얼씬 다 요량이 있겠지!' 〈상경반절기〉

가자(加資)㊐ 정3품 통정대부 이상 당상관의 품계. ¶모친은 정렬부인 가자란 소린 줄 알고서 말이나마 좋아서 혼자 웃고, 경순은 모르는 어휘라 두릿두릿. 〈패배자의 무덤〉

가장귀㊐ 나뭇가지의 갈라진 곳. ¶그렇기 때문에 산 이파리 한 잎이나 산 가장귀 한 가지는커녕, 그놈을 장작으로 빠개노면 한 마차는 실히 됨직한 커다란 가장귀 하나가 죽어 가지고 볼성없이 뻗어 있는 지가 벌써 몇 해로되…. 〈정자나무 있는 삽화〉

가재걸음을 치다『관용』 가재처럼 뒤로 걷다. 또는 전진하지 못하고 퇴보하다. 여기서 '가재걸음'은 일이 더디고 진보하지 못함을 비유하여 이르는 말. ¶몸뚱이는 생리적 고통을 지레 겁을 내어 의욕을 뒤받쳐 주지 않고는 가재걸음을 치고 해서, 어찌 하자는 말도 나오지 않던 차인데. 〈패배자의 무덤〉

가정부(家政婦)명 (남에게 고용되어) 집안 일을 돕는 여자. ¶그는 오십 넘은 독신의 가정부가 아니고, 아직 청춘이라는 구실이 되던 것이다. 〈탁류⑫〉

가조롱하다형 →가지런하다. 여럿이 한 줄로 고르게 되어 있다. ¶창밖은 한창 살이 지려는 여름이 한빛으로 초록이다. 논에는 벌써 완구해진 모포기가 어디고 가조롱하다. 〈탁류⑫〉

가죽 책가위가 세 번이나 해지도록관용 '위편삼절(韋編三絕)'을 뜻함. 공자가 주역을 너무 애독하여 그 책을 매었던 가죽끈이 세 번이나 끊어졌다는 고사에서 나온 말. 독서를 많이 함. ¶공자님은 가죽 책가위가 세 번이나 해지도록 책 한 권을 가지고 오래 읽었다더니만, 서울 아씨는 추월색 한 권을 무려 천 독(千讀)은 했읍니다. 〈태평천하⑪〉

가지가지로부 온갖 종류로. 여러 가지로. ¶그런 좋은 양반을 갖다가 그대도록들 성화를 먹이고 가지가지로 괄대를 하고 하다니…. 〈회(懷)〉

가지각색(--各色)명 모양이나 현상이 서로 다른 여러 가지. 비슷 각양각색(各樣各色). 형형색색(形形色色). ¶왼편 거리로 향한 창 아래에 와 전부 벽으로 된 바른편 벽 밑으로는 이 인쇄소에서 일을 맡아 하는 여러 가지 잡지와 인쇄물들의 이름을 하나씩 하나씩 써 붙인 문갑 모양으로 생긴 궤짝이 죽 놓여 있고 그리고 바른편 그 벽 위에는 직공들의 가지각색 옷과 모자가 넝마전과 같이 어수선하게 걸려 있다. 〈병조와 영복이〉

가짐즉하다형 가질 만하다. ¶그러고 나니 직업도 마땅히 가짐즉한 것이 없고. 〈모색〉

가차압(假差押)명 '가압류(假押留)'의 옛말. 재산을 임시로 차압하는 법원의 처분. ¶가차압을 나가는 집달리를 따라갔으니 물어보나 마나 알 일이지마는… 〈태평천하⑨〉

가축명 알뜰히 매만져 잘 지니는 일. 또는 잘 매만져서 거두는 일. ¶이렇게 되고 난즉 "그따윗 자식은 뒤어지거나 말거나 내버려두지 않고 옴탁옴탁 가축을 하여 준다."고 최씨 부인까지 주위 사람들의 동정을 잃고 미움을 받게 되었었다. 〈불효자식〉 ¶천하 없어도 송희는 이대로 가축을 해야 하고 그러자며는 초봉이 제 한몸은 아무래도 좋았다. 〈탁류⑭〉

가축하다동 알뜰히 매만져서 잘 간직하거나 거두다. ¶그 말 그 태도는 마치 품 안에 든 어린아이를 가축하는 듯이 알뜰하였다. 〈병조와 영복이〉 ¶올망졸망 화초들을 분에다가 심어 놓고 그것을 가축하느라, 심지어 모필로다가 잎사귀에 앉은 먼지를 털기까지 합니다. 〈태평천하⑨〉

가(可)하다형 좋거나 옳다. '가타고'는 '가하다고'의 준말. ¶최 씨는 그것은 장차 일이고 좌우간 주인과 상의해 보아서 가타고 하면 기별하겠다고 신어붓잖게는 대답했으나 벌써 한 달이 넘은지라 좌우간 어찌 되었나 싶어 둘러본 것이다. 〈명일〉

가타부타(可-否-)㈜ 찬성한다느니 반대한다느니. 옳다느니 그르다느니. ¶좋고 언짢고 간에 분간을 할 수도 없고, 또 가타부타 간의 시비도 가려지지 않고, 그저 덤덤할 뿐이다. 〈탁류⑫〉

가타부타하다㈜ 찬성한다느니 반대한다느니 하다. 또는 옳다느니 그르다느니 하다. ¶소저는 고개를 소곳하고 앉아 아버지의 말을 듣는 동안에 아버지의 지금 하려는 거조가 가타부타하기보다 먼저 그 아버지의 지극한 정이 실로 뼈에 스미게 감격했읍니다. 〈소복 입은 영혼〉

가택 수사(家宅搜査)㈜ 검사나 사법 경찰관이 범인이나 증거를 찾기 위하여 피의자의 집안을 조사하는 것. ¶다음날 장례를 준비하는 중에 경찰서에서 몰려나와 가택 수사를 했다. 〈탁류⑪〉

가(可)한지 불가(不可)한지『관용』 좋은지 좋지 않은지. 옳은지 옳지 않은지. 도리에 맞는지 도리에 맞지 않는지. ¶—초봉이 제가 박제호의 계집 노릇을 한다는 사실 — 이 가한지 불가한지를 통히 모르고 있다. 〈탁류⑫〉

가헌(家憲)㈜ 한 집안의 원만하고 행복스러운 발전을 달성하기 위하여 온 가족이 기켜야 할 규율과 법칙. ¶간혹 장작바리나 큰 짐이 들어올 때가 아니면 큰 대문은 결단코 열어 놓는 법이 없읍니다. 이것은 아주 이 집의 엄한 가헌입니다. 〈태평천하③〉

가화(假花)㈜ (종이나 헝겊 따위로) 사람이 만든 꽃. 『같은』 조화. ¶그 양복장이는 옷깃에다가 가화를 꽂은 양이, 오늘 여기서 일 서두리를 하는 사람인가 본데, 〈태평천하③〉 ¶이렇게 이야기 허두를 내고 보면 첩경 중산 모자에, 깃에는 가화를 꽂은 모닝 혹은 프록코트에, 〈홍보씨〉

각가지(各--)㈜ 각각의 여러 가지. 『같은』 각종(各種) ¶이렇게 '소희'를 수없이 쓰는 동안에 병조의 얼굴은 표정 연습을 하는 배우의 얼굴같이 각가지로 변하였다. 〈병조와 영복이〉

가합(可合)하다㈜ 마음에 합당하다. 마음에 꼭 알맞다. ¶"옥봉네서두 다아 가합헌 양으루 말을 헌다구…." 〈암소를 팔아서〉 ¶그 애기한테 꼬옥 가합한 신랑을 하나 골라 디리께요. 〈탁류①〉

각기(各其)㈜ 각각 저마다. 각각 그대로. ¶"잘허믄 작년만치 먹겠수!…" 모자는 한가지로 만족한 얼굴이면서 잠자코 각기 하던 일을 한다. 〈암소를 팔아서〉

각다분하다㈜ 일을 해 나가기가 몹시 힘들고 고되다. ¶이렇듯 일이 사뭇 몰려 각다분한 때면 그는 딸 오목이 일이 절로 안타까와 속이 상하곤 했다. 〈얼어죽은 모나리자〉 ¶웬만하면 짐짓이라도 져 주는 게 뒷일이 각다분하지 않을 형편이기는 하다. 〈탁류②〉 ¶시골 살림이 각다분하고, 홀애비 신세가 촐하고 하기는 하지만, 〈태평천하⑨〉

각반(脚絆)㈜ 걸음을 걸을 때 가뜬하게 하려고 발목에서 무릎 아래까지 감는 띠. ¶말굽 소리… 구보… 철그럭철그럭… 처벅처벅… 줄 내린 모자… 누런 각반…. 〈산둥이〉

각설(却說)㈜ 화제를 돌리어 딴 말을 꺼낼 때 첫머리에 쓰는 말. ¶"각설이라 이때에…" 하고 양금채 같은 목에다가 멋이 시

큰둥하게 "… 하징 아니해야 …" 하면서, 콧소리를 양념 쳐 흥을 냅니다. 〈태평천하⑪〉

각수(角數)명 돈을 '원' 단위로 셀 때 남는 몇 전이나 몇십 전을 일컫는 말. ¶다만 취객이 삼 원 각수를 던져 주었음으로 해서 그 여자는 감격 없는 기쁨으로 맛보았을 뿐일 것이다. 〈레디 메이드 인생〉 ¶오목이의 짚신 몫은 고스란히 손을 대지 아니해도 한 장에서 내외 아울러 일 원 각수는 이문이 남는다. 〈얼어죽은 모나리자〉 ¶전달까지만 해도 이 사십 원 각수의 월급봉투를 받아 쥐는 때의 영섭의 마음은 어두웠었다. 〈이런 남매〉

각지편지명 위체서류(爲替書留). 환(換)과 등기(登記)의 서류. 여기서 '환'은 멀리 떨어진 곳에 송금할 때 현금 대신 작성하는 어음이나 증서. '등기'는 발송인에게 발송증을 주고 수취인에게서 수취 확인을 받아 두는 우편물의 한 가지. ¶그건 나두 가끔 각지편지가 오는 걸 보니까요. 〈탁류⑦〉

각처(各處)명 각각의 여러 곳. ¶삼 년 동안이나 만주의 각처로 돌아다니면서 방랑 생활을 했었다. 〈이런 남매〉

간간(間間)부 (시간적으로) 드문드문. 때때로. 이따금. ¶형보는 간간 담배도 피워 가면서 한 마디씩 두 마디씩 넉 장으로 뻥기고 앉았고, 〈탁류⑭〉

간곡(懇曲)하다형 간절하고 곡진하다. ¶"이애야 초봉아?" 유 씨는 음성에 정이 간곡하게 부르면서 잠깐 고개를 쳐들고 본다. 〈탁류⑦〉

간구(艱苟)하다형 가난하고 구차하다. ¶또 우리가 이렇게 간구하게 지낸다니까, 원 그래서야 어디 쓰겠냐구, 〈탁류⑦〉

간대로부 그다지 쉽게. 또는 함부로. ¶한번 결혼을 해만 놓으며는 좀처럼 해서 그 가정 그 부부가 조화되지 않는 생활이라고 섬뻑 갈려서 새로 새 생활을 개척할 용기를 간대로 내질 않나 보더군그래. 〈이런 처지〉

간도(間島)명 만주 동남부 지역을 통틀어 말함. ¶어디라도 주소는 쓰지 아니하였고, 다만 간도 어느 우편국의 일부인이 찍혀 있었다. 〈생명의 유희〉 ¶"그 으런이 ××××후에 학괄 고만두구서 간도루 가선 몇 해 동안 고생 지질히 했드라우." 〈회(懷)〉

간드러지다형 (음성이나 맵시가) 예쁘고 애교 있게 가늘고 보드랍다. (음성이나 맵시 따위가) 마음에 들어 보드라운 느낌을 일게 할 만큼 재미나고 멋있다. ¶끼마다 먹는 고기와 양즙이 싫어나고, 마코보다는 더러 눈을 기어 뽑아 먹는 주인아씨의 피종이나 해태가 더 맛이 있어 가고, 주인아씨의 간드러진 노랫소리가 귀가 아프고. 〈빈(貧)… 제1장 제2과〉 ¶더우기 그 애들은 평생 들어 보지도 못하는 '창가' — 술이야 눈물인가라는 것, 또 뭐 강남 달이 밝아서 님과 놀던 곳— 이런 것을 간드러진 목소리로 부르고 지나가면 그 애들은 금시로 가슴이 두근두근해지고. 〈얼어죽은 모나리자〉 ¶네 시 반쯤 되어서 태수가, 윗입술을 한편만 벌려 간드러지게 웃으면서 진찰실로 들어왔다. 〈탁류⑧〉 ¶인력거에서 내려선 윤 직원 영감은, 저절로 떠억 벌어지는 두루마기 앞섶을 여미려고 하다가 도로 걷어 젖히고서, 간드러지게 허리띠에 가 매달린 새파란 염낭끈을 풉니다. 〈태평천하①〉 ¶풀포기 군데군데 간드러진 제비꽃이 고개를 들고 섰다. 〈쑥국새〉 ¶제각기 그 간드러진 다리로 이리저리 뿔뿔이 흩어져 달아나는 병아리를 이놈 잡아 올라 저놈 못 가게 할라. 〈용동댁〉 ¶간드러지게 생긴 얼굴이, 눈은 아직 그대로 지그려 감고 콧등을 찡긋찡긋하다가, 고 육중한 입을 하 벌리고 하품을 늘어지게 배앝는다. 〈패배자의 무덤〉 ¶그림책을 고부라지게 들여다보고 있는 주제가 아주 간드러지고 이뻤다. 〈반점〉

간들바람㉮ 가볍고 부드럽게 부는 바람. ¶오래 목간을 한 끝에, 담배 기운이 몸에 푹신 배는데, 겹하여 열어젖힌 창문으로 첫여름의 흔흔한 간들바람이 자리 안 나게 불어 들어 알몸뚱이를 어루만져 준다. 〈빈(貧)… 제1장 제2과〉

간부(姦夫)㉮ 간통한 사내(남자). ¶계집이 젖 먹는 자식을 버리고 간부와 배 맞아 도망을 갔다. 〈탁류⑱〉

간색(看色)㉮ 물건의 질을 가리기 위하여 본보기로 그 일부를 보는 것. 또는 눈에 좋게 보이도록 겉으로 꾸미는 일로 조금씩 내보이는 물건. ¶그는 제법 지나는 길에 물건을 간색이나 하는 것처럼 천연덕스럽게 들여다보기는 하나 가슴은 두근거렸다. 〈명일〉 ¶그러니 초봉이란 간색만 좋았지, 애무의 취미에 있어서 사십 된 중년 남자의 무르익은 흥취를 만족시켜 주기에 쓸모가 없는 계집이고 말았다. 〈탁류⑬〉

간선(幹線)㉮ 도로, 철도, 전신 등의 주요 구간 사이를 연결하는 선. ¶남북 간선마다 매일 다섯 급행 여섯 급행씩 왕복을 한다. 〈회(懷)〉

간소롬하다㉲ 가느스름하다. 넓이가 좁고 가느다랗다. ¶환히 밝기만 한 오십 와트 전등불을, 눈도 아파 않고, 간소롬히 바라보면서 모로 누워 있는 초봉이는, 〈탁류⑪〉

간수(看守)㉮ '교도관'의 옛 이름. 교도소에서 일을 맡아보는 공무원. ¶그날 최씨 부인은 면회를 하고 나서 간수 하나를 붙잡고 "제발 우리 칠복이 대신 나를 가두어 주던지 그렇지 아니하려거든 나를 이 자리에서 당장 죽여 달라."고 한참이나 울며 승강이를 하다가 필경은 등을 밀려 쫓겨 나서. 〈불효자식〉

간악(奸惡)하다㉲ 간사하고 악독하다. ¶도리어 교양의 지혜를 이용하여 무지한 사람들보다도 더하게 간악한 짓을 하는 것이라 했다. 〈탁류⑮〉

간에 아니 차다〖관용〗 간에 차지 않다. ¶먹을 때는 꿀같이 맛이 있어도 다 먹고 나면 간에는 아니 차서 차라리 아니 먹으니만도 못 했읍니다. 〈어머니를 찾아서〉

간에 차지(를) 않다〖관용〗 먹은 것이 너무 적어 먹으나마나 하다. 〖비슷〗 간에 기별도 안 간다. 간에 아니 차다. ¶그때 가서야 정 주사의 생각도 달라지겠지만, 시방의 승재로는 간에도 차지를 않았다. 〈탁류⑦〉

간유(肝油)㉮ (대구, 명태, 상어 따위) 생선의 간에서 받아낸 기름. 노란색이고 투명하며 비타민 A와 D를 다량으로 함유함. 야맹증과 발육기 등의 영양 보급에 사용함. ¶병 주고 약 주더란 푼수로, 형보는 간유 등속에 강장제하며 한약으로도 좋다는 보제는 골고루 기어다가 제 손수 달여서 먹이고 하기는 해도… 〈탁류⑯〉 ¶ 응당, 간유랄지 칼슘 제제를 먹였여야 할 것이지만, 〈흥보씨〉

간을 녹이다『관용』 (마음이 끌리거나 걱정이 되어서) 몹시 애타게 하다. ¶ 울거나 골딱지를 냈거나 도망을 가거나 하기는커녕, 날 잡아 보라는 듯이 밴들밴들 웃고 있지를 않겠습니까. 마구 간을 녹입니다. 〈태평천하⑩〉

간이 보험(簡易保險)명 계약의 조건이나 절차가 간편하고 금액이 적은 보험. ¶ 순동이를 위하여 이 원짜리와 일 원 오십 전짜리 해서 두 몫이나 든 간이 보험도 잘 부어 가고…. 〈흥보씨〉

간이 콩만 하다『관용』 겁이 나서 몹시 두렵다. ¶ 어둔 속에서 방금 무엇이 튀어나오는 것 같아 간이 콩만 했다. 〈탁류⑩〉

간장 종지『관용』 간장을 담아 놓는 작은 그릇. ¶ 행보는 귀밑까지 째진 입에 담배 꽂은 상아 빨주리를 옆으로 물고 누워 태수의 숙인 이마를 곰곰이 올려다본다. 그의 퀭하니 광채 있는 눈은 크기도 간장 종지 한 개만큼씩은 하다. 〈탁류④〉

간접 교사(間接敎唆)명 간접으로 남을 꾀거나 부추겨서 나쁜 짓을 하게 하는 것. ¶ 쇠뿔을 바로잡다가 본즉 소가 (죽은 게 아니라) 말승냥이가 되더라는 둥, 불합리의 간접 교사를 하고 있을 수가 없다는 둥. 〈패배자의 무덤〉

간죠(かんじょう)명 '월급'의 일본어. 다달이 받는 급료. ¶ "싫소, 외상은… 그리구, 요릿집 간죠뿐이우?" 〈태평천하⑫〉

간지다형 붙은 곳이 가늘어 곧 끊어질 듯이 위태롭다. ¶ 남자는 승재요, 여자는 초봉이 저요, 둘 사이에 매달려 배틀거리면서 간지게 걸음마를 하고 가는 아기는 송희요…. 〈탁류⑱〉

간찰(簡札)명 간지(簡紙)에 쓴 편지. 『같은』 편지. ¶ "뭣이냐, 거 자네가 내게 헌 간찰 사연대루, 거 원, 젊은 놈이 평생 고리타분허게 훈장질이나 하여 먹을 일을 생각허닝게 답답허구 한심히여서…." 〈순공(巡公) 있는 일요일〉

갈명 '가을'의 준말. ¶ "올 갈엔 서둘어 혼인을 해여지 아니해?" 〈암소를 팔아서〉

갈가리부 '가리가리'의 준말. 여러 가닥으로 찢어진 모양. ¶ 등과 어깨가 갈가리 나간 인조항라 적삼은 살에 가 달라붙어 떨어지지도 않는다. 〈이런 남매〉

갈고리명 '갈고랑이'의 준말. 물건을 걸어 당기는 데 쓰는 끝이 뾰족하고 꼬부라진 물건. ¶ 연한 동심은 좋이 자라지를 못하고 속에서 갈고리같이 옥고, 뱀같이 서리서리 서렸다. 〈탁류⑭〉 ¶ 똥이 무서워서 피하는 게 아니라 더러우니까 피하는 체, 맞대고는 시비를 하려고 하지 않고, 속으로만 저마다 갈고리를 잔뜩 찼다. 〈정자나무 있는 삽화〉

갈기명 말이나 사자 따위 짐승의 목덜미에 난 긴 털. ¶ 제주말이 제 갈기를 뜯어 먹는다는 푼수로, 이태 동안에 정 주사의 본전 삼백 원은 스실사실 다 밭아 버리고 말았다. 〈탁류①〉

갈기갈기부 여러 가닥으로 여지 없이 찢어진 모양. ¶ 나이는 인제 갓 쉰이라는데 칠십이 넘은 것 같이 머리가 희고 얼굴에 고생의 갈기갈기를 새긴 듯이 온통 주름살이 잡힌 이 노인을 유심히 보는 때마다 병조는 한숨이 저절로 흘러져 나왔다. 〈병조와 영복이〉

갈데없다형 오직 그렇게 틀림없다. ¶대문 밖에서 되묻는 건 갈데없는 순사의 말씨다. 〈탁류⑩〉 ¶물론 첩질이나 하고, 마작이나 하고, 요정으로 밤을 도와 드나드는 걸 보면 갈데없는 불량자고요. 〈태평천하⑤〉

갈데없이부 오직 그렇게 틀림없이. ¶이제는 저녁은 갈데없이 저물었다. 〈얼어죽은 모나리자〉

갈라붙이다동 둘로 갈라서 이쪽 저쪽으로 붙이다. ¶머리는 밀기름으로 빤지르르하게 갈라붙인다. 〈얼어죽은 모나리자〉 ¶옳지 됐어… 인제 시방 나간 길에 양복점에 들러서 갈라붙인 새 양복 한 벌 맞춰요, 응? 〈탁류⑰〉

갈려들다동 교체하여 들어오다. (사람이나 물건을 다른 사람이나 물건으로) 대신하여 들어오다. ¶세상에 첩은 그날로 나가고 당장 갈려든다지만, 이건 사내가 이렇게 하나가 나가고 하나가 들어오고 하다니 도무지 망측했던 것이다. 〈탁류⑭〉

갈리다동 '갈라서다'의 뜻. (서로의 관계를 끊고) 각각 따로 되다. (부부가) 이혼하다. ¶그는 옥섬이에게 대고 '왜 어젯밤에 죽도록 발악을 못하고 영감의 위협하는 소리에 넘어갔느냐'고 족쳐 주고 싶었으나 지금 와서 그 말을 하였다 도리어 갈리는 터에 섭섭만 할 것이고. 〈산동이〉 ¶그러니깐 갈려야지? 잘잘못이야 뉘게 있던 간 둘이서 같이 살 수가 없으니깐 갈려야 할 게 아냐? 그렇잖어? 〈탁류②〉 ¶웬일일꼬? 해야 알 수는 없어도, 미흡한 게 관수와 갈리는 만큼이나 마음이 허전해진다. 〈정자나무 있는 삽화〉

갈릴레오(Galileo)명 이탈리아의 천문학자. (1564~1642) ¶이번에는 갈릴레오가 도리어 그레고리 십삼세의 초사를 받다가 "… 그래도 지구는 돌지 않는다!"는 폭담을 들어야 한 차례인 데야…. 〈패배자의 무덤〉

갈매옥색(--玉色)명 짙은 초록빛이면서 약간 파르스름한 빛깔. '갈매'는 갈매나무의 열매, '갈맷빛'은 짙은 초록색을 뜻함. ¶분홍 저고리에 갈매옥색 치마를 입고 시방 저리로 까맣게 멀리 가는, 색시 얼굴이 눈앞에 어른어른한다. 〈두 순정〉

갈보명 웃음과 몸을 팔며 천하게 노는 여자. ¶하아! 기생 아니고, 그럼 신흥동 갈보라요? 〈탁류④〉 ¶오복이가 일행을 알아보고서, 흥! 저 잡것이 저러다가 갈보가 되지야고 혀를 찬다. 〈정자나무 있는 삽화〉

갈보집명 웃음과 몸을 팔며 천하게 노는 여자가 있는 집. ¶뉠리리 가락으로 들어박힌 갈보집. 다 쓰러져 가는 초가집을 세 사람이 아는 집 들어서듯이 쑥쑥 들어서니. 〈레디 메이드 인생〉

갈아 뜨다동 (눈을) 바꾸어 뜨다. ¶초봉이는 눈을 아니꼽게 갈아 뜨고 형보를 내려다보다가, 떨리는 음성으로 준절히 나무란다. 〈탁류⑭〉

갈아들다동 이미 있던 사물을 대신하여 다른 사물이 들어오거나 자리잡다. ¶먼저 여자는 짐짓 쌜룩해서 저편으로 가고 거기 있던 조선옷 입은 얼굴 둥글고 계집애 같이 생긴 여자가 갈아든다. 〈명일〉 ¶ 눈에는 시뻐하는 빛이 갈아들면서 고개를 돌리고 가던 발길을 다시 띄어 놓는다. 〈정자나무 있는 삽화〉

갈앉다[동] '가라앉다'의 준말. 밑으로 차차 내리거나 잠잠해지거나 진정되다. ¶ "너 배 안 고푸냐?" 윤 직원 영감은 쿨럭 갈앉은 큰 배를 슬슬 만집니다. 〈태평천하②〉

갈앉히다[동] '가라앉히다'의 준말. 가라앉게 하다. ¶ 그를 용납하여 몸과 마음을 갈앉혀 줄 천지는 아니었었다. 〈이런 남매〉

갈 양으로[관용] 갈 의도나 생각으로. '양으로'는 서술어 '-ㄴ', '-ㄹ' 아래에 쓰여 '하고자 하는 생각으로'의 뜻을 나타내는 말. ¶ 그런데 괜히 엄마가 송힐 띠어 놓구 혼자만 창경원 갈 양으로 그리지? 응? 송희야? 〈탁류⑯〉

갈잎[명] '떡갈잎'의 준말. 떡갈나무의 잎. ¶ "송충이가 솔잎을 먹어야지 갈잎을 먹으면 못쓰지라우. 다 저이 찌리찌리(끼리끼리) 만나서 살어야지…" 〈보리방아〉 ¶ "그렇다우. 송충이가 솔잎을 먹어야지, 갈잎을 먹으면 죽는다구 않어우?" 〈동화〉 ¶ 딸 혜옥도, 송충이가 솔잎을 먹어야지 갈잎을 먹으면 죽는다더라면서 인력거꾼의 자식은 인력거꾼과 살아야 하는 법이라고, 〈이런 남매〉

갈자리[명] →삿자리. 갈대를 엮어서 만든 자리. ¶ 방바닥에는 낡은 갈자리, 그나마 웃목은 거적이다. 〈얼어죽은 모나리자〉

갈쿠리[명] →갈고리. 끝이 뾰족하고 꼬부라진 물건. 흔히 쇠로 만들어 물건을 끌어 당기는 데 쓴다. ¶ 그게 원 무슨 놈의 갈쿠리 같은 심청이람! … 그래, 우리가 언제까지구 이렇게 지내다가는 못쓰겠으니 갈려야 하겠다구, 뉘 입으루 내논 말야?…. 〈탁류⑤〉

갈채(喝采)[명] 찬동이나 환영의 뜻으로 크게 소리내어 떠들며 칭찬하는 것. ¶ 그걸 보고는 학도놈들은 좋아라고 은근히 속으로 갈채를 하고 앉았고. 〈회(懷)〉

갈충머리(가) 없다[관용] 진득함이 없이 촐랑거리다. ¶ 대체 식구 중에 누가 갈충머리 없이 이런 해망을 부렸는지 참말 딱한 노릇입니다. 〈태평천하③〉

갈퀴질하다[동] 낙엽이나 솔가리 등의 마른 풀을 갈퀴로 긁어모으다. ¶ 백성의 것을 갈퀴질하고 나라로 올라가는 세미를 입을 대어 많은 재물을 숱하게 장만하였다. 〈산동이〉

갈피[명] 일이나 물건의 갈래가 구별되는 자리. ¶ 이러한 갈피로 해서 명님이는 일변 승재로 하여금 은연중에, 그가 인생을 살피는 한 개의 실증이요 세상을 들여다보는 거울이기도 했다. 〈탁류⑥〉

갈피 없이[부] 일의 갈래를 분간할 수 없게 조리없이. ¶ 따라서 갈피 없이 흐트러지던 여러 가지 상념이며 센티멘탈도 차차로 가라앉을 것은 가라앉고. 〈패배자의 무덤〉

감감하다[형] 아득하게 멀다. ¶ 전차 갈리는 소리도 들리지 아니하고 가끔 가다가 자동차의 경적이 딴 세상의 소리같이 감감하게 들리어온다. 〈레디 메이드 인생〉 ¶ 경손은 제 방에서 감감하게 대답을 하나, 윤 직원 영감은 들었는지 못 들었는지, 연해 소리소리 외칩니다. 〈태평천하⑥〉 ¶ 산을 돌아 넘어가는지 소리가 감감하니 멀어간다. 〈쑥국새〉 ¶ 조그마한 보퉁이 하나를 들고, 들 가운데 행길로 감감하니 멀어가는 뒷그림자를 홀로 그의 모친이 정자나무 밑에 서서 배웅을 했다. 〈정자나무 있는 삽화〉

감감히[부] 아주 멀어 아득하게. ¶ 찌르르하고 발차 종소리가 나며 호각 소리가 감감히 들리더니 우렁찬 기적 소리와 아울러 피피 소리를 연해 내며 차는 슬그머니 움직였다. 〈세 길로〉 ¶ 하늘에는 보이랴 마랴 하는 엷은 구름이 한두 장 떠 있을 뿐 발돋움을 하여 손으로 만져 보고 싶게 감감히 높아 보였다. 〈앙탈〉 ¶ 다만 우물 속에서 쏟쳐 내려가는 소리로 "잘 가라"는 옥섬의 목소리만 감감히 들리고는 뒤미처 철부덩 하는 물소리가 울려 나왔다. 〈산동이〉 ¶ 뒤미처 신사(神社)에서 치는 오정 북소리가 감감히 들려오다가 그친다. 〈보리방아〉 ¶ 그대로 발자국 소리만 감감히 사려져 버리고 만다. 〈얼어죽은 모나리자〉

감개(感慨)(가) 무량(無量)하다『관용』 (어떤 일에 대해) 깊이 감격하여 마음속에 사무친 느낌이 한이 없다. 여기서, '감개(感慨)'는 (어떤 일에) 깊이 감격하여 마음속에 사무친 느낌 ¶ 그는 감개는 무량하나 말은 궁한 듯이 여러 번 더듬더듬하다가. 〈불효자식〉

감금살이(監禁--)[명] 신체의 자유를 속박 당하여 삶. ¶ 자주 바깥바람을 쐬는 사람한테도 매력 있는 밤인 걸. 반 감금살이를 하는 초봉이에게야 반갑지 않을 리가 없던 것이다. 〈탁류⑱〉

감금(監禁)하다[동] (자유를 구속하여) 나들지 못하도록 일정한 곳에 가두어 두다. ¶ 무엇이 그다지 급하다고 그 옹색하고 푸달진 부분 속에다가 인생 전부를 영영 감금하잘 며리가 없었다. 〈모색〉

감기다[동] 음식을 지나치게 많이 먹어서 갱신을 못하게 하다. ¶ 한 주발씩의 막걸리거니 하면 그저 그만이겠지만, 제마다 한 주발씩 그 놈을 들이켜고 나서는 그 입맛이 회회 감겨 하는 것이며 전신에서 솟아나는 든든해 하는 얼굴이며…. 〈정자나무 있는 삽화〉

감대 사납다『관용』 →감때 사납다. 매우 억세고 사납다. ¶ 큰 대문, 안대문, 사랑 중문을 모조리 닫아 걸고는 감대 사납게 생긴 권투할 줄 안다는 행랑아범의 조카놈이 행랑방에 버티고 앉아 드나드는 사람을 일일이 단속합니다. 〈태평천하⑬〉

감발[명] 먼 길을 떠날 때나 막일을 할 때 버선 대신 발에 감는 좁고 긴 무명. 『같은』 발감개. ¶ 보통학교의 교장이 감발을 하고 촌으로 돌아다니며 입학을 권유하였다. 〈레디 메이드 인생〉

감복(感服)하다[동] 감동하여 탄복하다. ¶ 그러나 사실이 그러했다고 해서 우리가 그 자리에서만이라도 임×× 선생한테 감복하는 마음이 생겼더냐 하면 막상 아니었었다. 〈회(懷)〉

감수(減壽)(를) 하다『관용』 수명이 줄어들다. ¶ 계봉이가 아무 철없이 어린애처럼 형보와 함부로 장난을 하고 농지거리를 하고 하는 것을 볼 때마다 사뭇 감수를 하게시리 가슴이 떨리곤 해서, 〈탁류⑯〉

감수(減壽)하다『관용』 수명이 줄어지다. ¶ 그런 인력거꾼 두 번만 만났다가넌 마구 감수허(하)겠다!…. 〈태평천하①〉

감심(感心)명 깊이 마음에 느끼는 것. 감동되어 마음이 움직이는 것. ¶옥초는 여전히 방긋이 웃는 입초리로 연신 혼잣말을 뇌면서 연신 고개를 끄덕거리면서 감심을 하여 마지않는다. 〈모색〉

감심(感心)스럽다형 깊이 마음에 느끼는 태도가 있다. 감동되어 마음이 움직이는 태도가 있다. ¶이 사람이 분명코 그동안 위인이 변했구나 하고 아까 미리서 짐작을 했던 그 짐작과 일일이 들어맞는 것이어서 그것이 옥초에게는 구경답고 감심스럽던 것이다. 〈모색〉

감옥살(監獄-)명 감옥이나 교도소에 갇혀 지내면서 찐 살. ¶그처럼 야위었던 그가 부숭부숭한 감옥살이 져서 매우 비대하여졌었다. 〈불효자식〉

감장명 남에게 의뢰하지 아니하고 혼자 일을 꾸리어 감. ¶생전에 그런 것도 감장을 해 두어야 사후라도 눈이 감기고 하겠어서 그러는 것이니…. 〈이런 처지〉

감장시키다동 감장을 하도록 하다. ¶제 돈 몇천 원을 착 내놓아 애물의 위급을 감장시켜 주었을는지는 모른다는 것이다. 〈탁류⑩〉

감질(疳疾)명 (먹고 싶거나 갖고 싶어) 몹시 애타는 마음. ¶오늘이 일기가 이리 좋아도 못 놀면서 남 감질만 나게시리 바투 내일이 쉬는 날이라니 약을 올려주는 것 같아 밉광스럽다. 〈탁류⑯〉 ¶고까짓 30분, 눈 깜짝할 새 감질만 내다가 그만둔다고, 그래서 또 성홥니다. 〈태평천하②〉

감쪽같이부 (꾸미거나 고친 것이) 재빠르고 솜씨가 좋아 남이 알아채지 못할 만큼 흔적이 없이. ¶그러나 금년 봄에 땅값이 바짝 오르매 기회가 좋다고 두 ×× 씨는 그 논들을 팔아 육백육십 원을 일시에 갚아 버리고 이백 원씩의 이익을 감쪽같이 남겨 먹었다. 〈보리방아〉 ¶보통학교부터 쳐서 대학까지 십육 년이나 공부를 한 것이 조그마한 금비녀 한 개 감쪽같이 숨기는 기술을 배우니만도 못하다고…. 〈명일〉

감칠맛명 사람의 마음을 끌어들이는 힘. 사람의 마음에 휘감기어 여운을 남기는 사물에 담긴 묘미. ¶마침 물이 올라 회창회창한 게 감칠맛이 있다. 〈생명〉 ¶승재는 그 말의 촉감이 선뜻 그럴싸하니 감칠맛이 있어서 연신 고개를 꺄웃꺄웃 입으로 거푸 뇐다. 〈탁류⑰〉

갑신정변(甲申政變)명 조선 고종 21년(1884)에 김옥균, 박영효, 홍영식을 중심으로 한 개화당이 수구당을 몰아내고 혁신적인 정부를 세우기 위하여 일으킨 정변. ¶갑신정변에 싹이 트기 시작하여 가지고 일한합방의 급격한 역사적 변천을 거치어 자유주의의 사조는 기미년에 비로소 확실한 걸음을 내어디디었다. 〈레디메이드 인생〉

갑작스리부 →갑작스레. 어떤 일이 갑자기 일어난 듯하게. ¶아아니, 그이가 글쎄 갑작스리 의관을—동복은 동복이라두—단정하게 채리구서는 출입을 허다께. 〈소망〉

갓부 금방 처음으로. 이제 막. ¶생긴 거란 역시 별수 없고 까칠한 게 갓에 나논 고양이 새끼 여대치게 어설펐읍니다. 〈태평천하⑩〉

갓집명 갓을 넣어 두는 상자 모양이 여러 가지인데 주로 둥글게 만듦. 벽에 걸거나

천장에 달아 놓기도 함. ¶색시는 그것을 일일이 집어서 갓집과 횃대에다가 넣고 걸고 한다. 〈두 순정〉

강(講)을 하다『관용』 배운 글을 스승이나 윗사람 앞에서 외다. ¶일 년 열두 달을 다 달이 보름과 그믐이면 강을 해야 하고, 〈순공(巡公) 있는 일요일〉

강강(剛剛)하다㉻ (몸이) 건강하고 굳세다. ¶강강한 놈과 누직거리는 두 놈이 마주 자꾸 부딪치면, 우선 보매는 강강한 놈이 이겨내는 것 같지만, 〈탁류⑯〉

강경(江景)㉷ 충청남도 논산 평야의 근처. ¶질항아리 깨뜨리는 듯한 목쉰 소리가 차 소리에 섞여 감감히 들렸다. 어느 틈에 기차는 강경역에 닿았다. 〈세 길로〉

강경(强硬)하다㉻ 굳세게 버티어 굽히지 않다. 성품이 단단하고 굳세다. ¶누가 만만히 놓아 준대서까마는 그런 건 상관 없고 승재의 말소리며 얼굴은 자못 강경하다. 〈탁류⑰〉 ¶말의 뜻에 비해서는 악센트가 그다지 강경하진 않습니다. 〈태평천하⑪〉

강박 관념(强迫觀念)㉷ 떨쳐 버리려 해도 자꾸 마음에 떠오르는 생각. ¶단념은 했어도, 그래도 조금 남은 미련이 있어, 그놈이 잊자고 해도 강박 관념같이 주의를 끌던 것이다. 〈탁류④〉

강단(剛斷)㉷ 강기있게 결단하는 힘. 어떤 일을 야무지게 결단하거나 견뎌 내는 힘. ¶그래 마음은 잔뜩 초조한데, 그러나 그러면서도 그를 선뜻 해낼 강단은 또한 나지를 않고 물씬물씬 뒤가 사려진다. 〈탁류⑧〉 ¶그러한 것을 좀처럼 강단을 내지 못하는 소치는, 거기 어디 많이 볼 수 있는 구태의 젊은 여인들과 일반으로 용동댁도 독립할 줄을 모르는 영원한 아기—. 〈용동댁〉 ¶프로메테우스의 후손은 불손하여 약행(弱行)할지언정, 불을 도로 빼앗지 않기 위하여서는, 육체를 처분할 강단조차 없지는 않다. 〈패배자의 무덤〉

강심(江心)㉷ 강물의 한가운데. 강물의 한복판. ¶훤하게 터진 강심에서는 싫지 않게 바람이 불어온다. 〈탁류①〉

강심제(强心劑)㉷ 심장 기능이 쇠약해졌을 때 기능을 강하게 하는 약제. ¶당장이나마 원이라도 없으라고 강심제 한 대쯤 주사를 놓아 주고 싶지 않은 것도 아니었으나. 〈탁류⑥〉

강안(江岸)㉷ 강기슭. 강 양편의 가장자리 땅. 강줄기에 잇닿은 가장자리 땅. ¶강안으로 뻗친 찻길에서는 꽁지 빠진 참새 같이 방정맞게 생긴 기관차가 경망스럽게 달려 다니면서, 빽빽 성급한 소리를 지른다. 〈탁류①〉

강잉(强仍)하다㉿ 마지못하여 그대로 하다. ¶차마 바로 고전까지 가지는 상냥한 태도를 싹 씻어 버리지는 못하고 강잉해서 좋은 얼굴을 보이는 것이다. 〈명일〉 ¶그는 순간의 얄따란 자포자기로 그렇게 강잉해서라도 금출이의 내색을 살피자는 것이다. 〈얼어죽은 모나리자〉 ¶초봉이는 강잉해서 웃으려고 하는 모양이나, 웃는다는 게 웃는 것 같지도 않다. 〈탁류⑦〉 ¶얼마만인지 정신이 들어 가지고 제자리로 돌아온 경희는, 아니기를 차라리 잘했지야고, 강잉해 스스로 위로를 해 보는 것이나. 〈반점〉 ¶그래도 얼마만인지는 하릴없이, 발길을 돌려놓으면서 또 한 번 전

별엣 말을 두루 이르면서, 강잉해 여럿과 떨어져 자행거는 타려고도 않고 끄는 채, 〈회(懷)〉

강장술(强壯術)[명] 몸을 건강하고 힘을 왕성하게 하는 기술이나 재주. ¶간단한 ×× 강장술 비슷하다고 할는지. 〈태평천하⑭〉

강장제(强壯劑)[명] 쇠약한 체질을 건강하게 만들고 체력을 돕는 약제. ¶병 주고 약 주더란 푼수로, 형보는 간유 등 속에 강장제하며 한약으로도 좋다는 보제는 골고루 지어다가 제 손수 달여서 먹이고 하기는 해도…. 〈탁류⑯〉

강재(强材)[명] 이롭거나 유리한 재료. [상대] 악재(惡材). ¶그때에 날이 마침 가물었기 때문에 모낼 시기를 앞두고 그것이 다소 강재가 아닌 것은 아니었으나, 매우 속된 관찰이요, 더우기 백 정이 오를 것을 예상한 것은 터무니 없는 제 욕심이었었다. 〈탁류④〉

강짜[명] 강다짐으로 하는 짓. 또는 시샘이 나서 부리는 심술. ¶재호한테 초봉이가 전화를 받으면서 그런 아양을 떨고 하니까, 그만 강짜에 눈까지 뒤집혀 그 거조를 한 것인데, 〈탁류②〉

갓[부] →갓. 방금. 이제 막. ¶갓(갓)에 두부집에서 나오는 길인지 목판 밑으로 물줄기가 줄줄 흘러내린다. 〈명일〉 ¶화통이 하나가 더 달려와서야 가까스로 떼어 놓곤 한단 소리도 또한 호남 본선이 갓(갓)에 개통되었을 무렵의 '전설'이다. 〈회(懷)〉

갖추[부] 고루고루 갖추어. 빠짐없이 갖추어. ¶그는 초봉이의 그동안 사단을 갖추 알고 있던 것이다. 〈탁류⑫〉 ¶옥초는 제 자신의 역량과 컨디션과 그리고 그러한 역량과 그러한 컨디션 밑에서 제가 조만간 거기에 참예를 할 현실 사회의 생활과 이런 것을 가지고 갖추 세세하게 상량을 해 보았다. 〈모색〉 ¶멀리 이렇게 타관엘 나와서 갖추 그런 고생을 하기엔 너무도 연약하고 가엾은 정상이 아닐 수 없는 것이다. 〈회(懷)〉 ¶윤 직원 영감한테는 갖추 불길한 날입니다. 〈태평천하③〉

갖추갖추[명][부] 고루고루 갖춤. 고루고루 갖추어. ¶이 뱃속에 들어 있는 이것을 십삭을 채워 낳아 놓고 기르고 하느라고 겪는 갖추갖추의 고통과 불쾌함을 면하게 될 것이니 그게 어디냐. 〈탁류⑬〉 ¶지나간 해 가을 처녀의 마음이 싹트면서 바로 만나던 한 사람 총각이 영상을 둘러싸고 갖추갖추 벌어지는 꿈 아닌 꿈의 세상을 두루두루 헤매느라고 거의 넋을 놓다시피 한다. 〈얼어죽은 모나리자〉 ¶그것이 뼈에 사무치게 고깝고 안타까와 그 자리에 축 엎드려서 갖추갖추 울며 넋두리라도 하고 싶은 것을 끄윽 참았다. 〈생명〉 ¶이 지경으로 갖추갖추 박절스런 백성이 되고 만 죄의 열 깐의 일곱 깐은. 〈상경반절기〉

같잖다[형] 격에 어울리지 않아 못마땅하다. 눈꼴사나운 품이 격에 맞지 않고 아니꼽다. ¶"온… 같잖은 년이!…" 유 씨가 계봉이를 타박을 하는 것이다. 〈탁류⑦〉 ¶이게 서울로 올라온 다음부터는 같잖은 것이 교가 나 가지골랑, 내 온, 어처구니가 없어서…. 〈이런 처지〉

개가(改嫁)[명] 이혼하거나 사별한 여자가 다시 다른 곳으로 시집가는 일. [같은] 재가(再嫁). 후가(後嫁). 후살이. ¶아직까지는 털고 나서서 개가를 하겠다는 의사는 감히 없고, 역시 재혼이라는 것은 못하는 걸로 여기고만 있읍니다. 〈태평천하⑨〉 ¶그러지 말고 개가를 가라고…. 〈치숙(痴叔)〉 ¶가령 개가를 간다고 하면, 제일 첫째 아들 태진이를 대체 어떻게 하느냐? 〈용동댁〉

개가 똥을 마대다[속] 평소에 좋아하는 것을 싫다고 할 리가 없다는 뜻. '본디 좋아하는 것을 짐짓 싫다고 거절함'을 비꼬아 이르는 말. ¶"미친 녀석! 늙은 사람두 그런 것 바친다드냐?" "아무렴! 개가 똥을 마대지?" 둘이는 걸찍하게 농지거리로 주거니 받거니 합니다. 〈태평천하⑫〉

개가 여러 마리면 호랑이도 잡는다[속] 아무리 약한 자라 할지라도 여럿이 힘을 합치면 강한 자를 물리칠 수 있다는 말. ¶ '개가 여러 마리면 호랑이도 잡는다' 이런 생각이 그 끝에 연달아 우러나면서 갑쇠는 다시금 고개를 혼자 끄덕거린다. 〈정자나무 있는 삽화〉

개가(改嫁)하다[동] 결혼하였던 여자가 다시 다른 곳으로 시집가다. ¶남편은 남편이니 감히 다른 남자에게로 개가할 생심을 하며, 〈소복 입은 영혼〉

개개벌이(個個--)[명] 한 사람 한 사람이 일을 하여 돈을 버는 일. ¶그들이 누구 없이 일을 하기 싫어 않는 사람은 하나도 없고 개개벌이가 없어서 놀고 있기가 아니면 병든 사람인 줄을 그는 역력히 알고 있었던 것이다. 〈탁류⑮〉

개개(個個)[부] 하나하나. 낱낱이. ¶"몹쓸 것이, 이렇게 가난헌 집에서 며누리를 은어 가구 보면 개개 탈이란 말이여… 허기사 규수는 언뜻 보매 갠찮얼 것 같네마는…." 〈보리방아〉 ¶좀 똑똑하다는 축이 일확천금의 큰 뜻을 품고 인천으로 쫓아온다. 와서는 개개 밑천을 홀라당 불어 버리고 맨손으로 돌아선다. 〈탁류④〉 ¶개개 지붕이 새고 토담벽이 무너진 오막살이요, 〈탁류⑮〉

개개빌다[동] 잘못을 용서하여 달라고 간절히 빌다. ¶그대로 털썩 주저앉아 두 손을 합장하고 개개빌고 말았을 것이다 〈탁류⑭〉 ¶그래 ×을 질질 싸면서 그저 살려 줍시사 제발 살려 줍시사고, 개개빌어… 옳지. 〈정자나무 있는 삽화〉

개개(箇箇·個個)이[부] 하나하나. 낱낱이. ¶개개이 모두가 그 손님들이다. 〈회(懷)〉

개개일자로(個個一字-)[부] 하나하나가 한결같이. ¶내지 여자가 참 좋지 뭐. 인물이 개개일자로 이쁘겠다, 얌전하겠다, 상냥하겠다, 지식이 있어도 건방지지 않겠다, 좀이나 좋아! 〈치숙(痴叔)〉

개구멍[명] 울타리나 대문짝 밑에 개가 드나들게 뚫어 놓은 구멍. ¶앞마당에는 용희의 아버지 태호가 손에 든 삽을 휘두르며 소리소리 치고 있고 허리에 줄을 맨 중도야지 한 마리가 마늘밭을 함부로 짓밟으면서 뛰어 달아나다가 울타리 밑 개구멍으로 빠져나가 버린다. 〈보리방아〉

개구멍받이[명] 남이 버린 것을 받아서 기른 아이. ¶남의 자식 그거 하나 기르지? 남은 개구멍받이두 좋다구 길르더라! … 아무렇지두 않어, 〈탁류⑬〉

개꼴[명] 체면이 아주 엉망이 된 꼬락서니. ¶그러니 친구며 점잖은 손님 앞에서 내 꼴이 개꼴 아닌가? 〈이런 처지〉

개기름명 얼굴에 나타나는 번질번질한 기름. ¶모두들 얼굴에 개기름이 번질번질하고 눈곱 낀 눈이 벌겋게 충혈이 되었읍니다. 〈태평천하⑬〉

개대가리명 개의 머리. ¶운두 새까만 마른신을 조그맣게 신고, 바른 손에는 은으로 개대가리를 만들어 붙인 화류 개화장이요. 〈태평천하①〉

개두명 '개도(開道)'의 입말. 어떤 행동이나 일을 처음으로 시작함. ¶이렇게 속으로 빈정대는 게 아주 번연하니, 썩 발칙스럽기도 하려니와 일변 어째 그랬든 한번 개두를 한 이상 뒷갈무리를 못해서야 어른의 위신과 체모가 아니던 것입니다. 〈태평천하⑥〉 ¶맨 처음 개두를 하는 게 키가 기다란 것도 그럴 듯하거니와 음성이 오복이다. 〈정자나무 있는 삽화〉 ¶그러나 종택은 아내가 개두를 한 그 이야기를 결코 잊어버린 것이 아니다. 〈패배자의 무덤〉 ¶그걸 갖다가 굳이 이편에서 말 개두를 하여 조르든지 하고 보면 사람이 잔망스럽고 치사해 못쓴대서 차라리 입을 봉해 버리고 말던 것이다. 〈모색〉

개똥불명 반딧불. ¶쨍이가 날아간 쪽에서는 개똥불이 희미하게 불을 켜 가지고 이리로 날아온다. 〈동화〉

개똥참외명 길가나 들 같은 데 저절로 자라서 열린 참외. 흔히 거름에 섞인 참외씨가 저절로 난 것인데, 보통 참외보다 작고 맛이 없음. ¶"머, 밭구덕의 개똥참외더냐? 맡어 놓구 어쩌구 허게? 그녀러 자식, 생긴 것허구 넉살두 좋네!" 〈쑥국새〉

개략(槪略)명 대충 추려 간략하게 개괄한 것. ¶그런데 도가 맡았던 사람은 밑졌다고 끙끙하더라는데 실상은 밑졌는지 어쨌는지는 모르겠으나 개략 통계를 따지어 보면. 〈화물자동차〉

개명(開明)명 사람의 지혜가 계발되고 문화가 발달하는 것. 문명개화(文明開化). 『상대』 미개(未開). ¶당신은 의관하구 다니면서 치마 둘른 날만치두 개명은 못했읍니다. 〈탁류③〉 ¶"허! 세상이 개명을 허닝개루, 불한당놈들두 개명을 하여서, 영수징 써 주구 돈 뺏어 간다?" 〈태평천하④〉 ¶"개명두 다아 구격이 맞구서 해야 하는 법이야!" 〈동화〉 ¶상필 필자를 고쳐 갈 테니 아무리 개명이요 말세이기론 양반의 가문에 욕됨이 크지요. 〈패배자의 무덤〉

개명 사상(開明思想)명 봉건적인 사상이나 풍속 등을 타파하고 근대화를 지향하려는 사상. 『비슷』 개화사상(開化思想). ¶아무데서도 선생 문하에서는 배우지 아니했지만 그때에 개명 사상(!)이 울적하게 일어나자 비록 상투는 그대로 짰을망정 '덕언이 선생님'도 새로운 사조를 이해해서 '무선생일어자통'을 놓고 독실히 공부를 했읍니다. 〈소복 입은 영혼〉

개명(開明)하다동 사람의 지혜가 열리고 문화가 발달하다. 개화하다. ¶신식이요 개명한 집안이면 다아 그렇기는 하답디다마는…. 〈탁류⑦〉

개밥명 개의 먹이. 또는 '하찮은 먹잇감'의 비유. ¶이러한 옥섬이를 두었으므로 만일 평양집이 아니었었으면 (산동이와 옥섬이를 짝을 지어 주기로 한 것도 평양집의 계책이었지만) 벌써 옥섬이는 순천 영감의 개밥이 되었었을 것이다. 〈산동이〉

개밥의 도토리㊋ '따돌림을 받아 축에 끼지 못하는 사람'의 비유. 개가 도토리를 먹지 않고 이리저리 굴려 제쳐 놓는 것을 비유한 말임. ¶부르조아의 모든 기관이 포화 상태가 되어 더 수요가 아니 되니 그들은 결국 꼬임을 받아 나무에 올라갔다가 흔들리는 셈이다. 개밥의 도토리다. 〈레디 메이드 인생〉 ¶"그 사람들은 별수가 있나! 모다들 개밥의 도토리지… 인테리들의 운명이란 빤히 내다보이는 걸." 〈명일〉 ¶고 씨는 고만 개밥의 도토리가 되어 버리고, 도리어 시어머니 오 씨 대신에 며느리 박 씨한테 또다시 시집살이(?)를 하게쯤 된 셈평이었읍니다. 〈태평천하⑤〉

개비(改備)하다㊍ 헌것을 갈아 내고 새것으로 바꾸다. 갈아 내고 다시 장만하여 갖추다. ¶두껍집에서 새로 개비한 침척을 꺼내 내려 매질을 시작한다. 〈생명〉 ¶책상이며 칠판 같은 것을 개비하고, 명년이나 내명년쯤은 학교를 새로 훌륭하게 짓는 단 소문도 들렸다. 〈회(懷)〉

개선가(凱旋歌)㊔ 개선의 노래. 승리의 노래. ¶장기는 세 판을 두어 두 판은 이기고 한 판은 지고 해서, 삼판 양승으로 정 주사가 개선가를 올렸다 〈탁류③〉

개성 난봉가(開城--歌)㊔ 개성의 명승을 주제로 사랑을 노래한, 경기 민요의 하나. ¶오후 다섯 시가 되자 불이 켜졌다. 사분사분한 종이 소리 외에는 별로이 이야기 같은 것을 하는 사람도 없고 바른편 줄에서 누구인가 콧노래로 개성 난봉가를 심란스레 불렀다. 〈병조와 영복이〉

개소리㊔ '당치 않은 말'을 욕으로 이르는 말. ¶"이 녀석아, 누가 너한테 그따위 개소릴 듣잤어?" 〈탁류⑩〉

개수물㊔ →개숫물. 설거지할 때 그릇을 씻는 물. ¶P는 개수물같이 밍밍한 술을 두어 잔 받아 먹는 동안에 비위가 콱 거슬려서 진정하느라고 드러누웠다. 〈레디 메이드 인생〉

개숫물통㊔ 개숫물을 담는 통. ¶제호는 선뜻 부엌에 있는 개숫물통을 통째 집어 들고 방으로 달려 들어간다. 〈탁류⑬〉

개시(開始)㊔ 처음으로 시작함. ¶오늘 저녁 개시로 다리도 치라 하고, 그러면서 삼남이를 시켜 말눈깔사탕 10전어치도 사다가 먹이고, 〈태평천하⑩〉

개업의(開業醫)㊔ 의사 면허증을 가지고 자기 병원을 경영하는 의사. ¶다섯 살에 고아가 된 것을 그의 외가편으로 일가가 된다면 되고 안 된다면 안 되는 어떤 개업의가 마지못해서 거두어 길렀다. 〈탁류③〉

개운(開運)㊔ 좋은 운수가 열림. ¶예나 시방이나 동네의 모양다리는 그냥 그 대중이고 조금도 개운은 되질 않았다. 〈탁류①〉

개주검㊔ →개죽음. 아무 값어치 없는 죽음. ¶"남을 위해서 내가 죽는 것두 개주검일 겨우가 많아!" 〈소망〉

개중(個中)㊔ 여럿 있는 그 가운데. ¶화장품은 개중에는 주인아씨가 채 미처 다 쓰지도 않은 것을 그저 슬그머니 차지한 것도 있다. 〈빈(貧)… 제1장 제2과〉 ¶철봉대에 가 매어달리기도 하고, 목마도 타고, 개중에는 싸움도 하고 하지만 재미있게 놀고 있읍니다. 〈어머니를 찾아서〉

개차반명 개가 먹는 차반, 즉 똥. 또는 '언행이 더럽고 막된 사람'을 욕으로 이르는 말. ¶제아무리 몸이 튼튼하고 마음이 얌전하다는 사람이라도 한번 아편에 중독이 되어 몇 해 지나고 나면 육체는 눈뜬 송장이 되고 행신은 개차반이 되어 버리고 마는 것이다. 〈불효자식〉 ¶이 천하에 행사가 개차반 같은 위인 같으니라구…. 〈탁류②〉

개찰구(改札口)명 차표, 입장권 따위를 조사하고 여객을 승차장으로 들여보내는 곳. ¶개찰구와 출찰구를 연방 번갈아 볼라, 그런 중에도 말대답을 할라, 〈상경반절기〉

개천(開川)명 개골창 물이 흘러 나가도록 골이지게 길게 판 내. ¶그러고 무엇이 되었던 음식은 음식인 걸, 함부로 거기 어디 개천에다가 집어 내던져 버리든지 한 대서야. 〈흥보씨〉

개천가(開川-)명 개천 주변의 땅. 또는 냇가. ¶그는 해태 한 개를 꺼내어 붙여 물고 다시 전찻길을 건너 개천가로 해서 올라갔다. 〈레디 메이드 인생〉

개체(個體)명 하나의 독립한 생물체. ¶이놈 지구가 눈에 뵈는 사실대루만 사는 세상이니, 개체두 그럴밖에 더 있느냐! 〈패배자의 무덤〉

개칠(改漆)명 한 번 칠한 것을 다시 칠함. ¶볼때기나 이마빼기나 코허리가 썩어 들어가는 것을 분으로 개칠을 했거니 싶기도 했다. 〈탁류⑮〉

개키다[1]동 (옷, 이부자리 따위를) 잘 포개어 접다. ¶어머니가 마침 다 다린 깜장 인조 지리멩치마를 개키면서 업순이더러 이른다. 〈동화〉

개키다[2]동 두 발이 서로 다른 무릎 위로 가게 하다. ¶웃목으로 벽을 향하여 경상 앞에 초연히 발을 개키고 앉아 경만 읽는다. 〈탁류⑥〉

개켜 놓다동 (옷이나 이부자리 따위를) 잘 포개어 접어 놓다. ¶유모는 먼지가 묻고 구기고 할까 봐서 우선 치마와 단속곳을 벗어 한편으로 개켜 놓고야 어린 것을 그러안는다 〈빈(貧)… 제1장 제2과〉

개팔자명 (개처럼) 하는 일 없이 편하게 지내는 처지. ¶서방놈이 때리지요! 어디 개팔자가 그렇게 기구허우? 차라리 개만두 못하지…. 〈탁류⑮〉

개평명 남의 몫에서 조금 얻어 가지는 공것. ¶닭이 덤벼들어서 쇠물에 섞인 수수 알맹이를 개평 떼느라고 등쌀이다. 소 닭 보듯 한다더니 저 먹을 것을 마냥 개평 들려도 소는 본숭만숭이다. 〈암소를 팔아서〉 ¶가령 부인 유 씨의 바느질삯 들어온 것을 한 일 원이고 옭아내든지, 미두장에서 어릿어릿하다가 안면 있는 친구한테 개평으로 일이 원이고 떼든지 하면, 〈탁류①〉

개평꾼명 개평을 떼어 가지는 사람. ¶그러나 암만해도 괄세할 수 없는 개평꾼은 역시 괄세를 못하는 법이라, 〈태평천하⑬〉

개평 놀음명 개평 삼아 놀아 주는 일. ¶새파란 젊은 년이 무슨 그리 살뜰한 정분이며 알뜰한 정성이 있다고, 제 벌이 제 볼일 젖혀 놓고서, 육장 이 구석을 찾아와서는 놀음채 못 받는 개평 놀음을 논다, 아무 멋대가리도 없는 늙은이 시중을 든다 하고 싶을 이치가 없을 게 아니겠읍니까. 〈태평천하⑩〉

개평푼 명 얼마 안 되는 약간의 개평. ¶ 개평푼이나 뜯으면 그걸로 되돌아 앉아 투전장이나 뽑기, 방퉁이질이나 하기. 〈태평천하④〉

개화(開化) 명 사람의 지혜가 열리고 사상과 문물 제도가 진보하는 것. ¶ 그렇다고 어머니 아버지가 무슨 투철한 개화를 한 것도 아니요. 〈동화〉

개화장(開化杖) 명 개회기 때 '단장(短杖)'을 이르던 말. 손잡이가 꼬부라진 짧은 지팡이. ¶ 운두 새까만 마른신을 조그맣게 신고, 바른 손에는 은으로 개대가리를 만들어 붙인 화류 개화장이요, 〈태평천하①〉

개흙 명 갯가나 늪바닥에 있는 거무스름하고 미끈미끈한 흙. ¶ 준설선이 저보다도 큰 크레인을 무겁게 들먹거리면서 시커먼 개흙을 파올린다. 〈탁류①〉 ¶ 다리가 정강이까지 모두 개흙에 빠져, 그놈이, 위께는 부우옇게 말라 딱지가 일고 아래께는 잘라 신은 고무장화 모양이다. 〈정자나무 있는 삽화〉

객관(客觀) 명 자기 혼자만의 생각에서 벗어나 제삼자의 처지에서 사물을 보거나 생각하는 일. 『상대』 주관(主觀). ¶ 새로운 객관에 무심한 낯가림이던 것이다. 〈탁류⑩〉

객관(客觀)하다 동 자기와의 관계를 떠나서 대상을 보거나 생각하다. 『같은』 객관화하다. ¶ 이 주관을 한번 객관했을 때, 경순은 다시 새로운 만족과 안심을 얻었다. 〈패배자의 무덤〉

객군(客-) 명 →객꾼. '예정 밖의 사람'을 달갑지 않은 투로 이르는 말. 예정 밖에 참석한 사람. 어떤 모임 따위의 자리에 관계도 없으면서 참석한 사람. ¶ 인제 할 말도 다 했거니와 볼일도 없으니 나는 아무 상관도 없는 객군인 걸 더 충그리고 있을 며리가 없지 않으냐? 〈탁류⑭〉 ¶ 갑쇠 모친은 여편네라서 짐짓 뒤곁으로, 그리고 관수는 객군이라서 한옆으로 비껴 앉고. 〈정자나무 있는 삽화〉

객기(客氣) 명 쓸데없이 부리는 혈기. ¶ 그래 그대로 넣어 두고 한 이틀 지내는 동안에 일 원이 거진 달아났던 판인데 공연한 객기를 부리느라고 당치도 아니한 해태를 샀기 때문에 이제는 일 원 돈은 완전히 달아나고 삼 원만 남은 것이다. 〈레디 메이드 인생〉 ¶ "괜헌 객기를 부리지 말어요… 있는 땅까지 팔어서 머리속에다 학문만 처쟁였으니 그게 무어야?" 〈명일〉

객꾼(客-) 명 예정 밖의 사람을 달갑지 않은 투로 이르는 말. ¶ 그러구러 벌써 한 주일, 그런데 동무는 거진 매일같이 오후와 밤으로 찾아오는 은근한 궐(厥)이 있어 놔서 객꾼의 처지가 민망하기도 하고, 〈모색〉 ¶ 펀치질은 바쁘게 하는 것이나 풀려나가느니 객꾼들이다. 〈상경반절기〉

객적다 형 →객쩍다. 어떤 언행이 쓸데없고 실없다. 공연한 짓으로 부질없고 싱겁다. ¶ 이런 건 나버텀두 다아 객적은 소리지만, 게 다아 쓸데없는 짓입넨다. 〈탁류⑮〉 ¶ 아뿔싸! 내가 괜히 객적은 소리를 씨월대는군. 도무지 영해 밖엣소리요 한 걸 가지고서. 〈이런 처지〉 ¶ 핍절한 의식 문제로 발을 벗고 나선 동무들에게 남 좋은 일이나 시킬 것이지 구태라 그것을 넘겨다본다는 게 객적은 것이었었다. 〈모색〉

객주집(客主-) 명 '객줏집'이 바른 표기. 객주 영업을 하는 집. 지난날 상인의 물품을 맡아 팔기도 하고, 매매를 거간하기도 하며 상인들을 치기도 하던 영업을 하던 집. ¶객주집에 들었던 견우는 화가 나는 김에 술을 실컷 먹고 그의 발걸음은 비틀거리며 유곽으로 향하였다. 〈팔려간 몸〉

객차(客車)명 기차 등에서 승객을 태우는 차량. 여행을 하고 있는 사람을 실어 나르는 철도 차량. ¶이층에서 올라와 문을 열고 들어서면 마치 기차의 객차같이 기다랗고 천정이 아치로 된 방이 바른편으로 쭉 뻗쳐 있다. 〈병조와 영복이〉

객초(客草)명 손님을 대접하기 위한 담배. ¶저엉 무엇하면 객초 몇 대씩 허실하면서라도 바둑 친구나 청해 오겠지만…. 〈태평천하⑩〉

객회(客懷)명 객지에서 느끼는 외롭고 쓸쓸한 심정(느낌). ¶달이 휘영청 밝고, 제법 산들거리는 게 젊은 사람은 객회가 남직한 밤이었었다. 〈탁류⑤〉 ¶작년 가을, 그 살뜰한 첩이 도망을 간 뒤로 윤 직원 영감은 객회(?)가 대단히 심했고, 〈태평천하⑩〉

갠소롬히부 갠소롬하게. ¶제호는 눈을 갠소롬히 뜨고 연거푸 기다란 얼굴로 끄덕끄덕한다. 〈탁류⑭〉

갠소롬하다형 넓이가 좁고 가느다랗다. ¶말은 그렇게 나왔어도, 실눈으로 갠소롬하니 웃는 눈웃음하며, 헤벌어지는 입하며, 다뿍 느긋해하는 게 갈데없읍니다. 〈태평천하⑧〉 ¶열어 놓은 앞뒷문으로 마주치는 가는 바람이 땀이 스민 용희의 이마와 등을 가볍게 스치고 지나간다. 그럴 때마다 자릿한 쾌감에 그는 갸름한 눈을 더욱 갠소롬하게 뜨곤 한다. 〈보리방아〉 ¶송희는 한 손으로 남은 젖꼭지를 움켜쥐고 한편 젖을 빨면서 잠이 들려고 눈이 갠소롬하다가 대문간에서 터덕거리는 발소리에 놀라 눈을 뜬다. 〈탁류⑬〉

갠찮다형 →괜찮다. 문제나 탈이 될 것이 없다. ¶"참말? 갠찮어?" 〈산동이〉 ¶"그럼 내가 채리 놓구 먼저 엽치기 시작허께 어머니." "그리라만 더웁다." "갠찮어…." 〈보리방아〉

갤러리(gallery)명 화랑(畵廊). 전시회장. ¶후장 삼절을 알리느라고, '갤러리'로 된 이층의 '다까바(高場)'에서 따악 따악 딱 다기 소리가 나더니 '당한(當限)'이라고 쓴 패가 나와 붙는다. 〈탁류④〉

갭명 →값. (경기). 무엇에 합당한 액수, 또는 노릇. ¶이 사람아, 돈이 급허면 급헐수록 다아 요긴허구, 그만침 갭이 나갈 게 아닝가? 그러닝개루 변도 더 내구서 써야지? 〈태평천하⑦〉

갯바닥명 개울이나 개의 바닥. '개'는 강이나 내의 조수가 드나드는 곳. ¶"하두 보리꽁퉁이허구 된장덩이만 먹으닝개루 소징이 나서 원… 작은 갯바닥에 물이 어떤지…." 〈정자나무 있는 삽화〉

갱구명 →고양이. (경상) ¶여긴 사람만 댕기는 길인깐 자동차두 갱구두 못 온다누!…. 〈흥보씨〉

갱기찮다형 →괜찮다. 문제나 탈이 될 것이 없다. ¶맘대루 허라구 허길래, 아 인력거삯 안 주어두 갱기찮언 종 알구서, 그냥 가라구 하였지! 〈태평천하①〉

갱신명 (주로 '하다, 못하다, 없다' 등과 함께 쓰여) 몸을 움직이는 것. ¶그는 반나절 동안 배에서 선창으로 퍼 올리는 짐을 지다가 거의 죽어 가지고 집으로 돌아가서는 그 길로 탈이 난 것이, 십여 일이나 갱신 못하고 앓았다. 〈탁류①〉

갸꾸(各)다마리(たまり) 명 '각각의 대기소'의 일본어. ¶같은 아래층을 목책으로 바다지석과 사이를 막은 '갸꾸다마리'에는 손님들이 한 백 명 가량이나 되게 기다리고 있다. 〈탁류④〉

갸로옴하다 형 →갸름하다. 보기 좋을 정도로 좀 가늘고 긴 듯하다. ¶아이가 얼굴이 남방 태생답잖게 갸로옴한 게. 〈태평천하②〉

갸름하다 형 보기 좋을 정도로 조금 가늘고 긴 듯하다. 〈기름하다. ¶소곳한 얼굴, 금시 감으려는 듯한 갸름한 눈과 살풋 아래로 처진 눈초리, 얼굴 균형에 꼭 알맞은 코, 보이는 듯 마는 듯한 입모습을 스치는 미소, 〈병조와 영복이〉 ¶얼굴 바탕이 아주 변하기는 변하였으나 갸름하던 윤곽이며 눈 코 입 모습이 어렴풋이 그대로 남아 있다. 〈농민의 회계보고〉 ¶갸름한 하장이 아래로 좁아 내려가다가 급하다 할 만큼 빨랐다. 〈탁류②〉

갸웃갸웃하다 동 고개를 자꾸 이쪽 저쪽으로 약간 기울이다. ¶그래도 삼 년이나 같이 산 남편이라고 허물이 없대서고 꼴에 또 여자의 본능으로 애교 쳇것을 부리는지 고개를 갸웃갸웃하고 쌕쌕 웃기만 하였다. 〈산적〉

갸웃이 부 (무엇을 보려고) 고개나 몸을 조금 기울게. ¶마침 문간방에 따로 세 얻어 든 젊은 색시가 갸웃이 들여보다가 범수의 벗고 누운 것이 눈에 띄자 고개를 옴칠한다. 〈명일〉 ¶김 씨는 좋아서, 태수의 얼굴을 갸웃이 들여다보다가, 머리를 안아 올려 무릎을 베게해 준다. 〈탁류⑤〉 ¶"망건은 안 벗구?" 색시는 벌써 눈에 졸음이 가득한 새서방을 갸웃이 들여다보면서 웃는다. 〈두 순정〉

거간(居間) 명 사고 파는 사람 사이에 들어 돈을 받으면서 흥정을 붙이는 일. ¶시쳇말로는 브로커요, 윤 직원 영감 밑에서 거간을 해먹는 사람입니다. 〈태평천하⑦〉

거그 대 →거기 (충청). 바로 그곳. ¶"가다니 거그가 어딘가?…" "어따 저 아무개(나는 우리 주인의 아명을 불렀다) 네 집 말씀이어요…" 〈불효자식〉

거금(巨金) 부 '지금으로부터 거슬러 올라가서'의 뜻을 나타내는 말. ¶거금 30여 년 전에, 몇 해를 두고 부안, 변산을 드나들면서 많이 먹은 용(茸)이며 저혈(豬血), 장혈(獐血)이며…. 〈태평천하①〉

거니(를) 채다 관용 낌새를 알아채다. ¶제호는 초봉이의 그러한 눈치는 거니를 챘어도, 어째 그러는지 속내는 알 수 없었다. 〈탁류⑫〉

거달아 주다 동 →거들어 주다. ¶오늘 타작 거달아 주기루 기껏 일 맞추어 놓구섬 실며시 자빠져 버리죠! 〈암소를 팔아서〉

거덤거덤 부 →거듬거듬. 대강대강 거두는 모양. ¶그동안에 태식은 씨근버근 넘싯거리면서 밥상에 있는 반찬들을 들이 손가락으로 거덤거덤 집어다 먹느라고 정신이 없읍니다. 〈태평천하⑤〉

거동(擧動)[1] 명 '거둥'의 뜻. 임금의 나들이. ¶시종무관은 무얼 하구 있는 거야? 여왕님 거동에 신발두 참겨놀 줄 모르구서…. 〈탁류⑯〉

거동(擧動)[2][명] 행동하는 짓이나 태도. 행동거지(行動擧止). ¶ 실상인즉 그런 게 아니라 바로 저 ××심상소학교의 소사(小使) 현 서방의 거동인 것입니다. 〈흥보씨〉

거두잡다[1][동] 거두어서 휘어잡다. ¶ 가산이고 살림 같은 것은 전혀 남의 일같이 불고하고, 또 거두잡아서 제법 살림살이를 할 줄도 모릅니다. 〈태평천하⑤〉

거두잡다[2][동] 거두어 간추리다. ¶ "그러므로 사람이라껏은…" 하고 대강대강 거두잡아 결론을 맺기 시작한다. 〈이런 남매〉 ¶ 마지막 방바닥의 너저분한 것을 대강대강 거두잡아 치우고는 손맷그릇의 돈지갑을 꺼내서 손에 쥔다. 〈탁류⑱〉

거둠[명] '거두다'의 명사형으로 거두어들이는 일. 또는 보살핌. ¶ 네 살에 고아가 되어, 생판 남과도 진배없는 친척에게 거둠을 받아 자라났으니, 역경이라면 크게 역경일 것이다. 〈탁류⑥〉

거드럭거리다[동] 거만스럽게 잘난 체하며 버릇없이 굴다. ¶ 의사가 되기만 되는 날이면 돈도 벌고 해서 거드럭거리고 지낼 거야 묻지 않아도 빤히 알 일이요, 〈탁류⑦〉 ¶ "왜 아까 그때 바루 그 생각을 못했을까?… 어쩐 말이냐!" 하고 거드럭거리고 나갑니다. 〈태평천하⑪〉 ¶ 이렇게 한참 거드럭거리고 순검을 다니며 있을, 그 문오 선생이 아니더냐 말이었다. 〈순공(巡公) 있는 일요일〉

거들거리다[동] 젠체하며 가볍게 행동하다. ¶ "아무렴, 글랑 염려 말아요." 제호는 거들거리면서 대문간으로 나간다. 〈탁류⑬〉

거들다[동] 남의 언동에 끼어들어 참견하다. ¶ 장기를 딱 딱 골라 놓고 앉았던 탑삭부리 한 참봉이 한마디 거드는 소리다. 〈탁류①〉

거듬거듬[부] (흩어져 있는 것을) 대강대강 거두는 꼴. ¶ 그는 마치 아이들이 못 보던 사탕을 손에 닿는 대로 쥐어 먹듯이 방탕의 행락을 거듬거듬 집어 먹었다. 〈탁류④〉

거듭[부] 한 것을 또 하여. 중복(重複)으로 하여. ¶ 그 뒤로 차차 두고 보노라니, 눈 한번 거듭 뜨는 것이며, 〈탁류⑧〉

거듭떠보다[동] 거들떠보다. (눈을 위로 치켜 뜨고) 아는 체하거나 관심있게 보다. ¶ 그는 아씨만 못잖게 추물로 생긴 오월이를 그새까지는 한 번도 눈 거듭떠본 적이 없었다. 〈생명〉 ¶ 몰아대면서 거듭떠보는 태수의 눈살은 좀연찮게 팽팽하다. 〈탁류①〉 ¶ 태식은 밥숟갈을 둘러메는 것이나, 경손은 거듭떠보지도 않고서 "왜 이 모양야! 밥그릇에다가 문패 써 붙였나?" 하고 놀려 줍니다. 〈태평천하⑥〉

거듭치다[동] 되풀이하다. ¶ 그러나 거듭쳐 놀라운 것만은 사실이어서, 다만 정신이 아찔했다. 〈탁류⑩〉

거뜬거뜬[부] 기분이나 몸이 매우 상쾌하고 개운한 모양. ¶ 김 순사를 한때나마 즐겁게 해 드릴 수가 있게 되었다는 기쁨으로 해서 몸은 거뜬거뜬. 〈흥보씨〉

거룻배[명] 돛을 달지 않은 작은 배. ¶ 덜씬 큰 윤선 옆에 거룻배 하나가 붙어서 가는 격이라고나 할는지, 아뭏든 이 애인네 한 쌍은 이윽고 진고개 어귀에 나타났읍니다. 〈태평천하⑭〉

거리껴 하다[동] 거리끼어 하다. 어떤 일이 마음에 걸려서 꺼림칙하게 생각하다. ¶

지금 당해서는 아무 것도 그런 것은 거리껴 하지 않아도 좋을 형편이다. 〈탁류⑫〉

거리끼다[동] 꺼림칙하다. 또는 어색하여 마음에 걸리다. ¶마침내 혼인 그 전날 밤이 되매 그는 이것저것 거리끼고 돌아볼 나위도 없이 그냥 무턱대고 그렇게 나서는 것이다. 〈얼어죽은 모나리자〉 ¶나 죄끔두 거리낄라 말구서 그렇게 해요! … 언닌 아직까지 남 서방을 못 잊는 게 분명하니깐 남 서방두 언니한테 옛 맘이 남았거들랑 다 그렇게 하는 게 좋아요…. 〈탁류⑰〉

거만(倨慢)지다[형] 보기에 거만한 태도가 있다. ¶"바깥어른은 춘추가 어떻게 되셨지요?" 앞에서 들어오던 나이 많은 여인이 거만지게 묻는 것이다. 〈보리방아〉 ¶또 몹시 거만진 성품까지 없지 않습니다. 〈태평천하⑤〉

거만(倨慢)하다[형] 잘난 체하며 남을 업신여기다. ¶우리가 죄다. 내가 죄인이다. 나는, 난 골동품이다. 거만한 기생충이다. 사회적으로도 그렇고 가족적으로도 그렇다. 〈생명의 유희〉

거무스름하다[형] (마음이 바르지 못하여) 엉큼하다. ¶그러하던 터에 평양집이 나가버린 후로는 거무스름한 생각이 슬며시 대가리를 쳐들던 차이었었다. 〈산동이〉

거무퉤퉤하다[형] 거무튀튀하다. 빛이 탁하고 거무스름하다. ¶폐병 앓는 갈빗대 여대치게 툭툭 불거진 연목을 반자지도 아니요 거무퉤퉤한 신문지로 처덕처덕 처바른 얕디얕은 천장 한가운데 가서, 〈태평천하⑫〉

거무튀튀[부] 빛이 탁하고 거무스름한 모양. ¶사십 몇 년을 햇볕과 비바람에 찌들어 기미가 끼고 거무튀튀 그은 바탕인데 조는 듯 뜬 둥 만 둥 답답한 두 눈, 〈흥보씨〉

거무튀튀하다[형] 빛이 탁하고 거무스름하다. ¶이 맥고모자 밑으로 거무튀튀한 야윈 얼굴에 다만 시장기만이 완연히 보인다. 〈농민의 회계보고〉

거뿐거뿐[부] (옷차림이나 마음이) 매우 홀가분한 모양. 〖여린말〗 거분거분. ¶그 육중한 수레 열두 채를 한꺼번에 다… 그러면서도 마치 허깨비나 다루듯, 힘 하나 안들이고 거뿐거뿐. 〈회(懷)〉

거상(居常)[명] 사생활에 있어서의 평상시. ¶그래서 그렇게 하는 짓이 거상에 벗어날 뿐 아니라 차림새도 눈에 벗어난다. 〈얼어죽은 모나리자〉 ¶거상에 손자놈이 학교를 잘 다니건 말건 공부를 착실히 하건 말건, 통히 알은체도 안 해 오던 터에, 〈태평천하⑥〉

거상(居喪)을 입다〖관용〗 상복(喪服)을 입다. 상중(喪中)에 입는 예복을 입다. 여기서 '거상'은 '상복'을 속되게 일컫는 말. ¶미상불 고 씨는 어머니의 거상을 입으면서부터 기를 탁 폈읍니다. 〈태평천하⑤〉

거세(擧世)[명] 온 세상. 또는 세상 사람 전체. ¶우황 거세 그를 따름이리요. 〈패배자의 무덤〉

거수경례(擧手敬禮)[명] 모자를 썼을 때는 오른손을 모자챙 옆, 모자를 벗을 때는 눈썹 언저리까지 올려서 하는 경례. ¶순사는 두 발을 모으고, 거수경례로 내 작별 인사를 받고는 돌아서서, 철그럭철그럭 대문 밖으로 나간다. 〈순공(巡公) 있는 일요일〉

거슬리다[동] '거스르다'의 피동사. 세(勢)를 따르지 않고 반대되는 방향을 잡다. 순리를 벗어나다. ¶ "나폴레옹도 세상 물정에 순응할 때는 성공했어도 그것에 거슬리다가 실패를 했더란다." 〈치숙(痴叔)〉

거시기㉮ 하려는 말이 얼른 생각나지 않거나 얼른 말하기 거북할 때, 그 말 대신으로 쓰는 군말. 『거센말』 거시키. ¶ 무엇이냐 저 거시기, 두억시니 여대치게시리, 나는 죽어도 이 집 귀신입네, 나는 목을 썰어도 안 나갑네 하고, 생떼거지를 쓰는, 〈이런 처지〉

거시키㉮ 하려는 말이 얼른 생각나지 않거나 얼른 말하기 거북할 때 그 말 대신으로 쓰는 군말. 『여린말』 거시기. ¶ "저… 거시키…" "안 됐구?" 주인 노파의 얼굴은 일순간에 와락 변하고 목소리는 무쇠를 깨칠 것같이 쨍쨍하였다. 〈앙탈〉 ¶ 그렇지만 어머니?… 저 거시키 조사나 잘 좀 해보았수? 〈탁류⑦〉 ¶ 아따 저 거시키, 한참 당년에 무엇이냐 그놈의 것, 사회주의라더냐 막덕이라더냐. 〈치숙(痴叔)〉 ¶ 아따 거 거시키 터럭 안 뽑는 철학 그건 인전 그만두셨나요? 〈모색〉

거얼걸㉯ →걸걸. 게걸스럽게 구차스러운 행동을 자꾸 하는 꼴. 염치없이 먹거나 하고 싶어 탐내는 꼴. ¶ 은행에서 돈을 아니 내주기 때문에 거얼걸들 합니다. 〈태평천하⑦〉

거접(居接)㉱ 잠시 몸을 맡겨 거주하는 것. ¶ 그뿐더러 옥초 저로도 호젓한 사처를 얻어 조용히 거접을 하자는 생각을 잊어버린 것은 아니면서, 〈모색〉

거역(拒逆)㉱ 윗사람의 말에 따르지 않고 거스르는 것. ¶ 그러자 비로소 그대도록 벅차고 조만찮아 했던 거역이 아주 우연하게 이렇듯 수월히 요정이 난 것을 안심하는 한숨이었다. 〈탁류⑩〉 ¶ 아무리 둘러대 보아야 그것은 힘에 벅찬 거역이어서, 도저히 가망수가 없으리라 싶기만 하던 것입니다. 〈태평천하⑨〉

거조(擧措)㉱ 말이나 행동의 태도. 동작과 행동. 행동거지(行動擧止). 무슨 일을 꾀하거나 처리하기 위한 조치. ¶ 소저는 고개를 소곳하고 앉아 아버지의 말을 듣는 동안에 아버지의 지금 하려는 거조가 가타부타하기보다 먼저 그 아버지의 지극한 정이 실로 뼈에 스미게 감격했읍니다. 〈소복 입은 영혼〉 ¶ 하루 이틀 닥쳐오는 혼인에 속은 조이면서도 거조를 못했는데. 〈얼어죽은 모나리자〉 ¶ 그만 강짜에 눈까지 뒤집혀 그 거조를 한 것인데, 저편이 제호가 아니고 생판 딴사람이고 보매, 〈탁류②〉 ¶ 즉 남편의, 인간성(!)과 능력을 고려치 않은 횡포한 거조이었읍니다. 〈흥보씨〉 ¶ 근본이 처지하며 인물하며 성격하며가 무릇 순사와는 인연 먼 문오 선생이었기 때문에, 그 거조가 놀라왔던 것이고, 〈순공(巡公) 있는 일요일〉

거조(擧措)를 내다『관용』 (무엇을) 처리하거나 꾸미기 위한 조치를 취하다. ¶ 유 씨는 소리를 버럭 지르면서 당장 무슨 거조를 낼 듯이, 돈보기 너머로 계봉이를 흘겨본다. 〈탁류⑦〉 ¶ 고 씨는 당장 무슨 거조를 낼 듯이 연하여 높은 소리로 "네 이놈!" 하고, 한 번 더 을러댑니다. 〈태평천하⑥〉 ¶ 노파가 밤새도록 붙들고 지키다가 새벽녘에 잠깐 잠이 든 사이에 남순이는 빠져나가서 그 거조를 냈던 것이다. 〈쑥국새〉 ¶ 계제에 월사금 밀린 것으로 창피를 당하곤 하니까, 이첨저첨 그 거조를 냈던 것이다. 〈정자나무 있는 삽화〉 ¶남달리 학문에 욕심이 과하던 영섭은, 일종의 실망과 울화로 그 거조를 내기는 냈던 것이었었다. 〈이런 남매〉

거주계(居住届)명 일정한 곳에 자리를 잡고 사는 일을 신고하는 서식. ¶현저동 백일번지에다 거주계를 오늘 헐지 내일 헐지 모르는 놈 허구는 짝이 너무 기울어…. 〈병조와 영복이〉

거즛뿌렁이명 →거짓부렁이. '거짓말'의 속된 말. ¶아냐, 거즛뿌렁이야. 내 양복허구, 내 모자허구, 내 구두허구, 내 자전거허구, 그리구 빠나나랑, 얼음사탕이랑 사다 준다구 하구 거즛뿌렁이만 하구, 잉…. 〈탁류③〉

거지구름명 '자지구름(紫芝~, 紫地~)'의 오기인 듯. 또는 진한 회색빛을 띤 구름의 뜻(?). ¶서쪽으로 내어다보이는 하늘에는 낡은 솜뭉텅이 같은 거지구름이 그득 덮여 가지고 이따금 실오라기처럼 가느다란 빗줄기만 몇 개씩 내키잖게 흘리곤 한다. 〈명일〉

거지반(居之半)부 절반 이상 거의. ¶그것보다도 거지반은 옷을 해서 방 웃목 구석에 허술하게 놓여 있는 궤짝 속에 차곡차곡 넣어 두었다. 〈얼어죽은 모나리자〉 ¶아무렇든 그런 계집 샘 말고서도 관수는 하필 갑쇠뿐만 아니라, 동네가 거지반 다 그렇게 섬찍해 하는 사람이다. 〈정자나무 있는 삽화〉

거진거진부 '거진'의 힘줌말. '거진'보다 어느 표준이나 한도에 더 가까움을 나타낸다. ¶양념을 장만한다, 거진거진 다아 돼가는 판에. 마침 들어오기는 때맞추어 들어왔다는 게, 쇠통 그 모양을 해 가지구 처억 들어서지를 않는다구요! 〈소망〉 ¶박 첨지는 연신 고함을 치면서 거진거진 당도해 오고. 〈정자나무 있는 삽화〉 ¶마당으로 들어서는 강씨 부인은, 머리쪽은 거진거진 떨어져 내리고, 매무시는 흘러 상당한 용적의 맨살이 드러났고, 〈홍보씨〉 ¶저녁 후의 마지막 참으로 읽는 세 쨋 번 참이 거진거진 끝나갈 무렵엔, 〈순공(巡公) 있는 일요일〉

거진부 '거의'의 입말. ¶두목은 끝에 가서는 거진 사정하듯 목마른 소리로 말을 맺고서, 윤용규의 대답을 기다립니다. 〈태평천하④〉

거짓부렁명 '거짓부렁이'의 준말. '거짓말'을 속되게 이르는 말. ¶외사촌은 아니라도 이웃사촌이라니 아무려나 사촌은 사촌이겠다. 한즉 현 서방도 노상 거짓부렁을 했던 것은 아닙니다. 〈홍보씨〉

거짓뿌렁명 →거짓부렁. ¶"아냐! 내 거짓뿌렁으루 위정 그래 봤어!… 그런깐 일르지 마아?" 〈홍보씨〉

거참감 '그것참'의 준말. 탄식하거나 어이없을 때 하는 말. 또는 어떠한 일에 대한 느낌이 새삼스럽거나 깊다는 뜻으로 내는 말. ¶"거참!… 나는 벨 신통헌 인력거꾼도 다아 있다구, 퍽 얌전허게 부았지!" 〈태평천하①〉

거처(居處)명 일정하게 자리를 잡고 살거나 계속 숙박하는 것. 또는 그러한 장소. ¶한갓 잠시나마 몸을 담그고 있는 거처가 이렇게 어설프고 한데는. 〈모색〉

거천(擧薦)허다동 어떤 일이나 사람에 대

하여 관계하기 시작하다. ¶ 인전 나이 열다섯 살이나 먹었으니 아버니두 제발 얼뚱애기 거천허드끼 그리시지 좀 마시우! 〈태평천하⑤〉

거침새명 (어떤 일이) 중간에 걸리거나 막히거나 하는 상태. ¶ 그렇다고 부리나케 떼어 팽개쳐야 할 만큼 눈에 그슬리거나 두루 성가신 거침새도 아니고 하여. 〈모색〉

거판지다[1]형 '거방지다'의 방언. 몸집이 크고, 행동이 점잖고 무게가 있다. ¶ 내려선 것을 보니, 진실로 거판진 체집입니다. 〈태평천하①〉

거판지다[2]형 매우 푸지다. ¶ 먹곰보는 더 덤비려고는 안 하고, 몸을 휘청거리면서 승재더러 욕만 거판지게.… "이놈아, 네가 명색 의술을 한다는 놈이 그래 이놈, …" 〈탁류⑥〉

거퍼부 →거푸. 잇달아 거듭. ¶ 그런데, 그거가 뒤집어지기 전에 이거가 퉁겨서 나오구, 그리구서 얼마 아니 있다가 또 그거가 나오구, 그래노면 글쎄 한 가지씩 졸경을 치루기두 땀이 나는데, 거퍼 두 가지씩! 〈태평천하⑫〉

거푸부 잇달아 거듭. ¶ 다시 서너 번 거푸 옥섬이를 불렀다. "응응." 하는 옥섬의 대답 반 잠꼬대 반 소리가 들렸다. 〈산동이〉 ¶ "어머니! 어머니!…". 거푸 부르면서 그제서야 계봉이가 식구들이 밥을 먹고 있는 안방으로 달려든다. 〈탁류③〉 ¶ 이어서 또 한마디 거푸 세 마디를 울고는 구국구국 암탉한테 자랑을 한다. 〈동화〉

거풀명 →꺼풀. 여러 겹으로 된 껍질이나 껍데기의 층. ¶ 일변 동네 사람들이 제한테서 받는 그 무형의 압기를 한 거풀 더 씌워, 좀 더 무서워하라는 짓궂은 심술도 부려 주고 싶고 했던 것이다. 〈정자나무 있는 삽화〉

거행(擧行)하다동 행사나 의식(예식)을 차리어 치르다. ¶ 여일히 거행하기는 해야 하게크름 다 되질 않았읍니까. 〈태평천하⑩〉

건달(乾達)명 아무런 실속이나 가진 것도 없이 난봉이나 부리고 다니는 사람. 밑천을 다 잃고 빈털터리가 된 사람. ¶ 천하 건달 부랑자한테루 그 애가 시집을 가서 신세를 망친대서야 될 말이냐? 〈탁류⑤〉

건대구(乾大口)명 배를 갈라 말린 대구. '대구'는 바닷물고기의 하나. ¶ "그럼 건대구를 들여가시지?" "건대구는 집에두 있는데 북에루다가 마른 안주만 해 딜이라니 성화지!" 〈탁류⑮〉

건덕지명 →건더기. 내세울 만한 내용이나 근거. ¶ 그러나, 이놈 이놈, 두 번이나 고함만 쳤지, 그 다음은 무어라고 나무랄 건덕지가 없읍니다. 〈태평천하⑥〉

건들건들부 (사람이) 싱겁고 멋없이 구는 모양. ¶ 최 서방은 건들건들 우스개를 하면서, 손에 움키어 몸을 뒤틀고 용을 쓰는 응쥐를 들여다보다가. 〈정자나무 있는 삽화〉

건뜻부 슬쩍 빠르게 날리거나 떨어지거나 하는 모양. ¶ 휘둘리는 정 주사의 머리에서, 필경 낡은 맥고모자가 건뜻 떨어져 마침 부는 바람에 길바닥을 데구루루 굴러간다. 〈탁류①〉

건사를 물다『관용』 '비위를 맞추다'의 뜻인 듯(?). ¶ 간호부가 칭찬인지 건사를 무는지, 연신 흠선을 떨면서, "… 아주 여승 어머니랍니다! 어머니 화상을 그냥 그대로 그려논 걸요!" 〈탁류⑬〉 ¶그럴수록이 더 욱 잘 건사를 물어야 할 판이어서, 혼감스럽게 말을 받아넘깁니다. 〈태평천하⑧〉

건사하다(동) 제게 딸린 것을 잘 돌보아 다스리거나 가꾸다. ¶"하따 그러지 말구 들어 보아요… 자, 시방 내가 돈이 일 원이 있다구 헙시다. 그런데 그놈 돈을 어떻게 건사하기가 만만찮거든…" 〈명일〉 ¶이 무색한 꼴을 어떻게 건사할 길이 없다. 〈탁류②〉 ¶허리띠를 매지 않은 고의를 건사하지 못해서 홀라당 벗어 떨어뜨린 알몸뚱이로 보리밭 고랑에서 엎드려 기기 시작을 하자, 〈태평천하④〉 ¶생활의 중심을 갖지 못한 젊은 과부는 물 위에서 떠도는 기름방울 같아 마음도 몸도 질정해 어디다가 건사할 바를 모르는 게 정수(定數)란다. 〈용동댁〉

건성(명) 성의나 품을 들이지 않고 겉으로만 대강함. ¶초봉이는 제호의 이야기에 끌려 허튼수작에 대거리는 하고 있어도, 시방 딴 걱정에 도무지 건성이다. 〈탁류②〉 ¶그래서 여태까지 말대꾸하던 것도 건성이었고 한 것을 비로소 알고는 그만 해먹어서, 응석하듯 그의 무릎을 잡아 흔든다. 〈패배자의 무덤〉

건성으로(부) 속뜻이 없이 겉으로만 대강. ¶해서 슬금슬금 눈치를 살펴 가면서 건성으로 대답이다. 〈빈(貧)… 제1장 제2과〉 ¶거지 아이는 볼이 메어지게 호떡을 먹으면서 건성으로 대답을 합니다. 〈어머니를 찾아서〉 ¶건성으로 중얼거리면서, 승재는 딴생각을 하느라고 도로 마루청을 오락가락한다. 〈탁류⑰〉 ¶"예에!"하고 건성으로 대답을 할 뿐입니다. 〈태평천하③〉

건숭(명) →건성. ¶사람이 실성을 허면은 어덴지 말하는 음성이며 태도허며 건숭이구 공허해 보이잖우? 〈소망〉

건재(健在)(명) (힘이나 능력이) 줄거나 없어지지 않고 그대로 있음. ¶그의 존재를 망각까지는 해 버릴 수 없는 오랜 교분과 걸린 숙제가 있는 걸로 하여 그의 건재만은 아무려나 '인정'을 하고 지내왔었다. 〈모색〉

건짜로(乾--)(부) 건으로(乾~). 터무니없이. 턱없이. ¶눈깔이 삔 점례 가시내나 건짜로 반해서 그 지랄이지. 〈쑥국새〉

건탕으로(乾---)(부) '건으로'의 힘줌말. 터무니 없이, 턱없이. ¶밤과 아침 저녁으로 갖은 재미 다 보고 하는 것을, 형보 저는 건탕으로 건넌방 구석에 처박혀 끙끙 앓아 가면서, 듣고 보고 하기라니, 〈탁류⑩〉

걷어 가지다(동) 걷어들다. 거두어서 손에 쥐다. ¶시아버지의 편지가 그와 무슨 관련이 있을 줄은 뜻밖이라 궁금한 대로 편지를 걷어 가지고 읽어 보니…. 〈패배자의 무덤〉

걷어 맡다(동) (책임 따위를) 모두어서 도맡다. ¶일원 대장이 투구 철갑에 장창을 비껴 들고(가 아니라) 성이 치달은 윤 직원 영감이, 필경 싸움을 걷어 맡고 나서는 것입니다. 〈태평천하⑥〉

걷어붙이다(동) (소매나 바짓가랑이 따위를) 힘있게 말아 올리다. ¶모래사장에 솥을 걸어 놓고 두 부인 사원과 뒤섞여 사내들이 모두 걷어붙이고서 밥을 짓는다. 〈회(懷)〉

걷어입다(동) 걷어들어서 입다. 거두어서 입다. ¶범수는 오랜만에 너털웃음을 쳤

다. 그러고 나서 벌떡 일어나 양복을 주섬주섬 걷어입는다. 〈명일〉

걷어지르다㉯ 발로 내질러 차다. ¶매우 오랜 동안인 것 같으나, 실상 첫 번 형보의 ×××를 걷어질러 넘어뜨리던 그 순간부터 쳐서 오 분밖에 안 된 시간이다. 〈탁류⑱〉

걷지르다㉯ '걷어지르다'의 준말. 말이나 일이 이어지던 것을 중간에서 되받아서 냅다지르다. ¶형보가 이렇게 타이르는 말을 태수는 성가신 듯, 버럭 것(걷)질러… "긴소리 듣기 싫여! … 그만해 두구, 내가 어제 맡긴 것 있지?" 〈탁류④〉 ¶"뭣이?…" 버럭 것(걷)지르면서 차표를 채뜨려 뺏었다. 〈상경반절기〉 ¶태진이를 것(걷)질러 나무란 끝이니, 열적어서도 차마 못한다. 〈용동댁〉

걸거얼하다㉱ →걸걸하다(傑傑~). 헌칠하게 생기고 성미가 쾌활하다. ¶하기야, 순사 그의 걸거얼하니, 일변 모주꾼으로 생긴 것 같은 것은 차라리, 새색시처럼 수가 좁고 얌전하기만 하던 문오 선생에다 대면. 〈순공(巡公) 있는 일요일〉

걸걸하다㉱ 목소리가 좀 쉰 듯하게 힘차다. ¶모주에 잔뜩 찌들어 걸걸하니 목이 슨 윤보의 더럭 반가와하는 음성임을 얼른 알아낼 수가 있습니다. 〈흥보씨〉

걸다[1]㉱ (차려 놓은 음식이) 가지 수가 많고 푸지다. ¶작은집에서는 은근한 젊은 계집들도 많이 모이고, 잔치도 걸어서, 이를테면 꽃밭에 들어앉은 맥이로되 도무지 흥도 나지 않고 술도 맛이 없고, 〈탁류⑩〉

걸다[2]㉱ (닥치는 대로 마구 먹을 만큼) 식성이 좋다. ¶연애를 하면 밥이 쉬 삭는다구요. 윤 직원 영감은 그런데, 저녁밥을 설치기까지 한 판이라 속이 다뿍 허출해서 우동 한 그릇을 탕수육으로 반찬 삼아 걸게 먹었읍니다. 〈태평천하⑩〉

걸구㉮ →걸귀. 새끼를 낳은 뒤의 암퇘지. ¶시월에 가면 '배메기'로 얻어온 저 도야지가 새끼를 날 테니까 열 마리만 날 셈치고 그중 한 마리는 걸구를 껴서 돌려주고 나머지가 아홉 마리, 아홉 마리에서 두 마리쯤 축질 요량을 해도 일곱 마리. 〈보리방아〉 ¶어머니한테는 양돝 걸구(암놈) 한 마리를 사 드리고. 〈동화〉

걸리적거리다㉯ 거추장스럽게 자꾸 방해가 되다. ¶차라리 아이를 기르는 데 걸리적거리는 물건짝이니, 이 기회에 윤희에게로 도로 내주고 선뜻 갈리는 것도 무방은 하다. 〈탁류⑬〉 ¶한 것이 상거는 밭고 또 문지방이며 수하의 어깨하며 걸리적거리는 것이 많아 겨냥은 삐뚜로 나가고 말았읍니다. 〈태평천하④〉

걸리적거림㉮ 거치적거림. 방해. ¶만일 초봉이로 해서 일에 걸리적거림이 있다든가, 또 그게 이미 손아귀에 들어온 애물이라고 하더라도, 〈탁류②〉

걸림성㉮ 어긋나거나 막히는 성질. ¶마치 손에 들고 짚고 가면 따라오는 순천 영감의 지팡이와 같이 담배를 넣고 불을 붙여 빨아들이면 연기가 나오는 순천 영감의 담뱃대와 같이 걸림성 없고 말수 없이 쓰고 싶은 대로 쓰이는 한 개의 도구로서 십 년 동안을 살아왔다. 〈산동이〉

걸메다㉯ 한쪽 어깨에 걸어 메다. ¶씹어 배앝듯 그러면서 장손이는 지게를 걸멘 채 사립문께로 걸어 나간다. 〈암소를 팔아서〉 ¶ 관수는, 그렇다고 심상하게 대답하면서 함지박을 넣어 어깨에 걸멘 구럭과 또 한 손에 들고 온 괭이를 놓고 휘이 더워한다. 〈정자나무 있는 삽화〉

걸신(乞神)(이) 들리다[관용] 굶주려 음식에 대한 욕심이 몹시 나다. 굶주려 음식을 탐하는 마음이 몹시 나다. 여기서 '걸신'은 '빌어먹는 귀신'이란 뜻으로 '염치없이 음식을 지나치게 탐하는 사람'을 비유하여 이르는 말. ¶ 원 내가 아무리 계집에 걸신이 들렸기루서니, 그래 나이 자식 연갑이구, 더구나 믿거나 허구서 갖다 맽기는 친구의 자식한테 손을 댈까봐서?…. 〈탁류⑦〉 ¶ 걸신 들린 천민처럼 말이 떨어지기가 무섭게 네에 하고 따라나설까? 〈모색〉

걸신허면[부] →걸핏하면. 조금이라도 일이 있기만 하면 이내. ¶ 왜, 걸신허먼 날 못 잡어먹어서 웅을거리여? 〈태평천하⑥〉

걸싸 안다[동] 매우 날쌔게 끌어 안다. '걸싸(다)+안다'의 짜임새. ¶ 진작부터 울고 싶어 못하겠던 내가 같이서 붙들고 울었다. 영이가 오더니 숭이를 목을 걸싸 안고 울었다. 〈회(懷)〉

걸어앉다[동] 높은 곳에 궁둥이를 붙이고 두 다리를 늘어뜨리고 앉다. ¶ M이 신을 벗고 들어와 먼지 앉은 책상 위에 걸어앉으며 "춘래불사춘일세." 하고 한마디 외운다. 〈레디 메이드 인생〉

걸인(乞人)[명] 거지. ¶ 또 이런 때면 걸인들이 물방앗간으로 모여 들어 불을 놓고 하는 수가 있기 때문에. 〈어머니를 찾아서〉

걸쭉하다[형] 말이 좀 걸다. 말이 거리낌이 없고 푸지다. ¶ 내가 그이 물이 들어서 자꾸만 이렇게 입이 걸쭉해 가나 봐. 〈소망〉

걸찌익하다[형] →걸찍하다. ¶ 이렇게 한 대문을 걸찌익하게 읽고 나서, 다시 처음부터 시작을 하고, 〈탁류⑥〉

걸찍하다1[형] 말이 험하여 거리낌이 없고 푸지다. ¶ 두부 장수는 종태의 손목을 당시랗게 훑으려 잡고 도둑놈의 자식이니 오랄질 놈의 자신이니 걸찍하게 욕을 한바탕 퍼붓는다. 〈명일〉 ¶ 한바탕 귀먹은 욕을 걸찍하게 해 주고 나서야 저으기 직성이 풀려, 마침 또 시장도 한판이라 의관을 벗고 안방으로 들어갔읍니다. 〈태평천하⑤〉

걸찍하다2[형] 푸짐하고 흡족하다. ¶ 거지 아이는 호떡 두 개를 다 먹고 나머지 한 개는 그대로 신문지에 뭉쳐서 통조림통에 집어넣더니 트림을 한바탕 걸찍하게 하고서. 〈어머니를 찾아서〉

걸트리다[동] (높은 곳에) 걸친 채 일부를 밑으로 늘어뜨리다. '걸(다)+(늘어)트리다'의 짜임새. ¶ 형보는 마룻전에 걸트린 채 한 다리를 접쳐 올려놓고, 초봉이한테로 처억 돌아앉는다. 〈탁류⑭〉

걸핏하면[부] 조금이라도 무슨 일만 있으면 곧. 까딱하면. 툭하면. ¶ 구식 여자들이 걸핏하면 팔자니 사주니 하는 게 아마 그런 소린가 봐. 〈소망〉

검누렇다[형] 검은빛을 띠면서 누렇다. ¶ 벽은 벌흙에다가 신문지를 그대로 바른 것이 검누렇게 퇴색이 되고 군데군데 찢어져 흙이 비어져 나온다. 〈얼어죽은 모나리자〉

검다 희다 말이 없다[관용] 반응이나 의사 표시가 전혀 없음을 이르는 말. 도무지 잘

잘못을 말하지 않는다는 뜻. 『비슷』 쓰다 달다 말이 없다. ¶정 주사는 검다 희단 말이 없이 모자를 집어 들고, 건너편의 중매점 앞으로 간다. 〈탁류①〉

검다 희다 없이『관용』 반응이나 의사 표시가 전혀 없이. ¶최 서방은 검다 희다 없이 집어서 피워 물고, 우두커니 한눈만 팔고 앉았다가. 〈빈(貧)… 제1장 제2과〉

검부작명 →검부저기. 먼지나 잡물이 섞인 마른 풀이나 가랑잎의 부스러기. ¶봉분에서 쓸려 내려간 검부작이야 흙부스러기야 또 어른 아이 없이 무심코 빗디딘 발자죽이야. 〈정자나무 있는 삽화〉

검불명 마른 풀이나 낙엽, 지푸라기 따위를 통틀어 이르는 말. ¶하다가 생각하니, 서발 막대 내둘러야 검불 하나 걸릴 것 없고, 훅훅 불어논 듯이 말짱한 친정을 그대로 두고 훌쩍 떠나기가 마음에 걸린다. 〈탁류⑪〉

검싯검싯하다형 군데군데가 좀 거무스름하다. 『비슷』 검숭검숭하다. ¶"응, 아직 말르지넌 안 히었데마는… 그리두 제법 검싯검싯허던 걸…" 태호는 논일을 생각하면 마음이 저으기 흡족했다. 〈보리방아〉

검온기(檢溫器)명 체온계(體溫計). 체온을 재는 데 쓰이는 온도계. ¶그는 다만 병원에 앉아 검온기를 통해서, 맥박의 수효나 청진기를 통해서, 뢴트겐이나 타진(打診)을 통해서, 주사기를 들고, 처방전을 들고, 카르테를 들고… 이렇게 다만 병든 인생만을 대해 왔었다. 〈탁류⑥〉

검인(檢印)명 서류나 물건을 검사한 표시로 찍는 도장. ¶당자는 검인의 스탬프를 손에 쥐고 물건 싸개지의 봉인 딱지에다가 주임이라는 제 권위를 꾸욱꾹 찍느라 버티고 있는 맥이다. 〈탁류⑯〉

검질명 그을음이나 연기가 맺혀서 된 검은 빛깔의 물질. 『같은』 검댕. ¶그이의 치맛자락으로 문대는 얼굴에서는 검은 검질이 문질문질 벗어져서 희뜩희뜩한 자리가 났다. 〈불효자식〉

검찰(檢察)명 검사하여 살피는 것. ¶길이 다 되매 도에서는 검찰을 하러 나왔다. 일행은 S 자동차부의 자동차를 타고 지나가며 검찰을 한 결과 별로 탈을 잡힌 곳이 없이 무사히 통과가 되었다. 〈화물자동차〉

겁결(怯-)명 겁이 나서 어쩔 줄 몰라 당황하는 참. 갑자기 겁이 나서 당황한 기세. 주로 '겁결에'의 꼴로 쓰임. ¶종석이는 아무의 팔목을 잡아끌다가 쫓는 소리가 영 다급하니까 그냥 저 혼자 달아나고 종태는 두부 한 쪽을 손에 쥔 체 겁결에 땅에가 펄씬 주저앉아 엉엉 운다. 〈명일〉 ¶겁결에 얼핏 물이라도 먹이고 주물러라도 주어야지, 아아니 의사라도 불러 대어 살려 놓아야지 하면서 마음 다급해하는데, 〈탁류⑱〉

겁탈(劫奪)명 강간(强姦). ¶그렇다면 어떤 놈이 혹시 겁탈이라도 하려는 것을 알려 주자는 것인지도 모른다. 〈탁류⑩〉

것대 '그것'의 준말. 어떤 일, 사실, 형편 등을 포괄적으로 이르는 말. ¶"호호호! 것두 참 그렇군그랴! 일찌감치 영감이나 얻어서…." 〈모색〉

경중거리다동 긴 다리로 자꾸 솟구어 뛰면서 걷다. ¶그러나 그놈 유쾌한 놈에 겨워 무심코 경중거린 것이 약간 무리라면 무리랄 수도 있었다. 〈패배자의 무덤〉

경중경중[부] 긴 다리로 자꾸 솟구어 뛰면서 걷는 모양. ¶그래 끼웃끼웃하노라니까 쇠꼬챙이로 울타리를 한 저 집안에서 웬 키 크고 코 크고 눈이 노랗고 뭐 참 이상스럽게 생긴 사람 하나가 양복 입은 긴 다리로 경중경중 걸어 나오고 있습니다. 〈어머니를 찾아서〉 ¶"괜찮어요, 괜찮어요!" 하면서 경중경중 우줄거린다. 〈탁류⑯〉 ¶저편으로 경중경중 뛰어 달아난다. 구경하던 아이들이 재그르르 웃는다. 〈정자나무 있는 삽화〉 ¶인제는 그래서 죽느냐 사느냐 할 판인데 (진소위 절처에 봉생이더라고) 여지껏 아무 소리도 않던 연천 선생이 경중경중 가까이 가더니 화통으로 대고 무슨 이야긴지 건네기 시작했다. 〈회(懷)〉

겉늙다[형] 나이보다 더 늙어 보이다. 나이에 비하여 더 늙은 티가 나다. ¶이 자식을 잃은 것이 그로 하여금 훨씬 더 겉늙게 한 원인도 되었다. 〈병조와 영복이〉 ¶젖도, 광대뼈가 툭 불거지고 코가 펑퍼짐하니 궁상스러운 데다가 겉늙은 얼굴처럼 시들어 빠졌다. 〈얼어죽은 모나리자〉

겉목(을) 지르다[관용] 건성으로 목소리를 꾸며내다. ¶언변이 벌써 뚜쟁이로 되어 먹었고, 게다가 겉목을 질러 웃는 소리가 징그러울 만큼 능청스럽습니다. 〈태평천하⑫〉

겉목소리[명] 건성으로 내는 목소리. ¶한참봉은 겉목소리로 대답하면서 눈을 끄먹끄먹한다. 〈탁류⑩〉

겉문[명] (이중문에서) 바깥 쪽의 문. ¶큰방은 평양집이 달아난 뒤에 겉문을 굳이 닫아 두었기 때문에 밤이면 우중충하니 무서운 기운이 스며나는 듯하였다. 〈산동이〉

게(蟹)꼬리만 하다[관용] 지식이나 재주 등이 매우 얕고 짧다. [비슷] 게꽁지만 하다. 노루 꼬리만 하다. ¶"그게 참 큰 문제야… 하여간 우리가 게꼬리만 헌 상식만 가지고 각 방면으로 대구 구직을 헌다는 것이 잘못이니까." 〈앙탈〉

게거품[명] 사람이나 짐승이 괴롭거나 흥분했을 때 입에서 나오는 거품 같은 침. ¶마침내 오월이는 게거품을 뿜고 기절이 되어 펄쳐졌다. 〈생명〉 ¶숨도 쉬는 것 같지 않고 입가로 게거품이 피어 오른다. 〈탁류⑱〉

게걸거리다[동] 천한 말로 자꾸 불평스럽게 떠들다. 꽥꽥 소리를 지르며 자꾸 떠들다. ¶먹곰보는 인제는 기운을 차리지도 못하고, 땅바닥에 퍼근히 주저앉아서 무어라고 게걸거리기만 한다. 〈탁류⑥〉

게나 가재는 나면서부터 꼬집을 줄 알 듯 [속] '게 새끼는 나면서 집는다'와 같은 말. 제 본성은 숨길 수 없다는 말. ¶게나 가재는 나면서부터 꼬집을 줄 알 듯이요. 젖내야 날 값에 그래도 계집애라고 그런 연극을 할 줄 알던 것입니다. 〈태평천하⑪〉

게다(げた)[명] 일본인이 신는 나막신. 울(속이 비고 위가 터진 물건의 가를 두른 부분)이 없이 바닥의 앞과 양옆에 구멍을 뚫어 끈을 꿰어서 신는 일본식 나막신. ¶저녁 후에는 전대로 한참 재미나게 놀다가 아홉 시가 되는 것을 보고 유까다를 입은 채 게다를 끌고 집을 나섰다. 〈탁류⑩〉 ¶땟국 묻은 고의적삼에 게다를 걸친 것이며…. 〈반점〉 ¶뚝 떨어져서는 화양 절충식 행주치마에 큰 쪽에 굵은 다리와 넓은 발에 조그마한 게다를 끌고, 〈모색〉

게도 잡지 못하고 구럭까지 놓친 셈[속] 소득을 얻기는커녕 가진 것마저 다 잃어버렸다는 말. ¶그러나 그 돈 천 원이 생기기는 고사하고 밑천 육백 원까지 물고 달아났으니 게도 잡지 못하고 구럭까지 놓친 셈이다. 〈탁류④〉

게두덜거리다[동] 굵고 거친 목소리로 자꾸 두덜거리다. ¶단박 눈쌀은 꼬옷꼿 입술이 뚜우 나오면서 연신 혼자서 두덜두덜 게두덜거리는 것이다. 〈상경반절기〉

게딱지[명] (주로 집이) 작고 허술함을 비유하여 이르는 말. 원래는 '게의 등딱지'를 가리킴. ¶급하게 경사진 언덕 비탈에 게딱지 같은 초가집이며, 낡은 생철집 오막살이들이, 손바닥만 한 빈틈도 남기지 않고 콩나물 길듯 다닥다닥 주어박혀 언덕이거니, 짐작이나 할 뿐인 것이다. 〈탁류①〉

게라(ゲラ)[명] '원고대로 짜 놓은 활자판을 담아 두는 목판'의 일본어. ¶채자 직공들은 전신의 신경을 두 눈과 바른편 손 끝에 모아 가지고 이 잡듯이 잡아내는 잔망스러운 활자들을 왼손에 든 게라에 모으고 있었다. 〈병조와 영복이〉

게라스리(ゲラすり)[명] '교정 인쇄(校正印刷)'의 일본어. ¶핀셋으로 활자를 집어내는 사람, 인테르를 가져오라고 소리소리 지르는 사람, 짠 판을 무겁게 들고 게라스리를 하러 오는 사람—모두들 분주한 품이 이 공장 안에서 제일이었었다. 〈병조와 영복이〉

게릴라 전술(guerrilla戰術)[명] 유격전으로 싸우는 전술. 여기서 '유격전'은 흔히 적군의 세력권 안에서 적은 인원으로 기습, 소전투, 후방 교란 등을 되풀이하여 적군의 사기나 전력을 저하시킬 것을 노리며 싸우는 방법. ¶가뜩이나 이렇게 맹렬한 육탄 (아닌 언탄) 을 맞고 보니, 윤 직원 영감으로는 총퇴각이 아니면, 달리 기습이나 게릴라 전술을 쓸 수밖엔 별 도리가 없읍니다. 〈태평천하⑥〉

게목(을) 지르다[관용] 듣기 싫게 마구 소리를 지르다. 여기서 '게목'은 '게사니', 즉 '거위의 목소리'를 뜻하는 말이다. ¶형보는 그새 아픔이 신간했던지, 떠나가게 게목을 지른다. 〈탁류⑱〉 ¶등을 넘어서자, 이녀언 이년, 모친의 게목 지르는 소리가 들린다. 〈쑥국새〉

게[대] '거기'의 준말. 그 곳. ¶이렇게 어렵사리 서로 만나 한데 합수진 한 줄기 물은 게서부터 고개를 서남으로 돌려 공주를 끼고 계룡산을 바라보면서 우줄거리고 부여로…. 〈탁류①〉

게슴츠레[부] 눈에 정기가 풀려 흐리멍덩하게. 눈이 졸리거나 하여 정기가 풀리고 감길듯하게. ¶이번에는 여자 하나를 끼고 딩굴다가 소리소리 승재를 부르면서 게슴츠레 풀린 눈으로 연신 눈짓을 한다. 〈탁류⑮〉

게야단법석[명] '야단법석'의 힘줌말. ¶마구 게야단법석으로 바느질을 몰아친다. 〈탁류⑦〉

게우[부] →겨우. 어렵게 힘들이어 가까스로. ¶아, 동생놈은 버젓한 경찰서장인디, 형놈은 게우 군 서기를 댕기구 있담! 남부끄러서 어쩔 티여? 응?…. 〈태평천하⑮〉

게우다[동] 먹었던 것을 도로 입 밖으로 내어 놓다. [같은] 토하다. ¶그래도 게우지

않으려고 정신 몽롱한 중에도 이빨을 악물어 가면서 참아내는 것이나, 〈탁류⑬〉

게이죠오(京城)명 '경성'의 일본어. '서울'의 일제 강점기의 이름. ¶양복때기나 걸치고서 "게이죠오 이찌마이." 하는 자리는 가사 십 원짜리를 내더라도 잔돈이 없으면 고이 없다고 하지, 〈상경반절기〉

게질질부 액체 따위가 겉으로 몹시 지르르하게 흐르는 모양. ¶그래서 제호를 후리려고 하고, 제호는 그것이 좋아서 침을 게질질 흘리면서 헤헤, 헤헤 하려니… 이러한 짐작이 선뜻 머리에 떠오르던 것이다. 〈탁류②〉

겨냥명 목표물을 겨누는 일. ¶엇나간 겨냥이 도리어 좋게 당처를 들이찼던 것이고 당한 형보로 보면 불의의 습격이라 도시에 피할 겨를이 없었던 것이다. 〈탁류⑱〉 ¶한 것이 상거는 밭고 또 문지방이며 수하의 어깨하며 걸리적거리는 것이 많아 겨냥은 삐뚜로 나가고 말았읍니다. 〈태평천하④〉

겨루다동 서로 버티어 힘이나 승부를 다투다. ¶그리고 포주가 너무 야속히 굴어서 이 유곽 전체가 일심이 되어 밥도 아니 먹고 손님도 맞지 아니하고 겨룬다는 것. 〈팔려간 몸〉

겨룸명 서로 버티어 힘이나 승부를 다투는 일. ¶아사가오는 매 준 줄을 타고 저희끼리 겨룸이나 하는 듯이 고불고불 기어 올라간다. 〈탁류⑩〉

겨우내부 겨울 동안 죽. 한겨울 동안에 계속하여. ¶겨우내 봄내 음산한 옷을 입은 죄수같이 꼴사납게 서 있던 상록수들도 조금은 밝은 빛이 떠돌아 보인다. 〈그 뒤로〉

겨웁다형 →겹다. 시간의 사이나 철이 기울어서 늦다. ¶오후, 한나절이 겨웠건만 햇볕은 늙지 않을 듯이 유장하다. 〈탁류①〉

격동(激動)명 몹시 흥분하고 감동함. ¶승재는 마침내 크게 격동이 되지 않질 못했다. 〈탁류⑰〉

견대(肩帶)명 무명이나 베 따위의 헝겊으로 만들어 중간을 막고 양 끝을 터놓은 긴 자루. 돈이나 물건을 넣어, 허리에 차거나 어깨에 걸쳐 둘러 멤. ¶혼자서 무어라고 두런두런 돈을 비롯하여 소반에 차려 놓았던 것을 견대에다 주워 담는다. 〈탁류⑥〉

견본(見本)명 '본보기'의 뜻. ¶말하자면 이 세상 며느리의 썩 좋은 견본이라고 하겠읍니다. 〈태평천하⑤〉

견습(見習)명 남이 하는 일을 실지로 보면서 그 일을 익힘. ¶명님이를 서울로 데려다가 제 밑에 두어두고 간호부 견습을 시키든지, 〈탁류⑮〉 ¶처음 여섯 달 동안 견습을 하고 나면 그때는 이십오 원씩 옹근 월급을 준다니까. 〈동화〉

견습(見習)하다동 남이 하는 일을 실지로 보면서 그 일을 익히다. ¶그의 옆에는 좌우로 견습하는 이십 전짜리 어린애 둘이 골똘히 헤라질을 하고 있고, 〈병조와 영복이〉 ¶그런데 마침 ××에서 비단 짜는 여직공을 모집하러 온 사람이 있다. 가는 찻삯을 대어 주고 처음 견습할 동안은 한 달에 먹여 주고 십 원. 〈팔려간 몸〉

견우코 미견양(見牛-未見羊)『관용』 소는 보고 양은 보지 않았음. ¶견우코 미견양의 그 양을 본 심경이라 할는지, 좌우간

해변가의 소심한 조개는 바스띠유 함락같이 형세 일변했다. 〈탁류⑰〉

견제(牽制)명 지나치게 세력을 펴거나 행동을 하지 못하도록 억누름. ¶그 미혼 처녀라는 것이 무엇인지 모르게 겁이 나고 조심이 되어, 좀처럼 그들의 욕망을 행동화 하지 못하도록 견제를 하는 수가 많다. 〈탁류②〉

겯고틀다동 버티어 겨루다. ¶가령 이런 일만 하더래두 마주 겯구(고)틀구 다아 그리질 못하는구려!…. 〈탁류⑭〉

겯다[1]동 서로 어긋나게 맞추도록 걸치거나 끼다. ¶둘이는 서로 알은체를 하면서, 마주 나와서 길 한복판으로 나란히 어깨를 겯고 걸어간다. 〈빈(貧)… 제1장 제2과〉

겯다[2]동 서로 지지 않으려고 버티다. ¶그러나 만약 제호로서도 어찌할 수 없이 끝내 꿀리거들랑 그때는 같이 나서서 둘이 협력을 해 가지고 하면, 가령 악으로 겯더라도 형보 하나쯤은 못 바워낼 성부르진 않던 것이다. 〈탁류⑭〉

결의 (주로 '결에'로 쓰여) '때', '사이'의 뜻. ¶탑삭부리 한 참봉은 어느 결에 다뿍 긴장이 되어 가지고 성미 급하게 재촉을 한다. 〈탁류⑩〉

결(이) 나다〖관용〗 결기가 일어나다. 즉, 못마땅한 것을 참지 못하고 성을 내거나, 딱 잘라 행동하는 성미가 일어나다. ¶글쎄 그 말을 들으니깐 어떻게 결이 나구 모두 밉살머리스럽던지 마구 그냥 몰아셌지…. 〈탁류⑧〉

결리다[1]동 몸의 어느 부분이 숨을 쉬거나 움직일 때, 아프게 딱딱 마치다. ¶지나간 일이 그렇듯 얼얼하기나 할 뿐이지, 모질게 결리거나 아프지 않는 것이 요행이어서. 〈탁류⑪〉

결리다[2]동 (약점 때문에) 마음이 쓰이다. 또는 기를 펴지 못하다. 〖비슷〗 찔리다. ¶그러고저러고 간에 남의 시비가 결리는 게 아니라 저편은 그다지도 정이 있어 하고…. 〈정자나무 있는 삽화〉 ¶영주가 이렇게 나무라는 데는 두부 장수도 좀 결리는 데가 있는지라 버썩 쇠지는 못했다. 〈명일〉 ¶그런 것을 아씨는 결리는 데가 있는지라 그렇게 보고 만 것이다. 〈생명〉

결벽(潔癖)명 남달리 깨끗함을 좋아하는 성미. 유난스럽게 깨끗함을 좋아하는 성질. 부정이나 악을 극단적으로 미워하는 성질. ¶이것은 한 개의 순수한 결벽이다. 〈탁류⑩〉 ¶우리가 어려서는 언니가 되려 신경질루 감정이 섬세허구 잔결벽이 유난스럽구 했는데. 〈소망〉

결사(決死)명 (어떤 일을 위하여) 죽음을 각오함. 죽기를 각오하고 결심함. ¶적어도 그 절반은 그가 모체로부터 세상을 나올 때에 모체가 받은 절대의 고통과 결사의 모험의 값인 때문인지도 모르겠다. 〈탁류⑬〉

결속(結束)명 뜻이 같은 사람끼리 굳게 한 덩이로 뭉치는 것. ¶그 내면에는 구루마꾼들의 결속의 힘이 많았던 것이다. 〈화물자동차〉

결원(缺員)명 사람이 빠져 정원이 차지 않는 것. 또는 그 모자라는 인원수. ¶"글쎄올시다. 그러시다면 지금 당장 어떻게 해줍시사고 무리하게 졸를 수야 있겠읍니까마는… 그러면 이 담에 결원이 있다든지 하면 그때는 꼭…" 〈레디 메이드 인생〉

겸두겸두하다[동] 한꺼번에 여러 가지 일을 아울러 함께 하다. ¶에라 겸두겸두해서 조용한 틈에 옥섬이와 이야기 좀 하여보리라… 고 그는 안으로 들어갔다. 〈산동이〉

겸사(謙辭)[1][명] 겸손한 말. ¶"저야 번들번들 놀고 있으니까 얼마든지 찾아와도…" 하고 겸사를 한다. 〈명일〉 ¶저도 벌써 알아차리고는 슬며시 드러누우면서도 그저 숫보기답게 부끄럼을 타느라고 괜한 겸사나 한마디 해 보는 눈치인 것 같았다. 〈탁류①〉

겸사(謙辭)[2][명] 겸손히 사양하는 것. ¶마호멧은 무얼 그다지 겸사를 하느냐고, 정으로 주는 것이니 물리치지 말고 제발 둘 중에 한 가지를 골라 가져 달라고 간곡히 권을 했다. 〈패배자의 무덤〉

겸사겸사(兼事兼事)[부] 한 번에 여러 가지 일을 겸하여 하는 모양. ¶저 역시 매제일 뿐더러 생전의 삼십 년 가까운 다정한 친구의 무덤을 장사 때에 회장을 나왔을 뿐, 여태껏 찾지 못했던 터라 겸사겸사 나섰던 걸음이다. 〈패배자의 무덤〉

겸사겸사(兼事兼事)하다[동] 한꺼번에 여러 가지 일을 아울러 하다. ¶겸사겸사해서 무엇 입 놀릴 것을 사 오는 게 좋겠다고 생각했던 것이다. 〈탁류⑧〉 ¶"그건 염려 없어요. 그리잖어두 이번에 그 일 때문에 겸사겸사해서…" 〈태평천하⑭〉

겹다[형] 때가 기울어서 늦다. 동안이나 철이 기울거나 늦다. ¶오정 때가 갓 겨운 참이라 욕실 안에서는 두엇이나가 철썩거리면서 목간을 하고 있고, 옆 남탕에서는 관음 세는 소리가 외지게 넘어와서 저으기 한가롭다. 〈빈(貧)… 제1장 제2과〉 ¶오늘은 해는 떴는지 말았는지 어설프게 찌푸렸던 날이 낮때가 겨운 둥 마는 둥 하더니 그대로 더럭 저물어 버린다. 〈얼어 죽은 모나리자〉 ¶겨우 쇠말의 처가에 당도했을 때에는 쪼작거리는 어린애 걸음이라 오때가 겨웠었다. 〈두 순정〉

경(卿)[대] 임금이 이품 이상의 벼슬아치를 부르는 말. 여기에서는 단순히 2인칭 대명사(너, 당신, 자네 등)로 쓰였음. ¶요것 2천 원짜리 때문에 경은 곱쟁일 치긴 억울해! 〈태평천하⑫〉

경(을) 읽다[관용] 신신당부하다. 몇 번이고 거듭하여 간절히 부탁하다. ¶제에발 마루루라두 나와서 누웠으라구, 경을 읽어 두 안 들어요. 〈소망〉

경(을) 치다[관용] 호된 꾸지람이나 나무람을 듣거나 벌을 받다. ¶대문이나 열렸으면 살그머니 들어가서 잠을 잔다든지 이불이라도 짊어지고 나와서 팔아라도 먹겠지만 대문이 잠겼으니 열어 달라다가는 공연히 귀신덩어리를 만나 경을 칠 테고 경뿐이 아니라 창피하게 나가란 말까지 들을지 모르는데 차마 문을 쩔벅거릴 용기가 나지 아니하였다. 〈앙탈〉 ¶다시 그러면 경을 쳐 준다고 나무란 뒤에 놓아줍니다. 〈어머니를 찾아서〉 ¶한데 산림간수한테 오기는 있어, 들키면 경을 치기는 매일반이라서 들이 닥치는 대로 철쭉 등걸이야 진달래 등걸이야 소나무 등걸이야 더러는 멀쩡한 옹근 솔까지 마구 작살을 낸 것이. 〈쑥국새〉

경각(頃刻)[명] 아주 짧은 동안. 눈 깜빡하는 사이. ¶아무리 목숨이 경각에 달린 병자라도 가족들이 붙잡고 매달리면, 효과야

있건 없건 구급 주사를 꾸욱꾹 놓아 주곤 했었다. 〈탁류⑥〉

경난(經難)명 어려운 일을 겪음. 또는 어려운 고비를 넘김. ¶인간 감정의 복잡한 갈등이나 생활과의 심각한 단판씨름 같은 것을 스스로 경난은 물론 구경할 기회조차 없었다. 〈탁류⑥〉 ¶윤 직원 영감이 젊은 윤 두꺼비 적에 겪던 경난의 한 토막이 대개 그러했읍니다. 〈태평천하④〉

경대(鏡臺)명 거울을 달아 세운 화장대. ¶흘러넘치는 눈물을 씻으며 흘리며, 계봉이의 경대를 다가 놓고 머리를 빗는다. 〈탁류⑱〉

경도(傾倒)[1]명 마음을 기울여 열중하는 것. ¶마침내 속이 후련하게시리 그리도 경도가 되어 버리질 않고서 차차로 찌뿌듬하니 싫었다. 〈패배자의 무덤〉

경도(硬度)[2]명 물체의 단단한 정도. ¶그동안 저 계집의 정조의 경도를 시험해 보지도 않고서, 그의 정조도 얼굴 생김새와 같이 점수가 높으려니 믿었던…. 〈탁류⑭〉

경동(京童)명 서울 아이. ¶요새처럼 열세 살 네 살짜리는 경동 가운데나 약간 더러 있었지, 지방 학생은 썩 드물었다. 〈회(懷)〉

경련(痙攣)명 근육이 발작적으로 수축 운동을 일으키는 현상. ¶먹으면 대번 경련이 일어나고 숨쉬기가 힘이 들어 허얼헐하고 시큼한 냄새가 나고…. 〈탁류⑧〉

경륜(經綸)하다동 일정한 포부 아래 어떤 일을 조직적으로 계획하다. ¶일변 나는 전부터 경륜하던 유리한 영업이 한 가지 있던 터라, 〈탁류⑭〉

경망(輕妄)스럽다형 언행이 가볍고 방정맞다. ¶강안으로 뻗친 찻길에서는 꽁지 빠진 참새같이 방정맞게 생긴 기관차가 경망스럽게 달려 다니면서, 빽빽 성급한 소리를 지른다. 〈탁류①〉 ¶이 이야기를 쓰고 있는 당자 역시 전라도 태생이기는 하지만, 그 전라도 말이라는 게 좀 경망스럽습니다. 〈태평천하①〉

경매(競賣)명 사려는 사람이 많을 경우, 그들을 서로 경쟁시켜 가장 비싸게 사겠다는 사람에게 물건을 파는 일. ¶기한이 지나기만 하면 거저 불문곡직하고 수형 액면에 쓰인 만큼 차압을 해서 집행 딱지를 붙여 놓고는 경매를 한다나요. 〈태평천하⑦〉

경부(警部)명 일제 강점기의 경찰관. ¶목적헌 경부가 되야 각구서, 경찰서장이 된담 말이다! 〈태평천하⑮〉

경부보(警部補)명 일제 강점기 경부 아래의 경찰 관직 이름. ¶이편 쪽으로 걸상을 타고 앉은 경부보더러 나른하게 "모오, 다메데스!(운명했습니다)"란 말을 한다. 〈탁류⑩〉

경사(慶事)명 여러 사람들의 축하를 받을 만한 기쁜 일. ¶열여섯을 맞이하는 해 봄 김 판서는 사위를 맞이하게 되었읍니다. 결혼… 이것은 인간의 대사요 경사이었으나. 〈소복 입은 영혼〉

경사로와하다동 어떤 일을 경사롭게 여기다. ¶오히려 손자며 외손자가 늦다고 걱정까지 하던 암사돈 수사돈 두 사돈집에서는 다 같이 경사로와했었다. 〈용동댁〉

경사롭다형 어떤 일이 경사로 여겨 기쁜 일이 될 만하다. ¶이번까지 무사히 장원급제를 하면 여덟 번 장원급제 한 보람이 한데 나서 경사롭게 '백의재상'을 할 터이요 만일 운수 불길해서 이번에 떨어지면 그야말로 십 년 공부가 나무아미타불이 될 터이니 시방 말로 하면 이 서방의 이번 길이 중대한 운명을 결정하는 길이었던 것입니다. 〈소복 입은 영혼〉

경상(經床)명 불경을 얹어 두는 상. ¶웃목으로 벽을 향하여 경상 앞에 초연히 발을 개키고 앉아 경만 읽는다. 〈탁류⑥〉

경상비(經常費)명 매년 규칙적으로 계속해서 지출되는 일정한 경비. ¶목간삯 7전과 이런 것이 경상비요, 임시비로는 가장 하길의 피복대와 10전 미만의 통신비가 있을 따름입니다. 〈태평천하⑨〉

경시청(警視廳)명 1907년에 발족한 대한제국의 경찰 사무를 맡아보던 관청. 그전의 경무청을 개칭한 것이다. 관원은 경시총감, 경시 부감, 경시 등으로 구성되었다. 1910년의 한일합병으로 철폐되었다. ¶"종학이놈이 경시청에 붙잡혔다구요!" 〈태평천하⑮〉

경우(에) 빠지다『관용』 경우에 어긋나다. (어떤 조건에서의) 형편이나 사정에 어긋나다. ¶오늘처럼 박제호 따위가 우리를 호락호락허게 보구서 그런 경우 빠진 짓을 하게 하긴들 했겠느냐?…. 〈탁류⑦〉

경위(經緯)명 일이 진전되어 온 경로나 경과. ¶경위가 이러하고 본즉 윤 직원 영감은 단지 눈앞의 화초로만 데리고 놀재도 이편에서 오라고 일러야 할 것이요, 〈태평천하⑩〉

경위(涇渭)에 치다『관용』 '경위를 따지다'의 뜻. 여기서 '경위'는 사리의 옳고 그름이나 이러저러한 분별을 뜻함. '경위'는 중국 경수(逕水)의 강물은 흐리고, 위수(渭水)의 강물은 맑아 뚜렷이 구분된다는 데서 온 말이다. ¶윤용규는 제 자신, 작인에게 어떠한 원한 받을 짓을 해 왔다는 것은 경위에 칠 줄은 모릅니다. 〈태평천하④〉

경의(敬意)명 존경하는 뜻. 존경의 뜻. ¶승재와 계봉이는 다른 행인들과 같이 가게의 처마 밑으로 길을 비껴 서서 아닌 경의를 표한다. 〈탁류⑰〉

경이(驚異)명 놀라 이상히 여기는 것. 또는 놀라울 만큼 진기한 것. ¶연천 선생의 교섭은 곧 여의하여 우리는 마침내 당세의 경이를 몸으로써 치르기까지 할 수가 있었다. 〈회(懷)〉

경이원지(敬而遠之)명 겉으로는 공경하는 체 하나 속으로는 꺼려 멀리하는 것. ¶경이원지라더냐는 이곳 쇠멀 동네 사람의 이 정자나무에 대한 조심을 곧잘 알아맞히는 말일 것이다. 〈정자나무 있는 삽화〉

경장이(經--)명 →경쟁이(經~). ¶아무리 무당이며 경장이를 시켜 '귀신'으로 하여금 그 마음을 돌리게 하잔들 될 리가 없었던 것이다. 〈생명〉

경쟁이(經--)명 옛날에 남의 집에 재앙을 없게 한다고 경서(經書)를 읽어 주는 일을 업으로 삼던 사람. ¶웃목에서는 경쟁이가 경을 읽고 앉았다. 〈탁류⑥〉

경적(警笛)명 주의나 경계를 하도록 울리는 음향기. 주로 탈것에 닮. ¶전차 갈리는 소리도 들리지 아니하고 가끔 가다가 자동차의 경적이 딴 세상의 소리같이 감감하게 들리어온다. 〈레디 메이드 인생〉

경지영지(境地英智)하다동 영민한 슬기를 지닌 지경에 있다. 여기서 '경지'는 어떤 분야나 형편, 처지 등의 뜻을 가진 말이고, '영지'는 영민한 슬기의 뜻을 가진 말. ¶ 경지영지하시니 불일성지라더니, 뉘 일일새 범연했겠읍니까. 〈태평천하⑩〉

경풍(驚風) 명 어린아이가 경련을 일으키는 병의 총칭. 뇌척수 질환, 발열 등으로 깜짝깜짝 놀람. 『같은』 경기(驚氣). ¶ 신판 삼국지에 정신이 팔렸던 일꾼들이 경풍을 하게 놀라서 일제히 정자나무의 그 구멍으로 눈이 쏠린다. 〈정자나무 있는 삽화〉 ¶ 어린것마저 앓기 시작하더니 어제 저녁부터는 자꾸만 경풍을 하여요. 〈이런 남매〉 ¶ 시이 피이 시이 피이, 남 경풍을 하라고 소래기를 빽 빽, 앞걸음질 뒷걸음질을 벼락치듯 오락가락. 〈회(懷)〉

경풍(驚風)이 나게 놀라다 『관용』 몹시 놀라다. 경련을 일으키며 까무러칠 정도로 놀라다. ¶ 초봉이가 경풍이 나게 놀라 몸을 뒤틀면서 소리를 지르려고 할 제는 억센 손바닥이 입을 틀어막았다. 〈탁류⑩〉

경풍(驚風)하다 동 어린아이가 경련을 일으키며 깜짝깜짝 놀라 까무러치다. ¶ 탑삭부리 한 참봉은 경풍하게 놀라, "아니, 이 여편네가 이건 미쳤나." 〈탁류⑤〉 ¶ 조옴이나 퀼퀼해서 좋으며 그 잔망하게 생긴 철망 안의 여드름쟁이가 코허리에 걸린 안경이 경풍해 떨어질 만큼 가슴이 사뭇 뜨끔 않았으리. 〈상경반절기〉

경황(景況) 명 정신적인 여유나 겨를. 어떤 다른 생각을 할 겨를이나 흥. ¶ 가자던 서울은 못 가고, 저렇게 풀이 죽어 만사에 경황이 없어 하는데 혼인 이야기란 어찌 생각하면 새수빠진 듯하기도 했다. 〈탁류⑦〉 ¶ 누구 없이 그런한 것에는 정성과 마음을 들일 경황들이 없기 대문이라고 해야 옳은 말이리라. 〈용동댁〉 ¶ 마음이 그대도록 경황이 없는 중에도 어제 저녁부터 굶은 배는 염치없이 고프고…. 〈이런 남매〉

경황 중(景況中) 명 딴 일을 생각하거나 흥미를 가질 여유가 없는 가운데. ¶ 초봉이는 경황 중이라, 이 말이 조곤조곤 새겨서 그 진가를 분간할 겨를은 없으면서도, 〈탁류⑩〉 ¶ 나는 그이 눈을 주의해 보느라구 경황 중에두 정신이 없지. 〈소망〉

곁눈질 명 곁눈으로 보는 짓. ¶ 그러거나 말거나 태수는 그저 은행에서 시간만 마치고 나면, 곁눈질도 않고 씽하니 집으로 돌아오곤 한다. 〈탁류⑩〉

계란에도 뼈가 있다 『속』 일이 안 되는 사람은 모처럼 좋은 기회가 있어 도리 듯하다가도 역시 안 된다는 말. 『같은』 계란유골(鷄卵有骨). ¶ 계란에도 뼈가 있더라고 고놈 꼭 생하게만 된 후장 이절(後場二節)의 대판 시세가, 옜다 보아란 듯이 달칵 떨어져서, 필경은 그 흉악한 봉욕을 다 보게까지 되었던 것이다. 〈탁류①〉

계량(繼糧) 명 그 해에 추수한 곡식으로 한 해 동안의 양식을 이어 가는 것. ¶ 또 농사라야 밭 몇 뙈기와 논 열 마지기를 고지주어 지어서 그 소출로 근근 일 년 계량이나 하는 터라. 〈용동댁〉

계면쩍다 형 '겸연쩍다'의 변한말. 쑥스럽기나 미안하여 부끄럽다. ¶ 나는 저 여학생한테 편지를 쓰지? … 짐작하고 일부러 일어서서 지나가는 체하고 그 쓰는 것을 슬쩍 보았다. 나는 내 스스로 계면쩍은 미소를 하고 도로 내 자리에 앉았다. 〈세 길로〉 ¶ 할 수 없으니까 제 손으로 양말 구멍을 꿰매어 신는 것이지만 그것을 옥섬이게게 말하기는 어쩐지 계면쩍은 생각이 났다. 〈산동이〉 ¶그렇게 풍모가 변해 가지고 돌아와서는 자기도 좀 계면쩍은 듯이 "네끼 놈들 네끼 놈들 무얼 그렇게 뻔하고 서서." 하며 그 잦은 말로 되레 우리를 나무랐읍니다. 〈소복 입은 영혼〉

계면쩍어하다(동) 쑥스럽거나 미안하여 부끄럽게 생각하다. ¶그는 여전히 계면쩍어하면서도 무슨 무거운 짐을 풀어놓은 듯이 비바람과 볕에 그을려 표정이 섬세치 아니한 얼굴에 안도의 빛을 보이며 따라선다. 〈농민의 회계보고〉

계선(界線)(명) '경계선(境界線)'의 준말. 한계나 경계를 나타낸 선. ¶손바닥이 엎어졌다 젖혀졌다 하고, 방안지의 계선이 올라갔다 내려왔다 하는 동안에 돈 만 원은 어느 귀신이 잡아간 줄도 모르게 다 죽어버렸다. 〈탁류④〉

계수(桂樹)(명) 계수나무. ¶계수를 몇 가지 벤 만큼이나 하다 할는지요. 〈태평천하②〉

계씨(季氏)(명) 상대방을 높여 그의 아우를 이르는 말. ¶이 사람아, 명색이 지점장 대리신데, 그렇게 구속을 받아서야 그짓을 해먹나! 더구나 대주주의 계씨요 한데, 어디를! 〈이런 처지〉

계제(階梯)(명) 어떤 일을 할 수 있게 된 형편이나 기회. ¶아무 때 당해도 한 번은 당할 일인 걸, 늦게 한다고 어디서 돈이 솟아날 바 없고 하니, 그저 이 계제에 바싹 서둘러서 아무렇게나 해치우는 게 도리는 도린데…. 〈탁류③〉 ¶3년 동안 직원을 지내다가, 서울로 이사를 해 오는 계제에 그 직책을 내놓았읍니다. 〈태평천하④〉 ¶그러자 계제에 전주 감영의 비단 짜는 공장에서 사람이 내려와서. 〈동화〉 ¶계제에 마침 또 좋은 자리도 있었고요. 〈치숙(痴叔)〉 ¶계제에 월사금 밀린 것으로 창피를 당하곤 하니까, 이첨저첨 그 거조를 냈던 것이다. 〈정자나무 있는 삽화〉 ¶설사 자고 싶은 마음이 내켰더라도 수월하게 졸음이 올 계제가 아니었었다. 〈반점〉

계집의 원한이 오뉴월에 서리 친다[속] 여자가 한 번 원한을 품으면 오뉴월에도 서릿발이 칠 만큼 매섭고 독하다는 뜻. [같은] 계집의 곡한 마음 오뉴월에 서리 친다. ¶오냐, 이노옴! 계집의 원한이 오뉴월에 서리 친다더라! 두구 보자. 네가 이놈 내 신세를 갖다가 요렇게 망쳐 주구! 오냐 이놈! 〈탁류⑭〉

고갯짓(명) 고개를 끄덕이거나 흔드는 짓. ¶제깐에도 이상했던지 잠시 입을 오물거리고 고갯짓을 하다가 비로소 다시 파고들어 빨아 먹기 시작을 한다. 〈빈(貧)…제1장 제2과〉 ¶노파는 허겁스럽게 눈짓 고갯짓, 주인이 있지도 않은 건넌방을 조심해싸면서(그게 애교랍시고) 수군덕수군덕. 〈모색〉

고거(대) '고것'의 준말. '그것'을 얕잡거나 귀엽게 일컫는 말. 여기서 '고걸'은 '고거(대명사)+ㄹ(목적격 조사)'의 형태. ¶고걸, 고걸 거저, 손아구에다가 꼭 훑으려 쥐고서 아드득 비어 물었으면, 사뭇 비린내두 안 나겠다! 〈탁류⑦〉

고고(孤高)하다(형) 홀로 고상하고 깨끗하다. 홀로 세속에서 초연(超然)하여 고상

(高尙)하다. ¶ 밤낮 서생인가?… 거저 우리 같은 범인은 괜히 혼자서 고고했자 별 뾰족수 없구. 〈모색〉

고관(高官)명 높은 벼슬 자리. 또는 그런 지위에 있는 관리. ¶ 마치 무능한 고관 퇴물이 ××원으로 몰려 가듯이. 〈탁류①〉

고구라(こくら)명 '두꺼운 무명 직물(허리띠, 학생복감 등으로 쓰임)'의 일본어. ¶ 어디서 생겼는지 새까만 '고구라' 양복을 입고 이화표 붙은 학생 모자를 쓰고 거기다가 보따리를 하나 지고 무엇 꾸린 것을 손에 들고 차에서 내리는 어린아이…. 〈레디 메이드 인생〉

고기작거리다동 (종이, 피륙 따위가) 구김살이 생기게 자꾸 구기다. 〈구기적거리다. 『센말』 꼬기작거리다. ¶ 그러나 크림 맛을 본 지 몇 달이 된 낡은 구두, 고기작거린 동복 바지, 양편 포켓이 오뉴월 쇠불알같이 축 처진 양복 저고리, 땟국 묻은 와이샤쓰와 배배 꼬인 넥타이, 엿장사가 이 전어치 주마던 낡은 모자. 〈레디 메이드 인생〉

고지작고기작부 (종이, 피륙 따위가) 구김살이 지게 구겨진 모양. 〈구기적구기적. ¶ 고기작고기작 새까맣게 땟국이 묻은 무명 두루마기며 헌 타래버선이나 찢어진 볼을 실로 얽어맨 고무신도 그러하려니와 곰방대를 꽂은 괴나리봇짐이 완연히 그를 시골 사람으로 레테르를 붙이었다. 〈농민의 회계보고〉

고깃근명 근으로 헤아릴 만한 양의 고기. ¶ 그렇지만 그 밖에, 가령 양명절 때면 고깃근이라도 사 보낸다든지. 〈치숙(痴叔)〉

고깝다형 야속하고 섭섭하다. 야속한 느낌이 있다. ¶ 태호는 이때라고 생각하고 고까운 듯이 슬쩍 외면을 하면서. 〈보리방아〉 ¶ 그때는 그 말이 고깝게 들렸으나, 차차 지나 나가노라니까, 목간을 안 해서 몸이 근시런 줄은 모르겠어도. 〈빈(貧)…제1장 제2과〉 ¶ 그것이 뼈에 사무치게 고깝고 안타까와 그 자리에 축 엎드려서 갖추갖추 울며 넋두리라도 하고 싶은 것을 끄윽 참았다. 〈생명〉 ¶ 어릴 적에 더우기 그런 고까운 멸시를 많이 받고 자라났다. 〈탁류⑭〉 ¶ 그 말은 그리두 고까워서 남한티다가 둘러씨니라구? 〈태평천하②〉

고꾸라(こくら)명 '두꺼운 무명 직물(허리띠, 학생복감 등으로 쓰임)'의 일본어. ¶ 다 떨어진 고꾸라 양복은 제법 치렛감이다. 〈탁류⑮〉 ¶ 분명 남의 집 아이의 물림을 천신한 듯싶은 다 떨어진 검정 고꾸라 통학복에 짝 안 맞는 고무신을 꿴 것이며…. 〈반점〉 ¶ 오월도 스무하루니 바람은 훈훈함을 지나쳐 검정 고꾸라로 된 양복(!)이 저으기 더울 지경입니다. 〈흥보씨〉

고난(苦難)하다동 괴로움과 어려움을 당하다. 고초(苦楚)를 겪다. ¶ "퍽 불쌍하다구… 소생이 무언지, 소생이라두 하나 있었더라믄 그래두 맘이나 고난치 않았을 걸." 〈태평천하⑪〉

고년대 '고 계집아이'를 귀엽게 일컫는 말. 여기서 '고'는 관형사로 '그'를 얕잡거나 귀엽게 또는 축소하여 일컫는 말. "고 계집애", "고 녀석 참 귀엽군" 등의 예에서 그 쓰임을 알 수 있음. ¶ 고년 춘심이년이 방정맞게 와서넌 명창 대회(名唱大會)지 급살인지 헌다구, 쏘사악쏘삭허기 때미 그년의 디를 갔다가…. 〈태평천하①〉

고놈㈹ '고 사내아이'를 귀엽게 일컫는 말. 또는 '고 대상물'을 낮추어 일컫는 말. ¶어떻게도 신통한지 고놈을 쏘옥 손가락으로 잡아 뽑아 가지고 싶은 것을 겨우 참고. 〈패배자의 무덤〉

고담(古談)㈎ 옛 이야기. ¶형보는 고담을 한다면서, 이 이야기를 그새 몇 번이고 초봉이더러 했었다. 〈탁류⑱〉 ¶새서방은 색시의 무릎에 엎드려 망건을 벗기면서 고담을 조른다. 〈두 순정〉 ¶부부구 자식이구 가정이구 그런 건 다아 고담 같대나. 내 어디서 온. 〈소망〉

고답적(高踏的)㈎ 세상에 초연하거나, 현실과 동떨어지게 사고하거나 행동하는 것. ¶세상 물정의 '기상'과 '지리'에 어둔 반면 다분히 고답적이요 성미 까다로운 그 명제를 갖다가 안경 쓰고서 보는 이상. 〈모색〉

고대고대(苦待苦待)하다㈆ 몹시 애타게 기다리다. ¶인쇄소에서 밤일을 하는 줄만—병조가 먼저 돌아와서 그렇게 말을 하였으니까—알고 열 시 되기를 고대고대하고 있었던 것이 있었다. 〈병조와 영복이〉 ¶젊은것들끼리 제 애인을 고대고대하다가 겨우 와 주어서 만날 때도 아마 그렇게 반갑겠지요. 〈태평천하⑩〉

고동[1]㈎ 일정한 기계 장치에서 내는 기적 따위의 소리. 여기서는 '시계 소리'를 뜻함. '고동이 울다'는 시계가 소리를 내다. ¶날이 밝으면서 뚜우 여섯 점 고동이 웁니다. 〈태평천하⑭〉

고동[2]㈎ 식물의 줄기. 『같은』 대. 대궁. ¶상치 아욱 쑥갓들이 고동이 서서 꽃이 피고. 〈동화〉

고돼다㈂ →고되다. 하는 일이 힘에 겨워 고단하다. ¶"이애야 원, 날마다 일이 그렇게 고돼서 어떻게 허니 원!"하고 걱정을 하였다. 〈병조와 영복이〉

고등관(高等官)㈎ 일제 강점기 관리 등급의 하나. ¶공부를 잘 시켜 고등관으로 군수가 되는 길은 글렀은즉. 〈태평천하⑫〉

고디다㈂ →고되다. 하는 일이 힘에 겨워 고단하다. ¶"글씨 첫물은 갠찮얼 터지… 그럼 곧 들어가세… 나는 또 이 집 저 집 돌아댕기면서 신칙을 히여야지… 그놈의 짓 참말 고디어 못하여 먹겠네! 허허." 〈보리방아〉 ¶빨래질 다듬질을 한다 하느라고, 겨울이라 다른 일은 없다지만 온종일 오죽이나 몸이 고디며. 〈두 순정〉

고따우루㈌ →고 따위로. '따위'는 '그와 같은 종류'의 뜻. 또는 말하는 대상을 하찮게 일컫는 말. ¶"원, 아무리 남의 밥으루 살기루서니, 고따우루 얌체없는 보짱머리가 있더람?" 〈빈(貧)… 제1장 제2과〉

고랑㈎ '쇠고랑'의 준말. '고랑을 채우다'는 죄인의 양 손목에 쇠고랑을 걸어서 감그다. 『같은』 수갑. ¶그리고 미구에 순사가 달려와서 고랑을 채울 때까지도 그렇게 서서 있었다. 〈탁류⑩〉

고래고래㈌ (화가 나서) 목소리를 높여 지르는 모양. ¶그러나 그것도 비는 게 아니고, 고래고래 악을 쓰면서 일종의 반항이다. 〈탁류⑮〉 ¶이 노릇을 어찌한단 말이냐고 고래고래 악을 쓰고 섰다. 〈정자나무 있는 삽화〉

고량진미(膏粱珍味)㈎ 기름진 고기와 좋은 곡식으로 만든 맛있는 음식. ¶그러한 사람들은 비록 좋은 집에 살고 고량진미를 먹을망정. 〈이런 남매〉

고롱거리다㉮ 오랜 병으로 심하게 시름시름 앓다. ¶총을 훌트려쥔 그는 장독으로 고롱거리는 60객답지 않게 불끈 기운을 내어, 〈태평천하④〉

고르다㉰ 높고 낮거나 많고 적음이 없이 한결같다. ¶그다지 고르고 곱던 바탕이 간 곳 없고…. 〈탁류⑭〉

고리대금(高利貸金)㉯ 비싼 이자를 받는 돈놀이. ¶"수형법(手形法)? 이라더냐 그런 게 있어서, 고리대금을 해먹두룩 마련이시구…" 〈탁류⑰〉

고리대금업자(高利貸金業者)㉯ 비싼 이자를 받으며 돈놀이를 하는 사람. 돈놀이꾼. ¶그렇거들랑 왜 나더러 달래다가 쓸 것이지, 비싼 고리대금업자의 변전을 내느냐고 한다치면, 할아버지가 언제 돈 달래는 족족 주었느냐고 되레 떠받고 일어섭니다. 〈태평천하⑫〉

고리짝㉯ 고리나 대오리로 엮어 옷을 넣도록 만든 상자. 여기서 '고리'는 껍질을 벗긴 고리버들의 가지를 뜻하고, '대오리'는 대나무를 쪼개어 가늘게 깎은 토막의 낱개를 뜻함. ¶이바디 고리짝을 진 꼬마동이가 앞을 서고 뒤에는 색시와 또 하나 안동해 보내는 동리의 일가집 아주머니가 나란히 들판을 건너가고 있다. 〈두 순정〉

고릴라(gorilla)㉯ 유인원과(類人猿科)의 동물. 키는 2m, 몸무게는 250kg 가량으로 유인원 가운데서 가장 큼. 팔이 길고 다리는 짧으며 힘이 셈. 주로 과실이나 나무 뿌리 따위를 먹으며 30년 가량 살고 아프리카 적도 부근의 숲에 분포함. ¶고릴라의 뒷다린 듯싶게 오금이 굽고 발끝이 밖으로 벌어진 두 다리 위에,… 〈탁류④〉

고릿새하다㉰ 냄새가 좀 고리타분하다. ¶일 분 동안에 열 걸음 이상을 걸어 본 적이 없다고 일상 자랑하는 채자(採字)의 M은 고릿새한 새우젓에 백%의 좁쌀밥을 뜨먹뜨먹 먹고 앉았다가. 〈병조와 영복이〉

고마기리(こまぎり)㉯ '잘게 썬 고기', '잘게 저민 고기'의 일본어. ¶"… 오리쓰메야 어디 격인가! … 저놈에다가 척 고마기리를 한 근 사서 들구가설랑 마누라더러 바글바글 지지래서 놓구서 한잔 츠윽 석양 배루다가…" 〈흥보씨〉

고마이㉱ →고맙게. ¶교장 선생님이 일껀 생각하시구서 (또 현 서방이 술을 노오 먹진 않아도 좋아하는 줄은 아시고서) 고마이 주신 것입니다. 〈흥보씨〉

고만㉲ '고만한'의 준말. 정도나 수량이 대단하지 않은. ¶시방 자꾸만 더해 가는 불안과 공포와 초조한 마음은 고만 것으로는 가실 수가 없었다. 〈탁류⑩〉 ¶넉넉하기만 하다면야 아무려나 친동기간이요 하니 고만 것을 동정 못할 바는 아니었다. 〈이런 남매〉

고메다㉮ 거절하다. ¶"다라운 샐러리맨은 띠어 걸구… 어느 놈이 써 준대두 고멘다." 〈그 뒤로〉

고무래[1]㉯ 곡식을 그러모으거나 펴는 데, 또는 밭의 흙을 고르거나 아궁이의 재를 긁어내는 데 쓰는 'T'자 꼴의 물건. ¶턴 벼를 장손이가 고무래를 가지고 수북하게 긁어모으고 있다. 〈암소를 팔아서〉 ¶분명 거기서 여전히 꼬옥 꼬옥 하기는 하는데 형체는 보이지 않는다. 긴 고무래를 찾아 가지고 와서 구들 속을 긁어 보았다. 〈용동댁〉

고무래2[명] 한자 '정(丁)'을 글자의 생김새대로 읽는 말. ¶정 주산지 고무래 주산지 인제는 제발 시장 근처에 오지 말래요. 〈탁류①〉

고부라지다[동] 다른 생각을 할 겨를이 없이 어떤 한 가지 일에만 파묻히다. 『비슷』 골몰하다(汨沒~). ¶시방 정 주사 내외가 단둘이 앉아 초봉이의 혼담 상의에 고부라졌다. 〈탁류⑦〉 ¶어린것은 무얼 가만 좀 있으라는 듯이 잠이 한참 고부라졌다. 〈패배자의 무덤〉 ¶그림책을 고부라지게 들여다보고 있는 주제가 아주 간드러지고 이뻤다. 〈반점〉

고분댕이[명] →곱은탱이. '곧지 않고 휘어져 있는 부분'을 일컫는 말. ¶얼굴을 이리저리 두르다가 마침 길 건너편 반찬가게에서 바구니를 팔 고분댕이에 끼고 나오는 옆집 행랑어멈과 눈이 마주쳤다. 〈빈(貧)… 제1장 제2과〉

고불고불[부] 요리조리 고부라지는 모양. 〈구불구불. 『센말』 꼬불꼬불. ¶아사가오는 매준 줄을 타고 저희끼리 겨룸이나 하는 듯이 고불고불 기어 올라간다. 〈탁류⑩〉

고비샅샅[부] 고비샅샅이. ¶P는 그 여자와 만날 때마다 일부러 눈 익혀 보지 아니하는 체는 하면서도 실상은 고비샅샅 관찰을 하였고, 그리고 속으로는 연애라도 좀 했으면 하던 터이었었다. 〈레디 메이드 인생〉

고비샅샅이[부] 샅샅이. 속속들이. 『비슷』 고비샅샅. ¶그 노인의 얼굴에는 많이 잡힌 잔주름 속에 비애가 고비샅샅이 박혀 있는 듯이 처량하였읍니다. 〈소복 입은 영혼〉

고사(告祀)[명] 신령에게 뜻한 일이 잘 되도록 음식을 차려 놓고 빎. 여기서 '고사'는 계획하는 일이나 집안이 잘 되기를 신령에게 비는 제사. ¶"고시레." 골고루 고사를 한다. 〈쑥국새〉

고샅[명] 시골 마을의 좁은 골목길. ¶그것이 박 박적(바가지)들구 고샅 담박질헐 티닝개. 〈태평천하⑤〉

고색(古色)[명] 낡은 색. 또는 예스럽고 격에 어울리는 모습이나 모양. ¶이러한 창연히 고색 질린 기상을 해 가지고 오월의 하늘과 초록을 우러러 가슴에 청춘을 느끼다니, 〈흥보씨〉

고색(古色)이 창연(蒼然)하다『관용』 퍽 오래되어 옛날 모습에 어울리는 멋이 저절로 드러나 보이다. 예스러운 정감을 불러일으키는 흥취가 그윽하다. ¶아니, 안팎이 모두 고색이 창연해서…. 〈탁류⑯〉

고생줄(苦生–)[명] 고생길. 고생을 벗어날 수 없는 어려운 형편. ¶그걸 눈 멀뚱멀뚱 뜨고서 그 고생줄로 몰아넣기도 애처롭고 해서 차마 못했던 것이다. 〈동화〉

고소1**(苦笑)**[명] 쓴웃음. ¶억만 원을 쓸 공상을 하면서 오 전이 없어 창자를 움켜쥐고 한뎃잠을 자는 자기의 행색이 한심하다 못하여 고소가 나왔다. 〈앙탈〉 ¶K는 눈초리로 고소를 하며 "그래 모·보는 모·보야… 단 조선놈 모·보는 Modern Yobo라는 모·보야, 하하." 〈창백한 얼굴들〉 ¶그는 한번 고소를 하고 나서 "시골서 농사를 짓고 살 수가 있으면 이렇게 일부러 올라 왔을라구!" 하고 담배 연기를 푸 내뿜는다. 〈농민의 회계보고〉 ¶종택은 바륵 웃으면서, 제 자세를 내려다보더니 혼자서 또 고소를 한다. 〈패배자의 무덤〉

고소[2]㉰ '소승(小僧)'의 일본어. '소승'은 중이 자기를 낮추어 이르는 말. ¶글쎄 아무려면 내가 재갸처럼 다 공부는 못하고 남의 집 고소 노릇으로 반또 노릇으로 이렇게 굴러먹을 값에 이래 보여도 표창을 두 번이나 받은 모범 점원이요. 〈치숙(痴叔)〉

고소원(固所願)㉰ 본디부터 바라던 바. ¶"불감청이언정 고소원이야." "흥 난리가 난다면 당신 같은 사람이 멀 제법 괜찮을 줄 아우?" 〈명일〉

고소하다[1]㉱ (미운 사람이 잘못되거나 할 때) 기분이 좋고 흐뭇하다. 또는 속이 시원하고 재미있다. ¶눈을 감으니까, 감은 길이니 주사침을 아무렇게나 (아파서 깡충 뛰게시리) 푹 찔렀으면 고소할 것 같아 손이 옴질옴질한다. 〈탁류⑧〉

고소하다[2]㉱ 기분이 유쾌하다. ¶우리도 그때는 '덕언이 선생님'을 따라 아깝다고 생각했지만 그 뒤에 철이 나서는 잘했다고 되려 고소했습니다. 〈소복 입은 영혼〉 ¶저도 한번 떡 타고 앉아 보았으면 재미가 아주 고소할 것 같아 다리가 절로 우쭐거려지곤 합니다. 〈어머니를 찾아서〉

고숩다㉱ →고소하다. ¶사람이 금세 날개가 돋힌 듯 시원하고 고숩고, 천하 그런 재밌을 데라곤 없으련 싶었다. 〈회(懷)〉

고스러지다㉲ (벼, 보리 등이) 벨 때가 지나서 이삭이 고부라져 앙상하게 되다. 〉고스라지다. ¶그중에 보리밭만 보리가 다 익어서 누렇게 고스러졌다. 〈반점〉

고슴도치 오이 지듯〖속〗 고슴도치가 제 가시에 외를 따 붙이고 다니듯이 이곳저곳에 빚을 짐을 비유하는 말. 〖비슷〗 고슴도치 외 따지듯. ¶그걸 바라고 있다가, 우리두 고슴도치 오이 지듯 빚을 다뿍 짊어진 걸. 〈소망〉

고시랑거리다㉲ 군소리를 좀스럽게 자꾸 늘어 놓다. ¶밑천까지 털리는 손은 어떻게 하느냐고 부인 유 씨가 고시랑거릴라치면 잃지 않을 테니 걱정 말라고 만날 희떠운 소리다. 〈탁류⑮〉

고식(姑息)되다㉲ 우선에는 탈이 없고 편안하게 되다. ¶그러나 P에게는 아직도 젊은 때의 야심이 있어 그러한 고식된 안정이나 명색없는 생활은 도리어 피하고 싶었던 것이다. 좀 더 남의 눈에 띄며 좀 더 재미있고 그리고 자유로운 생활. 〈레디 메이드 인생〉

고쓰까이(こつかい)[1]㉰ (학교, 관청 등의) 용인(傭人, 고용된 사람, 품을 파는 사람), 사환(使喚, 관청 등에 고용되어 잔심부름을 맡아 하는 사람) 등을 뜻하는 일본어. ¶그렇잖으면 병원 고쓰가(까)이 푼수밖에는 못 될 성싶었다. 〈탁류⑧〉 ¶한편이 소학교의 일개 고쓰까이요 한편은 적어도 판임관 대우의 조선 총독부 도순사인 경찰인데. 〈흥보씨〉

고쓰까이(こつかい)[2]㉰ '거지', '비렁뱅이'의 일본어. ¶보통학교 사 년 겨우 다니고서도 시방 앞길이 환히 트인 내게다 대면 고쓰까이만도 못하지요. 〈치숙(痴叔)〉

고쓰까이(こつかい)[3]㉰ 용돈. ¶"나 고쓰까이 하나두 없어어!" "으응, 고쓰까이!" 최는 지갑을 꺼내더니 있는 대로 십 원짜리 석 장을 침대 머리의 둥근 손탁자 위에다 내놓는다. 〈이런 남매〉

고양이 앞에 쥐〖속〗 무서워서 꼼짝을 못한다는 말. ¶야속한 시어머니한테 걸리고

보면 반찬 먹은 개요, 고양이 앞에 쥐요 하지 별수가 없는 것이지만, 〈태평천하⑤〉

고양이 쥐 생각『속』 당치 않게 누구를 생각해 주는 척함을 비유한 말. ¶ "이년아, 고양이 쥐 생각이라구나 해라!" 〈탁류⑦〉

고옥(古屋)명 지은 지 아주 오래된 집. ¶ 줄행랑 본의 조건 고옥을 겉만 뜯어고쳐 유리창을 해 달고 유리문을 내고 문설주하며 기둥과 연목 등엔 푸른 페인트칠을 하고, 〈회(懷)〉

고원(雇員)명 관리의 보조인으로 임시 채용된 하급 사무원. ¶ 면 서기를 공급하고 순사를 공급하고 군청 고원을 공급하고 간이 농업 학교 출신의 농사 개량 기수(技手)를 공급하였다. 〈레디 메이드 인생〉 ¶ 열세 해 만에 도태를 당하던 그날까지 별수 없는 고원이었었다. 〈탁류①〉 ¶ 윤씨네 가문 빛내는 큰 사업의 제일선 용사 중 한 사람으로서 군수 운동을 하느라고 고향에 내려가 군 고원을 다니는 사람이요. 〈태평천하⑫〉

고의(故意)[1]명 딴 뜻을 가지고 일부러 하는 행동. ¶ 이 정당한 오해는 물론 계봉이의 고의도 아니요, 초봉이의 잘못도 아닌 것이다. 〈탁류⑲〉 ¶ 이렇게 영락없이 문오 선생과 죄다 꼬옥 같은 경력이요 인물이거니 하는 상상을 고의로다가 구상하기가 웬일인지 무척 재미스러웠다. 〈순공(巡公) 있는 일요일〉

고의(袴衣)[2]명 남자의 여름 홑바지. 여름에 바지 대신으로 입는 남자의 홑옷. ¶ 급한 바느질이다. 그러나 거진 다 되어 간다. 고의는 벌써 해서 옆에 다 개켜 놓았고 적삼도 시방 깃을 다는 참이다. 〈보리방아〉 ¶ 허리띠를 매지 않은 고의를 건사하지 못해서 훌라당 벗어 떨어뜨린 알몸뚱이로 보리밭 고랑에서 엎드려 기기 시작을 하자, 〈태평천하④〉

고의끈(袴衣-)명 고의를 여미는 끈. ¶ 그 나머지는 장사를 해 나갈 예비돈으로 유씨가 고의끈에다가 챙챙 웅쳐 매 두었었다. 〈탁류⑮〉

고의적삼(袴衣--)명 고의와 적삼. ¶ 정씨는 다린 삼베 고의적삼을 들고 앞마루로 나오면서 남편더러 걱정 삼아 묻는 것이다. 〈보리방아〉 ¶ 땟국 묻은 고의적삼에 게다를 걸친 것이며. 〈반점〉

고의춤(袴衣-)명 고의의 허리를 접어서 여민 사이. 『준말』 괴춤. ¶ 형보는 고의춤을 훑으려 잡고 마룻전에 댈롱 걸터앉으면서 계봉이한테 농을 건넨다. 〈탁류⑯〉 ¶ 바깥의 달빛이 희유끄름한 옆문을 향해 뛰쳐나갈 자세로 고의춤을 걷어 잡으면서 몸을 엉거주춤 일으켰읍니다. 〈태평천하④〉 ¶ 그들이 앞으로 다가올 사이에 관수도 일어나서 딱 버티고 서면서(무심코) 고의춤을 추킨다. 〈정자나무 있는 삽화〉

고이부 곱게. 또는 순순히. ¶ 양복때기나 걸치고서 "게이죠오 이찌마이." 하는 자리는 가사 십 원짜리를 내더라도 잔돈이 없으면 고이 없다고 하지. 〈상경반절기〉

고이다동 →괴다. 특별히 귀여워하고 사랑하다. ¶ 그러한 몰골이니, 가뜩이나 성미 유난스런 우리 할아버지의 눈에 고였을 리가 없는 노릇이어서, 〈순공(巡公) 있는 일요일〉

고자질(告者-)명 남의 허물, 비밀을 몰래 일러 바치거나 헐뜯어 말하는 것. ¶ 그처럼 전화로 탑삭부리 한 참봉한테 고자질을 하고는, 시치미를 뚜욱 떼고 제 방으로 들어가서 누웠노라니까 가슴은 좀 두근거려도, 〈탁류⑩〉

고작명 보통인 것. ¶ "제에기, 나는 일 년에 한 번 얻어 허기가 고작인데…" "아이, 그리구 어떻게 살어!… 나는 사흘만 목간을 안 허믄 몸이 사뭇 군시러서 못 견디겠는 걸…" 사흘만 목간을 안 하면 군시러워 못 견딘다는 말은 주인아씨한테서 배운 소리다. 〈빈(貧)… 제1장 제2과〉 ¶ 겨우 선창께로 어슬렁어슬렁 걸어 나가서 강물에다가 눈물이나 몇 방울 떨어뜨리는 게 고작이다. 〈탁류④〉 ¶ 남의 가정 행복이나 부러워하는 게 고작이고, 나도 큰일났어! 〈이런 처지〉

고쟁명 →고장(故障). 몸에 탈이 생긴 것을 속되게 이르는 말. ¶ 다못 그이가 정말루 못쓰게 신경 고쟁이 생겼느냐, 요행 일시적이냐. 〈소망〉

고쟁이명 여자 속옷의 한 가지. 가랑이 통이 넓으며 속곳 위 단속곳 밑에 입음. ¶ 시장해서 기운이 없는 탓인지 땀만 샘솟듯 흘러 휘휘 감기는 당목 고쟁이가 미치게 답답하고, 〈이런 남매〉

고적(孤寂)하다형 외롭고 쓸쓸하다. ¶ 그의 고적함을 실컷 위로해 주고 싶은 용동댁의 간절한 심정…. 〈용동댁〉

고정(孤貞)하다형 마음이 외곬으로 곧다. 아주 정직하고 결백하다. ¶ 꼼꼼하고 착실하고 고정하고 그러고도 사람이 재치가 있고, 〈태평천하⑨〉 ¶ 신라(新羅) 전성시절 그 무렵까지만 했어도 매우 고정하고 명랑하고 정서적이고 관대하고 의리있고 용맹하고 하던 것이. 〈상경반절기〉 ¶ 시방 와서 곰곰 생각하면 그는 일면 끔직이 고정하고도 선량한 양반이었었다. 〈회(懷)〉 ¶ 약삭빠르고 고정하고 민첩하고, 잇속이라면 휑하니 밝고…. 〈태평천하⑨〉

고정한 치『관용』 '마음이 외곬으로 곧은 사람'. '아주 정직하고 결백한 사람' 등의 낮춤말. ¶ 좋아서 하는 말은 아니나 고정한 치가 돼서 사실대로 털어놓고 권을 하던 것이다. 〈탁류⑦〉

고조(高潮)명 (감정, 사상, 세력 등이) 가장 높아진 상태. 절정(絕頂). 클라이맥스(climax). ¶ 역시 그때가 남편에게 느끼는 애정이 가던 중 고조에 오른다고. 〈패배자의 무덤〉

고즈너기부 →고즈넉이. 가만하고 다소곳이. ¶ 마지 못해 초봉이는 제호의 맞은편으로 가서 고즈너기 걸터앉는다. 〈탁류⑫〉 ¶ 올챙이는 자못 엄숙해하는 낯으로 고즈너기 앉아 듣고 있고, 〈태평천하⑧〉 ¶ 처음부터 고즈너기 열을 짓고 기다리던 사람들은 하릴없이 맨 꼴찌 차례를 하게 되는 판이다. 〈상경반절기〉

고지명 논 한 마지기에 대하여 얼마의 값을 정하고, 모내기부터 마지막 김매기까지 일해 주기로 하고 미리 받아 쓰는 삯. 또는 그 일. ¶ 논은 고지를 주어서 지으니까 논농사에는 농량이 들 것이 없다지만 밭농사는 놉을 대어야 할 터인데 일꾼들한테 보리 곱삶이만 먹일 수도 없다. 〈보리방아〉 ¶ 또 농사라야 밭 몇 뙈기와 논 열 마지기를 고지 주어 지어서 그 소출로 근근 일 년 계량이나 하는 터라. 〈용동댁〉

고지식하다㉠ 성질이 외곬으로 곧아 융통성이 없다. ¶그동안 견우는 고지식하게 머슴을 살았다. 〈팔려간 몸〉 ¶남은 기가 막혀서 하는 말을, 속없는 인력거꾼은 고지식하게 언해(諺解)를 달고 있습니다. 〈태평천하①〉

고질(痼疾)㉡ 오래도록 낫지 않아 고치기 어려운 병. ¶속은 썩을 대로 썩었고 치질은 평생 고질이 되었고, 〈순공(巡公) 있는 일요일〉

고질고질㉢ 된 음식을 한꺼번에 많이 입에 넣고 잇달아 씹는 모양. ¶네 언니는 주걱데기하구, 누룽지만 멕이구 너는 혼자서 옹근 사발엣밥 차구 얹어 고질고질 처먹구 있어? 〈탁류③〉

고춧대㉡ 고추의 줄기. ¶손 가까운 데 두고 풋고추도 따 먹을 겸 화초 삼아 여남은 포기나 심은 고춧대들도 가지가 배애배 꼬였다. 〈동화〉

고취(高趣)㉡ 고상한 운치. 뛰어난 정취. ¶하향 양반 쩨의 고취를 풍기는 점잔인 것이라든지, 〈순공(巡公) 있는 일요일〉

고패㉡ →고비. 일이 되어가는 데 있어서의 요긴한 기회, 또는 한창 막다른 때나 상황. ¶미상불 어린 것은 제 어미 말대로, 제 명이 길어서 그랬듯이 닷새 전에 죽을 고패를 넘기고는 차차 나아가는 참이었었다. 〈빈(貧)… 제1장 제2과〉 ¶말하자면 동기간 진배없는 사이니까 숭허물이 적어서 혹은 지금 걱정하는 대로 그렇게 어려운 고패는 없게 해 주실는지도 모를 것이다. 〈생명〉 ¶승재라는 사람이 속세의 생활을 한 고패 딛고 넘어서서 탈속(脫俗)이 되었다거나, 달리 무슨 괴벽이 있어서 그러냐 하면 살상 그런 것은 아니다. 〈탁류③〉 ¶그리하여 윤 직원 영감은 기왕 받아주는 싸움에 이런 고패를 그대로 넘길 머리가 없는 것이라, 드디어 결전을 각오했던 것입니다. 〈태평천하⑥〉 ¶오늘버틈은 암만해두 여니 우리가 생각하는 신경 쇠약에서 한 고패를 넘을 기미야. 〈소망〉 ¶어린것은 풍이 인 끝에 불에 덴 듯 울고 보채더니 고패가 지나자, 〈이런 남매〉 ¶새파란 청춘이었고, 그 한참 좋았을 청춘이던 무렵을 고패로, 오십까지의 반생 동안 이십오 년을(하니, 온꼿 사반세기를) 두고서, 〈순공(巡公) 있는 일요일〉 ¶겸해서, 시기가 한참 입학시험을 치는 고패라, 향객들이 많이 모여들어 가지고 부푸는 관계도 있을 것이다. 〈회(懷)〉 ¶요리조리 이리 꼬불 저리 꼬불 한참 돌아다니더니 어느 골목 돌아가는 고패에 가서 앞서 가던 거지 아이가 갑자기 홱 하고 뛰어 달아납니다. 〈어머니를 찾아서〉

고패지다[1]㉠ 길이나 집의 구조 따위가 구부러져 있다. ¶다시 유리창을 한 안대문을 들어서며 왼편이 부엌과 안방, 그리고 고패져서 삼간 마루와 건넌방이다. 〈탁류⑫〉

고패지다[2]㉣ 어떤 고비를 이루다(?). ¶막상 눈썹이 당장 타들어 오도록 시각이 급한 무엇도 없고 하여, 자연 청처짐한 채 어떤 진척이나 고패진 결정은 된 것이 없었다. 〈패배자의 무덤〉

고팽이㉡ 고개. 모퉁이. ¶몇 걸음 더 안 가서 고팽이를 돌아 나서자 안개가 타악 트이고 〈패배자의 무덤〉

고학생(苦學生)㉡ 스스로 벌어서 공부하는

학생. ¶갈돕회가 생겨 갈돕만주 외우는 소리가 서울의 신풍경을 이루었고 일반은 고학생을 존경하였다. 〈레디 메이드 인생〉

고하다형 심하다. ¶가령 남달리 결벽이 고한 신경질이 아니라고 하더라도. 〈반점〉

고하꾸야로(ごはゃくやろう)동 '오백(500)으로 하자'의 일본어. ¶이윽고 바다지는 돌아서면서, 엄지손가락 식지 중지 세 손가락을 펴서 손바닥을 밖으로 쳐들고 "고하꾸야로." 소리를 친다. 〈탁류④〉

고현관 →고얀. '고얀'은 '고약한'의 준말. '고약하다'는 얼굴이나 성미, 언행 따위가 사납다. 또는 인심이나 풍습 따위가 도리에 벗어나서 나쁘다. ¶에잇 고현 녀석 같으니로고! 〈흥보씨〉 ¶… 네끼 고현 손 같으니라구!… 아무리 무지막지한 모산 지배기루소니 어디 그럴 법이 있나! 〈탁류⑥〉

고현지고감 →고약한지고. ¶어디서 생긴 행실머리람! 에잉, 고현지고! 〈탁류⑮〉

곡간(穀間)명 곡식을 넣어 두는 곳간. ¶곡식이 들이쌓인 노적과 곡간이 불에 활활 타던 광경이 눈앞에 선연히 밟히곤 합니다. 〈태평천하④〉

곡경(曲境)명 몹시 어려운 처지. 몹시 괴롭고 힘든 처지. 『같은』 곤경(困境). ¶마침 재촉을 온 그 잡지의 부인기자인 선배한테 말로 이야기를 해 주고서 그 곡경을 겨우 면했었다. 〈모색〉 ¶거듭 이태씩이나 두고 번번이 세 차례씩이나 연해서 그 곡경을 치르게 하다니, 완연히 이건 학대라고 해도 가할 것이다. 〈회(懷)〉

곡성(哭聲)명 사람이 죽었을 때나 제사 때, 일정한 소리를 내어 우는 소리. ¶갑자기 안에서 곡성이 와 일어나더니 이어 아까 술상을 가지고 나왔던 종년이 방문을 벌컥 열어젖히며. 〈소복 입은 영혼〉

곡예사(曲藝師)명 줄타기나 재주넘기, 곡마, 요술 따위의 신기한 재주를 부리는 일을 직업으로 하는 사람. ¶슬픈 곡예사. 〈탁류⑭〉

곡절(曲折)명 복잡한 사연이나 내용. 이런 저런 복잡한 사정. ¶"무슨 곡절이 있는 누구이길래 여자로서 이런 당돌한 처사를 하시오?" 〈소복 입은 영혼〉 ¶정 주사는 대개 그러한 곡절이려니 짐작도 했지만, 명님이가 앙알앙알 앙알거리는 말을 듣고 나서는 쾌히 속은 알았다. 〈탁류⑥〉 ¶진실로 곡절이 그러하고, 그렇기 때문에 남이야 이를 앓는다고 흉을 보거나 말거나? 〈태평천하⑪〉 ¶글쎄? 그건 자네가 요지간 어떤 곡절로 가정에 다소간 염증이 났나 보이마는 머, 〈이런 처지〉

곡진(曲盡)**하다**형 마음과 정성이 지극하다. ¶그런 곡진한 심정을 알 바가 없는지라 금출이는 당황해서 "얼레!" 소리를 치다가, 〈얼어죽은 모나리자〉 ¶다시 일 년 남짓해서는 형보의 곡진한 포부대로 오륙천의 밑천을 장만한 것이며,… 〈탁류④〉

곤경(困境)명 어려운 형편이나 처지. 딱한 사정. ¶제호가 유까다를 다 갈아 입고 돌아서다가, 초봉이의 곤경을 보고는 꺼얼껄 웃으면서 하녀더러 설명을 한다. 〈탁류⑫〉 ¶가난한 오리쓰메한 납대기가 어찌하자고 천신이 돌아와 가지고는, 아까 길에서부터 끝끝내 이렇게 곤경과 슬픔을 주는지 알 수 없는 일입니다. 〈흥보씨〉 ¶일찌기 그런 곤경을 만나 한 번이라도 어

름더름 아무렇게나 둘러대려고 든 적은 없었다. 〈회(懷)〉

곤곤히(滾滾-)[부] (물이 흐르는 모양이) 세차게. 출렁출렁 흐르는 큰물이 넘칠 듯하게. ¶그러나 그것이 곤곤히 드러만 나는 애정과 명랑한 빛을 통째로 지우지는 못한다. 〈패배자의 무덤〉

곤달걀 지고 성(城) 밑엔 못 가겠다[속] 어떤 일에 지나치게 두려워하여 걱정하는 사람을 두고 이르는 말. ¶그년이 곤달걀 지구(고) 성 밑엔 못 가겠네. 〈탁류⑦〉

곤두서다[동] 거꾸로 꼿꼿이 서다. ¶그게 그런데 숱한 수염이나 하나 가득 곤두서고, 불길이 뻗쳐 나오는 두 눈은 휙 뒤집히고 한 얼굴이니, 〈탁류⑩〉 ¶병자 고름 긁어서 돈이나 모을 줄 알지, 세상이 곤두서건 인간이 돼지가 되건 감각두 못허구. 〈소망〉

곤드레만드레[부] (술이나 잠에 몹시 취하여) 정신을 못 차리고 몸을 가누지 못하는 모양. ¶그 붐배통에 박혀 앉아서 꾸벅꾸벅대고 졸아 쌓고 졸다가는 곤드레만드레 남의 사내들과 살을 마주 비벼대고 한대서야 젊은 여자의 체모에 그다지 아름다운 포즈는 아닐 것이었었다. 〈반점〉

곤드레만드레하다[동] (술이나 잠에 몹시 취하여) 정신을 못 차리고 몸을 가누지 못하다. ¶"아이! 졸려서 곤드레만드레허믄서 이애기를 해 달래." 〈두 순정〉

곤주[명] →고주망태. 술을 많이 마셔 정신을 차릴 수 없는 상태. ¶계집애가 술이 곤주가 되게 취해 가지고 해롱해롱 까분다. 〈레디 메이드 인생〉

곤지[명] (구식 결혼식에서) 새색시가 이마에 연지로 찍는 붉은 점. ¶촛불이 환하니 켜져 있는 신방에는 불보다 더 환하게 연지 찍고 곤지 찍고 분단장한 신부 납순이가 소곳하니 앉아 있다. 〈쑥국새〉

곤투[명] →권투(拳鬪). ¶"내가 곤투 으떻게 잘허는데그래? 이년아!… 아, 참…." 〈흥보씨〉

곧은 대답[관용] 올바른 대답. 정직한 대답. ¶초봉이는 곧은 대답을 않고 있다가, 종시 모른다고 하고 만다. 〈탁류⑦〉

곧이(가) 들리다[관용] 곧이곧대로 들리다. 남의 말을 고지식하게 참말로 믿고 그대로 듣게 되다. ¶자고로 노소없이 사랑하는 이의 말은 무엇이고 곧이가 들린다구요. 〈태평천하⑩〉

곧이듣다[동] (남의 말을) 그대로 믿다. 남의 말을 고지식하게 참말로 믿고 그대로 듣다. ¶"누가 그애 말을 곧이들우?" 〈명일〉

곧잘[부] 꽤 잘. 또는 가끔 잘. ¶이 M과 H는 같은 하숙에 있는데 두 사람은 곧잘 같이 돌아다닌다. 〈레디 메이드 인생〉 ¶잡지도 기와 하려거든 그렇게나 해야지, 죄선 사람들은 제엔장 큰소리는 곧잘 하더구면서도 잡지 하나 반반한 거 못 만들어 내지! 〈치숙(痴叔)〉

곧 죽어도[부] 지금 당장 죽어도. ¶그렇다고 뉘 집 문전에 가서 밥 한 술 주시요 하고 비럭질을 하기는 곧 죽어도 싫습니다. 〈어머니를 찾아서〉

골골이[부] 고을고을마다. 또는 골짜기마다. ¶재등(齋藤) 총독이 문화 정치의 간판을 내어 걸고 골골이 학교를 증설하였다. 〈레디 메이드 인생〉

골나다[동] (비위에 거슬리거나 불평이 있거나 하여) 노여움을 품다. ¶그는 언제인가 점심 시간에 종이쪽에다 '골난 곰보 주임'이라는 스케치를 하였다가 제본부 구십 명 직공을 허리가 부러지게 웃기고 그 본인 곰보 주임에게는 꾸중을 톡톡히 들은 일이 있었다. 〈병조와 영복이〉

골덴복명 누빈 것처럼 골이 지게 잔 우단 비슷한 직물의 옷. ¶ 봄 가을 겨울이면 역시 오사까 공장 시절의 물림인 골덴복을 입고 육장 지낸다. 〈얼어죽은 모나리자〉

골동품(骨董品)명 희소 가치나 미술적인 가치가 있는 오래된 세간이나 옛 미술품. ¶ 그리고서 그저 좋은 친구 얼려서 무시로 술이나 마시고, 술이 깨거든 골동품이나 만지고. 〈이런 처지〉

골딱지명 '골'의 속된 말. 지금의 '화딱지', '신경질' 따위로 대치되어 잘 쓰이지 않는다. '골딱지가 나다'는 화가 나다. ¶ 태수는 골딱지가 나서 벽을 안고 누워 버린다. 〈탁류⑤〉 ¶ 춘심이는 비로소 경손한테 속은 줄을 알고는, 골딱지가 나려다가 생각하지 반가와, 해뜩해뜩 웃으면서 좇아갑니다. 〈태평천하⑪〉

골딱지를 내다관용 골을 내다. 화를 내다. ¶ 울거나 골딱지를 냈거나 도망을 가거나 하기는커녕, 날 잡아 보라는 듯이 밴들밴들 웃고 있지를 않겠읍니까. 〈태평천하⑩〉

골똘하다형 한 가지 일에 온 정신을 쏟아 딴생각이 없다. ¶ 겨우 영복이 하나만 데리고 가난에 끌려 하루 이틀을 목숨을 부지하여 나가는 정상은 이 세상의 가장 골똘한 가난을 표증하는 표본이라고 보기에 마침 알맞았다. 〈병조와 영복이〉 ¶ 다만 궁리와 생각이 그렇듯 골똘했던 끝에는 보나 안 보나 그 비정적 처분을 받고 난 재료에 대하여 으레껏 한두 마리씩 독설로써. 〈모색〉

골똘해지다동 한 가지 일에 온 정신을 쏟아 딴생각이 없어지다. ¶ 어머니를 찾아갈 생각이 골똘해진 뒤로 한 달이 지나 4월 그믐께. 〈어머니를 찾아서〉

골똘히부 한 가지 일에 온 정신을 쏟아 딴 생각이 없이. ¶ 그의 옆에는 좌우로 견습하는 이십 전짜리 어린애 둘이 골똘히 헤라질을 하고 있고. 〈병조와 영복이〉 ¶ 과부가 된 지 사 년 만에야 비로소 자기 자신이 장차 팔자를 고치느냐 수절을 하느냐 하는 것을 가지고 골똘히 생각을 해 보았다. 〈용동댁〉

골머리가 흔들리다관용 (생각만 해도 머리가 아플 정도로) 몹시 싫증이 나다. ¶ 에, 거 여편네 히스테리 아주 골머리가 흔들려! 그 어떻게 이혼을 해 버리던지 해야지 못 견디겠어. 〈탁류②〉

골목쟁이명 '골목'의 속된 말. 찻길에서 들어가 이리저리 통하는 좁은 길. ¶ 골목쟁이로 늙수구레한 두부 장수 하나가 두부목판을 짊어지고 "두부나 비지 사우." 외우며 들어선다. 〈명일〉 ¶ 여느 평탄한 길로 끌고 오기도 무던히 힘이 들었는데 골목쟁이로 들어서서는 빗밋이 경사가 진 20여 칸을 끌어올리기야, 엄살이 아니라 정말 혀가 나올 뻔했읍니다. 〈태평천하①〉 ¶ 주부는 골목쟁이 구멍가게에 나가서 오 전어치 움파 한 단과 십 전어치 태양열 한 덩이를 사다가. 〈회(懷)〉

골몰(汨沒)하다형 어떤 한 일에 파묻혀 다른 생각을 할 여유가 없다. 다른 생각을 할 겨를이 없어 어떤 한 가지에만 파묻혀 있다. ¶경손이는 실상 어떤 궁리에 골몰해서 깜빡 잊어버리고 그대로 처져 있는 것입니다. 〈태평천하⑪〉

골백번(–百番)㉠ ('만의 백 번. 즉 백만 번'의 뜻으로) '여러 번'을 강조하여 이르는 말. '골'은 '만(萬)'의 옛말. ¶인제는 제까짓거 계집년이 참새 다리 같은 걸로 발길질을 골백번 한들 소용 있더냐! 〈탁류⑱〉

골상(骨相)㉠ 골격의 모양. ¶식인종을 연상할 만큼 흉악스러운 형보의 골상과 귀족태가 나게 세련된 제호의 골상.…. 〈탁류⑭〉

골샌님㉠ 판박이 샌님. 또는 성질이 옹졸하고 고집스럽고 비루한 사람을 놀림조로 이르는 말. ¶그러니깐 억울허구 못난 건, 혜옥 언니나 당신 같은 골샌님…. 〈이런 남매〉

골자(骨子)㉠ 말이나 일의 요점이나 핵심. ¶출옥하기 육 개월 전에 받은 편지로써 K가 어떻게 되었을 것을 골자만은 짐작을 하고 있었다. 〈그 뒤로〉

골타다㉢ 고랑을 거쳐 지나가다. 또는 고랑을 만들다. 여기서 '골'은 '고랑'의 준말로, 두 땅의 사이를 좁고 길게 들어간 곳. ¶예서부터 옳게 금강이다. 형은 서서남(西西南)으로 빗밋이 충청 전라 양도의 접경을 골타고 흐른다. 〈탁류①〉

골탕㉠ 한꺼번에 되게 당하는 곤란이나 손해. ¶마구 이렇게 사람을 갖다가 골탕을…. 〈모색〉

골탕먹이다㉢ 골탕먹게 하다. 큰 손해를 입거나 곤란을 당하게 하다. ¶"밑천도 없어 가지고 구성없이 덤벼들어, 남 골탕멕(먹)이기 일쑤더니, 그저 잘꾸사니야!" 〈탁류①〉

골통㉠ '머리'의 속된 말. ¶"따악." 골통을 내리갈긴다 〈탁류⑩〉 ¶방아 찧듯 절굿공이를 번쩍 쳐들어, 단번에 골통을 칵 내리바수려는 순산, 납순이와 딱 눈이 마주친다 〈쑥국새〉

골패(骨牌)㉠ 납작하고 네모진 작은 나뭇조각 32개에 각각 흰 뼈를 붙이고, 여러 가지 수효의 구멍을 판 노름 기구. 또는 그 노름. ¶웬만한 노인들은 대개 만질 줄은 하는 골패도 모르고 이날 이때까지 살아왔읍니다. 그런 기국이나 잡기에 손을 대지 않은 것은, 〈태평천하⑩〉

곯다㉢ 음식을 양에 차게 먹지 못하거나 굶다. ¶그래저래 곯고 곯는 것은 형보다. 그는 태수가 술을 먹으러 다니지 않으니, 달리 술을 먹을 길은 없고 아주 초올출하다. 〈탁류⑩〉

곰국㉠ 쇠고기를 진하게 고아서 끓인 국. ¶곰국은 식어서 기름이 엉긴대서, 장조림은 너무 짜대서 유모는 모두 젓가락도 대지 않고 그 덕에 노마네만 목구멍의 때를 벗긴다. 〈빈(貧)… 제1장 제2과〉

곰방대㉠ 썬 담배를 피우는 데에 쓰는 짧은 담뱃대. ¶고기작고기작 새까맣게 땟국이 묻은 무명 두루마기며 헌 타래버선이나 찢어진 볼을 실로 얽어맨 고무신도 그러하려니와 곰방대를 꽂은 괴나리봇짐이 완연히 그를 시골 사람으로 레테르를 붙이었다. 〈농민의 회계보고〉 ¶정 주사는 대답을 하면서 탑삭부리 한 참봉의 곰방대에다가 방바닥에 놓인 쌈지에서 담배를 재어 붙여 문다. 〈탁류①〉 ¶갑쇠 모친은 병과 주발들을 걷어 가지고 돌아가고, 일꾼들은 제가끔 곰방대에 담배를 피워 문다. 〈정자나무 있는 삽화〉

곰방조대명 대나 진흙으로 담배통을 만든 짧은 담뱃대. ¶암캐 같은 시어머니, 여우나 꽁꽁 물어 가면 안방 차지도 내 차지, 곰방조대도 내 차지. 〈태평천하⑤〉

곰보딱지명 얼굴이 몹시 얽은 사람을 조롱하는 말. ¶첩을 얻어들이는 소임으로, 몇 해 단골 된 곰보딱지 방물장수가, 그 운덤에 허파에서 바람이 날 지경이지요. 〈태평천하⑧〉

곰살갑다형 (성질이) 부드럽고 친절하며 다정스럽다. 성질이 싹싹하고 마음씨가 부드럽고 다정스럽다. ¶오목이네도 곰살갑게 인사를 한다. 〈얼어죽은 모나리자〉 ¶할머니가 전에 없이 곰살갑게 달래며 밥을 주고. 〈어머니를 찾아서〉 ¶그는 제호가 곡진한 태도로 곰살갑게 구는 품이, 마치 아픈 자리를 만져 주되 아프지가 않고 시원하여, 어떻게도 고마운지 눈물이 나올 것 같았다. 〈탁류⑫〉

곰상명 성질이나 몸가짐이 싹싹하고 부드러운 모양. ¶계봉이는 곰곰이 바라보면서 승재다운 곰상이라고 혼자 미소를 했다. 〈탁류⑰〉

곱다시부 그대로. 고스란히. ¶다시 전기불이 켜지는 여섯 시까지 꼭 아홉 시간 반을 곱다시 방 안에서 단조한 일로 보내는 그들의 얼굴은 누구 할 것 없이 그늘에서 자란 풀잎같이 누릇누릇하고 온몸에서는 권태가 흘러 넘쳤다. 〈병조와 영복이〉 ¶S는 할 말이 궁하여 푸념을 곱다시 듣고만 있다가 겨우 고개를 들고 "이거 보세요, 그런 게 아니라."하고 사정을 하려는 것을 주인 노파는 툭 쏘며 핀잔을 주어 버렸다. 〈앙탈〉 ¶아무리 부모가 딴 데로 시집을 가라고 해도 오복이하고만 살지 천하 없이도 싫다고 대답을 했었고, 그것 또한 곱다시 진정이었었다. 〈정자나무 있는 삽화〉 ¶잠은 그래서 잘 수도 없고 오지도 않았고, 온 밤을 곱다시 앉아, 침침한 불빛에 잡지를 뒤지다가 말다가. 〈반점〉 ¶남은 일찌감치 서둘러 이십 분 삼십 분씩 다리 아픈 걸 참아 가며 곱다시 열을 뻗치고 서서 지리하게 기둘러. 〈상경반절기〉

곱사명 큰 혹과 같은 뼈가 등에 불쑥 나온 사람. 〖같은〗 꼽추. 곱사등이. ¶미두장 안에서는 중매점 '마루강(丸江)'의 '바다지(場立)'로 있는 곱사 장형보가 끼웃이 밖을 내다보다가, 태수가 온 것을 보고 메기같이 째진 입으로 히죽히죽 웃는다. 〈탁류①〉

곱사춤명 곱사등이처럼 등에 바가지, 베개 따위를 넣고 익살맞게 추는 춤. ¶형보가 아랫목에서 제풀에 곱사춤을 춘다. 〈탁류④〉

곱사혹명 곱사등이의 혹. ¶육중한 맷돌이 등의 곱사혹에 떠받히어 빗밋이 기운 형보의 앙가슴을 으깨리고 둔하게 굴러 내린다. 〈탁류⑱〉

곱살하다형 (얼굴이나 성미가) 예쁘장하고 얌전하다. ¶인제는 나이 그만해도 열다섯이라고 곱살한 게 제법 처녀 꼴이 드러난다. 〈탁류⑮〉 ¶어쩐지, 그러고 아까부터 신수가 화안하더라니, 자세히 보니, 모처럼 화장을 얄풋이 다스린 얼굴이요, 머리엔 아이롱 자죽까지 곱살했다. 〈순공(巡公) 있는 일요일〉

곱삶이명 거듭 삶아 짓는 꽁보리밥. ¶논은 고지를 주어서 지으니까 논농사에는 농량이 들 것이 없다지만 밭농사는 놉을 대어야 할 터인데 일꾼들한테 보리 곱삶이만 먹일 수도 없다. 〈보리방아〉

곱슬곱슬하다형 (털이나 실 따위가) 움츠러 들어서 고불고불하다. ¶그리고 또 노란 머리가 곱슬곱슬한 것이라든지. 〈어머니를 찾아서〉

곱장리(-長利)명 곱절로 받는 이자. 흔히 봄에 곡식에 꾸어 주고 가을에 받을 때에 셈함. ¶곱장리를 놓는다 해 가면서 일조에 착실한 살림꾼이 되었읍니다. 〈태평천하④〉

곱쟁이명 '곱절'의 속된 말. 곱절이 되는 수량. ¶삼 원의 열여덟 곱쟁이가 일백오십만 원이니 퍽 쉬운 일이다…. 〈레디 메이드 인생〉 ¶꼭 이십 분 안에 다녀오라던 시간보다 곱쟁이가 되었거니 해도 그게 그다지 속이 후련한 것도 모르겠었다. 〈탁류⑱〉 ¶요것 2천 원짜리 때문에 경은 곱쟁일 치긴 억울해! 〈태평천하⑫〉

곱쟁이 치다동 곱치다. 곱절을 하다. 곱절로 셈하다. 곱절로 헤아려 셈하다. ¶그러면서 왼편 손으로는 손가락을 꼽아 가며 삼 원을 곱쟁이 쳐 보았다. 〈레디 메이드 인생〉

곱집다동 곱절로 셈하다. 『같은』 곱잡다. 곱치다. 곱하다. ¶삼 원을 열여덟 번만 곱집으면 일백오십만 원이 된다. 일백오십만 원 그놈이 있으면… 이렇게 생각하매 어깨가 으쓱해졌다. 〈레디 메이드 인생〉

공과금(公課金)명 국가나 공공 단체가 국민 또는 공공 단체의 구성원에게 매기는 조세. ¶시골서 돈을 많이 가지고 살면, 여러 가지 공과금이야, 기부금이야, 또 가난한 일가 푸네기들한테 뜯기는 것이야 그런 것 때문에 성가시기도 하고, 〈태평천하④〉

공교로이(工巧--)부 공교롭게. ¶내려가기는 했어도 마침 공교로이 상수가 타관 출입을 하고 없었고 해서 그럭저럭 일 년 반, 〈모색〉

공교(工巧)롭다형 뜻밖의 사실과 우연히 마주치게 된 것이 꽤 기이하다. ¶그런데 막상 이날에 계봉이와 드디어 마음을 허하여 서로 맞터놓고 지내게 된 계제이자, 공교롭다 할는지, 동시에 가서 초봉이를 저희들의 사랑의 울타리 안으로 불러들인다는 문제가 생기고,…. 〈탁류⑰〉 ¶덴 자리가 화농이 된다는 것도 공교로운 일이지만, 슬개골 밑으로 농이 흘러 들어가서 관절이 상해. 〈이런 처지〉

공교(工巧)하다형 꽤 공교롭다. 뜻밖의 사실과 우연히 마주치게 된 것이 꽤 기이하다. ¶마침 기회가 공교하게 되어 말하자면 팔자에 없는 번민을 하는 터이었었다. 〈산동이〉 ¶사람이 재수가 없기로 든 날은, 별스럽게 공교한 일이 다 생기는 법인가 봅니다. 〈흥보씨〉

공교히(工巧-)부 공교하게. 생각지 않았던 우연하 사실과 마주치게 된 것이 기이하게. ¶태수는 그래서 사푼사푼 마당을 가로질러 뜰 아랫방으로 가노라니까 공교히 안방에서 "고 서방이우?" 하고 기척을 내는 김 씨의 음성에 연달아 앞 미닫이가 열렸다. 〈탁류⑤〉

공골시(工巧-)부 '공교할 사이'의 줄어 변한 말. 뜻밖의 사실과 우연히 마주치게 된 것이 꽤 기이할 때. ¶공골시 생각잖은 마가 붙어 흉이 떨어지매 이것이고 저것이고 다 내키지 않고 지옥 같아도 할 수 없는 노릇이요.〈탁류⑱〉 ¶과연, 그리고 공골시, 그 시각에 종수는 그의 병정인 키다리 병호의 인도로 동관 어떤 뚜쟁이집을 찾아왔읍니다.〈태평천하⑫〉

공구경명 거저 하는 구경. ¶누가 치사하게 공구경을 하느냐고 우깁니다.〈태평천하③〉

공궤(供饋)하다동 (윗사람에게) 음식을 드리다. 음식을 바치다. ¶타고난 솜씨에다가 마음까지 써서 조석을 어설프지 않게 살뜰히 공궤하고,〈탁류⑫〉

공규(空閨)명 오랫동안 남편이 없이 아내 혼자서 거처하는 방. 『같은』 공방(空房). ¶과부나 생과부가 남편이 없이 공규는 지켜도 보리밥만 노상 먹노라면 애기를 밴단 말이겠다요.〈태평천하⑤〉

공기(空氣)[1]명 분위기. ¶몇 사람은 내리고 몇 사람은 타고 하느라고 잠깐 동안 동요가 생겼으니 그것도 그 차 안의 낯익은 기분과 지질한 공기에 동화가 되어 버리고 말았다.〈세 길로〉

공기(空器)[2]명 흔히 밥을 덜어 먹는 데 쓰는 위가 벌어지고 밑이 좁은 작은 그릇. ¶하녀가 간드러지게 공기에다 밥을 퍼 올린다.〈탁류⑫〉

공대(恭待)하다동 상대편에게 높임말을 쓰다. 존경하여 높이는 말을 쓰다. ¶별안간 형보는 지금까지 공대하던 말투는 딱 걷어치우곤 활짝 까놓고서 수작을 붙이고 덤빈다.〈탁류⑭〉

공덕(功德)명 공로와 어진 덕. ¶"비타민씨두 있지만 그런 건 날 같은 폐병쟁이나 배추 장수한테 공덕이고, 헴헴…"〈패배자의 무덤〉

공도(公道)명 떳떳하고 당연한 이치. ¶물론 그것이 천지의 공도요 하니까 사실도 사실이겠지만,〈태평천하⑭〉

공동 조계(共同租界)명 지난날 중국에 있던 외국인의 거주 지역 가운데 여러 나라가 공동으로 권리를 가지고 있던 거류지. ¶여기는 치외 법권이 있는 도박꾼의 공동 조계요 인색한 몽테카를로다.〈탁류④〉

공때리다동 '공치다(空~)'의 속된 말. 어떤 일을 하려다가 목적을 이루지 못하고 허탕치다. ¶"그새 지게벌이혈 때는 하루 삼십 전 벌기가 고작이구, 그나마 공때리는 날이 퍽 많었는데유…."〈명일〉

공력(功力)명 애써 들인 힘. ¶사람 으젓잖은 것 공부시키기 공력만 아깝지!〈탁류⑦〉 ¶또 공력도 그새 다른 아이들한테보다는 특별히 더 들이느라고 들였읍니다.〈태평천하⑩〉

공론(公論)명 여럿이 모여 의논하는 것. ¶그래서 동리에서 공론을 해 가지고 돈을 걷어서 그 동리 뒷산에다가 그 여인의 사당 하나를 지었읍니다.〈소복 입은 영혼〉

공문서(公文書)짜리 땅『관용』 주인 없는 땅. ¶옛날로 말하면 공문서짜리 땅 같은 것이다〈탁류⑫〉

공박(攻駁)명 (남의 잘못을) 몹시 따지고 공격하는 것. ¶이렇게, 충분히 노골적으로 공박을 하곤 합니다.〈태평천하⑧〉 ¶"이 사람아, 보기 싫다면서 아이는 어째서 만들었느냐고 자네는 공박을 하지만…."

〈이런 처지〉 ¶또 과부면 과부지 제마다 남편이 아쉬워서 미치라는 법은 어디 있다더냐고, 웃음말 섞어 공박을 주었다. 〈패배자의 무덤〉

공방(空房)[명] 오랫 동안 남편 없이 아내 혼자서 거처하는 방. 『같은』 공규(空閨). ¶서방님은 아씨와 공방이 들었었다. 〈생명〉 ¶무슨 소박이니 공방이니 하는 문자까지 가져다 붙일 것은 없어도, 남편이요 이 집안이 장손인. 〈태평천하⑤〉

공사(公事)[명] 여러 사람에 관한, 공적인 사무. 『같은』 공무(公務). ¶당시 일읍(一邑)의 수령이면 그 고장에서는 왕이요, 그의 덮어놓고 하는 공사는 바로 법과 다를 바 없던 것입니다. 〈태평천하④〉

공설 시장(公設市場)[명] 국가나 공공 단체가 설립하여 운영하는 시장. ¶촌사람들이 지고 들어오는 채소도 사고, 공설 시장에서 과일이며 과자 부스러기도 사고, 〈탁류⑮〉

공으로(空--)[부] 힘이나 돈을 들이지 않고 거저. 공짜로. ¶공으루(로) 인력거 태다 주구 허넝 게 쟁히 기특허다구. 〈태평천하①〉

공자왈 맹자왈(孔子曰 孟子曰)『관용』 공자와 맹자를 거론하며 유교의 가르침을 아는 체하는 것. '실천은 없이 헛된 이론만 일삼음'을 비유하는 말. ¶"공자왈 맹자왈은 이미 시대가 늦었다. 상투를 깎고 신학문을 배워라." 〈레디 메이드 인생〉

공전(工錢)[명] 물건을 만드는 품삯. ¶"이 가락지가 글쎄 일곱 돈쭝에 백금값이 팔십사 원, 공전 이십 원 해서 일백사 원이 먹은 건데." 〈명일〉

공정(工程)[명] 작업의 과정. 작업 진척의 정도. ¶장히 어설픈 공정을 거쳐 그는 마지막 작업으로 침칠을 하고 있는 것이다. 〈명일〉

공중[부] 공연히(空然~). 아무 까닭이나 필요가 없이. 실속 없이 객쩍게. ¶어제 저녁에 그렇게 몰아세우기는 했어도 다 공중 그런 것이고, 〈탁류⑧〉 ¶첫 현신이 그쯤 시쁘디시쁜데다가, 두고 보자니 사람이 공중 덤비기만 하고, 재갸 말따나 과연 아무것도 몰랐다 〈회(懷)〉

공짱나다[동] 남김없이 다 드러나다. ¶형여 건드릴세라 사리고 조심하는 아픈 자리를, 마치 들여다보는 듯 공짱나게 칼끝으로 쑤셔 낸다고야, 이 당장 같아서는 자식이 자식이 아니라 원수요, 쳐 죽이고 싶게 밉던 것이다. 〈탁류⑦〉

공청(公廳)[명] '공무(公務)를 보는 집'이라는 뜻으로 관청 따위를 이르는 말. ¶시골은 향교(鄕校)라는 게 있어서, 공자님 맹자님을 비롯하여 옛날 여러 성현을 모시는 공청이 있읍니다. 〈태평천하④〉

공평(公平)하다[형] 어느 한쪽에 치우침이 없이 공정하다. ¶게, 그 녀석들이 서로 구누를 하기를, 자, 이 세상에는 부자가 있고 가난한 사람이 있고 하니 그건 도무지 공평한 일이 아니다. 〈치숙(痴叔)〉

과객(過客)[명] 지나가는 나그네. ¶"네 있기는 하오만… 그래 지나는 행객이 그런 양반의 집에 무슨 인연이 있겠소? 과객이면 모른다지만." 〈소복 입은 영혼〉

과거지사(過去之事)[명] 지난 과거의 일. ¶또 새삼스럽게 과거지살 탈을 잡아 가지구서 그리는 건 아니구, 〈탁류⑭〉

과녁명 활, 총 등을 쏠 때 표적으로 만들어 놓은 물건. 또는 '가장 중요한 목표'를 일컫는 말. ¶과녁 반 바탕은 될 타작마당을 한숨에 달려 두 길이나 높은 울타리를 문턱 넘듯 뛰어넘어, 〈태평천하④〉 ¶다시 며칠을 지나서는 계봉이가 과녁인 것까지 드러났다. 〈탁류⑯〉

과년(瓜年) 차다동 여자가 혼인할 나이에 이르다. ¶과년 찬 색시들이 사뭇 시렁 가래다가 목을 맬려구 들 텐데, 호호. 〈탁류⑤〉 ¶을녜도 좋고, 또 동네에 과년 찬 계집애가 수두룩하니까, 아무려나 올 가을에 장가를 들게는 되겠지, 이 뜻이다. 〈정자나무 있는 삽화〉

과년(過年)하다형 여자 나이가 혼인할 시기를 지나다. 여자의 나이가 보통의 혼기를 지나 있다. ¶그러나 동리의 과년한 계집아이들은 그렇지 아니했다. 〈얼어죽은 모나리자〉 ¶아이, 그러시다뿐이겠어요! … 과년한 규수를 둔 댁에서야 내남없이 다아 그렇지요. 〈탁류①〉 ¶ 하기야 단 하나밖에 없는 자식을 더구나 과년한 계집애 자식인 걸 낯선 딴 고장으로 떠나보내기가 섬뜩하기도 하고 섭섭한 노릇이기도 하고. 〈동화〉

과단(果斷)명 일을 딱 잘라서 결정함. ¶그건 어찌 되었든지간에 좌우간 이렇게 병신스럽게 우물쭈물하고만 있을 일이 아니라고 크게 과단을 내지 않을 수가 없읍니다. 〈태평천하①〉 ¶이윽고 승재는 과단 있이 말을 하면서 일어선다. 〈탁류⑧〉

과부댁 종놈은 왕방울로 행세한다『속』 실속 없는 사람이 쓸데없이 잘난 체하여 떠들고 간섭함을 이르는 말. ¶과부댁 종놈은 왕방울로 행세한다더니, 윤 직원 영감은 며느리 고 씨와 싸우다가 몰리면 이혼하라고 할 테라고, 아들 창식을 불러오라는 게 유세통입니다. 〈태평천하⑥〉

과부살이(寡婦--)명 남편이 죽어서 혼자 사는 여자의 생활. ¶그새 몇 번 되풀이하느라 사 년 동안의 과부살이를 아뭏든지 넘기기는 무사히, 신실로 무사히 넘긴 셈이다. 〈용동댁〉

과분(過分)명 분수에 넘침. ¶더구나 재봉틀을 논 집에서는 영주가 생각하기에는 과분의 세를 또박또박 받으면서, 〈명일〉

과분(過分)하다형 분수에 넘치다. ¶시방 당장 보기에는 승재의 주제에 계봉이 같은 계집아이란 게 도시 과분한가 싶다. 〈탁류⑰〉

과수(寡守)명 남편이 죽어서 혼자 사는 여자. 『같은』 과부(寡婦). ¶역시 천품의 소지도 없지 않아, 가령 딸이 젊은 과수의 몸으로 와서 있곤 하여. 〈용동댁〉

과수 아씨명 젊은 과부를 높여 부르는 말. ¶"산지기네 아낙이 철도 아닌데 헴 헴, 쥔네 과수 아씨가 성묘 나온 걸 보구서 알심을 부리는 거로다. 됐어!" 〈패배자의 무덤〉

과시(果是)부 과연(果然). ¶게다가 많지도 적지도 않게 꼬옥 알맞은 수염은 눈같이 희어, 과시 홍안백발의 좋은 풍신입니다. 〈태평천하①〉

과실(果實)명 과수(果樹)의 열매. 과일. ¶계봉이는 과실을 한 쪽 집어 주는 길에 승재의 동의를 묻는 듯이 말을 잠깐 멈춘다. 〈탁류⑧〉

과실붙이명 과실류(果實類). 과실에 속하는 것들. ¶그러하다가도 어느 때에는 며칠씩 지갑 속에 지폐장이나 불룩불룩하게 들고 모르핀도 넉넉히 사다 쓰며 군것질도 한층 올라 눈깔사탕이나 과실붙이로 하였다. 〈불효자식〉

과일집명 →과실즙(果實汁). 과일에서 짜낸 액체. ¶그만두고서 뭣 과일집이나 시언하게 한 대접 타 주. 〈소망〉

과천서 뺨 맞고, 서울 와서 눈 흘기기『속』 권력이 있는 사람 앞에서는 침묵을 지키지만 뒤로는 반항심을 가지고 있다는 뜻. 『비슷』 과천에서 뺨 맞고 남대문에서 눈 흘긴다. ¶사내 대장부가 어찌 그대지 못났수? 이건 과천에서 뺨 맞구(고), 서울 와서 눈 흘기기 아니우? 〈소망〉

과(過)하다형 도수나 정도가 지나치다. ¶K는 먹은 한 그릇도 과한 셈인데 먹을 수가 없었지만, 그의 어머니의 간곡한 권유에 몇 숟갈을 더 덜어서 놓았다. 〈생명의 유희〉

과히(過-)부 (부정하는 말과 함께 쓰여) 보통과 매우 다른 만큼 그렇게. 또는 지나치게. ¶"허긴 그래… 나무가 없어서 불을 많이 넣지 못해서… 방이 과히 차지나 안 허우?" 〈병조와 영복이〉 ¶아니야, 과히 시장하진 않아. 〈이런 처지〉

곽란(霍亂)명 한방에서 음식이 체하여 토하고 설사를 하는 급성 위장병을 이르는 말. ¶"그럼 무엇 먹은 게 체히여서 곽란이 났넝가 부구나?" 〈태평천하⑪〉

관가(官家)명 옛날 지방 고을의 행정 사무를 처리하던 집. ¶… 네가 이놈 관가에다가 찔러서 내 수하를 잡히게 했단 말이지?…. 〈태평천하④〉

관등(官等)명 관리의 등급. 관직의 등급. ¶또 맏손자 종수가 난봉을 부리고, 군수를 목표한 관등의 승차에 관한 운동비를 쓰고 그러는 통에 재산이 그 만 석에서 더 붇지를 못하고 답보로—웃을 한 거랍니다. 〈태평천하⑤〉

관록(貫祿)명 경력이나 지위 등에 의하여 갖추어진 위엄이나 권위. ¶이 임×× 선생이라는 이가, 시방은 근처의 다른 학교에서 버젓하니 교장까지 되어 가지고 그만큼 관록도 생기고, 다 점잖도 하고, 〈회(懷)〉

관립 학교(官立學校)명 국가 기관에서 세워 운영하는 학교. ¶이십 년 저짝 그 당시야 관립 학교가 그저 2 대 1 정도로 경쟁이랄 것이 있는 성했지. 〈회(懷)〉

관무사민무사(官無事民無事)명 관청의 일이 무사하고 백성의 일이 무사함. ¶한즉 그저 관무사민무사하자면 누구 조금 안면 있는 사람이라도 만나서 생색을 내는 체 인심을 쓰는 체 선뜻 내주는 게 가장 상책일 판이었읍니다. 〈흥보씨〉

관민(官民)명 공무원과 민간인. 관리와 백성. ¶이와 같이 조선의 관민이 일치되어 민중의 지식 정도를 높이는 데 전력을 하였다. 〈레디 메이드 인생〉

관음(觀音)명 '관세음보살(觀世音菩薩)'의 준말. ¶오정 때가 갓 겨운 참이라 욕실 안에서는 두엇이나가 철썩거리면서 목간을 하고 있고, 옆 남탕에서는 관음 세는 소리가 외지게 넘어와서 저으기 한가롭다. 〈빈(貧)… 제1장 제2과〉

관음보살(觀音菩薩)명 '관세음보살(觀世音菩薩)'의 준말. 보살의 하나. 괴로울 때 그의 이름을 정성으로 외면 그 음성을 듣고 구제하여 준다고 함. ¶어릿광대 어릿광대 나는 어릿광대… 꿀먹은 벙어리 내종 든 황소 앓듯이 꿍꿍 앓으면서… 소희 소희 소희 관음보살. 눈을 아래로 내려감고 말없이 앉은 관음보살 소희. 〈병조와 영복이〉 ¶ 고개는 쳐들고 허리만 굽히면서 관음보살처럼 웃는 눈이랑. 〈회(懷)〉

관자놀이(貫子−−)㉰ 귀와 눈 사이의 태양혈이 있으며 무엇을 씹으면 움직이는 곳. ¶ 피는 한꺼번에 얼굴로 치달아 두 관자놀이가 터질 듯 우끈거리고 몸은 걷잡을 수 없이 떨렸다. 〈탁류⑭〉

관주(貫珠)㉰ 지난날 시문(詩文) 따위를 평가할 때 잘된 시구(詩句) 옆에 치던 동그라미. ¶ 한번 돌이켜 마치 시관(試官)이 주필을 들고 글을 꼲듯이 사윗감인 태수를 꼲는다. 자자에 관주다. 〈탁류⑦〉

관주(貫珠)를 주다『관용』 높은 점수를 주다. ¶ 죄다 관주를 주어 놓고서, 정 주사는 어떻게 해서 누가 준 관주라는 것은 상관 않고, 사윗감이 관주인 것만을 기뻐한다. 〈탁류⑦〉

관지(關知)하다㉮ 어떤 일에 관계가 있어, 그것에 관하여 알아보다. ¶ 유차 관지컨대 유의지사(有意之士)와 유산지민(有産之民)이 모름지기 숭상할 대도(大道)인지라. 〈패배자의 무덤〉

관허(官許)㉰ 정부의 허가. ¶ "우리가 지금 대상으로 하는 것은 총도구가 아니라 조선의 소위 민간칙 유지들이니까 간섭을 말어 달라고." "그러면 관허 메이데이로구만." "그래 관허도 좋아…." 〈레디 메이드 인생〉

괄대(恝待)㉰ (남을) 업신여겨 소홀히 대접하는 것. ¶ 그런 좋은 양반을 갖다가 그 대도록들 성화를 먹이고 가지가지로 괄대를 하고 하다니. 〈회(懷)〉

괄세하다㉮ '괄시하다(恝視~)'의 변한 말. 업신여겨 하찮게 대하다. ¶ 그러나 암만 해도 괄세할 수 없는 개평꾼은 역시 괄세를 못하는 법이라, 〈태평천하⑬〉

괄시(恝視)㉰ (남을) 업신여겨 하찮게 대함. ¶ 가서 병신인 것이 탄로가 나고 그래서 괄시와 욕을 당할 일을 곰곰히 생각하면. 〈얼어죽은 모나리자〉 ¶ 막상 그렇듯 모진 처접과 괄시를 받는 것이 싫고 애가 쓰여 그러지 말고 동네 사람들과 잘 좀 열려 지내라고 타이르곤 한다. 〈정자나무 있는 삽화〉

광대(廣大)㉰ 지난날 줄타기나 판소리, 가면극 따위를 하던 사람을 통틀어 이르던 말. ¶ 소설가가 원고료를 얻어먹고 미술가가 그림을 팔아먹고 음악가가 광대의 천호(賤號)에서 벗어났다. 〈레디 메이드 인생〉 ¶ 그런 것을 간혹 입이 비뚤어진 친구는 광대로 인식 착오를 일으키고, 〈태평천하①〉

광대뼈㉰ 뺨 위 눈초리 아래로 내민 뼈. ¶ 같은 왼편 광대뼈가 시퍼렇게 피멍이 져서 부풀어 올랐고. 〈탁류⑩〉

광망(光芒)㉰ 비치는 광선. 또는 광선의 끝. ¶ 그것은 매서운 걸 한 고비 지나서 일종 처절한 광망과도 같았다. 〈탁류⑭〉

광포(廣布)㉰ 폭이 넓은 삼베. ¶ "응… 그렇지만, 광포는 갠찮지? 단속곳 말이우…" 〈동화〉

괘념(掛念)㉰ 마음에 걸려 잊지 않음. 마음에 두고 걱정하거나 잊지 아니함. ¶ 점심을 먹으면서 이따가 저녁을 먹는다는 것을 측량하지 않듯이, 별반 괘념을 않고 있었던 참이다. 〈탁류⑩〉 ¶그 방면에는 일체로 주의나 관심이나 괘념을 않기로 했어. 〈이런 처지〉 ¶쓸데없이 지분거리다가는 눈에 넘치는 멸시를 받는 것이건만, 그러나 오복이는 조금도 그걸 창피해 하거나 괘념을 하지 않는다. 〈정자나무 있는 삽화〉

괘념(掛念)하다㉯ 마음에 두고 걱정하거나 잊지 아니하다. ¶구중에도 그는 처재(妻財)에만 탐이 나서 안해 될 사람의 과거의 흠집을 짐짓 괘념치 않으려고 하는 위인이어서는 안 될 테였었다. 〈반점〉

괘사스럽다㉱ 변덕스럽게 익살을 부리는 태도가 있다. ¶"거 참 괘사스런 성미도 다 보겠네!" 하고 범수는 더 우기려 하지 아니했다. 〈명일〉

괘선(罫線)㉮ 가로세로 그은 선. 또는 인쇄물에서 윤곽이나 경계를 나타내는 선. ¶그들은 대개가 십 년, 이십 년, 시세표의 고하를 그리는 괘선을 따라 방안지의 생애를 걸어오는 동안, 〈탁류④〉

괘씸하다㉱ (그렇게 할 수 없는 사이의 사람에게서 신의에 어그러지는 일을 당하거나 했을 때) 분하고 밉살스럽다. 못마땅하고 밉살스럽다. ¶초봉이는 단박 면박이라도 주고 싶게 제호가 괘씸했다. 〈탁류⑫〉 ¶응당 영감태기로부터, 어허 그 며느리 대단 괘씸쿠나! 하여 필연 응전 포고가 올 것이고, 〈태평천하⑥〉

괘애니㉲ →괜히. 공연히. 공연하게. ¶"거 아버지가 괘애니 꾸지람을 하시는구나! 안직은 그래야 하는 법인데," 〈순공(巡公) 있는 일요일〉

괘종(掛鐘)㉮ 시계의 한 가지. 벽이나 기둥 따위에 걸어 놓은 괘종시계. ¶기둥에 걸린 둥근 괘종이 네 시를 친다. 〈탁류②〉 ¶등 뒤에서 마루의 괘종이 아홉 시를 칩니다. 〈태평천하⑪〉

괜시리㉲ →괜스레. 보기에 실속이 없이 객쩍게. 까닭이나 실속이 없이. ¶성님이구 지랄이구 저리 물러나! 당장, 괜시리…. 〈탁류⑥〉 ¶내가 괜시리 그러간디라우? 〈동화〉 ¶"응, 괜시리 그놈의 것 때민에!… 재수가 없을라닝개루…" 〈정자나무 있는 삽화〉 ¶괜시리 한 손으로 상고머리한 귀 뒤를 만질락말락 해싸면서. 〈회(懷)〉

괭이㉮ 고양이. 여기서는 이 작품의 주인공인 '초봉이'를 비유한 말. ¶"또오, 저긴 활동사진집… 우리 괭이 구경 다니기 좋으라구, 헤헤." 〈탁류⑫〉

괴괴하다㉱ 쓸쓸한 정도로 아주 고요하고 잠잠하다. ¶아무 인기척이 없고 괴괴했다. 수부의 창구멍을 똑똑 쳐보아도 대응이 없다. 〈탁류⑰〉 ¶묘지와 같이 괴괴한 게 아니라 잠자는 애기와 같이 한가하게 조용하다. 〈패배자의 무덤〉 ¶밤은 모두 괴괴하고, 하늘서 별똥이 하나 길게 흐릅니다. 〈흥보씨〉

괴기㉮ →고기. 사람이 먹는 온갖 동물의 살. ¶안 받어 간다면 나 이놈으로 괴기 사다가 야긋야긋 다져서 저녁 반찬이나 하여 먹을라네. 〈태평천하①〉

괴나리봇짐㉮ 길을 떠날 때 보자기에 싸서 어깨에 메는 작은 짐. ¶장손이는 속으로, 게으름뱅이가 어떡허다 산에 가서 땔나무나 괴나리봇짐만큼 한 짐 해서 지고 내려오는 거동이실 테지야고쯤 돌려다 보려고도 않고 대답도 않는다. 〈암소를 팔아서〉 ¶고기작고기작 새까맣게 땟국이 묻은 무명 두루마기며 헌 타래버선이나 찢어진 볼을 실로 얽어맨 고무신도 그러하려니와 곰방대를 꽂은 괴나리봇짐이 완연히 그를 시골 사람으로 레테르를 붙이었다. 〈농민의 회계보고〉

괴다[1]㉯ 귀여워하고 사랑하다. ¶그러자 오늘 별안간, 고태수라는 신랑감이 우선 외양도 눈에 차악 괼 뿐 아니라, 천하에도 끔찍한 이바지를 가지고서 선뜻 눈앞에 나타났던 것이다. 〈탁류⑦〉

괴다[2]㉯ (쓰러지거나 기울지 않도록) 아래를 받치다. ¶종택은 머리를 괴었던 한편 팔을 뽑아다가 이마를 뒤로 씻으면서 입을 꾸욱 다물고, 응한다. 〈패배자의 무덤〉

괴다[3]㉯ (물 따위가 우묵한 곳에) 모이다. 또는 (침이나 눈물이) 모이거나 어리다. 〖비슷〗 고이다. ¶도렴직하니 볼과 턱이 토실토실하고 그러고 부룩쇠를 볼 때면 언제나 웃음이 괴는 서늘한 큰 눈. 〈어머니를 찾아서〉

괴담(怪談)㉢ 괴상하고 이상야릇한 이야기. ¶이것이 겨우 1910년 때의, 내가 겪은 바 기차에 대한 '괴담'이었다. 〈회(懷)〉

괴란(乖亂)시키다㉯ (이치에) 어긋나 어지럽게 하다. ¶요란한 사이렌들이 그의 조그마한 엑스타시의 세계를 괴란시킨 데 대한 가벼운 반감만 아니었으면 그는 이 낡은 괘종의 유머를 손뼉을 치면서 재미있어 했을 것이다. 〈모색〉

괴벽(乖僻)㉢ 괴상한 버릇. 괴이한 버릇. 이상야릇한 버릇. ¶그것은 P의 괴벽이다. 어떠한 여자를 물론하고 그가 정이 들지 아니한 여자면 절대로 관계를 아니한다는 것이다. 〈레디 메이드 인생〉 ¶달리 무슨 괴벽이 있어서 그러냐 하면 실상 그런 것은 아니다. 〈탁류③〉 ¶사람마다 이상한 괴벽은 다 한 가지씩 있게 마련인지, 윤 주사 창식도 야릇한 편성이 하나 있습니다. 〈태평천하⑤〉

괴발디딤㉢ 고양이처럼 소리나지 않게 가만히 발을 디디는 일. ¶을네가 저의 집 울타리 안에서 괴발디딤을 하고 바라다보았을지도 모른다. 〈정자나무 있는 삽화〉

괴상(怪常)스럽다㉱ 보통과 다르게 이상하고 묘한 데가 있다. ¶또 누구들은 한 문장 읽은 걸 유세로 논어니 맹자니 심하면 시전이니 서전이니 하는 따위에서 괴상스런 한 대문을 뽑아 가지고는 뜻을 알으켜 달라기. 〈회(懷)〉

괴석(怪石)㉢ 희귀하게 생긴 돌. ¶남은 화초밭의 괴석이라고, 시새움에 밉게 볼는지도 몰라도, 〈탁류⑯〉

괴수(魁首)㉢ 악당의 우두머리. 못된 짓을 하는 무리의 두목. ¶"접장 이놈이 천하별종이요 고집불통이요 장난 괴순 줄 알지?…." 〈순공(巡公) 있는 일요일〉

괴수놈(魁首-)㉢ '괴수'를 욕으로 일컫는 말. ¶"괴수놈, 너두 오래 안 가서 잽힐 테니 두구 보아라!" 〈태평천하④〉

괴어 놓다㉯ 넘어지거나 기울어지지 않도록 밑에 받쳐 놓다. ¶밥바구니를 괴어 놓아 주고, 운감하기를 기다리면서 멀거니 앞을 바라보고 앉아 한눈을 판다. 〈쑥국새〉

괴이(怪異)찮다㉱ '괴이하지 아니하다'의 준말. 이상야릇하지 않다. ¶사오 년 동안

에 이십만 명이 늘었으니, 별안간 거리가 이쯤 붐벼 보이기도 괴이찮은 말일 것이다. 〈회(懷)〉

괴이타㊔ '괴이하다'의 준말. 이상야릇하여 잘 알 수 없다. ¶그래서 이 집 식모도 그 유에 빠지질 않으니까 그리 괴이타 할 게 없다면 없기도 하다. 〈탁류⑰〉

괴짜㊔ 이상한 짓을 하는 사람. ¶'덕언이 선생님'은 시방 말로 하면 아주 괴짜였습니다. 〈소복 입은 영혼〉

괴춤㊔ '고의춤(袴衣~)'의 준말. 여름에 입는 남자의 바지나 다른 바지의 허리를 접어 여민 사이. ¶삼십 원 더 얹어 주는 십 원짜리 여덟 장을 받아 괴춤에 넣으면서 초봉이는 저 혼자, '역시 착한 아저씨는 아저씨지!'라고 생각을 한다. 〈탁류⑬〉

괴타분하다㊔ 하는 짓이나 생각하는 것이 시원한 맛이 없이 따분하다. ¶사내자식이 너무 괴타분한 것보담은 술 좀 먹구 다아 그러는 데서 세상 조화두 부리구 하는 법이니깐. 〈탁류⑦〉 ¶그러나 한편으로는 어딘지 그, 촌 학장 샌님같이 괴타분해 보이는 구석이라든지, 〈순공(巡公) 있는 일요일〉

괴탑지근하다㊔ →고탑지근하다. 좀 고리탑탑하다. ¶세상에 당신같이 괴탑지근한 이가 어디 있읍디까?…. 〈탁류⑦〉

괴퍅(乖愎)하다㊔ →괴팍하다. 성미가 까다롭고 별나서 붙임성이 없다. ¶더구나 남자도 학자란 건 사람이 홀게가 빠지지 않으면 성미가 괴퍅해서 못쓰는 법인데…. 〈모색〉

교(驕)㊔ '교만(驕慢)'의 준말. 잘난 체하는 태도로 겸손함이 없이 방자한 것. ¶이게 서울로 올라온 다음부터는 같잖은 것이 교가 나 가지골랑, 내 온, 어처구니가 없어서…. 〈이런 처지〉

괴한(怪漢)㊔ 차림새나 행동이 이상한 사람. 행동이 수상한 사나이. ¶태수는 이 괴한이 여간만 불쾌한 게 아니다. 〈탁류⑧〉

교갑(膠匣)㊔ 젤라틴으로 얇게 만든 작은 갑. 냄새나 맛이 좋지 않은 가루약이나 기름 따위를 넣어서 먹기 쉽도록 하는 데에 씀. 『같은』 캡슐(capsule). ¶일호 교갑 열두 개, 이것은 보통 때 약으로 먹자면 사흘치 분량이니 극량에 가깝다. 〈탁류⑬〉

교교(皎皎)하다㊔ '괴괴하다'의 뜻. 밝고 고요하다. ¶밤이 아직 깊지 않건만 집안은 교교하다. 〈생명〉 ¶사실 방안은 그다지도 교교했었다. 〈탁류⑧〉 ¶무슨 그림자가 지나간 것처럼, 방 안이 잠깐 교교했읍니다. 〈태평천하⑩〉 ¶동네서는 달이 비칠 때면 아렷이 모깃불이 지핀 연기만 오를 뿐, 잠들이 들어 교교하다. 〈정자나무 있는 삽화〉 ¶뜰아랫방들은 으스스한 그늘이 진 툇마루에 저의 주인들처럼 터설궂게 생긴 헌 신발짝들만 얌전스럽지 못하게 널려 있지 모두 교교하다. 〈모색〉

교군(轎軍)㊔ 조그만 집 모양으로 생겨 그 안에 사람을 태우고, 앞뒤에서 둘 또는 넷이 걸어 메고 다니는 탈것. 『같은』 가마(駕馬). ¶어린것한테 아직도 첫봄머리의 쌀쌀한 바람이 해로울까 하여 마땅찮아할까 봐서 또는 교군을 차린다 하인을 안동해 준다. 〈패배자의 무덤〉

교주(校主)㊔ 학교를 세워서 경영하는 사람. ¶설립자요 교주이신 박 교장 선생님께서 당신의 사사 재물을 내서, 〈이런 남매〉

교만(驕慢)㊔ 잘난 체하는 태도로 건방진 것. 『준말』 교(驕). ¶부러우니까는 오기가 나고, 그래 앙앙한 오기가 바싹 마른 교만을 부리던 것입니다. 〈태평천하⑪〉

교분(交分)㊔ 친구 사이의 사귀어서 정이 도타워진 정도. ¶또 고향이 같은 서천이요, 교분까지 있는 친구 정영배—정 주사의 자녀라는 체면으로라도 함부로 할 수는 없는 처지다. 〈탁류②〉

교정(矯正)㊔ 잘못된 것을 바로잡아 고침. ¶종시 교정은 되어지질 않고 주의를 해야 주의하는 그때 뿐이지 딴생각을 하면서. 〈흥보씨〉

교직(交織)㊔ (무명과 명주, 명주와 털과 같이) 종류가 다른 두 가지 이상의 실을 섞어서 짜는 일. 또는 그 직물. ¶계봉이는 모친이 주름을 잡고 있는 남색 벰베르크 교직 치마를 몇 번째 만져 보다가는 놓고, 놓았다가는 만져 보고 해 쌓는다. 〈탁류③〉

교탁(教卓)㊔ 학생을 가르칠 때 책 따위를 놓는 교단 앞의 탁자. ¶승재는 물끄러미 내려다보고 섰다가 교편으로 교탁을 따악 친다. 〈탁류⑮〉

교태(嬌態)㊔ 요염한 자태. 또는 아양을 부리는 태도. ¶오목이는 혼자 무참한 것을 어찌할 줄 모르다가 손을 뻗쳐 더듬더듬 금출이의 팔을 잡고 몸을 기댄다. 오목이로는 아직 부리지 못할 교태다. 〈얼어 죽은 모나리자〉 ¶조그맣게 그려진 입이, 오긋하니 둥근 주걱턱과 아울러 그저 볼 때도 볼 때지만 무심코 해쭉이 웃을 적이면 아담스런 교태가 아낌없이 드러난다. 〈탁류②〉

교편(教鞭)㊔ 학생을 가르칠 때 교사가 쓰는 가느다란 막대기. ¶승재는 물끄러미 내려다보고 섰다가 교편으로 교탁을 따악 친다. 〈탁류⑮〉

교활(狡猾)하다㊐ 간사하고 음흉하다. 간사하고 꾀가 많다. ¶교양이 압제를 주니 동물적으로 솔직하지 못하고 인간답게 교활하다. 〈탁류⑦〉

구간 열차(區間列車)㊔ 어떤 지점과 다른 지점과의 사이를 운행하는 열차. ¶요새는 직통열차고 구간 열차고 모두가 시간을 안 지키기로 행습이 되었기 망정이지, 생각하면 예사로 볼 일이 아니다. 〈회(懷)〉

구격(具格)이 맞다『관용』 격(格)에 어울리다. 격식을 갖추다. ¶가령 마음은 변하지를 않았다 하더라도 옛날같이 다 구격이 맞는 남편이 될 수는 없었다. 〈탁류⑤〉

구경(究竟)㊔㊕ 마침내. 마지막. ¶태식이가 구경에 세 마리가 팔렸다가 싸움이 끝이 나니까 다시 밥 시작을 하는데 〈태평천하⑥〉

구경답다㊐ 보기에 구경할 만하다. ¶이 사람이 분명코 그동안 위인이 변했구나 하고 아까 미리서 짐작을 했던 그 짐작과 일일이 들어맞는 것이어서 그것이 옥초에게는 구경답고 감심스럽던 것이다. 〈모색〉

구경스럽다㊐ 보기에 구경할 만한 데가 있다. ¶마주 앉은 이 두 사람은 무얼로 보든지 구경스럽게 기묘한 대조를 이루고 있는 것이었었다. 〈탁류⑭〉 ¶호사스런 생활의 차림새하며 기분도 명랑한 헤렌과 노마네의 그 흉악한 주제 꼬락서니하며 몸에서 푸욱 지르는 악취하며 근천스럽고 시든 표정하며가 썩 구경스러운 대조를 이루는 것이었었다. 〈이런 남매〉

구구(區區)하다⑱ (내세우는 의견 따위가) 각각 다르다. ¶ 이렇게 그의 '나쁜 짓'의 해석이 구구한 판인데, 바로 월여 전이다. 〈정자나무 있는 삽화〉

구구히(區區-)㊕ 잘고 용렬하게. 구차하고 창피스럽게. ¶ 계봉이는 결단코, 지레 결혼에로 도피도 하지 않고, 가정이나 남한테 구구히 의탁도 하지 않고 다만 혼자서 젊은 기쁨을 자유롭게 생활하고 싶고, 〈탁류⑰〉

구국구국㊕ 닭이나 비둘기 따위가 잇달아 우는 소리. ¶ 이어서 또 한마디 거푸 세 마디를 울고는 구국구국 암탉한테 자랑을 한다. 〈동화〉

구기다㊐ (종이, 피륙 따위가) 문질러지거나 비벼져 잔금이 생기다. ¶ 유모는 먼지가 묻고 구기고 할까 봐서 우선 치마와 단속곳을 벗어 한편으로 개켜 놓고야 어린 것을 그러안는다. 〈빈(貧)… 제1장 제2과〉

구녁㊔ '구멍'의 사투리. ¶ 어디 입이 꽝지리(꽝우리) 구녁 같거던 말 좀 히여 부아? 〈태평천하⑥〉

구누㊔ '구농(咕噥)'의 입말. 못마땅하여 혼자 군소리하는 일. ¶ "천 원짜리? 천 원짜리가 둘이면 가만 있자… 얼마씩 부어 가누?…" 형보는 까막까막 구누를 대 보다가 "… 그랬다!" 하면서 고개를 꾸벅한다. 〈탁류⑭〉 ¶ 게, 그 녀석들이 서로 구누를 하기를, 자, 이 세상에는 부자가 있고 가난한 사람이 있고 하니 그건 도무지 공평한 일이 아니다. 〈치숙(痴叔)〉 ¶ 옳다구나, 태호허구두 구누를 해 가지구서는 모자가 건넌방으로—그 양반이 농성을 허구 있는 그 한징가마 속이었다—글러루 처억 쳐들어갔구려. 〈소망〉 ¶ 구누를 하기를, 매앤 기운 센 순성이가 맨 첨으로 달려들고 그러거들랑 오복이, 쨰보, 태식이, 모두 와아하니 덤비기로 했던 것이다. 〈정자나무 있는 삽화〉

구누름㊔ 못마땅하여 혼자서 하는 군소리. ¶ 제호는 사람이 의뭉하고, 일일이 내색을 하거나, 구누름을 하거나 하지를 않아서 망정이지 그렇다고 우렁잇속 같은 속조차 없는 바는 아니었었다. 〈탁류⑬〉 ¶ "원 재봉틀이구 무엇이구 하두 함부루 써 놓아서…" 하는 구누름이다. 〈명일〉 ¶ 고씨는 방 때문에 비위가 상할 때면 으례껏 이런 구누름을 잊지 않곤 합니다. 〈태평천하⑤〉 ¶ 제가 저더러 구누름을 한다는 게 농의 소리가 되어 버리니까는 제야 바륵 웃으면서 두 팔을 쭉 뻗쳐, 〈모색〉

구누름하다㊐ 못마땅하여 혼자 군소리를 하다. ¶ 저 혼자서 구누름하듯 하는 말이요, 맨 끝에 못난이란 소리는 낮고 분명찮아서 갑쇠는 알아듣지는 못했다. 〈정자나무 있는 삽화〉

구느름㊔ →구누름. ¶ 그러나 노인의 뒤삐어진 집 터전에 대한 불평쯤 쓸데없는 구느름이요 태진이에게나 용동댁에게나 조금도 위로거리가 되지를 못했다. 〈용동댁〉

구들㊔ '방구들'의 준말. 우리나라 및 중국 동북부에서 발달한 난방 장치. 아궁이에 불을 때서 불기운이 방바닥 밑으로 난 방고래를 통해 퍼지도록 하여 방을 따뜻하게 하는 구조. 『같은』 온돌(溫突). ¶ 분명 거기서 여전히 꼬옥 꼬옥 하기는 하는데 형체는 보이지 않는다. 긴 고무래를 찾아 가지고 와서 구들 속을 긁어 보았다. 〈용동댁〉

구럭명 새끼로 그물처럼 떠서 만든 망태기. ¶구럭에 무얼 담았는지 묵직하게 어깨에 메었다. 〈동화〉 ¶관수는, 그렇다고 심상하게 대답하면서 함지박을 넣어 어깨에 걸멘 구럭과 또 한 손에 들고 온 괭이를 놓고 휘이 더워한다. 〈정자나무 있는 삽화〉

구렁명 '헤어나기 어려운 나쁜 환경', '빠지면 헤어나기가 힘든 어려운 환경'을 비유하는 말. ¶승재는 명님이가 장차에 매녀(賣女)의 몸이 될 일을 생각하면, 마치 친누이동생이나가 그러한 구렁으로 굴러 들어가는 것같이 슬프고 안타까와했다. 〈탁류⑥〉 ¶"고생만 죽두룩 허구 생기는 건 없구, 그러구 자칫 잘못허다가는 못된 구렁으로 빠지기가 쉽구…." 〈정자나무 있는 삽화〉

구렁이명 몸이 비교적 굵고 동작이 매우 느린 뱀의 한 종류. 또는 '마음이 음흉하거나 능글맞은 사람'을 비유하여 이르는 말. ¶천 년 묵은 끝이 몽땅하고 크기가 전봇대만 한 구렁이가 이 정자나무 속에서 살고 있다고 한다. 〈정자나무 있는 삽화〉 ¶당장 식칼이라도 들고 쫓아가서 구렁이 같이 징그럽고 미운 저놈을 쑹덩쑹덩 썰어 죽이고 싶은 생각이 물끈물끈 치닫는다. 〈탁류⑩〉

구레나룻명 귀 밑에서 턱에 걸쳐 난 수염. ¶연천 선생이라면 지금도 그의 구렛나룻 소담하고 끔직 상냥스럽던 얼굴이 (어언 삼십 년이로되) 선연히 눈앞에 밟힌다. 〈회(懷)〉

구력명 →구럭. 무엇을 넣기 위하여 새끼로 그물처럼 떠서 만든 물건. ¶관수는 한 번 더 구멍을 올려다보다가 함지를 담았던 구력을 비어 가지고 와서, 미리 안표를 해 둔 갸름한 돌을 집어넣고 또 한 개 큼직한 놈을 집어넣어 어깨에 가사 메듯 걸메고는. 〈정자나무 있는 삽화〉

구로(舊路)명 예로부터 있던 길. ¶대개는 전에 있던 구로를 넓이를 넓히고 그 밖에 고개를 죽이어 비교적 평평하게 하는 것과. 〈화물자동차〉

구로오도(くろおと)명 기생, 여급 등 손님을 맞이하여 시중드는 일을 직업으로 하는 여자. 가정부인이나 보통의 직업여성에 상대되는 말. ¶"다를 게 무어람!… 여보 나두 열여덟 살부터 다녀 본 다아 구로오도야!" 〈태평천하⑫〉

구루마(くるま)명 '짐수레', '짐을 싣는 수레'의 일본어. ¶운반을 하자면 R 역이나 G 역으로 구루마로 실어다가 다시 화물열차로 K에 내려뜨려야 할 터인데. 〈화물자동차〉

구루마꾼(くるま-)명 짐수레를 끄는 사람. ¶다시 병원에 들러 아범더러 끌 구루마꾼을 하나 얻어 보내 달라는 부탁을 해놓고서 둔뱀이로 넘어갔다. 〈탁류⑧〉

구류(拘留)명 1일 이상 30일 미만의 기간 동안 구치소에 가두어 자유를 속박하는 형벌. ¶가택 침입죄루다 이십구 일 구류밖에 더 살라더냐? 그보다 더한 몇 해 징역두 상관없다. 〈탁류⑭〉

구릉(丘陵)명 언덕. ¶들어오다가 뾰족한 끝이 일변 빗밋한 구릉을 타고 내려앉은 동네. 〈정자나무 있는 삽화〉 ¶산이라기보다도 나차막한 구릉이요, 경사가 완만하여 별로 험한 길이랄 것도 없다. 〈패배자의 무덤〉

구린내(가) 나다『관용』 어떤 행동에 의심스러운 느낌이 들다. ¶그게 양반이여? 그 밑구녁 들칠수록 구린내만 나너만?〈태평천하⑥〉

구먹명 →구멍. (경기, 전라, 충청) ¶"만약… 동투들 안 맞으면? 구먹은 시방 내가 쳐 막을 테니…"〈정자나무 있는 삽화〉

구멍박이명 구멍이 나 있는 물건. 여기서는 '구멍 뚫린 쇠돈'의 뜻. ¶최 서방은 구멍박이 두 푼을 집어 들고 머뭇머뭇하다가.〈빈(貧)… 제1장 제2과〉

구면(舊面)명 전부터 알고 있는 사람. 또는 그러한 처지. 『상대』 초면(初面). ¶윤용규와는 처음 만나는 게 아니고 바로 구면입니다.〈태평천하④〉

구미(口味)명 입맛. ¶그놈을 잡아먹던 식성(食性)과 시방 열네 살 고 또래의 기집 이전인 기집애에게 대해서 우러나는 구미와는 계통이 다르다 할 것입니다.〈태평천하⑩〉

구미(口味)가 당기다『관용』 흥미가 생기다. ¶이렇게 억지로 안심을 할지언정, 뒤미처 새삼스럽게 그것을 갖다가 작파를 할 생심은 못하도록 구미가 당기는 좋은 계제였던 것이다.〈동화〉

구박(驅迫)명 못 견디게 몹시 학대함. ¶유모는 볼기짝이라도 한번 훔쳐 갈기고 싶어 내내 구박이다.〈빈(貧)… 제1장 제2과〉 ¶또 요행 갔댔자 눈이 멀었다고 구박이나 받고 서러운 눈물 흘릴 테니,〈얼어죽은 모나리자〉 ¶그는 아씨의 무서운 매와 구박을 받으면서 아씨가 그러면 그럴수록 깊이깊이 뱃속의 생명에 커다란 애착을 느꼈다.〈생명〉 ¶본이 사람이 염장이 빠져 놔서, 계집애와 붙어 지낼 적에도 속을 달칵 앗기어 노상 구박에 지천을 먹었고,〈정자나무 있는 삽화〉 ¶'대체 무슨 그리 긴한 소간이 있다고 그다지 들레고 다니면서 나를 찾더란 말이냐.'는 박절한 구박임을 알아차렸을 것이다.〈모색〉

구박(驅迫)을 주다『관용』 못 견디게 괴롭히다. ¶그러니 그건 분명 제가 미우니까 괜스레 구박을 주느라고 그러는 것으로밖에는 생각할 수가 없고,〈탁류⑮〉 ¶종수는 이윽고 방 안을 한 바퀴, 아까 처음 들어설 때처럼 콧등을 찡그리며 둘러보면서, 목소리 소곤소곤 병호를 구박을 주던 것입니다.〈태평천하⑫〉

구변(口辯)명 말솜씨나 말재주. 『같은』 언변(言辯). ¶이 K 사장과 둥근 탁자를 사이에 두고 공순히 마주 앉아 얼굴에는 '나는 선배인 선생님을 극히 존경하고 앙모합니다' 하는 비굴한 미소를 띠고 있는 구변 없는 구변을 다하여 직업 동냥의 구걸 문구를 기다랗게 놓어 놓던 P….〈레디 메이드 인생〉 ¶그러나 재봉틀 부인은 움직이려고도 아니하고 그대로 앉아 구변 좋게 말을 벌려 놓는다.〈보리방아〉 ¶데데데데하기는 해도 입담이 좋은 구변과, 그 데데거리는 말끝마다 빠뜨리지 않는 군가락 '제기할 것!' 소리와….〈탁류②〉 ¶참 여러 가지 말과 구변을 다해 일장 설파를 했읍니다.〈태평천하⑤〉

구보(驅步)명 달음박질로 가는 것. ¶말굽소리… 구보… 철그덕철그덕… 처벅처벅… 줄 내린 모자… 누런 각반….〈산동이〉

구설(口舌)명 시비하는 말이나 헐뜯는 말. ¶정이라는 게 무엇인지, 저렇게도 계집

아이가 남의 구설 어려운 줄 모르고 밤을 낮 도와, 제 그런 사람을 만나 보려 허덕지덕 애가 밭아 찾아 다니고 하는가 하면. 〈정자나무 있는 삽화〉

구비(具備)명 빠짐없이 갖추는 것. ¶어느 겨를에 다 그렇게 구비가 되었는지, 순석에게 부축을 받아 비틀거리면서, 〈흥보씨〉

구성없다형 격에 맞지 않다. 또는 사리에 맞지 아니하다. ¶"밑천도 없어 가지고 구성없이 덤벼들어, 남 골탕 멕이기 일쑤더니, 그저 잘꾸사니야!" 〈탁류①〉

구성읎다형 →구성없다. ¶"야야, 구성읎넌 소리 내지두 마라! 누가 너더러 그런 참견 허라냐?" 〈태평천하⑭〉

구성지다형 천연덕스럽고 멋지다. ¶제법 몇십 년 같이 늙어 온 영감이 마누라를 부르는 것처럼 아주 구성지다. 〈탁류⑩〉

구소마지메(くそまじめ)명 '융통성이 없이 고지식함', '몹시 고지식함'의 일본어. ¶"허허… 왜 그렇게 구소마지메가 되야 가지구 그러우?… 글세 여보 내가 지금 장가를 갈 형편이요?" 〈병조와 영복이〉

구수하다형 말이나 이야기가 듣기에 마음을 끄는 맛이 있다. ¶군산항 정거장에서 차를 탔기 때문에 같은 차를 타고 오면서도 서로 몰랐다고, 이렇게 이야기가 싱겁거나 말거나 구수하니 지껄이고 있는데 마침 차가 들이닿았다. 〈탁류⑫〉

구슬명 '눈물 방울'의 비유. ¶무척 반가운지 명님이의 음성은 명랑하다. 그러면서 눈에는 구슬이 어린다. 〈탁류⑮〉

구슬리다동 (남을) 그럴 듯한 말로 꾀어 마음이 움직이게 하다. 그럴 듯한 말로 은근히 추켜올리다. ¶탑삭부리 한 참봉이 웃으면서 일변 장기를 골라 놓으면서 농담삼아 안해를 구슬리던 것이다. 〈탁류①〉

구습(口習)명 입버릇. 말버릇. ¶종시 이리로 대고는 무어라고 그 더러운 구습을 놀리는 것 같지가 않습니다. 〈태평천하⑥〉

구시르다동 →구슬리다. (경상). 남을 그럴듯한 말로 꾀어 마음이 움직이게 하다. ¶"사람 됐네! 동네 기집애 구실릴 줄을 다 아 알구… 못난이!" 〈정자나무 있는 삽화〉

구실(口實)명 핑계나 변명할 재료. ¶그는 오십 넘은 독신의 가정부가 아니고, 아직 청춘이라는 구실이 되던 것이다 〈탁류⑫〉

구실거리(口實--)명 핑계로 삼을 만한 밑천. 핑계로 삼을 만한 거리. 변명할 재료. ¶물론 윤 직원 영감은 곧이를 듣지는 않지만, 종수의 구실거리는 그만큼 유리했읍니다. 〈태평천하⑫〉

구실자리명 일자리. 원래는 (관가의) 벼슬자리. 『같은』 직장(職場). ¶"그게 모다 가난한 탓이지… 저렇게 젊고 똑똑한 이가 제게 모다 가난한 탓이야! 어데 구실거리 말한다더니 아직 아니 됐수?" 〈레디 메이드 인생〉

구역(嘔逆)명 속이 메스꺼워 토할 듯한 느낌. 『같은』 욕지기. ¶첩이 싫다고 남의 조강지처나 바라고 있는 거 내는 그만에 구역이 나더라, 〈탁류⑨〉

구유명 말과 소의 먹이를 담아 주는 나무 그릇. ¶그러고 그리로 돌아서 마방간의 말죽 구유 같은 (평평하니까 말죽 구유와는 좀 다를까?) 선반, 도마가 있고 그 위에 가 식칼, 간장, 초장, 고추장, 소금 무엇무엇 담긴 주발이 죽 놓여 있다. 〈산적〉

구접지근하다[형] 좀 너절하고 더럽다. 〖비슷〗 구접스럽다. ¶구접지근한 그 동네 그 집에를 나가기가 싫던 것이다. 〈빈(貧)… 제1장 제2과〉 ¶또 몇 가지 안 되는 홀아비 세간이지만, 책상 외에는 구접지근한 것들을 다 오시이레 속에다가 몰아넣었기 때문에 계봉이 저의 집에 있을 때보다 방 안이 한결 조촐해 보였다. 〈탁류⑧〉

구정(舊情)[명] 지난날 사귀던 정. 〖같은〗 옛정. ¶하 이 사람, 그렇잖겠나? 평생소원을 이뤘으니… 그렇지만 염려말게… 신정이 좋기루 구정이야 잊을 리가 있겠나? 〈탁류⑨〉

구죽죽[부] 비가 구질구질하고 줄기차게 내리는 모양. ¶가을비는 아니라도 상심 있는 사람의 비회를 돕기 알맞을 만큼 구죽죽 심란스런 비였었다. 〈회(懷)〉

구죽죽하다[형] (비가 내리는 것이) 구질구질하고 줄기차다. ¶아침부터 구죽죽하게 내리는 비는 가을날의 싸늘한 기운을 한층 더 도와 추레하고 음산한 기분이 사람사람의 마음을 무단히 심란하고 궁금하게 하였다. 〈산동이〉

구중중하다[형] (축축한 곳이나 상태가) 더럽고 지저분하다. ¶그는 문안에라도 들어갈까 하고 구중중한 벽에 가 아무렇게나 걸려 있는 단벌짜리 다 낡은 여름 양복을 바라보았다. 〈명일〉 ¶미상불 승재는 털면 먼지가 풀썬풀썬 날 듯, 구중중한 그 행색에 낡은 왕진 가방까지 안고 섰는 꼴이…. 〈탁류⑮〉

구직꾼(求職-)[명] 일자리를 구하는 사람. ¶벌써 구직꾼들이 빽빽이 모여서 문이 열리기를 기다리었었다. 〈앙탈〉 ¶그저 지식계급의 구직꾼이 넘치는 것을 보고 막연히 '농촌으로 돌아가라' '일을 만들어라'고 해 왔을 따름이다. 〈레디 메이드 인생〉

구지레하다[형] 지저분하게 더럽다. ¶정주사는 여전히 남의 사무실 고쓰까이같이 의표(儀表)가 구지레한 승재를 위아래로 훑어보면서, 〈탁류⑮〉

구직(求職)[명] 일자리를 구하는 것. ¶"그게 참 큰 문제야… 하여간 우리가 게(蟹)꼬리만 헌 상식만 가지고 각 방면으로 대구 구직을 헌다는 것이 잘못이니까." 〈앙탈〉

구찬하다[형] →귀찮다. 마음에 들지 않고 성가시다. ¶"그러나마 늬덜더러 구찬헌(한) 보리방애를 찌여 먹으랬을세 말이지…." 〈태평천하⑤〉

구처(區處)[명] 변통하여 처리함. 또는 변통하여 처리할 도리. ¶그러나 그는 선뜻 달리 무슨 구처를 하려고는 않고서 그냥 그저 민두름히 하루씩을 지우곤 하는 참이다. 〈모색〉

구처(區處)되다[동] 변통하여 처리가 되다. ¶그러면서라도 마음먹은 대로 돈이나 구처되었으면 신이 나서 돌아오려니와 모두 허탕만 치고 말면 얼마나 더 시장하며 낙심이 되랴 싶어. 〈명일〉

구처(區處)하다[동] 구별하여 처리하다. 또는 변통하여 처리하다. ¶그것은 맨 마지막 날 보아서 무슨 변법이라도 구처해 줄 텐즉 우선 그리 알고 있거라. 〈탁류⑧〉

구척장신(九尺長身)[명] (키가 아홉 자나 된다는 뜻으로) 아주 큰 키. ¶구척장신의 키를 한참이나 치올라가서 얽둑얽둑한 상판을 보지 않아도 벌써 그, 〈홍보씨〉

구천(九泉)[명] 사람이 죽은 뒤에 그 혼이 가서 산다고 하는 세상. 『같은』 저승. ¶그 소리는 비록 가늘었으되 그 애달픈 심정을 헤아려서 듣는다면 구천에라도 사모칠 애소였겠지요. 〈소복 입은 영혼〉

구태(舊態)㉠ 옛 모습. ¶그러한 것을 좀처럼 강단을 내지 못하는 소치는, 거기 어디 많이 볼 수 있는 구태의 젊은 여인들과 일반으로 용동댁도 독립할 줄을 모르는 영원한 아기—. 〈용동댁〉

구태라㉫ 구태여. 일부러 애써. ¶경순은 두 볼에 눈물이 한 줄기 흐르는 대로, 구태라 억지할 것도 없이, 마음 가는 데 맡겨 슬픔에 잠기느라. 〈패배자의 무덤〉 ¶구태라 이렇게 바쁜 틈을 내어 가면서까지 길품을 매고 하지는 않았을 것이었습니다. 〈홍보씨〉 ¶핍절한 의식 문제로 발을 벗고 나선 동무들에게 남 좋은 일이나 시킬 것이지 구태라 그것을 넘겨다본다는 게 객적은 짓이었었다. 〈모색〉

구혈㉠ '굴(窟)'의 속된 말. 『비슷』 소굴(巢窟). ¶박가더러는 그들 일당의 성명과 구혈과 두목을 대라고 족쳤읍니다. 〈태평천하④〉

구회(舊懷)㉠ 지난날을 그리는 마음. 지난날의 회포. ¶요행 탑삭부리가 없거들랑 두어 시간 구회를 풀어도 좋다. 그렇다. 신정이 구정만 못하다더니 역시 구정이 그립기는 한 것인가 보다. 〈탁류⑩〉

국내 장내도 못 맡다『관용』 '아무 것도 차지하지 못하다'의 비유. 여기서 '국내 장내'는 국(나물, 고기, 생선 등에 물을 많이 부어 끓인 음식)의 냄새와 장(간장)의 냄새. ¶그러지 않할 양이면 신장을 시켜 모조리 잡아다가, 천 리 바다 만 리 바다 쫓어 보내되, 평생을 국내 장내도 못 맡게 하리라아. 〈탁류⑥〉

국문(鞫問)하다㊍ 국청(鞫廳)에서 중대한 죄인을 신문하다. '국청'은 중죄인을 신문하기 위하여 임시로 만든 곳. ¶조선서도 어느 종실세도 한 분은 반대파의 죄수를 국문하는데, 참새가 찍 한다고 해도 죽이고, 짹 안다고 해도 죽이고, 〈태평천하④〉

국수장국㉠ 더운 장국에 만 국수. 여기서 '장국'은 쇠고기를 저며서 잘게 썰어 양념을 하여 볶은 뒤, 물을 붓고 간을 맞추어 끓인 국을 말함. ¶또 혼인 잔치도 요릿집에 가서 할 테니까, 집에서 국수장국 한 그릇 말지 않아도 된다. 〈탁류⑦〉

국지(局地)㉠ 한정된 일정한 지역. ¶사변(中日戰爭)은 국지 해결이 와해가 되고 북지 사변으로부터 전단이 차차 중남지로 퍼지면서 지나 사변에로 확대가 되어 가고, 〈태평천하⑧〉

군가락㉠ 이야기의 원 줄거리와는 아무 관계없이 쓸데없고 실없이 하는 말의 비유. ¶그 데데거리는 말끝마다 빠뜨리지 않는 군가락 '제기할 것!' 소리와, 〈탁류②〉

군것㉠ 없어도 좋을 요긴하지 않은 것. ¶이러한 여러 가지 소리가 한데 모여 가지고 모터로부터 조그마한 하구루마의 한 개 한 개까지도 일호의 차착과 군것이 없이 꾸준히 돌고 있는 기계 자체의 규율적 율동을 따라. 〈병조와 영복이〉 ¶군것은 먼지 한낱도 안 붙게시리 씻고 털고 〈태평천하⑨〉

군명(君命)㉠ 임금의 명령. ¶"그대는 들으니 '백의정승'의 자리에 오르려는 사람! 그러면 군명을 대신하여 천하의 백성을 다스릴 큰 그릇이어늘 그다지도 변통성이 없고 인정(人情)에 어두워서야 어찌 그러한 대임을 다하겠는가?" 〈소복 입은 영혼〉

군색(窘塞)하다형 거북하고 옹색하다. 또는 생활이 딱하고 어렵다. ¶그다지 교태도 없는 빠텐더가 있고 값 헐한 도배지를 희미한 전등으로 윤내고 군색한 걸상이 있고. 〈명일〉 ¶그리고 또 이 앞으로 살아갈 방도가 없다면 이 어른은 집안은 군색허잖어서 두 노인 단 두 내외가 호젓하게 살아가시는 터이니까 와서 수양딸 수양손자처럼 계셔도 좋겠다구요. 〈어머니를 찾아서〉 ¶그때만 해도 그 집이 그다지 군색하게 지내진 않았으니깐요. 〈치숙(痴叔)〉

군시럽다형 살갗에 벌레 따위가 기어가는 듯한 가려운 느낌이 있다. ¶"아이, 그리구 어떻게 살어!… 나는 사흘만 목간을 안 허믄 몸이 사뭇 군시러서 못 견디겠는 걸…" 사흘만 목간을 안 하면 군시러워 못 견딘다는 말은 주인아씨한테 배운 소리다. 〈빈(貧)… 제1장 제2과〉

군욕질명 쓸데없이 하는 말이나 욕질. ¶며느리 고 씨더러 군욕질을 하는 걸 듣고 들어와서는, 그 말을 댓 발이나 더 잡아 늘려 고 씨한테 일러바친 침모 전주댁, 이 여인이 또 진짜 과붑니다. 〈태평천하⑤〉

군입명 주전부리하는 입. ¶반찬이라기보다도 아이들이 군입으로 좋아하게 생긴 고소한 반찬들이 귀몰스러워 현 서방은 우선 먼저 딸년 순동이가 생각이 났습니다. 〈흥보씨〉

군자금(-資金)명 가외로 쓸 돈. ¶정작 군자금이 한 푼도 없어, 일왈 누구를, 이왈 어떻게 얽어 삶았으면 돈을 좀 발라낼 수가 있을까, 이 궁리를 하던 것입니다. 〈태평천하⑪〉

군자(君子)는 불현어색(不賢於色)〖관용〗 '군자는 여색에는 현명하지 못하다'는 말. ¶속으로 좀 섭섭했겠지만 군자는 불현어색이라니 그런 내색이야 보일 수 있겠읍니까. 〈소복 입은 영혼〉

군장 맞다동 (말이나 행동이) 서로 잘 들어맞다. 〖비슷〗 장단 맞다. 손발 맞다. ¶형 보는 두루마기를 내려 입으면서 속으로는 어찌하면 일이 이렇게도 군장 맞게 잘 맞아떨어지느냐고 좋아한다. 〈탁류⑨〉

군졸(窘拙)하다형 있어야 할 것이 없어서 어렵다. 필요한 것이 넉넉하지 못하고 군색하여 어렵다. ¶그런대로 월급도 받거니와 집을 사고 남은 돈이 이삼백 원이나 수중에 있어, 그다지 군졸하게 지내지는 않았었다. 〈탁류①〉

군침명 입 안에 미리 도는 침. ¶그러다가 제육둘림이 선연히 보이면서 와락 먹고 싶어 군침이 꿀꺽 넘어갔다. 〈얼어죽은 모나리자〉

굴러먹다동 이것저것 다 겪어 가며 천하게 살다. 이러저리 떠돌아다니며 온갖 일을 다 겪는 것을 속되게 이르는 말. ¶말하자면 추물이로되 또 어디서, 어떻게 굴러먹었는지 근지도 모르나 늙게 상처한 싸전집 영감이 막지기로 들어와 없던 아들까지 낳아 주어 호강이 발꿈치까지 흐르는 이 '싸전댁'에 대해서. 〈명일〉 ¶대체 어디서 굴러먹던 뉘 집 뼈다귄지도 모르는 천민(賤民)을 가지고 어엿한 내 집 자식과 혼인을 하다니 그런 해괴망측한 소리가 있더란 말이냐고, 〈탁류⑦〉

굴레 벗은 말『관용』 구속에서 벗어나 몸이 자유로움을 이르는 말. ¶마음에 걸리는 것은 굴레 벗은 말같이 허전허전한 자기의 양복 태도요, 뒤축이 닳고 볼에다 반창고를 붙인 낡은 로이드식(式) 구두요, 뒤집어 댄 칼라였었다. 〈앙탈〉

굴저하다형 마음이 느긋하고 만족스럽다. 『비슷』 굴지다. ¶그랬으면야 대복이도 속이 대단 굴저했을 것이고, 어떻게 적극적으로 무슨 모션을 건네 보려고 궁리도 할 것이고 그랬을 텐데, 〈태평천하⑨〉

굴지다형 마음이 느긋하고 만족스럽다. 『비슷』 굴저하다. ¶정 주사는 시방 속으로는 희한하고도 굴져서 입 저절로 흐물흐물 못 견딜 지경이다. 〈탁류⑦〉 ¶괜히 속이 굴져서, 말이 하고 싶으니까 입을 놀리겠다요. 〈태평천하⑭〉 ¶인제는 아무려나 찾아내기는 찾아냈으니 다 안심이요 굴지고 그리고 다시금 반갑다는 속이리라. 〈모색〉

굼뜨다동 동작이 답답할 만큼 느리다. ¶안팎이 모두 고색이 창연하고, 우물우물하고, 굼뜨고, 무르고, 주변성 없고, 〈탁류⑰〉

굼싯거리다동 굼실거리다. 벌레 같은 것들이 한데 어우러져 굼틀거리다. ¶또 어떻게 보면 밥값 셈을 못 치러 볼모로 붙잡혀 앉았는 궁꾼처럼 늦게늦게까지 기숙사 구석에 처박혀 굼싯거리고 있다께. 〈모색〉

굿이나 보고 떡이나 얻어먹지『속』 남의 일에 쓸데없이 간섭하지 말고 되어 가는 형편이나 보고 있다가 자기 이익이나 얻도록 하라는 말. ¶그래도 할 수 없지! … 남의 일 내가 와 알아서? … 쯧! 굿이나 보고 떡이나 얻어묵(먹)지…. 〈탁류⑨〉

굽어다 보다동 →굽어보다. 고개나 허리를 굽혀 아래를 내려다보다. ¶'뭘… 양말은 구두를 신으면 보이지 않을 것이고 바지는 누가 쫓아와서 자세히 굽어다 보나…'. 〈앙탈〉 ¶"진아씨헌테 말이나 허구서 잠깐 나와서 안 굽어다 볼래여?" 〈빈(貧)… 제1장 제2과〉

궁구(窮究)명 '대응하는 방책(方策)'의 뜻. ¶며칠 두구 밤잠을 못 자구 곰곰이 궁구 마련을 하다가 필경, 그러면 내가 그 유언이라두 시행을 하는 게 도리상 옳겠다고 생각을 했읍니다. 〈탁류⑭〉

궁기(窮氣)명 가난하거나 딱한 기색. ¶오늘 이날까지 꼬박 이태 동안은, 그것도 사람이 궁기가 드니까 그렇겠지만 어느 누구 인사엣말로라도 쌀 한번 붙여 주마고 하는 친구 없고, 〈탁류①〉

궁꾼(窮-)명 늘 궁상이 낀 모습을 하고 있는 사람. ¶또 어떻게 보면 밥값 셈을 못 치러 볼모로 붙잡혀 앉았는 궁꾼처럼 늦게늦게까지 기숙사 구석에 처박혀 굼싯거리고 있다께. 〈모색〉

궁량명 사물을 처리하거나 밝히거나 하기 위하여 이러저리 깊이 헤아리는 생각. ¶형보는 그래서 말이 잘못 나간 것을 깨닫고 당황하여 그놈을 둘러맞출 궁량을 부산나케 하고 있는데, 〈탁류⑭〉 ¶설마 그와 같은 의뭉스런 궁량이 있었던 줄이야 눈치인들 채었을 턱이 없었던 것이다. 〈순공(巡公) 있는 일요일〉

궁민(窮民)명 생활이 어렵고 궁한 백성. ¶그러던 것이 이번에 궁민 구제의 토목 사업의 하나로서 아주 뜻밖에 실현이 되게 되었다. 〈화물자동차〉

궁벽(窮僻)하다㉻ 풀어내기 어렵다. ¶아주 궁벽하고 까다로운 산술 문제를 가만히 알아 가지고 와서는 풀어 달라고 내놓기. 〈회(懷)〉

궁상(窮狀)[1]㉹ 어렵고 딱한 형편. 곤궁한 상태. ¶태호가 작년에 가물로 흉년이 들고 또 겸해서 보리 흉년까지 들어 여름의 농량을 댈 길이 없다고 궁상을 피워 가며 죽 늘어놓는 이야기에. 〈보리방아〉 ¶"아이! 궁상이야!" 영주는 혀를 찬다. 〈명일〉 ¶명색 병원이라면서 생철 지붕에다가 낡은 목제 이층인 것이 계봉이가 생각하던 병원의 위풍과 아주 딴판이고, 우선 집 생김새부터 궁상이 질질 흘렀다. 〈탁류⑰〉

궁상(窮相)[2]㉹ 궁한 모습이나 얼굴. ¶형보는 제가 되레 누그러져 비쭉 웃으면서 손바닥을 궁상으로 내민다. 〈탁류⑱〉

궁상(窮狀)맞다㉻ 꾀죄죄하고 초라하다. ¶일상하는 짓이라 태수는, "어!" 하고 궁상맞게 대답을 한다. 〈탁류⑩〉 ¶끙끙 힘을 쓰는 소리에 지게가 삐이득삐이득, 지게 밑에 매달린 밥바구니가 다그락다그락 서로 궁상맞게 대답을 한다. 〈쑥국새〉

궁상(窮狀)스럽다㉻ 보기에 곤궁한 상태가 드러나 있다. 보기에 꾀죄죄하고 초라하다. 어렵고 궁한 상태가 드러나 보이다. ¶젖도, 광대뼈가 툭 불거지고 코가 펑퍼짐하니 궁상스러운 데다가 겉늙은 얼굴처럼 시들어 빠졌다. 〈얼어죽은 모나리자〉 ¶그 꼴이 하도 궁상스럽대서 하하하 웃음소리가 사방에서 터져 나온다. 〈탁류①〉 ¶"그 궁상스런 소리 작작 허시우, 아버니두…." 〈태평천하⑤〉

궁(窮)이 끼다『관용』 어렵고 궁한 상태가 되다. ¶남녀간에 사람이 궁이 끼면, 익혔던 글씨까지 주접이 드는 것인지, 〈이런 남매〉

궁(窮)하다㉻ 사정이 딱하다. ¶그것은 마치 그의 곱다란 얼굴과 좋은 몸맵시를, 궁하고 보잘것없는 승재의 옆으로 들이대면서 자아 어떻수? 하고 비교해 보라고 느물거리는 것만 같다. 〈탁류②〉

궁하면 통한다『속』 몹시 궁박한 처지에 다다르게 되면 오히려 펴날 길(방법)이 생긴다는 뜻. ¶그러나 궁하면 통한다는 묘리대로, 그것 또한 변법이 없으리라는 법은 없었다. 〈탁류⑦〉

궂김㉹ '궂기다'의 명사형. 상사(喪事)가 남. ¶문호 선생이라는 옛 글방 선생의 궂김이 무슨 나에게 아플 무엇이 있었던 때문이 아니요. 〈순공(巡公) 있는 일요일〉

궂다㉻ 언짢고 나쁘다. ¶연한 동심은 좋이 자라지를 못하고 속에서 갈고리같이 옥고, 뱀같이 서리서리 서렸다. 심술이 궂고 음험해졌다. 〈탁류⑭〉 ¶자네 어매가 행실이 궂었덩개 비네 하는 데는 슬며시 비위가 상하지 않을 수가 없습니다. 〈태평천하①〉 ¶나이 열여덟 살에 그만하면 계집애가 차분하니 좀 얌전스런 구석이 없고서, 이건 가도록 왜장녀가 돼 간다고(행실머리가 궂은 것은 차치하고라도) 동네서는 달가와하질 않는다. 〈정자나무 있는 삽화〉

궂히다㉧ 사람을 죽게 하다. ¶이녀석아, 그게 내가 널더러 할 소리지 네가 할 소리더냐? 그 녀석이 술척스럽게 사람 여럿 궂히겠네! 〈탁류⑯〉 ¶"피이… 되련님이 아니구 영감님이믄 사람 하나 궂힐 뻔했네!" 〈태평천하⑪〉 ¶오옳지! 그놈이 사람을 긋히고서 전중이를 산 거로다. 이걸로 관수의 그 '나쁜 짓'의 정체는 아주 선명해진 셈이 되고 말았다. 〈정자나무 있는 삽화〉

권념(眷念)㊔ (남을 위하여) 마음을 쓰거나 애를 씀. 보살펴 생각하는 것. ¶"같이 즘신 먹읍시다… 먹을 건 없지만서두 …" 하는 유모의 권념에 "안 먹으면 어때! 난 어여 가 봐 주어야지." 하면서도 일어서지는 않는다. 〈빈(貧)… 제1장 제2과〉 ¶초봉이한테 그런 전갈과 권념을 해 달라는 속이거니 싶어, 못생긴 얼굴이 다시금 물끄러미 건너다보였다. 〈탁류⑮〉 ¶차라리 값고 덜하겠다 수수하니 점잖은 은비녀를 이왕 살 테거든 사라는 주인마님의 권념은 안 듣고 돈만 떼쓰듯 졸라. 〈모색〉

권마성(勸馬聲)㊔ 임금이 말이나 가마를 타고 거동할 때, 또는 수령이나 그들의 부인 및 왕명으로 행차하는 벼슬아치가 쌍가마를 타고 갈 때 위세를 더하기 위하여 역졸이 길게 외치는 소리. ¶혼사, 장가를 간다! 말을 타고 어어 구부 허어, 권마성 소리, 초례청, 곱게 단장을 하고 곱게 입은 신부. 〈정자나무 있는 삽화〉

권면(勸勉)㊔ 알아듣도록 타일러서 힘쓰게 하는 것. 어떤 일을 하도록 권함. ¶준절히 이르다가 그래도 저희들이며, 옆엣 사람들이 나서서 무얼 그러느냐고 권면은 할 테니까, 그때는 못 이기는 체하고 그 돈을 받아…. 〈탁류③〉 ¶그 무렵에 참 내가 아주머니더러 여러 번 권면을 했지요. 〈치숙(痴叔)〉 ¶세째 번에는 사장의 전갈이라구 편집국장이 명함을 적어 보내구, 도루 사에 나오라는 권면이야. 〈소망〉

권면(勸勉)하다㊐ 알아 듣도록 타일러서 힘쓰게 하다. ¶"지가 꼬옥 영감님께 한 가지 권면해 드릴 게 있읍니다!" 〈태평천하⑧〉

권반(券班)㊔ →권번(券番). ¶"하아! 내 이십 평생에 까분단 말이사 첨 듣소 … 예? 고 주사, 오늘 데리구 같이 갑시다. 어느 권반이오?" "기생 아니야! 괜히 그런 소리 하다가는…" 〈탁류④〉

권번(券番)㊔ 일제 강점기 기생들의 조합. 기생들이 기적(妓籍)을 두었던 조합. 노래와 춤을 가르쳐 기생을 양성하고 또 기생들이 요정에 나가는 것을 지휘하고 화대(花代)를 받아 주는 등의 중간 구실을 하였음. 해방과 더불어 없어졌음. ¶"나 목간허구 오믄 권번에 간다구 그랬으니깐, 응? 좀 있다가 오우. 우리 같이 즘심 먹게." 〈빈(貧)… 제1장 제2과〉 ¶어느 권번이나 조선음악연구회 같은 데 교섭을 해서 특별 할인을 한다더라도 하루에 소불하 10원쯤은 쳐주어야 할 테니. 〈태평천하②〉

권솔(眷率)㊔ 한집에서 거느리고 사는 식구. 식솔(食率). ¶그들은 딸자식 하나를 희생을 시켜서 나머지 권솔이 목구멍을 도모하겠다는 계책을 적극적으로 세우고 행하고 할 담보는 없다. 〈탁류⑦〉 ¶내력이야 어찌 됐든지 또 미물이기는 할 값에 아무려나 다섯 개의 새로운 권솔이 갑자기 참예를 했으니. 〈용동댁〉 ¶그래서 도합 여섯 권솔이 한 달 동안을 살아가자 하매, 〈이런 남매〉 ¶박정순, 그는 일찌기 ××사의 한 권솔로 잠시 동안 우리들의 오두간한 생활에 참예를 했다가, 〈회(懷)〉

권연시리㊕ →괜스레. 아무 까닭이나 필요가 없이. ¶권연시리 자꾸 쓸디읎넌 소리를 허구 있어!…. 〈태평천하①〉

권커니 잣커니 하다〖관용〗 권하기도 하고 마시기도 하다. ¶우동 한 그릇에 배갈 반 근쯤 불러 놓고 권커니 잣커니 하면서 감회와 울분을 게다가 풀 멋은 그대로 남아 있다. 〈탁류⑮〉

권학(勸學)명 학문을 힘써 배울 것을 권하는 것. ¶신문과 잡지가 붓이 닳도록 향학열을 고취하고 피가 끓는 지사(志士)들이 향촌으로 돌아다니며 삼촌의 혀를 놀리어 권학을 부르짖었다. 〈레디 메이드 인생〉

궐(厥)대 '궐자(厥者)'의 준말. '그 사람'을 낮추어 이르는 말. ¶그러구러 벌써 한 주일, 그런데 동무는 거진 매일같이 오후와 밤으로 찾아오는 은근한 궐이 있어 놔서 객꾼의 처지가 민망하기도 하고, 〈모색〉

궐(厥)(을) 하다〖관용〗 자리를 비우거나 차례에 빠지다. ¶그 끔직한 굿(구경)에 참례를 못하고서 궐을 했다는 사실을 윤 직원 영감이 추후라도 알게 되는 날이면, 〈태평천하②〉

궐련명 종이로 말아 놓은 담배. ¶담배를 선뜻 내놓아야 할 터인데 손님네가 자기네 손수건에 싸 가지고 온 궐련을 꺼내어 피우도록 묵묵히 있을 수밖에 없다. 〈보리방아〉

궐식(闕食)명 끼니를 거름. 〖같은〗 결식(缺食). ¶그런 끝에 노인이 궐식이나 하시구, 그리시는 걸 뵙기가 여간만 민망스런 게 아니예요. 〈태평천하⑧〉

궐씨(厥氏)대 그 사람. 궐자(厥者). ¶지당한 말일세! 궐씨가 너무 행동이 낡구두 분명치가 못해서…. 〈탁류⑯〉

궤변(詭辯)명 형식적인 논리로 거짓을 진실같이 교묘하게 꾸며대는 변론. ¶"듣기 싫여… 그 따위 궤변…" "허허허허 망헐 녀석이…" M도 할 수 없이 웃고 말았다. 〈그 뒤로〉

귀(가) 아프다〖관용〗 너무 여러 번 들어서 듣기가 싫다. 〖비슷〗 귀가 따갑다. ¶"내가 또, 귀 아플 일이 또 한 가지 생겼군!" 〈패배자의 무덤〉

귀(가) 절벽이다〖관용〗 귀가 아주 안 들리는 것을 이르는 말. ¶그러나 선생이라는 그 영감이 어떤고 하니 나인 칠십에, 귀는 절벽이요 정기라고는 다 빠지고 없고, 〈순공(巡公) 있는 일요일〉

귀가 번쩍 띄다〖관용〗 뜻밖의 소리에 정신이 번쩍 들어 듣게 되다. ¶윤희의 쟁그럽게 악을 쓰는 목소리가, 마치 초봉이더러도 들으라는 듯이 역력히 들려왔다. 초봉이는 귀가 번쩍 띄었다. 〈탁류⑦〉

귀결(歸結)(을) 짓다〖관용〗 일의 끝을 맺다. 결론을 내리다. ¶어떻게라도 귀결을 지어 버리고 싶은 소희에게 대한 문제는 결국 어찌할 수 없이 '때'에 맡겨 미련이 사라지기를 기다리는 수밖에 다시는 도리가 없었다. 〈병조와 영복이〉

귀경하다동 →구경하다. 무엇을 흥미를 가지고 보다. ¶그러닝개 츰 귀경히(하)였다닝 게 아니라, 내 말은 그런 말이 아니구…. 〈태평천하⑧〉

귀곡성(鬼哭聲)명 귀신의 울음 소리. ¶"해느은 지이이이고오…." 하면서 귀곡성을 질러 울렸다가, 〈탁류④〉 ¶귀곡성이 이천만이 합창을 하잖나! 〈소망〉

귀골(貴骨)명 귀하게 자란 사람. ¶그는 장사를 할 사람도 아니요 또 할 줄도 모르는 귀골 서방님이다. 〈명일〉

귀골(貴骨)답다형 태도나 언행이 귀하게 보이다. ¶또 그 뒤에 따라 들어오는 사십 가량 되어 보이는 아낙네며 차림새나 언동이나가 너무도 이 집에는 얼리지 아니하게 사치스럽고 귀골다왔다. 〈보리방아〉 ¶말을 그렇게 하면 아주 귀골다운 것 같아, 지금은 유모 제가 걸핏하면 써먹기까지 하던 것이다. 〈빈(貧)… 제1장 제2과〉

귀공자(貴公子)명 귀한 집안에 태어난 남자. ¶"소장 변호사 영감 계시구…" "하꾸라이 귀공자가 있구…." 〈탁류⑯〉

귀공자(貴公子)답다형 귀한 집안에 태어난 남자답다. ¶이래서 옛날 같으면 귀공자다운 추앙을 소리없이 받고 있었다. 〈얼어죽은 모나리자〉

귀넘겨 듣다〖관용〗 →귀넘어 듣다. 주의하지 않고 아무렇게나 예사로 흘려 듣다. ¶초봉이는 그러나 이 끝엣말은 심상하게 귀넘겨 들었다. 〈탁류⑦〉

귀년시리부 →괜스레. 아무 까닭이나 필요가 없이. ¶"귀년시리 시방 우넌 소리 허니라구! 8원만 받어요 8원." 〈태평천하⑭〉

귀동(貴童)명 특별히 귀염을 받는 아이. ¶오랍동생같이 조카같이 자식같이 따르는 귀동이요, 그런만큼 다뤄 보기에 호락호락하기도 했었다. 〈탁류⑤〉

귀동자(貴童子)명 특별히 귀여움을 받는 사내아이. ¶"고생이구려… 다 저래두 고향에서는 귀동잘 텐데… 객지에 나와서…."

귀때기명 '귀'의 속된 말. ¶김 씨는 도로 발딱 일어나더니, 얼른 태수의 귀때기를 잡아당겨 입에 대고, …. 〈탁류⑤〉

귀 떨어지다동 ('귀가 떨어지다'의 형태로) 들리는 말이나 소리에 선뜻 정신이 끌리다(?). ¶언제 누구에게 귀 떨어진 도덕관념이나 정당한 인생관을 얻어 들은 적이 없을 것이다. 〈레디 메이드 인생〉

귀먹은 욕〖관용〗 남이 듣지 못하는 데서 하는 욕. ¶윤 직원 영감은 역정 끝에 춘심이더러 귀먹은 욕을 하던 것이나, 그렇지만 그건 애먼 탓입니다. 〈태평천하①〉

귀먹은 푸념〖관용〗 남이 잘 알아 듣지 못하게 하는 푸념. ¶필경은 남편더러 귀먹은 푸념을 뇌사리면서 혀를 끌끌 차고 재봉틀 앞으로 다가앉는다. 〈탁류⑮〉 ¶새초옴한 게 벌서 새서방 종학이한테 귀먹은 푸념깨나 쏟아져 나올 상입니다. 〈태평천하⑪〉

귀물(貴物)스럽다형 매우 드물어서 얻기 어려운 물건처럼 보이다. ¶반찬이라기보다도 아이들이 군입으로 좋아하게 생긴 고소한 반찬들이 귀물스러워 현 서방은 우선 먼저 딸년 순동이가 생각이 났습니다. 〈흥보씨〉

귀밑때기명 '귀밑'의 낮은말. 귀 아래쪽의 뺨. ¶사실 맨 처음에 윤 직원 영감이 쓸어안으려고 했을 때도 소리나 지르고 빠져나가기나 하고 했지, 귀밑때긴들 붉히질 않았으니까요. 〈태평천하⑩〉

귀밑이 빨개지다〖관용〗 몹시 부끄러워 얼굴이 빨개지다. ¶초봉이는 형보가 과히 웃어 쌓는 것이, 혹시 무슨 실시될 말을 했나 해서 귀밑이 빨개진다. 〈탁류⑩〉

귀서(貴庶)명 귀인(貴人)과 서자(庶子). ¶상하와 귀서의 분별이 없이 위선 많은 여러 생활들이 천착을 받았다. 〈모색〉

귀성없다형 →구성없다. ¶"그이가 무슨 술을 먹는다구 그래요!" 김 씨는 기를 쓰

고 나서서 남편을 지천을 한다. "허어! 왜 저러꼬?" "귀성없는 소릴 하니깐 그리지요!" 〈탁류⑦〉

귀신의 장난 같다『관용』 어떤 일을 하는 솜씨나 알아 맞히는 재간이 기막히게 뛰어나다. 『같은』 귀신 같다. ¶귀신이 아니고는 그렇게 역력히 알아맞히진 못할 것이다. '귀신!' 아닌게 아니라 귀신의 장난 같기도 했다. 〈탁류⑩〉

귀신이 곡을 하다『관용』 귀신도 곡할 일이다. 귀신이 곡할 만큼 신기하고 기묘하다. 하도 묘하고 신통하여서 도무지 알 수 없음을 이르는 말. ¶그런데 그게 귀신이 곡을 할 일이라고, 윤 두꺼비는 두고두고 기막혀 하였었지마는, 〈태평천하④〉

귀신이 씨나락(을) 까먹다『속』 분명하지 않게 우물우물 말하다. ¶태식이는 조선어 독본 권지일로 귀신이 씨나락을 까먹고, 이런 부동조의 소음 속에서 그 애 경손이 가고 소갈찌에 천연스레 섭쓸려 있다니 매우 희귀한 현상입니다. 〈태평천하⑪〉

귀애(貴愛)하다㉻ 귀엽게 여겨 사랑하다. ¶여느 자식보다 불쌍히 여겨서라도 한결 귀애할 게 아니겠다구요. 〈태평천하⑤〉 ¶그게 무슨 여자를 노리개 삼자는 게 아니라, 계집은 귀애할 물건이라면 이쁘게 생겼어야만 귀애할 수가 있는 게지. 〈이런 처지〉

귀여겨듣다㉹ 정신을 차려 주의 깊게 듣다. 흘려 버리지 아니하고 정신차려서 듣다. ¶초봉이는 그저 또 싸움을 하나 보다 했지. 별반 귀여겨듣지도 않고 있었다. 〈탁류⑦〉

귀염성스럽다㉻ 꽤 귀여운 데가 있다. ¶얼굴은 이름처럼 오목오목하니 애티가 나고 귀염성스럽다. 〈얼어죽은 모나리자〉

귀영머리㉷ →귓머리. 이마의 한가운데를 중심으로 하여 좌우로 갈라 귀 뒤로 넘겨 땋은 머리. 『같은』 귀밑머리. ¶아직 귀영머리를 땋은 채 처자다. 〈동화〉 ¶혹은 둘이서 귀영머리를 마주 풀고 아무렇게나 가시버시가 되어, 자식새끼나 낳고 농사나 지어 가면서 그럭저럭 살아를 버린다든지. 〈정자나무 있는 삽화〉

귀이개㉷ 귀지를 파내는 기구. '귀지'는 귓구멍 속에 낀 때. ¶"첨에 영감이 그리세요. 가락지만 백금으루 헐 게 아니라 반지, 귀이개 그리고 이 혁대 고리까지 다 백금으로 허자구…." 〈명일〉

귀인성(貴人性)㉷ 꽤 신분이나 지위가 높은 사람다운 고귀한 바탕이나 성질. ¶"남은 속상해 죽겠구만, 귀인성 없는 소리만 투웅퉁 허구 있어!" 〈빈(貧)… 제1장 제2과〉 ¶늙어 빠지구 귀인성 없는 영감님이 그리 좋아서 오는 게 아니라, 〈태평천하⑪〉 ¶이맛살을 잔뜩 찡그리고 읽어 내려가던 종택은 귀인성 없는 늙은이들, 죽지도 않는다고, 불측한 소리를 두런거리면서 방바닥에다 편지를 내동댕이치더니. 〈패배자의 무덤〉

귀인성(貴人性) 있다『관용』 귀인성스럽다. 꽤 신분이나 지위가 높은 사람다운 데가 있다. 신분이나 지위가 높은 사람답다. ¶논 귀퉁이를 조금씩 차지한 못자리판도 파란 우단을 펼쳐 놓은 것같이 귀인성 있게 자라났다. 〈생명의 유희〉 ¶벼 한 포기라도 행여 치일세라 새뤄하는 촌사람들에게야 (가령 그 논 그 농사가 제 가끔 제 것이 아니라도) 이 정자나무가 그다지 귀인성 있는 영감은 아닐 것이다. 〈정자나무 있는 삽화〉 ¶그것은 행화가 얼굴이 도렴직하니 코언저리로 기미가 살풋 앉은 것까지도 귀인성이 있고, 말소리가 영남 사투리로 구수한 것도 마음에 들지만, 〈탁류②〉

귀정(歸正)을 내다『관용』 귀정짓다. 일을 옳은 길로 돌려서 끝을 내다. ¶굳이 상의를 하고 싶으면 아버지와 둘이서 천 원이고 혹은 몇천 원이고 좋도록 귀정을 내겠지 〈탁류⑩〉

귀족태(貴族態)명 사회적으로 특권을 가진 상류 계급의 모양(모습). ¶식인종을 연상할 만큼 흉악스러운 형보의 골상과, 귀족태가 나게 세련된 제호의 골상…. 〈탁류⑭〉

귀주머니명 네모지게 지어 아가리께로 절반을 세 골로 접어, 아래의 양쪽에 귀가 나오게 만든 주머니. ¶미럭쇠는 귀주머니에서 동강난 거울 조각을 꺼내 들고 제 얼굴을 들여다본다. 〈쑥국새〉

귓결명 귀에 얼핏 들리는 잠깐. '귓결에'는 잠깐 슬쩍 듣기에. ¶탑삭부리 한 참봉네 집에 어느 은행에 다니는 사람이 하숙을 하고 있다는 말을 귓결에 들은 적이 있었던 것이다. 〈탁류②〉

규방(閨房)명 부녀자가 거처하는 방. 『같은』 안방(~房). ¶형보는 물향내와 살냄새가 한데 섞여 취할 듯 이상스럽게 몰큰한 규방의 냄새에 코를 사냥개처럼 벌씸거리면서 너푼 들어앉는다. 〈탁류⑩〉

규수(閨秀)명 혼기에 이른 남의 집 '처녀'를 정중하게 이르는 말. ¶"허기야 지금이 형편에 규수가 있은들 무슨 수루 혼인을 지낼 수가 있겠소만…" 하고 변명을 하였다. 〈병조와 영복이〉 ¶"규수는 생일이 언제지요?" "삼월 스무날이여요." 〈보리방아〉 ¶아이, 그러시다뿐이겠어요! … 과년한 규수를 둔 댁에서야 내남없이 다아 그렇지요. 〈탁류①〉 ¶서울 태생이요 조대비의 서른일곱촌인지 아홉촌인지 되는 양반집 규수요, 〈태평천하⑤〉 ¶그리고 우리 다이쇼도 한 말이 있고 하니까 나는 내지인 규수한테로 장가를 들래요. 〈치숙(痴叔)〉

규중(閨中)명 부녀자가 거처하는 곳. ¶하물며 양반의 집 규중 부인으로 외간 남자의 혼자 있는 방에를 아닌 밤중에 찾어 들어와서…. 〈소복 입은 영혼〉

균일(均一)명 한결같이 고름. 차이가 없음. ¶생기면서 맨 처음으로 끔찍한 일을 시작하였으니 K 정거장을 출발점으로 한 시내 이십 전 균일 택시의 경영이다. 영업 성적은 백이십% 만점. 〈화물자동차〉

그것저것대 그것과 저것. ¶노인은 그것저것 아로새기지를 않았지만, 태진이는 매일같이 조르는 것을 돈이 없다는 핑계로 한 장 두 장 자꾸만 미뤄 나갔다. 〈용동댁〉

그냥 그 대중이다『관용』 아무 변화 없이 있는 그대로이다. ¶예나 시방이나 동네의 모양다리는 그냥 그 대중이고 조금도 개운(開運)은 되질 않았다. 〈탁류①〉

그냥저냥부 이것저것 가리지 않고 대충. 체념적으로 받아들임을 나타냄. ¶"대리기는 그까짓 걸 무얼 대려야… 그냥저냥 입어 두지." 〈보리방아〉

그네대 '그네들'의 준말. 그 사람들. 또는 그편 사람들. ¶그는 그들의 자리를 잡아

주고 자기 자리도 그 가까운 곳으로 옮겨 갔다. 나는 그네와 딴 찻간에 탔었다. 〈세길로〉 ¶ 집안과 이미 그러해서 마음으로 절연을 한 계봉이는 그네가 못 살아가고 있으면 말할 것도 없거니와, 〈탁류⑰〉 ¶ 진실로 그네는 큰 기쁨으로든지, 혹은 그 반대로 땅이 꺼지는 한숨을 쉬면서든지 어느 편이 되었던든지 간에, 〈태평천하⑩〉

그녀러 자식명 그놈의 자식. '그 남자'의 낮춤말. ¶ "머, 밭두덕의 개똥참외더냐? 맡어 놓구 어쩌구 허게? 그녀러 자식, 생긴 것허구 넉살두 좋네!" 〈쑥국새〉

그닥지부 →그다지. (평안, 함경). 부정하는 말과 함께 쓰여, 별로 그렇게까지. ¶ 아무래도 지금 K가 생활이 그닥지 미스럽지가 못헌 모양인데… 맘이 뇌이지를 않어. 〈그 뒤로〉

그닥 출 수는 없다〖관용〗 그다지 칭찬을 할 수는 없다. 여기서 '그닥'은 그다지의 뜻이고, '추다'는 남을 일부러 칭찬하다의 뜻. ¶ 얼굴은 얇디얇은 납작 바탕에 주근깨가 다닥다닥 박혀서, 그닥 출 수는 없는 인물입니다. 〈태평천하⑤〉

그대도록부 →그다지. 별로 그렇게 까지. 또는 그토록. 감탄이나 놀라움을 나타낼 때 '그런 정도로까지'의 뜻으로 쓰는 말. ¶ 결국 그 순간이 지난 뒤에는 막연한 게, 마치 언 살을 만지기 같아 멍멍하지 그대도록 신경을 쑤시지는 않던 것이다. 〈탁류⑪〉 ¶ 숨이 넘어가는 마당에서까지 그대도록 야속한 소리를 했던 것입니다. 〈태평천하⑤〉

그들먹하다형 거의 찰 정도로 그득하다. ¶ 피투성이가 된 큰 알몸뚱이는 그들먹하게 방 가운데 내던져진 채 꼼틀하지도 않는다. 〈생명〉 ¶ 오늘도 부룩쇠는 솔가리(솔잎나무)를 그들먹하게 한 짐 해서 짊어지고 산에서 내려와 학교 앞 행길로 지나다가. 〈어머니를 찾아서〉 ¶ 하녀가 널따란 이부자리를 방 한가운데로 그들먹하게 펴 놓고 베개 두 개를 나란히 물려 놓는다. 〈탁류⑫〉 ¶ 그 큰 대문간이 들어서기도 전에 사뭇 그들먹합니다. 〈태평천하①〉

그대지부 →그다지. (경상) ¶ 난 전생에 무슨 업원이 그대지두 중했는지, 팔자가 이 지경이니!…. 〈태평천하⑪〉

그란하면부 →그렇지 않으면. ¶ "그렇잖기는 무엇이 그렇잖어요? 한 집안에 아편쟁이가 둘씩이나 되고, 그란하면 번들번들 놀면서 부모 고생이나 되시게 허구…." 〈생명의 유희〉

그래 싸다동 자꾸 그리하다. 자꾸 그렇게 말하다. ¶ 우리 집 다이쇼(主人)도 잘 알고 하는데, 그이가 늘 나더러 죄선 오깜상하고 살았으면 좋겠다고, 중매 서 달라고 그래 쌌어요. 〈치숙(痴叔)〉

그러명 막연히 '지난 해'를 뜻하는 말. ¶ 열다섯 살 먹은 애인과 더불어 그러처럼 구수우하니 연애 흥정이 얼려 가고 있겠다요, 그리고 안에서는 …. 〈태평천하⑪〉

그러고저러고부 '그렇게 하고 저렇게 하고'의 준말. ¶ 그러나, 그러고저러고 간에 초봉이는 아직 말참견을 하지 않을 요량일 뿐 아니라. 〈탁류⑭〉

그러구러부 우연히 그렇게 되어. ¶ 그러구러 두 주일쯤 지나서, 예기하지 못했던—그러나 당하고 보니 당연한—일이 한 가지 뒤집혀지고 말았다. 〈패배자의 무덤〉 ¶그러구러 벌써 한 주일, 그런데 동무는 거진 매일같이 오후와 밤으로 찾아오는 은근한 궐(厥)이 있어 놔서 객꾼의 처지가 민망하기도 하고, 〈모색〉

그러네저러네㊂ '그러니저러니'의 변한 말. 그러하다느니 저러하다느니. ¶"주제넘은 사람두 다아 보겠다! 제가 무엇이 대껴서 날 가지구 그러네저러네 해?" 〈태평천하⑪〉

그러다㊍ '그렇게 하다', '그렇게 말하다'의 준말. '그러심다'는 '그렇게 하십니다, 그렇게 말하십니다'의 뜻. ¶"괜히 그러심다!… 이따가 잠깐 저녁 진지 잡수러 올라오세서 네?" 〈흥보씨〉

그런디㊂ →그런데. (경기, 전라) ¶"그런디 내가 경험헌 것을 보아두 꼭 그렇거던요… 내가 열팔구 세 스물한둘 그때는 그저 생각이라는 게 나 하나밖에 더 있었나어디…." 〈병조와 영복이〉

그런 족족㊂ '그러는 족족'의 준말. ¶그런 족족 초봉이는 입술이 새파랗게 죽고, 듣다 못해 귀를 틀어막곤 했다. 〈탁류⑱〉

그럴싸하다㊌ 그럴 듯하다. 그러하다고 할 만하다. ¶승재는 그 말의 촉감이 선뜻 그럴싸하니 감칠맛이 있어서 연신 고개를 까웃까웃 입으로 거푸 뇐다. 〈탁류⑰〉

그럽㊔ →글러브(glove). 권투, 야구, 하키, 펜싱 등을 할 때 손에 끼는 가죽으로 만든 장갑. ¶"몰라 꼴라!" "헴, 오늘이 월급날이겠다아? 헴, 곤투 그럽 하나 사 달래예지, 헴!" 〈흥보씨〉

그렁저렁㊂ 그런 모양 저런 모양으로. 어찌 되어 가는 셈인지 모르게. ¶그렁저렁 밤이 들었다. 날은 더우기 거죽죽하고 음산하여졌다. 〈산동이〉 ¶그렁저렁 설이 지나고 또 추석 명절이 지나서 훨씬 있다가 들에서 벼를 들일 무렵에. 〈어머니를 찾아서〉 ¶또 기왕 내친 걸음이니 바라던 자식이나 하나 뺄 때까지 그렁저렁 밀어가고도 싶었다. 〈탁류⑤〉 ¶그렁저렁 색시는 마음이 민망하여 속을 질정하지 못한 채, 새서방 봉수는 그날 밤부터 이짐이나 가지고 뿌루퉁한 채 근친 떠나는 날이 되었다. 〈두 순정〉

그렇도록㊂ →그토록. 그러한 정도로까지. ¶요새 같으면 소학교 아이들에게 비행기를 태워 준대도 노상 그렇도록은 흥분할 법이야 없을 것이었었다. 〈회(懷)〉

그레고리(Gregory) **13세**㊔ 로마 교황의 한 사람. ¶이번에는 갈릴레오가 도리어 그레고리 십삼세의 초사를 받다가 "… 그래도 지구는 돌지 않는다!"는 폭담을 들어야 한 차례인 데야…. 〈패배자의 무덤〉

그르치다㊍ 잘못하여 일이 그릇되게 하다. ¶팔자를 한 번 그르친 젊은 여인이란, 매춘의 구렁으로 굴러들기 아니면, 소첩 애첩의 이름 밑에 아무 때고 버림을 받아야 할 말이 없는 위험 지대에다가 몸을 퍼뜨리고 성적 직업에나 종사하도록 연약하기만 하지, 〈탁류⑭〉

그리두㊂ →그래도. 그리하여도. 또는 그러하여도. ¶"정거장에서 ××인쇄소라고 물으닝께 잘 가르쳐 주더만… 그리두 한참 돌아댕기다 제우 찾았어." 〈농민의 회계보고〉

그릴(grill)㊔ (호텔, 클럽의) 간이 식당. ¶어디 그릴 같은 데가 좋겠는데… 실상 나는 아직 조반도 못 먹었네. 〈이런 처지〉

그림의 첨경(添景)『관용』 아무리 마음에 들어도 차지하거나 이용할 수 없음을 이르는 말. 『비슷』 그림의 떡. ¶지나가던 상점의 심부름꾼 아이 하나가 자전거를 반만 내려서 오도카니 바라보고 섰는 것이 그림의 첨경 같아 더욱 호젓하다. 〈탁류①〉

그만침[부] →그만큼. 그만한 정도로. ¶“세상이 그만침 좋아지질 않았소? 그게 다아 좋은 세상으루 나가는 ‘급행요금’이어든!” 〈회(懷)〉

그믐[명] ‘그믐날’의 준말. 그달의 마지막 날. ¶“좌우간 이 그믐은 넹기지 마서야 허겠읍니다… 영 그러신다면 집을 비어 주서야겠구요.” 〈명일〉

그새[1][명] 어느 때부터 어느 때까지의 동안. ¶그새까지 다니던 먼저 병원에서는 처음 가던 길로 펌프질이나 해 주고, 〈탁류⑧〉

그새[2][부] 어느 때부터 어느 때까지의 동안에. ¶“참말이지 내가 벼락을 안 맞아 죽넌 게 이상해… 그새 지난 일은 생각만 해두 기가 막히네… 어머니나 일가들은 고사허구라두 친구들 볼 낯이 없네…”. 〈불효자식〉 ¶윤 직원 영감은 히죽이 웃기까지 하는 것이, 방금, 그다지 등등하던 기승은 그새 죄다 잊어버린 모양으로 아주 태평입니다. 〈태평천하⑦〉

그여코[부] →기어코. 기어이. 꼭 틀림없이. ¶그러므로 만일 쪽문을 열어 놓는 것이 윤 직원 영감의 눈에 뜨이고 보면, 그여코 한바탕 성화가 나고라야 마는데, 〈태평천하③〉 ¶“이 애로 말하면 제 외사촌의 딸인데, 그러니 다른 아이들은 열 명을 제쳐 놓고라도 이 애 하나만은 그여코 뽑히게 해 주어야 합니다.” 〈흥보씨〉

그역(-亦)[부] 그 역시. 그것도 역시. 그 사람도 역시. ¶초봉이는 기왕이니 십 원을 탔으면 좋겠으나, 그역 말이 나오지 않는다. 〈탁류②〉

그윽히[부] 느낌이 꽤 은근하게. ¶어떻게 보면 도무지 손도 대기 어려운 선녀나 아닌가 싶게 그윽히 좋아 보였다. 〈얼어죽은 모나리자〉

그읏도록하다[동] →긋도록 하다. 여기서 ‘긋다’는 외상값을 장부에 적다. ¶“걱정 말래두! 요릿집은 내가 다아 그읏두룩할(그읏도록할) 테니깐 염려 없구, 여학생 오입은 10원이면 썼다 벗었다 하네!” 〈태평천하⑫〉

그자(-者)[대] ‘그이’, ‘그 사람’을 낮추어 이르는 말. ¶옳아! 그자 말이 재앙이라고 하지를 않았나? 〈탁류⑩〉 ¶겁이 다뿍 났는데 마차운 샛길이 나오니까 냉큼 그리로 도망을 빼는 꼴새다. 온갖 조조(曹操)는 그자인 것이다. 〈패배자의 무덤〉

그저끼[명] →그저께. (경기, 충남) ¶“… 그래 뭣이냐 서울 당도하기는 벌써 그저끼 아침에 당도를 했는데 글쎄 학교 기숙사루 찾아가니깐 아 빈탕이겠지! 허허허허.” 〈모색〉

그적[명] 그때. ¶저게 내 손에다가 쥐고 주무르면서 가지고 놀던 계집애거니, 재미있던 그적을 여겨 만족과 자긍을 느끼곤 한다. 〈정자나무 있는 삽화〉

그제는[부] →그제야. 그때에야 비로소. ¶윤 직원 영감은 그제는 아주 기가 탁 막혀서 씨근버근하다가…. 〈태평천하⑤〉

그짓말허면 호랭이가 물어 간다『속』 →거짓말하면 호랑이가 물어 간다. 거짓말을 하면 결국 해(害)가 자기에게 되돌아온다는 뜻. ¶ "이 가시내야, 그짓말허먼 호랭이가 물어 간다!" 〈쑥국새〉

그찜[명] →그쯤. 그만한 정도. ¶ 그러니까 그찜 되면 그때는 고생이 낙이지. 〈치숙(痴叔)〉

그첨저첨하다[동] 그러저러하게 되어 가는 대로 두다. ¶ 그첨저첨해서 그는 승재를 맏사윗감으로 꼽고서 두루 유념을 해 왔던 것이다. 〈탁류⑦〉

그치[대] '그이'의 낮은말. ¶ 그럼 그 사람이 사람이 아니구서 네 말대루 하믄 그치가 도야진가 보구나? 〈탁류⑯〉

그 턱이 그 턱[관용] 그게 그거라는 말. 앞의 것과 뒤의 것이 별 차이가 없다. ¶ 장손이는 그 말에야 벌씸 하고 소처럼 또 웃고 나서 한참 있다가 "보리 좀 더 보태 먹으문 그 턱이 그 턱 아니우?" 〈암소를 팔아서〉

그 턱이 제 턱이다[관용] 그것이나 이것이나 다 같다는 말. [비슷] 그 나물에 그 밥이다. ¶ 밤낮 그 턱이 제 턱이지… 아주 잊어버려라, 그리구 시집이나 가거라. 〈탁류⑦〉

극량(極量)[명] 규정된 최대한의 분량. ¶ 일호 교갑 열두 개, 이것은 보통 때 약으로 먹자면 사흘치 분량이니 극량에 가깝다. 〈탁류⑬〉

극빈(極貧)[명] 몹시 가난함. ¶ 그러나 극빈 축에 드는 집안인지라 몇 푼 아니 되는 월사금과 학비를 대지 못하여 중도에 퇴학시켰다. 〈레디 메이드 인생〉

근간히(勤幹-)[부] 부지런하고 성실하게. ¶ 모친과 영섭의 안해 및 두 조카를 근간히 부양하고 있었다. 〈이런 남매〉

극약적(劇藥的)[관] 아주 적은 분량으로 강한 작용을 하는. ¶ 그래서 그가 혼자 중얼거리는 말대로 "의사가 주는 극약적 분량." 같았다. 〈명일〉

근경(近頃)[명] 요즘. 요즘의 사정. ¶ 그야 말로 갈아먹고 싶을 것은 인간의 옹색한 속이 아니라도 당연한 근경이라 하겠지요. 〈태평천하④〉 ¶ 해서 아무려나 근경이 일요일을 당한 샐러리맨의 단가살림 가정답게 명랑한 아침인 법하기도 했다. 〈순공(巡公) 있는 일요일〉

근경 있다[관용] 심지가 굳고 실하다. ¶ 계봉이는 승재의 그렇듯 근경 있는 마음자리가 고맙고, 고마울 뿐 아니라 이상스럽게 기뻤다. 〈탁류③〉

근년(近年)[명] 요 몇 해 사이. ¶ 근년 향교의 재정이며 범백을 군청에서 맡아보게 된 뒤로부터는 전과는 기맥이 좀 달라졌는지, 〈태평천하④〉

근대[부] →근데. '그런데'의 준말. ¶ … 근대 웬일이오? 예? 〈탁류⑨〉

근데[부] '그런데'의 준말. 특히 구어(口語)에서 쓰이는 말. ¶ "근데 왜 가지구 가우?" 〈흥보씨〉

근동(近洞)[명] 가까운 이웃 동네. ¶ 게다가 낡아빠진 왕진 가방을 들었을 때는 근동의 가난한 집에 병을 보아주러 무료 왕진의 청을 받고 가는 때다. 〈탁류③〉 ¶ 이 삼남이는 시골 있는 산지기 자식으로 못난 이름이 근동에 널리 떨친 것을 시험 삼아 데려다가 두고 보았더니 미상불 천하 일품이었읍니다. 〈태평천하③〉

근량(斤量)[명] 저울로 단 무게. ¶ 험 험, 대단히 근량이 나가는 밭은기침을 해 가면

서 넌지시 대문 밖으로 완보를 띄어 놓는다. 〈모색〉

근력(筋力)[1]㊔ 근육의 힘. ¶근력은 내가 세니까 다리 아픈 것만 낫거들랑, 이놈의 자식을 어쨌든지 동동 들어서 굳은 땅바닥에다가 태질을 쳐주고 칵칵 제겨 주고 다리 팔을 냅다 배틀어 주고. 〈정자나무 있는 삽화〉

근력(筋力)[2]㊔ 사람의 몸으로 활동할 수 있는 힘. 『같은』 기력(氣力). ¶"죽으면 죽었지 그 짓을 해요?" "근력만 당해낼 수 있다면…." 〈명일〉

근리(近理)하다㊔ 이치에 거의 맞게 가깝다. 이치에 거의 맞다. 사리에 그의 맞다. ¶사실 또 그게 근리한 말인 것 같아서 지레 놀란 것이 무색했다. 〈탁류②〉 ¶그와 근리하다 할는지 어떨는지 모르겠군요. 〈태평천하⑩〉 ¶"아니란다. 혹시 이재학(理財學)이라면 돈 모으는 학문이라고 해도 근리할지 모르지만 경제학은 그런 게 아니란다." 〈치숙(痴叔)〉 ¶여름 까치가 흔히 구렁이를 만날라치면 새끼 샘에 여러 마리가, 한데 모여들어 사납게 우짖는 수가 있는데, 일꾼들이 놀람도 그러니까 근리하기는 하다. 〈정자나무 있는 삽화〉 ¶마지막 하나 남은 아이가, 그애는 제법 근리한 것 같았다. 〈반점〉 ¶단지 일시적 반동이더냐 하면 일반으로야 물론 그러하다고 보는 게 근리하겠지만 시방 여기 옥초의 경우는 노상 그런 것만도 아닐 것이다. 〈모색〉

근사(勤仕)㊔ 일에 힘쓰는 것. 온갖 일에 부지런히 힘씀.

근사(勤仕)를 묻다『관용』 오랫동안 힘써 은근히 공을 들이다. ¶영주는 과부댁에서 근사를 물어야 할 판이라 그 길로 싸전에 들러 쌀과 좁쌀을 한 남대기씩 팔고 나머지에서 십오 전을 선 자리에 갖다 주었다. 〈명일〉

근사(勤仕)를 피우다『관용』 (어떤 일에) 오랫동안 힘써 은근히 공을 들이다. 『같은』 근사(를) 모으다. ¶새수빠진 하녀가 연신 아씨 해 가면서 생 근사를 피우는데 딱 질색을 하겠다. 〈탁류⑫〉

근사 속 있다『관용』 그럴 듯하다. 그럴싸하다. 또는 꽤 좋다. ¶유 씨는 낯꽃을 도로 푸느라고 이윽고만에야 다시 근사 속 있이…. 〈탁류⑮〉

근시럽다㊔ '근지럽다'의 오기인 듯(?). '근지럽다'는 가려운 느낌이 있다. ¶그때는 그 말이 고깝게 들렸으나, 차차 지나 나가 노라니까, 목간을 안 해서 몸이 근시런 줄은 모르겠어도. 〈빈(貧)… 제1장 제2과〉

근실히(勤實-)㊔ 부지런하고 진실하게. ¶가령 근실히 해서 월괘 저금 같은 것도 하고 집도 장만하고 여편네도 생기고 사장이나 중역들의 눈에 들어 지위도 부장쯤으로는 올라가고. 〈레디 메이드 인생〉

근심겹다㊔ 근심이 되어 마음이 편안하지 않다. ¶옥심이는 산동이가 박힌 듯이 근심겨운 얼굴로 서서 있는 것을 보고 갑갑증이 났다. 〈산동이〉

근심기㊔ 근심이 되어 마음이 평안하지 않는 기운. ¶범수는 언제 보나 근심기 없고 명랑해 보이는 P의 기분에 끌려 같이 웃으며 인사를 했다. 〈명일〉

근욕질㊔ →군욕질. 쓸데없이 하는 말이나 욕질. ¶그러나 그보다 더 괘씸하기는,

아까 자기를 보고 근욕질을 하던 것이다. 〈탁류⑥〉

근원(根源)명 근본(根本). 또는 부부 사이의 화목한 즐거움. 〖같은〗 금실지락(琴瑟之樂). ¶“남녀가 서로 합심이 되어서 살게 된다면 그것이 근원이지 벼슬이니 법이니 예절이니 재물이니 하는 것은 다 거기 따르는 가윗 것이다.” 〈소복 입은 영혼〉

근읍(近邑)명 가까운 고을이나 읍. ¶직녀의 부모는 그까짓 남의 집에서 소 부리는 놈한테 딸을 준단 말이냐고 그들의 사이를 가르기 위하여 근읍 어느 친척의 집으로 직녀를 보내려고 하였다. 〈팔려간 몸〉

근자(近者)명 요사이. 이즈막. 요즘. 요 얼마되는 동안. ¶그것은 ××에 놓는 주사는 주사라도 피하 주사요, 효력도 신통찮아 근자에는 잘 쓰지 않기 때문에 도리어 구하기가 어려운 약이요, 〈탁류⑧〉 ¶근자 재정이 어렵게 되어 계제에 돈을 한 20만 원 내는 특지가가 있으면, 〈태평천하⑤〉 ¶혜옥… 실상은 인력거꾼 강 서방네요 근자에는 자식의 이름을 따서 노마네가 되었고, 〈이런 남매〉

근저당(根抵當)명 장래에 생길 채권의 담보로서 미리 설정해 놓은 저당권. 당좌 대월 계약, 어음 할인 계약, 상호 계산 계약 등에서 생김. 장래의 채권이며 신용 계약에 기인한 것으로, 채권의 최고액은 정하여졌으나 채권이 아주 확정되지 않은 점이 특징임. ¶그래서, 싸움 싸움 싸움, 사뭇 이 집안은 싸움을 근저당해 놓고 씁니다. 〈태평천하⑤〉

근지(根地)명 사물의 밑바탕. 또는 사물의 밑바탕이 되는 기초. ¶말하자면 추물이로되 또 어디서, 어떻게 굴러먹었는지 근지도 모르나 늙게 상처한 싸전집 영감의 막지기로 들어와 없던 아들까지 낳아 주어 호강이 발꿈치까지 흐르는 이 ‘싸전댁’에 대해서. 〈명일〉 ¶그러나저라나 거, 근지가 어떤지? 〈탁류⑦〉 ¶그의 입이 험한 탓도 있겠지만, 그의 근지가 인조견이나 도금 비녀처럼 허울뿐이라 그렇다고도 하겠읍니다. 윤 직원 영감의 근지야 참 보잘게 별양 없읍니다. 〈태평천하③〉

근지리다동 →건드리다. ¶김 순사는 현 서방의 손에 든 정종병을 건너다보던 눈에 뜻있어 눈웃음을 드리우고 한마디 근지리던 것입니다. 〈홍보씨〉

근천[1]명 어렵고 궁한 상태. ¶이런 천하에 드문 호팔자를 누리면서도, 근천이 질질 흐르게시리 밥을 굶네, 속이 상하네, 〈태평천하⑦〉

근천[2]명 ‘근방’의 뜻. ¶에, 수고했네! 에 이르러서는 진실로 근천의 절창이라 하겠읍니다. 〈태평천하⑩〉

근천(을) 피우다〖관용〗 짐짓 어렵고 궁한 상태가 드러나도록 행동하다. 〖비슷〗 근천(을) 떨다. ¶이런 옹색스런 근천을 피우느라고 쫓겨 가는 패군지졸이네 무어네 하면서 아쉰 세리프를 뇌어 보았던 것이다. 〈탁류⑭〉

근천스럽다형 보기에 곤궁한 데가 있다. ¶돈도 잡기 전에 배 먼저 나왔으니, 갈데없이 근천스런 ×배요, 납작한 체격에 형적도 없는 모가지에, 다 올챙이 별명 타자고 나온 배지 별게 아닐 겝니다. 〈태평천하⑦〉 ¶꼴깍 침을 삼킨대서야 너무 근천스런 말이고, 김 순사도 술을 즐겨하는 호한의 한 사람인지라 가령 현 서방의 그 가난한 술병 그놈에다가 차마 눈총을 들이지야 않았겠지만. 〈흥보씨〉 ¶ 호사스런 생활의 차림새하며 기분도 명랑한 헤렌과 노마네의 그 흉악한 주제 꼬락서니하며 몸에서 푸욱 지르는 악취하며 근천스럽고 시든 표정하며가 썩 구경스러운 대조를 이주는 것이었었다. 〈이런 남매〉 ¶ 이러고 앉아서 가만가만 몸을 앞뒤로 흔들고 있는 그 근천스런 포즈만은 구들장이 얼음장 같고 썰렁하니. 〈모색〉 ¶ 그 틈사구니에 가서 좌정을 하고 있는 한 채의 근천스런 청요릿집 '장송루씨'의 행색이란 한결 초라한 것도 초라한 것이지만…. 〈회(懷)〉

근치(根治)명 병을 근본적으로 고침. 병이 완전히 나음. ¶ "병이 생기기는 벌써 작년 가을인데, 치료해서 낫긴 나았어요. 그랬는데 자꾸만 도지구 해서…" 근치가 되지를 않았던 게지요, 그런 것을 조심을 안 하시니까…. 〈탁류⑧〉

글러지다동 그라게 되다. 일이 그릇되어 잘될 가망이 없어지다. ¶ K는 말 중동을 갈라 불숙 반문하였다. 그는 기왕 취직 운동은 글러진 것이니 속 시원하게 시비라도 해 보고 싶은 것이다. 〈레디 메이드 인생〉

근친(覲親)[1]명 (시집간 딸이) 친정에 가서 어버이를 뵘. 친정 어버이를 찾아뵘. ¶ 소저가 실로 엉터리도 없는 남편의 삼년상을 치르고 울적히 지내는 그 아버지 김 판서를 위로를 할 겸 또 그 지극한 정의 위로도 받을 겸 근친을 왔을 때에 김 판서는 육십 전에 벌서 백발이 성성하여 가지고 눈물 어린 눈으로 소복한 딸을 바라보았습니다. 〈소복 입은 영혼〉 ¶ 재작년에 혼인을 했으니 햇수로는 삼 년이요, 삼 년이면 근친도 보낼 때다. 〈두 순정〉

근친(近親)[2]명 가까운 친척. ¶ 그게 정체가 매우 막연해서 자기 자신이나 혹은 주위의 근친이 바로 알아내지 못하는 것인데. 〈용동댁〉

글방(–房)명 사사로이 글을 가르치는 곳. 『같은』 서당(書堂). ¶ '통감(痛鑑)'을 옆에 끼고 글방에 다닐 때 글방의 선생인 '덕언이 선생님'한테 들은 이야깁니다. 〈소복 입은 영혼〉 ¶ 색시가 그렇게 밤이 깊도록 기다리고 있노라면 이슥해서야 겨우겨우 이웃집 글방에서 글 읽는 소리가 그친다. 〈두 순정〉

글소리명 글을 읽는 소리. ¶ 이 모양들을 하고 앉아서 마지못해 다뿍 갈린 음성으로 히잉하앙 읽는 시늉만 하는 글소리하며…. 〈순공(巡公) 있는 일요일〉

글씨감 →글쎄. 남의 물음이나 요구에 대하여 분명하지 못한 태도를 나타낼 때 쓰는 말. ¶ "동네서는 글씨, 인제 그 녀석이 동투가 나서 급살을 맞어 죽을 것이라구 야아단이 났구만!" 〈정자나무 있는 삽화〉

글장하다동 글을 많이 알다. ¶ 월량 푼이나 생기면 잔 가용에 보태 쓰라고 얼마간 집에 떼어 보내고는 나머지를 가지고 글장하는 친구들과 어울려 술이나 마시고 풍월이나 하기로 온갖 낙을 삼는 터. 〈용동댁〉

글페명 →글피. (강원, 충남) ¶ 그래서 여기 일은 모두 내가 주선해 놓기루 허구 자기넌 어제 밤차로 김제루 내려갔으니까 아마 모레 글페쯤은 올라오겠지…. 〈불효자식〉

글피명 모레의 다음날. ¶ 그래 모레 글피

로 아주 날을 받고 부랴부랴 서두르기를 시작했다. 〈두 순정〉

긁다동 갈퀴 등으로 그러모으다. ¶“나느은 나-는 내 청춘으을 내 청추은을!… 노-하노 노-하노, 별가리 긁자 노-하노 오오오오!” 〈회(懷)〉

금(을) 긋다『관용』 한도나 한계선을 정하다. ¶그는 오목이가 눈이 멀었다는 말을 듣고 나서는 보통 장님같이 생겼을 오목이를 생각하고 그만 금을 싹 그어 버렸다. 〈얼어죽은 모나리자〉

금광(金鑛)명 금을 캐내는 광산. ¶“—노동자 모집… 함경북도 금광인데 가는 여비는 이 자리에서라도 대어 주고 그곳에 가서는 일의 능률을 따라 일급 일 원 오십 전으로부터 삼 원까지…” 〈앙탈〉 ¶시댁두 별수는 없구, 막냇 시아재가 작년버틈 금광을 해요. 〈소망〉

금권(金權)명 돈의 위력. 재력(財力)의 위세. ¶사실로 윤용규는 무식하고 소박하나마 시대가 차차로 금권이 유세해 감을 막연히 인식을 했던 것입니다. 〈태평천하④〉

금상첨화(錦上添花)명 (비단 위에 꽃을 더한다는 뜻으로) 좋은 일에 또 좋은 일을 더함. ¶오늘은 이 상둥스러운 하등이 모두 점잖은 어른들이나 이쁜 기생들뿐이요, 그 따위 조무래기 떼가 없어서 실로 금상첨화라 할 수 있었읍니다. 〈태평천하③〉

금세부 ‘금시(今時)에’가 줄어 변한 말. 바로 지금에. ¶계봉이는 좋아서 금세 입이 벌어지다가 말고 한참 승재를 바라보더니, 〈탁류⑰〉

금슬(琴瑟)명 ‘금실(琴瑟)’의 원말. 즉 부부 사이의 화목한 즐거움. ¶스물네 해 이짝, 남편 윤 주사 창식과 금슬이 뚝 끊겨, 생과부로 좋은 청춘을 늙혀 버렸읍니다. 〈태평천하⑤〉

금시로(今時-)부 지금 바로. ¶이날 밤의 그 불쾌하고 부끄러운 기억을 없었던 것과 같이 싹싹 씻어 없애 버렸으면 금시로 고가 우뚝 솟아오를 것 같았다. 〈병조와 영복이〉 ¶더우기 그 애들은 평생 들어보지도 못 하는 ‘창가’—술이야 눈물인가라는 것, 또 뭐 강남 달이 밝아서 임과 놀던 곳—이런 것을 간드러진 목소리로 부르고 지나가면 그대들은 금시로 가슴이 두근두근해지고. 〈얼어죽은 모나리자〉

금시초문(今時初聞)명 이제야 비로소 처음으로 들음. ¶“금시초문 앵이요!” “시뻐하지 말아요!” “후보 선수 앵이 댔소?” 〈회(懷)〉

금실(琴瑟)명 ‘금실지락(琴瑟之樂)’의 준말. 부부 사이의 화목한 즐거움. ¶처음 서방님과 아씨는 금실이 퍽 좋았었다. 〈생명〉 ¶또 새서방과는 비둘기 한 쌍처럼 금실이 있어, 말하자면 어느 모로 보든지 팔자가 좋은 편이라고 할 수 있었다. 〈용동댁〉

금욕 생활(禁慾生活)명 육체적인 욕망을 억눌러 금하는 생활. ¶그런 걸, 여편네가 그렇다고 영영 금욕 생활을 해야 옳은가? 〈이런 처지〉

금이야 옥이야 하다『관용』 금이나 옥처럼 매우 귀중히 여기는 모양. 어린아이를 매우 사랑하고 소중히 여긴다는 뜻. ¶사십이 넘어 마지막같이 또 하나를 낳아 가지고 금이야 옥이야 하던 참인데, 그렇게 죽이고 보니 눈이 뒤집히는데, 〈탁류⑥〉 ¶ 그걸 금이야 옥이야 하면서 방송국의 마이크를 통해 오는 남도 소리며, 음률 가사 같은 것을 듣고는 합니다. 〈태평천하②〉

금자박이(金字--)명 금박(金箔)을 올리거나 금빛 가루로 글자의 획 하나하나를 또렷이 한 것. '금박'은 금을 두드려 종이처럼 아주 얇게 늘인 물건. ¶ 금자박이의 술 두꺼운 책 한 권을 꺼내다가 활활 넘겨 이편 진찰탁 위에 펴 놓는다. 〈탁류⑧〉 ¶ 금자박이 검정 팻조각이랄지, 찌부러진 처마 위에 덜씬 커다랗게 올라앉은 간판이랄지. 〈회(懷)〉

금전판(金錢-)명 '금점판'의 오기인 듯. '금점판'은 금광의 일터. ¶ "금전판으로 잘못 갔다가 죽는다데…." 〈앙탈〉

금절표(金切表)명 증권(證券). 재산에 관한 권리나 의무를 나타내는 문서. ¶ 손에 들고 있는 금절표를 활활 넘기고 들여다본다. 〈탁류④〉

금제품(禁制品)명 (법령으로) 생산, 매매, 수출, 수입을 금지한 물품. 법령에 의하여 그 소유나 거래가 금지되어 있는 물품. 아편, 위조 지폐, 외설 서적, 그림 따위. ¶ 북경으로 가서 당대 세월 좋은 금제품 밀수를 해먹든지, 〈탁류④〉 ¶ 아편 밀매나 금제품의 밀수를 해먹을 인물이 못되는 만큼, 〈이런 남매〉

금침(衾枕)명 이부자리와 베개. ¶ 밥상을 들고 나간 하인이 조금 후에는 다시 깨끗한 금침을 가지고 나와 한옆으로 펴 놓고는 안녕히 주무시라고 공순히 인사를 한 뒤에 물러갔읍니다. 〈소복 입은 영혼〉 ¶ 웃목으로 나란히 놓인 양복장과 삼층장의 으리으리한 윤택, 머릿장, 머릿장 위에 들뭇하게 놓인 금침 꾸러미…. 〈탁류⑩〉

급급히(急急-)부 매우 급하게. ¶ 오목이의 혼사도 뜻밖에 좋은 자리가 있어 급급히 말이 어울렸다. 〈얼어죽은 모나리자〉

급기야(及其也)부 마지막에 가서는. 마침내. ¶ 급기야 어린 것을 들쳐 업고 약국에를 와서 진맥을 하고 나니까, 〈이런 남매〉

급병(急病)명 갑자기 앓는 병. 몹시 위급한 병. ¶ 그것은 혼인을 치른 첫날밤 그 정정하던 신랑이 신방에 첫발을 들여 놓으면서 도무지 병명도 모를 급병으로 죽어 버린 것입니다. 〈소복 입은 영혼〉 ¶ 정 주사네는 사부인의 그러한 불의의 급병이며 사랑하는 자제의 경사스런 혼인에 참예를 하지 못하는 섭섭한 심경이며를 사부인을 위하여 대단히 심통해 하는 정성을 표하기를 아까와하지 않았다. 〈탁류⑩〉

급사(給仕)명 관청이나 회사 같은 곳에서 잔심부름을 하는 아이. 『같은』 사동(使童). ¶ 농산흥업회사에서 당좌계에 있는 사람을 대 달라는 전화가 왔다고 급사가 말하는 소리에 태수는 반사적으로 흠칫 놀랐다. 〈탁류⑩〉

급사아가리(給仕あがり)명 '관청이나 회사 같은 곳에서 잔심부름을 하는 아이의 신분 관계'를 뜻하는 일본어. ¶ 그동안 태수를 총애하던 과장(그는 男×家이었었다)은 태수가 소위 '급사아가리'라서 아무래도 다른 동무들한테 한풀 꺾이는 것을 액색히 생각해서. 〈탁류④〉

급살명 앞에 말한 것을 저주하거나 얕잡는 말. 여기서는 '무엇'의 뜻. ¶ 고년 춘심이 년이 방정맞게 와서넌 명창 대흰지 급살인지 헌다구, 쏘사악쏘삭허기 때미 그년의 디를 갔다가…. 〈태평천하①〉 ¶ "나두 시집인지 급살인지나 안 왔으면, 업순이처럼 그런 존 디루나 가지!" 〈동화〉

급살(急煞) 맞다동 갑자기 재앙을 당하다. 별안간에 죽다. ¶ 양반이 어디가서 모다 급살 맞어 죽구 읎덩갑만… 대체 은제적버텀 그렇게 도도헌 양반인고? 〈태평천하⑥〉 ¶ 그러니까 나도 재가처럼 그놈의 것 사회주읜지 급살 맞을 것인지나 하다가 징역이나 살고. 〈치숙(痴叔)〉

급상한명 급살탕(急煞湯). 별안간 닥치는 사고. 갑자기 닥치는 재난. ¶ 형보 저는 애가 받아 죽든지 급상한이 나서 죽든지 하고 말 것이다. 〈탁류⑩〉

급자기부 생각할 사이 없이 뜻밖에. 갑자기. ¶ 일이 년 그렇게 해서 돈 백 원이나 앞채면 급자기 정혼을 해서 얼른 혼인을 해 버릴 양으로. 〈얼어죽은 모나리자〉

급창이(及唱-)명 '급창(及唱)'의 속된 말로, 지난날 군아(郡衙)에서 부리던 사내종을 일컫는 말. '급창'은 주로 사또의 명을 받아 큰 소리로 전달하는 일을 맡아보았음. ¶ 5백 냥씩 두 번 해서 천 냥을 수령 백영규가 고스란히 먹고, 또 천 냥은 가지고 이방 이하 호장이야 형방이야 옥사정이야 사령이야 심지어 통인 급창이까지 고루 풀어 먹였읍니다. 〈태평천하④〉

급처(急處)명 몸에서 조금만 다쳐도 생명에 관계가 되는 자리. 『같은』 급소(急所). ¶ 차인 자리는 형보고 초봉이고 다 같이 생각지도 알지도 못하는 배꼽 밑의 급처이던 것이다. 〈탁류⑱〉

기(를) 받다『관용』 기를 펴다. 또는 기세를 자유롭게 가지다. ¶ "드끄럽소 여보… 아 글쎄 멀끔멀끔한 양복쟁이들이 종로 네거리로 기를 받고 그렇게 다녀 봐! 애들이 와서 나 광고지 한 장 주, 하잖나." 〈레디메이드 인생〉

기(를) 쓰다『관용』 있는 힘을 다하다. ¶ 돈이야 부자질 안 할 바에 기를 쓰고 모아서는 무얼 해. 〈소망〉

기가 질리다『관용』 겁이 나서 등등하던 기세가 수그러지다. ¶ 생각하면 기가 탁 질리고 앞이 아득해서 이런 것, 저런 것 생각하기도 싫었다. 〈얼어죽은 모나리자〉

기거 행동(起居行動)명 사람이 살아가는 데 있어서의 기본적인 행동. ¶ 그이의 말소리와 기거 행동은 언제든지 조용하고 조심스러웠다. 의복도 좀 깨끔한 것을 입고 얼굴에는 다소간 안심과 기쁜 빛이 떠돌았다. 〈불효자식〉

기고 매다『관용』 신발을 깁고 맨다는 뜻으로 단단 길 떠날 채비를 한다는 말. 여기에서 '기다'는 '깁다'의 방언. ¶ 그 사람이면 소절수를 받아다가 현금과 진배없이 풀어 쓸 수가 있는 자린데, 세상 기고 매고 아무리 찾아다녀야 만날 수가 없다는 것입니다. 〈태평천하⑫〉

기광명 기운차게 내뻗는 형세나 기운. 『같은』 기세(氣勢). ¶ 승재는 속으로 "네가 이 녀석 대단히 급했구나!" 이런 생각을 하니 원수를 잡아다가 발밑에 꿇려 앉힌 것처럼 기광이 나는 것 같았다. 〈탁류⑧〉 ¶ 노파는 더욱 기광이 나서 허덕허덕 들렌다. 〈쑥국새〉

기괴(奇怪)하다형 이상야릇하다. 괴이하고 이상하다. ¶ 말은 일본말인데 악센트는 그냥 조선말이어서 정말 알아듣는 사람에게는 그것이 기괴하지만 모르는 사람에게는 요술만큼이나 신기했읍니다. 〈소복 입은 영혼〉

기구(器具·基具)[명] 어떤 수단이 되는 세력. ¶주욱 꿰어 놓구 보니 기구가 대단하군요. 뭐 옛날 지나 땅의 주공(周公) 이라든지 하는 사람은, 문왕의 아들이요. 무왕의 동생이요. 시방 임금의 삼촌이요. 〈태평천하⑫〉

기국(碁局·基局·棋局)[명] 바둑판. 또는 장기판. ¶웬만한 노인들은 대개 만질 줄은 아는 골패도 모르고 이날 이때까지 살아왔읍니다. 그런 기국이나 잡기에 손을 대지 않은 것은, 〈태평천하⑩〉

기급[명] '-(이)거, -(이)건, -(이)든지' 다음에 쓰여, 앞의 것을 얕잡거나 업신여기는 말. ¶"그년의 경인지 기급인지 고만둬요!" 먹곰보네 아낙이 눈이 뒤집혀 가지고 악을 악을 쓴다. "네?…" 경쟁이는 선뜻 경 읽던 것을 멈추고, 고개를 돌린다. 〈탁류⑥〉

기급(氣急)하다[동] 갑자기 되게 놀라거나 겁에 질리다. ¶돼지 새끼가 기급해서 도망가는 꼴이 하도 우스워서 입을 오므라뜨리고. 〈동화〉

기껏[부] 정도나 힘이 미치는 한껏. 정도나 힘이 미치는 데까지. ¶오늘 타작 거달아 주기루 기껏 일 맞추어 놓구섬 실며시 자빠져 버리죠! 〈암소를 팔아서〉

기꾸지깡(菊地寬)[명] 일본 다이쇼(大正) 시대(1912년 7월 30일~1926년 12월 25일)의 유명한 소설가 기쿠치 칸. ¶소설 참 재미있어요. 그 중에도 기꾸지깡 소설!… 어쩌면 그렇게도 아기자기하고도 달콤하고도 재미가 있는지. 〈치숙(痴叔)〉

기도 맥도 없다『관용』 숨도 맥박도 없다는 뜻으로, 전혀 소생할 가망이 없음을 이르는 말. ¶"드끄러워요! 내가 어디 가서 기두(도) 맥두(도) 없이 죽어 버려야, 당신이 정신을 좀 채릴려나 보우." 〈소망〉

기동(起動)[명] 몸을 일으켜 움직이는 것. ¶부친은 앓고 누워 기동을 못하고 그렇다고 누구 마음 맞게 배웅해 줄 사람도 없어 모친이 겨우 오 리 가냥 따라 나와 주었다. 〈두 순정〉

기동(起動)하다[동] 몸을 일으켜 움직이다. ¶낮이 간지러우면서도 자기가 취운정에서 잠을 자고 내려온 줄은 모르고 일찌기 일어나서 기동하느니라고만 생각하는 P가 우습기도 하여 허허 하고 한바탕 웃었다. 〈앙탈〉

기둘르다[동] →기다리다. 사람, 시간 따위가 오기를 바라면서 시간이 지나게 하다. ¶남은 일찌감치 서둘러 이십 분 삼십 분씩 다리 아픈 걸 참아 가며 곱다시 열을 뻗치고 서서 지리하게 기둘러. 〈상경반절기〉

기둘르잖다[동] 기다리지 않다. ¶"아이들 울어도 잘 달래지 때려주지는 말어… 나는 혹시 늦을지 모르니." "오백 년 안 들어와두 기둘르잖어." 영주의 마지막 발악을 덜미로 들으면서 범수는 대문 밖으로 나섰다. 〈명일〉

기럭지[명] '길이'의 방언. 한 끝에서 다른 끝까지의 거리. ¶침척으로 자판 기럭지 만큼씩한 무강나무 가지는 본시 회초리로 많이 쓰이기도 하지만. 〈생명〉

기력(氣力)[명] 사람이 몸으로 활동할 수 있

는 힘. 일을 감당할 수 있는 정신과 육체의 힘. ¶ 다시 일어날 기력이 없기도 하려니와 그는 시진한 정신에 시방 좀 쉬어 가자는 생각이 든 것이다. 〈두 순정〉

기름지다㉱ 살이 찌고 윤기가 있다. ¶ 아쉰 깐에 태수한테 하던 버릇만 여겨, 그다지 기름지지도 못한 남편의 젖가슴을 덥석 물어 떼었다. 〈탁류⑤〉

기맥(氣脈)㉴ 서로 뜻이나 마음이 통하는 낌새나 분위기. ¶ 이제 곧 도로 간다고는 하면서 가는 기맥도 없고 그저 집에 붙어서 하기 싫은 농사일을 마지 못해 거들어 주고 있는 참이다. 〈얼어죽은 모나리자〉 ¶ 대체 결혼식인들 무사히 치를까 싶잖던 '원수 녀석' 태수는 이내 머얼쩡하고 붙잡혀 가는 기맥이 없다. 〈탁류⑩〉 ¶ 일변 윤용규더러는, 네가 그 도당과 기맥을 통하고 있고, 그 패들에게 재물과 주식을 대접했다는 걸 자백하라고 문초를 합니다. 〈태평천하④〉

기묘(奇妙)하다㉱ 기이하고 신묘하다. ¶ 마주 앉은 이 두 사람은 무얼로 보든지 구경스럽게 기묘한 대조를 이루고 있는 것이었었다. 〈탁류⑭〉

기물(器物)답다㉱ 좋은 감으로 쓸 만한 가치가 있다. ¶ 일대 기물다운 장관을 이루고 있읍니다. 〈흥보씨〉

기물스럼㉴ 보기에 기물다운 데가 있는 것. ¶ 이마에 가서 하얀 망건 자죽만 남고는 박박 깎은 머리 위에 상투가 없어져 버린 그의 풍모는 보기에 자못 기물스럼이 있었고, 〈순공(巡公) 있는 일요일〉

기미(期米)㉴ 현물 없이 미곡을 사고 파는 일. 『같은』 미두(米豆). ¶ 현물이 품귀(品貴)요, 정미도 값이 생해서 기미도 일반으로 오르게만 된 형세건만, …. 〈탁류④〉

기발(奇拔)하다㉱ 재치가 유달리 뛰어나다. ¶ 한 십 년 전에 신여성을 공격하는데 쓰던 문구도 여기서는 기발하고 참신했다. 〈보리방아〉

기별(奇別)㉴ 소식을 전하여 알려 줌. 또는 소식을 적은 종이. ¶ 혹시 규수가 나올 길이 있거든 마음에 드는지 둘러나 보라고 태수의 전갈로 기별을 했다. 〈탁류⑨〉

기별(奇別)하다㉯ 소식을 전하여 알려 주다. ¶ 그러나 돌아오면 상의해서 좌우간 저녁에 다시 기별해 주마고 어리벙벙하게 대답을 했다. 〈얼어죽은 모나리자〉

기부(寄附)㉴ 어떤 자선 단체, 또는 공공 사업에 원조할 목적으로 재물을 무상으로 내어 줌. ¶ 부친 윤 직원 영감은 그래도 곧잘 기부는 하는 셈이지요. 〈태평천하⑤〉

기부금(寄附金)㉴ 어떤 자선 단체, 또는 공공 사업에 보조 또는 원조할 목적으로 무상으로 내어 주는 돈이나 재물. ¶ 시골서 돈을 많이 가지고 살면, 여러 가지 공과금이야, 기부금이야, 또 가난한 일가 푸네기들한테 뜯기는 것이야. 그런 것 때문에 성가시기도 하고, 〈태평천하④〉

기색(氣色)[1]㉴ 희로애락 따위의, 마음의 작용으로 나타나는 얼굴빛. ¶ 혀를 끌끄을 차면서 얼굴 기색허며, 말소리허며 아주 천연스럽구 전대루지. 〈소망〉 ¶ 태도와 기색하며 말이 이렇게까지 나오는데야 번연히 비양인 줄을 모를 이치가 없는 것이지만. 〈모색〉

기색(氣塞)[2]㉴ 심한 정신적 충격 따위로 잠깐 숨이 멎는 일. ¶ 이때 어둠 속에서

오월이를 노리는 아씨의 얼굴을 보는 사람이 있었다면 장정이라도 기색이 되었을 것이다. 〈생명〉

기색(氣塞)하다동 숨이 막히다. 심한 정신적 충격 따위로 잠깐 숨이 멎다. ¶아이는 네 손발로 허공을 허위적거리면서 그런 중에도 엄마를, 엄마를 부르면서 기색할 듯 자지러져 운다. 〈탁류⑭〉

기생 오입(妓生誤入)명 기생과 육체적 관계를 갖는 일. ¶태수는 한편으로 호화스러운 맛에 전과 다름없이 기생 오입도 하고 지내고, 또 요새 와서는 초봉이한테 정신이 쏠려 그와 결혼을 하려고 애를 쓰고 하기는 해도, 〈탁류⑤〉

기성(奇聲)명 기이한 소리. 또는 별난 소리. ¶아이는 히히 하고 그의 독특한 기성을 지르면서 무릎으로부터 밥상 앞으로 내려앉습니다. 〈태평천하⑤〉

기세(氣勢)(가) 등등(騰騰)하다『관용』 남이 두려워할 만큼 뻗치는 힘이 매우 높고 힘차다. ¶자유주의의 새로운 깃발을 내어 건 '시민'의 기세는 등등하였다. 〈레디 메이드 인생〉

기수(技手)[1]명 기술자. ¶면 서기를 공급하고 순사를 공급하고 군청 고원을 공급하고 간이 농업 학교 출신의 농사 개량 기수를 공급하였다. 〈레디 메이드 인생〉

기수(幾數)[2]명 낌새. 어떠한 일의 야릇한 기틀이나 눈치. 드러날 듯 말 듯한 눈치. ¶자기의 포태해 본 경험으로 어렴풋이 기수를 채게 되었다. 〈생명〉 ¶필경 형의 혼인 이야기려니 기수를 채고서 궁금증이 나서 견딜 수가 없었다. 〈탁류⑦〉 ¶그러므로 제각기 먼저 기수를 채는 당장으로, 아비를 염려해서 주춤거리거나 자식을 생각하여 머뭇거리거나 할 것이 없이, 〈태평천하④〉 ¶하건만 그 기수를 채어, 거참 모를 일이라고 고개라도 한 번 깨웃해 보는 사람은 생겨나지도 않았고. 〈정자나무 있는 삽화〉 ¶할아버지는 그 기수를 채고서 "그럼, 노름꾼은 잡어 보았넝가?" 하고 딱지를 떼듯 묻는 것이었었다. 〈순공(巡公) 있는 일요일〉

기수(氣數)[3]명 저절로 오고가고 한다는 길흉화복(吉凶禍福)의 운수. ¶사람이란 것은 제가끔 분지복이 있어서 기수를 잘 타고 나든지 부지런하면 부자가 되는 법이요. 〈치숙(痴叔)〉

기수(氣數)롭다형 길흉화복의 운수가 바뀌는 것이 심하다. ¶누구나 깊은 느낌이 있어 옛날 박 진사(칠복의 선친) 집의 호화롭던 부귀와 삼십 년이 채 못 간 오늘날 그 유족의 모진 영락(零落)과의 기수로운 대조(對照)를 볼 때에 성쇠의 무상함을 안타까와하는 비애의 눈물을 흘리지 아니치 못할 것이다. 〈불효자식〉

기스락물명 기슭의 가장자리에서 떨어지는 물. 초가의 처마 끝에서 떨어지는 물. 『같은』 낙숫물. ¶만 년을 가도 다름이 없는 염생이 똥 같은 콩자반, 기스락물 같은 간장, 채전밭으로 엉금엉금 기어가는 날깍두기, 구릿한 냄새가 코를 찌르는 새우젓, 다식어서 민둥민둥한 된장찌개…. 〈앙탈〉

기승(氣勝)을 피우다『관용』 기승스러운 성미를 드러내다. ¶영주는 악살을 풀지 못해서 내내 이렇게 기승을 피운다. 〈명일〉 ¶덮어 놓고 기승을 피우는 게 차라리 속이라도 시원할 일이다. 〈탁류②〉

기습(奇襲)명 기묘한 전술로 생각지 않았던 판에 습격함. 또는 그 습격. ¶가뜩이나 이렇게 맹렬한 육탄 (아닌 언탄) 을 맞고 보니, 윤 직원 영감으로는 총퇴각이 아니면, 달리 기습이나 게릴라 전술을 쓸 수밖엔 별 도리가 없읍니다. 〈태평천하⑥〉

기승(氣勝)명 남에게 굽히지 않는, 굳세고 억척스러운 성미. 또는 그렇게 굳세고 억척스러움. ¶윤 직원 영감은 히죽이 웃기까지 하는 것이, 방금, 그다지 등등하던 기승은 그새 죄다 잊어버린 모양으로 아주 태평입니다. 〈태평천하⑦〉

기승(氣勝)스럽다형 남에게 굽히지 않으려는 성미가 굳세고 억척스럽다. ¶본시 나약하고 또 무른 성미에 가뜩이나 폴폴하고 기승스런 안해에게 얻어먹고 살다시피하니. 〈빈(貧)… 제1장 제2과〉 ¶다직 몇 마디를 못해서 부질없이 설움이 복받쳐 올라, 처음 그다지 기승스럽던 악은 넋두리로 화해가다 필경 울음이 터지고 만다. 〈탁류⑭〉 ¶당시 화적들의 기세가 얼마나 기승스러웠음을 족히 알 수가 있는 것입니다. 〈태평천하④〉 ¶저의 부모가 하루 걸러큼씩 매질을 하고, 그래도 종시 일반으로 기승스럽고 당돌하고 한 이 계집애가. 〈정자나무 있는 삽화〉

기시다동 →계시다. '있다'의 높임말. ¶"원 참… 가만히 기십시요. 어머니… 인제… 내가 돈을… 네 어머니." 〈병조와 영복이〉

기식(寄食)명 남의 집에 묵으면서 지냄. 남의 집에서 밥을 먹고 지냄. ¶그리고 탑삭부리 한 참봉네 집에 기식을 하고 있다는…. 〈탁류②〉

기식(寄食)하다동 남의 집에서 밥을 얻어먹고 지내다. ¶필경은 이웃집에 기식하고 있는 젊은 보험 회사 외교원 양반과 찰떡같이 배가 맞아 가지고는 어느날 밤엔가 패물이야 옷 나부랑이를 말끔 쓸어 가지고 야간도주를 해 버렸었읍니다. 〈태평천하⑧〉

기신(氣神)명 기력과 정신. ¶이 기막힌 사실을 무엇이 어떻다고 할 기신도 나지 않았다. 〈탁류⑫〉

기실(其實)부 실제에 있어서. ¶나는 비로소 이 노장의—아주 속세의 인정사와 인연이 없는 성불러도, 기실 지극히 슬픈 인정 비화의 주인공인—이 노장의 내력을 안 것 같아서 혼자 고개를 끄덕거렸다. 〈두 순정〉

기엄기엄부 가만가만 자꾸 기는 모양. ¶병조가 도로 방으로 들어오려고 할 때에 안방에서 영복의 어머니가 꼬부러진 허리로 기엄기엄 기어 나왔다. 〈병조와 영복이〉

기역 자를 놓다〖관용〗 글줄기나 글자를 지워버리기 위하여 꺾자(문서의 여백에 '이상(以上)'의 뜻으로 위에서 아래까지 내리긋는 'ㄱ'자 모양의 부호)를 그리다. 〖같은〗 꺾자를 치다. ¶눈먼 계집애를 무엇에 쓰랴고 그렇게 기역 자를 놓고 영 잊어버리다시피 했던 것이다. 〈얼어죽은 모나리자〉

기연가미연가(其然-未然-)부 그런지 그렇지 않은지 분명하지 않은 모양. ¶"헤헤헤헤. 자요, 오 원, 이제는 어머니두 백 원 내노시우?" 기연가미연가 하고 있던 식구들은 모두들 놀란다. 〈탁류③〉

기염(氣炎·氣焰)명 호기로운 기세. ¶그러나 그도 실상은 마음뿐인지, 공연한 기염이다. 〈상경반절기〉

기염(氣炎·氣焰)을 토(吐)하다[관용] 호기로운 기세를 나타내다. ¶조선 사람을 위해 무언의 만장 기염을 토한 셈이 되어 버렸읍니다. 〈태평천하⑭〉 ¶연설조루 팔을 내저으면서 마구 기염을 토하겠지. 〈소망〉

기왕(旣往)[부] 기왕에(旣往~). 이미 그렇게 된 바에. ¶영주는 일이 글러진 줄 알기는 하나 그러나 기왕 벌어진 춤이니 그 다음 말을 다 아니할 수는 없다. 〈명일〉

기우(杞憂)[명] 기(杞)나라 사람이 하늘이 무너지지 않을까 걱정했다는 고사(故事)에서, '쓸데없는 군걱정'을 뜻함. ¶그러고 저의 앞길에 대하여 그만큼 근심을 하여 주시니 감사는 합니다마는 그러나 그것은 기우일 것 같습니다. 〈병조와 영복이〉

기웃기웃[부] (무엇을 보려고) 고개나 몸을 자꾸 기울이는 모양. ¶빈 담뱃곽을 집어 보고는 돈을 꺼내면서 바깥을 기웃기웃 내다본다. 〈탁류⑨〉

기위(旣爲)[부] 이미. 벌써. ¶기위 당하는 일이라서, 또 있는 담보겠다, 악으로 한바탕 싸워 보자는 것입니다. 〈태평천하④〉 ¶경호는 오늘 기위 산보는 하고 싶던 차요 해서 누이의 너무 호젓한 길동무도 해 주려니와. 〈패배자의 무덤〉 ¶기위 뺨 맞은 것을 억울해 할 바엔 선 자리에서 그 값을 뽑든지 하는 게 아닐까. 〈상경반절기〉

기이다[동] (무슨 일을) 바른 대로 말하지 않고 숨기다. ¶또 재봉틀에서 들어오는 것이 있고 하니까 아무려나 지내는 간다고 별반 기일 것도 없이 대답을 해준다. 〈탁류⑮〉

기직[명] 왕골 껍질이나 부들 잎으로 짚을 싸서 엮은 자리. ¶어린것이 심심해 못 견디기두 허구 허니 기직이나 한 닢 들구 그 애 손목이나 잡구. 〈소망〉 ¶갑쇠가 홀로 정자나무 밑 그늘에 밀짚 기직을 펴고 앉아 우두커니 한눈을 팔고 있다. 〈정자나무 있는 삽화〉

기증(寄贈)[명] 물품을 선물로 보내 주는 것. ¶그 뒤에 잡지 한 권이 기증으로 왔길래 펴 본 즉. 〈모색〉

기집년[명] →계집년. 여자를 욕으로 일컫는 말. ¶또 기집년의 집에 가 자빠졌나? 〈탁류②〉

기착 자세(寄着姿勢)[명] 부동자세(不動姿勢). (물건이나 몸이) 움직이지 않는 자세. ¶현 서방도 얼른 (엉성한) 기착 자세를 하면서 "경롓!"하고 술병을 모자 챙에다 올려다 댑니다. 〈홍보씨〉

기척[명] 있는 줄 알 수 있게 하거나, 알 수 있을 만한 자취나 소리. 있는 줄을 알 만한 소리나 기색. ¶그러나 그의 귀에는 반가운 소식이 들렸다. 안에서 사람의 기척이 우세두세하고 가끔가다가 소댕 여닫는 소리며 그릇 마주치는 소리는 틀림없이 밥 짓는다는 소식이었었다. 〈생명의 유희〉 ¶집 뒤의 골목길이고 집 앞의 행길이고 사람 하나 지나가는 기척도 없다. 〈용동댁〉

기침(起枕)[명] 잠을 깨어 잠자리에서 일어남. [같은] 기상(起床). [상대] 취침(就寢). ¶이 여섯 점 고동에 맞추어 우리 낡은 윤직원 영감도 새날을 맞느라고 기침을 했읍니다. 〈태평천하⑭〉

기침(起枕)하다[동] 잠을 깨어 잠자리에서 일어나다. ¶"고 주사 기침하셨나?" 하고 소리를 지른다. 〈탁류⑩〉

기(忌)하다동 꺼리고 싫어하다. ¶형보는 일반 사내들이, 제 계집의 나들이 (그중에도 밤출입을) 덮어놓고 기하는 그런 공통된 '본능' 이외에 또 한 가지의 독특한 기호를 이 '밤의 수캐'는 가지고 있으니, 〈탁류⑱〉 ¶한두 번이 아니요 하루 이틀이 아니니 동네에서 온통 그렇게 저를 기하고 흉한 놈으로 돌려놓은 줄을 관순들 눈치채지 못했을 이치가 없지만, 그는 이 이상이다. 〈정자나무 있는 삽화〉

기호(嗜好)명 (어떤 사물을) 좋아하고 즐김. ¶초봉이는 비로소 제가 제호의 '아낙'이 되는 것에 대한 제 기호를 생각해 본다. 〈탁류⑫〉

긴소리명 너절하게 길게 늘어놓는 말. 〖같은〗 긴말. 긴사설(~辭說). ¶"긴소리 듣기 싫여!… 그만해 두구, 내가 어제 맡긴 것 있지?" 〈탁류④〉 ¶"긴소리 잔소리 인전 고만해 두구, 어서 어떻게 서둘러 봐요!" 〈태평천하⑫〉

긴(緊)찮다형 '긴하지 않다'의 준말. 중요하지 아니하다. ¶형본지 곱산지가 나서서 긴찮게 방정맞은 소리를 지절거리고 보니, 일이 단박 외창이 나게 되던 것이다. 〈탁류⑭〉

긴찮아(緊--)부 긴찮게. ¶가뜩이나 긴찮이 잔말을 씹힌대서 저으기 안색이 변합니다. 〈태평천하①〉

긴(緊)하다[1]형 '매우 간절하다'의 뜻. ¶노인은 한참 동안 담배만 입을 합족거리며 뻑뻑 빨다가 "여보 박 서방." 하고 긴하게 불렀다. 〈병조와 영복이〉 ¶그때 마침 이 웃집 옥례가 사립문으로 까웃이 들여다보다가 용희를 보고 긴하게 손짓을 한다. 〈보리방아〉 ¶"종태야 종태야." 하고 긴하게 불러낸다. 〈명일〉 ¶오목이네는 딸이 무슨 말을 할 듯이 긴하게 부르고도 말을 아니하니까. "왜 그러냐? 응?" 하고 재차 부른다. 〈얼어죽은 모나리자〉 ¶"성상님." 부룩쇠는 부리나케 나뭇짐을 짊어지고 강 선생님을 따라가면서 긴하게 부릅니다. 〈어머니를 찾아서〉 ¶초봉이가 마악 돌아서서 나오려고 하는데, 태수가 전에 없이 긴하게 불러 놓더니…. 〈탁류⑩〉

긴(緊)하다[2]형 긴요하다(緊要~). 썩 필요하고 중요하다. ¶김 씨는 깜빡, 긴한 생각이 나서 가겟방 앞으로 다가 들어온다. 〈탁류①〉 ¶항차 그는 화적을 잡기보다는 부자를 토색하기가 더 긴하고 재미가 있는데야. 〈태평천하④〉

길가트루부 길의 양쪽 옆으로. ¶거 전과 두 달라서 이렇게 길가트루 나앉었으니 좀 조심을 해야지…. 〈탁류⑮〉

길길이부 여러 길이나 되게 높이. 물건이 높이 쌓인 꼴. ¶내가 뭐 길길이 쌓아 두구서 아니해 주어예지 말이지!…. 〈이런 남매〉

길동무[1]명 길을 함께 가는 동무. ¶느리기로 별명까지 있는 소와 길동무를 하여 사십 릿길을 갔다가 또 사십 릿길을 돌아온다는 것이 결코 편한 일은 아니지만. 〈화물자동차〉

길동무[2]명 함께 살아가는 동무. ¶자식을 낳지 못하는 것 하나가 흠이지. 정이야 깊을 대로 깊고 해서 알뜰한 생애의 길동무인 것이다. 〈탁류⑤〉

길라잡이명 '길잡이'의 본말. 길을 안내해 주는 사람이나 사물. ¶처가에 설 세찬으로 달걀 세 꾸러미와 장닭 한 마리를 꼬마 동이가 지게에 얹어 지고, 길라잡이 삼아 앞을 섰다. 〈두 순정〉

길로틴(프. guillotine)[명] 기요틴. 무겁고 날카로운 칼이 위에서 떨어지면서 수형자의 목을 베는 장치. ¶병조는 단재기를 보는 족족 불란서 혁명 시대에 길로틴(斷頭臺)을 맡아보던 사람은 얼마나 통쾌하고 자릿자릿하였으리 싶어 '한번…' 하는 생각이 무럭무럭 치달았다. 〈병조와 영복이〉

길리다[동] '기르다'의 피동형. 기름을 당하다. ¶어린 것이라는 게, 난 지 석 달 만에 에미가 이 집으로 유모살이를 들어오느라고 시모와 남편의 손에서 길리는 제네들의 소생이다. 〈빈(貧)… 제1장 제2과〉

길목버선[명] 먼 길을 갈 때에 신는 허름한 버선. ¶그게 수월찮이 맹랑하여, 길목버선에 비단 스타킹 격의 무서운 아베크를 창조해 놓았던 것이요. 〈탁류⑰〉

길이길이[부] 영원히. 아주 오래오래. 아주 긴 세월이 지나고 또 지나도록. ¶그리고 마음 놓고 사랑했고, 그것을 그대로 길이길이 가꾸고 싶었었다. 〈탁류⑧〉

길이서[부] →길에서. ¶"어머니가 욕허게?… 길이서 뭣 먹었다구…" 〈흥보씨〉

길품(을) 매다[관용] 길품을 도중에서 매기다. '길품'은 남의 갈 길을 대신 가고 삯을 받는 일. ¶구태라 이렇게 나쁜 틈을 내어 가면서까지 길품을 매고 하지는 않았을 것이었읍니다. 〈흥보씨〉

김삿갓(金笠)[명] 조선조 후기의 방랑 시인 김병연(金炳淵, 1807~1863)의 별명. 1811년(순조 11) 평안북도 가산에서 일어난 홍경래의 난 때 그의 조부가 항복하여 가문이 재산을 몰수당해 망하게 되었다. 이에 굴욕을 느껴 벼슬을 단념하였으며 삿갓을 쓰고 대지팡이를 짚고 방랑 생활을 하였다. '김삿갓'은 그가 삿갓을 쓰고 방랑한 데서 나온 별명이며 그의 많은 한시(漢詩)가 구전되고 있다. ¶열 사람 백 사람 천 사람이 몇 해를 두고 그렇게 눈물을 뿌리니까, 연못의 물은 벙벙하게 찼다는 김삿갓 같은 이야기다. 〈탁류④〉

김칫국을 마시다[속] 해 줄 사람은 생각지도 않는데 일은 다 된 것처럼 여기고 미리부터 날뛰을 이르는 말. [비슷] 떡 줄 사람은 아무말도 없는 데 김칫국(을/부터) 마신다. ¶글쎄 그런 것을 나 혼자서만 건성 김칫국을 마시듯이 물색없이 좋아하다니! 〈탁류⑧〉

깃들다[동] →깃들이다. 짐승이 보금자리를 만들어 그 속에 들어가 살다. 여기서 '깃'은 보금자리의 옛말. ¶제비란 짐승은, 둥지에서 사람의 (손이 닿아) 냄새가 나면 그 둥지엔 두 번 다시 깃들지 않고, 〈흥보씨〉

깊수룸하다[형] 은근히 깊다. 또는 꽤 깊다. ¶그렇다고 또 서울 아씨가 대복이한테 깊수룸한 향의가 있는 것이냐 하면, 〈태평천하⑨〉

까까중이[명] '머리털을 박박 깎은 사람'을 조롱조로 이르는 말. ¶엊그제 갓 시집온 촌색시가 중학교에 다니는 까까중이 새서방의 다 떨어진 고꾸라 양복을 비단 치마와 한가지로 양복장 속에다가 소중히 걸어 놓듯. 〈탁류⑰〉 ¶커다란 윤 직원 영감은 간데없고, 웬 까까중이의 죄꼬만 도련님이 연상 앞에서 라디오를 만지고 있었읍니다. 〈태평천하⑪〉

까놓다㊐ (마음속의 생각이나 비밀을) 숨김없이 털어 놓다. 마음속의 생각이나 비밀을 다 드러내다. ¶"먼점 경무국에 들어가서 아주 까놓고 이야기를 한단 말이야." 〈레디 메이드 인생〉 ¶이 얘길 까놓고 하게그려, 응? … 궁금해 죽겠구먼서두?…. 〈탁류⑩〉 ¶"허기사 이 사람아!…" 윤 직원 영감은 마침내 까놓고 흉증을 설파합니다. 〈태평천하⑧〉

까다㊐ (일정한 양을) 셈에서 빼다. ¶부조며 그밖에 이것저것을 다 잡아 까고 나머지가 사십일 원 몇십 전이었었다. 〈이런 남매〉

까달스럽다㊌ →까다롭다. 별스럽게 까탈이 많다. ¶그러고는 맨판 까달스런 한문 글자로다가 처박아 놓으니 그걸 누구더러 보란 말인고? 〈치숙(痴叔)〉 ¶다대수의 소년 소녀들에 한하여 그렇듯이 미묘하고도 까달스러운 의미로서 '부교장'이라고 불리고 부르고 하는 게 아니라, 〈홍보씨〉

까댁㊍ (고개를) 조금 가볍게 숙였다 드는 모양. 『센말』 까땍. ¶"마나님 말씀마따나 아직두 얌전하니깐요, 네." 하고는 고개를 까댁, 돌아서서 가분가분 걸어 나간다. 〈모색〉

까댁까댁㊍ (고개를) 조금 가볍게 자꾸 숙였다 드는 모양. 『센말』 까땍까땍. ¶올챙이는 비로소 윤 직원 영감의 말하고자 하는 속을 알아차렸대서, 고개를 까댁까댁 맞장구를 칩니다. 〈태평천하⑧〉

까드락까드락㊍ 버릇없이 경망스럽게 잘난 체하는 모양. 『여린말』 가드락가드락. ¶일본 사람 내외가 보우트에 마주 앉아 까드락까드락 저어 올라간다. 〈창백한 얼굴들〉

까딱없이㊍ 조그만 탈이나 문제도 없이. 아무런 변동이나 탈이 없이 온전하게. ¶이런 10년, 대복이는 까딱없이 지내 왔읍니다. 〈태평천하⑨〉

까땍㊍ (고개를) 조금 가볍게 숙였다 드는 모양. 『여린말』 까댁. ¶남순이는 마치 눈이 오려는 겨울날처럼 새촘해서 눈을 아래로 내리깔고 눈썹 한 개도 까땍 않는다. 〈쑥국새〉

까땍없이㊍ →까딱없이. 조그만 탈이나 문제도 없이. ¶남순이는 그대로 까땍없이 눈 오려는 겨울날처럼 새촘한 채 그날 그날을 보내고. 〈쑥국새〉

까라지다㊐ 기운을 못 차릴 정도로 몹시 나른해지다. 또는 기운이 빠져 축 늘어지다. ¶초봉이의 대답은 절로 떨리면서 목안으로 까라진다. 〈탁류⑩〉 ¶안존하던 박 씨의 음성은 더럭 보풀스러지면서, 아직 고운때가 안 가신 눈이 샐룩 까라집니다. 〈태평천하⑪〉

까리적다㊌ 성깔을 부리는 태도가 없다. ¶나이두 듬지익허구, 생김새두 숫두루움허구, 다아 얌전스럽구 까리적구 살림 잘 허구 근경 속 있구… 어쨌든지…. 〈태평천하⑧〉

까막까막㊍ (눈을) 가볍게 자꾸 감았다 떴다 하는 모양. ¶K는 자포자기가 되어버린 듯이 마지막 말을 하고 까막까막 생각하다가 갑자기 그의 얼굴에는 냉소의 빛이 떠오르며 자신을 조소했다. 〈생명의 유희〉 ¶직녀란 말에 그 사람—수위—은 무엇을 까막까막 생각하더니 다시 나오던 데로 들어가서 책장을 떠들어 보다가 도로 나온다. 〈팔려간 몸〉 ¶면장은 음전스럽게 걱정을 하고 잠시 까막까막 생각을 한다. 〈보리방아〉 ¶거지 아이는 무엇을 까막까막 생각하더니 "너 돈 있지?" 하고 물습니다. 〈어머니를 찾아서〉 ¶"무엇이 조꼬?…" 김 씨는 까막까막 생각하는 체하다가 별안간 "아이! 난 모르겠다!" 하면서 자리에 가 쓰러져 버린다. 〈탁류⑤〉 ¶색시는 이렇게 시초만 내놓고 까막까막 생각하다가 언뜻 좋은 이야깃거리가 생각이 났다. 〈두 순정〉 ¶무엇을 까막까막 생각하느라고 건성으로 손을 놀리던 경순은 별안간 웃음을 하나 가득 달뜬 음성으로. 〈패배자의 무덤〉

까막까막하다[동] (눈을) 가볍게 자꾸 감았다 떴다 하다. ¶칠복은 잠깐 동안 까막까막하다가 "팔 원만 있으면 되야요… 웨 그러세요?" 〈불효자식〉

까맣다[1][형] 거리나 동안이 매우 아득하다. ¶집으로 돌아오니 좌우간 오늘은 살았구나 싶어 남편과 아이들이 까맣게 기다려졌다. 〈명일〉

까맣다[2][형] ('기다리다', '보고 싶다' 등과 함께) 마음이 간절하다. ¶어머니가 까맣게 보고 싶어 그렇게 부르면서 들어섰는데. 〈어머니를 찾아서〉

까무러치다[동] 잠시 동안 정신을 잃고 아주 죽은 것처럼 되다. ¶혹시 장가놈이 내가 까무러쳤던 사이에 나가서 뒤로 무슨 흉계를 꾸몄다면 모르지만, 〈탁류⑩〉

까뭉개다[동] 높은 데를 파서 깎아 내리다. ¶거기다간 일꾼들이 수백 명이서 산을 까뭉갠 흙이며 자갈이며를 수북수북 퍼 실어 놓았고, 〈회(懷)〉

까불까불하다[동] 자꾸 아래위로 흔들리다. ¶옆으로 앉아서 고개를 내두르는 대로, 뒤통수의 몽창한 단발이 까불까불합니다. 〈태평천하⑩〉

까불다[동] 아래위로 흔들다. ¶"무얼 저러구 섰으까?…" 하면서 고개를 까분다. 〈탁류⑫〉

까불어대다[동] 계속해서 가볍거나 방정맞게 행동하다. ¶그러나마 계봉이가 그새처럼 농담을 한다든지, 원 까불어댄다든지 그랬으면 자연 무엇이고 간에 말거리도 생기고 이 서먹한 기분도 스러질 텐데, 〈탁류⑧〉

까스라와지다[동] 성질이 보드랍지 못하면 까다롭게 되다. ¶신경이야 많이 까스라와졌겠지만 그렇기로니 무슨 그다기 뼈아플 까닭은 있으며. 〈상경반절기〉

까슬거리다[동] 마음에 거슬리는 말이나 짓을 자꾸 하다. ¶그는 오늘사 말고 유달리 까슬거리는 안해와 마주 붙어 앉아 옥신각신하기가 싫기도 했지만. 〈명일〉

까알깔[부] →깔깔. 되바라진 목소리로 못 참을 듯이 웃는 소리. 또는 그 모양. ¶계봉이는 그날 밤의 일이 다시금 통쾌하대서 마침내 까알깔 웃어 젖힌다. 〈탁류⑧〉

까 죽이다[동] '죽이다'의 속된 말. 함부로 때리거나 쳐서 죽이다. ¶시방 속으로는 태수가 까 죽이고 싶게 미워서 견딜 수가 없다. 〈탁류④〉 ¶저는 아무렇지도 않은 듯이 시침을 뚜욱 따고 서서 도무지 눈도 한 번 깜짝않는 양이라니, 앙똥하기 아닐 말로 까 죽이고 싶게 밉살머리스럽습니다. 〈태평천하⑥〉

까집어 놓다[동] 거죽을 까서 속엣것이 드러나 있게 하다. ¶그런 말을 까집어 놓고

묻는 법이야 있나? … 차차 달리 알아볼 지언정 〈탁류⑦〉

까집어내다㊍ 거죽을 까서 속엣것을 꺼내다. ¶태수의 근지와 소절수 사건을 까집어내기를 잊지 않았다. 〈탁류⑩〉

까치 뱃바닥 같은 소리〖속〗 허황한 흰소리만 한다는 뜻. '희떱게 하는 소리'를 곁말투로 이르는 말이다. ¶"야아, 그 까치 뱃바닥 같은 소리 그만 히라, 액색헌 꼴 보기 싫다." 오복이가 제딴에 충동이를 노는 속이다. 〈정자나무 있는 삽화〉

까칠하다㊌ 몸이 야위어서 살갗이 거칠고 기름기가 없다. 〖여린말〗 거칠하다. ¶생긴 거란 역시 별수 없고 까칠한 게 갓에 나논 고양이 새끼 여대치게 어설펐읍니다. 〈태평천하⑩〉 ¶아직 잔디가 뿌리를 못 잡아 까칠하고, 뗏장 사이로는 검붉은 황토가 비죽비죽 비어져 나온다. 〈쑥국새〉

깍두기㊎ '각다귀'의 뜻으로 쓰인 듯. '각다귀'는 '남의 것을 뜯어 먹는 사람'을 비유하는 말. ¶가만 있자, 머 깍두기가 아닌 바에야 이렇게 길 한복판에 가 서서 약도 없는 약을 팔 게 아니라…. 〈이런 처지〉

깍듯이㊇ 예절 바르고 극진하게. 예의 범절의 태도가 극진하게. ¶옥화는 영락없이 눈으로 웃으면서, 깍듯이 며느리들더러 허우를 하여, 어서 오시라고 일어서는 인사를 맞대답합니다. 〈태평천하⑪〉

깍쟁이㊎ 남에게는 인색하고 자기 이익에는 밝은 사람. 또는 '얄밉도록 약삭빠른 사람'을 낮추어 이르는 말. ¶"더웁다. 이 년아, 비켜라." "내 이름이 이년인가! 깍쟁이…." 〈명일〉 ¶깍쟁이가 왜 자꾸만 웃구 있어! 남 약올르라구. 〈탁류③〉 ¶그러자고 들면 자연 저 사람과 매한가지 약삭빠른 짓을 하고 앉았는 깍쟁이 놀음을 하는 게 되겠으니 더구나 점잔찮아 못쓴다는 것이고. 〈모색〉

깍지손㊎ →깍짓손. 깍지를 낀 손. 즉 두 손의 열 손가락을 서로 엇갈리게 바짝 맞추어 낀 손. ¶깍지손으로 무르팍을 안았다 놓았다, 담배를 비벼 껐다 도로 붙였다 사뭇 부지를 못합니다. 〈태평천하⑥〉

깐㊎ ('깐은', '깐에는', '깐으로는'의 꼴로 쓰여) 그 나름의 생각, 짐작, 어림 등의 뜻을 나타냄. ¶오목이는 가슴이 뭉클해지고 고개는 깊이 떨어졌다. 그는 안타까운 깐으로는 금출이의 손을 끌어당겨 앉히면서 괜찮으니 더 놀다가 가라고 붙잡고도 싶으나, 〈얼어죽은 모나리자〉 ¶그렇게 좋아하는 깐으로는, 일 년 삼백예순 날을 밤낮으로라도 기생이며 광대며를 사랑으로 불러다가 듣고 놀고 하고는 싶지만, 〈태평천하②〉

깔끄막길㊎ 몹시 비탈진 길. ¶미럭쇠는 이 경사 급한 깔끄막길을 무거운 나뭇짐에 눌려 끙끙 어렵사리 올라가고 있다. 〈쑥국새〉

깔끄막지다㊌ 가풀막지다. 산이나 길이 몹시 비탈지다. 땅바닥이 가파르게 비탈져 있다. ¶명님이는 좋아라고 가방을 들고 앞을 서서, 깔끄막진 언덕길을 내려간다. 〈탁류⑥〉 ¶이 사이를 좁다란 산협 소로가 꼬불꼬불 깔그막져서 높다랗게 고개를 넘어갔다. 〈쑥국새〉

깜깜속㊎ 아주 모르고 있는 속내. 〖같은〗 깜깜밤중. ¶혹시 알고도 위인이 의뭉꾸러기라 짐짓 모른 체하고 있나, 그 눈치를 떠보았다. 역시 아무것도 모르고 깜깜속이었었다. 〈탁류⑧〉 ¶학교엘 다니는 아이들의 학교 과정을 보살펴 주자면 자기가 깜깜속이어서는 안 되겠으므로. 〈순공(巡公) 있는 일요일〉 ¶무어라고 물으며 무어라고 대답을 하는지 나는 깜깜속이었으나 김 군이 저으기 안심해 하는 눈치로 보아 과히 잡지는 않은 모양이었다. 〈회(懷)〉

깜깜하다㊛ 아는 것이 전혀 없다. 아주 모르는 상태에 있다. ¶소설은 많이 읽어서 현대적인 체하믄서두 깜깜하구나! 〈탁류⑯〉

깜냥㊔ 일을 해낼 만한 능력. 지니고 있는 힘의 정도. ¶이런 은공이 있으니까 나도 그걸 저버리지 않고 그래서 내 깜냥에는 갚을 만큼 갚노라고 갚은 셈이지요. 〈치숙(痴叔)〉

깜박㊊ 정신이나 기억 따위가 순간적으로 흐려지는 모양. ¶바람이 깜박 자고 그 숱한 잎사귀가 하나도 까딱도 않는다. 〈용동댁〉

깜작거리다㊍ 눈을 잠깐씩 자꾸 감았다가 떴다가 하다. ¶분명찮은 눈을 노상 두고 깜작거리는 것은 괜한 버릇이요. 〈탁류①〉

깜장㊔ 까만 물감이나 빛깔. 『여린말』 감장. ¶하얀 하부다이 저고리에 무늬가 맘껏 굵은 벨벳의 맑은 남빛 치마를 치렁치렁 받쳐 입고 새로 마추어 두었던 깜장 에나멜 구두를 손에 들고서 마루로 나선다. 〈모색〉

깜찍스럽다[1]㊛ 보기에, 나이 따위에 비하여 몹시 영악하거나 단작스럽다. ¶유 씨는 그러한 반성을 한 길이 없으니까, 어린 것이 벌써부터 깜찍스럽기나 해 보일 뿐이다. 〈탁류⑮〉

깜찍스럽다[2]㊛ 몸집이나 생김새가 작고 귀여운 데가 있다. ¶잔뜩 외면을 하고 앉았는 영섭에게로 깜찍스럽게 고개를 돌려낸다. 〈이런 남매〉

깜찍하다㊛ 나이 따위에 비하여 몹시 이해(利害)에 밝고 애바르거나 너무 다라지다. ¶남달리 커다란 사내를 다궂는 양이라니, 도무지 깜찍하기란 다시 없다. 〈탁류③〉

깝신깝신하다㊍ 남 앞에서의 몸가짐이 가볍고 위신이 없이 까불거리다. ¶계봉이는 상관 않고 고개를 깝신깝신하면서 들이 좋아서…. 〈탁류⑧〉

깡그리㊊ 하나도 남김없이. ¶개찰구 앞에서 난장판을 이루던 군중이랄지 이들의 일동일정을 깡그리 쓸어 넣고서 모두가 그 향기롭지 못한 근성으로만 보아 버리던 나의 인식 태도가 과연 공명정대한 마음의 반영이었던고. 〈상경반절기〉

깡깡하다㊛ →꽝꽝하다. 매우 굳고 단단하다. ¶우환 중에 또 그 소설 명색 것이 하릴없이 식어 빠진 조밥 덩이처럼 깡깡하고도 퍼슬퍼슬하고도 천하 멋없기라고는 둘째 가라면 서럽달 망측한 물건이었었다. 〈모색〉

깡총하다㊛ 겉에 입은 것이 매우 짧다. ¶정 주사는 이 까부는 단발과 깡총한 치마 밑으로 통통한 맨다리가 드러나 보이는 것이 언제고 눈에 뜨일 때마다 마땅치가 못해서 상을 찌푸린다. 〈탁류③〉

깨꾸우㊌ 어린아이를 귀여워하며 어르는 소리. 『비슷』 까꿍. ¶"깨꾸우, 자아 젖 먹어야지…" 〈패배자의 무덤〉

깨가 쏟아지다『관용』 몹시 재미가 있다. ¶파리를 사냥해다가는 먹이고 먹이고 하기에 잠착하여 한참 깨가 쏟아집니다. 〈흥보씨〉

깨꾸우하다[동] →깨꾸하다. ¶무심코 손을 뻗혀서 끊어 쥐려고 하는데 방긋하니 젖혀지는 자줏빛 입술 속에서는 노오란 꽃술이 저도 깨꾸우하면서 내다본다. 〈상경반절기〉

깨꾸하다[동] '깨꾸' 소리를 하며 아이를 어르거나 주의를 끌다. 또는 (어린아이가) '깨꾸' 소리에 응답하는 소리를 내다. 〉깨꼬하다. ¶송희가 엄마를 밀어젖히고, "암마이!" 부르면서 께(깨)꾸하듯이 내다보고 좋아한다. 〈탁류⑯〉

깨끔하다[형] 깨끗하고 아담하다. ¶마침 어느 나이 오십은 먹어 보이는—아무리 보아도 염집 부인 같지는 아니하나 의복은 썩 깨끔하게 입고 금가락지 금비녀도 찌른 부인 하나가 올라와 그 마나님 옆에 앉았다. 〈세 길로〉 ¶그이의 말소리와 기거 행동은 언제든지 조용하고 조심스러웠다. 의복도 좀 깨끔한 것을 입고 얼굴에는 다소간 안심과 기쁜 빛이 떠돌았다. 〈불효자식〉 ¶겉은 하잘것없어도 내부는 둘러볼수록 페인트며 벽의 양회며 바닥의 양탄자며 모두 새것이고 깨끔했다. 〈탁류⑰〉

깨끗[부] 눈을 한 번 찌그리는 모양. ¶안방에다 대고 혓바닥을 날름, 코를 실룩, 눈을 깨끗, 오만 양냥이짓을 다 합니다. 〈태평천하⑪〉

깨끼적삼[명] 안팎 솔기를 곱솔로 박아 겹옷을 지은 윗도리에 입는 홑저고리. '곱솔'은 꺾어 박은 솔기를 다시 한 번 더 꺾어 박는 일. 또는 그렇게 박은 솔기. ¶유 씨는 삯바느질로 하는 생수 깨끼적삼을 동정을 달아 가지고 마침 인두를 뽑아 들면서 이런 말을 문득 비집어 낸다. 〈탁류⑦〉 ¶빨아서 분홍물을 들인 홀게 빠진 생수 깨끼적삼에 얼쑹덜쑹한 주릿대 치마를 휘걷어 넥타이로 질끈 동인 게 또한 제격입니다. 〈태평천하②〉

깨묵[명] →깻묵. 기름을 짜낸 깨의 찌끼 ¶한번 깨묵 맛을 딜였는 걸 오죽 잘 팔아먹어요? 〈탁류⑮〉

깨우뚱하다[동] 한 쪽으로 약간 기울다. ¶그렇지만? 하고, 갑쇠는 고개를 깨우뚱하면서 엉금엉금 참외를 집으러 기어 온다. 〈정자나무 있는 삽화〉

깨웃거리다[동] 고개를 조금 낮게 자꾸 기울이다. ¶고개를 두루 깨웃거리나 통히 종작을 할 수가 없었다. 〈탁류⑩〉

깨웃깨웃[부] 깨웃거니는 모양. ¶그런데 경손이는 거기 귀가 반짝하는지 눈을 깜작깜작 고개를 깨웃깨웃…. 〈태평천하⑪〉

깨웃이[부] 무엇을 보려고 고개를 조금 기울이는 모양. ¶고놈들이 빠꼼히 올려다보면서 벙글벙글 웃는 얼굴을 그 유순하디유순한 눈으로 깨웃이 내려다보던 현 서방은 문득 생각이 났읍니다. 〈흥보씨〉 ¶전에도 몇 번 쪽지를 가지고 오던 이웃집 계집아인데 깨웃이 직원실 안을 들여다보는 게 벌써 갈데없었다. 〈이런 남매〉

깨웃하다[동] 무엇을 보려고 고개를 조금 기울이다. ¶하건만 그 기수를 채어, 거 참 모를 일이라고 고개라도 한번 깨웃해 보는 사람은 생겨나지도 않았고. 〈정자나무 있는 삽화〉

깽명 →갱(gang). 깡패의 무리, 즉 조직 폭력배. ¶땅 진 날 남의 새 옷에다가 흙탕물을 끼얹고 달아나는 '처벌할 수 없는' 깽들이란 말이야. 〈탁류⑯〉

깽깽부 강아지 따위가 애닯게 자꾸 짖는 소리. ¶그러나 형보 역시 큰소리는 해도 이 깽깽 소리가 나는 생물을 어떻게 주체할 수가 없었다. 〈탁류⑭〉

꺄웃꺄웃부 (무엇을 보려고) 고개나 몸을 한쪽으로 자꾸 기울이는 모양. ¶그러나 그는 짐짓 무얼 알아맞히겠다는 듯이 고개를 꺄웃꺄웃 한참이나 앉았다가…. 〈탁류⑩〉

꺄웃이부 (무엇을 보려고) 고개나 몸을 한쪽으로 기울게. ¶그때 마침 이웃집 옥례가 사립문으로 꺄웃이 들여다보다가 용희를 보고 긴하게 손짓을 한다. 〈보리방아〉 ¶그때 마침 탑삭부리 한 참봉네 집에 있는 계집아이가 대문 안으로 꺄웃이 들여다보면서 마당으로 들어선다. 〈탁류⑩〉

꺼들다동 '꺼두르다'의 준말. 끌어 잡고 함부로 휘두르다.

꺼림하다형 마음에 거리끼어 언짢은 데가 있다. ¶더럽고 꺼림한 게 사뭇 구역이 나는 것 같았다. 〈탁류⑩〉 ¶하기만 했으면 삼 년 묵은 체증 내리듯이 꺼림한 속이 쑥 내려가겠는데. 〈정자나무 있는 삽화〉

꺼업죽껍죽부 →껍죽껍죽. 윗몸을 어줍잖게 올렸다 내렸다 하는 모양. ¶박 첨지가 굽은 허리를 꺼업죽껍죽 지팡이를 짚으면서 소리소리 외치고 쫓아오던 것이다. 〈정자나무 있는 삽화〉

꺼지럭꺼지럭부 꼼지락꼼지락. 매우 느리고 굼뜬 몸짓으로 자꾸 움직이는 모양. ¶노파는 어느 틈에(편리할 대로) 연애와 청춘의 찬미자로 표변을 허더니 꺼지럭꺼지럭 발부리로 신발을 끌어다가 꿰고 부엌으로 들어가 버린다. 〈모색〉

꺼칠하다형 여위거나 메말라 피부나 털이 윤기없이 거칠다. ¶말하자면 모든 것이 꺼칠하니 야위고 얼어붙은 삼동과 같은 우리였었다. 〈회(懷)〉

꺽꺽부 굳거나 단단한 것이 부딪치거나 닿는 소리. 또는 그 모양. ¶S는 양복이 구기지 아니하도록 조심스럽게 다리를 뻗고 앉아 숟갈로 밥을 꺽꺽 팠다. 〈앙탈〉 ¶태호는 이렇게 분명찮은 대답을 하면서 시꺼먼 꽁보리밥을 한 덩이 덜어서 찬물에 다 꺽꺽 말고 있다. 〈보리방아〉

껄렁하다형 (말이나 행동이) 믿음직하지 않고 종잡을 수 없을 만큼 허황하다. 또는 탐탁하지 아니하고 너절하다. ¶"남잔 밥 안 짓는 법야!" "피이! 껄렁헌(한) 남자!" "머가 껄렁해? 이년아!" 〈흥보씨〉

껍덕대다동 →껍적대다. 말이나 몸가짐이 가볍고 방정맞게 행동하다. ¶그라제… 또오, 기생년이 뭣이냐 연애한다고 껍덕대는 거, 내 참 눈이 시여 못 보겠더라. 〈탁류⑨〉

께끼적삼명 →깨끼적삼. 안팎 솔기를 곱솔로 박아 지은 겹옷의 적삼. 여기서 '곱솔'은 박이옷을 지을 때, 한 번 접어서 박고 다시 접어서 박는 일. ¶흰 생고사로 안팎을 마른 께끼적삼 한 감이다. 〈명일〉 ¶마지막으로 다릴 인조항라 께끼적삼이다. 산뜻하게 입고 길 떠날 적삼인 것이다. 〈동화〉

께름하다형 →꺼림하다. 마음에 뉘우쳐지는 언짢은 느낌이 있다. ¶그러고 나니까,

께름하던 마음이 풀리는데, 일변 승재의 하는 양이 그러하니 재미가 있어서도 웃고,…. 〈탁류③〉 ¶그래서 둘의 사이에는 무엇이 께름하니 걸려 있는 것 같아 마주 얼굴을 치어다보고 앉았기가 거북했던 것이다. 〈탁류⑬〉

께지럭께지럭㊕ 하는 짓이나 먹는 모양이 탐탁하지 않고 동작이 몹시 느린 모양. ¶유모는 젓가락으로 밥을 께지럭께지럭 먹는 체 마는 체. 〈빈(貧)… 제1장 제2과〉

껴눌리다㊐ '껴누르다'의 피동형. '껴누르다'는 두 팔로 껴안고 찍어 누르다. 여기서는 '억눌리다'의 뜻으로 쓰임. ¶그런데 미운 생각이 너무 강렬했기 때문에 그만 껴눌려 버렸던 것이, 그랬다가 대수롭지 않은 일에 기회를 얻어 의식 위에 떠오른 것이다. 〈탁류⑧〉

꼬기작꼬기작하다㊕ 종이, 피륙 따위 얇은 것이 아주 조금 비벼지거나 접혀서 잔금이 있다. ¶양복도 거기 잘 어울리게 때가 묻고 꼬기작꼬기작한 포라다. 〈명일〉 ¶마지못해 밖으로 나와서 꼬기작꼬기작한 쪽지를 받아 펴 본다. 〈이런 남매〉

꼬꾸라지다㊐ 한쪽으로 굽어 쓰러지다. ¶깜짝 놀라면서 반사적으로 움칫 멈춰 서던 것도 일순간, 꼬꾸라질 듯 대문을 향해 쫓아 들어간다. 〈탁류⑱〉 ¶산에서 내려오면서는 몇 번이고 앞으로 꼬꾸라질 뻔했고 시방 이 길을 올라가는 데도 여간만 된 게 아니다. 〈쑥국새〉

꼬느다[1]㊐ 잔뜩 차리어서 가다듬다. ¶윤두꺼비는 뛰쳐나가려고 꼬느었던 자세와 호흡을 잠간 멈추고서 아내더러 물어보던 것입니다. 〈태평천하④〉

꼬느다[2]㊐ →꼲다. 잘 되고 못 됨을 따지어 점수를 매기다. ¶미리 안표를 해 둔 갸름한 돌을 집어넣고 또 한 개 큼직한 놈을 집어넣어 어깨에 가사 메듯 걸메고는, 정자나무 밑으로 척척 걸어가더니 밑에서부터 꼬느듯 쓰윽 구멍께까지 천천히 올려다본다. 〈정자나무 있는 삽화〉 ¶전기작자적(傳記作者的)인 태도를 빌지 않은 눈으로 학교의 교장 선생님도 꼬느어 보았다. 〈모색〉

꼬드기다㊐ 남의 마음을 부추기어 움직이게 하다. 남을 부추기어 무슨 일을 하도록 하다. ¶"이애야 그럴라 말구…" 조 씨가 옆에서 꼬드기는 소립니다. 〈태평천하⑪〉

꼬라지㊔ 화, 불쾌한 충동으로 왈칵 치미는 노여움. ¶"걸핏하면 꼬라지는 나서 생지랄은 허믄서…" 〈빈(貧)… 제1장 제2과〉

꼬락서니㊔ '꼴'을 속되게 이르는 말. 사물의 생김새나 됨됨이. ¶그래서 정 씨는 무엇 보자기라도 있으면 그 범절이 지지리도 궁해 보이는 자기 집안 꼬락서니를 푹 덮어 버리고 싶었다. 〈보리방아〉 ¶그 자리에 집이 들어앉고 그 한복판으로 이 근처의 집 꼬락서니와는 얼리지 않게 넓은 길이 질펀히 뻗어 들어왔다. 〈탁류③〉 ¶대체 죄선 사람들은 잡지 하나를 해도 어찌 모두 그 꼬락서니로 해 놓는지. 〈치숙(痴叔)〉 ¶그것도 그것이려니오, 두 아이가, 하나는 용졸스럽디용졸스럽고 하나는 눈방울이 숭업게 툭 비어지고 한 꼬락서니가, 도저히 저게 내 아들이니라 여기기조차 창피했다. 〈반점〉 ¶"아유! 고 신발 뒤축, 지축지축 끌믄서 걸음 걷는 꼬락서니 허구…." 〈흥보씨〉 ¶호사스런 생활의 차림새하며 기분도 명랑한 헤렌과 노마네의 그 흉악한 주제 꼬락서니하며 몸에서 푸욱 지르는 악취하며 근천스럽고 시든 표정하며가 썩 구경스러운 대조를 이루는 것이었었다. 〈이런 남매〉

꼬로록꼬로록㊕ 닭이 숨을 몰아쉴 때 내는 소리. ¶그래도 아직 숨은 붙어 있어 꼬로록꼬로록, 사람으로 치면 마지막 담 끓는 소리와 같았다. 〈용동댁〉

꼬르륵㊕ 통, 그릇 속의 액체나 사람의 뱃속이 조금씩 끓는 소리. ¶영주는 오목가슴에서 꼬르륵 소리가 나고 잊었던 시장기가 다시 들어 침이 저절로 삼켜진다. 〈명일〉

꼬마동이㊔ →꼬마둥이. 키나 몸집이 몹시 작은 사람. ¶그것은 차차 알려니와 윤호장 영감집에 꼬마동이로 들어왔읍니다. 〈어머니를 찾아서〉 ¶덜머리진 총각녀석이 꼬마동이더러, 엿 사 주께시니… 달라는 법수와 별반 다를 게 없는 행티겠지요. 〈태평천하⑩〉 ¶인제 글방이 파접하거든 설에 어머니 아버지더러 말씀하고 꼬마동이나 앞세우고서 오라고 달래기는 했으나, 〈두 순정〉

꼬물거리다㊍ 몸을 느리게 자꾸 움직이다. 〈꾸물거리다. 〖여린말〗 고물거리다. ¶경순은 앞니 앞에서 꼬물거리는 연한 손가락을 야긋야긋 물어 주면서. 〈패배자의 무덤〉

꼬박㊕ 꼬박이. 일정한 상태를 그대로 계속하는 모양. ¶사람도 있는 게 아니라 사람마다 무슨 일에고 진정과 정신을 꼬박 거기다가만 쓰면 그렇게 되는 법이니라. 〈치숙(痴叔)〉 ¶그때부터 집 한 채 이것을 밑천 삼아 학생 하숙을 시작했고, 한 지가 꼬박 열다섯 해…. 〈모색〉

꼬바기㊕ '꼬박이'를 소리나는 대로 적은 것. 일정한 상태를 그대로 계속하는 모양. ¶신문에도 종종 나고, 들음들음이 들으면 차가 늘 만원이 되어서 누구든 서울까지 두 시간을 꼬바기 서서 갔었네, 〈상경반절기〉

꼬부라뜨리다㊍ 꼬부라지게 하다. ¶그는 마누라가 혼자서 외로이 꼬부라뜨리고 잠이 들어 있을 것을 문득 생각하고, 〈탁류⑩〉

꼬부리다㊍ 한쪽으로 꼬붓하게 굽히다. 꾸부리다. 〖여린말〗 고부리다. ¶아버지를 기다리고 울다가는 지쳐, 혼자 꼬부리고 누워 애처로이 잠이 들었을 순동이를 생각하면서, 〈흥보씨〉

꼬사를 시키다〖관용〗 꾀다. 유혹하다. ¶그래 간밤엔 안해란 자가 어린 놈까지 꼬시를 시켜, 필경 나로 하여금 오늘 일찌감치 창경원에를 데리고 갔다가 〈순공(巡公) 있는 일요일〉

꼬시레㊔㊎ →고수레. 산이나 들에서 음식을 먹을 때나 무당이 푸닥거리를 할 때 귀신에게 먼저 바친다는 뜻으로 음식을 조금씩 떼어 던지며 외치는 소리. 또는 그렇게 하는 짓. ¶"꼬시레." 조금 떠서 앞으로 던지고, 또 한 번은 뒤로 던지면서. 〈쑥국새〉

꼬아 먹다㊍ 꾀어서 가지다. '꼬(다)+먹다'의 짜임새. '꼬다'는 '꾀다'의 방언. ¶한 이십 살 꼬아 먹고 쉬흔 살쯤 댔다면 또 몰라요. 〈태평천하⑩〉

꼬옥㊕ →꼭. 반드시. 어김없이. ¶집을 들

면 그 이튿날 바로 이 화단에 먼저 손을 대 주리라고, 꼬옥 염량을 해 두었다. 〈탁류⑨〉

꼬옷꼿㊀ →꼿꼿. 어떤 물건이 힘있게 똑바로 서로 모양. ¶단박 눈쌀은 꼬옷꼿 입술이 뚜우 나오면서 연신 혼자서 두덜두덜 게두덜거리는 것이다. 〈상경반절기〉

꼬옷꼿하다㊅ →꼿꼿하다. 어떤 물건이 힘있게 바로 서다. ¶필경 부랑자이기 쉽겠다 하여, 눈살이 꼬옷꼿하고 이마를 찡그린다. 〈탁류⑨〉

꼬이다㊅ →꾀다. 남을 부추기어 무슨 일을 하도록 하다. ¶다르르, 연하게 구르는 재봉틀 소리가 달큼하니 졸음을 꼬인다. 〈탁류⑮〉

꼬작꼬작㊀ 종이, 피륙 따위의 얇은 것이 차곡차곡 꼬기어 들어 있는 모양. ¶칫솔 쓰던 것을, 빗을 치고 살쩍을 쓸고 해서 터럭 틈새기에 비듬이야 기름때야 머리터럭이야가 꼬작꼬작 들이 끼였는데…. 〈탁류⑯〉

꼬장꼬장하다㊇ 성미가 외곬으로 곧고 꼿꼿하다. ¶계봉이는 그 떡심을 받아 내다 못해 꼬장꼬장한 딴 성미를 부리고 마는 것이 그게 장차에 환을 볼 장본인 것만 같았다. 〈탁류⑯〉

꼬장물㊄ 빨래나 설거지를 하여 더러워진 물. 『여린말』 고장물. ¶영주는 아이를 마루로 데리고 와서 땀이 까만 꼬장물 되어 흐르는 얼굴과 목을 씻어 주며 달랜다. 〈명일〉 ¶꼬장물이 시꺼멓게 넘쳐서 턱 아래로 질질 흘러내린다. 〈탁류⑯〉

꼬치꼬치㊀ 몸이 여위어 바싹 마른 모양. ¶어린것은 에미를 찾고 보채다가 꼬치꼬치 말라 죽었다. 〈탁류⑱〉 ¶온 여름 내내, 그 생지옥에 처박혀 있으면서, 연계 한 마리두 못 얻어먹구 꼬치꼬치 야윈 게 애차랍기두 허구. 〈소망〉

꼬투리[1]㊄ 일의 실마리. ¶바라고 왔던 친정살이도 재미라고는 꼬투리도 얻어 보질 못했다. 〈용동댁〉

꼬투리[2]㊄ →꼭지. 잎사귀나 열매를 가지에 달려 있게 하는 짧은 줄기. ¶잘 익지도 않아, 단맛도 없는 참외를 어떻게 먹었는지 다 먹고 꼬투리를 논으로 마악 내던지는데…. 〈정자나무 있는 삽화〉

꼭두새벽㊄ 아주 이른 새벽. ¶P는 그 서슬에 잠이 깨어 이불 속에서 기지개를 쓰며 "꼭두새벽에 이게 웬 일이요?" 하고 인사 겸 물었다. 〈앙탈〉

꼭이㊀ →꼭. 반드시. 어김없이. 틀림없이. ¶그래서, 꼭이 그래서뿐만 아니지만, 그첨저첨해서 그는 승재를 맏사윗감으로 꼽고서 두루 유념을 해 왔던 것이다. 〈탁류⑦〉 ¶그러나 곰곰 생각하면, 언제라도 꼭이 볼일이 있어서만 서울을 다닌 바도 아닌 것. 〈상경반절기〉

꼭지㊄ 모숨을 지어 잡아맨 긴 물건의 끝부분. ¶폈던 우산을 접으면 여러 갈래로 퍼져 나갔던 살들이 도로 죄다 꼭지로 모여들고. 〈모색〉

꼭지새끼㊄ '딴꾼'을 낮추어 일컫는 말. '딴꾼'은 언행이 거칠고 사나운 사람. ¶"망할 식 같으니라고! 우라 주리땡 앵길 식 가으니라고! 꼭지새끼 같으니라고!" 〈상경반절기〉

꿇다㊅ 잘잘못을 살펴 실적을 평가하다. ¶한 번 돌이켜, 마치 시관(試官)이 주필

을 들고 글을 꿇듯이 사윗감인 태수를 꿇는다. 〈탁류⑦〉

꼴명 말이나 소에게 먹이는 풀. ¶꼴을 먹는 소 목에서는 끊이지 않고 요령이 흔들린다. 〈팔려간 몸〉

꼴같잖다형 '꼴 같지 않다'의 준말. 꼴이 격에 어울리지 아니하여 아니꼽다. ¶이건 왜 나서서 이 모양이야? 꼴같잖게!…. 〈탁류⑥〉

꼴깍부 적은 양의 액체 따위가 목구멍이나 좁은 구멍으로 넘어갈 때 나는 소리. ¶꼴깍 소리는 눈에 겁이 질린 오복이가 침을 삼킨 것이고, 관수는 입술이 해쓱하다. 〈정자나무 있는 삽화〉

꼴깍꼴깍부 적은 양의 액체 따위가 목구멍이나 좁은 구멍으로 넘어갈 때 잇달아 나는 소리. ¶그의 양편 어금니에서는 신침이 괴어 꼴깍꼴깍 목으로 넘어갔다. 〈생명의 유희〉

꼴라감 '고라(こら)'가 바른 표기. '이놈아, 이 자식아(상대를 책망하여 부르는 말)'의 일본어. ¶"몰라 꼴라!" "헴, 오늘이 월급날이겠다아? 헴, 곤투 그럽 하나 사 달래예지, 헴!" 〈홍보씨〉

꼴불견(-不見)명 꼴이 같잖거나 우스워서 차마 볼 수 없음. 꼴이 하도 비위에 거슬리어 차마 볼 수 없음. ¶"에이! 에이 망칙해! 에이 꼴불견!" 〈모색〉

꼴사납다형 하는 짓이나 모양이 아주 좋지 못하다. ¶겨우내 봄내 음산한 옷을 입은 죄수같이 꼴사납게 서 있던 상록수들도 조금은 밝은 빛이 떠돌아 보인다. 〈그 뒤로〉 ¶물론 집안이 가난이 꾀죄죄 흐르는 것, 꼴사나운 주제를 하고 방아를 찧으려고 섰다가 들킨 것이 또한 부끄럽지 아니한 것은 아니나 한편으로는 느긋이 기쁘기도 했었다. 〈보리방아〉

꼴새명 →꼬락서니. (경상). '꼴'의 속된 말. ¶어디로 갈까? 사방으로 훨훨 돌아다니며 쇼윈도우도 굽어다 보고 은행으로 가서 아는 친구에게 담배도 얻어 피우고 여학생 얼굴 구경도 하고 싶었으나 자기의 꼴새를 생각하고는 발길을 동편으로 돌려 동관에 있는 M이라는 잡지사로 향하여 갔다. 〈앙탈〉 ¶그래서 어느 아이고 얼굴을 바라보느라면 그애의 집안의 꼴새까지 환히 머리에 떠오른다. 〈탁류⑮〉 ¶겁이 다뿍 났는데 마차운 샛길이 나오니까 냉큼 그리로 도망을 빼는 꼴새다. 온갖 조조(曹操)는 그자인 것이다. 〈패배자의 무덤〉

꼴숭업다형 꼴이 흉헙다. 꼴이 꽤 흉하다. ¶그 뒤 해산을 하고 나서 배는 없어졌어도 머리가 쏙 빠져 가뜩이나 산후의 추한 얼굴을 더욱 꼴숭업게 해 놓았다. 〈생명〉

꼼지락거리다동 매우 느린 몸짓으로 작게 움직거리다. 〈꿈지럭거리다. 〖여린말〗 곰지락거리다. ¶웬 고집이며 무슨 도섭으루다가 고걸 꼼지락거릴랴구 않구서, 생판 뜸가마 속에만 늘어붙어설랑 육장으루 그 고생이우? 〈소망〉

꼼지락꼼지락부 꼼지락거리는 모양. 〈꿈지럭꿈지럭. 〖여린말〗 곰지락곰지락. ¶그런데 글쎄 죽지를 않고 꼼지락꼼지락 도로 살아나니 성화라구는, 내…. 〈치숙(痴叔)〉

꼼지락꼼지락하다동 느린 몸짓으로 좀스럽게 몸을 자꾸 움직이다. 〈꿈지럭꿈지럭하다. 〖여린말〗 곰지락곰지락하다. ¶누가 뺏어 가는가 봐 한 손으로는 남은 젖을 간

지럽게 움켜쥐고, 한 손으로는 꼼지락꼼지락하는 제 발을 잡아당기다가는 놓치고…. 〈탁류⑭〉

꼼질거리다㊍ 매우 굼뜨고 느린 몸짓으로 작게 움직거리다. ¶초봉이의 떨어뜨린 눈은 품에 안겨 젖을 빨면서 무심히 꼼질거리는 송희는 고사리 같은 손에 가서 또한 무심히 멎어 있다. 〈탁류⑭〉

꼼짝달싹㊏ 물체가 조금 움직이거나 들리는 꼴. ¶무어, 꼼짝달싹도 못하겠는 모양이었다. 〈회(懷)〉

꼼틀하다㊍ 몸을 이리저리 꼬부리거나 비틀며 한 번 움직이다. 또는 몸의 일부가 매우 작게 뒤틀리거나 꼬부라지며 한 번 움직이다. 꿈틀하다. 〖여린말〗 곰틀하다. ¶피투성이가 된 큰 알몸뚱이는 그들먹하게 방 가운데 내던져진 채 꼼틀하지도 않는다. 〈생명〉

꼼풀꼼풀하다㊍ 물체의 일부가 매우 작게 뒤틀리거나 꼬부라지며 자꾸 움직이다. ¶어린것만 한옆으로 비껴 안는데 마침 잠이 깼는지 포대기 속이 꼼풀꼼풀한다. 〈패배자의 무덤〉

꼽재기㊔ 보잘것없고 아주 작은 것. 하찮고 아주 작은 사물을 가리키는 말. ¶사납대서 삵괭이라는 별명을 듣고, 인색하대서 진지리 꼽재기라는 별명을 듣고, 〈태평천하⑤〉

꼿꼿이㊏ 꼿꼿하게. 휘거나 굽은 데가 없이 똑바르게. 조금도 굽지 아니하고 똑바르게. ¶P는 고개를 꼿꼿이 쳐들고 앞만 치어다보면서도 속으로는. 〈레디 메이드 인생〉

꼿꼿하다[1]㊎ 휘거나 굽은 데가 없이 똑바로 곧다. 조금도 굽지 아니하고 똑 바르다. ¶그의 눈살은 졸연찮게 꼿꼿해서 제호를 거듭떠본다. 〈탁류⑫〉

꼿꼿하다[2]㊎ 융통성 없이 곧기만 하다. 또는 마음이나 뜻이 곧고 굳세다. ¶'참았더라면 좋았을 걸…'할 후회거리지, 당장은 꼿꼿한 배알이 없는 것도 아니다. 〈탁류②〉

꽁꽁㊏ 아프거나 괴로워서 가냘프게 앓는 소리. 몹시 아프거나 괴로울 때 내는 소리. ¶꽁꽁 앓는 젖먹이를 품에 안고 앉아 시방 한숨이 잦다. 〈이런 남매〉

꽁댕이㊔ →꼬랑이. '꼬리'의 낮은말. ¶처억척 떠나가는데 이건 영락없이 온 겨울 팔다가 팔다가 못 팔고 재어 남은 구멍가게의 자반비웃 꽁댕이처럼, 〈모색〉

꽁무니㊔ 엉덩이를 중심으로 한 몸의 뒤부분. ¶그래 꽁무니에 찬 삼베 수건을 뽑아 땀을 씻고 있노라니까. 〈어머니를 찾아서〉

꽁무니 걸음㊔ 그 자리를 벗어나려고 치는 뒷걸음. ¶겨우 정신이 나는지 별안간 버얼벌 떨면서 방구석으로 꽁무니 걸음을 해 들어갑니다. 〈태평천하④〉

꽁보리밥㊔ 보리쌀로만 지은 밥. ¶태호는 이렇게 분명찮은 대답을 하며서 시꺼먼 꽁보리밥을 한 덩이 덜어서 찬물에다 꺽꺽 말고 있다. 〈보리방아〉

꽁지 빠진 참새 같다〖속〗 꽁지 빠진 새와 같이 볼품없고 초라한 모습이라는 뜻. ¶강안으로 뻗친 찻길에서는 꽁지 빠진 참새같이 방정맞게 생긴 기관차가 경망스럽게 달려다니면서, 빽빽 성급한 소리를 지른다. 〈탁류①〉

꽁하다㊎ 마음속에 은근한 앙심이 있다. 또는 마음이 옹졸하고 소견이 좁다. ¶이

태 동안만 더 있어 달라고 졸라도 듣지 않았을 때에 속으로 꽁하니 노염이 났었고, 〈탁류⑮〉

꽃목[명] 꽃이 달리는 줄기의 끝부분. ¶꽃목이 꺾이기도 하고, 흉한 발자죽에 밟히기도 했다. 〈탁류⑨〉

꽈먹다[동] →까먹다. 시간 따위를 실속없이 보내다. ¶다른 국방모짜리는 마침 시계를 꺼내 보면서 "꼬옥 삽심오 분 꽈먹는걸!" 〈회(懷)〉

꽝꽝하다[형] 표정 따위가 부드럽지 아니하고 굳다. ¶제호를 따라 마주 일어섰던 형보는 벌써 결과를 다 거니를 채고서, 꽝꽝하던 낯꽃이 금시로 풀어진다. 〈탁류⑭〉

꽝우리[명] →광주리. 대, 싸리, 버들 따위로 엮어 만든 그릇. ¶저 꽝우리 구멍 같은 아가리루다가 말은 이기죽이기죽 잘두 하네!…. 〈탁류⑦〉

꽝지리[명] →광주리. ¶어디 입이 꽝지리(꽝우리) 구녁 같거던 말 좀 히여 부아? 〈태평천하⑥〉

꽤씸히[부] →괘씸히. 그렇게 할 수 없는 사이의 사람에게서 신의에 어그러지는 일을 당하거나 했을 때 분하고 밉살스럽게. ¶꽤씸히 생각을 할 테니 욕은 둘째로, 잘못하다가는 볼기를 넓죽 맞게 될 터…. 〈흥보씨〉

꾀죄죄[부] (옷차림이나 모양새가) 지저분하고 궁상스러운 모양. 얼굴이나 옷이 풀이 죽고 때가 끼고 더러운 모양. ¶물론 집안이 가난이 꾀죄죄 흐르는 것, 꼴사나운 주제를 하고 방아를 찧으려고 섰다가 들킨 것이 또한 부끄럽지 아니한 것은 아니나 한편으로는 느긋이 기쁘기도 했었다. 〈보리방아〉 ¶언제 보아도 홀아비 꼴이 드러나게 꾀죄죄 때가 묻은 주제다. 〈탁류⑭〉 ¶그러나 그중에서 다시 둘은, 둘이 다 제 밥술이나 먹는다는 S의 집 아이거니 싶지 않게 가난이 꾀죄죄 흘렀다. 〈반점〉

꾀죄하다[형] 옷차림이나 모양새가 지저분하고 궁상스럽다. 얼굴이나 옷이 풀이 죽고 때가 끼고 더럽다. ¶먹곰보는 힐끔 돌려다 보더니 꾀죄한 정 주사의 풍신이 눈에도 차지 않는다는 듯이 아래로 한번 마슬러보다가…. 〈탁류⑥〉

꾸리다[동] (짐 따위를) 싸서 묶다. ¶어디서 생겼는지 새까만 '고구라' 양복을 입고 이화표 붙은 학생 모자를 쓰고 거기다가 보따리를 하나 지고 무엇 꾸린 것을 손에 들고 차에서 내리는 어린 아이…. 〈레디 메이드 인생〉

꾸물꾸물하다[동] 몸을 느리게 자꾸 움직이다. ¶꾸물꾸물하는 동안에 P는 이부자리를 펴기 시작하였다. 〈앙탈〉

꾸벅꾸벅대다[동] (졸거나 절할 때에) 머리와 몸을 자꾸 숙였다가 들었다가 하다. ¶그 붐배통에 박혀 앉아서 꾸벅꾸벅대고 졸아 쌓고 졸다가는 곤드레만드레 남의 사내들과 살을 마주 비벼대고 한대서야 젊은 여자의 체모에 그다지 아름다운 포즈는 아닐 것이었었다. 〈반점〉

꾸부정[부] 조금 휘어져 있는 모양. [여린말] 구부정. ¶설마 그 무게에 몸이 앞으로 숙었을 리는 없겠지만 허리는 꾸부정 다리도 꾸부정 국방색 운동화 뒤축을 지축지축 끌면서 걸어가고 있는 태도 태려니와, 〈흥보씨〉

꾸불트리다[동] 꾸부러지게 굽히다. ¶오

월이는 배를 부둥키고 꾸불트리고 앉아서 한참 맞는데 갑자기 진통이 일어났다. 〈생명〉

꿀꿀거리다㉯ 돼지가 자꾸 꿀꿀 소리를 내다. ¶용희가 와서 섰는 것을 보고 주둥이를 벌씸거리면서 연신 꿀꿀거린다. 무엇 먹을 걸 좀 달란 말이다. 〈보리방아〉

꿀리다㉯ (형세나 기세가) 줄거나 꺾이다. ¶작년이 재작년만 못한 것은 완구히 눈에 띄어, 살림은 차차 꿀려 들어가기 시작했다. 〈탁류①〉 ¶일변 술도 날씨 선선해진 판에 한바탕 먹어 제끼고 싶고, 이참저참 올라왔던 것인데, 방위가 나빴던지 일수가 사나왔던지, 첫새벽 정거장에서 내리던 길로 일이 모두 꿀리기만 했읍니다. 〈태평천하⑫〉

꿀맛 같다〖관용〗 (무엇을 하고 싶은 생각이) 간절하다. 〖비슷〗 굴뚝 같다. 꿀안 같다. ¶그런데 마침 아까 선보러 왔던 그런 일이 있고 보니 정 씨도 정 씨려니와 용희의 마음은 지금 당장이라도 따라나서고 싶은 생각이 꿀맛 같았다. 〈보리방아〉

꿀안 같다〖관용〗 꿀맛 같다. ¶우리는 아무 대답도 아니했읍니다. 아무 대답도 아니하는 것은 그저 생각이 꿀안 같아도 처분만 기다립니다… 하는 무언의 대답입니다. 〈소복 입은 영혼〉 ¶그때 당년에야 흔한 도서원이나마 한 자리 얻어 하고 싶은 생각이 꿀안 같았어도, 〈태평천하④〉

꿀침㉮ (무엇을 먹거나 갖고 싶을 때) 한 번에 넘어가는 침. ¶그래 꿀침 넘어가듯 당기는 것을 못하고 번번이 약속 받은 바느질삯에서 재봉틀세까지 떼어 주게 되니. 〈명일〉

꿈싯꿈싯㉰ 약하고 둔한 몸짓으로 느릿느릿 움직이는 모양. ¶윤 직원 영감은 꿈싯꿈싯, 염낭에서 돈을 암만큼 꺼내어 조심해서 세어 보고 만져 보고 또 들여다보고 하더니 별안간, 〈태평천하⑭〉

꿍꿍이㉮ '꿍꿍이셈'의 준말. 남에게 드러내 보이지 않고 속으로 하는 속셈. ¶저어 공자님 말씀에 "소인이 한가히 지낼 것 같으면 아름답지 못한 꿍꿍이를 꾸미나니라." 하신 대문이 있겠다요. 〈태평천하⑩〉

꿍꿍이속㉮ 알 수 없는 셈속. ¶대체 그렇다면 요녀석이 어디를 가서 무슨 꿍꿍이속을 부렸기에? 응? 〈탁류⑩〉

꿩 먹고 알 먹고〖속〗 한 가지 일에 두 가지 이상의 이익을 본다는 말. 〖같은〗 일석이조(一石二鳥). 일거양득(一擧兩得). ¶꿩 먹고 알 먹고 하는 속인데, 윤 직원 영감은 채무자의 재산을 가차압을 해 놓고…. 〈태평천하⑨〉

꿰어지다㉯ '꿰지다'의 본딧말. ¶마침 돌아서는 형보를, 되는 대로 아랫배를 겨누어 꿰어지라고 발길로 내지른다. 〈탁류⑱〉

꿰어차다㉯ '데리다'의 속된 말. 함께 하다. 자기 몸 가까이 있게 하다. ¶조롷게 생긴 계집애한테루 장가를 들랴면서 기생년을 뀌(꿰)어차구 다니니 하눌이 알아보실 일이지! 〈탁류⑨〉

꿰지다㉯ (둘러싼 것이) 터져서 속의 것이 드러나다. ¶그는 돌아서서 뒤를 힐끔힐끔 돌아보며 훔친 두부를 반을 떼어 종태를 주고 한편으로 볼이 꿰지게 밀어 넣는다. 〈명일〉

끄나불명 →끄나풀. '남의 앞잡이 노릇을 하는 사람'을 욕으로 일컫는 말. ¶형보의 계책을 알고 그런 건 아니나 아뭏든 *끄나불* 노릇을 한 셈이었었다. 〈탁류⑭〉

끄덕끄덕하다동 고개(머리)를 앞뒤로 가볍게 자꾸 움직이다. ¶노장은 잊었던 이야기 끝을 찾아냈대서, 머리 없는 머리를 *끄덕끄덕한다*. 〈두 순정〉

끄덱거리다동 (머리를) 조금 가볍게 움직거리다. ¶모두들 졸음이 쏟아져 눈은 시일실 감기고, 안개 속같이 몽롱한 정신에, *끄덱거리는* 몸은 맥 하나도 없이 시들부들, 〈순공(巡公) 있는 일요일〉

끄덱끄덱부 (머리를) 조금 가볍게 움직거리는 모양. ¶"그래 그래… 그래야 하구 말구…" 제호는 밥을 씹다가 말고 기다란 얼굴을 연신 대고 *끄덱끄덱*. 〈탁류⑬〉 ¶영섭은 대답하는 아이들을 "으음…" 하고 고개를 *끄덱끄덱*, 한참 둘러보고 나서, 〈이런 남매〉

끄덱끄덱하다동 (머리를) 조금 가볍게 자꾸 움직이다. ¶경희는 고개를 여러 번 *끄덱끄덱하다가* 다시 "네 이름이 무어지?" 〈반점〉

끄들리다동 →꺼둘리다. 남에게 꺼두름을 당하다. ¶그런 끝에 그 잘난 수염도 잡아 *끄들리고* 그 밖에도 별별 창피가 비일비재다. 〈탁류①〉 ¶어린 놈과 안해의 성화에 견디다 못해 필경 *끄들려* 일어나다시피 일어나서는 소쇄를 마친 후 마악 조반상을 물린 참이었었다. 〈순공(巡公) 있는 일요일〉

끄르르부 트림을 심하게 할 때 나는 소리. ¶윤 직원 영감은 우동 한 그릇을 물린 뒤에, 트림을 *끄르르*, 새끼손 손톱으로 잇살을 우벼서 밀창문에다가 토옥, 담뱃대를 땅따앙 치면서 하는 소립니다. 〈태평천하⑩〉

끄만부 →그만. 그대로 곧. ¶"왔수?… 깜박 *끄만* 잠이 들었어!" 〈흥보씨〉

끄먹거리다동 눈을 자꾸 가볍게 감았다 떴다 하다. ¶승재의 눈 *끄먹거리는* 얼굴을 빠아꼼 들여다보고 있다가 지성으로 묻는 것이다. 〈탁류⑰〉

끄먹끄먹부 눈을 자꾸 가볍게 감았다 떴다 하는 모양. ¶최 서방은 더 말을 못하고 *끄먹끄먹* 앉았다가. 〈빈(貧)… 제1장 제2과〉 ¶그러니 그저 농판같이 뒤처진 역사 속에서 *끄먹끄먹* 호흡이나 하고 있는 수밖에…. 〈이런 처지〉

끄먹끄먹하다동 눈을 자꾸 가볍게 감았다 떴다 하다. ¶그는 놀라움과 무렴함과 슬픔이 한꺼번에 얼굴로 확 치켜올라 멍하니 *끄먹끄먹하고* 앉았다가 두 눈에서 줄기 같은 눈물이 쏟아져 내렸다. 〈산적〉 ¶부룩쇠는 대답을 하지 못하고 큰 눈만 *끄먹끄먹합니다*. 〈어머니를 찾아서〉 ¶승재는 마치 어른한테 꾸지람을 듣고 있는 아이같이 큰 눈을 *끄먹끄먹하고* 있다가, 겨우 발명을 한다는 것이…. 〈탁류③〉

끄무레하다형 날씨가 흐리고 어둠침침하다. ¶일기가 맑지가 못하고 연일 *끄무레하니* 흐린 채 이따금 비를 뿌리곤 하는 것까지 봄날 하듯 한다. 〈얼어죽은 모나리자〉

끄물거리다동 비가 올 듯 날이 자꾸 흐려지다. 〖여린말〗 그물거리다. ¶연 사흘째나 날이 개질 듯 말 듯 *끄물거리면서* 새침한 바람 끝이 수월찮이 쌀쌀하다. 〈모색〉

끄으덱끄으덱㊕ →끄덱끄덱. 머리를 조금 가볍게 자꾸 움직이는 모양. ¶종택은 둘 다 일 없으니, 좋은 낙타나 한 마리 주었으면 그놈을 타고 끄으덱끄으덱 세상 구경이나 다니겠노라고 대답을 했다. 〈패배자의 무덤〉

끄윽[1]㊕ 넌지시 슬쩍 행동하는 모양. ¶태수는 행화의 얼굴을 끄윽 들여다본다. 〈탁류④〉

끄윽[2]㊕ 드러나지 않게 깊숙이 박히거나 들어 있는 모양. ¶보기에도 답답하고, 마치 세상이 가다가 말고서 끄윽 잠겨 움직이지 않는 성싶게 하품이 절로 나오는 여름날 오후의 정적이다. 〈용동댁〉 ¶그리구는 허는 일이라는 게 책 디리파기, 신문잡지 뒤치기, 그렇잖으면 끄윽 드러누워서, 웃지두 않고. 〈소망〉

끄윽[3]㊕ →꾹. 힘들여 굳게 참거나 견디는 꼴. ¶시간을 기다리자니 무던히 지리하기는 했어도, 그는 끄윽 참고 기다렸다. 〈탁류⑩〉 ¶그것이 뼈에 사무치게 고깝고 안타까와 그 자리에 축 엎드려서 갖추갖추 울며 넋두리라도 하고 싶은 것을 끄윽 참았다. 〈생명〉

끄윽[4]㊕ 달리거나 돌던 것이 가까스로 멈출 때 나는 소리. ¶지구가 끄윽 멈춰 선 것 같다. 〈명일〉

끄은히㊕ →끈히. 끈질기게. ¶먹곰보가 끄은히 왜장을 치면서 비틀거리고 도로 덤벼드는 것을 그의 아낙이 뒤에서 허리를 그러안고 늘어진다. 〈탁류⑥〉 ¶"웬 상관이여? 내가 늬미를 후려냈더냐? 네 할미를 후려냈더냐?"고 입은 끄은히 놀린다. 〈쑥국새〉 ¶헤렌은 끄은히 앙상거리면서, 모친과 형에게 끌리듯 일각대문 밖으로 사라진다. 〈이런 남매〉

끄응㊕ →끙. 힘에 겹거나 부대껴서 신음처럼 내는 소리. ¶"끄응! 이러니저러니 해두 젊어서 한때가 좋습넨다 다아…." 〈모색〉

끄터리[1]㊔ →끄트러기. 쓰고 난 나머지. ¶수양산 그늘이 강동 팔십 리를 간다거니와, 애초에 죽은 고태수가 소절수 농간을 부리던 돈으로 미두를 하다가, '아시'가 나게 된 끄터리를 형보가 얻어 가졌고, 〈탁류⑮〉

끄터리[2]㊔ →끄트머리. (전라). 맨 끝이 되는 부분. ¶필경 제 생활을 옷 지어 입을 현실은 한 끄터리도 옷감 끊지 못했었다. 〈모색〉

끈터리㊔ '근터리'의 입말. 의지할 만한 연줄. ¶그러면 그렇게 해서 그 끈터리로라도 시집을 가는 것이 옳을 것 같고, 또 그럴 밖에는 별수가 없다. 〈동화〉 ¶그는 면장과는 나이는 '벗'을 할 나이요, 또 다같이 세교가 있는 소위 반명(班名)하는 집안의 끈터리라 맞허우를 하기는 하지만. 〈보리방아〉

끌신㊔ 뒤축은 없고 발끝만 꿰어 신는 신. ¶승재는 신발장 안에 새로 그득히 사 둔 끌신을 한 켤레 꺼내다가 계봉이 앞에 놓아 주고서 어깨를 가만히 짚는다. 〈탁류⑰〉

끔벅끔벅㊕ 큰 눈을 슬쩍슬쩍 자꾸 감았다 뜨는 모양. ¶자기 역시 어젯밤 그 자리에서 눈을 끔벅끔벅 뜨고 바라보고만 있던 일이 옥섬이더러만 큰소리를 할 기운이 나지 아니하였다. 〈산동이〉

끔찍스레㊄ 끔찍스럽게. ¶그걸 하고 있는 장자들은 천하에도 없이 끔직스레 재미가 있읍니다. 〈태평천하⑨〉

끔찍㊄ 끔찍이. 정성이나 성의 따위가 몹시 대단하고 극진하게. ¶영주는 꺼림칙한 생각을 억지로 접어 놓고 행여 빛다른 눈치를 보일세라 끔찍 조심해서 대하는 것이다. 〈명일〉

끔찍스럽다㊉ 지독하게 크거나 많거나 참혹하여 놀랄 만하다. ¶그건 그러나 애기더러 끔찍스런 입을 놀린대서 지천이지, 〈탁류⑰〉

끔찍이㊄ 정성이나 성의 따위가 몹시 대단하고 극진하게. ¶이 일이 이 허리띠와 염낭을 주고받다가 이렇게 크게 벌어졌느니라 생각하면 원망스럽기도 하거니와 그러는 한편 끔찍이 소중하기도 하였다. 〈팔려간 몸〉 ¶이백 원! 이백 원이면 돈 그것은 그리 하잖은 돈이라더라도 영주에게는 끔찍이 귀한 돈이다. 〈명일〉

끕끕수㊎ 체면이 깎일 일을 당하여 갖는 부끄러움. 창피. 수모. ¶차라리 태수를 끕끕수를 주고 싶어서 하는 말이요, 그보다 더, 그래저래 하다가 이 혼인이 파혼이 되었으면 좋겠다는 막연한 심술로다가 하는 말이다. 〈탁류⑧〉 ¶물론들, 차를 타 보고 싶은 것도 타 보고 싶은 것이지만 한편으로는 임×× 선생을 끕끕수를 주자는 노릇이었었다. 〈회(懷)〉 ¶우선 그랬으면 여태가지 끕끕수를 받던 반분풀이는 될 것 같았다. 〈탁류⑭〉

끙㊄ 몹시 힘들거나 아플 때 내는 소리. ¶형보는 혼자서 제 생각에 골몰해 있다가 이윽고 끙 하면서 일어나 앉더니 태수 앞에 놓인 해태곽을 집어다가 한대 피워 물고는, 저도 말에 한몫 끼자고…. 〈탁류⑨〉 ¶춘심이는 대그르르 웃고, 윤 직원 영감 끙! 저 잡것 좀 부아! 하면서 혀를 찹니다. 〈태평천하⑩〉

끙끙㊄ 몹시 힘들거나 아플 때 잇달아 내는 소리. ¶미럭쇠는 이 경사 급한 깔그막길을 무거운 나뭇짐에 눌려 끙끙 어렵사리 올라가고 있다. 〈쑥국새〉 ¶강 서방은 방금까지 끙끙 앓는 소리를 하더니 그새 잠이 들었는지, 〈이런 남매〉

끙끙하다㊌ 몹시 힘들거나 아플 때 내는 소리를 자꾸 내다. ¶그런데 도가 맡았던 사람은 밑졌다고 끙끙하더라는데 실상은 밑졌는지 어쨌는지는 모르겠으나 개략 통계를 따지어 보면, 〈화물자동차〉

끙짜㊎ 남에게 무리한 떼를 쓰거나 심술을 부리는 말이나 짓. 흔히 '끙짜를 하다, 끙짜를 놓다'로 쓰임. ¶사실 제호가 살림이고 돈이고 언제든지 이렇게 끙짜 한마디 없이, 아끼잖고 사다 주고 내놓고 하는 것을 받을 때만은, 〈탁류⑬〉

끙짜(를) 하다【관용】 남에게 무리한 떼를 쓰거나 심술을 부리다. 【같은】 끙짜(를) 놓다. ¶그러한 만큼 오늘 아까 먼저에도, 보나 안 보나 끙짜를 할 오래비 영섭보다는 차라리 혜련을 생각하기는 했었으나, 〈이런 남매〉

끼놈㊇ '예끼놈'의 준말. '예끼놈'은 세찬 기세로 욕할 때 내는 소리. ¶이 양반이 휙 돌려다 보고는 비죽 웃으면서 "끼놈! 많이 댕겼구나!" 아뿔싸, 혀를 날름하고 고개를 숙이는데 여럿은 와끄르 웃어 젖히고. 〈회(懷)〉

끝동명 옷소매의 끝에 색이 다른 천으로 이어서 댄 동강의 조각. ¶이윽고 옥초가 끝동 없이 고름만 자주로 단 하얀 하부다이 저고리에 무늬가 맘껏 굵은 벨벳의 맑은 남빛 치마를 치렁치렁 받쳐 입고 새로 마추어 두었던 깜장 에나멜 구두를 손에 들고서 마루로 나선다. 〈모색〉

끼끗하다형 말쑥하고 깨끗하다. ¶이 가운데 양복 끼끗하게 입고 얼굴 거무튀튀 함부로 우툴두툴한 사내꼭지가 한 놈, 감히 들어앉아 있음은 매우 참월하다 하겠다. 〈탁류⑯〉

끼약끼약부 까치나 까마귀 따위가 높고 날카롭게 자꾸 우는 소리. ¶까치가 한 마리 끼약끼약 짖다가 심심한지 이내 날아가버린다. 〈동화〉

끼웃거리다동 (무엇을 보려고) 고개나 몸을 자꾸 기울이다. 〖여린말〗 기웃거리다. ¶이 집 저 집 창살을 끼웃거리고 지나는데 한 집 앞에 당도하니 창살 안에 색시들이 사오 인이나 모여 앉았다. 〈팔려간 몸〉 ¶제호는 마치 손님으로 남의 집이라도 찾아오기나 하는 것처럼 기다란 얼굴을 끼웃거리면서 어릿어릿 안대문 안으로 들어선다. “모르는 집엘 오시나? 무얼 그렇게 끼웃거리시우?” 〈탁류⑬〉

끼웃끼웃부 (무엇을 보려고) 고개나 몸을 자꾸 기울이는 모양. 〖여린말〗 기웃기웃. ¶식모는 먼저 구해 두기로 했다더니 어디로 갔는지 가고 보이지 않고, 건넌방에서 도배하던 사내들만 끼웃끼웃 내다본다. 〈탁류⑨〉

끼웃끼웃하다동 (무엇을 보려고) 고개나 몸을 자꾸 기울이다. 〖여린말〗 기웃기웃하다. ¶그래 끼웃끼웃하노라니까 쇠꼬챙이로 울타리를 한 저 집안에서 웬 키 크고 코 크고 눈이 노랗고 뭐 참 이상스럽게 생긴 사람 하나가 양복 입은 긴 다리로 겅중겅중 걸어 나오고 있읍니다. 〈어머니를 찾아서〉

끼웃이부 (무엇을 보려고) 고개나 몸을 조금 기울여. 〖여린말〗 기웃이. ¶사립문 밖에서 밭은기침 소리가 나더니 구장이 끼웃이 굽어다 본다. 〈보리방아〉 ¶벌써 네 신가 싫어 고개를 쳐들면서 가볍게 한숨을 내쉬는데 마침 헙수룩하게 생긴 촌사람 하나가 철 이른 대팻밥모자를 벗으면서 끼웃이 들어선다. 〈탁류②〉

끼웃하다동 (무엇을 보려고) 고개나 몸을 조금 기울이다. 〖여린말〗 기웃하다. ¶그제서야 (생각이 났던지) 고개만 돌려 끼웃하더니 “안녕합시오?” 하고 알은체를 한다. 〈순공(巡公) 있는 일요일〉

끼적거리다동 (글씨를) 되는 대로 함부로 쓰다. 〉깨작거리다. ¶그만 싫증이 나서 대체 이런 걸 소설이랍시고 끼적거리고 앉았는 그 샌님은 얼굴이 소처럼 생겼을까 곰처럼 생겼을까 작히 한번 구경함직하겠지 하고 콧등을 찡그서리면서 일찌감치 책장을 덮어 치운다. 〈모색〉

끼치다동 물건, 유산 등을 남기다. 또는 자손을 두다. ¶뭉글게 먹고 가늘게 싸더라도, 윤 직원 영감이 인제 죽을 때는 단돈 몇천 원 이라도 끼쳐 줄 눈치요, 〈태평천하⑨〉

낑구(キング)명 일제 강점기의 잡지 이름. 영어의 ‘king’. ¶잡지야 머 낑구나 쇼넹 구라부 덮어 먹을 잡지나 있나요. 〈치숙(痴叔)〉

ㄴ

나가동그라지다㉩ 뒤로 물러나 넘어지면서 구르다. ¶발부리 앞에 가서 사지를 뒤틀고 나가동그라져 민사(悶死)하는 태수의 환영이 역력히 보이던 것이다. 〈탁류⑧〉

나귀는 샌님만 업신여긴다『속』 제게 만만해 보이는 사람에게는 함부로 군다는 뜻. ¶"어이구, 참! 나구(귀)는 샌님만 업신여긴다구! … 자아, 노래하께 영감님 장단 치시요?" 〈태평천하⑩〉

나그네 먹던 김칫국이나마 먹자니 더러워도, 남 주자니 아깝다『속』 자기는 별로 가지고 싶지 않은 물건이지만 그렇다고 남을 주기는 아깝다는 말. ¶그건 단순한 물욕만도 아닐 것이고, 나그네 먹던 김칫국이나마 먹자니 더러워도, 남 주자니 아까운 인심이라면, 초봉이도 일 년 넘겨 이태 가까이 살아온 이 사내가 명색 큰여편네라는 것한테로 가고 있는 걸 보고 있기가. 〈탁류⑬〉

나깨㉤ '나이깨'의 준말. '어느 정도로 든 나이'를 얕잡아 일컫는 말. ¶"에끼! 나깨나 먹어 가지고 무얼 철딱서니 없이… 사서삼경 어데가 머리 깎고 순검 댕기라고 씨었든가?" 〈소복 입은 영혼〉

나놓다㉩ 낳아 놓다. 예문의 '나논'은 '낳아 놓은'의 준말. ¶생긴 거란 역시 별수 없고 까칠한 게 갓에 나논 고양이 새끼 여대치게 어설펐읍니다.〈태평천하⑤〉

나다니다㉩ 밖으로 나가 여기저기 다니다. ¶대체 무덤이란 그다지 자주 나다니게 되는 것은 아니기야 하다지만. 〈패배자의 무덤〉

나동그라뜨리다㉩ 나동그라지게 하다. ¶그렇게 죽어라고 떠받아 나동그라뜨리고서 휑하니 뛰어간다. 〈쑥국새〉

나동그라지다㉩ '나가동그라지다'의 준말. 뒤로 물러가면서 넘어져 구르다. ¶그러고는 이어 무엇인지 옆구리와 다리께를 사정없이 탁 치는 바람에 입을 딱 벌리고 나동그라져 정신을 놓았습니다. 〈어머니를 찾아서〉 ¶태수는 방바닥에 나동그라져 우는 시늉을 하면서 물린 어깨를 손바닥으로 비빈다. 〈탁류⑤〉 ¶봉분의 보송보송한 흙바닥에 가 나동그라진 응쥐는 온몸에 흙고물 칠을 해 가지고 이리 틀고 저리 틀고 발광을 한다. 〈정자나무 있는 삽화〉

나락㉤ 벼. 또는 벼 이삭. ¶"…내가 이 사람아, 나락으루 해마닥 만 석을 추수를 받구, 돈으루두 몇만 원씩을 차구 앉었넌 사람인디." 〈태평천하⑦〉

나래치기㉤ 날갯짓하기. 날개를 젓는 짓. ¶둥지가에 가 붙어서는 푸르륵푸르륵 한참씩 나래치기를 익히곤 하던 참인데, 〈흥보씨〉

나루㉥ →내리. 처음부터 끝까지. 줄곧. ¶명색이 친구라는 나루 앉아서 당하자니 행결 더 불쌍한 생각이 들구, 〈탁류⑭〉

나리명 권세가 있거나 지체 높은 사람을 높여 부르는 말. ¶새까만 거지 아이놈이 조그맣게 두 손을 내밀면서 "나리, 나 동전 한 푼만" 한다. 〈명일〉 ¶혼자 계시능구마? … 쥔 나리는 어데 갔능기요? 〈탁류②〉

나리유끼(なりゆき, 成行)명 '시장의 동향에 따라 정해진 값'의 일본어. ¶그날 태수는 형보가 있는 중매점 마루강에다가 육십 원 증금으로 육백 원을 내고 쌀 천 석을 '나리유끼(成行)'로 붙였다. 〈탁류④〉

나마비루(なまビール)명 '생맥주'의 일본어. ¶아까다마의 나마비루 석 잔씩이 두 사람의 기운을 도왔다. 〈창백한 얼굴들〉

나마비이루(なまビール)명 '생맥주'의 일본어. 살균 처리를 하지 않은 양조된 그대로의 맥주. ¶그리고 참 나마비이루! 이 사람아! 나는 서울 나마비이루가 먹고 싶어서, 여름이면 살이 내릴 지경이네. 〈이런 처지〉

나무람명 나무라는 말. 또는 나무라는 일. ¶영주는 매를 늦추고 나무람을 하는 판인데 남편이 대뜰로 올라서는 것을 보니 그대로 퍽 엎드려 헉헉 느끼며 울었다. 〈명일〉 ¶그러나 어머니가 무엇 일을 시키려다가도, 또 나무람을 하려다가도 차마 불쌍해서 못하고. 〈얼어죽은 모나리자〉

나무에 올라갔다가 흔들리는 셈『속』 감언이설에 속아 위험한 곳이나 불행한 처지에 빠진다는 말. ¶부르조아지의 모든 기관이 포화 상태가 되어 더 수요가 아니 되니 그들은 결국 꼬임을 받아 나무에 올라갔다가 흔들리는 셈이다. 개밥의 도토리다. 〈레디 메이드 인생〉

나발통명 '나발'의 속된 말. '나발'은 놋쇠로 긴 대롱같이 만든 우리 전통 관악기의 하나. 금속성의 우렁찬 음색을 가짐. 여기서는 '객쩍고 당치 않은 말이나 그런 말을 하는 입'을 속되게 일컫는다. ¶입에도 나발통을 대고 악을 쓰며 외치는 역부들의 떠드는 소리… 플랫포옴 앞에 그득히 들어선 검은 기차 옆에 보여서서 긴장이 되어 훤화와 혼잡을 이루는 광경은. 〈세 길로〉

나부랑이명 →나부랭이. 어떤 부류의 사람이나 물건을 하찮게 여기어 이르는 말. ¶종로에서 풍로니 남비니 양재기니 숟갈이니 무어니 해서 살림 나부랑이를 간단하게 장만하여 가지고 올라오는 길에 전에 잡지사에 있을 때 안 ××인쇄소의 문선과장을 찾아갔다. 〈레디 메이드 인생〉 ¶심지어 헌 책상 나부랑이며 자취하던 부둥가리까지 헌 옷벌까지 모조리 쓸어다가 팔 것 팔고 잡힐 것 잡히고 한 것이 겨우 십오 원 남짓해서. 〈탁류⑮〉 ¶그 돈으로 방 한 칸 얻고 살림 나부랑이도 조금 장만하고 그래 놓고서 마침 그 알량꼴량한 서방님이 놓여나오니까 그리로 모셔 들였지요. 〈치숙(痴叔)〉 ¶그렇다고 그 애들 말마따나 이 번잡한 길바닥에서 벤또 반찬 나부랑이를 꺼내서 움줄움줄 먹인대서야. 〈흥보씨〉 ¶옥초는 미상불 그 찬밥 덩이에 알량한 반찬 나부랑이를 명색 점심 밥상이라고 받을 일을 생각하지. 〈모색〉

나부랭이명 어떤 부류의 사람이나 물건을 하찮게 여기어 이르는 말. ¶옥초도 날 갖다가 읍회의원 나부랭이나 얻어 하구 다닌다구 비양만 하지 말구서 자알 이해를 좀 해주어요! 〈모색〉

나뽀레용(Napoleon)명 →나폴레옹(1769~1821). 프랑스의 황제. 보불(普佛) 전쟁에서 패배하여 객사함. ¶나뽀레옹이라는 서양 영웅이 그랬답디다. 기회는 제가 만든다구. 그리고 불가능이란 말은 바보의 사전에서나 찾을 글자라구요. 〈치숙(痴叔)〉

나수부 →나우. 좀 낫게. 좀 많게. ¶"더 먹어라. 이틀이나 굶어서 오직이나 시장하였겠냐. 이따가 시장허잖게 나수 먹어라… 늬덜을 이날 이때까지 배는 안 곯리고 키워 오다가 이 지경을 당허닝게 눈이 캄캄하다."〈생명의 유희〉

나수다동 →낫우다. 낫게 하다. 풀게 하다. ¶"피로를 나수어야 할 행동, 그러니까 휴식, 그놈 하나하구…."〈순공(巡公) 있는 일요일〉

나쓰미깡(なつみかん)명 '여름 밀감'의 일본어. ¶철이 아니라 할 수 없이 나쓰미깡을 사다가는 이빨이 삐득삐득하도록 흠씬 먹었다. 〈탁류⑬〉

나앉다동 어떤 곳으로 나가거나 물러나거나 하여 자리를 잡다. ¶베란다에 나앉아서 초봉이의 난감해 하는 양을 보고, 혜벌씸 혼자 웃던 제호가 이윽고, 〈탁류⑫〉 ¶혼인한 지 사 년 되던 해에 딴살림을 나앉았다. 〈생명〉

나우부 좀 낫게. 또는 좀 많게. ¶서울루 가면 내 정식으루 월급두 나우 주지. 그때는 시방처럼 이런 여점원이 아니라 사무원이야 사무원. 〈탁류②〉 ¶그리구 점잖은 어른께서 막걸리값이나 나우 주서야 허잖겠사와요? 〈태평천하①〉

나위의 ('-ㄹ' 다음에 '없다'와 함께 쓰여) 더할 수 있는 여유나 여지(餘地). 또는 더 해야 할 필요. ¶마침내 혼인 그 전날 밤이 되매 그는 이것 저것 거리끼고 돌아볼 나위도 없이 그냥 무턱대고 그렇게 나서는 것이다. 〈얼어죽은 모나리자〉

나이깨명 '나이 정도', '어느 정도로 든 나이' 등의 뜻을 얕잡아 이르는 말. 〖준말〗 나깨. ¶최 서방과 오 서방은 그래도 나이깨나 든 값으로 속이 푸욱 삭은 내기들이라. 〈정자나무 있는 삽화〉

나조기명 →라조기. 닭고기를 토막 쳐 튀긴 것에 고추, 파, 마늘, 생강을 볶아 섞고, 또 녹말을 물에 풀어 넣어 익힌 중국 요리의 하나. ¶배갈과 나조기가 들어왔으나 나는 가뜩이 낮술이요 해서 잔을 치워 놓고 김 군이 혼자서 자작을 기울여야 했다. 〈회(懷)〉

나직하다형 (위치나 소리 등이) 조금 낮다. 〖상대〗 높직하다. ¶영감의 목소리는 다시 나직하고 타이르듯이 순순하여졌다. 〈산동이〉

나차막하다형 →나지막하다. 위치나 소리 등이 비교적 조금 낮다. ¶산이라기보다도 나차막한 구릉이요, 경사가 완만하여 별로 험한 길이랄 것도 없다. 〈패배자의 무덤〉

나찬 디〖관용〗 낮은 곳. ¶높은 디가 하등이구 나찬 디가 상등이라니! 나넌 칠십 평생으 그런 말은 츰 듣겄소! 〈태평천하③〉

나풋부 가볍고 날렵하게 움직이는 모양. 또는 한 번 가볍게 나부끼는 모양. 〖비슷〗 나푼. 〈너풋 ¶소희는 열고 들어온 문을 닫으려고도 하지 아니하고 방 안을 둘러보다가 병조와 눈이 마주치자 나풋 허리를 숙여 인사를 하였다. 〈병조와 영복이〉 ¶계봉이는 한 손으로 치마폭을 가볍게 치켜 잡고 리듬을 두어 빙그르르 돌아서 형이 문턱을 짚고 앉아 올려다보고 웃는 앞에 가 나풋 선다 〈탁류⑯〉

나풋나풋[부] 가볍고 날렵하게 잇달아 움직이는 모양. 또는 잇달아 가볍게 나부끼는 모양. 『비슷』 나푼나푼. 〈너풋너풋. ¶현관으로 들어서니까는 여남은이나 같은 하녀들이 나풋나풋 엎드리면서 한꺼번에, 이랏샤이마세를 외친다. 〈탁류⑫〉 ¶꽃이 지고 난 나뭇가지에는 열푸른 새 잎들이 나풋나풋 솟아나고 철 이른 백양은 벌써 녹음이 우거지려고 한다. 〈그 뒤로〉

나풋이[부] 나풋하게. 가볍고 날렵하게 움직이는 모양. ¶초봉이는 겨우 허리만 나풋이 숙여 뉘게라 없이 인사를 하고 체하고 계봉이를 데리고 대문간으로 나가는 것을, 〈탁류⑨〉

낙가(落價)[명] 값이 떨어짐. 또는 값을 깎음. ¶저편에서는 30전은 주어야 한다는 것을, 대복이가 10전만 받으라고 낙가를 시키다 못해, 20전에 절충이 되었던 것입니다. 〈태평천하⑭〉

낙가(落價)시키다[동] 값이 떨어지게 하다. 또는 값을 깎게 하다. ¶더욱 일이 잘 되느라고 마침 금융 조합에서 저당 유실되는 논이 있었던지라 그것을 헐값으로 낙가시켜서 대번 아무아무 두세 농민의 명의로 자작농 창정을 해 놓았다. 〈보리방아〉

낙관(樂觀)[명] 일이 잘 되어 갈 것으로 봄. 앞으로의 일이 잘 되어 갈 것으로 여기는 것. 『상대』 비관(悲觀). ¶신경 쇠약으루 저만큼 심하니깐 더 도질 리야 없구 차차 나어가겠거니, 일변 걱정은 하면서두 한편으루는 낙관을 허구 있었더라우. 〈소망〉

낙낙하다[형] (크기, 수효, 무게 따위가) 조금 크거나 남다. ¶"신이라 건 좀 낙낙히 여야지, 더군다나 새신을 신구서 정거장까지 십 리 길이나 갈라면서 너머 째머는 발 부릍는다." 〈동화〉

낙담(落膽)[명] 잔뜩 바라던 것이 뜻대로 아니 되어 갑자기 마음이 상함. 일이 뜻대로 되지 않거나, 실패로 돌아가 갑자기 기운이 풀림. ¶이게 다 공연한 짓이거니 하여 낙담도 되지만. 〈얼어죽은 모나리자〉

낙담실망(落膽失望)[명] 일이 뜻대로 되지 않아 맥이 풀리고 마음이 상함. ¶내 끝엣 삼촌 태규(씨) 같은 군은, 고만 낙담실망이 되어 퉁퉁 부어 가지고는. 〈순공(巡公) 있는 일요일〉

낙담(落膽)하다[동] 잔뜩 바라던 것이 뜻대로 아니 되어 갑자기 마음이 상하다. ¶무엇을 걱정하는 것 같은, 낙담한 것 같은 그런 기색이 보였다. 〈탁류⑦〉

낙망(落望)[명] 희망을 잃는 것. ¶인제는 어쩌면 영영 색시를 만나지 못하는 것이 아니가 하는 낙망까지 하던 끝에 갑자기 처가에를 가라는 말이 나오니 신이 나지 않을 수가 없던 것이다. 〈두 순정〉 ¶연거푸 이태 동안 여섯 번이나 낙제를 했으니 여간만 낙망이 되고 염증이 나지를 않았을 것이다. 〈회(懷)〉

낙명(落名)[명] 명성이나 명예가 떨어짐. ¶정 주사는 낙명이 되어 한숨만 거듭 쉬고 서서 있는 것이 그래도 보기에 딱했던지 마코를 선심 쓰던 하바꾼이 부드러운 말로 위로를 하는 것이다. 〈탁류①〉

낙발(落髮)명 머리를 깎는 것. ¶학도들은 실상인즉 부형네가 금을 하는 고로 자진해선 감히 낙발을 하지 못하는 경우가 많았던 터라 속으로는들 은근히 좋아는 하면서도. 〈회(懷)〉

낙수물(落水-)명 '낙숫물'이 바른 표기. 빗물, 눈석임물 또는 고드름 등이 녹아 처마 끝에서 떨어지는 물. ¶바스스하는 빗소리, 똑똑 듣는 낙수물 소리, 그리고 가끔 가다가 늦은 전차, 자동차의 부르짖는 소리가 처량히 울려오고. 〈산동이〉

낙심(落心)명 바라던 일을 이루지 못하여 맥이 빠지고 마음이 상함. ¶요새 와서는 윤희로 해서 늘 불안이 생기고, 이러다가는 장래가 길지 못할 것 같아 낙심이 되기도 했다. 〈탁류②〉 ¶"일 해 보기두 전에 안 될 줄로 낙심 먼저 하구…." 〈치숙(痴叔)〉

낙인(烙印)명 씻기 어려운 욕된 평판을 비유적으로 이르는 말. ¶과부, 이것은 이마에 불행의 낙인을 찍은 여성입니다. 〈소복 입은 영혼〉

낙지(落地)명 땅에 떨어짐이라는 말로, 세상에 태어나는 것. ¶슬하에 아들이 없고 만득으로 오직 하나 둔 딸 소저는 낙지 이후부터 불행한 인생의 길을 밟기 시작했읍니다. 〈소복 입은 영혼〉

난관(難關)명 일을 해 나가기 어려운 고비. ¶생각지 아니한 난관을 만났다가 다행히 무사히 피어는 났으나 그것 때문에 정말 요긴한 이야기가 흐지부지 될까 봐서 태호는 속이 조였다. 〈보리방아〉 ¶당장 그것부터가 난관이 아닐 수 없었다. 〈회(懷)〉

난데없다형 갑자기 불쑥 나와 어디서 나왔는지 알 수 없다. ¶난데없이 점례가 미럭쇠, 미럭쇠, 불러대면서 헐레벌떡 달려오고 있었다. 〈쑥국새〉

난도질(亂刀-)명 칼로 마구 베거나, 치거나, 잘게 다지는 짓. ¶형보의 시신을 육회 치듯 난도질을 해 놓았을 것이다. 〈탁류⑱〉

난문제(難問題)명 해결하기 어려운 문제. ¶원체가 계획적인 난문제인 데다가 원체가 또 짧은 밑천이라. 〈회(懷)〉

난봉을 부리다『관용』 허랑방탕한 짓을 하다. ¶또 맏손자 종수가 난봉을 부리고, 군수를 목표한 관등의 승차에 관한 운동비를 쓰고 그러는 통에 재산이 그 만 석에서 더 붇지를 못하고 담보로—웃을 한 거랍니다. 〈태평천하⑤〉

난산(難産)명 순조롭지 않게 아이를 낳음. 또는 그런 해산. ¶초산이라 그러기도 했겠지만 분명한 난산이었었다. 〈탁류⑬〉

난장이명 난쟁이. 정상적인 키보다 훨씬 작은 사람이나 물체. 기형적으로 키가 작은 사람. ¶그는 면장(面長)이라는 면장보다도 난장이를 면했다는 '면장'이라고 남들이 면장 면장 하는 만큼 키가 작았다. 〈보리방아〉

난질명 여자가 정을 통한 남자와 도망하는 짓. ¶이 암탉이 이웃집의 장닭을 따라 난질을 간 것을 미워하는 자기의 마음을 용동댁이 만약 의식했다면. 〈용동댁〉

난처(難處)하다형 이럴 수도 없고 저럴 수도 없어 딱하다. ¶"그러니까… 주인(宿所)도 못 정했겠구만?" "응 아직…" 하고 그는 난처한 말을 차마 끄집어내는 듯이 뒤통수를 긁적긁적한다. 〈농민의 회계보고〉

날개가 돋치다『관용』 의기가 치솟다. ¶"이

리 주… 내가 꾸매 주께." 그 말에 산동이는 날개가 돋칠 듯이 기뻤다. 〈산동이〉 ¶ 이렇게 생각할 때에 초봉이는 금시로 몸에 날개가 돋치는 것 같았다. 〈탁류⑲〉

날깍두기[명] 익지 않은 깍두기. ¶ 만 년을 가도 다름이 없는 염생이 똥 같은 콩자반, 기스락물 같은 간장, 채전밭으로 엉금엉금 기어가는 날깍두기, 구릿한 냄새가 코를 찌르는 새우젓, 다 식어서 민둥민둥한 된장찌개…. 〈앙탈〉

날름날름[부] 혀나 손 따위를 날쌔게 내었다 들였다 하는 모양. ¶ 남의 첩데기짓을 하느라고, 끝내는 요게 샛밥을 날름날름 집어먹다가, 〈태평천하⑧〉

날름날름하다[동] 혀나 손 따위를 날쌔게 내었다 들였다 하다. ¶ 태수는 무릎을 탁 치면서 혀를 날름날름한다. 〈탁류⑩〉

날마늘[명] 익히거나 가공하지 않은 마늘. ¶ 얼기설기 수인사가 오락가락하면서 술한 병에 보리고추장에다가 날마늘을 곁들인 안주를 중심으로 비잉 둘러앉는다. 〈정자나무 있는 삽화〉

날맥주[명] 생맥주. 살균 처리를 하지 않은 양조된 그대로의 맥주. ¶ 범수는 본시 술을 못 먹는 편이 아니라 다뿍 시장했던 판에 날맥주를 한 조끼나 들이켜 그 위에다가 더운밥을 먹어. 〈명일〉

날베[명] 가공하지 않은 베. ¶ 샛노란 북포로 아버지의 적삼을 커다랗게 짓고 있는 것이다. 날베가 되어서 여기 말로 하면, 빛은 꾀꼬리같이 고와도 동리가 시끄럽게 버석거린다. 〈보리방아〉

날벼락[명] 아무런 잘못도 없이 뜻밖에 당하는 꾸지람이나 나무람. ¶ 이 마귀에게 날벼락부터 단박 한바탕 내리칠 건데요. 〈흥보씨〉

날부랑당[명] 날불한당(~不汗黨). 남의 재물을 함부로 빼앗는 무리. ¶ 도둑놈! 날부랑당 같은 놈! 〈탁류⑭〉 ¶ 아니, 그러니 그게 생날부랑당 놈의 짓이 아니고 무어요? 〈치숙(痴叔)〉

날새[명] '날사이'의 준말. '날사이'는 '날이 바뀌는 동안'의 뜻으로 하루 이틀 사이의 짧은 기간. ¶ "내 말 들어아. 여러 말 허기 싫구… 내가 날새 떠나기는 떠난다." 〈정자나무 있는 삽화〉

날세[명] 날의 형세. 날씨. ¶ 오늘이란 오늘야 마침, 날세도 반갑고 하여, 그러면 다녀오는 거라고 작정을 하고 나니 미상불 그제서야 너무 소원했구나 하는 민망한 생각이 들고. 〈패배자의 무덤〉

날쌔다[동] 동작이 날래고 재빠르다. ¶ 그리하여 어쨌거나 삼십 명에 가까운 구루마꾼들은 바로 눈앞에서 검은 연기를 뿜고 우르릉거리며 날쌔게 달리는 기차에게 위협도 받지 아니하고 잘 벌이를 하며 살아간다. 〈화물자동차〉

날이 서다[관용] 성격이나 말, 글의 표현, 판단력 등이 날카롭다. ¶ 이건 전쟁이라는 커다란 사변인지라, 호외가 잦으면 잦을수록 사건의 확대와 진전을 하는 게 되어서, 사람의 신경은 더욱더욱 날이 서던 것입니다. 〈태평천하⑧〉

남구[명] 나무. 수목(樹木). ¶ 그래서 뿌리가 백히구 가지가 벋구 한 것이 시방은 한 그루 뚜렷한 남구가 됐구…. 〈탁류⑰〉

남녀(男女)가 유별(有別)하다[관용] 남녀의 사이에 서로 구별을 지어 가르다. ¶ 비록 저편이 내통도 없이 들어왔기 때문에 이렇게 한 방에 앉게는 되었으나 남녀가 유별하니 그에 대한 체면을 차리지 아니할 수가 없었던 것입니다. 〈소복 입은 영혼〉

남방(南方)명 남쪽 지방. ¶남방의 농촌에는 이런 풍경도 있다. 〈보리방아〉 ¶그런데 낙향을 해 오시면서 우리 사관에 먹는 사람들을 불러 놓고 이 과천으로 지나는 남방의 선비 가운데 점잖은 이가 있거던 우리 집으로 보내 달라…고 부탁을 하셨습니다. 〈소복 입은 영혼〉 ¶아이가 얼굴이 남방 태생답잖게 갸로옴한 게, 〈태평천하②〉

남실남실부 떠 있거나 가볍게 드리워진 것이 너울거리는 모양. ¶물탕 바닥의 푸른 타일에 비쳐, 깊은 연못의 물인 듯 새파란 물이 가장자리로 남실남실 넘쳐흐르는 것이 아까울 만큼 흐뭇해 보인다. 〈탁류⑫〉

남아(男兒)명 사내 아이. 또는 대장부(大丈夫). ¶남아거든 모름지기 말복날 동북을 떨쳐 입고서 종로 네거리 한복판에 가 버티고 서서 볼지니. 〈소망〉

남저지명 나머지. (경상) ¶"웬걸이야. 우선 일 원 오십 전만 주고 남저지는 내일 저녁때 가져온단다." 〈생명의 유희〉 ¶"너, 그리서 스물닷 섬만 차지허구 그 남저지는 죄다 날 줄래?" 〈정자나무 있는 삽화〉

남첩(男妾)명 여자에게 얻어 먹으며 정부(情夫) 노릇을 하는 남자. ¶김 씨도 태수를 남첩으로 집안에다 두어두고 재미를 보던 것이다. 〈탁류⑤〉

남편질(男便−)명 남편 노릇. ¶어느 모로 보든지 남편질을 하지 못하는 남편이겠다, 찾아온 것이 반갑지도 않은데. 〈빈(貧)… 제1장 제2과〉

남혼여가(男婚女嫁)명 (아들은 장가들이고 딸은 시집간다는 뜻으로) 자녀의 혼인. ¶또 그러고 자녀도 관히 섭섭치는 않게 셋을 두어, 다 장성을 해서 남혼여가를 시켰고…. 〈순공(巡公) 있는 일요일〉

남화(南畵)명 '남종화(南宗畵)'의 준말. 중국 회화의 이대 계보(二大系譜)의 하나. 당의 왕유에서 비롯되었는데, 산수가 중심이고, 주로 수묵(水墨)으로 그려지며, 문학적인 점이 특색임. ¶그러나 오래잖아 초봉이의 남화답게 곱기만 한 얼굴보다 훨씬 선이 굵고, 실팍한 여성미를 약속하고 있다. 〈탁류③〉

납대기명 '모되'의 방언. 목판되. 네모가 반듯하게 된 되. 여기서 '되'는 곡식이나 액체 따위의 분량을 헤아리는 단위. ¶영주는 과부댁에서 근사를 물어야 할 판이라 그 길로 싸전에 들러 쌀과 좁쌀을 한 납대기씩 팔고 나머지에서 십오 전을 선자리에 갖다 주었다. 〈명일〉 ¶탑삭부리 한 참봉은 마침 쌀을 사러 온 아이한테 봉지쌀 한 납대기를 되어 주느라고 꾸부리고 있다가…. 〈탁류①〉 ¶가난은 하지만 끔찍하 정성과 사랑이 담겨진 한 납대기의 벤또이었읍니다. 〈흥보씨〉

납디다동 날뛰다. 어떤 일에 골몰하여 몹시 바쁘게 돌아다니다. ¶그렇게 만 환을 가지구 종로 바닥에 앉어서 재빠르게만 납디면 삼사 년 안에 한 사오만 환쯤은 넉넉 잡네! 〈탁류④〉

납뛰다동 날뛰다. 어떤 일에 골몰하여 몹시 바쁘게 돌아다니다. 함부로 마구 덤비거나 거칠고 세차게 행동하다. ¶그렇듯 아니꼬운 심정들인 것도 모르고 혼자 좋아서 멋없이 납뛴 것도 또한 못 견디게 안타까왔던 것이다.〈보리방아〉 ¶이 서방은 이렇게 거절을 했읍니다. 그러니까 사관 주인은 황황하게 납뛰면서.〈소복 입은 영혼〉 ¶그 뒤에 나는 이를 갈아 가면서 부라퀴같이 납뛴 결과 요행 돈을 몇천 원 손에 잡았다.〈탁류⑭〉 ¶시방 지나가 아라사의 꼬임에 빠져서 정신을 못 채리구는 함부루 납뛰는 셈이죠.〈태평천하⑧〉 ¶그때 내가 나이는 어려도 두루 납뛴 보람이 있어서 이내 구라다상네 식모로 들어갔지요.〈치숙(痴叔)〉 ¶마치 미친놈 납뛰듯 주워섬기고서는 도로 부리나케 뒷 산으로 올라간다.〈쑥국새〉 ¶물을 떠다가 닭의 입으로 흘려 넣는다, 부채질을 해 준다 사뭇 납뛰면서 온갖 정성을 다 들였다.〈용동댁〉 ¶다시 그 다음 명색이 문과를 치렀겠다 남처럼 저널리즘 언저리에서나 약게 납뛰어 시인으로든지 소설가로든지.〈모색〉 ¶죽자쿠나 납뛰며 난장판을 이루잘 까닭이 없는 것이다.〈상경반절기〉

납작㊕ 몸을 바닥에 대고 냉큼 엎드리는 모양. ¶같이 가는 것을 나란히 세워놓고 보면 하나는 키가 커서 우뚝하고 하나는 키가 작아서 납작 붙어 가는 것 같다.〈레디 메이드 인생〉

납작하다㊙ 판판하거나 얄팍하면서 약간 넓다. 두께가 얇으면서 넓다. ¶납작한 초가집 앞에서 그따위 수작을 했다가는.〈태평천하①〉

납죽거리다㊔ 입을 나부죽이 냉큼냉큼 벌렸다 닫았다 하다.〈넙죽거리다. ¶이부라지를 다 펴고 난 하녀는 알심을 부린답시고, 고단하실 텐데 어서 주무시라고 납죽거리면서 물러 나간다.〈탁류⑫〉

납채(納采)㊐ 신랑집에서 신부집으로 혼인을 청하는 의례. 또는 신랑집에서 신부집으로 푸른 비단과 붉은 비단 예물을 보내는 일. 『비슷』 납폐(納幣). ¶"그런깐 납채루다 돈을 을마 좀 받아야 혼인을 허겠단 그 말일 테죠?"〈암소를 팔아서〉 ¶서로 합의해서 정혼이 되고 사주가 오고가고 납채까지 드리고.〈얼어죽은 모나리자〉 ¶미럭쇠네가 청혼을 하니까 얼씨구나 좋다고 납채 삼십 원에 선뜻 혼인을 승낙했다.〈쑥국새〉 ¶그놈 일백오십 원을 가지고서 오십 원쯤 납채로 보내고, 백 원으로는 처억 혼사를 치르고….〈정자나무 있는 삽화〉

낫세㊐ →나쎄. 어느 정도로 먹은 나이. ¶지금 잠시도 한 자리에 진득히 붙어 있지를 못하고서 한참 장난질을 친다 뛰어나가서 달리며 논다 하지 않고는 못 뱃길 그 낫세였다.〈회(懷)〉

낫우다㊔ (병을) 고치다. (병을) 낫게 하다. ¶이튿날 승재는 태수의 ××을 혼인날까지에 기어코 낫우어 줄 딴 도리가 없을까 하고 두루두루 궁리를 해 보면서 혼자 애를 썼다.〈탁류⑧〉

낭설(浪說)㊐ 뜬소문. ¶소문대로 그가 천여 석 추수를 하는 과부의 외아들이기만 하다면야 모면할 도리가 없지도 않다. 그러나 그것은 백줴 낭설이다.〈탁류④〉

낭아시㊐ '나가시(ながし)'가 바른 표기. '행사(行事)'의 일본어. ¶활동사진이며 스모며 만자이며 또 왓쇼왓쇼랄지 세이레

이 낭아시랄지 라디오 체조랄지 이런 건 다 유익한 일이니까. 〈치숙(痴叔)〉

낭자(狼藉)하다[1](형) 왁자하고 시끄럽다. 떠들썩하거나 파다하다. ¶저기 반갑게 누워 있는 남편의 무덤을 망지소조 울고 부르짖고 하기에 좀처럼 낭자함을 가누지 못했을 것이다. 〈패배자의 무덤〉

낭자(狼藉)하다[2](형) 물건 따위가 어지럽게 여기저기 있어 어수선하고 혼잡하다. 여기저기 흩어져 어지럽다. ¶낭자하던 향락의 뒤끝을 수습치 않은 채, 고단한 대로 풋잠이 든 두 개의 반나체(半裸體), 〈탁류⑩〉

낭자히(狼藉-)(부) 왁자하고 시끄럽게. ¶일각대문 안으로 무심코 들어오던 영섭은 마루에 여럿과 같이 앉아 낭자히 참외 수박을 먹고 있는 헤렌을 알아보자, 〈이런 남매〉

낭탁(囊橐)(명) 주머니. ¶왕진 기구 일습과 약품을 장만해 가지고 본격적으로 야간 개업을 시작했던 것이다. 물론 치료비나 약값은 받지를 않고, 가난한 제 낭탁을 기울여 가면서…. 〈탁류⑥〉 ¶이러한 날은 아껴쓰고 남긴 그 돈 5전을 그렇다고 제 낭탁에다가 넌지시 집어넣느냐 하면, 물론 절대로 없읍니다. 〈태평천하⑨〉 ¶제야 원 사를 오던지 낭탁에 따담고서 있는 나무를 때든지. 〈모색〉

낭패(狼狽)(명) (실패나 사고를 당하여) 견뎌내기 어려운 처지가 됨. 이러기도 어렵고 저러기도 어려워 매우 딱하게 됨. 일이 실패로 돌아가거나 기대에 어긋나 딱하게 되는 것. ¶갑자기 오라는 기별이 올지도 모르는 터에 양복을 잡혀버리면 일껏 된 취직도 낭패가 되고 말 것이다. 〈명일〉 ¶젊은 기운이구 허니 술 좀 먹는 것두 괜찮아요! 많이 먹어야 낭패지. 〈탁류⑦〉 ¶그것만은 외수가 없는 구멍인 것을, 잘못하다가 그 구멍마저 놓쳐서는 큰 낭패이겠으니 말입니다. 〈태평천하⑨〉 ¶다른 사람들도 낭패 본 사람이 많았겠지만 위선 나만 하더라도 글쎄 어쩔 뻔했어! 〈치숙(痴叔)〉

낭하(廊下)(명) 복도. ¶만일 제중당에 없다거든 다른 데라도 물어보아서 가져오게 하라고 간호부를 저편 전화 있는 낭하로 쫓아 보낸다. 〈탁류⑧〉

낮 도와(부) ('밤을'과 함께) 밤을 낮 삼아서, 밤 동안을 이용하여. ¶정이라는 게 무엇인지, 저렇게도 계집아이가 남의 구설 어려운 줄 모르고 밤을 낮 도와, 제 그린 사람을 만나보려 허덕지덕 애가 밭아 찾아 다니고 하는가 하면. 〈정자나무 있는 삽화〉

낮때(명) 한낮을 중심한 한동안. ¶닷새가 지나서 낮때만 하여… 장손이가 산모롱이 밭에서 보리씨 뿌린 것을 쇠스랑으로 긁어 덮고 있는데. 〈암소를 팔아서〉 ¶오늘은 해는 떴는지 말았는지 어설프게 찌푸렸던 날이 낮때가 겨운 둥 마는 둥 하더니 그대로 더럭 저물어 버린다. 〈얼어죽은 모나리자〉

낮북(명) 임금이 조회(朝會)를 하던 궁전에 있을 때에 정오를 알리려고 낮에 치던 큰 북. ¶새말 오까무라상네 농장 절에서 울리는 낮북 소리가 그것도 꿈결같이 아스라하게 들려온다. 〈동화〉

낮술(명) 낮에 마시는 술. ¶배갈과 나조기가 들어왔으나 나는 가뜩이 낮술이요 해서 잔을 치워 놓고 김 군이 혼자서 자작을 기울여야 했다. 〈회(懷)〉

낯가림명 어린아이가 낯선 사람 대하기를 싫어하는 것. ¶새로운 객관에 무심한 낯가림이던 것이다. 〈탁류⑩〉 ¶이제는 그만하면 낯가림은 안 할 만큼 되었고, 〈태평천하⑩〉 ¶순사는 웃음이 가득 흩어지는 얼굴로, 비슬비슬 낯가림을 하는 어린놈한테, 몸을 구부리고 들여다보면서. 〈순공(巡公) 있는 일요일〉

낯간지럽다형 너무 보잘것없이 부끄럽거나 염치없는 짓이 되어 남 보기에 부끄러운 데가 있다. 다랍도록 인색하여 간교하거나 면구스럽다. ¶별수가 없이 되었으니 "네 그렇습니까." 하고 신선히 일어서야 할 것이지만 지금까지에 은근히 모시고 있던 태도에 비하여 그것이 너무 낯간지러운 표변임을 알기 때문에 실망이나 하는 체하고 잠시 더 앉아 있는 것이다. 〈레디 메이드 인생〉 ¶또 갑자기 좋은 혼처가 나선 때문이라지만, 그래도 낯간지러운 노릇이었다. 〈탁류⑦〉

낯 깎이다동 체면이 손상되다. ¶선비의 집 자손으로 어디 내놓아도 낯 깎일 일이 없으리라고 안심을 했고, 돌아갈 때에도 편안히 눈을 감았다. 〈탁류①〉

낯꽃명 얼굴에 드러나는 감정의 표시. ¶M은 눈치를 알아챈 듯이 "새삼스리 그건 또 무슨 조건인가?" 하고 P의 낯꽃을 살폈다. 〈그 뒤로〉 ¶유모는 막상 돈 이야기가 아니고, 불쑥 어린 것 말이 나오니까, 제사 싱겁던지 낯꽃이 조금 누그러진다. 〈빈(貧)… 제1장 제2과〉 ¶말을 하면서 영주는 과부댁의 낯꽃이 어떻게 변하는지를 살폈다. 〈명일〉 ¶정 주사의 기색이 하도 암담한 것을 보고, 입담까지 조롱하던 낯꽃을 얼핏 고쳐 갖는다. 〈탁류①〉 ¶"안 먹었으면 자네가 설넝탱이라두 한 뚝배기 사 줄라간디, 밥 먹었냐구 묻넝가?" 하면서 탐탁찮아 하는 낯꽃으로 전접스런 소리를 합니다. 〈태평천하⑦〉 ¶갑쇠와 오복이는 인제는 비웃는 낯꽃이 아니라, 차츰 두려움과 호기심으로 해서 기색이 달라간다. 〈정자나무 있는 삽화〉

낯놀림명 어떤 일을 보고 그르다는 뜻을 나타낼 때에 얼굴을 살살 흔드는 행동. ¶을네는, 꼴두 같잖은 게 왜 요 모양이냐는 듯이, 얼굴을 빼뜩, 멸시하는 낯놀림 하나로 족한데…. 〈정자나무 있는 삽화〉 ¶유씨는 돋보기 너머로 힐끔 한번 거듭떠보다가 아니꼽다고 낯놀림을 하면서 바느질을 붙잡는다. 〈탁류⑮〉

낯닦음명 체면치레. 남을 대하기에 번듯한 면목이 서도록 꾸미는 일. ¶혹은 직접 신랑편 사람한테든지, 낯닦음으로 사양을 해보다가 못 이기는 체하고 응낙을 하고, 하면 실없이 괜찮을 노릇이다. 〈탁류③〉

낯바닥명 '낯'의 속된 말. ¶아이구 요런, 어디서 낯바닥하고는!…. 〈탁류⑮〉

낯바대기명 '낯'의 낮은말. ¶대체 어떻게 생긴 낯바대기를 하고서 이러느냐고, 침이라도 태액 뱉어 주고 싶은 것을 겨우 참는다. 〈탁류⑩〉

낯빛명 낯의 빛깔이나 기색. ¶그러나 병조는 내내 참한 낯빛으로 "그리지말구 대답을 해 봐요." 하고 다시 재우쳤다. 〈병조와 영복이〉

낯설잖다형 '낯설지 않다'의 준말. ¶또 형보 역시 낯설잖은 태도로, 아니 머 괜찮으니 염려 말라고 하고, 〈탁류⑭〉

낯알음㉮ 얼굴을 기억함. 얼굴을 알아봄. ¶그렇다면 승재까지 낯알음을 주어서 장차에 눈 뒤집어쓰고 찾아다닐 형보에게 들킬 위험만 덧들이다니…. 〈탁류⑰〉

낯을 안 가리다『관용』 친하고 친하지 아니함을 따지지 아니하다. ¶그러다가 이윽고 낯을 안 가릴 만하니까 비로소, 너 몇 살이냐? … 응, 숙성하구나! 너 내 말 들을늬? 하면서 머리 쓸던 팔로 허리를 그러안았읍니다. 〈태평천하⑩〉

낱되질㉮ 되 단위로 곡식을 헤아리는 일. ¶잡곡 같은 것을 동냥해 온 것처럼 조금씩 벌여 놓고, 오도카니 앉아 낱되질을 하고 있었다. 〈탁류①〉

내㉮ 냄새. ¶밥이 제풀에 잦혀지다 못해 밥탄 내가 훙건히 풍긴다. 〈암소를 팔아서〉

내각(內閣)㉮ 국가의 행정권을 담당하는 최고 기관. ¶최근 것으로 불란서에서 인민 전선파가 내각을 조각했다는 것을 보고는 벌써 반 달이나 신문을 얻어 보지 못했던 것이다. 〈명일〉

내갖다㉯ 꺼내어 가지다. ¶이불장에 들은 솜이불… 좀 얇은 놈으로… 하나 내갖구 나오라구 해라…. 〈산동이〉

내기㉮ 관형사형 '-ㄴ', '-ㄹ'과 함께 쓰여 '그러한 사람'임을 얕잡아 일컫는 말. ¶사실 웬만한 내기가 인력거를 타고 와설랑, 납작한 초가집 앞에서 그따위 수작을 했다가는 인력거꾼한테 되잡혀 가지곤 뺨따구니나 한 대 넙죽하니 얻어맞기가 십상이지요. 〈태평천하①〉 ¶최 서방과 오 서방은 그래도 나이깨나 든 값으로 속이 푸욱 삭은 내기들이라. 〈정자나무 있는 삽화〉

내깔리다㉯ →내깔기다. 소리를 냅다 지르다. ¶선생이 무어 좀 수틀리는 소리를 하면, 냅다 욕을 내깔리고는 안으로 달려 들어가서 할머니한테 역성이나 청하고…. 〈순공(巡公) 있는 일요일〉

내남없이㉰ 나나 다름 사람이나 다 마찬가지로. 나와 다른 사람 모두 마찬가지로. ¶아이, 그러시다뿐이겠어요! … 과년한 규수를 둔 댁에서야 내남없이 다아 그렇지요. 〈탁류①〉 ¶시집을 왔으면 이태고 삼 년 만에 내남없이 으레껀 한 번씩은 근친을 가는 법. 〈두 순정〉

내노라㉱ '내로라'가 바른 말. 나이로라 하고 자신하는 말. ¶바로 집 뒤에 약현 마루를 내노라고 왕자(王者)답게 차지하고 있는 천주교당에서는 벌 떼 소리 같은 찬송가 소리가 울려 나왔다. 〈병조와 영복이〉

내닫다㉯ 밖으로나 앞으로 힘차게 뛰어나가다. 『비슷』 내달리다. ¶아까 그 똑똑이가 다시 내달아서 이렇게 그야말로 증인을 선다. 〈명일〉 ¶그랬대서, 저편이 말을 꺼내기가 무섭게 얼른 내달아 콩이야 팥이야 하는 건, 새삼스럽게 제 몸뚱아리를 놓고서 흥정을 하는 것같이나 불쾌한 생각이 들던 것이다. 〈탁류⑩〉

내달리다㉯ 밖이나 앞으로 힘차게 달리다. 『비슷』 내닫다. ¶경성전기회사 전차과의 104호 운전수 P는 견습을 마친 날 아침에 218호의 뽀키차를 힘차게 몰고 동대문으로부터 종로로 향하여 살같이 내달렸다. 〈그 뒤로〉 ¶그렇게 날랜 놈이니 한바탕 타고 내달린다면, 약간 자행거 꽁무니나 타 보던 맛하고는 어림도 아니요. 〈회(懷)〉

내둘리다㉯ 내두름을 당하다. 이리저리 휘휘 흔들려지다. ¶직녀의 얼굴은 자주

사방으로 내둘린다. 견우를 찾으려는 것이다. 〈팔려간 몸〉

내떨다㊐ 어떤 성질, 태도, 행동을 경망스럽게 자꾸 나타내다. 여기서 '-떨다'는 (동작이나 성질을 나타내는 명사 뒤에 쓰여) 그런 행동을 경망스럽게 자꾸 하거나 그런 성질을 나타내는 말. ¶자정이 지나지 아니하면 그칠 줄을 모르는 경성역의 요란한 기차 소리들은 여전히 어수선하게 야단을 내떨었다. 〈병조와 영복이〉 ¶그런데, 나와 내 또래로 몇은 어리고 위태하다고, 데리고 가지 않으려고 드는 것이었었다. 될 뻔이나 한 말이어야지. 한바탕 학교가 떠나가게 떼를 내떨었더니, 〈회(懷)〉 ¶그래 시방치에다가 미래치까지 미리서 끌어당겨다가는 (두 모금을 한꺼번에) 벼락을 한바탕 내떨고라야 말 것입니다. 〈흥보씨〉 ¶헤렌을 보고도 요행 전같이 노염을 내떨지 않으면 그것을 기회로 차차 남매간에 화해가 되겠거니 하는 선량한 계책들이었었다. 〈이런 남매〉 ¶그래서 저한테도 자식뻘밖에 안되는 어린 애라는 것이며, 아내 윤희의 지레 내떠는 강짜며, 〈탁류⑫〉

내려뜨리다㊐ 위에 놓인 것이나 손에 쥔 것을 아래로 내려 떨어뜨리다. ¶운반을 하자면 R 역이나 G 역으로 구루마로 실어다가 다시 화물 열차로 K에 내려뜨려야 할 터인데. 〈화물자동차〉

내려 쏠리다㊐ (물체가) 아래로 기울어지면서 한쪽으로 몰리다. ¶그런가 하고 한참 올라가노라면 갑자기 내려 쏠리는 비탈이 앞으로 기울어졌다. 〈두 순정〉

내력(來歷)㊔ 이유. 원인. 까닭. ¶유 씨는 새삼스럽게 승재한테 주의가 가던 것이다. 그럴 내력이 있었다. 〈탁류⑦〉

내리깔다㊐ (눈길을) 아래로 보내다. ¶초봉이는, 건뜻 넘겨다보니 눈을 내리깔고 아랫입술을 지그시 깨문다. 〈탁류⑭〉

내리뛰다㊐ 위에서 아래로 뛰다. ¶미럭쇠는 점례를 떠다 박지르고 소처럼 내리뛴다. 〈쑥국새〉

내리바수다㊐ 위에서 아래로 쳐서 바수다. ¶방아 찧듯 절굿공이를 번쩍 쳐들어, 단번에 골통을 칵 내리바수려는 순간, 납순이와 딱 눈이 마주친다. 〈쑥국새〉

내리제기다㊐ 팔꿈치나 발꿈치로 위에서 내리치다. 계속하여 마구 때리다. ¶와락 옆으로 다가서면서 날쌔게 발꿈치를 들어 칵 내리제긴다. 〈탁류⑱〉

내림㊔ 어버이로부터 몸의 모양이나 성질이 전해지는 현상. 혈통적으로 유전되어 내려오는 특성이나 내력. ¶하기야 손(孫)이 귀한 건 이 집안의 내림이니까요. 〈태평천하⑤〉

내립다㊊ 냅다. 몹시 세차고 빠른 모양. ¶그놈이 그 구멍으로 해서 좇아 나와 내립다 사람을 물어 죽인다든지 잡아먹는다든지 하고…. 〈정자나무 있는 삽화〉

내명년(來明年)㊔ 후년(後年). 다음 해의 다음 해. ¶책상이며 칠판 같은 것을 개비하고, 명년이나 내명년쯤은 학교를 새로 훌륭하게 짓는단 소문도 들렸다. 〈회(懷)〉

내바치다㊐ 내어서 바치다. ¶그러니 죽진 않았어도, 목숨 내바치고 사죄는 한 셈, 〈이런 처지〉

내박지르다㊐ 내박치다. 힘있게 집어 내던지다. ¶화류침척이 웬만해서 부러지자

아씨는 달려들어 물어뜯고 꼬집고 머리채를 잡아 내박지른다. 〈생명〉

내방(內房)명 안방. 안주인이 거처하는 방. ¶그놈 동정심 때문에, 제발 좋은 일 합신다고 하룻밤 내방 출입을 했더란 말이야. 〈이런 처지〉

내뻗다동 내처 뻗대다. 하는 김에 순종하지 않고 끝까지 힘껏 버티다. ¶영주는 필경 이렇게 내뻗고 말았다. 그러나 범수는 코로 웃고 맞서지도 아니한다. 〈명일〉 ¶그렇게 맘에 없는 것을 아무리 어머니 아버지가 시키는 노릇이라두 싫다구서 내뻗으면 고만이지 왜 억지루 당하믄서 그리느냐구 그리잖었겠수? 〈탁류⑧〉

내사대 '내가'의 일부 지역 방언. ¶"내사 두루매기는 입어서 무얼 허넌가? 보리바슴히여서 주마구 북포 한 필 그날 은어다가 잠뱅이 적삼 한 벌 하여 놓았네… 갠찮얼 티지?" 〈보리방아〉

내색(-色)명 어떤 느낌을 얼굴에 나타냄. 마음에 느낀 것을 얼굴에 드러내는 것. 또는 그 낯빛. ¶조금치도 내색을 안 내고 말치 없고 소리없는 시집살이를 곧잘 했었다. 〈용동댁〉

내숭꾸러기명 겉으로는 부드러워 보이나 속은 엉큼한 경향이나 습성이 있는 사람. ¶제 말로도 한 일이만 원 잡았다고 하니까, 내숭꾸러기라 삼사만 원 좋이 잡았으리라고 정 주사는 생각한다. 〈탁류①〉

내숭스럽다형 겉으로는 부드러워 보이나, 속은 엉큼하다. ¶그럴라치면 멀찍이 강심에서는 커다랗게 드러누운 기선이, 가끔 가다가 우웅하고 내숭스럽게 대답을 한다. 〈탁류①〉

내시(內侍)명 이조 때 환관의 벼슬. 또는 '불알이 없는 사내'의 비유. ¶"이 양반이 분명 내신가 봐?" 여자는 조롱을 하다가, 어디 좀 보자고 손을 들이민다. 승재는 사정없이 여자를 떠다밀치고 벌떡 일어서서 의관을 찾는다. 〈탁류⑮〉 ¶윗아랫 노랑 수염도 내시가 아닌 표적으로 마지못해 시늉 뿐이고, 〈흥보씨〉

내시(內侍)(가) 이 앓는 소리『관용』 맥없이 지루하게 흥얼거림을 이르는 말. ¶이야기도 시키고 이야기책도 읽히고 내시가 이 앓는 소리같은 노래도 듣고, 〈태평천하⑩〉

내심(內心)명 속마음. ¶그래서 그는 얼마 전 구장이 권하는 것을 못 이기는 체는 하면서 내심에 그런 계획이 있기 때문에 위선 진흥회에 들어 두었던 것이다. 〈보리방아〉 ¶한 여인으로서의 아름다운 것으로만 여겨 내심에, 저 애가 아무래도 시집을 가야 할까 보다고, 이런 실없은 걱정을 하면서 무심코한 발자국만 더 떼어 놓다가. 〈패배자의 무덤〉

내쏘다동 (가시 돋힌 말로) 날카롭게 말하다. 남의 감정을 찌르는 말로 쏘아붙이다. ¶계봉이가 방금 저의 부모더러 들으라고 내쏘았다는 그 말대로, 〈탁류⑧〉 ¶태진이는 성가시다고 내쏘는데, 그만하면 짐작할 수가 있고 마음이 놓였다. 〈용동댁〉

내씹다동 마음에 내키지 않는 말투로 되는 대로 말하다. ¶주인 노파가 팔짱 낀 손에 담뱃대를 쥐고 얼굴이(아니나다를까) 부석부석해서 마루로 나오다가 누런 하품을 소담스럽게 내씹는다. 〈모색〉

내씹히다동 (마음에 내키지 않아) 어떤 말

이 되는 대로 나오게 되다. ¶ 오스스 냉기가 속속들이 몸에 배어들고 선하품이 절로 내씹힌다. 〈모색〉

내앉히다동 나앉게 하다. 어떤 곳으로 나거거나 물러나거나 하여 자리를 잡게 하다. ¶ 심하면 기생으로 내앉히거나, 청루에다가 팔거나 한다든지 그렇게 하지는 못한다. 〈탁류⑦〉

내어 맡기다동 내맡기다. 남이 마음대로 하도록 맡기다. 일임하다. ¶ "나는 거기 다녀갈 테니까 먼점 가시요." 하고 벤또 그릇을 내어 맡겼다. 〈병조와 영복이〉

내외(內外)명 (지난날의 유교식 예절로) 남녀 간에 서로 얼굴을 마주 대하지 않고 피하는 일. 이성(異性)의 얼굴을 대하기를 피함. ¶ 그러나 그 편하고 재미있는 것도 학교를 졸업하던 재작년 봄까지가 써 본 것이 마지막이요, 그 뒤로는 들어앉아 내외를 하느라고 장터에도 들어가 보지 못했고. 〈보리방아〉 ¶ 그러나 둘이는 내외를 하다거나 누가 금하는 바는 아니지만, 딱 마주쳐서 어쩔 수 없는 때나 아니고는 섬뻑 말이 나오지를 않는다. 〈탁류③〉

내외간(內外間)명 부부 사이. ¶ 그러나 톨톨 털어서 죄다가 그것뿐이요 그러므로 (남이 보기라도 연애는커녕 내외간이 아니냐고 망발을 할 만큼) 서로 말과 태도가 소탈한 것도. 〈모색〉

내우명 →내외(內外). ¶ "응… 그러구는 들어앉어 내우를 헌다! 공부를 더 했드라면 좋았을 걸!… 아까운 걸." 〈보리방아〉

내일은 삼수갑산(三水甲山)을 갈 값에속 나중에야 일이 잘 안 되어 최악의 경우에 이를지라도 우선 자기가 하고 싶은 대로 하고 말겠다는 뜻. 《비슷》 나중에야 삼수갑산을 갈지라도. ¶ 혹은 내일은 삼수갑산을 갈 값에 세파트 같은 젊은 놈과 붙어서 지내야 하느냐 하는 그 우열과 이해의 타산은 제각기 제 나름이겠지만, 〈태평천하⑧〉

내장(內藏)명 안에 간직함. 내부에 간직함. 여기서는 '뜻이나 심지가 있음'을 비유하는 말. ¶ 자식이 그렇게 재주가 있고, 내장이 있는 걸 보면 그런 자식을 갖다가 병신을 만들어 버린 일이 더 안타깝고 울화가 무럭무럭 치달네그려! 〈이런 처지〉

내정(內情)[1]명 속사정. 내부의 사정. 내부의 형편. ¶ 지점장의 신임은 두텁고, 은행 내정에는 통달했는데 앉은 자리가 당좌계다. 〈탁류④〉

내정(內庭)[2]명 안뜰. 안채에 있는 뜰. ¶ 무슨 권한으루다가 남의 집 내정에 들어와 설랑은 되잖은 소릴 지껄이는 게냐? 〈탁류⑭〉

내정(內政)[3]명 집안의 살림살이. ¶ 남의 집 하인을 붙들고 이러니저러니 내정 이야기를 캐어묻는 것이 한갓 선비의 할 일이 아니므로 그만하고 하인을 내보냈읍니다. 〈소복 입은 영혼〉

내종(內腫)명 내장에 난 종기. ¶ 어릿광대 어릿광대 나는 어릿광대… 꿀 먹은 벙어리 내종 든 황소 앓듯이 끙끙 앓으면서… 소희 소희 소희 관음보살. 눈을 아래로 내려 감고 말없이 앉은 관음보살 소희. 〈병조와 영복이〉

내지(內地)명 일본인이 식민지에서 본국을 일컫던 말. ¶ "그게 다 조선 사람이 못나서 그리어라우… 내지는 안 그리어라우". 〈얼어죽은 모나리자〉 ¶아 그런데, 그 못된 놈의 풍습이 삽시간에 동서양 각국 안 간 데 없이 퍼져 가지골랑 한동안 내지에도 마구 굉장히 드세게 돌아다녔고. 〈치숙(痴叔)〉 ¶엊그제 비로소 내지나 지나로부터 이주를 한 것이 아니요, 〈상경반절기〉

내지인(內地人)[명] 내지의 사람. 여기서는 일본인. ¶저녁을 먹고 중쯤 되는 담뱃대를 물고 반 이상이나 노출된 배를 슬슬 문지르면서 대문 밖 길 옆에 나서서 '일본 내지인'이 지나가기를 기다립니다. 〈소복 입은 영혼〉

내차다[형] →안차다. 두려움이 없고 야무지다. ¶우리 애가 너무 내차기만 허구, 그래서 남의 집 젊은 사람이라면, 눈두 거듭떠보질 않지만…. 〈탁류⑦〉

내처[부] 한 가지 일을 한결같이 계속하여. ¶부룩쇠는 할머니가 달래는 것을 그치지 아니하고 내처 울다가 지쳐서 잠이 들어 버렸읍니다. 〈어머니를 찾아서〉

내친걸음[명] 이왕 일을 시작한 김. '내치다'는 이미 일을 시작한 바람에 잇달아 하다. ¶또 기왕 내친걸음이니, 바라던 자식이나 하나 뺄 때까지 그렁저렁 밀어 가고도 싶었다. 〈탁류⑤〉 ¶마침맞게 아저씨가 들어오시는군. 내친걸음이니 아무리나 같이 앉어서 상의를 좀 해 보구…. 〈소망〉 ¶내친걸음이라, 또 참외도 하나 집어 주면 얻어 먹을 겸, 오복이는 두어 걸음 다가가면서. 〈정자나무 있는 삽화〉

내키다[동] 하고 싶은 마음이 솟아나다. ¶은행의 돈 범포낸 그 일에 대한 것인 줄 태수는 알아듣고도, 머 그저 수라께 강낭옥수수겠지 하는 생각에 그다지 내켜 하지도 않는다. 〈탁류④〉 ¶하다가 한동안 그 소문이 너끔하니까는 올 봄에는 큰맘을 먹고서, 그리 내켜 하지 않는 모친을 졸라대서, 읕네네 집으로 통혼을 해. 〈정자나무 있는 삽화〉

내키잖다[동] '내키지 않다'의 준말. (하고 싶은 마음이) 솟아나지 않다. ¶"갔다우." 정 씨가 내키잖게 대답을 한다. 〈보리방아〉 ¶서쪽으로 내어다 보이는 하늘에는 낡은 솜뭉텅이 같은 거지구름이 그득 덮여 가지고 이따금 실오라기처럼 가느다란 빗줄기만 몇 개씩 내키잖게 흘리곤 한다. 〈명일〉 ¶정 주사는 내키잖게 옆을 붙어 선다. 키가 허리께밖에는 안 닿는다. 〈탁류⑮〉 ¶어머니는 토방에다 놓은 무우 다발을 내키잖게 내려다본다. 〈동화〉 ¶노파는 이윽고 불 꺼진 담뱃대를 갖다 대고 씨익씩 두어 번 빨아 보다가 내키잖게 한 옆으로 내려놓으면서. 〈모색〉

내통(內通)[명] 몰래 알리는 것. 정식으로 알리기 전에 남모르게 알림. ¶비록 저편이 내통도 없이 들어왔기 때문에 이렇게 한 방에 앉게는 되었으나 남녀가 유별하니 그에 대한 체면을 차리지 아니할 수가 없었던 것입니다. 〈소복 입은 영혼〉

내통(內通)하다[동] 몰래 알리다. 정식으로 알리기 전에 남모르게 알리다. ¶색시는 무슨 대단한 소식이나 내통하는 듯이 목소리를 죽여 말을 한다. 〈명일〉

내평(內-)[명] '속내평'의 준말. (사물이나 사람의) 겉으로 드러나지 않는 사정. 일의 속 까닭. 일의 실상의 사정. ¶그런 내평을 모르는 영주는 그것이 정말인 줄만 알고 느긋이 기뻤다. 〈명일〉 ¶집안에서들은 여느 그저 몸살이거니 하고 걱정은 했어도, 그날 그러한 기막힌 내평이 있었다는 것은 종시 알지 못했다. 〈탁류①〉 ¶그는 화적패들이 무슨 내평으로 밖으로 끌어내려고 하는지 그건 몰라도, 〈태평천하④〉 ¶오 서방은 관수가 돌을 구럭에 담아 메고 정자나무 밑에 가 딱 버티고 설 때에야 비로소 내평을 알아차리고서는 사붓 눈이 휘둥그래. 〈정자나무 있는 삽화〉

냅다㈜ 몹시 빠르고 세찬 모양. 또는 있는 힘을 다해 마구. ¶이 서방은 혼자 속으로 이렇게 생각하고 냅다 주문을 좍좍 외었습니다. 〈소복 입은 영혼〉 ¶그러자 꽥 지르는 소리에 잠깐 울음을 그쳤던 아이가 다시 와 우니까 냅다 발목을 잡아 젖히더니. 〈빈(貧)… 제1장 제2과〉 ¶병주는 아직 얼굴에 남아 있는 놈을 부친의 그 알량한 단별 두루마기에다가 문대면서 냅다 주워섬긴다. 〈탁류③〉 ¶그래서 다음날이라도 그걸 알았으면 냅다 발을 굴렀을 것입니다. 〈태평천하①〉 ¶제엔장맞을, 차라리 뛰쳐나서서 냅다 한바탕… 응? 그럴 것이지, 그렇잖우? 〈소망〉 ¶관수는 영 다급하니까 쭈르르 부엌으로 달려들어 가더니 창끝 같은 식칼을 집어 들고 나와서 냅다 엄포를 하는 바람에 '도까다'패가 기가 질렸고 그래 겨우 액경을 면했었다. 〈정자나무 있는 삽화〉 ¶"하, 그 식을! 그 식을, 냅다 한바탕에 메에꼰자 줄 영으루 하는데 마침 차가 오겠지!" 〈상경반절기〉 ¶선생이 무어 좀 수틀리는 소리를 하면, 냅다 욕을 내깔리고는 안으로 달려 들어가서 할머니한테 역성이나 청하고…. 〈순공(巡公) 있는 일요일〉

냉(冷)㈜ 여자의 생식기에서 흰빛 또는 누른빛 등의 분비액이 흘러내리는 병. 『같은』 대하증(帶下症). ¶그동안은 냉으로 그랬다지만 남편보다 나이 다섯 살이나 위여서 마흔다섯이 된 태호의 안해는 건강한 여인이라도 거진 단산을 할 나이다. 〈보리방아〉

냉갈령㈜ 매정하고 쌀쌀한 태도. 몹시 인정 없고 쌀쌀한 태도. ¶그래서 오늘 밤에는 그 말을 하려고 가까스로 입을 벌렸다가 그만 냉갈령을 맞고 쫓겨 나온 것이다. 〈생명〉 ¶그 노랑 수염을 연신 꼬아 추키면서 냅다 냉갈령을 놓았을 것이었었다. 〈탁류⑦〉

냉겨 먹다㈜ →남겨 먹다. 이익이 생기게 하다. ¶이런, 제기할 것, 철도국 천국들은 냉겨 먹을 줄만 알지 써비슨 할 줄 모른담? 〈탁류⑫〉

냉랭(冷冷)하다㈜ 태도가 몹시 쌀쌀하다. ¶서방님이 처음부터 이내 말 한마디 안 해 주고 냉랭한 것이 섭섭했다. 〈생명〉 ¶이것은 분명 무엇을 시뻐하는 냉랭한 태도이겠는데, 〈탁류⑬〉

냉큼㈜ 망설이지 않고 가볍고 빨리 움직이는 모양. 머뭇거리지 않고 단번에 빨리. ¶"왜 냉큼 들어가 버리지 못허구, 저년이!" 〈생명〉 ¶어린 부룩쇠는 밥과 뜨뜻한 잠자리를 생각하면서 냉큼 대답을 합니다. 〈어머니를 찾아서〉 ¶선뜻 흡선을 피우면서, 마침 윤 직원 영감이 발이나 넘는 장죽에 담배를 재어 무니까, 냉큼 성냥을 그어 댑니다. 〈태평천하⑦〉 ¶사람이 좋거나 하지 좀 뒷생각이 없는 편이어서 전후 생각 못하고 냉큼 쉬운 소리를 했다가

는 뒷갈망을 못해 졸경을 일쑤 치르곤 했었다. 〈회(懷)〉

냉혈 동물(冷血動物)명 따뜻한 인정이나 감정이 없는 쌀쌀맞고 독한 사람이나, 인정이 없고 냉혹한 사람의 비유. ¶"배고픈 신사, 양반 거지, 거만된 기생충, 양서류의 냉혈 동물." "옳다, 그렇다. 모두가 사실이다. 나는 현대 생활에 적응성이 없다." 〈생명의 유희〉

너끔하다[1]형 →누꿈하다. 돌림병이나 해로운 벌레 따위의 심하게 퍼져 나가던 기세가 조금 숙어지고 뜸하다. ¶오직 그동안, 백석이가 말썽부리던 것이 너끔하고, 그래 다른 은행으로 거래를 옮기는 눈치가 보이지 않는 것이 천만다행이다. 〈탁류④〉 ¶죄선서야 그놈덜이 사회주의허다가 말끔 잽히가서 전중이 살구서, 시방은 다아 너끔허잖덩가? 〈태평천하⑧〉 ¶그렇지만 시방은 그새 나라에서 엄하게 밝히고 금하고 한 덕에 많이 너끔해졌고 그런 마음 먹는 사람은 별반 없다나 봐요. 〈치숙(痴叔)〉 ¶하다가 한동안 그 소문이 너끔하니까는 올봄에는 큰맘을 먹고서, 그리 내켜하지 않는 모친을 졸라대서, 을네네 집으로 통혼을 해. 〈정자나무 있는 삽화〉

너끔하다[2]형 느긋하다. 한가하다. 바쁘지 않아 여유가 있다. ¶그래서 잠깐 일이 너끔한 기회에 볼일로 고향인 서천까지 왔었다는 것이며…. 〈탁류⑫〉

너벅다리명 →넓적다리. 다리의 무릎 관절 위의 부분. ¶닭은 멀리서 보아도 왼편 다리가 너벅다리께서 피가 시뻘겋게 흰 터럭 위로 흐르고 힘없이 축 처진 게, 보나 안 보나 개한테 물린 속이다. 〈용동댁〉 ¶왼편 너벅다리 안쪽으로 모기가 문 자리가 시원찮게 덧이 나더니, 살앓이가 돼 가지고 십여 일이나 고생을 했고. 〈정자나무 있는 삽화〉 ¶두 아이는 자지러지게 까알깔 웃으면서 양편으로 하나씩 현 서방의 너벅다리를 안고 매달리고…. 〈흥보씨〉 ¶양복장 문 안쪽에 붙은 거울을 들여다보면서 넥타이를 매고 섰는데, 잠뱅이 위에 외이샤쓰 자락이 드리운 그 밑으로 너벅다리를 지나, 〈이런 남매〉

너부데데하다형 (얼굴이) 둥글번번하고 너부죽하다. 큰 얼굴이 여기저기 얄팍하고 평평하여 조금씩 넓다. 나부대대하다. ¶준수한 코는 아니라도 너부데데한 얼굴 윤곽하며가. 〈반점〉

너스레를 떨다〖관용〗 너스레를 놓다. 짐짓 너스레를 늘어놓거나 부리다. 남을 농락하려고 말을 떠벌려 늘어놓다. 여기서 '너스레'는 남을 농락하려고 수다스럽게 늘어놓는 말. 또는 그러한 말솜씨. ¶유 씨는 너스레를 떨면서 일변 방으로 들어가서 나가 동그라진 재봉틀을 바로잡아 한편 구석에 치워 놓느라 한참 분주하다. 〈탁류⑮〉 ¶또 한바탕 너스레를 떨면서 모로 비껴 섭니다. 〈태평천하⑫〉

너울명 예전에 여자들이 얼굴을 가리기 위하여 머리에 쓰는 물건. 검은 빛의 얇은 깁으로 만듦. ¶오래 가물기도 했지만, 더위에 시달려 호박잎들이 너울을 쓴다. 〈동화〉 ¶폭양에 너울 쓴 호박 덩굴이 얼기설기 섶 울타리를 덮은 울타리 너머로 중동 가린 앞산이 웃도리만 멀찍이 넘겨다보인다. 〈용동댁〉

너이들대 →너희들. 너희 여럿. ¶너이들

덕에 우리가 사는 게 아니라 우리들 덕에 너이가 사는구나…. 〈병조와 영복이〉

너절하다[1][형] 허름하고 더럽고 지저분하다. ¶도배꾼이 셋이나 들끓고, 방이며 마루며 마당이 안팎 없이 종이 부스러기야 흙이야 너절하니 널려 있어 어설프기는 어설퍼도 집은 선뜻 초봉이의 마음에 들었다. 〈탁류⑨〉

너절하다[2][형] 하잖고 시시하여 보잘것없다. ¶그는 내가 비꼬는 말도 알지 못하고 혼자 신이 나서 한참이나 무어라고 너절하게 늘어놓더니 자기 어머니와 무어라고 몇 마디 하고는—모레 온다고 묻지도 아니한 말을 당부하듯이 하고 그대로 또 나가버렸다. 〈불효자식〉 ¶내지인 학교라야지 죄선 학교는 너절해서 아이들 버려 놓기가 꼭 알맞지요. 〈치숙(痴叔)〉

너치름[부] →너처럼. '너+처럼'의 짜임새. '처럼'은 모양이 서로 같거나 비슷함을 나타내는 비교격 조사. ¶"초라니패라구 있더니라. 홍동지 박 첨지가 탈바가지 쓴 대가리를 내놓구서, 서루 찧구 까불구, 꼭 너치름 방정맞게 촐랑거리구, 지랄을 허구 그러더니라…." 〈태평천하⑩〉

너털웃음[명] 크게 소리를 내어 호기스럽게 웃는 웃음. 소리를 크게 내어 씩씩하게 웃는 웃음. ¶두 사람의 염치 없는 너털웃음에 지나가던 사람들이 눈이 뚱그래진다. 〈창백한 얼굴들〉 ¶"허허허허." 수위는 한바탕 너털웃음을 친다. 〈팔려간 몸〉 ¶범수는 오랜만에 너털웃음을 쳤다. 그러고 나서 벌떡 일어나 양복을 주섬주섬 걷어입는다. 〈명일〉 ¶제호는 여느때와는 좀 다르게 짐짓 나와지는 너털웃음을 친다. 〈탁류⑬〉 ¶필요 이상으로 거듭 그리고 더 야단스럽게 너털웃음을 치는 것은. 〈모색〉

너푼[부] 주저하거나 서슴지 않고 날렵하게 움직이는 모양. ¶형보는 물향내와 살냄새가 한데 섞여 취할 듯 이상스럽게 몰큰한 규방의 냄새에 코를 사냥개처럼 벌씸거리면서 너푼 들어앉는다. 〈탁류⑩〉

너풋[부] 머뭇거리지 않고 한 번 가볍게 빨리 움직이는 모양. ¶"어 참, 이렇게 다아 깊이 이해를 해 주시니…." 하면서 곱사등을 너풋 꾸부리던 것이다. 〈탁류⑭〉

너히[수] '넷'의 방언. ¶하나 둘 세엣 너히, 수없이 대고 제긴다. 〈탁류⑱〉

넉넉[부] '넉넉히'의 준말. 넉넉하게. ¶미상불 예상한 대로 이익이 쑬쑬하고 해서 몇 식구는 넉넉 먹고 살고도 남을 형편이다. 〈탁류⑭〉

넉넉만금(--萬金)[명] 넉넉할 정도의 썩 많은 돈. ¶"얄망거리지 않는 여편네는 넉넉만금 값이 있어. 아닌 게 아니라, 아씨의 그 다변은 좀 성가셔!" 〈소망〉

넉살[명] 부끄러운 기색 없이 비위좋게 구는 짓. ¶"머, 밭두덕의 개똥참외더냐? 맡아 놓구 어쩌구 허게? 그녀러자식, 생긴 것 허구 넉살두 좋네!" 〈쑥국새〉

넉장[명] →늑장. 느릿느릿 꾸물거리는 짓. ¶형보는 간간 담배도 피워 가면서 한 마디씩 두 마디씩 넉장으로 뭉기고 앉았고, 〈탁류⑭〉

넋두리[명] 무당이 죽은 사람의 넋을 대신해서 하는 말. 또는 (원통한 일이나 억울한 일, 또는 불만이 있을 때) 투덜거리며 길게 늘어놓는 말. 불평이나 불만을 길게 늘어놓아 하소연하는 말. ¶할머니는 질적거리는 눈에 눈물을 찔끔찔금 흘리면서 넋두리를 내놓는다. 〈빈(貧)… 제1장 제2과〉 ¶ 왜 그렇게 무정하냐든가 하는 그런 넋두리를 하자는 것도 아니다 〈얼어죽은 모나리자〉 ¶ 아씨는 인제는 넋두리도 없이 위아랫니를 악물고 내리치기만 한다. 〈생명〉 ¶ 먹곰보네 아낙은 어린것의 시체를 걸싸 안고 울음 섞어 넋두리를 시작한다. 〈탁류⑥〉

넌센스(nonsense)[명] →난센스. 무의미한 일. 어리석은 일. 부질없거나 시시한 일. ¶ 듣는 사람은 분반(噴飯)할 넌센스나 또는 농담으로 돌리겠지만, 윤 직원 영감 당자는 절대로 엄숙합니다. 〈태평천하⑭〉

넌즈시[부] →넌지시. 드러나지 않게 가만히. ¶ … 결혼을 하시다니! 건 안 됩니다. 차라리 혼인날을 넌즈시 물리십시요. 〈탁류⑧〉

넌출[명] ('등, 칡 등의 너절너절하게 늘어진 줄기'의 뜻바탕에서) 사물의 줄거리, 또는 갈래. ¶ 운명은 넌출이 결단코 조만치가 않다. 〈탁류⑭〉

널따랗다[형] 생각보다 퍽 넓다. [상대] 좁다랗다. ¶ 길쭉한 아래턱이 쑤욱 더 나오고, 널따란 이마가 씻는 대로 더 넓어진다. 〈패배자의 무덤〉

널름[부] 손을 빨리 내밀어 날쌔게 가지는 모양. ¶ 영섭은 다 먹고 한 덩이 남은 벤또의 밥을 저깔로 꿰어다가 입에 널름 넣으면서…. 〈이런 남매〉

널문(-門)[명] 널빤지로 만든 문. ¶ 그러자 안채로 난 널문이 열리면서 안주인 김 씨가 곱게 단장을 한 얼굴을 들이민다. 〈탁류①〉

넓죽[부] →넙죽. 몸을 너부죽이 바닥에 대며 엎드리는 꼴. ¶ 괘씸히 생각을 할 테니 욕은 둘째로, 잘못하다가는 볼기를 넓죽 맞게 될 터…. 〈흥보씨〉

넘겨 바리다[동] →넘겨 버리다. ¶ 나는 내 과거에 생긴 삽화의 한 페이지를 넘겨 바린다 그 말이니까… 그러구 나는 다시 다른 대상을 장만허구…. 〈그 뒤로〉

넘겨짚다[동] (상대방의 생각 따위를) 어림하여 짐작하다. ¶ 오목이가 넘겨짚는 것을 금출이는 의젓이 시치미를 떼면서 '안 오기는 왜… 오지 말래두 올 걸….' 하고 삥등그린다. 〈얼어죽은 모나리자〉

넘고 처지다[관용] 이쪽에는 정도에 넘치고, 저쪽에는 정도에 못 미치다. ¶ 오륙백 원쯤 가지고야 넘고 처져서 할 게 마땅찮고… 아마 돈 천 원은 둘러 주겠지. 〈탁류⑦〉

넘심넘실[부] 물결이 너울거리는 모양. 물결이 굽이지어 흐르거나 움직이는 모양. ¶ 갑쇠는 주발에다가 넘실넘실 술을 따르고 있다. 〈정자나무 있는 삽화〉

넘싯거리다[동] 남의 것이 탐이 나서 슬그머니 넘어다보다. 또는 남의 것을 탐내어 가지려고 기회를 자꾸 엿보다. ¶ 그동안에 태식은 씨근버근 넘싯거리면서 밥상에 있는 반찬들을 들이 손가락으로 거덤거덤 집어다 먹느라고 정신이 없읍니다. 〈태평천하⑤〉

넙죽넙죽[부] 입을 너부죽이 닁큼닁큼 벌렸다 다물었다 하는 모양. ¶ 밤이면 허연 영감이 혹시 나오든지 해서 사람을 떡으로 알고 넙죽넙죽 집어 먹을 위험도 없지 않거니와. 〈정자나무 있는 삽화〉

넙죽하니㈜ 머뭇거리거나 서슴지 않고 선뜻. 또는 대번에. ¶인력거꾼한테 되잡혀 가지곤 빰따구니나 한 대 넙죽하니 얻어맞기가 십상이지요. 〈태평천하①〉

넙치다㈜ →넘어지다. 쓰러져 놓이다. ¶미럭쇠는 정신이 아짤해서 앞으로 넙치려고 하는데 재우쳐 한 번 더 따악 내리갈긴다. 〈쑥국새〉

넝마장수㈜ 낡고 해어져서 입지 못하게 된 옷 따위를 파는 사람. ¶ 혜련이 동네의 넝마장수에게서 혼인말이 있는 것을 박차고 카페의 여급이 된 것에 대해서는 크게 노하여 그를 꾸짖었다. 〈이런 남매〉

넝마전(--廛)㈜ 낡고 해어져서 입지 못하게 된 옷 따위를 파는 가게. ¶왼편 거리로 향한 창 아래에 와 전부 벽으로 된 바른편 벽 밑으로는 이 인쇄소에서 일을 맡아 하는 여러 가지 잡지와 인쇄물들의 이름을 하나씩 하나씩 써 붙인 문갑 모양으로 생긴 궤짝이 죽 놓여 있고 그리고 바른편 그 벽 위에는 직공들의 가지각색 옷과 모자가 넝마전과 같이 어수선하게 걸려있다. 〈병조와 영복이〉

네게에미㈜ '네 어미 붙을'이란 뜻의 욕말. ¶이 썅! 혹은, 이 네게에미! 한마디로 와지끈 따악, 갈겨 놓고서 그 다음에 원, 아이새끼가 민하다든지, 문딩이 같응 기 지랄로 한다든지, 비로소 시비를 가리는데. 〈정자나무 있는 삽화〉

네기㈜ 마음이 언짢을 때 불평스럽게 하는 소리. '제기랄', '제기'와 같은 뜻. ¶아 글씨. 즈덜은 네기, 첩년을 모두 들씩 셋씩 읃어서 데리구 살면서. 나넌 그냥 그저 모르쇠이네그려!…. 〈태평천하⑧〉

네꼬이라쓰(ねこいらず)㈜ '쥐약'의 일본어. ¶"언젠가 왜 이야기 아니헙디까? 네꼬이라쓰까지 사다가 놓군 어머니를 생각해서 차마 못 먹었다구…." 〈병조와 영복이〉

네끼㈜ 예끼. 아랫사람을 심하게 나무랄 때에 하는 소리. ¶그렇게 풍모가 변해 가지고 돌아와서는 자기도 좀 계면쩍은 듯이 "네끼 놈들 네끼 놈들 무얼 그렇게 뻔하고 서서." 하며 그 잦은 말로 되레 우리를 나무랐읍니다. 〈소복 입은 영혼〉 ¶"네끼 고현 손 같으니라구! …아무리 무지막지한 모산지배기루소니 어디 그럴 법이 있나!" 〈탁류⑥〉

네끼놈우㈜ 때릴 듯한 기세로 욕하려 하거나 나무랄 때에 내는 소리. ¶"네끼놈우 자식들!" 하는 호통 소리가 들렸다. 〈명일〉

네년㈜ 여자를 맞대해서 욕으로 일컫는 낮은말. ¶네년이 돈이 오 원이 있으면, 나는 백 원이 있겠다! 〈탁류③〉

네놈내놈하다㈜ 맞대해서 서로 욕하다. ¶그들 앞에서 서얼설 기고 네네 살려줍시사고 굽신거리나 마주 대고 네놈내놈하며서 악다구니를 하거나, 〈태평천하④〉

네눈이㈜ '네눈박이'의 준말. 양쪽 눈 위에 점이 있는 개. 그래서 얼른 보기에 눈이 넷으로 보인다. ¶마당에서는 네눈이가 꼬리를 홰애홰 치면서 웃고 섰다가. 〈동화〉

네라끼㈜ 화증(火症)이나 싫증이 나서 생각을 아주 끊어 버리려고 할 때 내는 소리. ¶네라끼! …허허허허, 그거 원 참! 〈탁류⑩〉

네롱내롱하다㈜ 서로 네니 내니 하며 터놓고 지내다. ¶나이 15년이나 층이 집니다. 15년이면 부집(父執)이 아닙니까. 종

수 제 부친 창식이 윤 주사가 마흔여섯이요 해서, 사실로 병호와는 네롱내롱하는 사이니까요. 〈태평천하⑫〉

네에라께㉠ '네라끼'를 달리 일컫는 말. ¶ 네에라께 다 무엇이 말라 죽은 거야? 왜 남은 기다리다가 애가 말라 죽게 하구서, 〈탁류②〉

네엔장㉠ →넨장. '네 난을 맞을'의 뜻으로 마땅찮아서 혼자 내뱉듯이 하는 말. ¶ 우리 집 영감님이 아주 제바리야! 그새 첩을 네엔장 몇 씩 갈아 딜이두 아이를 못 낳는 걸 좀 보지? 〈탁류⑤〉

년놈㉠ →연놈. 남자와 여자를 싸잡아 욕으로 일컫는 말. ¶ "그 년놈을! 그저 그 년놈을 잡기만 잡으면 그저…." 〈어머니를 찾아서〉

노가다패㉠ 토목 공사장에서 막노동을 하는 사람들의 무리. ¶ 공부 못하믄 노가다패나 되는 줄 몰라? 〈탁류⑮〉

노골노골하다㉠ →노글노글하다. 약간 무르고 부드럽다. ¶ 아무리 해도 이놈의 자식을 뼈가 노골노골하도록 실컷 두들겨 주어야 마음이 후련할 것 같다. 〈정자나무 있는 삽화〉

노그라지다㉠ 몹시 피곤하여 나른해지다. 몹시 피곤하여 힘없이 되다. ¶ 흥분되었던 사이에 잠깐 잊었던 시장기는 다시 침노를 하였다. 온 전신이 노그라지는 것 같았다. 이제는 먹고 싶은 생각이 그의 의식의 전부를 점령하였다. 〈생명의 유희〉 ¶ 눈과 신경과 그리고 사지가 노그라지게 지친 몸으로 회사—인쇄소의 옆문을 무심코 열어 동무들의 틈에 끼여 나오느라니까. 〈농민의 회계보고〉 ¶ 이렇게 물어 떼는 맛이란, 잇념 속이 근질근질, 몸이 금시로 노그라지는 것 같아 세상에도 꼭 둘째 가게 좋지, 셋째도 가지 않는다. 〈탁류⑤〉

노(no)다㉠ 아니다. ¶ "남 서바앙?" 바로 귓바퀴에서 정다운 억양이 소곤거린다. "응?" "노였구?" "아니". 〈탁류⑰〉

노닥거리다㉠ 수다스럽고 재미있게 잔말을 자꾸 늘어놓다. ¶ 선술집에 가서 엔간히 취하도록 먹은 뒤에 C라는 카페에 가서 술 두 병을 놓고 자정이 되도록 노닥거렸다. 〈레디 메이드 인생〉 ¶ 말하는 눈치가 아까 옥례가 이야기하던 그 재봉틀 장순데 거기서 노닥거리다가 아마 점심까지 얻어먹고는 이리로 온 모양이다. 〈보리방아〉 ¶ 이것도 물론 꾸며대는 소리요, 동관의 뚜쟁이집에 가서 노닥거리다가 오는 길입니다. 〈태평천하⑫〉

노동(老童)㉠ 나이 많은 운동선수. ¶ 노동 '훈련 일기'. 〈탁류⑰〉

노라꾸라모노(のらくらもの)㉠ '빈둥빈둥 노는 자', '게으름뱅이'의 일본어. ¶ 좌우간 소희 씨의 마음을 알고 싶습니다. 이대로 더 끌고 나가다가는 '싸우려는 의식'까지도 마비가 되는 나는 그냥 노라꾸라모노가 되어 버릴지도 모르겠습니다. 〈병조와 영복이〉

노랫장㉠ '노랫가락'을 하찮게 일컫는 말. ¶ 또 궂은비 축축히 내리는 가을날, 노랫장이나 부를 줄 아는 기생이, 〈태평천하⑪〉

노략질(擄掠-)㉠ 떼를 지어 남의 재물을 빼앗아 가는 짓. ¶ 멀쩡하게 도당 모아 각구 댕기면서 양민들 노략질이나 히여먹구, 〈태평천하④〉

노리개㉠ 취미로 가지고 노는 물건. 또는

여자들이 몸치레로 차는 물건. ¶그것은 태진이의 소중한 노리개요 동무라는 때문이기만은 아니다. 〈용동댁〉 ¶그 새로운 내 자신의 나는, 결코 장롱 속에 건사해 둘 노리개나 앨범에 붙여 두고 시시로 떠들어 볼 사진이나처럼. 〈패배자의 무덤〉

노리개 삼다㊂ 노리개로 데리고 놀 수 있는 대상으로 삼다. ¶그게 무슨 어지를 노리개 삼자는 게 아니라, 계집은 귀애할 물건이라면 이쁘게 생겼어야만 귀애할 수가 있는 게지. 〈이런 처지〉

노린내㊔ 염소, 여우, 노래기 등에서 나는 노린내가 있는 냄새. ¶노린내가 나고 헤프게 타 버리는 '단풍'이라도 명색은 궐련이다. 〈얼어죽은 모나리자〉

노릿하다㊆ 냄새나 맛이 좀 노린 내가 있다. ¶김이 무럭무럭 오르는 하얀 쌀밥을 연한 상치에다 싸서 달콤한 고추장도 놓고 노릿한 마늘장도 쳐서 한 보퉁이씩 입에 밀어 넣고 우물우물 씹어서 꿀떡꿀떡 삼켰으면, 〈생명의 유희〉

노말(normal)**하다**㊆ 정상적이다. 표준이다. ¶계봉이는 극히 노말하게 비판해서 승재의 부족한 곳을 다 알고 있다. 〈탁류⑰〉 ¶것두 신경이 노말한 사람이면 몰라. 그렇지만 병인인 걸, 병인을 혼자 남의 손에 맡겨 두구서야 어디. 〈소망〉

노망(老妄)㊔ 늙어서 망령을 부림. 또는 그 망령. ¶아무래도 노망이 아니면 환장한 소린 것 같은데, 혹시 그게 정말이어서, 이놈의 영감태기가, 〈태평천하⑧〉

노상㊕ 언제나 늘. 한 모양으로 줄곧. 항상. 변함이 없이. ¶P가 노상 머리속에 K한테 연관시켜 보고 위협을 느끼던 당시의 소위 여류 문사 ×× 순이와 같은—그러한 경로에 서서 걸어가고 있지나 아니한가 하는 불안과 조민이 P의 가슴을 조바심치게 하였다. 〈그 뒤로〉 ¶차라리 그럴테거들랑 자식들이나 내 걱정은 말구 당신 노상 하구 싶다는 대로 어데든지 가서 ××××을 허든지 허구려…" 〈명일〉 ¶집안의 농사일은 마지못해서 거들어 주지, 노상 번들거리고 돌아다니다. 〈얼어죽은 모나리자〉 ¶분명찮은 눈을 노상 두고 깜작거리는 것은 괜한 버릇이요, 〈탁류①〉 ¶윤 직원 영감은 고만 더 말을 못합니다. 노상 아들한테 입 더럽게 놀린다고 핀잔을 먹은 그것을 부끄러워할 윤 직원 영감이 아니건만, 〈태평천하⑤〉 ¶속물이란 소리는 노상 듣는 독설이구. 〈소망〉 ¶또 은근히는 (노상 그 가마보꼬를 좋아하는) 마누라도 생각이 났고 하기는 했습니다. 〈흥보씨〉 ¶그것은 노상 미련하거나 못난이의 급은 아니라도. 〈모색〉

노성(怒聲)[1]㊔ 성난 목소리. ¶이러한 때는 누이가 차차로 염기(艶氣) 없어져 가는 노성에, 전도 부인과 같은 일종의 경멸을 느끼고서 조소를 해 주는 조롱이던 것이다. 〈패배자의 무덤〉

노성(老成)[2]㊔ 숙성하여 의젓함. 노련하고 익숙함. ¶나이래야 또 과부라는 이름조차 잔인할 스물두셋에 더럭, 삼십도 넘은 중년 여인만치나 노성을 했고, 한 것은 자못 흥미 있는 일이 아닐 수 없었다. 〈패배자의 무덤〉

노소동락(老少同樂)㊔ 늙은 사람과 젊은 사람이 함께 즐김. ¶아무려나 이래서 조손 간에 계집애 하나를 가지고 동락을 하

니 노소동락일시 분명하고, 겸하여 규모 집안다운 계집 소비 절약이랄 수도 있겠읍니다. 〈태평천하⑪〉

노수(路需)명 여행하는 데 드는 돈. 집을 떠나서 어디로 다니는 동안 먹고 자고 하는 데에 드는 돈. 먼 길을 오가는 데 드는 돈. 〖비슷〗 노자(路資). ¶병자한테 붙어 있는 귀신더러 이 음식을 먹고, 이 짚신을 신고, 이 돈으로 노수를 해서 딴 데로 떠나라는 것이다. 〈탁류⑥〉 ¶"… 그게 맹인이 저승길 가면서 노수두 쓰구, 또 저승에 가서두 부자루 잘 지내라구 그리잖습니까?" 〈태평천하⑧〉

노숙(老熟)하다형 오랜 동안 경험을 쌓아 사물에 숙달하여 있다. ¶승재가 훨씬 노숙해서 그냥 보기에도 승재는 침착한 게 손윗사람 같고, 태수는 어린 수하 사람 같았다. 〈탁류⑧〉

노심(勞心)형 마음으로 애를 씀. ¶그 무겁던 불안과 노심으로부터 완전히 해방을 받은 것이다. 〈탁류⑨〉

노양(老陽)명 몹시 내리쬐는 해의 뜨거운 기운. ¶이 차림차리로 얼룩덜룩한 보통이 하나를 옆에 끼고 불붙여 지지는 듯한 칠월 노양에 사라질 듯이 낡은 참대 지팡이를 의지하고 서서 무엇을 찾는 듯이 무엇을 물어보고 싶은 듯이 오는 사람 가는 사람들을 맥없이 바라보는 총기 없는 눈동자며, 〈불효자식〉

노염명 '노여움'의 준말. 노여운 마음. 마음에 분하고 섭섭해 하는 마음. ¶이 기교 없는 기교에, 정말 아닌 노염이 났던 춘심이는 단박 해해합니다. 가령 정말로 성이 났었더라도 그러했겠지마는요. 〈태평천하⑪〉 ¶미럭쇠는 노염이 다 풀려서 이제는 종수를 죽이지 않는다고 말을 냈고. 〈쑥국새〉 ¶헤렌을 보고도 요행 전같이 노염을 내떨지 않으면 그것을 기회로 차차 남매간에 화해가 되겠거니 하는 선량한 계책들이었었다. 〈이런 남매〉

노엽다형 화가 날 만큼 마음에 섭섭하고 분하다. ¶편지 끝에 써 둔 그 말만 아니었더라도 그다지 무렵하고 노엽지는 아니하였을 것이었었다. 〈병조와 영복이〉 ¶미운 것이 아니고 저렇듯 피투성이가 된 것이 원망스러워 그래 노엽던 것이다. 〈용동댁〉

노오부 →노. '노'는 '노상'의 준말. 늘. 항상. ¶그것들이 번연히 듣구 보구 하는 걸, 아버니는 노오 말씀을 그렇게…. 〈태평천하⑤〉 ¶교장 선생님이 일껀 생각하시구서 (또 현 서방이 술을 노오 먹진 않아도 좋아하는 줄은 아시고서) 고마이 주신 것입니다. 〈흥보씨〉

노옹(老翁)명 남자 늙은이. 늙은 남자. ¶그래 칠십 노옹이 예순다섯 살로 나이를 야바위도 치고, 열다섯 살 먹은 애가 강짜도 하려고 하고 〈태평천하⑪〉

노이예츠 나하츠(Neues nichts)〖관용〗 '새로운 것은 아무 것도 없다'는 뜻의 독일어. 원래 발음은 '노이에스 니히츠'이다. ¶"노이예츠 나하츠!" 하고 아 베 쩨 데도 모르는 주제에 독일말 토막을 쌔와린다. 〈탁류⑯〉

노자(路資)명 먼 길을 오가는 데 드는 돈. 여행에 드는 돈. 〖비슷〗 노수(路需). ¶이 서방이 그저 보통 행각이라면 다만 하룻밤의 노자도 아끼고 또 겸해서 좋은 대접을 받을 겸 두말 아니하고 그곳으로 씽씽 갔겠지만 본이 선비요 또 가는 길이 무서운 소임을 가진지라. 〈소복 입은 영혼〉

노작거리다동 자꾸 만지작만지작하다. ¶ 이부자리를 펴 놓고 산동이는 웃목에 물러서서 무슨 영이 내리기를 기다리고 영감은 자리옷을 갈아 입고 나서 이불을 노작거려 보았다. 〈산동이〉

노장(老長)명 '노장중(老長~)'의 준말. 나이가 많고 덕행이 높은 중. ¶ 가느다란 등잔불이 흔들릴 때마다 아랫목 벽에는 노장의 검은 그림자가 커다랗게 얼씬거린다. 〈두 순정〉

노적(露積)명 한데에 쌓아 둔 곡식. ¶ 곡식이 들이쌓인 노적과 곡간이 불에 활활 타던 광경이 눈앞에 선연히 밟히곤 합니다. 〈태평천하④〉

노점(露店)명 길가의 한데에 벌여 놓은 가게. ¶ 오늘도 오목이네의 그 육중(!)한 노점 앞에는 네 사람이 제가끔 호박떡 한 사발씩을 받아 들고. 〈얼어죽은 모나리자〉

노졸(老卒)명 늙은 병사. 【비슷】 노병(老兵). ¶ P는 그러나 취직 운동에 백전백패의 노졸인지라 K 씨의 힘 아니 드는 한마디의 거절에도 새삼스럽게 실망도 아니한다. 〈레디 메이드 인생〉

노처(老妻)명 늙은 아내. ¶ 흰 머리채를 풀어 해뜨린 운용구의 노처가, 아이구머니 이 일을 어쩌느냐고 울어 외치면서 달려들어 뒤엎으러져 매달립니다. 〈태평천하④〉

노(老)하다형 늙다. ¶ "나느은 나-는 내 청춘으을 내 청추은을! … 노-하노 노-하노, 별가리 긇자 노-하노 오오오오!" 〈회(懷)〉

노형(老兄)명 동년배 사람들 사이에 자기보다 여남은 살 더 먹은 사람을 높여 부르는 말. ¶ "서울 가는 차표니, 난 소용없으니깐 노형 준다는 거야!" 〈상경반절기〉

노호(怒號)명 성내어 부르짖음. 또는 그 소리. ¶ 산이라도 떠받을 무서운 힘과 분노의 덩치가 바윗더미 쏠리듯 달려들면서, "이히년!" 사나운 노호와 동시에 벼락치듯, "따악" 골통을 내리갈긴다. 〈탁류⑩〉

노후(老朽)명 오래되거나 낡아서 쓸모가 없음. 늙어서 제 구실을 할 수 없거나 낡아서 쓸모가 없음. ¶ 정 주사는, 청춘을 그렇게 늙힌 덕에 노후라는 반갑잖은 이름으로 도태를 당하고 말았다. 〈탁류①〉 ¶ 완전한 노후요 폐물이요 패잔이다. 〈상경반절기〉

노후물(老朽物)명 노폐물(老廢物). 여기서는 늙어서 소용이 없게 된 사람. ¶ 그러다가 마침내 정말 노후물의 처접을 타고 영영 월급 세민층에서나마 굴러떨어지고 만 것이 지금으로부터 다섯 해 전이다. 〈탁류①〉

녹다동 조금씩 조금씩 써 가면서 재물이 다 없어지다. ¶ 그래서, 시간도 시간이려니와, 그 수응을 하느라고 매삭 돈 십 원씩이나 제 돈이 녹는다. 〈탁류③〉

녹록(碌碌·錄錄)치 않다형 만만하고 호락호락하지 않다. ¶ 남편 종택이 제법 그때는 녹록치 않은 소장 논객으로서 어떤 잡지의 전임 필자이던 직책을 내던진 후, 집안에 칩거한 것이 작년 이월 초생…. 〈패배자의 무덤〉

녹록(碌碌·錄錄)하다형 하잘것없다. 평범하고 보잘것없다. 의젓하지 못하다. ¶ 일변 생각하면 피로 낙관(落款)을 친 치산

(治産)이지, 녹록한 재물이라고 할 수는 없을 것입니다. 〈태평천하④〉

녹발(綠發)명 마작 용어로 녹색으로 발(發)이라고 쓴 패. ¶녹발 나가거라… 그 놈이 어쩐지 눈치가 다르더라니!… 빌어 먹을 놈! 〈태평천하⑬〉

논객(論客)명 변론에 능숙한 사람. 변론을 잘하는 사람. ¶남편 종택이 제법 그때는 녹록치 않은 소장 논객으로서 어떤 잡지의 전임 필자이던 직책을 내던진 후, 집안에 칩거한 것이 작년 이월 초생…. 〈패배자의 무덤〉

논다니명 웃음과 몸을 파는 여자. 함부로 노는 여자. 유녀(遊女). ¶… 다아 몹쓸 것 들두 없잖어 있어, 호강하자구 딸자식을 논다니루 내놓는 년놈두 있구, 〈탁류⑮〉 ¶논다니요 첩데기란 아무래도 이렇게 제티를 내는 법이니라고, 〈태평천하⑪〉

논두덕 죽음명 →논두렁 죽음. '논두렁이나 베고 죽는 죽음'이라는 뜻으로 '객사(客死)'를 일컫는 말. 여기서 '논두덕'은 논두렁(물이 괴어 있도록 논의 가를 흙으로 둘러막은 두둑)을 뜻하며, '객사'는 객지에서 죽는 것을 뜻함. ¶그년이 인제 논두덕 죽음 하지야고, 두고두고 욕을 했읍니다. 〈태평천하⑧〉

논메명 충청남도 논산의 옛 지명. ¶부여를 한 바퀴 휘돌려다가는 급히 남으로 꺾여 단숨에 논메, 강경에까지 들이닫는다. 〈탁류①〉

논배미명 논의 한 구역. ¶벌커덕 철부덕, 끙끙 소리가 바투 들리고, 논배미에서 일꾼들이 이리로 머리를 두르고 매어 들어온다. 〈정자나무 있는 삽화〉

논어(論語)명 공자의 언행과 공자와 제자들 사이에서 물음과 답을 모아 만든 유교의 근본이 되는 책. ¶그보다 많은 여러 수십 명의 동네 아이들에게, 하늘 천 따아 지의 천자를 비롯하여, 사자소학이며 동몽선습, 통감, 맹자, 논어, 시전, 서전에 이르기까지, 〈순공(巡公) 있는 일요일〉

논지(論之)하다동 따져서 말하다. ¶그러구 참, 저 부인이 되시는 정초봉 씨루 논지하면 진작부터 잘 알구 해서, 좀 허물이 더얼 하길래…. 〈탁류⑭〉

논틀명 '논틀길'의 준말. 논두렁 위로 난 꼬불꼬불한 길. ¶참외 광주리를 이고 마침 그 논 논틀을 지나는 을녜를, 오복이가 빈들빈들 웃으면서 제 옆에까지 오도록 기다린다. 〈정자나무 있는 삽화〉

논틀길명 논두렁 위로 난 꼬불꼬불한 길. 〖준말〗 논틀. ¶봉분에서 이리저리 뻗어나간 논틀길이 서너 갈래, 그중 동네로 난 놈이 유독 넓기도 하고 꽤 길이 난 것은. 〈정자나무 있는 삽화〉

놀면하다형 보기 좋을 만큼 알맞게 약간 노랗다. ¶놀면한 비단 양말 속으로 통통하니 살진 두 다리, 그 중간께를 치렁거리는 엷은 보이루의 검정 통치마, 연하게 물결치는 치마 주름을 사풋 누른 손길, 곱게 그친 흰 저고리의 앞섶 끝, 〈태평천하⑫〉

놀아 젖히다동 놀며 지내다. ¶저녁을 먹고 나서 이어 밤새도록 놀아 젖힐 채비를 차리고 있고, 〈탁류⑩〉

놀음명 '놀음놀이'의 준말. 여럿이 모여 즐겁게 노는 일. ¶어느 날 밤 꿈에는 그 파라솔을 펴 받고 어떻게 된 셈인지 놀음에 불려서 인력거를 타고 종로 한복판을 지

나가 보기까지 했었다. 〈빈(貧)… 제1장 제2과〉

놀음발명 →노름발. 노름에서 나타나는 끗발. ¶역시 무슨 딴 의사가 있을 줄은 몰랐을 것이고, 다만 제 생색을 내어 놀음발이라도 틀까 하는 요량이던 게지요. 〈태평천하⑩〉

놀음채명 '놀음차'의 변한 말. 잔치 때에 기생이나 악기를 연주하는 사람에게 주는 돈이나 물건. 화대(花代). 팁(tip). ¶새파란 젊은 년이 무슨 그리 살뜰한 정분이며 알뜰한 정성이 있다고, 제 벌이 제 볼일 젖혀 놓고서, 육장 이 구석을 찾아와서는 놀음채 못 받는 개평 놀음을 논다. 아무 멋대가리도 없는 늙은이 시중을 든다 하고 싶을 이치가 없을 게 아니겠읍니까. 〈태평천하⑩〉

놈년명 남자와 여자를 싸잡아 욕으로 일컫는 말. ¶"이놈허구 한티다가 묶어 놓구서 한꺼번에 놈년을 쳐 죽여야헐 틴디이…." 〈쑥국새〉

놈팽이명 별로 하는 일 없이 빈들빈들 노는 사내를 얕잡아 이르는 말. 젊은 여자의 상대가 되는 남자를 얕잡아 이르는 말. ¶기생이 연애가 어데 당한 거꼬?… 주제에 연애로 한다는 년도 천하잡년, 기생년 하고 연애하자고 덤비는 놈팽이두 천하잡놈…. 〈탁류⑨〉 ¶어느 놈팽이가 들어를 주는지 않는지, 그런 것은 생각도 않는답니다. 〈태평천하⑪〉

놉명 식사를 제공하고 날삯으로 일을 시키는 품팔이꾼. ¶"그것두 놉이나 하나 얻어서 가다구를 쳐 버려야지… 도리깨질 몇 번 했더니 허리가 아푼 걸…" 〈보리방아〉

놉빼구부 (아주 적은 수효를 나타내는 말 앞에 쓰여) '딱, 한정해서 꼭'의 뜻. ¶그러면 '놉빼구' 한 판만… 그런데 내기야? 〈탁류⑤〉

놋타기명 →놋타구(~唾具). 놋쇠로 만든 가래나 침을 뱉는 그릇. ¶이맛살을 찡그리면서 캑 하고 놋타기에 마른침을 뱉는다. 〈생명〉

농(膿)명 고름. 곪은 곳에서 생기는 끈끈한 액체. ¶또 전염이나 안 되게시니… 가령 농을 멎게 한다든지…. 〈탁류⑧〉

농간(弄奸)을 부리다『관용』 남을 속이거나 남의 일을 그르치게 하려고 간사한 꾀를 쓰다. 여기서 '농간'은 간사한 꾀를 써서 남을 속이거나 남의 일을 그르치게 함, 또는 그런 짓. ¶그래서 슬금슬금 농간을 부리려던 판인데 오목이가 그 뒤로 눈병이 오락 더쳐 가지고 도무지 문밖 출입도 하지 못해. 〈얼어죽은 모나리자〉 ¶첫째, 그는 제가 제 손수 무슨 농간을 부리든지, 혹은 누구를 등골을 쳐서든지…. 〈탁류④〉

농군(農軍)명 농민. ¶이 농군도 그 축에 넣어도 좋을 것이다. 〈상경반절기〉

농기하다형 걱정 없이 태평스럽다. ¶"왜 치어다보나? 내가 이렇게 농기(태평)하게 웃는 속을 모르겠단 말이지? 〈그 뒤로〉

농량(農糧)명 농사를 짓는 동안 먹을 양식. ¶논은 고지를 주어서 지으니까 논농사에는 농량이 들 것이 없다지만 밭농사는 놉을 대어야 할 터인데 일꾼들한테 보리 곱삶이만 먹일 수도 없다. 〈보리방아〉

농막(農幕)명 농사 짓는 데 편리하도록 논밭 근처에 임시 거처로 간단하게 지은 집. ¶'쇠멀'이라고 백 호 남짓한 농막들이 옴닥옴닥 박힌 촌 동네와 맞닿기 전에 두어 마장쯤서 논 가운데로 정자나무가 오똑한 그루. 〈정자나무 있는 삽화〉

농(弄) 삼다㊍ 실없이 장난 삼다. ¶이것은 M이 늘 농 삼아 하는 농담이다. 〈레디메이드 인생〉 ¶"연설인지는 늑 점버텀 시작헌다문서 벌써 벌써 재촉허러 왔넌가?" 하고 농 삼아 묻는다. 〈보리방아〉

농성(籠城)㊔ 성문을 굳게 닫고 성을 지킴. 또는 (어떠한 목적 아래) 집 안에 들어박혀 지내면서 나다니지 않거나 버티는 일. ¶마침내 농성코 나지 않던 적(敵)은 드디어 성문을 좌우로 크게 열고(가 아니라) 안방 미닫이를 벼락치듯 열어젖히고, 〈태평천하⑥〉 ¶옳다구나, 태호허구두 구누를 해 가지구서는 모자가 건넌방으루—그 양반이 농성을 허구 있는 그 한징가마 속이었다—글러루 처억 쳐들어갔구려. 〈소망〉

농엄㊔ '농말'로 쓰인 듯(?). 실없이 하는 웃음엣소리. ¶그러니 자연 늙은이다운 농엄이나 심술로다가 첩 아니 얻어 주는 맏아들 창식이 윤 주사나, 큰손자 종수가 밉고, 미우니까 전접스런 소리며 욕이 나올밖에요. 〈태평천하⑤〉

농자(農資)㊔ '농업 자본(農業資本)'의 준말. 영농 자금(營農資金). 농사 일에 드는 비용. ¶또 가령 그들에게 삼 단보 혹은 사 단보의 자작농 창정을 해준다 해도 농사 밑천이라고는 세 코 잠뱅이와 호미 한 개밖에 없는 그들인지라 농자 때문에 그것을 지어 나갈 힘이 자라지를 못한다. 〈보리방아〉

농지거리(弄---)㊔ 농으로 하는 짓. 또는 점잖지 못하게 마구하는 우스갯소리. ¶그 눈치를 알아챈 초봉이는 계봉이가 아무 철없이 어린애처럼 형보와 함부로 장난을 하고 농지거리를 하고 하는 것을 볼 때마다 사뭇 감수를 하게시리 가슴이 떨리곤 해서, 〈탁류⑯〉 ¶둘이는 걸찍하게 농지거리로 주거니 받거니 합니다. 〈태평천하⑫〉 ¶을녜를 장차 안해로 맞이할 딴 배포를 지녔기 때문에 짐짓 얌전하느라고, 더러 농지거리라도 마주 해 보고 싶은 것을 참아 가면서까지 아주 의젓하게 점잔을 빼곤 했었다. 〈정자나무 있는 삽화〉

농지기㊔ 혼수(婚需). (전남). '혼수'는 혼인에 드는 물품이나 그 비용. ¶"날더러 답답헌 하소연을 허두구랴! 부꾸런 말루 딸자식이 나이 열여덟이나 먹두룩 여태 농지기루 옷은커녕 보선 한 켜레 못 꼬매 뒀노라문서…" 〈암소를 팔아서〉

농채(農債)㊔ 농사 지으려고 진 빚. ¶농채가 그럭저럭 한 오십 원 되니, 그놈을 쓸어 갚고 나면 백 원 하고 머리가 좀 붙어서 남을 테었다. 〈정자나무 있는 삽화〉

농칭(弄稱)㊔ 짓궂게 놀려서 부르는 것. ¶영원히 그러한 지위엘 오르지 못할 운명인 한낱 하인에게 대한 상전네 식구의 동정과 하시가 한데 섞인 일종의 짓궂은 농칭임에는 틀림이 없는 것입니다. 〈흥보씨〉

농투산이(農---)㊔ →농투성이(農~). ¶촌 농투산이한테 매달려서 그 고생을 할 게 무어란 말씀이요? 〈탁류⑮〉

농투성이㊔ '농부, 농민'의 낮춤말. ¶농투성이의 딸자식이 별수가 있나! 얼굴이 반반한 게 불행이지. 〈얼어죽은 모나리자〉 ¶갈데없는 무식꾼하고 농투성이기는 하지만. 〈동화〉 ¶외아들이기 때문에 농투성이의 터수에, 그래도 장차 생일이야 해 먹을 값에. 〈두 순정〉 ¶농투성이 자식으로 노상 재주가 없는 것은 아니지만, 천하 망나니가 돼서 공부보다는 싸움이 첫째라. 〈정자나무 있는 삽화〉

농판명 멍청이. (전남). 어리석고 정신이 흐릿하여 사물을 똑똑하게 처리하는 힘이 없는 사람. ¶그러니 그저 농판같이 뒤처진 역사 속에서 끄먹끄먹 호흡이나 하고 있는 수밖에…. 〈이런 처지〉 ¶이래 놓으니 시방은 다 일찍 세파에 찌들어 속도 있는 대로 썩고 해서 어렸을 적의 소갈머리는 죄다 없어지고 거진 농판이 되다시피 했지만, 〈순공(巡公) 있는 일요일〉 ¶위인이 농판이요, 오십이 되도록 철이 들지를 않아서 세상 일이 죽이 끓는지 밥이 넘는지 통히 모르고 지내는 사람입니다. 〈태평천하⑤〉

농판스럽다형 분위기나 언행 따위에 장난기나 농기가 있다. ¶그러니 결국 종수로 하여금 버르장머리가 없게 하는 것은 이편 병호가 속이 없고 농판스런 탓이요, 그걸 받아주는 때문입니다. 〈태평천하⑫〉

농함명 '동심(童心)'의 뜻인 듯(?). 어린이의 마음처럼 순진한 마음. ¶그러니까 승재를 보고 운 것도, 차라리 반가운 한편 역시 어린애다운 농함으로 눈물이 나온 것일 것이다. 〈탁류⑮〉

농형(農形)명 그해 농작물의 잘 되고 못 된 형편. 농사가 되어 가는 형편. 『비슷』 농황(農況). ¶농형이 대체로 풍년은 풍년이지만, 〈태평천하⑭〉

농황(農況)명 그해 농사가 되어가는 형편. 농작물이 되어가는 상황. 『비슷』 농형(農形). ¶다직해서 여름의 농황을 좌우하는 천기시세(天氣上場) 때와 그밖에 이백십일이나, 〈탁류④〉

농회(農會)명 농업에 종사하는 이들의 이익을 꾀하려고 만들었던 자치 단체. 곧 '농업 협동조합'의 전신(前身). ¶가마니는 군(郡)의 농회에 소속된 가마니 조합에서 장날마다 출장원을 R로 내어보내어 모조리 사들여 가지고. 〈화물자동차〉

놓아먹이다동 놓아 먹게 하다. 놓아서 기르다. ¶"오사헐 년놈들! 어쩌자구 이 숭년 끝에 짐승을 놓아먹여!" 〈동화〉

놓아멕이다동 →놓아먹이다. 놓아서 기르다. ¶자꾸만 딴 수작이 벌어지니 여간만 속이 타지 아니한다. "네, 그저 놓아멕이는 말 새끼처럼…." 〈명일〉

놓여나오다동 법에 의해 구속된 사람이 자유롭게 되다. 잡혔던 곳에서 풀려 나오다. ¶그 돈으로 방 한 칸 얻고 살림 나부랑이도 조금 장만하고 그래 놓고서 마침 그 알량꼴량한 서방님이 놓여나오니까 그리고 모셔 들였지요. 〈치숙(痴叔)〉

뇌꼴스럽다형 보기에 낮간지럽고 얄미우며 아니꼽다. 보기에 못마땅하고 아니꼽다. ¶주인아씨는 뇌꼴스럽다고 씹어뱉으면서 파라솔을 집어 들고 마당으로 내려선다. 〈빈(貧)… 제1장 제2과〉 ¶대체 의사라는 위인이 처음부터 보기 싫게 굴어 비위를 거슬리더니 내내 비쌔는 꼴이 뇌꼴스럽고 해서, 그만두어 버리고 벌떡 일어설 생각이 났다. 〈탁류⑧〉 ¶이래서 모두가 성가시고 뇌꼴스러 볼 수가 없다는 것입니다. 〈태평천하⑭〉

뇌다[1]㊂ (한 번 한 말이나 과거의 일을) 거듭 말하다. 같은 말을 자꾸 되풀이하다. ¶무엇을 의미하는 것인지 실상은 저도 모를 소리를, 속으로 뇌느라고 고개를 가볍게 끄덕거리는 것이다. 〈탁류⑧〉 ¶꿈에서 깨어난 것처럼 혼잣말을 하듯 뇌면서 누은 다시 무덤으로 옮는다. 〈패배자의 무덤〉 ¶옥초는 여전히 빙긋이 웃는 입초리로 연신 혼잣말을 뇌면서 연신 고개를 끄덕거리면서 감심을 하여 마지않는다. 〈모색〉 ¶결국 한 개의 우연한 일치일 따름일 것을 끝끝내 거기에 신경을 쓰잘 머리가 없는 것이어서 웬만큼 불관심에로 처리를 하느라 혼자 한마디 뇌고는 돌아서는데. 〈순공(巡公) 있는 일요일〉

뇌다[2]㊂ '놓이다'의 준말. ¶즈이두 맘이 든든할 것이구, 에미 애비두 다아 맘이 뇌구 않겠수?…. 〈탁류⑮〉 ¶방은 안 돌려 뇌는 발길을 겨우 돌려놓습니다. 〈흥보씨〉 ¶궁금히 밖에서 기다리고 있던 김 군은 그만만 해도 우선은 조금 마음이 뇌는 눈치였고, 그러고는 문득 그 끝에 하는 소리였다. 〈회(懷)〉 ¶잔말 말구, 네가 뒤로 나서서 3천 냥만 뇌물을 써라. 너도 뇌물을 쓰구서 뇌어나왔지? 〈태평천하④〉

뇌락(磊落)하다㊊ 마음이 활달하여 작은 일에 거리끼지 않다. 성미가 너그럽고 선선하다. ¶그는 학교를 마칠 때까지만 해도 퍽 뇌락하고 활달한 성품이었다. 〈명일〉

뇌물(賂物)㊔ 일정한 직무에 있는 자의 직위를 사사로운 일에 이용하기 위하여 넌지시 주는 부정한 돈이나 물건. ¶부룩쇠는 기쁜 마음으로 호떡 세 개의 뇌물을 썼읍니다. 〈어머니를 찾아서〉 ¶그래 누가 이러라저러라 시킬 것도 없이 벌써 줄 맞은 병정이 되어서, 젊은 윤 두꺼비는 뒷줄로 뇌물을 쓰느라고 침식을 잊고 분주했읍니다. 〈태평천하④〉

뇌사리다㊂ →뇌까리다. 같은 말을 여러 번 되풀이하여 말하다. ¶"그럴 줄 알었더라면 머리나 좀 빗구 있을 걸… 주제(옷)두 저 꼴을 허구 있었으니!…" 정 씨는 다시금 안타까운 생각에 이렇게 뇌사리다가. 〈보리방아〉 ¶그러고도 유 씨는 막내동이 병주를 지난 사월에 유치원에 들여보내지 못한 게 못내 원통해서, 요새로도 생각만 나면 남편한테 그것을 뇌사리곤 한다. 〈탁류①〉 ¶윤 직원 영감은 아까운 듯이 밥을 한 술 떠 넣고 씹으면서 씹으면서 생각하니 더욱 아깝든지 또다시 뇌사립니다. 〈태평천하⑤〉 ¶자지러진 한숨, 그리고 이윽고 있다가 다시 혼잣말로 뇌사리듯…. 〈정자나무 있는 삽화〉

뇌살거리다㊂ 혼잣말처럼 되풀이하여 자꾸 말하다. 【비슷】 뇌까리다. ¶김 씨는 생각이 나면 태수를 붙잡고 불평 삼아, 탄식 삼아 가끔 이렇게 뇌살거린다. 〈탁류⑤〉

뇌수(腦髓)㊔ 머리뼈 속에 들어 있는 골. 【비슷】 뇌(腦). 머릿골. ¶뇌수의 사치도 주리지 아니한 때의 말이다. 〈명일〉

뇌이다[1]㊂ →놓이다. ¶아무래도 지금 K가 생활이 그닥지 재미스럽지가 못헌 모양인데… 맘이 뇌이지를 않어. 〈그 뒤로〉

뇌이다[2]㊂ →뇌다. 잘 알아듣도록 하려고 한 말을 자꾸 하다. ¶"인제? 요년!" 소리도 한결 높고 매에도 더 힘을 주어 내리갈기면서 아씨는 뇌인다. 〈생명〉

뇌작거리다㊂ →노닥거리다. 좀 수다스럽

게 잔말을 자꾸 늘어놓다. ¶가기에 십 분 누더기니까 뇌작거리느라고 오 분, 아차 단번 들어가는 데서는 안 될 것이고 몇 군데 다니느라면 그것이 한 십오 분, 〈산적〉

뇌잖다동 놓이지 않다. ¶그 중에도 꼬옥 한 가지 정말 맘 뇌잖는 일이 있네. 〈탁류⑭〉

뇌진탕(腦震蕩)명 머리를 몹시 부딪치거나 얻어맞았을 때 일시적으로 의식 장애를 일으키는 일. ¶해부를 한 결과 사인(死因)은 뇌진탕이요, 그 외에 두개골 한 군데가 바스러지고…. 〈탁류⑪〉

누누이(屢屢-)부 여러 차례 자꾸. 여러 번 반복하여 말하는 모양을 이르는 말. ¶읍에서 술메까지 나가는 동안 학도들은 누누이 선생님들을 졸랐었다. 〈회(懷)〉

누더기다동 →노닥이다. 수다스럽고 재미있게 잔말을 늘어놓다. ¶가기에 십 분 누더기니까 뇌작거리느라고 오 분, 아차 단번 들어가는 데서는 안 될 것이고 몇 군데 다니느라면 그것이 한 십오 분, 쌀을 팔아가지고 오느라면 십오 분, 그래서 삼십오 분. 〈산적〉

누데기명 →누더기. 누덕누덕 기운 헌 옷. ¶"작년 겨울에야 웬 입을 걸 입었나… 남 같으면 발써 누데기 장사가 가져갔을 건디…" 〈병조와 영복이〉

누러니부 누렇게. ¶기름기도 없고 누러니 시들어 빠진 노파의 옆얼굴을 한 번 더 말그러미 건너다보고 있던 옥초는. 〈모색〉

누룽지명 솥 바닥에 눌어붙은 밥. ¶누룽지가 아까운 것은 둘째로 치고서 말이다. 〈용동댁〉

누르붉다형 빛깔이 누르면서 붉다. ¶바른편은 누르붉은 사석이 흉하게 드러난 못생긴 왜송이 듬성듬성 눌어붙은 산비탈. 〈쑥국새〉

누릿하다형 (냄새가) 약간 노리다. ¶관현을 넘어 재동 네거리에 있는 설렁탕집 앞을 지나가려니까 누릿한 냄새가 코를 슬슬 들어오고 혀 밑에서는 신침이 사정없이 괴어 나왔다. 〈앙탈〉

누비이불명 솜을 얇게 두어 누빈 이불. ¶흐트러진 자리옷에 남색 제병 누비이불로 아랫도리를 가리고 앉았는 초봉이 제가, 보아야 역시 저다. 〈탁류⑩〉

누비처네명 누벼서 만든 덧덮는 얇고 작은 이불. ¶서서히, 자주빛 누비처네를 끌어다가 홑껍데기 하나만 입은 아랫도리를 가리고 앉는다. 〈탁류⑤〉

누워 떡 먹기〖속〗 힘들이지 않고 아주 쉽게 할 수 있음을 이르는 말. ¶요릿집에다가 음식 맞추는 것, 이런 것이나 누워 떡 먹기로 슬슬 하고 있지, 정작 힘드는 일은 김씨가 통 가로맡아서 하고 있다. 〈탁류⑨〉

눅눅하다형 누기(漏氣)가 차서 좀 축축하다. 여기서 '누기'는 '습기'와 같은 뜻. 축축한 기운. ¶방이 눅눅해서 용동댁이 건넌방 아궁이에다가 보릿대로 불을 지피고 있노라니까. 〈용동댁〉

눅이다[1]동 (성질이나 낯빛을) 누긋하게 하다. 마음이 너그럽게 풀어지도록 하다. ¶태호는 이렇게 혼자 두런두런하면서 앞마루에 털썩 걸터앉다가 딸 용희가 민망해서 옆에 섰는 것을 보고 낯빛을 눅여 "늬 어머니는 어디 갔느냐?" 하고 보드라이 묻는다. 〈보리방아〉 ¶그러나 그는 혼자 속을 눅인다. 〈동화〉

눅이다²동 목소리를 부드럽게 하다. ¶한참이나 있다가 형보는 훨씬 목소리를 눅여가지고 조곤조곤 타이르듯, 〈탁류⑭〉 ¶두목은 잠깐 식식거리면서 윤용규를 노려다 보다가, 이윽고 음성을 눅여 타이르듯 합니다. 〈태평천하④〉

눅진거리다형 (물체나 성질이) 누긋하고 끈끈한 느낌이 자꾸 들다. ¶강강한 놈과 눅진거리는 두 놈이 마주 자꾸 부딪치면, 우선 보매는 강강한 놈이 이겨내는 것 같지만, 〈탁류⑯〉

눈(이) 삐뚤어지다[관용] 눈이 정상적으로 박히지 않다. 즉, 어떤 대상의 가치나 아름다움과 추함 따위를 제대로 가리지 못하거나, 한눈을 팔다가 잘못을 저질렀을 때 꾸짖거나 핀잔조로 이르는 말이다. ¶원 눈두 삐뚤어졌지. 우리 언니 저 아씨가 어디가 이뿐 디가 있다구 그래애! 〈소망〉

눈가명 눈의 가장자리. ¶이런 것들이 자꾸만 눈앞에 얼찐거리면서 저절로 눈가가 따가와진다. 〈탁류②〉

눈가가 매워 오다[관용] 눈가가 뜨거워지며 눈시울을 적시다. ¶그리고 오늘처럼 돌아오지 못하고 빈 영구차만이 이 길을 돌아오겠거니 생각하는 동안, 저도 모르게 눈가가 매워 왔다. 〈탁류④〉

눈가가 싸하다[관용] 눈의 가장자리가 아린 듯한 느낌이 있다. ¶영주는 새삼스러운 일이 아니나 눈가가 싸하고 눈물이 돌았다. 〈명일〉

눈 가리고 아웅하다[관용] 얕은 수로 남을 속이려 함. ¶이렇듯 사리고 조심하여 눈 가리고 아웅한 덕에, 내외의 의견은 더 볼 것도 없이 맞아떨어졌던 것이다. 〈탁류⑦〉

눈곱만 씩 하다형 아주 조그마하다. ¶제비꽃은 자줏빛, 눈곱만 씩 한 괭이밥꽃은 노랗다. 〈쑥국새〉

눈깔이 삐다[관용] 눈이 온전치 못하여 잘 못 본다고 나무라는 투로 빈정거리는 말. ¶눈깔이 삔 점례 가시내나 건짜로 반해서 그 지랄이지. 〈쑥국새〉

눈꼴(이) 시다[관용] 하는 짓이 비위에 거슬려 보기에 아니꼽다. ¶태수가 초봉이를 이뻐하는 양은 형보더러 말하라면, 눈꼴이 시어서 볼 수가 없을 지경이다. 〈탁류⑩〉

눈독 들이다[관용] 욕심을 내어 눈여겨보다. ¶범수는 아까 눈독 들인 금비녀를 빼어 손바닥에 놓고 출싹거려 보며 묻는다. 〈명일〉

눈두겁명 →눈두덩. 눈 언저리의 두두룩한 곳. ¶그 위에다 가루분을 약삭빨리 도닥도닥, 눈두겁과 볼에 연지칠, 동강난 루즈로 입술을 붉게…. 〈빈(貧)… 제1장 제2과〉

눈두덩명 눈 언저리의 두두룩한 곳. ¶그날 밤 우리는 매일 밤 하듯이 졸리는 봄밤의 무거운 눈두덩을 꼬집으면서 이슥하도록 글을 읽다가. 〈소복 입은 영혼〉

눈뚜껑명 →눈꺼풀. 눈알을 덮는 꺼풀. ¶아이는 울 기운도 다 빠져, 대창같이 야윈 눈뚜껑을 감고서 가끔가다가 꽁꽁 앓는 소리만 낸다. 〈빈(貧)… 제1장 제2과〉

눈 뜨고 남의 눈 빼먹는 세상[속] 눈 감으면 코 베어 먹을 세상. 세상 인심이 매우 험악하고 각박하다는 말. ¶"아는 질두 물어서 가랬다네. 눈 뜨구서 남의 눈 빼먹넌 세상인 종 자네두 알먼서 그러넝가?" 〈태평천하⑦〉

눈먼 고양이가 조기 대가리 아끼듯[속] 별 것이 아닌데도 제게 소중한 것인 줄로 알고 애지중지한다는 뜻. ¶체경 앞에는 요전에 산, 골라잡아서 십 전짜리 생철 목간 대야가 놓여 있다. 그 속에는 눈먼 고양이가 조기 대가리 아끼듯 아끼는 크림, 눈, 연지 이런 것이 올망졸망 담겨 있다. 〈빈(貧)… 제1장 제2과〉

눈먼 돈[관용] 뜻하지 않게 생기는 돈. ¶어느 구석에 눈먼 돈 십 전이나 들어 있나하고 이 주머니 저 주머니 만져 보았으나 원래 돈이라는 것을 구경한 지가 하복을 잡혀서 춘추복을 찾아 입은 때 밖에는 더 없는데 웬 게 있을 택 없었다. 〈앙탈〉

눈먼 딸 자식[관용] 기대나 욕구 등에 만족할 만큼 충분하지 않은 딸자식. 즉, 못난 자식을 이르는 말. ¶그는 그래서, 돈 아까운 줄도 모르고 이삼 년 이짝은 첩을 얻어 치가를 하고 자주 갈아 세우고 해 보아도 나이 점점 늙기만 하지 이내 눈먼 딸자식 하나 낳지 못했다. 〈탁류①〉

눈방울[명] '눈알'의 속된 말. ¶눈방울이 부리부리 몽리깨나 있고 힘꼴이나 써 보인다. 〈상경반절기〉

눈보라[명] 센 바람에 휘몰아쳐 날리는 눈. ¶그러던 것이 필경 재 밑에까지 당도했을 때에는 이미 사나운 눈보라로 변하고 말았다. 〈두 순정〉

눈살[명] 두 눈썹 사이에 잡힌 주름. ¶오늘은 눈살이 패앵팽 해가지고 아기똥하니 버티고 서서 있다. 〈쑥국새〉

눈쌀[명] →눈살. ¶그대로 주춤 멈춰 서면서 단박 입술을 꽉 다물고 눈쌀이 패앵팽하여졌다. 〈이런 남매〉 ¶단박 눈쌀은 꼬옷꼿 입술이 뚜우 나오면서 연신 혼자서 두덜두덜 게두덜거리는 것이다. 〈상경반절기〉

눈썹이 타들어 오다[관용] 갑자기 뜻밖의 큰 걱정거리가 닥쳐 매우 위급하게 되었다는 말. [비슷] 눈썹에 불 붙는다. ¶그 역 일시일시 그러다가 말지, 눈썹이 타들어 오도록 다급하게 걱정이 되지는 않았고. 〈용동댁〉

눈 씻고 볼래야 볼 수 없다[속] 아무리 애를 쓰고 보아도 볼 수가 없다는 뜻. 도무지 어렵다는 말. ¶×××들이 사방에서 날뛰던 그런 때라면 몰라도 지금이야 그런 건 옛말이지, 눈 씻고 볼래야 볼 수 없는 일이다. 〈탁류⑩〉

눈에 고이다[관용] 신임을 얻다. 마음에 좋게 여겨지다. ¶또 소속한 과장의 눈에 고인 덕으로, 스물한 살 되던 해엔 승차해서 행원이 되었다. 〈탁류④〉 ¶눈에 답신 고이도록 보비위를 해 줄 필요가 그래서 더욱 간절했던 것입니다. 〈태평천하⑧〉

눈에 밟히다[관용] 잊혀지지 않고 눈에 자꾸 떠오르다. ¶더우기 저를 잃어버리고 풀죽어 있을 새서방의 양자가 눈에 암암 밟히어, 밤으로도 편안한 잠을 이룰 수도 없었다. 〈두 순정〉 ¶누이동생의 추렷한 얼굴이 눈에 밟히면서 불쌍한 생각이 한편으로는 들지 않질 못하였다. 〈이런 남매〉

눈에 벗어나다[관용] (신임을 얻지 못하고) 미움을 받게 되다. [비슷] 눈 밖에 나다. ¶그래 처음 그가 동리에 돌아와 그렇게 눈에 벗어나게 하고 다닐 때에는 동리 사람이 손가락질도 하고 더러는 연갑들이 맞대 놓고 빈정거리기도 했는데. 〈얼어죽은 모나리자〉

눈에 쌍심지가 돋다〖관용〗 몹시 화가 나서 두 눈에 불이 일 듯하다. 〖비슷〗 눈에 쌍심지를 켜다. ¶그와 마찬가지로 직녀의 어머니 눈에는 쌍심지가 돋았을 것이다. 〈팔려간 몸〉

눈에 안기다〖관용〗 마음에 들다. ¶'하면 또 누구하고 하노? 와락 눈에 안기는 거 누가 있을라구?' 〈모색〉

눈웃음㊔ 소리없이 눈으로만 웃는 웃음. 소리를 내지 않고 눈으로만 가만히 웃는 웃음. ¶말은 그렇게 나왔어도, 실눈으로 갠소롬하니 웃는 눈웃음하며, 헤벌어지는 입하며, 다뿍 느긋해 하는 게 갈데없읍니다. 〈태평천하⑧〉 ¶하녀가 유까다를 펴 들고서 초봉이더러도 어서 갈아입으라고 속없이 연방 눈웃음을 친다. 〈탁류⑫〉

눈을 쥐어뜯다〖관용〗 사납게 노려보다. ¶태수는 눈을 쥐어뜯고 초봉이를 올려다보면서 헤벌씸 웃는다. 〈탁류⑩〉

눈이 맞다〖관용〗 남녀가 서로 사랑하는 뜻이 통하다. ¶시방 바로 저 논에서 일을 하고 있는 오복이와 눈이 맞아, 둘이서 보리밭으로 기어들어 가는 것을 보았네, 벼 낟가리 틈에서 나오는 것을 보았네 하는 소문이 퍼졌고. 〈정자나무 있는 삽화〉

눈이 빠지게〖관용〗 기다리는 마음이 몹시 애타게. 〖비슷〗 눈이 빠지도록. ¶또 어디 가서 약주 잡숫느라구 남 눈이 빠지게 기다리겔랑 마시구. …. 〈탁류⑬〉

눈이 빠지도록〖관용〗 기다리는 마음이 몹시 애타게. 〖비슷〗 눈이 빠지게. ¶두 달 동안은 두고 눈이 빠지도록 기다리던 조원봉이는 삼월이 거의 지날 때야 올라왔다. 〈불효자식〉

눈이 손해(損害)이다〖관용〗 안 보면 오히려 밑진다는 뜻. ¶더욱이 메초롬한 여학생이나 신여자와 마주칠 때에는 피하였으면 좋기는 하겠으나 눈이 손해이니 그러하기는 싫고 그대로 가까이 다가서서. 〈앙탈〉

눈이 시다〖관용〗 눈꼴이 시다. 하는 짓이 거슬리어 (같잖아서) 보기에 아니꼽다. ¶그라제… 또오, 기생년이 뭣이냐 연애한다고 껍덕대는 거, 내 참 눈이 시여 못 보겠더라. 〈탁류⑨〉

눈자㊔ →눈매. 눈의 생긴 모양새. 〖비슷〗 눈매. 눈맵시. ¶눈이 오긋한 매눈에 눈자가 몹시 표독스러워 보이는, 그 사람이…. 〈탁류②〉 ¶저 뭇이냐, 사람이 영 미치구나면 눈자가 틀린다구 않수? 〈소망〉

눈정기(-精氣)㊔ 눈의 광채. ¶말라 붙은 안면 근육에, 깡마른 눈정기에…. 〈태평천하⑨〉

눈짜㊔ →눈매. 눈의 생긴 모양새. ¶… 외양두 다 똑똑허구 허긴 헌데, 어째 눈짜가 좀 독해 뵙디다아? 〈탁류⑦〉

눈찌㊔ 눈을 뜬 모습. ¶태수의 눈찌가 좀 불량해 보이는 것이랄지, 사람이 반지빠르고 건방져 보이는 것이랄지, 〈탁류⑦〉

눈창㊔ '눈꺼풀'의 속된 말. ¶형보는 흉업게 눈창을 뒤집어쓰고 입을 떠억 벌린 채 거진 사족이 뻐드러져서 꼼짝도 않는다. 〈탁류⑱〉

눈초리㊔ 눈의 귀쪽으로 째진 구석. ¶소곳한 얼굴, 금시 감으려는 듯한 갸름한 눈과 살풋 아래로 처진 눈초리, 얼굴 균형에 꼭 알맞은 코, 보이는 듯 마는 듯한 입모습을 스치는 미소, 〈병조와 영복이〉 ¶본래 생김새도 야불야불하니 예쁘장스럽고 웃을 때면 눈초리가 먼저 웃는 것이라든지. 〈얼어죽은 모나리자〉 ¶눈은 둥근 눈이지만 눈초리가 째지다가 남은 것이 있어 길어 보이고, 거기에 무엇인지 비밀이 잠긴 것 같다. 〈탁류②〉

눈총을 들이다[관용] 눈독 들이다. 욕심을 내어 눈여겨 보다. 여기서 '눈총'은 눈독. 욕심을 내어 눈여겨보는 기운. ¶이 잡화점 진열창에 내놓은 파라솔 하나를 그는 십여 일째 두고 눈총을 들여 오던 참이다. 〈빈(貧)… 제1장 제2과〉 ¶꼴깍 침을 삼킨 대서야 너무 근친스런 말이고, 김 순사도 술을 즐겨하는 호한의 한 사람인지라 가령 현 서방의 그 가난한 술병 그놈에다가 차마 눈총을 들이지야 않았겠지만. 〈흥보씨〉

눈치(를) 먹다[관용] 남이 자신을 귀찮게 여겨 싫어하다. ¶눈치를 먹는 줄도 모르고 태수는 앉아서 조른다. 〈탁류⑧〉

눈치를 하건 코치를 하건[관용] 남의 눈치를 보지 않는다는 말. ¶이편 상수는 그러나 누가 눈치를 하건 코치를 하건 알려고도 않고 또 알았더라도 모른 체할 판이요. 〈모색〉

눈치엣 음식[관용] 눈치를 보며 얻어먹는 음식. ¶인심과 풍도만 아니더라면 모른 체 저희끼리만 먹고 말 것을 마지못해 (그러니까) 눈치엣 음식으로 한 사발 주는 게 빠안한 속이다. 〈정자나무 있는 삽화〉

눈치 코치 다아 먹다[관용] 남의 마음과 태도를 살피다. 남의 눈치가 어떠한가를 엿보다. ¶뭇 놈년덜 눈치 코치 다아 먹구, 늙발에 호의호식, 편안히 못 지내구…. 〈태평천하⑧〉

눈퉁이[명] '눈두덩'의 속된 말. 눈언저리의 두두룩한 곳. ¶얼굴은 눈퉁이며, 눈이며 코, 입 이런 것들이 제자리는 제자리라도, …. 〈탁류②〉

눌어[부] →눌러. 그대로 계속하여. ¶그 누렇게 피가 밭고 기름기 빠진 쭈글쭈한 가죽과 가시 같은 뼈다귀며 우부숙하게 길어난 머리털과 앙상한 얼굴에 푹 가라앉은 눌어 앉은 눈언덕이며. 〈불효자식〉

눌어붙다[동] 한 곳에 오래 있으면서 떠나지 않다. ¶바른편은 누르붉은 사석이 흉하게 드러난 못생긴 왜송이 듬성듬성 눌어붙은 산비탈. 〈쑥국새〉

눕잖다[동] '눕지 않다'의 준말. ¶미안합니다! 난 또 아직 눕잖으신 줄 알았지. 〈탁류⑤〉

눙치다[동] 좋은 말로 언짢았던 마음을 풀어서 누그러지게 하다. ¶불길스런 압박감이 드는 것을, 제딴에는 농담으로 눙치던 것이다. 〈탁류⑰〉 ¶일가 망한 건 항렬만 높단 말로 눙치고 넘기자니, 차라리 이 조손 관계는 비극이라 함이 옳겠읍니다. 〈태평천하⑥〉

뉘[명] 찧어 깨끗하게 한 쌀에 섞인 벼 알갱이. ¶밥이라야 뉘와 피가 절반이나 섞인 현미 싸래기밥, 한옆으로 짠 무김치를 몇 쪽 덧들인 것뿐이다. 〈쑥국새〉

뉘게라 없이[부] 누구라고 할 것 없이. 누구라고 가려 말할 것 없이 모두 다. ¶초봉이가 겨우 허리만 나풋이 숙여 뉘게라 없이 인사를 하는 체하고 계봉이를 데리고 대문간으로 나가는 것을, 〈탁류⑨〉 ¶관수는 그들의 그런 속을 얼른 알아채고는 짐짓 빈들빈들 웃으면서, 뉘게라 없이 대고 묻는다. 〈정자나무 있는 삽화〉

뉘다㊐ '누이다'의 준말. ¶밥상 앞에 가 무릎을 뉘고 앉으니까, 하녀가 간드러지게 공기에다 밥을 퍼올린다. 〈탁류⑫〉

뉘앙스(프. nuance)㊔ 어떤 말의 표면적 의미 이외에 느껴지는 미묘한 의미. 빛깔, 소리, 뜻, 감정 따위의 섬세한 차이. 또는 그런 차이에서 느끼는 인상. ¶개성이 있을까 긴장이나 뉘앙스가 있을까, 〈모색〉

뉘어 놓다㊐ 눕게 하여 놓다. ¶요놈이 재주가 한 가지 또 늘어 가지고 혼자 뉘어 놀(놓을)라치면 빠드읏 하고 몸을 뒤친다. 〈패배자의 무덤〉

뉘엿거리다㊐ 속이 메스꺼워 자꾸 게울 듯하다. 게울 듯 게울 듯하여 속이 자꾸 메스꺼워지다. ¶P는 머리가 띵하고 속이 뉘엿거리어 정신을 차릴 수가 없었다. 〈레디 메이드 인생〉 ¶그러나 차차로 차차로 참기 어려울 만큼 속은 더 뉘엿거리고 아파오기까지 한다. 〈탁류⑬〉

느긋이㊌ 느긋하게. 마음에 여유가 있고 넉넉하게. 부족함이 없이 흡족하게. ¶돈은 어김없이 되었으리라고 생각하고 느긋이 수작을 붙이는 모양 같았다. 〈앙탈〉 ¶물론 집안이 가난이 쬐죄죄 흐르는 것, 꼴사나운 주제를 하고 방아를 찧으려고 섰다가 들킨 것이 또한 부끄럽지 아니한 것은 아니나 한편으로는 느긋이 기쁘기도 했었다. 〈보리방아〉 ¶그런 내평을 모르는 영주는 그것이 정말인 줄만 알고 느긋이 기뻤다. 〈명일〉 ¶따라서 이러한 각다분한 일도 없었으려니 싶어 느긋이 후회도 들었다. 〈탁류⑮〉

느끼다㊐ 서러움이 복받쳐서 숨이 막히는 듯한 소리를 내다. ¶옥섬이는 대답이 없고 느껴 흑흑거리는 소리만 가늘게 들렸다. 〈산동이〉

느닷읎이㊌ →느닷없이. 퍽 뜻밖이고 갑작스럽게. ¶그래, 어떻기 사람이 멍청허먼, 날마당 나오던 소리를 느닷읎이 못 나오게 헌담 말잉가? 〈태평천하②〉

느리차분하다㊋ 동작이 느리고 차분하다. ¶이 구석 저 구석 앉을 만한 곳으로 벤치에, 잔디 위에는 금시 돈더미가 쏟아져 나오는 것같이 소곤소곤 천 냥 만 냥을 하는 친구들과 로맨이 보았으면 '생각하는 사람' 대신 '게으른 사람'이라는 조각을 새겼을 모델감들이 방금 겨드랑이 속에서 이라도 더듬어 낼 듯이 느리차분하게 앉아 햇볕을 쪼이고 있다. 〈그 뒤로〉 ¶느리차분하게 열 손가락을 맥없이 놀리는 모양은 딱지나 여남은 장씩 주어서 나가 놀라면 뛰고 날고 할 듯하였다. 〈병조와 영복이〉

느릿하다㊋ (경사가) 가파르지 않고 좀 완만하다. ¶앞으로 느릿하니 미끄러져 내려가던 구릉이 다하면 아래서는 보리밭이 다랑다랑 기어 올라왔다. 〈패배자의 무덤〉

느물거리다㊐ 능글능글한 태도로 자꾸 끈덕지게 굴다. ¶자아 어떻수? 하고 비교해 보라고 느물거리는 것만 같다. 〈탁류②〉

느직이㊌ 좀 느슨하게. 또는 좀 늦게. ¶오목이는 저녁 느직이 등 너머 벌판으로 놀러 갈까 하고 몇 번이나 망설이다가. 〈얼어죽은 모나리자〉 ¶태수가 김 씨를 찾아가서 그 몇천 원의 돈을 받으리라는 초저녁 시간을 지정하지 않고, 느직이 열한 시라고 했던 것이다. 〈탁류⑩〉

느짓하다㊋ 일정한 때보다 좀 늦다. ¶"웬걸 봄이 느짓허니까 생 오두발광이 나서 S

인지 제 소위 시인이랍시는 자식허구 붙어 가지구 요짐은 또 ××× 여기자까지 됐었다던가…." 〈그 뒤로〉

늑막염(肋膜炎)명 외상이나 결핵균의 감염으로 늑막에 생기는 염증. 가슴에 동통(疼痛)을 느끼고 호흡 곤란이 초래됨. ¶ 바른편 옆구리가 담이 결리는 걸로 시작된 병이 늑막염이라는 진단을 받고서 영영 자리에 누운 것이 그럭저럭 석 달이 가까워 온다. 〈이런 남매〉

늑신부 실컷. 마음에 하고 싶은 대로 한껏. 또는 충분히. 완전히. ¶ 이년 인제 보아라. 등줄기에서 노린내가 나게시리 늑신 두들겨 줄테니 〈탁류⑦〉 ¶ 반주검을 시켜서, 다실랑 그런 못된 본을 못 보게시리 늑신 두들겨 주어야지, 〈태평천하⑧〉 ¶ 을녜도 다시는 그저 손을 안 대겠읍니다고 항복을 하렷다. 그러거들랑 면 잼쳐 한바탕, 을녜 모가치로 늑신 두들겨 주고 그러고 나서 발길로 콱 차던져. 〈정자나무 있는 삽화〉 ¶ 그 수박이야 말로 먹음직스러웠다. 늑신 익어 단물이 솟는 듯이 사근사근하여 보이는 새빨간 속에 까만 씨가 훽훽 돌아 소복소복 박힌 것이 그야말로 침이 넘어갈 듯하였다. 〈세 길로〉

늑장(을) 부리다〖관용〗 느릿느릿 꾸물거리거나 일부러 천천히 하다. ¶ 그래 카페에는 일찍 나가야 할 차례면서도 위정 늑장을 부리는 속이던 것이었었다. 〈이런 남매〉

늘럼늘럼부 →늘름늘름. 혀끝이나 손을 재빠르게 자꾸 놀리는 모양. ¶ 금세 구멍에서 그 천 년 묵은 끝이 몽땅하고 전봇대만 한 구렁이가 푹 솟아 늘럼늘럼, 관수의 목줄띠를 물고 친친 감으려니만 하고. 〈정자나무 있는 삽화〉

늑 점(-點)명 →넉 점. 네 시(時). 여기서 '점(點)'은 시간을 나타내는 말. ¶ "연설인지는 늑 점버텀 시작헌다문서 벌써 재촉허러 왔넌가?" 하고 농삼아 묻는다. 〈보리방아〉

늘비하다형 죽 늘어놓여 있다. 매우 많아서 흔하다. ¶ 지금 이 고을에도 부자놈의 창고 속에는 곡식이 늘비하게 썩어 자빠져 있지 아니한가? 그런데 우리는 굶어 죽다니? 〈생명의 유희〉 ¶ 인쇄소와 책장사가 세월을 만나고 양복점 구둣방이 늘비하여졌다. 〈레디 메이드 인생〉 ¶ 그러니 그들이 그렇듯 무지한 이상 시료 병원이 거리마다 늘비하다고 하더라도 별수가 없겠거니 싶고, 〈탁류⑥〉

늘어붙다동 →눌어붙다. 한군데 오래 있어 떠나지 아니하다. ¶ 웬 고집이며 무슨 도섭으루다가 고걸 꼼지락거릴랴구 않구서, 생판 뜸가마 속에만 늘어붙어설랑 육장으루 그 고생이우? 〈소망〉

늘잡다동 기한 같은 것을 '늘여 잡다'의 준말. ¶ 그가 지금은 다아 그렇게 궁하게 지내지만, 들잔즉 늘잡아서 내년 가을이면 옹근 의사가 된다고 하니, 〈탁류⑦〉

늘쩡늘쩡부 치렁치렁. (길게 드리운 물건이) 땅에 닿을락 말락하게 부드럽게 늘어져 있는 모양. ¶ 그는 적삼도 희고 치마도 희고 속옷도 희고 무릎까지 올라온 양말도 희고 분 바른 얼굴도 희고, 다만 뾰족한 뒷굽 높은 구두와 맵시 있게 늘쩡늘쩡 땋아 내린 탐스러운 머리채만이 새까맸었다. 〈세 길로〉

늘품명 앞으로 좋게 발전할 가능성. ¶계봉이는 몸집이고 얼굴이고 늘품이 있다. 〈탁류③〉

늙밭명 '늙바탕'의 뜻. 늙어서 노인이 된 처지. 늙어 버린 판. 『비슷』 노경(老境). ¶한참봉은 김 씨보다 나이 열세 살이나 더해서 이미 늙밭에 들어앉은 사람이다. 〈탁류⑤〉 ¶뭇 놈년덜 눈치 코치 다아 먹구, 늙밭에 호의호식, 편안히 못 지내구…. 〈태평천하⑧〉 ¶또 수절을 하기로 작정을 했으면 늙밭에 걱정이 없을 염량을 차려야 할 것이고. 〈용동댁〉

늙수구레하다형 →늙수그레하다. 어지간히 늙은 듯하다. 꽤 늙어 보이다. ¶골목쟁이로 늙수구레한 두부 장수 하나가 두부 목판을 짊어지고 "두부나 비지 사우." 외우며 들어선다. 〈명일〉

늙수그름하다형 늙수그레하다. 어지간히 늙은 듯하다. 꽤 늙어 보이다. ¶둘이서 나란히 거리를 걷느라면 젊은 사내들은 물론이요, 늙수그름한 여인네들도 곧장 계봉이를 눈여겨보곤 한다. 〈탁류⑯〉

늙으면 어린애가 된다『속』 늙으면 모든 행동이 어린애 같아진다는 말. 『비슷』 늙으면 아이 된다. ¶병조는 과연 우스웠다. 우습다는 것이 가소로와서 우스운 것이 아니라 늙으면 어린애가 된다는 것처럼 노인의 허황한 희망이 우스웠다. 〈병조와 영복이〉

늙은 날의 지팡이를 장만하다『관용』 뒷날의 생활에 대비한다는 뜻. ¶이것은 장차 그렇게 될 날을 혹시 염려하고, 즉 말하자면, 늙은 날의 지팡이를 장만하는 셈이었었다. 〈탁류⑤〉

늙은이 괄시는 해도 아이들 괄시는 안 한다『속』 늙은이 괄시는 해도 아이들 괄시는 안 한다. 즉, 세상 물정 모르는 아이들 대접하기가 더 어려우니 잘해야 한다는 말. ¶늙은이 괄세넌 히여두 아덜 괄세넌 않넌다데마넌, 늙은이 대접두 더러 히여야 젊은 사람이 복을 받구 허넌 벱이네. 〈태평천하⑦〉

늠름(凜凜)하다형 의젓하고 당당하다. 위풍이 있고 당당하다. ¶어디다 내놓아도 늠름하니 호장부로 생긴 P를, 〈명일〉

능(能)명 '능력', '재능'의 준말. ¶다부지게 두 발로 대지를 밟고 일어서서 버팅길 능이 없이 치어났다는 죄, 〈탁류⑭〉

능구렁이명 뱀과에 속하는 동물. 또는 성질이 음흉한 사람을 비유하여 이르는 말. ¶이히! 큰일이지… 에잇 흉한 놈! 에잇 사뭇 희광이 같은 놈! 능구렁이 같은 놈!…. 〈정자나무 있는 삽화〉

능글능글하다형 하는 것이 능청스럽고 교묘한 방법으로 잘 둘러대는 재주가 있다. ¶"흥! 이 자식, 능글능글허게… 너 이 자식 어떻게 죽으면 못 죽어서 이러냐?" 〈정자나무 있는 삽화〉

능라(綾羅)명 두꺼운 비단과 얇은 비단. ¶맛있는 음식을 배불리 먹고, 능라 금수를 몸에 감고 뻐젓하게 나와 다니는 사람이 얼마나 많으냐 말야. 〈이런 남매〉

능라주(綾羅州)명 평양의 한 지명. ¶그 사내는 그 중학생의 등을 턱 치며 허겁스러운 능라주 사투리로 "음마, 중학생이 담배 막 묵네요…"라고 누구더러 들으라는 듯이 일부러 소리를 높여 말을 하고, 그 중학생은 미소하며 물끄러미 바라보는 곁

눈으로는 흘금흘금 그 여학생을 건너다보았다. 〈세 길로〉

능란(能爛)하다[형] 익숙하고 솜씨가 있다. ¶ 젊어서부터도 촌살림에는 능란치 못한 여인이었는데. 〈용동댁〉

능멸(凌蔑)[명] 업신여기어 깔봄. ¶ 그런 사람 외에는 대개들 뒤꼭지에다 대고, 혹은 맞대 놓고 그를 능멸을 하고 구박을 주고 했다. 〈탁류⑭〉

능멸(凌蔑)하다[동] 업신여기어 깔보다. ¶ 이렇대서 근본 좋고 팔자 좋고 권세 좋고 하기로 세상 우두머리를 쳤다지만, 종수의 기구도 그 양반 주공을 능멸하기에 족할지 언정 못하지는 않겠읍니다. 〈태평천하⑫〉

능장질(稜杖-)[명] (지난날 출입을 막기 위하여) 대궐 문에 가로질러 세우던 둥글고 긴 나무 막대로 마구 때리는 짓. ¶ 그런데다가 열이면 열 다아 시에미가 구박허구, 걸핏하면 능장질을 하지요. 〈탁류⑮〉 ¶ 방치 같은 걸로 능장질을 했으면야 효과가 훌륭하겠지요. 〈태평천하⑥〉

능참봉(陵參奉)[명] 능을 지키며 그것에 관한 일을 맡아 보던 종9품 벼슬. ¶ 윤 두꺼비로서야 과거를 보아 벼슬을 해서 양반이 되겠읍니까? 능참봉을 하겠읍니까. 〈태평천하④〉

능청맞다[형] 마음 속은 엉큼하면서 겉으로는 천연스럽다. 엉큼한 속마음을 감추고 시치미를 뚝 떼는 태도가 뚜렷하다. ¶ 그럼 대체 넌 무엇이냐?… 말을 그렇게 능청맞게 잘하니, 약장수냐? 〈탁류⑯〉 ¶ 저 영감태기가 또 능청맞게 애들을 속여 먹는다고 안방으로 대고 눈을 흘깁니다. 〈태평천하⑤〉

늦구다[동] →늦추다. ¶ 영주는 이렇게 한 팔 늦구어 집주인을 배송시켜 버렸다. 〈명일〉

늦잡도리하다[동] 늦게 잡도리를 하다. [같은] 늦잡죄다. ¶ 작년 여름까지도 멀쩡하던 눈이 아프다는 것을 늦잡도리해서 필경 멀고 말았으니 가난한 탓이요. 〈얼어죽은 모나리자〉

늦추[부] 때가 늦게. 또는 느슨하게. ¶ 다 알고서도 어디 얼마나 하나 보자고 넌지시 늦추 잡도리를 하느라, 〈태평천하⑥〉

늬미[대] 네 어머니. ¶ "웬 상관이여? 내가 늬미를 후려냈더냐? 네 할미를 후려냈더냐?"고 입은 끄은히 놀린다. 〈쑥국새〉

니힐(nihil)하다[형] 허무하다. 무가치하다. ¶ 이 니힐한 색채를 드리운 독설은 일변 그의 명제를 현실화시킬 소위 창조적 생활이라는 것을 얻어낼 수가 없더라는 의미가. 〈모색〉

ㄷ

다구지다㉻ →다부지다. (경상). 벅찬 일을 견디어 해내는 강단이 있다. ¶여차하면 저도 내달아 한몫을 볼 다구진 마음으로다가 시방 입술을 다뿍 깨물고 있는 참이다. 〈정자나무 있는 삽화〉

다그락다그락㊚ 달그락달그락. 단단하고 작은 물건이 가볍게 부딪쳐 흔들리면서 맞닿아 나는 소리. ¶끙끙 힘을 쓰는 소리에 지게가 삐이득삐이득, 지게 밑에 매달린 밥바구니가 다그락다그락 서로 궁상맞게 대답을 한다. 〈쑥국새〉

다그치다㉿ 일이나 행동을 바싹 몰아치다. 상대방에게 여유를 주지 않고 계속 몰아쳐서 작용을 가하다. ¶그는 설마 이렇게야 함부로 다그칠 줄은 몰랐기 때문에 어마지두 쩔매는데, 그러자 먹곰보는 멱살을 움켜쥐기가 무섭게, 〈탁류⑥〉

다급하다㉻ (미리 어떻게 할 여유가 없을 만큼) 바싹 닥쳐서 몹시 급하다. ¶종석이는 아우의 팔목을 잡아끌다가 쫓는 소리가 영 다급하니까 그냥 저 혼자 달아나고 종태는 두부 한 쪽을 손에 쥔 채 겁결에 땅에 가 펄씬 주저앉아 엉엉 운다. 〈명일〉 ¶무얼 그래? … 다급하면 죽어 버리는 것두 다아 수가 아닌가!… 〈탁류⑩〉

다궂다㉿ '다그치다'의 준말. 일이나 행동을 바싹 몰아치다. 상대방에게 여유를 주지 않고 계속 몰아쳐서 작용을 가하다. ¶재봉틀 부인은 셋째 화살의 효과가 보이는 눈치를 채고 고삐를 바싹 다궂는 것이다. 〈보리방아〉 ¶남달리 커다란 사내를 다궂는 양이라니, 도무지 깜찍하기란 다시 없다. 〈탁류③〉

다까바(たかば, 高場)㊊ '문서 기록 따위를 맡아 보는 곳'의 일본어. ¶후장 삼절을 알리느라고, '갤러리'로 된 이층의 '다까바(高場)'에서 따악 따악 딱다기 소리가 나더니 '당한(當限)'이라고 쓴 패가 나와 붙는다. 〈탁류④〉

다꾸앙(たくあん)㊊ '무짠지', '단무지'의 일본어. 말린 무를 소금에 절여 담근 일본식 짠지. ¶그래도 그 밥이 맛이 있다고 다꾸앙 쪽을 반찬 삼아 달게 먹곤 하던 그 뒤로는… 〈탁류⑰〉

다네노꼬시(たねのこし)㊊ '종자(씨) 남김', '중요 인물'의 일본어. ¶우리 언니가 인전 다네노꼬시를 타게 됐단 말이지! 〈탁류⑦〉

다다끼우리(たたきうり)㊊ '(거리의 상인 등의) 싸구려 팔기' 뜻의 일본어. ¶미네상이라고 미쓰꼬시 앞에서 빠나나 다다끼우리를 하는 인데 사람이 퍽 좋아요. 〈치숙(痴叔)〉

다다미㊊ 마룻방에 까는 일본식 돗자리. ¶승재는 숱한 먼지를 뒤집어써 가면서 다다미야, 오시이레야, 방 안을 말끔하게 털어 내고 한 뒤에, 〈탁류⑧〉

다닥다닥㊚ 다닥다닥한 모양. 자그마한

것들이 곳곳에 많이 붙어 있는 모양. ¶콧등과 눈가로 주근깨가 다닥다닥 나고 뒤집히는 웃입술 밑으로 시뻘건 잇념과 누렇게 들여박은 금니가 내다보이고. 〈명일〉 ¶왼편은 나무 한 그루 없이 보이느리 무덤들만 다닥다닥 박혀 있는 잔디 벌판이 빗밋이 산발을 타고 올라간 공동묘지. 〈쑥국새〉

다달이[부] 달마다. 『같은』 매달. 매월. ¶사실 참 내가 서울을 다달이 두 번이고 세 번이고 자주 다니는 것도 그놈 종태놈 때문이네. 〈이런 처지〉

다독거리다[1][동] 가볍게 계속 두드리다. ¶어머니는 이렇게 반색을 해서 다독거리듯 말린다. 그러다가 그래도 미진해서 "너 배고푸냐?" 하고 묻는다. 〈얼어죽은 모나리자〉

다독거리다[2][동] 어루만져 달래거나 두둔해 주다. ¶관수는 발명할 말도 다독거릴 말도 없고, 달던 참외가 맛이 없어진다. 〈정자나무 있는 삽화〉

다독다독[부] 살살 두드리는 모양. 어린아이를 재울 때나 귀여워할 때 가볍게 아이의 몸을 두드리는 모양. ¶그는 계봉이의 하는 양이 꼬옥 친누이동생의 응석같이 재롱스러워서 등이라도 다독다독 해 주고 싶었다. 〈탁류⑥〉

다두욱다둑[부] →다독다독. ¶거저 다두욱다둑해 주구 싶게 이쁘더라니깐요…. 〈탁류①〉

다들리기[명] '다들리다'의 명사형. 닥쳐오는 일에 직접 당하는 것. ¶무엇이든지 일거리에 다들리기가 쉬워 그만큼 변통수가 있는 것만은 부러웠던 터라. 〈명일〉

다들리다[동] →부닥뜨리다. 닥치어 부딪다. 닥쳐오는 일에 직접 당하다. ¶일상의 언행을 보아도 H는 무슨 이야기가 자기 전문인 법률에 관한 것에 다들리면 육법전서의 조목을 따르르 외우면서 이러고저러고 하다고 설명을 하고. 〈레디 메이드 인생〉 ¶그러나 그러한 고통이 영락없이 있을 줄을 미리 알기는 알면서 다들리는 판에 먹지 아니하지는 못 하는 것이다. 〈명일〉 ¶이렇게 그는 투기사답지 않게 염량을 차리고, 그러한 두 가지 계획을 품고서 늘 기회를 엿보던 차에 언덕이야시피 다들린 게 태수의 일이다. 〈탁류④〉 ¶서울 아씨도 장차 어떠한 고패에 딱 다들려서는, 그 훈련된 본능을 과연 보전할지가 의문이나, 〈태평천하⑨〉 ¶막상 다들리고 보니 소갈머리 없고 싱거운 오복이가 질증이 났는데. 〈정자나무 있는 삽화〉

다듬이방망이[명] →다듬잇방망이. 옷감을 두드려서 다듬는 데 쓰이는 두 개의 나무 방망이. ¶요새 미친개가 퍼져서 조심이 된다고 둘러대고는, 다듬이방망이 하나를 손에 쥐고 나섰다. 〈탁류⑩〉

다듬질[명] '다듬이질'의 준말. 옷감 따위를 반드럽게 하기 위하여 다듬잇방망이로 두드리는 일. ¶영주는 줄에 넌 빨래를 만져보아 뿌득뿌득 말랐으면 그만 걷어다가 다듬질이나 할까 하고 마당으로 내려서는데. 〈명일〉 ¶빨래질 다듬질을 한다 하느라고, 겨울이라 다른 일은 없다지만 온종일 오죽이나 몸이 고되며. 〈두 순정〉

다랍다[1][형] 아니꼬울 만큼 인색하다. ¶"다라운 샐러리맨은 띠어 걸구… 어느 놈이 써 준대두 고멘다." 〈그 뒤로〉

다랍다[2]㉻ 오관(五官)에 거스릴 정도로 더럽다. ¶ 허장성세의 빈약한 내용의 것에 다라운 브로커의 좀까지 생긴 것이라는 것이 즉 그 내용을 말하는 것이다. 〈보리방아〉

다랑다랑㉭ 덩이를 이룬 것이 군데군데 매달려 있는 모양. ¶ 앞으로 느릿하니 미끄러져 내려가던 구릉이 다하면 아래서는 보리밭이 다랑다랑 기어 올라왔다. 〈패배자의 무덤〉

다래㉹ →다리. (경기, 평안, 황해). 주로 여자들이 머리숱을 많아 보이게 하려고 머리털에 덧붙이는, 꼭지를 맨 딴 머리털. 〖같은〗 월자(月子). ¶ 그러나 이 머리는 알고 보면 중동을 몽땅 자른 단발머리에다가 다래를 들인 거랍니다. 〈태평천하②〉

다래다래㉭ 자그마한 것들이 곳곳에 많이 붙어 있는 모양. ¶ 겨우 국화 모종을 안사가지고 온 것을 깨우치고서 흙이 다래다래 묻은 조그마한 손을 태수한테로 내민다. 〈탁류⑩〉

다르르㉭ 작은 물건이 가볍게 울려 떨면서 나는 소리. ¶ 어느새 그놈이 큰소가 되어서 무 하고 소리를 지르는데 그 너머로 다르르 바늘이 오르내리는 재봉틀이 보이는 것 같다. 〈보리방아〉 ¶ 다르르, 연하게 구르는 재봉틀 소리가 달큼하니 졸음을 꼬인다. 〈탁류⑮〉

다리(를) 치다〖관용〗 '다리를 손으로 가볍게 두드리다'의 뜻인 듯(?). ¶ 밤에 심부름을 나가서 오래 있다가 들어오는 때 무심코 물어보면 다리를 쳤다고 혹은 자리를 보았다고. 〈생명〉 ¶ 비록 반표값에 영업장을 가졌고, 세납을 물고 하는 기생더러 육장 다리를 치라니요. 〈태평천하⑩〉

다리(를) 치이다〖관용〗 '다리를 손으로 가볍게 두드리게 하다'의 뜻인 듯(?). ¶ 또 촌에서 계집애가 북슬북슬한 놈이 눈에 뜨이면 다리 치인다는 핑계로 데려다가 두고서 재미를 보고, 〈태평천하⑧〉

다마(たま)㉹ '구슬'의 일본어. 사기나 유리로 조그맣고 둥글게 만든 놀이 기구. ¶ "응… 그래두 나비허구 바둑이허구 서이서 놀았다우! 나빈 다마 굴리구, 나허구 바둑이허군 구경허구." 〈흥보씨〉

다못[1]㉭ 다만. ¶ 다못 그이가 정말루 못쓰게 신경 고잿이 생겼느냐, 요행 일시적이냐. 〈소망〉

다못[2]㉭ 더불어. 또는 함께. ¶ 그것이 공평하고 사 없는 판단이냐 아니냐는 알 바 없고 다못 인상이 그처럼 외로 가고 보니. 〈모색〉

다박머리㉹ 어린아이의 다보록하고도 짧은 머리털. ¶ 사나이들처럼 조그마한 손을 쳐들어 다박머리 귀 위에다가 딱 붙입니다. 〈흥보씨〉

다변(多辯)㉹ 말이 많음. ¶ "얄망거리지 않는 여편네는 넉넉 만큼 값이 있어. 아닌 게 아니라, 아씨의 그 다변은 좀 성가셔!" 〈소망〉

다부지다㉻ (태도가) 굳세고 야무지다. 벅찬 일을 견디어 해내는 강단이 있다. ¶ 어두운 것이 졸지에 기운을 돋구어 주는 성싶어 그래 다부진 마음을 먹어 본 것이다. 〈생명〉 ¶ 정작 쌀 외상을 더 달라고 하리라는 다부진 배짱은 못 먹었기 때문에, 사리기부터 하던 것이다. 〈탁류①〉 ¶ "그리서?" 말소리며 몸은 떨려도 종수의 대답은 다부지다. 〈쑥국새〉

다분(多分)명 어떤 속성이나 내용이 상당한 정도로 많음. ¶다분의 가면 밑에서 꿈틀거리는 인도주의에 몹시 증오를 느끼는 P는 이날 밤 자기의 행동을 어떻게 해석할지 몰라 괴로와하였다. 〈레디 메이드 인생〉

다붙다동 사이가 뜨지 않게 바싹 다가붙다. ¶이윽고 경호는 그득 넘어온 담을 출입할 때의 송요인 종이 타구에 배앝아 도로 집어넣다가 너무 다붙어 섰는 누이를 힐끔 올려다보더니. 〈패배자의 무덤〉

다뿍[1]부 정도나 분량이 다소 범위를 넘는 모양. ¶"구수한 냄새가… 나는데… 또 마침 산적을—불이 이글이글헌 화로에다 석수를 놓구 산적을 다뿍 굽겠지." 〈산적〉 ¶없는 시름이라도 절로 솟아나게 끝을 다뿍 하염없이 흐린다. 〈탁류④〉

다뿍[2]부 잔뜩. 몹시 심하게. 단단히. 너무. 너무나. ¶그는 그 기회를 이용하려고 다뿍 긴장이 되어서 점원이. 〈명일〉 ¶색시는 옳게 겁이 나고 마음이 다뿍 급해서 허둥지둥한다. 〈두 순정〉 ¶다뿍 벼르면서 돌려다 보는 것인데, 보면 관수는 아무렇지도 않게 앉아만 있다. 〈정자나무 있는 삽화〉 ¶겁이 다뿍 났는데 마차운 샛길이 나오니까 냉큼 그리로 도망을 빼는 꼴새다. 온갖 조조(曹操)는 그자인 것이다. 〈패배자의 무덤〉 ¶이 모양들을 하고 앉아서 마지못해 다뿍 갈린 음성으로 히잉히잉 읽는 시늉만 하는 글소리하며…. 〈순공(巡公) 있는 일요일〉 ¶오정이 거의 되도록 병조는 마음을 다뿍 토라뜨려 가지고 옆을 바라보지 않다가 어째해서 주의가 누그러진 사이에 소희에게로 눈이 돌아갔다. 〈병조와 영복이〉 ¶경손은 고 씨의 말이 떨어지기가 무섭게, 다뿍 시뻐하는 소리로 대답을 해 줍니다. 〈태평천하⑥〉

다사리다동 →다스리다. 일이나 사람을 보살펴 이끌고 처리하다. ¶"그대는 들으니 '백의정승'의 자리에 오르려는 사람! 그러면 군명을 대신하여 천하의 백성을 다사릴 큰 그릇이어늘 그다지도 변통성이 없고 인정(人情)에 어두워서야 어찌 그러한 대임을 다하겠는가?" 〈소복 입은 영혼〉

다소곳하다형 말없이 고개를 소곳이 하며 태도가 온순하다. ¶초봉이는 괜한 일에 화풀이를 받기가 억울하나, 그렇다고 마주 성굴 수도 없는 노릇이라, 다소곳하고 대답이다. 〈탁류②〉

다소굿하다형 →다소곳하다. ¶내애, 그저 다소굿하구 앉아서, 어머니 바느질하시는 것만 보겠읍니다. 〈탁류⑦〉

다수히(多數-)부 많이. ¶제군이 이렇도록 다수히 우리 학교에 지원을 해 주어서 얼마나 우리 일동은 진심으로 기쁜지 모르겠다. 〈회(懷)〉

다스리다동 잘 다듬어 보살피다. ¶어쩐지, 그러고 아까부터 신수가 화안하더라니, 자세히 보니, 모처럼 화장을 얄풋이 다스린 얼굴이요, 머리엔 아이롱 자죽까지 곱살했다. 〈순공(巡公) 있는 일요일〉

다스워지다동 알맞게 따뜻해지다. ¶그의 마음은 즐겁고 가벼워지고 그의 옷과 먹는 것은 산뜻하고 다스워졌다. 〈산동이〉

다스하다형 알맞게 조금 따뜻하다. ¶젊은 과부는 오지 못하는 남편을, 세상살이에 어려운 사람은 살림살이를, 그리고 돈이 있고 일이 없는 늙은 호색한은 젊은 계

집의 부드럽고 다스한 살을… 생각나게 하고 그립게 하는 날씨였었다. 〈산동이〉

다시없다㉻ 그보다 더 나은 것이 없다. ¶ 무름하기란 다시없는 소리요, 그뿐 아니라 온건히 담판을 하겠다고 승재가 형보한테 선을 뵈다니 긴치 않은 짓이다. 〈탁류⑰〉

다신㉮ '다시는'의 준말. 그밖에 더. ¶ 단박 그걸로써 우리는 다신 더 할 말이 없었다. 〈회(懷)〉

다심(多心)하다㉻ 근심, 걱정이 많다. 지나치게 걱정하고 생각하는 것이 많다. ¶ 매사에 이렇듯 다심한 성미이면서 일변 지극히 범연스런 그의 솔성이 혹은 마지막 학업을 마치고 난 직후가 되어 긴장이 한꺼번에 탁 풀리는, 〈모색〉

다양(多陽)㉰ 햇볕이 많음. ¶ 여기는 북쪽으로 언덕이 막히고 움푹 패인 분지가 되어서 바람은 없고 한갓 다양만 하다. 〈패배자의 무덤〉

다이쇼(たいしょう)㉰ '주인(主人)'의 일본어. ¶ 우리 집 다이쇼도 잘 알고 하는데, 그이가 늘 나더러 죄선 오깜상하고 살았으면 좋겠다고, 중매 서 달라고 그래 쌌어요. 〈치숙(痴叔)〉

다잡다[1]㉱ 물건을 단단히 잡다. 또는 어떤 사실을 꼭 집어내거나 다지다. ¶ 승재가 잠깐 더듬는 것을 주인 여자는 바싹 다잡고 대들면서,…. 〈탁류⑮〉 ¶ 그러니깐 그게 밉살머리스러워서 더러 들렀다가 혹시 마주 앉아도 위정 뼈끝 저린 소리나 내쏘아 주고 말을 다잡아 가지골랑 꼼짝 못 하게시리 몰아세 주곤 하지요. 〈치숙(痴叔)〉 ¶ 이윽고 용동댁이 나무라는 말조로 다잡아 묻는다. 〈용동댁〉 ¶ 몇 걸음 안되는 마당을 척척 걸어 들어오면서, 다잡듯 지르는 소리였다. 〈이런 남매〉

다잡다[2]㉱ 마음이나 행동을 다그쳐 바로잡다. ¶ "좀 다잡아서 운동을 해 보지? 널리 대구… 되다가 못 되더래두." 〈패배자의 무덤〉

다정다정(多情多情)하다㉻ 애틋한 정도 많고 한스러운 일도 많다. ¶ "열여덟 살 먹은 꽃 같은 처녀가 눈먼 눈을 감고 앉아 손끝에 정성을 들여 한숨 섞어 삼은 짚신이요, 다정다정한 짚신이요." 〈얼어죽은 모나리자〉

다지다㉱ (마음이나 뜻을) 굳게 가다듬다. 일에 뒷말이 없도록 단단히 강조하거나 확인하다. ¶ 윤 호장 영감이 처음 데리고 갈 때에 그렇게 다지었고 부룩쇠도 달아나지 아니하겠다고 다짐을 둔 일이 있는지라 분명 못 가게 할 것 같아. 〈어머니를 찾아서〉

다직㉮ 기껏. 정도나 힘이 미치는 데까지 한다고 해야. ¶ 다직 몇 마디를 못해서 부질없이 설움이 복받쳐 올라, 처음 그다지 기승스럽던 악은 넋두리로 화해가다 필경 울음이 터지고 만다. 〈탁류⑭〉 ¶ 3년이나 다직 4년만 찌들어나머넌 그놈은 지가 목적헌, 요새 그 목적이란 소리 잘 쓰더구나 응? 〈태평천하⑮〉 ¶ 이달 그믐까지라고 해도 십사 일날 졸업식을 했으니 다직 두 주일이다. 〈모색〉

다직해서㉮ 기껏해서. 기껏 많게 잡아서. ¶ 다직해서 여름의 농황을 좌우하는 천기시세(天氣上場) 때와 그밖에 이백십 일이나, 〈탁류④〉

다직해야㉮ 기껏해야. 기껏 많게 잡아야. ¶… 그렇게 서울루 가서, 자넬라컨 문 밖에 아무데나 깊숙이 들어앉어 있으란 말야, 삼 년 아니면 다직해야 사 년…. 〈탁류④〉 ¶"이미 헌 몸뚱이니 남의 조강지처는 바랄 수 없고, 다직해야 막지기 아니면 첩인 걸." 〈용동댁〉 ¶다직해야 앉아서 홀로 문화를 향락하는 확대경으로, 〈모색〉

다짜고짜로㉮ (앞뒤 사정이나 옳고 그름을 가리지 않고) 덮어놓고 단박에. 불문곡직하고. ¶여부없이 다짜고짜로 전화통에다가 터지라고 악을 쓰는 것이다. 〈탁류②〉 ¶윤보는 휘휘 둘러보더니, 앞을 서서 다짜고짜로, 문제의 그 골목을 향해 현 서방의 팔을 잡아끕니다. 〈흥보씨〉

다홍 고추㉰ 짙으면서도 산뜻하게 붉은 고추. ¶용희도 눈치가 빠른 아이라 처음에는 무심히 서서 오는 손님을 치어다보다가 그만 얼굴이 다홍 고추같이 되어 가지고는 뒤 울안으로 달아나 버렸다. 〈보리방아〉

닥뜨려오다㉯ (어떤 일이) 가까이 닥치어 오다. ¶그리고 더 가까이 닥뜨려오게 하는 것이어서 차차로 겁이 더 나기도 했었다. 〈탁류⑤〉

닦다㉯ 셈을 맞추어 명세를 밝히다. ¶거참!… 그놈이 바루 맞기만 했으면 나두 셈평을 펴구, 한 참봉 묵은 셈조두 닦어 디리구 했을 텐데…. 〈탁류①〉

닦달㉰ 몰아대서 나무라거나 을러대는 것. 단단히 단속을 하거나 몹시 나무라거나 함. 마구 몰아대어 닦아세움. ¶오후 네 시가 좀 지나서 승재는 새로 얻은 방을 닦달을 하려고 나서다가 마침 환자가 왔기 때문에 그대로 붙잡혔다. 〈탁류⑧〉 ¶혼자서야, 이놈이 오거든 인제 어쩌구저쩌구 단단히 닦달을 하려니 하고 굉장히 벼르지요. 〈태평천하⑤〉 ¶그래도 나들이를 할 채비를 머리는 가려 빗었다. 닦달이나 잘하고 옷이라도 곱게 입혀 내놓으면, 〈이런 남매〉

닦달하다㉯ 손질하거나 매만지다. ¶오늘 새로 얻은 방을 닦달하려고, 비와 털이 개와 걸레 등속을 찾아 가지고 그 집으로 갔다. 〈탁류⑧〉

단가살림(單家--)㉰ 식구가 적어 홀가분한 살림. ¶해서 아무려나 근경이 일요일을 당한 샐러리맨의 단가살림 가정답게 명랑한 아침인 법하기도 했다. 〈순공(巡公) 있는 일요일〉

단걸음에(單---)㉮ 내친 걸음에 멈추지 않고 단숨에. 곧장 빨리. ¶단걸음에 안으로 뛰어 들어가야 하겠는데 뛰어 들어갈 생각은 생각대로 급한데, 〈탁류⑰〉 ¶단걸음에 사립문 안으로 들어서는데, 모친은 납순이의 머리채를 감아 쥐고 마당 가운데서 이리저리 개 끌듯 끌어 동댕이를 치고 있다. 〈쑥국새〉 ¶시방도 마음 같아서는 단걸음에 병원으로 안겨 가지고 가고 싶은 생각이 간절했다. 〈용동댁〉

단근질㉰ 쇠를 불에 달구어 몸을 지지던 형벌. ¶칼을 맞아도 좋고, 시뻘건 불꼬챙이로 단근질을 해도 좋고, 그러하되 아무라도 송희의 털끝 하나라도 다쳐서는 안 된다. 〈탁류⑭〉

단나상(だんなさん)㉰ '주인', '남편' 등을 높여 부르는 일본어. ¶오조오상한테는 단나상이 필요허지. 〈병조와 영복이〉

단내㉰ 달콤한 냄새. ¶촌스럽게 승재를 위하고 그가 하는 일은 방귀도 단내가 나

고 이럴 지경이냐 하면 그건 아니다. 〈탁류⑰〉

단두대(斷頭臺)명 (죄인의) 목을 자르는 대(臺). ¶아씨가 만일 집정관이었다면 그는 오월이를 단두대로 보냈을 것이다. 〈생명〉

단란(團欒)명 친밀하게 한 곳에 모여 즐김. 집안 식구가 화목하게 지냄. ¶저로서는 오늘 가은 일가 단란의 행락이 십년일득인 양 즐거움직도 한 노릇이었고, 〈순공(巡公) 있는 일요일〉

단말마(斷末魔)명 (불교 용어) '숨이 끊어질 때의 마지막 고통을 이겨 내려고 모질게 힘을 쓰는 것'을 이르는 말. 숨이 끊어질 때의 고통. ¶일 분, 이 분, 삼 분이면 안색이 질리면서 가슴을 우디고 몸을 비틀다가 고만 나가동그라져, 그리고 눈을 뒤쓰고 단말마의 고민을 하다가, 〈탁류⑧〉

단명(短命)하다형 목숨이 짧다. ¶그의 부친 정 주사는 그것이 단명할 상이라고 늘 혀를 차곤 한다. 〈탁류②〉

단박부 그 자리에서 곧. 단번에. ¶김 씨와 그렇게 되던 사흘 만에는 단박 폭신폭신한 진짜 비단 이부자리에 방석까지 껴서 들여놓이고, 〈탁류⑤〉 ¶정말 아닌 노염이 났던 춘심이는 단박 해해합니다. 가령 정말로 성이 났었더라도 그러했겠지마는요. 〈태평천하⑪〉 ¶봉수는 밖에 나갔다가 돌아와서 모친은 눈에 안 띄어도 그만이지만 색시가 없든지 하면 단박 시무룩해 가지고 찾는다. 〈두 순정〉 ¶누구든지 이 정자나무를 건드리기만 하는 날이면 단박 동티가 나서 그 당장에 병이 들어 죽는다는 것이다. 〈정자나무 있는 삽화〉

단발장이(斷髮--)명 단발머리를 한 사람. '단발머리'는 앞머리털은 눈썹 위에서 자르고, 뒷머리털은 목덜미 언저리에까지 내리도록 자르는 머리 모양새. ¶얼굴 둥그스름하니 예쁘장스럽게 생긴 싱글로 깎아 올린 단발장이가 있고, 〈탁류⑯〉

단복짜리(團服--)명 단복을 입은 사람. '단복'은 단체 구성원끼리 모양이나 빛깔을 같게 하여 입는 옷. ¶내게서 셋을 건너간 앞엣사람 청년단 단복짜리와 알은체를 한다. 〈상경반절기〉

단부랑지자(單浮浪之者)명 일정하게 사는 곳과 하는 일이 없이 떠돌아다니며 난봉질이나 하는 사람. ¶단부랑지자 윤종수의 수형을 가지고 돈을 얻다께 하늘서 별따깁니다. 〈태평천하⑫〉

단산(斷産)명 (아이를 낳던 여자가) 아이 낳는 일을 끊음. 또는 아이를 못 낳게 됨. ¶그동안은 냉으로 그랬다지만 남편보다 나이 다섯 살이나 위여서 마흔다섯이 된 태호의 안해는 건강한 여인이라도 거진 단산을 할 나이다. 〈보리방아〉

단산기(斷産期)명 (아이를 낳던 여자가) 아이를 못 낳게 되는 시기. ¶더구나 유 씨는 시방 마침 단산기라, 히스테리가 가히 볼 만한 게 있다. 〈탁류⑮〉

단산(斷産)하다동 아이 낳는 일을 끊다. 또는 아이를 못 낳게 되다. ¶고 씨는 그리하여 그처럼 오랫동안 생수절을 하고 살아오다가 마침내 단산할 나이에 이르렀읍니다. 〈태평천하⑥〉

단소(短簫)명 오래된 대나무로 앞에 다섯 구멍, 뒤에 한 구멍을 뚫어 만든 통소보다 짧은 피리의 한 가지. ¶청승스런 단소의 동근 청과, 의뭉한 거문고의 콧소리가 서로 얽혔다 풀렸다 하는 사이를 가냘퍼도 양금이 야물치게 멕이고 나갑니다. 〈태평천하⑩〉

단속곳명 여자의 한복 차림에서 치마 속에 입는 통이 넓은 바지 모양의 속옷. ¶유모는 먼지가 묻고 구기고 할까 봐서 우선 치마와 단속곳을 벗어 한편으로 개켜 놓고야 어린 깃을 그러안는다. 〈빈(貧)… 제1장 제2과〉 ¶누구는 단속곳 바람으로 웃통을 벗어젖히고서 세수를 하느라 시이시 한다. 〈탁류⑮〉 ¶저런 걸 백 개 들여놓니, 얼명주 단속곳 한 벌만 한가! 〈태평천하⑪〉 ¶"응… 그렇지만, 광포는 괜찮지? 단속곳 말이우…." 〈동화〉

단연코(斷然-)부 '단연'의 힘줌말. 확실히 단정할 만하게. 두말할 것도 없이 뚜렷하게. ¶이렇듯 각 방면으로 미흡함을 홀로 제라서 대신하여 단연코 분풀이를 한 듯이 위대하게 (즉 불구스럽게) 큰 두 개의 귀. 〈흥보씨〉

단작스럽다형 하는 짓이 보기에 매우 치사스럽고 다라운 데가 있다. 하는 짓이 보기에 매우 치사스럽고 아니꼬울 만큼 몹시 인색한 데가 있다. ¶너무도 인간이 단작스럽고 악착스러운 것 같았다. 〈레디메이드 인생〉 ¶윤 직원 영감의 나이 꼬박 일흔둘인 줄은 천하가 다 아는 사실입니다. 그런 것을, 글쎄 애인한테라서 그중 일곱 살만 줄이어 예순다섯으로 대다니, 그것을 단작스럽다고 웃어 버리기보다 오히려 옷깃을 바로잡고 엄숙히 한번 생각해 보아야 할 것입니다. 〈태평천하⑩〉

단잠명 기분이 좋은 상태로 깊이 든 잠. 달게 자는 잠. ¶한밤중이고 새벽녘이고, 옆에서 어린것이 빼액빽 울어 단잠을 깨놓는다. 〈탁류⑬〉

단장(丹粧)[1]명 얼굴, 머리, 옷차림 따위를 곱게 꾸미는 것. ¶단장을 하는 데 시간이 걸린다. 〈빈(貧)… 제1장 제2과〉

단장(短杖)[2]명 짧은 지팡이. 허리 높이까지 오며 손잡이가 꼬부라졌음. ¶오래비 경호는 오래간만에 넓은 대기 속에서 훠얼훨 이렇게 걷는 것이 대단히 유쾌한가 본지 벌써 저만치 멀찍이 모자는 빼뚜름 단장을 홰애홰, 길도 안 난 산비알 잔디밭으로 비어져서 가분가분 걸어 내려가고 있다. 〈패배자의 무덤〉

단재기(斷裁機)명 재단기(裁斷機). 종이, 옷감 따위를 자르는 기계. ¶모노타이프의 조그마하고 암상스러운 기계에서 활자가 제물로 만들어져 가지고는 뾰족뾰족 비어져 나오는 교묘한 작용을 병조는 한참이나 보고 섰다가 다시 저편 끝에 있는 단재기 옆으로 갔다. 〈병조와 영복이〉

단조(單調)하다형 (상태나 가락 따위가) 하나같이 같아서 변화 있는 색다른 맛이 없다. ¶가마 뚜껑 같은 선유배에서는 쑥스런 장고에 맞추어 빽빽 지르는 기생의 소리가 졸음이 오도록 단조하게 울리어온다. 〈창백한 얼굴들〉 ¶들에는 모를 심은 논과 보리를 베어 낸 밭이 있을 뿐, 퍽 단조했다. 〈탁류⑫〉 ¶단조하고 동요가 없는 주위의 풍물이나 무섭게 조용한 침정 그 속으로 녹아 들어가는 듯. 〈용동댁〉

단처(短處)명 단점(短點). ¶약점과 단처를 고치자고 하는 도창에 대하여 들고 일이나서 돌을 던진다는 것이 당시의 정세

상 일종의 정열이었을는지도 모른다. 〈상경반절기〉

단출하다(형) 일이나 차림이 간편하다. 또는 식구나 구성원이 적어 홀가분하다. ¶ 싸움은 퍽 단출하다. 안면 있는 사람들이 없는 바는 아니지만, 누구 하나 나서서 말리지도 않는다. 〈탁류①〉

단침(명) (무엇이 먹고 싶을 때) 입 속에 도는 침. 군침. ¶ 이렇게 생각하니 단침이 꼴딱하고 목구멍으로 넘어갔다. 〈앙탈〉

단판씨름(명) 단판으로 승부를 정하는 씨름. ¶ 인간 감정의 복잡한 갈등이나 생활과의 심각한 단판씨름 같은 것을 스스로 경난은 물론 구경할 기회조차 없었다. 〈탁류⑥〉

단행(斷行)하다(동) 결단하여 실행하다. ¶ "나도 웬만하면 객지에 혼자 있는 너에게 어린 자식을 떠맡기듯이 보내겠느냐마는 잘못하다가 그것을 굶겨 죽이겠기에 생각다 못하여 단행하는 것이다." 〈레디 메이드 인생〉

달가와하다(형) →달가워하다. 달갑게 여기다. 마음에 들어 흡족하게 여기다. ¶ 나이 열여덟 살에 그만하면 계집애가 차분하니 좀 얌전스런 구석이 없고서, 이건 가도록 왜장녀가 돼 간다고 (행실머리가 궂은 것은 차치하고라도) 동네서는 달가와하질 않는다. 〈정자나무 있는 삽화〉

달갑다(형) 마음에 들어 흡족하다. ¶ 이렇듯 천하에 달가운 명창 대흰지라, 서울 장안에서 언제고 명창 대회를 하게 되면 윤직원 영감은 세상없어도 참례를 합니다. 〈태평천하②〉

달관(達觀)(명) 넓고 멀게 내다봄. 사소한 일에 얽매이거나 흔들리지 않는 경지에 이르는 일. ¶ 무엇이 가르치는 너그러움인고. 선량인고. 혹시 조그마한 달관으로부터 우러남이나 아닐는지. 〈회(懷)〉

달구다[1](동) 타지 않는 물체에 열을 가해서 몹시 뜨겁게 되도록 하다. ¶ 소년 적과 이십 안팎 때의 그렇듯 불타던 양심은 달궈질 대로 달궈져서 그놈이 한 개의 천품으로 굳어 버렸다. 〈탁류⑭〉

달구다[2](동) 애를 태우다. 애가 타게 하다. ¶ "여보게." 하고 M이 의젓하게 H를 달군다. 〈레디 메이드 인생〉

달다[1](동) (속이 타거나 부끄럽거나 열이 나서) 몸이 화끈해지다. ¶ 초봉이는 잘급해 소리를 지르는데, 얼굴은 절로서 화끈 단다. 〈탁류②〉

달다[2](형) 입맛이 당기도록 맛이 있다. ¶ 고기로 반찬을 하고 해서 시어머니와 내외 세 식구가 석유 등잔불 밑에 앉아서 저녁밥을 달게 먹고 있을 때 어린 것도 모처럼 얻어먹은 기름진 모유에 취했는지 가끔 바르작거리면서 괴로와는 하나 색색 잠을 자고 있다. 〈빈(貧)··· 제1장 제2과〉

달뜨다(동) 마음이 가라앉지 않고 들뜬 기분이 생기다. 마음이 가라앉지 않고 들썽이다. ¶ 병호는 1천 7백 원을 먹어 둔 바람에 속이 달떠서는 연신 싱글벙글 종수를 재촉합니다. 〈태평천하⑫〉 ¶ 무엇을 까막까막 생각하느라고 건성으로 손을 놀리던 경순은 별안간 웃음을 하나 가득 달뜬 음성으로···. 〈패배자의 무덤〉

달랑[1](부) 여럿 중에서 하나만 남아 있는 모양. ¶ 닭이라야 달랑 한 마리 밖에 없는 흰 암탉이 아무 데도 보이지도 않고 나오지도 않는다. 〈용동댁〉

달랑[2][부] 가진 것이나 딸린 것이 적어서 단촐한 모양. ¶정 주사도 어제 오늘은 달랑 돈 십 전이 없으면서 그래도 요행수를 바라고 아침부터 부옇게 달려나와 비잉빙 돌고 있었다. 〈탁류①〉

달래달래[부] 몸의 일부를 가볍게 움직이며 달달 떠는 모양. ¶새서방은 보니 입술이 새파랗게 얼어 가지고 달래달래 떤다. 〈두 순정〉

달래 보다[동] 좋고 옳은 말로 잘 이끌어 보다. ¶아무려나, 그렇다면 다시 어떻게 사알살 달래 볼 여망이 없지도 않습니다. 〈태평천하⑩〉

달리다[동] (재물, 기술, 힘 따위가) 뒤를 잇대지 못하게 모자라다. ¶집안이 형세는 달리는데 점점 나이는 들어 가구… 그래 우리 마누라허구 앉으면 그리잖어두 그런 걱정을 한답니다. 〈탁류①〉

달막거리다[동] 가볍게 자꾸 들먹이다. ¶그래 다시 이야기를 내려고 입술을 달막거리는데 면장이 그 눈치를 채었는지. 〈보리방아〉 ¶그렇게 생각하고 보아서 그런지 남편의 앙상하게 야윈 팔다리며 갈빗대가 톡톡 불거진 가슴이 숨을 쉬는마다 알따랗게 달막거리는 것이 새삼스럽게 눈에 띄었다. 〈명일〉

달밤에 삿갓 쓰고 나오다[속] 가뜩이나 미운 것이 더 미운 짓만 함을 이르는 말. ¶계제에 초봉이가 달밤에 삿갓 쓰고 나오더란 푼수로, 사사이 이쁘잖은 짓만 해 싸니 그거야말로 붙은 불에 제라서 부채질을 하는 것이라고나 할는지. 〈탁류⑬〉

달싹거리다[1][동] 어떤 것이 자꾸 가볍게 떠들렸다 가라앉았다 하다. ¶목숨은, 발딱발딱 가쁜 숨을 쉬는마다 달싹거리는 숨통에만 겨우 걸려 있다. 〈탁류⑥〉

달싹거리다[2][동] 말할 듯이 입술을 자꾸 가볍게 열었다 닫았다 하다. ¶아이머니, 저이가아! 이 소리 한마디를 죽어 가는 소리루 겨우 입술만 달싹거리구는 넋이 나간 넌매니루 멍하니 섰느라니깐. 〈소망〉

달치다[동] 꼼짝 못하게 몰아치다. [같은] 달구치다. ¶나는 자리 넓은 곳을 찾느라고 맨 꽁무니 찻간에 올랐다. 서로 먼저 오르려고 밀치고 달치며 정신없이 서두는 사람들…. 〈세 길로〉

달칵[부] 꼼짝없이. 어떻게 할 방법이 없이. ¶또 재산은 그 아이와 그 아이의 어미한테로 달칵 기울고 말 것이었었다. 〈탁류⑤〉 ¶하나 그것은 잠깐 몇 해요, 스물세 살 때에 남편을 달칵 여의고 말았다. 〈용동댁〉

달코롬하다[형] →달콤하다. 감칠맛이 있게 꽤 달다. ¶정든 사람을 태우고 멀리 떠나는 배 꽁무니에 물결만 남은 바다를 바라보면서 갈매기로 더불어 운다는 여인네의 그런 슬퍼도 달코롬한 이야기는 못된다. 〈탁류①〉

달크은하다[형] →달큼하다. ¶또 단풍 무렵이면 불그레하니 익어 맛이 달크은한 팽을 따 먹느라고 역시 아이들이 엉켜지르기하다가 어른들한테 혼뜀이 나곤 하는 게 고작이다. 〈정자나무 있는 삽화〉

달큼하다[형] 알맞게 달다. 또는 편안하고 포근하다. ¶다르르, 연하게 구르는 재봉틀 소리가 달큼하니 졸음을 꼬인다. 〈탁류⑮〉

달포[명] 한 달 이상이 걸린 동안. 한 달 이상이 되는 동안. 한 달이 넘는 동안. ¶

사월 바로 초생이니까 달포 전이다. 〈탁류⑤〉 ¶ 달포 전에 쳐들어와서 돈 3백 냥을 빼앗고, 〈태평천하④〉 ¶ 나중에 들었지만 가막소 안에서 달포 전부터 토혈을 했다나 봐요. 〈치숙(痴叔)〉

달필(達筆) 명 익숙하게 잘 쓰는 글씨. ¶ 한 발이 넘게 달필의 붓글씨로 휘갈린 사연이 우습기도 하고 솔직하기도 하나, 결국 함축 있는 반박이었었다. 〈패배자의 무덤〉

닭 쫓던 강아지(는) 지붕(이나) 치어다보다 〖속〗 한참 동안 애를 쓰다가 실패를 하고 나서 어찌할 도리가 없이 됨을 이르는 말. 〖같은〗 닭 쫓던 개 지붕 쳐다보듯 한다. ¶ "닭 쫓던 강아지는 지붕이나 치어다보지! 종수허구 죽자 살자 허는 납순이한티 저 혼자 반헌 저 화상은 무얼 치어다볼랑고?" 〈쑥국새〉

닭 쫓던 개(는) 지붕(이나) 치어다보다 〖속〗 애써 하던 일이 실패로 돌아가거나, 함께 애쓰다 남에게 뒤떨어지게 되어 어찌할 도리가 없이 됨을 이르는 말. ¶ 그리고 계봉이는 아랫방 문앞에 서서 승재더러 닭 쫓던 개는 지붕이나 치어다보라고 지천을 하고 있고 …. 〈탁류⑦〉

담(痰)[1] 명 가래. 사람의 목에서 나오는 끈적끈적한 분비물. ¶ 건넌방에서 형보가 잠이 깨어 쿠욱 캐액 담을 배앝으려면 한 시간은 더 있어야 한다. 〈탁류⑩〉

담[2] 명 '다음'의 준말. ¶ "글쎄올시다. 그러시다면 지금 당장 어떻게 해 줍시사고 무리하게 졸를 수야 있겠읍니까마는… 그러면 이 담에 결원이 있다든지 하면 그때는 꼭…" 〈레디 메이드 인생〉

담담(淡淡)하다 형 맛이 느끼하지 않고 산뜻하다. ¶ 결국 가정의 낙이랄 것은 술이나 커피나 칼피스나 그런 것처럼 사뜻한 자극은 없어도 하루 세 때 먹는 밥처럼 담담하니, 〈이런 처지〉

담박질하다 동 '달음박질하다'의 준말. ¶ 그것이 박 박적(바가지)들구 고샅 담박질헐 티닝개. 〈태평천하⑤〉

담배씨 명 담배의 씨. '아주 작음' 또는 '아주 조금'에 비유하는 말. ¶ 잔말이 많대서 담배씨라는 별명을 듣고 하던 시어머니 오 씨…. 〈태평천하⑤〉

담버텀은 부 →다음부터는. ¶ "그럼, 내일 진고개 데리구 가서 반지 사 주께, 그 담버텀은 내 말 잘 들어야 헌다?" 〈태평천하⑩〉

담벼락 명 담이나 벽의 겉으로 드러난 쪽. ¶ 그러고 나서 담벼락에 붙여 두었던 때묻은 고약을 뜯어 꾹 눌러 붙이고는. 〈불효자식〉

담보(膽-)[1] 명 겁이 없고 용감한 마음의 바탕. 겁이 없고 담이 큰 기운. ¶ 그러나 아직 외입을 하러 나갈 담보는 생기지 않았다. 〈생명〉 ¶ 살아온 것은 헤펐다느니보다도, 오히려 정 주사의 담보 작고 큰돈 탐내지 못하는 규모 덕이라 할 것이 있었겠다. 〈탁류①〉 ¶ 좀 호협한 구석이 있고 담보가 클 뿐 물론 판무식꾼이구요. 〈태평천하④〉 ¶ 그 마당에 이르러 섬뻑 나서겠다는 담보가 우선 시방 있느냐? 〈용동댁〉 ¶ 호통과 박대와 몽둥이와가 시킨 허물이라고 감히 우길 담보를 가진 장정은 없을 것이다. 〈상경반절기〉

담보(擔保)[2] 명 채무 불이행 때에 채무의 변제를 확보하는 수단으로서 미리 채권자

에게 제공하는 것. ¶범수에게는 그러한 재치도 없고 기술도 없으려니와 또한 담보의 단련도 없다. 〈명일〉

담보물(擔保物)명 담보로 제공하는 물건. ¶흥! 담보물은 어떡허구? 〈탁류⑱〉

담보있게부 대담하게. 용감하고 담력이 있게. 겁이 없이 아주 대담하게. ¶담보있게 술 한잔 먹어 볼 생각 못 해보구, 그래 고렇게 늘 잔망스럽게 살아왔으니 어떻수? 〈탁류⑦〉

담부터는부 '다음부터는'의 준말. 일정한 시간이 지난 뒤부터는. ¶그러한 판에 초봉이가 여점원 겸 사무원으로 와서 있는 담부터는 윤희의 신경은 더욱 날카로워지고, 범사에 초봉의 일을 가지고 남편을 달달 볶아 낸다. 〈탁류②〉

담숭담숭부 배지 않게 좀 드물고 성긴 모양. 관 담상담상. ¶담숭담숭 물방울이 앉은 몸뚱이가 살결이 고와 기름이 듣는 듯하다. 〈빈(貧)… 제1장 제2과〉 ¶바른 편으로는 바다에 가까운 하구의 벅찬 강물에 돛단배들이 담숭담숭 떠 있고, 〈탁류④〉 ¶그래도 갓난아기 고추자지 같은 고추가 담숭담숭 열리기는 했다. 〈동화〉

담쌓다동 관계를 하지 않다. 교제를 끊다. ¶나는 죄선 신문이나 죄선 잡지하구는 담싸고 남 된지 오랜 걸요. 〈치숙(痴叔)〉

담쏙부 손으로 탐스럽게 쥐거나 팔로 정답게 안는 모양. ¶그다음, 양복장 아래 서랍에 고스란히 들어 있는 송희의 옷을 그대로 담쏙 트렁크에 옮겨 담아 건넌방으로 가져간다. 〈탁류⑱〉

담쑥부 손으로 탐스럽게 쥐거나 정답게 팔로 안는 모양. ¶그러나 그러한 중에도 등에 업었던 새서방을 내려서 제 품안에 담쑥 안고 치마로 싸 주고 하기를 잊지 않았다. 〈두 순정〉 ¶일각대문에다 등을 기대고, 품에는 바둑이를 담쑥 안고, 〈흥보씨〉

담쏙하니부 포근하고 푹신하게. ¶송희는 엄마의 품에 담쏙하니 안기어 젖을 빨고 있다. 〈탁류⑭〉

담쑥이부 →담쑥. 손으로 탐스럽게 쥐거나 정답게 팔로 안는 모양. ¶그러나 차악 안기는 무엇인가를 담쑥이 품에 안았다가 놓치고 만 것 같은 허전함을 어찌하지 못했다. 〈반점〉

담총(擔銃)명 총을 어깨에 멤. ¶하나는 담총을 하고 하나는 몽둥이를 끌고 마침 돌아 나왔읍니다. 〈태평천하④〉

담판(談判)하다동 서로 의논해 판단하다. 서로 맞선 관계에 있는 쌍방이 시비를 가리거나 결말을 짓기 위하여 함께 논의하다. ¶… 법? 그거 좋지! 그럼 그렇게 허까? 내라두 가서 순사라두 우선 불러오라느냐? 순사 세워 놓구 담판하게? 〈탁류⑭〉

답보(踏步)명 제자리 걸음. 일을 진전시키지 못하고 한 자리에서 뭉개거나 머물러 있음. ¶맏손자 종수가 난봉을 부리고, 군수를 목표한 관등의 승차에 관한 운동비를 쓰고 그러는 통에 재산이 그 만 석에서 더 붇지를 못하고 답보로… 웃을 한 거랍니다. 〈태평천하⑤〉

답신부 냉큼 움켜잡거나 무는 모양. ¶젖꼭지를 입에다 대 주니까 입술을 오물오물하더니, 언제 배웠다고 답신 물고서 쪽쪽 젖을 빨아들인다. 〈탁류⑬〉

당각시(當--)명 당집의 각시. '당집'은 신을 모셔 두고 무당이 경을 읽기도 하고,

제사를 지내기도 하는 집. ¶무당은 볼라치면, 당 구석에다가 울긋불긋 포장을 치고 당각시를 위해 앉히고서, 〈흥보씨〉

당겨하다[동] 당기다. 마음이 끌리다. ¶형보는 태수가 당겨하지를 않으니까, 이번에는 짐짓 걱정조로 캐자고 나선다. 〈탁류④〉

당년(當年)[명] 그해. ¶또 그뿐 아니라 한참 당년에 ×××을 모집한다는 ×××들이 사방에서 날뛰던 그런 때라면 몰라도 지금이야 그런 건 옛말이지. 〈탁류⑩〉 ¶아따 저 거시키, 한참 당년에 무엇이냐 그 놈의 것, 사회주의더냐 막덕이라더냐. 〈치숙(痴叔)〉

당대(當代)[명] 그 대(代), 또는 그 시대. ¶혈통? 없어요. 시방 당대구 선대구, 그런 일은 없어요. 〈소망〉

당도(當到)[명] (어떠한 곳에) 이르는 것. ¶이번 일만 해도 어제저녁이 아홉 시나 해서 집에 당도를 했는데…. 〈이런 처지〉

당도(當到)하다[동] (어떠한 곳에) 이르다. ¶이 집 저 집 창살을 끼웃거리고 지나는데 한 집 앞에 당도하니 창살 안에 색시들이 사오 인이나 모여 앉았다. 〈팔려간 몸〉 ¶그래서 길을 떠난 지 며칠 만에 과천을 당도하였습니다. 〈소복 입은 영혼〉 ¶서로 주거니 받거니 주인네 흉아작을 한바탕 틀어 놓는 동안에 중학다리 개천가의 유모네 집 문 앞에 당도했다. 〈빈(貧)… 제1장 제2과〉 ¶승재는 이렇게 작정을 하고서 병원에 당도하던 길로 아범(인력거꾼)을 시켜, 병원 근처로 몇 집을 우선 돌아다녀 보게 했다. 〈탁류⑧〉

당돌(唐突)하다[형] 어려워하거나 꺼리는 마음이 없이 주제넘은 데가 있다. ¶"무슨 곡절이 있는 누구이길래 여자로서 이런 당돌한 처사를 하시오?" 〈소복 입은 영혼〉 ¶사람이 좀 당돌해서… 당돌해서 필경 일을 저질렀어! 〈탁류⑩〉

당목(唐木)[명] 되게 드린 무명실로 폭이 넓고 바닥을 곱게 짠 피륙. ¶그는 이부자리를 걷어치워 놓고 벽에 걸린 당목 두루마기와 모자를 내려쓰고 밖으로 나왔다. 〈산동이〉 ¶낡은 맥고모자는 아까 벌써 길바닥에 굴러 떨어졌고, 당목 홑두루마기는 안팎 옷고름이 뜯어져서 잡아 낚는 대로 주정뱅이처럼 펄럭거린다. 〈탁류①〉 ¶시장해서 기운이 없는 탓인지 땀만 샘솟듯 흘러 휘휘 감기는 당목 고쟁이가 미치게 답답하고, 〈이런 남매〉

당목걸(唐木-)[명] →당목것(?). '당목것'은 당목을 낮잡아 가리키는 말. ¶번화한 홈스펀으로 말쑥하게 춘추복을 뺀 제호의 몸치장과, 때묻는 당목걸로 안팎을 감은 형보의 옷 주제.…. 〈탁류⑭〉

당목(唐木) 저고리[명] 당목으로 만든 저고리. ¶허리를 펴면서 절굿대를 들어 올리느라면 때에 전 당목 저고리 앞섶 밑으로 시들어 빠진 왼편 젖통이 댈롱 내다보인다. 〈얼어죽은 모나리자〉

당세(當世)[명] 그 시대나 세상. ¶연천 선생의 교섭은 곧 여의하여 우리는 마침내 당세의 경이를 몸으로써 치르기까지 할 수가 있었다. 〈회(懷)〉

당시랗다[형] →당실하다. 맵시 있게 덩그렇다. ¶두부 장수는 종태의 손목을 당시랗게 홅으려 잡고 도둑놈의 자식이니 오랄질 놈의 자식이니 걸찍하게 욕을 한바탕 퍼붓는다. 〈명일〉 ¶ 다같은 '하바꾼'이로되 나이 배젊은 애송이한테 멱살을 당시랗게 따잡혀 가지고는 죽을 봉욕을 당하는 참이다. 〈탁류①〉

당자(當者)[명] '당사자'의 준말. 어떤 일에 직접 관계나 있거나 관계한 그 사람. 본인. ¶ 초봉이와는 셋이 앉아, 미리 당자의 의견도 듣고 상의도 하고 그런 뒤에 형편을 보아, 〈탁류⑰〉 ¶ 게다가 또 당자 을네가 어떠하냐 하면, 전과는 아주 딴판으로 맵살스럽게 생뚱거린다. 〈정자나무 있는 삽화〉 ¶ 남이 당자를 대신하여 들고 나서서 분개를 할 일이지 대관절 무얼 하자는 노릇이며 무엇이 어쨌단 말인고? 〈모색〉 ¶ 이 이야기를 쓰고 있는 당자 역시 전라도 태생이기는 하지만, 그 전라도 말이라는 게 좀 경망스럽습니다. 〈태평천하①〉

당장(當場)[명] 바로 그때의 그 자리. ¶ 그러므로 제각기 먼저 기수를 채는 당장으로, 아비를 염려해서 주춤거리거나 자식을 생각하여 머뭇거리거나 할 것이 없이, 〈태평천하④〉

당절(當節)[명] 당시(當時). 그러한 상황이나 일이 있던 때. ¶ 하바꾼도 옛날 큰돈을 지니고 미두를 하던 당절, 이문을 보면 한판 진탕 치듯이 친구와 얼려 먹고 놀던 호기는 가시잖아. 〈탁류⑮〉 ¶ 상수는 저 역시 지나간 그 당절의 제 말이 옥초의 기색에서만 해도 생각이 날 만한 자리라 헤벌쭉 한번 웃더니. 〈모색〉 ¶ ××사 그 당절의 우리는 누구 할 것 없이 퍽들도 초라하였다. 〈회(懷)〉

당집(堂-)[명] 신을 모셔 놓고 위하는 집. 서낭당 따위. ¶ 예수를 믿는다는 것은 영락없이 삼청동 꼭대기의 당집에 가서 무당질을 하는 것과 꼭 같은 것만 같아서. 〈흥보씨〉

당찮다[형] '당치 않다'의 준말. 합당하지 않다. 온당하지 않다. 이치(도리)에 어그러지다. ¶ 그는 혼인을 물리라다니 천만에 당찮은 수작이었던 것이다. 〈탁류⑧〉

당처(當處)[명] 급소. 몸 중에서 조금이라도 다치거나 해지면 목숨이 위험한 부위. ¶ 엇나간 겨냥이 도리어 좋게 당처를 들이찼던 것이고 당한 형보로 보면 불의의 습격이라 도시에 피할 겨를이 없었던 것이다. 〈탁류⑱〉

당철(當-)[명] 제철. 알맞은 때. ¶ 쌀 한 가마니에 이십 원이나 가는 이 당철에, 위로 노모와 제네들 내외에 금년부터 소학교에 입학을 한 맨 큰놈을 비롯하여. 〈이런 남매〉

당최[부] '당초에'의 준말. 맨 처음부터 도무지. ¶ 이거 내가 이렇게 몰리다가는 당최 이건 앉구 못 일어서겠군! 〈모색〉

당치도 아니하다(않다)[관용] 사리에 맞지 않다. 합당하지도 않다. ¶ 그래 그대로 넣어두고 한 이틀 지내는 동안에 일 원이 거진 달아났던 판인데 공연한 객기를 부리느라고 당치도 아니한 해태를 샀기 때문에 이제는 일 원 돈은 완전히 달아나고 삼원만 남은 것이다. 〈레디 메이드 인생〉 ¶ 아니, 건 또 무엇이 어쨌다구 당치두 않은 푸념을…. 〈탁류⑮〉

당하다[동] (어떤 장소나 시간에) 이르거나 닿다. 도착하다. ¶ "서울 당하여서는 이 편지 봉투를 순사한테 보이고 찾아 달라고 하소." 〈농민의 회계보고〉

당한(當限)명 그달 거래. 장기 청산 거래에서, 그달 말에 결제하기로 약정한 매매. ¶ 후장 삼절을 알리느라고, '갤러리'로 된 이층의 '다까바(高場)'에서 따악 따악 딱다기 소리가 나더니 '당한'이라고 쓴 패가 나와 붙는다. 〈탁류④〉

당황(唐惶·唐慌)**히**부 몹시 급하여 어찌할 바를 모르게. 놀라서 어리둥절하게. ¶ 그때 마침 그 애의 모친 박 씨가 당황히 안방에서 나오더니…. 〈태평천하⑥〉

닿다동 어떤 곳이나 정도에 미치다. ¶ 호사가 마가 붙기 쉬운 법인걸, 만약 제 부모가 알고 보면 약간 7원 50전짜리 반지 한 개 사 준 걸로는 셈도 안 닿고, 〈태평천하⑩〉

대가리명 '(사람의) 머리'의 속된 말. 또는 짐승의 머리. ¶ 그는 열이 나는 깐으로 하면, 그저 주먹을 들어 이자를 대가리에서부터 짓바수어 놓고 싶었다. 〈탁류⑧〉 ¶ 우선 부룩송아지 대가리같이 머리가 곱슬곱슬하고 노랗기까지 한 게 장관이요, 〈태평천하③〉

대갈쟁이명 머리가 큰 사람을 얕잡아 일컫는 말. ¶ "아, 요게! 병신이 지랄해요! 대갈쟁이가…" 〈태평천하⑥〉

대갈통명 '머리통'을 비속하게 이르는 말. 머리의 둘레. ¶ "괜히 고집 쓰지 말구, 나허는 대루 보구만 있어요!" "대갈통이 깨져두 암소 팔아 기집앤 안 사와요!" 〈암소를 팔아서〉

대갚음(對--)명 은혜나 원한을 그대로 갚음. 입은 은혜나 원한을 그만큼 갚는 일. ¶ 여름 한 철만은 이 정자나무가 봄, 가을, 겨울 세 철을 두고 사람을 압기를 시키던 대갚음이라고 할까 치하라고 할까. 〈정자나무 있는 삽화〉

대거리[1]명 상대방에 맞서서 대듦. 또는 그러한 언행. ¶ 초봉이는 제호의 이야기에 끌려 허튼수작에 대거리는 하고 있어도, 시방 딴 걱정에 도무지 건성이다. 〈탁류②〉

대거리[2]명 서로 번갈아 들어서 대신함. 서로 번갈아 듦. 교대(交代). 교체(交替). ¶ 그리하여 세 번 네 번 다섯 번 이렇게 대거리를 구해 들였고, 그러나 그러는 족족 실연의 쓴 술잔이 아니라, 핀잔을 거듭거듭 마셔 왔습니다. 〈태평천하⑩〉

대견하다형 →대근하다. 견디기가 어지간히 힘들고 만만하지 아니하다. ¶ 몸이 대견한 탓이겠지만 마음이 내키지를 아니했던 것이다. 〈명일〉

대고부 무리하게 자꾸. ¶ 윤희는 번연히 남편 제호가 아닌 것을 역력히 알아차렸으면서 상관 않고, 대고 머쓰린다. 〈탁류②〉

대고모(大姑母)명 아버지의 고모. 곧 할아버지의 누이. 왕고모. ¶ 증조부 윤 직원 영감이 그렇고, 대고모 서울 아씨가 그렇고, 대부 태식이는 문제도 안 되고, 〈태평천하⑥〉

대광교명 다리 이름. ¶ 이만하면 어디다가 내놓아도 대광교 천변가로 숱해 많이 지나다니는 그런 모습의 동기(童妓)지, 갈데없습니다. 〈태평천하②〉

대구부 →대고. 무리하게 자꾸. ¶ "그게 참 큰 문제야… 하여간 우리가 게꼬리만헌 상식만 가지고 각 방면으로 대구 구직을 헌다는 것이 잘못이니까." 〈앙탈〉 ¶ 계봉이는 필경 암상이 나서, 대구 지청구를 한다. 〈탁류⑧〉 ¶“영 놓치겠거던 대구 쏘아라!” “영 놓치겠거던 대구 쏘아라!” 재우쳐 이른 뒤에 두목이 앞장을 서서 사랑채로 가고, 〈태평천하④〉 ¶“좀 다잡아서 운동을 해 보지? 널리 대구… 되다가 못 되더래두.” 〈패배자의 무덤〉

대굴대굴[부] 이리저리 마구 구르는 모양. ¶맘껏 소리를 내어 대굴대굴 굴러가면서라도 웃을 것을 차마 조심들을 하느라 모두 애를 쓴다. 〈탁류⑯〉

대그락거리다[동] 단단하고 작은 물건들이 서로 맞닿는 소리가 잇달아 나다. ¶안방에서들은 마침 저녁을 먹는지 대그락거리는 수저 소리가 들리고, 〈탁류⑥〉

대그르[부] 대구루루. 작고 딱딱한 물건이 단단한 바닥에 떨어져 구르는 소리. 또는 그 모양. ¶담배는 경사진 시멘트 바닥에서 대그르 굴러 길바닥에서 그대로 솔솔 타고 있다. 〈명일〉

대그르르[부] ‘대구루루’의 변한 말. 작고 딱딱한 물건이 단단하 바닥에 떨어져 구르는 소리. 또는 그 모양. ¶춘심이는 대그르르 웃고, 윤 직원 영감 끙! 저 잡것 좀 부아! 하면서 혀를 잡니다. 〈태평천하⑩〉

대금(大金)[명] 액수가 많은 돈. 큰돈. ¶이 삼 원의 대금은 마침 가게에 북어가 떨어져서 아침결에 어물전으로 흥정을 하러 가던 심부름 돈이다. 〈탁류⑮〉

대껄[명] →대꾸. 남의 말을 되받아 자기 의사를 나타내는 말. ¶노상 받아 오는 그 집 술이지야고, 갑쇠 모친은 돌아앉은 채 대껄을 한다. 〈정자나무 있는 삽화〉 ¶모친은 그러나 대껄을 않고 웃기만 하고 있는데. 〈패배자의 무덤〉

대꾸[명] 남의 말을 되받아 자기 의사를 나타내는 말. 남이 한 말을 받아 거슬리게 말을 함. 또는 그 말. [같은] 말대꾸. ¶초봉이는 종시 못 들은 체하기는 해도, 속으로는 대꾸를 않지 못한다. 〈탁류⑩〉

대끼다[1][동] (애벌 찧은 보리나 수수 따위를) 마지막으로 깨끗이 찧다. ¶“시방 찧어야 엽쳐서 널었다가 대끼기가 좋지.” 〈보리방아〉

대끼다[2][형] 무슨 일에 많이 시달리다. ¶시방이나 그때나 배고프기는 일반인데 무엇이 대껴서 안 팔아먹겠수? 〈탁류⑮〉 ¶대체 무엇이 대끼며 뉘 코 무서운 사람이 있다고, 그 부아를 참거나 조심을 할 며리도 없는 것이고 해서, 〈태평천하⑥〉 ¶무엇이 대끼어 그 비위생적이요 사람 고루한 그 짓을 하잘 머리가 없는 것이었었다. 〈모색〉

대놓고[부] 거리낌없이 함부로. ¶대놓구(고) 먹던 아랫거리 싸전에 묵은 외상값이 한 이십 원 돼요. 〈소망〉

대님[명] 한복 바지를 입은 뒤, 바짓가랑이 끝을 접어서 졸라매는 끈. ¶정 주사는 마지막 이런 소리를 하면서 대님을 다 매고 일어선다. 〈탁류⑦〉

대단스럽다[형] 보기에 대단한 데가 있다. ¶그게 또한 대단스런 교섭인 것도 아니고 한 것을, 〈모색〉

대도(大道)[명] 사람이 마땅히 지켜야 할 큰 도리. ¶유차 관지컨대 유의지사(有意之士)와 유산지민(有産之民)이 모름지기 숭상할 대도인지라. 〈패배자의 무덤〉

대도상(大道上)[명] 큰길 위. ¶그때만 해도 백주 대도상에서 선생이 학생들을 거느리

고 어엿이 청요릿집엘 들어갈 수가 있으리라곤 상상조차 못하던 노릇이었었다. 〈회(懷)〉

대 디리깨시니㊊ →대 드리겠으니. '대다'는 뒤를 보살펴 돈이나 물품을 주다. ¶대 디리께시니, 느이 아버지더러 무어 점잖은 장사나 해 보시란다구 그런다드구나!…. 〈탁류⑦〉

대뜰㊔ 댓돌에서 집채 쪽으로 나 있는 좁고 긴 뜰. 댓돌 위의 뜰. ¶영주는 매를 늦추고 나무람을 하는 판인데 남편이 대뜰로 올라서는 것을 보니 그대로 퍽 엎드려 헉헉 느끼며 울었다. 〈명일〉 ¶"오냐, 괜찮다." 정 주사는 눈을 연신 깜작깜작, 대답을 하면서 대뜰로 올라서는데, 미닫이를 열어논 안방에서 막내동이 병주가 통탕거리고 뛰어나온다. 〈탁류③〉 ¶춘심이는 좋아하고 연신 생글뱅글, 사랑으로 들어가더니, 대뜰에 올라서서, 〈태평천하⑪〉

대뜸㊊ 이것저것 헤아릴 것 없이 닥치는 대로 그 자리에서 곧. ¶대뜸 길에서는 그 두 어린아이들로 인하여 마음 섭섭한 일을 당하게 하고, 〈홍보씨〉

대래대래㊊ 자그마한 것들이 한 곳에 꽤 많이 붙어 있는 모양. ¶늦은 여름 열매가 열어 새파란 팽이 대래대래 붙곤 할라치면 팽총감으로 그놈을 따느라고 얕은 가장귀에 가 매달리기. 〈정자나무 있는 삽화〉

대령(待令)㊔ 윗사람의 지시나 명령을 기다림. ¶맏손자며느리가 재치있게 걸레를 집어 들고 옆으로 대령을 합니다. 〈태평천하⑤〉

대리(代理)를 보다『관용』 대리하다. 무엇을 대신하여 일을 처리하다. ¶정종병을 양편 손에다가 갈라 들어 놔서 할 수 없이 손등이 손바닥 대리를 봅니다. 〈홍보씨〉

대롱대롱㊊ 매달린 물건이 가볍게 흔들리는 모양. ¶헤렌은 발을 대롱대롱 침대에 걸터앉아서 고개를 내흔든다. 〈이런 남매〉

대망(大望)㊔ 큰 희망. 큰 야망. ¶그러므로 대망의 가장 요긴한 대목의 한쪽이 이지러지거나 할 머리가 없는 것이라 마음은 지극히 편안했었다. 〈탁류⑩〉 ¶복이려니 하는 대망을 아뭏든 홀애비가 된 그걸로 해서 품을 수만은 있게 되었던 것입니다. 〈태평천하⑨〉

대목㊔ 설이나 추석과 같은 명절에 즈음하여 경기(景氣)가 활발한 시기. ¶역시 그해 그 겨울, 섣달 대목이 임박해서다. 〈두순정〉

대문(大文)㊔ 글의 한 동강이나 단락. 『같은』 대목. ¶이렇게 한 대문을 걸찌익하게 읽고 나서, 다시 처음부터 시작을 하고, 〈탁류⑥〉 ¶더우기 그 끝엣 한 대문은 썩 실감적이고 보매, 윤 직원 영감은 눈을 흘기고 히물쭉 웃는 것만으로는 못 견디겠던지, 〈태평천하⑧〉 ¶한문 글자마다 가나를 달아 놓았으니 어떤 대문을 척 펴 들어도 술술 내리 읽고 뜻을 횅하니 알 수가 있지요. 〈치숙(痴叔)〉 ¶아무려나 앞으로 끌어당겨 후르륵 책장을 넘기다가 되는 대로 한 대문을 펴 놓고 읽기 시작한다. 〈모색〉 ¶또 누구들은 한 문장 읽은 걸 유세로 논어니 맹자니 심하면 시전이니 서전이니 하는 따위에서 괴상스런 한 대문을 뽑아 가지고는 뜻을 알으켜 달라기. 〈회(懷)〉

대문대문㊊ 다문다문. (시간적으로) 잦지 않고 좀 뜨게. 이따금. ¶주인 여자는

이야기를 들으면서, 대문대문 그러냐고 아 그러냐고 맞장구만 연신 치고 있더니, 〈탁류⑮〉

대밭집명 대나무를 심은 밭에 지은 집. ¶ 들판 건너 앞마을에서 저녁 연기가 하나씩 둘씩 가느다랗게 솟아오르고, 바로 언덕 밑 대밭집의 대숲에는 잘새가 날아들어 요란스럽게 지저귄다. 〈얼어죽은 모나리자〉

대번부 서슴지 않고 단숨에. 또는 그 자리에서 당장. ¶ 대번 몸이 떨리게 추위는 모질다. 〈얼어죽은 모나리자〉 ¶ 그 사람은 대번 태도와 말이 변해집니다. 〈어머니를 찾아서〉

대범(大凡)부 무릇. 대체로 보아. 헤아려 생각하건대. ¶ 소반 옆으로는 얼멍얼멍한 짚신이 세 켤레 대범 이와 같이 차려 놓았다. 〈탁류⑥〉 ¶ "이년급 때버틈 졸업허두룩 대범 육칠찰 대회 출전을 했는데, 그 육칠찰 한 번두 울구 돌아오지 않은 적이 없었으니!" 〈회(懷)〉

대부(大父)명 할아버지와 항렬이 같은 남자 친척. ¶ 박 씨도 코를 씻어 주면서 경손이더러 눈을 끔적끔적합니다. "대부 할아버지?…" 〈태평천하⑥〉

대비(對備)명 앞으로 있을 어떤 일에 대응하여 미리 준비함. 또는 그런 준비. ¶ 이 발소 긴상의 서두리로, 사흘 만에 한 놈이 대비가 되었는데, 〈태평천하⑩〉

대빨주리명 대빨부리. 대나무로 만든 담배를 끼워 입에 물고 빠는 물건. ¶ 마코 한 개를 대빨주리가 타들어 오도록 다 피우고 나서, 유모는 가까스로 일어선다. 〈빈(貧)… 제1장 제2과〉

대사(大事)[1]명 큰 문제. 다루는 데 힘이 들고 영향의 범위가 넓은 일. ¶ 얼굴 묘하게 생긴 계집애 하나쯤 그리 대사가 아니다. 〈탁류②〉

대사(大事)[2]명 큰 예식이나 잔치를 치르는 일. ¶ 열여섯을 맞이하는 해 봄 김 판서는 사위를 맞이하게 되었읍니다. 결혼… 이것은 인간의 대사요 경사이었으나. 〈소복 입은 영혼〉

대상(大商)명 장사를 크게 하는 사람. ¶ 겸해서 전화까지 때르릉때르릉 매어 놓고, 아주 한다 하는 대상이 되었던 것이다. 〈탁류①〉

대성(大聖)명 큰 성인. ¶ 저 동양의 대성 공자께서도 불의이 부차귀는 어아에 여부운이니라, 응? 그 뜻 알지? 〈이런 남매〉

대수명 (부정문 또는 반어적 의문문에 쓰여) 중요한 일. 대단한 일. ¶ 그까짓 것 꼬랑지로 처진 오십 원쯤 시방이 살판에 대수가 아니다. 〈탁류④〉

대어(對語)명 상대하여 말을 함. ¶ 병조가 하는 말에는 각별히 조심을 더하고 마주 칠 때나 지나칠 때면 마치 마음속에 자기를 해하려는 사람의 눈치를 짐작한 사람이 저편을 경계하며 몸을 사리는 것같이도 보이고 또 어떻게 보면 몹시 불쾌한 반감을 가지고 마지 못하여 흔연히 대어를 하는 것 같이도 보였다. 〈병조와 영복이〉

대원(大願)명 큰 소원. ¶ 윤 직원 영감의 그다지도 뜻 두고 이루지 못하는 대원을 저으기나마 풀어 주는 게 있으니, 〈태평천하②〉

대응(對應)명 어떤 일에 맞추어 태도나 행동을 취함. 또는 마주 대하여 서로 응함. ¶ 오목이네는 겨우 말을 하고 손님 대응

을 하느라고 도로 바빠 버린다. 〈얼어죽은 모나리자〉

대응(對應)하다[동] (어떤 일이나 사태에) 알맞은 조치를 취하다. ¶알기는 알겠는지 얼굴이 발개가지고 대응하는 게 달랐고, 그것이 태수한테는 퍽 유쾌했다. 〈탁류④〉

대임(大任)[명] 중대한 임무. ¶"그대는 들으니 '백의정승'의 자리에 오르려는 사람! 그러면 군명을 대신하여 천하의 백성을 다사릴 큰 그릇이어늘 그다지도 변통성이 없고 인정(人情)에 어두워서야 어찌 그러한 대임을 다하겠는가?" 〈소복 입은 영혼〉

대장장이 집에 식칼이 없다〖속〗 대장장이 집에 흔해야 할 식칼이 없듯이, 마땅히 있어야 할 것이 오히려 없는 경우가 있다는 뜻. ¶대장쟁(장)이 집에 식칼이 없어 걱정이라더니, 이건 제호 자네는 약장수 집에 약이 너무 많아 성활세그려? 〈탁류⑬〉

대저(大抵)[부] 대체로 보아서. 〖같은〗 대컨. ¶다만 나의 본심만은 그렇지 아니하였다는 것을 양해하여 주십시오. 대저 자기가 마음 속에 그리고 있는 사람을 모욕할 수도 있을까요? 〈병조와 영복이〉

대접[명] 위가 넓적하고 둘레의 높이가 낮은 국이나 숭늉을 담는 그릇. ¶마침 두부 장수가 도로 나오더니 목판의 보자기를 걷고 소담스럽게 허연 두부 한 모를 대접에 담아 가지고 도로 들어간다. 〈명일〉

대주(大主)[1][명] 여자들이 집의 바깥주인을 이르는 말. ¶첫째 이 집의 대주 정 생원인데, 그가 요새 세상에서는 거진 다 없어지고 구경하기도 힘드는 옛 선비여서. 〈용동댁〉

대주(大主)[2][명] 한 집안의 주장이 되는 사람. 무당이 단골집의 사내 주인을 일컫는 말에서 뜻이 바뀐 말. ¶화적이 인가를 쳐들어와서 잡아 족치는 건 그 집 대주와 셈든 남자들입니다. 〈태평천하④〉

대중(大衆)[1][명] 대강 어림잡아 헤아리는 것. 또는 어떠한 표준. ¶먹는 것이야 수중에 돈이 있는 데에 따라 호떡도 설렁탕도 백화점의 런치도, 그렇잖고 몇 끼씩 굶기도 하여 대중이 없었다. 〈레디 메이드 인생〉

대중(大衆)[2][명] 신분의 구별이 없이 한 사회의 대다수를 이루는 사람. ¶아뭏든 그렇게 귀신 대중을 불러 놓더니, 그 담에는 갑자기 북소리와 목청을 맹렬하게 높여, 〈탁류⑥〉

대중없다[형] 짐작할 수가 없다. 어떠한 표준을 잡을 수가 없다. ¶"돈은? 아니 받구?" "왜 안 받아!" "얼마?" "한 시간에 1원 50전…" "꽤다!… 몇 시간이나?" "대중없어…" 〈태평천하⑪〉

대중없이[부] 어떠한 표준을 잡을 수가 없이. ¶"아씨가, 저어 아씨가 돌아가세유! 헛소리를 허세유! 정신을 못 채리세유!" 하면서 대중없이 주워섬기기는 바로 오정이 조금 지나서다. 〈탁류⑬〉

대창[명] →대청. 대나무 줄기 속의 안벽에 붙은 썩 얇고도 흰 꺼풀. ¶아이는 울 기운도 다 빠져, 대창같이 야윈 눈뚜껑을 감고서 가끔가다가 꿍꿍 앓는 소리만 낸다. 〈빈(貧)… 제1장 제2과〉

대처(大處)[명] '인구가 많고 번화한 지역'을 일반적으로 이르는 말. 〖같은〗 도회지. 도시. ¶또 동리 계집아이들로 보면 양복까지 입고, 대처 바람을 쏘였다는 부러운 이력이며. 〈얼어죽은 모나리자〉 ¶또 마을에서 매일 다니는 자동차로 오십 리만 나가면 기생이며 무어며가 있는 대처가 있다. 〈생명〉 ¶강이 다하는 남쪽 언덕으로 대처 하나가 올라앉았다. 〈탁류①〉 ¶서울로 오니까는 그것도 대처의 인심이라, 윤 직원 영감 말따라, 오줌도 사 먹어야 하게 되었읍니다. 〈태평천하⑭〉

대천지원수(戴天之怨讐)㉑ 이 세상에서는 함께 살 수 없는 극악한 원수. 아주 큰 원수. ¶그놈의 것하구는 무슨 대천지원수가 졌단 말인지. 〈치숙(痴叔)〉

대체(大體)명 사물의 기본적인 큰 줄거리. ¶또는 대체가 무지한 사람들은 무지해서나 그런다고. 〈상경반절기〉

대통(-桶)명 담뱃대의 담배를 담는 부분. 『같은』 담배통. ¶앞 밀창문으로는 새까맣게 그은 네 폭 반병(半屛)이 돌려 쳐 있고 그 앞에 큼직한 사기 요강, 담배 서랍, 나무 재털이, 수수깡으로 만든 등긁기, 대통에 노랗게 진이 밴 담뱃대가 놓여 있었다. 〈병조와 영복이〉

대판거리명 크게 차리거나 벌어진 판국. ¶속이 후련하도록 싸움을 대판거리로 한바탕 해대야만 할 텐데, 〈태평천하⑥〉

대팻밥모자명 대팻밥처럼 얇은 나뭇조각을 잇대어 꿰매 만든 여름 모자. 햇볕을 가릴 목적으로 씀. ¶벌써 네 신가 싫어 고개를 쳐들면서 가볍게 한숨을 내쉬는데, 마침 헙수룩하게 생긴 촌사람 하나가 철 이른 대팻밥모자를 벗으면서 끼웃이 들어선다. 〈탁류②〉

대푼변(--邊)명 백분의 일로 치르는 이자. ¶그렇게 아등바등 아니해도 평생 먹고 살 수 있는 터건만 요새 와서는 한 술 더 떠 속새로 대푼변 돈놀이까지 하고 있는 마흔댓이나 된 서울 토종이다. 〈명일〉 ¶대푼변 돈놀이를 한다, 곱장리를 놓는다 해 가면서 일조에 착실한 살림꾼이 되었읍니다. 〈태평천하④〉

대황(大黃)명 마디풀과의 여러해살이풀. 굵고 황색이며, 7~8월에 황백색 꽃이 줄기와 가지 끝에 달림. ¶하얀 무릇꽃도 한참이다. 대황도 꽃만은 곱다. 〈쑥국새〉

댁내(宅內)명 '남의 집안'을 높여 이르는 말. ¶그래 댁내는 다 안녕하시고? 또, 재미나 좋았나? 〈이런 처지〉

댈롱부 (작은 물건이) 하나만 달랑 매달려 있는 모양. 『비슷』 달랑. ¶허리를 펴면서 절굿대를 들어 올리느라면 때에 전 당목 저고리 앞섶 밑으로 시들어 빠진 왼편 젖통이 댈롱 내다보인다. 〈얼어죽은 모나리자〉

댓관 다섯쯤. ¶며느리 고 씨더러 군욕질을 하는 걸 듣고 들어와서는, 그 말을 댓 발이나 더 잡아늘려 고 씨한테 일러바친 침모 전주댁, 이 여인이 또 진짜 과붑니다. 〈태평천하⑤〉

댓잎명 대나무 잎. ¶방 안은 천 년 묵은 도배지에 빈대피로 댓잎을 하나 가득 쳐놓았고, 〈이런 남매〉

댕기다동 →다니다. 어떠한 신분이나 자격으로 일정한 자리에 늘 오가다. ¶"에끼! 나깨나 먹어 가지고 무얼 철딱서니 없이… 사서삼경 어데가 머리 깎고 순검 댕기라고 씌었든가?" 〈소복 입은 영혼〉

댕기풀이명 관례(冠禮)를 지낸 사람이 친구들에게 한턱 내는 일. ¶옛날 풍속의 '댕기풀이'로 발바닥 몇 대 맞은 셈만 치면 그만일 뿐 아니라. 〈모색〉

더금더금㊊ 더한 위에 조금씩 자꾸 더하는 모양. 『센말』 더끔더끔. ¶그러나 바로 어제 들러서 인단이야 포마드야를 더금더금 사 왔는데, 〈탁류④〉

더끔더끔㊊ 그 위에 더하고 또 더하는 모양. 더한 위에 조금씩 자꾸 더하는 모양. 『여린말』 더금더금. ¶오려 그런 부질없는 짓을 해 쌓다가 빚이나 더끔더끔 더 걸머지고는 못 갚든지 하는 날이면. 〈이런 남매〉

더덕더덕㊊ '더더귀더더귀'의 준말. 자그마한 것이 많이 붙어 있는 모양. ¶범수는 더덕더덕 반자에 바른 신문지에서 일류 양식당의 광고를 읽으면서 건성으로 대답을 한다. 〈명일〉 ¶나이는 열여덟이라, 여드름이 더덕더덕, 〈흥보씨〉

더듬더듬하다㊍ 말을 자꾸 더듬다. ¶정씨는 대답이 저절로 더듬더듬해졌다. 〈보리방아〉

더디㊊ 더디게. 움직임이나 일에 걸리는 시간이 오래게. ¶문오 선생이 제발 더디 돌아옵시사고, 은근히들 축수를 했었다. 〈순공(巡公) 있는 일요일〉

더럭[1]㊊ 어떤 감정이나 생각이 갑작스럽고 심한 정도로. ¶밉살머리스런 생각이 더럭 나서, 그래 마구 닭 쫓던 개는 지붕이나 치어다보라고 지천에 잡도리를 하고 있는 참이다. 〈탁류⑧〉 ¶안존하던 박 씨의 음성은 더럭 보풀스러지면서, 아직 고운때가 안 가신 눈이 샐룩 까라집니다. 〈태평천하⑪〉 ¶모주에 잔뜩 찌들어 걸걸하니 녹이 슨 윤보의 더럭 반가와하는 음성임을 얼른 알아낼 수가 있읍니다. 〈흥보씨〉 ¶그리다가는 더럭 짜징이 나 가지굴량 날몰아세기나 허구, 그럴 때만은 여전한 웅변이지. 〈소망〉 ¶"내가 말 안 해두 돼애!" 더럭 반가와서 임×× 선생의 입으로부터 제풀에 나오는 말이었었다. 〈회(懷)〉

더럭[2]㊊ 어떤 상태가 갑작스럽게 변하거나, 일어나거나 하는 모양. ¶오늘은 해는 떴는지 말았는지 어설프게 찌푸렸던 날이 낮때가 겨운 둥 마는 둥 하더니 그대로 더럭 저물어 버린다. 〈얼어죽은 모나리자〉 ¶나이래야 또 과부라는 이름조차 잔인할 스물두셋에 더럭, 삽십도 넘은 중년 여인만치나 노성을 했고, 한 것은 자못 흥미 있는 일이 아닐 수 없었다. 〈패배자의 무덤〉

더럭더럭[1]㊊ 잇달아 몹시 많이. ¶화가 더럭더럭 나나 마치 중이 장엘 왔다 소나기를 맞구서 난 화 같아서 얻다 대고 부르댈 곳조차 없는 화였다. 〈암소를 팔아서〉 ¶그런 고루잖을 디가 어디며, 생각하면 화가 더럭더럭 난다니깐. 〈소망〉

더럭더럭[2]㊊ 어떤 상태가 겁날 정도로 매우 빨리 변하는 모양. ¶해는 더럭더럭 저물어만 간다. 〈얼어죽은 모나리자〉 ¶염치없는 배는 더럭더럭 불러 올 테고 그래서 자연 아씨가 먼저 알고 말게 될 테니. 〈생명〉

더럭하다㊍ 갑작스레 놀라거나 겁에 질려 가슴이 내려앉는 느낌이 있다. ¶저 애가 저러다가 분명코 무슨 일을 저지르지 싶어 가슴이 더럭했었다. 〈탁류⑯〉

더벅더벅㊊ 잇달아 한꺼번에 많이. ¶화가 더벅더벅 나는 것이었었다. 〈이런 남매〉

더벅머리㊐ 더부룩하게 난 머리털. 또는 그런 아이. ¶그러니, 자 인제는 동네 더벅머리 총각이나마 데릴사위를 정하잔즉 그건 눈에 차지를 않고. 〈동화〉

더부살이명 남의 집에 거처하면서 일을 해 주고 삯을 받는 것. 또는 그런 사람. ¶드나드는 문 옆에다 새로 백탄불이 이글이글하는 화로 하나를 가져다 놓고 선술집 모양과 똑같이 땟국이 흐르는 더부살이가 산적을 굽기 시작한다. 〈산적〉

더블벳명 더블베드(double bed). 두 사람이 잘 수 있는 큰 침대. ¶더블벳은 아니라도 베개는 또 하나 놓이고, 처네 자락도 금새 인간이 한 몸뚱이 빠져나간 자리가 완연하였다. 〈이런 남매〉

더엄덤하다형 →덤덤하다. 싱겁고 밍밍하다. ¶그동안 웬만큼 사랑땜은 했고, 했은즉 계집이 이쁘고 묘하게 생겼다는 것에 대한 감각이나 흥을 인제는 더엄덤해진 판이다. 〈탁류⑬〉

더우명 →더위. 여름철의 더운 기운. ¶ "나야 머 이렇게 야윈 사람이 더우를 타우?" 〈명일〉 ¶괜찮아요, 시방 더우 같은 건 약관 걸. 〈소망〉

더웁다형 →덥다. 온도가 높거나 열이 있다. ¶"더웁다. 이년아, 비켜라." "내 이름이 이년인가! 깍쟁이…" 〈명일〉

더워하다동 덥게 여기다. 더운 것을 느끼다. ¶관수는, 그렇다고 심상하게 대답하면서 함지박을 넣어 어깨에 걸멘 구럭과 또 한 손에 들고 온 괭이를 놓고 휘이 더워한다. 〈정자나무 있는 삽화〉

더치다[1]동 (병세가) 도로 더해지다. ¶그래서 슬금슬금 농간을 부리려던 판인데 오목이가 그 뒤로 눈병이 와락 더쳐 가지고 도무지 문밖 출입도 하지 못해. 〈얼어 죽은 모나리자〉

더치다[2]동 덧들이다. 남을 건드려서 노하게 하다. ¶장손네는 아들을 더치지 아니하려고, 다독거리듯 좋은 말로 "가난허니 어떡허느냐?" "누가 가난허랬나?" 〈암소를 팔아서〉

더펄대다동 침착하지 못하고 들떠서 되는 대로 행동하다. ¶경손의 모친은 일껏 정색을 했던 것이, 경손이가 더펄대는 바람에 그만 실소를 해 버립니다. 〈태평천하⑪〉

덕국(德國)명 지난날 '독일'을 이르던 말. ¶그러나 그 돈장이란 말이 윤 직원 영감한테는 저 히틀러라든지 하는 덕국 파락호의 폭탄 선언이라는 것만큼이나 놀라운 말입니다. 〈태평천하①〉

덕분(德分)하다동 덕을 베풀다. ¶"아이구 답답이야! 이 답답. 제에발 덕분하느라구 저기 마루나 안방으로라두 좀 나가서 누워요. 제에발." 〈소망〉

덕석명 추울 때 소의 등에 덮어 주는 멍석처럼 만든 덮개. ¶덕석 같은 겨울 외투를 벗어 버리고 말쑥말쑥하게 새로 지은 경쾌한 춘추복의 젊은이들이 봄볕처럼 명랑하게 오고 가고 한다. 〈레디 메이드 인생〉

덕실덕실하다동 득실득실하다. 많은 사람이나 짐승, 벌레 같은 것이 떼를 지어 질서없이 자꾸 들끓다. ¶무슨 변덕으로 남자들이 덕실덕실한 백화점을 굳이 다니고 있으니, 〈탁류⑯〉

덜그덩덜그덩부 얇고 단단한 쇠붙이 따위가 맞부딪거나 서로 스쳐서 울려 나는 소리. ¶이어서 풍풍, 덜그덩덜그덩 소리가 차차로 잦았고, 〈회(懷)〉

덜리다동 '덜다'의 피동형. 일정한 수량, 정도에서 얼마가 덜어지다. ¶좌우간 어떻게든지 뒷갈무리가 된다며는 관수는 오

히려 마음의 짐이 덜릴 수가 있을 성싶었다. 〈정자나무 있는 삽화〉

덜머리 진 총각[관용] '떠꺼머리 총각'의 방언. 장가들 나이가 지나도록 머리를 길게 땋아 늘인 총각. 여기서 '덜머리 지다'는 장가나 시집갈 나이가 넘은 총각이나 처녀가 긴 머리를 땋아 늘이다. ¶덜머리 진 총각 녀석이 꼬마동이더러, 엿 사 주께 시니… 달라는 법수와 별반 다를 게 없는 행티겠지요. 〈태평천하⑩〉 ¶관수는 문득 생각이다. 세상 말괄량이요, 잘 웃고 잘 놀고 동네 덜머리 진 총각이라도 비위만 틀리면 상관없이 대들어 싸움을 하고. 〈정자나무 있는 삽화〉

덜미[명] '뒷덜미'의 준말. 꼭뒤 아래로부터 목의 뒤와 등 위에 걸친 부분. ¶최 서방은 그만 질끔해서 덜미가 보이도록 고개를 푹 숙이고 담배만 빤다. 〈빈(貧)… 제1장 제2과〉 ¶앉아서도 눈은 이내 헤렌의 덜미를 흘겨보면서. 〈이런 남매〉

덜미를 누르다[관용] 덜미를 잡아 누르듯이 몹시 재촉하거나 몰아세우다. ¶올챙이는 역시 윤 직원 영감의 배짱을 아는 터라, 마침내 이렇게 슬그머니 한 번 덜미를 눌러놓습니다. 〈태평천하⑦〉

덜미를 쳐 놓다[관용] 덜미를 잡아 누르듯이 몹시 재촉을 하다. ¶나는 그런 말 들은 일 없다고 떠받고 나설까 봐서 미리 덜미를 쳐 놓자는 계책임은 물론이다. 〈탁류⑭〉

덜씬[부] (어떤 것에 비하여) 그 정도가 썩 더하게. ¶"덩치는 덜씬 커 가지구…." 계봉이는 승재가 언제나 마찬가지로 입은 다문 채 코를 벌씬하고 눈으로만 웃는 것을 마구 대고 놀려 먹는다. 〈탁류③〉 ¶덜씬 큰 윤선 옆에 거룻배 하나가 붙어서 가는 격이라고나 할는지, 아뭏든 이 애인네 한 쌍은 이윽고 진고개 어귀에 나타났읍니다. 〈태평천하⑭〉 ¶아마 검정 황소가 열 바리, 아니 스무 바리도 넉넉해 보이는 그 덜씬 큰 시꺼먼 화통이, 용솟음 같은 검은 연기를 풍풍 들이 뿜어 올리면서, 〈회(懷)〉

덜어지다[동] 일정한 수량, 정도에서 얼마가 줄거나 적게 되다. ¶도리어 자기네의 일이 덜어지니까 좋아한다. 조소한다. 아! 참담한 비극이다. 〈생명의 유희〉

덤[명] 덧붙이는 말. 원래는 제 값어치의 물건 외에 더 얹어 주고 받는 일이나 물건을 말함. ¶"월부로 팔기도 합니다."라고 덤을 붙인다. 〈보리방아〉

덤덤하다[형] 아무 일도 없이 조용하다. 또는 싱겁고 밍밍하다. ¶양복 신사 씨는 좀 싱거웠던지, 잠깐 덤덤하더니 한참만에 또, 〈태평천하③〉 ¶그러나 막상 생각해 보아야 스스로 이상할 만큼 좋고 언짢고 간에 분간을 할 수도 없고 또 가타부타 간의 시비도 가려지지 않고 그저 덤덤할 뿐이다. 〈탁류⑫〉

덤덤히[부] 아무런 감정의 움직임도 없이. 아무 말도 없이. ¶경희는 사지의 맥이 한꺼번에 탁 풀려 덤덤히 서서 말이 없다. 〈반점〉

덤벙이[명] 묽은 액체 따위가 뭉쳐진 덩이. ¶형보는 싯 들여 마시다가 침을 한 덤벙이 지르르 흘린다. 〈탁류⑯〉

덤쑥[부] 서슴없이 움켜 쥐거나 입에 무는 모양. [비슷] 덥석. ¶"난 머…." 하더니, 그대로 덤쑥 베어 문다. 〈탁류⑫〉 ¶등에 업힌 새서방의 우는 소리에 애가 녹다 못해, 색시는 치마를 벗어서 덤쑥 무릅씌운다. 〈두 순정〉 ¶ 이거 큰일났다고 황급히 쫓아가서 손으로 덤쑥 쥐어다가 도로 둥지에 올려놓아 주었읍니다, 〈흥보씨〉 ¶ 덤쑥 남의 손에다 떠맡기고 바야흐로 물러서는 마당에 이르고 보니…. 〈탁류⑭〉

덤태㊔ 덤터기. 남에게 넘겨 씌우거나 또는 남이 넘겨 익울하게 맡는 걱정거리. ¶ 그러나, 그렇다고 막상 순사를 불러대고 보면 저러 환장한 놈인 걸, 지레 덤태가 날 것이고, 그러니 이러지도 못하고 저러지도 못하고 마음이 다급하기만 했다. 〈탁류⑭〉

덥석㊕ 왈칵 덤벼서 움켜 쥐거나 입에 무는 모양. ¶ 다짜고짜로 와락 달려들어 태수의 팔을 덥석 물고 늘어진다. 〈탁류④〉

덥씬㊕ 왈칵 덤벼서 움켜 쥐거나 입에 무는 모양. 〖비슷〗 덥석. ¶ 죽을 동 살 동 어느 겨를에 달려들었는지 두목의 팔을 덥씬 물고 늘어집니다. 〈태평천하④〉

덧들이다[1]㊍ 남의 감정을 건드려 노하게 하다. ¶ 그렇다면 승재까지 낮알음을 주어서 장차에 눈 뒤집어쓰고 찾아다닐 형보에게 들킬 위험만 덧들이다니…. 〈탁류⑰〉

덧들이다[2]㊍ 덧붙이다. (앞서 한 말에) 보태어 말하다. ¶ 그러나저러나 간에 내가 나대루 무엇이고 소일거리라도 마련을 해야지 원 갑갑해서… 이런 소리를 덧들인다. 〈탁류⑮〉

덧칠㊔ 칠한 데에 겹쳐 하는 칠. ¶ 경대 앞에 가 주저앉아서 화장품을 이것저것 꺼내어 얼굴을 덧칠을 한다. 〈빈(貧)… 제1장 제2과〉

덧문㊔ 문짝 겉쪽에 덧단 문. ¶ 덧문을 닫지 않은 위아래 앞문과 뒤창이 다 같이 희유꾸룸히 밝으려고 하는데 파아란 덮개를 드리운 전등은 아직 그대로 켜져 있다. 〈탁류⑩〉

덧이 나다〖관용〗 (병이나 상처, 또는 부스럼 등이) 잘못 다루어 더 악화되다. ¶ 왼편 너벅다리 안쪽으로 모기가 문 자리가 시원찮게 덧이 나더니, 살앓이가 돼 가지고 십여 일이나 고생을 했고, 〈정자나무 있는 삽화〉

덩덕개비㊔ '덩달아 덤비는 사람'을 얕잡아 일컫는 말. ¶ "너는 개 ×에 덩덕개비여! 아직 가만 있다가 싸움이 얼리거든 날 때리기나 히여!" 〈정자나무 있는 삽화〉

덩시렇게㊕ →덩실하게. 건물 같은 것이 웅장하고 높게. 또는 미끈하고 시원스럽게. ¶ 작년 봄에는 지금 이 자리에다가 가게와 살림집을 안팎으로 덩시렇게 지어 놓고, 겸해서 전화까지 때르릉때르릉 매어 놓고, 〈탁류①〉

덩실거리다㊍ 신이 나서 팔다리를 계속 너울거리다. ¶ 또 그렇다고 같이 휩쓸려서 좋다구나 덩실거리고 흘러내려를 가겠나? 〈이런 처지〉

덩이㊔ 여럿이 뭉쳐서 작게 이루어진 물건. 또는 그것을 세는 단위. ¶ 대개 한 구루마에 벼나 가마니나 항용 열다섯 섬 열다섯 덩이씩을 싣고 첫새벽에 떠나면 어둠침침할 때에 돌아오는데 삯이 삼 원이다. 〈화물자동차〉

덩지㊔ '덩치'의 방언. '덩치'는 몸의 부피. ¶ 가뜩이나 덩지 큰 영감이 좀 모양 창피했지요. 〈태평천하⑩〉

덮친 데 엎친다〖관용〗 어렵거나 불행한 일을 당하고 있는데 또 겹쳐 다른 불행이 닥치다. 〖비슷〗 설상가상(雪上加霜). 엎친 데 덮친다. ¶난 그리잖어두 맘 없는 집살이에, 덮친 디(데) 엎친다구, 시고모 등살에 생병이 나겠읍디다…. 〈태평천하⑪〉

데굴데굴㊌ 크고 단단한 물건이 계속하여 구르는 모양. ¶M 사에서 역시 S와 같이 일이 없이 놀러 오는 친구들과 하루 종일 데굴데굴 누워 굴며 잡지도 뒤적거리고 신문장도 읽고 여학생 평 기생 평 공연한 사람의 단점 들추기 같은 것으로 해를 보냈다. 〈앙탈〉

데기모(出來不申)㊔ '데기모사즈(できもうさず)'의 준말로, '거래가 없음'의 일본어. ¶당한에는 바다지들의 아무런 제스처 즉 매매의 도전(挑戰)이 없어, 소위 데기모라고, 매매가 없다고 만다. 〈탁류④〉

데께로㊌ 곳으로. (~이 있는) 장소로. ¶가래 끓는 목 가다듬을 한번 하더니 ××은행이 있는 데께로 천천히 걸어간다. 〈탁류①〉

데데거리다㊍ 말을 자꾸 더듬거리다. 또는 말을 자꾸 지껄이다. ¶그 데데거리는 말끝마다 빠뜨리지 않는 군가락 '제기할 것!' 소리와…. 〈탁류②〉

데데하다㊎ 시시하여 보잘것없다. 아주 변변하지 못하여 보잘것이 없다. ¶데데하기는 해도 입담이 좋은 구변과, 그 데데거리는 말끝마다 빠뜨리지 않는 군가락 '제기할 것!' 소리와…. 〈탁류②〉 ¶"아, 저런 놈의 알량헌 순검 좀 보소! 순검허구는 참 데데허네… 뺨쌰대기두 못 때렸어?!" 〈순공(巡公) 있는 일요일〉 ¶자연 학도들은 데데한 선생이라 하여 그를 넘보게 되고. 따라서 심복을 않고서 예사 이르는 말도 잘 듣지를 않으려고 들고. 〈회(懷)〉

데리다㊍ 아랫사람이나 동물 등을 몸 가까이에 있게 하다. ¶눈앞의 현실은 마음 붙일 곳도 마땅히 몸담아 둘 곳도 없는 아이 데린 새파란 과부로 나가떨어졌을 따름이었었다. 〈용동댁〉

데릴사위㊔ 처가에서 데리고 사는 사위. ¶그러니, 자 인제는 동네 더벅머리 총각이나마 데릴사위를 정하잔즉 그건 눈에 차지를 않고…. 〈동화〉

데마(dema)㊔ 데마고기(demagogy)의 준말. (터무니 없는) 선동. 선전. ¶그가 심상찮은 마음의 포즈를 보인다고 한 것은 역시 공연한 데마가 아니냐? 〈태평천하⑨〉

데면데면하다㊎ 대하는 태도가 친밀성이 없고 예사롭다. ¶그러나 친정 역시 시집 식구들이 죄다 남 같아 내 몸이 거기에 함께 섭쓸리지 않듯이 친정 부모가 또한 남처럼 데면데면한 것만 같고. 〈용동댁〉

데시기㊔ →뒷덜미. (전라). 목덜미 아래 어깻죽지 사이. ¶범수는 모호하게 대답을 하고 데시기를 긁적긁적한다. 〈명일〉 ¶낸들 왜 그 데시기에 서캐 실은 예편네라두 하나 있으면 졸 생각이 읎겄넝가?…. 〈태평천하⑧〉

뎁다㊌ →도리어. (전라) ¶저도 같이서 긴장도 되고 해서 좋았을 텐데, 저편이 뎁다 그렇게 밍밍하고 보니 이건 도무지 싱겁기란 다시 없었다. 〈탁류⑧〉 ¶뎁다 날더러, 신경이 둔한 속물이 돼서, 자꾸만 보기 싫은 인간들허구 섭쓸려, 돼지처럼 엄벙덤벙 지내란다구 독설이나 뱉구. 〈소망〉

뎅겅뎅겅㊌ 무엇이 대번에 또렷하게 드러

나는 모양. ¶독기가 뎅겅뎅겅 듣는 눈이며, 분명코 육식류의 야수를 연상하고 몸을 떨지 않질 못했을 것이다. 〈탁류⑱〉 ¶ "그러면 이제는 나는 자유다. 아무 미련도 없다. 유희가 남았을 뿐이다. 아무데도 쓰잘데없는 이 생명을 가지고 한번 불이 번쩍나게 통쾌한 유희를 하여 본다. 붉은 피가 뎅겅뎅겅 듣는 유희다. 유희다, 생명의 유희다." 〈생명의 유희〉

도(度)(명) 횟수를 세는 말. ¶내라두 한 나이나 더얼 먹었으면 자네를 잡어 엎어 놓고 물볼기를 삼십 도는 치구래야 말았지, 〈탁류⑥〉

도가(導駕)(명) 거동할 때 벼슬아치가 먼저 나가서 길가에 사는 백성으로 하여금 길을 쓸고 황토를 펴 깔게 하던 일. ¶경비는 도(道)의 지방비라고 한다는데 청부업자의 아들의 아들대(代) 사람이 R-K 사이만 사만 원에 도가를 맡았다고 한다. 〈화물자동차〉

도고(道高)하다(형) 스스로 도덕적 수양이 높은 체하여 교만하다. ¶조그마한 계집아이가 뒷짐을 딱 지고 도고하니 고개를 들고 서서…. 〈탁류③〉

도금 비녀(명) 표면에 금이나 은, 니켈 따위의 얇은 막을 입힌 비녀. ¶도금 비녀나 상호 없는 화장품 장수 대응하듯 하는 태도가 분명했다. 〈탁류⑮〉

도까다(どかた)(명) '공사판의 막벌이꾼'의 일본어. ¶동네 앞으로 지나간 전봇대를 갈아 세우느라고 소위 '도까다'들이 한패 몰려들어, 낮에 일을 하고서 그날 밤을 주막에서 묵는데, 〈정자나무 있는 삽화〉

도깨비한테 홀린 것 같다(속) 일의 앞뒤나 내용을 몰라 무슨 영문인지 정신을 못 차릴 것 같다는 말. ¶승재는 암만 눈을 끔쩍거리고 머리를 흔들고 해도 모를 소리요, 도깨비한테 홀린 것 같아 종작을 할 수가 없다. 〈탁류⑰〉

도닥도닥[1](부) 잘 울리지 않는 물건을 잇달아 가볍게 두드리는 소리나 모양. ¶그 위에다 가루분을 약삭빨리 도닥도닥, 눈두겁과 볼에 연지칠, 동강난 루즈로 입술을 붉게…. 〈빈(貧)… 제1장 제2과〉 ¶김 씨는 이내 웃으면서 옆에 와서 앉으라고요 바닥을 도닥도닥 가리킨다. 〈탁류⑩〉

도닥도닥[2](부) 바르고 고르게 펴거나 누르거나 하는 모양. ¶아랫목에는 노인의 이부자리가 도닥도닥 펴 놓였고 웃목에는 유지로 덮은 영복의 저녁상과 화로에 놓인 된장찌개가 바글바글 끓고 있었다. 〈병조와 영복이〉

도닥도닥하다(동) (잘 울리지 않는 물건을) 잇달아 가볍게 두드리다. ¶옥섬이는 꿰진 양말을 잘 접어 도닥도닥하여 가지고 산동에게 내주었다. 〈산동이〉

도당(徒黨)(명) 떼를 지은 무리. ¶멀쩡하게 도당 모아 갖구 댕기면서 양민들 노략질이나 히여 먹구, 〈태평천하④〉

도당도비(徒黨徒輩)(명) 무리를 지은 떨거지. 여기서 '떨거지'는 일가친척붙이에 딸린 무리나 한 속으로 지내는 사람들. ¶ "그런데 말이지 '산당도비'가 됐거나 '도당도비'가 됐거나 내 제발 빌께시니." 〈모색〉

도도록하다(형) 가운데가 조금 솟아 모양이 볼록하다. ¶살결 희고 도도록한 볼때기가 귀밑께로 가면 배내털이 아직 부얼부얼하다. 〈동화〉 ¶첫날밤, 신부… 그게 을

네! 을녀렷다! 고놈 빠꼼한 눈, 도도록한 볼때기, 야불야불한 입… 으흐흐! 첫날밤의 신부. 〈정자나무 있는 삽화〉

도도하다[형] 혼자 잘난 체하여 거만하다. 남을 업신여기다. 주제넘게 거만한 태도가 있다. ¶시집이 무엇인지 잘 알 수는 없으나 그것은 아까 왔던 그 여인네들같이 거만스럽고 도도하고 밉살머리스러운 것인 듯싶었다. 〈보리방아〉 ¶"그 애가 누구요?" 두부 장수는 장히 도도하게 되레 묻는다. 〈명일〉 ¶대체 은제적버텀 그렇게 도도헌 양반인고? 〈태평천하⑥〉

도독하다[형] 가운데가 조금 볼록하다. ¶해맑은 얼굴이 갸름하되 홀쪽하지 않고, 볼때기가 도독한 것이며, 〈탁류⑧〉

도독히[부] 도독하게. 가운데가 조금 볼록하게. ¶그러면서 손은 무심결에 도독히 불러 오른 배를 만진다. 〈생명〉

도둑고양이[명] 길고양이. 임자 없이 아무데나 멋대로 돌아 다니는 고양이. ¶또 닭은 치면 삵이나 도둑고양이가 물어다 먹거나 콧병이 나서 죽어 버리고…. 〈용동댁〉

도둑놈 닭달하듯[관용] 남을 몹시 난폭하게 위협함을 이르는 말. [비슷] 도둑놈 딱장받듯. ¶돈은 무엇에다가 그렇게 물 쓰듯 하느냐고, 번번이 불러올려다가는 도둑놈 닭달하듯 조져댑니다. 〈태평천하⑫〉

도드락거리다[동] 양철 따위에 빗물이 떨어지는 소리가 나다. ¶밖에서 보슬보슬 내리는 빗소리와 도드락거리는 낙수물 소리가 초초히 들리고 방 안에도 전등불이 잠자는 듯 고요히 비쳤다. 〈산동이〉

도락(道樂)[명] 재미나 취미로 하는 일. ¶이러한 도락이 남이 보기에는 곰상스럽기나 했지 아무 소용도 없는 것 같지만, 〈태평천하⑨〉

도락가(道樂家)[명] 도락을 즐기는 사람 ¶가령 한 사람의 훌륭한 도락가로 천거하더라도 결단코 자격에 손색이 없을겝니다. 〈태평천하⑨〉

도란도란[부] 나직한 목소리로 정답게 이야기하는 모양. ¶마주 앉아 인쇄지를 접는 소희를 바라보느라면 곧 그저 옆으로 가서 만져도 보고 싶고 이야기도 도란도란 하고 싶고. 〈병조와 영복이〉

도래[1][명] 둥근 물건의 둘레. ¶서울이 정거장 앞에서 보던 그 도래만인 줄 알았더니 또 이렇게 넓은 데가 있고. 〈어머니를 찾아서〉

도래[2][명] (어떤 한 장소로부터) 가까운 곳. [같은] 근처. ¶"이 집이 이래 보여두 이 도래선 유서 깊은 청요릿집이야!" "오래되었소?" 〈회(懷)〉

도래질[명] 도리질. 머리를 좌우로 흔들어 어떤 것을 부정하거나 싫다는 뜻을 표하는 짓. ¶내가 얼마를 졸랐다구. 그래두 영 도래질이야. 〈소망〉

도량(度量)[명] 너그러운 마음과 깊은 생각. ¶시방도 일껏 도량 있이 내보내 주기는 하고서도, 막상 초봉이가 눈에 안 보이고 하니까는 아니나 다를까 슬그러니 심정이 부풀어 오르기 시작했다. 〈탁류⑱〉

도렴직하다[형] →도람직하다. '도람직하다'는 '도리암직하다'의 준말로, '얼굴이 동글납작하며 키가 좀 작달막하고 몸매가 얌전하다'의 뜻. ¶사각사각 소리가 나면 하얀 목탄지 위에 익단 솜씨의 소희의 얼굴—사진보다도 더 정확하고 섬세한 표정까지 나타난—소희의 얼굴이 도렴직하게 드러났다. 〈병조와 영복이〉 ¶ 남편이란 사람은 나이 근 사십이나 되었으되 색시는 겨우 이십이 될까 말까 도렴직한 볼때기에 애티가 아직 남아 있어 귀염성스러웠다. 〈명일〉 ¶ 도렴직한 얼굴이면서 어딘지 새침한 바람이 돌고, 그런가 하고 보면 생긋 웃는데 눈초리가 먼저 웃습니다. 〈태평천하⑪〉 ¶ 도렴직하니 볼과 턱이 토실토실하고 그러고 부룩쇠를 볼 때면 언제나 웃음이 괴는 서늘한 큰 눈. 〈어머니를 찾아서〉 ¶ 그것은 행화가 얼굴이 도렴직하니 코언저리로 기미가 살풋 앉은 것까지도 귀인성이 있고, 〈탁류②〉

도령명 '총각'을 대접하여 이르는 말. ¶ 내가 처음 비로소 글방 도령이 되기는 그 전 전해 즉 일곱 살 적이요. 〈순공(巡公) 있는 일요일〉

도로꼬명 '트럭(truck)'의 일본어. 화물자동차. ¶ 그러나 비록 그 알뜰한 기관차에 흙 투성이의 도로꼬일망정 눈으로 실체를 보고 직접 타기까지 하고 했었으나. 〈회(懷)〉

도로아미타불(--阿彌陀佛)명 보다 낫게 하려고 애썼으니 처음과 마찬가지로 되어 아무 효력이 없는 일을 일컫는 말. ¶ 그렇게 되고 보면 여섯 번 만에 겨우 반성공을 한 것이 도로아미타불이 될 게 아니겠다구요. 〈태평천하⑩〉

도르르부 작은 사람이 구르듯이 쫓아가거나 달려가는 모양. ¶ 옥례는 "나 그럼 울 어머니 한 번 더 졸라 보께." 하고 도르르 가 버렸다. 〈보리방아〉

도리명 기둥과 기둥 위에 건너 있는 나무. 그 위에 서까래를 얹음. ¶ 마침 보니 형보의 머리 위로 굵다란 도리가 건너갔다. 〈탁류⑭〉

도리질(을) 하다〖관용〗 거절하는 뜻으로 머리를 좌우로 흔들다. 여기서 '도리질'은 말귀를 겨우 알아듣는 어린아이가 어른이 시키는 대로 머리를 좌우로 흔드는 재롱. ¶ 승재는 그 뜻을 알아차리고 도리질을 한다. 〈탁류⑲〉 ¶ 그래 새서방더러 그렇게 했다가 내일 날이 들거든 오자고 달래니까, 그건 죽어라고 도리질을 한다. 〈두 순정〉

도망을 빼다〖관용〗 '도망을 가다'의 속된 말. 잡히지 않으려고 달아나다. ¶ 저 녀석이 글세, 아 저걸 좀 보지? 저럭허구서 무덤 속으로 도망을 뺐으니 헴헴, 아 도망을 빼설랑 저럭 허구 있으니, 〈패배자의 무덤〉

도모(圖謀)하다동 (어떤 일을 이루려고) 수단과 방법을 꾀하다. ¶ 하물며 기집애 자식을 논다니판에다 내놓아 목구멍을 도모하자는 에미 애비들이어던 딱이 그 흉헌 속내를 알았기로서니, 〈태평천하⑩〉 ¶ 여편네 노마네가 대신 나서서 약간 빨래품팔이 따위로 생계를 도모하자니 밥을 약 먹듯 하고 지내는 판이었다. 〈이런 남매〉

도미명 물고기 이름. 연안성 어류로 대개 바다 밑에서 삶. ¶ 거 참, 나갈 길이거든 장으루 둘러서 도미라두 한 마리 사다가 찜을 하던지 해서 고 서방 먹게 해 주구려?…. 〈탁류①〉

도배(塗褙)명 종이로 벽, 반자, 장지 같은 것을 바르는 일. ¶ 집을 도배를 하나? 원…. 〈탁류⑨〉 ¶ 도배는 몇 해나 되었는지, 하얐을 양지가 노랗게 퇴색이 된 바

람벽인데, 그나마 이리저리 쓸려서 제멋대로 울퉁불퉁 떠이고 있읍니다. 〈태평천하⑫〉

도사려 먹다[동] 무슨 일을 하려고 별러서 마음을 긴장하게 다잡아 가지다. ¶영주는 마음을 도사려 먹고 이 말 끝 저 말 끝 여새기고 있는데. 〈명일〉 ¶다시는 그리하지 않으려니 하고 퉤퉤 침을 뱉으면서 마음을 도사려 먹었다. 〈생명〉 ¶초봉이는 이미 각오한 바라 속으로 '오냐 그렇지만 기왕 그렇게 하는 바에야 나도 다아…' 이렇게 마음을 도사려 먹었다. 〈탁류⑭〉

도사리다[1][동] 두 다리를 오그려 한쪽 발을 다른 쪽 무릎 아래 받치고 앉다. ¶윤 직원 영감 입에서는 담배 연기가 피어올라 자옥하니 연막을 치고, 올챙이는 팽팽한 양복 가랑이를 펴면서, 도사렸던 다리를 펴근히 하고 저도 마코를 꺼내서 붙입니다. 〈태평천하⑦〉

도사리다[2][동] 팔다리를 함께 모으고 몸을 웅크리다. ¶윤 직원 영감은 정색을 하느라고 담뱃대를 입에서 뽑고, 올챙이도 다가앉을 듯이 앉음매를 도사립니다. 〈태평천하⑦〉

도사리다[3][동] (긴장이 되어) 마음을 죄어 다잡다. ¶오월이는 마침내 마음을 굳게 도사려 밤 들기를 타서 사랑으로 나갔다. 〈생명〉

도서원(都書員)[명] 서원의 우두머리. '서원'은 조선 때 서리의 아래 등급인 벼슬아치. 중앙과 지방의 관아에 두었음. ¶그때 당년에야 흔한 도서원이나마 한 자리 얻어하고 싶은 생각이 꿀안 같았어도, 〈태평천하④〉

도섭[명] 수선스럽고 능청맞게 변덕을 부리는 짓. ¶웬 고집이며 무슨 도섭으루다가 고걸 꼼지락거릴랴구 않구서, 생판 뜸가마 속에만 늘어붙어설랑 육장으루 그 고생이우? 〈소망〉 ¶좀 심한 병이면, 영감이 도섭이 단단히 났나 보다고, 쪄다가 바치는 떡시루를 얻어먹는다. 〈정자나무 있는 삽화〉

도섭스럽다[형] 수선스럽고 능청맞게 변덕을 부리는 태도가 있다. ¶영감이 성미가 유난하게시리 도섭스러서, 동네 사람들의 폐로와 함이 또한 이만저만찮다. 〈정자나무 있는 삽화〉

도시(都是)[부] 도무지. 전혀. ¶도시 이러니저러니 할 것도 없을 성싶었다. 〈탁류⑦〉

도시에(都是-)[부] 도무지. 전혀. ¶도시에 그만한 밑천이며 문필이며가 없었더랍니다. 〈태평천하④〉 ¶생각하는 내가 도시에 망녕이지 하고 그는 스스로 고소를 하고 말았다. 〈모색〉

도야(陶冶)[명] 몸과 마음을 닦아 기르는 것. 마음과 몸을 잘 갈고 닦아서 훌륭한 인격을 만들도록 힘씀. ¶"그렇지 않은 것두 아니지만 성격이란 도야를 시킬 수가 있는 것이니까…" 〈병조와 영복이〉

도야지[명] →돼지. ¶소를 저렇게 밥을 주고서 나는 왜 안 주느냐고 외양간 옆 도야지울에서 도야지란 놈이 몸둥이를 반이나 울 너머로 내놓고 일어서서 소리소리 지르면서 생떼를 쓴다. 〈암소를 팔아서〉 ¶그럼 그 사람이 사람이 아니구서 네 말대루 하믄 그치가 도야진가 보구나? 〈탁류⑯〉 ¶그저 흰떡이나 한 말 하고 인절미나 한 말하고 도야지 다리에 닭이나 한 마리 하고. 〈두 순정〉 ¶ "도야지 같은, 어디서!" 이렇게 씹어뱉는 그 끝에, 제풀에 목안에서. 〈상경반절기〉

도야지한테 진주[속] 아무 쓸데없거나 격에 맞지 않음을 비유한 말. [같은] 돼지에 진주. ¶ 그런 소중한 모성애가 이 세상의 일반 인간들한텐 과분한 것 같어! 도야지한테 진주랄까? 〈탁류⑰〉

도연(陶然)하다[형] 술에 취하여 거나하다. ¶ 도리어 정신이 더 드는 것 같아 도연한 가운데 다시금 자신을 돌아다볼 수 있게 되었다. 〈명일〉

도온절[명] →돈절(頓絕). 소식이나 편지 따위가 딱 끊어짐. ¶ "… 저문 날인데, 편지 일장이 도온절이로구나아 헤." 〈탁류④〉

도옹동[부] →동동. 작은 물건이 물위나 공중에 떠서 움직이는 꼴. ¶ 형보는 짐짓 보아라고 아이를 한 손으로다가 등덜미 옷자락을 움켜 고양이 새끼 다루듯 도옹동 쳐들고 섰다. 〈탁류⑭〉

도움직하다[형] 도울 만하다. ¶ 황차 한낱 여느 교원으로 무슨 그다지 도움직한 힘이 있으면 싶질 않았다. 〈회(懷)〉

도장관(道長官)[명] '도지사(道知事)'를 이르던 말. ¶ 하기야 군수보다도 도장관이 좋겠고, 경찰서장보다는 경찰부장이 좋기는 하겠지만, 〈태평천하④〉

도저(到底)하다[형] 됨됨이, 행동, 생각 따위가 바르고 곧아서 훌륭하다. 행동이나 몸가짐이 빗나가지 않고 철저하다. ¶ 고 태수 그 사람이 오죽 도저한가! 도리어 과한 편이지. 〈탁류⑦〉

도정(道程)[명] 어떤 곳이나 상태에 이르기까지의 과정. ¶ 만주는 넓고, 소위 건설 도정에 있다고는 하지만, 그러나 손 끝에 전문적인 특수 기술을 지나지 못한 이상. 〈이런 남매〉

도조(賭租)[명] 농부가 남의 논밭을 빌려서 부치고 그 세(稅)로 해마다 무는 벼. [비슷] 도지(賭地). ¶ 도조 일곱 섬에 암모니아 값이야 장리야 다 제해도 여덟 섬은 떨어질 것, 거기다 빚이나 얼마 얻으면 올 가을에는 딸을 여읠 수가 있는 것이다. 〈보리방아〉 ¶ 그렇건만 그 사람네는 온전히 도조를 해다가 바치기에 정력이 죄다 말라 시들고, 〈태평천하⑩〉 ¶ 여덟 섬은 도조를 물고, 장리벼가 닷 섬이라, 그놈까지 갚고 나면 나머지가 열한 섬, 열한 섬에서 석 섬만 양식으로 남겨 두고. 〈정자나무 있는 삽화〉 ¶ 일변 월량 외에 도조 물지 않는 우리집 논을 가족들의 손으로 짓게 하여. 〈순공(巡公) 있는 일요일〉

도지(賭地)[명] 도조(都祖). 남의 논밭을 빌려서 부치고 그 대가로 해마다 내는 벼. ¶ "도지 열 섬 물구서 떨어진 게 모두 해 열일곱 섬허구 두어 말…" 〈암소를 팔아서〉 ¶ 그러잖이두 그놈의 수핸지 급살인지 때민에 도지를 감히여 달라고 생지랄 덜을 하넌디! 〈태평천하⑭〉

도지다[동] 나아 가거나 나았던 병이나 상처가 다시 덧나다. 재발하다. ¶ 치료는 했어도 뿌리는 빠지지 않고 만성이 되어, 요새도 술을 과히 먹거나 실섭을 하면, 도로 도져서 병원 출입을 해야 했었다. 〈탁류⑤〉 ¶ 신경 쇠약으루 저만큼 심하니깐 더 도질 리야 없구 차차 나어 가겠거니, 일변 걱정은 하면서두 한편으루는 낙관을 허구 있었더라우. 〈소망〉

도지소(賭地-)명 한 해 동안에 얼마씩 도조를 내기로 하고 빌려 부리는 소. ¶그래서 소는 도지소로 내주었고 그밖에 변 돈 내준 것이 돈 십 원이나 착실히 되고 배메기로 내준 돼지도 두어 마리나 된다. 〈얼어죽은 모나리자〉

도창(導唱)명 앞에 나서서 일을 이끌어 가는 사람. 원래 '도창'은 국악에서 선창 또는 합창을 하며 노래를 바르게 이끌어 가는 사람을 뜻함. ¶약점과 단처를 고치자고 하는 도창에 대하여 들고 일어나서 돌을 던진다는 것이 당시의 정세상 일종의 정열이었을는지도 모른다. 〈상경반절기〉

도창하다동 바르게 이끌어 가다. ¶'고결한 정신'을 도창하도록 꼼꼼하게만 생긴 영섭에게는, 〈이런 남매〉

도척이명 '몹시 악한 사람'을 비유하여 이르는 말. ¶"듣기 싫여! 수언 도척이 같은 녀석아!" 〈탁류⑯〉

도탑다형 (인정이나 사랑이) 깊고 많다. 서로의 관계가 따뜻하고 깊다. ¶태수한테 든 정 고만큼 도타운 정이 그때에 벌써 들었었다. 〈탁류⑤〉 ¶절박한 시기에 처하여서도 그들의 도타운 애정은 결코 전면에 나타나 주기를 주저하지 않는다. 〈패배자의 무덤〉

도태(淘汰)명 (사회적 활동 영역에서) 경쟁에 진 사람이 밀려남. ¶열세 해 만에 도태를 당하던 그날까지 별수 없는 고원이었었다. 〈탁류①〉

도통(都統)명 도합(都合). 모두 합함. 또는 합한 셈. ¶올 가을에는 도통 한 사십 원이나 되어 그놈으로 중소 한 마리를 샀다. 〈얼어죽은 모나리자〉 ¶만일 이대로 떨어져 가기로 들면 '후장도메'까지에는 다시 사오 정은 더 떨어지고 말 것이고, 한다면 도통 이십 정(二十丁)이 오늘 하루에 떨어지는 셈이다. 〈탁류④〉

도통(道通)하다동 사물의 깊은 도리에 통하다. 사물의 깊은 이치를 훵하게 깨달아서 통하다. ¶그거 한 권 가지고 도통할 텐가? 대학까지 졸업할 작정인가!…. 〈태평천하⑪〉

도합(都合)[1]명 모두 합친 것. 모두 합함. 또는 합한 셈. ¶이래서 이 집안에 과부가 도합 다섯입니다. 도합이고 무엇이고 명색 여인네 치고는 행랑어멈과 시비 사월이만 빼놓고는 죄다 과부니 계산이야 순편합니다. 〈태평천하⑤〉

도합(都合)[2]부 모두 합하여. ¶이렇게 도합 다섯인데, 그중에서도 글 읽기가 제일 고역인 것이—특히 밤 깊도록 밤 글 읽기가 큰 고통인 것이 누구냐 하면, 〈순공(巡公) 있는 일요일〉

도합(都合)하다동 모두 합치다. ¶작년 세안부터 지금까지 반년 동안 백석이 것이 일천팔백 원, 농산흥업회사치가 칠백 원, 마루나 중매점치가 이번 것까지 팔백원, 도합하면 삼천삼백 원이다. 〈탁류④〉

도화(挑禍)를 부르다『관용』 화를 불러 일으키다. 여기서 '도화'는 화를 불러 일으킴. ¶그저 가끔 밑천 없이 하바를 하다가 도화를 부르고는 젊은 사람들한테 여지없이 핀잔을 먹고, 〈탁류①〉

독담(獨擔)명 혼자서 부담함. 또는 혼자서 맡음. ¶시골서 살 때엔 경찰서의 무도장(武道場)을 독담으로 지어 놓았고, 〈태평천하⑤〉

독명 큰 오지그릇이나 질그릇. ¶웃목으로는 가마니틀을 비롯해서 베 헝겊으로 깨어진 자국을 자른 독도 있고 누더기 이불을 올려놓은 궤짝도 있다. 〈얼어죽은 모나리자〉

독기(毒氣) 차다형 사납고 모진 기운이 있다. ¶그는 더우기나 발가벗은 오월이의 몸뚱이에서 그 위에 덮친 남편의 몸뚱이의 환영을 보면서 독기 찬 힘을 주어 때린다. 〈생명〉

독무대(獨舞臺)명 독차지하는 판. ¶어느 것은 자동차에 영업하던 세간을 떠싣고 더 궁벽한 곳으로 피난을 하고 필경 K 항구는 S 자동차부의 독무대가 되었다. 〈화물자동차〉

독부(毒婦)명 몹시 악독한 여자. ¶"남을 울리는 몹쓸 사람… 사람을 울리려 세상에 났나? 요부도 아니면서 독부도 아니면서 가시(자)도 없는 좋은 사람…." 〈병조와 영복이〉 ¶내가 어쩌다 이렇듯 무서운 독부가 되단 말이냐. 〈탁류⑱〉

독살(毒煞)을 피우다『관용』 사납고 모진 기운을 나타내다. 악독한 살기를 나타내다. 여기서 '독살'은 독한 마음을 품은 모질고 사나운 기운. ¶영주는 독살을 피우고 싶은 마음과는 딴판으로 말소리는 힘이 없이 풀 죽었다. 〈명일〉

독살스럽다형 살기가 있고 악독한 데가 있다. ¶윤희의 한결 더 독살스러운 소리가 잠깐 그치더니, 〈탁류⑦〉

독서당(獨書堂)명 한 집안의 전용으로 차린 서당. ¶독서당을 앉히고 십오 년이나 공부를 했다는 것이, 〈탁류⑮〉 ¶읍내 우리집 독서당의 글방 선생님으로 들어온 문오 선생은 나이 그때가 갓 스물다섯이었더란다. 〈순공(巡公) 있는 일요일〉

독설(毒舌)명 남을 비방하거나 해치는 몹쓸 말. 악독하게 혀끝을 놀려서 남을 해치는 말. ¶속물이란 소리는 노상 듣는 독설이구. 〈소망〉 ¶이 니힐한 색채를 드리운 독설은 일변 그의 명제를 현실화시킬 소위 창조적 생활이라는 것을 얻어 낼 수가 없더라는 의미가. 〈모색〉

독실히(篤實-)부 열성스럽고 착실하게. ¶아무 데서도 선생 문하에서는 배우지 아니했지만 그때에 개명 사상(!)이 울적하게 일어나자 비록 상투는 그대로 짰을 망정 '덕언이 선생님'도 새로운 사조를 이해해서 '무선생일어자통'을 놓고 독실히 공부를 했습니다. 〈소복 입은 영혼〉 ¶더우기 작년 일 년을 독실히 재수를 해서 실제의 실력이 많이 늘기까지 했다는 데야. 〈회(懷)〉 ¶그새 한 달 동안 마음을 독실히 먹고 주인네 나무를 하면서. 〈어머니를 찾아서〉

독자(獨自)하다형 혼자만의 독특한 성질이 있다. ¶그는 바야흐로 세계로 하여금 어떤 사실에 뿌리를 박고서 독자한 시대적 성격을 창조시키고 있는 중이니. 〈패배자의 무덤〉

독초(毒草)명 독풀. 독이 있는 풀. ¶승재는 히죽 웃고, 계봉이는 고놈이 괘씸하다고 눈을 흘기면서 "저런 것두 '독초'감이야!…." 〈탁류⑰〉 ¶아무짝에두 쓸데가 없구 그러니 독초, 독초라구 할 것밖에 더 있수? 독초 … 큰 공격에 좋은 비료를 빨아먹구 자란 독초…. 〈탁류⑰〉

돈냥명 양으로 헤아릴 만한 많지 않은 돈. ¶더구나 제 돈냥이나 모아서 나중에 시집을 가게 되면 거기에 떰뜻이 보태어 쓰게 되었을 것인데 하는 생각으로 태호 내외는 적잖이 후회도 했었던 것이다. 〈보리방아〉 ¶세 번 만나면 두 번씩은 으레 술집으로 끌려가서 이 돈냥이나 있는 놀이꾼의 술을 얻어먹어 오던 터이다. 〈명일〉 ¶나는 돈냥 있는 것두 다아 싫으니, 자식이나 한 개 두었으면 좋겠읍디다. 〈탁류①〉 ¶누구나 돈냥 있는 사람은 다 겪어 본 시달림이지만, 〈태평천하⑭〉 ¶막상 자네도 나처럼 돈냥 있는 부모께 태났다면야 이십이 훨씬 넘어 삼십에야 결혼을 했겠나? 〈이런 처지〉

돈독(敦篤)하다[형] 인정이 두텁다. ¶돈독하게 배가 만져질 때 그는 안심과 실망을 한꺼번에 느끼면서 한숨을 내쉬었다. 〈탁류⑬〉

돈 떨어지자 입맛 난다[속] 돈을 다 쓰고 나면 더더욱 필요한 일이 생겨 간절해진다는 말. ¶돈 떨어지자 입맛 난다는 푼수로, 부러진 창대를 가지고는 백전노졸도 큰 싸움에는 나서는 재주가 없다. 〈탁류④〉

돈을 찔러 넣다[관용] 돈을 들이다. ¶인제는 돈이 앞으로 얼마가 들든지 제 돈을 찔러 넣어야 할 판이다. 〈탁류⑲〉

돈천(-千)[명] 천(千)으로 헤아릴 만큼의 돈. ¶"자네넌 시언헌가 부네마넌, 나넌 돈천이나 더 먹을 걸 못 먹은 것 같아서 섭섭허네!" 〈태평천하⑦〉

돈장[명] 약간의 종이돈. '돈냥'에 상대해서 생긴 말. ¶식모는 그새 두 달 장간이나 가끔 대문 앞에 와서 어물거리는 형보한테 번번이 돈장씩 얻어먹는 맛에 주인집 내정 이야기를 속속들이 알려 바쳤었다. 〈탁류⑭〉 ¶어서 돈장이나 주어 보냅사요! 헤…. 〈태평천하①〉 ¶또 수중에 돈이 없는 것도 아니겠다, 돈장이나 선뜻 내주면서 나무를 사다가 군불을 넣어 달라고 이르게 되면, 〈모색〉

돈키호테[명] 돈키호테형(Don Quixote 型). 현실을 무시하고 자기 나름의 정의감에 따라 저돌적으로 행동하는 인간의 비유. ¶대원군은 한말(韓末)의 돈키호테였었다. 그는 바가지를 쓰고 벼락을 막으려 하였다. 〈레디 메이드 인생〉

돋우베다[동] →도두베다. 베개 따위를 높아지도록 하여 베다. ¶경손이는 두루 두통을 앓는데, 서울 아씨는 이를 생으로 앓느라, 토침을 돋우베고 청을 높여. 〈태평천하⑪〉

돌씨[명] '집안 내림과는 달리 별난 자손'을 낮잡아 일컫는 말. ¶이 집안의 사 남매는 계봉이와 형주와 병주가 한 모습이요. 초봉이가 돌씨같이 혼자 딴판이다. 〈탁류③〉

돌아앉다[동] 남과 등지다. 앉았던 방향을 바꾸어 앉다. ¶서방님의 돌아앉은 마음은 되돌아앉지 않았다. 〈생명〉

돌연(突然)[명] 갑작스러움. ¶한편 가만히 생각을 하면 문오 선생의 돌아옴이 우리들한테나 돌연이요 의외이지, 〈순공(巡公) 있는 일요일〉

돌연(突然)하다[형] 갑작스럽다. (어떤 일이) 돌발적인 데가 있다. ¶그런 것을, 돌연한 한 개의 음향이, 음향이라지만 그리 대단한 것도 아니요. 〈용동댁〉

돌이키다[동] 반대 방향으로 돌리다. ¶산동이는 발을 돌이켰다. 두어 걸음 걸어갔

을 때에 옥섬이의 "잘 가라."는 소리가 들렸다. 〈산동이〉

돌진(突進)명 거침없이 곧장 나아감. ¶태수는 나는 듯이 몸을 뛰쳐 열려진 윗미닫이로 돌진을 한다. 〈탁류⑩〉

돌쳐가다동 돌아가다. 오던 길이나 처음 있던 곳으로 도로 가다. ¶구루마를 끌고 나오다가 다시 돌쳐가서 사정 이야기를 다 하고 물어 보았으나 그 사람의 대답은 여전하다. 〈팔려간 몸〉

돔방두루마기명 길이가 아주 짧은 두루마기. 관 돔방치마. ¶임××선생 두루마기 같다는 별명이 생길 만큼 유명한 그 무르팍 지는 돔방두루마기를 입고, 〈회(懷)〉

돔부리명 돔바리(?). '돔바리'는 곱상어과에 딸린 바닷물고기. 몸길이는 50~100cm. 주둥이가 길고 끝쪽은 뾰족하며, 두 등지느러미 앞에 뿔 모양의 크고 날카로운 가시가 하나씩 있음. ¶그게 안 되겠으면 돔부리나 그런 것이라도 먹게 해 달라고, 〈탁류⑫〉

돗다(取た)동 '잡았다', '됐다' 등의 일본어. ¶일초를 지체하지 않고 저편으로부터 다른 바다지가 팔을 쳐들어 안으로 두르고 "돗다!" 소리를 지른다. 그놈을 사겠다는 말이다. 〈탁류④〉

동명 사물의 이치에 들어맞는 조리. ¶원 마지막 가서는 할 소리가 없으니깐 돗다에도 닿지 않는 비유를 가져다 둘러대는 걸 보아요. 〈치숙(痴叔)〉

동(이) 닿다『관용』 앞뒤의 조리가 맞다. ¶원 마지막 가서는 할 소리가 없으니깐 동에도 닿지 않는 비유를 가져다 둘러대는 걸 보아요. 〈치숙(痴叔)〉

동갈(恫喝)명 을러대어 위협하는 것. ¶쓸데없이 만주로나 돌아다니느라고 집안을 불고한, 그러고도 수중에 동전 한 푼 없이 돌아온 오래비 명색의 '고결한 정신'이나 동갈 같은 것은, 〈이런 남매〉

동갑(同甲)명 같은 나이. ¶아이고오! 나는 열아홉이나, 내 동갑으루 봤더니…. 〈탁류②〉

동강명 긴 것을 작고 짤막하게 자른 그 도막. ¶그것은 흡사 곁가지를 후리고 위아래 동강을 쳐낸 가운데 토막만 갖다가 유리 단지의 알콜에 담가 놓은 실험실의 신경이라고나 할는지. 〈탁류⑱〉

동거(同居)명 (한 집이나 한 방에서) 같이 사는 것. ¶대문 안을 들어서면 세상 너저분한 부등갱이들이 시꺼멓게 철매 낀 바람벽 밑으로 먼지와 더불어 동거를 하고 있고, 〈이런 남매〉

동경 대진재(東京大震災)명 관동 대진재(關東大震災). 1923년 9월 1일 오전 11시 58분, 일본 간토 지방에서 일어난 지진과 이에 따른 대재해. 특히 이 지진의 혼란에 편승, 우리 동포 수천 명이 일본인에게 학살당하였다. ¶특별한 정변이나, 연전의 동경 대진재 같은 천변지이나, 〈탁류④〉

동경(憧憬)하다동 마음에 두고 애틋하게 생각하며 그리워하다. ¶그렇게 지날결에 한 번 구경한 것으로는 초봉이 동경하던 서울의 환상을 씻지 못했다. 〈탁류②〉

동고동락(同苦同樂)명 괴로움과 즐거움을 같이 함. ¶십오 년 동안이나 쓴맛 단맛 같이 맛보아 가면서, 게다가 이만한 전장까지 장만하느라고, 동고동락으로 늙어온 안해다. 〈탁류⑤〉

동곳을 빼다『관용』 (상투의 동곳을 빼어 머리를 풀고 잘못을 빌듯이) 잘못을 인정하고 굴복하다. 여기서 '동곳'은 상투가 풀어지지 않게 꽂는 물건. ¶ 계봉이는 그 이상 깊이 들어가서 완전히 설명을 할 자신이 없어 이내 동곳을 빼고 만다. 〈탁류⑰〉

동관[1]㊔ '동구(洞口) 안 대궐(大闕)'의 뜻으로 창덕궁을 말함. ¶ 눈물에 놀라 좌우를 살피니 어둔 동관의 폭만 넓은 길이다. 〈탁류⑱〉

동관[2]㊔ 오늘날의 사창가, 매음굴을 뜻함. 돈을 받고 남자에게나 몸을 파는 여자들이 많이 모여 사는 곳. 또는 그러한 집들이 늘어서 있는 곳. ¶ 과연, 그리고 공꼴 시, 그 시각에 종수는 그의 병정인 키다리 병호의 인도로 동관 어떤 뚜쟁이집을 찾아왔읍니다. 〈태평천하⑫〉

동관[3]㊔ 동네 안쪽(?). ¶ 어디로 갈까? 사방으로 휠휠 돌아다니며 쇼윈도우도 굽어다 보고 은행으로 가서 아는 친구에게 담배도 얻어 피우고 여학생 얼굴 구경도 하고 싶었으나 자기의 꼴새를 생각하고는 발길을 동편으로 돌려 동관에 있는 M이라는 잡지사로 향하여 갔다. 〈앙탈〉 ¶ 그곳에서 나올 때는 육 원 돈이 이 원 남았다. 이 원의 처지를 생각하던 세 사람은 일제히 동관으로 가기로 하였다. 〈레디메이드 인생〉 ¶ 부룩쇠는 돌아다니다가 역시 처음 보는 거리로 나왔는데 거기가 동관이지마는 어딘 줄을 그는 모릅니다. 〈어머니를 찾아서〉

동구(洞口)㊔ 동네 어귀. ¶ 새벽잠이 어렴풋이 깨었을 때 삐걱삐걱하며 기운차게 소 모는 소리와 저녁 어스름이 들 때 저편 동구 밖에서 빈 구루마에 올라앉아 쇠목에서 흔들리는 요령을 장단 삼아 콧노래를 부르며 돌아오는 구루마꾼들의 자취는 영영 사라지고 말았다. 〈대물〉 ¶ 훠얼씬 동구 밖까지 배웅을 나간 우리들 학도 일동과 고을의 여러 어른들의 석별을 받으면서, 〈회(懷)〉

동글다㊕ 자그마하게 동그랗다. ¶ 햇볕이 따끈하게 와서 쪼이는 손갤은 혈색 좋은 손톱하며 동글고 복슬복슬한 게 이뻤다. 〈모색〉

동글다북하다㊕ 동글게 생긴 것이 탐스럽게 소복하다. ¶ 먼빛으로는 조그마하니, 마치 들복판에다가 박쥐우산을 펴서 거꾸로 꽂아 놓은 것처럼 동글다북한 게 그림같아 아담해 보이기도 하지만, 정작은 두 아름이 넘는 늙은 팽나무다. 〈정자나무 있는 삽화〉

동기(童妓)㊔ 어린 기생. 머리를 쪽찌지 아니한 어린 기생. ¶ 이만하면 어디다가 내놓아도 대광교 천변가로 숱해 많이 지나다니는 그런 모습의 동기지, 갈데없읍니다. 〈태평천하②〉

동기간(同氣間)㊔ 형제자매의 사이. 언니, 아우, 오라비, 누이의 사이. ¶ 그러나마 제 위로든지 아래로든지 동기간이나 있어 거기 의탁하고 살아갈세 말이지. 〈얼어죽은 모나리자〉 ¶ 말하자면 동기간 진배없는 사이니까 숭허물이 적어서 혹은 지금 걱정하는 대로 그렇게 어려운 고패는 없게 해 주실는지도 모를 것이다. 〈생명〉 ¶ 초봉이는 불쌍한 부모와 동기간을 위하여, 제 한 몸이나 제 사랑을 희생시키는 것이라서, 그 혼이 거룩하고 그 심정이 감격했던 것이다. 〈탁류⑧〉 ¶ 아이가 사랑에 있는 상노 아이놈 삼남이와 동기간이랬으면 꼭 맞게 생겼읍니다. 〈태평천하⑤〉 ¶ "너허구 나허구는 동기간 의를 끊었어! 그런데 네가 왜 내 집 문안에 발걸음이야?" 〈이런 남매〉

동남동녀(童男童女)명 사내아이와 여자아이. ¶ 옛날의 진시황은 영생불사를 하고 싶어, 동남동녀 5천 명을 동해의 선경으로 보내어 불사약을 구하려고 했다지만, 〈태평천하⑭〉

동냥도 아니 주면서 바가지조차 깨어쳐 버린 셈『속』 요구를 들어주기는커녕 오히려 해롭게 한다는 말. ¶ 도대체 편지를 하는 사람이 자청하여서 "불쾌하면…피하고 만나지 말라…"고까지 한 것을 설사 불쾌하여서 만나지 아니할 생각이 났다고도 차마 못할 일인데 그야말로 동냥도 아니 주면서 바가지조차 깨어쳐 버린 셈이었었다. 〈병조와 영복이〉

동네 개 짖는 소리만도 못 여기다『속』 남의 말을 듣고도 무시함을 두고 하는 말. ¶ "내가 허넌 말은 동네 개 짖넌 소리만두 못 예기넝구나? 어찌서 보리넌 조깨씩 누아 먹으라닝개 줘여라구 안 듣구서…? 〈태평천하⑤〉

동녘이 번하니깐 다 내 세상으로 안다『속』 자기에게 조금만 유리하게 돼도 날뛴다는 뜻. 『같은』 동쪽이 환하니까 제 세상인 줄 안다. ¶ 동녘이 버언하니깐 다아 내 세상으루 알다 그리슈? 복장이 뜨듯하니깐 생시가 꿈인 줄 알구 그리슈, 〈탁류⑮〉

동당거리다동 →동동거리다. 매우 안타깝거나 춥거나 하는 때에 발을 가볍게 자꾸 구르다. ¶ 계봉이가 마침 학교에 가느라고 책보를 안고 대뜰로 내려서다가 그만 질겁하게 놀라, 동당거리고 외친다. 〈탁류⑥〉

동댕이를 치다『관용』 (무엇을) 세게 들어 힘차게 내던지다. ¶ 다만 두목이 아내의 머리끄덩을 잡아 동댕이를 쳐서, 물린 팔을 놓치게 하는 그 광경만 보았던 것입니다. 〈태평천하④〉 ¶ 단걸음에 사립문 안으로 들어서는데, 모친은 납순이의 머리채를 감아 쥐고 마당 가운데서 이리저리 개 끌듯 끌어 동댕이를 치고 있다. 〈쑥국새〉

동동부 작은 물건이 물위나 공중에 떠서 움직이는 모양. ¶ 근력은 내가 세니까 다리 아픈 것만 낫거들랑, 이놈의 자식을 어쨌든지 동동 들어서 굳은 땅바닥에다가 태질을 쳐주고 각각 제겨 주고 다리 팔을 냅다 배틀어 주고, 〈정자나무 있는 삽화〉

동량(棟梁)명 동량지재(棟梁之材). 한 집이나 또는 한 나라의 중요한 책임을 맡아 수행할 만한 인재. ¶ 그러는 동안에 종수와 종학 두 아들을 낳아서 윤 직원 영감으로 하여금 군수와 경찰서장을 양성할 동량도 제공했고, 〈태평천하⑤〉

동력(動力)명 어떤 일을 발전시키고 밀고 나가는 힘. 원동력. ¶ 새로운 행동의 창조에 (더불어 참예하는) 적극적인 동력이 되어야 할 것이었었다. 〈모색〉

동리(洞里)명 마을. ¶ 견우는 혼자 중얼거리며 동리 앞을 바라보았다. 〈팔려간 몸〉 ¶ 샛노란 북포로 아버지의 적삼을 커다랗게 짓고 있는 것이다. 날베가 되어서 여기 말로 하면, 빛은 꾀꼬리같이 고와도 동리가 시끄럽게 버석거린다. 〈보리방아〉 ¶

그래 처음 그가 동리에 돌아와 그렇게 눈에 벗어나게 하고 다닐 때에는 동리 사람이 손가락질도 하고 더러는 연갑들이 맞대 놓고 빈정거리기도 했는데. 〈얼어죽은 모나리자〉

동막㊔ 지명인 듯(?). ¶ "하여간 이번 일만 잘 되면 수가 생기네… 내일은 동막을 가서 전주(錢主)나 좀 찾어보구…". 〈불효자식〉 ¶ 재작년에 동막으로 출가를 시킨 반편 딸 하나를 데리고, 그리고 이 집 한 채를 지니고 서른다섯에 과부가 되었더란다. 〈모색〉

동맹(同盟)㊔ 같은 목적이나 이익을 위해 같이 행동하기로 약속하는 일. ¶ 그들은 무언의 동맹을 맺었다. 〈탁류⑩〉

동몽선습(童蒙先習)㊔ 조선 중종 때 박세무가 지어 현종 11년(1670)에 펴낸 서당에서 천자문을 익힌 어린이들의 교과서. ¶ 그보다 많은 여러 수십 명의 동네 아이들에게, 하늘 천 따아 지의 천자를 비롯하여, 사자소학이며 동몽선습, 통감, 맹자, 논어, 시전, 서전에 이르기가지, 〈순공(巡公) 있는 일요일〉

동물완㊔ '동물원'의 오기. ¶ 아 그이, 하이칼라상이 측 찾아와설랑, 다아 참 동물완 산뽀두 같이 가구, 〈모색〉

동반(同伴)하다㊕ 어디를 가거나 할 때 함께 짝을 하다. ¶ 컨디션이 다 이만큼 양호하니 이따가 점심을 먹으면서 오늘 밤차로 둘이서 같이 동반해 내려가자고 달래면 별반 고집 세우지 않고 말을 들을 것이고…. 〈모색〉

동변(童便)㊔ 한방(漢方)에서 열두 살 이하의 사내아이의 오줌을 약재로 이르는 말. ¶ 이것이 역시 오줌입니다. 하나, 여느 오줌은 아니고 동변이라고, 음양을 알기 전의 어린애들의 오줌입니다. 〈태평천하⑭〉

동병(動兵)㊔ 군대를 움직여서 일으킴. ¶ 남은 수십만 동병을 히여서, 우리 조선놈 보호히여 주니, 오죽이나 고마운 세상이여? 〈태평천하⑮〉

동복(冬服)㊔ 겨울옷. ¶ 남아거든 모름지기 말복날 동복을 떨쳐 입고서 종로 네거리 한복판에 가 버티고 서서 볼지니. 〈소망〉

동부인(同夫人)하다㊕ 남편이 아내와 함께 가거나 오다. ¶ 오늘 두 시에 동부인합시구 제 동무네 친정집 한갑잔치에 가기루 했었는데. 〈탁류②〉

동색(冬色)㊔ 겨울색. 겨울 빛깔. ¶ "여전히 모다 동색이 창연하군!" P는 두 사람의 특특한 겨울 양복을 보고, 그리고 자기의 행색을 내려보며 웃었다. 〈레디 메이드 인생〉

동서(同壻)㊔ 자매의 남편끼리 또는 형제의 아내끼리의 호칭. 여기서는 형제의 아내끼리의 호칭. ¶ 미상불 동서가 다 양양이 좋지 못한 얼굴입니다 〈태평천하⑪〉

동아줄㊔ 굵고 튼튼하게 꼰 줄. ¶ 대체 무엇이 그대지 서울이 탐탁해서 죽어두 안 떠날 테냐구 캘라치면, 네까짓 것 하등 동물이, 동아줄 신경이, 설명을 해 준다구 알아들으면 제법이게? 〈소망〉

동안(童顔)㊔ (나이든 사람의) 어린아이와 같은 얼굴. ¶ 또 요새도 장복을 하는 인삼 등속의 약효로 해서 얼굴은 불콰하니 동안이요, 〈태평천하①〉

동안백발(童顔白髮)㊔ 나이든 사람의 어린아이와 같은 얼굴과 하얗게 센 머리털.

¶ 칠십이 가까와 머리와 수엄은 허옇지만 소위 동안백발이란 격으로 그의 얼굴은 불그레하고 혈기가 싱싱하였다. 〈산동이〉

동요(動搖)명 (물체가) 흔들리고 움직이는 것. ¶ 단조하고 동요가 없는 주의의 풍물이나 무섭게 조용한 침정 그 속으로 녹아 들어가는 듯. 〈용동댁〉

동의(同意)를 묻다『관용』 제기된 의견에 대하여 의견을 같이하는가를 묻다. ¶ 계봉이는 과실을 한 쪽 집어 주는 길에 승재의 동의를 묻는 듯이 말을 잠깐 멈춘다. 〈탁류⑧〉

동일지담(同一之談)명 똑같은 이야기. ¶ 기차가 춘향전과 동일지담이라니, 실없이 재미있는 감각이었다. 〈회(懷)〉

동자(瞳子)명 눈동자. ¶ 눈은 눈알에 허옇게 백태가 덮이고, 동자께로 시뻘건 발이 서서 그것이 남이 보기에 얼마나 흉허우랴 싶어 일부러 육장 그렇게 감고 있는 것이다. 〈얼어죽은 모나리자〉

동저고리명 '동옷'을 속되게 이르는 말. 남자가 입는 저고리. ¶ 머리에는 밀짚모자를 썼고 물론 동저고리 바람이다. 〈보리방아〉

동저구리명 →동저고리. ¶ 늘 동저구리 바람으루 시간 대중 없이 주루루 가군 하니깐. 〈소망〉

동정명 한복에서 저고리 깃 위에 조금 좁은 듯하게 덧대는 흰 헝겊의 오리. ¶ 유 씨는 삯바느질로 하는 생수 깨끼적삼을 동정을 달아 가지고 마침 인두를 뽑아 들면서 이런 말을 문득 비집어 낸다. 〈탁류⑦〉

동체(胴體)명 몸통. ¶ 그놈 등 위로 혹이 달린 짧은 동체가 붙어 있고, 〈탁류④〉 ¶ 그 면상이 형적도 없이 으끄러진 머리와 팔이 하나만 붙은 동체와 떨어져 나간 팔과 두어 번이나 동강난 다리와, 〈패배자의 무덤〉

동태(同胎)명 같은 태생. 같은 어머니에서 태어남. ¶ 비록 동태 동기간이라고는 하지만 이미 의를 끊은 지가 오래고, 〈이런 남매〉

동투명 →동티. 화근이 되는 말썽. 흙이나 돌을 잘못 다루어 지신(地神)의 노여움을 사서 받는 재앙. 건드리지 않을 것을 공연히 건드려서 스스로 걱정이나 해를 입음을 비유하는 말. ¶ "어디, 내가 동투(동티)를 만날 셈 치구서, 올라가서 틀어막으까?" 〈정자나무 있는 삽화〉

동티명 화근이 되는 말썽. 흙이나 돌을 잘못 다루어 지신(地神)의 노여움을 사서 받는 재앙. 건드리지 않을 것을 공연히 건드려서 스스로 걱정이나 해를 입음을 비유하는 말. ¶ 동티가 나지 않게, 또 창피를 안 당하게 가만히 슬쩍 제 속을 뽑아 보고, 그래 보아서 싹수가 있는 성부르면 그 담에는 바싹 다그쳐 보고…. 〈태평천하⑩〉 ¶ 그 '지킴'이 퍽은 영검스러, 누구든지 이 정자나무를 건드리기만 하는 날이면 단박 동티가 나서 그 당장에 병이 들어 죽는다는 것이다. 〈정자나무 있는 삽화〉

동티나다동 동티가 생겨 재앙을 입다. 잘못 건드려 재앙이 일어나다. ¶ 마치 자리 잡은 부스럼이나 동티나는 터줏대감 건드리기를 무서워하듯. 〈탁류⑦〉

동행(同行)명 한 동아리가 되어 함께 길을 감. ¶ 뒤처져 나오던 동무들이 흘끔흘끔

나의 낯선 동행을 돌아본다. 〈농민의 회계보고〉

동향(同鄕)㉢ 같은 고향. ¶나는 처음에는 그 사나이가 그 여학생과 친척 관계가 되거나 혹 그렇지 않더라도 동향 사람으로서 서울까지 동행하느니라고 생각하였다. 〈세 길로〉

동향(東向)하다㉢ 동쪽으로 향하다. ¶좌는 동향한 기역자요, 대문을 들어서면 부엌이 마주 보이고, 부엌에 연달아 안방이 달리고 마루와 건너방이 왼편으로 꺾여 있다. 〈탁류⑨〉

동화(童話)㉢ 어린이를 상대로 동심을 기조로 하여 지은 이야기. ¶해는 차차 솟아올라 살이 퍼져, 동화는 끝이 나고, 업순이가 그리로 떠날 시각이 가까와 온다. 〈동화〉

돼지 생멱따는 소리『관용』 아주 듣기 싫도록 꽥꽥 지르는 소리. ¶아프지도 않은 것을 멀쩡하니 딩굴면서 돼지 생멱따는 소리로 소리소리 게목을 질러댄다. 〈탁류⑱〉

돼지울㉢ '돼지우리'의 준말. ¶돼지울에서도 돼지가 시장하다고 떼를 쓴다. 〈동화〉

되내기㉢ '된서리'의 변한말. 늦가을에 아주 되게 내리는 서리. ¶"… 이러다가 되내기(된서리)나 오는 날이면 큰일 나겠는디요." 〈태평천하⑭〉

되놈㉢ '중국 사람'의 낮춤말. ¶제호는 의리하고는 별 되놈의 의리도 다 있던가 보다고 그런 중에도 실소를 할 뻔했다. 〈탁류⑭〉

되들다[1]㉢ 다시 들거나 도로 들다. ¶단장을 한 얼굴은 좀 솜씨 있게 빚은 밀가루떡 쉼직하나 유모 자신은 "어따가 내놓아도 …" 하는 흡족한 생각에 다시 한번 얼굴을 되들고 마슬러본 뒤에 옷을 걷어 입는다. 〈빈(貧)… 제1장 제2과〉

되들다[2]㉢ 보기에 얄밉도록 얼굴을 쳐들다. ¶발꿈치로 조지듯이 말끝을 한번 누르고는 바짝 고개를 되들어, 넌지시 기둥에 가기대 섰는 초봉이를 올려다본다. 〈탁류⑭〉 ¶"앱배!" 태식은 코를 풀리고 나서, 고개를 되들고 앱배를 부릅니다. 〈태평천하⑤〉 ¶한 사십 명이나, 모두 고개를 되들고 앉아 선생의 입을 올려다보는 아이들을 휘휘 한번 둘러보고는 다시. 〈이런 남매〉

되레㉣ '도리어'의 준말. (추측이나 기대와는) 반대되거나 다르게. ¶M도 1년 동안이나 취직 운동을 하면서 지냈건만 그는 되레 배포가 유하다. 〈레디 메이드 인생〉 ¶그렇게 풍모가 변해 가지고 돌아와서는 자기도 좀 계면쩍은 듯이 "네끼 놈들 네끼 놈들 무얼 그렇게 뻔하고 서서." 하며 그 잦은 말로 되레 우리를 나무랐습니다. 〈소복 입은 영혼〉 ¶"그 애가 누구요?" 두부 장수는 장히 도도하게 되레 묻는다. 〈명일〉 ¶아버지는 어제 저녁처럼 야단도 아니하고 때려 주지도 아니하고 되레 사탕을 주면서 살살 달랬읍니다. 〈어머니를 찾아서〉 ¶그놈을 가지고 돈을 모았대서 복궤라고 되레 자랑을 한다. 〈탁류①〉

되렌님㉢ 도련님. (충청, 황해). 총각을 대접하여 이르는 말. ¶그렇지만 되렌님! 속 좀 채리세유! 〈쑥국새〉

되묻다㉢ 다시 묻다. ¶초봉이는 기생이 아들이 있다는 것이 어쩐지 이상했으나, 되물어 놓고 생각하니, 기생이니까 되레 일찌기 아이를 둔 것이겠지야고 싶어, …. 〈탁류②〉

되려[부] →도리어. ¶"대가리루다가 급행 열차를 정면으루 들이 받은 것보다 그놈이 되려 걸작일다 걸작, 허허허허… 크크크." 〈패배자의 무덤〉 ¶"세상은 바쁘다구 디리 뛰여 달아나는데, 찬 되려 천천히 완보시니!" 〈회(懷)〉

되련님[명] 도련님. (충청). 총각을 대접하여 이르는 말. ¶그것만 봐도 기생하고는 연애가 안 되길래 그라는 기 아니오? 이 답답한 되련님, 요! 〈탁류⑨〉

되리시피[부] 되다시피. '-시피'는 서술어의 기본형 뒤에 쓰이는 특수한 조사의 한 가지로 '~함과 거의 같이', '~함과 마찬가지로'의 뜻을 나타내는 말. ¶사정 이야기도 변변히 하지 아니하고 쏟아지는 수통 꼭지에 매달리어 한 동이는 되리시피 냉수를 들이켰다. 〈레디 메이드 인생〉

되바라지다1[형] 아늑한 맛이 없이 벌어진 상태에 있다. ¶사십이 넘었으되 잔주름 하나 잡히지 아니한 통통하고 되바라진 얼굴이나. 〈보리방아〉

되바라지다2[형] 너그럽게 감싸 주는 맛이 적다. 또는 얄밉도록 지나치게 똑똑하다. ¶"에, 복상(朴公)… 이십니까?" 하고 되바라지게, 그러나 공손히 인사를 건넨다. 〈탁류⑭〉

되벌어지다[동] 다시 벌어지다. ¶정 주사는 승재 보기가 열적기는 하나 아까 싸움이 되벌어질까 봐서 더 대거리는 못하고 노랑 수염만 꼬아 붙인다. 〈탁류⑮〉

되부르다[동] 다시 부르다. ¶좋은 말루 말을 허구 나가려니깐, 되부르더니, 내려가는 길에 싸전가게 주인더러 재갸가 엊그제 시굴서 올라오기는 했는데. 〈소망〉

되불러 보다[동] 다시 불러 보다. ¶"어머니, 날 불렀어?" 하고 되불러 보았다. 〈얼어죽은 모나리자〉

되붓다[동] 다시 붓다. ¶할아버지는 문오 선생이 되부어 드리는 잔을 받아 드시면서 환갑에 아직도 저엉정한 이로 일변 문어발을 기운 좋게 씹으면서…. 〈순공(巡公) 있는 일요일〉

되사려 두다[동] (닥쳐올 일에) 몸이나 마음을 다시 가다듬어 대비하다. ¶나는 아무 죄는 없거니, 또 여차직하면 후덕덕 뛰어 달아나려니 하고, 마음과 몸뚱이를 다뿍 긴장시켜 되사려 두기를 잊지 않는다. 〈정자나무 있는 삽화〉

되사리다[동] (몸을) 다시 움츠리거나 가다듬다. '되+사리다'의 짜임새. '되-'는 '도로', '다시'의 뜻을 나타내는 접두사. ¶소리를 버럭 지르면서 되사리구 일어나 앉어요, 화가 나설랑. 〈소망〉

되생각하다[동] 다시 생각하다. ¶시방 싸전집 아낙 김 씨가 하던 말을 되생각하면서, 그가 꼭 그렇게 합당한 신랑감을 골라 중매를 서 주려니 싶어 느긋이 좋아한다. 〈탁류③〉

되씹히다[동] 자꾸 되풀이하여 생각하게 되다. ¶"이 세상에 제일 만만한 인종은 돈 없는 인테리." 라고 남편이 노상하는 말이 새삼스럽게 머리속에서 되씹혀지는 것이다. 〈명일〉

되작거리다1[동] 물건을 들추며 이러저리 자꾸 뒤집다. 〈뒤적거리다. 〖거센말〗 되착거리다. ¶K가 왜저깔같이 종이 봉지에 싼 빨대를 집어 들고 되작거려 보다가. 〈창백한 얼굴들〉

되작거리다[2]㊍ 생각을 이러저리 자꾸 해 보다. ¶그렇게 쌀을 붙여 주면 그놈을 시세에 보아 가면서 눈치 빠르게 요리조리 되작거린다. 〈탁류④〉

되작되작㊊ 물건을 찾느라고 이러저리 자꾸 뒤지는 모양. ¶계봉이는 한 팔을 진열장 위에다 짚어 오도카니 턱을 괴고 편지를 앞뒤로 되작되작 이상 한담하듯 한다. 〈탁류⑯〉

되잖다㊌ '되지 아니하다'의 준말. 이치에 맞지 않다. ¶무슨 권한으루다가 남의 집 내정에 들어와설랑은 되잖은 소릴 지껄이는 게냐? 〈탁류⑭〉

되잡히다㊍ 하려던 일이 뒤집혀 반대로 되다. 또는 남에게 빌미가 잡혀서 제가 도로 당하다. 【비슷】 되치이다. ¶괜히 되잡혀서 망신을 하는 수가 있다는 것도 잘 알고 있읍니다. 〈태평천하③〉 ¶내게다가 맞대 놓고 그런 소리를 하다가는 되잡혀서 혼이 날 테니까 슬며시 아주머니더러 이르란 요량이든 게지? 〈치숙(痴叔)〉 ¶자연 말을 함부로 하고서 되잡혀서는 뒷감당을 못한다. 결과는 망신만 번연하다. 〈상경반절기〉

되짚어㊊ 되돌아서. 또는 반대로. ¶여드름바가지는 이 귀퉁이에서 저 귀퉁이까지 한 바퀴를 다 돌고 나더니 되짚어 가운데께로 올 듯하다가…. 〈탁류⑯〉 ¶경손이는 잠깐 서서 무엇을 생각하다가, 잠자코 대문 밖으로 나거더니, 조금만에 되짚어 들어오면서 "삼남아?" 하고 커다랗게 부릅니다. 〈태평천하⑪〉

됨새㊎ 일이 되어 가는 모양새. ¶주인이 같이 들어서서 하는 일과 남만 시켜서 하는 일과는 영락없이 일 됨새가 다른 법인데. 〈정자나무 있는 삽화〉

됨직하다㊌ 그렇게 된 듯하다. 또는 그렇게 될 듯하다. ¶이튿날 오때가 훨씬 겨웁고 거진 새때가 됨직해서 색시는 새서방을 앞세우고 친정집을 나섰다. 〈두 순정〉

됩다㊊ '도리어'의 방언. 오히려. 차라리. ¶또 내가 나서서 뇌물을 쓰다가는, 됩다 위태할 것이고 허니 불가불 일은 네가 할 수밖에 없다. 〈태평천하④〉 ¶그거야말로 공평한 천리인 것을, 됩다 불공평하다니 될 말이요? 〈치숙(痴叔)〉

됫새㊊ '대단히'의 방언. ¶고개를 됫새 들고 입을 히죽벙긋, 위로 아래로 옥초를 건너다보기에 그 한시도 지껄이지 않고는 못 배기는 말도 잠시 잊어버린다. 〈모색〉

두껍집㊎ 미닫이를 열 때 문짝이 옆 벽에 들어가 가려지게 만든 빈 곳. 【같은】 두껍닫이. ¶무강나무 매가 다 피고 부러지자 두껍집 위에 얹힌 화류침척을 내려 들고 때린다. 〈생명〉

두달음질㊎ ('한달음질'에 더한 말로) 매우 급한 달음박질. ¶초봉이는 어느 틈에 큰길로 두달음질을 치고 있다. 〈탁류⑩〉 ¶"아이, 숨 가뻐라! 어떻게 마꾸 두달음질을 쳤는지…" 〈정자나무 있는 삽화〉

두던㊎ '두둑', '언덕' 또는 '둔덕'의 방언. 우묵하게 빠진 땅의 가장자리의 약간 두두룩한 곳. ¶그는, 시방 거기 마당에서 노느라고 빼착빼착 우물 두던 가까이로 가고 있는 애기가, 절대로 우물에 빠지도록은 안 될 것을 잘 아는 어머니와 같아. 〈패배자의 무덤〉

두덜거리다㊍ 혼잣말로 불평을 중얼거리

다. ¶안방으로 들어가서 무슨 소린지 모르게 두덜거리기를 마지 아니하였다. 〈앙탈〉 ¶P는 혼잣말로 이렇게 두덜거리며 C와 작별도 아니하고 밖으로 나와 버렸다. 〈레디 메이드 인생〉 ¶영주는 혼잣말로 두덜거리면서 갠 빨래를 보에 싸서 마루에 놓고 일어나 잘근잘근 밟는다. 〈명일〉

두두룩하다[형] 가운데가 솟아서 불록하다. ¶오월이의 뱃속에 자리잡고 앉은 미미한 한 개의 생명은 어미의 두두룩한 살로다가 무서운 매를 방패 삼아 모락모락 자랐다. 〈생명〉

두둑[명] 논밭을 갈아서 골을 탈 때 흙을 긁어 모아 높게 만든 부분. ¶울타리 밑으로 기다랗게 두어 두둑 되는 고추밭에는 시커멓게 자란 고춧대가 세 살박이 같은 고추가 벌써 열렸다. 〈보리방아〉

두런거려 쌓다[동] 자꾸 두런두런하다. '두런두런하다'는 여럿이 나직한 목소리로 잘 알아들을 수 없게 조용히 이야기하다. ¶"웨, 고이 댕기던 순검이나 댕겨 먹덜랑 않구서 어쩌자구 으실렁으실렁 도루 와? 오기를… 내 참, 폭폭헐 노릇두 다 보겄당개!" 하고 혼자 두런거려 쌓기를 마지않았다. 〈순공(巡公) 있는 일요일〉

두런거리다[동] 나직한 목소리로 잘 알아들을 수 없게 잇달아 이야기하다. ¶"흥! 이놈의 자식 승어부(勝於父)는 했구나." 하고 두런거렸다. 〈명일〉 ¶그는 기지개를 싱겁게 켜고 일어서면서 제딴으로도 너무 싱거워 혼잣말같이 두런거린다. 〈얼어죽은 모나리자〉 ¶부룩쇠는 그렇게 묻는 사람마다 모른다니까 맥이 풀려 혼자 두런거립니다. 〈어머니를 찾아서〉 ¶애송이는 더 성구지 못하고, 돌아서서 미두장 정문께로 가면서, 혼자 무어라고 두런두런 두런거린다. 〈탁류①〉 ¶고맙다고 하는지 무어라고 하는지 분명찮게 입안의 소리로 두런거리면서, 놓았던 인력거 채장을 집어 들고 씽하니 가 버립니다. 〈태평천하①〉 ¶으레껀 두런거리고 들부시고 사랑에까지 큰소리가 들리게 하네그려! 〈이런 처지〉 ¶"아버진 웨 어테 안 오는 거야!" 순석은 대단히 불평스럽게 두런거리면서, 도로 벌떡 드러눕습니다. 〈흥보씨〉 ¶"제에길!…" 강 서방은 역정스럽게 두런거리면서 도로 눈을 감고. 〈이런 남매〉

두런두런[부] 나직한 목소리로 잘 알아들을 수 없게 조용히. ¶애송이는 더 성구지 못하고, 돌아서서 미두장 정문께로 가면서, 혼자 무어라고 두런두런 두런거린다. 〈탁류①〉 ¶경손이는 연해 혼잣말로 두런두런…. 〈태평천하⑪〉 ¶미럭쇠는 공동묘지께를 흘금 돌려다 보고는 두런두런, 허리의 수건을 뽑아 땀 흐르는 얼굴을 쓰윽쓰윽 씻는다. 〈쑥국새〉

두런두런하다[동] 나직한 목소리로 잘 알아들을 수 없게 말하다. ¶태호는 이렇게 혼자 두런두런하면서 앞마루에 털썩 걸터앉다가 딸 용희가 민망해서 옆에 섰는 것을 보고 낯빛을 눅여 "늬 어머니는 어디 갔느냐?" 하고 보드라이 묻는다. 〈보리방아〉

두레[명] 농촌에서 모내기나 김매기에 공동으로 협력하기 위하여 이룬 모임. 농촌에서 농사일을 공동으로 하기 위하여 마을, 부락 단위로 둔 조직. ¶"… 뭐 갠찮다. 그러구 아뭏든지, 끙 끙, 농사는 어 두레서 갑쇠가 장원이다." 〈정자나무 있는 삽화〉

두레박명 줄을 길게 달아 우물물을 퍼 올리는 데 쓰는 기구. ¶ 일어나서 삼청동 꼭대기로 올라가면 산골짜기의 물도 있고 또 우물도 있기는 하다. 그러나 이 어두운 밤에 어디가 어딘지 보이지 아니할 테고 또 우물에는 두레박도 없을 것이다. 〈레디 메이드 인생〉

두렷이부 흐리지 않고 아주 분명하게. ¶ 동산 마루에서 시뻘건 해가 두렷이 솟아오른다. 〈팔려간 몸〉

두렷하다형 흐리지 않고 아주 분명하다. ¶ 마침내 두렷하고 키 큰 한 사발의 밥이 되어 부뚜막에 가 처억 놓인다. 〈암소를 팔아서〉 ¶ 얼굴은 어렸을 때 양편 볼때기로 추욱 처졌던 군살이 다 가시고 전체로 균형이 잡혀서 두렷하다. 〈탁류⑯〉

두루두루부 '두루'의 힘줌말. 빠짐없이 골고루. 또는 일반적으로 널리. ¶ 이튿날 승재는 태수의 ××을 혼인날까지에 기어코 낫우어 줄 딴 도리가 없을까 하고 두루두루 궁리를 해 보면서 혼자 애를 썼다. 〈탁류⑧〉

두루딱딱이명 여러 모로 알맞은 모양. ¶ 그렇게 손이 맞기는 어려울 만큼 성능이 두루딱딱이로 만점이었읍니다. 〈태평천하⑨〉

두루뭉술하다형 날카롭게 모나지도 않고 아주 둥글지도 않고 그저 둥글다. ¶ 제호의 대머리까지 벗어져 가득이나 위아래로 기다란 얼굴과 두루뭉술하니 중상(僧相)으로 생긴 형보의 얼굴…. 〈탁류⑭〉

두루스름하다형 둥그르스름하다. 약간 둥글다. ¶ 본디도 두루스름하니 밉지 않고 좋게 생긴 색시였지만, 그동안 훨씬 몸피가 더 불고 얼굴도 처녀 적보다 흠뻑 다 피어, 삼십 고패의 자리잡힌 '아씨' 태가 푸짐했다. 〈회(懷)〉

두루춘풍(--春風)명 누구에게나 좋은 얼굴로 대하는 일. 또는 그러한 사람. ¶ "난 뭐… 그래 자넨?" "나야 뭐, 두루춘풍이죠!" 〈흥보씨〉

두르다[1]동 함부로 내젓다. ¶ 얼굴을 이리저리 두르다가 마침 길 건너편 반찬 가게에서 바구니를 팔 고분댕이에 끼고 나오는 옆집 행랑어멈과 눈이 마주쳤다. 〈빈(貧)… 제1장 제2과〉

두르다[2]동 휘두르다. ¶ 휙 짧게 그러나 쟁그랍게 회초리 두르는 소리와 함께. 〈생명〉

두리두리부 얼굴이나 눈 따위 생김새가 크고 둥근 모양. ¶ 넓죽한 얼굴이 끝이 빨고 두 눈망울은 두리두리 코는 벌씸한 게 뒤로 젖혀진 것이라든지. 〈어머니를 찾아서〉 ¶ 눈만 두리두리 퀭하지 얼굴이 맺힌 데가 없고 둔해 보인다. 〈탁류⑮〉

두릿두릿부 눈을 크게 뜨고 어리둥절하여 자꾸 이러저리 휘둘러 보는 모양. ¶ 모친은 정렬부인 가자란 소린 줄 알고서 말이나마 좋아서 혼자 웃고, 경순은 모르는 어휘라 두릿두릿. 〈패배자의 무덤〉

두릿두릿하다동 눈을 크게 뜨고 이쪽저쪽을 휘둘러보다. ¶ 부룩쇠는 영문을 몰라 두릿두릿하다가 저도 손을 펴서 "돈 여기 있어요." 하고 돈을 내밀었습니다. 〈어머니를 찾아서〉 ¶ 초봉이는 무슨 소린지 몰라서 두릿두릿한다. 〈탁류⑩〉 ¶ 인력거꾼은 어쩐 영문인지를 몰라, 두릿두릿하다가, 혹시 외상인가 하고 뒤통수를 긁적긁적하면서…. 〈태평천하①〉 ¶ 아이는 등

뒤에서 부르는 소리에 해뜩 돌려다 보다가 웬 낯선 여자인가 하는 듯이 두릿두릿하고 섰고. 〈반점〉

두릿평평하다[형] 둥그스름한 둘레가 높지 않고 편편하다. ¶멍석을 서너 잎은 펌직하게 두릿평평한 봉분이 사람의 정강이 하나 폭은 논바닥에서 솟았고…. 〈정자나무 있는 삽화〉

두릿하다[형] 생김새가 좀 크고 둥글다. ¶그는 옥섬의 두릿한 얼굴에 방금 무슨 말을 할 듯이 유혹적으로 생긴 어글어글한 눈과 또 토실한 게 설면자 방석에 누운 듯한 그의 알몸뚱이를 생각하니 다시 더 체면이나 위신 같은 것을 돌아볼 겨를이 생기지 아니하였다. 〈산동이〉 ¶두릿하니 사내다운 얼굴을 말끄러미 내려다본다. 〈정자나무 있는 삽화〉

두문불출(杜門不出)[명] 집에만 박혀 있어 세상 밖에 나가지 않음. ¶하면서 거진 두문불출이로되 마침 오늘은 고향집으로 모친의 회갑에 참예를 하러 내려가는 길이고. 〈반점〉 ¶어언간 반년토록을 내내 두문불출로 지나왔던 모양이다. 〈상경반절기〉

두상(頭上)[명] 머리. 또는 머리 위. ¶언제나 덕언이 선생님의 두상에 올라앉아 그의 고개와 행동을 같이 하던 조그마한 그 상투는 씻은 듯이 종적을 감추어 버렸으니, 처음 그것을 볼 때에 왜 아니 우리가 놀랐겠읍니까. 〈소복 입은 영혼〉

두서(頭緖)를 차릴 수 없다[관용] 일의 순서가 없다. 일의 차례가 없다. ¶K의 머리속에는 가지각색의 명상이 두서를 차릴 수 없이 샘물 솟듯 솟아올랐다. 그는 기울어지는 해를 바라보고 탄식을 하였다. 〈생명의 유희〉

두서(頭緖)없이[부] 일의 차례나 갈피가 없이. 말이나 글이 조리가 닿지 않게. ¶때와 공간을 완전히 잊어버리고 다만 머릿속에서만 뜬생각이 두서없이 오고가고 한다. 〈탁류⑪〉

두어두다[동] 건드리지 않고 있는 그대로 두다. 가만히 두고 건드리지 아니하다. ¶병문이가 무엇하러 서울로 왔는지 그것을 묻고도 싶었으나 저편에서 꺼내지 아니하는 말을 묻기도 무엇하고 하여 먼저 말이 나오게 두어두었다. 〈농민의 회계보고〉

두억시니[명] 사나운 귀신. 민간에서 모질고 악한 귀신의 하나. ¶누구 없이 월급쟁이에게는 두억시니같이 붙어 다니는 빚뿐이었었다. 〈탁류①〉 ¶무엇이냐 저 거시기, 두억시니 여대치게시리, 나는 죽어도 이 집 귀신입네, 나는 목을 썰어도 안 나갑네 하고, 생떼거지를 쓰는, 〈이런 처지〉

두억신[명] →두억시니. ¶그래서 그놈이 그렇게 두억신같이 음험해 돌아온 줄은 몰랐지야고, 저마다 고개를 끄덕거렸다. 〈정자나무 있는 삽화〉

두엇[수] 둘 가량. 둘쯤 되는 수효. ¶미상불 전에 이 마을에서 두엇이나 '비단 짜는 데' 즉 제사 회사의 여공으로 뽑혀 갈 때에 용희도 가고자 했고 태호나 정 씨도 보낼 생각이 없지는 아니했었다. 〈보리방아〉 ¶오정 때가 갓 겨운 참이라 욕실 안에서는 두엇이나가 철썩거리면서 목간을 하고 있고, 옆 남탕에서는 관음 세는 소리가 외지게 넘어와서 저으기 한가롭다. 〈빈(貧)…제1장 제2과〉 ¶먹곰보가 떠드는 바람에

지나가던 사람도 두엇이나 일각문으로 끼웃이 들여다본다. 〈탁류⑥〉

두이 자(–二字)명 '둘'을 뜻하는 한자 이(二)의 글자. ¶그렇지만 ××상업학교 교복의 깃에는 두이 자가 붙었읍니다. 〈홍보씨〉

두턱지다형 살이 많이 쪄서 두 개의 턱이 되어 있다. 턱에 덧살이 많이 끼다. ¶볼이 추욱 처지고 두턱진 얼굴이 불콰하니 화색이 도는 것이며, 〈탁류⑮〉

둔명 →돈. (서울) ¶"잘한다! 정칠 년!… 둔 못 버는 사내가 워너니 사내값에 갈라더냐!" 〈이런 남매〉

둔전거리다동 말이나 행동을 딱 잘라 선뜻 하지 못하고 망설이다. 『비슷』 머무적거리다. ¶자꾸만 이렇게 둔전거리다가는 촌뜨기 처접을 타지 싶어 얼핏 제호를 따라 올라갔다. 〈탁류⑫〉

둔종(臀腫)명 볼기짝에 나는 종기. ¶그는 자기 말로 둔종이 났노라고 어기죽어기죽하고 다니다가 내가 손 다친 곳에 요오드포름을 발라서 잘 낫는 것을 보고 생판에 그것을 갈아다가 밥풀에 이겨서 종처에다 붙이고 다녔다. 〈불효자식〉

둘러놓다동 (방향을) 바꾸어 놓다. ¶윤직원 영감을 속 사납고 경망스런 어린 아들로 둘러놓았으면 꼬옥 맞겠읍니다. 〈태평천하⑮〉

둘러대다동 그럴 듯하게 꾸며서 말하다. ¶이윽고 형보는 둘러댈 말을 장만해 가지고 새 채비로 나선다. 〈탁류⑭〉

둘러 세우다동 여러 사람이 둥글게 늘어서게 하다. ¶면장님이 일행을 앞에 둘러 세우고 무어라고 연설을 한다. 〈팔려간 몸〉

둘러맞추다동 (말을) 둘러대어 맞추다. ¶형보는 그래서 말이 잘못 나간 것을 깨닫고 당황하여 그놈을 둘러맞출 궁량을 부산나케 하고 있는데, 〈탁류⑭〉

둘러 먹다동 (마음을) 고쳐 먹다. 마음을 새롭게 가지다. ¶지나간 일이야 마음 하나 둘러 먹는 걸로 이렇게든 저렇게든 단념이 되는 것이지만…. 〈탁류⑪〉

둘러 빼다동 (돈이나 물건을) 변통하여 빼돌리다. ¶돈을 만 원이고, 둘러 빼만 주면 태수야 어떻게 되거나 말거나 저 혼자서 그 돈을 쥐고 간다 보아라, 북경 상해 등지로 내뺄 뱃심이다. 〈탁류④〉

둘러 씌우다동 뒤집어 씌우다. (남의 허물이나 책임을) 넘겨 맡게 하다. ¶그러나 '진범인'을 놓친 바에야 아무나 그 자리에서 두부 한 쪽을 가지고 있던 놈을 붙잡았으니 그놈한테 둘러씌우면 그만인 것이다. 〈명일〉

둘러 주다동 (돈이나 물건을) 융통하여 주다. ¶"대체 얼마나 둘러 주려는고? 한 오륙백 원? …." 〈탁류⑦〉

둘레둘레부 사방을 자꾸 둘러보는 모양. ¶이렇게 당황해서 얼른 이러지도 못하고 저러지도 못하고 둘레둘레 허겁지겁 사뭇 액체라도 지릴 듯이 쩔쩔매기만 하고 있다. 〈탁류⑰〉

둥그러니부 둥그렇게. ¶석탄이라고 숯 비슷한 걸 때서 저 둥그러니 긴 가마 속에서 물을 끓인다. 〈회(懷)〉

둬두다동 '두어두다'의 준말. 손대지 않고 그냥 두다. ¶"너 이 녀석 둬두구 옷 해 입히면 살끔 달어나서는 못쓴다." 〈어머니를 찾아서〉

둘림하다㊐ 여러 가지를 골고루 한데 섞다(?). ¶"둘림하여 먹게? 오오냐, 내가 내일 장에 갔다 오든서 돼지고기 사구 또 지두 맛있는 놈 조개(조금) 얻어 와서 둘림해주마…." 〈얼어죽은 모나리자〉

뒤[1]㊔ 훗날에 겪게 될 일. 또는 살아갈 일. 〖비슷〗 뒷일. ¶우리 초봉일 내가 죽은 뒤 엘라컨 뒤두 거둬 줄 겸 아주 자네 마누랄 삼아서 고생살이나 않게 해주게 응? 〈탁류⑭〉

뒤[2]㊔ 믿을 만한 구석. 또는 뒷일을 감당해 줄 만한 힘이나 배경. ¶제 정을 앗자면 내가 더욱 정답게 굴어야지, 이렇게 뒤를 보자고 온갖 정성을 다 들였다. 〈탁류⑫〉

뒤(가) 나다〖관용〗 (잘못이나 약점으로) 좋지 못한 일이 생길까 봐 겁이 나다. 〖비슷〗 뒤가 켕기다. ¶"염려 마세요, 글쎄… 저렇게 커다란 영감님이 겁은 무척 내시네!" "늬가 이년아, 주둥이가 하두 방정맞이닝개루 맴이 안 뇐다!" 윤 직원 영감은 슬며시 뒤가 나던 것입니다. 〈태평천하⑩〉

뒤(가) 사려지다〖관용〗 뒷일이 잘못될까 봐 미리 발뺌을 하거나 조심하게 되다. ¶그러면서도 그를 선뜻 해댈 강단은 또한 나지를 않고 물씬물씬 뒤가 사려진다. 〈탁류⑧〉

뒤(가) 없다〖관용〗 어떤 좋지 않은 감정이 계속되지 아니하다. ¶불쾌하던 의사란 작자도 그러는 동안에 인간이 차차 양순해 뵈고 해서 태수가 또한 뒤가 없는 사람이라, 〈탁류⑧〉

뒤(를) 내다〖관용〗 뒷걱정을 하다. ¶왜, 내가 이렇게 뒤를 낼꼬? 다 오죽 잘 알고서 데리러 보냈을까 봐서. 〈탁류⑩〉 ¶역시 다섯 번이나 창피를 본 나머지라, 어쩔까 싶어 뒤를 내는 것도 그럴 듯한 근경입니다. 〈태평천하⑩〉

뒤(를) 누르다〖관용〗 뒷일의 탈이 없도록 다짐을 놓다. 〖비슷〗 뒤를 다지다. ¶그는 그새도 늘 어머니만 믿으니 어쨌던지 아버지가 못 가게 막지 못하도록 가로맡아 주어야 한다고, 모녀가 마주 앉기만 하면 뒤를 누를 겸 신신당부를 했고, 〈탁류⑦〉

뒤꼍㊔ 집 뒤에 있는 뜰이나 마당. 〖비슷〗 뒤뜰. 뒷마당. 후정(後庭). ¶그러나 경손은 본체만체, 쾅당쾅당 요란스럽게 발을 구르면서 뒤꼍으로 들어갑니다. 〈태평천하⑥〉

뒤꼭지㊔ 뒤통수. ¶그런 사람 외에는 대개들 뒤꼭지에다 대고, 혹은 맞대 놓고 그를 능멸을 하고 구박을 주고 했다. 〈탁류⑭〉

뒤꽁무니㊔ 꽁무니. 사물의 맨 뒤나 맨 끝. ¶마누라 강씨 부인이 주야장천 뒤꽁무니를 따라다니진 못하는 터이겠다. 〈흥보씨〉

뒤떨어뜨리다㊐ 뒤떨어지게 하다. ¶역사는 조선이라는 조그마한 땅덩이나마 너무 오래 뒤떨어뜨려 놓지 아니하였다. 〈레디메이드 인생〉

뒤미처㊕ 그 뒤에 곧 이어. 그 뒤에 잇달아 곧. ¶이렇게 억지로 안심을 할지언정, 뒤미처 새삼스럽게 것을 갖다가 작파를 할 생심은 못하도록 구미가 당기는 좋은 계제였던 것이다. 〈동화〉 ¶물론, 뒤미처 곡절을 알고 나서는, 자못 어처구니가 없다고 서로 얼굴을 치어다보겠지요마는…. 〈흥보씨〉

뒤밑명 겉으로 드러나지 않은 속내. ¶그는 지금부터라도 제가 슬그머니 뒤로 나서서 태수의 뒤밑을 들추어내어 이 혼인이 파의가 되게시리 훼방을 놓아 볼까 하는 생각을 두루두루 해 보기까지 했다. 〈탁류⑦〉

뒤받이명 →뒷바라지. 뒤에서 도와주고 지지하는 일. '뒤받이를 들다'는 뒤에서 도와 주고 지지하다. ¶종차 나서서 규수를 골라 내 손으로다가 뒤받이를 들어 혼사를 치러 줄 염량까지 했고, 〈탁류⑤〉

뒤삐어지다형 제때가 지나 버려 뒤늦다. ¶승재는 맨 처음 제가 짐작했던 것은 어디다 두고, 뒤삐어지게 후다닥 놀라서 들이 허둥지둥 야단이 난다. 〈탁류⑰〉 ¶그리고는 뒤삐어지게 저녁 진지를 지으리까, 냉면을 불러오리까. 〈이런 처지〉 ¶그러나 노인의 뒤삐어진 집 터전에 대한 불평쯤 쓸데없는 구느름이요 태진이에게나 용동댁에게나 조금도 위로거리가 되지를 못했다. 〈용동댁〉

뒤세우다동 뒤에 서게 하거나 따르게 하다. ¶주인이 이렇게 굳이 권하는 바람에 이 서방은 할 수 없이 그 김 판서 집이라는 집을 찾어갔읍니다. 종자를 뒤세우고 솟을 대문 앞에 이르러서. 〈소복 입은 영혼〉

뒤숭숭하다형 느낌이나 마음이 어수선하고 불안하다. ¶아이, 저녁이구 뭣이구 하두 맘이 뒤숭숭해서 밥 생각두 없구…. 〈소망〉

뒤쓰다[1]동 눈알이 위쪽으로 쏠려서 흰자위만 나타나게 뜨다. ¶일 분, 이 분, 삼 분이면 안색이 질리면서 가슴을 우디고 몸을 비틀다가 고만 나가동그라져, 그리고 눈을 뒤쓰고 단말마의 고민을 하다가…. 〈탁류⑧〉

뒤쓰다[2]동 온몸을 가려서 내리 덮다. 『같은』 뒤어쓰다. ¶이렇게 아래로부터 훑어 올려 보며 생각하니 교외의 산보는커녕 얼핏 돌아가서 차라리 이불을 뒤쓰고 드러눕고만 싶었다. 〈레디 메이드 인생〉 ¶그렇다고 점잖지 못하게 이불을 뒤쓰고 앉았을 수도 없고, 가도록 심산스럽기만 하다. 〈모색〉

뒤어지다동 →뒈지다. '죽다'의 속된 말. ¶이렇게 되고 난즉 "그 따윗 자식은 뒤어지거나 말거나 내버려두지 않고 옴탁옴탁 가축을 하여 준다."고 최씨 부인까지 주위 사람들의 동정을 잃고 미움을 받게 되었었다. 〈불효자식〉 ¶"응… 뒤어질라구 그러는지, 원…" 〈빈(貧)… 제1장 제2과〉 ¶귀찮은 깐으로는 골병이 들거나 뒤어지거나 조금도 상관없으니 마루청에다가 내동댕이를 쳤으면 좋겠었다. 〈탁류⑭〉 ¶그런데 속담에 쓸 자식은 일찍 뒤어지거나 병신이 된다더니, 그 말이 옳네그려. 〈이런 처지〉

뒤엄명 →두엄. (전남, 황해). 풀, 짚, 낙엽 등을 쌓아서 썩혀 만든 거름 퇴비. ¶작년 가을부터 뒤엄을 많이 장만해서 마음 먹고 거름을 듬씬 한 보람이 없지 않아. 〈정자나무 있는 삽화〉

뒤엎으러지다동 앞으로 마구 넘어지다. ¶흰 머리채를 풀어 헤뜨린 윤용규의 노처가, 아이구머니 이 일을 어쩌느냐고 울어 외치면서 달려들어 뒤엎으러져 매달립니다. 〈태평천하④〉

뒤주명 쌀 등 곡식을 담아 두는 나무로 만든 궤(櫃). ¶그리하여 그는, 건넌방 그 샛문의 왼편에 놓여 있는 육중한 뒤주 모

서리를 번연히 제 눈으로 보면서도, 어찌 하지를 못하고 앙가슴으로다가 우지근 들이받았다. 〈탁류⑩〉

뒤죽박죽명 여럿이 함부로 섞여 엉망이 된 상태. ¶“아무 일도 다 틀리고 뒤죽박죽이지.” 〈치숙(痴叔)〉

뒤지(–紙)명 밑씻개로 쓰는 종이. ¶만일 윤 직원 영감한테 돈을 타지 못하고, 불가불 수형을 이용해야 할 경우라도 역시 뒤지를 해 없앤 줄로 둘러대고서, 새로 수형을 쓰게 합니다. 〈태평천하⑫〉

뒤창(–窓)명 뒤쪽으로 난 창. ¶덧문으로 닫지 않은 위아래 앞문과 뒤창이 다같이 희유끄룸히 밝으려고 하는데 파아란 덮개를 드리운 전등은 아직 그대로 켜져 있다. 〈탁류⑩〉

뒤채명 뒤 편에 있는 집채. 어떤 집채의 뒤쪽에 있는 집채. 『상대』 앞채. ¶고개를 움칠 혓바닥을 날름하면서 발길을 돌려 살금살금 뒤채께로 피해 가고 있읍니다. 〈태평천하⑥〉

뒤처지다동 뒤로 남게 되거나 뒤로 떨어지다. ¶그러니 그저 농판같이 뒤처진 역사 속에서 끄먹끄먹 호흡이나 하고 있는 수밖에…. 〈이런 처지〉 ¶뒤처져 나오던 동무들이 흘끔흘끔 나의 낯선 동행을 돌아본다. 〈농민의 회계보고〉

뒤치다[1]동 엎어진 것을 젖히거나 젖혀진 것을 엎어 놓다. ¶누웠던 자리에서 몸 한 번만 뒤치면 마루루 나와지구. 〈소망〉 ¶옆에서는 모친 유 씨가, 형주로 더불어 가끔 몸 뒤치기는 해도, 딴 세상같이 깊은 잠이 들었다. 〈탁류⑪〉

뒤치다[2]동 (무엇을) 헤집거나 들추다. ¶그리구는 허는 일이라는 게 책 디리파기, 신문 잡지 뒤치기, 그렇잖으면 끄윽 드러누워서, 웃지두 않구…. 〈소망〉

뒤치다꺼리명 뒤에서 일을 수습하며 보살펴주는 일. 뒤에서 일을 보살펴 도와줌. 『비슷』 뒷바라지. ¶더우기 바라고 바라던 군수가 영영 떠내려 가겠은즉, 목마른 놈이 우물 파더라고, 짜나따나 그 뒤치다꺼리를 다 하곤 했던 것입니다. 〈태평천하⑫〉 ¶손아래의 시아재와 어린 아들 태진의 뒤치다꺼리를 한다든가. 〈용동댁〉

뒤태(–態)명 뒤쪽에서 본 몸매. 뒷모습. ¶승재는 앞서서 비탈길을 내려가는 명님이의 뒤태를 눈여겨보면서 무심코 한숨을 내쉰다. 〈탁류⑥〉 ¶어머니는 머리채가 허리 아래로 치렁거리는 딸의 뒤태를 우두커니 바라보다가 또 한숨을 내쉰다. 〈동화〉

뒤통수명 머리의 뒤쪽. ¶“그러니까… 주인(宿所)도 못 정했겠구만?” “응 아직…” 하고 그는 난처한 말을 차마 끄집어내는 듯이 뒤통수를 긁적긁적한다. 〈농민의 회계보고〉 ¶그러나 그렇다고 일을 이만큼이나 저질러 놓고 그대로 뒤통수를 긁다가는 되레 욕을 먹을 판이다. 〈명일〉 ¶인력거꾼은 어쩐 영문인지를 몰라, 두릿두릿하다가, 혹시 외상인가 하고 뒤통수를 긁적긁적하면서…. 〈태평천하①〉

뒤틀리다동 꼬여서 비틀어지다. 물건이 꼬인 것처럼 이리저리 세게 틀어지다. ¶부지직 기운이 솟아나고 사지가 뒤틀려 견딜 수가 없던 것이다. 〈빈(貧)… 제1장 제2과〉

뒤풀이명 어떤 일의 뒷마무리 과정. ¶주인 여자는 뒤풀이가 미흡했던지, 또는 이야기가 더 하고 싶었던지 음성을 훨씬 풀

어 가지고 근경 속 있게 다시 초를 잡는다. 〈탁류⑮〉

뒷갈망명 일의 뒤끝을 감당하여 처리하는 일. 『비슷』 뒷갈무리. ¶사람이 좋거나 하지 좀 뒷생각이 없는 편이어서 전후 생각 못 하고 냉큼 쉬운 소리를 했다가는 뒷갈망을 못해 졸경을 일쑤 치르곤 했었다. 〈회(懷)〉

뒷갈무리명 일이 벌어진 뒤 끝에 하는 처리. 『비슷』 뒷갈망. ¶이렇게 속으로 빈정대는 게 아주 번연하니, 썩 발칙스럽기도 하려니와 일변 어째 그랬든 한번 개두를 한 이상 뒷갈무리를 못해서야 어른의 위신과 체모가 아니던 것입니다. 〈태평천하⑥〉 ¶좌우간 어떻게든지 뒷갈무리가 된다며는 관수는 오히려 마음의 짐이 덜릴 수가 있을 성싶었다. 〈정자나무 있는 삽화〉

뒷감당명 일의 뒤끝을 감당하여 처리함. 『비슷』 뒷갈망. ¶자연 말을 함부로 하고서 되잡혀서는 뒷감당을 못하다. 결과는 망신만 번연하다. 〈상경반절기〉

뒷걸음질명 뒤로 물러서는 짓. ¶초봉이는 그만해 두고 일어서서 뒷걸음질을 친다. 〈탁류⑩〉

뒷고생명 늘그막에 하는 고생. ¶윤 직원 영감은 제가 그대로 병통없이 말치없이, 자기 종신토록 자알 살아만 주면 마지막 임종에 가서, 그 집하고 또 땅이나 벼 백 석거리하고 떼어 주어, 뒷고생 않게시리 해 주려니, 이쯤 속치부를 잘해 두었었습니다. 〈태평천하⑧〉

뒷곬명 뒷전. 뒤쪽이 되는 부근. ¶아랫목 자리를 피해 이편짝 뒷곬으로 비껴 앉고…. 〈순공(巡公) 있는 일요일〉

뒷그늘명 '불행이나 근심이 드리운 어두운 표정'의 비유. ¶그다지 까불고 술심 망나니고 하던 (실상은 명랑했던) 대신 사람이 몹시 뒷그늘이 져 보이고 입도 무거워졌고 해서, 우선 남과 붙일성이 없었다. 〈정자나무 있는 삽화〉

뒷근심명 뒷일에 대한 근심. ¶나는 인제 고만하고 죽어도 뒷근심은 없겠지, 이런 단념의 슬픈 안심이었었다. 〈탁류⑯〉

뒷대명 주사기의 속대. 손으로 눌러 약물이 주사 바늘로 나오도록 하는 물건. ¶승재는 주사기의 뒷대를 눌러 약을 내뿜는다. 〈탁류⑧〉

뒷데시기명 →뒤통수. 머리의 뒤쪽. 뒷골. ¶그 표적으로다가 뒷데시기에는 밤알만 한 쪽이 붙어 있다. 〈동화〉

뒷도장명 뒷보증을 설 때 찍는 도장. ¶남이 빚 얻어 쓰는 데 뒷도장 눌러 주고는, 그것이 뒤집혀 집행을 맞기가 일쑵니다. 〈태평천하⑤〉

뒷마롱명 →뒷마루. (전북) ¶"나가서 구경이나 허자… 아니 시언헌디 이 뒷마롱으로 오시요." 하고 재봉틀 부인을 청해 들인다. 〈보리방아〉

뒷마루명 집 뒤쪽에 붙어 있는 마루. ¶짜박짜박 발걸음 소리가 나며 뒷마루에 쿵 하는 밥상 놓는 소리가 들렸다. 〈앙탈〉

뒷손가락질명 상대가 안 보는 데서 흉보는 짓. ¶소시적에 남들이 노름꾼 말대가리 자식놈이라고, 뒷손가락질과 귀먹은 욕을 하는 데 절치부심을 한 소치라고 합니다. 〈태평천하⑩〉

뒷수발명 뒤에서 보살피며 주선하여 도와주는 일. 『같은』 뒷바라지. 뒤치다꺼리. ¶내가 장가를 가겠다면 중매 이상으루 가

진 뒷수발 다아 들어 주겠다구는 뉘 입으로 한 말야?〈탁류⑤〉

뒷시중명 뒤를 돌보아 주며 시중드는 일. ¶더구나 친정에서고 시집에서고 마지못할 침선이나 집안 식구네의 뒷시중 이외에는 알뜰살뜰히 살림에 맛을 붙일 정성이 날 수가 없는 처지이니.〈용동댁〉

뒷심명 남의 뒤에서 도와 주는 힘. ¶"그렇게 뒷심을 보실 테거들랑 돈을 애끼지 말구서, 우선 오늘 저녁버틈이라두 척 돈을 좀 몇십 환 듬뿍 쓰세야죠!"〈태평천하⑫〉

뒷줄명 드러내지 않고 넌지시 행동할 만한 수단이나 방법. 『같은』 뒷구멍. ¶가령 그 짐작이 옳게 들어맞았다고 하더라도 혼인이 파혼이 될는지가 의문인 걸, 항차 정주사네가 뒷줄로 다시 알아본 결과(혹은 이미 알아본 걸로) 고태수의 그러 한 제반 자격이 적실한 것이고 볼 양이면,〈탁류⑧〉 ¶그래 누가 이러라저라라 시킬 것도 없이 벌써 줄 맞은 병정이 되어서, 젊은 윤 두꺼비는 뒷줄로 뇌물을 쓰느라고 침식을 잊고 분주했읍니다.〈태평천하④〉

뒷짐(을) 지다『관용』 두 손을 등 뒤로 젖혀서 마주잡다. 여기서 '뒷짐'은 두 손을 허리 뒤로 돌려 마주잡는 일. ¶언제 왔는지, 하얀 점순 할머니가 뒷짐을 지고 부엌 문지방에 가 지어서서 웃는다.〈암소를 팔아서〉 ¶나이 좀 젊고 가날픈 여인네는 마당으로 내려가서 뒷짐을 지고 행똥행똥 집안을 한 바퀴 휘 돌아나왔다.〈보리방아〉 ¶다섯 자가 될락말락한 키에 가슴을 딱 버티고 한 팔만 뒷짐을 지고….〈탁류①〉

뒤짐지다동 두 손을 등 뒤로 젖혀서 마주잡다. ¶교편을 뒤짐져 들고 교단 위를 오락가락하던 영섭은….〈이런 남매〉

드끄럽다형 →듣그럽다. 떠드는 소리가 듣기 싫다. ¶"저 손 그리구 암소래두 소가 좋아서 두구 부리문 십 년 하난 부릴 솔 무어가 답답해 팔우?" "드끄러! 손 제마다 부리는 줄 아나베!"〈암소를 팔아서〉 ¶"드끄럽소 여보… 아 글쎄 멀끔멀끔한 양복쟁이들이 종로 네거리로 기를 받고 그렇게 다녀 봐! 애들이 와서 나 광고지 한 장 주, 하잖나."〈레디 메이드 인생〉 ¶"드끄러워요! 내가 어디 가서 기두 맥두 없이 죽어 버려야, 당신이 정신을 좀 채릴려나 보우."〈소망〉 ¶"제기할 것, 나두 우리 초봉이 덕분에 막내둥일 본단 말이지?" "드끄러워요. 괜히 심심허니깐 사람 놀릴 양으루…."〈탁류⑬〉

드끼부 듯이. 듯하게. ¶"홍, 나두 공장 가서, 돈 좀 벌어서, 누구 보아란 드끼, 난 큰 황솔 한 바리 사놀 걸!"〈암소를 팔아서〉

드난살이명 여자가 남의 집 행랑에 붙어 살면서 하는 고용살이. ¶남의 집 드난살이나 행랑 사람들이란 개개 저희들끼리 모여 서서 잡담과 주인네 흉아작을 하는 걸로 낙을 삼고 지내고,〈탁류⑰〉

드라이(독. drei)수 '셋(三)'의 독일어. ¶그리구 죄가 또 있지. 아인두 족한데, 즈바이 드라이씩 독점을 하구 지내구… 응? 하나찌두 일이 오분눈데 쓰나찌나 세나찌나 무슨 일이 있나?〈탁류⑬〉

드럽다형 →더럽다. (경상) ¶"드런 와이샤쓸 입구서 양주 같이 나가면 남들이 보구서, 저 여편네 저는 말쑥허게 빼떼리구서두 사낸 저 꼴을 시켰단 말이냐구 욕헐게 아니요"〈순공(巡公) 있는 일요일〉

드레다㊍ 더럽히다. 더럽게 하다. ¶얘야, 저 새 옷 모두 드렌다! 〈탁류⑯〉

드르륵㊏ 방문 따위를 거침없이 열 때에 나는 소리. ¶가슴 두근거리는 것을 진정하느라고 숨을 한번 깊이 들이쉬고 나서, 마침내 드르륵 미닫이를 열어젖혔다. 〈탁류⑩〉 ¶앞문에 붙인 유리쪽으로 무심히 바깥을 내다보다가 얼른 반겨 쌍창을 드르륵 열어젖힌다. 〈모색〉

드리다㊍ (물건 팔기를 그만두고 가게의 문을) 닫다. ¶제발 오늘은 가게를 일찍 드리고 올라오시라고 기별을 했는데야! 〈탁류⑩〉

드리없다㊎ 경우에 따라서 이리도 되고 저리도 되어 일정하지 않다. 대중없다. ¶혹은 병인이 있는 집은 치료를 해 주느라고 드리없이 찾아다니곤 했기 때문에 그 형편들을 낱낱이 잘 알고 있고, 〈탁류⑮〉 ¶예를 들자면 드리없지만, 가령 밤 늦게까지 건넌방에서 아무리 성냥 긋는 소리가 나도, 〈태평천하⑤〉 ¶이런 여러 가지 비단들이 피륙으로 혹은 말라 놓은 옷감으로 드리없이 손에 만져지는 것이다. 〈동화〉

드리우다㊍ 그림자, 어둠, 구름 따위의 말과 함께 쓰여, 깃들거나 끼거나 생기게 하다. ¶마침 남향한 움패기가 맑은 햇볕이 드리워 하도 좋아 보였다. 〈상경반절기〉

드북하다㊎ (분량이) 범위에 넘칠 정도로 그득하다. ¶아무레나 나는 모르겠다. 수나 드북하니 잡소, 들…. 〈탁류④〉

드뿍㊏ 분량이 범위에 넘치는 모양. ¶"그렇잖우? 드뿍 큰 목아치는 크게 해먹은 맛으루나 당한다구," 〈태평천하⑫〉

드세다㊎ (힘이나 기세가) 매우 강하고 사납다. ¶드세게 머리를 쳐들고 일어나는 초봉이에의 애착, 〈탁류⑧〉 ¶허릴읎이 옛날으 부랑당패 한참 드세던 죄선 뽄새가 되구 말 티닝개루…. 〈태평천하⑧〉 ¶연일 드세게 불던 바람도 오후를 기다리느라 아직은 잠잠하다. 〈모색〉

드윽㊏ (얼음이 얼어붙을 정도로) 날씨가 갑자기 더 추워지는 모양. ㊙ 득. ¶대설 추위를 하느라고 며칠 드윽 춥더니, 〈얼어죽은 모나리자〉

드팀전(--廛)㊐ 전날에 온갖 피륙을 팔던 가게. ¶오목이네는 벌써 일 년이나 두고 이 황화전(드팀전) 옆에서 떡장사를 하기 때문에 철을 따라 보피떡, 인절미, 송편, 무우시루떡 그리고 겨울 한 철은 호박떡. 〈얼어죽은 모나리자〉

득남례(得男禮)㊐ 아들 낳은 것을 기념하는 잔치. ¶그 이듬해 정월에 자네들 일당이 득남례라고 삼백여 원어치 때려 먹던 그놈일세…. 〈이런 처지〉

득세(得勢)㊐ 형세가 좋게 되는 것. 또는 유리해지는 형세. ¶일찌기는 그 자동차 등쌀에 파리를 날리던 인력거가 도로 득세를 하여. 〈이런 남매〉

득실(得失)이 상반(相半)『관용』 얻음과 잃음, 이로움과 해로움이 서로 맞먹음. ¶족보는 아뭏든 그래서 득실이 상반이었고, 그 다음은 윤 두꺼비 자신이 처억 벼슬을 한자리 했읍니다. 〈태평천하④〉

든적스럽다㊎ →던적스럽다. 보기에 더러운 태도가 있다. ¶"흐응! 제에발 좀 있으라구 떡을 한 섬에치만 쪄 놓구 빌어 보지요?… 더럽구 든적스런…" 〈이런 남매〉

든질르다[1]㊍ →들이지르다. 닥치는 대로

보기 흉하게 많이 먹다. ¶저 자식은 왜 썩 없어지진 않골랑 홍! 한잔 얻어 든질르고 싶어서… 이런 눈치가 완구하다. 〈정자나무 있는 삽화〉

든질르다[2]**동** →들이지르다. 들이닥치며 세게 지르다. ¶기껏해야 식모가 나서서 세수물 한 대야 떠다가 든질르기가 고작이다. 〈탁류⑬〉

듣잔즉부 듣자 하니. 들어보니. ¶그가 지금은 다아 그렇게 궁하게 지내지만, 듣잔즉 늘잡아서 내년 가을이면 옹근 의사가 된다고 하니. 〈탁류⑦〉

들거리명 장사나 영업의 기초가 되는 돈이나 물건. 〖같은〗 밑천. ¶그것을 계제 좋다고 잡아 끊었다가, 그놈으로 들거리를 삼아, 다시 쌀을 몇백 석 붙여 놓고…. 〈탁류④〉

들고 나서다동 남의 일에 참견하여 나서다. ¶그러면 들고 나서서 간섭을 해? 그것은 안팎으로 사리는 게 많아 못할 일이다. 〈탁류⑧〉

들고뛰다동 냅다 뛰다. 또는 마구 달아나다. ¶돈 만 원이고 이삼만 원이고 상말로 왕후가 망건 사러가는 돈이라도 덮어놓고 들고뛸 작정이다. 〈탁류④〉

들끓어오다동 떼지어 몰려오다. ¶"손인지 발인지 들끓어와서 야단법석을 내서 틈이 나야지." 〈빈(貧)… 제1장 제2과〉

들띄어 놓고부 →들떼 놓고. 꼭 바로 집어 말하지 않고 어물쩍하게. ¶오 서방은 무릎을 깍지 끼고 앉았다가 문득, 아 요새, 싸움은 어떻게 됐다냐고 들띄어 놓고 묻는다. 〈정자나무 있는 삽화〉

들레다동 야단스럽게 떠들다. 왁자지껄하게 떠들다. ¶노파는 더욱 기광이 나서 허덕허덕 들렌다. 〈쑥국새〉 ¶'대체 무슨 그리 긴한 소간이 있다고 그다지 들레고 다니면서 나를 찾더란 말이냐.'는 박절한 구박임을 알아차렸을 것이나. 〈모색〉

들먹거리다동 남을 들추어 내어 입에 올리다. ¶이 쓸어 넣고 들먹거려 하는 욕이 고 씨의 입으로부터 떨어지자마자, 〈태평천하⑥〉

들무웃하다형 →들뭇하다. 넓은 곳에 높이 솟아서 당당하다. ¶"허허허허. 그럼 이땜에나 들무웃한 걸 한자리 해 오지요… 가만히 계십시요. 수두룩합니다." 〈태평천하⑦〉

들뭇들뭇부 분량이나 수효가 어떤 범위 안에 가득차 있는 모양. ¶좌우와 건너편이 모두 들뭇들뭇 여러 층짜리 벽돌집에다가 훤칠한 근대식 점포들이 즐비한 상가의 번화한 한복판이 되고 보니. 〈회(懷)〉

들뭇들뭇하다형 여럿이 다 들뭇하다. 또는 매우 들뭇하다. ¶화물자동차가 구루마의 짐을 집어삼키기는 가마니뿐만이 물론 아니다. 벼나 쌀이나 그 밖에 들뭇들뭇한 짐은 다 집어삼켜 버린다. 〈화물자동차〉 ¶이것이 대복이의 주변으로, 종로 일대와 창안 배오개 등지와, 그 밖에 서울 장안의 들뭇들뭇한 상고들을 뽑아 신용 정도를 조사해 둔 블랙리스트입니다. 〈태평천하⑦〉

들뭇하다형 넓은 곳에 높이 솟아서 당당하다. 〖비슷〗 덩그렇다. ¶웃목으로 나란히 놓인 양복장과 삼층장의 으리으리한 윤택, 머릿장, 머릿장 위에 들뭇하게 놓인 금침 꾸러미, 〈탁류⑩〉

들박히다[형] 한군데만 꼭 붙어 있다. ¶실상 말하면 자기도 영복이와 한가지로 돌아다니며 활동을 하여야 할 것인데 기분이 좋지 못하다는 핑계를 하고 집 안에 들박혀 앉아서 동지가 찾아오면 겨우 말대꾸나 하여 주고 비라 문구나 가르쳐 주곤 하였다. 〈병조와 영복이〉 ¶밤이나 낮이나 집 안에만 들박혀 있곤 하여 가뜩이나 발육이 좋지를 못합니다. 〈홍보씨〉

들부수다[동] (손에 닥치는 대로) 마구 부수다. [같은] 들이부수다. ¶동대문 밖과 관철동의 시앗집엘 가끔 쫓아가서는 들부수고 싸움을 합니다. 〈태평천하⑤〉

들부시다[동] →들부수다. ¶으레껀 두런거리고 들부시고 사랑에까지 큰소리가 들리게 하네그려! 〈이런 처지〉

들앉다[동] '들어앉다'의 준말. 나돌아 다니거나 바깥 활동을 하지 않고 집에만 들어박혀 지내다. ¶대체 집에 들앉은 부인네들이 무얼 안다구 그래요?…. 〈태평천하⑥〉 ¶날더러는 단 십 분을 들앉어 있으래두 죽으면 죽었지 못해. 〈소망〉

들어단짝[부] →들이단짝. 들이대고 다짜고짜. ¶양 서방은 들어단짝 지천을 하면서, 먹곰보를 사정없이 떠밀어 박지른다. 〈탁류⑥〉

들어 메다[동] 들어서 을러메다. ¶밥 먹던 숟갈을 연신 들어 메면서 병주가 도전을 한다. 〈탁류③〉

들엄들엄[부] →들음들음. 가끔 들음. 또는 여기저기서 들음. ¶이런 이야기야 그이가 어디 재갸 입으루 하나요? 그이 친구헌테 들엄들엄 들은 소문이지. 〈탁류⑦〉

들여대다[동] (물건을) 준비해서 제공하다. ¶화물자동차 한 대만이라도 웬만한 때에는 척척 실어 날랐고 급한 때에는 두 대 세 대라도 들여대었다. 〈화물자동차〉

들은 성 만 성 하다[동] 듣고도 못 들은 체하거나 반응을 보이지 않다. [같은] 들은 체만 체하다. 들은 척 만 척하다. ¶그리하여 그동안까지는 대개는 그 막연한 설교를 들은 성 만 성하고 물러가는 것이 그들의 행투였었는데…. 〈레디 메이드 인생〉

들은풍월(--風月)[명] (자기가 생각해 내거나 또는 창작한 것이 아니고) 남에게서 얻어들어 알게 된 대수롭지 않은 지식을 이르는 말. ¶그는 시치미를 뚜욱 떼고 앉아, 들은 풍월로 강 건너 장항이 축항까지 되면 크게 발전이 될 테고. 〈탁류⑦〉

들음들음[명][부] 가끔 들음. 또는 여기저기서 듣는 모양. ¶신문에도 종종 나고, 들음들음이 들으면 차가 늘 만원이 되어서 누구든 서울까지 두 시간을 꼬바기 서서 갔었네. 〈상경반절기〉 ¶물론 그동안에도 들음들음 소식도 듣고 더욱이 상수 당자의 꾸준한 통신이 있었고. 〈모색〉

들이[부] '들입다'의 준말. 마구 무리하게. 대단히. 몹시. ¶분개해서 고태수를 들이 미워해야 하겠는데, 그러나 어쩐 일인지 그가 미워지질 않고 자꾸만 더 돋보인다. 〈탁류②〉 ¶오복이의 팔을 잡아 흔들면서 저애가 어쩌자고 저런다냐? 응, 응, 어쩌자고 응, 응, 목안엣소리로 들이 황망해한다. 〈정자나무 있는 삽화〉 ¶제 새끼가 사람의 손에 (잡혀) 있는 것을 보고는, 들이 성화가 나서 지저거려 싸면서, 허둥대는 게 바로 여간이 아닙니다. 〈홍보씨〉

들이끼다⑧ →돌이키다. '원상으로 돌아가다'의 뜻. 여기서는 '돌이켜서는'의 꼴로 쓰여 '바꾸어 보자면', '다른 말로 하자면' 따위의 뜻으로 쓰임. ¶그는 자기 집안을 그 지경을 만들어 놓은 자기의 맏형을 원망하였다. 좀 들이껴서는 그의 집안이 호화로운 부자는 못 되었지만 그래도 그다지 남이 부럽거나 남에게 아쉬운 청을 하지는 아니하였다. 〈생명의 유희〉 ¶춘추로 소를 잡고 돼지를 잡고 해서 제사를 지내고 하지요. 들이껴서는 그게 바로 학교더랍니다. 〈태평천하④〉

들이다[1]⑧ '들다'의 사역형. 추위를 녹이거나 땀을 그치게 하다. ¶"왜 벌써 일어스세요? 땀이나 들여서 즘심 진지나 좀 잡숫구 가시지…" 〈보리방아〉 ¶사층 층계를 다 올라서면서 신형의 동그란 선풍기에서 나오는 선풍기에 더위를 들이느라고 섰느라니까. 〈명일〉

들이다[2]⑧ 안으로 들어오게 하다. 여기서는 '곡식을 거두다'의 뜻으로 쓰임. ¶그렁저렁 설이 지나고 또 추석 명절이 지나서 훨씬 있다가 들에서 벼를 들일 무렵에. 〈어머니를 찾아서〉

들이닿다⑧ 한꺼번에 와닿다. 또는 급히 와서 닿다. ¶그놈 시커머니 기다란 차가 식식거리며 들이닿고 윙 소리를 깜짝 놀라서 질러 주고는 달아나고 하는 것을 보면, 〈어머니를 찾아서〉 ¶겨우 당일에야 결혼식장으로 전보만, 다른 축전 몇 장 틈에 끼여서 들이닿았다. 〈탁류⑩〉

들이좋다⑱ 몹시 좋다. ¶계봉이는 상관않고 고개를 깝신깝신하면서 들이좋아서…. 〈탁류⑧〉

들이덤비다⑧ 마구 덤비다. 〖준말〗 들덤비다. ¶그저 오늘 당장 장형보라는 저 원수가 들이덤벼 가지고는 조사모사 해 놓은 소치로만 여겼을 것이다. 〈탁류⑭〉

들이뜨리다⑧ 안으로 아무렇게나 밀어서 집어 넣다. 〖준말〗 들뜨리다. ¶정 주사는 장작개비를 빼어 부엌으로 들이뜨리면서…. 〈탁류⑥〉

들이밀다⑧ 함부로 몹시 밀다. 〖준말〗 디밀다. ¶뱃속의 새 생명은 때아닌 격동에 흔들리어 부득부득 머리를 들이밀고 나오기 시작하던 것이다. 〈생명〉

들이빨다⑧ 몹시 세게 빨다. ¶그는 곰방대에 담배를 붙여 흠씬 들이빨고 나서 "내가 실상은 자네를 찾아보고 긴히 할 청이 있어 이렇게 올라왔네." 하고 정말로 긴히 나의 낯을 살핀다. 〈농민의 회계보고〉

들이손가락⑲ '엄지손가락과 집게손가락'을 이르는 말. ¶그동안에 태식은 시근버근 넘싯거리면서 밥상에 있는 반찬들을 들이손가락으로 거덤거덤 집어다 먹느라고 정신이 없습니다. 〈태평천하⑤〉

들이울다⑧ 들입다 울다. 또는 몹시 울다. ¶암만 숨이 가빠야 저는 가쁜 줄을 모른다. 송희가 들이울어도 딩굴어도 안 들린다. 〈탁류⑱〉

들이조지다⑧ 마구 다지고 몰아치다. ¶초봉이는 이렇게도 들이조지는 무서운 고통이라고는 일찌기 상상도 못했었다. 〈탁류⑬〉

들이켜다⑧ (물 따위를) 마구 마시다. ¶나마비이루는 그놈 큼직한 단지째 들고서 들이켜야 제 맛이 나는 법이거든. 〈이런 처지〉

들입다[부] 계속해서 세차게. ¶정 주사는 좋기는 하면서도 어색해서 어물어물하고, 김 씨는 들입다 혼감을, 〈탁류①〉 ¶그 담에는 그놈의 짓에 들입다 발광해 다니면서 명색 학생 출신이라는 딴 여편네를 얻어 살았지요. 〈치숙(痴叔)〉 ¶에구 무척! 언니는 아저씨라며 들입다 깨진 뚱딴지 위하듯 위하면서. 〈소망〉

들입다들[부] 여럿이 모두 들입다. ¶아침으로 오후로 저녁으로면 뱃사람 여대치게 들입다들 소리 지르고 지껄이고 쾅당거리고 음악하고 하느라고 남 정신 못 차리게 떠드는 선머슴 중학생들이 들어 있는. 〈모색〉

들재도[부] '들자고 해도'의 준말. ¶여느때는 한 짝씩만 들재도 힘이 부치는 맷돌이다. 〈탁류⑱〉

들창(-窓)[명] 벽의 위쪽에 자그맣게 만든 창. ¶밖에서 보면 길로 들창이 나고, 〈이런 남매〉

듬뿍듬뿍[부] 매우 듬뿍한 모양. 또는 여럿이 다 듬뿍한 모양. '듬뿍하다'는 매우 수북하게 많다. 〉담뿍담뿍. ¶아이들의 모양새라는 것은 제각기 모두 밥을 한 사발씩 듬뿍듬뿍 배불리 먹고 났어도 도로 시장해 보일 얼굴들이다. 〈탁류⑮〉

듬성듬성[부] 촘촘하지 않고 성기거나 드문드문한 모양. ¶키 크고 엉성한 강냉이대들이 듬성듬성 섰고. 〈동화〉 ¶바른편은 누르붉은 사석이 흉하게 드러난 못생긴 왜송이 듬성듬성 눌어붙은 산비탈. 〈쑥국새〉 ¶어느새 월사금 못낸 아이 넷만 넓은 교실 안에 듬성듬성 떨어져 앉았다. 〈이런 남매〉

듬씬[부] 정도에 넘치게 많거나 심한 모양. ¶작년 가을부터 뒤엄을 많이 장만해서 마음 먹고 걸음을 듬씬 한 보람이 없지 않아. 〈정자나무 있는 삽화〉

듭신[부] 듬씬. 정도에 넘치게 많거나 심한 모양. ¶그 끝에 유 씨한테 듭신 지천을 먹기도 하겠지만. 〈탁류⑦〉 ¶업순이는 그쪽을 바라보고 섰다가 저도 모르게 듭신 숨을 들이쉰다. 〈동화〉

등(이) 달다[관용] 일이 급하거나 마음대로 되지 않아 몹시 안타까워지다. ¶제 아범이 앓는다고 불려 갔으나 혹시 못 오기나 하면 어찌 하노 해서, 바야흐로 등이 단 참인데, 〈태평천하⑭〉

등갈(藤葛)[명] 갈등. 개인이나 집단 사이에 목표나 이해관계가 달라 서로 적대시하거나 불화를 일으키는 상태. ¶지나간 사월 초생부터 그 백석이와 은행 사이에 사소한 일로 등갈이 나 가지고, 백석이가 다른 은행으로 거래를 옮기리 어쩌리 하는 소문이 들렸다. 〈탁류④〉 ¶처음 몇 해 동안은 그리하여 잔뜩 학도들은 임×× 선생과 등갈이 져 가지고 야속히도 못 볼 상으로 사사이 그를 미워하고 했다. 〈회(懷)〉

등감[명] →등갑. '등갑'은 '등딱지', '등껍데기'의 뜻으로 여기서는 '사람의 등'을 속된 말로 일컬음. ¶발길로 걷어채고 등감을 질리고 하는 것쯤 아주 심상히 여기고 달게 받는다. 〈탁류⑯〉

등거리[명] 베나 무명으로 깃이 없고 조끼처럼 등만 덮을 만하게 걸쳐 입는 홑옷. ¶시늉만 낸 등거리와 새코잠방이가 방금 물에서 건진 양 땀에 젖어 몸뚱이에 착 달라붙었다. 〈정자나무 있는 삽화〉

등걸명 큰 줄기를 잘라 낸 나무의 밑동. ¶ 한데 산림간수한테 오기는 있어, 들키면 경을 치기는 매일반이라서 들이 닥치는 대로 철쭉 등걸이야 진달래 등걸이야 소나무 등걸이야 더러는 멀쩡한 옹근 솔까지 마구 작살을 낸 것이. 〈쑥국새〉

등골을 뽑다『관용』 남의 재물을 갖은 방법으로 착취하기나 남을 몹시 고생스럽게 하다. ¶ 아서라! … 남의 계집애 자식을 몇 푼이나 주구서 사다갈랑은 디리 등골을 뽑아 먹을 텐데? … 쯧쯧! 〈탁류⑨〉

등골이 오싹하다『관용』 매우 놀라거나 두렵거나 하여 등줄기에 소름이 끼치는 것 같다. ¶ 등골이 오싹하도록 무섭게 초봉이를 노리고 섰던 윤희는 몸을 푸르르 떨면서 뽀드득 이를 갈아붙인다. 〈탁류②〉

등등(騰騰)하다형 서슬이 푸르다. 드러내는 어떤 기세가 무서우리만큼 드높다. ¶ 윤 직원 영감은 히죽이 웃기까지 하는 것이, 방금, 그다지 등등하던 기승은 그새 죄다 잊어버린 모양으로 아주 태평입니다. 〈태평천하⑦〉

등락(騰落)명 물가 따위가 오르고 내림. ¶ 표준 미가(標準米價) 이후 하루 동안에 백 정이니 이삼백 정이니 하는 등락은 이미 옛날의 꿈이요, 〈탁류④〉

등사(等事)명 '그러한 일 따위'의 뜻을 나타내는 말. ¶ 하물며 개돼지를 친다든가 닭을 놓는다든가 등사에 재미를 들일 흥이 없을 게야 물론 말할 것도 없었다. 〈용동댁〉

등속(等屬)의 명사에 붙어 그것과 비슷한 것을 몰아서 이르는 말. ¶ 오늘 새로 얻은 방을 닦달하려고, 비와 털이개와 걸레 등속을 찾아 가지고 그 집으로 갔다. 〈탁류⑧〉 ¶ 죽가래로 푹 찌른 것처럼 가로 째진 입, 길바닥에 떨어진 쇠똥같이 지질펀펀한 코, 왕방울 같은 눈, 좁디좁은 이마, 부룩송아지 대가리처럼 노란 머리터럭이 곱슬곱슬 자지러 붙은 대가리… 등속. 〈쑥국새〉 ¶ 자아, 어디가 좋꼬? 아직 오정도 채 못 됐으니, 빠아나 카페 등속은 좀 멋하고, 아 이 사람아, 〈이런 처지〉 ¶ 거 닭이라도 몇 마리 놓아서 알을 받아 끼니때에 쪄 주질 않느냐고 등속의 농가집 가장다운 신칙을 할 주변성이 없는 영감이다. 〈용동댁〉 ¶ 담배 연기 등속으로 공기는 탁하겠다. 〈반점〉 ¶ 이내 눈 코 입 수염 귀 허리 다리 배꼽 등속에까지 주욱 퍼져 나가곤 한다는데야 그만하면 다 알조가 아니라구요. 〈흥보씨〉 ¶ 차라리 강서방네라든가 노마네 혹은 노마 어멈 등속이 수수하니 제 격에 맞을는지도 모르는 노릇이었다. 〈이런 남매〉 ¶ 만일 저도 지망만 하고 나선다면 은행 회사 등속의 여사무원붙이야 목을 매어 끌어도 가지 않겠지만. 〈모색〉 ¶ 다섯 살박이 어린 놈은, 새로 장만한 모자야 구두야 양복 등속을, 죄다 벌써 떨쳐 입고는 물병까지 둘러메고, 〈순공(巡公) 있는 일요일〉

등쌀명 몹시 귀찮게 구는 짓. ¶ 닭이 덤벼들어서 쇠물에 섞인 수수알맹이를 개평 떼느라고 등쌀이다. 소 닭 보듯 한다더니 저 먹을 것을 마냥 개평 들려도 소는 본숭만숭이다. 〈암소를 팔아서〉 ¶ 일찌기는 그 자동차 등쌀에 파리를 날리던 인력거가 도로 득세를 하여. 〈이런 남매〉

등을 지다『관용』 무엇을 등 뒤에 두어 기대다. ¶ 형보는 등을 지고 있었기 때문에 초봉이의 형용을 보지 못하기도 했지만, 종시 귀먹은 체하고 서서 담배만 풀썩풀썩 피울 뿐 아무렇지도 않아 한다. 〈탁류⑭〉

등의자(藤椅子)명 등나무 줄기를 잘게 다듬어 만든 의자. ¶그래도 시원한 등의자에 편안히 걸터앉아, 〈탁류⑫〉

등이 붙다관용 '배가 맞다'와 같은 말. '배가 맞다'는 '남녀가 남모르게 서로 몸을 허락하다'의 뜻. ¶한데 금년 첫여름부터는 또, 관수라는 총각과 배가 맞았느니 등이 붙었느니 하는 소리가 왁자하니 돌기 시작했다. 〈정자나무 있는 삽화〉

등장(等狀)명 여러 사람이 연명(連名)하여 관청에 무엇을 호소하는 일. ¶"등장 가얄까 보군!" 베레 모자 신사가 혼잣말하듯 하는 소리고, 〈회(懷)〉

등줄기에서 노린내가 나게시리 두들기다속 거의 죽을 정도로 몹시 때린다는 뜻. ¶"이년 인제 보아라. 등줄기에서 노린내가 나게시리 늑신 두들겨 줄테니." 〈탁류⑦〉

등짐장수명 일용품 따위의 물건을 등에 지고 팔러 다니는 장수. ¶아무리 가난하기로 등짐장수처럼 길가에서 솥단지밥을 해 먹는 바 아니니 소금만 해서 먹을 수는 없고, 〈탁류①〉

등짝명 '등'의 속된 말. 사람이나 동물의 몸통에서 뒤쪽이나 위로 향한 쪽. 곧 가슴이나 배의 반대쪽. ¶이렇게 물씬거리지 말고 내리구르는 발꿈치가 배창을 꿰뚫고 다시 등짝을 꿰뚫고 따악 방바닥에 가서 야멸치게 맞히기라도 했으면…. 〈탁류⑱〉

디굴다동 →뒹굴다. 누워서 이러저리 구르다. ¶근데 글세 저 아랫방에는 아 인제 겨우 쥐알만큼씩 헌 계집애들이 생판 연애를 한답시구 남의 집 선머슴 애들을 찾아와설랑은 사뭇 다 디굴구…. 〈모색〉

등한(等閑·等閒)하다형 어떤 일에 마음을 두지 않고 소홀히 여기거나 무심하다. ¶그러니 잘 좀 유념해서 등한하게 여기지 말구 〈탁류⑮〉

디딤돌명 마루 아래나 뜰에 놓아 디디고 오르내리게 된 돌. ¶솥단지가 걸린 부뚜막에서 조금만 비껴 디딤돌 위로 방문이 달리고, 〈이런 남매〉

디룽디룽부 좀 큼직한 물건이 매달려 늘어진 채로 가볍게 흔들리는 모양. ¶전화통에는 윤희가 내동댕이를 친 채로 수화기가 디룽디룽 매달려 있다. 〈탁류②〉

디리부 들이. (경상, 평안). 들입다. 몹시. ¶"세상은 바쁘다구 디리 뛰여 달아나는데, 찬 되려 천천히 완보시니!" 〈회(懷)〉 ¶뭇놈이 디리 주무르던 몸뚱이제, 〈탁류⑨〉

디리받다동 →들이받다. 함부로 받거나 부딪다. ¶괴롭다구우 괴롭다구 몸부림을 치다가 애꿎인 기관차나 디리받구 그 야단을 낸 느이 아버지처럼. 〈패배자의 무덤〉

디리읎이부 →드리없이. 경우에 따라서 이리도 되고 저리도 되어 일정하지 않게. ¶재전에 그놈의 부랑당패를 디리읎이 치루던 일을 생각허면 시방두 몸서리가 치이구, 머어 치가 떨이구 하넌디, 〈태평천하⑧〉

디리파다동 →들이파다. 모르는 것을 밝혀 내거나 알아내려고 몹시 노력하다. ¶그리구는 허는 일이라는 게 책 디리파기, 신문 잡지 뒤치기, 그렇잖으면 끄윽 드러누워서, 웃지두 않구. 〈소망〉

디립다부 들입다. 세차게. 마구 무리하게.

¶저, 커다란 빠스가 다니구 자동차가 디립다 몰려오구 자행거가 획획 댕기구, 〈홍보씨〉

디파트먼트(department)[명] 백화점. 'department store'의 준말. ¶타일 입힌 여러 층 벽돌집, 디파트먼트, 빌딩, 일류미네이션, 쇼윈도, 그리고 여객 수송 비행기, 버스, 허리가 늘씬한 세 호마같이 날쌔어 보이는 뽀키전차, 수가 버쩍 늘고 최하가 시보레로 된 자동차, 꽤 자주 들리는 각가지의 사이렌…의 모든 것이 제법 규모가 큰 도회미와 분자반 기계미를 띠려는 기색이 보였다. 〈그 뒤로〉

딕셔너리(dictionary)[명] 사전. 낱말을 모아 일정한 순서로 배열하여 발음, 용법, 어원 등을 해설한 책. ¶교단에 선 살아 있는 딕셔너리로 남의 집 서사질이나 해 줄 밑천으로, 〈모색〉

딜레마(dilemma)[명] 이러지도 저러지도 못하는 궁지. 선택해야 하는 길은 못한 결과를 초래하는 상황. ¶따라서 '개조해야 할' 항목일 지니 겸하여 딱한 딜레마가 아니었을 수 없는 것이다. 〈상경반절기〉 ¶딜레머(마)하고는 천하 해괴한 딜레머이지, 부득불 살아 있는 인간인데야 호흡과 영양의 섭취야 배설 작용과 이런 것까지도 않는달 수는 없을 테지만. 〈모색〉

따구[명] '뺨'을 비속하게 이르는 말. 따귀. 뺨따귀를 말함. 얼굴의 양옆에 살이 도독한 부분. ¶"그 대신 내가 죽었다구 시체 옆에 앉아서 울면 벌떡 일어나 따구를 붙일 테야." 〈명일〉 ¶이를테면 따구깨나 붙여 가면서 훈계를 하는 게 이번 전쟁이랍니다! 〈태평천하⑧〉

따구깨나 붙여 가면서[관용] 따귀를 때려 가면서. 상대방을 으르고 협박하면서. ¶이를테면 따구깨나 붙여 가면서 훈계를 하는 게 이번 전쟁이랍니다! 〈태평천하⑧〉

따귀[명] '뺨따귀'의 준말. '뺨'의 속된 말. 얼굴의 양옆에 살이 도독한 부분. ¶이를 부드득 갈면서 승재의 맷집 좋은 따귀를 재차 본새 있게 올려붙인다. 〈탁류⑥〉 ¶그렇다고 누가 새삼스럽게 내 멱살을 추켜들고서 따귀를 치거나 시비를 할 호사객도 없으려니와, 〈이런 처지〉

따그랑이[명] 딱지. (전북). 헌데나 다쳐서 상한 자리에 고름, 피, 진물 따위가 말라 붙은 조각. ¶"내 온, 듣다듣다 벨 따그랑이 같은 소리두 다 듣겠구나! 걸 다 말이라구 허겠니?" 〈암소를 팔아서〉

따끈하다[형] 조금 따뜻한 느낌이 있다. 제법 따갑게 덥다. ¶햇볕이 따끈하게 와서 쪼이는 손길은 혈색 좋은 손톱하며 동글고 복슬복슬한 게 이뻤다. 〈모색〉

따끔[부] 찔리거나 살이 꼬집히는 듯한 아픈 느낌이 있는 모양. ¶마침 쇠파리 한 마리가 너벅다리를 따끔 무는 바람에 정신이 번쩍 들어 손바닥으로 무심결에 착칵 때린다는 것이 파리는 날아가고 애먼 살앓이 근처를 건드려 놓아서 질색하게 아팠다. 〈정자나무 있는 삽화〉

따다[동] (필요 없거나 싫은 사람을 돌려내서) 관계가 없게 하다. ¶그러나 부르러 간 놈한테 미리 소식 다 듣는 윤 주사는, 따고 안 오기가 일쑤요, 〈태평천하⑥〉

따담다[동] 어떤 물체의 한 부분을 떼어 내어 담다. ¶제야 원 사를 오던지 낭탁에 따담고서 있는 나무를 때든지. 〈모색〉

따들고 나서다[관용] 들고 일어나다. 세차게 일어나다. ¶옳다구나 우리는 와야 벌떼처럼 따들고 나서서 질문을 했다. 〈회(懷)〉

따들석거리다㊣ →떠들썩거리다. 여럿이 모여 요란하고 부산하게 떠들다. ¶그런디 그 사람이 어느 시골 부자—아주 토지가 썩 많은 부자놈이 자식인디 제 아비가 돈을 잘 안 주어서 좀 몸뚱거려 가지고 물 건너루 뛸라구 따들석거리넌 중이라나—. 〈불효자식〉

따들싹하다㊣ 엉덩이를 가볍게 한 번 들었다가 앉다. ¶유 씨는 올려다보지도 않고, 그대로 앉은 자리만 따들싹하는 시늉을 한다. 〈탁류③〉

따들이다㊣ (달려있는 물건을) 떼어 내어 거두다. 또는 자신에게 속하지 아니한 것을 거져 취하여 가지다. ¶그래 5, 6년 전부터 고향의 군에서 군 서기 노릇을 하느라고, 서울서 따들인 기생첩을 데리고 치가를 하는 참이랍니다. 〈태평천하⑤〉

따듬따듬㊇ (말을 하거나 글을 읽을 때) 순조롭게 나오지 않고 자꾸 막히는 모양. 〈떠듬떠듬. [여린말] 다듬다듬. ¶아 이건 아빠를 불러 싸면서 안기고 매달리고, 따듬따듬 이야기를 하고, 〈이런 처지〉 ¶만주말을 따듬따듬 말할 줄 아는 것과, 어떻게 해서든지 독학으로라도 공부를 하여 변호사 시험을 치르겠다는 결심과, 〈이런 남매〉

따라진 목숨[관용] 남에게 매어 사는 하찮은 목숨. [같은] 따리지목숨. ¶저도 죽고도 싶었을 테지. 그런 것을 따라진 목숨이란 영락없이 모진 법이라, 〈이런 처지〉

따름㊙ '-ㄹ'이나 '-을' 형태로 된 용언 아래에 쓰여 '오로지 그것'의 뜻을 나타냄. ¶그것은 저편을 존경하는 덕이 있어 그런 게 아니고, 그역 제 자신을 위하는 억지엣뱃심일 따름이던 것이다. 〈탁류⑭〉

따북따북㊇ →또박또박. 한 토막씩 똑똑하게 말을 하거나, 글을 읽거나, 글씨를 쓰는 모양. ¶형보의 눈 하나 깜짝 않고 딱 버티고 앉아서 따북따북 말을 뱉어 놓다가, 〈탁류⑭〉

따분하다㊌ 재미가 없어 지리하고 답답하다. ¶내려다보이는 행길로 마포행 전차가 따분하게 움직거리고 기어가는 것이 그래서 스크린 속같이 아득하다. 〈명일〉

따블류씨(W.C.)㊔ 더블유시(water closet)의 약자. 수세식 변소. ¶이 사람, 행동이 라니깐 머, 밥 먹구 '따블류씨' 다니구 하품하구, 그런 행동인 줄 아나? 〈탁류⑯〉

따악㊇ →딱. 단단한 물건이 서로 부딪거나 부러질 때 나는 소리. ¶미럭쇠는 정신이 아찔해서 앞으로 넙치려고 하는데 재우쳐 한 번 더 따악 내리갈긴다. 〈쑥국새〉

따암땀㊇ →땀땀. 동안이 좀 뜨게 이따금씩 나타나는 모양. ¶세 사람은 초봉이가 따암땀 가늘게 느껴울 뿐, 다 같이 말이 없이 한동안 잠잠하다. 〈탁류⑲〉 ¶스물녁 섬만 잡더라도… 갑쇠는 살앓이 자죽이 따암땀 쑤시는 것도 잊고 흐뭇해서 입가로 절로 웃음이 흘러내린다. 〈정자나무 있는 삽화〉

따잡다㊣ 따지어 잡죄다. [여린말] 다잡다. ¶속이 상하길래 읽어 보자던 건 작파하고서 아저씨를 좀 따잡고 몰아셀 양으로 그 대목을 차악 펴 놨지요. 〈치숙(痴叔)〉 ¶관수는 처음 시치미 따는 태도를 벌이고서 저도 따잡고 나선다. 〈정자나무 있

는 삽화〉 ¶“재미?” 암말두 않구, 한참 있다가, 따잡듯 시비조야. 〈소망〉

따잡히다[동] 따잡음을 당하다. ¶다같은 ‘하바꾼’ 이로되 나이 배젊은 애송이한테 멱살을 당시랗게 따잡혀 가지고는 죽을 봉욕을 당하는 참이다. 〈탁류①〉

따짝따짝하다[동] (손톱이나 날카로운 것으로 살갗의 종기 따위를) 좀스럽게 자꾸 삵아 뜯거나 진집을 낸다. ¶더우기 그 보기만 하여도 진저리가 나는 다리를 걷어치고 앉아 날카롭게 깎은 성냥개비로 늑신 곪아서 물렁물렁한 종처를 따짝따짝하다가 신문지 조각을 대고 꾹 누르면 푹 솟쳐 나오는 녹두비지 같은 누런 고름과 검붉은 피며 삼복 염천에 송장 썩는 것 같은 그 고약스런 냄새. 〈불효자식〉

딱다기[명] →딱따기. 마주 쳐서 소리를 내는 두 짝의 나무 토막. ¶후장 삼절을 아리느라고, ‘갤러리’로 된 이층의 ‘다까바(高場)’에서 따악 따악 딱다기 소리가 나더니 ‘당한(當限)’이라고 쓴 패가 나와 붙는다. 〈탁류④〉

딱다기꾼[명] 딱따기를 치는 사람. ‘야경꾼’인 경우가 많으나 그렇지 않은 경우도 있음. ¶다까바에는 딱다기꾼 외에 두 사람의 다까바(高場)가 테이블을 차고 앉아 마침 기록을 하려고 바다지들을 내려다보고 있다. 〈탁류④〉

딱딱거리다[동] 딱딱한 말씨로 자꾸 을러대다. ¶윤희는 여전히 서슬 있게 딱딱거리기는 해도 어쩔 줄을 모르고 쩔쩔맨다. 〈탁류②〉 ¶그러한 만큼 그는 × 교수가 신이 나서 딱딱거리는 로렌스의 강의나. 〈모색〉

딱바라지다[형] 아주 단호하다. 또는 태도가 딱 끊은 듯이 엄격하다. ¶형보는 딱바라진 음성으로 이기죽이기죽 이야기를 씹는다. 〈탁류④〉

딱이[부] 틀림없이. ¶딱이 밉게 생긴 처녀더라도 어느 한 구석은 그럴 듯해 보이게. 〈모색〉 ¶딱이 윤 직원 영감의 소원 같아서는, 그런즉슨 명창 대회를 일 년 두고 삼백예순 날 날마다 했으면 좋을 판입니다. 〈태평천하②〉 ¶막연히 그저 그런가 보다고는 짐작을 했어도 설마 이대도록이야 대단한 줄은 딱이 몰랐었다. 〈상경반절기〉

딱장때[명] →딱장대. 성질이 사납고 굳센 사람. ¶“안 먹나? 못 먹지! … 먹군 싶어두 딱장때 마누라가 무서서….” 〈흥보씨〉

딱지를 떼다[관용] 첫 번으로 시작하다. ¶형보는 행화가 미처 대답도 할 겨를이 없게시리 딱지를 떼고 덤빈다. 〈탁류⑨〉

딴속[명] 엉뚱하게 품은 다른 생각. ¶아니, 인제 보니 저 위인이 딴속이 있어가지고 나를 이리로 꼬여 온 것이 아닌가? 〈탁류⑫〉 ¶열심으로 공부하던 것도 다 딴속이 있었거니 하는 짐작이 갔다. 〈순공(巡公) 있는 일요일〉

딴은[부] (남의 말을 긍정하여 그럴 듯도 하다는 뜻을 나타내는 말로) ‘그러한 까닭이나 근거로 보아’의 뜻. ¶이렇게 말을 하는데 자세히 보니까 딴은 병문이는 병문이다. 〈농민의 회계보고〉

딸꼭1[부] (숨이) 완전히 그치거나 멎는 모양. (숨이) 완전히 막히는 모양. ¶목구멍에서 고르르 소리가 나면서 숨이 딸꼭 지자. 〈생명〉 ¶두 눈이 퀭해지고 맥이 추욱 처졌다가 삼 분이 다 못해서 숨이 딸꼭…. 〈탁류⑧〉

딸꼭[2]㉮ 딸깍. 딴딴하고 작은 물건이 세게 부딪힐 때 가볍게 나는 소리. ¶그는 아까운 듯이 한 번 더 초봉이의 잠든 맵시를 내려다보다가는 딸꼭 전등을 꺼 버린다. 〈탁류⑩〉

딸듯이㉮ 따라올 듯이. ¶"왜애? 무엇이 어쨌수?" 하고 안해가 등 뒤에서 딸듯이 묻는다. 〈순공(巡公) 있는 일요일〉

딸랑하다㉮ 쇠붙이 따위가 부딪혀 가볍게 울리는 소리가 한 번 나다. ¶거지 아이는 딸랑하고 노랑돈 너푼을 손박에 채어 보인다. 〈명일〉

딸애기㉮ 남의 '딸아이'를 귀엽게 일컫는 말. ¶정 주사 조심허슈. 저 여편네가 저리다가는 댁의 딸애기 훔쳐 오겠수. 〈탁류①〉

땀(이) 빠지다〖관용〗 진땀이 나도록 애를 많이 쓰다. 여기서 '진땀'은 몹시 애쓰거나 힘들 때 흐르는 땀. ¶땀이 빠지도록 언변을 부려 가면서, 공공사업에 돈을 내는 게 불가한 소치를 한바탕 늘어놓습니다. 〈태평천하⑧〉

땅뜀(도) 못하다〖관용〗 조금도 짐작하거나 알아차리지 못하다. 또는 엄두도 못 내다. ¶약간 땅뜀도 못할 게 많아서 번번이 임×× 선생은 땀을 뻘뻘 흘려야 했고, 〈회(懷)〉

땅이 꺼지는 한숨〖관용〗 아주 깊고 크게 내쉬는 한숨. ¶혹은 그 반대로 땅이 꺼지는 한숨을 쉬면서든지 어느 편이 되었든지간에, 〈태평천하⑩〉

땅이 꺼지다〖관용〗 아주 절망적인 상태를 이르는 말. ¶승재는 그렇다면 필경 야단이 아니냐고 잊었던 제 걱정이 도로 도져서 혼자 땅이 꺼진다. 〈탁류⑰〉

땅재주(를) 넘다〖관용〗 이루어 내기 힘든 일을 하다. '땅재주'는 광대 등이 땅바닥을 짚고 넘으며 부리는 재주. ¶이렇듯 초봉이로서는 이 판이 말하자면 아슬아슬한 땅재주를 넘는 살 판인데, 〈탁류⑦〉

땅 짚고 헤엄치기〖속〗 일이 매우 쉽다는 말. ¶그럴싸하니 족보를 새로 꾸몄읍니다. 땅 짚고 헤엄치기지요. 〈태평천하④〉

때㉮ 감옥. 교도소. ¶두어두게. 제 일들 제가 알아서 할 테지. 때에 가면 둘 다 콩밥인 걸. 〈탁류①〉

때가다㉮ '잡혀가다'의 속된 말. ¶오늘 저녁에 무사히 돌아온대도, 내일 아니면 모레는 때갈 텐데. 〈탁류⑩〉

때가 벗다〖관용〗 시골티나 어린 티를 벗어나다. 시골티나 어린 티가 없어지다. 말이나 태도, 차림새 등이 속되거나 촌스러운 티가 없이 탁 트이다. ¶"소흰가 허는 그 색시는 우리 같은 놈의 여편네가 되가는 너무 때가 벗었어…." 〈병조와 영복이〉

때 갈 년㉮ ('잡혀갈 여자'의 뜻으로) 여자에 대한 욕말. '때 갈(때에 가다)+년'의 짜임새. '때'는 '감옥'의 속된 말. ¶"이 때 갈 년 들 다 어데 가고 두 마리뿐이냐." P는 들어서면서 첫인사가 이것이다. 〈명일〉

때곱재기㉮ →때꼽재기. 더럽게 엉켜 붙은 때의 조각이나 그 부스러기. ¶모가지와 손등과 귀밑에는 지나간 겨울에 크고 눌어붙고 한 때곱재기가 아직도 가시잖은 놈이 거지반이다. 〈탁류⑮〉

때려 먹다㉮ '닥치는 대로 마구 먹다'의 속된 말. ¶그 이듬해 정월에 자네들 일당이 득남례라고 삼백여 원어치 때려 먹던 그 놈일세…. 〈이런 처지〉

때꼽명 →때꼽재기. 더럽게 엉켜 붙은 때의 조각이나 그 부스러기. ¶저 '청인'들과 같이 손톱을 한 치씩이나 길러 가지고 시꺼먼 때꼽이 끼게 해서는 도저히 위생이 아니고. 〈회(懷)〉

때꾼하다형 기운이 빠져 눈이 쑥 들어가고 정기가 없다. 너무 지쳐서 기운이 없다. 〖여린말〗 대꾼하다. ¶눈을 둘레둘레하면서 때꾼한 목소리로 엄마를 부른다. 〈탁류⑭〉 ¶"아듀우!" 헤렌이 눈을 감은 채 때꾼한 목소리로 인사를 한다. 〈이런 남매〉

때마침부 어떤 때에 바로 알맞게. 그 때에 알맞게. ¶잠깐 말이 그치자, 때마침 들리는 인기척에 둘이는 깜짝 놀라 고개를 돌린다. 〈정자나무 있는 삽화〉

때민의 →때문. '까닭이나 원인'의 뜻을 나타냄. ¶"응, 괜시리 그놈의 것 때민에!… 재수가 없을라닝개루…." 〈정자나무 있는 삽화〉

땡(을) 잡다〖관용〗 뜻밖에 크게 좋은 수가 생기다. ¶"이게 웬 떡이냐… 어제 저녁에 꿈이 갠찮더니 이런 땡을 잡을 영으루 그랬구나.… 웬 얼간망둥이냐." 〈레디 메이드 인생〉

떠곤지르다동 냉큼 들어서 내동댕이치다. ¶대단히 이퉁이 세어 한번 코를 휘어붙이면 지렛대로 떠곤질러도 꿈쩍을 않고, 〈태평천하⑤〉 ¶여편네라는 건 그래서 지렛대로 마구 떠곤질러도 못 뗄 운명이지! 〈이런 처지〉 ¶어미가 모이를 물고 날아오더니만, 한사코 그놈을 주둥이로 떠곤질러 둥지 밖으로 떨어뜨려 버리는 것이었읍니다. 〈흥보씨〉

떠다박지르다동 힘껏 걷어 차거나 떼밀다. 떠다 밀어 넘어 뜨리다. 〖준말〗 떠박지르다. ¶"비껴나 이것!" 소리 무섭게 초봉이를 떠다박지르더니 수화기를 채어다가 귀에 대고는, 〈탁류②〉 ¶미럭쇠는 점례를 떠다박지르고 소처럼 내리뛴다. 〈쑥국새〉

떠들리다동 '떠들다'의 피동형. 가리거나 덮은 물건의 한 부분이 쳐들어지다. ¶제 군도 일상 보지만 가마솥에서 밥이 한참 넘을 때면 그 무거운 쇠소댕이 들썩들썩 떠들리지 않더냐. 〈회(懷)〉

떠들어 보다동 들추어내어 보다. 덮이거나 가린 것을 조금 걷어 쳐들고 그 안을 보다. ¶직녀란 말에 그 사람—수위—은 무엇을 까막까막 생각하더니 다시 나오던 데로 들어가서 책장을 떠들어 보다가 도로 나온다. 〈팔려간 몸〉 ¶그 새로운 내 자신의 나는, 결코 장롱 속에 건사해 둘 노리개나 앨범에 붙여 두고 시시로 떠들어 볼 사진이나처럼. 〈패배자의 무덤〉

떠듬떠듬부 말이나 생각이 자꾸 막히어 더듬거리는 모양. ¶그래서 그는 떠듬떠듬 생각해 가면서 생각나는 대로 주워섬기는 것이다. 〈레디 메이드 인생〉

떠받다[1]동 뿔이나 머리로 세게 받아 치밀다. ¶산이라도 떠받을 무서운 힘과 분노의 덩치가 바윗 더미 쏠리듯 달려들면서, 〈탁류⑩〉

떠받다[2]동 (남의 뜻이나 말을) 따르지 않고 거스르다. ¶손아랫놈이 어디서 오라범한테 그렇게 떠받구 나서는 법이 있다더냐…. 〈이런 남매〉

떠받이명 남을 위하고 받드는 일. 또는 그런 사람. ¶계봉이는… 그렇게 촌스럽게 승재를 위하고 그가 하는 일은 방귀도 단

내가 나고 이럴 지경이냐고 하면 그건 아니다. 그런 둔한 떠받이도 아니요, 또 말초신경적인 병적 감상도 아니요, 〈탁류⑰〉

떠벌리다동 과장하여 이야기를 늘어놓다. 지나치게 벌리어 떠들다. ¶옷을 활씬 벗고는 이것 보라고 하며 떠벌리고 나선다는 이야기가 어찌 해서 이 공장 안에 퍼지게 되었던 것이었었다. 〈병조와 영복이〉 ¶집에 앉아서 독서를 하는 것으로 능히 성취할 수가 있을 테고 한 것을 굳이 유학을 가네 어쩌네 떠벌릴 필요는 없는 것이었었다. 〈모색〉

떠싣다[1]동 들어 올려서 싣다. ¶어느 것은 자동차에 영업하던 세간을 떠싣고 더 궁벽한 곳으로 피난을 하고 필경 K 항구는 S 자동차부의 독무대가 되었다. 〈화물자동차〉 ¶그 알뜰한 시체를 (화장이라니 될 법이나 한 말이냐고) 떠싣고 고향으로 내려가서 장사를 지내고. 〈패배자의 무덤〉 ¶위선 아쉰 대로 한동안 같이 있어 보자고 권을 하는 덕에 아무려나 얼른 짐짝을 떠싣고 옮아왔던 것이다. 〈모색〉

떠싣다[2]동 (싫다는 것을) 억지로 싣다. ¶그렇다구 너라두 혹시 에미 애비가 사우덕에 호강을 할려구 딸자식을 부둥부둥 우겨서 부잣집으로 떠실어 보낼려구 하지나 않는고 싶어, 〈탁류⑦〉

떠안다동 어떤 일이나 책임 따위를 도맡다. ¶죄다 떠안던 양반이 정작 현장엘 당도해서는 흰소리가 어디로 쑥 들어가고서 혼자서 비잉빙…. 〈회(懷)〉

떠짊어지다동 번쩍 쳐들어 짊어지다. ¶오늘 가서 집을 알아뒀다가, 도배 끝나거든 짐짝 떠짊어지구 가서 있게. 〈탁류⑨〉 ¶이달 그믐까지는 그런 대로 기숙사에 눌러 있어도 아무 상관 없는 것을 괜한 청백을 부리느라고 졸업식을 마치던 이튿날로 짐짝을 떠짊어지고 나왔고, 〈모색〉

떠헤치다동 떠들치어서 제각기 흩어지게 하다. ¶집도 기왕 얻어논 거요, 살림두 그만큼 채린 것이니, 일부러 그걸 떠헤치구 다시 채릴려구 할 거야 무엇 있소? 〈탁류⑩〉

떡심명 뚝심. 미련하게 불뚝 내는 힘. ¶계봉이도 그 발딱하는 성미를 부리지 말고서 차라리 마주 끝까지 떡심 있이 바워내기나 했으면 한다. 〈탁류⑯〉

떡심(이) 풀리다『관용』 낙망하여 맥이 풀리다. ¶올챙이는 고만 속으로 떡심이 풀리고 입이 헤먹으나, 그럴수록이 더욱 잘 건사를 물어야 할 판이어서, 혼감스럽게 말을 받아넘깁니다. 〈태평천하⑧〉

떡심쟁이명 떡심이 센 사람. ¶"알량두 허네!" 옥초는 뱅깃이 우스운 입을 쫑긋하면서 부전스런 떡심쟁이 늙은이더러 핀잔을 한다. 〈모색〉

떡애기명 갓난아기. ¶해서 제 젖을 먹고 자랐으면 지금쯤 젖살이 복슬복슬 올라 '떡애기'라고 마침 탐스러울 판이요. 〈빈(貧)… 제1장 제2과〉

떨떨거리다동 막힘없이 시원스럽게 자꾸 외거나 말하다. ¶연천 선생이나 또 한 분진 선생이나는 자신이 없는 듯 글쎄 글쎄 하면서 확실한 대답은 하지를 못했다. 하는 것을 유독 임×× 선생이 떨떨거리고 장담을 했었다. 〈회(懷)〉

떨떨하다형 맛이 약간 떫다. ¶"자네는 이론뿐이지 실제를 몰라서 탈인데다가 아직

두 침이 완전히 당거지지 못헌 떨떨헌(한) 감(柿)이야…." 〈그 뒤로〉

떨이명 다 떨어서 싸게 파는 나머지 물건. 또는 그렇게 파는 일. ¶하루는 그의 어머니의 주머니 속에서 마지막 떨이로 일 원 남은 것을 가져가는 것을 나는 보았다. 〈불효자식〉

떫다형 어떤 일이 마음에 차지 않고 언짢다. ¶"여보게… 자네가 머릿속에 든 떫은 기운이 아직두 덜 빠져서 그런다니까…." 〈그 뒤로〉

떫떫해지다형 →떨떠름해지다. 어떤 일이 마음에 차지 않고 언짢다. ¶그래서 네 하는 저편의 대답이 대번 떫떫해졌지만 초봉이야 그런 기색을 알 턱이 없는 것이고…. 〈탁류②〉

떰뜻이부 떳떳이. 떳떳하게. ¶더구나 제 돈냥이나 모아서 나중에 시집을 가게 되면 거기에 떰뜻이 보태어 쓰게 되었을 것인데 하는 생각으로 태호 내외는 적잖이 후회도 했었던 것이다. 〈보리방아〉

떰핑(dumping)하다동 →덤핑하다. 채산이 맞지 않는 싼 가격으로 상품을 팔다. ¶"이크! 봄을 떰핑하는구나!" 〈레디 메이드 인생〉

떵그렁명 아무 근심이 없고 태평함. ¶좀 까다롭겠으면 다 달리 이러쿵저러쿵하는 수가 얼마든지 있은즉 만날 떵그렁입니다. 〈태평천하⑦〉

떵떵거리다동 남을 으르대며 큰소리를 자꾸 치다. 또는 위세를 부리며 지내다. 〉땅땅거리다. ¶십만 원이면 죄선 부자로 쳐도 천석꾼이니, 머 떵떵거리고 살 게 아니라구요? 〈치숙(痴叔)〉

떼명 주로 윗사람에게 이치에 맞지 아니하게 억지로 요구하거나 고집하는 짓. ¶그러니까 흉년 핑계를 대고서 도조를 감해 달라고 하는 것은 공연한 떼다. 〈태평천하⑭〉

떼(를) 쓰다『관용』 제 의견이나 요구만을 억지로 주장하다. 부당한 일을 억지로 요구하거나 고집하다. ¶안에서는 아니나 다를까 아이가 떼를 쓰고 우는 소리가 왁짜 들려 나온다. 〈빈(貧)… 제1장 제2과〉 ¶거지 아이놈은 범수가 상냥하게 말을 하니까 어리광하듯 떼를 쓰고 달라붙는다. 〈명일〉

떼거지명 떼를 지어 다니는 거지. ¶모두 떼거지가 될 꼬락서니에 칙살스럽게 이거라두 채려 놓구 앉아서 목구멍에 풀칠을 하니깐 조(驕)가 나서 그래요?… 〈탁류⑮〉

떼과부(-寡婦)명 전쟁이나 재난으로 말미암아 한 집안이나, 한마을 또는 한 고을에서 한꺼번에 떼(무리)로 생긴 과부. ¶이렇게 생과부, 통과부, 떼과부로 과부 모를 부어 놓았으니 꽃모종이나 같았으면 춘삼월 제철을 기다려 이웃집에 갈라 주기나 하지요. 〈태평천하⑤〉

떼쓰다동 제 의견이나 요구만을 억지로 주장하다. ¶오냐, 병주가 또 울고 떼썼구나? 〈탁류③〉 ¶차라리 값도 덜하겠다 수수하니 점잖은 은비녀를 이왕 살 테거든 사라는 주인마님의 권념은 안 듣고 돈만 떼쓰듯 졸라. 〈모색〉

떼치다동 (달라붙거나 붙잡는 것을) 억지로 떼어 물리치다. 또는 요구나 청을 딱 잘라 거절하다. ¶항구라서 하룻밤 맺은 정을 떼치고 간다는 마도로스의 정담이나. 〈탁류①〉

뗏장㉑ 흙을 붙여 떠낸 잔디의 조각. 흙이 붙은 채로 뿌리를 떠낸 잔디의 조각. ¶초봉이는 이 흙내 씽씽하고, 뗏장 꺼칠한 무덤을 남기고 내려오다가 그래도 끌리듯 뒤를 돌려다 보고는 새로운 눈물을 잠잠히 흘리고 섰다. 〈탁류⑪〉 ¶아직 잔디가 뿌리를 못 잡아 까칠하고, 뗏장 사이로는 검붉은 황토가 비죽비죽 비어져 나온다. 〈쑥국새〉

또옥똑㊊ →똑똑. 거침없이 자르거나 떼는 모양. ¶미럭쇠는 넋을 잃은 듯 손으로 잔디풀을 또옥똑 뜯고 앉았는 동안 어느 결에 눈에는 눈물이 글썽글썽한다. 〈쑥국새〉

똑딱선(--船)㉑ 발동기로 움직이는 작은 배. 『같은』 통통배. ¶강심으로 똑딱선이 통통거리면서 떠온다. 강 건너로 아물거리는 고향을 바라보고 섰던 정 주사는 눈이 똑딱선을 따른다. 〈탁류①〉

똑떨어지다『관용』 꼭 맞아떨어지다. ¶"에구, 천만에 말씀이지요. 지금 세상은 여잘수룩 공부를 더 잘해야지요… 더구나 저렇게 얌전허구 똑떨어진 색시가 공부를 척 잘허구 나서 보시요! 천하의 '모담보이'가 다 추앙을 허구 덤비지요." 〈보리방아〉

똑똑이㉑ 사리에 밝고 총명한 사람. 또는 그런 행동. ¶"그 애가 그 어른 두부 훔쳐 먹었대요." 하고 똑똑이를 부린다. 〈명일〉

똘똘하다㊌ 매우 똑똑하고 영리하다. 『여린말』 돌돌하다. ¶아이는 더욱 이상해하면서 잠깐 머뭇거리다가 똘똘하게 "…저어기, ×× 살아요." 틀림없는 S의 집 동네다. 〈반점〉

똥개천(-開川)㉑ 똥물이 흐르는 개천. ¶정신으로 말하면 똥개천과 같이 더러운 사람들이란 말야…. 〈이런 남매〉

똥끼호떼(Don Quixote)㉑ →돈키호테. 세르반테스의 장편 소설 제목과 주인공의 이름. 1605년에 간행되고 속편은 1615년에 간행되었음. ¶"불랍인지 악취민지…" "똥끼호떼의 후일담이라구 허는 게 좋겠군. 헴 헴. 옳아! 저 녀석 똥끼호떼…." 〈패배자의 무덤〉

똥 묻은 개가 저(겨) 묻은 개 나무라다『속』 큰 결함이나 허물이 있는 사람이 대단치 않은 남의 허물을 들어 시비한다는 뜻. ¶그건 잘 허넌 짓이구만? 똥 묻은 개가 저(겨) 묻은 개 나무래지! 〈태평천하⑥〉

똥싼 주제에 매화 타령 하다『속』 잘못하고서도 부끄러운 줄 모르고 비위 좋은 짓만 한다는 말. ¶"저 꼴에 그리두 새말 납순이한티 반히였다지? 참 똥싼 주제에 매화 타령 허(하)네!" 〈쑥국새〉

똥통(-桶)㉑ 똥오줌을 담거나 담아 나르는 통. 똥을 담아 옮기는 통. ¶그럴 테면 세상에 누렁옷 입구 쇠사슬 차구 똥통 둘러메구서 징역살이할 놈 없게?…. 〈탁류⑩〉

뚜드려 갚다『관용』 있는 재산을 모조리 털어서 빚을 갚다. ¶그때에 정 주사는 그것을 선산까지, 일광지지만 남기고, 모조리 팔아서 빚을 뚜드려 갚고 나니, 겨우 이곳 군산으로 와서 팔백 원짜리 집 한 채를 장만할 밑천과 돈이나 한 이삼백 원 수중에 떨어진 것뿐이었었다. 〈탁류①〉

뚜드려 먹다『관용』 마구 다 먹어 없애다. ¶게다가 한 달이면 4, 5차씩 서울로 올라와서는 뚜드려 먹고 놉니다. 〈태평천하⑫〉

뚜렛뚜렛하다㊍ →뚜릿뚜릿하다. ¶초봉이는 알아듣고도 모를 소리여서 뚜렛뚜렛하는 것이다. 〈탁류②〉 ¶오 서방은 까치

지저귀는 데만 놀라서, 이내 그대로 놀라 가지고 있지, 무슨 소린지 뚜렛뚜렛하고. 〈정자나무 있는 삽화〉

뚜릿뚜릿하다㊐ 눈을 크게 뜨고 이쪽저쪽을 휘둘러 보다. ¶"너 어데 사니?" 이렇게 물으니까 거지 아이는 되레 뚜릿뚜릿한다. 〈명일〉 ¶못 알아듣고 뚜릿뚜릿해요, 재갸가 쓰고도 오래 돼서 다 잊어버렸거나 혹시 내가 말을 너무 까다롭게 내기 때문에 섬뻑 대답이 안 나왔거나 그랬겠지요. 〈치숙(痴叔)〉

뚜우㊊ →뚜. 마음에 못마땅하여 뚱하고 입을 내민 모양. ¶승재는 어처구니가 없다고 실소를 하려다가 도리어 입이 뚜우 나온다. 〈탁류⑰〉 ¶단박 눈쌀은 꼬옷꼿 입술이 뚜우 나오면서 연신 혼자서 두덜두덜 게두덜거리는 것이다. 〈상경반절기〉

뚜우하다㊋ →뚜하다. 말이 없고 언짢아 하는 기색이 있다. ¶"저 애는 밤낮 그런 것만 사달래요…." 저도 한몫 보자고, 형주가 뚜우해서 나선다. 〈탁류③〉

뚜쟁이㊍ 부부 아닌 남녀가 서로 정을 통하도록 중매하는 사람. ¶그 다음에가 아무리 보아도 뚜쟁이임을 못 속이게 말이며 하는 짓이 천연덕스러운 사십쯤 되어 보이는 여직공. 〈병조와 영복이〉 ¶과연, 그리고 공팔시, 그 시각에 종수는 그의 병정인 키다리 병호의 인도로 동관 어떤 뚜쟁이집을 찾아왔읍니다. 〈태평천하⑫〉

뚜하다㊋ 말이 없고 언짢아 하는 기색이 있다. ¶"무슨 놈의 행사야!" 하는 한마디에 그저 타성적으로 볼때기를 처뜨리고 뚜하니 이짐을 부리기는 했으나 실상 성이 난 것은 아니다. 〈빈(貧)… 제1장 제2과〉 ¶그런 중에도 더욱 안 된 건 잡아 뽑아 놓은 듯이 뚜하니 나온 위아랫 입술입니다. 〈태평천하⑤〉

뚝뚝하다㊋ (성품이) 부드러운 맛이 없이 굳기만 하다. ¶가령 조금 아까 몇 장만 읽다가 차마 내던지고 만 채 무엇이라더냐 하는 기막힌 작가의 그 뚝뚝하고도 멋없는 소설 따위에 비길 바가 아닌 것 같았다. 〈모색〉

뚝배기㊍ 찌개, 지짐이 등을 끓이거나 설렁탕 따위를 담을 때 쓰는 오지그릇. ¶반찬이란 건 아침에 먹던 찬 된장 한 뚝배기에 보리고추장과 밋지(무김치) 몇 쪽이다. 〈보리방아〉 ¶김장이라고 흉내만 낸 갈잎같이 뻣뻣하고 씁쓰름한 김치에 청국장 한 뚝배기가 언제나 변찮고 밥상에 오르는 이 집의 반찬이다. 〈얼어죽은 모나리자〉 ¶"안 먹었으면 자네가 설넝탱이라두 한 뚝배기 사 줄라간디, 밥 먹었냐구 묻넝가?" 〈태평천하⑦〉

뚱그래지다㊐ 뚱그렇게 되다. ¶두 사람의 염치 없는 너털웃음에 지나가던 사람들이 눈이 뚱그래진다. 〈창백한 얼굴들〉

뚱기다㊐ 모르고 있는 사실 따위를 눈치채게 슬며시 일깨워 주거나 일러주다. ¶최 서방은 속이야 어디로 갔던지, 안해의 비위를 거슬려주지 않으려고 아무렇지도 않은 듯이 남의 이야기하듯 뚱긴다. 〈빈(貧)… 제1장 제2과〉 ¶형보가 구두를 신는 계봉이를 토옹통한 다리와 퍼진 허리 밑을 눈으로 더듬고 있다가 한마디 뚱기는 소리다. 〈탁류⑯〉

뚱딴지㊍ 전선을 지탱하고 절연하기 위하여 전봇대 따위에 다는 여러 모양의 기구.

사기, 유리, 합성 수지 등으로 만듦. 『같은』 애자(礙子, 碍子). ¶에구 무척! 언니는 아저씨라면 들입다 깨진 뚱딴지 위하듯 위하면서. 〈소망〉

뚱딴지같다㊌ 말이나 행동이 엉뚱하다. ¶대체 무엇이 어쨌다고 남의 얼굴을 마구 뚫어지게 치어다보면서 뚱딴지같이 구는 데는, 의사고 무엇이고 한바탕 들이대고 싶게 심정이 상했다. 〈탁류⑧〉

뚱땅거리다㊍ 여러 악기나 물건을 요란하게 두들겨 소리를 내다. 또는 젓가락 따위를 두드리며 흥겹게 놀다. ¶한편으로는 많이 많이 뚱땅거리고 술을 마시면서 놀아야 한다. 〈탁류⑨〉

뛰㊊ →뚜. 마음에 못마땅하여 뚱하고 입을 내민 모양. ¶그 중학생도 그 여학생을 곁눈으로 한 번 건너다보고 나서 그 사내를 치어다보며 "체, 중학언 사람 아니당가…" 하고 불복한다는 듯이 입술을 뛰 내밀고 경멸하듯이 미소하였다. 〈세 길로〉

뛰기㊔ '뛰다'의 명사형. 빨리 내닫기. 힘껏 달리기. 달려가기. ¶인력거꾼이 인력거를 안 끌고는 뛰기가 싱겁고, 〈태평천하⑪〉

뛩기다㊍ →뚱기다. (모르는 사실을) 살며시 일러주어 깨닫게 하다. ¶노파가 실없이 뛩긴 연애 소리에 그리로 정신이 팔렸던 것이다. 〈모색〉

뜨건㊉ '뜨거운'의 준말. ¶바둑이한테 화풀이로 뜨건 물을 끼얹고도 예배당으로 좇아가서는 울고 빌고 하고서 용서를 받고. 〈흥보씨〉

뜨끔㊊ (정신적으로 자극되어) 뜨거운 듯한 느낌이 있는 모양. ¶견우는 뜨끔 놀라 머뭇머뭇하다가 겨우 말대답을 한다. 〈팔려간 몸〉 ¶조옴이나 퀄퀄해서 좋으며 그 잔망하게 생긴 철망 안의 여드름쟁이가 코허리에 걸린 안경이 경풍해 떨어질 만큼 가슴이 사뭇 뜨끔 않았으리. 〈상경반절기〉

뜨듯하다㊌ 뜨겁지 않을 정도로 알맞게 덥다. 〉따듯하다. 『센말』 뜨뜻하다. ¶방이 찬 것쯤은 주인 노파더러 뜨듯하게 불을 지펴 달라고 해서 위선의 절박한 곤란은 모면하도록 해야 할 것이고, 〈모색〉

뜨먹뜨먹㊊ 잦지 않고 동안이 매우 뜬 모양. ¶일 분 동안에 열 걸음 이상을 걸어본 적이 없다고 일상 자랑하는 채자(採字)의 M은 고릿새한 새우젓에 백%의 좁쌀밥을 뜨먹뜨먹 먹고 앉았다가. 〈병조와 영복이〉

뜨물동이㊔ 뜨물을 담은 질그릇. '뜨물'은 곡식을 씻어 낸 부옇게 된 물. ¶마침 장손 네가 혼잣물로 그러면서 동네 집에서 쏟아 오는 뜨물동이를 머리에 이고 사립문 안으로 들어선다. 〈암소를 팔아서〉

뜨뭇뜨뭇㊊ →뜨문뜨문. 시간적으로 잦지 않게. 이따금. ¶단 두 잔 술로 홍당무우같이 빠알간 얼굴에, 웃지도 못하고 빙그레하니, 말이라야 뜨뭇뜨뭇. 〈순공(巡公) 있는 일요일〉

뜨스하다㊌ 알맞게 따뜻하다. 『여린말』 드스하다. ¶바깥이 컴컴 어둡고 찬 바람 끝이 귀때기를 꼬집어 떼는 듯이 추운 대신 술청 안은 불이 환하게 밝고 아늑한 게 뜨스하다. 〈산적〉

뜨악하다㊌ 마음이 선뜻 내키지 않아 꺼림칙하다. ¶그러나 그는 방 안의 무거운 침울이 싫고 또 오목이의 부모에게 들키지나 아니할까 해서 속이 뜨악하고 차츰 초조하기 시작했다. 〈얼어죽은 모나리자〉 ¶돈을 더 주고 이등 차표와 바꾼다고 하니, 지난 시재가 염려되고 속이 뜨악했다. 〈탁류⑫〉 ¶줄곧 기분이 뜨악한 게 괜히 걱정스럽고 하던 그 글방 공부이었고 본즉, 〈순공(巡公) 있는 일요일〉

뜨윽하다㉻ →뜨악하다. ¶속으로 뜨윽해서 주춤주춤하다가 아주 바쁘게 돌아오는 듯이 안마당으로 쑥 들어선다. 〈빈(貧)… 제1장 제2과〉

뜩뜩하다㉻ 툭툭하다. 바탕이 두껍거나 두툼하다. '뜩뜩한 얼굴'은 '낯 두꺼운 얼굴'의 뜻인 듯(?). ¶호리를 다투는 뜩뜩한 얼굴이 아니면, 남을 꼬집어 뜯는 전접스런 얼굴, 〈태평천하⑦〉

뜬마음㉮ 들뜬 마음. ¶그렇게 따로 살림을 하고 있느라면, 첫째 뜬마음이 안정이 될 뿐만 아니라 〈탁류⑫〉

뜬숯㉮ 장작을 때고 난 뒤에 꺼서 만든 숯. 또는 피던 참숯을 꺼서 만든 숯. ¶그래 부랴부랴 뜬숱(숯)을 다리미에 일궈 싹 다려 주고는 십 전박이 일곱 닢을 받았다. 〈명일〉

뜯어보다㉯ (이모저모로) 자세히 살펴보다. ¶그는 딴 생각을 하느라고 대답도 아니하고 안해의 얼굴만 말끄러미 뜯어보고 있다. 〈명일〉

뜯어 죽이다㉯ 몸을 갈라서 죽이다. ¶아까 그 색시는 다시 따진다. "그년을 끌어내서 뜯어 죽여라." 이렇게 앞뒤에서 딴 색시가 응원을 한다. 〈팔려간 몸〉

뜯어지다㉯ (전체에서 일부분이) 떼어지다. ¶치마 주름이 뜯어지고 머리는 쑥대같이 흐트러졌다. 〈산동이〉

뜯이㉮ 뜯이질. 헌 옷이나 이불을 새로 하기 위하여 뜯어내는 일. ¶웃목으로 몇 해를 뜯이 맛을 못 보았는지, 차악 눌린 이부자리가 달랑 한 채, 소용이 소용인지라 잇만은 깨끗해 보입니다. 〈태평천하⑫〉

뜸가마㉮ 뜸을 들이는 데 쓰는 가마. ¶아이건, 이 삼복 중에 그 뜸가마 속에서 끄윽 들박혀 있으니, 더웁긴들 오죽허며 여니 사람두 더위에 너무 부대끼면은 신경이 약해져서 못쓰는 법인데. 〈소망〉

뜸부기㉮ 뜸부깃과의 새. 여름새로 호수나 하천 등지의 갈대숲이나 논에서 삶. 부리와 다리가 길며 등은 갈색, 눈가와 가슴은 적동색임. 아침 저녁으로 '뜸북뜸북' 하고 욺. 6~7월에 한배에 3~5개의 알을 낳고 곤충, 달팽이 외에도 벼나 풀씨 등을 먹음. ¶"뜸 뜸 뜸." 앞 논에서 코머거리 소리로 우는 뜸부기의 소린데. 〈용동댁〉

뜻있이㉰ 어떠한 가치나 의의가 있게. ¶김 순사는 현 서방의 손에 든 정종병을 건너다보던 눈에 뜻있이 눈웃음을 드리우고 한마디 근지리던 것입니다. 〈홍보씨〉

띄어 놔두다㉯ (대열의 성원을) 따로 떼어서 남겨 놓다. ¶"그런 사람을 여기다가 띄어 놔두구서, 나 혼자 가다께 될 말이우?" 〈소망〉

띠렘마㉮ 딜레마(dilemma). 선택해야 하는 길은 두 개뿐인데 어느 쪽도 바람직하지 못한 결과를 초래하는 상황. ¶"저어 밖에서 소리나는구면… 그런데 여보?" "네에?" "큰 띠렘마가 하나 생겼구려!" "으응!" 〈순공(巡公) 있는 일요일〉

띠어 걸다㊐ 떼어서 관계를 끊다. ¶"먹지." "어떻게?" "다라운 샐러리맨은 띠어 걸구… 어느 놈이 써 준대두 고멘다." 〈그 뒤로〉

띠어 놓다㊐ 떼어 놓다. (함께 있던 것을) 떨어지게 하다. ¶"못 간다 너는… 내가 이렇게 나가는 것이 너를 띠어 놓고 가서 나 혼자만 잘 되어 볼라구 그러는 것이 아니다." 〈산동이〉

ㄹ

라글란(raglan)㊔ 래글런. 소매 둘레의 선이 목둘레에서 겨드랑이로 비스듬하게 되어 있는 양복의 소매 형식. ¶당신 자신은 방금 휘파람이라도 불듯 매우 신이 나 하는 모양이나 라글란 봄 외투 밑으로 가뜩이나 쿠렁쿠렁 쌔지 않고 따로따로 노는 앙상한 어깨가 눈에 띄는 게, 새삼스럽게 애처로와 경순은 마음이 언짢았다. 〈패배자의 무덤〉

라스트 헤비이(last heavy)《관용》 최후의 노력. ¶그래, 그때도 (요새 말로 하자면) 소위 '라스트 헤비이' 랄까, 우리는 새로 기운을 내어, 〈순공(巡公) 있는 일요일〉

라우드스피커(loudspeaker)㊔ 확성기. 소리를 크게 하여 멀리까지 들리게 하는 기구. ¶교무 주임이나 되는 듯싶은 한 교원이 아이들이 집합한 앞으로 단 위에 올라서서 라우드스피커를 통하여 인사 겸 일장의 훈시를 준다. 〈회(懷)〉

란도셀(네. ransel)㊔ 주로 초등학교 학생들이 책이나 학용품을 넣어서 어깨에 메던 네모난 가방. ¶국방색 통학복에 국방색 운동화에 그리고 가죽으로 만든 란도셀에 모두가 그럴 듯했다. 〈반점〉 ¶저 앞에서 계집아이가 두 놈, 등에는 란도셀을 멘 채 서로 어깨동무를 하고. 〈홍보씨〉

랑데부(프. rendez-vous)㊔ 시각, 장소를 약속하여 만남. 특히 남녀가 만나는 일. 밀회(密會). 데이트(date). ¶경손이는 간밤에 춘심이로 더불어 랑데부를 하면서, 2원 돈을 유흥하던 추억에 싸여 시방 학과에도 여념이 없는 중이고. 〈태평천하⑭〉

러시아워(rush hour)㊔ 출퇴근이나 통학 등으로 교통이 혼잡한 시간. 혼잡 시간. ¶때가 아침저녁의 러시아워도 아닌데 웬일인지 만원된 차가 두 대나 그냥 지나가 버립니다. 〈태평천하②〉

런치(lunch)㊔ 점심. 간단한 식사. ¶먹는 것이야 수중에 돈이 있는 데에 따라 호떡도 설렁탕도 백화점의 런치도, 그렇잖고 몇 끼씩 굶기도 하여 대중이 없었다. 〈레디 메이드 인생〉 ¶진열창을 들여다보다가 조선 런치지 하는 것을 먹기로 하고 P가 레지 앞에 가서 식권을 사는데. 〈명일〉

레구흔㊔ '레그혼(leghorn)'이 바른 표기. 닭의 한 품종. 이탈리아의 레그혼 지방 원산으로, 볏은 붉고 몸 빛은 갈색, 백색, 흑색 등인데 백색종이 우수함. 산란율이 높아 1년에 약 200개의 알을 낳음. ¶빛깔은 자웅이 다 같이 하얗고 레구흔인데, 수놈은 바른편 뒷발톱이 암놈은 왼편 가운데 발톱 한 토막이 각기 병신이나. 〈용동댁〉

레디(lady)㊔ 부인. 숙녀. ¶설혹 신사가 승차가 되지 않았기로서니 레디의 (황차 약혼이 절로 익은 미쓰의) 출입 전에 필요한 용무를 알아차리지 못하도록 야만은 아니었을 것이고. 〈모색〉

레디 메이드 인생(ready made 人生)**〖관용〗** (임자를 만나야 되는) 기성품 같은 사람의 존재. (사상, 의견 따위의) 빌려 온 사람의 존재. ¶그 나머지는 모두 어깨가 축 처진 무직 인텔리요, 무기력한 문화 예비군 속에서 푸른 한숨만 쉬는 초상집의 주인 없는 개들이다. 레디 메이드 인생이다. 〈레디 메이드 인생〉

레벨(level)**명** '수준'의 뜻. ¶왕복 찻삯 십 전을 낼 돈과 시간과 마음의 여유가 있는 사람으로부터 그 이상의 레벨에 속한 사람들. 〈창백한 얼굴들〉

레일(rail)**명** 철도 차량, 전차 등을 달리게 하기 위하여 땅 위에 까는 가늘고 긴 강철재. ¶레일을 으깨리는 철의 포효와 도시다운 온갖 소음으로 정신 아득한 거리를 유유히 걷고 있는…. 〈탁류⑰〉

레지(register)**명** 다방 같은 데서 손님을 접대하며 차를 나르는 여자. ¶진열창을 들여다보다가 조선 런친지 하는 것을 먹기로 하고 P가 레지 앞에 가서 식권을 사는데. 〈명일〉 ¶얇디얇은 얼굴에다가 주근깨를 과히 발라 놓은 레지가 찰그랑거리고 앉았고…. 〈탁류⑯〉

레테르(네. letter)**명** 상표나 품명 등을 인쇄하여 상품에 붙여 놓은 종잇조각. ¶S는 재털이에 있는 해태갑에서 담배를 꺼내어 성냥을 그어 피우고는 성냥 레테르를 들여다보며. 〈창백한 얼굴들〉 ¶고기작고기작 새까맣게 땟국이 묻은 무명 두루마기며 헌 타래버선이나 찢어진 볼을 실로 얽어맨 고무신도 그러하려니와 곰방대를 꽂은 괴나리봇짐이 완연히 그를 시골 사람으로 레테르를 붙이었다. 〈농민의 회계보고〉 ¶여드름바가지는 바르르 떨리는 손으로 물건을 받아 들고 한참 서서 레테르를 읽는 체하다가 계봉이를 치어다본다. 〈탁류⑯〉

레포(report)**하다동** (관찰, 조사 결과를) 보고하다. 발표하다. 알리다. 전하다. ¶… 그리구우, 어디루 가는지 집만 아르켜 주믄 내가 인제 찾아가께, 응? … 꼬옥 레포할 재료두 있구…. 〈탁류⑧〉

로댕(Rodin)**명** 프랑스의 조각가. (Auguste René Rodin, 1840~1917). ¶이 구석 저 구석 앉을 만한 곳으로 벤치에, 잔디 위에는 금시 돈더미가 쏟아 져나오는 것같이 소곤소곤 천 냥 만 냥을 하는 친구들과 로댕이 보았으면 '생각하는 사람' 대신 '게으른 사람'이라는 조각을 새겼을 모델감들이 방금 겨드랑이 속에서 이라도 더듬어 낼 듯이 느리차분하게 앉아 햇볕을 쪼이고 있다. 〈그 뒤로〉

로맨스(romance)**런관** 낭만적인. ¶한갓 아름다운 것에 대하여 계집아이 티를 하느라 로맨스런 본능이랄까, 아마 그 말을 하기가 아까왔던 것이다. 〈탁류⑰〉

로보트(robot)**명** →로봇. 사람과 비슷하게 만들어 어떤 작업을 자동적으로 할 수 있게 만든 기계 장치. ¶거저 밥이나 먹구, 매달려서 로보트처럼 일이나 허구, 생식(生殖)이나 허구, 〈탁류⑯〉

로이드식(loid式)**명** 셀룰로이드 재질로 된 방식. ¶마음에 걸리는 것은 굴레 벗은 말같이 허전허전한 자기의 양복 태도요, 뒤축이 닳고 볼에다 반창고를 붙인 낡은 로이드식(式) 구두요, 뒤집어 댄 칼라였었다. 〈앙탈〉

루비(ruby)명 강옥(鋼玉)의 하나. 미량의 크롬이 들어 있어 적색을 띰. 양질의 것은 보석으로 쓰임. 7월의 탄생석임. ¶그의 손에는 가운뎃손가락에 백금가락지가 한 켤레 끼워 있고 또 무명지에는 새빨간 루비를 박은 금반지도 끼워 있다. 〈명일〉

루즈(프. rouge)명 루주(rouge)가 바른 표기. 입술 연지(臙脂). ¶그 위에다 가루분을 약삭빨리 도닥도닥, 눈두겁과 볼에 연지칠, 동강난 루즈로 입술을 붉게…. 〈빈(貧)… 제1장 제2과〉

룸펜(독. Lumpen)명 부랑자. 또는 무직자. ¶지금 서울 안에 P니 M이니 H니와 매일 만나 하는 일 없이 돌아다니고 주머니 구석에 돈푼 있으면 서로 털어 선술잔이나 먹고 하는 룸펜의 패가 수없이 많다. 〈레디 메이드 인생〉

리놀륨(linoleum)명 아마인류의 산화물인 리녹신에 수지, 고무질 물질, 코르크 가루 따위를 섞어 삼베 같은 데에 발라서 두꺼운 종이 모양으로 눌러 편 물건. 서양식 건물의 벽이나 바닥에 붙이거나 깐다. ¶은침 같은 물줄기가 이쁘게 뻗쳐 나와 리놀륨 바닥에 의미 없는 곡선을 그려 놓는다. 〈탁류⑧〉

리드미컬(rhythmical)**하다**형 율동적, 운율적인 특성이 있다. ¶잠시 한동안은 끊임없이 울리는 차바퀴의 리드미컬한 음향이 유쾌하고 하여 금시로 달콤한 졸음이 올 듯 올 듯하기도 했었는데. 〈반점〉

리베(독. Liebe)명 '애인(愛人)'. '연인(戀人)'의 독일어. ¶"… 대체 그 사람이 누군 줄 알구서 그리나?" "누군 무얼 누구야? 네년의 리베지." 〈탁류⑯〉 ¶또 젊은 기집애들이 제 나이를 리베 씨한테다가 줄여서 대답하는 수도 더러 있습니다. 〈태평천하⑩〉

리얼(real)**하다**형 사실인 것처럼 느낌이 생생하다. ¶지금 승재가 절박하게, 그리고 리얼하게 마음이 쏠리기는 차라리 계봉이한테다. 〈탁류⑮〉

리얼리스트(realist)명 사실파에 속하는 사람. 사실주의자. 또는 현실주의자. ¶영섭 같은 리얼리스트가 실속도 없는 방랑 생활이라니 제격이 아닌 것이었지만…. 〈이런 남매〉 ¶심프손 부인 식의 행운을 미신하거나 더욱이 제 자신을 요술장이로 착각하는 법이 없는 가장 리얼리스트이었었다. 〈모색〉

링(ring)명 권투, 프로 레슬링 경기에서 두 선수가 맞붙어 겨루는 자리. ¶얼굴도 M은 우둘부둘한 게 정객 타입으로 생기었고—잘못하면 복싱 링에 내세워도 좋겠고—H는 안존한 게 사무원 타입이다. 〈레디 메이드 인생〉

ㅁ

마감명 (어떤 일에) 딱 들어맞는 사물이나 사람. 『비슷』 마침감. ¶그의 생김생김이나 말썽 많은 집에서 배운 침선이며 다정스러운 천성을 가지면 남의 집 마누랏감으로는 샐 틈 없는 마감이었었다. 〈산동이〉

마나님명 '나이 많은 부인'의 높임말. ¶그는 차의 진행하는 앞쪽으로 향하여 바른편 줄에 앉았고, 그의 앞에는 나이 오십쯤 되어 보이는 마나님—나는 그 마나님이 그 여학생의 어머니인 줄을 직감적으로 깨달았다—하나가 그와 마주 향하여 앉았었다. 〈세 길로〉 ¶승재가 짐작하기에는 이 수다스럽고 의뭉스런 마나님이 그렇게 어쩌고저쩌고 해서 …. 〈탁류⑮〉 ¶"마나님 말씀마따나 아직두 얌전하니깐요, 네." 하고는 고개를 까댁, 돌아서서 가분가분 걸어 나간다. 〈모색〉

마노빛(瑪瑙─)명 광택이 있는 붉은 갈색. ¶간호부는 노랗게 마노빛으로 맑은 트리파플라빈 주사액을 솜씨 있게 주사기로 켜 올리고 있다. 〈탁류⑧〉

마느래명 →마누라. (경상) ¶"머 영감이나 마느래가 있어 부아! 될 말이간디…." 〈동화〉

마다형 싫거나 그만두고 싶다. 여기서 '마댄담'은 '마다고 해댄담'이 줄어든 말. ¶그 얌전한 서방님이, 어째 색신 마댄담? …그 아우 형체가 둘이 다아 얌전하기야 조옴 얌전한가!…. 〈태평천하⑪〉

마도로스(네. matroos)명 뱃사람. 선원. ¶항구라서 하룻밤 맺은 정을 떼치고 간다는 마도로스의 정담이나, 〈탁류①〉

마디다형 (소모품이) 잘 닳거나 없어지지 않다. 써서 없어지는 기간이 길다. ¶또 보리에다 쌀을 조금씩만 섞어 먹으면 훨씬 마딘 법이다. 〈보리방아〉

마디숨명 마디지게 몰아쉬는 숨. ¶한 사날 전부터 딴 증세가 생겨 가지고 몹시 보채더니, 인제는 마디숨을 쉬고 담이 끓는다는 말을 듣고, 벌써 일이 그른 줄 짐작했었다. 〈탁류⑥〉

마디지다형 마디가 있다. ¶승재는 그러나 마디지게 한숨을 몰아 내쉬고 묵묵히 앞 벽을 건너다본다. 〈탁류⑧〉 ¶"물이 없는디, 목 마처서 어쩌꺼나!" 마디지게 한숨을 내쉰다. 〈쑥국새〉

마루청명 마룻바닥에 깔아 놓은 낱낱의 널조각. ¶(특히 어제부터 멘스이었고요) 부축을 해다가 마루에 뉘는 대로 나가 동그라지면서, 발꿈치와 주먹으로 마루청을 땅땅…. 〈홍보씨〉

마룻전명 마루의 앞. ¶무성한 두 다리를 쿵쿵거리고 마룻전으로 나옵니다. 〈홍보씨〉

마르다동 (옷감이나 재목 등을) 치수에 맞추어 베거나 자르다. ¶이런 여러 가지 비단들이 피륙으로 혹은 말라 놓은 옷감으로 드리없이 손에 만져지는 것이다. 〈동화〉

마르크스 보이(Marx boy)명 마르크스 사

상을 신념으로 하는 청년 사회주의자. ¶ 우리는 멸망하고 만다. 우리의 주림, 우리의 멸망에는 마르크스 보이들도 동정을 아니한다. 〈생명의 유희〉

마른갈이[명] 논에 물을 대지 않고 가는 일. ¶ 잘 갈아서 잘 태운 마른갈이 논이 자꾸자꾸 잇대어 있는 사이사이로. 〈반점〉

마른벼락[명] 마른하늘에서 치는 벼락. ¶ "거 보시우. 내가 괜히 남의 자식을… 괜히 그러다가 마른벼락을 맞일려구 그랬겠우?" 〈명일〉

마른침[명] (몹시 애가 타거나 초조하여) 입안이 말라 아주 적게 나오는 침. ¶ 이맛살을 찡그리면서 캑하고 놋타기에 마른침을 뱉는다. 〈생명〉

마른하늘에서 벼락이 내리다[속] 꿈에도 생각하지 않은 큰 재앙을 당하게 됨을 가리키는 말. ¶ 또 께름직한 구석이 있다면야 마른하늘에서 벼락이 내릴 일이지, 어쩌면 너를 그런데루다가 이 에미 애비가 보낼 생각인들 하겠느냐? 〈탁류⑦〉

마른하늘의 벼락[관용] 뜻밖에 입는 큰 재앙. ¶ 다음번의 말을 듣고서야 비로소 속을 알기는 했는데 진실로 마른하늘의 벼락이었었다. 〈탁류⑭〉

마마 손님[명] 손님마마(~媽媽). 천연두. ¶ 그렇지 않으면 눈치를 보아 어름어름하다가 이혼이라도 할 배짱이기 때문에 그저 마마 손님 배송하듯 우선 배송만 시키려 들었던 것이다. 〈탁류⑫〉

마바라(まばら)[명] '소액 거래 전문인'의 일본어. ¶ 모두가 백 석 이백 석짜리 '마바라(잔챙이 미두꾼)'들만 엉켜 붙어서 옴닥옴닥한다. 〈탁류④〉

마마 자국[명] 마마 딱지가 떨어진 자리에 생긴 얽은 자국. ¶ 하지만 소위 첫사랑의 자취라면 마치 어려서 치른 마마 자국 같아 좀처럼 가시질 않는 흠집이다. 〈탁류⑰〉

마방간(馬房間)[명] 마구간을 갖춘 주막집이 있는 곳. 마구간을 갖춘 주막집으로 쓰이는 곳. ¶ 그러고 그리고 돌아서 마방간의 말죽 구유같은 (평평하니까 말죽 구유화는 좀 다를까?) 선반, 도마가 있고 그 위에 가 식칼, 간장, 초장, 고추장, 소금 무엇무엇 담긴 주발이 죽 놓여 있다. 〈산적〉

마새[명] →말썽. 문젯거리가 되게 하는 일. ¶ 그러니까 이번 일도 만일 달리 마새가 생기지만 않으면 초봉이는 마음먹은 대로 제호를 따라 서울로 가게 될 게 십상이다. 〈탁류③〉

마새스럽다[형] 말썽을 부리는 데가 있다. ¶ 그러나 한편 손에 든 술병이 절로 쳐들려 보이면서 그놈이 마새스럽습니다. 〈흥보씨〉

마수[명] '마수걸이'의 준말. '마수걸이'는 그날의 첫 거래. 즉 처음으로 물건을 파는 일. ¶ 그래서 이 사람이 왜 방정맞게 식전 마수에 재수없이 그따위 소리를 꺼낼까 보냐고 얼굴을 찡그리면서, 〈탁류⑩〉

마수없이[부] ('말의 수가 없다'의 꼴로) 말없이. ¶ 넋을 놓고 행길 가운데 우두커니 섰는데 누가 마수없이 어깨를 짚으면서 공중에서 부른다. 〈탁류⑮〉

마슬러보다[동] 샅샅이 더듬거나 살펴보다. ¶ 문앞에서 어릿어릿하느라니까 바로 문안에 있는 조그마한 집에서 순사 같은 양복을 입은 사람이 "웬 사람이야?" 하고 위아래를 마슬러보며 나선다. 〈팔려간 몸〉 ¶면장도 마지막 도장을 누른 서류 뭉치를 철사 바구니에 집어넣고는 고개를 들어 사무상 건너에 앉은 태호를 마슬러보면서 자기 키보다도 커 보이는 합죽선을 좍 펴 가지고 의젓이 부채질을 한다. 〈보리방아〉 ¶단장을 한 얼굴은 좀 솜씨있게 빚은 밀가루떡 쉼직하나 유모 자신은 "어따가 내놓아도…" 하는 흡족한 생각에 다시 한번 얼굴을 되들고 마슬러본 뒤에 옷을 걷어 입는다. 〈빈(貧)… 제1장 제2과〉 ¶먹곰보는 힐끔 돌려다 보더니 꾀죄한 정 주사의 풍신이 눈에도 차지 않는다는 듯이 아래로 한번 마슬러보다가…. 〈탁류⑥〉

마요이꼬(まよいこ)[명] '길 잃은 아이', 즉 '미아(迷兒)'의 뜻을 가진 일본어. ¶아, 이런 데다가 내버리구 가시믄 편지가 마요이꼬가 돼서 저 혼자 울잖어요? 〈탁류⑯〉

마음깐[명] 마음속으로 짚이는 생각이나 가늠. ¶초봉이는 마음깐으로는 지금이라도 꽃들을 추어올리고, 아사가오도 줄을 매주고, 이렇게 모두 손질해 주고 싶은 생각이 간절했으나…. 〈탁류⑨〉

마음 맞다[형] 마음에 들어서 흡족하다. ¶부친은 앓고 누워 기동을 못하고 그렇다고 누구 마음 맞게 배웅해 줄 사람도 없어 모친이 겨우 오 리가량 따라 나와 주었다. 〈두 순정〉

마음성(--性)[명] 마음을 쓰는 성질. 타고난 마음의 바탕. [같은] 심성(心性). ¶승재는 괜찮다고 물리치다가, 명님이의 그러한 마음성을 아는 터라, 이내 가방을 제 손에다가 들려준다. 〈탁류⑥〉

마음자리[명] 마음의 본바탕. [비슷] 마음밭. 심지(心地). ¶계봉이는 승재의 그렇듯 근경 있는 마음자리가 고맙고, 고마울 뿐 아니라 이상스럽게 기뻤다. 〈탁류③〉 ¶그 속이 수월찮이 궁금했고… 우리는 누구할 것 없이 죄다 이러한 마음자리였었다. 〈순공(巡公) 있는 일요일〉

마작(麻雀)[명] 중국에서 들어온 실내 오락의 한 가지. 상아나 골재에 대쪽을 등에 붙인 136개의 만자(萬子), 통자(筒子), 삭(索), 삼원(三元), 사희(四喜) 등 다섯 가지 패로 하여 보통 네 사람이 함. ¶이 첩의 집에서 술 먹다가 심심하면 저 첩의 집으로 가서 마작하기, 〈태평천하⑤〉

마장[의] 십 리나 오 리가 못 되는 거리의 단위. ¶'쇠멀'이라고 백 호 남짓한 농막들이 옴닥옴닥 박힌 촌 동네와 맞닿기 전에 두어 마장쯤서 논 가운데로 정자나무가 오똑 한 그루, 〈정자나무 있는 삽화〉

마적(馬賊)[명] 말을 타고 떼를 지어 다니는 도둑. ¶한때 만주에서 마적들이 하던 그 짓이지요. 볼모로 잡아다 두고서 가족들로 하여금 이편의 요구를 듣게 하쟀던 것입니다. 〈태평천하④〉

마지막 참[명] 마지막 차례. ¶저녁 후의 마지막 참으로 읽는 세 쨋번 참이 거진거진 끝나갈 무렵엔, 〈순공(巡公) 있는 일요일〉

마찹다[형] 어떤 조건에 잘 어울리게 알맞다. [비슷] 마땅하다. ¶겁이 다뿍 났는데 마차운 샛길이 나오니까 냉큼 그리로 도망을 빼는 꼴새다. 온갖 조조(曹操)는 그 자인 것이다. 〈패배자의 무덤〉

마침[1][명] '마침맞음'의 뜻. 꼭 알맞음. 아주 잘 맞음. ¶"나락? 거 참 마침이구만!…

그리서 그놈으다가 붙있넝가?" 〈태평천하⑨〉 ¶모기며 빈대 벼룩이 없으니, 한뎃잠자리로 또한 마침이기도 하나. 〈정자나무 있는 삽화〉

마침²부 어떤 기회나 경우에 알맞게. 우연히 공교롭게도. ¶미상불 화장품 장사까지 겸하는 양약국에는 마침 좋은 간판감이다. 〈탁류②〉 ¶그러나 그것 역시 학교가 마침 좋게 친정집과 시집의 중간쯤에 있었기 때문에. 〈용동댁〉

마치다동 몸의 어느 부분이 결리다. ¶"물이 없는디, 목 마쳐서 어쩌꺼나!" 마다지게 한숨을 내쉰다. 〈쑥국새〉

마침감명 마침맞은 사물이나 일. 마땅하게 잘 맞는 사물이나 인물의 대상자를 두고 이르는 말. ¶대체 요렇게 마침감으로 똑 떨어진 신랑감이 어디 가서 다른 집 몰래 파묻혔다가 대령하듯이 펄쩍 뛰어나왔는고 생각하면, 자꾸만 꿈인가 싶어진다. 〈탁류⑦〉 ¶신식 계집들처럼 되바라지지도 않고, 그리고 근경 속 있고 솜씨 얌전하고 해서, 참 마침감이었읍니다. 〈태평천하⑧〉 ¶가난한 사람에게도 더러는 행운이라는 것이 천신 돌아오는 수가 있는 것인지 마침감으로 바느질거리가 들어왔다. 〈명일〉 ¶다만 한 가지 구경꾼이 주욱 따라오기 마침감인 이 '무지한 생철동이'를 길거리로 차고 나가기가 좀 안된 것 같기도 했으나. 〈모색〉 ¶그것이 마침감으로 꼴이 더 궁상스럽다. 〈탁류①〉

마침맞다형 아주 꼭 알맞다. 어떤 경우나 기회에 아주 잘 맞다. ¶서로 마음이 소통되게끔 사정이 마침맞았다. 〈탁류⑤〉 ¶게다가 마침맞게 손자가 둘이지요. 〈태평천하④〉 ¶전화 끊는 소리를 듣고 태수도 신호를 울리고서 돌아서려니까, 마침맞게 급사가 냉수를 가져다 준다. 〈탁류⑩〉 ¶마침맞게 아저씨가 들어오시는군. 내친 걸음이지 아무리나 같이 앉어서 상의를 좀 해 보고…. 〈소망〉

마코명 일제 강점기의 담배 이름. ¶병조는 낡아 빠진 골넨 바지에 손을 넣고 몸을 흔들흔들하다가 비켜 주는 곳에 가 내키지 않게 펄씬 앉아서 마코를 꺼내어 붙여 물었다. 〈병조와 영복이〉 ¶그래서 잔돈으로 꺼내려던 것을 일부러 일 원짜리로 꺼내 드는데 담배 가게 주인은 벌써 마코 한 갑 위에다 성냥을 받쳐 내어민다. 〈레디 메이드 인생〉 ¶끼마다 먹는 고기와 양즙이 싫어 나고, 마코보다는 더러 눈을 기어 뽑아 먹는 주인아씨의 피종이나 해태가 더 맛이 있어 가고, 주인아씨의 간드러진 노랫소리가 귀가 아프고. 〈빈(貧)… 제1장 제2과〉 ¶그중 하나가 아무 말도 없이 마코 한 개를 꺼내준다. 〈탁류①〉 ¶윤 직원 영감 입에서는 담배 연기가 피어올라 지옥하니 연막을 치고, 올챙이는 팽팽한 양복 가랑이를 펴면서, 도사렸던 다리를 펴근히 하고 저도 마코를 꺼내서 붙입니다. 〈태평천하⑦〉 ¶물러나서서 짐짓 하는 양을 보느라니 마코 한 곽을 사서 쥐고 허둥지둥 달려든다. 〈상경반절기〉

마호멧(Mahomet)명 →마호메트. 이슬람교의 창시자. ¶종택이 마호멧의 초청을 받아 아라비아땅에를 갔던 것이다. 〈패배자의 무덤〉

막가다동 막되게 행동하다. 앞뒤를 생각하지 않고 행패를 부리다. ¶그는 일을 저

지른 후로 요즘 와서는 늘 이런 막가는 마음을 먹는다. 〈탁류④〉

막대를 잃어버린 장님《속》 장님이 의지하고 다니는 지팡이를 잃은 것같이, 의지할 곳을 잃고 꼼짝 못하게 된 처지를 이르는 말. ¶병호가 없는 이상, 막대를 잃어버린 장님 같아, 저 혼자서는 옴나위를 못하니까, 낮잠이 제일 만만합니다. 〈태평천하⑫〉

막덕㉢ 여기서는 마르크스주의를 믿는 사람이나 행위를 낮추어 부르는 말. ¶아따 저 거시키, 한참 당년에 무엇이냐 그 놈의 것, 사회주의라더냐 막덕이라더냐. 〈치숙(痴叔)〉

막되다㉧ 말이나 행동이 버릇없고 거칠다. ¶'막된 근성!' 필경 이렇게 속으로 혀를 찼다. 〈상경반절기〉

막되어먹다㉦ '막되다'를 힘주어 속되게 나타내는 말. ¶그러나 그러자면 그야말로 동네가 시끄러울 뿐 아니라 막되어먹은 이 위인의 행티에, 〈탁류⑭〉

막둥이㉢ 막내. (제주, 함경, 황해) ¶"하하하하, 이건 막둥인가? 대답만 응 응 그러게…." 〈탁류⑯〉

막막(寞寞)하다㉧ 아득하고 막연하다. 꽉 막힌 것같이 답답하다. ¶그다지 영리하지 못한 머리로 막막한 궁리를 하고 있던 참이다. 〈생명〉 ¶그날그날의 생활이 막막하고 앞뒷 동이 막힌 때에는 빈말로나마 좋은 일이 생긴다는 말을 들으면 반가운 법이다. 〈탁류②〉

막무가내(莫無可奈)㉢ 도무지 어찌할 수 없음. ¶옛네! 도통 25전이네. 이제넌 자네가 내 허리띠에다가 목을 매달어두, 쇠천 한 푼 막무가낼세! 〈태평천하①〉

막무가내(莫無可奈)로㉫ 아무리 하여 보아도 도무지. ¶부칙 윤 직원 영감한테로 슬그머니 따 보내 버릴 망정 기부 같은 건 막무가내로 하지를 않습니다. 〈태평천하⑤〉 ¶스무 살 때에 그의 부모가 다시 장가를 들이려고 했으나 봉수는 막무가내로 듣지를 않았다. 〈두 순정〉

막바지㉢ 막다른 곳. ¶가회동 막바지에 양편 언덕에는 나무와 풀들이 다 각기 제멋대로 단풍을 갈아입고 맑은 햇볕을 마음껏 쬐고 있었다. 〈앙탈〉

막벌이㉢ 막일로 돈을 버는 일. ¶체면이라는 것 때문에 일껏 용기를 내어 가지고 덤벼든 막벌이 노동도 반나절을 못하고 작파해 버렸다. 〈탁류①〉

막부득이(莫不得已)하다㉧ '부득이하다'의 힘줌말. 사정이 여의치 않아 할 수 없다. ¶아, 한편이 한편을 싫어한다든지 또 싫어하진 않더라도 주위 환경이나 막부득이한 사정이 생겼다든지, 〈이런 처지〉 ¶불행이라고 할 수 있는 남의 소위 '타락'에서 요행을 횡재해 가지고 기뻐하는 셈쯤 된 게 되어 적잖이 잔인한 짓이기도 했으나 그렇더라도 막부득이한 노릇이었었다. 〈모색〉

막시㉫ 혹시. ¶그러나마, 소학교의 성적이라도 과히 나빴다면 막시 모르지만, 〈회(懷)〉

막역(莫逆)하다㉧ 벗으로서 뜻이 맞아 서로 허물없이 썩 친하다. ¶어 참, 저 정초봉 씨가 첨에 결혼을 한 고태수 군, 그 군으로 말하자면 나하구는 막역한 친구였읍니다. 〈탁류⑭〉

막이하다㉦ 막다. (어떤 일이나 행동을) 못하게 하다. ¶초봉이가 깨서 앙탈을 하더라도 그것을 막이할 준비는 되어 있지만, 그래도 그는 조심조심 걸어 내려가서 전등 스위치를 잡는다. 〈탁류⑩〉

막지기명 →가지기. 혼례를 치르지 않고 다른 남자와 사는 과부나 이혼한 여자. ¶ 말하자면 추물이로되 또 어디서, 어떻게 굴러먹었는지 근지도 모르나 늙게 상처한 싸전집 영감의 막지기로 들어와 없던 아들까지 낳아 주어 호강이 발꿈치까지 흐르는 이 '싸전댁'에 대해서. 〈명일〉 ¶ "이미 헌 몸뚱이니 남의 조강지처는 바랄 수 없고, 다직해야 막지기 아니면 첩인 걸." 〈용동댁〉

막진하다동 맥진하다(驀進~). 돌진하다(突進~). 거침없이 막 나아가다. ¶ 그러나 그 밤에 정밤중에 그가 아현 터널 앞에서, 막진해 나오는 제이호 급행열차를 정면으로. 〈패배자의 무덤〉

만고(萬古)명 오랜 세월. 한없이 긴 세월. ¶ 그게 젊은것들 사이라면, 나는 당신을 사랑합니다! 그 소릴 텐데, 그 소리 한마디 나오기가 어렵기란, 아마도 만고를 두고 노소 없이, 또 사정과 예외를 통틀어 넣고 일반인가 봅니다. 〈태평천하⑩〉

만관(滿貫)명 마작에서 점수가 최대한도, 곧 500점 또는 1,000점에 달하는 일. ¶ 윤주사는 불가불 만관을 해야 할 형편인 것이, 5천을 다 잃고 백짜리가 한 개피 달랑 남았는데, 〈태평천하⑬〉

만능잡이(萬能--)명 어떤 일이든지 잘 해낼 수 있는 사람. ¶ 자가용 회계원 겸 서무서기 겸 심부름꾼 겸 만능잡이로다가 이삿짐과 한가지로 묻혀 가지고 왔읍니다. 〈태평천하⑨〉

만단(萬端)명 여러 가지. 또는 많은 종류. ¶ 바야흐로 나는 만단 준비가 다 되었다. 즉 두 인간을 데려다가 고생살이는 안 시킬 만한 힘이 생긴 것이다. 〈탁류⑭〉

만당부 '만날, 매일, 늘, 언제나'의 뜻. ¶ 엎드려 있던 병주가 그제서야 고개를 내밀다가 만당 아무것도 사 가지고 들어오지 않은 아버지는 나서서 볼 필요도 없던 것이다. 〈탁류③〉

만도리명 볏논의 마지막 김매기. ¶ 논에서는 군데군데 가끔가다가 사람의 웃도리가 보이곤 하는 게 '피사리' 아니면 '만도리'다. 〈정자나무 있는 삽화〉

만득(晩得)명 늙어서 자식을 낳는 것. 또는 그 자식. ¶ 슬하에 아들이 없고 만득으로 오직 하나 둔 딸 소저는 작지 이후부터 불행한 인생의 길을 밟기 시작했읍니다. 〈소복 입은 영혼〉 ¶ 아버지 또한 만득의 막내동이라고 귀애하시어. 〈순공(巡公) 있는 일요일〉

만들잖다형 '만들지 않다'의 준말. ¶ "흥! 체면! 공부! 죽여도 인텔리는 만들잖는다." 〈레디 메이드 인생〉

만래(晩來)명 늙은 뒤. 늘그막. 늙바탕. ¶ 만래가 요지경이 아니우? 〈탁류⑦〉

만류(挽留)명 그만두도록 말림. 하지 못하게 붙들고 말림. ¶ 헤렌은 모친과 올케와 형이 서로가람 만류를 하여서, 이왕 온 길이니 같이들 저녁이나 먹고 가라고, 〈이런 남매〉

만류(挽留)하다동 그만두도록 말리다. 하지 못하게 붙들고 말리다. ¶ 구경하는 아낙네 가운데 누구는 어린 것이 철모르고 그랬으니 놓아주라고 만류하나. 〈명일〉

만만치 아니하다『관용』 손쉽게 다루거나 대할 만하지 않다. ¶다만 서울로 찾아간다고 나섰다가 혼이 나서 서울 가기가 그리 만만치 아니한 줄을 알고. 〈어머니를 찾아서〉

만만하다㉿ 조심스럽게나 어렵지 않아 마음놓고 다룰 만하다. ¶만만한 자의 성명은…. 〈탁류⑫〉 ¶그래서 말이야, 오래 적조도 했고, 또 내가 서울이라고 올라와야 자네 말고서 어디 만만한 친구가 있나. 〈이런 처지〉

만만한 년은 제 서방 굿도 못 본다『속』 사람이 변변찮으면 응당 제가 차지할 몫도 못 잡고 놓치게 된다는 말. ¶"흥! 만만한 년은 제 서방 굿도 못 본다더니, 나는 두 다리 뻗는 날까지 접방살이(곁방살이, 행랑살이) 못 면헐 걸!" 〈태평천하⑤〉

만무(萬無)하다㉿ 결코 없다. 절대로 없다. ¶억지떼와 맞서서 실랑이를 하니 아무러면 형보의 억지를 이겨낼 리 만무한 것, 〈탁류⑭〉

만물상(萬物相)㉹ 금강산의 바윗산들이 갖가지 모양을 하고 있어서 이르는 말. ¶금강산의 만물상이며, 삼청동 숲속에서 울고 노는 새들이며, 〈탁류①〉

만석(萬石)㉹ (곡식 만 섬의 뜻으로) 매우 많은 곡식. ¶혹시 눈먼 관상쟁이한테나 보인다면, 널찍한 그의 얼굴과 훤하니 트인 이마에 만석이 들었다고 할는지 모르지요. 〈태평천하⑫〉

만조(滿潮)㉹ 밀물로 해면이 가장 높아진 상태. 『상대』 간조(干潮). ¶정 주사는 마침 만조가 되어 축제 밑에서 늠실거리는 강물을 내려다본다. 〈탁류①〉

만석꾼(萬石-)㉹ 곡식 만 섬 가량의 수확을 거둬들일 수 있는 논밭을 가진 사람. 아주 큰 부자. ¶"쌀밥 좀 먹기루서니 만석꾼이 집안이 당장 망헐까 바서 그리시우?" 〈태평천하⑤〉

만인계(萬人契)㉹ 천 사람 이상의 계원을 모아서 각각 돈을 걷게 하고, 계알을 흔들어 뽑아서 등수에 따라 돈을 태우는 계. ¶또 혼자서 뽑아도 곧잘 빠지지 않는 만인계니라는 게 대답이었었다. 〈모색〉

만자(まんざい)㉹ '만담(漫談)'의 일본어. 재미있고 익살스러운 말로 세상과 인정을 풍자한 이야기. ¶활동사진이며 스모며 만자이며 또 왓쇼왓쇼랄지 세이레이 낭아시랄지 라디오 체조 랄지 이런 건 다 유익한 일이니까. 〈치숙(痴叔)〉

만장기염(萬丈氣焰)㉹ 아주 대단한 기세. 여기서 '만장'은 대단한 기세의 높이를 말함. ¶조선 사람을 위해 무언의 만장기염을 토한 셈이 되어 버렸습니다. 〈태평천하⑭〉

만창상점(--商店)㉹ 상점 이름. ¶그야 지가 범연하겠읍니까? 아따, 만창상점이라구, 바로 저 철물교 다리 옆입니다. 〈태평천하⑦〉

맏㉹ 서로 견주어서 나이가 많은 것. 또는 그 사람. ¶어미 처자가 있고 나이 열한 살이나 맏인 제호와 윤희는 연애가 어울려서, 제호는 본처를 이혼하고 윤희는 개업할 자금을 내놓고, 〈탁류②〉

말가웃㉹ 한 말 반의 곡식 분량. ¶편지를 뜯어 읽고 난 P는 말가웃이나 되게 큰 한숨을 푸 내쉬었다. 〈레디 메이드 인생〉

말갛다㉿ 순수하고 깨끗하다. ¶병문이는

송곳 꽂을 땅도 없는 말간 소작 노동자가 되고 말았다. 〈농민의 회계보고〉

말거리명 이야기의 재료. 『비슷』 이야깃거리. ¶말거리를 찾지 못하여 머뭇거리고 섰던 안방 노인이 동정이나 하는 듯이 이렇게 묻는다. 〈레디 메이드 인생〉 ¶둘이는 태수가 술 먹은 이야기를 몇 마디 주고받고 하다가 말거리가 없어 심심했다. 〈탁류⑤〉 ¶둘이는 말거리가 없어 잠잠하다. 〈정자나무 있는 삽화〉

말괄량이명 얌전하지 못하고 덜렁거리는 여자. ¶그럼 난 머, 밤낮 어린 애기구 말괄량이구 그러라구? 〈탁류⑧〉 ¶관수는 문득 생각이다. 세상 말괄량이요, 잘 웃고 잘 놀고 동네 덜머리진 총각이라도 비위만 틀리면 상관없이 대들어 싸움을 하고…. 〈정자나무 있는 삽화〉

말귀명 말이 뜻하는 내용. ¶이르면 말귀를 알아듣는 것, 그것 한 가지만이라도 글쎄 어딘가? 〈이런 처지〉 ¶말귀를 알아들었더라도 그런 조롱쯤 아무렇지도 않아 하고 짐짓 모른 체했을 테지만, 〈모색〉

말긋말긋부 (눈알이나 정신이) 생기 있게 말똥말똥한 모양. ¶계봉이는 도로 쫓겨날까 봐 아주 이런 소리를 하면서 말긋말긋 눈치를 여살핀다. 〈탁류⑦〉 ¶올챙이는 무어라고 위로를 해야겠어서 말긋말긋 윤 직원 영감의 눈치를 살핍니다. 〈태평천하⑧〉 ¶그렇건만 마치 중병이나 앓고 난 아이처럼 창백한 얼굴에 하나도 신명이라곤 없이 한편 구석으로 소곳하니 비껴 앉아서는 어른들의 눈치만 말긋말긋 여살피고 하는 양이 하도 애처로와 못 보겠었다. 〈회(懷)〉

말길명 말하는 실마리. 또는 기회. ¶K 항구에서 R을 거쳐 K에 이르는 삼등 도로를 신설한다는 것은 전에 말길이 있기는 하였으나 아무도 그것이 실현되리라고는 생각지 아니하였다. 〈화물자동차〉

말끄러미부 눈을 똑바로 뜨고 가만히 한 곳만 바라보는 모양. 〈물끄러미. ¶그는 잠시 서성서성하다가 이래서는 안 되겠다고 오목이의 앞으로 가서 엉거주춤하니 쪼그리고 앉아 눈감은 얼굴을 말끄러미 들여다본다. 〈얼어죽은 모나리자〉 ¶승재의 거룩한 노릇이라는 두 번째의 탄성에는 말끄러미 경멸하듯 올려다보고 있더니, 〈탁류⑧〉 ¶그것은 미럭쇠 제가 이뻐하는 납순이의 얼굴! 마주 말끄러미 올려다보는 그 눈이 어떻게도 액색한지 그만 눈물이 날 것 같았다. 〈쑥국새〉 ¶옥초는 웃으려다가 말고 말끄러미 노파를 건너다보면서. 〈모색〉

말끔대서부 말끔히. 티 하나 없이 맑고 깨끗하게. ¶그래 글쎄! 내가 중매까지 서구, 말끔대서 장간 딜여 줄 테야! 〈탁류⑤〉

말대가리명 말(馬)의 머리. ¶박제호의 그 말대가리같이 기다란 얼굴과, 삼십부터 대머리가 훌러덩 벗어져서 가뜩이나 긴 얼굴을 겁나게 더 길어 보이게 하는 대머리와, …. 〈탁류②〉

말대껄명 말대꾸. 남의 말을 받아 자기의 의사를 나타내는 말. ¶과연 그 부인은 가져온 담뱃대에 수건에 싼 담배를 넣어 불을 붙이면서 어쩐지 영남 사투리로 구수하게 이야기를 꺼냈다. "아이고 세상이라고 원 맘을 놓고 살 수가 있어야지…" 하고 말대껄을 청하는 듯이 그 마나님을 바라보았다. 〈세 길로〉 ¶ "그래… 꺼꾸로 섰다가 다시 꺼꾸루 서면 도루 일어서게 되는 것처럼…"하고 말대껄을 하였다. 〈병조와 영복이〉

말대답(−對答)[명] 묻는 말을 맞받아서 하는 대답. ¶ 견우는 뜨끔 놀라 머뭇머뭇하다가 겨우 말대답을 한다. 〈팔려간 몸〉 ¶ 맘 내켜야 겨우 마지못해 묻는 말대답이나 허구. 〈소망〉

말동무[명] 말벗. 더불어 이야기할 만한 친구. ¶ 그는 남편이 벌이를 나간 사이면 별로 할 일도 없는지라 늘 안에 들어와서 영주의 허드렛일도 거들어 주고 말동무도 되고 하였다. 〈명일〉

말라비틀어지다『관용』 '매우 하찮고 보잘것없다'는 뜻의 낮은말. ¶ 예술은 다아 무엇 말라비틀어진 게야? 소설이믄 거저 소설이지…. 〈탁류⑯〉

말라죽다[동] ('말라죽은'의 꼴로 쓰여) '쓸데없다'는 뜻의 낮은말. ¶ ××이야 매독이 시글시글해서 그만에 한쪽이 썩어 들어가제, 그런 주제에 연애가 무어 말라죽은 거꼬? 〈탁류⑨〉

말랑[명] 등성이를 이루는 지붕이나 산 등의 꼭대기. (높이가 있는 사물의) 맨 위. ¶ 참새가 서너 마리 지붕 말랑에서 지저거리고 둥우리에서는 닭이 조바심을 친다. 〈동화〉

말림[명] '말리다'의 명사형. (남이 하는 행동을) 하지 못하게 함. ¶ 모친은 다른 체할 테지만, 부친은 해괴하다고 부녀지간의 의를 끊을 테니, 그 말림을 부득부득 어기고서 갈 수도 없는 것이 아니냐? 〈용동댁〉

말마디[명] 말의 토막. ¶ 저편에서도 울며 겨자 먹기로 무어라고 말마디나 보내다가 말 것이고…. 〈얼어죽은 모나리자〉

말말[명] 이런 말 저런 말. ¶ 말말 끝에 나온 그 애의 소식을 들어다가 경희에게 전해 준 일이 있었다. 〈반점〉

말머리[명] 말의 방향. 또는 말의 첫머리. ¶ 오늘 이 P에게만은 그렇지가 아니하여 불가불 구체적 설명을 해 주어야 하게 말머리가 돌아선 것이다. 〈레디 메이드 인생〉 ¶ 그것을 보고 재봉틀 부인은 묘하게 말머리를 돌린다. 〈보리방아〉 ¶ 영주는 그렇잖다고 설명을 해 주려다가 색시가 그것을 여간만 꼭 믿고 있는 눈치가 아니어서 그냥 말머리를 돌렸다. 〈명일〉 ¶ 주인 여자는 이윽고 그 수다스런 사설을 그만해 두고 말머리를 돌려 승재더러 묻던 것이다. 〈탁류⑮〉

말미[명] 일에 매인 사람이 다른 일로 말미암아 얻는 겨를. ¶ 종택은 그러면 며칠 말미를 주면 집에 돌아가서 잘 생각해 본 뒤에 작정을 하겠노라고, 수유를 타 가지고 돌아왔던 것이다. 〈패배자의 무덤〉

말복(末伏)[명] 무더운 삼복 가운데 마지막 복. 입추가 지난 뒤의 첫 경사스러운 날.

말복날(末伏−)[명] 말복인 날. ¶ 남아거든 모름지기 말복날 동복을 떨쳐 입고서 종로 네거리 한복판에 가 버티고 서서 볼지니. 〈소망〉

말부리를 따 놓다『관용』 '말문을 열다'의 낮은말. ¶ 초봉이가 겨우 쥐어짜듯이 기운을 내서 이렇게 말부리를 따 놓고, 눈치를 보느라고 고개를 쳐드니까…. 〈탁류②〉

말수(−數)(가) 없다『관용』 입이 무겁다. 여기서 '말수'는 말의 수효. ¶ 옥섬이는 흔히

시골 처녀에게 보는 바와 같이 아주 순탄하고 말수 없는 계집애였었다. 〈산동이〉

말승냥이명 이리나 늑대를 승냥이에 비하여 크다는 뜻으로 일컫는 말. ¶쇠뿔을 바로잡다가 본즉 소가 (죽은 게 아니라) 말승냥이가 되더라는 둥, 불합리의 간접 교사를 하고 있을 수가 없다는 둥. 〈패배자의 무념〉

말쑥말쑥하다형 매우 말쑥하다. 또는 여럿이 모두 말쑥하다. '말쑥하다'는 티없이 깨끗하거나 세련되고 아담하다. ¶덕석 같은 겨울 외투를 벗어 버리고 말쑥말쑥하게 새로 지은 경쾌한 춘추복의 젊은이들이 봄볕처럼 명랑하게 오고 가고 한다. 〈레디 메이드 인생〉

말을 타면 견마도 잡히고 싶다『속』 사람의 욕심이란 한이 없다는 말. 『비슷』 득롱망촉(得隴望蜀). 차청입방(借廳入房). ¶하나, 말을 타면 견마도 잡히고 싶은 게 인정이라고 합니다. 〈태평천하④〉

말이 얼리다『관용』 말이 서로 얽히게 되다. 말이 서로 어긋나게 되다. ¶윤 직원 영감은 아까 올챙이와 말이 얼린 만창상점의 수형 조건을 상의하려다가, 〈태평천하⑨〉

말재간(-才幹)명 말재주. 말을 하는 재주. ¶노파는 신이 나서 연신 말재간을 부리는 모양이나. 〈모색〉

말조(-調)명 말하는 데 드러나는 독특한 투. 『비슷』 말씨. 말투. ¶태수는 정 주사의 멱살을 잡은 애송이의 팔목을, 말하는 말조보다는 우악스럽게 훑으려 쥔다. 〈탁류①〉 ¶"아니, 야덜아…" 내는 말조가 과연 졸연찮습니다. "… 늬들, 왜 내가 시키넌 대루 않냐? 응?" 〈태평천하⑤〉 ¶이윽고 용동댁이 나무라는 말조로 다잡아 묻는다. 〈용동댁〉 ¶무렵해서라도 암말도 못하고 슬슬 저리로 가 버렸을 테지만 영감은 도리어 노염이 나 가지고 전접스런 말조로 책을 잡잔다. 〈상경반절기〉

말죽(-粥)명 말에게 묽게 쑤어 먹이는 먹이. 콩, 겨, 여물 따위를 섞어 씀. ¶그러고 그리로 돌아서 마방간의 말죽 구유같은 (평평하니까 말죽 구유와는 좀 다를까?) 선반, 도마가 있고 그 위에 가 식칼, 간장, 초장, 고추장, 소금 무엇무엇 담긴 주발이 죽 놓여 있다. 〈산적〉

말줄명 이야기의 줄거리. ¶그러고는 말줄이 끊이니까 되레 S더러 "그래 자네는 요새 어떤가?" 하고 묻는다. 〈명일〉

말 짜듯이 짜 놓다『관용』 약속해 두다. 약속해 놓다. ¶일껏 제 입으로 가자고 가자고 해서 다 말 짜듯이 짜 놓고는, 인제 슬며시 오지 말라고 한다니. 〈탁류⑦〉

말짝명 '말'의 속된 말. ¶말하자면 시골 사람 말짝으로 '부잣집 맏며느리감'이었었다. 〈세 길로〉

말짱하다형 지저분한 것이 없고 깨끗하다. ¶어머니는 한숨을 후유 내쉬면서 이글이글 불볕이 내리는 하늘을 심정스럽게 내다본다. 말짱하니 구름 한 점 없다. 〈동화〉

말참견(-參見)명 남들이 말을 주고받는데 끼어들어 말하는 일. 남의 말에 끼어드는 일. ¶"솔 낳아 놓구서 소리구 탓을 헌담?" 하고 합죽한 소리가 바로 부엌문 밖에서 말참견을 한다. 〈암소를 팔아서〉 ¶태수가 미처 무어라고 대거리를 못 하는 사이에, 형보가 도로 말참견을 하고 나서던 것이다. 〈탁류⑨〉

말치㉿ 말속에 은근히 드러나는 말의 뜻. 『같은』 말눈치. ¶그는 시방도 요즘 매일같이 주인아씨를 찾아와서 노는 '이 주사'의 심상치 않은 말치며 눈치가 문득 생각이 나고, 〈빈(貧)… 제1장 제2과〉

말치 없다『관용』 이러니저러니하는 뒷말이나 군말이 없다. ¶윤 직원 영감은 제가 그대로 병통 없이 말치 없이, 자기 종신토록 자알 살아만 주면 마지막 임종에 가서, 그 집하고 또 땅이나 벼 백 석거리하고 떼어 주어, 뒷고생 않게시리 해 주려니, 이쯤 속치부를 잘해 두었었읍니다. 〈태평천하⑧〉 ¶조금치도 내색을 안 내고 말치 없고 소리 없는 시집살이를 곧잘 했었다. 〈용동댁〉

말코㉿ (말의 코처럼) 콧구멍이 크고 벌름벌름하는 코. 또는 그런 코를 가진 사람. ¶유리도 뚜껑 덮은 목판 속에 그놈 모찌떡이 말코 같은 놈, 똥그란 놈. 〈어머니를 찾아서〉

말 탄 양반 훨훨, 소 탄 양반 끄덕끄덕『속』 소나 말을 탄 양반이 끄덕거리며 으스대듯이 잘난 척하면서 으스댄다는 뜻. 『같은』 말 탄 양반 끄덕끄덕, 소 탄 양반 끄덕끄덕. ¶그의 올라앉아 말 탄 양반 훨훨, 소 탄 양반 끄덕끄덕을 하고 싶은 어깨통, 이편이 몸뚱이를 가져다가 콱 가슴에 부딪뜨리면 바위같이 움찍도 안 할 듯싶은 건장한 몸뚱이, 〈탁류②〉

말허리㉿ 말의 중간. ¶계봉이가 말허리를 꺾고 나서서 한마디 참견을 하느라고…. 〈탁류⑦〉

맘㉿ '마음'의 준말. ¶정 농촌으로 돌아가기가 싫거든 서울서라도 몇 사람 맘 맞는 사람이 모여서 무슨 일을. 〈레디 메이드 인생〉

맘보㉿ '마음보'의 준말. '마음을 쓰는 모양새'를 나쁘게 이르는 말. ¶이 주책꾸러기 양반이 무슨 맘보를 먹는고 하니, 내 참 기가 막혀! 〈치숙(痴叔)〉

맘보짱㉿ '맘보'의 속된 말. ¶이 녀석아 내가 네 속 모르는 줄 아느냐?… 네 맘보짱이 어떤지 다아 알구 있단다…. 〈탁류⑯〉

맘씨㉿ '마음씨'의 준말. 마음을 쓰는 태도. ¶행화도 초봉이의 아담스러운 자태며, 말소리 그것이 바로 맘씨인 것같이 사근사근한 말소리에 마음이 끌려, 〈탁류②〉

맘이 꿀안 같다『관용』 속으로는 하고 싶은 생각이 간절하다. 『비슷』 마음은 굴뚝 같다. ¶언니네는 갈 맘이 꿀안 같어두(도) 못 가잖우. 그러니 글쎄 선뜻 내려갔으면 오죽 좋수? 〈소망〉

맘자리㉿ '마음자리'의 준말. 마음의 본바탕. ¶무엇보다도 동그스름한 얼굴에 이목구비가 모두 모지지 아니하고 얼굴의 윤곽이 둥글듯이 모가 나지 아니한 것, 그래서 맘자리도 그렇게 둥글려니 하는 것이 P의 마음을 끈 것이다. 〈레디 메이드 인생〉

망가(マンガ)㉿ 만화(漫畵)의 일본어. ¶사진도 없지요, 망가도 없지요. 〈치숙(痴叔)〉

망건(網巾)㉿ 상투를 틀 때 머리카락이 흘러 내려오지 않도록 머리에 두르는 그물 모양의 물건. ¶"망건은 안 벗구?" 색시는 벌써 눈에 졸음이 가득한 새서방을 갸웃이 들여다보면서 웃는다. 〈두 순정〉

망구강사안㉿ →만고강산(萬古江山). 한없는 세월 동안 변함 없는 강산. ¶"내 내

햄… 자아 합니다. 햄 … 망구강사안 유람헐 제…" 〈태평천하⑩〉

망나니명 말과 행동이 아주 막된 사람. ¶농투성이 자식으로 노상 재주가 없는 것은 아니지만, 천하 망나니가 돼서 공부보다는 싸움이 첫째라. 〈정자나무 있는 삽화〉

망녕명 늙거나 정신이 흐려 말이나 행동이 정상에서 벗어난 상태. 『같은』 망령(妄靈). ¶"내가 너를 부잣집으루 시집을 보내자구 맘을 먹은 것버텀 아예 망녕이지… 아니꼽구 칙살시런 세상!" 〈보리방아〉

망둥이명 바닷물고기의 일종. 바닷가의 모래땅에 살며 배지느러미가 빨판처럼 되어 있음. ¶옥초는 상수의 변화도 변화려니와 그의 턱없는 비약이 하도 어처구니가 없어서 잉어가 한 길을 뛰니까 망둥이는 두 길을 뛴다는 속담을 생각하고 하는 말이었었다. 〈모색〉

망발(妄發)명 망령이나 실수로 잘못되게 하는 말이나 행동. ¶무관히 지낸다고 하기로서니 과히 망발은 아닐 테지요. 〈흥보씨〉 ¶그러나 톨톨 털어서 죄다가 그것뿐이요 그러므로 (남이 보기라도 연애는커녕 내외간이 아니냐고 망발을 할 만큼) 서로 말과 태도가 소탈한 것도. 〈모색〉

망부(亡父)명 죽은 아버지. 세상을 떠난 아버지. ¶그러나 어쨌든 승재는 아직도 망부 아닌 그 사랑의 유령을 가끔 만나 햄릿의 제자 노릇을 일쑤 하곤 했었다. 〈탁류⑰〉

망연자실(茫然自失)하다동 멍하니 정신을 잃다. 정신을 잃어 어리둥절하다. ¶그래, 4천 원을 도무지 허망하게 내주고는, 윤두꺼비는 망연자실해서 우두커니 한 식경이나 앉았다가, 비로소 방바닥에 떨어진 종잇장으로 눈이 갔습니다. 〈태평천하④〉

망연(茫然)하다형 (정신을 잃고) 아무 생각없이 멍하다. ¶진실로 해괴하기 짝이 없고 마치 항공이라면 에어 포켓을 의미하는 이 결론 앞에서 옥초는 스스로 망연치 않을 수가 없었다. 〈모색〉 ¶김 군의 동생이라는 관계와는 따로이 새삼스럽게 간절하나, 그게 도무지 망연하여 더욱 마음에 딱하기만 할 뿐이었다. 〈회(懷)〉

망연히부 (정신을 잃고) 아무 생각이 없이 멍하게. ¶망연히 서서 있던 승재는, 태수가 다시 현미경을 들여다보는 동안, 진찰실 한옆에 들여세운 책상에서…. 〈탁류⑧〉 ¶망연히 서서 생각했다. '세상은 정녕코 바빠진 거다! 그도 오직 반년지간에…'. 〈상경반절기〉

망울망울부 여럿이 작고 동글동글한 모양. ¶백일홍과 봉선화와 한련화가 모두 망울망울 망울이 맺었다. 〈탁류⑨〉

망정의 '~이기에 다행이지'의 뜻을 나타냄. ¶심장 비대증으로 천식기가 좀 있어 망정이지, 정정한 품이 서른 살 먹은 장정 여대친답니다. 〈태평천하①〉

망지소조(罔知所措)명 너무 당황하거나 급하여 어찌 할 바를 모름. ¶저기 반갑게 누워 있는 남편의 무덤을 망지소조 울고 부르짖고 하기에 좀처럼 낭자함을 가누지 못했을 것이다. 〈패배자의 무덤〉

망측(罔測)하다형 이치에 맞지 않아 어이없거나 차마 보기가 어렵다. 정상적인 상태에서 벗어나 차마 볼 수 없다. ¶세상에 첩은 그날로 나가고 당장 갈려든다지만, 이건 사내가 이렇게 하나가 나가고 하나가 들어오고 하다니 도무지 망측했던 것이다. 〈탁류⑭〉 ¶우환 중에 또 그 소설 명색 것이 하릴없이 식어 빠진 조밥 덩이처럼 깡깡하고도 퍼슬퍼슬하고도 천하 멋없기라고는 둘째 가라면 서럽달 망측한 물건이었었다. 〈모색〉

망칙하다형 '망측하다'의 변한 말. 이치에 맞지 않아 어이없거나 차마 보기가 어렵다. ¶"엥… 망칙하다! 썩 물러나지 못 할까?" 〈소복 입은 영혼〉 ¶"아이 망칙해라!" 하고 소리를 빽 지르면서, 고만 빠져 달아나질 않는다구요. 〈태평천하⑩〉 ¶"에이! 에이 망칙해! 에이 꼴불견!" 〈모색〉

맞겨누다동 서로 겨누다. ¶"더위가 나를 볶으니까, 누가 못 견디나 보자구 맞겨누는 싸움이야 싸움!" 〈소망〉

맞다대기명 →맞대거리. 상대방에 맞서서 갚거나 대들거나 하는 언행. ¶시아버지 되는 윤 직원 영감과 한바탕 맞다대기를 할 양으로 벼르고 있는 이 집의 맏며느리 고 씨, 〈태평천하⑤〉

맞다잡다동 서로 다그쳐 붙들어 잡다. ¶그래서 맞다잡고 시비를 캐지 못한다든가 하던 것은 아니었다. 〈탁류⑭〉

맞닥뜨리다동 마주 닥치어 부딪치다. ¶승재는 맞닥뜨리게 싶게 계봉이에게로 바로 달려들더니 쭈적 멈춰서서는 그 다음에는 어쩔 바를 몰라 하다가 〈탁류⑰〉

맞바람명 마주 불어오는 바람. ¶또 안방은 앞뒷문으루 맞바람이 쳐서 제법 시언하다우. 〈소망〉

맞대 놓다동 서로 직접 마주 대하다. ¶그런 사람 외에는 대개들 뒤꼭지에다 대고, 혹은 맞대 놓고 그를 능멸을 하고 구박을 주고 했다. 〈탁류⑭〉 ¶내게다가 맞대 놓고 그런 소리를 하다가는 되잡혀서 혼이 날 테니까 슬며시 아주머니더러 이르란 요량이든 게지? 〈치숙(痴叔)〉

맞방망이(를) 치다『관용』 남의 말에 그렇다고 덩달아 같이 말하다. 『같은』 맞장구(를) 치다. ¶영주는 하는 양을 보느라고 허겁스럽게 맞방망이를 쳐 주었다. 〈명일〉

맞방망이치다동 마주 방망이질을 하다. 또는 가슴, 심장 따위가 몹시 두근거리다. ¶오목이는 대답은 차마 아니 나오고 가슴만 맞방망이치듯 두근거렸다. 〈얼어죽은 모나리자〉 ¶그는 가슴이 맞방망이치듯 두근거리고…. 〈탁류⑩〉

맞상(-床)명 한 상에서 둘이 마주 앉아 먹도록 음식을 차림. 또는 그 차린 상. 『같은』 겸상(兼床). ¶조선식으로 맞상을 안 한 것이 다행스러웠다. 〈탁류⑫〉 ¶전에 없이 맞상을 내다가 같이 저녁을 먹었고, 〈태평천하⑩〉

맞선명 결혼할 남녀가 직접 만나 보는 것. ¶"허! 그거야 인제 다 서루 맞선두 보구 그래야지요." 〈보리방아〉

맞장구를 치다『관용』 남의 말에 덩달아서 호응하거나 편들다. ¶형보는 선뜻 맞장구를 치고 좋아하고, 태수는 손에 여태 쥐고 있던 돈 백 원을 그제서야 생각이 나서, 행화의 치마폭에다가 떨어뜨려 준다. 〈탁류④〉

맞창명 마주 뚫어진 구멍. ¶우리게 남산이라도 정통으로 칵 한번 들이받는다면, 단박에 구멍이 뻥하니 맞창이 뚫어지고 말 것 같았다. 〈회(懷)〉 ¶기운이 버쩍 솟은 초봉이는 이를 보드득 갈아 붙이면서

맞창이라도 나라고 형보의 아랫배를 내리 칵칵 제긴다. 〈탁류⑱〉

맞허우명 →맞하오. 서로 '하오'의 말씨를 쓰는 일. ¶그는 면장과는 나이도 '벗'을 할 나이요, 또 다같이 세교가 있는 소위 반명(班名)하는 집안의 끈터리라 맞허우를 하기는 하지만, 〈보리방아〉

매갈이명 벼를 매통에 갈아서 매조미쌀을 만드는 일. '매통'은 벼를 갈아 겉겨를 벗기는 기구를 말하며, '매조미쌀'은 왕겨만 벗기고 속겨는 벗기지 않은 쌀. ¶그런데 벼는 정미업자가 사들여 매갈이를 하여 현미를 만들어 가지고.. 〈화물자동차〉

매녀(賣女)명 여자를 팖. 또는 기생집에 팔려가는 여자. ¶승재는 명님이가 장차에 매녀의 몸이 될 일을 생각하면, 마치 친누이동생이나가 그러한 구렁으로 굴러들어 가는 것같이 슬프고 안타까와했다. 〈탁류⑥〉

매눈명 매처럼 사납고 날카로운 눈. ¶눈이 오긋한 매눈에 눈자가 몹시 표독스러워 보이는, 그 사람이…. 〈탁류②〉

매니아(mania)명 어떤 한 가지 일에 몹시 열중하는 사람. 또는 그러한 일. ¶그가 어머니로서 송희를 사랑하는 죄… 하기야 매니아(狂)에 가깝도록 편벽된 구석이 없진 않으나…. 〈탁류⑭〉

매다[1]동 풀어지지 않도록 동이어 묶다. ¶아, 아무 데두 맨 데가 없는 몸이겠다. 〈소망〉

매다[2]동 '헤매다'의 준말. 어디를 이리저리 돌아다니다. ¶온 산을 매고 다니던 끝에 으슥한 골짜구니의 양지바른 언덕 밑에서. 〈쑥국새〉

매도 계약(賣渡契約)명 물건을 팔아 넘기는 것에 대한 계약. ¶윤 직원 영감은 시골 사람, 그중에도 부랑자가 돈을 쓴다면, 으레껏 매도 계약까지 첨부한 부동산을 저당 잡고라야 돈을 주지만, 〈태평천하⑦〉

매독(梅毒)명 성병(性病)의 한 가지. 스피로헤타 팔리다(spirochaeta pallida)라는 나선균의 감염으로 일어나는 만성 전염성 성병. ¶××이야 매독이 시글시글해서 그만에 한쪽이 썩어 들어가제, 그런 주제에 연애가 무어 말라죽은 거꼬? 〈탁류⑨〉

매 맞기명 매를 맞은 일. ¶다른 것은, 가령 살이 터지고 피가 흐르는 매 맞기라도 두고두고 단련을 해나면 고통이 차차로 덜하는 법인데, 〈이런 남매〉

매몰스럽다형 보기에 인정이 없이 아주 쌀쌀하고 독한 데가 있다. ¶계봉이는 그렇게까지 안 해도 좋을 것을 너무 매몰스럽게 쏘아 준 것이 미안했던지, 제라서 배시기 웃는다. 〈탁류⑧〉 ¶장사를 하고 나서 우금 일 년이나 그대로 문두름히 있었다는 것은 좀 박절했다고 할는지 매몰스럽다고 할는지…. 〈패배자의 무덤〉 ¶그덕에 그는 엔간히 매몰스런 저의 주인 아가씨한테건만 괄시 대신 아직은 조그마한 은총을 받고 일신을 부지해 오던 것이다. 〈모색〉 ¶그러나 옆에서 보맨, 젊은 친구가 분수 이상으로 매몰스럽게 구는 품이나, 〈상경반절기〉

매무시명 옷을 입을 때 매고 여미는 따위의 뒷단속. ¶마당으로 들어서는 강씨 부인은, 머리쪽은 거진거진 떨어져 내리고, 매무시는 흘러 상당한 용적의 맨살이 드러났고, 〈흥보씨〉

매방(買方)[명] '물건을 사는 쪽', '물건을 사는 사람'의 일본어. ¶더구나 시세가 저조여서 '매방'은 경계를 하는 판이라 전절보다 일 전이 비싼 삼십 원 삼 전에 팔겠다는 걸, 그놈에 응할 사람이 없을 것도 당연한 일이다. 〈탁류④〉

매삭(每朔)[부] 매달. 매월 다달이. ¶제 말에는 매삭 육십 원씩을 받았네, 칠십 원씩을 받았네 했지만. 〈얼어죽은 모나리자〉 ¶오늘이라도 이 집을 그만두면 매삭 이십 원이나마 벌이가 끊기니 집안이 그만큼 더 어려울 것이요, 〈탁류②〉 ¶대복이에게 매삭 든다는 것이란 게 극히 적고도 겸하여 일정한 것이어서, 〈태평천하⑨〉

매수(買收)[명] 남을 꾀어 제 편으로 끌어들임. 금품을 주거나 어떤 수단으로 이익을 주고 남의 마음을 사서 제 편의 사람으로 만듦. ¶춘심이는 군밤값 20전에 할 수 없이 매수가 되어 마침내 타협을 하고, 먼저 무대 뒤로 해서 들어갔읍니다. 〈태평천하③〉

매식(買食)[명] 음식을 사 먹음. 또는 그 식사. ¶근처에서 매식이 변변칠 못하니 종로로 나가서 저녁도 먹을 겸, 저녁을 먹고 나서는 그 길로 초봉이를 만나러 가기로…. 〈탁류⑰〉

매식집(買食-)[명] 음식점. 음식을 사서 먹는 집. 음식을 파는 가게. ¶가게에 전화도 있고 하니 매식집에서 무엇이든지 청해다가 먹을 수는 있다. 〈탁류②〉

매장(賣場)[명] 물건을 파는 곳. 상품을 판매하는 가게. ¶옷도 이렇게 곱게 입었으니 침침한 매장보다도 저 하늘을 올려다보면서, 저 햇볕을 쪼이면서, 〈탁류⑯〉

매앤[관] →맨. 그보다 더할 수 없을 정도로 가장. ¶구누를 하기를, 매앤 기운 센 순성이가 맨 첨으로 달려들고 그러거들랑 오복이, 째보, 태식이, 모두 와아하니 덤비기로 했던 것이다. 〈정자나무 있는 삽화〉

매양(每樣)[부] 번번이. ¶"아아니 자네가 암만 히여두 눈치가 노름꾼을 잡다가 놓치구서 그 얼루 순검을 못 댕기구 쫓겨 왔넝 개비네… 그렇지? 매양…" 〈순공(巡公) 있는 일요일〉

매어 살다[관용] 구속이나 부림을 받아 살다. ¶"십 년… 십 년 당신한테 매어 사느라구 이렇게 된 줄은 몰라요?" 〈명일〉

매제(妹弟)[명] 손아래 누이의 남편. ¶저 역시 매제일뿐더러 생전의 삼십 년 가까운 다정한 친구의 무덤을 장사 때에 회장을 나왔을 뿐, 여태껏 찾지 못했던 터라 겸사겸사 나섰던 걸음이다. 〈패배자의 무덤〉 ¶그 돈을 정작 쓰는 데로 말하면, 매제니 생질이니 하더라도 타성(他姓)바지에 아무 상관도 없는 딴 남인 걸, 〈이런 남매〉

매초롬하다[형] 젊고 건강하여 아름다운 태가 있다. 〈미추룸하다. ¶그는 그의 앞에 앉은 뚜장이를 볼 때에, 매초롬한 사무원이 슬금슬금 제본실에 드나드는 것을 볼 때에 한 달에 이십 원을 넘겨 받지 못하는 몇몇 여직공이 곱게 호사를 하는 것을 볼 때에. 〈병조와 영복이〉 ¶더우기 매초롬한 여학생이나 신여자와 마주칠 때에는 피하였으면 좋기는 하겠으나 눈이 손해이니 그러하기는 싫고 그대로 가까이 다가서서. 〈앙탈〉 ¶조선은행 앞을 지나면서는 어느 다른 은행의 행원인 듯싶은 매초롬한 양복장이가 불룩한 손가방을 안고 인력거를 타는 것을 보고 몇만 원 찾아 가나 보다고 생각했다. 〈명일〉 ¶ 얼굴은 두툼하니 넓죽하고, 이마도 퍽 넓다. 그래서 실직하고 무게는 있어 보여도 매초롬한 고운 태는 찾으려도 없다. 〈탁류②〉

매춘(賣春)명 여자가 돈을 받고 아무 남자에게나 몸을 파는 일. 『같은』 매음(賣淫). ¶ 팔자를 한번 그르친 젊은 여인이란, 매춘의 구렁으로 굴러들기 아니면, 소첩 애첩의 이름 밑에 아무 때고 버림을 받아야 할 말이 없는 위험 지대에다가 몸을 퍼뜨리고 성적 직업에나 종사하도록 연약하기만 하지. 〈탁류⑭〉

매춘부(賣春婦)명 돈을 받고 아무 남자에게나 몸을 파는 여자. ¶ 사실 일반 매춘부가 정조적으로 양심을 가진 듯이 보인다는 것은 그 대부분이 되레 한 가식에 지나지 못하는 것이다. 〈레디 메이드 인생〉

매치다동 정신이 이상이 생겨 언어, 행동이 이상하게 되다. 또는 언행이 몹시 경망스럽고 이상할 때 욕으로 이르는 말. 〈 미치다. ¶ "아냐, 저 거시키… 서울 아씨 시집 안 보내우!…" "매친 녀석!" "뭘 그래! 시집보내예지. 난 꼴 보기 싫여!…" "이 녀석이 시방 맞구 싶어서…" 〈태평천하⑪〉

매캐하다형 연기나 곰팡이 따위의 냄새가 맵고 싸하다. ¶ 보릿겨로 모깃불을 지핀 연기가 저 혼자서 몽기몽기 피어올라 매캐한 냄새가 퍼져온다. 〈동화〉

맥[1]명 미역. (경남, 전남). 냇물이나 강물에 들어가 몸을 씻거나 노는 일. ¶ "그러구 참, 새댁 이따가 나허구 맥 감어? 응?" 〈동화〉

맥[2]명 '꼴, 형상(形狀)'의 뜻. 물건의 생김새나 상태. ¶ 작은집에서는 은근한 젊은 계집들도 많이 모이고, 잔치도 걸어서, 이를테면 꽃밭에 들어앉은 맥이로되 도무지 흥도 나지 않고 술도 맛이 없고, 〈탁류⑩〉 ¶ 싸늘한 쇠끝에 새까만 구멍이 똑바로 가슴패기를 겨누고서 코앞에다가 들이댄 걸, 그러니 염라대왕이 지켜선 맥이었지요. 〈태평천하④〉

맥(脈)[3]명 다른 사물이나 현상과 서로 통하거나 이어지는 줄기나 가닥. ¶ 제호는 다지고, 초봉이는 다짐을 두고 하는 맥인데, 다짐이야 두나마나, 다시는 그럴 생심이 날 것 같지도 않았다. 〈탁류⑬〉

맥(이) 풀리다『관용』 긴장 따위가 풀려 힘이 스러져 없어지다. ¶ 이렇게 선선하게 나는 대답은 하였으나 이 사람 역시 시골서 농사짓는 사람의 하나로 그 근처에 토지를 가진 서울의 부재지주(不在地主)의 사음 운동이나 하러 온 것이 아닌가 하여 적이 맥이 풀리었다. 〈농민의 회계보고〉 ¶ 그래 그는 부랴부랴 쌀을 취하고 또 막내네를 시켜 옥례한테로 이것저것 보내 달라고 기별을 하고는 밥쌀을 씻는데 나그네들이 갑자기 돌아가고 보니 맥이 풀리고 궁금도 했다. 〈보리방아〉

맥고모자(麥藁帽子)명 밀짚이나 보리짚으로 만들어 여름에 쓰는 모자. 『준말』 맥고자. 『비슷』 밀짚모자. ¶ 오월 그믐이라지만 한다는 모던 보이도 맥고모자는 아직 쓸 생심을 못 하였는데 귀가 덮이게 머리털이 자란 병문이의 머리에는 여러 해 묵은 맥고모자가 용감하게 올라앉았다. 〈농민의 회계보고〉 ¶ 휘둘리는 정 주사의 머리에서, 필경 낡은 맥고모자가 건뜻 떨어져 마침 부는 바람에 길바닥을 데구루루 굴러간다. 〈탁류①〉 ¶ 게다가 맥고모자며 흰 구두까지 멀쩡한 걸 놓아두고서. 〈소망〉

맥고자(麥藁子)㊔ '맥고모자'의 준말. 밀짚이나 보리짚으로 만들어 여름에 쓰는 모자. ¶ 사 년 된 맥고자에, 볕에 탄 얼굴에, 툭 불거진 광대뼈에, 〈태평천하⑨〉

맨㊉ ('맨으로'의 꼴로 쓰여) 아무 것도 갖거나 걸치지 않고. ¶ 그럴 바이면 차라리 책을 걷어치우고 맨으로 누워서 외우는 게 좋지 않느냐고 하겠지만, 〈태평천하⑪〉

맨구들바닥㊔ 요를 깔지 않은 방바닥. ¶ 까는 요도 없이 맨구들바닥에 가서 누워 있자니, 뼈가 박이고 찬 기운이 올라와서 견딜 수가 없다. 〈탁류⑩〉

맨다리㊔ 살을 드러내 보인 다리. ¶ "저 악한이 또 어데서 대낮에 얼어 가지구 저래!" 맨다리에 원피스에 싱글에 얼굴 갸름한 여자가 말과는 반대로 해죽해죽 웃으며 P에게 달라붙듯이 어깨를 비빈다. 〈명일〉 ¶ 정 주사는 이 까부는 단발과 깡총한 치마 밑으로 퉁퉁한 맨다리가 드러나 보이는 것이 언제고 눈에 뜨일 때마다 마땅치가 못해서 상을 찌푸린다. 〈탁류③〉

맨드리㊔ 옷을 입고 매만진 맵시. 또는 물건의 만듦새. ¶ 흰 의복에, 흰 면사포에, 흰 백합꽃에, 이러한 흰빛만의 맨드리가 흰빛을 지나쳐 챙백한 것이며, 〈탁류⑩〉

맨살㊔ 아무 것도 입거나 걸치거나 하지 않아 겉으로 드러난 살. ¶ 머리는 곱게 밀어 맨살같이 연하다. 〈두 순정〉 ¶ 마당으로 들어서는 강씨 부인은, 머리쪽은 거진 거진 떨어져 내리고, 매무시는 흘러 상당한 용적의 맨살이 드러났고, 〈흥보씨〉

맨손㊔ 아무 것도 가지지 않은 손. ¶ 그런데 이처럼 맨손이다. 민망하여 어떻게 얼굴을 들고 시부모를 보랴 싶다. 〈두 순정〉

맨숭맨숭하다㊗ 술 따위에 취하지 않아 정신이 말짱하다. 〈민숭민숭하다. ¶ 삼십원 삼 전이라는 시세에 바다지나 손님들이나 다 같이 "흥! 누가 그걸…" 하는 듯이 맨숭맨숭하다. 〈탁류④〉

맨 첨㊕ 가장 먼저. ¶ 구누를 하기를, 매앤 기운 센 순성이가 맨 첨으로 달려들고 그러거들랑 오복이, 째보, 태식이, 모두 와아하니 덤비기로 했던 것이다. 〈정자나무 있는 삽화〉

맨판㊕ →만판. 마음 내키는 대로 실컷. 또는 온통 한 가지로. ¶ 그러고는 맨판 까달스런 한문 글자로다가 처박아 놓으니 그걸 누구더러 보란 말인고? 〈치숙(痴叔)〉

맴맴㊕ 아이들이 제자리에서 몸을 뺑뺑 돌릴 때에 부르는 소리. ¶ 밤낮 고추 먹고 맴맴, 생 먹고 맴맴, 〈모색〉

맵살스럽다㊗ (말이나 행동이) 남에게 미움을 받을 만한 데가 있다. 〈밉살스럽다. ¶ 게다가 또 당자 을녜가 어떠하냐 하면, 전과는 아주 딴판으로 맵살스럽게 생뚱거린다. 〈정자나무 있는 삽화〉

맵시㊔ 아름답고 보기 좋은 모양새. ¶ 또 내가 생각을 해도 그렇듯 뒤축을 찍찍 끌면서 걷는 걸음 맵시란 그다지 점잖다 할 수는 없는 것이어서, 〈흥보씨〉

맵시꼴㊔ 맵시를 낸 모양. ¶ 권투장에서 심판이 이긴 선수한테 하는 맵시꼴이다. 〈탁류⑦〉

맷돌명 곡식을 가는 데 쓰이는 기구. ¶여느때는 한 짝씩만 들재도 힘이 부치는 맷돌이다. 〈탁류⑱〉

맷방석(-方席)명 맷돌이나 매통을 쓸 때에 밑에 까는, 짚으로 만든 둥글고 전이 있는 방석. 멍석보다 작고 둥글게 만들어 곡식을 널어 말리거나 까는 데 쓰임. ¶맷방석만한 달이 높다란 솔숲 위로 솟아올라 마당을 환히 내리비춘다. 〈동화〉

맷집명 매를 잘 견디어 버티는 몸집. 또는 매를 맞아 견뎌 내는 힘이나 정도. ¶이를 부드득 갈면서 승재의 맷집 좋은 따귀를 재차 본새 있게 올려붙인다. 〈탁류⑥〉

맹꽁이명 개구리와 비슷한 동물 이름. 머리의 폭이 넓고 몸집이 뚱뚱하며 발에 물갈퀴가 없다. 등은 검푸르고 배는 연푸른 빛으로, 날이 흐릴 때나 비가 올 때 맹꽁맹꽁하며 시끄럽게 운다. ¶"에끼! 방정맞은 놈들! 글 읽을 때는 눈두덩이 들어붙어서 꼭 맹꽁이 울듯이 졸음 반이 앓는 소리 반을 섞어 밍맹 밍맹하더니 책을 덮어노면서는 눈구멍이 모다들 샛별같이 초랑초랑해가지고 요뇨하니 앉어서 이야기를 청해?" 〈소복 입은 영혼〉 ¶맹꽁이 음악을 끈기있게 쌍주하고 있읍니다. 〈태평천하⑪〉

맹꽁이 음악〖관용〗 맹꽁이 타령인 듯(?). '맹꽁이 타령'은 경기 휘몰이 곡조의 하나로, 맹꽁이들의 세계를 여러 측면으로 엮어서 인간 사회의 모습을 풍자한 노래. ¶맹꽁이 음악을 끈기있게 쌍주하고 있읍니다. 〈태평천하⑪〉

맹랑(孟浪)하다형 함부로 얕잡아 볼 수 없을 만큼 깜찍하다. ¶그는 도무지 맹랑해서 어떻다고 이를 데가 없고, 허황한 품으로는 누구의 장난 같았다. 〈탁류⑩〉 ¶연루자가 수십 명 잡혔는데, 차차 취조를 해 들어가니까, 그 조직이 맹랑할 뿐 아니라, 이름은 세계사업사라고 지은 데는 모두 깜짝 놀랐읍니다. 〈태평천하⑫〉

맹목적(盲目的)명관 어떤 사물에 대하여 올바른 판단을 내릴 수 없게 된 상태. ¶그러나 인간은 그 동물적인 본능을 보다 맹목적으로 이용을 하는 제이의 본능이 있답니다. 〈태평천하⑪〉

맹숭맹숭부 맨송맨송. 일할 거리가 없거나 아무 것도 생기는 것이 없어서 멋적은 모양. ¶의외로 이건 도무지 맹숭맹숭, 좋은 말로 어물쩍하려고 하니 시방 속으로는 태수가 까 죽이고 싶게 미워서 견딜 수가 없다. 〈탁류④〉

맹인명 →망인(亡人). 죽은 사람. ¶"…그게 맹인이 저승길 가면서 노수두 쓰구, 또 저승에 가서두 부자루 잘 지내라구 그리잖습니까?" 〈태평천하⑧〉

맹자(孟子)명 사서(四書)의 하나. 맹자가 공자의 도(道)와 인의(仁義)를 설하고, 혹은 왕도(王道)를 펴려고 여러 나라를 두루 다닐 때에 제후 및 제자들과 문답한 내용이 기록되어 있음. ¶그보다 많은 여러 수십 명이 동네 아이들에게, 하늘 천 따아지의 천자를 비롯하여, 사자소학이며 동몽선습, 통감, 맹자, 논어, 시전, 서전에 이르기까지, 〈순공(巡公) 있는 일요일〉

머금기다동 '머금다'의 피동형. ¶이것은 천 마디 만 마디의 말이 머금겨 있는 선언이요 주장이다. 〈생명〉

머금다동 (어떤 감정이나 생각을) 가지거나 좀 드러내다. ¶그것은 아득히 어지러

운 듯하나 결코 어지러움이 없고 웅장한 가운데 미묘한 리듬을 머금은 힘찬 행진곡이었었다. 〈병조와 영복이〉

머루 먹은 속『속』 대강 짐작을 하고 있는 속마음이라는 뜻. '머루'는 포도과에 딸린 열매 이름으로, 포도보다 작으며 검은빛으로 익고 맛이 좋음. ¶초봉이는 머루 먹은 속이라도, 무심결에 따라 웃으면서 물어보는 것이다. 〈탁류②〉

머리㊔ (어떤 물건의) 한쪽 가장자리. ¶방 머리께 유리창 밖에다가 베란다 본으로 꾸며논 자리로 옮아 앉았다. 〈탁류⑫〉

머리끄덩㊔ 머리끄덩이. 머리를 한데 뭉친 끝. ¶다만 두목이 아내의 머리끄덩을 잡아 동댕이를 쳐서, 물린 팔을 놓치게 하는 그 광경만 보았던 것입니다. 〈태평천하④〉

머리 얹다㊙ 처녀의 땋은 머리를 풀어서 트레머리나 쪽진머리가 되게 틀어 얹다. ¶여복(女服)에 머리 얹지 아니했으면 누가 여자라고 볼 사람은 없다. 〈얼어죽은 모나리자〉

머리올㊔ 머리카락. ¶마지막 머리올만 하게 가느다랗게 남은 정신에 젖어 있는 것은 금출이 생각뿐이다. 〈얼어죽은 모나리자〉

머리채㊔ 길게 늘어뜨린 머리털. ¶그는 적삼도 희고 치마도 희고 속옷도 희고 무릎까지 올라온 양말도 희고 분 바른 얼굴도 희고, 다만 뾰족한 뒷굽 높은 구두와 맵시 있게 늘찡늘찡 땋아 내린 탐스러운 머리채만이 새까맸었다. 〈세 길로〉 ¶땋아 내린 머리채가 마루에 닿고도 남았다. 〈보리방아〉 ¶오월이가 앞으로 푹 엎드러질 때에 아씨는 일어서면서 왼손으로 오월이의 머리채를 감아쥐고 잡아챈다. 〈생명〉 ¶머리를 늘찡늘찡 땋아 내려, 자주 댕기를 들인 머리채가 방둥이에서 유난히 치렁치렁합니다. 〈태평천하②〉 ¶어머니는 머리채가 허리 아래로 치렁거리는 딸의 뒤태를 우두커니 바라보다가 또 한숨을 내쉰다. 〈동화〉 ¶단걸음에 사립문 안으로 들어서는데, 모친은 납순이의 머리채를 감아쥐고 마당 가운데서 이러저리 개 끌듯 끌어 동댕이를 치고 있다. 〈쑥국새〉 ¶아직 그때만 해도 상투장이와 머리채를 늘어뜨린 학도가 대부분이었었다. 〈회(懷)〉

머리터럭㊔ →머리털. 머리에 난 털. ¶그러고는 마지막 가서 결론까지, 그러므로 인자 된 도리에 다만 머리터럭 하날지라도 함부로 잘라 버린다든지 해서는 결단코 효도가 아니라고. 〈회(懷)〉

머릿길㊔ '가르마'를 달리 일컫는 말. 이마에서 정수리까지의 머리털을 양쪽으로 갈라붙여 생긴 금. ¶수굿이 숙인 그 머릿길 없는 머리와 이마 위로는 무엇인지 모를 슬픔이 흐르는 듯 드리워 있다. 〈두 순정〉

머릿방㊔ 안방 뒤에 붙어 있는 방. ¶서넛은 밤새도록 온종일 지키느라 지쳤는지, 머릿방인 서사의 방에 가서 곯아떨어졌읍니다. 〈태평천하⑬〉

머릿살㊔ 머리 속에 있는 신경의 줄. 또는 '머리'의 속된 말. ¶형보가 이렇다거니 저렇다거니 조르는 게, 고만 머릿살이 아프게 귀찮았던 것이다. 〈탁류④〉

머릿살(을) 앓다『관용』 어떻게 해야 할지 몰라서 머리가 아플 정도로 생각에 몰두하다. 『비슷』 골치(를) 앓다. 골머리(를) 앓다. ¶그렇지만 지금 조선 농촌에서는 문맹 퇴치니 생활 개선이니 합네 하고 손끝이 하얀 대학이나 전문학교 졸업생들이 몰켜 오는 것을 그다지 반겨하기는커냥 머릿살을 잃을 것입니다. 〈레디 메이드 인생〉

머릿장[명] 머리맡에 놓고 물건을 넣기도 하고 얹기도 하는 가구(家具). ¶웃목으로 나란히 놓인 양복장과 삼층장의 으리으리한 윤택, 머릿장, 머릿장 위에 들뭇하게 놓인 금침 꾸러미, 〈탁류⑩〉

머슴[명] 농가에서 고용살이 하는 사내. ¶그동안 견우는 고지식하게 머슴을 살았다. 〈팔려간 몸〉

머쓰리다[동] →멋스리다. 말이나 행동을 아무렇게나 하고 싶은 대로 하다. ¶유모는 여전히 보풀스럽게 머쓰리고 나서 "한 달에 하루 다녀오는 것두 속으루는 찜찜해허는 걸, 무척 나가 보라겠구먼." 〈빈(貧)… 제1장 제2과〉 ¶정 주사는 목 가다듬기로 짐짓 병주를 머쓰려 놓고는 유씨에게로 대고 준절히 책을 잡는 것이다. 〈탁류⑮〉 ¶관수는 씹어뱉듯 순성이를 머쓰려 놓고서 다시…. 〈정자나무 있는 삽화〉 ¶서방님이 그렇게 마구 머쓰려 버리니 이 다음에라도 다시 더 입을 벌릴 기운은 나지 않는다. 〈생명〉

머퉁이[명] 불편한 마음을 좀 드러내는 짓이나 모습. ¶"남대문 한 장이요!" 하기가 무섭게 홱 도로 튕겨져 나오면서 볼 부은 머퉁이다. 〈상경반절기〉

먹성[명] 음식을 먹는 성미나 분량. ¶하루에 열 끼를 먹었어도 또 먹으라면 좋아할 먹성들인데 얼른 대답은 안 나왔을망정 누구 하나 마단 소리는 할 턱이 없었다. 〈회(懷)〉

먼발[명] 먼발치. 먼 인척 관계. ¶거기가 마침 S의 고향일 뿐 아니라 먼발로 일가도 되고 해서. 〈반점〉

먼점[부] →먼저. 시간으로나 차례상으로 앞서서. ¶"나는 거기 다녀갈 테니까 먼점 가시요." 하고 벤또 그릇을 내어 맡겼다. 〈병조와 영복이〉 ¶"물론 S 군 생각에는 왜 너는 네가 먼점 노동자 속으로 들어가야 옳은 일인데 괜히 너는 편하게 붓대를 가지구 놀면서 너와는 딴판인 날더라 가라느냐…." 〈앙탈〉 ¶목간을 먼점 할까? 시장한데 무어 요기를 먼점 할까? 〈탁류⑫〉

먼촌(-寸)[명] 촌수가 먼 일가. 먼 친척. ¶허긴 또 어떻게 보문 먼촌 오라버니 같기두 허드구면서두…. 〈모색〉

멀거니[부] 정신없이 멍청하게. 정신없이 물끄러미 보고 있는 모양. ¶범수는 어이가 없어서 발을 멈추고 멀거니 거지 아이를 치어다보느라니까 고놈이 마치 자기의 큰아들 종석이인 것같이 생각이 들었다. 〈명일〉 ¶탑삭부리 한 참봉은 비로소 정신이 들기는 했으나 하도 어어가 없어서 멀거니 전화통에 가 매달린 채 돌아설 줄을 모른다. 〈탁류⑩〉

멀끔멀끔[부] 눈을 멀거니 뜨고 정신없이 있거나, 물끄러미 바라보는 모양. [비슷] 멀뚱멀뚱. ¶여자의 정조가 그것을 잃었다고 자살을 하도록 그다지도 고귀한 것이라면 '이십 전에도 팔겠소' 하는 여자가 눈을 멀끔멀끔 뜨고 살아 있는 사실은 무엇으로 설명할 것인가? 〈레디 메이드 인생〉

멀끔멀끔하다[형] 구지레하지 않고 훤하게 깨끗하다. ¶"드끄럽소 여보… 아 글쎄 멀끔멀끔한 양복쟁이들이 종로 네거리로 기

를 받고 그렇게 다녀 봐! 애들이 와서 나 광고지 한 장 주, 하잖나." 〈레디 메이드 인생〉

멀끔하다형 구지레하지 않고 훤하게 깨끗하다. 또는 훤칠하게 깨끗하다. ¶생김새도 승재가 못생긴 것은 아니나, 고태수가 멀끔한 것이 매력이 있다. 〈탁류②〉

멀뚱멀뚱부 눈을 멀거니 뜨고 정신없이 있거나 물끄러미 바라보는 모양. ¶그러나 그렇다고 우두커니 서서 멀뚱멀뚱 보기만 할 수도 없는 노릇이라 정 씨는 곧 흔연히 손님을 맞이하였다. 〈보리방아〉 ¶꼬루룩 소리가 나다 못해 쓰라린 창자를 틀켜쥐구 앉아서 눈 멀뚱멀뚱 뜨구 생배를 곯는 설움보다 더한 설움이 있답니까? 〈탁류⑮〉 ¶허파가 터질 뻔한 오늘 벌이가, 눈 멀뚱멀뚱 뜨고 그만 허사가 되지 싶어, 〈태평천하①〉 ¶그걸 눈 멀뚱멀뚱 뜨고서 그 고생줄로 몰아넣기도 애처롭고 해서 차마 못했던 것이다. 〈동화〉 ¶빌어먹을 것, 들이대 본다… 눈 멀뚱멀뚱 뜨고서 뺏겨?…. 〈쑥국새〉 ¶어쩌다가 병이 나가지고는 나는 멀뚱멀뚱 앉아 보고만 있고. 〈정자나무 있는 삽화〉

멀루부 즉시로. (시간적으로) 곧. 즉각(卽刻). ¶읍내로 고무신을 바꾸러 가신 아버지도 오래잖아 오시겠거니와, 오시던 멀루 점심을 드려야 할 테니까, 미리 상을 차려 놓아야 하겠거니. 〈동화〉

멀쩡하다형 흠이 없어 온전하다. 〉말짱하다. ¶한자리에 앉아서 같이 들은 행화라는 그 기생두 시방 멀쩡하니 살아 있으니깐요. 〈탁류⑭〉

멀찍이부 거리가 좀 멀게. 꽤 멀게. ¶그럴라치면 멀찍이 강심에서는 커다랗게 드러누운 기선이, 가끔 가다가 우웅 하고 내숭스럽게 대답을 한다. 〈탁류①〉

멀찍하다형 약간 멀다. 『상대』 가직하다. ¶그래서 그의 돈 모으는 계획은 크고 멀찍했다. 〈얼어죽은 모나리자〉

멋대가리명 '멋'을 속되게 이르는 말. 생김새, 차림새, 행동이 세련되고 아름다운 상태. ¶"말허는 뻔새가 승겁단 말야, 자식아!… 자식이 저렇게 승겁구 멋대가리가 없은깐 옥봉이 기집애두 절 마대구서 바람잡으러 실 뽑는 공장으루 간대지!" 〈암소를 팔아서〉 ¶싱겁디싱겁고 멋대가리 없는 촌 계집애를 누가 데리고 살아. 〈얼어죽은 모나리자〉 ¶제 벌이 제 볼일 젖혀 놓고서, 육장 이 구석을 찾아와서는 놀음채 못 받는 개평 놀음을 논다, 아무 멋대가리도 없는 늙은이 시중을 든다 하고 싶을 이치가 없을 게 아니겠읍니까. 〈태평천하⑩〉

멋들어지다형 보기에 아주 멋이 있다. ¶"각설이라 이때에…" 하고 앙금채 같은 목으로 휘청휘청 멋들어지게 고저와 장단을 맞춰 가면서…. 〈태평천하⑪〉

멋등그러지다형 멋들어지다. 보기에 아주 멋이 있다. ¶"저 건너 갈미봉에 비가 묻어 들어를 온다…" 하고 멋등그러지게 넘깁니다. 〈태평천하⑪〉

멋스려대다동 자꾸 멋스리다. ¶한마디 거칠 것 없이, 굽힐 것 없이, 퀄퀄히 멋스려댑니다. 〈태평천하⑥〉

멋스리다동 말이나 행동을 아무렇게나 하고 싶은 대로 하다. ¶남편 제호가 아닌 것을 역력히 알아차렸으면서 상관 않고, 대고 멋스린다. 〈탁류〉

멋하다[형] '무엇하다'의 준말. 거북한 상황을 형용할 때, 둘러서 모호하게 표현하는 말. 주로 '곤란하다', '난처하다', '미안하다' 등의 뜻을 나타냄. ¶자아, 어디가 졸꼬? 아직 오정도 채 못 됐으니, 빠아나 카페 등 속은 좀 멋하고, 아 이 사람아, 〈이런 처지〉 ¶원 아무리 멋한들 칠십 먹은 늙은이가 열세 살이나 네 살박이 첩을 얻다니, 체면도 아닐 뿐 아니라, 〈태평천하⑩〉

멍멍하다[형] 아득히 정신이 빠질 것같이 어리둥절하다. ¶결국 그 순간이 지난 뒤에는 막연한 게, 마치 언 살을 만지기 같아 멍멍하지 그대도록 신경을 쑤시지는 않던 것이다. 〈탁류⑪〉

멍청하다[형] 어리석고 둔하다. ¶닮기는 S를 닮았으나 몸이 약질이고, 재주가 있는지 멍청한지 그것은 몰라도. 〈반점〉

멍텅구리[명] 사리 분간을 못하는 어리석은 사람. 『비슷』 멍청이. ¶천하의 계집 치고서, 멍텅구리 외에는 남자를 속이지 않는 계집은 아마 없나 보지요? 〈태평천하⑪〉 ¶안 올라가 보면 머 하늘 높은 줄 모를 천하 멍텅구리도 있을까? 〈치숙(痴叔)〉

멍하다[형] 정신이 빠진 것처럼 멍청하다. ¶윤 직원 영감은 먼저에는 몽치로 뒤통수를 얻어맞은 것같이 멍했지만, 〈태평천하⑮〉

메[명] →모이. (황해). 닭이나 날짐승의 먹이. ¶암탉 데린 장닭이 그늘진 울타리 밑에서 꼬꼬기리며 메를 헤적거리다가 갑자기 생각난 것처럼 홰를 치며. 〈보리방아〉 ¶울타리 밑에서는 장닭이 암탉을 두 마리 데리고, 덥지도 않은지 메를 헤적이면서 가만가만 쏭알거린다. 〈동화〉

메기 같이 째진 입『관용』 유난히 크게 생긴 입을 조롱하여 이르는 말. '메기'는 메기과의 민물고기. 몸길이 20~100cm, 입이 몹시 크며 좌우로 두 쌍의 긴 수염이 있음. ¶미두장 안에서는 중매점 '마루강(丸江)'의 '바다지(場立)'로 있는 곱사 장형보가 끼웃이 밖을 내다보다가, 태수가 온 것을 보고 메기 같이 째진 입으로 히죽히죽 웃는다. 〈탁류①〉

메때리다[동] '메어 때리다'의 준말. 어깨 너머로 둘러메어 땅바닥에 부딪치게 하다. 『비슷』 메어붙이다. 메붙이다. ¶초봉이는 이렇게 메때리고 뛰쳐나와서, 찻간에 몸을 싣고 첫여름의 싱싱한 풍경을 구경하면서 훨훨 달리는 것 이것 하나만 해도 그 불쾌한 군산 바닥에 처박혀 속을 썩이느니보다 훨씬 나은 성싶어, 〈탁류⑫〉

메센저(messenger)[명] →메신저. 사자(使者). 심부름꾼. ¶암만 그래두 난 못 속인다누. 하하하하. 자아, 그럼 내가 메센저 노릇을 해 주지, 헴…. 〈탁류③〉

메스(네. mes)**를 대다**『관용』 메스를 가하다. 잘못된 일의 화근을 없애려고 손을 쓰다. 여기서 '메스'는 수술이나 해부를 할 때에 쓰는 작은 칼. ¶또 그 병적 현실에 메스를 대는 것은 집단의 역사적 문제지만 룸펜 인텔리의 결벽과 흥분쯤으로는 문제도 되지 아니한다. 〈레디 메이드 인생〉

메시다베마시다까(めしたべましたか)[동] '밥 먹었습니까'의 일본어. ¶문호 선생은, 소처럼 씨익 웃으면서 "메시다베마시다까, 그럴 테지…" 하고 대답을 하고…. 〈순공(巡公) 있는 일요일〉

메어 부딪다[동] (어깨 너머로) 둘러메어서 세게 내리 부딪다. 『같은』 메어붙이다. ¶

M은 화가 치닫는 듯이 피우던 담배를 뻑뻑 빨다가 메어 부딪듯이 대답을 하였다. 〈그 뒤로〉

메에꼰다㊍ →메어꽂다. 어깨너머로 둘러메어 바닥에 내리꽂다. ¶"하, 그 식을! 그 식을, 냅다 한바탕 메에꼰자 줄 영으루 하는데 마침 차가 오겠지!" 〈상경반절기〉

메이데이(May Day)㊐ 매년 5월 1일에 세계적으로 행해지는 국제적 노동제. 노동절. ¶"우리가 지금 대상으로 하는 것은 총독부가 아니라 조선의 소위 민간칙 유지들이니까 간섭을 말어 달라고." "그러면 관허(官許) 메이데이로구만." "그래 관허도 좋아…." 〈레디 메이드 인생〉

메이지세이가(めいじせい街)㊐ 길거리 이름. ¶다리가 지치고 목이 컬컬한 두 사람은 메이지세이가로 올라갔다. 〈창백한 얼굴들〉

메칠㊐ →며칠. (경남, 평안) ¶"그리 굽혀 잖어니 메칠 더 기다리세요." 〈불효자식〉 ¶"메칠만 더 미루십시요. 설마 하니 마나님이야 아니 드리겠읍니까…" 〈레디 메이드 인생〉

멕이다㊍ '메기다'의 변한말. 두 편이 노래를 주고받고 할 때 한 편이 먼저 부르다. ¶청승스런 단소의 동근 청과, 의뭉한 거문고의 콧소리가 서로 얽혔다 풀렸다 하는 사이를, 가냘퍼도 양금이 야물치게 멕이고 나갑니다. 〈태평천하⑩〉

멜빵㊐ 아랫도리가 흘러내리지 않게 어깨에 걸치는 끈. ¶아사 양복바지를 꿰어, 역시 새하얀 아사와이샤쓰 어깨에 얇고 좁다란 멜빵을 메고 나서 저고리를 떼어 입은 뒤에 마지막 값비싼 진자 파나마 모자를 가만히 머리에 얹고 나니까 정히 신사다. 〈이런 남매〉

멘스(menstruation)㊐ 월경(月經). 성숙한 여성의 자궁에서 주기적으로 출혈하는 생리 현상. 보통 수일간 계속됨. ¶(특히 어제부터 멘스이었고요) 부축을 해다가 마루에 뉘는 대로 나가 동그라지면서, 발꿈치와 주먹으로 마루청을 땅땅…. 〈홍보씨〉

멧센자㊐ →메신저(messenger). 메시지를 전달하는 사람. ¶"모자라거던 이따가 라두 전화 걸면, 멧센자 시켜서 보내께…" 〈이런 남매〉

며리 (관형사형 어미 '-ㄹ' 다음에 쓰여) '까닭'이나 '필요'의 뜻을 나타냄. ¶그 여자 자신을 나무랄 필요도 없는 것이요, 동정을 할 며리도 없는 것이다. 그 여자 자신은 결코 불쌍한 사람이 아니다. 〈레디 메이드 인생〉 ¶그러므로 대망(大望)의 가장 요긴한 대목의 한쪽이 이지러지거나 할 며리가 없는 것이라 마음은 지극히 편안했었다. 〈탁류⑩〉 ¶대체 무엇이 대끼며 뉘 코 무서운 사람이 있다고, 그 부아를 참거나 조심을 할 며리도 없는 것이고 해서, 〈태평천하⑥〉 ¶"나 하나 돌아왔다구 재미없을 일두 불안헌 일두 있을 며리가 없지만… 그래, 그리서?" 〈정자나무 있는 삽화〉 ¶위정 그리하고 싶어서 하는 것도 아니요, 더구나 옆에서 누가 그걸 시킬 며리도 없던 것이요. 〈패배자의 무덤〉 ¶아이들 가운데 벤또가 없는 칠팔 명이나는 회만 동하게 우두커니 침을 삼키고 앉았을 며리가 없는 것이라. 〈이런 남매〉 ¶그러므로 시방 와서도 그걸 뉘우치거나 할 며리는 없는 것이지만. 〈모색〉 ¶한갓 그저 우난 볼

일도 없으면서 흥떵거리며 번다히 오르내리잘 머리가 없는 노릇이라. 〈상경반절기〉 ¶ 결국 한 개의 우연한 일치일 따름인 것을 끝끝내 거기에 신경을 쓰잘 머리가 없는 것이어서 웬만큼 불관심에로 처리를 하느라 혼자 한마디 뇌고는 돌아서는데. 〈순공(巡公) 있는 일요일〉 ¶ 누가 설명을 해줄 머리도 없이 우리는 스스로 이렇게 깨달을 수가 있었다. 〈회(懷)〉 ¶ 그런 놈 죄다 젖혀 놓고 하필 인물도 노래도 다 시원찮은 이 기생을, 같은 돈 들어 가면서 그러잘 머리가 없는 게니까요. 〈태평천하⑩〉

멱(이) 차다〖관용〗 그 이상 더 할 수 없는 한도에 이르다. ¶ 속담에, 부자라는 건 한정이 있다고 합니다. 가령 천석꾼이 부자면 천 석까지 멱이 찬 뒤엔, 또 만석꾼이 부자면 만 석까지 멱이 찬 뒤엔 그런 뒤에는 항상 그 근처에서 오르고 내리고 하지, 〈태평천하⑤〉

멱살잡이[명] 멱살을 잡는 일. ¶ 단연코 작년 가을 이래 정 주사는 여재수재가 분명했지 도화를 부르고 멱살잡이를 당하거나 욕을 먹거나 한 적이 없다. 〈탁류⑮〉

면구(面灸)스럽다[형] 면괴스럽다(面愧~). 남을 대하기에 부끄러운 데가 있다. ¶ 범수도 그것이 싫지는 아니했다. 그런지라 점잖게 대할 이 사람을 이렇게 취기를 띠고 찾아 나온 것이 면구스러웠다. 〈명일〉

면급(免急)[명] 위급한 일을 면하는 것. ¶ 우선 이런 핑계를 대면서 당장의 면급을 해야 했었다. 〈회(懷)〉

면면(面面)[명] 여러 얼굴. 여러 사람들의 얼굴 하나하나. ¶ 웬 점잖스레 보이는 중년의 양복 신사 하나가 열을 짓고 섰는 면면을 주욱 물색하여 지나가다가. 〈상경반절기〉

면면상고(面面相顧)[명] 서로 말없이 얼굴만 물끄러미 바라봄. ¶ 가뜩이나 어둔 얼굴들을 면면상고, 말할 바를 잊고, 몸둘 곳을 둘러보게 합니다. 〈태평천하⑮〉

면면히(綿綿-)[부] 끊임없이. 잇달아 계속하여. 잇달아 끊이지 않고. ¶ 그 죄로 복선의 끝은 면면히 뻗어 들어가서 있는 것이다. 〈탁류⑭〉

면목(面目)[명] 남을 대할 만한 체면. 또는 상태나 됨됨이. 〖비슷〗 면모(面貌). ¶ 이리하여 학교는 면목을 일신, 규모가 째고 공부가 공부다와지고 했다. 한 말로 하자면, 좋아졌던 것이다. 〈회(懷)〉

면목이 없다〖관용〗 부끄러워서 남을 대할 낯이 없다. ¶ 이 집에 더 있을 면목이 없었던 것입니다. 그리하여 그는 종자를 재촉하여 가지고 그 밤으로 과천을 떠나 서울로 올라왔읍니다. 〈소복 입은 영혼〉

면박(面駁)[명] 얼굴을 마주하며 꾸짖어 나무라는 것. ¶ 초봉이는 단박 면박이라도 주고 싶게 제호가 괘씸했다. 〈탁류⑫〉

면박(面駁) 주다[동] 얼굴을 마주하며 꾸짖어 나무라다. ¶ 기회가 좋으니 한마디라도 두부 장수를 면박 주고 싶어진 것이다. 〈명일〉

면분(面分)[명] 얼굴이나 알 정도의 사귐. 얼굴을 알 만한 사귐. ¶ 그것이 반년이 되어 양편집 아낙끼리 교제가 생겼고, 다시 그 연줄로 현 서방과 김 순사가 면분이 두터워지고…. 〈흥보씨〉

면상(面相)[명] 얼굴의 생김새. 용모(容貌). ¶ 그 면상이 형적도 없이 으끄러진 머리

와 팔이 하나만 붙은 동체와 떨어져 나간 팔과 두어 번이나 동강난 다리와. 〈패배자의 무덤〉

면소(面所)명 '면사무소'의 준말. 면(面)의 행정 사무를 맡아보는 기관. ¶그래저래 해서 오늘은 강연을 들으러 갈 길에 면소에 들러서 면에서 대부하는 농량을 좀 얻어 오자는 것이다. 〈보리방아〉

면역소(免疫所)명 '보건소(保健所)'의 옛 이름. '보건소'는 질병의 예방, 진료 및 공중 보건의 향상을 위하여 각 시군구에 설치한 공공 의료 기관. ¶"아버지 면역소 가신담서요?" 〈보리방아〉

면영(面影)명 얼굴의 모습. 『같은』 면용(面容). 면상(面像·面相). ¶더구나 여윈 남편의 면영이며 그의 알뜰하던 정을 돌이켜 생각하면. 〈용동댁〉

면직(免職)명 일자리나 그 직위(職位)에서 물러나게 함. ¶"허어! 그건 죽여두 못해!" "그럼 담박 면직이다!" 〈탁류⑯〉

명(命)을 재촉하다『관용』 죽음을 앞당기다. ¶만약 오늘이라도 어떠한 거조가 난다면, 그건 제가 지레 명을 재촉한 노릇이라 하겠다. 〈탁류⑯〉

명년(明年)명 올해의 다음 해. 『같은』 내년(來年). ¶금년에 입학을 시키지 못하면 명년에는 학령이 초과되어 들여주지 아니할 것이니 어서 데려다가 공부를 시키라는 것이다. 〈레디 메이드 인생〉

명담(名談)명 사리에 꼭 들어맞는 시원스런 말이나 이야기. ¶"하하하하, 그건 명담일다! 헴 헴. 그런데 … 그런 게 아니구 내 오늘 소득이 많구나!" 〈패배자의 무덤〉

명당바람(明堂--)명 명당이 끼치는 영묘한 힘. ¶박제호가 인전 선영 명당바람이 나나 부다, 제기할 것. 〈탁류②〉

명두면명 태주할미. 마마를 앓다가 죽은 어린아이의 귀신을 부리는 무당. ¶영하다는 무당이며 점장이며 명두면은 다 찾아다니고 불러오고 해서 하라는 대로는 죄다 해 보았다. 〈생명〉

명론(名論)명 뛰어난 논설이나 이론. ¶결론이 더 명론이지, 허허허허. 〈이런 처지〉

명망(名望)명 세상에 널리 퍼져 평판 높은 이름과 세상 사람이 우러르고 따르는 덕망. ¶나는 벼슬도 명망도 인제는 다 일이 없다. 하늘을 두 쪽에 내어서라도 인제 너 하나를 다시 즐겁게 살어가게 할 수가 있다면 나는 그만이다. 〈소복 입은 영혼〉

명망가(名望家)명 명망이 높은 사람. 즉, 세상에 널리 퍼져 평판이 높은 이름과 세상 사람이 우러러 믿고 따르는 덕망이 높은 사람. ¶가령 결혼식이라면 명망가라는 사람을 청해 오든지 목사님을 모셔 오든지 했겠지만. 〈탁류⑦〉 ¶지방의 유수한 명망가라고 해서 그네들과 무슨 연락이 있을 혐의는 아니었고, 〈태평천하⑭〉

명망유지(名望有志)명 덕망이 있으면서 좋은 일에 뜻을 가진 사람. ¶활협하고, 남의 청을 거절 못하는 인정 있는 구석이 있다는 소문을 듣고서, 어느 교육계의 명망유지 한 사람이 그의 문을 두드린 일이 있었읍니다. 〈태평천하⑤〉

명문거족(名門巨族)명 뼈대 있는 가문과 크게 번창한 집안. ¶김 판서는 당대의 명문거족이요 집안이 부유했읍니다. 〈소복 입은 영혼〉

명물(名物)명 어느 곳에 특유하거나 이름

난 물건. ¶마호멧은 매우 친절하게, 코란과 또 한 가지 다른 명물을 내보이면서 어느 것이 마음에 드느냐고 종택더러 물었다. 〈패배자의 무덤〉

명색(名色)㊔ 어떤 부류에 넣어 부르는 이름. 어떠한 명목으로 불리는 이름. ¶정 주사는 명색 가장이랍시고 벌어들인다는 것이 가용의 십분지 일도 대지를 못한다. 〈탁류①〉 ¶도합이고 무엇이고 명색 여인네 치고는 행랑어멈과 시비 사월이만 빼놓고는 죄다 과부니 계산이야 순편합니다. 〈태평천하⑤〉 ¶속담에 주인 많은 나그네 끼니 간데없단 푼수로 서울하고 시골하고 큰집 작은집 해서 명색 여편네가 둘씩이나 되는 놈이, 〈이런 처지〉

명색(名色) 없다㊗ 쓸모없다. 쓸데없다. 그럴듯한 실속이 없다. ¶나는 생물계에 있어서 군더더기이다. 필요가 없는 존재다. 그뿐 아니라 내 스스로도 명색 없고 긴장미가 없는 이 생활에는 염증이 난다. 〈생명의 유희〉 ¶그러나 P에게는 아직도 젊은 때의 야심이 있어 그러한 고식된 안정이나 명색 없는 생활은 도리어 피하고 싶었던 것이다. 〈레디 메이드 인생〉 ¶욕심 사나운 수령한테 걸려들어 명색 없이 잡혀 갇혀서는, 형장을 맞아 가며 토색질을 당한 것도 한두 번이 아니요, 〈태평천하④〉

명석(明晳)하다㊗ 생각이나 판단이 분명하고 똑똑하다. ¶K는 이번 기회에 그의 형이 아편을 영영 떼고 나오기를 바랐다. 아편만 아니면 원래 수단이 있고 머리가 명석하니까 다시 충분한 활동을 할 줄로 믿었다. 〈생명의 유희〉

명심(銘心)㊔ 마음에 새기어 둠. ¶그러나 (역시 타고난 팔자 소관인지는 몰라도) 철이 든 이후로 무릇 삼십 년의 부단한 명심과 노력이로되. 〈홍보씨〉

명일(明日)㊔ '미래'나 '장래'를 비유적으로 일컫는 말. ¶심신이 이렇게 약비해지지 아니했다면 내게는 명일이 있었을 것이다. 〈명일〉 ¶그런 사람들과도 또 달라 '명일'이 없는 사람들…. 이런 사람들은 어디고 수두룩해서 이곳에도 많이 있다. 〈탁류①〉 ¶그는 노력의 결과가 실질적으로 약속이 되는 발전의 명일을 믿지. 〈모색〉 ¶시기하고 아첨해야만 겨우 기회가 돌아오는 것이다. 어느 해가에 남과 명일을 생각할 겨를이 없고, 〈상경반절기〉

명제(命題)㊔ 어떤 주장을 가진 하나의 판단 내용을 언어, 기호, 식(式) 등으로 나타내는 것. ¶세상 물정의 '기상'과 '지리'에 어둔 반면 다분히 고답적이요 성미 까다로운 그 명제를 갖다가 안경 쓰고서 보는 이상. 〈모색〉

명화(名畵)㊔ 썩 잘된 그림이나 영화. ¶그러한 가운데도 우렷이 솟아오르는 달같이 훤하게 아름다운 그 자태가 실로 한 폭의 명화와도 같았읍니다. 〈소복 입은 영혼〉

모가치㊔ 몫으로 돌아오는 물건. ¶하아, 오래간만에 정 주사 덕분에 술 한잔 얻어묵나부다… 인제 수 생기거던 아예 내 모가치 잊지 마소, 예? 〈탁류④〉 ¶을네도 다시는 그저 손을 안 대겠읍니다고 항복을 하렷다. 그러거들라면 잼쳐 한바탕, 을네 모가치로 늑신 두들겨 주고 그러고 나서 발길로 콱 차 던져. 〈정자나무 있는 삽화〉

모개지게㊃ (이것 저것 할 것 없이) 모두 한 데 몰아서. 있는 대로 모두. 모개로. ¶허허 제기할 것. 자아 십 원. 기왕이면 모개지게 한꺼번에! 〈탁류②〉

모갯돈㊔ 액수가 많은 돈. 〖같은〗 목돈. ¶옷감 같은 걸 끊느라구 모갯돈이 들겠거들랑, 날더러 달라구 말을 하구. 〈탁류⑫〉

모계(母系)㊔ (혈연 관계에서) 어머니 쪽의 계통. ¶초봉이는 부계의 조부를, 계봉이와 형주, 병주는 모계로 외탁을 했다. 〈탁류③〉

모기 소리㊔ 아주 가냘픈 소리. ¶말이 마치기 전에 등 뒤에서는 모기 소리만큼 가늘게 "분명 귀신은 아니요, 사람이올시다." 하는 것입니다. 〈소복 입은 영혼〉 ¶아이는 다시 부대끼느라고 손과 발을 가느다랗게 바르르 떨면서 모기 소리만 하게 앵앵 사라질 듯 운다. 〈빈(貧)… 제1장 제2과〉

모나리자(Mona Lisa)㊔ 1500년경 이탈리아의 화가 레오나르도 다빈치가 그린 초상화. 신비스런 미소를 담은 그림이라 하여 유명함. ¶그대루 살려만 노면은 머, 아주 '모나리자'가 왔다가 울구 가겠더라! 〈패배자의 무덤〉

모노타이프(monotype)㊔ 자동적으로 활자를 한 자씩 주조하면서 식자하는 인쇄기계. ¶모노타이프의 조그마하고 암상스러운 기계에서 활자가 제물로 만들어져 가지고는 뾰족뾰족 비어져 나오는 교묘한 작용을 병조는 한참이나 보고 섰다가 다시 저편 끝에 있는 단재기(斷裁機) 옆으로 갔다. 〈병조와 영복이〉

모닝(morning)㊔ 여기서는 '모닝코트(morning coat)'를 뜻함. 남자가 입는 서양식 예복의 한 가지. ¶이렇게 이야기 허두를 내고 보면 첩경 중산 모자에, 깃에는 가화를 꽂은 모닝 혹은 프록코트에 기름진 얼굴이 불콰아하여, 〈흥보씨〉

모다㊃ →모두. (전라) ¶"저의 외할머니가 저 양복이야 떡이야 모다 해 가지고 자네 댁에까지 오셨더라네…." 〈레디 메이드 인생〉

모담보이㊔ →모던 보이(modern boy). ¶"에구, 천만에 말씀이지요. 지금 세상은 여잘수룩 공부를 더 잘해야지요… 더구나 저렇게 얌전허구 똑 떨어진 색시가 공부를 척 잘허구 나서 보시요! 천하의 '모담보이'가 다 추앙을 허구 덤비지요." 〈보리방아〉

모당㊔ 개잘량. (평북). 방석처럼 쓰기 위하여 털이 붙은 채로 손질해 만든 개가죽. ¶그러느니 내가 저기 일류 양화점에 가서 아주 썩 '모당'으루 한 켤레 마춰 주까? 〈탁류⑯〉

모던 보이(modern boy)㊔ 현대적인 차림의 신식 남자. ¶오월 그믐이라지만 한다는 모던 보이도 맥고모자는 아직 쓸 생심을 못하였는데 귀가 덮이게 머리털이 자란 병문이의 머리에는 여러 해 묵은 맥고모자가 용감하게 올라앉았다. 〈농민의 회계보고〉

모던화(modern化)㊔ '현대화(現代化)'의 뜻. ¶자네는 그 공기 속에서 살었으니까 분명허게 의식을 못했는지 모르겠네만 내가 보기에는 서울도 인제는 꽤 모던화를 해 가는 게 선뜻 눈에 띄우네. 〈그 뒤로〉

모락모락㊃ 곱고 순조롭게 자라는 모양. ¶무심한 그 생명은 그렇게 해서 아씨의 젖을 빨아 가며 모락모락 자라갔다. 〈생명〉

모랄(moral)㊔ 도덕(道德). ¶내가 가진 여러 가지 조건이랄지 주위 환경이랄지 성격이랄지 체질이랄지 또 요새 거 모랄 소리 많이 하데마는, 〈이런 처지〉

모레㊔ 내일의 다음날. 『같은』 명후일(明後日). ¶내일 당해도 그만이요, 모레 당해도 그만이요, 일 년이나 이태 더 끌다가 당해도 매일반인 것이다. 〈탁류⑩〉

모㊔ 사물의 어떤 각도나 측면. 주로 '모로'의 꼴로 쓰여 '옆쪽'의 뜻을 나타냄. ¶여기다도 쓰고 저기다도 쓰고 굵게도 쓰고 잘게도 쓰고 왼편으로 비껴도 쓰고 바른편으로 틀어도 쓰고 어여쁘게도 쓰고 투박스럽게도 쓰고 또 모로도 쓰고 하였다―. 〈병조와 영복이〉

모롱이㊔ 산모퉁이의 휘어 둘린 곳. ¶직녀는 동구 밖 모롱이를 돌아갈 때까지 한 걸음에 한 번 두 걸음에 한 번 뒤를 돌아본다. 〈팔려간 몸〉

모르쇠㊔ 아는 것이나 모르는 것이나 다 아무 것도 모르는 체하거나 모른다고 잡아떼는 일. ¶그쯤서 짐짓 모르쇠를 해 버리면서 비로소 혼인말의 허두를 꺼내 놓되,…. 〈탁류⑦〉 ¶그저 입 싹 씻고 모르쇠를 할 일이지만, 그래도 핏줄이 무엇인지, 〈이런 남매〉 ¶노파가 번연히 방이 차서 손이 곤란한 줄을 모르잖아 알고 있으면서도 짐짓 모르쇠를 하는 속인데, 〈모색〉

모름㊔ '모르다'의 명사형. 사실을 알지 못함. ¶"그런디 왜 이렇게 올라오셨어오?" 하고 나는 모름이 아니나 물어보았다. 얼굴이 그을어서 표정의 변화가 잘 나타나지 아니하는 그이의 얼굴은 그래도 변하였다. 슬퍼졌다. 〈불효자식〉

모모한(某某―)㊀ (아무아무라고 손꼽을 만큼) 존재가 두드러진. ¶모모한 공직자 영감이나 또는 동네의 유지명망가 씨 한 분을 소개하는 줄로 선뜻 짐작을 하기가 십상이겠지만, 〈흥보씨〉

모본단(模本緞)㊔ 비단의 하나. 무늬가 있는 비단. 품질이 정밀하고 윤이 나며 무늬가 아름다움. ¶수병풍을 둘러친 아랫목에 새빨간 모본단 보료를 펴고 장침에 비스듬히 기대어 발이 넘는 담뱃대를 문 순간 영감은 아직도 예살 순천 부사 시절의 면모가 남아 있다. 〈산동이〉 ¶안방으로 들어가서 권하는 대로 모본단 방석을 깔고 앉았다. 〈탁류⑮〉

모뽀(モボ)㊔ '모던 보이(modern boy)'의 일본어. ¶아직도 K 항구에서는 모뽀라는 말보다 멋쟁이라는 말이 더 인상적이다. 〈화물자동차〉

모산지배(謀算之輩)㊔ 꾀를 부려 이해 타산만을 일삼는 무리. ¶…네끼 고현 손 같으니라구!… 아무리 무지막지한 모산지배 기루소니 어디 그럴 법이 있나! 〈탁류⑥〉

모션(motion)㊔ 동작. 행위. 몸짓. ¶어떻게 적극적으로 무슨 모션을 건네 보려고 궁리도 할 것이고 〈태평천하⑨〉

모습사리㊔ 생긴 모양새. ¶이목구비가 모두 골라서 미남자로 생긴 태수의 모습사리가 승재는 단박 판에 새긴 부각처럼 똑똑하게 머릿속으로 들어박히고, 〈탁류⑧〉

모시진솔㊔ 모시로 지어서 한 번도 빨지 않은 새 옷. ¶정 주사도 웃는 낯으로 인사를 하면서 곱게 다듬은 모시진솔로 위 아래를 날아갈 듯이 차리고 나선 김 씨를 올려본다. 〈탁류①〉

모양(模樣·貌樣)다리명 '사물의 모양새'를 속되게 이르는 말. ¶스프링도 없이 더구나 바싹 굽어다 보면 험집투성이가 된 낡은 양복을 입은 자기의 모양다리에 어깨가 저절로 오므라지는 것 같았다. 〈앙탈〉 ¶예나 시방이나 동네의 모양다리는 그냥 그 대중이고 조금도 개운(開運)은 되질 않았다. 〈탁류①〉

모오 다메데스(もおためです)〖관용〗 '운명(殞命)하다, 사람의 목숨이 끊어지다'의 일본어. ¶이편 쪽으로 걸상을 타고 앉은 경부보더러 나른하게 "모오, 다메데스!(운명했습니다)"란 말을 한다. 〈탁류⑩〉

모유(母乳)명 제 어머니의 젖. ¶고기로 반찬을 하고 해서 시어머니와 내외 세 식구가 석유 등잔불 밑에 안아서 저녁밥을 달게 먹고 있을 때 어린 것도 모처럼 얻어먹은 기름진 모유에 취했는지 가끔 바르작거리면서 괴로와는 하나 색색 잠을 자고 있다. 〈빈(貧)… 제1장 제2과〉

모재명 →모자(母子). 어머니와 아들. ¶"식전 새벽버틈 모재 웬 싸움이우?" 〈암소를 팔아서〉

모종(을) 하다〖관용〗 모종을 옮겨 심다. 여기서는 병을 전염시키다. ¶그동안 김 씨는 남편이 어느 첩한테서 긴치 않게 전염을 받은 ××을 나누어 가졌다가, 그놈을 다시 태수한테 모종을 해 주었다. 〈탁류⑤〉

모주(母酒)명 약주를 뜨고 남은 찌끼술. 〖같은〗 밑술. 재강. ¶모주에 잔뜩 찌들어 걸걸하니 녹이 슨 윤보의 더럭 반가와하는 음성임을 얼른 알아낼 수가 있읍니다. 〈흥보씨〉

모주꾼명 술을 늘 대중없이 많이 마시는 사람을 놀림조로 이르는 말. 〖같은〗 모주망태. ¶그 덕에 아무려나 시방은 모주꾼을 면했고, 사십 원이 채 못 되는 월급이지만 아들놈 순석은 상업 학교까지 보내면서, 〈흥보씨〉 ¶하기야, 순사 그의 걸거얼하니, 일변 모주꾼으로 생긴 것 같은 것은 차라리, 새색시처럼 수가 좁고 얌전하기만 하던 문오 선생에다 대면. 〈순공(巡公) 있는 일요일〉

모주리부 →모조리. ¶선생님네가 모주리 눈을 씻지! 〈회(懷)〉

모지다형 생김새가 둥글지 않고 모가 나 있다. ¶무엇보다도 동그스름한 얼굴에 이목구비가 모두 모지지 아니하고 얼굴의 윤곽이 둥글듯이 모가 나지 아니한 것, 그래서 맘자리도 그렇게 둥글려니 하는 것이 P의 마음을 끈 것이다. 〈레디 메이드 인생〉

모질다형 기세가 몹시 매섭고 독하다. ¶치달아오르는 극도의 분노가 모질게 맺힌 최초의 일격은 그놈 하나로 넉넉히, 〈탁류⑩〉

모찌떡명 찹쌀떡. '모찌'는 '떡'의 일본어. ¶첫째 모찌떡을 한번 실컷 먹어 보고 싶은 것입니다. 〈어머니를 찾아서〉

모초로옴부 →모처럼. 아주 오래간만에. ¶… 오온! 그래서 모초로옴 모초롬 이렇게 찾어왔구려! 〈탁류⑮〉

모초롬부 →모처럼. 아주 오래간만에. ¶"그렇지 않다든데…" "아니야. 아무것도 없는 데 모초롬 걸렸으니까 때려 넣어 놓구는…" 〈창백한 얼굴들〉 ¶"모초롬 올라와서 자넬 안 찾는대서야 도리가 아니겠길래…" 〈회(懷)〉

모터보우트(motorboat)명 →모터보트. 모터를 추진기로 사용하는 서양식의 작은 배. ¶아직 장맛물이 빠지지 아니한 강물에는 보우트가 덮이다시피 떠돌고 그 사이로 심술궂은 모터보우트가 통탕거리고 달음질을 친다. 〈창백한 얼굴들〉

모표(帽標)㊔ '모자표(帽子標)'의 준말. 모자의 앞에 붙이는 일정한 표지. ¶모표를 보면 ××고보 학생인데…. 〈탁류⑯〉

모피(謀避)㊔ 꾀를 써서 피함. 꾀를 부려 피함. ¶도저히 감당키 어려운 소임이어서, 통히 가량이 없고 자신이 없노라고 일단 모피를 꾀하여 보았었다. 〈회(懷)〉

모피(謀避)하다㊐ 꾀를 써서 피하다. ¶범수가 들어왔자 빈손으로 돌아왔으면 별수 없겠지만 우선 당장은 그렇게 모피할 수 밖에 없는 것이다. 〈명일〉 ¶나서서 일을 모피해 주어야 할 초봉이는 모른 체하고 외면을 하고 있다. 〈탁류②〉

모필(毛筆)㊔ 짐승의 털로 만든 붓. 『같은』 털붓. ¶올망졸망 화초들을 분에다가 심어놓고 그것을 가축하느라, 심지어 모필로다가 잎사귀에 앉은 먼지를 털기까지 합니다. 〈태평천하⑨〉

목(을) 자르다『관용』 (기업, 직장 등에서) 고용주가 고용한 사람을 내보내다. ¶"사실이야… 만일 다른 일을 가지구 직공들이 그랬다면 대번 모다 목을 잘(자)르던지 호령을 허던지 했을 건데 직공들이 그런다는 핑계를 허구 그 잡지사를 쫓아가느니 전화질을 허느니…." 〈병조와 영복이〉

목(이) 갈리다『관용』 목청에 탈이 나서 소리가 맑지 않고 거칠게 되다. 『비슷』 목이 쉬다. ¶음성은 약간 목이 갈리는 것 같았으나 그다지 유표하진 않다. 〈탁류⑩〉

목(이) 메이다『관용』 설움이 북받쳐 목구멍이 막히다. ¶승재는 슬픈 동화를 듣는 것 같아 눈갓이 매워 오고, 목이 메어 더 말을 하지 못했다. 〈탁류⑮〉

목(이) 쓸리다『관용』 목이 썰리다. ¶"네놈들이 죄다 잽혀 가서 목이 쓸리기를 축원허구 있는 내가, 됩다 한 놈이라두 뇌어나오라구, 내 재물을 들여서 뇌물을 써?" 〈태평천하④〉

목(이) 잠기다『관용』 목이 쉬어서 목소리가 잘 나오지 않게 되다. ¶승재는 이 애가 슬퍼서 울거니 하고 저도 눈물이 글썽글썽하고 목이 잠긴다. 〈탁류⑮〉

목가다듬㊔ 목소리를 바르게 내려고 목청을 고르는 일. ¶가래 끓는 목가다듬을 한번 하더니 ××은행이 있는 데께로 천천히 걸어간다. 〈탁류①〉

목간(沐間)㊔ 목욕. 또는 '목욕간'의 준말. ¶오정 때가 갓 겨운 참이라 욕실 안에서는 두엇이나가 철썩거리면서 목간을 하고 있고, 옆 남탕에서는 관음 세는 소리가 외지게 넘어와서 저으기 한가롭다. 〈빈(貧)… 제1장 제2과〉 ¶명색이 주부에 식모 보모를 겸해, 일신 삼역을 맡아 하자매 문 앞 반찬 가게와 목간 출입이 고작이요, 〈순공(巡公) 있는 일요일〉

목간값(沐間-)㊔ 목욕하는 데 드는 돈. 『같은』 목간삯. ¶용돈이라야, 쓴 막걸리 한 잔 사 먹는 법 없고 담배도 피울 줄 모르고, 내의도 제 손으로 주물러 입으니까, 목간값이나 이발값이 고작이요, 〈탁류③〉

목간삯(沐間-)㊔ 목간값. ¶목간삯 7전과 이런 것이 경상비요, 임시비로는 가장 하길의 피복대와 10전 미만의 통신비가 있을 따름입니다. 〈태평천하⑨〉

목간통(沐間桶)㉮ 목욕물을 담는 통. ¶이 사람을 목간통에서 보면 더욱 기괴하다. 〈탁류④〉

목구멍에 풀칠을 하다《관용》 굶지 않을 정도로 겨우 먹고 살다. ¶모두 떼거지가 될 꼬락서니에 칙살스럽게 이거라두 채려 놓구 앉어서 목구멍에 풀칠을 하니깐 조(驕)가 나서 그래요?…. 〈탁류⑮〉 ¶어질고 얌전해서 그 알량한 남편 양반 받드느라 삯바느질이야 남의 집 품빨래야 화장품 장사야 그 칙살스런 벌이를 해다가 겨우 겨우 목구멍에 풀칠을 하지요. 〈치숙(痴叔)〉

목구멍을 도모하다《관용》 먹고살 궁리를 하다. ¶그들은 딸자식 하나를 희생을 시켜서 나머지 권솔이 목구멍을 도모하겠다는 계책을 적극적으로 세우고 행하고 할 담보는 없다. 〈탁류⑦〉

목구멍의 때를 벗기다《속》 오랜만에 좋은 음식을 배부르게 먹는다는 말. ¶"체에! 시에미가 오래 살면 구정물통으(개수물통에) 빠져 죽넌다더니, 내가 오래 사닝개루 벨 일 다아 많얼랑개 비네! 인제넌 오래간만으 목구녁(멍)의 때 좀 벳기넝개 비다(벗기는가 보다)!" 〈태평천하⑦〉 ¶곰국은 식어서 기름이 엉긴대서, 장조림은 너무 짜대서 유모는 모두 젓가락도 대지 않고 그 덕에 노마네만 목구멍의 때를 벗긴다. 〈빈(貧)… 제1장 제2과〉 ¶오래 못 벗긴 목구멍의 때를 벗기느니 하느라고 한 사십이나 녹아 버렸고, 〈탁류⑮〉

목구멍이 포도청(捕盜廳)《속》 먹고살기 위하여 하지 못할 일까지도 하게 된다는 말. ¶"그리어! 목구녁(멍)이 포도청이구… 그럼 천천히 오소." 〈보리방아〉

목도(目睹)**하다**㉮ 제 눈으로 직접 보다. 직접 자기의 눈으로 보다. ¶하기야 계봉이의 모친 유 씨가 이것을 목도했다면 대단히 만족을 했을 것이다. 〈탁류⑰〉

목례(目禮)㉮ 눈으로만 하는 인사. ¶간호부가 조용히 홑이불자락을 걷고 얼굴만 보여 주면서, 삼가로이 목례를 한다. 〈탁류⑩〉

목로(木櫓)㉮ 널빤지로 좁고 길다랗게 만든 상. ¶드나드는 문 앞에서 보면 바로 왼편에 남대문만한 솥을 둘이나 건 아궁이가 있고 그 다음으로 술아범이 재판소의 판사 영감처럼 목로 위에 높직이 앉아 연해 술을 치고 그 옆에 가 조금 사이를 두고 안주장이 벌어져 있다. 〈산적〉

목마(木馬)㉮ 나무로 말의 형상처럼 만든 물건. 어린이의 오락이나 승마 연습 등에 씀. ¶철봉대에 가 매어달리기도 하고, 목마도 타고, 개중에는 싸움도 하고 하지만 재미있게 놀고 있습니다. 〈어머니를 찾아서〉

목마르다㉮ (무엇을) 몹시 바라는 상태에 있다. ¶이렇게 목마른 생각을 하면서 무심코 옆에 뉘인 채 색색 숨소리 곱게 자고 있는 어린 아기를 굽어다 보느라니. 〈생명〉

목마른 놈이 우물 판다《속》 필요로 하는 사람이 그 일을 먼저 서둘러서 한다는 말. ¶더우기 바라고 바라던 군수가 영영 떠내려 가겠은즉, 목마른 놈이 우물 파더라고, 짜나따나 그 뒤치다꺼리를 다 하곤 했던 것입니다. 〈태평천하⑫〉

목전(目前)㉮ 눈앞. 당장. ¶목전의 절박한 사실에 대한 일종의 발악임은 틀림이 없을 것입니다. 〈태평천하④〉

목마른 소리『관용』 몹시 간절하게 바라는 뜻의 말. ¶두목은 끝에 가서는 거진 사정하듯 목마른 소리로 말을 맺고서, 윤용규의 대답을 기다립니다. 〈태평천하④〉

목아치명 →모가치. 한 사람 앞에 돌아가는 분량이나 역할. ¶그러구 또, 그 댐은, 돈을 한 목아치 천 원을 나를 주어야 한다? 〈탁류⑭〉

목쟁이명 '목'의 속된 말. 사람이나 동물의 몸통과 머리를 연결하는 부분. 또는 물건의 아래위를 연결하는 잘록한 부분. ¶보리라야 작년 겨울의 추위에 태반이나 얼어 죽고 남은 것은 거름 맛을 못 보아 한 목쟁이에 보리알이 여남은 몇 개씩이나 붙었을까 말까.—'물초란이' 같이 못된 것이다. 〈보리방아〉

목족(睦族)명 친족끼리 서로 화목하게 지냄. ¶아뭏든 그놈 돈이란 물건이 저희끼리 목족은 무섭게 잘하는 놈인 모양입니다. 그렇길래 자꾸만 있는 데로만 모이지요? 〈태평천하⑦〉

목책(木柵)명 나무 울타리. 말뚝 같은 것을 죽 늘여 박은 울타리. ¶같은 아래층을 목책으로 바다지석과 사이를 막은 '갸꾸다마리'에는 손님들이 한 백 명 가량이나 되게 기다리고 있다. 〈탁류④〉 ¶개찰구의 목책 앞으로, 드나드는 정문 바깥으로 온통 빽빽하다. 〈상경반절기〉

목청껏부 소리를 지를 수 있는 데까지. 있는 힘을 다하여 큰 소리로. ¶마침내 초봉이는 마루청을 쾅쾅 구르면서 두 주먹을 부르쥐고 목청껏 외쳐댄다. 〈탁류⑭〉

목탁(木鐸)명 세상 사람을 깨우쳐 바르게 인도할 만한 사람이나 기관을 비유적으로 이르는 말. ¶하고뇨 하면, 천하의 목탁이라 칭시하는 일보야며 너도 간여를 하고 있는 잡지아며를 상고할진댄 신문지사와 잡지지사 그를 극구 칭양하여 솔선 고무하니 의(義)임을 가히 알지로다. 〈패배자의 무덤〉

목탄지(木炭紙)명 목탄화를 그리는 데 알맞은 종이. ¶그는 다시 자리에 앉아 책상 서랍 속에서 목탄지와 연필을 꺼내 가지고 인물 스케치를 하기 시작하였다. 〈병조와 영복이〉

목판(木板)명 음식을 담아 나르는 나무 그릇. ¶골목쟁이로 늙수구레한 두부 장수 하나가 두부 목판을 짊어지고 "두부나 비지 사우." 외우며 들어선다. 〈명일〉 ¶유리로 뚜껑 덮은 목판 속에 그놈 모찌떡이 말코 같은 놈, 똥그란 놈. 〈어머니를 찾아서〉

몫명 저마다 맡은 일이나 임무. ¶'서방님'이 농군으로 떨어졌으니 한몫 농군도 못 되는 '서방님' 네가 곧잘 팔자 한탄에 섞어 하는 소리다. 〈보리방아〉

몫지다동 무더기로 하다. ¶서자요 병신인 태식이한테는 천 석거리를 몫지어 놓고…. 〈태평천하⑤〉

몰각(沒覺)하다형 무지하여 깨달음이 없다. 지각이 없다. ¶그건 무릇 인간성을 몰각한 혐의가 없지 않습니다. 〈태평천하⑨〉

몰골명 (볼품이 없는) 얼굴 꼴이나 모양새. ¶시름없이 섰는 동안에 추렷한 부친의 몰골, 바느질로 허리가 굽은 모친, 〈탁류②〉 ¶"가만히 서서 제 몰골허며 신세를 생각허닝개…." 〈순공(巡公) 있는 일요일〉

몰매(명) 여럿이 한꺼번에 덤벼 때리는 매. 〖비슷〗 뭇매. ¶관수가 보다 못해 시비를 걸었으나, 동네 사람들은 역연 비슬비슬 구경만 하고 있지 말고 거들어 주질 않고, 관수 혼자서 꼼짝없이 여럿에게 몰매를 맞게만 켯속이 되고 말았다. 〈정자나무 있는 삽화〉

몰아때리다(동) 몰아치다. 갑자기 세게 몰다. ¶그러나 집안이 갑자기 난리를 몰아 때려 짜였던 질서가 뒤죽박죽이 되고 마니, 〈탁류⑭〉

몰아세다(동) '몰아세우다'의 준말. ¶글쎄 그 말을 들으니깐 어떻게 결이 나구 모두 밉살머리스럽던지 마구 그냥 몰아셌지…. 〈탁류⑧〉 ¶속이 상하길래 읽어 보자던 건 작파하고서 아저씨를 좀 따잡고 몰아셀 양으로 그 대목을 차악 펴 놨지요. 〈치숙(痴叔)〉 ¶그리다가는 더럭 짜징이 나 가지굴랑 날 몰아세기나 허구, 그럴 때만은 여전한 웅변이지. 〈소망〉

몰아세우다(동) 시비를 가리지 않고 마구 나무란다. ¶어제 저녁에 그렇게 몰아세우기는 했어도 다 공중 그런 것이고, 〈탁류⑧〉

몰인사(沒人事)하다(형) 인사(人事)가 전혀 없다. ¶흔연히 마음이 내키지를 않아서 주저주저 하던 것인데 그렇다고 영 몰인사하잘 수도 없고, 하릴없이 그 주체스런 생철통이를 방으로 청해 들인다. 〈모색〉

몰켜오다(동) →몰려오다. 여럿이 뭉쳐 밀려오다. ¶그렇지만 지금 조선 농촌에서는 문맹 퇴치니 생활 개선이니 합네 하고 손끝이 하얀 대학이나 전문학교 졸업생들이 몰켜오는 것을 그다지 반겨하기는커녕 머릿살을 앓을 것입니다. 〈레디 메이드 인생〉

몸(이) 달다〖관용〗 마음이 조급해진다. 안절부절 못하게 되다. ¶"그렇게 알구 싶으냐?" "몸 달을 건 없지만 …" 〈태평천하⑩〉

몸(이) 솜 피듯 피로하다〖관용〗 몸이 몹시 지치고 나른하다는 말. ¶태수는 술을 많이 먹느라고 먹었어도 종시 취하지를 못하고, 몸이 솜 피듯 피로했지, 취하자던 정신은 끝끝내 초랑초랑했다. 〈탁류④〉

몸감장(명) 제 몸을 혼자 꾸리어 가는 일. 〖같은〗 몸감당. ¶오히려 제 몸감장도 할 줄 모르는 탁객인 소치다. 〈탁류③〉

몸값(명) 팔려 온 몸의 값. ¶"응, 아니 허께… 내년에는 돈 가지구 와서 네 몸값 치뤄 주마." 〈팔려간 몸〉

몸똥거리다(동) →몽똥그리다. 되는 대로 덩어리가 되게 대강 뭉쳐 싸다. ¶그런디 그 사람이 어느 시골 부자—아주 토지가 썩 많은 부자놈의 자식인디 제 아비가 돈을 잘 안 주어서 좀 몸똥거려 가지고 물 건너루 뛸라구 따들석거리넌 중이라나—. 〈불효자식〉

몸매(명) 몸의 맵시나 모양새. ¶그 여자는 자주 만나는 이 헙수룩한 양복쟁이—P를 먼빛으로도 알아보았는지 처녀다운 조심스런 몸매로 길을 가로 비껴 가까이 왔다. 〈레디 메이드 인생〉

몸메(もんめ)(명) 일본어로 '돈쭝'의 뜻임. 한 돈가량 되는 무게. ¶28관, 하고도 6백 몸메!… 윤 직원 영감의 이 체중은, 〈태평천하①〉

몸수발(명) 옷, 신 따위로 몸을 꾸미는 일. 〖비슷〗 몸차림. ¶오며가며 찻삯이야 몸수발이야 뒷갈무리야 해서 돈은 훨씬 더 듭니다. 〈태평천하⑩〉

몸시중[명] 가까이에 있으면서 하는 시중. ¶ "거, 아직 기운두 좋시구 허니, 불편허신 때 조석 마련이며, 몸시중이며, 살뜰히 들어주실 여인네루, 나이나 좀 진득헌 이를 하나 구하셔서 이 근처 가까운 데다가 치가나 시키시구 허시면, 아 조옴 좋아요?" 〈태평천하⑧〉

몸조섭(-調攝)[명] 몸조리. 허약해진 몸을 회복하기 위하여 몸을 잘 돌보는 일. ¶ "삼방 같은 데라도 가서 몸조섭을 잘해야지 그대로 두어서는 못쓴다." 〈명일〉

몸종[명] 양반집 여자의 곁에서 잔심부름하는 여자 종. ¶ 오월이는 그때 열두 살에 아씨의 몸종으로 따라왔었다. 〈생명〉

몸태[명] 몸의 생김새. [같은] 몸매. 몸맵시. ¶ 열모로 뜯어보아야 지금 자기의 몸차림새며 몸태가 여자에게 좋은 인상을 주지는 못 하게 생겼는데. 〈명일〉

몸피[명] 몸통의 굵기. [비슷] 몸피듬. ¶ 여섯 달이라면서 몸피와 키는 갓난아기만도 못하고, 주먹이며 팔다리는 야위다 못해 배배 꼬여 붙었다. 〈빈(貧)… 제1장 제2과〉 ¶ 그새 일 년 남짓한 동안에 훨씬 불은 몸피도 몸피려니와. 〈얼어죽은 모나리자〉 ¶ 본디도 두루스름하니 밉지 않고 좋게 생긴 색시였지만, 그동안 훨씬 몸피가 더 불고 얼굴도 처녀 적보다 흠뻑 다 피어, 삼십 고패의 자리잡힌 '아씨' 태가 푸짐했다. 〈회(懷)〉

몹쓸[관] 몹시 악독하고 고약한. ¶ "남을 울리는 몹쓸 사람… 사람을 울리려 세상에 났나? 요부도 아니면서 독부도 아니면서 가시도 없는 좋은 사람…" 〈병조와 영복이〉

못내[부] 잊거나 그치지 못하고 계속하여. 서운하여 자꾸 마음에 두거나 잊지 못하는 모양을 이르는 말. ¶ 미럭쇠는 동리 사람들이 모여 섰는 데서 이렇게 장담을 하고 못내 분해 하는 체했다. 〈쑥국새〉

못 배다[동] '못 배우다'의 준말. ¶ "것두 다 어려서 생일(勞動)을 못 밴 탓이지… 우리 아버지두 내가 이 지경이 될 줄 아셨으면 글을 안 가르치구 생일을 가르치셨을 건디…." 〈보리방아〉

몽글게 먹고 가늘게 싸다[속] 크게 욕심을 부리지 않고 제 힘에 맞도록 분수를 지키는 것이 옳은 일이며 그것이 편하기도 하다는 뜻. 여기서 '몽글다'는 곡식의 낟알이 까끄라기나 허섭스레기가 붙지 않고 알속 있게 깨끗하다. ¶ 몽글게 먹고 가늘게 싸더라도, 윤 직원 영감이 인제 죽을 때는 단 돈 몇천 원이라도 끼쳐 줄 눈치요. 〈태평천하⑨〉

몽기몽기[부] 몽개몽개. 구름, 연기, 솜 따위가 잇대어 몽키어 나오는 모양. ¶ 보릿겨로 모깃불을 지핀 연기가 저 혼자서 몽기몽기 피어올라 매캐한 냄새가 퍼져 온다. 〈동화〉

몽니[명] 음흉하고 심술궂게 욕심부리는 성질. ¶ 엊그제부터 몽니 사납게 생긴 장닭이 지붕을 타고 넘어와서는 암탉을 얼러대곤 하던 그 장닭이 있는 집인데. 〈용동댁〉

몽당부채[명] 끝이 닳아서 모자라진 부채. ¶ 어머니는 손에 잡히는 대로 마침 옆에 있는 몽당부채를 집어 들고 얼굴을 부친다. 〈동화〉

몽당빗자루[명] 끝이 거의 닳아서 없어진 빗자루. ¶ 맨 먼저 일어나서 시방 몽당빗자루로 토방을 쓴다. 〈탁류⑩〉

몽당수염명 끝이 모자란 수염. ¶비로소 뒤를 돌려다 보는데, 코 밑에 몽당수염과 가무잡잡한 살빛이며 파스르름하나 두꺼운 입술이, 우선 보매 상당하다. 〈이런 남매〉 ¶삼십 전 총각 도령이 웬 내력 없는 몽당수염을 코밑에다가 가꾸어 붙이고. 〈모색〉

몽당숟갈명 닳아서 거의 못 쓰게 된 숟가락. ¶아직 몽당숟갈 한 매라도 손대지 말렸다! 〈태평천하④〉

몽댕이명 →몽당이. 끝의 뾰족한 부분이 많이 닳아서 거의 못 쓸 정도가 된 물건. ¶그 며칠 동안을 우리는, 글방 부엌 아궁 위에다가, 헌 빗자락 몽댕이를 거꾸로 세워 놓고 절을 하면서. 〈순공(巡公) 있는 일요일〉

몽땅몽땅부 잇달아 작게 잘리거나 끊어져서 짤막한 모양. ¶가령 신발이 다른 데는 말짱하면서 뒤축이 몽땅몽땅 해어지니 경제적으로도 여간한 손이 아니요. 〈흥보씨〉

몽땅하다형 끊어서 몽똥그려 놓은 것처럼 짤막하다. ¶천 년 묵은, 끝이 몽땅하고 전봇대만한 구렁이는 그 속에서 살고 있다는 것이다. 〈정자나무 있는 삽화〉

몽똥그리다동 되는 대로 조그맣게 한 덩어리가 되게 싸다. 〈뭉뚱그리다. ¶뭘 집한 채와 패물과 또 현금으로 2, 3천 원 몽똥그렸으니, 〈태평천하⑭〉

몽리명 →몽니. 음흉하고 심술스럽게 욕심을 부리는 성질. ¶눈방울이 부리부리 몽리깨나 있고 힘꼴이나 써 보인다. 〈상경반절기〉

몽시려 버리다동 →뭉개 버리다. 어떤 생각을 애를 써서 지워버리다. ¶물론 그런 것을 가지고 비관을 하거나 하지를 않고 늘 무엇이 어때서 그럴까 보냐고 싹싹 몽시려 버리고 무시를 하기는 하지만, 〈탁류⑰〉

몽실몽실부 살져서 야들야들하고 보드라운 모양. ¶팔다리도 거기 알맞게 몽실몽실, 그리고 소담스런 젖가슴과 푸짐한 방둥이가 모두 흐벅지다. 〈빈(貧)… 제1장 제2과〉

몽실몽실하다형 살져서 야들야들하고 보드랍다. ¶고운 손결이다. 방아도 찧고 부엌에서 진일도 하지만 마디도 불거지지 아니한 몽실몽실한 손가락들이 끝이 쪽쪽 빠졌다. 〈보리방아〉

몽유병자(夢遊病者)명 잠을 자다가 자신도 모르게 일어나서 어떤 행동을 하다가 다시 자는 증세가 있는 사람. 깬 뒤에는 이 사실을 전혀 깨닫지 못함. ¶승재가 마치 몽유병자가 된 것처럼 별안간 감격 황홀해서 있는 것을, 계봉이는 과실과 과자를 서로가람 집어다 먹어 가면서 우스워 못 보겠다는 듯이 해끗해끗, 〈탁류⑧〉

몽창하다형 바짝 끊어서 하나의 덩어리가 된 것처럼 짧다. 『비슷』 몽탕하다. ¶옆으로 앉아서 고개를 내두르는 대로, 뒤통수의 몽창한 단발이 까불까불합니다. 〈태평천하⑩〉

몽치명 (흔히 사람이나 동물을) 때리는 데 쓰는 짧고 단단한 몽둥이. 예전에는 무기로 썼음. ¶윤 직원 영감은 마치 묵직한 몽치로 뒤통수를 얻어맞은 양 정신이 멍해서 입을 벌리고 눈만 휘둥그랬지, 〈태평천하⑮〉

묘리(妙理)명 오묘한 이치. ¶이러한 묘리를 체득한 정 주사는 그래서 이제는 죽고 싶어 하는 것이 하나의 행티가 되어 버렸던 것이다. 〈탁류①〉 ¶ 이러한 묘리를 터득한 윤 직원 영감이라, 오늘도 하등표를 산다고 사 가지고 하등을 간다고 간 것이 삼 곱이나 더하는 백권석이었던 것입니다. 〈태평천하③〉

몽테카를로(Monte Carlo)㉰ →몬테카를로. 도박으로 유명한 모나코의 도시 이름. ¶ 여기는 치외 법권이 있는 도박꾼의 공동 조계요 인색한 몽테카를로다. 〈탁류④〉

뫼다㉯ →모으다. ¶ 그놈덜이 내가 뫼야 준 돈은 각구서 즈덜만 밤낮 그 지랄을 허지, 나넌 통히 모른 체를 허네그려! 〈태평천하⑧〉

묘비(墓碑)㉰ 무덤 앞에 세우는 비석. ¶ 마침 그 근처로는 다른 무덤도 없고, 또 묘비가 섰고 하여 호젓은 해도 눈에 잘 뜨인다. 〈패배자의 무덤〉

묘연(杳然)**하다**㉱ 알 길이 없다. 알 길이 없어 까마득하다. ¶ 그러나 그 방법을 생각하면 아무리 생각하여도 묘연하였다. 그는 어느 편이로든지 극단으로만 나아가면 그 만만하 방법이야 없지가 아니할 터인데, 〈생명의 유희〉

묘책(妙策)㉰ 매우 교묘한 꾀. 절묘한 계책. ¶ "아니, 그러면 혹시 어떻게 모면할 도리라두 채려 놨나?… 그렇다면야 여북 좋겠나! … 그래 어떻게 무슨 묘책이 있어?" 〈탁류⑩〉

묘(妙)**하다**㉱ (수완이나 재주 따위가) 남달리 뛰어나거나 약빠르다. ¶ 묘허(하)지?―이(虱)잡듯 헌다지? 〈산동이〉

무가내(無可奈)㉰ '무가내하(無可奈何)'의 준말. 어찌할 수 없게 됨. 어쩔 수 없음. ¶ "영감이 무가내루 2할만 떼신다면, 아마 그 사람두 안 쓰기 쉽습니다…" 〈태평천하⑦〉

무가내기로(無可奈--)㉲ 어찌할 수 없이 되어. ¶ 그래 꼭 석 잔 외에는 무가내기로 따라 들어가서 마악 첫 잔을 드는 판인데, 〈흥보씨〉

무가내하(無可奈何)㉰ 어찌할 수 없게 됨. 몹시 고집을 부리거나 버티어서 어찌할 수가 없는 일. 〖준말〗 무가내. ¶ 장차 어떻게 무슨 짓을 저지르라고 그 애들을 두어 두고서 죽음의 길로 피해 가다니 그건 무가내하로 안 될 말이다. 〈탁류⑯〉 ¶ 그것도 혹 배냇병신이라든지, 또 불가항력으로 그랬다면야 무가내하겠지만, 꼭 어미 잘못으로 생병신이 됐단 말이야. 〈이런 처지〉

무거리㉰ 곡식을 빻고 체에 쳐서 가루를 걸러 내고 남은 찌꺼기. ¶ 그래도 아직도 두 번은 더 쳐야지 무거리가 아깝다. 〈얼어죽은 모나리자〉

무관심(無關心)**하다**㉱ 관심이 없다. 관심을 가지지 아니하다. ¶ 결코 오늘의 최후를 짐짓 무관심하자고 하는 것이 아니요, 절로 그래지는 것이다. 〈탁류⑩〉

무긋무긋하다㉱ 매우 무긋하다. 또는 여럿이 다 무긋하다. ¶ 경순 자신도 어디라 없이 제 마음이며 몸가짐의 태도며가 무긋무긋함을 느꼈다. 〈패배자의 무덤〉

무긋하다㉱ 꽤 묵직하다. ¶ 그러나 누이동생을 사랑하는 것 같은 기쁨은 다만 기쁨에서 머물지 아니하고 나아가서 그에게 무긋한 근심을 주었다. 〈병조와 영복이〉 ¶ 으리으리한 방 안 짐이 불빛을 받아 무긋한 반사가 방 안에 넘쳐흘렀다. 〈산동이〉

무꾸리[명] 무당, 점쟁이 등에게 길흉을 점치는 일. ¶약도 지어다 먹이고 영하다는 장님한테 무꾸리도 해 보았으나 모두 효험이 없다. 〈얼어죽은 모나리자〉 ¶아닌게아니라, 미신이라도 좋으니, 오늘 같아서는 어디 무꾸리라두 가서 해 보구 싶읍디다. 〈소망〉

무내용(無內容)하다[형] 내용이 없다. 또는 아무런 감정을 얼굴에 드러내지 아니하다. [비슷] 무표정하다(無表情~). ¶그 무내용한 품이라든지 불량성의 속성의 수월찮은 품이라든지 고운 아가씨네의 가히 취할 직업이 아닐 뿐만 아니라. 〈모색〉

무논[명] 물이 있는 논. 또는 쉽게 물을 댈 수 있는 논. ¶해는 거의 석양이 가까웠다. 봄내 두고 물이 실렸던 무논에는 노란 물빤드기꽃이 아담하게 피어 가는 봄을 마지막 장식하였다. 〈생명의 유희〉

무단스레(無端--)[부] 보기에 아무 까닭 없이 괜히. ¶인력거꾼이 부둥부둥 떼를 쓰는 데는 배겨 낼 수가 없다고, 진실로 단념을 한 것입니다. 이 5전은 무단스레 더 주는 것이거니 생각하면 다시금 역정이 나고 돈이 아까왔지만, 〈태평천하①〉

무단히(無端-)[부] 아무 까닭이나 허락 없이. ¶그러고서 무단히 앉아 속절없이 이 운명 앞에 꿇어 엎디는 제 자신의 만만한 신세를 힘없이 한탄이나 하는 것으로 겨우 저를 위로 하자고 든다. 〈탁류⑫〉

무당놀음[명] 무당질. 무당 노릇을 하는 일. ¶자연 무당놀음이 맨살에 버러지가 기어가는 것처럼 징그러운 그는, 예수교도 징그러워 도무지 믿을 정이 들지를 않았을 밖에요. 〈흥보씨〉

무대가리 같다[관용] '보살펴 주거나 도와주는 사람 없이 지리저리 굴러 다니는 형편'을 이르는 말. ¶승재는 부모도 없고 친척도 없이 무우대가리(무대가리) 같이 굴러다니는 사람인 걸, 도대체 근지가 어떠한지 알 수가 없었다. 〈탁류⑦〉

무던하다[형] 정도가 어지간하다. 정도가 어떤 기준에 거의 가깝다. ¶경순은 오늘 나가 보았으면 하는 마음이야 없는 것이 아니로되 내일 나가도 무던할 노릇이라. 〈패배자의 무덤〉 ¶섬뻑 생각한 것이라도 더할 것 없이 무던했고, 〈탁류⑮〉

무도장(武道場)[명] 무예, 무슬 등을 연습하거나 시합하는 곳. ¶시골서 살 때엔 경찰서의 무도장을 독담으로 지어 놓았고, 〈태평천하⑤〉

무도(無道)하다[형] 도의심이 없다. 도리에 어긋나서 막되다. ¶이놈아, 이 천하에 무도한 놈아! 네가 이놈 나를 … 그리고 내 남편을 …. 〈탁류⑩〉

무때리고[부] 무턱대고. 아무 요량도 없이 그냥. ¶해서 무때리고 이튿날로 기숙사를 떠나 나왔던 것이요, 〈모색〉

무뜩[1][부] 문뜩. 생각이나 느낌들이 매우 갑자기. ¶옛 술친구라도 무뜩 만나, 석양배 한잔을 하자고 끄는 마당에야, 이를 능히 뿌리칠 힘은 지니질 못한 현 서방이었읍니다. 〈흥보씨〉

무뜩[2][부] 단번에 큼직하게 잘리거나 끊어지는 모양. ¶제호는 여기까지 단숨에 말을 해 놓고 보니 끝이 무뜩 잘리기는 하나, 그렇다고 그 끝을 잇댈 말도 별반 없었다. 〈탁류⑭〉 ¶관수는 참외를 무뜩 베어 물고 워석워석 씹는다. 〈정자나무 있는 삽화〉

무량(無量)하다[형] 무한량(無限量)하다. 한도를 정한 분량이 없다. 끝없이 많은 양이다. ¶그리하여 그의 심장은 늙을 줄 모르고 뛰어, 미두장의 ×××도 매일같이 벌어지고 있다. 우리 정 주사도 무량하다. 〈탁류⑮〉

무럭무럭[부] (느낌이나 기운 따위가) 자꾸 떠오르거나 일어나는 모양. ¶병조는 단재기를 보는 족족 불란서 혁명 시대에 길로틴(斷頭臺)을 맡아보던 사람은 얼마나 통쾌하고 자릿자릿하였으리 싶어 '한번…' 하는 생각이 무럭무럭 치달았다. 〈병조와 영복이〉 ¶'오늘부터라도 그만두면 그만이지…' 무럭무럭 치닫는 부아가 이렇게쯤 다부진 마음을 먹을 수까지도 있다. 〈탁류②〉

무렴(無廉)[명] 염치가 없음을 느껴 스스로 마음에 겸연쩍어 함. 염치가 없음을 느껴 마음에 거북한 것. ¶미친놈 소리를 듣고 놀림감이 된 것이 무렴도 하고 분하기도 하거니와 없단 말을 들으니 눈앞이 아득한 것이다. 〈팔려간 몸〉 ¶오월이는 아까 사랑에서 그렇게 무렴을 당하고 쫓겨 들어서. 〈생명〉 ¶제호는 속이야 어쨌든 겉으로는 이렇게 웃어 버리고는 오히려 말낸 것을 후회하여 초봉이의 무렴을 꺼 주느라고 애를 썼다. 〈탁류⑫〉 ¶이래서 두 번째의 무렴을 보았습니다. 〈태평천하⑩〉 ¶자네도 나 서울 있을 때 내 집에 와서 술잔 먹다가, 무렴 여러 번 당했지? 〈이런 처지〉 ¶오복이는 헤헤 속없는 헛웃음을 치다가, 제 무렴 제가 푸느라, 그만 둬라 손자 밥을 뺏어 먹구 천장을 치어다보지! 끙, 하면서 도로 허리를 꾸부린다. 〈정자나무 있는 삽화〉 ¶황차 옥초 (옛날 그대로의) 옥초의 앞인 데야 아무래도 (처음 한 번쯤은) 무렴을 타지 않을 수 없는 피부인지라. 〈모색〉 ¶대개는 해답을 못하고서 그만 무렴을 당해야 하고 했었다. 〈회(懷)〉

무렴(無廉)하다[형] 염치가 없음을 느껴 스스로 마음에 겸연쩍다. 염치가 없음을 느껴 마음에 거북하다. ¶편지 끝에 써 둔 그 말만 아니었더라도 그다지 무렴하고 노엽지는 아니하였을 것이었었다. 〈병조와 영복이〉 ¶그 근육의 경련이 무렴하여서 상기된 얼굴로 기어올랐다. 〈앙탈〉 ¶"저 양말 좀 꾸매 신을라구." 옥섬이는 하하하고 웃었다. 산동이는 더욱 무렴하였다. 〈산동이〉 ¶최 서방은 안해의 비끄러맨 손수건을 풀어 담배곽을 꺼내다가 같이 싼 돈을 좌르르 흩뜨리고는 무렴해서 쩔쩔맨다. 〈빈(貧)… 제1장 제2과〉 ¶무렴해서 슬슬 달아나고 싶은 것을 그리하지도 못하고 순사 옆으로 가니까 꾸지람을 하다가는 세워 놓고. 〈명일〉 ¶승재는 되레 무렴해서 벌씬 웃고 얼른 아랫방께로 걸어간다. 〈탁류③〉 ¶무렴해서라도 암말도 못하고 슬슬 저리로 가버렸을 테지만 영감은 도리어 노염이 나 가지고 전접스런 말조로 책을 잡잔다. 〈상경반절기〉 ¶"노름꾼 잡다가 놓친 것이 무렴히(하)여서?" "그런 게 아니라…." 〈순공(巡公) 있는 일요일〉

무렴(無廉)해하다[동] 염치가 없음을 느껴 스스로 마음에 겸연쩍어하다. 염치가 없음을 느껴 마음이 거북하다. ¶P는 저편이 무렴해 하지 아니하는 것이 더욱 얄미웠다. 〈레디 메이드 인생〉 ¶나는 그와 삼

년이나 같이 살았어야 그때처럼 놀라고 그때처럼 무렴해하고 그때처럼 슬퍼하는 것을 본 적이 없었다. 〈산적〉

무령하다㉻ '물렁하다' 혹은 '무력하다'의 뜻인 듯(?). ¶가게 사람이 손님을 맞이하는 여느 인사지만 말소리가 하도 사근사근하면서도 뒤끝이 자지러질 듯 무령하게 사그라지는 그의 말소리가…. 〈탁류②〉

무례(無禮)하다㉻ 예의가 없거나 예의에 맞지 않다. ¶내심에는 제호라는 사람이 그렇진 않던 사람인데, 어쩌면 이다지도 무례할까 보냐고 대단히 불쾌했다. 〈탁류⑫〉

무론(毋論)㊛ 물론(勿論). 말할 것 없이. ¶아, 사랑에 손님이라고 무론 누가 오든지 와서 술상을 차리라든지 음식 분별을 시키든지 하면, 〈이런 처지〉

무료(無聊)하다[1]㉻ (흥미가 없어) 지루하고 심심하다. ¶그애 역시 가끔 무료하게 미소나 할 뿐, 얌전을 빼고 있어서 여간 거북스런 게 아니다. 〈탁류⑧〉

무료(無聊)하다[2]㉻ 부끄럽고 열없다. ¶나는 아닌 변명을 하면서 아주 웃는 걸로 무료함을 껐다. 〈두 순정〉

무료(無聊)하다[3]㉻ 탐탁하게 어울리는 맛이 없다. ¶사람이 심심하기보다도 전등과 방 안의 정물들이 도리어 무료할 지경입니다. 〈태평천하⑭〉

무류하다㉻ →무료하다[2]. 부끄럽고 열없다. ¶나는 무류하여 고개를 돌려 그의 시선을 피하며 속맘으로 '왜 바라볼까?' 하고 생각할 때에 '사람이 사람을 보는 데 의미는 무슨 의미가 있어'라고 해석하였으나. 〈세 길로〉

무르팍㉮ '무릎'의 속된 말. ¶깍지손으로 무르팍을 안았다 놓았다, 담배를 비벼 껐다 도로 붙였다 사뭇 부지를 못합니다. 〈태평천하⑥〉 ¶다림질하는 다리미 불에 가 꼬꾸라져서 무르팍을 덴 것을 저의 자당 아씨께서 시부모한테 걱정은 안 들으려고 풀을 처매 주고는 쉬쉬 씻어 덮었던가 보데. 〈이런 처지〉 ¶그러나 그 대신 금세 날아갈 듯이 두 무릎을 잔뜩 쪼글트리고 쪼글트린 무르팍 위에다가는 팔짱 낀 팔을 얹고. 〈모색〉 ¶임×× 선생 두루마기 같다는 별명이 생길 만큼 유명한 그 무르팍 지는 돔방두루마기를 입고, 〈회(懷)〉

무름하다㉻ 좀 무르다. 알맞은 정도로 무르다. ¶무름하기란 다시 없는 소리요, 그뿐 아니라 온건히 담판을 하겠다고 승재가 형보한테 선을 뵈다니 긴치 않은 짓이다. 〈탁류⑰〉 ¶경손이는 또 주먹을 들이댑니다. 그러나 그게 아까 먼저보다는 도리어 무름하건만, 무름할뿐더러 정말 때릴 의사가 아닌 줄을 빠안히 알면서도 춘심이는 허겁스럽게 엄살엄살, 〈태평천하⑪〉

무릅쓰다㉢ 위로부터 그대로 덮어 쓰다. 몸 위로 뒤집어 쓰다. ¶그리하다가 그도 저도 못하고 몸에 인기가 돌기 시작하면 하루거리 앓는 놈이 직 돌아온 것처럼 입술이 새파래지고 부들부들 떨며 이불을 무릅쓰고 누워서 배가 아프네 가슴이 아프네 죽네 사네 하며 그대로 내버려두면 곧 죽기라도 할 듯이 졸경을 치르었다. 〈불효자식〉 ¶산동이가 들어오는 것을 알았던지 옥섬이가 이불을 무릅쓰고 얼굴을 가렸다. 〈산동이〉

무릅씌우다㉢ 몸 위로 뒤집어 씌우다. ¶등에 업힌 새서방의 우는 소리에 애가 녹

다 못해 색시는 치마를 벗어서 덤쑥 무릅 씌운다. 〈두 순정〉

무릎(을) 치다『관용』 (몹시 기쁘거나 놀랄 만한 일이 있을 때) '좋다', '옳거니' 등의 뜻으로 무릎을 손으로 치다. ¶그는 무릎이라도 탁 치고 싶게 신기했고, 장차 그리 할 것이 통쾌했다. 〈탁류④〉

무릎맞춤명 두 사람의 말이 어긋날 때, 제삼자 앞에서 서로 대면하여 따지는 일. 『같은』 면질(面質). 대질(對質). ¶말하자면 성가신 갈등에 참례를 해서, 내가 옳으네 네가 그르네 하고 무릎맞춤을 한다던가 하길 싫어하는 사람입니다. 〈탁류⑭〉

무릎 세우다동 (앉은 자세에서) 발에서 무릎까지를 위로 곧게 하다. ¶오월이는 가리키는 자리에 가서 한 다리를 꿇고 한 다리를 무릎 세워 쪼글트리고 앉는다. 〈생명〉

무명고의(--袴衣)명 무명으로 만든 고의(袴衣). 여기서 '무명'은 솜을 자아 만든 실로 짠 베를 뜻함. ¶그러자 또 안으로 들어갔던 패 중에 하나가 총끝에 흰 무명고의 하나를 꿰들고 두목 앞으로 나옵니다. 〈태평천하④〉

무명씨명 면화씨. 목화의 씨. ¶그래도 잠귀 하나는 밝아, 푸스스 일어나면서 한 손으로는 크막한 쪽을 다스리면서 또 한 손으로는 무명씨 박힌 왼편 눈의 눈곱을 비비면서, 〈흥보씨〉

무명지(無名指)명 엄지손가락부터 세어 넷째 손가락. 『같은』 약손가락. 약지. ¶그의 손에는 가운뎃손가락에 백금가락지가 한 결레 끼워 있고 또 무명지에는 새빨간 루비를 박은 금반지도 끼워 있다. 〈명일〉 ¶엄지손가락과 식지는 접어 두고 중지와 무명지와 새끼손가락 세 개만 펴서 손바닥은 바깥으로 둘렀다. 〈탁류④〉 ¶다시 왼쪽 무명지에다가 끼어 보니까는, 아주 마춤으로 꼭 맞습니다. 〈태평천하⑭〉

무색(-色)[1]명 물감을 들인 빛깔. ¶궤짝은 색종이로 바르고 그 위에는 열여덟 살 처녀의 눈떴을 때의 마음씨였던 듯이 무색 그림이 두어 쪽 붙어 있다. 〈얼어죽은 모나리자〉

무색(-色)[2]명 '물색'에서 온 말. 물빛. 물의 빛깔과 같은 엷은 남빛. ¶엳은 미색 생수 물겹저고리에 방금 내다뵈는 하늘을 한 폭 가위로 오려다가 허리 잡아 두른 듯이 시원한 무색 부사견 치마다. 〈탁류⑯〉

무색옷(-色-)명 물감을 들인 천으로 지은 옷. 색의(色衣). ¶"아니 그것두 그것이지만 자네 무색옷 장만했넌가?" 〈보리방아〉

무색(無色)하다형 겸연쩍고 부끄럽다. 부끄러워 볼 낯이 없다. ¶그런 중에도 제일 무색한 것은 선을 보여야 할 '새악시' 용희가 보리방아를 찧으려다가 들킨 것이다. 〈보리방아〉 ¶겨우 돼지고기란 말을 해 놓고 오목이는 무색해서 해죽 웃는다. 〈얼어죽은 모나리자〉 ¶그는 값을 돈이 없어 미안하다거나 걱정이라기보다도 졸리기가 괜히 무색해서 못 견디는 사람이다. 〈탁류①〉 ¶눈치가 으수하길래 믿은 구석으로 안심을 했던 참인데, 대체 웬일인가 싶어, 무색한 중에도 좀 건너다 보려니까, 이게 또 이상합니다. 〈태평천하⑩〉

무서무서하다동 몹시 무서워하다. 『같은』 무서워무서워하다. ¶해서 혹여 다칠세라

무서무서하고, 땔나무가 귀한 이곳이건만. 〈정자나무 있는 삽화〉

무섬명 '무서움'의 준말. ¶그건 어둠과 무섬은 서로 따르는 법이라, 밤이면 허연 영감이 혹시 나오든지 해서 사람을 떡으로 알고 넙죽넙죽 집어먹을 위험도 없지 않거니와. 〈정자나무 있는 삽화〉

무성 영화(無聲映畵)명 음향을 내지 않는 종래의 영화. 유성 영화가 생기기 이전에 있었던 소리 없이 영상만으로 된 영화. ¶무성 영화 변사? 〈탁류⑯〉

무쇠 방패(--防牌)명 무쇠로 만든 칼이나 창, 화살 등을 막는 데 쓰던 무기. ¶내 몸뚱아리는 송희를 위하연 굳센 무쇠 방패가 되어야 하고, 그도 부족하면 큰 바위가 되어야 한다. 〈탁류⑭〉

무스개[1]대 어떤 일이나 물건을 막연하게 또는 작정하지 못하고 가리키는 부정칭 대명사. ¶"열맹이 앵이 여는 곡식으 무스개 심으겠소?" 〈회(懷)〉

무스개[2]관 무슨. ¶"무스개 좋은 세상이겠소? 나 원!" 〈회(懷)〉

무시로(無時-)부 시도 때도 없이. 특별히 정한 때가 없이 아무 때나. 『비슷』 수시로. ¶그는 무시로 마음이 싱숭생숭할라치면 얼른 추월색을 들고 눕습니다. 〈태평천하⑪〉 ¶그 이야기를 어머니 아버지한테 듣던 때부터 업순이는 무시로 이렇게 비단 만지는 꿈 아닌 꿈을 꾸곤 했다. 〈동화〉 ¶그리고서 그저 좋은 친구 얼려서 무시로 술이나 마시고, 술이 깨거든 골동품이나 만지고. 〈이런 처지〉

무시루떡명 무를 가늘게 썰어서 멥쌀가루에 섞고 고물을 뿌려 시루에 찐 떡. 『같은』 무떡. ¶옆에서 떡장사를 하기 때문에 철을 따라 보피떡, 인절미, 송편, 무우시루떡(무시루떡) 그리고 겨울 한철은 호박떡. 〈얼어죽은 모나리자〉

무식꾼(無識-)명 무식쟁이. 무식한 사람을 낮잡아 이르는 말. ¶갈데없는 무식꾼하고 농투성이기는 하지만. 〈동화〉

무신(無信)하다형 신의가 없다. 신용이 없다. ¶"D와 B, 정다운 친구, 너무나 오랫동안 서로 무신하게 지내왔다. 그리고 R… R…" 〈생명의 유희〉

무심결(無心-)명 마음을 쓰지도 않고 스스로 깨닫지도 못하는 가운데. 주의하여 생각하거나 느끼지 못하는 사이. 『비슷』 무심중. ¶무심결에, 아주 무심결입니다. 눈을 전차에로 돌리다가 부룩쇠는 억! 하고 놀라 반가운 소리를 외쳤읍니다. 〈어머니를 찾아서〉

무심중(無心中)명 무심결. ¶사람이란 건 일에 잠착하던 끝이면 무심중에 한숨이 나와지기도 하는 것. 〈용동댁〉

무안(無顔)명 면목이 없음. 부끄러워서 볼 낯이 없음. ¶또 가령 그걸로 제호한테 무안을 본다손 치더라도 형보에게 끝끝내 화를 당하느니보다는 아무 것도 아닐 것이라서…. 〈탁류⑭〉

무엄(無嚴)명 버릇없이 함부로 행동함. 삼가고 어려워함이 없음. ¶"저런 게 다아, 시어머니 밑에서 톱톱이 시집살일 못한, 요새 여편네들의 무엄이야!" 〈순공(巡公) 있는 일요일〉

무엇하다형 (어떤 말을 대놓고 하기가 거북하거나 알맞게 말하기가 어려울 때) '거북하다', '난처하다', '미안하다' 등의 뜻을 나타내는 말. [준말] 뭐하다. 뭣하다. ¶그 날 형편 보아서 그렇게 해도 좋지야고 하는 것이 아주 조금도 무엇한 내색이 없이 심상했다. 〈탁류⑧〉

무엄(無嚴)스럽다[형] 삼가고 어려워하는 마음이 없다. 버릇없이 함부로 하다. ¶어디 무엄스럽게 그런 말을 똑바로 대고 하는 수야 있나요. 〈태평천하①〉

무우말랭이[명] →무말랭이. 반찬거리로 썰어서 말린 무. ¶또 호박을 무우말랭이 썰듯 썰어 많이 두고 켜를 두텁게 해서 팥고명을 얹은 호박떡은 아무나 먹기는 별미다. 〈얼어죽은 모나리자〉

무위(無爲)[명] 아무 일도 하지 않거나 이루지 못하는 것. ¶무위와 무능에서 다시 나아가 나의 육체는 나를 망신되게 하는 것으로밖에는 쓰일 곳이 없는 게 되고 말았다. 〈패배자의 무덤〉

무위무능(無爲無能)하다[동] 하는 일도 없고 일할 능력도 없다. ¶백 년을 가고도 남을 풍랑인 걸, 종시 무위무능하기는 일반일 게 아니냐. 〈패배자의 무덤〉

무정지책(無情之責)[명] 아무런 까닭도 없이 하는 꾸짖음. 비정지책(非情之責). ¶이러한 무정지책에 대복이는 유구무언, 머리만 긁적긁적합니다. 〈태평천하②〉

무주총(無主塚)[명] 자손이나 관리하는 사람이 없는 무덤. ¶오늘 이 시각부터는 영영 무주총이 되어 버리느니 생각하면, 비로소 태수라는 인생이 불쌍했고, 〈탁류⑪〉

묵은셈[명] 오래된 빚. ¶오늘은 재수가 좋아서, 우리집 묵은셈이나 좀 해 주게 되셨수? 〈탁류①〉

무지금코(無知--)[부] 미련하고 어리석은 듯이. ¶하니 어떻게 생각하면 무지금코 일찌감치 돌아가는 것이 일변 좋지 않은 것도 아니다. 〈두 순정〉

무지막지(無知莫知)하다[형] 하는 짓이 매우 어리석고 천하다. 매우 무지하고 우악스럽다. ¶"네끼 고현 손 같으니라구!… 아무리 무지막지한 모산지배기루소니 어디 그럴 법이 있나!" 〈탁류⑥〉 ¶남편이란 것은 무지막지한 노동자지요? 〈이런 남매〉

무참(無慚)하다[형] 더없이 부끄럽다. 매우 열없고 부끄럽다. ¶오목이는 혼자 무참한 것을 어찌할 줄 모르다가 손을 뻗쳐 더듬더듬 금출이의 팔을 잡고 몸을 기댄다. 〈얼어죽은 모나리자〉 ¶오월이는 그만 무참해서 몸을 움칠하고 황망히 뒷문으로 나가 버린다. 〈생명〉

무추룸하다[형] 마음이 시무룩하여 유쾌하지 않다. ¶칠복의 말이라며 으레 시들하게 알고 언제든지 조롱의 태도를 가지던 P군까지도 무추룸하고 묵묵히 앉았었다. 〈불효자식〉

무형(無形)[명] 형체나 형상이 없는 것. ¶일변 동네 사람들이 제한테서 받는 그 무형의 압기를 한 거풀 더 씌워, 좀 더 무서워하라는 짓궂은 심술도 부려 주고 싶고 했던 것이다. 〈정자나무 있는 삽화〉

묵지근하다[형] 좀 묵직하다. (사람됨이나 말씨가) 무게가 있다. ¶어깨도 무슨 유도꾼처럼 네모가 진 것은 아니나 묵지근한 게 퍽 실팍해 보인다. 〈탁류⑯〉

묵허(默許)하다[동] 하려는 대로 잠자코 내버려둠으로써 슬그머니 허락하다. ¶가령 면장 자신이 그것을 묵허한 것이 아니라고 하더라도 책임 문제가 있는데, 하물며 알고도 슬그머니 눈을 감아 준 데야 더구나 할 말이 없는 것이다. 〈보리방아〉

문간방(門間房)명 대문간 바로 곁에 있는 방. ¶마침 문간방에 따로 세 얻어 든 젊은 색시가 갸웃이 들여보다가 점수의 벗고 누운 것이 눈에 띄자 고개를 옴칠한다. 〈명일〉

문갑(文匣)명 문서나 문구 등을 넣어 두는 궤. ¶왼편 거리로 향한 창 아래에 와 전분 벽으로 된 바른편 벽 밑으로는 이 인쇄소에서 일을 맡아 하는 여러 가지 잡지와 인쇄물들의 이름을 하나씩 하나씩 써 붙인 문갑 모양으로 생긴 궤짝이 죽 놓여 있고 그리고 바른편 그 벽 위에는 직공들의 가지각색 옷과 모자가 넝마전과 같이 어수선하게 걸려 있다. 〈병조와 영복이〉

문골(門-)명 문짝의 양 옆과 위 아래에 이어 댄 테두리 나무. 『같은』 문얼굴. ¶잘못하면 선실의 창으로 보겠다. 양쪽으로 문골을 박는 흉내만 내고 진짬 죽창이 삐뚜름하게 달려 있다. 〈얼어죽은 모나리자〉

문두름히부 우두커니 하는 일 없이. 『비슷』 민두룸히. ¶그래 놓구는 칠월 그믐을 문두름히 넹겼는데, 글쎄, 그이 하는 짓을 좀 봐요. 〈소망〉 ¶장사를 하고 나서 우금 일 년이나 그대로 문두름히 있었다는 것은 좀 박절했다고 할는지 매몰스럽다고 할는지…. 〈패배자의 무덤〉

문등(門燈)명 현관문이나 대문에 다는 등(燈). ¶송진 냄새가 나는 듯 말쑥한 새 집이, 문등까지 달리고 드높아서 겉으로 보기에는 산뜻한 게 마음에 안겼다. 〈탁류⑫〉 ¶춘섬이는 대문 밖으로 나가서 문등이 환히 비치는 골목을 둘레둘레, 〈태평천하⑪〉

문딩이명 '문둥이'의 방언. 문둥병에 걸린 사람. ¶이 썅! 혹은, 이 네게에미! 한마디로 와지끈 따악, 갈겨 놓고서 그 다음에 원, 아이새끼가 민하다든지, 문딩이 같응기 지랄로 한다든지, 비로소 시비를 가리는데, 〈정자나무 있는 삽화〉

문리(文理)명 사물 현상을 깨달아 아는 힘. ¶열 살 안에 사서와 삼경을 다 읽고 또한 문리를 얻어 그 의견이 능히 장성한 남자를 능가할 만하였읍니다. 〈소복 입은 영혼〉

문맹 퇴치(文盲退治)명 글을 모르는 사람을 가르쳐 글 모르는 이가 없도록 하는 일. ¶"가령 응… 저… 문맹 퇴치 운동도 있지. 농민의 구 할은 언문도 모른단 말이야! 그러고 생활 개선 운동도 좋고… 헌신적으로." 〈레디 메이드 인생〉

문명(文明)하다형 사회가 발전하여 물질적, 문화적 수준이 높다. ¶문명한 자동차도 분명코 이 거리에서만은 야만스런 폭한이 아닐 수가 없었다. 〈탁류⑰〉

문문하다형 거리낄 것 없이 마구 다룰 만하다. 〉만만하다. ¶나같이 문명하게 형보의 손아귀에 옭혀 들지 않는다고는 할지 모르지만, 형보란 위인이 엉뚱하게 음험하고 악독한 인간인 걸, 〈탁류⑯〉

문벌(門閥)명 대대로 이어 내려온 그 집안의 사회적 신분이나 지위. ¶다 그러한 문벌이랄지 학식이랄지 그런 것에 끌려서 혼인을 하는 것도 무리는 아니겠지 싶었다. 〈탁류⑧〉 ¶윤 두꺼비는 돈으로는 남부러울 게 없어도, 문벌이 변변찮은 게 섭

섭한 걸 비로소 느끼게 되었읍니다. 〈태평천하④〉

문서탁(文書卓)명 책이나 서류 따위를 얹어 놓는 탁자. ¶검정 양탄자를 덮은 진찰 침대, 책상, 기구장, 치료탁, 문서탁, 세면대, 가스, 다 제자리에 놓이고, 아직 손도 대지 않은 새것들이다. 〈탁류⑰〉

문선(文選)명 활판 인쇄에서 원고대로 활자를 골라 뽑는 일. 또는 그런 일을 하는 곳. ¶헤라를 들고 인쇄지를 접게 하고 기회를 만들어서 이층 기계실과 문선으로 돌아다니며 '이야기'를 하게 하였으며. 〈병조와 영복이〉

문설주명 문의 양쪽에 세워 문짝을 끼워 달게 한 기둥. ¶그는 마침내 마루로 올라가서 윗미닫이의 문설주에 가만히 손끝을 댄다. 〈탁류⑩〉 ¶줄행랑 본의 조선 고옥을 겉만 뜯어고쳐 유리창을 해 달고 유리문을 내고 문설주하며 기둥과 연목 등엔 푸른 페인트칠을 하고. 〈회(懷)〉

문전(門前)명 문 앞. ¶집을 문전이며 살림살이로 보아 더구나 삯바느질도 없을 이 벽촌에서 재봉틀을 가졌거나. 〈보리방아〉

문질문질부 무엇이 자꾸 문질리는 모양. ¶그이의 치맛자락으로 문대는 얼굴에서는 검은 검질이 문질문질 벗어져서 희뜩희뜩한 자리가 났다. 〈불효자식〉

문초(問招)명 지난날 '죄인을 신문(訊問)함'을 이르던 말. ¶아냐, 그건 지옥에서 문초 받으러 잠깐 불려 갔던 길일세! 〈탁류④〉 ¶윤용규 너도 미심쩍어 그러니 같이 문초를 해야 하겠은즉 그리 알라고 우선 윤용규부터 때려 가두었읍니다. 〈태평천하④〉

문치(門-)명 문기둥. 문간. ¶초봉이는 그대로 문치에 우두커니 지어서서 눈을 내리감는다. 〈탁류⑫〉

문턱(門-)명 문짝의 밑이 닿는 문지방의 윗머리. ¶그 서슬에 송희를 문턱 안에다가 내동댕이를 쳤고, 〈탁류⑭〉

문투(文套)명 글을 짓는 법식. 또는 글의 버릇. ¶그날 밤에 병조는 또다시 소희에게 줄 편지를 썼다. 단념하겠다고 결심을 하였으니까 문제는 낙착이 되었으리라고 생각하였으나 의외로 소희가 모욕을 받았다고 분개—문투에 분하다고 씌어 있지는 아니하였으나—하여 하는 것을 분명치 아니하여서는 아니 될 것같이 여겼던 것이었었다. 〈병조와 영복이〉

문하(門下)명 학문의 가르침을 받는 스승의 아래. ¶아무데서도 선생 문하에서는 배우지 아니했지만 그때에 개명 사상(!)이 울적하게 일어나자 비록 상투는 그대로 짰을망정 '덕언이 선생님'도 새로운 사조를 이해해서 '무선생일어자통'을 놓고 독실히 공부를 했읍니다. 〈소복 입은 영혼〉

문화 정치(文化政治)명 힘으로 통치하지 아니하고, 교화(敎化)로써 다스리는 정치. ¶재등(齋藤) 총독이 문화 정치의 간판을 내어 걸고 골골이 학교를 증설하였다. 〈레디 메이드 인생〉

문화 주택(文化住宅)명 생활하기에 편리하고 보건 위생에 알맞은 신식 주택. ¶연애결혼에 목사님의 부수입이 생기고 문화 주택을 짓느라고 청부업자가 부자가 되었다. 〈레디 메이드 인생〉

묻뜨리다동 '묻다'의 힘줌말. 묻어 버리다. ¶좀 저물더라도 그리 상관은 없으리라는

안심으로 그것도 묻뜨리고 나선 것이다. 〈두 순정〉

물 건너 속담『관용』 다른 나라의 속담. ¶ "모르는 건 놈팽이 뿐." 이런 물 건너 속담도 있거니와, 〈탁류⑤〉

물것㊔ 사람, 동물의 살을 물어 피를 빨아 먹는 모기, 벼룩, 이, 빈대 등의 벌레의 총칭. ¶ 관수는 시원하고 모기며 물것이 없어 십상인 정자나무 밑을 독차지하고 밀짚 기직을 자리 삼아. 〈정자나무 있는 삽화〉

물것없이㊕ 병이나 탈이 없이. ¶ 그동안 송희는 초봉이의 알뜰살뜰한 정성과 솜씨로 물것없이 잘 자랐다. 〈탁류⑬〉

물겹저고리㊔ 솜을 두지 않고 홈질을 하여 지은 겹저고리. ¶ 열은 미색 생수 물겹저고리에 방금 내다뵈는 하늘을 한 폭 가위로 오려다가 허리 잡아 두른 듯이 시원한 무색 부사견 치마다. 〈탁류⑯〉

물고(物故) (라도/를) 내다『관용』 죄인을 벌하여 죽이다. 여기서 '물고'는 사고로 사람이 죽음. ¶ 윤 직원 영감은 가끔 창식의 그런 빚을 물어 주느라고 사뭇 날뛰면서 단박 물고라도 낼듯이 호령 호령, 그를 잡으러 보냅니다. 〈태평천하⑤〉

물끈물끈㊕ 생각이나 느낌 따위가 불쑥불쑥 생기는 모양. ¶ 당장 식칼이라도 들고 쫓아가서 구렁이같이 징그럽고 미운 저놈을 쑹덩쑹덩 썰어 죽이고 싶은 생각이 물끈물끈 치닫는다. 〈탁류⑩〉

물레㊔ 돌림판. ¶ 돛을 만들어 바람을 받아서 물 위로 배를 달리고 풍차를 세워 물레를 돌려서 동력을 얻고 하는 것이 다 그것일 것이다. 〈패배자의 무덤〉

물리다㊐ (다시 대하거나 먹기 싫게) 싫증이 나다. ¶ 하면 할수록 더 좋아 날마다라도 하고 싶었지 조금도 물리지는 않았다. 〈빈(貧)… 제1장 제2과〉

물림㊔ 물려받거나 물려주는 일. ¶ 봄 가을 겨울이면 역시 오사까 공장 시절의 물림인 골덴복을 입고 육장 지낸다. 〈얼어 죽은 모나리자〉 ¶ 더구나 대학 물림의 헌 교복을 (사세가 궁한 것도 아니면서) 털털하게 그대로 입고 있었기 때문에 학생 태가 하나도 벗지 않았었다. 〈모색〉

물볼기㊔ 태형을 주거나 곤장을 칠 때, 속옷에 물을 끼얹어 착 달라 붙게 한 다음에 매질을 하던 일. ¶ 내라두 한 나이나 더얼 먹었으면, 자네를 잡어 엎어 놓고 물볼기를 삼십 대는 치구래야 말았지, 〈탁류⑥〉

물색(物色)㊔ 어떤 기준을 가지고 거기에 알맞은 사람이나 물건을 고르는 일. ¶ 그 여러 생활들이 제가끔 제 성깔대로 짜 내놓은 여러 가지의 피륙들을 하나 둘 다섯 열 연해 연방 물색을 해 왔으면서도. 〈모색〉

물색없이㊕ 말이나 하는 짓이 형편에 어울리지 아니하게. ¶ 글쎄 그런 것을 나 혼자서만 건성 김칫국을 마시듯이 물색없이 좋아하다니! 〈탁류⑧〉

물색(物色)하다㊐ (얼굴이나 물건의 생김새나 옷의 모양과 빛깔로 무엇을 찾는다는 뜻으로) 어떤 기준에 맞는 사람이나 물건을 고르다. ¶ 가령 돈 있는 사람을 물색해 내서 첩으로 준다든지, 〈탁류⑦〉

물씬물씬[1]㊕ (어떤 기운이나 느낌이) 갑작스럽게 자꾸 일어나는 모양. ¶ 그러면서도 그를 선뜻 해댈 강단은 또한 나지를 않고 물씬물씬 뒤가 사려진다. 〈탁류⑧〉

물씬물씬[2]㊄ 무럭무럭. 순조롭고 힘차게 잘 자라는 모양. ¶자꾸자꾸 먹이기만 하면 먹이는 족족 도야지가 물씬물씬 자랄 것만 같았다. 〈보리방아〉

물씬하다㊊ (잘 익거나 물러서) 물렁하다. 〉몰씬하다. ¶칵 내리제기는 발꿈치가 물씬하자 단박, "어억!" 소리도 미처 못 맺고 자리를 우디려 올라오던 팔도 풀기없이 방바닥으로 내려진다. 〈탁류⑱〉

물씸물씸㊄ →물씬물씬[1]. ¶그는 가슴이 서늘한 대로 물씸물씸 뒤로 물러섰을는지도 모릅니다. 〈태평천하④〉

물역(을) 먹다〖관용〗 '애를 먹다'의 뜻. 속이 상하도록 어려움을 겪다. ¶벼 한 톨 추수는커녕 그 논을 다시 파 일구는데 되레 물역이 먹게 생겼읍니다. 〈태평천하⑭〉

물욕(物慾)㊈ 물건을 탐내는 마음. ¶또 좋게 보자면 세상 물욕을 초탈한 사람이라고도 하겠지요. 〈태평천하⑤〉

물초란이㊈ 물에 사는 식물의 이름인 듯(?). ¶보리라야 작년 겨울의 추위에 태반이나 얼어 죽고 남은 것은 거름맛을 못 보아 한 목쟁이에 보리알이 여남은 몇 개씩이나 붙었을까 말까.—'물초란이' 같이 못된 것이다. 〈보리방아〉

물크러지다㊍ 썩거나 너무 물러서 제 모양이 없을 정도로 헤어지다. 여기서는 사귀는 사이가 서먹하거나 정이 없게 되다. 〖준말〗 물커지다. ¶그러나 일변 둘이 사이에 정은 수월찮이 물크러졌다. 〈탁류⑤〉

물큰[1]㊄ 연기나 냄새 따위가 한꺼번에 확 풍기는 모양. ¶방 안은 불을 처질러 놓아서, 퀴퀴한 빈취(貧臭)가 더운 기운에 섞여 물큰 치닫는다. 〈탁류⑥〉

물큰[2]㊄ 어떤 느낌이나 기운이 갑자기 세차게 일어나는 모양. ¶가슴이 물큰 치밀고 돈을 탁 채어서 내라도 차표를 사 주자는 판인데. 〈상경반절기〉 ¶두목은 윤용규가 전번과는 달라 악이 바싹 올라가지고 처음부터 발딱거리면서 뺏뺏이 말을 못 듣겠노라고 버티는 데는 물큰 화가 치밀어 오르지 않을 수가 없었읍니다. 〈태평천하④〉 ¶오월이의 볼때기는 단번에 손가락같이 물큰 불켜 오르고 검붉은 피가 주르르 흐른다. 〈생명〉

물화(物貨)㊈ 물품과 재화. 〖비슷〗 재물. ¶물화와 돈과 사람과, 이 세 가지가 한데 뭉쳐 생명 있이 움직이는 조고마한 거인은…. 〈탁류⑮〉

뭇[1]㊈ 볏단이나 보릿단의 하나. ¶마당 한편에는 보리를 여남은 뭇이나 펴 널었었다. 그것을 동리집에서 비끄러맨 줄을 잡아떼고 도망해 나온 도야지가 지나던 길에 무심코 새겨 먹다가 마침 논에서 돌아오는 태호한테 들켰던 것이다. 〈보리방아〉

뭇[2]㊀ 여러. 또는 수효가 많은. 많은 수효를 나타내는 말. ¶죽기로 (결심이 아니라, 죽어야 한다고) 하고 나니 비로소 뭇 생각과 감정이 복받쳐 오른다. 〈탁류⑩〉

뭇놈㊈ '잡다하게 많은 남자'의 낮은말. ¶뭇놈이 디리 주무르던 몸뚱이제, 〈탁류⑨〉

뭉떵㊄ 상당한 부분이 대번에 끊어지거나 잘리는 모양. ¶참외를 집어 가지고 도로 자리로 기어 와서 손바닥으로 쓱쓱 문질러 한입 뭉떵 베어 물다가. 〈정자나무 있는 삽화〉

뭉뚱그리다㊍ 되는 대로 대강 뭉쳐 싸다. ¶경순은 바람이 치일세라 겹겹이 뭉뚱그

린 어린것을 벅차게 앞으로 안고. 〈패배자의 무덤〉

미거(未擧)하다형 철이 나지 않아 사리에 어둡다. 철이 덜 들어 아둔하다. ¶스물한 살이랍니다! … 거 키만 엄부렁하니 컸지, 원 미거해서…. 〈탁류①〉

미구(未久)명 그동안이 그리 오래지 아니함. ¶뿐만 아니라 미구에는 보통학교의 교과서 복습까지, 〈순공(巡公) 있는 일요일〉

미구에(未久-)부 오래지 않아. ¶그리고 미구에 순사가 달려와서 고랑을 채울 때까지도 그렇게 서서 있었다. 〈탁류⑩〉 ¶미구에 태진이가 한 손으로 닭을 안고 한 손으로는 주먹으로 눈물을 씻으면서 사립문 안으로 들어섰다. 〈용동댁〉

미구(未久)하다형 얼마 오래되지 않다. ¶연천 선생은 그 뒤에 미구하여, 학교가 보통학교로 갈리자 아내 번쩍번쩍 금테 두르고 환도 차고 새로이 부임하는 판임관 교장에게 주인 자리를 내주고서, 표연히 재갸는 고을을 떠났었다. 〈회(懷)〉

미깡(みかん)명 '감귤', '귤'의 일본어. ¶… 내 양복허구, 그리구 빠나나랑, 미깡이랑 사주어, 잉? 아버지. 〈탁류③〉

미꾸리명 '미꾸라지'의 준말. ¶요년은 보아야 그렇게 소리를 바락 지르고 미꾸리 새끼처럼 빠져나가기는 했어도, 〈태평천하⑩〉

미다동 →무이다. 일을 중간에서 무지르다. ¶그러나 도리어 길품을 또다시 미어야 할 일이 생기는 것이었습니다. 〈흥보씨〉

미도리곽명 담뱃갑. ¶"담배래두 한 대…" 옆에 놓았던 미도리곽을 집어 내미니까. 〈순공(巡公) 있는 일요일〉

미도리명 담배 이름. ¶"고맙습니다! 있습니다…" 하고 사양하면서, 같은 미도리를 꺼내더니 성냥만 받아, 한 개 피워 문다. 〈순공(巡公) 있는 일요일〉

미두장(米豆場)명 미두를 하는 장소. 미두시장. '미두'는 현물 없이 쌀을 비롯한 갖가지 곡식을 사고파는 일. ¶이래서 미두장에 드나드는 멋쟁이가 (아직도 K 항구에서 모뽀라는 말보다 멋쟁이라는 말이 더 인상적이다) 기생을 싣고 드라이브를 하거나. 〈화물자동차〉 ¶정 주사는 시방 미두장 앞 큰길 한복판에서, 〈탁류①〉

미래치(未來-)명 장래에 생기게 될 일이나 사물. ¶그래 시방치에다가 미래치까지 미리서 끌어당겨다가는 (두 모금을 한꺼번에) 벼락을 한바탕 내떨고라야 말 것입니다. 〈흥보씨〉

미련겹다형 몹시 미련한 데가 있다. ¶사내는 죄꼼 미련겹게 계집을 내려보다가 돌아선다. 〈이런 남매〉

미룩미룩부 일을 자꾸 미루어 시간을 끄는 모양. 『같은』 미루적미루적. ¶그래서 하루 이틀, 그 짓을 그대로 미룩미룩 밀어 내려오던 참인데, 그러자 이러한 일이 있었다. 〈탁류⑤〉

미룸미룸부 일을 자꾸 미루는 모양. 『비슷』 미루적미루적. ¶매일같이 벼르기만 하고 벌써 십여 일이나 미룸미룸 미뤄 나왔다. 〈탁류⑬〉 ¶용동댁은 장닭 사오기를 미룸미룸 미뤄 나갔다. 〈용동댁〉

미리서부 미리부터. 어떤 일이 생기기 이전부터. ¶호호, 미리서 반하였구료! 호호호… 올해 갓 스물이랍니다. 나이두 꼬옥 좋죠! 〈태평천하⑫〉

미리다가부 '미리'의 힘줌말. 어떤 일이 생기거나 벌어지기 전에 먼저. ¶만일 경을 읽힐 정성으로 이틀만 미리다가 서둘렀어도 이 가엾은 생명을 구할 수가 있었을 것을 생각하면, 〈탁류⑥〉

미망(迷妄)명 사리에 어두워 갈피를 잡지 못하고 헤맴. ¶현 서방은 다시금 미망이 생기고 마음이 언짢아집니다. 〈흥보씨〉 ¶그렇기론들 지금 당해서야 하상 그리 지극한 미망일까마는, 〈상경반절기〉

미망(未忘)이 지다『관용』 도저히 잊을 수가 없다. ¶대체 어느 기생이길래 고 주사가 그리 미망이 져서 울고불고 그 야단을 하노? 〈탁류④〉 ¶그렇게나 미망이 졌던 것인지라, 마침내 돈을 주고 사서 활짝 펴 들고 상점 앞을 나서니 어떻게도 좋은지, 〈빈(貧)… 제1장 제2과〉

미망인(未亡人)명 남편이 죽고 홀몸이 된 여자를 이르는 말. 과부. ¶초봉이가 신부라고 하기보다도 상청의 젊은 미망인인 듯 초초하고 슬퍼 보여, 〈탁류①〉

미물(微物)명 보잘것없는 것이라는 뜻으로 동물을 사람에 상대하여 이르는 말. ¶내력이야 어찌 됐든지 또 미물이기는 할 값에 아무려나 다섯 개의 새로운 권솔이 갑자기 참예를 했으니. 〈용동댁〉

미미(微微)하다형 보잘것없이 작거나 희미하다. ¶오월이의 뱃속에 자리잡고 앉은 미미한 한 개의 생명은 어미의 두두룩한 살로다가 무서운 매를 방패 삼아 모락모락 자랐다. 〈생명〉

미상불(未嘗不)부 아닌 게 아니라. 과연. ¶미상불 병조의 마음은 풀기가 없어지고 그동안 침착하고도 열의 있게 하며 나오던 '일'에 대하여 범연하여진 눈치가 가끔 보이고 하였다. 〈병조와 영복이〉 ¶"돈 소리가 절렁절렁 나는데?" 미상불 P의 포켓 속에서는 아까부터 잔돈 소리가 가끔 잘랑거렸다. "자고 나 돈 조꼼 주고 가 응." 〈레디 메이드 인생〉 ¶미상불 전에 이 마을에서 두엇이나 '비단 짜는 데' 즉 제사 회사의 여공으로 뽑혀 갈 때에 용희도 가고자 했고 태호나 정 씨도 보낼 생각이 없지는 아니했었다. 〈보리방아〉 ¶이 서방은 세수를 하고 발을 씻고 그러고 앉으니 미상불 장사 삼아 하는 사관보다는 기분이 훨씬 좋은 것 같았습니다. 〈소복 입은 영혼〉 ¶미상불 어린 것은 제 어미 말대로, 제 명이 길어서 그랬든지 닷새 전에 죽을 고패를 넘기고는 차차 나아가는 참이었었다. 〈빈(貧)… 제1장 제2과〉 ¶그렇게 들여다보느라니까 이쁘기는 미상불 이쁘다고 그는 혼자서 고개를 끄덕거렸다. 〈얼어죽은 모나리자〉 ¶그래서 그 뒤로는 각별히 오월이의 태도를 여살펴보았다. 보니 미상불 수상한 것만 드러났다. 〈생명〉 ¶미상불 이십사오 년 전, 일한합방 바로 그 뒤만 해도 한 문장이나 읽었으면, 〈탁류①〉 ¶인력거꾼은 책망을 듣고 보니 미상불 일이 좀 죄송하게 되어, 〈태평천하①〉 ¶미상불 제가 보아도 그다지 출 수는 없는 인물이다. 〈쑥국새〉 ¶미상불 태진이가 시방 얻어 온 다섯 마리도 네 마리는 저마다 발가락이 오그라 붙었거나 부러진 놈이요. 〈용동댁〉 ¶옥초는 미상불 그 찬밥 덩이에 알량한 반찬 나부랑이를 명색 점심 밥상이라고 받을 일을 생각하니. 〈모색〉 ¶어느덧 조선 바닥에서도 증기 기관의 스피드를 한 시대 낡은 문명으로 느끼게쯤 되고… 세태의 변천이란 미상불 쉽기도 한 것이다. 〈회(懷)〉

미상하다형 좀 의심스럽다. 이상하다. ¶ 여기는 홍업회산데요… 우리 당좌에 조금 미상한 데가 있어서요…. 〈탁류⑩〉

미색(米色)명 겉껍질만 벗겨 낸 쌀의 빛깔과 같은 약간 노르께한 빛깔. ¶ 엷은 미색 생수 물겹저고리에 방금 내다뵈는 하늘을 한 폭 가위로 오려다가 허리 잡아 두른 듯이 시원한 무색 부사견 치마다. 〈탁류⑯〉

미세(みせ)명 '가게', '상점', '점포' 등의 일본어. ¶ "응, 봐서… 그리구 저녁에 미세에 와야?" "아, 참… 네 시 아까쓰끼루 대구까지 좀 다녀와야겠구면…" 〈이런 남매〉

미션(mission)명 전도. 포교. ¶ 가령 미션 계통으로 여자 중등학교의 영어 교원쯤은 아무려나 차례가 돌아올 무엇이 없지도 않았었다. 〈모색〉

미식미식부 끊어질 듯이 자꾸 이어지는 모양. ¶ 송희는 미식미식 울음을 그치고 형보를 말긋말긋 올려다보다가 손에 쥔 빗솔을 슬며시 입으로 가지고 간다. 〈탁류⑯〉

미신(迷信)하다형 어리석어서 잘못 믿거나 맹신하다. ¶ 심프손 부인 식의 행운을 미신하거나 더우기 제 자신을 요술장이로 착각하는 법이 없는 가장 리얼리스트이었었다. 〈모색〉

미심(未審)명 확실하지 않아 마음에 거리낌. (일이 확실하지 아니하여) 마음에 거리끼는 느낌이 있다. ¶ 그것은 그러하고, 일변 미심이 더럭 나는 것이 고태수라는 인물의 정체다. 〈탁류⑧〉

미심(未審)답다형 미심쩍다. (일이 분명치 못하여) 마음에 거리끼다. ¶ 더욱 무엇보다도 마음 찜찜한 구석은, 그가 조건 붙은 새 장가를 들려고 하는 것이 아닌가 미심다운 것. 〈탁류⑦〉

미심(未審)스럽다형 (일이 확실하지 않아) 마음을 놓을 수 없다. ¶ 이러한 미심스러운 생각이 들고, 그래서 어떻게 그것을 좀 파고 물어보았으면 싶었다. 〈탁류⑦〉

미심(未審)쩍다형 마음이 놓이지 않을 만큼 일이 분명하지 못하다. 일이 분명하지 못하여 마음에 거리끼다. ¶ "나그네 왔다더니 어디 갔수?" 하고 눈이 퉁퉁 부은 모녀를 미심쩍게 번갈아 본다. 〈보리방아〉 ¶ 반갑기는 반가와도 한편으로는 좀 미심쩍어서 다져 보는 것입니다. 〈어머니를 찾아서〉 ¶ 윤용규 너도 미심쩍어 그러니 같이 문초를 해야 하겠은즉 그리 알리고 우선 윤용규부터 때려 가두었읍니다. 〈태평천하④〉 ¶ 아버지가 먼저 사 온 고무신이 작다고 아까 낮에 바꾸어 온 걸 그래도 미심쩍어서 하는 말이다. 〈동화〉

미쓰꼬시(みつこし)명 일제 강점기의 상점 이름. 지금의 신세계 백화점. ¶ 미네상이라고 미쓰꼬시 앞에서 빠나나 다다끼 우리를 하는 인데 사람이 퍽 좋아요. 〈치숙(痴叔)〉

미어다 부듲다〖관용〗 →메어 부딪다. '미(다)+부듲다'의 짜임새. '미다'는 '메다'의 방언. '부듲다'는 '부딪다'의 방언. ¶ 경손은 버럭, 미어다 부듲듯 제 모친을 지천을 하는데, 그야 물론 조모 고 씨더러 배 채우란 속이지요. 〈태평천하⑥〉

미어지다[1]동 (팽팽해진 종이나 가죽 따위

가) 해져서 구멍이 나다. ¶초봉이는 이를 악물면서 발끈 주먹을 쥐어 형보의 앙가슴을 미어지라고 내지른다. 〈탁류⑯〉

미어지다[2] [동] 꽉 차서 터질 듯하다. ¶제 동무들한테며 자랑을 할 일이 좋아서, 연신 쎄왈대왈, 우동이야 탕수육이야 볼이 미어지게 쓸어 넣었읍니다. 〈태평천하⑩〉

미운 정 고운 정 [관용] 오래도록 가까이 지내어 깊이 든 정. ¶그리하는 동안에, 주인과는 미운 정 고운 정 다 들어, 주인도 승재를 어떻게 해서든지 의사 시험에 잘 패스가 되어 의사 면허장을 얻도록 해 주려고 여러 가지로 지도와 편의를 보아 주었다. 〈탁류③〉

미잉밍하다 [형] →밍밍하다. 마음이 싱겁고 심심하다. ¶어찌 미잉밍한 게 술 얻어묵을 것 같잖다! 〈탁류④〉

미장이 [명] 건축 공사에서 흙 따위를 바르는 일을 업으로 하는 사람. ¶미장이의 비비 송곳같이 천착을 한 끝에는 애가 밭아, 이렇게 자문을 하는 것이나 역시 시원한 대답은 나오지 않고, 〈탁류⑬〉 ¶어느 미장이 녀석이 고따우루 소견머리 없이두 집을 지어놨는지. 〈소망〉

미지(未知) [명] 아직 모름. 알지 못하는 것. ¶정 주사네는 중난한 미지의 사부인한테 크게 경의를 준비해 가지고 그를 기다렸던 것인데 〈탁류⑩〉

미진(未盡)하다 [형] 아직 다하지 못하다. 아직 충분하지 못하다. ¶어머니는 이렇게 반색을 해서 다독거리듯 말린다. 그러다가 그래도 미진해서 "너 배고푸냐?" 하고 묻는다. 〈얼어죽은 모나리자〉 ¶계봉이 저는 나갈 채비에 미진한 게 없다는 뜻이요 하니 오케라고 했을 것이지만, 〈탁류⑯〉 ¶그러고도 미진하든지 그는 정신도 더 차릴 겸, 젊은 여자의 운명인 화장도 할 겸, 행구에서 세면도구를 꺼내 들고 화장실을 찾아간다. 〈반점〉

미쳐삶 [명] 미친 상태로 사는 일. '미쳐삶(이) 들다'는 '미치다'의 뜻. ¶글쎄 그 미쳐살미(미쳐삶이) 든 놈들이 세상 망쳐 버릴 사회주의를 하러 드니 내가 소름이 끼칠 게 아니라구요? 〈치숙(痴叔)〉

미추(美醜) [명] 아름다움과 추함. ¶안해를 한편 동무처럼 여겨 미추를 분간 안 하고 대할 나이는 지나갔다. 〈생명〉

미화(美化) [명] 아름답게 꾸미는 일. ¶그렇던 것이 김 씨가 이야기를 한 가지씩 한 가지씩 해 가는 대로 차차 선명하게 미화되어 가기 시작했었다. 〈탁류⑦〉

민가(民家) [명] 보통 백성의 살림집. [같은] 여염(閭閻)집. ¶화적 된 자 치고 민가를 털 제, 술이며 고기를 눈여겨보지 않는 법은 없는 법입니다. 〈태평천하④〉

민거 [명] 민것. 닳아서 모지라지거나 바탕이 그대로 드러난 물건. ¶검정 양복에 아롱든 민거나마 누렁 단추를 달았고…. 〈탁류⑰〉

민대가리 [명] '민머리'를 비속하게 이르는 말. 정수리까지 벗어진 대머리. ¶길게 길렀던 머리를 빨갛게 깎은 민대가리며 무의식 중에 무엇인지를 무서워하는 듯 꺼려하는 듯한 표정이나 몸짓이 이상스럽게도 감옥 냄새도 나고 딴 세상 사람인 듯도 싶었다. 〈불효자식〉

민두룸히[1] [부] 태도나 기색이 예사롭고 천연하게. ¶어색하디어색했으니 연극은 실

패요, 하니 인제는 영영 민두룸히 달아나 버릴 수는 없고 말았다. 〈탁류⑭〉

민두룸히[2]㊕ 우두커니 하는 일 없이. 『비슷』 문두름히. ¶안에서도 밥을 짓는 듯한 기척이 없이 고요하기 때문에 그는 일어날 생각도 하지 않고 민두룸히 드러누워 있었다. 〈생명의 유희〉 ¶그러나 그는 선뜻 달리 무슨 구처를 하려고는 않고서 그냥 그저 민두룸히 하루씩을 지우곤 하는 참이다. 〈모색〉

민둥민둥하다㊎ (맛, 냄새, 온도 따위가) 미적지근하여 신통치 아니하다. ¶만 년을 가도 다름이 없는 염생이 똥 같은 콩자반, 기스락물 같은 간장, 채전밭으로 엉금엉금 기어가는 날깍두기, 구릿한 냄새가 코를 찌르는 새우젓, 다 식어서 민둥민둥한 된장찌개…. 〈앙탈〉

민립 대학(民立大學)㊔ 민간에서 설립하는 대학. ¶민간의 유지는 돈을 걷어 학교를 세웠다. 민립 대학도 생기려다가 말았었다. 〈레디 메이드 인생〉

민며느리㊔ 장차 며느리를 삼으려고 데려다 기르는 여자 아이. ¶보아서 촌 농가 집으루 민며느리라두 주게 하던지…. 〈탁류⑮〉 ¶일찌감치 남의 집 민며느리라도 주자니, 무남독녀 외딸인 걸 그러기가 아깝기도 하려니와. 〈동화〉

민망히(憫惘-)㊕ 딱하고 안타깝게. ¶고씨가 밥상을 도로 쫓을 걸 민망히 여긴다든가 할 사람은 하나도 없고, 〈태평천하⑥〉

민망(憫惘)하다㊎ 딱하고 안타깝다. ¶탑삭부리 한 참봉은 비록 자손을 보겠다고 첩을 얻고 지내지만, 마음으로는 아내 김씨한테 노상 민망해한다. 〈탁류⑤〉 ¶글쎄 어린 소견에도 보기에 퍽 딱하고 민망합디다. 〈치숙(痴叔)〉 ¶그렁저렁 색시는 마음이 민망하여 속을 질정하지 못한 채, 새서방 봉수는 그날 밤부터 이짐이 나 가지고 뿌루퉁한 채 근친 떠나는 날이 되었다. 〈두 순정〉

민사(悶死)하다㊍ 몹시 고민하다가 죽다. ¶발부리 앞에 가서 사지를 뒤틀고 나가동그라져 민사하는 태수의 환영이 역력히 보이던 것이다. 〈탁류⑧〉

민소(憫笑)㊔ 가엾게 여겨 웃는 일. ¶경순은 불쾌하기보다도, 그 근천스런 초조가 어쩌면 걸인이 연상되어 무심코 민소를 하곤 한다. 〈패배자의 무덤〉

민하다㊎ 좀 미련스럽다. ¶이 썅! 혹은, 이네게에미! 한마디로 와지끈 따악, 갈겨 놓고서 그 다음에 원, 아이새끼가 민하다든지, 문딩이 같응 기 지랄로 한다든지, 비로소 시비를 가리는데. 〈정자나무 있는 삽화〉

밀고(密告)㊔ 남몰래 넌지시 일러바침. ¶그렇다며는, 밀고를 하기는 해도 일이 한꺼번에 와락 튕겨지지를 않고, 수군수군하는 동안에 제가 눈치를 채도록, 그렇게 어떻게 농간을 부리는 재주가 없을까? 〈탁류⑩〉

밀고질(密告-)㊔ 남몰래 넌지시 일러바치는 것. ¶섣불리 밀고질을 했다가는 일이 별안간에 뒤집혀 가지고, 〈탁류⑩〉

밀기름㊔ 밀과 참기름을 섞어 끓여서 만든 머릿기름. ¶머리는 밀기름으로 빤지르르하게 갈라 붙인다. 〈얼어죽은 모나리자〉

밀끔하다㊎ →멀끔하다. 훤하게 깨끗하다. ¶밀끔한 게 털은 윤이 치르르 흐르고, 통통히 살이 졌다. 〈암소를 팔아서〉

밀려 내리다동 밀려 내려가다. ¶할머니는 밀려 내린 누더기를 덮어 주면서. "오오냐, 오냐" 하고 다독거리나 그대로 울기만 한다. 〈빈(貧)… 제1장 제2과〉

밀매음(密賣淫)명 불법으로 몸을 파는 것. ¶만일 K가 표면으로만 생활욕을 억제하고 더러운 밀매음이 되어서 성욕과 뱃속의 만족을 채우면서 겉으루만 젠체허구 돌아다니는 년들보담은 얼마나 정정당당헌가…? 〈그 뒤로〉

밀수(蜜水)명 꿀물. 꿀을 타서 달게 만든 물. ¶더운 날이니 밀수도 타내야 할 터인데 꿀은 생심도 못 한다지만 설탕도 없었다. 〈보리방아〉 ¶아, 이런 때 척 밀수나 한 그릇 타다가 주군 하면 오죽 좋아? 밤낮 그 히스테리만 부리지 말구, …. 〈탁류②〉

밀짚 기직명 밀짚으로 엮어서 만든 자리. ¶관수는 밀짚 기직 한옆으로 주저앉으면서 갑쇠의 살앓이 앓는 너벅다리를 돌려다 본다. 〈정자나무 있는 삽화〉

밀창문(-窓門)명 미닫이로 된 창문. ¶윤 직원 영감은 우동 한 그릇을 물린 뒤에, 트림을 끄르르, 새끼손 손톱으로 잇샅을 우벼서 밀창문에다가 토옥, 담뱃대를 땅땅앙치면서 하는 소립니다. 〈태평천하⑩〉

밀항(密航)명 법적인 절차를 밟지 않고, 또는 운임을 내지 않고 배나 비행기에 편승하여 외국에 나가는 일. ¶그러다가 어떻게 밀항을 해서 오사까로 건너가 다시 방직 공장에 다녔다. 〈얼어죽은 모나리자〉

밉광머리스럽다형 '밉광스럽다'의 속된 말. ¶저편에서는 밉광머리스럽게 성도 내지 않고 좋은 말로 차근차근…. 〈탁류②〉 ¶참말이지, 조금만 무엇했으면, 우르르 쫓아와서 그 허연 수염을 움켜쥐고 쌀쌀 들이잡아 동댕이를 쳐 주고 싶게 하는 짓이 일일이 밉광머리스럽습니다. 〈태평천하⑤〉

밉광스럽다형 매우 밉살스럽다. 언행이 남에게 몹시 미움을 받을 만한 데가 있다. ¶오늘이 일기가 이리 좋아도 못 놀면서 남 감질만 나게시리 바투 내일이 쉬는 날이라니 약을 올려 주는 것 같아 밉광스럽다. 〈탁류⑯〉 ¶밉광스러서 그대로 뛰쳐나와서는 카페로 빠아로 술을 퍼먹고 돌아다니다가. 〈이런 처지〉

밉디밉다형 '밉다'의 힘줌말. 몹시 밉다. 『같은』 밉고 밉다. ¶아빠 소리두 한 번두 못허게 도망을 해 버린, 밉디미운 아버지! 〈패배자의 무덤〉

밉살머리스럽다형 '밉살스럽다'의 속된 말. ¶그는 바른편 뺨을 맞고 왼편 뺨을 내어미는 '못생긴 짓'이 자기 손으로 자기의 볼퉁이를 쿡 쥐어지르고 싶게 밉살머리스럽고 짜증이 났다. 〈병조와 영복이〉 ¶시집이 무엇인지 잘 알 수는 없으나 그것은 아까 왔던 그 여인네들같이 거만스럽고 도도하고 밉살머리스러운 것인 듯싶었다. 〈보리방아〉 ¶그러나 그러지를 못하고 다 타 빠진 꽁초를 주워 모아 신문지에 말아 먹고 있게쯤 소심해진 그 심정이 밉살머리스러우면서도 한편 측은한 생각에 가슴이 질리는 것이다. 〈명일〉 ¶자식을 죽이고 애처로와하는 어머니가 불쌍하기보다도 밉살머리스러워서 못했다. 〈탁류⑥〉 ¶저는 아무렇지도 않은 듯이 시침을 뚜욱 따고 서서 도무지 눈도 한 번 깜짝않는 양이라니, 앙똥하기 아닐 말로 까 죽이고 싶게 밉살머리스럽습니다. 〈태평천하⑥〉 ¶그러니깐 그게 밉살머리스러워서 더러 들렀다가 혹시 마주 앉아도 위정 뼈끝 저린 소리나 내쏘아 주고 말을 다잡아 가지골랑 곰짝 못하게시리 몰아세 주곤 하지요. 〈치숙(痴叔)〉

밉살스럽다㉻ 보기에 몹시 밉다. 언행이 남에게 몹시 미움을 받을 만한 데가 있다. ¶인제는 밉살스러워서 그런 것이 아니라, 이뻐서 물고 싶다. 〈탁류⑤〉 ¶용동댁은 더 불러야 오지도 않을 것이고, 또 온다고 하더라도 밉살스럽기나 할 테라. 〈용동댁〉 ¶갑쇠가 밉살스러라고, 저희끼리 하는 말처럼 빈정거린다. 〈정자나무 있는 삽화〉

밉상(-相)㉷ 미운 얼굴이나 행동. 밉게 생긴 얼굴이나 미운 행동. ¶잠을 자려고 애를 쓰나 밉상으로 잠은 오지를 아니하였다. 〈앙탈〉 ¶이번에는 아주 밉상으로 콧속이 짜릿하면서 재채기가 터져 올라온다. 〈탁류⑩〉

밍밍하다㉻ 태도가 기색이 매우 예사롭다. 〉맹맹하다. ¶저편이 덴다 그렇게 밍밍하고 보니 이건 도무지 싱겁기란 다시 없었다. 〈탁류⑧〉

밑구녁 들칠수록 구린내만 나다〖속〗 남에게 숨기고 있는 일이 있어 마음에 꺼림칙한데, 그것을 말하게 되면 좋지 않은 것만 더 드러난다는 말. ¶그게 양반이여? 그 밑구녁 들칠수록 구린내만 나너만? 〈태평천하⑥〉

밑도 끝도 없이〖관용〗 갑작스럽게. 앞뒤 없이 불쑥 말을 꺼내어. ¶그 노인은 밑도 끝도 없이 이렇게 한마디 하고 이 서방을 구슬픈 눈으로 바라보는 것입니다. 〈소복 입은 영혼〉 ¶계봉이는 과자 봉지를 풀어놓고 승재와 둘이서 마악 먹기 시작하려다가 밑도 끝도 없이 묻는 말이다. 〈탁류⑧〉

밑져야 본전이다〖속〗 손해 볼 것도 득 볼 것도 없다. 파장파장이다. 혹시 일이 잘못되더라도 손해 볼 것이 없다는 말. ¶그렇더라도 밑져야 본전이니 그만인 것이라고 했던 것인데, 〈탁류⑭〉

밑 질기다㉶ 늘어붙어서 떠날 줄 모르다. ¶물론 아무리 밑 질긴 거지가 들어와서 목을 매고 늘어진댔자 동전 한 푼 동냥을 주는 법은 없지만, 〈태평천하③〉

밑창㉷ 밑바닥. 또는 거의 다 드러난 밑천. ¶천 원을 먹기는 고사하고 본전 육백 원이 다 달아난 판이니 깨끗이 밑창을 보게 둘 것이지. 그까짓 것 꼬랑지로 처진 오십 원쯤 시방 이 살판에 대수가 아니다. 〈탁류④〉

ㅂ

바가지(를) 긁다『관용』 아내가 남편에게 생활의 어려움에서 오는 불평, 불만을 늘어놓으면서 잔소리를 하다. ¶ "바가지를 긁는 꼴 보기 싫여. 나가서 죽어 바릴란다."〈명일〉

바구리명 →바구니. (경상, 전라, 제주) ¶ 희끗희끗 반백이나 된 머리털은 화투 바구리같이 부풀어 뜨고, 먼지가 소복히 앉은 버선발에는 뒤축 없는 짚신 한 짝과 다 찢어진 고무신 한 짝을 짝 맞춰 끌었었다.〈불효자식〉

바글바글부 적은 물이나 거품 따위가 넓게 퍼져 자꾸 일어나거나 끓어오르는 모양. 〈버글버글. 『센말』 빠글빠글. ¶ 돼지고기를, 그놈 맛있는 김치를 수웅숭 썰어 넣고, 밀가루를 살짝 두어 복복 주물러서 바글바글 지져 놓고 뜨끈뜨끈한 채로 밥을 먹었으면…. 〈얼어죽은 모나리자〉 ¶ "…오리스메야 어디 격인가!… 저놈에다가 척 고마기리를 한 근 사서 들구 가설랑 마누라더러 바글바글 지지래서 놓구서 한잔 츠윽 석양배루다가…"〈흥보씨〉

바다지(ばださ)명 '증권 업자의 대리인으로서 거래소에 나와 거래하는 점원'이란 뜻의 일본어. ¶ 미두장 안에서는 중매점 '마루강(丸江)'의 '바다지(場立)'로 있는 곱사 장형보가 끼웃이 밖을 내다보다가, 태수가 온 것을 보고 메기같이 째진 입으로 히죽히죽 웃는다.〈탁류①〉

바둥거리다동 매달리거나 자빠지거나 주저앉아서 팔다리를 내저으며 몸을 자꾸 움직이다. 또는 벅찬 일을 억지로 이루려고 있는 힘을 다해 애를 쓰다. ¶ 그놈을 도로 잡으려고 바둥거리고 한다.〈탁류⑭〉

바라지다동 갈라져서 사이가 뜨다. 또는 활짝 퍼져서 넓게 열리다. ¶ 짝 바라진 여덟팔자걸음으로 아장아장 걸어가는 맵시란 누구더러 보라고 해도 시장스런 꼴이다.〈탁류①〉

바람의 일부 명사 아래에 쓰여 으레 갖추어야 할 것을 제대로 갖추지 않은 차림새를 뜻함. ¶ 머리에는 밀짚모자를 썼고 물론 동저고리 바람이다.〈보리방아〉

바람(을) 잡다『관용』 마음이 들뜨게 되다. ¶ "말허는 뻔새가 승겁단 말야, 자식아!… 자식이 저렇게 승겁구 멋대가리가 없은깐 옥봉이 기집애두 절 마대구서 바람을 잡으러 실 뽑는 공장으루 간대지!"〈암소를 팔아서〉

바람맞히다동 (약속을 지키지 않아) 다른 사람을 헛걸음치게 하다. ¶ "요, 싹둥머리 없는 놈의 새끼! 사알살 돌아댕기면서 남의 집 지집애나 바람맞히구! … 죽어 봐!"〈쑥국새〉

바람벽(--壁)명 흙, 나무, 돌, 벽돌 같은 것을 쌓아서 둘러 막은 방의 둘레. ¶ 양지로 바른 위에다가 분을 먹여 백지로 덧발라 놓아서, 희기는 희되 가볍지 않고 침착한 바람벽. 〈탁류⑩〉 ¶ 도배는 몇 해나 되었는지, 하얐을 양지가 노랗게 퇴색이 된 바람벽인데, 그나마 이리저리 쓸려서 제멋대로 울퉁불퉁 떠이고 있습니다. 〈태평천하⑫〉 ¶ 대문 안을 들어서면 세상 너저분한 부등갱이들이 시꺼멓게 철매 낀 바람벽 밑으로 먼지와 더불어 동거를 하고 있고, 〈이런 남매〉

바람잡이(를) 나서다『관용』 마음이 들떠 허황한 일을 꾀하러 나서다. ¶ 시집 잘못 갔다가 홧김에 서울로 바람잡일 나선 계집, 그러니 장차 어느 놈의 밥이 될지 모르는 계집, 〈탁류⑫〉

바랑㊔ 중이 등에 지고 다니는 자루 같은 큰 주머니. ¶ 내가 동냥하러 온 중놈의 바랑 속에다가라두 집어넣어 주께시니. 〈탁류⑯〉

바르르㊇ (몸집이 작은 것이 경련을 일으키듯) 바들바들 떠는 모양. ¶ 오월이는 처음은 놀랐고 다음은 바르르 떨었다. 〈생명〉 ¶ 초봉이의 손은, 일제히 그리고 쏠려 가지고 제각기 감회가 다르게 바라보는 열두 개의 눈앞에서 바르르 가늘게 떨린다. 〈탁류⑦〉

바르작거리다㊅ 어려운 일이나 고통스러운 고비를 헤어나려고 팔다리를 내저으며 몸을 자꾸 움직이다. 〈버르적거리다. 『센말』 빠르작거리다. ¶ 고기로 반찬을 하고 해서 시어머니와 내외 세 식구가 석유 등잔불 밑에 앉아서 저녁밥을 달게 먹고 있을 때 어린 것도 모처럼 얻어먹은 기름진 모유에 취했는지 가끔 바르작거리면서 괴로와는 하나 색색 잠을 자고 있다. 〈빈(貧)··· 제1장 제2과〉

바륵㊇ 입을 좀 크게 벌리고 귀엽게 웃는 모양. ¶ 종택은 바륵 웃으면서, 제 자세를 내려다보더니 혼자서 또 고소를 한다. 〈패배자의 무덤〉 ¶ 제가 저더러 구누름을 한다는 게 농의 소리가 되어 버리니까는 제야 바륵 웃으면서 두 팔을 쭉 뻗혀. 〈모색〉

바륵바륵㊇ 입을 좀 크게 벌리고 귀엽게 자꾸 웃는 모양. ¶ 승재는 계봉이가 바륵바륵 웃으면서 그러는 것이 장난엣 말인 줄 알고 저도 웃기만 한다. 〈탁류⑰〉 ¶ 옥초는 아닌 게 아니라 제가 한 가늠이 있어 놔서 바륵바륵 웃으면서 대뜰로 마주 내려설 듯하다가(쯧!) 그만둔다. 〈모색〉

바리[1]㊔ 놋쇠로 만든 밥그릇의 한 가지. ¶ 닭국에다가 국수를 말어 주니깐, 큰 바리루 하나를 다 먹구 또 주발루 반이나 먹더군. 〈소망〉

바리[2]㊐ 마소에 잔뜩 실은 짐을 세는 단위.

바리[3]㊐ 짐 싣는 소를 세는 단위. 『비슷』 마리. ¶ "흥, 나두 공장 가서, 돈 좀 벌어서, 누구 보아란 드끼, 난 큰 황솔 한 바리 사놀 걸!" 〈암소를 팔아서〉 ¶ "인제? 인제 누가 너를 소를 한 바리 갖다 준다데야?" 〈보리방아〉 ¶ 아마 검정 황소가 열 바리, 라니 스무 바리도 넉넉해 보이는 그 덜씬 큰 시꺼먼 화통이, 용솟음 같은 검은 연기를 풍풍 들이 뿜어 올리면서, 〈회(懷)〉

바수어지다㊅ '바수다'의 피동형. 두드리어 잘게 깨뜨려지다. ¶ 그리고 오월이의 얕은 신음 소리, 이 속에서 오월이의 온 몸뚱이는 회치듯 바수어진다. 〈생명〉

바숴뜨리다㊅ 힘껏 조각나게 두드려 잘게 깨다. ¶ 배반한 안해의 골통을 바숴뜨리기에 족했던 것이다. 〈탁류⑩〉

바스(bass)명 →베이스(bass). 성악에서 남자의 가장 낮은 음역. 현악기에서는 콘트라 베이스(contrabass)의 약칭. ¶이짝 한편으로부터서는 도무지 발성학상 계통을 알 수 없는 바스 음악 하나가 대단히 왁살스럽게 진행이 되고 있읍니다.〈태평천하⑪〉

바스띠유명 →바스티유(Bastille). ¶견우코 미견양의 그 양을 본 심경이라 할는지, 좌우간 해변가의 소심한 조개는 바스띠유 함락같이 형세 일변했다.〈탁류⑰〉

바스라지다동 →바스러지다. 깨어져 잘게 조각이 나다. ¶"아이구 아이구 아이구우!" 하면서 바스라질 듯 신음 소리를 내다가 눈을 뜬다.〈이런 남매〉

바스락부 마른 검불, 나뭇잎 따위를 밟거나 뒤적일 때 나는 소리.〈버스럭. 【센말】 빠스락. ¶공동묘지는 풀도 바스락 소리 않고 대낮이 밤처럼 조용하다.〈쑥국새〉

바스락바스락부 (바스락거리는 소리가 날 정도로) 매우 잘 자라는 모양. ¶그리고 그 뒤에 어린 것은 그런 대로 한 살 두 살 먹어 가면서 바스락바스락 자라났다.〈빈(貧)… 제1장 제2과〉

바스러지다[1]동 덩이로 된 것이 깨어져 잘게 조각이 나다. ¶그러나 그이가 속조차 없는 것은 아니었었다. 혼자 앉으면 오장육부가 바스러지도록 속을 태우고 눈병이 나도록 울고.〈불효자식〉 ¶빗나간 겨냥이 옆으로 비껴, 이마를 바스러지게 얻어맞은 윤용규는, "어이쿠우!" 소리와 한가지로 피를 좌르르 흘리며 털씬 주저 앉았읍니다.〈태평천하④〉

바스러지다[2]동 (나이에 비해) 얼굴이 몹시 여위고 주름이 잡히다. 나이에 비하여 얼굴이 쪼그라지다. ¶불과 반년 남짓한 동안이나 초봉이는 아주 볼썽이 없이 바스러졌다.〈탁류⑯〉 ¶그들 자연은 병드는 법도, 쇠하는 법도, 늙어 바스러지는 법도 없다.〈상경반절기〉

바스러지다[3]동 희망이나 기대가 깨지거나 틀어지다. ¶초봉이의 그 슬픈 안심은 그나마 여지없이 바스러지고 만다.〈탁류⑯〉

바스스부 문 따위를 조용히 여닫는 모양. 또는 그 소리. ¶"거 누구냐?" 하고 대답했읍니다. 대답이 끝나자마자 문이 바스스 열리면서 아닌 게 아니라 종년이 술상 하나를 공순히 받쳐 들고 들어옵니다.〈소복 입은 영혼〉

바스스하다동 가랑잎이나 마른 바스라기들이 가볍게 건드려지는 소리가 자꾸 나다. ¶바스스하는 빗소리, 똑똑 듣는 낙숫물 소리, 그리고 가끔 가다가 늦은 전차 자동차의 부르짖는 소리가 처량히 울려오고.〈산동이〉

바스켓(basket)명 바구니. ¶막내네 어머니와 엇갈려서 이번에는 양머리를 한 채 운동화를 신은 여자 하나가 손에 다 낡은 바스켓을 들고 들어와.〈보리방아〉

바스티유(Bastille)명 1370~1382년에 지은 파리 동쪽에 있는 성. 17세기에는 주로 국사범의 감옥으로 사용되었다가 다시 일반 죄수들의 감옥이 되었음. 1789년 7월 14일, 파리의 민중이 이 감옥을 공격하여 프랑스 혁명의 발단이 된 것으로 유명함. ¶바스티유 함락과는 항렬이 스스로 다르기는 하지만, 아뭏든 윤 직원 영감은 그저

럼 육친의 피로써 물들인 재산 더미 위에 올라앉아…. 〈태평천하④〉

바시시[부] 누웠거나 앉았다가 조용히 가볍게 일어나는 꼴. ¶아, 그런데 글쎄 막벌이 노동을 하고 어쩌고 하기는커녕 조금 바시시 살아날 만하니까. 〈치숙(痴叔)〉

바싹[1][부] 부쩍. 사물이 갑자기 나아가거나 늘거나 주는 모양. ¶이래서 집안이 갑자기 바싹 바빴는데 새서방 봉수는 대목이니까 설 차림인 줄 심상히 알았다. 〈두 순정〉

바싹[2][부] 아주 가까이 달라붙거나 죄는 모양. ¶승재가 잠깐 더듬는 것을 주인 여자는 바싹 다잡고 대들면서, …. 〈탁류⑮〉

바우[명] →바위. ¶"바우가 밉다구 발길루 걷어찼는지!" 〈패배자의 무덤〉

바워내다[동] 능히 견디거나 피하다. ¶웬만한 비는 그 밑에 들어서면 넉넉 바워낼 수가 있고, 그늘이 그만큼 짙을 뿐 아니라. 〈정자나무 있는 삽화〉 ¶그러잔즉 두 사내가 우축좌축하는 틈에 끼여 송희를 안 뺏기려고 혼자서 바워내기가 좀쳇일이 아닐 것이다. 〈탁류⑭〉 ¶어른들의 단속이 차차로 무겁고 엄하여 곧 잘 나의 응석으로는 바워내기가 어려워 갔었다. 〈순공(巡公) 있는 일요일〉 ¶태수는 방구석에 가 박혀 서서 두 손을 내밀어 김 씨를 바워낸다. 〈탁류⑤〉

바이[감] 의식을 진행할 때 절하는 과정에서 국궁한 다음 '머리를 땅에 대어 절하고 머리를 들라'는 뜻으로 사회자가 외치던 말. 여기서 '국궁'은 '존경하는 뜻으로 몸을 굽힘'의 뜻임. ¶윤 직원 영감은 직원으로 지내면서 춘추 두 차례씩 향교에 올라가, "흥–" "바이–" 소리에 맞추어, 누가 기운이 더 세었던지 모르는 공자님과 맹자님을 비롯하여, 여러 성현께 절을 하는 양반이요…. 〈태평천하④〉

바지런바지런[부] 몸을 재빠르게 놀리는 모양. 〈부지런부지런. ¶한 손으로는 송희를 안고 한 손만 놀려 가면서 바지런바지런, 그러나 어디 놀러 나갈 채비라도 차리는 듯 심상하게 서둔다. 〈탁류⑱〉

바지런하다[형] 놀지 않고 일에 열심이다. 〈부지런하다. ¶노인이라면 그대로 슬며시 일감을 놓치고 졸았으리라. 그러나 용희는 초랑초랑한 눈으로 바늘 잡은 손을 바지런히 놀린다. 〈보리방아〉 ¶이 집안의 업덩어립니다. 얌전하고 바지런해서, 그 크나큰 안살림을 곧잘 휘어 나가고, 〈태평천하⑤〉

바지직하다[동] 질기고 빳빳한 물건이 갑자기 째지거나 타는 소리가 자꾸 나다. ¶P는 M의 이야기를 듣는 동안에 심장이 바지직하는 질투—K가 전에 자기에게 보내던 그러한 정다움을 S가 받고 있으리라는 것을 눈앞에 광경으로 그려 보매. 〈그 뒤로〉

바지춤[명] 바지의 허리 부분을 접어 여민 사이. ¶금출이는 넌지시 물러앉아 양복 바지춤을 다스리고 나서 담배를 피워 문다. 〈얼어죽은 모나리자〉

바직바직[부] 뜨거운 열에 물기 있는 물건이 조금씩 닿아서 졸아붙거나 타들어 갈 때에 나는 소리. [비슷] 바지직바지직. ¶무슨 말이 떨어지기까지의 순간을 애를 바직바직 태우면서 기다린다. 〈이런 남매〉

바짓가랭이[명] →바짓가랑이. 바지의 다리를 꿰는 부분. ¶바짓가랭이가 조옴 켕기리! 〈탁류⑨〉

바투㈜ 두 물체의 사이가 썩 가깝게. ¶천정에 바투 매어 달린 전등은 방 주인 병조와 한가지로 잠잠히 방 안을 밝히고 있다. 〈병조와 영복이〉 ¶김 씨 앞으로 바투 다가 앉는다. 〈탁류⑤〉 ¶보이지는 않으나 아내의 황급한 숨길이 바투 들리고, 더듬어 들어오는 손끝이 바르르 떨리면서 팔에 닿습니다. 〈태평천하④〉 ¶새댁은 이렇게 고루 인사를 하고 대답을 받고 하면서, 업순이 옆에 가 바투 앉는다. 〈동화〉 ¶벌커덕 철부덕, 끙끙 소리가 바투 들리고, 논배미에서 일꾼들이 이리로 머리를 두르고 매어 들어온다. 〈정자나무 있는 삽화〉 ¶경희는 차창 앞으로 바투 다가앉아 눈에 들어오는 대로 바깥 풍경을 바라보기에 한동안 무심하다. 〈반점〉

박두(迫頭)하다㉯ 가까이 닥쳐오다. ¶"… 인제는 사람까지 죽이는구나!" 하고, 왜장치는 이 소리에, 정말로 죽음이 박두한 줄로만 알았읍니다. 〈태평천하④〉

박박㈜ 얇고 질긴 물건을 자꾸 야무지게 찢는 소리. 또는 그 모양. ¶P는 박박 찢은 편지를 돌돌 뭉쳐 방구석에 내던지고 한숨을 푸 내쉬었다. 〈레디 메이드 인생〉

박복(薄福)하다㉻ 복이 별로 없다. 팔자가 사납다. ¶이름대로 복이 온전코 크고 하지는 못했읍니다. 오히려 박복했지요. 〈태평천하⑨〉

박색(薄色)㉮ 못생긴 얼굴. 또는 그런 여자. ¶자, 여편네라는 게 인물이 천하 박색이지. 나는 여자 치고 얼굴 미운 여자는 여자 값으로 치질 않으니까…. 〈이런 처지〉

박속㉮ 박의 안에 씨가 박혀 있는 하얀 부분. ¶이빨을 들여다본다. 그리 잘지도 않고 고른 위아랫니가 박속같이 새하얗게 드러난다. 〈탁류⑯〉

박애(博愛)㉮ 모든 사람을 평등하게 사랑하는 것. ¶진실로 영섭에게는 '고결한 정신'이야말로 공자의 인(仁)보다도, 야소의 박애보다도, 〈이런 남매〉

박약(薄弱)하다㉻ (의지, 체력 따위가) 굳세지 못하다. ¶즉 의무 관념이 박약해! 대단히 재미없는 일이야! 〈이런 남매〉

박이다㉯ (버릇이나 생각이) 깊이 배다. ¶본시 선비집 자제로 태어나 이십까지는 한문 공부를 하고 삼십까지도 손에 흙은 묻혀 보지 아니하던 샌님이라 종시 농군의 꼴은 박일 수가 없었다. 〈보리방아〉

박적㉮ →바가지. (전라). 박을 둘로 쪼개어 속을 파내고 삶아서 말린 그릇으로, 액체를 푸거나 붓거나 담는 데 쓰이는 그릇을 두루 이르는 말. ¶천하 시러베 개아덜놈덜이지… 인제 보소 마넌, 그런 놈덜은 손복을 하여서, 오래잔히여 박적을 차구 빌어먹으러 댕길 티닝개루, 두구 보소! 〈태평천하⑧〉

박절(迫切)스럽다㉻ 보기에 박절한 데가 있다. ¶박절스럽게도 길목이 메워질 듯 들이 붐빈다. 〈탁류⑰〉

박절(迫切)하다㉻ 인정이 없고 야박하다. 인정이 없고 매몰스럽다. ¶내 마음의 너무도 박절함이 부끄러웠다. 〈탁류⑪〉 ¶대체 그 시어머니라는 종족이 며느리라는 종족한테 얼마나 야속스러운 생물이거드면, 이다지 박절할 속담까지 생겼읍니다. 〈태평천하⑤〉 ¶을녜 제가 흡족해하도록 정도 주지 못했으면서 그거나마 중동을 무질러 버리고서 며칠 사이로 이

고장을 훌쩍 떠나게 되었으니, 생각하면 그런 박절할 도리라고는 없다. 〈정자나무 있는 삽화〉 ¶ 장사를 하고 나서 우금 일 년이나 그대로 문두름히 있었다는 것은 좀 박절했다고 할는지 매몰스럽다고 할는지…. 〈패배자의 무덤〉 ¶ 그리하여 차마 이 성가신 석고상을 박절하게시리 내 손으로 내다버릴 수는 없고 한즉, 〈탁류⑬〉

박정(薄情)하다(형) 인정이 너그럽거나 푼푼하지 못하고 쌀쌀하다. ¶ 안타까운 후회와 K가 좀은 박정하다는 섭섭한 생각도 약간 나지 아니하는 것은 아니었었다. 〈그 뒤로〉

박쥐우산(--雨傘)(명) 폈을 때 박쥐 날개와 비슷하다 하여 검은색 베 우산을 이르는 말. ¶ 먼빛으로는 조그마하니, 마치 들복판에다가 박쥐우산을 펴서 거꾸로 꽂아 놓은 것처럼 동글 다북한 게 그림 같아 아담해 보이기도 하지만, 정작은 두 아름이 넘는 늙은 팽나무다. 〈정자나무 있는 삽화〉

박지르다(동) 힘껏 차서 쓰러뜨리다. ¶ 양서방은 들어 단짝 지천을 하면서, 먹곰보를 사정없이 떠밀어 박지른다. 〈탁류⑥〉

박차다(동) 발길로 힘껏 앞으로 차다. ¶ 한참만에 직녀는 문을 박차고 뛰어나와 견우의 목에 매어 달린다. 〈팔려간 몸〉

박통(명) 쪼개지 아니한 통째로의 박. ¶ 중대가리로 박박 깎은 박통 만한 큰 머리가 괴상한 얼굴을 해 가지고는 척 올라앉은 양은, 하릴없이 세계 풍속 사진 같은 데 있는 아메리카 인디안의 토템이다. 〈탁류④〉

박하(薄荷)(명) 꿀풀과에 딸린 여러해살이 풀. 향기가 좋아 향료, 음료, 사탕용으로 씀. ¶ 그것이 비록 '라 마르세이유'처럼 분명하진 못해도 마치 박하를 들이켠 것 같아 아프리만큼 시원했다. 〈탁류⑰〉

박(薄)하다(형) (이익이나 소득이) 보잘것없다. ¶ 또오, 선생님들도 박하나마 제때 제때 월급을 타야만 밥을 해 먹고…. 〈이런 남매〉

박해(迫害)(명) 못 견디게 굴어서 해롭게 하는 것. ¶ 이 씨는 매우 억울한 시비와 박해를 당한 것이라 할 것이다. 〈상경반절기〉

박히다(동) →박이다. 인상, 생각, 태도, 버릇 따위가 깊이 배다. ¶ 그의 등 뒤에서는 유난히 긴 머리채가 치렁거려 제법 계집애 꼴이 박혀 보인다. 〈탁류⑥〉

반감(反感)(명) 노여워하는 감정. ¶ 이번의 초봉이의 혼인에 대해서는 그러한 반감 같은 것도 조금도 나지를 않았다. 〈탁류⑧〉

반감(反感)스럽다(형) 노여워하거나 반항하는 데가 있다. ¶ 그렇거니 하면, 문득 섭섭하여 제 자신이 반감스럽고 연달아 남편의 유서의… 맹목적인 모성애로 쓰잘데없이… 운운한 구절이 솔깃하면서 어떤 모험심이 비밀히 손을 까불기도 한다. 〈패배자의 무덤〉

반거충이(명) '반거들충이'의 준말. 배우던 것을 못 다 이룬 사람. ¶ 선불리 공부를 시켰자 허리 부러진 말처럼 아무짝에도 쓸데없는 반거충이가 될 것이요. 〈명일〉

반나절(명) 하루 낮의 반(半)의 반쯤 되는 동안. ¶ 체면이라는 것 때문에 일껏 용기를 내어 가지고 덤벼든 막벌이 노동도 반나절을 못하고 작파해 버렸다. 〈탁류①〉

반달음질(명) 허둥지둥하면서 급한 걸음으로 걷는 짓. ¶ 초봉이는 제가 병원엘 간다

기보다도 등 뒤에서 딸그락거리고 따라오는 형보한테 쫓기어 반달음질을 치고 있다. 〈탁류⑩〉

반동(反動)[1]㉿ '반등(反騰)'의 뜻. 내리던 시세가 갑자기 올라감. ¶육절에 사십구전을 절정으로 시세는 도로 떨어져 전장도메 사십육 전이었었다. 그래도 태수는 약간의 반동이거니 하고 안심을 했었다. 〈탁류④〉

반동(反動)[2]㉿ 어떤 작용에 대하여 그 반대로 일어나는 작용. ¶그것이 너무 급했던 만큼 환멸의 반동이 가외로 컸던 것이다. 〈패배자의 무덤〉

반또(はんとう)㉿ '상가의 고용인, 우두머리, 상점의 지배인' 등의 일본어. ¶글쎄 아무려면 내가 재갸처럼 다 공부는 못하고 남의 집 고소(小僧) 노릇으로 반또 노릇으로 이렇게 굴러먹을 값에 이래 보여도 표창을 두 번이나 받은 모범 점원이요. 〈치숙(痴叔)〉

반명(班名)하다㊐ 양반이라고 일컫다. ¶그는 면장과는 나이도 '벗'을 할 나이요, 또 다 같이 세교가 있는 소위 반명하는 집안의 끈터리라 맞허우를 하기는 하지만. 〈보리방아〉

반박(反駁)㉿ 남의 의견에 반대하여 논박하는 것. ¶"청국 군사는 앞에서 총소리가 난다치면 ×이 빠지게 도망간다면서? 그런디 죽어?" 이건 최 서방의 우스개 섞은 반박이다. 〈정자나무 있는 삽화〉 ¶한 발이 넘게 달필의 붓글씨로 휘갈린 사연이 우습기도 하고 솔깃하기도 하나, 결국 함축 있는 반박이었었다. 〈패배자의 무덤〉

반반하다[1]㊌ (물건이) 제법 쓸 만하고 보기가 괜찮다. ¶사람의 떼는 쉴새없이 오고 가고 하나 옷맵시가 반반한 사람은 하나도 없었다. 〈병조와 영복이〉 ¶잡지도 기왕 하려거든 그렇게나 해야지, 죄선 사람들은 제엔장 큰소리는 곧잘 하더구면서도 잡지 하나 반반한 거 못 만들어 내니! 〈치숙(痴叔)〉

반반하다[2]㊌ 생김새가 얌전하고 예쁘장하다. ¶농투성이의 딸자식이 별수가 있나! 얼굴이 반반한 게 불행이지. 〈얼어죽은 모나리자〉 ¶대체 그만큼 기구가 좋은 집안의 자제로 외양도 반반하겠다, 한데 어째 스물여섯이나 먹도록 장가를 가지 아니했나? 〈탁류⑦〉

반반히㊍ 제대로 반듯하게. ¶그러나저라나 글 한 줄 반반히 쓸 줄도 모르는 터수에 신문 잡지의 기자 구실을 생각하다니. 〈모색〉

반백(斑白)㉿ 흰 것이 섞인 머리털. 흑백이 서로 반씩 섞인 머리털. ¶희끗희끗 반백이나 된 머리털은 화투 바구니같이 부풀어 뜨고, 먼지가 소복히 앉은 버선발에는 뒤축 없는 짚신 한 짝과 다 찢어진 고무신 한 짝을 짝 맞춰 끌었었다. 〈불효자식〉 ¶머리가 반백에 손자 경손이가 중학교 2년급을 다니게까지 되었던 것입니다. 〈태평천하⑤〉

반병(半屛)㉿ 한쪽에만 그림이나 글씨를 붙인 병풍. ¶앞 밀창문으로는 새까맣게 그은 네 폭 반병이 돌려 쳐 있고 그 앞에 큼직한 사기 요강, 담배 서랍, 나무 재털이, 수수깡으로 만든 등긁기, 대통에 노랗게 진이 밴 담뱃대가 놓여 있었다. 〈병조와 영복이〉

반분(半分)하다[동] 절반으로 나누다. ¶그래 말하자면 두 사람의 소산을 둘이서 반분한 셈이다. 〈명일〉

반뽀[명] →반표(?). ¶"반뽀도 안데… 반뽀도 사무시부종 모자라 사무시부종." 하고 손을 싹싹 내저읍니다. 〈어머니를 찾아서〉

반상기(飯床器)[명] 격식을 갖추어 밥상 하나를 차리게 만든 한 벌의 사기 그릇. ¶올망졸망 사기 반상기가 그득 박힌 저녁상을 조심스레 가져다 놓는 게 둘째 손자며느리 조 씹니다. 〈태평천하⑤〉

반색[명] (매우 기다리거나 바라던 것을 대했을 때) 몹시 반가워하는 기색. ¶어머니는 이렇게 반색을 해서 다독거리듯 말린다. 〈얼어죽은 모나리자〉 ¶초봉이는 그만하고 돌아서서 나올까 하는데 계봉이가 별안간 반색을 하여, 〈탁류⑨〉 ¶"언니, 또 두어 끼 굶었구려?" "굶긴 왜 굶어!" 반색을 하는 것이나 노마네의 목소리는 목안으로 기어들어 간다. 〈이런 남매〉

반생(半生)[명] 한평생의 절반. 반평생. ¶또 김 씨 자신도 의가 좋게 반생을 같이 살아온 남편이니, 그에게 정도 깊거니와 의리도 큼을 모르는 바 아니었었다. 〈탁류⑤〉

반송장(半--)[명] 아주 늙거나 병이 들어 죽은 사람과 다름없이 된 사람. ¶그래 다 죽어 가는 반송장을 업어 오다시피 해다가 뉘어 놓고. 〈치숙(痴叔)〉

반신반의(半信半疑)스럽다[형] 얼마쯤 믿으면서도 한편으로는 의심스럽다. ¶태수가 송장이 되어 자빠졌다는 것 외에는, 모두가 반신반의스러웠다. 〈탁류⑩〉

반신반의(半信半疑)하다[동] 얼마쯤 믿으면서도 한편으로는 의심하다. ¶주인 노파는 반신반의하는 듯이 S의 눈치를 살피다가 저으기 믿기는 하면서도. 〈앙탈〉

반신불수(半身不隨)[명] 온몸의 절반이 마비가 되어 마음대로 쓰지 못하거나 움직이지 못함. ¶반신불수도 아니건만 몸을 제대로 쓰지 못하고 살은 설삶아 놓은 도야지 고기 같은 게 얼굴은 더구나 중풍에 걸린 것처럼 제멋대로 아무렇게나 생겨먹었다. 〈병조와 영복이〉

반연(絆緣)[명] 타인으로 말미암아 맺은 인연. 얽혀서 맺어지는 인연. ¶사람이 별로 변통성도 없고 그렇다고 여기저기 반연도 없어 취직이 여의하게 되지 못하는 것을 볼 때에 P는 가엾은 생각이 늘 들곤 하였다. 〈레디 메이드 인생〉 ¶그뿐 아니라 그렇게 어떻게 해서 반연을 지어 놓으면 농우 자금을 얻어 소도 한 바리 살 수가 있고, 〈보리방아〉 ¶범수의 욕심 같아서는 방면이야 무엇이 되었든 좀 더 규모가 크고 경영도 합리화한 대공장으로 보내고 싶었으나 그런 곳에는 반연을 얻지 못했던 것이다. 〈명일〉 ¶태수가 여관에서 묵다가 아는 사람의 반연으로 이 집으로 하숙을 잡아들기는 작년 여름이다. 〈탁류⑤〉 ¶어느 제약 회사에 (지배인을 친히 아는 반연으로) 자리 하나를 얻어. 〈이런 남매〉 ¶공장의 여직공과 카페의 여급은 기회와 반연이 없었으나 기생도 한 틈 끼어 있었다. 〈모색〉

반연(絆緣) 삼다[동] 인연으로 하거나 여기다. ¶또 아저씨 나오는 것도 기다려야 한다고 나를 반연 삼아 서울로 올라왔더군요. 〈치숙(痴叔)〉

반이(搬移)[명] 짐을 날라 이사함. 운반하여

짐을 옮김. ¶이때는 벌써 온 집안이 서울로 반이를 해 왔고, 〈태평천하⑫〉

반일(半日)명 반날. 한나절. ¶화단 가장자리로는 채송화가 아침에 피었다가 반일이 지난 뒤라 벌써 시들었다. 〈탁류⑨〉

반자명 방이나 마루의 천장을 평평하게 만드는 시설로 종이나 나무로 만든 천장. ¶범수는 더덕더덕 반자에 바른 신문지에서 일류 양식당의 광고를 읽으면서 건성으로 대답을 한다. 〈명일〉

반자지명 '반자주(半紫朱)'의 변한말. 자줏빛이 반쯤 섞인 빛깔. ¶폐병 앓는 갈빗대 여대치게 툭툭 불거진 연목을 반자지도 아니요 거무퉤퉤한 신문지로 처덕처덕 처바른 얕디얕은 천장 가운데 가서, 〈태평천하⑫〉

반점(斑點)명 (특히 동물, 곤충 등의 몸에) 얼룩얼룩하게 박힌 점. 『비슷』 얼룩점. ¶경희 제 자신의 지나간 그 흠집에 대한 심정은 말썽없는 하나의 반점과 같은 것이었었다. 〈반점〉

반주(飯酒)명 끼니때 밥에 곁들여서 술을 마심. 또는 그렇게 마시는 술. ¶더러는 맛좋은 정종병도 들고 들어와서 적적한 밥상머리에 앉아 반주도 권해 주고 하는 것이 수월찮이 밉지 않게 굴었다. 〈탁류⑤〉

반주검(半--)명 '반죽음'이 표준어. 거의 죽게 된 상태. ¶반주검을 시켜서, 다실랑 그런 못된 본을 못 보게시리 늑신 두들겨 주어야지, 〈태평천하⑧〉

반질거리다동 일을 살살 피하면서 게으름을 피우다. ¶그렇게 반질거리지 않고 부지런히 일이나 했으면 오목이 배필로 꼭 알맞을 걸…. 〈얼어죽은 모나리자〉

반지빠르다형 언행이 고만스러워 밉살스럽다. 말이나 하는 짓이 얄밉게도 어수룩한 맛이 없고 약삭빠르다. ¶사람이 반지빠르고 건방져 보이는 것이랄지, 〈탁류⑦〉

반찬 먹은 개『관용』 구박을 받아도 아무 대항도 못하고 어쩔 수 없는 처지를 비유하는 말. ¶야속한 시어머니한테 걸리고 보면 반찬 먹은 개요, 고양이 앞에 쥐요 하지 별수가 없는 것이지만, 〈태평천하⑤〉

반찬 먹은 고양이 잡도리하듯『속』 반찬을 먹은 고양이를 족치듯이 잘못한 사람을 잡아다 야단을 친다는 뜻. ¶이렇게 반찬 먹은 고양이 잡도리하듯 지청구를 하니, 실로 죽어나는 건 대복입니다. 〈태평천하②〉

반창(半窓)명 반쪽짜리 창문. ¶현관 안에 들어서니 바로 왼쪽으로 변죽 달린 반창이 있고, 그 앞에다가 '진찰 무료'라고 쓴 목패를 비스듬히 세워 놓았다. 거기가 수부(受付)다. 〈탁류⑰〉

반편(半偏)명 지능이 보통 사람보다 아주 낮은 사람. 『같은』 반편이. 『비슷』 반병신. ¶물론 가족 전부가 이사를 한 것이 아니고 한 개밖에 없는 자식—반편에 가까운 구두쇠—과 본처는 그대로 두어 농장을 관리하게 하고 자기 혼자만이 서울로 올라왔다. 〈산동이〉 ¶그런데 저만 않는 것이 남의 축에 빠지는 반편인 것 같아서 마음이 대단히 좋지 않았었고. 〈반점〉 ¶재작년에 동막으로 출가를 시킨 반편 딸 하나를 데리고, 그리고 이 집 한 채를 지니고 서른다섯에 과부가 되었더란다. 〈모색〉

반푼값명 반 푼 값의 뜻인 듯(?). 엽전 한 푼 가치의 절반. ¶비록 반푼값에 영업장

을 가졌고, 세납을 물고 하는 기생더러 육장 다리를 치라니요. 〈태평천하⑩〉

받아논 밥상『속』 떼어 놓은 당상. 이미 작정되어서 어찌할 수 없는 경우나 처지. 일이 확실하여 조금도 틀림이 없음. ¶아무래도 받아논 밥상인 것을 이제 어느 구석에서 뒤집혀날지 하루 한시인들 앞일을 안심할 수가 없다. 〈탁류④〉 ¶누구, 의학 박사의 학위 논문거리에 궁한 이가 있거들랑 이걸 연구해서 '뇨(尿)에 의(依)한 시신경(視神經)의 노쇠 방지(老衰防止)와 및 그 원리(原理)에 관(關)하여' 라는 것을 한번 완성시킨다면 박사 하나는 받아논 밥상일 겝니다. 〈태평천하⑭〉

발[1]㊔ 가늘게 쪼갠 대오리나, 갈대 같은 것으로 엮어 만든 물건. 햇볕을 막거나 무엇을 가리는 데 씀.

발[2]㊔ 사람이나 동물의 다리 끝에 있는 땅을 디디는 부분. ¶아랫목으로 펴 놓은 돗자리 위에 방 안이 온통 그들먹하게시리 발을 개키고 앉아 있는 윤 직원 영감 앞에다가, 〈태평천하⑤〉

발(을) 두르다『관용』 발을 들여놓다. 어떤 자리에 드나들거나 어떤 일에 몸담게 되다. ¶아직은 그런 곳으로 발을 두를 담보가 없다. 〈생명〉

발(을) 벗다『관용』 '발을 벗고 나서다'의 뜻. 적극적으로 나서다. ¶요전에 탑삭부리 한 참봉네 아낙이 그다지도 발을 벗고 중매를 서겠다고 서둘렀으니, 무슨 기미가 있어도 있겠지 싶어, 〈탁류⑦〉

발광(發狂)㊔ 미친 듯이 날뛰는 것을 아유하여 이르는 말. ¶봉분의 보송보송한 흙바닥에 가 나동그라진 응쥐는 온몸에 흙고물칠을 해 가지고 이리 틀고 저리 틀고 발광을 한다. 〈정자나무 있는 삽화〉

발(이) 뜨다『관용』 (어떤 곳에) 자주 다니지 아니하다. 이따금씩 다니다. ¶늘 두고 보아도 장날이 아니면, 바로 세시 요맘때면 언제든지 손님의 발이 뜬다. 〈탁류②〉

발광(發狂)하다㊐ 병으로 미친 증세가 일어나다. ¶김 판서는 눈이 아득하고 그만 발광한 것 같았읍니다. 〈소복 입은 영혼〉 ¶그 담에는 그놈의 짓에 들입다 발광해 다니면서 명색 학생 출신이라는 딴 여편네를 얻어 살았지요. 〈치숙(痴叔)〉

발기(發起)하다㊐ 앞장서서 어떤 새로운 일을 시작하다. ¶마침 발기한 사람 축에 승재와 안면 있는 사람이 있어서, 승재더러도 매일 산술 한 시간씩만 맡아보아 달라고 청을 했었다. 〈탁류⑮〉

발등걸이㊔ 남이 하려는 일을 먼저 앞질러서 하는 짓. ¶이렇게 발등걸이를 당하고 보니, 종수는 마치 샘고누의 첫 구멍을 막힌 격이라 말문이 어디로 열릴 바를 몰라, 〈태평천하⑭〉

발딱㊛ 누웠거나 앉았다가 갑자기 일어나는 모양. ¶이건 또 누가 이쁘달까 봐 제가 제풀로 발딱 깨서는 들입다 귀 따갑게 울어대지를 않느냔 말이다. 〈탁류⑱〉

발라내다㊐ 필요없는 부분은 버리고 필요한 알맹이만 골라내다. ¶정작 군자금이 한 푼도 없이, 일왈 누구를, 이왈 어떻게 얽어 삶았으면 돈을 좀 발라낼 수가 있을까, 이 궁리를 하던 것입니다. 〈태평천하⑪〉

발레리(Paul Valéry)㊔ 프랑스의 시인. 사상가이며 평론가(1871~1945). ¶하기야 그렇게 생긴 계집애는 아직은 없고 이 고장의 지드나 발레리의 종자들이 쓰는 소설 가운데서 더러 구경을 할 따름이지만, 〈탁류⑰〉

발령(發令)되다㊍ 법령(法令), 사령(辭令)이 발포되거나 또는 공포되다. ¶윤 직원 영감은 요새 새로 발령된 폭리 취체 속을 도무지 모릅니다. 〈태평천하⑦〉

발론(發論)㊔ 먼저 말이나 의논 따위를 꺼냄. ¶야학이라는 건 작년 늦은 봄부터 개복동과 둔뱀이의 몇몇 사람이 발론을 해 가지고 S 여학교의 교실을 오후와 밤에만 빌어서. 〈탁류⑮〉

발명(發明)㊔ (죄나 잘못이 없음을) 변명하여 밝히는 것. 무죄를 변명함. ¶겨우 발명을 한다는 것이, "나는 그저 허물없는 것만 여겨서, 그냥…." 말도 똑똑히 못하고 비실비실하다. 〈탁류③〉 ¶"그러지 말구 이따가 부르거든 건너와아! 내 다아 마누라한테 발명은 해 주께시니…." 〈홍보씨〉 ¶"아 어제 오후에 온 걸 고만… 허긴 당신이 너무 늦어서 들오시기두 했지만…" 이런 발명을 하면서 주는 엽서를 받아 들고 보니…. 〈순공(巡公) 있는 일요일〉

발명(發明)하다㊍ (죄나 잘못이 없음을) 변명하여 밝히다. 『비슷』 변명하다. ¶한즉은 유 씨가 이번에는 차례 돌림이나 하듯이 부리나케 그것을 발명하기를…. 〈탁류⑦〉 ¶누가 무어라고 하더라도 꼬이다니 괜한 말이요, 떳떳이 발명할 거리가 없는 것은 아니다. 〈정자나무 있는 삽화〉 ¶상수는 마주 히죽히죽 건너다보다가 또 한마디 발명하듯. 〈모색〉

발부리㊔ 발 끝의 뾰족한 부분. ¶차마 그는 그대로 가버릴 수는 없었다. 그는 발부리를 돌려 안으로 들어갔다. 〈산동이〉 ¶발부리 앞에 가서 사지를 뒤틀고 나가 동그라져 민사(悶死)하는 태수의 환영이 역력히 보이던 것이다. 〈탁류⑨〉 ¶그다음에 발부리를 목표로, 그것을 붙잡으려는 듯이 허리 이상의 상체와 뻗쳐 올린 두 팔을 앞으로 와락 숙입니다. 〈태평천하⑭〉 ¶노파는 어느 틈에 (편리할 대로) 연애와 청춘의 찬미자로 표변을 허더니 꺼지럭꺼지럭 발부리로 신발을 끌어다가 꿰고 부엌으로 들어가 버린다. 〈모색〉 ¶펴근히 가서 주저앉는 발부리 앞으로 할미꽃이 한 송이 거진 반이나 벌어졌다. 〈상경반절기〉

발샅㊔ 발가락의 사이. ¶양말 벗어던지 발샅을 오비작오비작 후비고 앉아서, 〈탁류⑦〉

발설(發說)㊔ 입 밖으로 말을 냄. ¶태수의 모친한테는 누구 하나 발설을 해서 기별이라도 해주자는 사람이 없었다. 〈탁류⑪〉 ¶제 부모한테 발설을 하지 말라는 신칙도 그저 건성으로 대답을 하다가, 〈태평천하⑩〉

발써㊕ →벌써. (충청, 평안) ¶"작년 겨울에야 웬 입을 걸 입었나… 남 같으면 발써 누데기 장사가 가져갔을 건디…" 〈병조와 영복이〉 ¶영주는 웃으면서 "왜 발써 일어나우?" 하고 다 없어졌어도 다만 한 가지 남아 있는 남편의 맑은 눈, 자고 나서도 흐리지 아니하는 눈을 바라본다. 〈명일〉

발연변색(勃然變色)하다㊍ 왈칵 성을 내어 얼굴빛이 변하다. ¶이러한 내력과 곡절을 다 듣고 나서 그러나 이 서방은 발연변색하여 가지고 먼저보다 더욱 준절히

그 부인 즉 소저를 꾸짖었읍니다. 〈소복 입은 영혼〉

발육(發育)명 생물이 성장함. ¶하바를 하는 같은 하바꾼들한테 '총을 놓지 않아서' 실인심을 않고 지내니 발육이라면 그런 발육이 있을 데가 없다. 〈탁류⑮〉

발자죽명 →발자국. (경상). 발로 밟은 곳에 남아 있는 자국. ¶돼지는 발자죽 소리부터 알아듣고, 끼익끽 지르던 소리를 그치고서 꿀꿀꿀 알은체를 한다. 〈동화〉 ¶봉분에서 쓸려 내려간 검부작이야 흙부스러기야 또 어른 아이 없이 무심코 빗디딘 발자죽이야. 〈정자나무 있는 삽화〉 ¶부르는 소리보다 먼저 발자죽 소리로 아버지의 돌아옴을 알아듣고서 벌써 그 알량스런 다리로 잘름잘름 대문간까지 뛰어나와. 〈흥보씨〉

발차(發車)명 자동차, 기차 따위가 떠나는 것. ¶찌르르하고 발차 종소리가 나며 호각 소리가 감감히 들리더니 우렁찬 기적 소리와 아울러 피피 소리를 연해 내며 차는 슬그머니 움직였다. 〈세 길로〉

발치명 누웠을 때 발이 있는 쪽. ¶그는 말없는 전등만을 바라보고 있다가 벌떡 일어나서 발치에 있는 문갑 위에 놓인 평양집 사진판을 집어 들고 다시 누웠다. 〈산동이〉 ¶"떠들지 말구, 이년아… 나 풍류 소리 들을라닝개 발치루 다서 다리나 좀 쳐라, 응?" 〈태평천하⑩〉

발칙하다형 하는 짓이 아주 괘씸하다. ¶개돼지의 처접을 탔다는 소문이 퍼지자, 동네 사람들은 투울툴 하면서 발칙한 놈이라고 분개를 했다. 〈정자나무 있는 삽화〉

발칙스럽다형 매우 버릇이 없는 태도가 있다. 하는 짓이 아주 괘씸한 데가 있다. ¶이렇게 속으로 빈정대는 게 아주 번연하니, 썩 발칙스럽기도 하려니와 일변 어째 그랬든 한번 개두를 한 이상 뒷갈무리를 못해서야 어른의 위신과 체모가 아니던 것입니다. 〈태평천하⑥〉

밤글명 밤에 읽는 글. ¶이렇게 도합 다섯인데, 그중에서도 글 읽기가 제일 고역인 것이—특히 밤 깊도록 밤글 읽기가 큰 고통인 것이 누구냐 하면. 〈순공(巡公) 있는 일요일〉

밤사부 '밤이야'의 뜻. '-사'는 조사 '야'처럼 앞말에 붙어 '강조'의 뜻을 나타내는 보조사. ¶그러나 이날 밤사 말고, 태수는 김 씨의 잠자리에서 나온 그 흐트러진 자태에 전에 없던 운치스러움을 느끼지 않은 것도 아니다. 〈탁류⑤〉

밤을 도와〖관용〗 밤 동안을 이용하여. ¶물론 첩질이나 하고, 마작이나 하고, 요정으로 밤을 도와 드나드는 걸 보면 갈데없는 불량자고요. 〈태평천하⑤〉

밤의 수캐〖관용〗 '간부(姦夫)'를 비유하는 말. ¶형보는 일반 사내들이 제 계집의 나들이(그중에도 밤출입을) 덮어놓고 기하는 그런 공통된 '본능' 이외에 또 한 가지의 독특한 기호를 이 '밤의 수캐'는 가지고 있으니. 〈탁류⑱〉

밤이실명 →밤이슬. 밤에 내리는 이슬. ¶여편네라껀 밤이실을 자주 맞어선 못쓰는 법인데! 끙! 〈탁류⑱〉

밤저녁명 잠자리 전의 그다지 늦지 않은 밤. ¶하도 귀에 전 소리라, 밤저녁으로 그 밑에서 호젓이 잘 때면 노상 섬찍하지 않은 것은 아니요. 〈정자나무 있는 삽화〉

밤참명 밤에 먹는 군음식. 저녁을 먹은 뒤

밤에 또 먹는 음식. ¶오다가는 아무거나 먹음직한 걸로 밤참이라도 시켜 가지고 오려니, 〈탁류⑱〉 ¶문오 선생과 이야기도 하고, 하던 끝엔 밤참도 내오게 하고 하는 걸로 적잖이 심심파적을 삼아 오던 터이었었다. 〈순공(巡公) 있는 일요일〉

밥구시명 →구유. (전라). '구유'는 마소(말이나 소)의 먹이를 담아 주는 큰 그릇. 흔히 큰 나무토막이나 돌을 길쭉하게 파내서 만듦. ¶용희는 뜯던 호박잎을 도야지 밥구시에 넣어 주고 사립문께로 나갔다. 〈보리방아〉

밥그릇을 빼앗기다『관용』 '직업을 잃다'를 비속하게 이르는 말. ¶이러고 보니 구루마꾼들은 그야말로 일조에 밥그릇을 빼앗겼다. 〈화물자동차〉

밥도 죽도 아니다『관용』 이것도 아니고 저것도 아닌 얼치기라는 뜻. ¶되레 그를 붙잡고 말리니, 밥도 죽도 아니고 을축갑자(乙丑甲子)가 되고 말았다. 〈정자나무 있는 삽화〉

밥물명 밥을 짓는 물. 또는 밥이 끓을 때 넘쳐 흐르는 물. ¶그것조차 한 달에 태반은 동네 집에서 얻어 온 밥물로 때워 오곤 했었다. 〈빈(貧)… 제1장 제2과〉

밥술이나 먹다『관용』 사는 형편이 그런 대로 여유가 있다. 여기서 '밥술'은 밥을 떠먹는 숟가락. ¶그러나 그중에서 다시 둘은, 둘이 다 제 밥술이나 먹는다는 S의 집 아이거니 싶지 않게 가난이 꾀죄죄 흘렀다. 〈반점〉

밥알명 밥의 낱알. ¶"밥알을 준깐 안 먹겠지!" 〈흥보씨〉

밥을 약 먹듯하다『관용』 몹시 가난하여 밥을 제대로 먹지 못한다는 뜻. ¶여편네 노마네가 대신 나서서 약간 빨래품팔이 따위로 생계를 도모하자니 밥을 약 먹듯 하고 지내는 판이었다. 〈이런 남매〉

밥탕기(-湯器)명 밥을 담는 주발처럼 생긴 자그마한 그릇. ¶또 며칠 후에는 주인집 밥탕기가 두어 개나 없어졌다. 〈불효자식〉

밥통을 떼어 놓다『관용』 일자리를 잃게 하다. ¶"큰사랑 할아버지께 고해서, 아주 밥통을 떼어 놓던지 … 망할 자식! 상놈의 자식이!" 〈태평천하⑪〉

밥통이 떨어지다『관용』 밥줄이 끊어지다. '직업을 잃다'를 비속하게 이르는 말. ¶그러나 화물자동차에도 한 덩이에 이십 전 구루마도 한 덩이에 이십 전일 바에야 그다지 시급하게 운반할 필요도 없는데 구루마꾼들의 밥통이 떨어지는 것을 해서는 아니된다고 거절을 하였다. 〈화물자동차〉

밥티명 →밥알. (경상, 전라, 충청) ¶세 끼 굶은 입에다 밥티 한 알 넣느니만도 못한 것. 〈명일〉 ¶솔글겅이와 밥티가 쌀밥인 채로 수채구멍으로 흘러 나갈 일을 생각하면, 그야 소중하고 아깝기도 했을 겝니다. 〈태평천하⑤〉

방갈로(도. bungalow)명 처마가 깊숙하며 정면에 베란다가 있는 벽장식의 단층집. ¶그리고 시방은 서울서 시외에다가 선룸 딸린 조그마한 방갈로 한 채를 세우고, 〈반점〉

방구명 →방귀. 뱃속에 있는 음식물이 발효되면서 생기는 구린내 나는 기체. ¶하느라니, 첫째 왈, 먼지와 욕과 방구와, 이 석 섬도 착실히 많이 먹었고, 〈순공(巡公) 있는 일요일〉

방구다⑤ 방구하다(旁求~). 널리 찾아서 구하다. ¶일반으로 남들이 그러하듯이 결혼이라는 가장 안전해 보이는 '직업'을 방궈 일찌감치 몸감장을 할 유념이나 할 것이지만, 〈탁류⑰〉 ¶"지가 불일성지루, 썩 그럴듯한 놈이 아니 참저, 마나님 하나를 방구어 보지요···." 〈태평천하⑧〉 ¶하숙도 실상은 기위 사처를 정하는 길이면 어디 조용하고 쌍스럽지 않은 염집을 방궈서 혼자 거처를 하도록 하려니, 〈모색〉

방구들명 고래를 켜고 구들장을 덮고 흙을 발라 방바닥을 만들고 불을 때어 덥게 한 장치. 『같은』 온돌. ¶아무리 방구들은 차고 지저분하게 늘어놓았아도 제 처소는 반가운 것이다. 〈레디 메이드 인생〉

방귀명 뱃속에 있는 음식물이 발효되면서 생기는 구린내 나는 기체. 뱃속의 음식물이 부패, 발효하여 체외로 나오는 기체. ¶촌스럽게 승재를 위하고 그가 하는 일은 방귀도 단내가 나고 이럴 지경이냐 하면 그건 아니다. 〈탁류⑰〉

방도(方道·方途)명 어떤 일을 치러 나갈 길이나 방법. 일을 하여 갈 방법과 도리. ¶그리고 또 이 앞으로 살아갈 방도가 없다면 이 어른은 집안은 군색허잖어서 두 노인 단 두 내외가 호젓하게 살아가시는 터이니까 와서 수양딸 수양손자처럼 계셔도 좋겠다구요. 〈어머니를 찾아서〉 ¶그 때는 달리 무슨 방도로 구처할 것, 이렇게 얼추 이야기가 되었던 것이다. 〈탁류⑰〉 ¶"··· 가 보아서 되면 좋구, 안 되면 달리 또 무슨 방도를 채리더래두··· 아무려나 기대리게···" 〈태평천하⑫〉

방둥이명 길짐승의 엉덩이. 또는 '사람의 엉덩이'의 속된 말. ¶팔다리도 거기 알맞게 몽실몽실, 그리고 소담스런 젖가슴과 푸짐한 방둥이가 모두 흐벅지다. 〈빈(貧)··· 제1장 제2과〉 ¶머리를 늘찡늘찡 땋아 내려, 자주 댕기를 들인 머리채가 방둥이에서 유난히 치렁치렁합니다. 〈태평천하②〉

방물장사명 화장품, 바느질 기구, 패물 따위를 팔러 다니는 장사. 여기서는 '방물장수'의 뜻으로 쓰임. ¶더불어 동무네 집 안잠이가 방물장사한테서 이원 십전짜리 누렁 금빛 돋는 비녀를 한사코 사느라고. 〈모색〉

방물장수명 화장품, 바느질 기구, 패물 따위를 팔러 다니는 사람. ¶첩을 얻어 들이는 소임으로, 몇 해 단골 된 곰보딱지 방물장수가, 그 운덤에 허파에서 바람이 날 지경이지요. 〈태평천하⑧〉 ¶꼭 방물장수나 남의 집 행랑어멈 감이야. 〈이런 처지〉

방방곡곡(坊坊曲曲)명 나라 안의 모든 곳. ¶이러한 정열의 외침이 방방곡곡에서 소스라쳐 일어났다. 〈레디 메이드 인생〉

방방이(房房–)부 하나하나의 방마다. ¶안에는 방방이 모두 불만 환하게 켜져 있고 인기척은 고요하였다. 〈산동이〉

방불(彷佛)하다형 비슷하다. 거의 비슷하다. ¶어쩌면 옛 기억에 처진 S의 모습과 방불한 성도 싶었다. 〈반점〉 ¶"것두, 당신 밤낮 떠받구 나오는 춘추필법이라더냐, 그 논법이시우?" "방불허지!" 〈순공(巡公) 있는 일요일〉

방사(倣似)하다형 아주 비슷하다. ¶위선 무엇보다도 순사요, 순사인데, 그러자 또 생김새까지 방사한 데가 있고 하여, 〈순공(巡公) 있는 일요일〉

방색(防塞)명 무엇을 하지 못하게 막음. 또는 (남의 청을) 받아들이지 않고 막는 것. ¶이렇게 황망히 방색을 하는 것이, 윤 직원 영감은 어느덧 꿈이 깨고, 생시의 옳은 정신이 들었던 모양입니다. 〈태평천하⑧〉 ¶새서방은 저를 빗대 놓고 무슨 이야기를 지어서 하려는 줄 알고 지레 방색을 한다. 〈두 순정〉 ¶갑쇠 모친은, 살앓이 앓은 데, 큰일난다고 사뭇 방색이다. 〈정자나무 있는 삽화〉 ¶피차간 범연한 사일세 말이지, 하다가 못할 값에 지레 못한다고 끝끝내 방색만 하고 앉았을 수는 없는 노릇이요. 〈회(懷)〉

방시레부 소리 없이 입만 약간 벌리고 아주 정겹게 웃는 모양. ¶그래 잠깐 고개를 들고 방시레 웃었다. 〈얼어죽은 모나리자〉

방심(放心)하다동 마음을 다잡지 않고 놓아 버리다. ¶오히려 아무 생각하는 것이 없이 방심한 채로 우두커니 한눈을 팔고 있는 것이다. 〈용동댁〉 ¶별안간 들리는 현실의 음향 즉 부고란 소리가 방심한 신경을 그렇듯 푼수 이상으로 놀라게시리 확대되어 들린 것이었었다. 〈순공(巡公) 있는 일요일〉

방싯부 입, 문 따위를 소리 없이 가볍게 조금 여는 모양. 〈벙싯. 『센말』 빵싯. ¶'울면서 웃어야 할 신세랍니다'를 부르다가 끝을 방정맞게 마치면서 방싯 벌어진 오목이의 입술을 쪽 빤다. 〈얼어죽은 모나리자〉

방싯이부 소리 없이 가볍게. ¶이렇게 잠시 앉았으면 이 담에는 또 무슨 일이 생기려노? 하고 있는데 아니나 다를까 문이 방싯이 열리었읍니다. 〈소복 입은 영혼〉

방 안 장담(--壯談)명 저 혼자서 큰소리치는 일. 또는 그 말. ¶"보아서 마구 내뻗으면 고만이지…." 이런, 저도 못 미더운 방 안 장담이나 해두는 걸로 임시의 위로를 삼았다. 〈탁류⑫〉

방안지(方眼紙)명 모눈종이. ¶… 생애는 방안지라! 〈탁류④〉

방애명 →방아. 곡식 따위를 찧고 빻는 기구나 설비. ¶"어서 호박잎이나 먹어라. 저(겨)넌 이따가 방애 찧어서 주께." 〈보리방아〉

방위(가) 나쁘다『관용』 운수가 좋지 못한다는 말. ¶일변 술도 날씨 선선해진 판에 한바탕 먹어 제끼고 싶고, 이참저참 올라왔던 것인데, 방위가 나빴던지 일수가 사나왔던지, 첫새벽 정거장에서 내리던 길로 일이 모두 꿀리기만 했읍니다. 〈태평천하⑫〉

방자(放恣)스럽다형 말, 행동, 태도 따위에 어려워하거나 삼가는 태도가 없이 교만스럽다. ¶도무지 계집애다운 구석이 없고 방자스럽기만 했다. 〈탁류⑯〉

방자히(放恣-)부 말, 행동, 태도 따위에 어려워하거나 꺼리거나 삼가는 태도가 없고 교만히. ¶그 야속하고 토색질을 방자히 하는 수령까지도 넣어, 전 압박자에게 대고 부르짖는 선전의 포고이었을 것입니다. 〈태평천하④〉

방정명 찬찬하지 못하고 몹시 가볍게 하는 말이나 행동. ¶"이, 방정이 재수없이 잠이 깨애 가지구는 재랄을 해서 그랬다우." 〈빈(貧)… 제1장 제2과〉

방정(을) 떨다『관용』 몹시 방정맞은 짓을 하다. ¶그랬다가 만약 실수나 하고 보면, 체면도 아니려니와 모처럼 잡은 들거린데 방정을 떨어서야…. 〈탁류⑦〉

방정맞다[형] (말이나 행동이) 매우 가볍고 주책이 없다. 요망스럽게 굴어서 상서롭지 못하다. ¶"에끼! 방정맞은 놈들!" '덕언이 선생님'은 이렇게 자기야말로 방정맞게 그러나 결코 악의가 있어서가 아니라 웃으면서—한번 비쌔는 것입니다. 〈소복 입은 영혼〉 ¶"듣기 싫여! 왜 방정맞게 쪼옥쪽 울구 있어들." 〈얼어죽은 모나리자〉 ¶그는 형보 말대로 싸움을 말려 주고는 싶어도 형보가 방정맞게 여럿이 듣는 데서 그런 말을 씨월거려 놔서 차마 열적어 선뜻 내닫지 못하는 눈치다. 〈탁류①〉 ¶"초라니패라구 있더니라. 홍동지 박 첨지가 탈바가지 쓴 대가리를 내놓구서, 서루 찧구 까불구, 꼭 너치름 방정맞게 촐랑거리구, 지랄을 허구 그러더니라." 〈태평천하⑩〉 ¶"작것이 웨 죽어 삐렀어!… 가만히 있으먼 갠찮을 틴디… 방정맞게 웨 죽어 삐리여!… 작것이!" 〈쑥국새〉

방책(方策)[명] 방법과 꾀. ¶그것이 송희를 위하는 안전한 방책인 것이다. 〈탁류⑬〉 ¶집안의 문벌 없음을 섭섭히 여겨, 가문을 빛나게 할 필생의 사업으로 네 가지 방책을 추렸읍니다. 〈태평천하④〉

방치[명] 빨래나 다듬이질에 쓰는 방망이. 다듬이질 하는 방치는 '다듬이방치'라고 말하기도 함. ¶방치 같은 걸로 능장질을 했으면야 효과가 훌륭하겠지요. 〈태평천하⑥〉

방탕(放蕩)[명] 술과 여자, 노름에 빠져 행실이 지저분한 것. ¶그는 마치 아이들이 못 보던 사탕을 손에 닿는 대로 쥐어 먹듯이 방탕의 행락을 거듬거듬 집어 먹었다. 〈탁류④〉

방퉁이꾼[명] 바보짓을 하는 사람. 또는 노름판 같은 데서 노름을 하지 않으면서 그 옆에 붙어서 참견하는 사람. 여기서는 '바보'의 속된 말로 쓰임. ¶종시 미두장의 방퉁이꾼으로 지냈고, 양식을 구하지 못하는 날은 처자식들을 데리고 앉아 굶고, 이렇게 사는 참이다. 〈탁류①〉

방퉁이질[명] 바보 같은 짓. 또는 노름판 같은데서 노름을 하지 않으면 그 옆에 붙어서 참견하는 짓. ¶개평푼이나 뜯으면 그 걸로 되돌아 앉아 투전장이나 뽑기, 방퉁이질이나 하기, 〈태평천하④〉

방편(方便)[명] 그때그때의 형편에 맞추기 위해 쉽게 이용되는 수단. ¶생각은 욕망으로 변하고 욕망이 다시 방편을 가르쳐 준다. 〈산동이〉

밭다[1][동] 액체가 바싹 줄어들어 말라붙다. ¶그 누렇게 피가 밭고 기름기 빠진 쭈글쭈글한 가죽과 가시 같은 뼈다귀며 우부숙하게 길어난 머리털과 앙상한 얼굴에 푹 가라앉은 늘어 앉은 눈언덕이며. 〈불효자식〉

밭다[2][동] 살이 빠지다. 여위다. ¶어린 것은 오랜 백일해로 가시같이 살이 밭고, 얼굴은 양초빛이다. 〈탁류⑥〉

밭다[3][형] 시간이나 공간이 다붙어 매우 가깝다. ¶한 것이 상거는 밭고 또 문지방이며 수하의 어깨 하며 걸리적거리는 것이 많아 겨냥은 삐뚜로 나가고 말았읍니다. 〈태평천하④〉

밭다[4][형] 몹시 걱정이 되어 견디기 어렵다. ¶형보 저는 애가 밭아 죽든지 급상한이 나서 죽든지 하고 말 것이다. 〈탁류⑩〉

밭두덕[명] →밭둑. 밭 가에 둘려 있는 둑. ¶"머, 밭두덕의 개똥참외더냐? 맡어 놓

구 어쩌구 허게? 그녀러 자식, 생긴 것허구 넉살두 좋네!" 〈쑥국새〉

밭뙈기[명] 조그마한 밭. ¶스물다섯 살까지에 양친이 다 돌아가자, 봉수는 집과 살림과 밭뙈기와 논 몇 마지기를 모조리 팔아 가지고 동리를 떠났다. 〈두 순정〉

밭아 버리다[동] (바싹 졸아서) 말라붙거나 없어지다. ¶제주말이 제 갈기를 뜯어 먹는다는 푼수로, 이태 동안에 정 주사의 본전 삼백 원은 스실사실 다 밭아 버리고 말았다. 〈탁류①〉

밭은기침[명] 병이나 버릇으로 소리도 크지 않고 힘도 과히 들지 않으며 자주 하는 기침. ¶산동이는 섬돌 위에 올라서서 컴 하고 밭은기침을 하였다. 〈산동이〉 ¶사립문 밖에서 밭은기침 소리가 나더니 구장이 끼웃이 굽어다 본다. 〈보리방아〉 ¶그때 사립문께서 헴 하는 밭은기침 소리가 들려 오목이는 얼른 문을 닫고 들어갔다. 〈얼어죽은 모나리자〉 ¶그는 뒤를 돌려다 보다가 초봉이를 건너보다가, 뒤통수를 긁으려고 하다가 밭은기침을 하다가, 벙끗 웃다가 하는 양이, 보기에도 민망할 지경이다. 〈탁류⑨〉 ¶헴 하는 연한 밭은기침 소리에 연달아 미닫이가 사르르 열립니다. 〈태평천하⑪〉 ¶"… 내, 너한테 헴 헴, 첩지를 한 장 내리마 헴 헴…" 하고 연신 밭은기침을 하던 것이다. 〈패배자의 무덤〉 ¶언제고 학교에서 나가 석양 무렵에 집의 일각대문 안을 헴 밭은기침과 더불어. 〈홍보씨〉 ¶험험, 대단히 근량이 나가는 밭은기침을 해가면서 넌지시 대문 밖으로 완보를 띄어 놓는다. 〈모색〉

배(가) 맞다[관용] 남녀가 서로 남몰래 정을 통하다. 또는 남녀가 남모르게 서로 몸을 허락하다. ¶그러나 올 삼월, 그때만 해도 벌써 배가 맞아 지낸 지가 반년인데, 〈탁류⑤〉 ¶필경은 이웃집에 기식하고 있는 젊은 보험 회사 외교원 양반과 찰떡같이 배가 맞아 가지고는 어느날 밤엔가 패물이야 옷 나부랑이를 말끔 쓸어 가지고 야간도주를 해 버렸었읍니다. 〈태평천하⑧〉 ¶그러자 마침맞게 그 뒤 며칠 않아서 관수와 을녜가 배가 맞았다는 소문이 좌악 퍼졌으니…. 〈정자나무 있는 삽화〉

배(가) 채이다[관용] 부아가 치밀고 약이 올라 몹시 분하다(?). ¶초봉이는 이 소리가 배가 채이기보다 형보의 입잣이 밉살스러웠다. 〈탁류⑭〉

배(梨)(를) 주고 속 얻어먹다[관용] 큰 이익은 남에게 빼앗기고 자기는 거기서 조그만 이익만 얻는다. [같은] 배 주고 속 빌어먹다. ¶그들에게는 조선의 문화의 향상이나 민족적 발전이나가 도리어 무거운 짐을 지워 주었을지언정 덜어 주지는 아니하였다. 그들은 배(梨) 주고 속 얻어먹은 셈이다. 〈레디 메이드 인생〉

배(를) 튕기다[관용] 배짱 있는 태도로 나오다. ¶그래도 정 팔겠다면 한 팔십 원에나 사겠다고 배를 튕겼다. 〈탁류⑮〉

배각구[부] '배워 가지고'의 뜻. ¶"누가 인자사 배각구 말이냐? 시방 이 당장으서 말이지…" 〈태평천하⑩〉

배갈[명] 수수를 원료로 빚은 중국식 소주. 중국 특산의 소주. 고량주. ¶우동 한 그릇에 배갈 반 근쯤 불러 놓고 권커니 잣커니 하면서 감회와 울분을 게다가 풀 멋은 그대로 남아 있다. 〈탁류⑮〉 ¶ 기왕이니 따뜬하게 배갈을 한 병, 데워 오라고 할 것을… 하는 후회도 없지 않았았읍니다. 〈태평천하⑩〉 ¶ 배갈과 나조기가 들어왔으나 나는 가뜩이 낫술이요 해서 잔을 치워 놓고 김 군이 혼자서 자작을 기울여야 했다. 〈회(懷)〉

배고픈 호랑이가 원님을 알아볼 리 없다 『속』 가난하고 굶주리면 체면을 차릴 겨를도 없다는 뜻. ¶ 배고픈 호랑이가 원님을 알아볼 리 없고, 무슨 돈이 되었든지 간에, 마침 또 간밤에는 용꿈을 꾸었겠다 하니, 〈탁류⑮〉

배기다㉠ 어려운 일을 잘 참고 견디다. ¶ 이 앞에서야 우선 떨지 않고 배길 자 없을 것이다. 〈탁류⑩〉

배깃이㉦ 틈이나 사이가 슬그머니 벌어지는 모양. ¶ 샛문을 배깃이 열고 노파가 담뱃대 문 곰보딱지 얼굴을 들이밉니다. 〈태평천하⑫〉

배내병신(--病身)㉮ →배냇병신. 태어날 때부터의 병신. ¶ 그것도 혹 배내병신이라든지, 또 불가항력으로 그랬다면야 무가내하겠지만, 꼭 어미 잘못으로 생병신이 됐단 말이야. 〈이런 처지〉

배내털㉮ 뱃속에서부터 가지고 태어난 뒤로 한 번도 깎지 않은 머리털. ¶ 아직 배내털이 송글송글하다. 〈보리방아〉 ¶ 살결보다는 버짐이 더 많이 피고, 배내털이 숭얼숭얼해서 분을 발랐다는 게 고루 먹지를 않고, 어루러기가 진 것 같습니다. 〈태평천하②〉 ¶ 살결 희고 도도록한 볼대기가 귀밑께로 가면 배내털이 아직 부얼부얼하다. 〈동화〉

배냇병신(--病身)㉮ 태어날 때부터의 병신. ¶ 그것도 따지자면 어미 아비의 죄지, 배냇병신도 아니요. 〈얼어죽은 모나리자〉

배다㉻ (간격이) 촘촘하다. ¶ 본시 나무가 팽나무가 돼서 잔가지가 배게 돋고, 게다가 잎이 칙칙하여 오뉴월로 육칠월 한참 들이 무성할 무렵이면 그늘이 여간만 좋은 게 아니다. 〈정자나무 있는 삽화〉 ¶ 화신 앞에서 전차를 내려서자 먼저 눈에 뜨이느니 장속같이 밴 사람의 사태다. 〈회(懷)〉

배덕(背德)㉮ 도덕에 어그러짐. 은혜에 배반함. ¶ 머 그랬다구 하더래두 그게 배덕의 짓두 아니구… 그래 아뭏든지, 〈탁류⑰〉

배라먹을㉭ 빌어먹을. 일이 뜻대로 되지 않거나 속이 상할 때 쓰는 말. 여기서 '배라먹다'는 남에게 구걸하여 얻어먹다. ¶ 유모는 밉살스럽다고 한참이나 눈을 흘기다가 "배라먹을 아이! 왜 벌써 깨서 그 재랄 발광이냐?" 하면서. 〈빈(貧)… 제1장 제2과〉 ¶ …고, 배라먹을 여편넬 즈이 집으로 쫓아 버렸지, 헤헤헤, 제기할 것. 〈탁류⑫〉

배루다㉠ →벼르다. 어떠한 일을 이루려고 미리부터 마음을 먹다. ¶ "… 오리쓰메야 어디 격인가?… 저놈에다가 척 고마기리를 한 근 사서 들구 가설랑 마누라더러 바글바글 지지래서 놓구서 한잔 츠윽 석양 배루다가…" 〈홍보씨〉

배맞다㉠ 떳떳하지 못한 일을 하는 데 서로 뜻이 통하다. 또는 남녀가 서로 남몰래 정을 통하다. ¶ 계집이 젖 먹는 자식을 버리고 간부와 배맞아 도망을 갔다. 〈탁류⑱〉

배메기㉮ 지주와 소작인이 소출을 똑같이 나누어 가지는 제도. ¶ 시월에 가면 '배메기'로 얻어온 저 도야지가 새끼를 날 테니까 열 마리만 날 셈 치고 그 중 한 마리는 견구를 껴서 돌려주고 나머지가 아홉 마리, 아홉 마리에서 두 마리쯤 축질 요량을 해도 일곱 마리. 〈보리방아〉 ¶그래서 소는 도지소로 내주었고 그 밖에 변돈 내준 것이 돈 십 원이나 착실히 되고 배메기로 내준 돼지도 두어 마리나 된다. 〈얼어죽은 모나리자〉

배미명 논배미. 또는 구획진 논을 세는 단위. '논배미'는 논의 한 구역. ¶정자나무에서 바로 논 한 배미를 건너, 그 다음 논에서도 일꾼이 하나 둘 셋, 셋이 들어서서 '만도리'를 하고 있다. 〈정자나무 있는 삽화〉

배반(杯盤)이 낭자(狼藉)하다『관용』 (술잔과 접시가 난잡하게 흩어져 있다는 뜻으로) '술을 마시며 한창 노는 모양'을 이르는 말. 여기서 '배반'은 재미있게 노는 잔치의 뜻. ¶동소문 밖 ××원 별장에서는 종수가 배반이 낭자한 요리상 앞에 기생들과 병호로 더불어 역시 태평몽이고…. 〈태평천하⑭〉

배배부 여러 번 작게 꼬이거나 뒤틀린 모양. ¶그러나 크림맛을 못 본 지 몇 달이 된 낡은 구두, 고기작거린 동복 바지, 양편 포켓이 오뉴월 쇠불알같이 축 처진 양복 저고리, 땟국 묻은 와이샤쓰와 배배 꼬인 넥타이, 엿장사가 이 전어치 주마던 낡은 모자. 〈레디 메이드 인생〉 ¶"콩밭은 어떻기 생깄던가?… 지꺼리가 저 꼴인 걸 보니 아마 콩두 저렇기 배배 꾀였지?" 〈보리방아〉

배설 작용(排泄作用)명 동물체가 음식을 먹어 영양을 섭취하고 그 찌꺼기를 몸 밖으로 내보내는 작용. ¶딜레머 하고는 천하 해괴한 딜레머이지, 부득불 살아 있는 인간인데야 호흡과 영양의 섭취야 배설 작용과 이런 것까지도 않는달 수는 없을 테지만. 〈모색〉

배송(拜送)명 지난날 민속에서 천연두를 앓은 뒤 13일 만에 두신(痘神)을 전송하던 일. 여기서 '두신'은 집집마다 찾아다니며 천연두를 앓게 한다는 여자 귀신. ¶그렇지 않으면 눈치를 보아 어름어름하다가 이혼이라도 할 배짱이기 때문에 그저 마마 손님 배송하듯 우선 배송만 시키려 들었던 것이다. 〈탁류⑫〉

배송(拜送)시키다동 삼가 보내다. ¶영주는 이렇게 한 팔 늦구어 집주인을 배송시켜 버렸다. 〈명일〉

배슥이부 →배식이. 입을 좀 벌려 소리 없이 엷게 웃는 모양. ¶색시 앞에 가 우뚝, 어둠 속에서도 배슥이 웃는다. 색시도 웃는다. 〈두 순정〉 ¶점례가 마침 배슥이 웃고 서서 눈을 찌긋째긋한다. 〈쑥국새〉

배시기부 →배시시. 마지못한 듯이 입이 좀 벌어지며 소리 없이 엷게 웃는 꼴. ¶명님이는 배시기 웃으면서 손을 내민다. 〈탁류⑥〉

배식(陪食)명 웃어른을 모시고 식사를 하거나 지체가 높은 사람과 한자리에서 식사를 하는 것. ¶배식을 청한즉 처음에는 사양을 하다가 (그야 사양을 하는 게 지당하지!….) 〈모색〉

배식배식부 입을 벌리어 소리 없이 엷게 자꾸 웃는 꼴. ¶현 서방을 올려다보곤 하면서 배식배식 웃기만 합니다. 〈흥보씨〉

배식이부 마지못한 듯이 입이 좀 벌어지며 소리 없이 엷게 웃는 꼴. ¶말은 해 놓고도 고개를 오므라뜨리고 배식이 웃는다. 〈탁류③〉

배싹[부] →바싹. 사물이 갑자기 나아가거나 늘거나 주는 모양. ¶말은 안 해두… 아이구 그 빈차리같이 배싹 야웨가지군 소 갈 데 말 갈 데 안 가는 데 없이 다니면서 할 짓 못할 짓 다아 하구, 〈탁류⑦〉

배알[명] '사람의 창자'의 속된 말. 또는 속으로 반항하는 마음. ¶'참았더라면 좋았을 걸…'할 후회거리지, 당장은 꿋꿋한 배알이 없는 것도 아니다. 〈탁류②〉

배암같이 생기다[관용] 불쾌할 정도로 흉하고 무섭게 생기다. ¶초봉이가 머리칼 한 오라기만한 정신에 매달려 두웅둥 뜨다가 땅속으로 가라앉다가 배암같이 생긴 형보한테 쫓겨다니다가, 〈탁류⑬〉

배앝다[1][동] 뱉다. 말이나 기침, 웃음 따위를 거세게 마구 하다. ¶간드러지게 생긴 얼굴이, 눈은 아직 그대로 지그려 감고 콧등을 찡긋찡긋하다가, 고 육중한 입을 하 벌리고 하품을 늘어지게 배앝는다. 〈패배자의 무덤〉

배앝다[2][동] 뱉다. 차지했던 것을 도로 내놓다. ¶일을 하는데 필요만 하다면 도로 배앝아 놓기를 주저하지 않을 경우요 그럼 직한 인물이다. 〈탁류②〉

배애배[부] →배배. 여러 번 꼬이거나 뒤틀린 모양. ¶손 가까운 데 두고 풋고추도 따먹을 겸 화초 삼아 여남은 포기나 심은 고춧대들도 가지가 배애배 꼬였다. 〈동화〉

배양균(培養菌)[명] 동식물의 조직의 일부 또는 개체나 미생물을 인공적인 조건 아래에서 발육, 증식시키는 세균. ¶장질부사처럼 배양균으로 주사를 맞든지 집어삼키든지 하기 전에야…. 〈모색〉

배어리다[형] (나이가) 아주 어리다. '배+어리다'의 짜임새. '배–'는 '아주', '몹시'의 뜻을 나타내는 접두사. ¶한 이십 남짓했을까 말까, 배어린 사람이다. 〈상경반절기〉

배웅[명] 떠나가는 손님을 잠시 따라 나가 작별하여 보내는 것. ¶훠얼씬 동구 밖까지 배웅을 나간 우리들 학도 일동과 고을의 여러 어른들의 석별을 받으면서, 〈회(懷)〉

배웅 삼다[동] 떠나는 사람을 일정한 곳까지 따라 나가 작별하여 보내게 하다. ¶제호는 쫓기듯 휭하게 대문께로 나가고, 형보는 배웅 삼아 그 뒤를 아기족아기족 따른다. 〈탁류⑭〉

배웅하다[동] 떠나가는 손님을 잠시 따라 나가 작별하여 보내다. ¶부친은 앓고 누워 기동을 못하고 그렇다고 누구 마음맞게 배웅해 줄 사람도 없어 모친이 겨우 오 리가량 따라 나와 주었다. 〈두 순정〉

배젊다[형] 나이가 아주 젊다. ¶다같은 '하바꾼'이로되 나이 배젊은 애송이한테 멱살을 당시랗게 따잡혀 가지고는 죽을 봉욕을 당하는 참이다. 〈탁류①〉 ¶돗자리만 것을 안고 배젊은 촌색시 하나가 부리나케 무덤 옆으로 가고 있다. 〈패배자의 무덤〉

배지[명] '배(腹)'의 속된 말. ¶어린애만 울렸다 봐라! 배지를 갈라놀 테니.〈탁류⑱〉

배짱[명] 조금도 급하지 않고 버티려는 성품이나 태도. ¶그렇지 않으면 눈치를 보아 어름어름하다가 이혼이라도 할 배짱이기 때문에 그저 마마 손님 배송하듯 우선 배송만 시키려 들었던 것이다. 〈탁류⑫〉

배차다[동] (다짐이나 결심으로 하는 말이) 매우 자신이 있다. '배찬 소리'는 매우 자신이 있는 소리. ¶정 주사가 제 무릅에 삐쳐, 미두장께로 대고 눈을 흘기면서 이런 배찬 소리를 한 것도 실상은 그 당장뿐이요. 〈탁류⑦〉

배착배착㊃ 가볍게 몸을 한 옆으로 자꾸 비틀거리며 걷는 모양. ¶송희보다 조금 더 클까 한 아기 하나를 양편으로 손을 붙들어 배착배착 걸려 가지고 오면서 서로가 들여다보고는 웃고 좋아하고 하는…. 〈탁류⑱〉

배창㊔ '배'의 속된 말. ¶이렇게 물씬거리지 말고 내리구르는 발꿈치가 배창을 꿰뚫고 다시 등짝을 꿰뚫고 따악 방바닥에 가서 야멸치게 맞히기라도 했으면…. 〈탁류⑱〉

배채우다㊍ '배가 채이다'의 형태로, 약이 올라 몹시 분하다(?). ¶경손은 버럭, 미어다 부듯듯 제 모친을 지천을 하는데, 그야 물론 조모 고 씨더러 배채우란 속이지요. 〈태평천하⑥〉

배태(胚胎)㊔ 어떤 일이 일어날 요소를 내면적으로 가짐. ¶그때에 벌써 그 미운 생각과 같은 순간에 배태가 되었던 것이다. 〈탁류⑧〉

배틀거리다㊍ 힘이 없거나 어지러워 또는 몸의 균형을 잃어 금방 쓰러질 듯하다. 〈비틀거리다. ¶남자는 승재요, 여자는 초봉이 저요, 둘 사이에 매달려 배틀거리면서 간지게 걸음마를 하고 가는 아기는 송희요…. 〈탁류⑱〉

배틀어 주다㊍ 힘있게 꼬면서 틀어지게 하다. ¶근력은 내가 세니까 다리 아픈 것만 낫거들랑, 이놈의 자식을 어쨌든지 동동 들어서 굳은 땅바닥에다가 태질을 쳐 주고 칵칵 제겨 주고 다리 팔을 냅다 배틀어 주고. 〈정자나무 있는 삽화〉

배포(排布·排鋪)㊔ '배짱'의 뜻. 조금도 굽히지 않고 배를 내밀며 버티려는 성품이나 태도. ¶"좀 더디면 어떨라구." 이런 늘어진 배포로서 그는 시험 준비를 해야 할 의학 서류는 젖혀 놓고, 자연 과학서류에 재미를 붙여 그 방면엣것을 많이 읽곤 했다. 〈탁류③〉 ¶을녜를 장차 안해로 맞이할 딴 배포를 지녔기 때문에 짐짓 얌전하느라고, 더러 농지거리라도 마주해 보고 싶은 것을 참아 가면서까지 아주 의젓하게 점잔을 빼곤 했었다. 〈정자나무 있는 삽화〉 ¶형보는 그렇게 처음부터 끝까지 배포 있이 쭌득쭌득하는데, 〈탁류⑯〉

배포가 유(柔)하다〖관용〗 조급하게 굴지 않고 배짱 좋게 유들유들하다. ¶M도 1년 동안이나 취직 운동을 하면서 지냈건만 그는 되레 배포가 유하다. 〈레디 메이드 인생〉

배포를 부리다〖관용〗 조급하게 굴지 않고 성미가 늘찡거리다. ¶그러나 속으로는 그와 딴판으로 배포를 부리고 있는 것이다. 〈레디 메이드 인생〉

배포(排布·排鋪)하다㊍ 머리를 써서 이리저리 조리있게 계획하다. ¶이거 봐요 글쎄. 단박 꼼짝 못하잖나. 암만 대학교를 다니고, 속에는 육조를 배포했어도 그렇다니깐 글쎄…. 〈치숙(痴叔)〉

배필(配匹)㊔ 부부로서의 짝. ¶그렇게 반질거리지 않고 부지런히 일이나 했으면 오목이 배필로 꼭 알맞을 걸…. 〈얼어죽은 모나리자〉 ¶태수의 배필인 동시에 질투의 대상 인물이 실지의 인물로서 아직 드러나지 않았기 때문이었었다. 〈탁류⑤〉

백골(白骨)명 송장의 살이 썩고 남은 흰 뼈. ¶저기 있는 저 무덤이, 백골이나 묻혀 있을 뿐 말도 없는 한 줌의 흙이 아니고. 〈패배자의 무덤〉

백기(白旗)명 항복의 표시로 쓰이는 흰 기(旗). ¶어때? 온갖 인간들이 더우에 항복하는 백기 대신 최저한도루다가 옮구 시언헌 옷을 입구서 그리구서두 허어덕허덕 쩔매구 다니는 종로 한복판에. 〈소망〉

백날(百-)부 ('매우 많은 시일'을 이르는 말로) '아무리 애써도', '아무리 오래 걸려도'의 뜻을 나타냄. ¶형보가 누구라고 온건한 담판은 말고 백날 제 앞에 꿇어 앉아 비선을 해도 들어줄 리 없는 걸, 〈탁류⑰〉

백발(白髮)명 하얗게 센 머리털. 흰머리. ¶소저가 실로 엉터리도 없는 남편의 삼년상을 치르고 울적히 지내는 그 아버지 김 판서를 위로를 할 겸 또 그 지극한 정의 위로도 받을 겸 근친을 왔을 때에 김 판서는 육십 전에 벌써 백발이 성성하여 가지고 눈물 어린 눈으로 소복한 딸을 바라보았읍니다. 〈소복 입은 영혼〉

백방(百方)명 여러 방면이나 방향. 또는 여러 가지 방법. ¶그래 그대로 보고 있을 수가 없어서 백방으로 주선을 해 보았으나, 돈이 구십 원밖에는 안 되었다는 것이며, 〈탁류⑮〉

백배사죄(百拜謝罪)명 수없이 절을 하며 용서를 빎. ¶그랬더니 양복 신사 씨는 윤직원 영감이 생각한 바와는 딴판으로 백배사죄도 않고 그저, 아 그러냐고 실례했다고 고개만 한 번 까댁합니다. 〈태평천하③〉

백백교(白白教)명 동학 계통의 유사 종교의 하나. 1923년경 백도교(白道教)에서 갈린 차병간 일파가 유교, 불교, 선교의 교리를 종합하여, 광명 세계를 이룩한다는 이름 아래 경기도 가평에서 터를 닦았음. ¶허욕 끝에는 요새로 친다면 백백교, 들이켜서는 보천교 같은 협잡패에 귀의해서 마지막 남은 전장을 올려바치든지, 좀 똑똑하다는 축이 일확천금의 큰 뜻을 품고 인천으로 쫓아온다. 〈탁류④〉 ¶만약에 전용해 같은 놈도 예수만 믿으면서 백백교를 했더라면, 죄다 용서를 받고 천당을 갈 뻔했겠다고, 〈흥보씨〉

백부(伯父)명 큰아버지. ¶혹은 그 아내가 친정의 머언 일가집 백부한테 분재를 타온 돈이라고 하기도 하고, 〈태평천하④〉

백양지(白洋紙)명 색이 하얗고 질이 좋은 종이의 한 가지. ¶그림은 화려해도 인조견같이 광택이 유난한 백양지 표지가 우선 보매 싸늘한 게 기가 질렸으나. 〈모색〉

백여수(白--)명 →백여우. 요사스러운 여자를 속되게 이르는 말. ¶"늙은 백여수, 어서 나갑시사! 늙은 백여수, 어서 나갑시사! 늙은 백여수, 어서 나갑시사!" 하고 세 번씩 부작을 외어, 〈순공(巡公) 있는 일요일〉

백의(白衣)명 흰옷. 또는 포의(布衣). 벼슬이 없는 선비를 이르는 말. ¶"아홉 번 장원 급제를 하면 백의로 정승을 하는 법이어든… 백의 몰라? 벼슬 아니한 선비를 백의라고 하는 거다." 〈소복 입은 영혼〉

백일해(百日咳)명 백일해 균에 의한 어린이의 기침병. 『같은』 백일기침. ¶어린 것은 오랜 백일해로 가시같이 살이 밭고, 얼굴은 양초빛이다. 〈탁류⑥〉

백전노졸(百戰老卒)명 (세상일을 많이 치

러서) 모든 일에 노련한 사람을 이르는 말. ¶하지만, 또 이 마바라들이야말로 '하바꾼'들과 한가지로 미두 전장의 백전 노졸들인 것이다. 〈탁류④〉

백전백패(百戰百敗)명 싸울 때마다 짐. ¶P는 그러나 취직 운동에 백전백패의 노졸인지라 K 씨의 힘 아니 드는 한마디의 거절에도 새삼스럽게 실망도 아니한다. 〈레디 메이드 인생〉

백주(白晝)명 대낮. 환히 밝은 낮. ¶그때만 해도 백주 대도상에서 선생이 학생들을 거느리고 어엿이 청요릿집엘 들어갈 수가 있으리라곤 상상조차 못하던 노릇이었었다. 〈회(懷)〉

백중(百中)명 '백중날'의 준말. 명절의 하나로 음력 칠월 보름날. 불가(佛家)에서는 하안거를 마친 뒤, 대중 앞에서 허물을 말하여 참회를 구하며 절에서 제를 올림. ¶이것은 지난 백중 무렵에 대복이가 실지로 내려가서 보고 온 것이니까, 노상 소작인들의 엄살로만 돌릴 수는 없는 것입니다. 〈태평천하⑭〉 ¶백중 가까운 초열흘 달이 진작 중천에 뜨기는 했지만. 〈정자나무 있는 삽화〉

백줴부 '백주에(白晝~)'의 준말. 공공연하게 드러내 놓고. 터무니없이 억지로. ¶소문대로 그가 천여 석 추수를 하는 과부의 외아들이기만 하다면야 모면할 도리가 없지도 않다. 그러나 그것은 백줴 낭설이다. 〈탁류④〉 ¶백줴 졸업장을 받아 들고 학교 문턱을 넘어서다가 에어 포켓에 푹 빠지는 맥으로, 〈모색〉

백지(白紙)명 흰 빛깔의 종이. ¶북쪽 벽이 몸뚱이 하나 들락날락할 만하게 뚫리고 거기는 시늉이나마 백지를 발랐다. 〈얼어죽은 모나리자〉

백천(百千)명 백(百)과 천(千). 꽤 많은 수. ¶목에서 시뻘건 선지피라도 쏟아져 나오도록 부르짖어 백천 말로 저주를 해도 시원할 것 같잖던 분노와 원한이건만, 〈탁류⑭〉

백탄불(白炭-)명 흰 재의 가루가 덮혀 빛깔이 희읍스름하고 화력이 매우 센 참숯이 타는 불. ¶드나드는 문 옆에다 새로 백탄불이 이글 이글하는 화로 하나를 가져다 놓고 선술집 모양과 똑같이 땟국이 흐르는 더부살이가 산적을 굽기 시작한다. 〈산적〉

백태(白苔)명 눈병의 하나. 눈앞에 덮여 앞이 안 보이게 하는 희끄무레한 막. ¶눈은 눈알에 허옇게 백태가 덮이고, 동자께로 시뻘건 발이 서서 그것이 남이 보기에 얼마나 흉허우랴 싶어 일부러 육장 그렇게 감고 있는 것이다. 〈얼어죽은 모나리자〉

백통전(--錢)명 백통으로 만든 돈. '백통'은 구리와 니켈의 합금. 『같은』 백통화. ¶일 원짜리 지전 두 장과 백통전이 방바닥에 요란스럽게 흐트러진다. 〈레디 메이드 인생〉

백통화(--貨)명 동전의 한 가지. 백통으로 만든 은빛의 주화. 『같은』 백통전. 백동전(白銅錢). 백동화(白銅貨). 백전(白錢). ¶인력거꾼은 윤 직원 영감이 말도 다 하기 전에 딸그랑하는 대소 백통화 서 푼을 그 육중한 손바닥에다가 받아 쥐고는, 〈태평천하①〉

밴들부 얄밉게 빠져나가거나 피하거나 건들거리는 모양. ¶은행의 동료들이 붙잡

고서 장가턱을 한잔 빼어 먹으려고 애를 썼어도 밴들 피해 버렸다. 〈탁류⑩〉

밴들밴들[부] 남을 비꼬듯이 얄밉게 행동하며 놀리는 모양. 〈빈들빈들. 『센말』 뺀들뺀들. ¶울거나 골딱지를 냈거나 도망을 가거나 하기는커녕, 날 잡아 보라는 듯이 밴들밴들 웃고 있지를 않겠읍니까. 〈태평천하⑩〉

밴조고름하다[형] →반주그레하다. 겉으로 보기에 생김새가 깜찍하게 반반하다. ¶하기는 종수 자식이 나보다 얼굴이 밴조고름하니 이쁘기는 이쁘겠다? 〈쑥국새〉 ¶말은 못하나? … 계집애가 밴조고름하게 생겼으니깐 음충맞게 딴 배짱이 있어 가지구설랑…. 〈탁류⑦〉

뱁새눈[명] 작으면서 가늘게 째진 눈. ¶말(馬)처럼 닷 발이나 되는 얼굴이 코는 안장코요, 바탕은 뜨다가 만 누룩이요, 입은 죽가래로 푹 지른 형용이요, 눈은 뱁새눈인데, 〈이런 처지〉

뱃살[명] 배를 싸고 있는 살이나 가죽. ¶그 사람은 뱃살을 거머쥐고 웃는 것을 보다 못해 돌아서 버렸읍니다. 〈어머니를 찾아서〉 ¶최 서방의 시침 뚜욱 따고 하는 소리에, 갑쇠와 오복이는 뱃살을 잡고 웃는다. 〈정자나무 있는 삽화〉

뱃심껏[부] 뱃심이 있게. ¶"허허허허…" "허허허…" 두 사람은 뱃심껏 웃었다. 〈그 뒤로〉

뱃심[명] 줏대를 굽히지 않고 제 생각대로 버티는 힘. ¶북경, 상해 등지로 내뺄 뱃심이다. 〈탁류④〉 ¶그러나 뱃심이라고 할지 생억지라고 할지, 아뭏든 서두리꾼을 이겨 내고, 필경은 그대로 백권석에서 구경을 했읍니다. 〈태평천하③〉 ¶그런 것은 너두 뱃심 유해졌다우. 〈소망〉 ¶그러거나 말거나 없는 뱃심을 부려 명함을 내밀고 이군을 찾았더니. 〈회(懷)〉

뱅깃이[부] →뱅긋이. 입만 살짝 벌리고 소리없이 가볍게 웃는 모양. ¶"알랑두 허네!" 옥초는 뱅깃이 우스운 입을 쫑긋하면서 부전스런 떡심쟁이 늙은이더러 핀잔을 한다. 〈모색〉

뱉어 놓다[동] 말 따위를 함부로 마구 하다. ¶형보의 눈 하나 깜짝 않고 딱 버티고 앉아서 따북따북 말을 뱉어 놓다가,… 〈탁류⑭〉

버둥거리다[동] 어려운 처지에서 벗어나려고 애를 몹시 쓰다. ¶승재는 질겁을 해서 버둥거려도 빠져나지를 못한다. 〈탁류⑮〉

버러지[명] 벌레. ¶자연 무당놀음이 맨살에 버러지가 기어가는 것처럼 징그러운 그는, 예수교도 징그러워 도무지 믿을 정이 들지를 않았을밖에요.〈흥보씨〉

버려 놓다[동] (물건을) 망쳐서 못쓰게 만들다. 또는 사람을 옳지 못하게 망쳐 놓다. ¶내지인 학교라야지 죄선 학교는 너절해서 아이들 버려 놓기가 꼭 알맞지요. 〈치숙(痴叔)〉

버르장머리[명] '버릇'을 얕잡아 이르는 말. ¶흔히 대할 수 있는 하급 관원이 괘씸한 버르장머리다. 〈상경반절기〉 ¶그러니 결국 종수로 하여금 버르장머리가 없게 하는 것은 이편 병호가 속이 없고 농판스런 탓이요, 그걸 받아 주는 때문입니다.〈태평천하⑫〉

버릇하다[보] 동사의 '-아', '-어'꼴 다음에 쓰여, 앞의 동사가 뜻하는 동작을 되풀이

함을 나타내는 말. ¶아름다운 건 아름답게 보아 버릇해야 하는 법야…. 〈탁류⑧〉

버리다㊍ 사람의 본바탕을 상하게 하여 못된 길로 들어서다. ¶김 군이 짜증 비슷히 하는 말이었다. 그러고는 그 끝에 걱정이 "…잘못하다, 아알 버리쟁이겠소!" 〈회(懷)〉

버무려지다㊍ 여러 가지 재료나 양념이 한데 뒤섞이다. ¶그것 죄다가 한데 버무려져서는 쩝쩌얼퀴퀴하니 자못 향기롭진 못하였다. 〈이런 남매〉

버무리다㊍ 여러 가지 재료나 양념을 한데 뒤섞다. ¶지금은 개복동과 연접된 구복동을 한데 버무려 가지고, 산상정이니 개운정이니 하는 하이칼라 이름을 지었지만, 〈탁류①〉

버석거리다㊍ 가랑잎과 같이 잘 마른 물건이 건드려지는 소리가 자꾸 나다. ¶샛노란 북포로 아버지의 적삼을 커다랗게 짓고 있는 것이다. 날베가 되어서 여기 말로 하면, 빛은 꾀꼬리같이 고와도 동리가 시끄럽게 버석거린다. 〈보리방아〉

버슬버슬하다㊔ 물기가 적어 버스러지기 쉽다. 〉바슬바슬하다. 『거센말』 파슬파슬하다. ¶살결은 기름기가 받고 탄력이 빠져서 낡은 양피(羊皮)같이 시들부들 버슬버슬해졌다. 〈탁류⑯〉

버썩㊇ 아주 가까이 들러붙거나 죄거나 우기는 모양. 〉바싹. ¶별안간 태수가, 졸연잖게 행화에게로 버썩 돌아앉으면서…. 〈탁류④〉 ¶영주가 이렇게 나무라는 데는 두부 장수도 좀 결리는 데가 있는지라 버썩 쇠지는 못했다. 〈명일〉

버엉떼엥하다㊍ →벙뗑하다. 얼렁뚱땅하여 넘기다. ¶제호라는 위인이 버엉떼엥하면서 남을 덮어 누르고, 제 고집대로 하는 뱃심도 뱃심이겠지만 〈탁류⑫〉 ¶그러나 시방은 겉으로는 그럴싸하면서도 속은 말짱하니 다르고 그래서 버엉떼엥하고는 남을 엎어 삶는 일종의 말재주에 지나지 못하는 것이었었다. 〈모색〉

버엿하다㊔ →버젓하다. ¶그 돈 나머질 가지구 자네허구 나허구 다시 장사를 하면 버엿하잖어? 어때? 〈탁류④〉

버젓하다㊔ 남의 축에 빠지지 않을 만큼 행동이 당당하고 떳떳하다. ¶사실 제호한테다 맡겨만 놓으면, 사람이 어디로 보나 형보보다는 한길 솟으니까 몰릴 까닭이 없이 버젓하게 일 조처를 낼 것이고, 〈탁류⑭〉

버짐㊐ 백선균에 의하여 일어나는 피부병을 통틀어 이르는 말. 특히 얼굴의 백선을 이르며 마른버짐, 진버짐 등이 있다. ¶살결보다는 버짐이 더 많이 피고, 배내털이 숭얼숭얼해서 분을 발랐다는 게 고루 먹지를 않고, 어루러기가 진 것 같습니다. 〈태평천하②〉

버쩍㊇ 급하게 나아가거나 또는 갑자기 늘거나 주는 모양. ¶그러고 우리 반에서 버쩍 그 뒤로 머리를 자원해서 깎는 학도가는 것도 알고 보면 다 거기서 우러났다고 해야 할 것이었었다. 〈회(懷)〉

버캐뷸러리(vocabulary)㊐ 단어, 어휘. ¶남편에게 대한 애정의 형용이 그러하고, 쓰는 버캐뷸러리가 그러하고 말의 억양까지도 그러했다. 〈패배자의 무덤〉

버팅기다㊍ →버티다. 든든하게 자리를 잡고 꿈적도 하지 않다. ¶먹곰보가 멱살을 잡고 버팅긴 팔목을 슬며서 훑으려 쥐고 불끈 잡아 비튼다. 〈탁류⑥〉 ¶총대를 가로, 빗장 대듯 문지방에다가 밀어대면서 발로 문턱을 디디고는 꽉 버팅깁니다. 〈태평천하④〉

벅석하다㊍ →법석하다. 어수선하게 떠들다. ¶"그럼 이건 도루 갖다주어야겄구만… 그 집으루 시방 나그네가 와서 벅석허던디." 〈보리방아〉

번괴㊔ '변괴(變怪)'의 오기인 듯(?). '변괴'는 '괴이한 일'의 뜻. ¶"허! 그런 번괴라니!… 원 제가 순검이 다아 어디 당한 것이라고!… 선비 자이 포리가 어디 당한 것이여! 미쳤어!… 미쳐!…." 〈순공(巡公) 있는 일요일〉

번다히(煩多-)㊕ 번거롭게 많이. ¶한갓 그저 우난 볼일도 없으면서 흥뗑거리며 번다히 오르내리잘 며리가 없는 노릇이라. 〈상경반절기〉

번둥거리다㊍ 하는 일 없이 뻔뻔스럽게 놀기만 하다. 〉반둥거리다. ¶집안의 농사일은 마지 못해서 거들어 주지, 노상 번둥거리고 돌아다닌다. 〈얼어죽은 모나리자〉

번둥번둥㊕ 빈둥빈둥. 일도 하지 않고 뻔뻔스럽게 놀기만 하는 모양. ¶"응 그냥 번둥번둥 놀구 있지…" 〈명일〉 ¶남의 옷감 짜노면 그걸 뺏어다가 입으려고 번둥번둥 놀 것이고. 〈치숙(痴叔)〉 ¶그렇다면 그 다음은 그저 번둥번둥 놀면서 독서나 하고 요행 이해할 줄은 아는 덕에 미술이며 음악 같은 것이나 찾아 감상이나 하고. 〈모색〉

번들번들㊕ 밉살스럽게 게으름을 피우며 놀기만 하는 모양. ¶"허! 그게 안된 생각이야… 자기가 먹고 살 재산이 있으면서 사회를 위해서 일도 아니하고 번들번들 논다는 것은 그것은 타락된 생각이야." 〈레디 메이드 인생〉

번들거리다㊍ 어수룩한 맛이 없이 약게만 굴다. ¶범수는 안해가 혼자서 졸리고는 그 화풀이를 하느라고 쫑알대면 번들거리면서 곧잘 하는 말이었었다. 〈명일〉

번복(飜覆)㊔ 뒤쳐 엎음. 뒤집음. 이러저리 뒤쳐 고침. ¶수만금 수십만금 잡았다가 놓쳤다가 하여서 무수한 번복을 거쳐, 필경은 오늘날의 한심한 마바라나 그보다 더 못한 하바꾼으로 영락한 무리들이다. 〈탁류④〉

번연하다㊎ 매우 뚜렷하고 환하다. ¶"번연한 속이지 물어서는 무얼 허우?" 영주는 풀 죽은 대답을 한다. 〈명일〉 ¶번연한 생시건만, 초봉이는 제가 남이 되고 남이 저인 양 넋을 잃고 서서 눈은 환영을 쫓는다. 〈탁류⑱〉 ¶이렇게 속으로 빈정대는 게 아주 번연하니, 썩 발칙스럽기도 하려니와 일변 어째 그랬든 한번 개두를 한 이상 뒷갈무리로 못해서야 어른의 위신과 체모가 아니던 것입니다. 〈태평천하⑥〉

번연히㊕ 매우 뚜렷하고 환하게. ¶윤희는 번연히 남편 제호가 아닌 것을 역력히 알아차렸으면서 상관 않고, 대고 머쓰린다. 〈탁류②〉 ¶승격이 된 다음엔 응당 재갸는 교장 자리로부터 물러 나가야 할 줄 모르잖아 번연히 짐작은 했으면서도 종시 정성껏 그렇게 일을 서둘렀더라고 한다. 〈회(懷)〉

번잡(煩雜)하다㊎ 번거롭고 복잡하다. 번거롭고 뒤섞여 어수선하다. ¶아무것도 변화도 생기지 아니하고 그저 주린 자기 자신이 쓸데없이 번잡한 종로 네거리에 초라하니 놓여 있을 따름이다. 〈명일〉 ¶ 그렇다고 그 애들 말마따나 이 번잡한 길바닥에서 벤또 반찬 나부랑이를 꺼내서 움줄움줄 먹인대서야. 〈흥보씨〉

번족(蕃族)하다㊙ 자손이 많아 집안이 번성하다. 집안이 잘되어 성하다. ¶ 허! 정 주사는 그래도 걱정 없지요! 자손이 번족하겠다. 무슨 걱정이겠수? 〈탁류①〉

번죽㊐ 번번하게 생긴 얼굴. ¶ 아이유! 홀게 빠진… 정말이지 번죽이 아깝지! 〈탁류⑧〉

번폐(煩弊)스럽다㊙ 번거롭고 성가시고 귀찮다. 번거롭고 폐가 되는 듯한 느낌이 있다. ¶ 그애는 작년 사월에 이리(裡里) 농림 학교에 입학을 해서 통학을 하고 있기 때문에, 전학을 하느니 자리를 옮기느니 하면 번폐스럽기만 하겠은즉 그럭저럭 졸업이나 한 뒤에. 〈탁류⑮〉 ¶ 그러느니 차라리 무어라도 좀 시켜다 달랠까 그건 또 번폐스럽고, 〈모색〉

번화(繁華)스럽다㊙ 보기에 번화하다. ¶ 그래 오래잖아서 저녁상이 나오는데 비록 번화스럽게 차리지는 아니했으나 조촐한 데도 모두 입에 맞는 음식이 가히 양반의 집 풍도를 엿볼 수가 있었습니다. 〈소복 입은 영혼〉

번화(繁華)하다㊙ 번성하고 화려하다. ¶ 정 주사는 집 가까이 와서 비로소, 번화할 초봉이의 혼인 및 그 결과 대신, 오도카니 굶고 있을 집안 식구들을 생각하고는 맥이 탁 풀린다. 〈탁류③〉

발건 대낮〖관용〗 (남이 눈에 잘 띄는) 밝은 대낮. ¶ 그걸 어떻게 염탐했는지 발건 대낮에 속 빠진 양복장이 둘이 들이덤벼 가지고는 그 돈 4천 원을 몽땅 뺏어 가던 것입니다. 〈태평천하④〉

벌씬㊏ 숫기 좋게 입을 벌려 방긋 웃는 모양. ¶ 승재는 되레 무렴해서 벌씬 웃고 얼른 아랫방께로 걸어간다. 〈탁류③〉

벌씸㊏ 입, 코 따위의 탄력 있는 부위가 크게 벌어지는 모양. ¶ 장손이가 짚단을 묶고 있는 모친더러, 소처럼 벌씸 웃으면서 하는 말이다. 〈암소를 팔아서〉

벌씸거리다㊍ 입, 코 같은 신축성이 있는 부위가 크게 자꾸 벌어졌다 오므라졌다 하다. ¶ 도야지란 놈은, 응 인제는 되었다고, 어서 인제는 일러로 가져오라고, 꿀꿀꿀 점잖이 재촉하면서 연방 코를 벌씸거린다. 〈암소를 팔아서〉 ¶ 형보는 물향내와 살냄새가 한데 섞여 취할 듯 이상스럽게 몰큰한 규방의 냄새에 코를 사냥개처럼 벌씸거리면서 너푼 들어앉는다. 〈탁류⑩〉 ¶ 용희가 와서 섰는 것을 보고 주둥이를 벌씸거리면서 연신 꿀꿀거린다. 〈보리방아〉

벌씸벌씸㊏ 벌씸거리는 모양. ¶ 시방 두 볼이 아물든 상말로 오뉴월 무엇처럼 추욱 처져 가지고는 숨길이 씨근버근, 코가 벌씸벌씸, 〈태평천하⑥〉 ¶ 미럭쇠는 눈을 불끈불끈 그 잘난 코를 벌씸벌씸, 내리 으끄러 버릴 듯이 바싹 다가선다. 〈쑥국새〉

벌씸벌씸하다㊍ 입, 코 같은 신축성이 있는 부위가 크게 한 번 벌어졌다 오므라지다. ¶ 얼굴이 붉으락푸르락했다가 적절히 감동을 했다가 주먹을 부르쥐고 코를 벌씸벌씸했다가 마루가 꺼지게 한숨을 내쉬었다가…. 〈탁류⑰〉

벌씸하다㉠ 벌씸거리다. ¶M이 그렇잖아도 벌씸한 코를 한 번 더 벌씸하고 사이 벌어진 앞니를 내어 보이며 싱끗 웃는다. 〈레디 메이드 인생〉 ¶장손이는 그 말에야 벌씸하고 소처럼 또 웃고 나서 한참 있다가 "보리 좀 더 보태 먹으문 그 턱이 그 턱 아니우?" 〈암소를 팔아서〉 ¶아 혼자서 벌씸허구 웃겠지! 웃어요 글쎄, 〈소망〉

벌어지다㉠ 일이 일어나거나 진행되다. ¶영주는 일이 굴러진 줄 알기는 하나 그러나 기왕 벌어진 춤이니 그 다음 말을 다 아니할 수는 없다. 〈명일〉

벌역(罰-)㉡ 버력. 사람의 죄악을 징계하느라고 하늘이나 신불(神佛)이 내린다고 하는 벌. ¶그놈을 집으로 가지고 간 죄로 다가 그 엄한 벌역을 치르다니. 〈흥보씨〉 ¶하루 한 차례씩 글을 들 좀 읽어라 읽어라 해 싸시는 걸 막무가내로 펀펀 놀아먹기만 했던 그 벌역인 듯이 한바탕 착실히 우리를 갖다가 골탕을 먹인 할아버지 영감님의 심술도 꽤 어지간한 것이었었다. 〈순공(巡公) 있는 일요일〉

벌제위명(伐齊爲名)㉡ 어떤 일을 겉으로는 하는 체하면서 속으로는 딴전을 부림을 이르는 말. ¶거 머 벌제위명이지, 공부라구 한다는 게… 〈탁류⑮〉 ¶1, 2, 3학년을 시간마다 제멋대로 오르락내리락, 장난과 놀기가 주장이요 공부란 괜히 벌제위명이었지만, 아뭏든지 학도는 학도였었다. 〈회(懷)〉

벌초(伐草)㉡ 무덤의 잡풀을 베어 깨끗이 함. ¶내가 어쩌면 이 무덤을 벌초 한 번 이나마 해 주지 않을 요량을 하고서, 〈탁류⑪〉

벌주(罰酒)㉡ 벌로 먹이는 술. ¶"자아… 아가 그 잔은 벌주요, 시방 이 잔은 상주네 상주! 꽁지만 잡었어두 아무턴지 노름꾼 하나 잡을 뻔한 그 상주네!" 〈순공(巡公) 있는 일요일〉

벌충하다㉠ (손실이나 모자라는 것을) 보태어 채우다. ¶파출소 앞에서 김 순사와 수작을 하느라고 잠깐 충그린 시간을 벌충하자 함인데, 〈흥보씨〉

벌흙㉡ 생흙(?). 광산 용어로는 '광산 구덩이에서 광물이 나기 전의 흙'을 말함. ¶벽은 벌흙에다가 신문지를 그대로 바른 것이 검누렇게 퇴색이 되고 군데군데 찢어져 흙이 비어져 나온다. 〈얼어죽은 모나리자〉

범백(凡百)㉡ 여러 가지 사물. 온갖 것. ¶인제 혼인을 하게 되면 아저씨(탑삭부리 한 참봉)와 아주머니(김 씨)한테 범백을 미룰 테니 잘 알아서 해 달라고 부탁을 해 오던 참이다. 〈탁류⑦〉 ¶근년 향교의 재정이며 범백을 군청에서 맡아보게 된 뒤로부터는 전과는 기맥이 좀 달라졌는지. 〈태평천하④〉

범백사(凡百事)㉡ 갖가지의 일. 또는 온갖 일. ¶내 생활까지를 포함한, 널리 세상 범백사에 그와 같은 마음으로써 임할 수는 없을 것일지. 〈회(懷)〉

범벅㉡ 여러 가지 사물이 뒤섞여 갈피를 잡을 수 없게 된 상태. ¶오목이의 혼사도 우선 그렇게 운만 떼 놓았으니까 반대야 하거나 말거나 자기 혼자 범벅을 꾸며 놓고 부득부득 밀고 나가면 남편도 그때 가서는 할 수 없이 굽히리라고. 〈얼어죽은 모나리자〉

범부(凡夫)㉡ 평범한 사내. ¶또 노력을 했

은들 거룩한 현인이 아니요 한낱 범부된 이상, 상당한 위력과 유혹성을 가지는 그 습성을 하루 아침 깨끗이 씻어 버리기란 결코 용이한 일이 아닐지니 말이다. 〈상경반절기〉

범사(凡事)명 평범한 일. ¶범사에 초봉의 일을 가지고 남편을 달달 볶아댄다. 〈탁류②〉

범상(凡常)하다형 대수롭지 않고 예사롭다. ¶그저 한 개 범상한 인간이 아닌가. 그런 범상한 인간이 하루 세 때씩 먹는 밥과 한가지로, 〈이런 처지〉

범연(泛然)스럽다형 차근차근한 맛이 없이 데면데면한 태도가 있다. ¶매사에 이렇듯 다심한 성미이면서 일변 지극히 범연스런 그의 솔성이 혹은 마지막 학업을 마치고 난 직후가 되어 긴장이 한꺼번에 탁 풀리는, 〈모색〉

범연하다형 차근차근한 맛이 없이 데면데면하다. ¶그렇다고 윤 직원 영감이 무슨 취리에 범연해서 그랬겠읍니까? 〈태평천하⑤〉 ¶그러나 그러고저러고 간에 계봉이의 태도가 범연하여 동무 이상 아무것도 아닌 성싶었고, 해서 더욱 마음 놓고 그 꿈을 즐길 수가 있었다. 〈탁류⑱〉 ¶차로부터 척척 내리는 사람들의 범연한 시선과 가벼운 모양이며 차창으로부터 무심히 내어다 보는 사람들의 고요하고 한가한 얼굴과 알맞은 재조를 이루고 있었다. 〈세 길로〉 ¶미상불 병조의 마음은 풀기가 없어지고 그동안 침착하고도 열의 있게 하며 나오던 '일'에 대하여 범연하여진 눈치가 가끔 보이고 하였다. 〈병조와 영복이〉 ¶결과야 물론 자식을 죽이고 살리고 하는 것을 좌우하게 되지마는, 그야 무지한 탓이지, 범연해서 그런 것은 아니다. 〈탁류⑥〉 ¶그다음 용동댁의 모친인데, 바깥 대주 정 생원이 그 지경으로 범연해서 살림 알은체를 안 하니까. 〈용동댁〉 ¶언제라도 촌사람 농사꾼이 그해 농사에 정성이 안 씨이며, 꿈에라도 범연할까마는, 시방 갑쇠한테 대해서는 올 농사가 여간만 알뜰한 게 아니다. 〈정자나무 있는 삽화〉 ¶단코 경순은 (하필 경순이리요. 누가 당했든지) 수화를 가리지 않았을지언정 그대도록 범연하지는, 가령 하고 싶어도 못했을 것이다. 〈패배자의 무덤〉 ¶피차간 범연한 사일세 말이지, 하다가 못할 값에 지레 못한다고 끝끝내 방색만 하고 앉았을 수는 없는 노릇이요. 〈회(懷)〉

범절(凡節)명 법도에 맞는 모든 절차나 질서. 일이나 물건이 지닌 모든 질서와 절차. ¶그러니 혼인을 하게 되면, 범절은 우리 두 집안이 상의껏 치르게 될 것이다. 〈탁류⑦〉

범포(犯逋)내다동 나라에 바칠 돈이나 곡식을 써 버리다. 여기서 '범포'는 국고에 바칠 돈이나 곡식을 끌어서 써 버림. ¶은행의 돈 범포낸 그 일에 대한 것인 줄 태수는 알고 듣고도, 머 그저 수라께 강낭옥수수겠지 하는 생각에 그다지 내켜하지도 않는다. 〈탁류④〉

법망(法網)명 법률의 그물. 곧 새나 물고기가 그물을 못 벗어나듯 범죄자가 법률의 제재(制裁)를 벗어날 수 없음을 비유하여 이르는 말. 법률 제재의 세밀함을 그물에 비유한 말. 여기서 '제재'는 (어떤 태도나 행위에 대한 대응으로서) 불이익이나 벌을 줌. 또는 그 일. 도덕이나 관습, 또는 집단의 규율을 어긴 사람에게 주는 심리적, 물리적 압력 등을 뜻함. ¶오늘 저녁의 일은, 가령 허사가 되더라도 태수를 법망에 얽어 넣을 방법이 얼마든지 종차로 있으니까 밑질 게 없지만, 〈탁류⑩〉

법수(法手)명 방법과 수단. ¶덜머리진 총각 녀석이 꼬마둥이더러, 엿 사 주께시니… 달라는 법수와 별반 다를 게 없는 행티겠지요. 〈태평천하⑩〉

법식(法式)명 법도(法度)와 양식(樣式). ¶그리고 마누라 강씨 부인과 그 한 축의 부인네들의 신앙하는 법식밖에는 보지를 못한 그로서는, 〈흥보씨〉

벗어부치다동 옷을 힘차게 벗다. ¶벗어부치고 농사면 농사, 노동이면 노동을 해 먹고사는 사람들과 마찬가지로, '오늘'이 아득하기는 일반이로되, 〈탁류①〉

벗어붙이다동 →벗어부치다. 『비슷』 벗어제치다. ¶"벗어붙여야지… 그래야만…." 〈그 뒤로〉 ¶태호는 어색하게 도리깨질을 터덕터덕 하고 섰다. 벌써 십 년 가까이 벗어붙이고 '생일'을 하건만, 본시 선비집 자제로 태어나 이십까지는 한문 공부를 하고. 〈보리방아〉

벙그러지다동 →벌어지다. 갈라져서 틈이 생기다. ¶시방, 세상이 통채루 사개가 벙그러지는 판인데. 〈소망〉

벙뗑하다동 '엄벙뗑하다'의 준말. '엄벙뗑하다'는 슬쩍 엉너리 쳐 곤란한 처지를 넘기다. ¶"벙뗑허(하)지 머. 아이, 참." 유모는 소리를 죽여 소곤소곤. 〈빈(貧)… 제1장 제2과〉

벙벙하다[1]형 물이 넘칠 듯이 그득하다. ¶열 사람 백 사람 천 사람이 몇 해를 두고 그렇게 눈물을 뿌리니까, 연못의 물은 벙벙하게 찼다는 김삿갓 같은 이야기다. 〈탁류④〉

벙벙하다[2]형 얼빠진 사람처럼 아무 말이 없다. 어쩔 줄 몰라 아무 말 없이 어리둥절하다. ¶용희와 정 씨가 벙벙해서 있는 것을 보고 재봉틀 부인은 연해 입맛을 돋아 준다. 〈보리방아〉 ¶넋이 나간 듯 벙벙해 바라보고 앉았던 갑쇠며 일꾼들은, 〈정자나무 있는 삽화〉

벙싯벙싯부 입을 조금 크게 벌리며 소리 없이 가볍게 웃는 모양. ¶태수는 초봉이를 두고 생각하면 할수록 절로 입이 벙싯벙싯 벌어진다. 〈탁류④〉 ¶이윽고 행주치마에 손을 씻으면서 나오는데, 입은 연방 벙싯벙싯 다물어지질 않았다. 〈순공(巡公) 있는 일요일〉

벙어리명 푼돈을 넣어 모아 두는 데 쓰는 조그마한 저금통. 원래는 질그릇으로 만듦. ¶오정이 조곰 못 돼서야. 태호 벙어리를 털으니깐, 제법 일 원짜리두 두 장이나 나오구, 죄다 해서 한 오륙 원은 돼요. 〈소망〉

벙어리 냉가슴 앓는 조다『속』 답답한 사정이 있어도 남에게 말하지 못하고 혼자 애태우는 모양. ¶태수는 분명치 않은 소리만 낼 뿐, 무어라고 형편을 물어보고 싶어도, 옆에서 상관이며 동료들이 듣는 데라, 그야말로 벙어리 냉가슴 앓는 조다. 〈탁류④〉

벤또(べんとう)명 '도시락'의 일본어. ¶가운데는 겨울을 기다리는 스팀 장치가 있고—이 스팀 장치는 겨울에 직공들이 벤

또를 데워 먹게 하느라고 선반식으로 되었다. 〈병조와 영복이〉 ¶ 아침을 못해 먹었으니, 그새라도 혹시 양식이 생겨서 밥을 해 먹었으면, 알뜰한 모친이라 점심을 내오는 체하고 벤또에다가 밥을 담아다 주었을 것이다. 〈탁류②〉 ¶ 그 뒤로부터 태진이의 벤또에는 달걀을 삶아서 저며 둔 반찬이 별반 끊이지 않았고. 〈용동댁〉

벙어리 삼신『관용』 '말이 없는 사람'을 놀리어 일컫는 말. ¶ 수염난 놈팡이가 포장 뒤에 앉아 벙어리 삼신인지 눈만 힐끔하고 돈이나 받을 줄 알지, 〈탁류⑫〉

베갯머리명 베고 누운 배개의 위쪽 가까운 자리. ¶ 태수는 머리맡에 있는 담배곽을 집어다가 피워 물면서 베갯머리께로 오라고 손짓을 한다. 〈탁류⑩〉

베란다(veranda)명 양옥에서 건물의 앞쪽으로 넓은 툇마루처럼 튀어나온 부분. ¶ 방머리께 유리창 밖에다가 베란다 본으로 꾸며논 자리로 옮아 앉았다. 〈탁류⑫〉

베랑부 별반. 따로 별다르게. 또는 별로. 그다지 다르게. ¶ 안국동으루 수송동으루 하숙을 허구 있던 학생 치구서 이 장송루 뒷문 속을 모르는 학생은 베랑 없을 거야! 〈회(懷)〉

베레 모자(프. béret帽子)명 차양이 없고 동글납작하게 생긴 모자. ¶ "등장 가얄까 보군!" 베레 모자 신사가 혼잣말하듯 하는 소리고, 〈회(懷)〉

베리다동 →벼리다. 연장의 무딘 날을 불에 달구어 날카롭게 하다. ¶ 꾀는 없고 욕심만 많아, 마침 또 지난 장에 새로 베려 온 곡괭이가 알심있이 손에 맞겠다. 〈쑥국새〉

베이스(bass)명 성악에서 남자의 가장 낮은 음역. ¶ 코에 걸리는 듯한 베이스 음성으로, 뜸직뜸직 저력 있게 울리는 이 말소리는 데데거리고 급한 제호의 말소리와는 얼토당토 않다. 〈탁류②〉

벨벳(velvet)명 거죽에 고운 털이 돋게 짠 비단. 비로도. 우단. ¶ 이윽고 옥초가 끝동 없이 고름만 자주로 단 하얀 하부다이 저고리에 무늬가 맘껏 굵은 벨벳의 맑은 남빛 치마를 치렁치렁 받쳐 입고 새로 마추어 두었던 깜장 에나멜 구두를 손에 들고서 마루로 나선다. 〈모색〉

벼낟가리명 볏단을 쌓은 더미. 『같은』 볏가리. ¶ 작년에는 을네가 오복이, 시방 바로 저 논에서 일을 하고 있는 오복이와 눈이 맞아, 둘이서 보리밭으로 기어들어 가는 것을 보았네, 벼낟가리 틈에서 나오는 것을 보았네 하는 소문이 퍼졌고. 〈정자나무 있는 삽화〉

벼락명 몹시 심하게 하는 나무람이나 꾸지람. ¶ 그래 시방치에다가 미래치까지 미리서 끌어당겨다가는 (두 모금을 한꺼번에) 벼락을 한바탕 내떨고라야 말 것입니다. 〈흥보씨〉

벼락(을) 맞을 일『관용』 ('천벌을 받아 마땅한 일'이라는 뜻으로) 당치 않은 일. ¶ 장사해 먹는 이놈이 손복할 지경이지. 생각하면 벼락을 맞일(을) 일이야. 허허허허. 제기할 것. 〈탁류②〉

벼르다동 (마음을) 단단히 도사리다. ¶ 한 개 만 더 먹고 싶었으나 어머니를 찾을 동안 육십 전 있는 것을 별러서 사 먹어야겠다고 양이 좀 덜 찬 것을 그대로 일어선 것입니다. 〈어머니를 찾아서〉 ¶ 처음에 문득, 잘 생각이 나 가지고 그 생각을 그

대로 지닌 채 이어 눈을 감고 잠을 벼르기 시작했을 때에는. 〈반점〉

벼실명 →벼슬. 벼슬아치 노릇을 하는 일. ¶이번에 내 벼실을 한자리 했지 벼실을, 허허허허… 읍회 의원을 하나 얻어 했어요! 〈모색〉

변(變)명 갑자기 생긴 재앙이나 뜻밖의 일. ¶짐짓 암말도 않고 있다가 느닷없이 변(진실로 변)을 만나게 하여, 선생이 없더라도 그새 배운 것이나 잊어버리지 않도록, 〈순공(巡公) 있는 일요일〉

변괴(變怪)명 괴이한 일. 이상야릇한 일. ¶하루는 '덕언이 선생님'이 (아 그때에 그런 변괴라니!) 꼭 자리에 있어야만 할 상투를 어디다 두고 오지 아니했겠나요! 〈소복 입은 영혼〉 ¶허어! 저런 변괴가 있나! 몸 아픈 사람이 그래, 〈탁류⑬〉

변돈(邊-)명 변리를 무는 빚돈. 여기서 '변리'는 변돈에서 느는 이자. 『같은』 변전(邊錢). ¶그래도 아끼고 아껴 푼푼이 모으다가 닭도 사 놓고 돼지 새끼도 사 놓고 또 착실한 사람한테 변돈도 주고 해서 늘려 놓은 것이. 〈얼어죽은 모나리자〉

변법(變法)명 변칙적인 방법이나 방식. ¶그러나 궁하면 통한다는 묘리대로, 그것 또는 변법이 없으리라는 법은 없었다. 〈탁류⑦〉

변변찮다형 보잘것없다. 신통하지 않다. ¶윤 두꺼비는 돈으로는 남부러울 게 없어도, 문벌이 변변찮은 게 섭섭한 걸 비로소 느끼게 되었읍니다. 〈태평천하④〉

변변하다[1]형 (됨됨이나 생김새 따위가) 별로 흠이 없이 어지간하다. ¶그의 마음만은 더 알고 잘 알아서 옥섬이에게 변변한 사람이 되어 보이고 싶은 생각이 언제나 간절하였고 또 한심하게나마 노력만은 계속하였다. 〈산동이〉

변변하다[2]형 제대로 갖추어져 충분하거나 쓸 만하다. ¶넥타이도 변변한 게 있을 턱이 없고 모자는 소프트 그냥이다. 구두는 뒤축이 바짝 닳고 코가 벗겨진 검정이다. 〈명일〉

변변히부 제대로 갖추어져 충분하거나 쓸 만하게. ¶친구 자녀 데려다가 두구서는 월급두 변변히 못 주어서 늘 옹색하게 하니깐, 안 그래? 그렇지? 〈탁류②〉

변사(辯士)명 무성영화를 상영할 때 영화에 맞춰 줄거리를 설명하던 사람. ¶무성영화 변사? 〈탁류⑯〉

변상(變喪)명 변고(變故)로 인한 상사(喪事). ¶남편의 변상을 치르고 나서 저으기 마음이 가라앉기 시작할 무렵이었다. 〈패배자의 무덤〉

변심(變心)명 마음이 변함. ¶에라 내가 돈을 아껴서는 무얼 하겠느냐고 실로 하늘이 알까 무서운 변심을 먹고…. 〈태평천하③〉

변전(邊錢)명 이자를 무는 빚돈. 『같은』 변돈. ¶그렇거들랑 왜 나더러 달래다가 쓸 것이지, 비싼 고리대금업자의 변전을 내느냐고 한다치면, 할아버지가 언제 돈 달래는 족족 주었느냐고 되레 떠받고 일어섭니다. 〈태평천하⑫〉

변조(變調)[1]명 '잘 진행되던 상태가 달라짐'의 뜻. ¶일변 결혼을 하면 그런 변조도 생긴다더니, 그래서 그러나 보다고 심상히 여기고 말았다. 〈탁류⑬〉

변조(變造)[2]명 다른 모양이나 물건으로 바꾸어 만드는 것. ¶그렇게 잘하는 이야기가운데는 이야기의 천재인 '덕언이 선생님'의 창작도 있었고 또 변조도 있었지만 여기서 내가 전하는 '서글픈 전설'은 외수 없는 정말 전설입니다. 〈소복 입은 영혼〉

변죽명 재목의 가장자리에 남아 있는 나무 껍질 부분. ¶현관 안에 들어서니 바로 왼쪽으로 변죽 달린 반창이 있고, 그 앞에다가 '진찰 무료'라고 쓴 목패를 비스듬히 세워 놓았다. 〈탁류⑰〉

변찮다동 변하지 않다. ¶김장이라고 흉내만 낸 갈잎같이 뻣뻣하고 씁쓰름한 김치에 청국장 한 뚝배기가 언제나 변찮고 밥상에 오르는 이 집의 반찬이다. 〈얼어죽은 모나리자〉

변통(變通)되다동 (돈이나 물건 따위를) 서로 대신하여 그 자리에 맞추어 쓰다. ¶"여비가 몇 원 변통되면 차를 태우고 전보 칠 테니 정거장에 나와 데려가거라." 〈레디 메이드 인생〉

변통성(變通性)명 그때그때의 상황에 따라 막힘없이 일을 처리할 수 있는 재주. 〖비슷〗 융통성. ¶"그대는 들으니 '백의정승'의 자리에 오르려는 사람! 그러면 군명을 대신하여 천하의 백성을 다사릴 큰 그릇이어늘 그다지도 변통성이 없고 인정(人情)에 어두워서야 어찌 그러한 대임을 다하겠는가?" 〈소복 입은 영혼〉 ¶일변 제호가 사람이 발이 넓고 변통성이 많은 사람인 만큼 어떻게 해서든지 일자리도 구해 주고 두루 애써 줄 것이다. 〈탁류⑪〉

변통수(變通數)명 일의 형편에 따라 막힘없이 적절하게 잘 처리하는 방법. ¶무엇이든지 일거리에 다들리기가 쉬워 그만큼 변통수가 있는 것만은 부러웠던 터라. 〈명일〉 ¶"글쎄 고쓰까이헌테 청을 다아 지른대잖나… 꼭 죽겠어! 빠안히 아무 변통수 없는 걸 가지구들…" 〈회(懷)〉

별가리명 '볏가리'의 뜻인 듯(?). '볏가리'는 볏단을 쌓은 더미. ¶"나느은 나-는 내 청춘으을 내 청추은을! …노-하노 노-하노, 별가리 긁자 노-하노 오오오오!" 〈회(懷)〉

별거(別居)명 (부부 또는 한 가족이) 따로 살림함. 나뉘어서 살아감. ¶실상인즉 일 년 작정을 하고 별거를 하기로 했던 것이다. 〈탁류⑫〉

별궁(別宮)명 왕이나 왕세자의 혼례 때 왕비나 세자비를 맞이들이던 궁전. 또는 특별히 따로 지은 궁전. ¶안동 육거리를 거쳐 조금만 더 오느라면, 왼손 편짝으로 별궁 담장을 끼고 올라가는 그 골목…. 〈흥보씨〉 ¶재동 네거리에서 안동 네거리를 바라고 내려오느라면 별궁을 채 못 미쳐 바른손 편으로 일컬어 '장송루'라는 한 가구의 청요릿집이 있다. 〈회(懷)〉

별말씀명 '별말'의 높임말. '별말'은 뜻밖의 별난 말. 〖같은〗 별소리. ¶"오온, 별말씀을 다아 허십다!… 저어 참, 봉자 애긴 벌서 나왔읍죠?" 〈흥보씨〉

별미(別味)명 특별히 좋은 맛. ¶또 호박을 무말랭이 썰듯 썰어 많이 두고 켜를 두텁게 해서 팥고명을 얹은 호박떡은 아무나 먹기는 별미다. 〈얼어죽은 모나리자〉

별반(別般)부 별다르게. 유난히 다르게. 〖같은〗 별양(別樣). ¶그 뒤로부터 태진이의 벤또에는 달걀을 삶아서 저며 둔 반찬이 별반 끊이지 않았고. 〈용동댁〉 ¶컨디션이 다이만큼 양호하니 이따가 점심을 먹으면서 오늘 밤차로 둘이서 같이 동반해 내려가

자고 달래면 별반 고집 세우지 않고 말을 들을 것이고…. 〈모색〉

별소리명 평상시와 다른 말. 뜻밖의 별난 말. 『같은』 별말. ¶계집애가 별소릴 다 하네! 〈탁류③〉

별순검(別巡檢)명 대한 제국 때 제복을 입지 않고 비밀 정탐에 종사하던 순검. 여기서 '순검'은 '경찰관'을 말함. ¶칼만 풀어 놓고 정모 대신 여느 사포를 쓴 순사거니, 혹은 별순검인지도 몰라, 〈탁류⑰〉

별스럽다형 보통과 다르다. ¶사람이 재수가 없기로 든 날은, 별스럽게 공교한 일이 다 생기는 법인가 봅니다. 〈흥보씨〉

별양(別樣)부 별다르게. 유난히 다르게. 『같은』 별반(別般). ¶윤 직원 영감의 근지(根地)야 참 보잘게 별양 없습니다. 〈태평천하③〉

별조(別-)명 별수. 별나거나 별다른 방법. 달리 어떻게 할 방법. ¶"즈이는 별조 없어두, 따루 믿는 구석이 있어서 그랬다나 바요?" 〈태평천하⑧〉

별종(別種)명 '별스러운 사람'을 속되게 이르는 말. ¶"접장, 이놈이 천하 별종이요 고집불통이요 장난 괴순 줄 알지?" 〈순공(巡公) 있는 일요일〉

볏목명 이삭이 이어진 벼의 윗 줄기. ¶김만 평야의 익은 볏목에 우박이 쏟아지기를 바라고, ××이나 ××이 지함(地陷)으로 돌아 빠지기를 기다린다. 〈탁류④〉

병(病) 주고 약(藥) 주다『관용』 해를 입혀 놓고서 돕는 체한다. 무슨 일을 방해도 놓고 도와주기도 한다는 뜻. ¶병 주고 약 주더란 푼수로, 형보는 간유 등속에 강장제하며 한약으로도 좋다는 보제는 골고루 지어다가 제 손수 달여서 먹이고 하기는 해도…. 〈탁류⑯〉

병간(病看)명 '병간호(病看護)'의 준말. 병을 앓고 있는 사람을 잘 보살피는 것. ¶어머니의 살뜰한 구원으로 병간을 받으며 사흘이 되던 날 저녁입니다. 〈어머니를 찾아서〉

병론(病論)명 병에 대한 이야기. ¶그러나 제중당이라는 간판은, 주인이요 약제사요 촌사람의 웬만한 병론이면 척척 의사질까지 해내는, 〈탁류②〉

병리(病理)명 병의 원인, 증세, 발생 경과 및 그 변화 등에 관한 이론. 병의 원리. ¶그 성장이며 전염 경로, 잠복, 활동, 번식, 그리고 병리와 ××이 전신과 부부 생활과 제이세랄지 일반 사회에 미치는 해독이며, 〈탁류⑧〉

병수발(病--)명 병든 사람 가까이에서 여러 가지 시중을 드는 것. 신변 가까이에서 환자의 시중을 드는 것. 『비슷』 병시중. ¶이십 년을 설운 청춘 한숨으로 보내고서 다 늦게야 송장 여대치게 생긴 그 양반을 그래도 남편이라고 모셔다가는 병수발 들랴 먹고 살랴, 애자진하고 다니는 걸 보면 참말 가엾어요. 〈치숙(痴叔)〉 ¶앓는다 치면 병수발두 들구 하더라!… 무어냐? 너는 명색이…" 〈이런 남매〉

병신(病身)스럽다형 병신 같은 데가 있다. 보기에 모자라거나 온전하지 못하다. ¶그건 어찌 되었든지 간에 좌우간 이렇게 병신스럽게 우물쭈물하고만 있을 일이 아니라고 크게 과단을 내지 않을 수가 없읍니다. 〈태평천하①〉

병신 짓(病身-)명 어리석고 못난 짓. ¶이건 어느 몹쓸 놈이 정말로 장난을 한 것을

시방 내가 이렇게 병신 짓을 청승스럽게 하고 있는 게 아닌가. 〈탁류⑩〉

병신천치(病身天痴)명 몸의 어느 부분이 온전하지 못한 사람과 연령에 비해 지능이 낮은 사람을 두고 하는 말. ¶자식이 암만 병신천치라두 남의 어머닌 대개 제 자식은 사랑하구 소중해하구 하잖어요? 되려 병신일수룩 애차랍다구서 더 사랑을 하는 법이 아니우? 〈탁류⑰〉

병인(病人)명 병을 앓고 있는 사람. 『같은』 병자(病者). ¶것두 신경이 노말한 사람이면 몰라. 그렇지만 병인인 걸, 병인을 혼자 남의 손에 맡겨 두구서야 어디. 〈소망〉

병장기(兵仗器)명 전쟁에 쓰는 모든 기구의 총칭. ¶저편은 수효가 많은데다가 병장기를 가진, 그리고 사람의 목숨쯤 파리 한 마리만큼도 여기잖는 패들이니까요. 〈태평천하④〉

병정(兵丁)명 조방구니 노릇을 하는 사람. 오입판에서 여러 가지 잔심부름을 하거나 여자를 소개하는 노릇을 하는 사람. ¶그럴 때마다 '병정'이라는 치사한 생각이 들어 범수는 앞뒤가 여살펴졌는데. 〈명일〉 ¶과연, 그리고 공골시, 그 시각에 종수는 그의 병정인 키다리 병호의 인도로 동관 어떤 뚜쟁이집을 찾아왔습니다. 〈태평천하⑫〉

병정(兵丁)을 서 주다『관용』 조방구니 노릇을 하다. 오입판에서 여러 가지 잔심부름을 하거나 여자를 소개하는 일을 하다. ¶두 사람이 알기는 서울서부터지만 이렇게 단짝이 되기는 태수가 군산으로 내려와서 외입판에 첫발을 들여놓을 때에 병정을 서 주면서부터다. 〈탁류④〉

병증(病症)명 병을 앓는 증세. ¶이때를 당하면 항용 의좋은 부부 생활을 해 오던 여자라도 히스테리라든지 하는 이상 야릇한 병증이 생기는 수가 많답니다. 〈태평천하⑥〉

병통(病-)명 (성격이나 행동 따위에서) 깊이 뿌리 박힌 결점. 어떤 사물의 자체 안에 있는 해가 되는 점. ¶부원군 팔자랍시고 정 주사가 속속들이 잔돈푼을 '크게 낭비'를 해서 병통이요, 그래서 전에 굶기를 먹듯 하고 지낼 때보다 집안의 풍파는 오히려 잦다. 〈탁류⑮〉

병통(病痛)없이부 병으로 말미암은 아픔없이. ¶윤 직원 영감은 제가 그대로 병통없이 말치없이, 자기 종신토록 자알 살아만 주면 마지막 임종에 가서, 그 집하고 또 땅이나 벼 백 석거리하고 떼어 주어, 뒷고생 않게시리 해 주려니, 이쯤 속치부를 잘 해 두었었읍니다. 〈태평천하⑧〉

보갚음(報--)명 '앙갚음'의 뜻. 남이 해를 끼쳤을 때 저도 그에게 해를 주는 일. 마음 속에 품고 있던 원한을 갚는 일. ¶30년 두구 종질히여 준 보갚음으루 그런대여? 〈태평천하⑥〉

보과(報果)명 한 일의 보람. 또는 한 일에 대한 결과. 어떤 일의 보답으로 돌아오는 결과. ¶그러한 보과로는 내 몸과 청춘을 잡친 것밖에는 무엇이 더 있느냐. 〈탁류⑫〉

보교(步轎)명 조선 시대 벼슬아치가 타던 가마의 한 가지. 정자 모양의 지붕에 사방을 장막으로 둘렀음. ¶어제 아침 달포만에 말대가리 윤용규는 장독(杖毒)으로 꼼짝 못하는 몸을 보교에 실려 옥으로부터 집으로 놓여나왔던 것입니다. 〈태평천하④〉

보깨다㊍ 먹은 음식이 소화가 안되어 뱃속이 더부룩하고 거북하게 느껴지다. ¶형보는 두 손으로 ×××께를 움킨 채 악악 소리도 아니나 무령하게 물 먹는 메기처럼 입을 딱딱 벌리면서 보깬다. 〈탁류⑱〉

보도록새㊕ 볼수록. ¶그렇듯 경이나 읽히면서 자식을 갖다가 생으로 죽이고 마는 미련스런 인간들을 보자니, 그만 보도록새 짜증이 나서, 전에 없이 골딱지를 냈던 것인데…. 〈탁류⑥〉

보드득㊕ 단단하고 질기거나 윤기가 나고 매끄러운 물건을 되게 비빌 때에 나는 소리. ¶그의 입술은 새파랗게 질리고 이는 보드득 갈렸다. 〈산동이〉

보드라이㊕ 보드랍게. (태도나 몸놀림 따위가) 순하고 부드럽게. ¶태호는 이렇게 혼자 두런두런하면서 앞마루에 털썩 걸터앉다가 딸 용희가 민망해서 옆에 섰는 것을 보고 낯빛을 눅여 "늬 어머니는 어디 갔느냐?" 하고 보드라이 묻는다. 〈보리방아〉

보료㊐ 솜, 짐승의 털 따위로 속을 두껍게 넣어 만든 앉는 자리에 늘 깔아 두는 요. ¶수병풍을 둘러친 아랫목에 새빨간 모본단 보료를 펴고 장침에 비스듬히 기대어 발이 넘는 담뱃대를 문 순간 영감은 아직도 옛날 순천 부사 시절의 면모가 남아 있다. 〈산동이〉 ¶이 서방은 인도하는 대로 방에를 들어가니까 아주 정사하게 소제를 하여 놓고 벽에 붙은 주련이며 깔아 놓은 보료며가 모두 생스럽지 아니했읍니다. 〈소복 입은 영혼〉 ¶형보는 아랫목 보료 위에 사방침을 얕게 베고 누운 채 고개만 드는 시늉하면서…. 〈탁류④〉 ¶장죽을 기다랗게 물고는 보료 위에 편안히 드러누워 좋다! 〈태평천하②〉 ¶종택은 내키잖는 손으로 담배 하나를 피워 물더니, 아랫목 보료 위에 가서 잔뜩 쪼그리고 앉는다. 〈패배자의 무덤〉

보류(保留)하다㊍ (어떤 일의 결정을) 뒤로 미루어 두다. ¶핍박하는 자에게 대한, 일후의 보복과 승리를 보류하는 자신 있는 선언…, 〈태평천하④〉

보리목㊐ 낟알이 달린 보릿대의 윗부분. ¶밭마다 가득가득 들어선 보리목은 노르스름하게 익어서 보릿고개를 바라보고 후유후유 올라오던 사람들에게 안심의 신호를 보이는 듯하였다. 〈생명의 유희〉

보리바슴㊐ →보리바심. 곡식의 이삭을 떨어내어 낟알을 거두는 일. ¶"내사 두루매기는 입어서 무얼 허넌가? 보리바슴히여서 주마구 북포 한 필 그날 읃어다가 잠뱅이적삼 한 벌 히여 놓았네… 갠찮얼 티지?" 〈보리방아〉

보리방애㊐ →보리방아. '방아'는 곡식을 찧거나 빻는 기구. ¶"그러나마 늬덜더러 구찬헌 보리방애를 찌여 먹으랬을세 말이지." 〈태평천하⑤〉

보릿대㊐ 보리짚의 줄기. ¶방이 눅눅해서 용동댁이 건넌방 아궁이에다가 보릿대로 불을 지피고 있노라니까. 〈용동댁〉

보매㊕ 겉으로 보기에. 또는 겉으로 보건대. ¶그 만만하게 다룰 수 있는 귀둥이는, 그런데 또 보매도 씩씩한 젊은 사나이어서 세퍼트답게 세찬 매력을 가졌었다. 〈탁류〉

보비위(補脾胃)㊐ 남의 뜻을 잘 맞추어 줌. 남의 비위를 잘 맞추어 줌. ¶그런데 바로 눈앞에서 알찐거리는 태수는 늘 아주머니 아주머니 하면서 곧잘 보비위를 해 주고 싹싹히 굴어 오랍동생같이 조카같이 자식 같이 따르는 귀동이요. 〈탁류⑤〉 ¶ 그 푼수로, 누구 시음이나 한 자리 얻어 할 양으로 보비위나 해 주려는 사람이, 윤 두꺼비네의 그 신편 족보(新編族譜)를 외어 가지고 다니면서, 〈태평천하④〉

보모(保姆)[명] 보육원 등의 아동 복지 시설에서 아동의 보육에 종사하는 여자. ¶ 명색이 주부에 식모 보모를 겸해, 일신 삼역을 맡아 하자매 문앞 반찬 가게와 목간 출입이 고작이요. 〈순공(巡公) 있는 일요일〉

보복(報復)[명] 앙갚음. ¶ 그러나 아무리 원한이 깊었자, 저편은 감히 건드리지도 못할 수령이라, 그 만만하달까, 화적패에게 잔뜩 보복을 벼르고 있었고, 〈태평천하④〉

보소(譜所)[명] 족보를 만들기 위하여 임시로 설치한 사무소. ¶ 그럼직한 일가들을 추겨 가지고 보소를 내놓고는, 윤두섭의 제 몇 대 윤 아무개는 무슨 정승이요, 〈태평천하④〉

보송보송하다[형] 잘 말라서 물기가 아주 없다. 물기가 없고 보드랍다. ¶ 봉분의 보송보송한 흙바닥에 가 나동그라진 응쥐는 온몸에 흙고물칠을 해 가지고 이리 틀고 저리 틀고 발광을 한다. 〈정자나무 있는 삽화〉

보스턴(Boston)[명] 보스턴백(Boston bag). 긴 네모꼴의 바닥에 가운데가 불룩하고 끈으로 된 손잡이가 둘인 여행용 가방. ¶ 제호는 한 손에 보스턴을 또 한 손에 과실 바구니를 갈라 들고 끼웃끼웃 앞서 가면서 연신 두덜거린다. 〈탁류⑫〉

보시기[명] 김치, 깍두기 같은 반찬을 담는 작은 사발. ¶ 최 서방네 모자는 어제 아침에 좁쌀죽 한 보시기씩을 먹고 이내 굶으면서. 〈빈(貧)… 제1장 제2과〉 ¶ 주인 노파가 호기심과 놀람이 눈이 동그래서 김치 보시기를 손에 든 채 멍하니 내다보고 섰다. 〈모색〉

보쌈[명] 지난날 사람을 보자기에 싸서 납치하던 일. ¶ 할머닐라컨 오래, 오래 사시다가 재미나 보시요, 보쌈이나 못 들어오게들 하시요. 〈패배자의 무덤〉

보쌈하다[동] 사람을 보자기에 싸서 납치하다. 『참고』 보쌈에는 두 가지 경우가 있다. 첫째로 수절 과부를 납치하여 아내로 삼고자 하는 경우와 대갓집 딸이 과부 될 팔자라 하면 액땜으로 남의 집 총각을 잡아다가 혼인하는 시늉을 하고 몰래 죽여 버리는 경우가 있었다. ¶ 단지 초봉이라는 애틋한 계집 하나를 보쌈하듯 업어 가자는 생엉터리 속이고 한 것을 몰랐다든가, 〈탁류⑭〉

보아나다[동] 자꾸 보다. '보(다)+나다'의 짜임새. '-나다'는 동사의 어미 '-아', '-어' 아래에 쓰여, 그 동작이 계속되어 감을 나타내는 말. ¶ 겉으로 옷이나 잘 입고 휜칠해 보이는 여자들이며 기생들이며의 말라빠진 몸뚱이나 앙상한 얼굴을 많이 보아 나느라니까, 〈빈(貧)… 제1장 제2과〉

보아하니[부] 보아 짐작하건대. ¶ "아 보문걸 몰루… 일상거지두 조신하련과, 아 보아허(하)니 다아 저만 나이에 안직 연애두 않는가 보던데? 호호호!" 〈모색〉

보안법(保眼法)[명] 눈을 보호하는 방법. ¶ 윤 직원 영감은 시방 그 보안법을 행하고 있는 것입니다. 〈태평천하⑭〉

보암즉하다㉣ → 보암직하다. 볼 만한 값어치가 있다. ¶얼마 동안 보암즉하게 한 바탕 글을 읽었고, 그러자 이윽고 문호 선생은 자기가 먼저 읽기를 그치더니. 〈순공(巡公) 있는 일요일〉

보육(保育)㉢ 어린아이를 돌보아 기르는 것. ¶여자 전문이라고는 거기 한 군데뿐인데 보육이나 가사나 그런 과는 괜히 남의 집 유모나 안잠이가 연상이 되어서 들여다보기도 싫었고. 〈모색〉

보이루㉢ '보일(voile)'의 변한말. 세게 꼰 실로 평직으로 성기게 짠 얇은 직물. 여름철의 부인복, 아동복의 옷감이나 셔츠감으로 쓰임. ¶박 씨는 여태도 일조항라 고의를 입고 있고, 조 씨는 역시 배 사 먹으러 가게 썰렁한 검정목 보이루 치마를 휘감고 있습니다. 〈태평천하⑪〉

보제(補劑)㉢ 보약. 몸을 보하게 하는 약제. ¶병 주고 약 주더란 푼수로, 형보는 간유 등 속에 강장제하며 한약으로도 좋다는 보제는 골고루 지어다가 제 손수 달여서 먹이고 하기는 해도…. 〈탁류⑯〉

보조개㉢ 웃거나 말할 때에 볼에 오목하게 들어가는 자국. '볼조개'에서 변한 말. ¶새서방은 색시가 웃는 볼로 옴폭하니 패는 보조개를 손가락으로 꼭 누른다. 〈두 순정〉

보짱㉢ 꿋꿋하게 가지는 속마음. 또는 마음 속으로 품은 요량. ¶태수는 형보의 그러한 험한 보짱이야 물론 알고 있을 턱이 없다. 〈탁류⑩〉

보천교(普天敎)㉢ 증산 강일순의 제자인 차경석이 정읍에서 창시한 유사 종교. ¶혀욕 끝에는 요새로 친다면 백백교, 들이켜서는 보천교 같은 협잡패에 귀의해서 마지막 남은 전장을 올려 바치든지, 좀 똑똑하다는 축이 일확천금의 큰 뜻을 품고 인천으로 쫓아온다. 〈탁류④〉

보짱머리㉢ '보짱'의 속된 말. 꿋꿋하게 가지는 속마음. 또는 마음 속으로 품은 요량. ¶"원, 아무리 남의 밥으루 살기루서니, 고따우루 얌체없는 보짱머리가 있더람?" 〈빈(貧)… 제1장 제2과〉

보캐블러리(vocabulary)㉢ 어휘, '일상적인 말'의 뜻. ¶한여름에도 아이들한테 돈을 주려면 군밤값이라는 게 윤 직원 영감의 보캐블러리입니다. 〈태평천하③〉

보풀떨이㉢ 앙칼스러운 짓. 보기에 모질고 날카로운 데가 있는 짓. ¶그래서 번연히 죄도 없는 남편인 줄은 모르는 것도 아니나 제 성미를 못이겨 애꿎은 보풀떨이를 하는 것이다. 〈명일〉 ¶여차장은 고만 소갈머리가 나서 보풀떨이를 합니다. 〈태평천하②〉

보풀스러워지다㉣ 보풀스럽게 되다. ¶안존하던 박 씨의 음성은 더럭 보풀스러워지면서, 아직 고운 때가 안 가신 눈이 샐룩 까라집니다. 〈태평천하⑪〉

보풀스럽다㉤ 보기에 모질고 날카로운 데가 있다. ¶유모는 여전히 보풀스럽게 머쓰리고 나서 "한 달에 하루 다녀오는 것두 속으루는 찜찜해허는 걸, 무척 나가 보라겠구먼." 〈빈(貧)… 제1장 제2과〉 ¶초봉이는 잘겁해서 절로 소리가 보풀스럽다. 〈탁류⑬〉 ¶"왜 그래 글쎄!" 하면서, 보풀스럽게 톡 쏘아 부딪는 것까지두 여전해요. 〈소망〉 ¶방금 그 촌사람을 대하던 교만하고도 보풀스런 거조는 무릇 어디로부터 우러나는 행동이던가. 〈상경반절기〉

보풀어 오르다㊍ 물체가 자라서 겉이나 위로 올라오다. ¶안으로 옥지 않은 가슴은 유방이 차차 보풀어 오르느라고 알아보게 불룩하다. 〈탁류⑯〉

보풀증㊔ 보풀떨이를 하려는 증세. '보풀증이 나다'는 보풀을 떨다. ¶영주는 보풀증이 났다. 〈명일〉

보피떡㊔ 보풀떡. 소를 넣은 쑥경단. '소'는 맛을 내기 위하여, 음식을 익히기 전에 그 속에 넣는 재료. ¶오목이네는 벌써 일 년이나 두고 이 황화전(드팀전) 옆에서 떡장사를 하기 때문에 철을 따라 보피떡, 인절미, 송편, 무우시루떡 그리고 겨울 한철은 호박떡. 〈얼어죽은 모나리자〉

복대기㊔ 많은 사람이 복잡하게 움직이는 일. ¶할머니는 밤잠도 자지 못하고 밤낮으로 아픈 허리를 꼬부리고 안았다가 뉘었다가 하면서 그 복대기를 다 치르었다. 〈빈(貧)… 제1장 제2과〉

복록(福祿)㊔ 복(福)과 녹봉(벼슬아치에게 봉급으로 주던 쌀, 보리, 명주, 돈 따위의 총칭). ¶복록을 못 타고 나든지 게으른 놈은 가난하게 사는 법이요. 〈치숙(痴叔)〉

복명(復命)㊔ 명령에 따라 처리한 일의 결과를 보고함. 명령을 받고 일을 처리한 자가 그 결과를 보고함. ¶대복이는 늘 치어난 훈련으로, 제가 복명을 하기보다 주인이 묻는 대로 대답을 하기 위하여 넌지시 꿇어앉아 다음을 기다립니다. 〈태평천하⑨〉

복복㊇ 좀 세게 문지르거나 닦는 모양. ¶돼지고기를, 그놈 맛있는 김치를 수웅숭 썰어 넣고, 밀가루를 살짝 두어 복복 주물러서 바글바글 지져 놓고 뜨끈뜨끈한 채로 밥을 먹었으면…. 〈얼어죽은 모나리자〉

복상㊔ '박공(朴公)'의 일본어. '공(公)'은 남자의 성에 붙어서 높임말의 구실을 하는 접미사. ¶"에, 복상…이십니까?" 하고 되바라지게, 그러나 공손히 인사를 건넨다. 〈탁류⑭〉

복선(伏線)㊔ 뒤에 일어날 일에 맞서기 위해 남모르게 하는 준비. 뒤의 일을 대비하여 미리 꾸며 놓는 일. ¶"그러구 아까 말허든 나락은 거 안 되겄네." 하고 아무렇지도 않게 가다귀를 치려 한다. 아까 태호의 옷을 탈을 잡은 것은 그 복선이었던 것이다. 〈보리방아〉 ¶그가 초봉이한테다가 짐짓 어떠한 색다른 암시를 주기 위하여 복선을 늘이느라고 그러한 말을 내는 것이냐 하면 그런 것은 아니다. 〈탁류⑫〉

복성스럽다㊕ 얼굴이 둥그스름하게 생겨 보기에 복스럽다. ¶어려서부터 거친 일을 하여 왔기 때문에 수족은 험하게 굵었으나 얼굴은 풍더분한 것이 누구나 한 번 보면 두 번째 돌아보고 싶고 세 번째는 욕심이 날 만큼 복성스럽게 생겼다. 〈산동이〉 ¶전에 복성스럽던 두 볼이며 해맑던 얼굴에 비해서 그대로 남아 있는 것은 쌍꺼풀진 큰 눈뿐이다. 〈명일〉 ¶말소리가 그럴 뿐 아니라 얼굴 생김새도 복성스러운 구석이 없고 청초하기만 한 것이 어디라 없이 불안스럽다. 〈탁류②〉

복슬복슬㊇ 살이 찌거나 털이 많이 나서 탐스러운 모양. 〈북슬북슬. ¶해서 제 젖을 먹고 자랐으면 지금쯤 젖살이 복슬복슬 올라 '떡애기'라고 마침 탐스러울 판이요. 〈빈(貧)… 제1장 제2과〉

복창(復唱)하다㊍ 명령이나 남의 말을 받아 그대로 다시 외다. ¶그것은 오백 명의 장정을 용서 없이 혹은 기계 앞으로 혹은 식자(植字)대 앞으로 혹은 제 본실로 이끌어 가는 착취자의 명령을 복창하는 크나큰 힘이었었다. 〈병조와 영복이〉

본(本)[1]㊔ 본전. 밑천으로 들인 돈. ¶요행이 패로 올라가면 4천이 들어와서 거진 본을 추겠지만, 만약 딴 집에서 예순 일백스물로만 올라가도 바가지를 쓸 판입니다. 〈태평천하⑬〉

본(本)[2]㊔ 본디부터의 생김새. 또는 어떤 동작이나 버릇의 됨됨이. ¶노파는 싱겁게 히뜩 웃으면서 옥초가 하고 앉았는 본으로 안방 마루끝의 양지짝에 가서 쪼글트리고 앉는다. 〈모색〉 ¶줄행랑 본의 조선 고옥을 겉만 뜯어고쳐 유리창을 해 달고 유리문을 내고 문설주하며 기둥과 연목 등엔 푸른 페인트칠을 하고. 〈회(懷)〉

본가집(本家–)㊔ 본집. ¶장인 장모 단 두 분이겠다, 참말이지 재갸 본가집보담두 더 임의롭구 호강받이루 지낼 건데. 〈소망〉

본관(本官)㊔ 견습, 고원, 촉탁 등이 아닌 정규의 관직. ¶아무리 연조가 오래서 사무에 능해도, 이력 없는 한날 고원이 본관이 되고, 무슨 계의 주임이 되고. 〈탁류①〉 ¶공부를 잘 시켜 고등관으로 군수가 되는 길은 글렀은즉, 이번에는 군 고원으로부터 시작하여 본관을 거쳐 서무주임으로 서무 주임에서 군수로, 이렇게 밟아 올라가는 길을 취하기로 했읍니다. 〈태평천하⑫〉

본문(本文)㊔ 본론(本論). 말이나 글에서 주된 부분. ¶"그런데… 저… 돈 좀 됐구?" 본문대로 들어갔다. 지금껏 한 것은 연극의 서막이었었다. 〈앙탈〉

본금(本金)㊔ 빌려준 돈에서 이자를 붙이지 않은 본디의 돈. 『같은』 본전(本錢). 원금(元金). ¶젊은이가 마음이 하도 어질어서 그게 고마와서 본금 이백 원만 받겠노라고 하니…. 〈탁류⑮〉

본새(本–)[1]㊔ (볼 만한) 맵시나 모양새. 『비슷』 본때. ¶보기에도 번치르하고 타면 본새가 나고 더구나 편하기까지 하고. 〈화물자동차〉 ¶이를 부드득 갈면서 승재의 맺집 좋은 따귀를 재차 본새 있게 올려붙인다. 〈탁류⑥〉

본새(本–)[2]㊔ 하는 일이나 버릇의 됨됨이. ¶그런데 미상불 그러한 집 자제로 그러한 사람임직하게, 그의 노는 본새도 흐벅지고, 돈 아까운 줄은 모르는 것 같았다. 〈탁류④〉

본숭만숭㊕ 보았는지 못 보았는지 관심을 두지 않는 모양. ¶닭이 덤벼들어서 쇠물에 섞인 수수 알맹이를 개평 떼느라고 등쌀이다. 소 닭 보듯 한다더니 저 먹을 것을 마냥 개평 들려도 소는 본숭만숭이다. 〈암소를 팔아서〉 ¶이어 본숭만숭 커다랗게 하품을 씹는다. 〈탁류⑩〉 ¶관수는 피쓱 웃고는, 이어 본숭만숭 어깨에 걸멘 구럭에서 작은 돌을 꺼내 가지고 구멍에다가 칵 처박는다. 〈정자나무 있는 삽화〉 ¶경희는 본숭만숭 옆으로 지나가 버린다. 〈반점〉

본시(本是)㊔㊕ 어떤 사물의 처음. 『같은』 본디. 본래. ¶본시 타고 난 것이지만 약간 떨리는 듯한 소리가 가늘기까지 해서 자지러지게 애조롭다. 〈얼어죽은 모나리자〉 ¶본시야 초봉이가 기생을 안다거나 사귄다거나 할 일이 있었을까마는, …. 〈탁류②〉

¶속이 본시 의뭉하고, 또 전집스런 소리를 하느라고 그러지. 〈태평천하⑧〉

본실(本室)명 첩에 대하여 본 아내를 이르는 말. ¶그러나 본실 소생은 아니고, 시골서 술에미를 상관한 것이, 그걸 하나 보았던 것입니다. 〈태평천하⑤〉

본을 추다『관용』 본전을 찾다. 밑천으로 들인 돈을 다시 찾다. ¶요행 이 패로 올라가면 4천이 들어와서 거진 본을 추겠지만, 만약 딴 집에서 예순 일백스물로만 올라가도 바가지를 쓸 판입니다. 〈태평천하⑬〉

본의(本意)명 본래의 의도나 생각. 본뜻. ¶그 스스로는 본의도 악의도 아니면서 우리들의 가슴에 크낙한 설움을 끼쳐 주었던 것이었었다. 〈회(懷)〉

본전꾼명 사람들이 모이거나 하는 자리에 언제나 으레 와 있는 사람. 또는 술자리 따위에서 마지막까지 앉아 있는 사람. ¶다른 식구는 죄다 물러가고, 야속히 배짱 안 맞는 대고모 서울 아씨와 지지리 보기 싫은 대부 태식이와, 그 둘이만 본전꾼으로 달랑 남아 있는 안방에, 〈태평천하⑪〉

본초(本初) 없다형 염치없다. ¶국두 더얼 끓었는데 다 돼? 본초 없는 것이, 어디서 …. 〈탁류③〉

볼(이) 붓다『관용』 불만을 느껴 성난 표정이 나타나다. '골이 나다'를 형용하여 이르는 말. ¶"남대문 한 장이요!" 하기가 무섭게 핵 도로 튕겨서 나오면서 볼이 부은 머퉁이다. 〈상경반절기〉

볼깡볼깡부 '볼강볼강'의 뜻. 단단하거나 오돌오돌한 물건을 먹을 때에 잘 씹히지 않아 입 속에서 요리조리 비어져 나오는 모양. ¶또오, 먹기루 말허더래두 볼깡볼깡 씹히넝 게 맨쌀밥만 먹기보다는 훨씬 입맛이 나구…. 〈태평천하⑤〉

볼기명 뒤쪽 허리 아래 허벅다리 위 좌우쪽으로 살이 두둑한 부분. ¶읍내 아전덜한티 잽혀가서 볼기 맞이면서 소인 살려줍시사 허던 건 누군고? 〈태평천하⑥〉

볼기짝명 볼기의 좌우 두 짝. ¶겨우 씨근버근 달려든 박 첨지가 짚고 온 지팡이로, 네 이놈! 하면서 관수의 볼기짝을 따악 갈긴다. 〈정자나무 있는 삽화〉

볼때기명 '볼'의 속된 말. 뺨의 가운데 부분. ¶"아니, 이 여편네가 이건 미쳤나" 고함을 지르면서 김 씨의 볼때기를 쥐어 박질렀다. 〈탁류⑤〉

볼때깃살명 '볼에 붙은 살'의 속된 말. ¶주인여자는 볼때깃살이 털레털레하도록 고개를 흔들면서,…. 〈탁류⑮〉

볼먹다동 말소리에 성난 기색을 띠다. ¶장손이는 단박 볼먹은 소리다. 〈암소를 팔아서〉 ¶"해태 주어요." P는 돈을 들여밀면서 볼먹은 소리를 질렀다. 그러나 담배가가 주인은 그저 무신경하게 "네" 하고는 마코를 해태로 바꾸어 주고 팔십오 전을 거슬러 준다. 〈레디 메이드 인생〉 ¶손가락을 입에 물고 비슬비슬 걸어 들어오면서 볼먹은 소리로 "음마." 하는 것이 벌써 이짐을 부릴 눈치다. 〈명일〉 ¶승재는 듣는 사람이 깜짝 놀랄 만큼 볼먹은 소리로 지천을 한다. 〈탁류⑥〉 ¶등 뒤에서 무어라고 볼먹은 소리가 들리어 퍼뜩 정신이 들었다. 〈상경반절기〉

볼멘소리명 불만스럽거나 성이 나서 통명스럽게 하는 말소리. ¶경손이는 대단히

성가신 심부름을 하는 듯이 볼멘소리로 투덜거려 놓고는, 이내 돌아서서 씽씽 나가 버립니다. 〈태평천하⑪〉

볼모명 약속을 이행하겠다는 담보로 상대방에게 잡혀 두는 물건이나 사람. ¶한때 만주에서 마적들이 하던 그 짓이지요. 볼모로 잡아다 두고서 가족들로 하여금 이편의 요구를 듣게 하잤던 것입니다. 〈태평천하④〉 ¶또 어떻게 보면 밥값 셈을 못 치러 볼모로 붙잡혀 앉았는 궁꾼처럼 늦게늦게까지 기숙사 구석에 처박혀 굼싯거리고 있다께. 〈모색〉

볼비빔명 사랑스러워 뺨의 한복판이 되는 부분을 비비는 짓. ¶경순은 어린 놈을 추스려 올려 볼비빔을 하면서. 〈패배자의 무덤〉

볼성없이부 볼썽없이. 볼품없이. 겉으로 드러나 보이는 볼 만한 모습이 없이. ¶그렇기 때문에 산 이파리 한 잎이나 산 가장귀 한 가지는커녕, 그놈을 정작으로 빠개노면 한 마차는 실히 됨직한 커다란 가장귀 하나가 죽어 가지고 볼성없이 뻗어 있는 지가 벌써 몇 해로되. 〈정자나무 있는 삽화〉

볼썽명 남의 눈에 뜨이는 모양이나 태도. 남의 눈에 뜨이는 체면이나 예절에 맞는 태도. ¶그러므로 웬만하면 입회가 다소간 긴장이 되겠지만 절기가 그럴 절기라 놔서 볼썽없이 쓸쓸하다. 〈탁류④〉

볼이 메어지다『관용』 음식물을 입 속에 잔뜩 넣은 것을 이르는 말. ¶거지 아이는 볼이 메어지게 호떡을 먹으면서 건성으로 대답을 합니다. 〈어머니를 찾아서〉

볼썽사납다형 체면이나 예절에 맞는 태도를 차리지 않아 보기에 언짢다. ¶윤희는 제 속을 못 삭여 색색하고 섰다가 초봉이더러 볼썽사납게 소리를 지르던 것이다. 〈탁류②〉 ¶대체, 원수가 아닌 바에야 어쩌면 그다지도 사람이 남 볼썽사납게 굴더란 말인지. 〈상경반절기〉

볼이 미어지다『관용』 볼이 메어지다. ¶제 동무들한테며 자랑을 할 일이 좋아서, 연신 쎄왈대왈, 우동이야 탕수육이야 볼이 미어지게 쓸어 넣었습니다. 〈태평천하⑩〉

볼퉁이명 '볼'의 낮은말. 『비슷』 볼따구니. ¶그는 바른편 뺨을 맞고 왼편 뺨을 내어미는 '못생긴 짓'이 자기 손으로 자기의 볼퉁이를 쿡 쥐어지르고 싶게 밉살머리스럽고 짜증이 났다. 〈병조와 영복이〉 ¶"괜찮어, 괜찮어…." 제호는 볼퉁이를 불룩불룩하면서 연신 손을 내젓는다. 〈탁류⑫〉 ¶생각하면 밉기도 하고 미운 깐으로는 볼퉁이라도 칵 쥐어질러 주고 싶습니다. 〈태평천하⑩〉

볼품명 겉으로 드러나 보이는 모양새. 겉으로 드러나는 볼 만한 모습. ¶유모는 옆에 놓았던 마코곽에서 한 개 꺼내어 볼품사납게 홱 던져 준다. 〈빈(貧)… 제1장 제2과〉 ¶그러나 그렇게 볼품 사납게 버럭질러 부르는 소리에 그는 도리어 자기가 놀랐다. 〈얼어죽은 모나리자〉

봄내부 봄철 동안 내내. ¶해는 거의 석양이 가까왔다. 봄내 두고 물이 실렸던 무논에는 노란 물빤드기꽃이 아담하게 피어가는 봄을 마지막 장식하였다. 〈생명의 유희〉 ¶겨우내 봄내 음산한 옷을 입은 죄수같이 꼴사납게 서 있던 상록수들도 조금은 밝은 빛이 떠돌아 보인다. 〈그 뒤로〉

봄머리명 봄이 시작될 무렵. ¶옥초는 봄

머리의 햇볕이 이만큼 고맙고 반갑기도 난생 처음인 듯싶고. 〈모색〉

봄살이(명) 봄에 먹고 입고 지낼 양식이나 옷가지. ¶“건 머야?” “애들 봄살이…” “봄? 살이?” “응.” 〈명일〉

봄스럽다(형) 보기에 봄을 느낄 만하다. ¶조용하고 볕이 봄스러운 품이 금세 어디서 꿀벌이라도 한 마리 왱 가늘게 울고 날아드는 성싶다. 〈패배자의 무덤〉

봇논(명) 봇물을 대는 논. ‘보’는 논에 물을 대기 위하여 둑을 쌓고 냇물을 끌어들이는 곳. ¶먼 봇논에서 석양 햇빛을 받아 일어나는 게으른 반사는 저물어 가는 하루해의 쇠잔한 힘을 도우려는 듯이 한심스러웠다. 〈생명의 유희〉

봇둑(명) 보를 둘러쌓은 둑. ‘보’는 논에 물을 대기 위하여 둑을 쌓고 냇물을 끌어들이는 곳. ¶갑쇠는 보는 데 없이 앞을 내다보고 관수도 불볕 내리쬐는 들판을 건너 봇둑을 바라다 보고 있다. 〈정자나무 있는 삽화〉

봇짐(명) 등에 지려고 물건을 보자기에 싸서 꾸린 짐. ¶또 사감 선생도 옥초는 웬걸 그리 도망군이 매니로 부랴부랴 봇짐을 싸느냐고 웃음말 섞어 역시 만류를 했었다. 〈모색〉

봉(鳳)(명) ‘봉황’의 준말. 고대 중국에서 상서롭게 여기던 상상의 새. 머리는 뱀, 털은 거북, 꼬리는 물고기 모양이며, 깃에는 오색의 무늬가 있다고 함. ¶초리가 길게 째져 올라간 봉의 눈, 준수하니 복이 들어 보이는 코, 〈태평천하①〉

봉놋방(--房)(명) 대문 가까이 있어서 여러 나그네가 한데 모여 자는 주막집의 가장 큰 방. ¶문오 선생의 그 모습과 더불어 한편 어떤 봉놋방에서 앉은뱅이 노름꾼 하나를 꽁꽁 포승으로 묶어 놓고는 놈이 제발 살려 달라고 비는 것을. 〈순공(巡公) 있는 일요일〉

봉분(封墳)(명) 흙을 둥글게 쌓아 올려서 만든 무덤. 또는 그 흙무더기. ¶관을 내리고, 파 올린 붉은 황토를 덮어 봉분을 쌓고, 제철이라서 푸르러 있는 떼를 입히고 하니 제물로 무덤이 되던 것이다. 〈탁류⑪〉 ¶멍석을 서너 잎은 펌직하게 두릿평평한 봉분이 사람의 정강이 하나 폭은 논바닥에서 솟았고. 〈정자나무 있는 삽화〉

봉야리(ぼんやり)(부) ‘어렴풋이’, ‘아련히’ 등을 뜻하는 일본어. ¶“글쎄…? 내가 잘못 생각인지는 몰라두 이렇게 저… 쾌헐허게 웃구 그러면서 그래두 어떻게 ‘봉야리’허니 무엇을 생각허는 것두 같구….” 〈병조와 영복이〉

봉양(奉養)(명) 부모나 조부모를 받들어 섬기는 것. ¶“그러는 새, 나 같으믄 어여 가서, 그 잘난 암소, 봉양이래두 허겠네!” 〈암소를 팔아서〉

봉욕(逢辱)(명) 욕된 일을 당함. 욕을 봄. ¶다같은 ‘하바꾼’이로되 나이 배젊은 애송이한테 멱살을 당시랗게 따잡혀 가지고는 죽을 봉욕을 당하는 참이다. 〈탁류①〉

봉창(명) ‘벌충’의 다른 말. (손실을 입은 것이나 모자라는 데를) 물건이나 일로 대신 보태어 채움. ¶어느덧 이편의 흙으로 봉창을 한 구들에 눈이 띄었다. 〈용동댁〉

봉친거리(奉親--)(명) 어버이를 받들어 모시는 일. ¶그러니까 마음만 있게 되면 썩 좋은 놈을 뽑아다가 부친 (또는 조부의)

봉친거리로 바칠 수가 있을 테련만, 〈태평천하⑧〉

봉(封)하다[1]㊐ 여닫는 문이나 궤 따위를 열지 못하도록 하다. ¶큰 대문은 그래서 항상 봉해 두고, 출입은 어른 아니 상전 하인 할 것 없이 한옆으로 뚫어 놓은 쪽문으로 드나듭니다. 〈태평천하③〉

봉(封)하다[2]㊐ 입을 꼭 다물다. ¶태수는 담배만 피우고 앉았다가 겨우, 봉했던 입같이 떨어진다. 〈탁류④〉

봉함엽서(封緘葉書)㊔ 편지의 사연을 써서 겹쳐 접으면 크기가 보통 엽서와 같게 되며, 봉할 수 있는 우편 엽서. ¶진실로 경순은 밝은 날 아침, 첫편으로 배달된 봉함엽서의 유서가 아니었으면. 〈패배자의 무덤〉

부각(浮刻)㊔ (글자나 무늬 따위를) 물건의 표면에 도드라지게 새긴 조각. 『같은』 돋을새김. ¶이목구비가 모두 골라서 미남자로 생긴 태수의 모습사리가 승재는 단박 판에 새긴 부각처럼 똑똑하게 머릿속으로 들어박히고, 그것이 백 년을 가도 잊혀질 것 같지 않았다. 〈탁류⑧〉

부강㊔ 노엽거나 분한 마음. 『비슷』 부아. ¶ "내가 들어가야 내다보지도 안해요. 터지게 부강이 나 가지고 앉았을 테지, 머…." 〈이런 처지〉

부계(父系)㊔ 아버지 쪽의 혈통에 딸린 계통. ¶초봉이는 부계의 조부를, 계봉이와 형주 병주는 모계로 외탁을 했다. 〈탁류③〉

부고(訃告)㊔ 사람의 죽음을 알리는 글. ¶ 머, 그렇게 부고 가지고 가는 사람처럼 바쁘게 갈 건 없고, 산보 삼아서 천천히…. 〈이런 처지〉 ¶"그래서? 왜?" 아아니 그이가 돌아갔다구 부고가 온 걸 고만…. 〈순공(巡公) 있는 일요일〉

부국갱병㊔ →부국강병(富國强兵). 나라의 경제력을 넉넉하게 하고 군사력을 튼튼하게 하는 일. ¶"그야 여부없죠! 일본이 이기구 말구요!" "그럴 것이네. 워너니, 일본이 부국갱병허기루 천하제일이라넌디… 어 참, 속이 다 후련허다." 〈태평천하⑧〉

부군 폐합(府郡廢合)㊔ 부(府)와 군(郡)을 폐지하여 다른 것에다 합치는 것. ¶그래서 연전 부군 폐합 때에 이웃에 있는 O군으로 합군이 되고 지금은 다만 R 면일 따름이요 군청도 빼앗겨 버렸다. 〈화물자동차〉

부깃살(浮氣－)㊔ 몸이 붓는 병으로 말미암아 부은 살. ¶그러나 어쩐지 아무 힘없이 보이는 누르뎅한 그 부깃살과 길게 길렀던 머리를 빨갛게 깎은 민대가리며 무의식 중에 무엇인지를 무서워하는 듯 꺼려하는 듯한 표정이나 몸짓이 이상스럽게도 감옥 냄새도 나고 딴 세상 사람인 듯도 싶었다. 〈불효자식〉

부꾸럽다㊕ →부끄럽다. 남을 대하는 것이 떳떳하고 당당하지 아니하다. ¶"날더러 답답헌 하소연을 허드구랴! 부꾸런 말루 딸자식이 나이 열여덟이나 먹두룩 여태 농지기루 옷은커녕 보선 한 켜레 못 꼬매 뒀노라문서…" 〈암소를 팔아서〉

부녀(父女)㊔ 아비지와 딸. ¶부녀는 한꺼번에 "순동아!" "아버지!" 〈흥보씨〉

부대끼다㊐ (무엇에) 시달려서 괴로움을 당하다. ¶"나야 머 이렇게 야윈 사람이

더우를 타우? P 씨야말로 얼마나 부대끼시오?" 〈명일〉

부도(不渡)명 어음, 수표를 가진 사람이 기한이 되어도 지불인으로부터 그 어음, 수표에 대한 지불을 받을 수 없는 일. ¶머 그 사람이 부랑자루 주색잡기 하느라구 쓰는 돈이 아니구, 내일 해전으루다가 은행에 입금을 시켜야만 부도가 아니 나게 됐다는군요!…. 〈태평천하⑦〉

부동조(不同調)명 가락이나 음률이 같지 않음. ¶태식이는 조선어 독본 권지일로 귀신이 씨나락을 까먹고, 이런 부동조의 소음 속에서 그애 경손이가 고 소갈찌에 천연스레 섭쓸려 있다니 매우 희귀한 현상입니다. 〈태평천하⑪〉

부둥부둥부 억지를 쓰며 마구 우기는 모양. 또는 이루어지기 힘든 일을 억지로 하려는 모양. ¶덩치 큰 나그네, 자동차 한 대가 염치도 없이 이 좁은 길목으로 비비 뚫고 부둥부둥 들어오는 바람에, 〈탁류⑰〉 ¶그렇다구 너라두 혹시 에미 애비가 사우 덕에 호강을 할려구 딸자식을 부둥부둥 우겨서 부잣집으로 떠실어 보낼려구 하지나 않는고 싶어, 〈탁류⑦〉 ¶인력거꾼이 부둥부둥 떼를 쓰는 데는 배겨 낼 수가 없다고, 진실로 단념을 한 것입니다. 〈태평천하①〉

부드럽히다동 부드럽게 하다. ¶그는 얼른 목소리를 부드럽혀 딴 말로 둘러댄다. 〈얼어죽은 모나리자〉

부득부득부 억지스럽게 자꾸 우기거나 조르는 모양. ¶오목이의 혼사도 우선 그렇게 운만 떼 놓았으니까 반대야 하거나 말거나 자기 혼자 범벅을 꾸며 놓고 부득부득 밀고 나가면 남편도 그때 가서는 할 수 없이 굽히리라고. 〈얼어죽은 모나리자〉 ¶뱃속의 새 생명은 때아닌 격도에 흔들이어 부득부득 머리를 들이밀고 나오기 시작하던 것이다. 〈생명〉 ¶작기나 하면 부득부득 대고 들어가겠지만 차마 못하고 서서 바라보기만 합니다. 〈어머니를 찾아서〉 ¶모친은 다른 체할 테지만, 부친은 해괴하다고 부녀지간의 의를 끊을 테니, 그 말림을 부득부득 어기고서 갈 수도 없는 것이 아니냐? 〈용동댁〉

부득불(不得不)부 하지 않을 수 없이. 〖비슷〗 불가불. ¶딜레머하고는 천하 해괴한 딜레머이지, 부득불 살아 있는 인간인데야 호흡과 영양의 섭취야 배설 작용과 이런 것까지도 않는달 수는 없을 테지만. 〈모색〉

부등가리명 부삽 대신으로 쓰는 기구. 흔히 오지그릇이나 질그릇의 깨진 조각으로 만들어 씀. ¶심지어 헌 책상 나부랑이며 자취하던 부둥(등)가리까지 헌 옷벌까지 모조리 쓸어다가 팔 것 팔고 잡힐 것 잡히고 한 것이 겨우 십오 원 남짓해서, 〈탁류⑮〉

부등갱이명 →부등가리. 오지그릇이나 질그릇의 깨진 것으로 만들어 부삽 대신으로 쓰는 기구. ¶대문 안을 들어서면 세상 너저분한 부등갱이들이 시꺼멓게 철매 낀 바람벽 밑으로 먼지와 더불어 동거를 하고 있고, 〈이런 남매〉

부라리다동 눈을 크게 뜨고 눈망울을 사납게 굴리다. ¶잠깐 이 짓을 하더니 순사는 부룩쇠를 보고 눈을 부라리면서 "왜 이 놈아, 정신을 못 차리구 그래?" 하고 꾸중합니다. 〈어머니를 찾아서〉 ¶미럭쇠는

슬그머니 골이 나서 커다란 눈망울을 부라린다. 그러나 점례는 조금도 무서워하질 않는다. 〈쑥국새〉

부라보(baravo)[감] →브라보. '잘한다', '좋다', '만세', '신난다' 등의 뜻으로 환호할 때 내는 소리. ¶P는 기가 막혀 담배곽을 내미는데 H와 M은 박수를 하며 "부라보!" 하고 굉장하게 큰 소리로 외친다. 〈레디 메이드 인생〉 ¶하하!… 오오라잇! 우리 남 서방, 부라보….〈탁류⑧〉 ¶"오라잇! 우리 아즈머니 부라보! … 아 그렇구말구요." 〈태평천하⑪〉

부라퀴[명] 제게 이로울 일이면 악착같이 덤벼드는 사람. ¶그 뒤에 나는 이를 갈아가면서 부라퀴같이 납뛴 결과 요행 돈을 몇천 원 손에 잡았다. 〈탁류⑭〉

부랑당패(浮浪黨-)[명] 떠돌아다니거나 펀둥펀둥 놀면서 방탕한 생활을 하는 사람의 무리. ¶부랑당패던데요. 하릴없이 부랑당팹디다. 〈치숙(痴叔)〉

부랑자(浮浪者)[명] 일정한 주소나 생업 없이 펀둥펀둥 놀면서 여러 곳을 떠돌아다니며 난봉짓이나 하고 방탕한 생활을 하는 사람. ¶천하 건달 부랑자한테루 그 애가 시집을 가서 신세를 망친대서야 될 말이냐? 〈탁류⑤〉 ¶머 그 사람이 부랑자루 주색잡기하느라구 쓰는 돈이 아니구, 내일 해전으루다가 은행에 입금을 시켜야만 부도가 아니 나게 됐다는군요!…. 〈태평천하⑦〉

부랴부랴[부] 매우 급히 서두르는 모양. '불이야 불이야'가 줄어서 된 말. ¶그래 부랴부랴 뜬숯을 다리미에 일궈 싹 다려 주고는 십 전박이 일곱 닢을 받았다. 〈명일〉 ¶아씨는 행여 자기의 정성을 알아줄까 하고 알심을 부리느라고 부랴부랴 식혜를 달여서 일부러 이슥한 뒤에 오월이를 시켜 사랑으로 내어보냈다. 〈생명〉 ¶그래 모레 글피로 아주 날을 받고 부랴부랴 서두르기를 시작했다. 〈두 순정〉 ¶그랬는데, 그래 시방 부랴부랴 닭을 삶는다. 또 그이가 칼국수를 좋아허길래 밀가루를 반죽해 가지구 늘여서, 썰어서, 삶어 건져 놓는다. 〈소망〉

부랴사랴[부] 매우 부산하고 황급히 서두르는 모양. ¶다음에는 누가 붙잡고 말릴까 무섭게 부랴사랴 달려 나온 길이었었다. 〈패배자의 무덤〉

부레풀[명] 민어(바닷물고기의 일종)의 부레를 끓여 만든 풀. ¶주위는 방금 일어난 조그마한 풍파는 알지도 못한 듯 부레풀같이 찐더분한 침정이 도로 그득히 잠겨든다. 〈용동댁〉

부룩송아지[명] 아직 길들이지 않은 어린 소. ¶부룩송아지 같대서 부룩쇠라고 이름을 지은 것입니다. 〈어머니를 찾아서〉 ¶우선 부룩송아지 대가리같이 머리가 곱슬곱슬하고 노랗기까지 한 게 장관이요, 〈태평천하③〉 ¶죽가래로 푹 찌른 것처럼 가로 째진 입, 길바닥에 떨어진 쇠똥같이 지질펀펀한 코, 왕방울 같은 눈, 좁디좁은 이마, 부룩송아지 대가리처럼 노란 머리터럭이 곱슬곱슬 자지러 붙은 대가리… 등속. 〈쑥국새〉

부르걷다[동] 옷소매나 바지 가랑이를 힘차게 걷어 올리다. 또는 어떤 일에 적극적으로 나서다. '부르+걷다'의 짜임새. '부르-'는 '힘을 주어 굳세게'의 뜻을 나타내는 접두어. ¶주인 여자의 언변은 차차 더 열이

올라 팔을 부르걷고 승재에게로 버썩 다가앉는다. 〈탁류⑮〉

부르대다[동] 거친 말로 남을 나무라다시피 야단스럽게 떠들어대다. ¶화가 더럭더럭 나나 마치 중이 장엘 왔다 소나기를 맞구서 난 화 같아서 언다 대고 부르댈 곳조차 없는 화였다. 〈암소를 팔아서〉 ¶타는 입술에 침을 묻히다가 또 부르대듯 "뭣 좀 시언한 거라두 없나?" 〈이런 남매〉 ¶그럴라치면 개개 주사가 생사람을 잡았다고 승재를 칭원하고, 심한 사람들은 승재게로 쫓아와서 부르대기까지 한다. 〈탁류⑥〉

부르조아(프. bourgeois)[명] →부르주아. 자본가. 자본가 계급. ¶물론 부르조아 타입은 아니나, 인제 오래잖아 배는 얼마큼 나옴직해 보인다. 〈이런 남매〉

부르조아지(프. bourgeoisie)[명] →부르주아지. 자본가 계급. ¶신흥 부르조아지는 민주주의의 간판을 이용하여 노동자, 농민의 등을 어루만지고 경제적으로 유력한 봉건 귀족과 악수를 하는 동시에 지식 계급을 대량으로 주문하였다. 〈레디 메이드 인생〉

부릍다[동] '부르트다'의 준말. 살가죽이 들뜨고 그 속에 물이 괴다. ¶"신이라건 좀 낙낙히여야지, 더군다나 새 신을 신구서 정거장까지 십 리길이나 갈라면서 너무 째머는 발 부릍는다." 〈동화〉

부리나케[부] 몹시 서둘러서 아주 급하게. ¶용희는 부리나케 내려가서 도야지울을 들여다본다. 아직 중돝도 못된 새끼다. 〈보리방아〉 ¶"성상님." 부룩쇠는 부리나케 나뭇짐을 짊어지고 강 선생님을 따라가면서 긴하게 부릅니다. 〈어머니를 찾아서〉 ¶마치 미친놈 납뛰듯 주워섬기고서는 도로 부리나케 뒷산으로 올라간다. 〈쑥국새〉 ¶이번에는 바느질을 내려 놓고 부리나케 마루로 해서 마당으로 내려선다. 〈용동댁〉

부리다[동] 실었던 짐을 풀어 내려놓다. ¶볏단 부리는 소리를 듣고 장손네가 마당을 돌려다 보면서 "밥 먹어라?" 한다. 〈암소를 팔아서〉

부리부리[부] 눈망울이 크고 열기가 있는 모양. ¶눈방울이 부리부리 몽리깨나 있고 힘꼴이나 써 보인다. 〈상경반절기〉

부모네(父母-)[명] 부모들. '-네'는 어떤 무리의 사람의 뜻을 나타내는 접미사. ¶그 뒤로 울긋불긋하게 차린 열다섯 명의 처녀와 정거장까지 배웅을 하러 나선 부모네가 따라섰다. 〈팔려간 몸〉

부민관(府民館)[명] 일제 강점기에 경성 부민의 공회당으로 쓰인 건물. 서울 시청 옆에 있는데, 광복 후 국회 의사당으로 쓰였음. ¶왜, 부민관의 명창 대회를 무슨 춘심이가 가자고 해서 갔나요? 〈태평천하①〉

부사견[명] 명주로 짠 옷감의 한 종류. ¶헤렌은 하얀 부사견 바탕에 파랑 줄이 굵게 져내린 파자마를 입고 침대에서 아직도 잠이 깨지 않았다. 〈이런 남매〉

부산나케[부] 매우 부산스럽게. ¶형보는 그래서 말이 잘못 나간 것을 깨닫고 당황하여 그놈을 둘러맞출 궁량을 부산나케 하고 있는데, 〈탁류⑭〉 ¶갑쇠가 한참 웃다가, 언뜻 고개를 쳐드는데, 들 가운데 논틀길로 을네가 머리에 광우리를 이고 부산나케 이리로 오고 있다. 〈정자나무 있는 삽화〉

부산하다[형] 떠들썩하고 시끄럽다. ¶제호는 없는 담배곽을 찾느라고, 이 포켓 저

포켓 부산하게 뒤지다가 마주 얼굴을 든다. 〈탁류②〉

부석부석하다형 살이 좀 부어오른 듯한 느낌이 있다. 〉보삭보삭하다. 『거센말』 푸석푸석하다. ¶주인 노파가 팔짱 낀 손에 담뱃대를 쥐고 얼굴이 (아니나 다를까) 부석부석해서 마루로 나오다가 누런 하품을 소담스럽게 내쉽는다. 〈모색〉

부숭부숭하다형 얼굴이나 살결이 윤기를 잃고 좀 부은 듯하다. 또는 부은 듯이 살지다. 〉보송보송하다. 『센말』 뿌숭뿌숭하다. ¶이러한 얼굴이 임신을 해서 만삭이 되자 마구 뒤틀리고 부숭부숭한 게 보기에도 차마 숭했다. 〈생명〉 ¶그처럼 야위었던 그가 부숭부숭한 감옥살이 져서 매우 비대하여졌었다. 〈불효자식〉

부스대다동 가만히 있지 못하고 몸을 자꾸 움직거리다. ¶그러다가 어찌어찌 부스대는 윤용규의 손에 총대 하나가 잡혔읍니다. 〈태평천하④〉 ¶그날부터 아주머니는 불철주야로 할 짓 못할 짓 해 가면서 부스대고 납뛴 덕에 병도 차차로 차도가 있고. 〈치숙(痴叔)〉 ¶형보의 손아귀에서 벗어나도록 부스대 볼 생각은 아예 먹지도 않는다. 〈탁류⑯〉

부실(不實)하다형 내용이나 실속이 없다. ¶글쎄 영감! 자리가 부실한 자리면, 지가 애초에 새에 들질 않는답니다. 그새 4, 5년지간이나 두구 보시구서도 그리십니까? 〈태평천하⑦〉

부애명 →부아. ¶나두 그제서는 속에서 부애가 치밀다 못해 대구 쏠밖에. 〈소망〉

부아명 노여움이나 분한 마음. ¶저편이 제호가 아니고 생판 딴사람이고 보매, 이번에는 그것이 되레 부아가 났던 것이다. 〈탁류②〉 ¶그렇다고 그냥 참고 말잔즉 더 부아가 나기도 할뿐더러, 〈태평천하⑥〉

부양(扶養)명 살아갈 능력이 없는 사람의 생활을 돌보는 것. ¶실상 러시아에서 같으면 그이들은 당당한 국가의 부양을 받아야 할 것이다. 〈생명의 유희〉

부얼부얼하다형 털이 많이 나서 탐스럽다. 『비슷』 북슬북슬하다. ¶살결 희고 도도록한 볼때기가 귀밑께로 가면 배내털이 아직 부얼부얼하다. 〈동화〉

부여잡다동 부둥키어 잡다. 꽉 붙들어 잡다. ¶유 씨가 정 주사가 사뭇 부여잡다시피 저녁을 먹고 가라고 만류하는 것을 뿌리치고, 〈탁류⑮〉

부옇다[1]형 빛깔이 보기 좋게 허옇다. ¶자기 자신이 부연 쌀밥만 먹기가 아깝거든, 〈태평천하⑤〉

부옇다[2]형 변명, 핀잔, 추궁 따위가 아주 심하다. ¶이야기를 이 자리에서 미리 할까 말까 망설이는 참인데, 제호가 먼저 제 이야기를 부옇게 늘어놓는다. 〈탁류⑫〉

부왕하다형 들뜨고 허황하다. ¶"자네가 들으면 또 부왕허(한) 소리라구 헐지 모르겟네만 아마 잘만 서둘면 수가 하나 생길 일이 있어서…." 〈불효자식〉

부원군(府院君)명 조선 시대 왕비의 친아버지나 정일품 공신에게 주던 작호. ¶부원군 팔자랍시고 정 주사가 속속들이 잔돈푼을 '크게' '낭비'를 해서 병통이요, 그래서 전에 굶기를 먹듯 하고 지낼 때보다 집안의 풍파는 오히려 잦다. 〈탁류⑮〉

부음(訃音)명 사람이 죽었다는 기별. 사람이 죽은 것을 알리는 통지. '부고'와 같은 말. ¶내 스스로도 의외일 만큼 나의 놀람은 호들갑스럽다. 결코 여느 다른날 문오 선생의 부음을 들었다면 나는 거저. 〈순공(巡公) 있는 일요일〉

부자질(富者-)㊔ 부자 노릇을 하는 일. ¶돈이야 부자질 안 할 바에 기를 쓰구 모아서는 무얼해. 〈소망〉

부작(符作)㊔ '부적(符籍)'의 변한 말. 도교 등 민간 신앙에서 악귀와 잡신을 쫓고 재앙을 물리치기 위하여 붉은 글씨 모양을 야릇하게 그려 몸에 지니거나 집에 붙이는 종이. ¶"늙은 백여수, 어서 나갑시사! 늙은 백여수, 어서 나갑시사! 늙은 백여수, 어서 나갑시사!" 하고 세 번씩 부작을 외어, 선생 쫓는 '뱅에'를, 하루에도 몇 차례씩 서로 번갈아 가면서 하곤 했는데, 〈순공(巡公) 있는 일요일〉

부재지주(不在地主)㊔ 소유한 도지의 소재지에는 거주하지 않는 땅 주인. ¶이렇게 선선하게 나는 대답은 하였으나 이 사람 역시 시골서 농사짓는 사람의 하나로 그 근처에 토지를 가진 서울의 부재지주의 사음 운동이나 하러 온 것이 아닌가 하여 적이 맥이 풀리었다. 〈농민의 회계보고〉

부전부전㊊ 남의 바쁜 사정은 생각지 않고 자기가 하고 싶은 일만 서두르는 모양. ¶누가 부전부전 쫓아 나가서 그 열병을 치르려 든담? 〈모색〉

부주전 상백시(父主前 上白是)〖관용〗 아버님께 올립니다. 여기서 '부주'는 '아버님께'라는 뜻으로 편지글에 쓰이는 한문투의 말. ¶유서 석 장을 각각 봉해 가지고 다시 한 봉투에다가 넣어 겉봉을 부주전 상백시라고 썼다. 〈탁류⑱〉

부전스럽다㊎ 남의 나쁜 것은 생각지 않고 제가 하고자 하는 일에만 서두르는 데가 있다. ¶너무 부전스럽잖어? 더 큰일이 앞챘는데…. 〈탁류⑰〉 ¶"알량두 허네!" 옥초는 뱅깃이 우스운 입을 쫑긋하면서 부전스런 떡심쟁이 늙은이더러 핀잔을 한다. 〈모색〉

부주㊔ '부조'의 변한말. 거들어 도와주는 것. ¶즉 현 서방이 부주를 한 것이 밝혀질 터…. 〈흥보씨〉

부중(府中)㊔ '부(府)'의 이름이 붙었던 예전 행정 구역의 안. ¶저는 어제 아침에도 부중엘 들어갔더니 여럿이들 입었더라면서 우겨서 스프링을 입혀 보냈다. 〈상경반절기〉

부즈런히㊊ →부지런히. (평북, 함경) ¶"오냐, 어서 부즈런히 많이 벌어라." 〈병조와 영복이〉

부지(扶支·扶持)㊔ 어려운 일을 배김. 어려운 일을 참고 버티어 나감. 고생을 참고 어려움을 버티어 나감. ¶깍짓손으로 무르팍을 안았다 놓았다, 담배를 비벼 껐다 도로 붙였다 사뭇 부지를 못합니다. 〈태평천하⑥〉

부지기수(不知其數)㊔ 헤아릴 수 없을 만큼 많은 수효. 너무 많아서 그 수효를 알 수가 없음. ¶화적의 총부리 앞에 목숨을 내걸고 서서 재물을 약탈당하기도 부지기수요, 〈태평천하④〉

부지깽이㊔ 아궁이에 불을 땔 때 불을 헤치거나 끌어내거나 거두어 넣는 데 쓰는 가느다란 막대기. ¶부지깽이 같은 그 화승총을 가지고, 더구나 호미와 쇠스랑을 다루던 솜씨로, 〈태평천하④〉

부지러지다㉯ →부러지다. 꺾여서 접쳐지거나 동강이 나다. ¶그러는 동안에 속으로 곯아 필경 끝장에 가서는 작신 부지러지고, 〈탁류⑯〉

부지없다㉱ →부질없다. 공연한 짓으로 쓸데가 없다. ¶풍년 든 논의 그 벼 잎들이, 부지없는 갑쇠의 마음을 추슬러 주느라고 위정 흔들거리는 성불러…. 〈정자나무 있는 삽화〉

부지중(不知中)㉮ 알지 못하는 사이에. ¶그래서 보는 사람으로 하여금 웬일인지 위태위태하여 부지중 안타까운 마음이 나게 하던 것이다. 〈탁류②〉 ¶영영 친정집에 몸을 담가 두자는 생각이더냐 하면 그도 아니요, 부지중 그만큼 오래게 된 것이데…. 〈용동댁〉

부지직㉮ 힘이나 기운이 급작스럽게 생기거나 일어나는 소리. ¶부지직 기운이 솟아나고 사지가 뒤틀려 견딜 수가 없던 것이다. 〈빈(貧)… 제1장 제2과〉

부지(扶支·扶持)하다㉯ 어려운 일을 배겨나다. 어려운 일을 참고 버텨 나가다. 고생을 참고 어려움을 버텨 나가다. ¶마침 내는 세상을 통으로 원수를 삼고서 넉 자 다섯 치의 박절한 일신을 부지했다. 〈탁류⑭〉 ¶이렇듯 마음 없고 경황 없는 사람들만이 억지로 끌려가듯 생활에 부지해 사는 이 집에 암탉이 달랑 한 마리 식구로 참예를 해서. 〈용동댁〉

부지 하 마누라 상사(不知下---喪事)㉰ '알지 못하는 상황에서 마누라의 상을 당함'이라는 뜻. ¶좀 과하게 말을 하면, 종일 통곡에 부지 하 마누라 상사라는 우스꽝스런 초상이라고도 할 수가 있겠다. 〈탁류⑫〉

부집(父執)㉰ '부집존장(父執尊長)'의 준말. 아버지의 친구로 나이가 아버지와 비슷한 어른. ¶나이 15년이나 층이 집니다. 15년이면 부집이 아닙니까. 종수 제 부친 창식이 윤 주사가 마흔여섯이요 해서, 사실로 병호와는 네롱네롱하는 사이니까요. 〈태평천하⑫〉

부처(夫妻)㉰ 부부. 결혼한 한 쌍의 남녀. 곧 남편과 아내. ¶그는 순천 영감의 부처에게 깊은 은혜를 느끼고 있었다. 〈산동이〉

부청(府廳)㉰ 일제 강점기에 부(府)의 행정 사무를 취급하던 관청. ¶부청 앞에서 내릴 테면서 정거장까지 간다고 한 것이며가 모두 요량이 있어서 한 짓입니다. 〈태평천하②〉 ¶교장이나 수석 훈도는 물론이요, 마침 얼굴 아는 계원이 있어서 부청까지 쫓아다니면서 얼마나 애를 썼는지 모릅니다. 〈흥보씨〉

부축㉰ 겨드랑이를 붙들어 걸음을 돕는 일. 『같은』 곁부축. ¶"좀 부축을 히여 줄 것이지. 그냥 그러구 빼언허니 섰어야 옳담 말잉가?" 〈태평천하①〉

부치다㉯ 힘이 모자라거나 미치지 못하다. ¶어미 아비는 개명을 못했을 망정 시쳇속으로 어디 네나 개명을 좀 해 보라고 집안 사세도 부치는 것을 억지 삼아 읍내 보통학교에 들여보내서. 〈동화〉

부침(浮沈)㉰ 성함과 쇠함, 번영함과 멸함을 되풀이하는 것. ¶남은 몇천 금을 걸고 손바닥을 엎었다 젖혔다 하는 순간마다 인생의 하고많은 부침을 되풀이하는 그 틈에 끼여…. 〈탁류⑮〉

부풀다㉯ 희망이나 기대로 마음이 벅차다. ¶겸해서, 시기가 한참 입학시험을 치는

고패라, 향객들이 많이 모여들어 가지고 부푸는 관계도 있을 것이다. 〈회(懷)〉

부호(富豪)명 재산이 넉넉하고 세력 있는 사람. ¶제목은 '자칭 부호의 사기단'이라 하고 그 옆에 다시 '멀쩡한 부자패들' '없는 토지를 잡히려'라는 주(註)를 내고. 〈불효자식〉

부황(浮黃)이 나다『관용』 (오래 굶거나 하여) 살가죽이 들떠서 붓고 누래지다. ¶뜨는 누룩처럼 꺼멓게 부황이 난 사내가 쿨룩쿨룩 기침을 하고 앉았다. 〈탁류⑮〉

북덕잔디명 어지럽게 얼크러져 뭉텅이진 잔디. ¶경순은 둘러보다가, 저만치 무덤 앞에 편 돗자리가 눈에 띄었으나 무얼 그러겠느냐고, 넌지시 북덕잔디 위로 가서 퍼근히 앉아. 〈패배자의 무덤〉

북두갈고리명 (막일을 많이 하여) 험상궂게 생긴 손가락. ¶손은 작년 겨울에 터진 자국이 여름내 원상회복이 못된 채 북두갈고리 같습니다. 〈태평천하⑪〉

북새(를) 놓다『관용』 부산을 떨고 법석이다. '북새'는 여러 사람이 한 곳에 모여 부산하게 움직이는 법석. ¶제호는 언제고 그렇지만, 오늘은 유독히 더 정신을 못 차리게 혼자 찧고 까불고 하면서 북새를 놓는다. 〈탁류②〉

북슬북슬하다형 (짐승이) 살이 찌고 털이 많아 탐스럽다. 또는 사람이 살이 쪄서 복스럽다. ¶또 촌에서 계집애가 북슬북슬한 놈이 눈에 뜨이면 다리 치인다는 핑계로 데려다가 두고서 재미를 보고, 〈태평천하⑧〉

북채명 북을 치는 자그마한 방망이. ¶"…그만두라면 그만두지요!…" 끙 하고 북채를 놓더니, 혼자서 무어라고 두런두런, 돈을 비롯하여 소반에 차려 놓았던 것을 견대에다 주워담는다. 〈탁류⑥〉

북실북실하다형 살이 찌고 털이 많다. ¶아무 데고 살이 있어서 북실북실하니 탐스럽다. 〈탁류③〉

북창(北窓)명 북쪽으로 난 창. ¶북창 하나 없구 겨우 마루루 샛문이 한 쪽 났다는 게 바람 한 점 드나들덜 않지요. 〈소망〉

북채명 북을 치는 자그마한 방망이. ¶"…그만두라면 그만두지요!…" 끙 하고 북채를 놓더니, 혼자서 무어라고 두런두런, 돈을 비롯하여 소반에 차려 놓았던 것을 견대에다 주워담는다. 〈탁류⑥〉

북촌(北村)명 북쪽에 있는 마을. 혹은 서울의 북쪽 지대에 있는 마을의 총칭. ¶무릇 북촌이면 거기 아무데서나 흔히 만나곤 하는 썩 전형적인 청요릿집의 한 집이었다. 〈회(懷)〉

북통(-筒)명 북의 몸이 되는 둥근 나무통. 여기서는 배가 몹시 불러 둥그런 모양. ¶"어서옵시요."라고 머리 딴 계집애와 배가 북통 같은 애밴 계집이 마루로 나선다. 〈레디 메이드 인생〉

북통같이부 배가 몹시 불러서 둥그렇게. ¶더구나 만삭이 되어 북통같이 큰 배를 보고는 몸서리를 쳤다. 〈생명〉 ¶가을이 여물듯이 애밴 초봉이의 배도 여물어갔고, 그 해가 갈려 한겨울의 정월과 이월이자 사뭇 북통 같이 불러 올랐다. 〈탁류⑬〉

북포(北布)명 조선 시대에 함경북도에서 생산되던 올이 가늘고 고운 베. ¶샛노란 북포로 아버지의 적삼을 커다랗게 짓고 있는 것이다. 날베가 되어서 여기 말로 하

면, 빛은 꾀꼬리같이 고와도 동리가 시끄럽게 버석거린다. 〈보리방아〉

북행(北行)명 북쪽으로 가는 것. ¶한 시반이 지나서야 차는 경성역에 닿는다. 중간에서 연해 더디 오는 북행을 기다려 엇갈리곤 하느라고 번번이 오래씩 충그리고 충그리고 하더니, 삼십 분이나 넘겨 이렇게 연착을 한다. 〈회(懷)〉

분(憤)명 분한 마음. 원통한 생각. ¶게다가 입을 모질게 놀려 분까지 돋구어 주었으니, 〈탁류⑯〉

분가(分家)명 가족 중의 일부가 딴 집으로 나가서 사는 것. ¶아따 종태놈 말일세, 모자를 내게로 올려 보내시면서, 너는 지차 자식이요, 지차 자식은 성취를 하면 으레 분가를 하는 법, 〈이런 처지〉 ¶그전에 벌써 집 모퉁이에 얽은 저희네 동우리로 분가를 했을 때였지만, 〈용동댁〉

분간(分揀)명 사물의 옳고 그름, 좋고 나쁨 따위를 헤아려 가림. ¶그가 군산으로 와서 있으면서 비로소 지금 분간 있이 인생을 보게 되었다. 〈탁류⑥〉

분노(忿怒·憤怒)명 분하여 몹시 성을 냄. ¶탑삭부리 한 참봉은 이것을 보고, 알아내고, 분노가 치밀고 하기에 반 초의 시간도 필요치 않았다. 〈탁류⑩〉

분단장(粉丹粧)**하다**동 분을 발라 맵시 있게 꾸미다. ¶촛불이 환하니 켜져 있는 신방에는 불보다 더 환하게 연지 찍고 곤지 찍고 분단장한 신부 납순이가 소곳하니 앉아 있다. 〈쑥국새〉

분반(噴飯)**하다**동 (우스워서 입에 물었던 밥이 튀어 나온다는 뜻으로) 웃음이 터지다. ¶듣는 사람은 분반할 넌센스나 또는 농담으로 돌리겠지만, 윤 직원 영감 당자는 절대로 엄숙합니다. 〈태평천하⑭〉

분배(를) 놓다〖관용〗 많은 사람들이 야단스럽게 부산을 떨며 법석이다. (여러 사람이) 한 곳에 모여서 부산하게 법석을 떨다. 〖비슷〗 분배(를) 놀다. ¶그애가 건너와서 분배를 놓고 나니까 초봉이와 단둘이서 앉아 있을 때보다는 어쩐지 빡빡하던 것이 적이 풀리고, 〈탁류⑦〉 ¶분배를 놓던 경순이가 나가고 방 안이 갑자기 조용하자, 두 동서는 제각기 제 생각에 잠겨, 한동안 바느질손만 바쁩니다. 〈태평천하⑪〉

분배명 많은 사람들이 야단스럽게 부산을 떨며 법석이는 일. 〖비슷〗 북새. ¶"오라버니 분배에, 울음이 나오려다가두 도루 들어가구 말겠수." 〈패배자의 무덤〉

분배(를) 놀다〖관용〗 분배(를) 놓다. ¶오히려 단출함이 좋을 나들이를 긴찮이 분배를 놀까 봐서, 그대로 잠자코 나왔으니 이십 리 상거를 도보로 왕복하잘 수는 없으니. 〈패배자의 무덤〉

분별(分別)**시키다**동 서로 구별을 지어 가르게 하다. ¶인력거가 됐든지 자동차가 됐든지 무어나 탈것을 좀 분별시켜 달라고 하는 청이었었다. 〈패배자의 무덤〉 ¶말없이 써서 주는 사직원을 받아 가지고 나가서, 속달 등기로 부치도록 사환 계집아이를 분별시킨 후에 건넌방으로 도로 들어와 보니. 〈패배자의 무덤〉

분연히(奮然-)부 떨쳐 일어서는 기운이 세차고 꿋꿋하게. ¶이렇게 생각한 김 판서는 분연히 삼 년 전의 결심한 바를 시행하려 했읍니다. 〈소복 입은 영혼〉

분열(分裂)명 하나가 여럿으로 갈라짐. ¶

초봉이는, 이 제 자신이 남으로 여겨지는 자아의식의 분열이 무척 마음에 들었다. 〈탁류⑩〉

분잡(紛雜)하다형 많은 사람이 뒤섞여 어수선하다. 많은 사람이 북적거려 시끄럽고 어수선하다. ¶타일 입힌 여러 층 벽돌집, 디파트먼트, 빌딩, 일류미네이션, 쇼윈도, 그리고 여객 수송 비행기, 버스, 허리가 늘씬한 게 호마같이 날쌔어 보이는 뽀키전차, 수가 버쩍 늘고 최하가 시보레로 된 자동차, 꽤 자주 들리는 각가지의 사이렌… 의 모든 것이 제법 규모가 큰 도회미와 분잡한 기계미를 띠려는 기색이 보였다. 〈그 뒤로〉 ¶그는 정신없이 분잡한 거리를 지나오면서도 아무것에도 주의를 할 틈이 없이 생각만 골똘하였다. 〈병조와 영복이〉 ¶ 일과 인목이 분잡하기 때문에 다시는 초봉이를 건드리거나 하진 못했다. 〈탁류⑪〉 ¶"인전 아무래도 한동안 시굴루 내려가서 지내는 게 좋잖아요? 괜히 분잡허(하)구, 또오…" 〈패배자의 무덤〉

분재(分財)명 재산을 가족이나 일가붙이에게 나누어 줌. ¶혹은 그 아내가 친정의 머언 일가집 백부한테 분재를 타온 돈이라고 하기도 하고, 〈태평천하④〉

분지(盆地)명 산지나 대지(臺紙)로 둘러 싸인 평평한 지역. ¶여기는 북쪽으로 언덕이 막히고 움푹 패인 분지가 되어서 바람은 없고 한갓 다양만 하다. 〈패배자의 무덤〉

분지복(分之福)명 타고난 복. 『같은』 분복(分福). ¶사람이란 것은 제가끔 분지복이 있어서 기수를 잘 타고 나든지 부지런하면 부자가 되는 법이요. 〈치숙(痴叔)〉

분풀이(墳--)명 분한 마음을 푸는 일. ¶옥섬이로 인한 분과 자기로 인한 분이 한데 뭉쳐 당장 분풀이를 하고 싶었으나 그 그러나 그에게는 순천 영감이 감히 침노하지 못할 무서운 사람이었다. 〈산동이〉

분(憤·忿)하다형 억울하고 원통하다. ¶분한지고! 이 원한을 못 풀고 그대로 죽다니. 〈탁류⑩〉

불(不) 맞다『관용』 불합격 당하다. ¶"또 불(不) 맞었수?" 오목이네는 손은 떡 시중에 바쁘면서 언뜻 남편을 바라보다가 말고 물어본다. 〈얼어죽은 모나리자〉

불가불(不可不)부 부득불(不得不). 하지 않을 수 없어. ¶오늘 이 P에게만은 그렇지가 아니하여 불가불 구체적 설명을 해 주어야 하게 말머리가 돌아선 것이다. 〈레디 메이드 인생〉 ¶그러니까 불가불 시집을 보내야 할 형편인데, 그러나 실상 시집을 보낸다는 것도 예사로운 일이 아니다. 〈얼어죽은 모나리자〉 ¶또 내가 나서서 뇌물을 쓰다가는, 됩다 위태할 것이고 허니 불가불 일은 네가 할 수밖에 없다. 〈태평천하④〉 ¶어제 오후, 일석(一石)의 전보를 받고서 불가불 올라가 주어야 할까 보다고 앉아서 그런 염량을 하다가. 〈상경반절기〉 ¶그러나 영영 미덥지가 못하니 불가불 어떻게든지 힘을 좀 써 주어야 하겠다고. 〈회(懷)〉

불가(不可)하다형 옳지 않다. 가(可)하지 않다. ¶땀이 빠지도록 언변을 부려가면서, 공공사업에 돈을 내는 게 불가한 소치를 한바탕 늘어놓습니다. 〈태평천하⑧〉 ¶너는 그것이 심히 불가한 양으로 이 애비를 책망하였음이나 진실로 그렇지 않을 연유가 있는 배로다. 〈패배자의 무덤〉

불감청(不敢請)이언정 고소원(固所願)이다 〖관용〗 본디부터 바라던 바이나 감히 청하지 못하는 터이다. 여기서 '불감청'은 마음 속으로는 간절하지만 감히 청하지 못함. '고소원'은 본디부터 바라던 바. ¶"불감청이언정 고소원이야." "흥 난리가 난다면 당신 같은 사람이 멀 제법 괜찮을 줄 아우?" 〈명일〉

불고(不顧)[명] 돌보지 않는 것. 또는 돌아보지 않는 것. ¶아주머니를 친정으로 쫓고는 통히 불고를 하고… 〈치숙(痴叔)〉

불고(不顧)하다[동] 돌보지 않다. 또는 돌아보지 않다. ¶가산이고 살림 같은 것은 전혀 남의 일같이 불고하고, 또 거두잡아서 제법 살림살이를 할 줄도 모릅니다. 〈태평천하⑤〉 ¶그리하여 모든 것을 다 불고하고 아이를 데려다가 기르고 싶다거나 하는 등속의 고통은 하나도 겪어 본 적이 없었다. 〈반점〉 ¶쓸데없이 만주로 나 돌아다니느라고 집안을 불고한, 그러고도 수중에 동전 한 푼 없이 돌아온 오래비 명색의 '고결한 정신'이나 동갈 같은 것은, 〈이런 남매〉

불관심(不關心)[명] 관심이 없음. ¶결국 한 개의 우연한 일치일 따름일 것을 끝끝내 거기에 신경을 쓰잘 머리가 없는 것이어서 웬만큼 불관심에로 처리를 하느라 혼자 한마디 뇌고는 돌아서는데. 〈순공(巡公) 있는 일요일〉

불그레니[부] '불그레하니'의 준말. 좀 연하게 붉게. ¶해가 뜨느라고 갈모봉 마루턱이 불그레니 붉어 오른다. 하늘은 구름 한 점 없고 차갑게 푸르렀다. 〈암소를 팔아서〉

불길(不吉)스럽다[형] 운수 따위가 좋지 않은 듯하다. ¶모자는 꼭 같이 같은 무엇을 직각했던 것이다. 우리 닭이나 아닌가? 하는 불길스런 예감이다. 〈용동댁〉

불꼬챙이[명] 불에 달구어진 쇠붙이 막대. ¶칼을 맞아도 좋고, 시뻘건 불꼬챙이로 단근질을 해도 좋고, 그러하되 아무라도 송희의 털끝 하나라도 다쳐서는 안 된다. 〈탁류⑭〉

불끈[부] 두드러지게 위로 치밀거나 떠오르거나 솟아나는 모양. ¶현 서방은 딸을 불끈 안아 올려 볼을 비비면서. 〈흥보씨〉

불끈불끈[부] 눈망울이 열기 있게 움직거리는 모양. ¶미럭쇠는 눈을 불끈불끈 그 잘난 코를 벌씸벌씸, 내리 으끄러 버릴 듯이 바싹 다가선다. 〈쑥국새〉

불끈하다[동] 갑자기 성을 한 번 내다. ¶초봉이는 형보의 무례하고 안하무인한 태도에 속이 불끈했으나, 이왕 제 이야기를 들어 보자던 참이라서 분을 꿀꺽 삼켜 버린다. 〈탁류⑭〉

불다[동] 숨기던 사실을 모두 털어놓고 말하다. ¶만일 아씨가 매를 보이지 않고 그러고 좀 더 보드라운 목소리로 물었다면 그는 서슴지 않고 활활 불었을 것이다. 〈생명〉

불도(佛道)하다[동] 부처의 깨달음에 이르기까지 가르침을 받거나 수행을 하다. ¶지금은 예수교인 같으면 예수나, 불도하는 사람 같으면 부처님같이 숭엄하되, 그러나 숭엄만 하지 아니하고 정다운 우상이 되어 버렸다. 〈얼어죽은 모나리자〉

불문(不問)에 부치다〖관용〗 묻지 않고 그대로 내버려두다. 여기서 '불문'은 물어 밝히지 아니하는 것. ¶어머니 아버지께서

도 자식 병신 만든 죄책은 그 뒤 일체로 불문에 붙이시고(부치시고) 말았지. 〈이런 처지〉

불랍명 불평이나 불만을 품고 제 마음대로 행동하는 것. 『같은』 불령(不逞). ¶"응? 어떠냐?… 그리구 화제는 불랍이구. 어떠냐?" 〈패배자의 무덤〉

불량자(不良者)명 성질, 품행 등이 좋지 않은 사람. ¶물론 첩질이나 하고, 마작이나 하고, 요정으로 밤을 도와 드나드는 걸 보면 갈데없는 불량자고요. 〈태평천하⑤〉

불량(不良)하다형 성질, 품행이 좋지 않다. ¶태수의 눈자위가 좀 불량해 보이는 것이랄지, 사람이 반지빠르고 건방져 보이는 것이랄지, 〈탁류⑦〉

불문곡직(不問曲直)하다동 잘잘못이나 일의 옳고 그름을 따져 묻지 아니하다. ¶기한이 지나기만 하면 거저 불문곡직하고 수형 액면에 쓰인 만큼 차압을 해서 집행 딱지를 붙여 놓고는 경매를 한다나요. 〈태평천하⑦〉

불볕명 몹시 뜨겁게 내리쬐는 볕. ¶대지 위에 벌여 놓인 모든 물건들을 꿰뚫을 듯이 더운 불볕이 내려쪼이는 삼복 여름 어느 오후였었다. 〈불효자식〉 ¶뒤 섶 울타리를 소담스럽게 덮은 호박 덩굴 위로 쨍쨍한 불볕이 내리쬔다. 〈동화〉

불복(不服)명 복종하지 아니함. 불복종. ¶얼른 잔돈을 바꾸어 오기는 오고서도 속으로는 오히려 불복이요 앙심을 먹던 사실로 미루어 보아서 말이다. 〈상경반절기〉

불복(不服)하다동 복종하지 아니하거나 동의하지 아니하다. ¶그 중학생도 그 여학생을 곁눈으로 한번 건너다보고 나서 그 사내를 치어다보며 "체, 중학언 사람 아니당가…" 하고 불복하다는 듯이 입술을 뛰 내밀고 경멸하듯이 미소하였다. 〈세 길로〉

불부채명 불을 붙여 일으키는 데 쓰는 부채. ¶그는 자주 목 부러진 불부채를 잡아 성미 급하게 활짝활짝 부치나 소리만 요란하지 바람은 곧잘 나지도 아니한다. 〈명일〉

불사약(不死藥)명 선경(仙境)에 있다는 신비스럽게 효험이 있는 약. 사람이 먹으면 죽지 않고 오래 산다고 함. ¶옛날의 진시황은 영생불사를 하고 싶어, 동남 동녀 5천 명을 동해의 선경으로 보내어 불사약을 구하려고 했다지만, 〈태평천하⑭〉

불순(不純)하다형 순수하지 못하다. 순진하지 아니하다. ¶정 주사 내외의 그 불순한 정책 혼인에 대한 반감이며가 머리를 들고 일어났다. 〈탁류⑩〉

불시(不時)명 뜻하지 아니하게 갑자기. 뜻하지 않은 때에 갑자기. ¶그러나 이 귀엽다는 생각은 시방 불시로 우러난 것이 아니요, 〈탁류⑧〉 ¶시방이야 가난하던 사람이 불시로 큰 돈이 생기면 경찰서 양반들이 우선 그 내력을 밝히려 들지만, 〈태평천하④〉 ¶거저 불시루 그 날 그 자리서 사직원을 써서는 편집국장 앞에다가 내놓구 나왔다는 걸. 〈소망〉 ¶그래 심심찮은 동무 하나를 불시에 잃어버린 것 같아서, 적잖이 섭섭했어, 〈탁류⑨〉

불어먹다『관용』 날려 보내다. 살림이나 밑천을 다 없애 버리다. ¶그놈이 운수가 좋아도 세 번에 한 번쯤은 빗맞아서 액색한 그 밑천을 홀랑 불어먹고라야 만다. 〈탁류①〉

불원간(不遠間)[부] 오래지 않아. 머지 않아. ¶상수는 그러므로 이번 길이 불원간 신부가 될 애인 옥초를 영접하는 경의를 표할 겸 재촉하여 데리고 갈 겸. 〈모색〉

불의지변(不意之變)[명] 뜻밖의 재앙이나 사고. ¶태수의 불의지변과 뒤미처 현로가 된 온갖 협잡, 이리하여 마침내 곱던 무지개와도 같이 스러진 환멸, 〈탁류⑪〉 ¶이는 전연 상상도 못한 불의지변이어서, 무심코 앉았다가 별안간 당한 일이고 보니 사망 그것에 대한 애통은 다음에 할 말이요. 〈패배자의 무덤〉

불일간(不日間)[부] 오래지 않아. 머지 않아. 며칠 안에. 여기서 '불일'은 며칠이 걸리지 않는 동안. ¶"절도 사건의 유력한 혐의자로서 신체검사를 한 결과 수십여 장의 귀금속과 기타 값 많은 물건을 잡힌 전당표를 발견하고 또 자백까지 있으므로 불일간 일건 서류와 같이 검사국으로 넘긴다더라." 〈불효자식〉

불일다[동] 어떤 형세가 불이 타오르는 것처럼 생기거나 일어나다. ¶그러노라니까, 정말 인도깨비를 사귄 것처럼 사람이 불일 듯 늘어서, 마침내 그의 당대에 3천 석을 넘겨받게 되었던 것입니다. 〈태평천하④〉

불일성지(不日成之)[명] 며칠 안으로 이룸. 또는 며칠 안으로 끝냄. ¶"지가 불일성지루, 썩 그럴듯한 놈 아니 참저, 마나님 하나를 방구어 보지요…." 〈태평천하⑧〉

불잖다[동] '불지 않다'의 준말. 지은 죄를 사실대로 말하지 않다. ¶"인제 겨우? 요년! 네 입으로 불잖는다구 내가 모를 줄 알았더냐! 이년." 〈생명〉

불질[명] 총이나 포 등을 쏘는 일. ¶만약 그들의 눈에 띄기만 했더라면 처음에는 쫓아갈 것이고, 그러다가 못 잡으면 대고 불질을 했을 겝니다. 〈태평천하④〉

불철주야(不撤晝夜)[명] 밤낮을 가리지 않음. ¶그날부터 아주머니는 불철주야로 할 짓 못할 짓 다 해 가면서 부스대고 납뛴 덕에 병도 차차로 차도가 있고. 〈치숙(痴叔)〉

불초(不肖)**하다**[형] 못나고 어리석다. ¶프로메테우스의 후손은 불초하여 약행할지언정, 불을 도로 빼앗지 않기 위하여서는, 육체를 처분할 강단조차 없지는 않다. 〈패배자의 무덤〉

불측(不測)**스럽다**[형] 보기에 불측한 데가 있다. ¶그야말로 눈먼 딸자식 그것 하나뿐인 것을 갖다가 부려 먹지 못해서 아등바등하며 화풀이를 하려 드는 어미의 심정이 몹시 불측스러워 그래 당장 뉘우치는 마음이 들었다. 〈얼어죽은 모나리자〉 ¶항차 그 어떠한 흉악한 해를 보게 한다는 것은 마음에 상상만이라도 하는 것부터 어미가 불측스런 것 같았다. 〈탁류⑭〉 ¶그런 일을 생각하면, 털어놓고 말이지 우리 아저씬가 그 양반도 여간 불측스러뵈질 안해요. 〈치숙(痴叔)〉

불측(不測)**하다**[형] (생각이나 행동이) 괘씸하고 엉큼하다. 마음이나 행동이 고약하고 엉큼하다. ¶승재 저는 남들한테, 저놈이 초봉이를 뺏기고서 오기에 괜히 고태수를 중상하여 혼인을 훼방을 놀려던 불측한 놈이라고 얼굴에다 침뱉음을 당하게 될 테니, 그런 창피, 그런 망신이 있으며, 〈탁류⑧〉 ¶윤 직원 영감으로 앉아서 본다며 천하 불측한 놈의 소리지요. 〈태평천하⑤〉 ¶이맛살을 잔뜩 찡그리고 읽어 내려가던 종택은 귀인성 없는 늙은이들, 죽지도 않는다고, 불측한 소리를 두런거리면서 방바닥에다 편지를 내동댕이치더니. 〈패배자의 무덤〉

불침명 흔히 장난으로 놀라게 하기 위하여 성냥개비를 태워 만든 숯을 자는 사람의 살에 꽂고 불을 붙이는 일. ¶그게 자는 호랑이를 불침 놓는 일이겠어서 생각을 돌려 먹었다. 〈탁류⑦〉

불켜 오르다동 점점 부르터 솟아오르다. '불키(다)+오르다'의 짜임새. '불키다'는 '부르트다'의 경상 방언. ¶오월이의 볼때기는 단번에 손가락같이 물큰 불켜 오르고 검붉은 피가 주르르 흐른다. 〈생명〉

불콰아하다형 →불콰하다. 술기운을 띠거나 혈기가 좋아서 얼굴빛이 보기 좋게 불그레하다. ¶이렇게 이야기 허두를 내고 보면 첩경 중산 모자에, 깃에는 가화를 꽂은 모닝 혹은 프록코트에 기름진 얼굴이 불콰아하여 입에는 이쑤시개를 물고 방금 어떤 공식 축하연으로부터 돌아오고 계신, 〈흥보씨〉

불콰하다형 →불카하다. 술기운을 띠거나 혈기가 좋아서 얼굴빛이 보기 좋게 불그레하다. ¶볼이 추욱 처지고 두턱진 얼굴이 불콰하니 화색이 도는 것이며, 〈탁류⑮〉 ¶또 요새도 장복을 하는 인삼 등속의 약효로 해서 얼굴은 불콰하니 동안(童顔)이요, 〈태평천하①〉

불크르다동 →부르트다. 살가죽이 들뜨고 도톨도톨하게 솟아오르다. ¶한 번 박히고 나서부터는 간대로 사그러지지도 않거니와 또 불크러 오르거나 아프지도 않고. 〈반점〉

불필히(不必-)부 필요가 없이. ¶그는 내 거취를 불필히 알지 않아도 상관이 없었을 것이었다. 〈회(懷)〉

불한당(不汗黨)명 떼를 지어 돌아다니는 강도. 떼를 지어 다니며 행패를 부리는 사람. 〖같은〗 명화적. 화적. ¶"불한당놈의 말 들을 수 없다!… 내가, 생각허면 네놈들을 갈아 먹구 싶은디, 게다가 청을 들어? 흥!" 〈태평천하④〉

불효막심(不孝莫甚)하다형 효도하지 않음이 더할 나위 없이 심하다. ¶거 창식이허며 또 종수허며 그놈덜이 천하에 불효막심헌(한) 놈덜이니! 마구 잡아 뽑을 놈덜이여. 〈태평천하⑧〉

붐배명 '붐비다'에서 온 말로 많은 사람들이 들끓어서 혼잡한 모양. ¶그 붐배통에 박혀 앉아서 꾸벅꾸벅대고 졸아 쌓고 졸다가는 곤드레만드레 남의 사내들과 살을 마주 비벼대고 한대서야 젊은 여자의 체모에 그다지 아름다운 포즈는 아닐 것이었었다. 〈반점〉

붐빠라붐빠라부 여러 나팔 소리가 어울려 잇달아 나는 소리. ¶붐빠라붐빠라 활동사진 구경두 가구… 조옴 좋아!…. 〈모색〉

붓재주명 글재주. 글을 잘 짓는 재주. ¶그럴뿐더러 그는 붓재주에 하나도 자신이 없었다. 〈모색〉

붙는 불에 부채질〖속〗 잘 안 되는 일에 방해를 해서 더 틀어지게 한다는 뜻. 〖비슷〗 붙는 불에 키질. ¶계제에 초봉이가 달밤에 삿갓 쓰고 나오더란 푼수로, 사사이 이쁘잖은 짓만 해 싸니 그거야말로 붙는 불에 제라서 부채질을 하는 것이라고나 할는지. 〈탁류⑬〉

붙박이㉮ 한곳에 박혀 있어 움직이지 않음. ¶북어값 삼 원을 밑천으로 든든히 믿고서 아침부터 붙박이로 하바를 하느라 깨가 쏟아졌다. 〈탁류⑮〉 ¶아마 일 년을 붙박이로 그렇게 하기로 하고, 느 권번이나 조선음악연구회 같은 데 교섭을 해서 특별할인을 한다더라도 하루에 소불하 10원쯤은 쳐주어야 할 테니. 〈태평천하②〉

붙일성㉮ 남을 잘 사귀는 성질. ¶그러나 남의 병정을 잘 서 먹자면 그만큼이나 구수하지 않고는 붙일성이 없겠으니 또한 직업인지라 어쩔 수 없다는 게 병호의 변명입니다. 〈태평천하⑫〉 ¶그다지 까불고 술심 망나니고 하던 (실상은 명랑했던) 대신 사람이 몹시 뒷그늘이 져 보이고 입도 무거워졌고 해서, 우선 남과 붙일성이 없었다. 〈정자나무 있는 삽화〉

붙일성 없다㉻ 어디에 붙어 있을 만한 성질이나 수단이 없다. ¶집이라고 돌아는 왔으나, 휑뎅그렁하니 붙일성 없다. 〈탁류⑪〉

브로커(broker)[1]㉮ 중개 상인. 남의 의뢰를 받아 상행위를 대리 또는 매개하고 이에 대한 수수료를 받는 상인. ¶허장성세의 빈약한 내용의 것에 다라운 브로커의 좀까지 생긴 것이라는 것이 즉 그 내용을 말하는 것이다. 〈보리방아〉

브로커(broker)[2]㉮ 사기적인 거간꾼. 중간에서 하는 일 없이 빈둥빈둥 놀거나 게으름을 부리며, 사기하여 남을 뜯어 먹는 사람을 이르는 말. ¶시쳇말로는 브로커요, 윤 직원 영감 밑에서 거간을 해먹는 사람입니다. 〈태평천하⑦〉

블랙리스트(black list)㉮ 주의 인물을 적어 넣은 명부. ¶이것이 대복이의 주변으로, 종로 일대와 창안 배오개 등지와, 그 밖에 서울 장안의 들뭇들뭇한 상고들을 뽑아 신용 정도를 조사해 둔 블랙리스트입니다. 〈태평천하⑦〉

블레이크(brake)㉮ →브레이크(brake). 제동기. 기계 등의 운동을 정지시키거나 속력을 떨어뜨리는 장치. ¶힘차게 블레이크를 젖히며 크나큰 기계를 돌리고 싶었다. 〈병조와 영복이〉

비각(碑閣)㉮ 안에 비(碑)를 세워 놓은 집. 비를 세워 놓고 그 위를 덮어 지은 집. ¶석양 무렵에 크막한 삼각관을 쓰고서 낡은 비각 앞이라도 오락가락하염직하게. 〈순공(巡公) 있는 일요일〉

비감(悲感)㉮ 슬프게 느껴지는 것. 또는 그런 느낌. ¶오목이네는 비감이 들어 도리어 자기가 울 듯이 타이른다. 〈얼어죽은 모나리자〉 ¶또한 비감의 거리가 족했던 것이요. 〈탁류⑦〉

비껴 물다〖관용〗 비스듬하게 입에 물다. ¶한 번도 웃는 낯을 본 적이 없는 채자부 주임—카이제르 수염—이 역연 지르퉁한 얼굴로 입에는 빨쭈리에 낀 담배를 비껴 물고 원고를 뒤적거리며 테이블 앞에 앉아 있었다. 〈병조와 영복이〉

비끄러매다㉲ (끈이나 줄 등으로) 서로 떨어지지 못하게 붙잡아 매다. ¶K와 S는 선유배에 보우트까지 비끄러매어 가지고 맥주를 사서 싣고 상류로 올라갔다. 〈창백한 얼굴들〉 ¶최 서방은 안해의 비끄러맨 손수건을 풀어 담배곽을 꺼내다가 같이 싼 돈을 좌르르 흩뜨리고는 무렴하게 쩔쩔맨다. 〈빈(貧)… 제1장 제2과〉 ¶그러나 바르르 떨리는 손은 조금 나오다가는 무엇에 꼭 비끄러맨 듯이 더 뻗쳐지지를 아니했다. 〈명일〉 ¶다 이러쿵저러쿵 둘이를 도로 비끄러매 놓자는 수작이거니 싶었다. 〈탁류⑮〉 ¶윤 직원 영감은, 인력거꾼을 짯짯이 바라다보다가 고개를 돌리더니, 풀었던 염낭끈을 도로 비끄러맵니다. 〈태평천하①〉 ¶두루마기 앞섶을 헤치고 쪼끼 단추 구멍에다가 비끄러맨 돈주머니를 찾지 못해 쩔쩔맬라. 〈상경반절기〉

비끼다[동] →비키다. 피하여 조금 자리를 옮기다. ¶두부 장수는 두부 지게를 함부로 툭툭 치고 지나가는 아이들이 밉든지 혼자 두덜거리며 조심조심 비껴서 늘 다니는 단골집 앞에다가 짐을 내려놓고 안으로 들어간다. 〈명일〉

비는 장수 목 벨 수 없다[속] 잘못을 뉘우쳐 사과하면 용서하게 되는 것이 인정이라는 말. ¶자아 돈을 가져왔으니 용서해 주시요, 한단 말야. 비는 장수 목 벨 수 없다구, 그렇게 돈을 물어내 놓구 빌면 징역은 면할 테니깐…. 〈탁류④〉

비다[동] →마르다. (강원, 전북, 경상). 치수에 맞추어 베고 자르다. ¶오목이는 어두컴컴한 방안에서 넓적다리를 걷어 올리고 앉아 신총을 비고 있었다. 〈얼어죽은 모나리자〉

비단(非但)[부] 부정하는 말 앞에서 '다만'의 뜻으로 쓰이는 말. ¶비단 이 양복 신사 한 사람뿐인 게 아니라 내가 열에 붙어선 그새 십 분 남짓한 동안만 해도 오륙 명은 더 되는 성부르다. 〈상경반절기〉

비단 다리[명] 비단결같이 곱고 아름다운 다리. ¶그 오동보동한 비단 다리를 바라보느라니 P는 전에 먹던 치킨커틀렛 생각이 났다. 〈레디 메이드 인생〉

비등(比等)하다[형] 견주어 보아 서로 비슷하다. ¶사학은 지망자 수효가 모집 정원과 비등하기가 보통이었었다. 〈회(懷)〉

비라[명] 전단(傳單). 선전 광고의 취지를 적은 종이쪽. ¶실상 말하면 자기도 영복이와 한가지로 돌아다니며 활동을 하여야 할 것인데 기분이 좋지 못하다는 핑계를 하고 집 안에 들박혀 앉아서 동지가 찾아오면 겨우 말대꾸나 하여 주고 비라 문구나 가르쳐 주곤 하였다. 〈병조와 영복이〉

비럭질[명] 남에게 구걸하는 짓. ¶그렇다고 뉘 집 문전에 가서 밥 한 술 주시요 하고 비럭질을 하기는 곧 죽어도 싫습니다. 〈어머니를 찾아서〉

비루[명] 개, 말, 나귀 등의 살갗에 생기는 병. 피부가 헐고 털이 빠지며 차차 온 몸에 번진다. ¶개는 기르면 비루를 멀거나 미쳐 버리고. 〈용동댁〉

비루먹다[동] (개, 나귀, 말 따위 짐승이) 비루에 걸리다. ¶정 주사도 시방은 다 비루먹은 태마(駄馬)라도 증왕에는 천리준총이었거니 여기고 있다. 〈탁류⑮〉

비루(鄙陋)하다[형] (행동이나 성질이) 너절하고 더럽다. ¶그는 돈푼이나 쓰는 친구에게 이렇게 병정을 서듯이 끌려다니며 술을 얻어먹는 것을 아까 금은 상점 앞에서나 또는 화신 식당에서나 도적질을 하려던 자기보다 더 비루하고 치사스럽게 생각했다. 〈명일〉

비명(碑銘)[명] 비면(碑面)에 새긴 글. ¶묘비의 각자를 들여다보면서 인제 해 세울 제 비명을 생각하고 있다. 〈패배자의 무덤〉

비명(非命)의 죽음『관용』 '비명횡사(非命橫死)'와 같은 말. 제 목숨대로 살지 못하고 뜻밖의 재앙을 만나 죽음. ¶그러다가 말대가리 윤용규는 마침내 한패의 화적의 손에 비명의 죽음까지 한 것인즉은, 〈태평천하④〉

비명횡사(非命橫死)명 제 목숨대로 살지 못하고 뜻밖의 재앙을 만나 죽음. 뜻밖의 재난이나 사고 따위로 죽음. ¶또 그처럼 비명횡사를 한 인간 하나의 혈육이 생명으로 남아 있다는 것이 신기하기도 한 일인즉 활협 삼아서라도 끝을 두고 보기는 할 말한 것이라고 그는 울며 겨자 먹는 푼수로 단념을 하고 말았다. 〈탁류⑬〉

비발명 살림이나 어떤 일을 하는 데 드는 돈. 『비슷』 비용(費用). ¶이러한 비발은, 김 씨가 말끔 제 돈을 들여서 해 주되, 남편한테는 눈치로든지 말로든지, 태수가 돈을 내놓아 그 부탁으로 심부름을 해 주는 체 하기를 잊지 않았다. 〈탁류⑤〉 ¶딴 비발 써 가면서 남들은 위정 피서두 갈라더냐. 〈소망〉

비벼 뚫다동 비집어서 틈을 만들다. ¶형보는 태수가 결혼을 하고 살림을 차리면 비벼 뚫고 들어갈 요량을 대고 있는 참이다. 〈탁류⑨〉

비비부 여러 번 꼬거나 뒤트는 모양. >배배. ¶덩치 큰 나그네, 자동차 한 대가 염치도 없이 이 좁은 길목으로 비비 뚫고 부둥부둥 들어오는 바람에, 〈탁류⑰〉 ¶역정이 난 윤 직원 영감이, 낙타가 바늘 구멍으로 나가는 만큼이나 애를 써서 좁다란 그 쪽 문으로 겨우겨우 비비 뚫고 들어서면서 꽝소리가 나게 문을 닫는데, 〈태평천하③〉

비비 꼬다동 (물체가) 어느 한 쪽으로 여러 번 틀어서 꼬다. ¶무어나 일을 맡기었으면 불이 번쩍 일게 해낼 팔팔한 젊은 사람들이다. 그렇건만 그들은 몸을 비비 꼬고 있다. 〈레디 메이드 인생〉

비비다동 기대거나 의지하다. ¶또 시집은 친정집보다도 좀 더 유족하니까 비빌 언덕이 넉넉하다. 〈용동댁〉

비비송곳명 두 손바닥으로 자루를 비벼서 구멍을 뚫는 송곳. ¶미장이의 비비송곳같이 천착을 한 끝에는 애가 밭아, 이렇게 자문을 하는 것이나 역시 시원한 대답은 나오지 않고, 〈탁류⑬〉

비상(砒霜)명 비석(砒石)을 승화시켜서 만든 결정체. 독약. ¶자넨 어찌 그리 연애하는 기생이라면 비상 속인가? 〈탁류⑨〉

비선명 →비손. 두 손을 싹싹 비비면서 신에게 소원을 비는 일. ¶형보가 누구라고 온건한 담판은 말고 백날 제 앞에 꿇어 앉아 비선을 해도 들어줄 리 없는 걸, 〈탁류⑰〉

비선하다동 →비손하다. 두 손을 비비면서 신에게 소원을 빌다. ¶자, 어서 일어나서 우선 냉수루 저 땀두 좀 씻구, 그리라구 비선허(하)듯 애기 달래듯 하니깐. 〈소망〉

비스감히부 좀 비슷하게. ¶많으나 적으나 돈놀이하믄 사람이면 으레 당장 거절하기 어려운 자리에다가는 이렇게 비스감히 깔아 놓았다가 나중에 못 되었다고 핑계를 하는 것인데. 〈명일〉

비슬비슬[1]부 매우 힘없이 비틀거리는 모양. >배슬배슬. 『센말』 비쓸비쓸. ¶손가락을 입에 물고 비슬비슬 걸어 들어오면서 볼먹은 소리로 "음마." 하는 것이 벌써 이 짐을 부릴 눈치다. 〈명일〉 ¶겨우 마음이 조금 풀리는지 비슬비슬 방으로 따라 들어온다. 〈두 순정〉 ¶관수가 보다 못해 시비를 걸었으나, 동네 사람들은 역연 비슬비슬 구경만 하고 있지 말고 거들어 주질 않고, 〈정자나무 있는 삽화〉

비슬비슬[2]㊕ 남이 모르게 넌지시 자꾸 행동하는 모양. 【비슷】 슬금슬금. ¶종수는 여느때 같으면 눈만 부릅떠도 비슬비슬 피하던 것이. 〈쑥국새〉 ¶순사는 웃음이 가득 흩어지는 얼굴로, 비슬비슬 낯가림을 하는 어린놈한테, 몸을 구부리고 들여다보면서. 〈순공(巡公) 있는 일요일〉

비슷같다㊙ 비슷하다. ¶들판을 한동안 잊고 달리느라면 어느새 또 비슷같은 언덕과 촌락이 나오고…. 〈반점〉

비실거리다㊐ 한데 어울리지 않고 슬그머니 따로 떨어져 밖으로 돌다. ¶형보는 몸을 안 붙여 주고 낯가림을 하듯이 비실거리는 식모를 다독다독 타이르듯…. 〈탁류⑭〉

비실비실하다㊐ 힘이 없어 흐느적흐느적 비틀거리다. ¶배가 고파서 비실비실하는 동생들의 애처로운 꼴, 이런 것들이 자꾸만 눈앞에 얼찐거리면서 저절로 눈가가 따가와진다. 〈탁류②〉

비쌔다[1]㊐ 마음에는 당기면서도 사양하는 체하다. ¶'덕언이 선생님'은 이렇게 자기 야말로 방정맞게 그러나 결코 악의가 있어서가 아니라 웃으면서 —한번 비쌔는 것입니다. 〈소복 입은 영혼〉 ¶보기에만 그렇게 구경 못하던 딴 음식같이 귀하고 신통해 보였지 실상은 비쌔는 맛도 없이 넘어가 버리는 것이며. 〈얼어죽은 모나리자〉

비쌔다[2]㊐ 수더분한 맛이 없고 어울리지를 아니하다. 또는 남의 제안이나 부탁에 응하지 않는 태도를 보이다. ¶그러니 고맙게 여겨 주어야 할 것을 어느 때는 되레 무슨 적선이나 하는 듯이 비쌔는 눈치를 일쑤 보이곤 했었다. 〈명일〉 ¶대체 의사라는 위인이 처음부터 보기 싫게 굴어 비위를 거슬리더니 내내 비쌔는 꼴이 뇌꼴스럽고 해서, 그만두어 버리고 벌떡 일어설 생각이 났다. 〈탁류⑧〉 ¶"되려 비쌔요! 누가 무서할 줄 알구?" 〈회(懷)〉

비양(飛揚)㊔ 잘난 체하고 까부는 것. ¶태도와 기색하며 말이 이렇게까지 나오는 데야 번연히 비양인 줄을 모를 이치가 없는 것이지만. 〈모색〉

비앙스럽다㊙ →비아냥스럽다. 얄밉게 빈정거리는 태도가 있다. ¶그러면서 먼저와는 다른 일종 비앙스런 미소가 입가로 갈려든다. 〈모색〉

비양(飛揚)하다㊐ 잘난 체하고 까불다. ¶비로소 그 연유를 깨달은 경희는, 약간 제 자신을 비양하는 기미가 없지 못한 미소를 입가로 드러는 내면서도. 〈반점〉

비어 가지다㊐ 비워서 가지다. 어떤 자리에 아무 것도 없게 하다. ¶관수는 한 번 더 구멍을 올려다보다가 함지를 담았던 구럭을 비어 가지고 와서, 미리 안표를 해 둔 갸름한 돌을 집어넣고 또 한 개 큼직한 놈을 집어넣어 어깨에 가사 메듯 걸메고는, 〈정자나무 있는 삽화〉

비어지다㊐ 속에 들었던 것이 밖으로 쑥 내밀다. ¶파아란 정맥이 여물게 톡톡 비어진 통통한 팔이다. 〈탁류⑧〉 ¶아직 잔디가 뿌리를 못 잡아 까칠하고, 뗏장 사이로는 검붉은 황토가 비죽비죽 비어져 나온다. 〈쑥국새〉 ¶ 오래비 경호는… 길도 안 난 산비알 잔디밭으로 비어져서 가분가분 걸어 내려가고 있다. 〈패배자의 무덤〉

비워 때리다[동] 비워 없애다. ¶ 그날 밤 태수는 주인집의 저녁밥도 비워 때리고 요릿집에서 놀다가 자정이 지나서야 돌아오는 길이었다. 〈탁류⑤〉

비위(脾胃)[명] 아니꼽고 싫은 일을 잘 견디는 힘. ¶ 또, 나로 말하더라도 다 늙게야 어린 계집애를 데리고 연애를 합네 어쩌네 할 비위도 없으려니와. 〈이런 처지〉

비위(脾胃)가 상하다[관용] 하는 짓이 마음에 맞지 않아 아니꼽고 거슬리다. ¶ 자네 어매가 행실이 궂었덩개 비네 하는 데는 슬며시 비위가 상하지 않을 수가 없읍니다. 〈태평천하①〉

비위(脾胃)를 질러 놓다[관용] 비위를 건드려 놓다. 남의 마음을 언짢게 해 놓다. ¶ 마지막에 탑삭부리 한 참봉의 차(車) 죽은 것을 물려주지 않아서, 그래 비위를 질러 놓기 때문에 쌀 외상 달란 말도 내지 못했다. 〈탁류③〉

비위치레[명] 비위에 거슬리는 일을 견디어 내거나 비위를 맞추는 일. ¶ 차마 (그 김빠져 보임이며, 우울해 보임이며) 남 점직해 그런 비위치레는 하고 있을 수가 없었다. 〈모색〉

비일비재(非一非再)[명] 하나둘이 아님. ¶ 그런 끝에 그 잘난 수염도 잡아 끄들리고 그 밖에도 별별 창피가 비일비재다. 〈탁류①〉

비장(悲壯)하다[형] 슬프고도 장하다. 슬픔 속에서도 의기를 잃지 않고 꿋꿋하다. ¶ 승재는 제 가슴의 아픔을 상관 않고 일종의 비장한 마음으로, 그 소위 거룩하다 한 초봉이를 위하여 그의 결혼을 축하하려고 참석을 했던 것이다. 〈탁류⑩〉

비죽비죽[1][부] (불평이 있거나 울려고 할 때) 소리없이 입을 내밀고 실룩거리는 모양. ¶ 부룩쇠는 비죽비죽 울면서 도로 나가 동리 집으로 들로 어머니를 찾아다녔으나 필경 만나지 못했읍니다. 〈어머니를 찾아서〉 ¶ 과연 태식은 입이 비죽비죽, 얼굴이 움질움질하는 게 방금 아앙하고 울음이 터질 시초를 잡습니다. 〈태평천하⑥〉 ¶ 눈물이 떨어지면서, 비죽비죽 울음 섞인 말로. 〈이런 남매〉

비죽비죽[2][부] 여러 물체의 끝이 좀 길게 내밀려 있는 모양. ¶ 이마에도 그렇고, 위아래 수염이 비죽비죽 감은 눈언덕은 푹 가라앉아. 〈명일〉 ¶ 승재는 수염 끝이 비죽비죽 솟은 턱을 손바닥으로 문댄다. 〈탁류③〉 ¶ 아직 잔디가 뿌리를 못 잡아 까칠하고, 뗏장 사이로는 검붉은 황토가 비죽비죽 비어져 나온다. 〈쑥국새〉 ¶ 이러할 때마다 그의 속을 잘 아는 그의 어머니는 눈물을 비죽비죽 흘리고 돌아다니며 기어코 단돈 이삼십 전이라도 어떻게 해서든지 변통하여다가 그를 주었다. 〈불효자식〉

비죽이[부] 입술의 끝을 약간 내미는 모양. ¶ 김 군이 저만치서 기다리고 섰다가, 비죽이 웃으면서 누구냐고 묻는다. 〈회(懷)〉

비추다[동] →비치다. 속마음을 넌지시 드러내어 알리다. ¶ 그러나 이렇게 말을 비추는 눈치를 저편이 모를 턱이 없다. 〈빈(貧)… 제1장 제2과〉

비집다동 맞붙은 곳을 벌려 틈을 내다. ¶혁대를 매며 내려다보니 줄은 칼날같이 잡혔으나 좀 비집은 데를 검정실로 얽어맨 자리와 구두에 닿아 닿은 자리에 올발이 톱니같이 내어다 보였다. 〈앙탈〉

비집어 내다동 틈새를 헤쳐서 꺼내다. 또는 (말을) 어렵게 꺼내다. ¶유 씨는 샀바느질로 하는 생수 깨끼적삼을 동정을 달아 가지고 마침 인두를 뽑아 들면서 이런 말을 문득 비집어 낸다. 〈탁류⑦〉

비켜나다동 몸을 옮겨 물러나다. ¶"비껴(켜)나 이것!" 소리 무섭게 초봉이를 떠다 박지르더니 수화기를 채어다가 귀에 대고는, 〈탁류②〉

비회(悲懷)명 슬픈 생각. 슬픈 마음. 슬픈 회포. ¶오목이네가 딸의 등을 어루만지며 달랜다는 것이 마주 운다. 두성이는 비회를 어찌할 수 없어. 〈얼어죽은 모나리자〉 ¶오강 아닌 축현역에 당도하면 그래도 비회가 솟아난다. 〈탁류④〉 ¶울려니야 심외(心外)이었으나 비회가 서리던 차에 막상 새살거리고 있는 내 음성 내 말이 더럭 더 슬픔을 자아내고 말던 것이다. 〈패배자의 무덤〉 ¶가을비는 아니라도 상심 있는 사람의 비회를 돕기 알맞을 만큼 구죽죽 심란스런 비였었다. 〈회(懷)〉

빈대명 몸은 동글납작하며 몸길이는 5mm 내외의 벌레. 고약한 냄새를 풍기며 사람의 피를 빨아 먹음. ¶입도 그다지 푸짐하진 못하고 코도 그저 오래 주린 빈대 형용이어서 말하자면 섭섭한 편이고, 〈흥보씨〉

빈대코명 빈대같이 납작하게 가로 퍼진 코. 『비슷』 납작코. ¶그 살로 해서 그의 납작한 빈대코는 더욱 파묻혔으나 평생에 자기의 앞길을 말하는 듯한 그의 세모진 눈은 조금 동그스름하여진 것 같았다. 〈불효자식〉

빈대피명 빈대의 피. ¶방 안은 천 년 묵은 도배지에 빈대피로 댓잎을 하나 가득 쳐 놓았고, 〈이런 남매〉

빈들빈들부 마음이 흐뭇하거나 남을 놀리거나 비웃거나 할 때에 슬며시 소리없이 자꾸 웃는 모양. ¶그러는 것을 바둑강아지가, 자식 쌍통 묘하다는 듯이 빈들빈들 바라다보고 앉아서 웃어 쌓는다. 〈암소를 팔아서〉 ¶그의 하숙집으로 갔다주라고 이르니까 아 이놈이 연신 빈들빈들 초봉이의 얼굴을 치어다보면서, 〈탁류②〉 ¶경호는 빈들빈들 분명 누이를 무어라고 또 놀려 줄 입초리다. 〈패배자의 무덤〉

빈들빈들하다동 하는 일 없이 뻔뻔스럽고 얄밉게 게으름만 부리다. ¶손을 슬며시 잡아당기는 계봉이의 얼굴은 더 장난꾸러기같이 빈들빈들하기는 해도 결코 장난이 아닌 만만찮은 기색이 완연히 드러난다. 〈탁류⑰〉

빈말명 실속이 없는 말. 또는 공으로 하는 말. ¶옥봉이가 저허구 혼인을 못 하게 된 김에 실 뽑는 공장으로 뽑혀가리 어쩌리 한다느니, 노상 빈말은 아닌가 보다 하였다. 〈암소를 팔아서〉 ¶그날그날의 생활이 막막하고 앞뒷동이 막힌 때에는 빈말로나마 좋은 일이 생긴다는 말을 들으며 반가운 법이다. 〈탁류②〉 ¶가고 없는 남편의 환영이 추억되고 안타깝게 그립지 않다는 것은 도리어 빈말이겠지만. 〈용동댁〉 ¶"나를 위해서…? 죽는다…?" "빈말이 아니라, 두구 봐요." 〈소망〉 ¶"노파가 이뻐

졌네!…" 빈말이 아니고 나는 그것을 오랫동안 잊어버렸던 모양이다. "… 새루 연앨 해야 헐까 바!" 〈순공(巡公) 있는 일요일〉

빈말씀㊔ 실속이 없는 헛된 말. ¶ "아니머, 빈말씀이 아니라…. "〈태평천⑦〉

빈사(瀕死)㊔ 거의 죽을 지경에 이름. ¶ 바로 그 감옥 속에서 또다시 누렁옷 입고 쇠사슬에 얽매여 아편에 주려서 빈사의 지경에 이르른 칠복은 이 소리를 듣는지 못 듣는지! 〈불효자식〉

빈재(貧財)㊔ 적은 재산. ¶ 내 빈재를 나누어 흔연히 행한 바이로다. 〈패배자의 무덤〉

빈지㊔ 가게의 덧문 따위처럼 한 짝씩 끼었다 떼었다 하게 만들어진 문. 『같은』 널빈지. ¶ 탑삭부리 한 참봉네 집까지 와서 우선 가게를 살펴보았다. 빈지를 죄다 잠갔고, 빈지 틈바구니로 들여다보아도 캄캄하니 불이 켜져 있지 않았다. 〈탁류⑩〉

빈차리㊔ 가냘프고 허약한 사람. (전남) ¶ 말은 안해두… 아이구 그 빈차리같이 배싹 야웨가지군 소 갈 데 말 갈 데 안 가는 데 없이 다니면서 할 짓 못할 짓 다아 하구, 〈탁류⑦〉

빈척(擯斥)하다㊍ 싫어하여 물리쳐 멀리하다. ¶ 역시 내게도 여지껏 지지리 혼자서 비웃고 탓하고 빈척하고 하던 모든 그 향기롭지 못한 습성. 〈상경반절기〉

빈취(貧臭)㊔ 가난한 냄새. 여기서는 '악취'의 뜻. ¶ 방 안은 불을 처질러 놓아서, 퀴퀴한 빈취가 더운 기운에 섞여 물큰 치닫는다. 〈탁류⑥〉

빈탕㊔ 알이나 속이 들어 있지 않고 빈 것. ¶ "그래 뭇이냐 서울 당도하기는 벌써 그저끼 아침에 당도를 했는데 글쎄 학교 기숙사루 찾아가니깐 아 빈탕이겠지! 허허허허." 〈모색〉

빌붙다㊍ 남에게 아첨하며 붙좇다. ¶ 그따위 인간 형보에게 빌붙어서 공부를 하는게 창피했기 때문이다. 〈탁류⑯〉 ¶ 승하는 놈을 꺾고 없애야 저한테 유리하겠으니 달리 강한 놈에게 빌붙어야 하고 그것이 사대사상의 근원인 것이다. 〈상경반절기〉

빌어먹다㊍ 구걸하여 거저 얻어 먹다. ¶ "그렇지만 여보, 사람이 세상에 나서 빌어먹구 살기는 일반이 아니우?" 〈명일〉

빌어먹을㊎ 일이 뜻대로 되지 않거나 속이 상할 때 푸념투로 하는 말. 〉배라먹을. ¶ "빌어먹을 놈의 파리!" 〈정자나무 있는 삽화〉

빌어 쌓다㊍ 자꾸 빌다. ¶ "살려달라구 빌어 쌓는데…" "빌더라?… 그리서?" 〈순공(巡公) 있는 일요일〉

빗대 놓다㊍ 빗대어 두다. 바로 대지 않고 간접적으로 넌지시 빙 둘리다. ¶ 새서방은 저를 빗대놓고 무슨 이야기를 지어서 하려는 줄 알고 지레 방색을 한다. 〈두 순정〉

빗대다㊍ (알기 쉽게) 다른 사물에 빗대어 말하다. ¶ 얼핏 알아듣기 쉽게 빗대면, 지금 그가 타고 온 인력거가 장난감 같고, 〈태평천하①〉

빗대 보다㊍ 넌지시 견주어 보다. ¶ 돼지새끼나 송아지를 팔래도 너무 어리고 젖이 떨어지지 않아서 어미를 찾고 소리를 지르니까, 아직 좀 더 자라게 두어 두고 기다리는 것 같은 그러한 정상을 명님이네 집에다 빗대 보던 것이다. 〈탁류⑥〉 ¶ 춘심이야 아무 생각 없이 그저 제 나이와 빗대 보던 것인데, 〈태평천하⑩〉

빗디디다동 디딜 자리가 아닌 다른 곳을 잘못 디디다. ¶봉분에서 쓸려 내려간 검부작이야 흙부스러기야 또 어른 아이 없이 무심코 빗디딘 발자죽이야.〈정자나무 있는 삽화〉

빗맞다동 목표가 아닌 다른 곳에 맞다. 또는 뜻한 일이 잘못되어 달리 이루어지다. ¶미두를 시작하고 보니, 바로 맞는 때도 있고 빗맞는 때도 있으나,〈탁류①〉

빗밋이부 →비스듬히. ¶예서부터 옳게 금강이다. 형은 서서남(西西南)으로 빗밋이 충청, 전라 양도의 접경을 골타고 흐른다.〈탁류①〉 ¶여느 평탄한 길로 끌고 오기도 무던히 힘이 들었는데 골목쟁이로 들어서서는 빗밋이 경사가 진 20여 칸을 끌어올리기야, 엄살이 아니라 정말 혀가 나올 뻔했읍니다.〈태평천하①〉 ¶왼편은 나무 한 그루 없이 보이느리 무덤들만 다닥다닥 박혀 있는 잔디 벌판이 빗밋이 산발을 타고 올라간 공동묘지.〈쑥국새〉 ¶오목이는 그만 부끄럼을 못 참아 빗밋이 싹 돌아섰다.〈얼어죽은 모나리자〉

빗밋하다형 비스듬하다. ¶들어오다가 뾰족한 끝이 일변 빗밋한 구릉을 타고 내려앉은 동네.〈정자나무 있는 삽화〉

빗자락명 빗자루. ¶그 며칠 동안을 우리는, 글방 부엌 아궁 위에다가, 헌 빗자락 몽댕이를 거꾸로 세워 놓고 절을 하면서.〈순공(巡公) 있는 일요일〉

빗장명 '문빗장'의 준말. 문을 잠글 적에 가로지르는 나무때기나 쇠장대. ¶화적패들은 이윽고 하나가 울타리를 넘어 들어와 빗장을 벗기는 대문으로 우 몰려들었읍니다.〈태평천하④〉

빙글빙글부 입을 슬며시 벌리며 소리 없이 부드럽게 웃는 모양. ¶금출이는 오목이 앞에 바싹 다가오더니 숙인 얼굴을 들여다보면서 빙글빙글 웃는다.〈얼어죽은 모나리자〉

빙긋빙긋부 입을 슬며시 벌릴 듯하면서 소리없이 가볍게 자꾸 웃는 모양. ¶모여 섰던 사람들은, 태수를 아는 사람이고 모르는 사람이고, 모두 돌려다 보면서 빙긋빙긋 웃는다.〈탁류①〉

빙긋하다동 입을 조금 벌리면서 소리없이 한 번 웃다. ¶헤벌씸 웃는 승재의 얼굴을 짯짯이 보고 있던 계봉이는 딴 생각이 나서 입술을 빙긋한다.〈탁류⑰〉

빙수(氷水)명 얼음을 눈처럼 간 다음 그 속에 삶은 팥, 설탕 따위를 넣어 만든 청량음료. ¶제기할 것, 빙수 한 그릇 먹었으면 조오캤다. 시방 빙수 팔까?〈탁류②〉

빙초산(氷醋酸)명 수분이 거의 없는 순도가 높은 초산. 상온 또는 저온일 때는 얼음 모양의 고체로 됨. ¶… 자아 이거 알았지? 이건 빙초산이구, 이건 ××가리〈탁류⑦〉

빚어지다동 (땀방울 따위가) 만들어지거나 생기다. ¶오목이네 이마에서는 빚어진 땀방울이 볕에 그은 주근깨 새까만 얼굴로 흘러내리다가 구정물이 되어 그대로 절구 속 떡가루로 떨어진다.〈얼어죽은 모나리자〉

빛다르다형 두드러지게 다르다. 〖비슷〗 색다르다. 유별나다. ¶영주는 꺼림칙한 생각을 억지로 접어 놓고 행여 빛다른 눈치를 보일세라 끔찍 조심해서 대하는 것이다.〈명일〉

빠명 바(bar). 스탠드바(stand bar). 서양식의 간이 술집. 긴 스탠드 앞에 의자를 늘어놓았음. ¶ 남북촌 백화점의 식당과 찻집과 삘리아드집과 빠와 요릿집의 다섯 개 각의 선 위로 뱅뱅 도는 종로 활량 가운데 한 사람이다. 〈명일〉 ¶ "춘향이두 시방 세상에 났었다면 카페나 빠에 가서 헴헴!" 〈패배자의 무덤〉

빠가(ばか)명 '바보', '멍청이' 등의 일본어. ¶ "아마 이 안에서 제일 빠가들은 제본부에 가 모였을 걸…?" 이것은 M의 말. 〈병조와 영복이〉

빠꼼하다형 →빠끔하다. 작은 구멍이나 틈이 깊고 또렷하게 벌어져 있다. ¶ 눈만 빠꼼하지 얼굴도 손도 입은 옷도 다 새까만 거지 아이는. 〈어머니를 찾아서〉 ¶ 첫날밤, 신부… 그게 을네(乙女), 을녜렷다! 고놈 빠꼼한 눈, 도도록한 볼때기, 야불야불한 입… 으흐흐! 첫날밤의 신부. 〈정자나무 있는 삽화〉

빠꼼히부 →빠끔히. ¶ 고놈들이 빠꼼히 올려다보면서 벙글벙글 웃는 얼굴을 그 유순하디유순한 눈으로 깨웃이 내려다보던 현 서방은 문득 생각이 났읍니다. 〈흥보씨〉

빠구테리아(bacteria)명 박테리아. 세균. ¶ 하하! 그러니깐 이게 빠구테리얀가요? 〈탁류⑧〉

빠드읏하다형 →빠듯하다. 어떠한 정도에 간신히 미칠 만하다. ¶ 요놈이 재주가 한 가지 또 늘어 가지고 혼자 뉘어 놀라치면 빠드읏하고 몸을 뒤친다. 〈패배자의 무덤〉

빠스껄(bus girl)명 버스의 여자 차장. 버스의 안내양. ¶ 남의 첩, 옘집 여편네, 빠스껄, 여배우, 백화점 기집애, 머어 무어든지 처억척 잡아 오지! 〈태평천하⑫〉

빠듯이부 어떠한 정도에 간신히 미치게. 『여린말』 바듯이. ¶ 오월이는 애기 울음소리에 빠듯이 눈을 뜬다. 〈생명〉

빠스명 버스(bus). ¶ 저, 커다란 빠스가 다니구 자동차가 디립다 몰려오구 자행거가 휙휙 댕기구, 〈흥보씨〉

빠아명 바(bar). 스탠드바(stand bar). 서양식의 간이 술집. 긴 스탠드 앞에 의자를 늘어놓았음. ¶ 자아, 어디가 좋꼬? 아직 오정도 채 못 됐으니, 빠아나 카페 등속은 좀 멋하고, 아 이 사람아, 〈이런 처지〉

빠아꼼부 →빠끔. 작은 구멍이나 틈이 깊고 또렷하게 나 있는 꼴. ¶ 승재의 눈 끄먹거리는 얼굴을 빠아꼼 들여다보고 있다가 지성으로 묻는 것이다. 〈탁류⑰〉

빠텐더명 →바텐더(bartender). 카페나 바의 카운터에서 주문을 받고 칵테일 등을 만드는 사람. ¶ 그다지 교태도 없는 빠텐더가 있고 값 헐한 도배지를 희미를 전등으로 윤내고 군색한 걸상이 있고. 〈명일〉

빡빡하다형 일을 주선하거나 변통하는 재주가 적고 고지식하다. ¶ 그애가 건너와서 분배를 놓고 나니까 초봉이와 단둘이서 앉아 있을 때보다는 어쩐지 빡빡하던 것이 적이 풀리고, 〈탁류⑦〉

빤지르르하다형 기름기 같은 것이 묻어서 매끄럽고 윤이 나다. 『여린말』 반지르르하다. ¶ 머리는 밀기름으로 빤지르르하게 갈라붙인다. 〈얼어죽은 모나리자〉

빤질거리다동 일을 살살 피하면서 게으름을 피우다. 『여린말』 반질거리다. ¶ 기생들처럼 생김새나 하는 짓이나가 빤질거리

지 않고 숫두룸한 게 실없이 좋았다. 〈탁류②〉

빨다형 끝이 차차 가늘어져 뾰족하다. ¶넓죽한 얼굴이 끝이 빨고 두 눈방울은 두리두리 코는 벌씸한 게 뒤로 젖혀진 것이라든지. 〈어머니를 찾아서〉

빨대명 물 따위를 빨아먹는 데 쓰는 가는 대롱. ¶K가 왜저깔같이 종이 봉지에 싼 빨대를 집어 들고 되작거려 보다가. 〈창백한 얼굴들〉

빨래품명 남의 빨래를 해 주고 삯을 받는 일. ¶머 내가 어디 가서 빨래품을 팔아다가 사흘에 한 끼씩 먹구 살아두 좋아요. 〈소망〉

빨리다동 '빨다'의 피동형. ¶최는 돌려다 보더니, 빨리듯 침대 옆으로 걸어온다. 〈이런 남매〉

빨병명 먹는 물을 넣어서 가지고 다니며 마실 수 있게 만든 물병. 『같은』 수통. ¶손에는 빨병을 조심조심 들고…. 〈태평천하⑭〉

빨쭈리명 →발부리. (평안, 황해). 담배를 끼워서 빠는 물건. ¶채자부 첫 꼭대기에는 병조가 이 인쇄소로 와서 지금까지 한 번도 웃는 낯을 본 적이 없는 채자부 주임—카이제르 수염—이 역연 지르퉁한 얼굴로 입에는 빨쭈리에 낀 담배를 비껴 물고 원고를 뒤적거리며 테이블 앞에 앉아 있었다. 〈병조와 영복이〉

빼떼리다동 '빼다'의 힘줌말. '빼다'는 옷을 미끈하게 차려 입다. ¶"드런 와이샤쓸 입구서 양주 같이 나가면 남들이 보구서, 저 여편네 저는 말쑥허게 빼떼리구서두 사낸 저 꼴을 시켰단 말이냐구 욕헐 게 아니요?" 〈순공(巡公) 있는 일요일〉

빼뚜름부 한쪽으로 기울어지거나 쏠려 있는 모양. ¶오래비 경호는 오래간만에 넓은 대기 속에서 훠얼훨 이렇게 걷는 것이 대단히 유쾌한가 본지 벌써 저만치 멀찍이 모자는 빼뚜름 단장을 홰애홰, 길도 안 난 산비알 잔디밭으로 비어져서 가분가분 걸어 내려가고 있다. 〈패배자의 무덤〉

빼뜩부 기울어져 한 쪽으로 쏠리는 모양. ¶을녜는, 꼴두 같잖은 게 왜 요 모양이냐는 듯이, 얼굴을 빼뜩, 멸시하는 낯놀림 하나로 족한데…. 〈정자나무 있는 삽화〉

빼악빽하다동 병아리 등이 높고 날카롭게 우는 소리를 내다. ¶꼬챙이로 찌르듯 빼악빽하는 노래도 시켜 보고 하면서 끔찍한 재미를 보았읍니다. 〈태평천하⑩〉

빼착빼착부 한쪽으로 약간 비틀거리거나 가볍게 절룩거리는 모양. 『여린말』 배착배착. ¶그는, 시방 거기 마당에서 노느라고 빼착빼착 우물 두던 가까이로 가고 있는 애가가, 절대로 우물에 빠지도록은 안 될 것을 잘 아는 어머니와 같아. 〈패배자의 무덤〉

빼쳐나가다동 빠져나가다. ¶순간이 지나자 빼쳐나갈 골이 없는 절망은 곧 악으로 변했다. 〈탁류⑭〉

빼치다동 빠져나오다. ¶새로 시작한 회사 일이 하루도 몸을 빼칠 수가 없다. 〈탁류⑫〉

빰따구니명 '빰'의 속된 말. ¶인력거꾼한테 되잡혀 가지곤 빰따구니나 한 대 넙죽하니 얻어맞기가 십상이지요. 〈태평천하①〉

빰싸대기명 (때리거나 맞는 대상으로서의) '빰'의 속된 말. ¶"뭇 잡었어!? 그럼…

누구 빰싸대기(따구)라두 더러 때려 보았넝가?" 〈순공(巡公) 있는 일요일〉

빼개지다㊍ '거의 되어 가던 일이 틀어지다'의 속된 말. ¶ "왜 그래?" "빼개졌네, 빼개졌어!" 삼십 원대가 무너졌다는 말이다. 〈탁류④〉

빼금빼금㊟ →빼끔빼끔. 담배를 빨아 피우는 모양, 또는 그 소리. ¶ 윤 직원 영감은 빼금빼금 한참이나 담배를 빨더니, 후유 한숨을 한 번 내쉬고는 말끝을 다시 잇댑니다. 〈태평천하⑧〉

빼드러지다㊌ 죽거나 까무러쳐서 굳거나 뻣뻣하게 되다. 『여린말』 버드러지다. ¶ 형보는 흉헙게 눈창을 뒤집어쓰고 입을 떠억 벌린 채 거진 사족이 빼드러져서 꼼짝도 않는다. 〈탁류⑱〉

빼드렁이빨㊔ 밖으로 뻗은 앞니. ¶ 게다가 누런 빼드렁이빨! 참 야속히도 골고루 추물이지. 〈이런 처지〉

빼스걸(bus girl)㊔ 버스의 여차장. 버스의 안내양. ¶ 그것도 여간 붐비지 않는 걸, 들이 떼밀고 올라타니까 빼스걸이 마구 울상을 합니다. 〈태평천하②〉

빼언하다㊌ →뻔하다. 우두커니 한 곳만 바라보다. 넋이 나간 듯이 가만히 서 있거나 앉아 있다. ¶ 승재는 어째서 하는 말인지 몰라 빼언하고 있고, 〈탁류⑧〉

빼젓이㊟ 번듯하고 떳떳하여 흠 잡히거나 굽힐 것이 없이. 『여린말』 버젓이. ¶ 가령 저 혼자는 그만두자고 한다더라도 시부모한테 빼젓이 내세울 말이 없다. 〈두 순정〉

빼젓하다㊌ 번듯하고 떳떳하여 흠잡히거나 굽힐 것이 없다. 『여린말』 버젓하다. ¶ 맛있는 음식을 배불리 먹고, 능라금수를 몸에 감고 빼젓하게 나와 다니는 사람이 얼마나 많으냐 말야. 〈이런 남매〉 ¶ 그대도록 바닥이 맑아, 빠안히 들여다보이는 제 비용도, 가다간 용하게 재주를 부려서 빼젓하니 절약을 해내곤 합니다. 〈태평천하⑨〉

빼커스㊔ →바커스(Bacchus). 로마 신화에 나오는 술의 신(그리스 신화의 디오니소스에 해당함). 여기서는 술집 이름. ¶ '빼커스'라는 이 빠는 요새 새로 생기기도 했지만 범수는 처음이다. 〈명일〉

뺀새㊔ →본새. (강원). 동작이나 버릇의 됨됨이. ¶ "말허는 뺀새가 승겁단 말야, 자식아!… 자식이 저렇게 승겁구 멋대가리가 없은깐 옥봉이 기집애두 절 마대구서 바람 잡으러 실 뽑는 공장으루 간대지!" 〈암소를 팔아서〉

뺀하다㊌ 넋이 나간 듯이 가만히 서 있거나 앉아 있다. ¶ 서방님은 눈을 흘기듯이 뺀하고 바라보더니, 〈생명〉 ¶ 그렇게 풍모가 변해 가지고 돌아와서는 자기도 좀 계면쩍은 듯이 "네끼 놈들 네끼 놈들 무얼 그렇게 뺀하고 서서." 하며 그 잦은 말로 되레 우리를 나무랐읍니다. 〈소복 입은 영혼〉

뺀히㊟ 정신 없이 또는 얼빠진 듯이 멀거니 있는 모양. ¶ 그래 그대로 뺀히 섰느라니까 그 양복 입은 사람이 무슨 생각을 했는지 조금 상냥하게 다시 묻는다. 〈팔려 간 몸〉

뻣뻣이㊟ 뻣뻣하게. 성질이 고분고분하지 않고, 조금도 굽히지 않고 뻗대어. ¶ 두목은 윤용규가 전번과는 달리 악이 바싹 올라가지고 처음부터 발딱거리면서 뻣뻣이 말을 못 듣겠노라고 버티는 데는 물큰 화

가 치밀어 오르지 않을 수가 없었읍니다. 〈태평천하④〉

뻣뻣하다㉿ 풀기가 세거나 팽팽하게 켕기는 힘이 있다. ¶뻣뻣하고 커다란 아버지의 삼베 적삼이 업순이의 조그마한 손과 굵다란 바늘 끝에서 솜같이 보드랍게 논다. 〈동화〉

뼈아프다㉿ (어떤 감정이) 뼛속에 사무치도록 정도가 깊다. 『비슷』 뼈저리다. ¶신경이야 많이 가스라와졌겠지만 그렇기로니 무슨 그다지 뼈아플 까닭은 있으며. 〈상경반절기〉

뼈에 사무치다『관용』 원한이나 고통 따위가 뼛속에 스미도록 깊고 강하다. ¶그러나 그는 이러한 불쾌한 일을 당하였고 또 미워를 하고 싶으면서도 문든 소희의 얼굴이 머리속에 뚜렷이 떠오르자 도리어 그리운 생각이 나며 뼈에 사무치게 마음이 적막하였다. 〈병조와 영복이〉

뽀로로㊇ →뽀르르. ¶고년이 이내 뽀로로 오는 게 아니라, 까불고 초라니 짓을 하느라고, 이렇게 더디거니 싫어 얄밉습니다. 〈태평천하⑨〉

뽀르르㊇ 작은 사람이 부리나케 달려가거나 쫓아가는 꼴. 종종걸음으로 바쁘게 움직이는 모양. ¶단지 제중당에서 친한 새악시가 와서 있으니까 반갑기도 하고 이상하기도 하여 뽀르르 초봉이한테 달려든다. 〈탁류⑨〉

뽀수㊔ →버스(bus). ¶"좁은 뽀수 타니라구 고생헌 값을 이렇기 도루 찾는 법이다." 〈태평천하②〉

뽀족수㊔ →뾰족수. 신통한 수단이나 방법. ¶정열 빠져 버린 자네나 나쯤, 시대를 고민한다고 무슨 뽀족수가 있다더나? 〈이런 처지〉

뽀키전차(--電車)㊔ 시내를 달리는 날씬한 전차. 여기서 '뽀키'는 '뾰족한', '날씬한'의 뜻인 듯(?). ¶타입 입힌 여러 층 벽돌집, 디파트먼트, 빌딩, 일류미네이션, 쇼윈도, 그리고 여객 수송 비행기, 버스, 허리가 늘씬한 게 호마같이 날쌔어 보이는 뽀키전차, 수가 버쩍 늘고 최하가 시보레로 된 자동차, 꽤 자주 들리는 각가지의 사이렌…의 모든 것이 제법 규모가 큰 도회미와 분잡한 기계미를 띠려는 기색이 보였다. 〈그 뒤로〉

뽄새㊔ →본새. 동작이나 버릇의 됨됨이. ¶허릴읎이 옛날으 부랑당패 한참 드세던 죄선 뽄새가 되구 말 티닝개루…. 〈태평천하⑧〉

뽐내다㊍ 의기가 양양하여 우쭐거리다. ¶더구나 목간탕은 누가 오든지 벗고 들어오는 알몸뚱이에 수건 한 개 그것뿐이라, 그러니 그 속에서는 육집 좋고 얼굴 좋은 사람이 잘난 사람이요 뽐내는 판이다. 〈빈(貧)… 제1장 제2과〉

뽐단발(-斷髮)㊔ 한 뼘 정도의 짧게 깎은 머리털. 여기서 '뽐'은 엄지손가락과 다른 손가락을 최대로 폈을 때 두 끝이 이루는 거리를 말함. ¶계봉이의 뒤통수에는 몽땅하게 자른 '뽐'단발이, 몸을 흔드는 대로 까불까불한다. 〈탁류③〉

뾰로통하다㉿ 아주 못마땅하여 얼굴에 성난 빛이 있다. ¶옥봉이가 뾰로통한 소리로 "웅퉁이가 요술허든감!" 이렇게 튼다. 〈암소를 팔아서〉 ¶초봉이도 제 비위에 안 맞는 전갈을 하니까 저렇게 뾰로통한 게

아닌지? 〈탁류⑭〉 ¶ 용동댁의 대답 소리는 새침한 안색대로 뾰로통하다. 〈용동댁〉

뾰롱하다[형] 못마땅하여 얼굴에 성난 빛이 있다. (성질이 부드럽지 아니하여) 남에게 까다롭고 톡톡 쏘기를 잘하다. 『비슷』 뾰로통하다. ¶ 계봉이는 승재가 생각하기에는 속을 알 수 없게 뾰롱한다. 〈탁류⑧〉 ¶ 춘심이는 고만 속은 것이 분해서 뾰롱해가지고 쫑알댑니다. 〈태평천하②〉

뾰족수[명] 신통한 계책이나 수단. 『비슷』 묘수. ¶ 밤낮 서생인가?… 거저 우리 같은 범인은 괜히 혼자서 고고했자 별 뾰족수 없구, 〈모색〉

뿌득뿌득[부] 물기가 없이 뽀송뽀송한 모양. ¶ 영주는 줄에 넌 빨래를 만져 보아 뿌득뿌득 말랐으면 그만 걷어다가 다듬질이나 할까 하고 마당으로 내려서는데. 〈명일〉

뿌렁구[명] →뿌리. (전라) ¶ 그러구저러구 간에 시방 나루서는 병 시초나 또 뿌렁구나 그게 문제가 아니야. 〈소망〉

뿌루퉁하다[형] 못마땅하여 성난 빛이 얼굴에 나타나 있다. 『여린말』 부루퉁하다. ¶ 가마니 석 장을 한 팔로 질질 끌면서 뿌루퉁해 가지고 이리로 온다. 〈얼어죽은 모나리자〉 ¶ 그렁저렁 색시는 마음이 민망하여 속을 질정하지 못한 채, 새서방 봉수는 그날 밤부터 이짐이 나 가지고 뿌루퉁한 채 근친 떠나는 날이 되었다. 〈두 순정〉

뿔뿔이[부] 제각기 따로따로 흩어지는 모양. ¶ 아이들은 그렇게 뿔뿔이 헤어져 요란스럽게 떠들고. 〈어머니를 찾아서〉

삐대다[동] 한군데 오래 눌러붙어서 괴롭게 굴다. ¶ 두 시간을 삐대고 나서 다시는 더 참을 수 없는 고비까지 이르자, 〈탁류⑬〉 ¶ 겨우겨우 참아 가며 몇 시간을 삐대었다. 실상 한 시간도 못되는 동안이지만 P에게는 여러 시간인 듯만 싶었다. 〈레디메이드 인생〉

삐약삐약[부] 병아리가 높고 날카롭게 잇달아 우는 소리. 『여린말』 비약비약. ¶ 갑갑하게 갇혀 있다가 내놓아 주니까 제각기 삐약삐약 울면서. 〈용동댁〉

삐어지다[동] 다른 방향으로 벗어져 나가다. ¶ 일변 또 그 난리에 섭쓸리기도 사람이 치사한 것 같아 넌지시 삐어져서 구경만 하고 있었다. 〈모색〉

삐이득삐이득[부] 삐걱삐걱. 크고 단단한 물건이 서로 닿아 갈리어 나는 소리. ¶ 끙끙 힘을 쓰는 소리에 지게가 삐이득삐이득, 지게 밑에 매달린 밥 바구니가 다그락다그락 서로 궁상맞게 대답을 한다. 〈쑥국새〉

삐치다[동] 노여움을 타서 마음이 토라지다. (사이나 감정이) 좋지 않게 되다. ¶ 정 주사가 제 무렵에 삐쳐, 미두장께로 대고 눈을 흘기면서 이런 배찬 소리를 한 것도 실상은 그 당장뿐이요, 〈탁류⑦〉

삘리아드집(billiard-)[명] 당구장. ¶ 남북촌 백화점의 식당과 찻집과 삘리아드집과 빠와 요릿집의 다섯 개 각의 선 위로 뱅뱅 도는 종로 활량 가운데 한 사람이다. 〈명일〉

삥등그리다[동] 마음에 맞지 않거나 싫어서 고개를 옆으로 비틀다. ¶ 오목이가 넘겨짚는 것을 금출이는 의젓이 시치미를 떼면서 "안 오기는 왜… 오지 말래두 올걸…." 하고 삥등그리다. 〈얼어죽은 모나리자〉

ㅅ

사㉠ '야'처럼 앞말에 붙어 '강조'의 뜻을 나타내는 보조사. ¶그러나 이날 밤사 말고, 태수는 김 씨의 잠자리에서 나온 그 흐트러진 자태에 전에 없던 운치스러움을 느끼지 않은 것도 아니다. 〈탁류⑤〉

사각사각㉶ 단단한 것이 마찰하는 소리가 자꾸 나는 모양. ¶사각사각 소리가 나며 하얀 목탄지 위에 익단 솜씨의 소희의 얼굴—사진보다도 더 정확하고 섬세한 표정까지 나타난—소희의 얼굴이 도렴직하게 드러났다. 〈병조와 영복이〉

사간(四間)㉮ 네 칸. ¶그래 그날 밤에도 우리는 철 이른 모기와 날파리가 날아드는 석유 램프등 밑 사간 대청에 죽 늘어앉아 각기 집에 돌아가려고는 아니하고 '덕언이 선생님'의 입만 바라보았습니다. 〈소복 입은 영혼〉

사개㉮ (박거나 잇는 나무가 서로 꼭 물리도록) 나무의 끝을 어긋맞도록 들쭉날쭉하게 파낸 것. 또는 그런 짜임새. ¶그래 그대로 그 자리에 쓰러져 잠이라도 자고 싶게 몸이 사개가 풀린 것을 억지로 끌려 화신을 나서니까. 〈명일〉 ¶사개 틀린 유리 밀창을 드르릉 열기가 바쁘게 클로로 냄새가 함빡 풍기는 게, 〈탁류⑰〉 ¶시방, 세상에 통채루 사개가 벙그러지는 판인데. 〈소망〉

사관(舍館)㉮ 하숙집(下宿~). 하숙. 일정한 보수를 내고 비교적 오랫동안 남의 집방에 머물며 먹고 자는 일. 또는 그 집. ¶그새 팔 년이나 해마다 오는 길 가는 길 두 번씩 정해 놓고 찾아가던 아는 사관을 찾아 갔읍니다. 〈소복 입은 영혼〉 ¶그동안 단 한 번인들 사관을 물색하러 나와 다녀보는 법은 없이 이내 그대로 청처짐하고 있었고, 〈모색〉

사구라(さくら)㉮ '벚나무'의 일본어. ¶요새 좀 있으면 사구라 피구… 그 자동차에 다 기생 떠싣고 우이동으로 뺑 돌아가서…. 〈불효자식〉

사그라지다㉯ 삭아서 없어지다. ¶가게 사람이 손님을 맞이하는 여느 인사지만 말소리가 하도 사근사근하면서도 뒤끝이 자지러질 듯 무령하게 사그라지는 그의 말소리가, 〈탁류②〉

사근사근하다㉻ (성질이) 붙임성이 있고 친절하며 상냥하다. ¶가게 사람이 손님을 맞이하는 여느 인사지만 말소리가 하도 사근사근하면서도 뒤끝이 자지러질 듯 무령하게 사그러지는 그의 말소리가, 〈탁류②〉

사기(詐欺)㉮ 못된 꾀로 남을 속임. ¶작년 겨울 백 석이라는 대금업자의 소절수를 만들어 쓰는 것으로부터 그는 '사기'와 '횡령'이라는 것의 첫출발을 삼았다. 〈탁류④〉 ¶가령 그게 사기에 걸린 돈이라고 하더라도, 수형이고 보면 안 갚고는 못 배긴다니, 무섭지 않고 어쩌겠읍니까. 〈태평천하⑦〉

사날명 '사나흘'의 준말. 사흘이나 나흘. ¶ 잘못하면 사날 전에 태식을 골탕 먹여 울린 죄상으로 욕이나 먹기 십상일 테라…. 〈태평천하⑥〉

사냇값명 남자가 지니고 있는 중요성, 가치. 여기서는 '사내 꼽재기'의 뜻으로 '같잖은 사내'를 일컫는 말. ¶ "잘한다! 정칠 년!… 둔 못 버는 사내가 워너니 사냇값에 갈라더냐!" 〈이런 남매〉

사내꼭지명 '사나이'의 낮은 말. 『같은』 사내놈. ¶ 이 가운데 양복 끼끗하게 입고 얼굴 거무튀튀 함부로 우툴두툴한 사내꼭지가 한 놈, 감히 들어앉아 있음은 매우 참월하다 하겠다. 〈탁류⑯〉

사단(事端)명 사건의 단서. 일어난 사건이나 사고, 일의 실마리. ¶ 태수와 사이의 사단이, 좌우간 마음 성가시게 된 요새 와서는 김 씨는 '자식이나 하나 보잿던 것이!' 하는 후회를 혼자 앉아 가끔 하곤 한다. 〈탁류⑤〉 ¶ 자고 있으니까 동경서 온 그 전보의 사단도 걱정을 잊었고…. 〈태평천하⑭〉

사당(祠堂)명 조상의 신주를 모셔 놓은 집. ¶ 그래서 동리에서 공론을 해 가지고 돈을 걷어서 그 동리 뒷산에다가 그 여인의 사당 하나를 지었읍니다. 〈소복 입은 영혼〉

사대사상(事大思想)명 세력이 강한 나라나 사람을 붙좇아 의지하려는 사상. ¶ 승하는 놈을 꺾고 없애야 저한테 유리하겠으니 달리 강한 놈에게 빌붙어야 하고 그것이 사대사상의 근원인 것이다. 〈상경반절기〉

사뜻하다형 (모양이나 마음씨나 느낌이) 깨끗하고 말쑥하다. ¶ 결국 가정의 낙이랄 것은 술이나 커피나 칼피스나 그런 것처럼 사뜻한 자극은 없어도 하루 세 때 먹는 밥처럼 담담하니. 〈이런 처지〉

사람(을) 버리다『관용』 좋지 못한 사람으로 되게 하거나 사람을 못쓰게 만들다. ¶ 윤직원 영감은 어린 손자 자식이, 그야말로 이마빡에 피도 안 마른 것이 주색에 빠졌으니, 사람 버릴 것이 걱정도 걱정이려니와. 〈태평천하⑫〉

사람임직하다형 됨됨이나 언행이 사람의 도리에 맞다. ¶ 그런데 미상불 그러한 집자제로 그러한 사람임직하게, 그의 노는 본새도 흐벅지고, 돈 아까운 줄은 모르는 것 같았다. 〈탁류④〉

사람질명 사람다운 노릇을 하는 일. ¶ 연애로 하문 다아 사람질 하나? 체! 요변에 저 앞에서 보니 개두 연앨 하던데? 〈탁류⑨〉

사랑(舍廊)명 집의 안채와 떨어져 바깥주인이 거처하며 손님을 접대하는 곳. ¶ 요새는 밥상까지 사랑으로 내어 오래다가 먹곤 한다. 〈생명〉 ¶ 그렇게 좋아하는 깐으론는, 일년 삼백예순 날을 밤낮으로라도 기생이며 광대며를 사랑으로 불러다가 듣고 놀고 하고는 싶지만, 〈태평천하②〉

사랑땜명 사랑할 때에 일어나는 여러 가지 일을 겪어 보는 일. ¶ 그동안 웬만큼 사랑땜은 했고, 했은즉 계집이 이쁘고 묘하게 생겼다는 것에 대한 감각이나 흥을 인제는 더엄덤해진 판이다. 〈탁류⑬〉

사려(思慮)명 여러 가지로 신중하게 생각하는 것. ¶ 오월이는 그때에 벌써 정신이 혼미해서 원망이고 앙심이고 그런 차근차근한 사려를 가질 힘이 없었다. 〈생명〉 ¶ 초봉이는 머릿속이 무엇 두꺼운 헝겊으로

한 겹을 가린 것같이 멍하여 차근차근 사려를 갖는다든가 할 수가 없고. 〈탁류⑩〉

사령(使令)명 관아에서 심부름하던 사람. ¶5백 냥씩 두 번 해서 천 냥을 수령 백영규가 고스란히 먹고, 또 천 냥은 가지고 이방 이하 호장이야 형방이야 옥사정이야 사령이야 심지어 통인 급창이까지 고루 풀어 먹였읍니다. 〈태평천하④〉

사령장(辭令狀)명 관직을 임명하거나 해임하는 뜻을 적어 본인에게 주는 문서. ¶ "사령장 같군?" "오옳지 맞었어! 헴헴, 그래 나는 너한테 무슨 첩지를 내리는고 하면… 이애 이건 괜히 아버지 참봉 첩지나 강 진사 진사 첩지처럼 인찌끼는 아닐다!" 〈패배자의 무덤〉

사루다동 →사뢰다. (윗사람에게) 삼가 말씀을 드리다. ¶"아씨 아씨, 다아 사뤄요. 다아 사뤄요." 〈생명〉

사를 오다〖관용〗 사 가지고 오다. ¶제야 원 사를 오던지 냥탁에 따담고 서 있는 나무를 때든지. 〈모색〉

사리(事理)명 일의 이치. 사물의 이치. ¶ 이럴 게 아니요? 사리가 그렇잖소? 〈탁류⑦〉 ¶선뜻 망설이기는 하면서도 사리가 그러했기 때문에, 이내 제 몸을 우선 피해 놓고 보던 것입니다. 〈태평천하④〉

사리다[1]동 어떠한 일에 적극적으로 나서지 않고 살살 피하며 몸을 아끼다. ¶병조가 하는 말에는 각별히 조심을 더하고 마주 칠 때나 지나칠 때면 마치 마음속에 자기를 해하려는 사람의 눈치를 짐작한 사람이 저편을 경계하며 몸을 사리는 것같이도 보이고 또 어떻게 보면 몹시 불쾌한 반감을 가지고 마지 못하여 흔연히 대어을 하는 것같이도 보였다. 〈병조와 영복이〉 ¶아이는 행여 노염을 살세라고 조심하여 몸을 사린다. 〈탁류②〉 ¶더는 이야기하기를 꺼려하고, 하는 놈에 그만 과거가 무엇인가 살이 끼어 보여서 동네 사람들은 더우기나 그와 섭쓸리고 속을 주고 하기를 사리곤 했다. 〈정자나무 있는 삽화〉 ¶ 정작 쌀 외상을 더 달라고 하리라는 다부진 배짱은 못 먹었기 때문에, 사리기부터 하던 것이다. 〈탁류①〉

사리다[2]동 (국수나 새끼 따위의 긴 물건을) 헝클어지지 않게 빙빙 둘러서 둥그렇게 포개어 감다. ¶장손이는 잠자코 볏단에 깔린 지게꼬리를 주르륵 뽑아 사리사리 사리고 섰다가 불쑥, 〈암소를 팔아서〉

사리다[3]동 (짐승이) 꼬리를 둥그렇게 감다. ¶바둑이는 꼬리를 잔뜩 사리고서 마루 밑으로 들어가서 숨고, 〈흥보씨〉

사리사리부 (국수나 새끼 따위의 긴 물건을) 헝클어지지 않게 빙빙 둘러서 둥그렇게 포개어 감는 모양. ¶장손이는 잠자코 볏단에 깔린 지게꼬리를 주르륵 뽑아 사리사리 사리고 섰다가 불쑥. 〈암소를 팔아서〉

사립문명 나뭇가지를 엮어서 만든 문. ¶ 그때 마침 이웃집 옥례가 사립문으로 까웃이 들여다보다가 용희를 보고 긴하게 손짓을 한다. 〈보리방아〉 ¶그때 사립문께서 헴 하는 밭은기침 소리가 들려 오목이는 얼른 문을 닫고 들어갔다. 〈얼어죽은 모나리자〉 ¶단걸음에 사립문 안으로 들어서는데, 모친은 납순이의 머리채를 감아 쥐고 마당 가운데서 이리저리 개 끌듯 끌어 동댕이를 치고 있다. 〈쑥국새〉

사맥(事脈)[명] 일의 내력이나 갈피. 또는 일의 되어 가는 형편. ¶사맥이 이쯤 되었으니, 윤용규로 앉아서 본다면 수령 백영규한테와 화적패에게 원한이 자못 깊습니다. 〈태평천하④〉 ¶사맥이 이렇게 다급했던 것이다. 색시는 참말 딱했다. 〈두 순정〉

사면팔방(四面八方)[명] 모든 방면. ¶하되 사면팔방에서 뿔뿔이 모여들어 제각기 삼신이 다 다른 그 여러 선머슴애들의 성미를 골고루 맞춰 주어야 하고. 〈모색〉

사무상(事務床)[명] 사무를 보는 책상. ¶그는 보통 두 발이 마룻바닥에 닿도록 앉자면 회전의자를 훨씬 낮추어야 할 터인데 그리하면 사무상이 턱에 가 받치게 되어 꼴이 창피할 뿐아니라 일도 하기가 불편하고. 〈보리방아〉 ¶이어 시간이 다 되자, 태수는 사무상 앞을 걷어치우고 은행을 나섰다. 〈탁류④〉

사물(邪物)**스럽다**[형] 요사스럽다. ¶따라서 교를 믿는다는 것은 사물스런 짓을 좋아하는 여편네들이 당집으로 무당을 찾아가서 굿을 함으로써 위안과 장래의 행복을 꿈꾸는 것과 조금도 다름이 없는 것으로. 〈흥보씨〉

사뭇[1][부] 계속하여 줄곧. ¶"너는 배두 안 고프냐? 그렇게 사뭇 뛰어다니게…." 〈명일〉

사뭇[2][부] 사무칠 정도로 매우. ¶"거 누구예요?" 하면서 사뭇 숨이 차게 다급히 묻던 것이다. 〈탁류⑤〉

사바(娑婆)[명] 사바 세계. '괴로움이 많은 이 세상'이란 뜻으로 인간 세계를 이르는 말. ¶오늘날 낙명이 된 몸으로 맨손을 쥐고서 넓은 사바로 뛰어나온 막막한 이 경우를 당하여, 〈탁류⑫〉

사발시계[명] 사발 모양의 둥근 탁상시계. ¶그런데 아이는 우는 사발시계처럼 그칠 줄을 모른다. 〈탁류⑭〉

사방침(四方枕)[명] 팔꿈치를 괴고 기대 앉을 수 있게 만든 네모난 베개. ¶형보는 아랫목 보료 위에 사방침을 얄게 베고 누운 채 고개만 드는 시늉하면서 …. 〈탁류④〉

사보타지(프. sabotage)[명] 사보타주. '태업(怠業)'의 프랑스어. 일을 게을리 하는 것. ¶"흥… 그래두 언젠가는 사보타지까지 허셨으니…" 이것은 영복이의 말. 〈병조와 영복이〉

사부인(査夫人)[명] '사돈댁'을 높여 일컫는 말. ¶정 주사네는 중난한 미지의 사부인한테 크게 경의를 준비해 가지고 그를 기다렸던 것인데 〈탁류⑩〉

사분(私憤)[명] 개인적인 분노. 자기 한 몸에 관한 사사로운 분노. 개인적인 일에 관한 분개. ¶은행으로든지 백 석이나, 다른 여러 곳 중 어디든지, 사분이 이만저만하니 조사를 해 보아라, 이렇게 엽서에다가 써서 집어 넣으면 그만이다. 〈탁류⑩〉 ¶당시 그 고을 원(守令)이요, 수차 토색질을 당한 덕에 안면(!)은 있는 백영규더러, 사분이 이만저만하고 이러저러한데, 그중에 박 아무개라는 놈도 섞여 있었다고. 〈태평천하④〉

사분사분[부] (성질이나 마음이) 부드럽고 상냥한 모양. ¶그는 자리에 앉아 소희를 건너다보았다. 여전히 고개를 소곳하고 앉아서 사분사분 헤라질을 하였다. 〈병조와 영복이〉

사분사분하다[형] 가벼운 물건이 스쳐 지나가는 소리가 나다. ¶오후 다섯 시가 되자 불이 켜졌다. 사분사분한 종이 소리 외에는 별로이 이야기 같은 것을 하는 사람도 없고 바른편 줄에서 누구인가 콧노래로 개성 난봉가를 심란스레 불렀다. 〈병조와 영복이〉

사사(私私)명 사사로운 것. 개인적인 것. ¶설립자요 교주이신 박교장 선생님께서 당신의 사사 재물을 내서, 〈이런 남매〉

사사돈(私私–)명 →사삿돈. 사사로운 돈. 즉 개인의 돈. ¶연천 선생이 떠나기 조금 전에, 풍금을 한 채 (나중에야 알았지만, 재가 사사돈으로, 정표 삼아) 사 들여논 것이 있었다. 〈회(懷)〉

사사이(事事–)부 일마다. 『비슷』 사사건건. ¶계제에 초봉이가 달밤에 삿갓 쓰고 나오더란 푼수로, 사사이 이쁘잖은 짓만 해싸니 그거야말로 붙은 불에 제라서 부채질을 하는 것이라고나 할는지. 〈탁류⑬〉 ¶시뉘 되는 서울 아씨는 내가 주장입네 하는 듯이 안방을 차지하고 누워서 사사이 할퀴려 들지요. 〈태평천하⑤〉 ¶처음 몇 해 동안은 그리하여 잔뜩 학도들은 임×× 선생과 등갈이 져 가지고 야속히도 못 볼 상으로 사사이 그를 미워하고 했다. 〈회(懷)〉

사사전당(私私典當)(을) 잡다『관용』 사사로이 물건을 잡아 놓고 돈을 꾸어 주다. ¶연전부터 그는 남편한테 돈을 한 오백 원이나 얻어 가지고 그것을 따로 제 몫을 삼아 사사전당도 잡고, 오푼변 돈놀이도 한 것이, 시방은 돈 천 원이나 쥐고 주무르는데, 〈탁류⑤〉

사상의(四象醫)명 사람의 체질을 네 가지, 곧 태양(太陽), 태음(太陰), 소양(少陽), 소음(少陰)으로 나누어 같은 병이라도 그 체질에 따라서 달리 약을 써서 병을 고치는 의술, 또는 그 의사. ¶사상의더러 보라면 태음인이라고 하겠지요. 〈태평천하⑤〉

사색(死色)명 죽은 사람처럼 파리한 얼굴빛. 죽을 상이 된 창백한 얼굴빛. ¶그는 이미 싸늘한 사색이 내려 핼끔해진 오월이의 눈에서 사무치는 원한의 빛을 보았다. 〈생명〉 ¶눈 따악 감은 얼굴이며, 꼼짝도 않는 사족에는 벌서 사색이 내려덮었다. 〈탁류⑥〉 ¶와들와들 떨면서 얼굴이 사색이다. 〈두 순정〉

사색(死色)(이) 질리다『관용』 죽은 사람처럼 파리한 얼굴빛이 되다. ¶형보는 초봉이의 사색 질린 얼굴을 올려다보면서 신이 나는지 더욱 독살스럽게, 〈탁류⑭〉 ¶그이는 내가 사색이 질려가지구는—내 얼굴이 다아 죽었을 게 아니겠수? 〈소망〉

사생자(私生子)명 법률상 부부가 아닌 남녀 사이에게 태어난 아이. 『같은』 사생아. ¶나는 독신이니까, 인제부터는 버젓한 정실 노릇을 할 뿐더러 어린 것도 사생자라는 패를 떼게 되지 않느냐. 〈탁류⑭〉

사서삼경(四書三經)명 유교의 경전인 사서와 삼경. 여기서 사서(四書)는 논어, 맹자, 중용, 대학의 네 가지 책을 통틀어 이르는 말이고, 삼경(三經)은 시경, 서경, 주역의 세 경서를 말함. ¶"에끼! 나깨나 먹어가지고 무얼 철딱서니 없이… 사서삼경 어데가 머리 깎고 순검 댕기라고 씨었든가?" 〈소복 입은 영혼〉 ¶자아 이 사서삼경 어느 대문에 자행거보다 빠른 수레가 있느니라고 쓰였느냐면서, 〈회(懷)〉

사석(沙石·砂石)명 모래와 돌. ¶바른편은 누르붉은 사석이 흉하게 드러난 못생긴 왜송이 듬성듬성 눌어붙은 산비탈. 〈쑥국새〉 ¶'솜리'서 군산까지 지선이 놓이는데, 공사가 거진 준공이 되어 모래차 그놈이 사석을 실어다가는 연해 선로 바닥을 돋구던 참이었었다. 〈회(懷)〉

사설(辭說)명 잔소리로 늘어놓는 말. ¶유씨는 부엌으로 나가려면서 우선 한 사설 늘어놓느라고, …. 〈탁류⑮〉

사세(事勢)명 일의 되어가는 형편. ¶태수는 지난 사월에 그처럼 사세가 절박해 오자 두루 생각한 끝에 마루나의 육백 원 소절수를 또 만들어 그 돈으로 미두를 해 본 것이다. 〈탁류④〉 ¶어미 아비는 개명을 못했을망정 시쳇속으로 어디 네나 개명을 좀 해 보라고 집안 사세도 부치는 것을 억지 삼아 읍내 보통학교에 들여보내서. 〈동화〉 ¶더구나 대학 물림의 헌 교복을 (사세가 궁한 것도 아니면서) 털털하게 그대로 입고 있었기 때문에 학생 태가 하나도 벗지 않았었다. 〈모색〉

사세부득(事勢不得)하다형 일의 형세가 그렇게 하지 않을 수 없다. ¶둘이는 집에서는 사세부득한 것 말고는 서로 말이 없이 지낸다. 〈탁류②〉

사시까에(さしかえ)명 '바꿔 꽂음', '바꿔 끼움. 또는 그 물건'의 일본어. ¶동편으로 딴 방을 차지하고 있는 정판과 사시까에에서는 퍽도 분잡하였다. 〈병조와 영복이〉

사시나무 떨리듯〖관용〗 몸을 몹시 떠는 모양을 이름. 여기서 '사시나무'는 버드나무과의 낙엽이나 활엽 교목으로 상자, 성냥개비, 제지용 등으로 쓰임. ¶인제는 기가 죽어서 무어라고 마주 악다구니를 할 기운도 안 나고, 몸은 사시나무 떨리듯 떨린다. 〈탁류⑭〉 ¶팔다리허며 입술이 사시나무 떨리듯 떨리구. 〈소망〉

사시장철(四時長-)명 사시의 어느 철이나 늘. 사철의 어느 때나 늘. ¶사시장철 밤낮없이 손에서 추월색을 놓지 않는 서울 아씨요. 〈태평천하⑪〉 ¶굴속 같은 오두막집 단간 셋방 구석에서 사시장철 밤이나 낮이나 눈 따악 감고 드러누웠군요. 〈치숙(痴叔)〉

사심(私心)명 사사로운 마음. ¶승재는 분명히 단정하기는 어려우나, 혹시 나의 뜻을 무슨 불순한 사심인 줄 오해나 받은 것이 아닌가 하는 생각도 들었다. 〈탁류③〉

사안이(斜眼-)명 곁눈질로 흘겨보는 눈. 또는 그런 눈을 가진 사람. ¶'사안이이로구나 하 헤' 하는 꼴이, 대체 무어라고 빗댔으면 좋을지 모르겠어도…. 〈태평천하⑩〉

사알살부 →살살. 살그머니 가만가만 움직이는 모양. ¶"요, 싹둥머리 없는 놈의 새기! 사알살 돌아댕기면서 남의 집 지집애나 바람맞히구! … 죽어 봐!" 〈쑥국새〉

사약(死藥)명 먹으면 죽는 약. ¶술에다가 사약을 탔었다. 그래서 그 술을 마신 다른 한 자도 마저 죽었다. 〈탁류⑮〉

사(邪)없다형 사악함이 없다. ¶진실로 그 어린아이들의 사없이 단순한 동심으로부터 우러나는 하나의 애칭이던 것입니다. 〈흥보씨〉

사우(위) 이뻐할사 장모〖속〗 장모는 사위를 예뻐하고 아낀다는 뜻. ¶사우(위) 이뻐할사 장모라구, 그게 다아 딸이나 외손주놈보담두 실상 알구 보면 그 알뜰한 사우 양반 생각허시구, 그러시는 거 아니우? 〈소망〉

사음(舍音) 명 이두어로 '마름'의 뜻. '마름'은 지주를 대리하여 소작지를 관리하는 사람. ¶이렇게 선선하게 나는 대답은 하였으나 이 사람 역시 시골서 농사짓는 사람의 하나로 그 근처에 토지를 가진 서울의 부재지주의 사음 운동이나 하러 온 것이 아닌가 하여 적이 맥이 풀리었다. 〈농민의 회계보고〉 ¶그 푼수로, 누구 시음이나 한 자리 얻어 할 양으로 보비위나 해 주려는 사람이, 윤 두꺼비네의 그 신편족보를 외어 가지고 다니면서, 〈태평천하④〉

사자(使者) 명 죽은 사람의 혼을 저승으로 잡아간다는 저승의 귀신. 사람이 죽으면 그 넋을 저승으로 잡아가는 일을 맡았다는 저승의 귀신. 또는 심부름하는 사람. ¶산동이는 옛이야기에서 들은 염라대왕의 사자처럼 흉하고 무섭게 생긴 순천 영감이 한 손으로 옥섬이를 움켜쥐고. 〈산동이〉 ¶문경 새재 박달나무는 홍두깨 방망이로 다 나간다는 아리랑의 우상은, 그러나 가끔가다 피의 사자 노릇도 하곤 한다. 〈탁류⑩〉

사자소학(四字小學) 명 한 구(句)를 네 자로 맞춘 어린이용 소학책. ¶그보다 많은 여러 수십 명의 동네 아이들에게 하늘 천 따아 지의 천자를 비롯하여, 사자소학이며 동몽선습, 통감, 맹자, 논어, 시전, 서전에 이르기까지, 〈순공(巡公) 있는 일요일〉

사자울 명 사자 우리. 즉 사자를 가두어 기르는 곳. ¶생지옥, 염라대왕의 석상 같은 간수들의 얼굴, 사자울 같은 면회실, 원래가 평소 약질인데다가 아편을 갓 떼고 힘에 넘치는 일—. 〈생명의 유희〉

사전(私錢) 명 개인이 사사로이 만든 돈. 사사로이 위조한 돈. ¶"이건 못 쓰넌 돈이여, 사전이여 … 정, 그렇다면 못 쓰넌 돈이라두 그냥 받을 티여?" 〈태평천하②〉

사족(四足) 명 '사지(四肢)'를 속되게 이르는 말. 두 팔과 두 다리. ¶눈 따악 감은 얼굴이며, 꼼짝도 않는 사족에는 벌써 사색이 내려덮었다. 〈탁류⑥〉 ¶머리가 무겁고 사족이 나른한 게 몸이 대단히 피로하기도 했고. 〈반점〉 ¶요새로 바싹 더, 연일 밤 늦게까지 술을 먹고 돌아다니던 끝이라, 사족이 무겁고 머리가 텁텁한 게 인제 목간이나 푸근히 한탕 하고서, 〈순공(巡公) 있는 일요일〉

사주(四柱)[1] 명 사람의 난 해, 달, 날, 시의 네 간지(干支). 또는 이에 근거하여 길흉화복 따위를 점치는 법. ¶구식 여자들이 걸핏하면 팔자니 사주니 하는 게 아마 그런 소린가 봐. 〈소망〉

사주(四柱)[2] 명 사주단자. 혼인을 하기로 정한 뒤 신랑의 사주를 적어 신부 집에 보내는 한지로 된 편지지. ¶서로 합의해서 정혼이 되고 사주가 오고 가고 납채까지 드리고. 〈얼어죽은 모나리자〉

사주단자(四柱單子) 명 혼인을 하기로 정한 뒤, 신랑 집에서 신랑의 사주를 적어 신부 집에 보내는, 한지로 된 편지지. ¶사주단자에 택일까지 아주 합시다. 〈탁류⑦〉

사주전(私鑄錢) 명 사사로이 만들어 쓰는 돈. ¶"없어요! 내가 무슨 돈이 있다구 그러우! 내가 사주전을 맨드나?" 〈빈(貧)… 제1장 제2과〉

사죽을 못 쓰다 〖관용〗 '사족(四足)을 못 쓰다'의 변한말. 무슨 일에 반하거나 혹하여

어쩔 줄을 모르고 꼼짝 못하다. ¶저이는 장기라면 사죽을 못 써요! 나 잠깐 나갔다 와요. 〈탁류①〉

사지(四肢)[1]명 두 팔과 두 다리. ¶부지직 기운이 솟아나고 사지가 뒤틀려 견딜 수가 없던 것이다. 〈빈(貧)… 제1장 제2과〉 ¶태수는 모로 빗밋이 쓰러져서 꽁꽁 마디숨만 쉬고 있지, 몸뚱이며 사지는 꼼짝도 않는다. 〈탁류⑩〉

사지[2]명 →서지(serge). 옷감으로 쓰는 모직물의 하나. ¶돌아온 때의 차림새라고 했지만, 극히 간단해서 위아랫막이를 검정 사지로 만든 쓰메에리 양복 그것뿐이다. 〈탁류③〉

사지육신(四肢肉身)명 두 팔과 두 다리를 가진 육체. ¶사람이란 건 이목구비하며 사지육신을 꼭 같이 타고 났는데, 누구는 부자로 잘 살고 누구는 가난하다니 그게 될 말이야. 〈치숙(痴叔)〉

사직(辭職)명 맡은 직무를 내놓고 그만두는 것. ¶잡지사의 사직이야 시일 문제인 줄 경순도 알기는 알던 터이지만. 〈패배자의 무덤〉

사직원(辭職願)명 맡은 직무를 내놓고 그만두기를 원하는 글. ¶거저 불시루 그날 그 자리서 사직원을 써서는 편집국장 앞에다가 내놓구 나왔다는 걸. 〈소망〉 ¶그 손으로 잡지사에 사직원을 쓰던 것이다. 〈패배자의 무덤〉

사처(私處)명 개인이 거처하는 곳. 사사로이 거처하는 곳. ¶작년 겨울 어느 날 밤에 약제사가 승재의 사처로 놀러와서는 색시들 있는 데를 구경시켜 주마고 꾀는 바람에, 〈탁류⑮〉 ¶그들은 오히려 옥초더러 고향이나 일터로 떠나는 길도 아니면서 그다지 서둘러서 딴 사처를 잡고 나갈 게 무엇이냐고. 〈모색〉

사타구니명 '샅'의 속된 말. '샅'은 두 다리의 사이. 『준말』 사타귀. ¶저편에서는 의외에도 모질게 어이쿠 소리와 연달아 두 손으로 사타구니를 우디고 뱅뱅 두어 바퀴 맴을 돌다가 그대로 나가동그라진다. 〈탁류⑱〉

사탕명 눈깔 사탕. 또는 드롭스 등 설탕을 끓여 여러 모양으로 만든 간단한 과자. ¶계봉이는 숫제 손바닥을 내밀고 사탕이라도 조르듯 한다. 〈탁류⑰〉

사탕 목판(--木板)명 사탕이 담긴 나무 그릇. 목판은 주로 음식을 담아 나르는 나무 그릇. ¶"엄마!" 한 번 불러 놓고는 책보를 콱하니 방에다가 들이뜨리고 모자를 벗어 휙 내동댕이치면서, 우선 사탕 목판을 들여다본다. 〈탁류⑮〉

사태(沙汰)명 '사람이나 물건이 한꺼번에 많이 쏟아져 나오는 일'의 비유. ¶화신 앞에서 전차를 내려서자 먼저 눈에 뜨이느니 장속같이 밴 사람의 사태다. 〈회(懷)〉

사통오달(四通五達)명 이리저리 사방으로 통함. ¶지도를 펴 놓고 보면 그야말로 거미줄 치듯 기차 선로가 사통오달로 깔려 가지고 있다. 〈회(懷)〉

사파이어(sapphire)명 청옥(靑玉)과 같이 짙푸른 빛깔인 강옥. 보석으로 쓰임. ¶그리고 사파이어를 박은 금반지까지 도통 세 개다. 〈탁류⑱〉

사팔명 '사팔눈'의 준말. ¶눈은 사팔이어서 얼굴을 모로 돌려야 똑바로 보이고, 〈태평천하③〉

사팔눈㊔ 한쪽 눈의 시선이 바르게 향하여 있지 않은 눈. 또는 그런 눈을 가진 사람. ¶담배가 반 대나 탔음직해서는 삼남이가 부룩송아지 같은 대가리를 모로 둘러, 사팔눈의 시점을 맞추면서 방으로 들어섭니다. 〈태평천하⑭〉

사폐(事弊)㊔ 일의 폐단. ¶그래 승재는 아까와 달리 제 걱정 제 사폐는 초탈하고 순전히 초봉이만 여겨서의 원념을 놓지 못하던 것이다. 〈탁류⑰〉 ¶사람 속 차릴 여망 없어요. 그저 어디로 대나 손톱만큼도 쓸모는 없고 남한테 사폐만 끼치고, 세상에 해독만 끼칠 사람이니, 머 하루바삐 죽어야 해요. 〈치숙(痴叔)〉 ¶하나는 저만 좋자고 남의 사폐 몰라 주는, 일반으로 이 땅 백성들의 심히 그 자랑스럽지 못한 성습인 탓이거니 하면, 〈상경반절기〉

사포㊔ '벙거지'의 속된 말. 높고 둥근 갓모자에 평평한 전으로 되어 군인 등이 쓰는 털로 만든 모자. ¶칼만 풀어 놓고 정모 대신 여느 사포를 쓴 순사거니, 혹시 별순검인지도 몰라, 〈탁류⑰〉

사푼사푼㊕ 소리가 나지 않도록 가볍게 움직이거나 발을 내디딛는 모양. ¶태수는 그래서 사푼사푼 마당을 가로질러 뜰아랫방으로 가노라니까, 공교히 안방에서 〈탁류⑤〉

사품(私品)㊔ 사사로운 개인의 물품. 사물(私物). ¶제호가 나가기가 바쁘게 장롱 옷 사품에다가 잘 건사해 두었던 ×××를 찾아냈다. 〈탁류⑬〉

사풋㊕ 소리가 나지 않을 정도로 발을 가볍게 옮기는 모양이나 소리. ¶옥초는 저도 모르게 방싯이 웃으면서 마룻전으로 나가 사풋 쪼글트리고 앉는다. 〈모색〉 ¶놀면한 비단 양말 속으로 통통하니 살진 두 마리, 그 중간께를 치렁거리는 엷은 보이루의 검정 통치마, 연하게 물결치는 치마 주름을 사풋 누른 손길, 곱게 그친 흰 저고리의 앞섶 끝, 〈태평천하⑫〉

사풋사풋㊕ 소리가 나지 않을 정도로 발을 계속 가볍게 옮기는 모양이나 소리.

사풋이㊕ 사풋하게. 소리가 거의 나지 않을 정도로 걸음걸이나 움직임이 매우 가볍고 빠르게. ¶마침 탑삭부리 한 참봉을 보더니 사풋이 허리를 굽혀 인사를 하는 것이었었다. 〈탁류⑤〉

사학(私學)㊔ 개인이 설립한 교육 기관. 사설 학교. ¶소간은 그 명망유지씨가 후원을 하고 있는 사학 하나가 있는데, 〈태평천하⑤〉 ¶사학은 지망자 수효가 모집 정원과 비등하기가 보통이었었다. 〈회(懷)〉

사향소합환(麝香蘇合丸)㊔ '사향소합원'의 변한말. 한방에서 여러 가지 약재를 조합하여 만든 작고 둥근 약. 기질이 약한 데에 먹음. ¶그러구, 곽란이거던 와서 약 가져 가거라… 사향소합환 주께. 〈태평천하⑪〉

사환(使喚)㊔ 관청이나 가게에서 잔심부름을 시키기 위해 고용하는 사람. 급사(給使). ¶말없이 써서 주는 사직원을 받아 가지고 나가서, 속달 등기로 부치도록 사환 계집아이를 분별시킨 후에 건넌방으로 도로 들어와 보니. 〈패배자의 무덤〉

사흘 굶고서 ××질 않을 놈 없다〖속〗 아무리 착한 사람이라도 몹시 궁하게 되면 옳지 못한 짓을 하게 된다는 말. 〖비슷〗 사흘 굶어 담 아니 넘을 놈 없다. 사흘 굶어 도둑질 아니할 놈 없다. ¶홍두깨로 치는데 담 안 넘을 놈 없고 사흘 굶고서 ××질 않을 놈 없고 하다는 속담은 속담 이상의 깊은 의의를 머금는다. 〈상경반절기〉

삭발(削髮)명 머리털을 깎는 것. 또는 그 머리. ¶임×× 선생은 그런데 누구보다도 강경히 삭발을 주장하고, 심심하면 한 놈씩 두어 놈씩 붙들어다간 가위로 싹독싹독 머리를 잘라 주곤 했다. 〈회(懷)〉

삭삭하다형 눈치가 빠르고 남을 대하는 태도가 상냥하다. 【센말】 싹싹하다. ¶사실 그런 변덕만 아니면 여느때는 무척 삭삭한 마님이다. 〈명일〉

삭이다동 '삭다'의 피동형. ¶그는 현대적인 지혜를 실한 신경으로 휘고 삭이고 해서 총명을 길러 간다. 〈탁류⑰〉

삭정개비명 →삭정이. 살아 있는 나무에 붙은 채 말라 죽은 가지. ¶봉분 둘레로는 나무에서 떨어져 내린 잎이야 부러져 내린 삭정개비야. 〈정자나무 있는 삽화〉

산과 의사(産科醫師)명 임신, 분만 등을 전문적으로 보는 의사. ¶배가 아직 겉으로 드러나게 부르진 않아도, 삼 개월이라고, 며칠 전에 산과 의사의 확진까지 났던 것이다. 〈패배자의 무덤〉

산당도비명 도둑 떼거리. ¶"그렇지 두어 길 뛴 셈이지!…옳아! '산당도비'를 했어 '산당도비'를! 허허허허." 〈모색〉

산림간수(山林看守)명 산림을 지킴. 또는 그 사람. ¶한데 산림간수한테 오기는 있어, 들키면 경을 치기는 매일반이라서 들이 닥치는 대로 철쭉 등걸이야 진달래 등걸이야 소나무 등걸이야 더러는 멀쩡한 옹근 솔까지 마구 작살을 낸 것이. 〈쑥국새〉

산모룽이(山---)명 →산모롱이. 산모퉁이의 빙 둘린 곳. 산기슭의 쑥 내민 귀퉁이. ¶어느 겨를에 저편 산모룽이에 가 서서는 흙을 푸고 섰고, 나는 새도 못 따른다더니 참 그런 성불렀다. 〈회(懷)〉

산발(山-)명 여러 갈래로 뻗은 산의 줄기. 【비슷】 산줄기. ¶왼편은 나무 한 그루 없이 보이느리 무덤들만 다닥다닥 박혀 있는 잔디 벌판이 빗밋이 산발을 타고 올라간 공동묘지. 〈쑥국새〉 ¶조그마한 야산 산발을 타고 모퉁이를 돌아 나서면. 〈반점〉

산비알명 →산비탈. 산기슭의 몹시 비탈진 곳. ¶오래비 경호는 오래간만에 넓은 대기 속에서 훠얼훨 이렇게 걷는 것이 대단히 유쾌한가 본지 벌써 저만치 멀찍이 모자는 빼뚜름 단장을 홰애홰, 길도 안 난 산비알 잔디밭으로 비어져서 가분가분 걸어 내려가고 있다. 〈패배자의 무덤〉

산뽀명 →산보(散步). 이리저리 거닐어 다님. ¶아 그이, 하이칼라상이 측 찾아와설랑, 다아 참 동물완 산뽀두 같이 가구, 〈모색〉

산삭(産朔)명 임신한 부인이 아이를 낳을 달. 해산달. 산월(産月). ¶그리하다가 마침내 아홉 달이 넘어서 산삭을 한 달쯤 앞두게 되자. 〈생명〉

산산하다형 사늘한 느낌이 있어 추운 듯하다. ¶마침 때를 맞춰 그와 같이 산산한 밤에 전골 남비나 보글보글 지지고 시골서 올라온 쩍쩍 들러붙는 전내기 약주를 평양집이 부어 주는 대로 대여섯 잔 먹고는 그의 보드라운 알몸을 안고 푸근히 누웠을 맛을 생각하니. 〈산동이〉

산술(算術)명 '산수'의 옛날 용어. 일상 생활에 응용할 수 있는 수와 양의 간단한 성질 및 셈을 다루는 초보적인 계산법. ¶승재더러도 매일 산술 한 시간씩만 맡아보아 달라고 청을 했었다. 〈탁류⑮〉

산신님(山神-)[명] '산신'의 높임말. '산신'은 민속에서 산을 맡아 수호한다는 신령. ¶밥을 빌어 오면 먼저 산신님께 공궤하기를 잊지 않았다. 〈탁류⑮〉

산적(散炙)[명] 쇠고기 따위를 길쭉길쭉하게 썰어 갖은 양념을 하여 꼬챙이에 꿰어서 구운 음식. ¶드나드는 문 옆에다 새로 백탄불이 이글이글하는 화로 하나를 가져다 놓고 선술집 모양과 똑같이 땟국이 흐르는 더부살이가 산적을 굽기 시작한다. 〈산적〉

산전수전(山戰水戰)[명] 산에서 싸우고 물에서 싸웠다는 뜻으로, 세상의 온갖 고생과 어려움을 다 겪어 경험이 많음. ¶그러나 산전수전 다 겪고 칼날 밑에서와 총부리 앞에서 목숨을 내걸어보기 수없던 윤직원 영감입니다. 〈태평천하③〉

산 제수(祭需)〖관용〗 산 채로 쓰는 제물. ¶그네의 어린 딸 혹은 누이를 산(生) 제수로 바치지 않질 뭇합니다. 〈태평천하⑩〉

산중(山中)[명] 산 속. ¶산중이라 그렇기도 하겠지만 절간의 밤은 초저녁이 벌써 삼경인 듯 깊다. 〈두 순정〉

산지기(山--)[명] 남의 산이나 무덤을 맡아 돌보는 사람. 〖같은〗 산직(山直). ¶"우리 산지기다, 헴…." 또 모두들 허리를 잡고 웃는다. 〈탁류⑯〉 ¶이 삼남이는 시골 있는 산지기 자식으로 못난 이름이 근동에 널리 떨친 것을 시험 삼아 데려다가 두고 보았더니 미상불 천하일품이었읍니다. 〈태평천하③〉 ¶마침 저편짝으로(지름길이 있었던 모양인지) 등 넘 산지기네 아낙인 듯. 〈패배자의 무덤〉

산천(山川)은 고금동(古今同)이요, 인심(人心)은 조석변(朝夕變)이다〖관용〗 산과 내는 옛과 같으나, 사람의 마음은 아침 저녁으로 변한다는 말. ¶산천은 고금동이요 인심은 조석변이라더니 변하기 쉬운 것은 사람의 마음이다. 〈불효자식〉

산출(算出)[명] 계산해 내는 것. ¶그는 제 자신의 재능을 학교의 시험 성적표에 적힌 점수를 가지고 산출을 했다. 〈모색〉

산코를 골다〖관용〗 헛코를 골다. 거짓 자는 체하고 일부러 코를 골다. ¶주사침으로 빨아 올려 여기저기 살 좀 성한 곳을 찾아내어 한 대 쑥 찌르고는 그대로 담벼락에 기대고 앉아 산코를 드르렁드르렁 골고 있는 모양이며, 〈불효자식〉

산협(山峽)[명] 산 속의 골짜기. ¶높이 솟구친 갈재와 지리산, 두 산의 산협 물을 받아 가지고 장수로 진안으로 무주로 이렇게 역류하는 게 금강의 남쪽 줄기다. 〈탁류①〉 ¶이 사이를 좁다란 산협 소로가 꼬불꼬불 깔끄막져서 높다랗게 고개를 넘어갔다. 〈쑥국새〉

살같이[부] 쏜살같이. 쏜 화살과 같이 몹시 빠르게. ¶경선전기회사 전차과의 104호 운전수 P는 견습을 마친 날 아침에 218호의 뽀키차를 힘차게 몰고 동대문으로부터 종로로 향하여 살같이 내달렸다. 〈그 뒤로〉

살금살금[부] 남이 모르게 눈치를 보아 가며 살그머니 행동하는 모양. ¶색시는 영주가 들어오란 말에 살금살금 들어와서 범수가 아니 보이는 곳을 골라 마룻전에 걸터앉는다. 〈명일〉

살기(殺氣)명 남을 죽이거나 해치려는 무시무시한 기운. ¶을녜는 그러나 무서워서 떨리지는 않았다. 이 살기에 마음과 사지가 긴장이 되어, 손이 제풀로 떨린 것이요. 〈정자나무 있는 삽화〉

살기등등(殺氣騰騰)하다형 살기가 얼굴에 그득하다. 무섭고 거친 기운이 얼굴에 잔뜩 올라 있다. ¶윤용규는 연하여 이렇게 살기등등하니 악을 쓰는 것입니다. 〈태평천하④〉 ¶전방 안의 살기등등한 공기를 보고 지레 겁을 내어 비실비실 한옆으로 피해간다. 〈탁류②〉

살기(殺氣)스럽다형 독살스러운 기운, 무시무시한 짓을 할 것 같은 태도가 얼굴에 그득하다. 무섭고 거친 기운이 있는 듯하다. ¶'옳아! 죽여야지!' 소리는 안 냈어도 보다 더 살기스런 포효다. 〈탁류⑱〉 ¶그 머리 센 늙은이의 살기스런 양자가 희미한 쇠기름불에 어른거리는 양이라니, 무슨 원귀와도 같았읍니다. 〈태평천하④〉

살끔부 살짝. 남이 모르는 사이에 재빠르게. ¶"너 이 녀석 뒤두구 옷해 입히면 살끔 달어나서는 못쓴다." 〈어머니를 찾아서〉 ¶을녜는 봉분으로 올라와서 갑쇠가 안 보거니만 하고, 살끔 고개를 돌려보다가. 〈정자나무 있는 삽화〉

살더미명 살덩어리. 살로 이루어진 덩어리. ¶질투와 분노를 매질로써 오월이의 설더미에다가 풀곤 했다. 〈생명〉

살뜰하다형 썩 알뜰하다. 사랑하고 위하는 마음이 깊고 세밀하다. ¶그는 그래 자기도 모르게 한숨을 깊이 내쉬고 살뜰한 손님을 웃는 낯으로 맞이했다. 〈명일〉 ¶명님이는 지금 저한테 끔찍이 고맙고, 또 노상 살뜰하게 귀애해 주는 이 '남 서방 어른'이 저의 집에를 온 것이 언제나 마찬가지로 좋았고, 〈탁류⑥〉 ¶작년 가을, 그 살뜰한 첩이 도망을 간 뒤로 윤 직원 영감은 객회(?)가 대단히 심했고,〈태평천하⑩〉

살뜰스럽다형 매우 알뜰하다. 또는 사랑하고 위하는 마음이 깊고 세밀한 태도가 있다. ¶그러니 말이우. 그렇게 살뜰스럽게 오래지 않는다구 하더래두. 〈소망〉 ¶꼬옥 살뜰스런 아버지처럼 우리를 귀애해 주었다. 〈회(懷)〉

살뜰히부 사랑하고 위하는 마음이 깊고 세밀하게. ¶암만해야 그새처럼 색시 제가 해 주듯이 마음에 들도록 살뜰히 해줄가 싶질 않다. 〈두 순정〉

살롱(프. salon)명 프랑스의 상류 사회에서 열리는 사교적인 모임. 여기서는 양주 등을 파는 술집. ¶K의 머리속에는 어젯밤 살롱 아리랑의 광경이 술취한 사람의 발길같이 돌아간다. 〈창백한 얼굴들〉

살림 범절(--凡節)명 살림살이의 모든 질서와 절차. ¶그런 생활보다는 우선 살림 범절만 해도 몇 곱절 낫게시리 뒤를 대 주마. 〈탁류⑫〉

살살부 그럴 듯한 말이나 행동으로 남을 달래거나 꾀는 모양. ¶아버지는 어제 저녁처럼 야단도 아니하고 때려 주지도 아니하고 되레 사탕을 주면서 살살 달랬읍니다. 〈어머니를 찾아서〉

살상(殺傷)명 사람을 죽이거나 상처를 입히는 일. ¶이 흉악한 살상의 뒤끝을 그애들한테다가 맡기다니 절대로 불가한 짓이었었다. 〈탁류⑱〉 ¶창기를, 노예를, 불의한 살상의 도구를, 결핵균이나 퍼뜨리

는 폐병장이를 그것들의 무수한 탄생이 어쩌니 생명의 창조의 기쁨 값이 나갈 것이냐. 〈패배자의 무덤〉

살앓이[1]명 배앓이. ¶어린애요 살앓이를 하던 끝이라, 입이 궁금해서 무엇이고 두루 먹고 싶을 무렵이었었다. 〈탁류⑥〉

살앓이[2]명 피부병. 살갗에 생기는 병. ¶왼편 너벅다리 안쪽으로 모기가 문 자리가 시원찮게 덧이 나더니, 살앓이가 돼 가지고 십여 일이나 고생을 했고. 〈정자나무 있는 삽화〉

살얼음명 얇게 살짝 언 얼음. '살얼음을 건너다'는 위태로운 고비를 아슬아슬하게 넘기다. ¶마치 살얼음을 건너가는 것처럼 위태위태 지내던 판입니다. 〈태평천하④〉

살얼음을 밟는 것 같다『관용』 몹시 위험한 지경에서 매우 조심스럽고 불안하다. ¶이 짓을 해 놓았으니, 늘 살얼음을 밟는 것같이 마음이 위태위태한 판인데,…. 〈탁류④〉

살에 배다『관용』 마음에 깊이 느껴지다. ¶승재는 계봉이가 웃고 반가와하는 것이 살에 배도록 기쁘고 고마왔다. 〈탁류⑧〉

살음살이명 한 집안을 이루어 살아가는 일. ¶이 짓을 한평생 헌들 한때 배부른 밥을 먹을 수가 있을 텐가? 남처럼 계집을 얻어 살음살이를 허구 자식새끼를 낳구 살어를 갈텐가?…. 〈병조와 영복이〉

살점(-點)명 살의 조각. ¶전에 볼때기에 살점이나 붙어 있을 때에도 그리 푸짐한 얼굴은 아니었었다. 〈명일〉

살쩍명 뺨 위 귀 앞쪽에 난 머리털. 또는 그것을 망건 밑으로 밀어 넣는 물건. ¶칫솔 쓰던 것을, 빗을 치고 살쩍을 쓸고 해서 터럭 틈새기에 비듬이야 기름때야 머리터럭이야가 꼬작꼬작 들이 끼였는데, 〈탁류⑯〉

살판명 '위태로운 지경'을 비유하여 이르는 말. 『같은』 살얼음판. ¶그러나 사세가 죽고 살기보다도 더 절박한 살판이라, 〈탁류⑭〉 ¶(이미 피치 못할 살판인지라) 차차로 옳게 뱃속으로부터 분노와 악이 치받쳐 올랐읍니다. 〈태평천하④〉

살포시부 포근하게 살며시. 드러나지 않게 가볍게. 『같은』 살폿. ¶그러는 사이에 종년은 술상을 가져다가 살포시 손님 앞에 놓고는 일어섭니다. 〈소복 입은 영혼〉

살폿부 살포시. 포근하게 살며시. 드러나지 않게 가볍게. ¶소곳한 얼굴, 금시 감으려는 듯한 갸름한 눈과 살폿 아래로 처진 눈초리, 얼굴 균형에 꼭 알맞은 코, 보이는 듯 마는 듯한 입모습을 스치는 미소, 〈병조와 영복이〉 ¶노인이라, 초저녁에 살폿 한잠을 두르고 나서는, 〈순공(巡公) 있는 일요일〉

삵명 살쾡이. 포유류 고양잇과의 한 종류로 몸길이 55~99cm, 고양이와 비슷하나 좀 크며, 갈색 바탕에 흑갈색의 무늬가 있고 한국, 중국, 만주, 인도 등지에 분포함. ¶또 닭은 치면 삵이나 도둑고양이가 물어다 먹거나 콧병이 나서 죽어 버리고…. 〈용동댁〉

삼[1]명 뱃속의 아이를 싸고 있는 막과 태반. '삼을 가르다'는 해산한 뒤에 탯줄을 끊다. ¶그래도 손을 재게 놀려 삼을 가르고 하다가 급한 대로 오월이의 치마에 방금 받은 애기를 안아 가까이 대어 준다. 〈생명〉

삼(蔘)[2]명 삼과의 일년초. 중앙아시아 원산의 재배 식물. ¶또 부모의 덕택으로 용과 삼을 많이 먹었다. 〈생명〉

삼가로이부 몸가짐이나 언행을 신중하게. 조심하는 마음으로 정중하게. ¶간호부가 조용히 홑이불 자락을 걷고 얼굴만 보여 주면서, 삼가로이 목례를 한다. 〈탁류⑩〉

삼가롭다형 삼가는 태도가 있다. ¶서울 아씨는 긴장한 태를 아니 보이느라고 내려놓았던 추월색을 도로 집어 들면서 경손이를 부르는 음성도 대고모답게 상냥하고 위의가 있습니다. 경손이의 대답 소리도 거기 알맞게 대단히 삼가롭습니다. 〈태평천하⑪〉

삼경(三更)명 하룻밤을 다섯으로 나눈 세 번째의 시각. 밤 11시부터 새벽 1시까지의 사이(동안). ¶산중이라 그렇기도 하겠지만 절간의 밤은 초저녁이 벌써 삼경인 듯 깊다. 〈두 순정〉

삼동(三冬)명 겨울의 석 달. ¶겨울이 물러가면서 금년 들어 처음 보게 날이 따사하고 좋아, 삼동의 지리하던 요양 생활 끝이라. 〈패배자의 무덤〉 ¶그 뒤로 눌러 가을을 보내고 삼동을 지나서 해가 바뀌고 다시 이제 봄소식이 들리고 하도록. 〈상경 반절기〉 ¶말하자면 모든 것이 꺼칠하니 야위고 얼어붙은 삼동과 같은 우리였었다. 〈회(懷)〉

삼방(三防)[1]명 옛날에 남북간의 중요한 통로를 이루어 세 군데에 통행인을 검사하는 관방이 설치되어 있었던 곳.

삼방(三防)[2]명 함경남도 안변군에 있는 명승지. 약수로 이름이 높고, 여름에는 피서객들이 모임. ¶"삼방 같은 데라도 가서 몸조섭을 잘해야지 그대로 두어서는 못쓴다." 〈명일〉

삼복(三伏)명 초복, 중복, 말복을 통틀어 이르는 말. ¶옷이 어디 변변허우? 삼복에 무명것 친친 감구 살기, 동지섣달에 맨발 벗구 홑고쟁이 입구 더얼덜 떨기… 〈탁류⑮〉

삼복염천(三伏炎天)명 여름의 삼복 더위. 삼복 무렵의 몹시 심한 더위. ¶이 삼복염천에 생판 겨울 양복이 어디 당한거유. 〈소망〉

삼신(三神)명 아기를 점지한다는 신령. 삼신령(三神靈). ¶하되 사면팔방에서 뿔뿔이 모여들어 제각기 삼신이 다 다른 그 여러 선머슴애들의 성미를 골고루 맞춰 주어야 하고. 〈모색〉

삼신님(三神-)명 '삼신'의 높임말. ¶처음 겸 마지막으로 딸 하나를 낳았더니, 생긴 게 또 복슬복슬하대서 어머니 아버지는 삼신님이 업을 점지해 주셨다고. 〈동화〉

삼 조짜리명 세 칸짜리. ¶그 안으로 삼 조짜리 다다미방 하나가 빈 게 있어서 그놈을 두말 않고 빌리기도 했다. 〈탁류⑧〉

삼 촌(三寸)의 혀『관용』 세 치의 길이밖에 안 되는 사람의 혀. 중국 춘추 전국 시대 모수라는 사람이, 세 치의 혀로 초나라로 하여금 구원병 20만을 파견하게 했다는 고사에서 나온 말. 『같은』 삼촌설(三寸舌). ¶신문과 잡지가 붓이 닳도록 향학열을 고취하고 피가 끓는 지사(志士)들이 향촌으로 돌아다니며 삼 촌의 혀를 놀리어 권학(勸學)을 부르짖었다. 〈레디 메이드 인생〉

삼칠일(三七日)명 아이가 태어난 지 스무하루가 되는 날. ¶며느리는 피가 걷히지

않고 속이 쓰리다 못해 삼칠일 만에 그만 죽었다. 〈쑥국새〉

삼판양승(三-兩勝)명 세 번 승부를 겨루어 두 번 이김. 또는 그런 승부. ¶장기는 세 판을 두어 두 판은 이기고 한 판은 지고 해서, 삼판양승으로 정 주사가 개선가를 올렸다. 〈탁류③〉

삼팔(三八)저고리명 중국 명주(明紬)의 한 가지인 삼팔주(三八紬)로 만든 저고리. ¶어디라 없이 촌때가 낀 것 같고, 꼈으되 그 촌때는 순박한 농촌의 구수한 때가 아니라 술집 색시네 새서방의 삼팔저고리 동정에 묻은 때와 같은 그런 주접스런 때였었다. 〈모색〉

삽시간(霎時間)명 극히 짧은 시간. 아주 짧은 동안. 일순간. 삽시에. ¶웃던 웃음은 삽시간에 사라지고 별안간 괴로운 번뇌가 좌악 얼굴을 덮는다. 〈탁류⑩〉 ¶아 그런데, 그 못된 놈의 풍습이 십시간에 동서양 각국 안 간 데 없이 퍼져 가지골랑 한동안 내지에도 마구 굉장히 드세게 돌아다녔고. 〈치숙(痴叔)〉

삽화(揷畵)명 서적, 신문, 잡지 등에 끼워 넣어서 내용 또는 기사의 이해를 돕는 그림. ¶×균이 현미경의 원색대로 삽화가 있는 대목이다. 〈탁류⑧〉

삿대질명 '상앗대질'의 준말. 다투거나 대화할 때 상대방을 향해 팔을 뻗치거나 막대기 따위를 내지르는 것. ¶윤 직원 영감은 더럭 역정을 내어, 하마 삿대질이라도 할 듯이 한 걸음 나섭니다. 〈태평천하①〉

상거(相距)명 서로 떨어져 있는 거리. ¶한 것이 상거는 밭고 또 문지방이며 수하의 어깨하며 걸리적거리는 것이 많아 겨냥은 삐뚜로 나가고 말았습니다. 〈태평천하④〉 ¶그러나 둘도 없는 딸 하나를 비록 백 리 상거밖에 아니 되는 곳일망정 보내버리고 나면 두 내외가 쓸쓸히 지낼 일이 아득해서 그냥 작파를 했던 것이다. 〈보리방아〉 ¶골목이라야 바로 몇 걸음 안 되는 상거요, 길로 난 안방의 드높은 서창이 마주 보여, 〈탁류⑱〉 ¶게다가 중년 이후로는 올해 나이 근 육십이니 이십 년 가까이 남의 집 훈장질을 하느라고 시방도 삼십여 리 상거의 인읍에 나가 학장 노릇을 하고 있으면서. 〈용동댁〉 ¶가운데로 을네와 두 처녀 아이가 서고 뒤에는 배웅 나가는 부모네가 서고, 방금 이십 리 상거의 정거장으로 나가고 있다. 〈정자나무 있는 삽화〉 ¶안동 육거리와 재동이 얼마 상거가 아니니, 우편국에 가서 공문을 부치고 돌아오는 길에 잠깐 집엘 들르면 될 것이었습니다. 〈흥보씨〉 ¶읍에서 시오 리 상거의 술메란 곳으로 기차 구경을 가게 되었었다. 〈회(懷)〉 ¶초봉이는 이러한데, 그러나 제호의 배짱을 떠들고 들여다보면 대단히 그와는 상거가 멀다. 〈탁류⑬〉

상고(商賈)명 장수. 장사치. 장사하는 사람. ¶이것이 대복이의 주변으로, 종로 일대와 창안 배오개 등지와, 그 밖에 서울 장안의 들뭇들뭇한 상고들을 뽑아 신용 정도를 조사해 둔 블랙리스트입니다. 〈태평천하⑦〉

상고머리하다동 옆머리와 뒷머리를 치올려 깎고 앞머리는 그대로 둔 채, 정수리를 평면이 되게 깎다. ¶괜시리 한 손으로 상고머리한 귀 뒤를 만질락 말락 해 싸면서. 〈회(懷)〉

상고판(商賈-)명 시장(市場). 각종 상품을 사고 팔기 위하여 설치한 장소. ¶어려서부터 상고판으로 돌아다닌 사람과, 걸상을 타고 앉아 붓대만 놀리던 '서방님'이 판이 다르다는 것은 생각하려고도 않는다. 〈탁류①〉

상고(詳考)하다동 자세하게 참고하거나 검토하다. ¶하고뇨 하면, 천하의 목탁이라 칭시하는 일보야며 너도 간여를 하고 있는 잡지야며를 상고할진댄 신문지사와 잡지지사 그를 극구 칭양하여 솔선 고무하니 의(義)임을 가히 알지로다. 〈패배자의 무덤〉

상관(相關)명 남녀가 육체적 관계를 맺음. ¶시골서 살 때에 첩을 둘씩 얻어 치가를 시키고, 동네 술에미가 은근하게 있으면 붙박이로 상관을 하고 지내고, 또 촌에서 계집애가 북슬북슬한 놈이 눈에 뜨이면 다리 치인다는 핑계로 데려다가 두고서 재미를 보고, 〈태평천하⑧〉

상관(相關)하다동 남녀가 육체적 관계를 맺다. ¶고태수는 몇 해를 두고 뭇 계집을 상관했으되 단 한 번이라도 자식을 밴 적이 없었다. 〈탁류⑭〉

상극(相剋)명 두 사람 또는 사물이 서로 맞지 않거나 마주치면 서로 충돌함을 이르는 말. ¶초봉이와 일과는 아무런 상극도 되지를 않는다. 〈탁류②〉 ¶하나 집터가 세네, 상극이 졌네 하는 것도 결국 우연을 당연으로 여겨 버리려는 한낱 구실이요. 〈용동댁〉 ¶동네 사람 그들은 속은 다 그러해도 상극이면서도, 마치 동티가 날까봐 정자나무를 흔연 대접하듯이. 〈정자나무 있는 삽화〉

상급(賞給)명 상으로 주는 돈이나 물건. ¶또 나올 무렵에 구라다상네 양주가 퍽 기특하다고 돈 칠 원을 상급으로 주고, 그런 게 이럭저럭 돈 백 원이나 존존히 됐지요. 〈치숙(痴叔)〉

상기(上氣)명 (흥분이나 수치심으로) 얼굴이 붉어짐. ¶그 고운 얼굴에 까만 속눈썹이 선연히 보이도록 눈을 아래로 깔고 조신하게 들어서는 그 여인은 수족이 약간 떨리고 분 바르지 아니한 얼굴은 불그레하니 상기가 되었읍니다. 〈소복 입은 영혼〉

상기(上氣)되다동 (얼굴이) 흥분이나 수치감으로 붉어지다. ¶병조가 보기에는 확실히 머리를 거북하게 숙이고 있고 상기된 얼굴빛도 안 날 밤에 그와 같은 냉랭한 소조를 하였으리라고는 믿을 수 없을 만큼 수줍은 흥분이 보였다. 〈병조와 영복이〉

상노(床奴)명 밥상 나르는 일과 잔심부름을 하는 아이. ¶마침 상노 아이놈 삼남이가 그제야 뽀르르 달려 나옵니다. 〈태평천하③〉

상두 부르다『관용』 성싶다. '가능성이 있다'의 뜻. ¶"그러면 내일 될 상두 부르군요?" 〈태평천하⑫〉

상등(相等)스럽다형 서로 비슷하다. ¶오늘은 이 상등스러운 하등이 모두 점잖은 어른들이나 이쁜 기생들뿐이요, 〈태평천하③〉

상량(商量)명 헤아려 생각하는 것. ¶아직은 한낱 재료일 따름이요, 겸하여 의사의 판단과 상량을 치르지 않은 것인즉, 〈태평천하⑨〉 ¶옥초는 제 자신의 역량과 컨디션과 그리고 그러한 역량과 그러한 컨디션 밑에서 제가 조만간 거기에 참예를

할 현실 사회의 생활과 이런 것을 가지고 갖추 세세하게 상량을 해 보았다. 〈모색〉

상말(常-)명 (점잖지 못하고) 상스러운 말. ¶돈 만 원이고 이삼만 원이고 상말로 왕후가 망건 사러 가는 돈이라도 덮어놓고 들고 뛸 작정이다. 〈탁류④〉 ¶시방 두 볼이 아뭏든 상말로 오뉴월 무엇처럼 추욱 처져 가지고는 숨길이 씨근버근, 코가 벌씸벌씸, 〈태평천하⑥〉 ¶본시도 툭 솟아, 상말로 십 리 갈 길을 오 리씩 내다봄직한 그러한 눈방울인데, 〈흥보씨〉

상면(相面)명 서로 대면하는 것. ¶세상에 나와서 오늘이야 저의 부친이라는 사람과 겨우 무덤하고나 상면을 하는 것이다. 〈패배자의 무덤〉

상반(相伴)하다동 서로 함께 하다. 또는 서로 짝이 되다. ¶일변 또 그 마음을 앗으려고 온갖 정성을 들이던, 말하자면 애원(愛怨)이 상반하던 계집이다. 〈탁류⑭〉

상밥집명 상밥을 전문으로 파는 음식집. 여기서 '상밥'은 낱상으로 파는 밥. ¶무얼 대접하나? 이런 아가씰 상밥집으루 모시구 갈 순 없구, 헤! 〈탁류⑰〉

상백시(上白是)명 (웃어른에게 울리는 편지의 첫머리나 끝에 쓰여) '사뢰어 올림'의 뜻을 나타내는 말. ¶유서 석 장을 각각 봉해 가지고 다시 한 봉투에다가 넣어 겉봉을 부주전 상백시라고 썼다. 〈탁류⑱〉

상보기명 윷놀이, 화투 따위의 놀이에서 누가 먼저 시작하는가를 따지는 일. ¶김씨는 태수가 내미는 화투를 상보기로 떼어 보고, 태수도 떼어 보면서, "내가 선이로군… 그럼 이렇게 해요. 이기는 사람이 시키는 대로 내가 시행을 하기루?" 〈탁류⑤〉

상부(喪夫)명 남편의 죽음을 당하는 것. ¶최근 사오 년 이짝은 자식이라야 둘도 없던 딸—용동댁—이 상부를 한 것으로 가뜩이나 마음이 울적하여 집안의 살림은커녕 세상 만사에 도무지 흥을 잊은 사람이 되고 말았다. 〈용동댁〉

상상(上上)꼭대기명 맨 위의 꼭대기. ¶그중에서도 상상꼭대기에 올라앉은 납작한 토담집. 〈탁류⑥〉

상서(祥瑞)롭다형 복스럽고 길한 징조가 있을 듯하다. ¶제일 싫고 제일 상서롭지 않은 일이라서 부득부득 아니라고 하고 싶어 애를 쓴다. 〈탁류⑩〉

상성(喪性)명 본디의 성질을 잃어 버림. 본래의 성질을 잃어 버리고 아주 다른 사람처럼 됨. ¶생각이 이에 미치자 그만 상성이라도 할 듯 후울훌 뛰고 싶게 안타까왔다. 〈탁류⑲〉 ¶이 어른이 혹시 상성이 되지나 않는가 하는 의구의 빛이 눈에 나타남을 가리지 못합니다. 〈태평천하⑮〉 ¶여편네 된 맘에 웃는 그것만은 반가워두 저이가 영영 상성이 된 게 아닌가 해서 말이야. 〈소망〉

상성(喪性)하다동 본성을 잃고 마치 딴 사람같이 변하다. ¶"소용 없어요, 벌써 숨이 졌는걸!" 승재는 죽은 자식을 놓고 상성할 듯 애달파 하는 정상이 불쌍한 깐으로는 소용이야 물론 없을 것이지만, 〈탁류⑥〉

상스럽다형 말이나 행동이 낮고 천한 데가 있다. ¶용희가 한 일고여덟 살 때만 했어도 그때의 아버지는 저렇게 상스럽게 차리고는 장터 출입을 아니하셨는데. 〈보리방아〉 ¶말처럼 기다란 얼굴이 바탕은 푸르족족한 게 표독스럽고 입술은 상스럽게 두

껴웠다. 〈생명〉 ¶그래, 내 행실머린 다아 그렇게 상스럽다구… 그래…. 〈탁류⑮〉 ¶명색이 지점장 대리라서 일은 한가하겠다, 또 주축하는 축들이 과히 상스럽진 않겠다, 하니까 심심하면 모여서 술추렴이나 하고, 그러지 머, 허허…. 〈이런 처지〉

상심(傷心)㉤ (슬픔, 걱정 등으로) 속을 썩이는 것. 마음을 상함. ¶그만한 미련의 상심은 아뭏든지 없지 못했을 것인데, 〈탁류⑦〉

상아빨쭈리㉤ 상아 물부리. 상아로 만든, 담배를 끼워서 빠는 물건. ¶"… 제서 기대리우우?" 비로소 아까의 그 상아빨쭈리 신사인 것까지 생각이 났다. 〈상경반절기〉

상의㉤ 생의(生意). 생심(生心). (무슨 일을) 하려는 생각을 내는 것. 또는 그런 생각. ¶애초에 입학시킬 상의로 P에게 편지를 했을 때에 P는 공부 같은 것은 시켰자 소용이 없으니 차라리 뼈가 보드라운 때부터 생일(勞動)을 시키라고 하였다. 〈레디 메이드 인생〉

상전(上典)㉤ 예전에 종에 대하여 그 '주인'을 이르던 말. ¶오월이도 뉘 앞이라고 조심스런 상전한테 입을 벌려 말을 할 그런 생심이야 언감히 먹지도 못했을 것이다. 〈생명〉 ¶출입은 어른 아니 상전 하인 할 것 없이 한 옆으로 뚫어 놓은 쪽문으로 드나듭니다. 〈태평천하③〉

상종(相從)㉤ 서로 따르며 의좋게 지냄. 서로 친하게 지냄. ¶이번에 서울로 올라가거든 계봉이와 저희끼리 그 소위 연애라든지 사랑이라든지 하는 것을 분명히 어울리도록 어쨌든 자주 상종도 하고 하게시리 마련을 해놀 요량인 것이다. 〈탁류⑮〉 ¶어려서는 학년의 층은 있었지만 보통학교도 잠깐 같이 다녔고 그 뒤에도 이내 상종이 있어 왔고. 〈모색〉

상좌(上佐)㉤ 속인으로서 절에 들어가 불도를 닦는 사람. ¶웃목 한편 구석으로 꼬부리고 누워 자는 상좌의 조용하고 사이 고른 숨소리가 마침 더 밤의 조촐함을 돕는다. 〈두 순정〉

상주(賞酒)㉤ 상으로 주는 술. 『상대』 벌주(罰酒). ¶"자아… 아까 그 잔은 벌주요, 시방 이 잔은 상주네 상주! 꽁지만 잡었어두 아무턴지 노름꾼 하나 잡을 뻔한 그 상주네!" 〈순공(巡公) 있는 일요일〉

상지(相持)㉤ 양보하지 않고 서로 고집함. 각기 제 의견을 고집함. ¶이렇게 따지자니, 그야말로 몸값 흥정의 상지가 될 판이다. 〈탁류⑩〉 ¶입장권을 사기 전에 윤 직원 영감과 춘심이 사이에는 또 한바탕 상지가 생겼읍니다. 〈태평천하③〉

상처(喪妻)㉤ 아내가 죽음. ¶그는 상처를 한 후로 아직 장가도 들지 아니하였으려니와 혹 그가 장가를 든다 하면—그는 그러할 의사도 없지만 그의 어머니는 그를 장가를 들이지 못하여 무한 애를 썼었다—. 〈불효자식〉

상처(喪妻)하다㉯ 아내가 죽다. ¶말하자면 추몰이로되 또 어디서, 어떻게 굴러먹었는지 근지도 모르나 늙게 상처한 싸전 집 영감의 막지기로 들어와 없던 아들까지 낳아 주어 호강이 발꿈치까지 흐르는 이 '싸전댁'에 대해서. 〈명일〉

상청(喪廳)㉤ '궤연(几筵)'을 속되게 이르는 말. 즉 죽은 사람의 혼백이나 위패를 갖추어 차려 놓는 곳. ¶"너를 저렇게 해서 젊은 대로 평생 자리 없는 상청에 가두어 둔다는 것은 큰 죄요 하늘에 사무칠 원한이다." 〈소복 입은 영혼〉 ¶경순은 명색이나마 시부모 앞에서 얼찐거리고 있는 몸이니, 또한 상청과도 다를 뿐 아니라. 〈패배자의 무덤〉 ¶초봉이가 신부라고 하기보다도 상청의 젊은 미망인인 듯 초초하고 슬퍼 보여, 〈탁류⑩〉

상투명 예전에 성인 남자의 머리털을 끌어올려 정수리 위에 틀어 감아 맨 것. ¶"공자왈 맹자왈은 이미 시대가 늦었다. 상투를 깎고 신학문을 배워라." 〈레디 메이드 인생〉 ¶어디 촌 학장 샌님네 집안 태생으로 삼십이 가깝도록 상투나 탄탄 짷고 지나다가 요행 국어 마디나 아는 덕에 하루 아침 뛰쳐나와 순사를 다니는 참이고, 〈순공(巡公) 있는 일요일〉

상투장이명 →상투쟁이. ¶이직 그때만 해도 상투장이와 머리채를 늘어뜨린 학도가 대부분이었었다. 〈회(懷)〉

상투쟁이명 상투를 튼 사람을 얕잡아 이르는 말. ¶"네나 내나 요보가 진고개에 무슨 일이 있냐?" 하고 S가 픽 웃는다. "그건 그래도 나으이… 상투쟁이래야 제격이지." 〈창백한 얼굴들〉

상판명 '산판때기'의 준말. '상판때기'는 '얼굴'의 속된 말. ¶"보긴 무얼 보라구 그래? 보아야 그 상판이 그 상판이지 별 것 있나?… 잔말 말구 돈이나 내요." 〈탁류①〉 ¶그렇잖고야 머 여편네 그 상판이 그다지 보기 좋아서? 〈이런 처지〉 ¶구척 장신의 키를 한참이나 치올라가서 얽둑얽둑한 상판을 보지 않아도…. 〈흥보씨〉

상판때기명 '얼굴'의 속된 말. ¶도무지 우리 여편네라는 위인은 공자님이 살아 와도 이뻐하진 못할 얼굴 상판대(때)긴 걸. 〈이런 처지〉

상필(想必)부 아마 반드시. ¶상필 팔자를 고쳐 갈 테니 아무리 개명이요 말세이기론 양반의 가문에 욕됨이 클지요. 〈패배자의 무덤〉

상학(相學)명 사람의 얼굴이나 몸에 나타난 특징을 보고 운명이나 성질 등을 알아내는 학문. 관상학(觀相學), 수상학(手相學), 골상학(骨相學) 따위. ¶하기야 또 시체는 상학도 노망이 나서, 꼭 빌어먹게 생긴 얼굴만 돈이 붙곤 하니까 종작할 수가 없지마는요. 〈태평천하⑫〉

상한(常漢)명 '본데없이 막된 놈'이란 뜻으로 버릇이 없는 남자를 욕으로 이르는 말. 『같은』 상놈. ¶게 무슨 모양이란 말이요? 무지막지한 상한의 집구석같이…. 〈탁류⑮〉

상호(商號)[1]명 상점이나 회사의 이름. ¶도금비녀나 상호 없는 화장품 장수 대응하듯 하는 태도가 분명했다. 〈탁류⑮〉

상호(相好)[2]명 얼굴의 모양. 얼굴의 형상. 원래 불교에서 쓰는 말. ¶승재는 고만 뒤통수를 긁고 싶은 상호다. 〈탁류⑰〉 ¶그런 빈대 상호의 서울 아씨가 계집으로 하그리 탐탁하다고 욕심이 날 이치는 없읍니다. 〈태평천하⑨〉

샅[1]명 두 다리가 갈라진 곳의 사이. 사타구니. ¶그는 여태까지 형보가 누워 있는 몸뚱이와 길이로만 서서 샅을 겨누어 발길질을 하던 것을…. 〈탁류⑱〉

샅[2]명 두 물건의 틈. ¶나무가 세 길쯤 올라가다가 게서부터 세 가장귀로 벌어지고 그 가장귀 벌어지는 살에 가서 어른의 주먹으로 두 개 폭은 들락날락한 만한 구멍 하나가 시꺼멓게 뚫려 있는데…. 〈정자나무 있는 삽화〉

새겨 먹다[동] '새기어 먹다'의 준말. 짐승이 먹었던 것을 입으로 되돌려 다시 씹어 먹다. 여기서는 '천천히 씹어 먹다'의 뜻으로 쓰인 듯. ¶마당 한편에는 보리를 여남은 뭇이나 펴 널었었다. 그것을 동리집에서 비끄러맨 줄을 잡아떼고 도망해 나온 도야지가 지나던 길에 무심코 새겨 먹다가 마침 논에서 돌아오는 태호한테 들켰던 것이다. 〈보리방아〉

새경[명] '사경(私耕)'의 변한말. 한 해 동안 일하여 준 대가로 머슴에게 주는 돈이나 물건. ¶섣달 그믐날 받은 새경은 벼를 사서 장리를 내어 주었다. 〈팔려간 몸〉

새김질[명] (어떤 일을) '되풀이하여 음미하고 생각하는 것'의 비유. 『같은』 되새김질. 반추(反芻). ¶그 이상 달리는 새김질을 하거나 의심을 하거나 그럴 내력이 없었다. 〈탁류⑩〉 ¶이 치하의 대답을 그의 눈초리로 입가로 떠오르는 비양스런 미소와 아울러 새김질을 한다면. 〈모색〉

새끼부자[명] 작은 부자. 『상대』 큰 부자. ¶그때만 해도 웬만한 새끼부자 하나가 왔다 갔다 할 큰 돈입니다 〈태평천하④〉

새디즘(sadism)[명] →사디즘. 가학성(加虐性) 변태 성욕. 상대방을 학대함으로써 성적 쾌감을 느끼는 성욕. ¶흉포스런 완력 다짐 끝에 따르는 계집의 굴복, 그것에서 형보는 차차로 한 개의 독립한 흥분을 즐겼고, 그것이 쌓여서 미구에는 일종의 새디즘이 되어 버렸던 것이다. 〈탁류〉

새때[명] 끼니와 끼니 사이의 때. ¶또 마련할 것을 마련해 가지고 새때나 되어서 앞서거니 뒤서거니 집으로 향해 가고 있다. 〈얼어죽은 모나리자〉 ¶이튿날 오때가 훨씬 겨웁고 거진 새때가 됨직해서 색시는 새서방을 앞세우고 친정집을 나섰다. 〈두 순정〉 ¶게다가 사월의 긴긴 해에 한낮이 훨씬 겨워 거진 새때나 되었으니 안 먹은 점심이 시잠하기까지 하다. 〈쑥국새〉

새로에[조] ('-는', '-은' 밑에 붙어서) '고사하고' '커녕'의 뜻을 나타냄. ¶그러나 우리 글방 축들은 걱정은 새로에 그 싫은 글 읽기를 면하고 맘대로 노는 게 다행스러서, 〈순공(巡公) 있는 일요일〉 ¶벤또를 사다 주시마더니, 그건새로에 늦게 오시기까지 하니, 〈흥보씨〉

새뤄하다[동] '사려하다(思慮~)'의 뜻(?). ¶벼 한 포기라도 행여 치일세라 새뤄하는 촌사람들에게야 (가령 그 논 그 농사가 제 가끔 제 것이 아니라도) 이 정자나무가 그다지 귀인성 있는 영감은 아닐 것이다. 〈정자나무 있는 삽화〉

새막(-幕)[명] 새를 쫓는 일을 보기 위하여 논이나 밭가에 임시로 지은 집. ¶그래 할 수 없이 들 가운데 새막에 가서 울고 자고. 〈어머니를 찾아서〉

새말[명] '새로 생긴 마을'이란 뜻의 마을 이름. ¶새말 오까무라상네 농장 절에서 울리는 낮북소리가 그것도 꿈결같이 아스라하게 들려온다. 〈동화〉

새말갛다[형] 매우 말갛다. ¶새말간 알맹이돈을 만들어 쓰곤 하는 대복이의 그 극치에 다다른 규모도, 〈태평천하⑨〉

새살[명] 길게 늘어놓는 잔소리. ¶마치 다

듬이질을 하듯이 동당동당 두들기면서 지천에 새살에, 〈탁류⑥〉

새살거리다㊍ 상글상글 웃으면서 재미있게 지껄이다. ¶울려니야 심외(心外)이었으나 비회가 서리던 차에 막상 새살거리고 있는 내 음성 내 말이 더럭 더 슬픔을 자아내고 말던 것이다.〈패배자의 무덤〉

새삼스럽다㊌ 한동안 잊었던 것이 다시 생각나 새롭다. 지난 일을 이제 와서 공연히 들추어내는 느낌이 있다. ¶또 새삼스럽게 과거지살 탈을 잡아 가지구서 그리는 건 아니구, 〈탁류⑭〉

새소리㊎ 실없이 지껄이는 소리. ¶아 이놈이 갖은 새소리를 다 하면서, 아버지한테 어머니하고 같이 있지 안 내려간다는 거야! 〈이런 처지〉

새수 빠지다㊌ 하는 짓이 줏대가 없고 사리에 온당하지 못하다. 〖비슷〗 쓸개 빠지다. ¶'새수 빠진 장수! 내가 도야지를 길러서 재봉틀 살 돈을 모아 놓거들랑 오질 않구.' 〈보리방아〉 ¶내가 어째서 흥부야?… 여편네가 새수 빠진 소리만 하구 있네! 〈탁류③〉 ¶이 쑤욱 나온 입술로, 그 값을 하느라고 그러는지 새수 빠진 소리를 그는 퍽도 잘 합니다. 〈태평천하⑤〉 ¶입 싸고 새수 빠지고 속 얕고 속 없고 조심성 없고 체통머리 없고…. 〈이런 처지〉

새액색㊏ →색색. 숨이 가빠서 가느다랗게 쉬는 소리. ¶계봉이는 분에 못 이겨 새액색 어쩔 줄을 몰라 한다. 〈탁류⑥〉

새앰㊎ →샘. 남의 일이나 물건을 탐내거나 자기보다 나은 처지에 있는 사람이나 적수를 미워하고 속을 태움. 또는 그런 마음. ¶제엔장! 나는 더러 와서 언니네가 모두 이렇게 재미나게 사는 걸 본다치면, 새앰이 나구 속이 상해 죽겠어. 〈소망〉

새양㊎ →사양(辭讓). 겸손하여 응하지 않거나 받지 않는 것. ¶"입에두 못 댄다닝개루…" "새양 말구 한잔 허지 그러냐?" 〈정자나무 있는 삽화〉

새어 버리다㊍ (돈 등이) 슬그머니 빠져 나가다. ¶요새 몇 달째는 초봉이네 집에 방세를 미리 들여보내느라고 새어 버린다. 이렇듯 그는 가난하던 것이다. 〈탁류③〉

새참㊎ '사이참'의 준말. 일을 하다가 잠시 쉬는 동안. 또는 그때에 먹는 음식. ¶칠월이라 오때가 지나 새참이 되어 오니, 넓은 들로 불볕이 하나 가득 내리쬔다. 〈정자나무 있는 삽화〉

새 채비로〖관용〗 새삼스럽게 또 다시. ¶그는 윤희한테 마주 해대지 못 하고서, 병신스럽게 당하기만 하던 일이 새 채비로 분했다. 〈탁류②〉

새초옴하다㊌ →새침하다. 짐짓 쌀쌀한 기색을 꾸민다. ¶새초옴한 게 벌써 새서방 종학이한테 귀먹은 푸념깨나 쏟아져 나올 상입니다. 〈태평천하⑪〉

새촘하다㊌ →새침하다. 짐짓 쌀쌀한 기색을 꾸미다. 쌀쌀하게 시치미를 떼는 태도가 태연스럽다. ¶어머니는 용희의 새촘한 기색을 보고 혹 무슨 일이나 있었나 해서 묻는 것이다. 〈보리방아〉 ¶남순이는 마치 눈이 오려는 겨울날처럼 새촘해서 눈을 아래로 내리깔고 눈썹 한 개도 까땍 않는다. 〈쑥국새〉

새침새㊎ ('새침을 떠는 모양새'의 뜻바탕에서) 새침데기. ¶이 새침새가 남의 조강지처로는 아무래도 팔자가 세겠는데, 마

침 고놈 눈웃음이 화류계 계집으로 꼭 맞았읍니다. 〈태평천하⑪〉

새침하다[1]㊐ 짐짓 쌀쌀한 기색을 꾸미다. ¶그의 얼굴은, 입이 뱅긋이 웃으려고 하는 것을, 눈이 자꾸만 새침하느라고 필경 웃지 못하고 만다. 〈정자나무 있는 삽화〉 ¶초봉이는 무슨 말을 할 듯이 눈이 빛나다가 이어 새침하고 외면을 한다. 〈탁류⑭〉

새침하다[2]㊗ (언행이나 모습이) 짐짓 쌀쌀하다. 〈시침하다. ¶도렴직한 얼굴이면서 어딘지 새침한 바람이 돌고, 그런가 하고 보면 생긋 웃는데 눈초리가 먼저 웃습니다. 〈태평천하⑪〉 ¶얼굴이 새침해서 그대로 마룻전에 가 걸터앉았는데…. 〈용동댁〉

새코잠방이㊔ 사발잠방이(沙鉢~). 농부가 입는 가랑이가 짧은 잠방이. ¶시늉만 낸 등거리와 새코잠방이가 방금 물에서 건진 양 땀에 젖어 몸뚱이에 착 달라붙었다. 〈정자나무 있는 삽화〉

새틋하다㊗ →새뜻하다. 새롭고 산뜻하다. ¶화류계 계집이란 처음 얼마동안 새틋한 맛뿐이지. 〈이런 처지〉

색동(色−)㊔ (어떤 물건의) '구간(區間)진 부분'의 비유. ¶여기까지가 백마강이라고, 이를테면 금강의 색동이다. 〈탁류①〉

색복(色服)㊔ 무색옷. 물을 들인 천으로 지은 옷. 빛깔이 있는 의복. ¶이 말이 왜 '색복'을 입지 아니했느냐는 나무람인 것은 빤한 속이다. 〈보리방아〉

색색㊊ 단잠을 자거나 할 때에 숨을 가느다랗게 쉬는 소리. 숨을 순하게 쉬는 소리. ¶창선이는 아랫목에서 색색 잠을 자고 있다. 외롭게 꿈을 꾸고 있으려니 생각하매 전에 없던 애정이 솟아오르는 듯하였다. 〈레디 메이드 인생〉 ¶고기로 반찬을 하고 해서 시어머니와 내외 세 식구가 석유 등잔불 밑에 앉아서 저녁밥을 달게 먹고 있을 때 어린 것도 모처럼 얻어먹은 기름진 모유에 취했는지 가끔 바르작거리면서 괴로와는 하나 색색 잠을 자고 있다. 〈빈(貧)… 제1장 제2과〉

색색하다㊐ 색색거리다. 숨을 약간 가쁘고 불규칙하게 쉬다. ¶윤희는 제 속을 못 삭여 색색하고 섰다가 초봉이더러 볼썽사납게 소리를 지르던 것이다. 〈탁류②〉

색정(色情)㊔ 남녀간의 성적 욕망. ¶김 씨와 사이에는 소위 색정이라는 것이 자못 깊었다. 〈탁류⑤〉

색주가집(色酒家−)㊔ 색주가. 젊은 여자를 고용하여 손님에게 술과 몸을 팔게 하는 술집. ¶그러나 삼십이 되도록 지금까지 유곽을 가거나 은근짜집을 가거나 동관의 색주가집에 가서 잠자리를 한 일은 없다. 〈레디 메이드 인생〉 ¶색주가집이라고는 생전 처음으로 와 보는 승재는, 술은커녕 다른 안주 조각도 매독이 무서워서 손도 대지 않았다. 〈탁류⑮〉

샌님㊔ 얌전하고 고루한 사람을 얕잡아 이르는 말. ¶그것을 샌님들은 저이를 모욕하는 것이요, 인쇄소 안에는 그런 '추잡'헌 짓이 없는데 그것을 남이 알면 저이가 욕을 먹겠다구…. 〈병조와 영복이〉 ¶본시 선비집 자제로 태어나 이십까지는 한문 공부를 하고 삼십까지도 손에 흙은 묻혀 보지 아니하던 샌님이 종시 농군의 꼴은 박일 수가 없었다. 〈보리방아〉 ¶도무지 남과 여수라는 것을 해보지 못한 샌님이라 놔서 거기까지는 생각이 미치지도 못했거니와. 〈탁류⑮〉 ¶ "샌님 꼬락사니 보기 싫여서…" "오라버니 보러 가나? 어머니 위해서 가는 거지." 〈이런 남매〉

샌전명 조선 시대 비단을 팔던 가게. 한자말 '선전(縇廛)'이 변한말. ¶ 나서던 길로 맨 먼저 들른 곳이 샌전 모퉁이에 있는 조그마한 잡화점이다. 〈빈(貧)… 제1장 제2과〉

샐러리맨명 봉급 생활자. ¶ 해서 아무려나 근경이 일요일을 당한 샐러리맨의 단가살림 가정답게 명랑한 아침인 법하기도 했다. 〈순공(巡公) 있는 일요일〉

샐룩부 한 부분의 힘살이 샐그러지게 한 번 움직이는 모양. 〈실룩. 『센말』 쌜룩. ¶ 안존하던 박 씨의 음성은 더럭 보풀스러지면서, 아직 고운때가 안 가신 눈이 샐룩 까라집니다. 〈태평천하⑪〉

샐룩하다동 근육의 한 부분이 갑자기 움직이는 모양을 하다. ¶ 용동댁은 하준네라는 이웃집의 개를 분해해야 할지 그대로 닭을 미워해야 할지 모르겠다고 눈만 더 샐룩해졌으나, 필경 닭이 노엽고 말았다. 〈용동댁〉

샐쭉하다동 (마음에 못마땅하여) 눈이나 입이 한 번 샐그러지게 움직이다. ¶ 안주인 김 씨가 눈이 샐쭉해 가지고 말없이 들어서더니, 다짜고짜로 와락 달려들어 태수의 팔을 덥석 물고 늘어진다. 〈탁류④〉

샐 틈 없다형 빈틈없다. 틀림없다. 『같은』 물 샐 틈없다. ¶ 그의 생김생김이나 말썽 많은 집에서 배운 침선이며 다정스러운 천성을 가지면 남의 집 마누랏감으로는 샐 틈 없는 마감이었었다. 〈산동이〉

샘명 →셈. 어떻게 하겠다는 요량. ¶ 샘 같아서는 그 이상 더 높은 학교라도 들여보냈겠지만 늙어가는 과부의 맨손으로는 힘이 자랄 수가 없고,…. 〈탁류④〉

샘고누의 첫 구멍『속』 가장 좋은 대책. 『비슷』 우물고누 첫 수. ¶ 이렇게 발등걸이를 당하고 보니, 종수는 마치 샘고누의 첫 구멍을 막힌 격이라 말문이 어디로 열릴 바를 몰라, 〈태평천하⑭〉

샘동이명 샘이 많은 아이. ¶ 그때 시절론 아직 학령 미만이었으나 얼뚱애기로 샘동이라, 형들이 다니고 이웃집 아이들이 다니고 하니까 덩달아 따라다니면서, 〈회(懷)〉

샛골목명 큰길로 통하는 작은 골목. 또는 골목들 사이에 난 작은 골목. ¶ 길 건너편 샛골목에서 행화가 나오더니 해죽이 웃고 가게로 들어선다. 〈탁류②〉

샛문명 정문 밖에 따로 난 작은 문. 또는 방과 방 사이에 난 작은 문. ¶ 북창 하나 없구 겨우 마루루 샛문이 한 쪽 났다는 게 바람 한 점 드나들덜 않지요. 〈소망〉

샛밥(을) 집어먹다『관용』 '간통하다'의 변한 말. ¶ 남의 첩데기짓을 하느라고, 끝내는 요새 샛밥을 날름날름 집어먹다가, 〈태평천하⑧〉

샛서방명 남편 있는 여자가 몰래 육체적 관계를 하는 남자. 『비슷』 군서방. 간부(間夫). ¶ 형보는 흔히 신문에서 보는, 샛서방과 계집이 본서방에게 들키는 현장에서 한꺼번에 목숨을 빼앗기는 경우와 같은 요행수를, 〈탁류⑩〉

생명 →생강(生薑). ¶ 윤 직원 영감은 빨병에서 오줌을 따르는 동안, 삼남이는 마침 생을 한 뿌리 껍질을 벗깁니다. 〈태평천하⑭〉 ¶ 밤낮 고추 먹고 맴맴, 생 먹고 맴맴, 〈모색〉

생건사명 (하지 않아도 좋을) 쓸데없는 일. ¶삼월아, 찬 물수건 해 오느라, 들이 생건사를 피우는군! 〈이런 처지〉

생고사(生庫紗)명 생명주실로 짠 비단의 하나. ¶흰 생고사로 안팎을 마른 깨기적삼 한 감이다. 〈명일〉

생광(生光)스럽다형 아쉬운 때에 잘 쓰게 되어 보람이 있다. 아쉬운 때에 보람있게 쓰게 되다. ¶감질나는 라디오보다는 그것이 늘 있는 게 아니어서 흠은 흠이지만, 그때그때만은 퍽 생광스럽습니다. 〈태평천하②〉

생글뱅글부 매우 재미있다는 듯이 눈과 입을 예쁘게 움직이면서 소리없이 자꾸 웃는 모양. 〈싱글빙글. 『센말』 쌩글뺑글. ¶춘심이는 좋아라고 연신 생글뱅글, 사랑으로 들어가더니, 대뜰에 올라서서…. 〈태평천하⑪〉

생도(生徒)명 이전에, '중등학교 이하의 학생'을 이르던 말. ¶생도에게도 월사금을 받기는커녕 교과서와 학용품을 대어 주었다. 〈레디 메이드 인생〉 ¶이 학교의 생도가 된 이상, 월사금을 바치는 건 그 생도된 의무니까… 응? 〈이런 남매〉 ¶××공립보통학교라는 문패가 커다랗게 갈려 붙고 '학도'는 '생도'로 변했다. 〈회(懷)〉

생떼(生-)명 당치도 않은 일에 억지를 부리는 고집. ¶'나를 따라와야 해…' 하니 생떼가 아니라면, 미친놈의 수작이라고밖에는 더 달리 보이지가 않았다. 〈탁류⑭〉

생때같다형 몸이 튼튼하여 병이 없다. ¶"억울하다구, 생때같던 장정 이천만 명!" 〈소망〉

생떼거지명 '생떼'의 속된 말. ¶나는 목을 썰어도 안 나갑네 하고, 생떼거지를 쓰는, 마치 소나 돼지하고 진배없는 그런 인간을 상대로 하는 경우와는 더구나 다르니까. 〈이런 처지〉

생떼를 쓰다『관용』 생억지로 떼를 쓰다. 당치도 않은 일에 억지를 부리고 고집하다. ¶소를 저렇게 밥을 주고서 나는 왜 안 주느냐고 외양간 옆 도야지울에서 도야지란 놈이 몸뚱이를 반이나 울 너머로 내놓고 일어서서 소리소리 지르면서 생떼를 쓴다. 〈암소를 팔아서〉

생뚱거리다동 생뚱맞은 짓을 자꾸 하다. (말이나 짓이) 앞뒤가 맞지 않고 엉뚱한 짓을 자꾸 하다. ¶게다가 또 당자 을녜가 어떠하냐 하면, 전과는 아주 딴판으로 맵살스럽게 생뚱거린다. 〈정자나무 있는 삽화〉

생리(生理)명 '모습, 모양'의 뜻. ¶초봉이는 시방 완전히 통제를 잃어버린 '생리'이다. 〈탁류⑱〉

생멱(을) 따다『관용』 '살아 있는 사람이나 동물(짐승)의 목을 칼로 찌르다'의 속된 말. 여기서 '생멱(生~)'은 살아 있는 사람이나 동물(짐승) 목의 앞쪽. ¶아프지도 않은 것을 멀쩡하니 딩굴면서 돼지 생멱따는 소리로 소리소리 게목을 질러 댄다. 〈탁류⑬〉

생명수(生命水)명 생명을 주는 물. 또는 생명을 유지하는 데 꼭 필요한 물. ¶자아 숭늉요… 그런데 이건 거저 숭늉은 숭늉이지만 이만저만찮은 생명수요! 알아듣겠지? 그 말뜻을, 응? 〈탁류③〉

생배를 곯다『관용』 아무 것도 먹지 못하고 내리 굶다. '생배'는 온전하고 멀쩡한 배.

¶꼬루룩 소리가 나다 못해 쓰라린 창자를 틀켜쥐구 앉아서 눈 멀뚱멀뚱 뜨구 생배를 곯는 설움보다 더한 설움이 있답니까? 〈탁류⑮〉

생법석(生--)명 공연히 떠는 법석. 여기서 '법석'은 여러 가지 소리를 내어 시끄럽게 떠듦. 또는 그 모양. ¶그래서 안에서는 시방 혼인 바느질을 하느라고 생법석인데 이건 그런 줄도 모르고, 〈탁류⑧〉

생벼락(生--)명 아무 잘못 없이 뜻밖에 당하는 재앙. ¶그 소리가 시할아버지 귀에라도 들어가고 보면 생벼락이 내릴 테요, 〈태평천하⑪〉 ¶그때야 겨우 아버지께서 아시고서는 생벼락이 내리고, 그렇지만 머 파기 쌍종인 걸…. 〈이런 처지〉 ¶그랬다가 그런 줄을 그이가 알든지 헐양이면, 성미에 생벼락이 내릴 테구, 멀쩡한 사람 가져다 미친놈 만들려구 헌다구. 〈소망〉

생병(生病)명 무리하게 일을 해서 생긴 병. 힘에 겨운 일을 한 탓으로 생긴 병. ¶난 그리잖어두 맘 없는 집살이에, 덮친 디 엎친다구, 시고모 등살에 생병이 나겠읍디다…. 〈태평천하⑪〉

생병신(生病身)명 '병신(病身)'의 힘줌말. ¶그것도 혹 배냇병신이라든지, 또 불가항력으로 그랬다면야 무가내하겠지만, 꼭 어미 잘못으로 그랬다면야 무가내하겠지만, 꼭 어미 잘못으로 생병신이 됐단 말이야. 〈이런 처지〉

생사람(을) 잡다〖관용〗 아무 잘못도 관계도 없는 사람에게 누명을 씌워 고생시키다. '생사람'은 그 일에 아무 관계나 아무 잘못이 없는 사람. ¶그럴라치면 개개 주사가 생사람을 잡았다고 승재를 칭원하고, 심한 사람들은 승재게로 쫓아와서 부르대기까지 한다. 〈탁류⑥〉

생부랑당(生---)명 지독한 불한당. 남의 재물을 빼앗고 행패를 부리는 혹독한 무리라는 말. ¶"허! 그년이 생부랑당이네! 탕수육인지 그건 한 그릇에 을매씩 허나?" 〈태평천하⑩〉

생불여사(生不如死)명 (살아 있음이 차라리 죽는 것만 못하다는 뜻으로) 몹시 어려운 형편에 빠져 있다는 말. ¶닷새, 닷새, 닷새 후에는 또 무엇을 먹나? 에잇, 그야말로 참 생불여사다. 〈생명의 유희〉

생색(生色)명 남에게 어떤 도움을 준 일로 말미암아 떳떳해지는 체면. 〖비슷〗 낯냄. ¶물론 그렇게만이라두 해 디렸으면야 생색두 날 것이구 해서 두루 좋겠지만…. 〈탁류⑧〉 ¶한즉 그저 관무사민무사하자면 누구 조금 알면 있는 사람이라도 만나서 생색을 내는 체 인심을 쓰는 체 선뜻 내주는 게 가장 상책일 판이었읍니다. 〈흥보씨〉

생성화(生成火)명 공연히 부리는 성화. ¶아직까지도 맥주만 들이켜고 있던 제호가 생성화를 하면서 더 먹으라고 야단야단한다. 〈탁류⑫〉

생수명 품질이 좋은 비단의 하나인 생소갑사(生素甲紗)의 뜻. ¶유 씨는 삯바느질로 하는 생수 깨끼적삼을 동정을 달아 가지고 마침 인두를 뽑아 들면서 이런 말을 문득 비집어 낸다. 〈탁류⑦〉 ¶빨아서 분홍물을 들인 흩게 빠진 생수 깨끼적삼에 얼쑹덜쑹한 주릿대 치마를 휘걷어 넥타이로 질끈 동인 게 또한 제격입니다. 〈태평천하②〉

생수절(生守節)㊔ 과부도 아닌 몸으로 억지로 절개를 지킴. ¶고 씨는 그리하여 그처럼 오랫동안 생수절을 하고 살아오다가 마침내 단산할 나이에 이르렀읍니다. 〈태평천하⑥〉

생스럽다㊕ 생소하다(生疎~). 친하지 못하거나 낯이 설다. ¶이 서방은 인도하는 대로 방에를 들어가니까 아주 정사하게 소제를 하여 놓고 벽에 붙은 주련이며 깔아 놓은 보료며가 모두 생스럽지 아니했읍니다. 〈소복 입은 영혼〉

생시(生時)[1]㊔ 살아 있는 동안. ¶정신이 들자 이어 생신 줄을 아는 순간, 맨 먼저 손이 아랫배로 가졌다. 〈탁류⑬〉

생시(生時)[2]㊔ 잠자지 않는 동안. 자지 않고 깨어 있을 때. ¶그는 꿈과 생시를 확실히 구별치 못하여 아직도 그 무서운 귀신이 옆에 가까이 덤벼드나 하고 사방을 둘러보았으나 아무것도 보이는 것은 없었다. 〈산동이〉 ¶그러나 아득할 따름이지 분명히 꿈은 아니요 어엿한 생시다. 〈탁류⑩〉 ¶이렇게 황망히 방색을 하는 것이, 윤 직원 영감은 어느덧 꿈이 깨고, 생시의 옳은 정신이 들었던 모양입니다. 〈태평천하⑧〉

생식(生殖)㊔ 같은 종류의 생물을 새로이 만들어 내는 일. ¶거저 밥이나 먹구, 매달려서 로보트처럼 일이나 허구, 생식이나 허구, 〈탁류⑯〉

생심(生心)㊔ (무슨 일을) 하려는 생각을 내는 것. 또는 그런 생각. ¶오월 그믐이라지만 한다는 모던 보이도 맥고모자는 아직 쓸 생심을 못하였는데 귀가 덮이게 머리털이 자란 병문이의 머리에는 여러 해 묵은 맥고모자가 용감하게 올라앉았다. 〈농민의 회계보고〉 ¶더운 날이니 밀수(密水)도 타 내야 할 터인데 꿀은 생심도 못한다지만 설탕도 없었다. 〈보리방아〉 ¶남편은 남편이니 감히 다른 남자에게로 개가할 생심을 하며, 〈소복 입은 영혼〉 ¶오월이도 뉘 앞이라고 조심스런 상전한테 입을 벌려 말을 할 그런 생심이야 언감히 먹지도 못했을 것이다. 〈생명〉 ¶그런 뒤로부터 막벌이 노동을 해먹을 생심은 다시는 내지도 못했다. 〈탁류①〉 ¶한즉, 도저히 그건 아주 생심도 못할 일입니다. 〈태평천하②〉 ¶이렇게 억지로 안심을 할지언정, 뒤미처 새삼스럽게 그것을 갖다가 작파를 할 생심은 못하도록 구미가 당기는 좋은 계제였던 것이다. 〈동화〉 ¶현 서방은 그러나 감히 생심도 못할 노릇입니다. 〈흥보씨〉

생심(生心) 내다㊍ (무슨 일 따위를) 하려는 생각을 내다. ¶본체만체하지 아무도 선뜻 도끼로 꿍꿍 찍어 가자고는 여태 생심 내는 사람도 없다. 〈정자나무 있는 삽화〉

생쌀밥㊔ 익지 않은 쌀밥. 또는 설익은 쌀밥. ¶둘이 다 같이 군산 있을 적에 계봉이가 승재를 찾아와서 밥을 지어 준다는 게 생쌀밥을 해 놓고, 〈탁류⑰〉

생야단(生惹端)㊔ 공연히 야단스럽게 굴거나 꾸짖는 일. ¶오늘 같은 날은 불시로 늦게 왔다고 생야단을 치니 어째 그러는 게냔 말이다. 〈탁류⑮〉

생얼뚱애기㊔ '얼뚱애기'의 힘줌말. '얼뚱애기'는 둥둥 얼러 주고 싶도록 재롱스러운 아기. ¶저놈은 다 자란 놈이 장가를 가서 남 같으면 아이를 낳을 놈이 생얼

뚱애기로 응석만 한다고 나무람을 한다. 〈두 순정〉

생억지명 (아무런 까닭 없이) 생판으로 부리는 억지. ¶그러나 뱃심이라고 할지 생억지라고 할지, 아뭏든 서두리꾼을 이겨내고, 필경은 그대로 백권석에서 구경을 했읍니다. 〈태평천하③〉

생엉터리명 아주 엉터리. 순 엉터리. ¶단지 초봉이라는 애틋한 계집 하나를 보쌈하듯 업어 가사는 생엉터리 속이고 한 것을 몰랐다든가, 〈탁류⑭〉

생으로부 저절로 되지 않고 무리하게. 또는 억지로. ¶경손이는 두루 두통을 앓는데, 서울 아씨는 이를 생으로 앓느라, 퇴침을 돋우베고 청을 높여 〈태평천하⑪〉

생으루부 →생으로. ¶"머리를 두를 곳 없는 생애거니 하자니깐 자연 인생이 부질없기만 하구, 지리한 생각만 들고! 그러니 생으루 겉늙은 거 아니요?" 〈회(懷)〉

생일(生-)명 억지로 하는 서투른 일. ¶입학시킬 상의로 P에게 편지를 했을 때에 P는 공부 같은 것은 시켰자 소용이 없으니 차라리 뼈가 보드라운 때부터 생일을 시키라고 하였다. 〈레디 메이드 인생〉 ¶벌써 십 년 가까이 벗어붙이고 '생일'을 하건만, 본시 선비집 자제로 태어나 이십까지는 한문 공부를 하고. 〈보리방아〉

생(生)죽엄하다동 →생죽음하다. 제 명대로 살지 못하고 죽다. ¶저 영감님 저러다가는 생죽엄하겠어! 〈탁류①〉

생지랄명 공연한 지랄. ¶"걸핏하면 꼬라지는 나서 생지랄은 허믄서…" 〈빈(貧)… 제1장 제2과〉

생지옥(生地獄)명 마치 지옥과 같이 처참할 정도로 아주 고통스러운 곳. 또는 그런 상태. ¶온 여름 내내, 그 생지옥에 처박혀 있으면서, 연계 한 마리두 못 얻어먹구 꼬치꼬치 야윈 게 애차랍기두 허구. 〈소망〉

생질(甥姪)명 누이의 아들. ¶그러자 마침 오정만 하여 누이가 생질 놈을 안고 오더니. 〈패배자의 무덤〉 ¶그 돈을 정작 쓰는 데로 말하면, 매제니 생질이니 하더라도 타성(他姓)바지에 아무 상관도 없는 딴 남인 걸, 〈이런 남매〉

생질색명 '질색'의 힘줌말. '질색'은 공연히 놀라거나 싫어서 기막힐 지경에 이름. ¶학교란 말만 내도 생질색을 하며 마다고 하는데야 억지로 어떻게 하는 도리가 없읍니다. 〈흥보씨〉

생철명 안팎에 주석을 입힌 얇은 철판. 통조림통이나 석유통 등을 만드는 데 쓰임. ¶제 오래비가 학교에서 먹을 점심으로, 생철 벤또 그릇에다가 밥과 콩자반 나부랑이를 담아 가지고 가곤 하는, 〈흥보씨〉

생철집명 생철로 지붕을 이은 집. ¶급하게 경사진 언덕 비탈에 게딱지 같은 초가집이며, 낡은 생철집 오막살이들이, 손바닥만 한 빈틈도 남기지 않고 콩나물 길듯 다다다닥 주어박혀 언덕이거니, 짐작이나 할 뿐인 것이다. 〈탁류①〉

생철통이명 생떼거리를 쓰는 사람. ¶흔연히 마음이 내키지를 않아서 주저주저 하던 것인데 그렇다고 영 몰인사하잘 수도 없고, 하릴없이 그 주체스런 생철통이를 방으로 청해 들인다. 〈모색〉

생청(生淸)명 벌의 꿀통에서 떠낸 그대로의 꿀. 가공하거나 가열하지 않은 꿀. ¶집안 식구들은 모조리 김이 무럭무럭 오르는 죽, 아욱죽 한 그릇씩을 차지하고 앉아서 훅훅 불어 가며 생청보다도 맛있게 순갈질을 하고 있었었다. 〈생명의 유희〉

생초상(生初喪)명 제 명대로 살지 못하고 죽은 사람을 장사 지낼 때까지의 기간. ¶ "1703. 내 '생질'놈일세. 떨어지는 날이면 생초상이 두엇은 날 형편이니 알아서 하게나!" 〈회(懷)〉

생트집명 아무 까닭 없이 공연히 부리는 트집. ¶그런 때면 생트집이라도 잡아 입으로나마 애꿎이 화풀이를 후련히 하고 싶어지기도 한다. 〈얼어죽은 모나리자〉 ¶그러니까 그걸 가려 어쩌자는 게 아닙니다. 그 애를 통해 생트집을 잡자는 모양이지요. 〈태평천하⑥〉

생판(生-)부 아주 생소하게. ¶저편이 제 호가 아니고 생판 딴사람이고 보매, 이번에는 그것이 되레 부아가 났던 것이다. 〈탁류②〉 ¶그래, 남은 잘 살구 즈덜은 못 산다구, 생판 남의 것을 뺏어다가 즈덜 창사구(창자)를 채러 들어? 〈태평천하⑧〉 ¶이 삼복 염천에 생판 겨울 양복이 어디 당한 거유. 〈소망〉 ¶근데 글세 저 아랫방에는 아 인제 겨우 쥐알만큼씩헌 계집애들이 생판 연애를 한답시구 남의 집 선머슴애들을 찾아와설랑은 사뭇 다 디굴구…. 〈모색〉

생(生)하다동 '나다', '생기다'의 한문투 말. ¶계란에도 뼈가 있더라고 고놈 꼭 생하게만 된 후장 이절(後場二節)의 대판시세가, 옛다 보아란 듯이 달칵 떨어져서, 필경은 그 흉악한 봉욕을 다 보게까지 되었던 것이다. 〈탁류①〉

생화명 살아 나가는 데 도움이 되도록 벌이를 함. 또는 그 벌이나 직업. ¶"거 참 걱정되시겠읍니다. 어서 생화를 허서야지." 〈명일〉 ¶그 통에, 정 주사도 화도 나고 해서 생화도 구할 겸, 얼마 안 되는 전장을 팔아 빚을 가리고, 이 군산으로 떠나왔던 것이요, 〈탁류①〉 ¶생화야 있든지 없든지, 남처럼 활달하게 나돌아다니구 허기만 해주었으면. 〈소망〉

생화 없이부 살아가는 데 도움이 되도록 돈을 버는 일을 하지 않고. ¶오죽하면 한 푼 생화 없이 눈 멀뚱멀뚱 뜨고 앉아서 처자식을 굶길까 보냐고, 〈탁류⑮〉

서걱서걱부 연한 과자나 사과, 배 따위를 가볍게 씹을 때 잇달아 나는 소리. ¶잠깐 말이 그치고, 관수의 참외 씹는 소리만 서걱서걱 유난히 높다. 〈정자나무 있는 삽화〉

서광(瑞光)명 길한 조짐. 좋은 일이 있을 징조. ¶찾아와서는 병원을 내기 위하여 서울로 간다고 하니 이는 진실로 일대의 서광이 아닐 수가 없던 것이다. 〈탁류⑮〉

서늑서늑부 서늑서늑한 모양. ¶어는 놈은 홑고의적삼을 서늑서늑 갈아 입었고, 〈탁류⑮〉

서늑서늑하다형 매우 서늑하다. ¶앞 미닫이를 열어 놓고 앉아서 서늑서늑한 아침 바람을 쏘입니다. 〈태평천하⑭〉

서늑하다형 좀 서늘한 느낌이 있다. ¶갑쇠는 언제고 그렇지만, 단박 압기가 되고 벗은 발등으로 뱀이 지나가는 것처럼 서늑하니 몸서리가 치이는 것을 어찌하지 못했다. 〈정자나무 있는 삽화〉

서도(西道)명 황해도와 평안남북도 지방의 총칭. ¶영이는 그 역시 쉬이 잘 결혼을 했고, 심경이 변하여, 시도 문학도 작파하고는 법학 공부를 떠나더니 시방은 서도로 가서 석탄을 (제 말따나, '검정 다이야'를) 캐고 있고. 〈회(懷)〉

서두리명 일을 거들어 주는 사람. 또는 그 일. ¶ 집은 다른 서두리와 마찬가지로, 탑삭부리 한 참봉네 아낙 김 씨가 나서서 얻어 놓았다. 〈탁류⑨〉 ¶ 그 양복장이는 옷깃에다가 가화(假花)를 꽂은 양이, 오늘 여기서 일 서두리를 하는 사람인가 본데, 〈태평천하③〉 ¶ 나 역시 결과가 번연히 민망하기나 할 그 일 서두리를 않고서 무사하려니 하여, 은근히 바라기를 마지않았었다. 〈회(懷)〉

서두리꾼[1]명 서두리를 하는 사람. ¶ 우람스러운 몸집과 신선 같은 차림을 하고서, 애기처럼 응석을 부리는 데는 서두리꾼도 어리광을 받아주는 양 짐짓 지고 말아, 〈태평천하③〉

서두리꾼[2]명 중매꾼. 중매쟁이. ¶ 그런 중 김 씨 하나가, 아무려나 처음부터 나서서 좌석도 분별하고, 이야기도 붙이고, 말하자면 서두리꾼을 하느라고 했는데, 반지 조건은 총망중에 깜박 잊고 있었다. 〈탁류⑦〉

서로가람부 '서로'의 힘줌말. 〚비슷〛 서로서로. ¶ 승재가 마치 몽유병자가 된 것처럼 별안간 감격 황홀해서 있는 것을, 계봉이는 과실과 과자를 서로가람 입어다 먹어 가면서 우스워 못 보겠다는 듯이 해끗해끗, 재미있어만 하다가…. 〈탁류⑧〉 ¶ 안녕허세요? 오오냐, 관수냐? 이런 지낼 인사를 서로가람 하는데, 갑쇠는 논으로 대고, 일꾼들더러, 나와서 목이나 좀 축이라고 소리를 친다. 〈정자나무 있는 삽화〉 ¶ 경희는 그리하여 실연을 할 셈인데, 그래서 동무들도 서로가람 위로를 해 주고 했지만, 〈반점〉 ¶ 헤렌은 모친과 올케와 형이 서로가람 만류를 하여서, 이왕 온 길이니 같이들 저녁이나 먹고 가라고, 〈이런 남매〉 ¶ 단 며칠이라도 더 있을 수 있는 날까지들 같이 있는 게 즐겁지 않으냐고 서로가람 만류를 하고, 〈모색〉

서리다동 (뱀 따위가 몸을) 똬리처럼 감다. ¶ 초봉이는 형보가 처음부터 섬뜩하더니, 끝끝내 그가 싫고, 마치 커다란 구렁이라도 한 마리 건넌방에 가 서리고 있는 것만 같아 시시로 무서운 생각이 들곤 했다. 〈탁류⑩〉

서리서리부 (뱀 때위가 몸을) 똬리처럼 감은 모양. ¶ 연한 동심은 좋이 자라지를 못하고 속에서 갈고리같이 옥고, 뱀같이 서리서리 서렷다. 〈탁류⑭〉

서릿병아리명 →서리병아리. 이른 가을에 깬 병아리. ¶ 모두 계란만큼씩 밖에 않고, 하늘하늘한 노오란 털이며 토실토실 이쁜 게 바로 엊그제 깬 한배어치들이요, 마침 제철이 당한 서릿병아리다. 〈용동댁〉

서먹거리다동 낯이 설거나 스스러워 자꾸 서먹서먹하게 되다. ¶ 식모도 습관 치인 제 일이 남의 일같이 서먹거리고 섬뻑 손이 대지지를 않던 것이다. 〈탁류⑭〉

서먹서먹하다형 익숙하지 않아 매우 어색하다. 또는 낯이 익지 않아 스스럽다. ¶ 그런 내색은 보이지 아니하려고 마음은 먹어도 말하는 운이며 몸가짐이 어쩔 수 없이 서먹서먹해진다. 〈얼어죽은 모나리자〉 ¶ 그 뒤로 아씨는 마치 범의 새끼한테 젖을 물리는 것같이 서먹서먹해서 마음을 놓지 못하면서도, 〈생명〉 ¶ 그래두 너무 그렇게 서먹서먹하질랑 말아요! … 여기 여자들이 보는데, 마치 남의 집 여자를 꼬여 가지구 온 것처럼 수상하게 여길라구…. 〈탁류⑫〉

서발명 두 팔을 잔뜩 펴서 벌린 세 번의 길이. ¶하다가 생각하니, 서발 막대 내둘러야 검불하나 걸릴 것 없고, 훅훅 불어논 듯이 말짱한 친정을 그대로 두고 훌쩍 떠나기가 마음에 걸린다. 〈탁류⑪〉 ¶서발 막대 내저어야 짚검불 하나 걸리는 것없는 철빈인데. 〈치숙(痴叔)〉

서방(書房)명 '남편'의 낮은말. ¶그년이 서방이 안 돌아부아 주닝개 오두가 나서 그러지, 〈태평천하③〉

서방님(書房-)명 지난날 신분이 낮은 평민이 벼슬없는 선비를 일컫던 말. ¶어려서부터 상고판으로 돌아다닌 사람과, 걸상을 타고 앉아 붓대만 놀리던 '서방님'이 판이 다르다는 것은 생각하려고도 않는다. 〈탁류①〉

서방질(書房-)명 제 남편이 아닌 남자와 관계하는 짓. ¶"어디 가서 서방질을 허나? 그저 육장 와서 입 벌인다는 게 돈, 돈 허니…" 〈빈(貧)… 제1장 제2과〉

서빠닥명 '혓바닥'의 방언. ¶"하아따! 고년이 서빠닥은 짤뤄두 침은 멀리 비얕넌다더니, 이년아 늬가 적벽가 새타령을 하머넌 나는 하늘서빌을 따 오겄다!" 〈태평천하⑩〉

서사질(書士-)명 관공서에 내는 서류 따위를 본인 대신 써 주는 일이나 붓 등으로 베껴 쓰는 일을 업으로 하는 일. ¶교단에 선 살아 있는 딕셔너리로 남의 집 서사질이나 해 줄 밑천으로, 〈모색〉

서사(書士)명 (관공서에) 내는 서류 따위를 본인 대신 써 주는 일이나 붓 등으로 베껴 쓰는 일을 업으로 하는 사람. ¶물론 원문은 일문이니까 몰라보고, 윤 주사네 서사 민 서방이 번역한 그대로지요. 〈태평천하⑮〉 ¶가령, 할아버지의 서사로 있는 김 서방이 더러. 〈순공(巡公) 있는 일요일〉

서산낙일(西山落日)명 서산에 지는 해. ¶"서산낙일, 서산에 지는 해 하루를 두고 정해진 운명." 〈생명의 유희〉

서생(書生)명 유학(儒學)을 공부하는 사람. ¶밤낮 서생인가?… 거저 우리 같은 범인은 괜히 혼자서 고고했자 별 뾰족수 없구. 〈모색〉

서성서성하다동 (어떤 일을 결단하지 못하거나 불안하여) 한 곳에 서 있지 않고 서서 왔다갔다 하다. ¶병조는 소희의 얼굴 그린 종이를 박박 찢어 싹싹 비벼서 문 밖으로 내던지고 벌떡 일어서서 방 안을 서성서성하였다. 〈병조와 영복이〉 ¶그는 잠시 서성서성하다가 이래서는 안 되겠다고 오목이의 앞으로 가서 엉거주춤하니 쪼그리고 앉아 눈감은 얼굴을 말끄러미 들여다본다. 〈얼어죽은 모나리자〉

서슴잖다형 '서슴지 않다'의 준말. 말이나 행동에 망설임이 없다. ¶등 뒤에서 누가 어깨를 턱 짚으며 서슴잖는 큰 소리로 "긴상 웬일이슈?" 하고 옆으로 다가선다. 〈명일〉 ¶곱사등을 흔들흔들 그는 서슴잖고 대뜰로 올라선다. 〈탁류⑭〉

서시렁주웅하다동 서슴거리다(?). ¶정주사는 무렴 끝에 서시렁주웅하고 이야기를 내놓는 모양인데, 그는 벌써 태수를 그애라고 애칭(愛稱)을 한다. 〈탁류⑦〉 ¶그것도 명색 남편이라는 걸 위해서 진심으

로 그런다면 몰라. 괜히 서시렁주웅하고 속 빠안히 들여다뵈는 짓…. 〈이런 처지〉

서울서 뺨 맞고 과천 와서 눈 흘긴다『속』 모욕을 당한 데서는 한마디 말도 못 하고 화풀이는 다른 데서 한다는 말. ¶오죽하면 서울서 뺨 맞고 과천 와서 눈 흘긴다는 속담까지 생길 지경이었을까마나는 애당초에 뺨을 맞지 않도록 잔돈 마련을 해 가지고 있게끔 둔하지나 말든지, 〈상경반절기〉

서자(庶子)명 첩에게서 난 아들. ¶서자요 병신인 태식이한테는 천 석거리를 몫 지어 놓고, 〈태평천하⑤〉

서전(書傳)명 서경(書經)에 주해(註解)를 달아 편찬한 책. ¶그보다 많은 여러 수십 명의 동네 아이들에게, 하늘 천 따아 지의 천자를 비롯하여, 사자소학이며 동몽선습, 통감, 맹자, 논어, 시전, 서전에 이르기까지, 〈순공(巡公) 있는 일요일〉

서족(庶足)명 정통이 아닌 족속. ¶두 줄이었던 열이 네 줄인지 다섯 여섯 줄인지 또 어느 게 정통인지 어느 게 서족인지 통 분간을 할 수가 없다. 〈상경반절기〉

서창(西窓)명 서쪽으로 난 창. ¶골목이라야 바로 몇 걸음 안 되는 상거요, 길로 난 안방의 드높은 서창이 마주보여, 〈탁류⑱〉

서캐명 이의 알. ¶기왕 말을 냈으니 말이지, 낸들 왜 그 데시기에 서캐 실은 예편네라두 하나 있으면 좀 생각이 읎겄넝가?…. 〈태평천하⑧〉

석수(石數)[1]명 곡식을 담은 섬의 수효. 곡식을 섬으로 헤아린 수효. 여기서 '섬'은 곡식이나 액체의 용량을 나타내는 단위. 한 말의 열 곱절. 석(石) ¶그러면 그 반대로 풍년이 들어서 벼가 월등 많이 나는 해는 도조를 처음 정한 석수보다 더 받아도 된단 말이냐? 〈태평천하⑭〉

석수[2]명 →석쇠. 굵은 쇠테에 가는 철사나 구리선 따위로 잘게 그물처럼 엮어 네모지거나 둥글게 만든 고기 따위를 굽는 기구. ¶"구수한 냄새가… 나는데… 또 마침 산적을—불이 이글이글헌 화로에다 석수를 놓구 산적을 다뿍 굽겠지." 〈산적〉

서커스(circus)명 마술, 여러 가지 곡예, 어릿광대의 우스갯질, 동물의 묘기 등을 보여 주는 공연. 곡예. 또는 곡마단. ¶우황 여자로 잘못 어물어물하다가는 학교의 × 선생님이나 × 선생님처럼 천하 서커스감의 괴물이 되고 말 테니. 〈모색〉

석금(昔今)명 금석(今昔). 지금과 옛적. ¶그때 당시의 상수를 생각하고 시방 오늘의 상수를 볼 때에는 우선 석금의 회포가 없지 못할 만큼 변천이 놀라왔다. 〈모색〉

석별(惜別)명 애틋한 이별. 또는 이별을 애틋하게 여기는 것. ¶휘얼씬 동구 밖까지 배웅을 나간 우리들 학도 일동과 고을의 여러 어른들의 석별을 받으면서, 〈회(懷)〉

석양(夕陽)명 해질 무렵. ¶석양쯤 제호가 싱글벙글 털털거리고 들어오더니 빳빳한 십 원짜리로 오십 원을 착 내 놓는다. 〈탁류⑫〉

석양배(夕陽杯)명 해질 무렵에 마시는 술. ¶옛 술친구라도 무뚝 만나, 석양배 한 잔을 하자고 끄는 마당에야, 이를 능히 뿌리칠 힘은 지니질 못한 현 서방이었읍니다. 〈흥보씨〉

석지기의 →섬지기. 논밭의 넓이의 단위. 한 섬의 씨앗을 심을 만한 넓이를 뜻하며, 한 마지기의 스무 곱절임. ¶"농사를 못

짓다니? 그래도 논이 두어 석지기는 남어 있잖은가?" 〈농민의 회계보고〉

선(先)명 바둑이나 장기, 윷놀이, 화투 따위의 놀이에서 맨 처음에 상대보다 먼저 하는 일. 또는 그 사람. ¶내가 선이로군… 그럼 이렇게 합시다? 〈탁류⑤〉

선경(仙境)명 경치가 신비스럽고 그윽한 곳. 또는 신선이 산다는 곳. ¶옛날의 진시황은 영생불사를 하고 싶어, 동남 동녀 5천 명을 동해의 선경으로 보내어 불사약을 구하려고 했다지만…. 〈태평천하⑭〉

선대(先代)[1]명 조상의 세대. 또는 그 시대. ¶그의 선대의 유산이라고는 선산 한 필에 논 사천 평과 집 한 채 그것뿐이었었다. 〈탁류①〉 ¶혈통? 없어요. 시방 당대구 선대구, 그런 일은 없어요. 〈소망〉

선대(先貸)[2]명 치를 돈에서 치를 기일 이전에 먼저 꾸어 주는 것. ¶한 달 월급 사원에서 반을 선대를 받는 양이…. 〈모색〉

선대(先貸)받다동 뒷날에 치를 돈을 기일에 앞서 미리 꾸어 받다. ¶오늘처럼 염치를 무릅쓰고 돈 십 원을 이달 월급 턱으로 선대 받아 간 것이 열흘도 채 못 된다 〈탁류②〉

선대(先貸)하다동 치를 돈에서 치를 기일 이전에 먼저 꾸어 주다. ¶어떻게 좁쌀 되라도 마련할 도리가 없을까 늘 바느질을 가져오는 집에 가서 바느질삯이라도 미리 좀 선대해 달라고 혀짧은 소리를 해 볼까 말까 망설이고 있는데, 〈명일〉

선룸(sunroom)명 일광욕을 하기 위해 벽을 유리로 만든 방. ¶그리고 시방은 서울서 시외에다가 선룸 딸린 조그마한 방갈로 한 채를 세우고. 〈반점〉

선들선들하다형 성질이 시원하고 부드럽다. ¶그러나 갑쇠는 그런 것이 숭으로 보이지 않고, 좀 까부는 것이 되레 선들선들해서 차라리 더 마음이 당기고 귀염성스럽다. 〈정자나무 있는 삽화〉

선머슴명 차분하지 못하고 거칠게 덜렁거리는 아이. ¶아침으로 오후로 저녁으로 면 뱃사람 여대치게 들입다들 소리지르고 지껄이고 쾅당거리고 음악하고 하느라고 남 정신 못 차리게 떠드는 선머슴 중학생들이 들어 있는. 〈모색〉

선머슴애명 선머슴. ¶근데 글세 저 아랫방에는 아 인제 겨우 쥐알만큼씩헌 계집애들이 생판 연애를 한답시구 남의 집 선머슴애들을 찾아와설랑은 사뭇 다 디굴구…. 〈모색〉

선변(先邊)명 빚을 얻을 때에 본전에서 미리 떼어 내는 이자. ¶7천 원짜리 30일 수형에 1할이라두 자아, 보십시요, 선변을 제하시니깐 6천 3백 주시구서 한 달 만에 7백 원을 얹어서 7천 원으루 받으시니 그만 해두 그게 어딥니까?…. 〈태평천하⑦〉

선병질(腺病質)명 삼출성(滲出性)이거나 림프성 체질을 가진 어린아이에게서 흔히 보는 결핵성 전신병(全身病)의 어린아이에게 체질상 나타나는 특별한 증세. 피부가 꺼칠해지며 입술과 코가 두꺼워짐. ¶목은 가느다란 게 길기만 하고, 앞으로 옥은 좁다란 어깨하며, 선병질 일시 완연합니다. 〈흥보씨〉

선불 맞은 범처럼속 성이 나서 마구 날뛰며 행동하는 모양을 이르는 말. 여기서 '선불'은 설맞은 총알. 비슷 선불 맞은 호랑이(노루) 뛰듯. ¶종수를 잡는다고 선불 맞은 범처럼 뛰어나 간 미력쇠는 그 길로 용머리의 술집으로 가서 밤이 늦도록 술을 먹고, 그대로 쓰러져 잤다. 〈쑥국새〉

선불을 맞은 멧돼지〖속〗 성이 나서 마구 날뛰며 행동하는 모양을 이르는 말. 여기서 '선불'은 설맞은 총알. ¶그 덤버드는 위세의 맹렬함이란 하릴없이 선불을 맞은 멧돼지다. 〈탁류⑩〉

선선하다㉧ 시원할 만큼 서늘하다. 또는 성질이 쾌활하고 태도가 시원시원하다. ¶나는 차 꽁무니로 해서 차 안에 막 들어서자 바로 문간에서 멀지 아니한 곳에 보얗게 선선하게 차린 여학생 하나에 선뜻 눈이 띄었다. 〈세 길로〉 ¶이렇게 선선하게 나는 대답은 하였으나 이 사람 역시 시골서 농사짓는 사람의 하나로 그 근처에 토지를 가진 서울의 부재지주의 사음 운동이나 하러 온 것이 아닌가 하여 적이 맥이 풀리었다. 〈농민의 회계보고〉 ¶옥섬은 당부하듯 안기어 떠밀듯 턱 마음을 놓고 선선하게 일어서서 이불을 안아 들었다. 〈산동이〉

선선히㉮ 성질이나 태도가 시원스럽고 쾌활하게. ¶별수가 없이 되었으니 "네 그렇습니까" 하고 선선히 일어서야 할 것이지만 지금까지에 은근히 모시고 있던 태도에 비하여 그것이 너무 낯간지러운 표변임을 알기 때문에 실망이나 하는 체하고 잠시 더 앉아 있는 것이다. 〈레디 메이드 인생〉 ¶이렇게 두루두루 좋겠어서 선선히 보내기로 작정을 한 것이고. 〈동화〉 ¶태수는 선선히 대답을 하고 일어서더니, 잘 아는 장롱 서랍을 뒤져 화투목을 꺼내다가 착착 치면서 김 씨 앞으로 바투 다가앉는다. 〈탁류⑤〉

선세(先稅)㉢ 미리 내는 세금. ¶우리 논으로 말하면 죄다 도조를 선세로 정했으니까 상관이 없다. 〈태평천하⑭〉

선술잔㉢ 선술집에서 마시는 술. 또는 그 술잔. ¶지금 서울 안에 P니 M이니 H니 와 매일 만나 하는 일 없이 돌아다니고 주머니 구석에 돈푼 있으면 서로 털어 선술잔이나 먹고 하는 룸펜의 패가 수없이 많다. 〈레디 메이드 인생〉

선술집㉢ 술청 앞에 선 채로 마시게 된 간단한 술집. 여기서 '술청'은 선술집에서 그릇에 술을 부어 놓는 곳. 널빤지로 상처럼 길고 높직하게 만듦. ¶선술집에 가서 엔간히 취하도록 먹은 뒤에 C라는 카페에 가서 술 두 병을 놓고 자정이 되도록 노닥거렸다. 〈레디 메이드 인생〉

선실(船室)㉢ 배 안에서 승객이 쓰도록 만든 방. ¶잘못하면 선실의 창으로 보겠다, 앞쪽으로 문골을 박는 흉내만 내고 진짬 죽창이 삐뚜름하게 달려 있다. 〈얼어죽은 모나리자〉

선심(善心)㉢ 남을 도와주는 마음. ¶정 주사는 낙명이 되어 한숨만 거듭 쉬고 서서 있는 점이 그래도 보기에 딱했던지 마코를 선심 쓰던 하바꾼이 부드러운 말로 위로를 하는 것이다. 〈탁류①〉

선연히(鮮然-)㉮ 선명하게. 뚜렷하게. ¶문득 자기가 오늘 낮에 격던 일이 선연히 눈앞에 나타나 그만 두 어깨가 축 처져 버렸다. 〈명일〉 ¶그러다가 제육돌림이 선연히 보이면서 와락 먹고 싶어 군침이 꿀꺽 넘어갔다. 〈얼어죽은 모나리자〉 ¶곡식이 들이쌓인 노적과 곡간이 불에 활활 타던 광경이 눈앞에 선연히 밟히곤 합니다. 〈태평천하④〉 ¶연천 선생이라면 지금도 그의 구렛나룻 소담하고 끔직 상냥스럽던 얼굴이 (어언 삼십 년이로되) 선연히 눈앞에 밟힌다. 〈회(懷)〉

선영(先塋)명 선산(先山). 조상의 무덤. 또는 무덤이 있는 곳. ¶박제호가 인전 선영 명당바람이 나나부다, 제기할 것. 〈탁류②〉

선왕(先王)명 선대의 임금. 지난 시대의 임금. ¶선왕의 뒤를 이어 즉위는 했으나 권력은 왕자가 쥐게 된 그런 판국과 같다고 할는지요. 〈태평천하⑤〉

선유배(船遊−)명 뱃놀이하는 배. ¶가마뚜껑 같은 선유배에서는 쑥스런 장고에 맞추어 빽빽 지르는 기생의 소리가 졸음이 오도록 단조하게 울리어온다. 〈창백한 얼굴들〉

선입감(先入感)명 미리 마음속에 품고 있는 느낌. 어떤 사람이나 사물 또는 주의, 주장에 대하여 직접 경험하기 전에 미리 마음속에 형성된 고정적인 관념 또는 견해. 『같은』 선입관(先入觀). 선입견(先入見). ¶그 일이 있은 뒤로부터는 (다소간 병조의 선입감도 있기 때문이겠지만) 소희가 자기를 꺼리어 하는 것같이만 보였다. 〈병조와 영복이〉

선잠명 깊이 들지 못한 잠. 또는 충분히 자지 못한 잠. ¶승재는 마치 선잠 깬 사람처럼 입안엣말로 중얼거리듯,…. 〈탁류⑰〉

선전(宣戰)명 어떤 나라가 딴 나라에 대하여 전쟁을 개시한다는 의사를 밝혀 나타냄. 전쟁을 선포함. ¶전 압박자에게 대고 부르짖고 선전의 포고이었을 것입니다. 〈태평천하④〉

선지피명 다쳐서 선지처럼 쏟아져 나오는 피. 여기서 '선지'는 짐승, 특히 소를 잡아서 받은 피. ¶목에서 시뻘건 선지피라도 쏟아져 나오도록 부르짖어 백천 말로 저주를 해도 시원할 것 같잖던 분노와 원한이건만, 〈탁류⑭〉

선진(先進)명 어느 한 분야에서 연령, 지위, 기량 등이 앞서 있는 일. 또는 그런 사람. 선배(先輩). ¶그 내용은 자기가 하필 명백하게 모욕을 느끼었다는 것이 아니라 그저 그러한 기분이었다는 것과 물론 자기도 병조와 같은 평탄한 마음으로 병조를 선진으로 여겨 그 지도를 받으며 동지로서 친하게 지내 가겠다는 의미의 것이었었다. 〈병조와 영복이〉

선창(船艙)명 물가에 다리처럼 만들어 배를 댈 수 있게 마련한 곳. 『같은』 부두. ¶그러지를 않고 왼편으로 돌아 선창께로 가고 있다. 〈탁류①〉

선친(先親)명 돌아가신 자기의 아버지를 일컫는 말. ¶정 주사의 선친은 그래도 생전시에 생각하기를, 아들을 그만큼이나 흡족하게 '신구 학문'을 겸해 가르쳤으니. 〈탁류①〉

선하(先下)명 품삯. 또는 물건의 값을 미리 치르는 것. 『같은』 선급(先給). 선불(先拂). ¶그게 모두 이제 받을 월급에서 선하로 받은 이십 원을 가지고 쓴 것이다. 〈동화〉

선하품명 몸이 불편하거나 따분할 때 나는 하품. ¶오스스 냉기가 속속들이 몸에 배어들고 선하품이 절로 내씹힌다. 〈모색〉

선한(先限)명 장기 청산 거래의 한 가지. 매

매 계약에서 상품 인수까지의 기간이 가장 긴 거래. 또는 그 상품. ¶세 번째 딱다기가 울고 '선한'패로 갈려 붙는다. 〈탁류④〉

섣불리[부] 섣부르게. 솜씨가 아주 설고 어설프게. ¶이렇게 따지고 보면, 섣불리 밀고질을 했다가는 일이 별안간에 뒤집혀 가지고, 〈탁류⑩〉 ¶일요일이면 으레껀 부인하고 아이들한테 가정 써어비스를 하는 사람인 걸 섣불리 유인을 해 냈다가는 자네 부인한테 눈치를 먹을 것이고, 〈이런 처지〉

설도[명] '설두(設頭)'의 변한말. 먼저 앞서서 주선함. ¶아, 이렇게 설도를 해 가지고 우하니 들고 일어났다는군요. 〈치숙(痴叔)〉 ¶그 좋은 설도에 그런데, 나와 내 또래로 몇은 어리고 위태하다고, 데리고 가지 않으려고 드는 것이었었다. 〈회(懷)〉

설듣다[동] 제대로 듣지 못하다. 섣불리 듣다. ¶공장에 다닐 때 농촌 사람들로 직공이 되어 온 사람들한테 설들은 정담(政談)을 늘어놓는 푼수다. 〈얼어죽은 모나리자〉

설렁하다[형] 외따로 덩그렇다. 〈썰렁하다. ¶정거장에 와서 본즉 스프링을 입은 사람이라곤 설렁하니 나 하나뿐이다. 〈상경반절기〉

설레[의] 설레는 바람. ¶승재는 시치미를 떼던 것을 잊고서 계봉이 설레에 무심코 변명을 하는 것이다. 〈탁류⑧〉 ¶그 방에는 경손의 숙모 조 씨까지 건너와서 동서가 바느질을 하고 앉아 소곤소곤 무슨 이야기를 하다가, 경손이가 달려드는 설레에 뚝 그칩니다. 〈태평천하⑪〉 ¶이 집 저 집 계집애 있는 집을 적간하고 다니면서 직공을 뽑는 설레에 업순네도 선뜻 응하고 나섰었다. 〈동화〉

설레바리(를) 놓다[관용] →설레발(을) 놓다. 몹시 서둘러대며 부산을 피우다. ¶그래도 안 그치니까 마당으로 대문간으로 요란히 설레바리를 놓고 다닌다. 〈탁류⑭〉

설리[부] →서러이. 서럽게. ¶작년 정월에 즈이 외할머니가 임종허시문서, 애비없이 설리 자란 자식이 이십이 넘두룩 장가두 못 가 가엾다구. 〈암소를 팔아서〉

설면자(雪綿子)[명] 실을 켤 수 없는 고치를 삶아서 늘여 만든 솜. [같은] 풀솜. ¶그는 옥섬의 두릿한 얼굴에 방금 무슨 말을 할 듯이 유혹적으로 생긴 어글어글한 눈과 또 토실한 게 설면자 방석에 누운 듯한 그의 알몸뚱이를 생각하니 다시 더 체면이나 위신 같은 것을 돌아볼 겨를이 생기지 아니하였다. 〈산동이〉

설비(設備)하다[동] 어떤 일을 하는 데 필요한 건물이나 장치 따위를 갖추다. ¶군에서는 인공 부화기를 설비해 두고서 춘추로 계통 좋은 알을 깨어서 농회원들에게 나누어 주는데. 〈용동댁〉

설빔[명] 설을 맞이하여 새로 몸을 단장하기 위한 옷이나 신 따위. ¶색시가 설빔으로 해서 농 속에 채곡채곡 넣어 둔 새 옷을 갈아 입었다. 〈두 순정〉

설사(設使)[부] 설령(設令). 그렇다 하더라도. ¶설사 자고 싶은 마음이 내켰더라도 수월하게 졸음이 올 계제가 아니었었다. 〈반점〉

설삶다[동] 덜 익게 삶다. ¶반신불수도 아니건만 몸을 제대로 쓰지 못하고 살은 설삶아 놓은 도야지 고기 같은 게 얼굴은 더구나 중풍에 걸린 것처럼 제멋대로 아무렇게나 생겨 먹었다. 〈병조와 영복이〉

설시(設施)하다[동] 계획하여 베풀다. ¶ "공자왈 맹자왈은 이미 시대가 늦었다. 상투를 깎고 신학문을 배워라." "야학을 설시하여라." 〈레디 메이드 인생〉 ¶ … 그러면 자네두 거 인전 병원을 설시하구서 다아 그래야 할 게 아닌가? 〈탁류⑮〉

설어하다[동] →설워하다. (평북). 서러워하다. ¶ "제길, 아이들두 많기두 허다! 이러구두 자식 없이 설어하는 사람이 잇으니!" 〈명일〉

설죽다[동] 덜 죽다. 아주 죽지 아니하다. ¶ 아직도 설죽은 것으로 알고서 옳다꾸나 다시 무슨 거조를 냈겠는데, 〈탁류⑱〉

설치다[동] 필요한 정도에 미치지 못하고 그만 두다. ¶ 연애를 하면 밥이 쉬 삭는다구요. 윤 직원 영감은 그런데, 저녁밥을 설치기까지 한 판이라 속이 다뿍 허출해서 우동 한 그릇을 탕수육으로 반찬 삼아 걸게 먹었읍니다. 〈태평천하⑩〉 ¶ 색시도 새서방이 밥을 안 먹고 하는 운김에 어제 점심부터 오늘 점심까지 줄곧 설쳤기 때문에 시방, 여간만 속이 허한 게 아니요 따라서 추위도 더 심하다. 〈두 순정〉

설파(說破)[명] 사물의 내용을 밝혀서 말함. ¶ 참 여러 가지 말과 구변을 다해 일장 설파를 했읍니다. 〈태평천하⑤〉 ¶ 그새 통히 토설을 않던 속사정을 다아 자상하게 언니한테랑 아저씨한테랑 설파를 해야 하겠구. 〈소망〉

설혹(設或)[부] 설령. 그렇다 치더라도. 가정하여. ¶ 태수가 설혹 잡혀가서 문초를 받더라도 소설수 심부름을 해준 형보 제 이름은 결단코 불지 않으려니 하고, 〈탁류⑩〉

설파(說破)하다[동] 사물의 내용을 밝혀 말하다. ¶ 종차야 제호더러라도 더 설파하게 될 값에, 우선 얼마 동안은 친정 권솔들을 먹여 살려라 어째라 하기도 실상 무엇이고 하니 아예 그렇게 하는 편이 옳겠다. 〈탁류⑫〉

설하선염(舌下腺炎)[명] 혀의 아래 끈끈막의 밑에 있는 침샘에 생긴 염증. ¶ 그러던 끝에 하루는, 설하선염으로 턱과 얼굴이 팅팅 부은 소녀 하나가, 부친인 성싶은 중년의 노동자와 같이 병원의 수부에 와서 치료비가 얼마냐 들겠냐고 물어보더니, 〈탁류⑥〉

섬돌[명] 뜰에게 오르내리게 된 돌층계. ¶ 그는 한 걸음 섬돌로 올라선다. 〈탁류⑩〉

섬뜩하다[형] 소름이 끼치도록 끔찍하고 무섭다. ¶ 하기야 단 하나밖에 없는 자식을 더구나 과년한 계집애 자식인 걸 낯선 딴 고장으로 떠나보내기가 섬뜩하기도 하고 섭섭한 노릇이기도 하고. 〈동화〉

섬뻑[부] ('잘 드는 칼에 쉽사리 깊게 베어지는 모양'의 뜻바탕에서) 언행이 거침없이 시원스러운 모양. 『비슷』 선뜻. >삼빡. 『여린말』 섬벅. ¶ 장손이는 조용히 만난 김에 부디 할 이야기가 있기는 있는데, 전과 달라 어쩐지 섬뻑 말이 붙여지지 아니하려고 하였다. 〈암소를 팔아서〉 ¶ 정 주사는 마음 먹은 혼인도 혼인이려니와, 가령 그것이 아니더라도 섬뻑 서울까지 보내기를 많이 주저할 사람이다. 〈탁류③〉 ¶ 춘심이는 윤 직원 영감이 섬뻑 그러라고 하는 게 되레 못 미더워서 짯짯이 알굴을 올려다봅니다. 〈태평천하②〉 ¶ 못 알아듣고 뚜릿뚜릿해요. 재갸가 쓰고도 오래 돼서

다 잊어 버렸거나 혹시 내가 말을 너무 까다롭게 내기 때문에 섬뻑 대답이 안나왔거나 그랬겠지요. 〈치숙(痴叔)〉 ¶한 번 결혼을 해만 놓으며는 좀처럼해서 그 가정 그 부부가 조화되지 않는 생활이라고 섬뻑 갈려서 새로 새 생활을 개척할 용기를 간대로 내질 않나 보더군그래. 〈이런 처지〉 ¶그래서 섬뻑 엄두가 나진 않지만, 그래두 어떡허우. 〈소망〉 ¶갑쇠는 섬뻑 달라졌던 기색을 고쳐 흔연한 낯으로 관수를 올려다보면서 고기 잡으러 가느냐고, 인사 삼아 묻는다. 〈정자나무 있는 삽화〉

섬뻑하다[형] 소름이 끼치도록 끔찍하고 무섭다. [비슷] 섬뜩하다. ¶S는 가슴이 섬뻑하였다. 〈앙탈〉

섬찍하다[형] 소름이 끼치도록 끔찍하고 무섭다. [비슷] 섬뜩하다. ¶천 년 묵은 끝이 몽땅하고 전봇대만 한 구렁이가 아예 마음에 섬찍해서 차마 잠들은 자러 가지를 못하고. 〈정자나무 있는 삽화〉

섭생(攝生)[명] 양생(養生). 몸을 조리함. ¶마지막 치료와 섭생에 대한 설명을 아주 자상하게 들려준다. 〈탁류⑧〉

섭쓸리다[동] →섭슬리다. 함께 섞여 휩쓸리다. ¶명랑하게 째불거리고 웃고 하는데 섭쓸려 탑삭부리 한 참봉도 정 주사도 따라 웃는다. 〈탁류①〉 ¶태식이는 조선어 독본 권지일로 귀신이 씨나락을 까먹고, 이런 부동조(不同調)의 소음 속에서 그애 경손이가 고 소갈찌에 천연스레 섭쓸려 있다니 매우 희귀한 현상입니다. 〈태평천하⑪〉 ¶그러나 친정 역시 시집 식구들이 죄다 남같아 내 몸이 거기에 함께 섭쓸리지 않듯이 친정 부모가 또한 남처럼 데면데면한 것만 같고. 〈용동댁〉 ¶뎁다 날더러, 신경이 둔한 속물이 돼서, 자꾸만 보기 싫은 인간들허구 섭쓸려, 돼지처럼 엄벙덤벙 지내란다구 독설이나 뱉구. 〈소망〉 ¶더는 이야기하기를 꺼려 하고, 하는 놈에 그만 과거가 무엇인가 살이 끼어 보여서 동네 사람들은 더우기나 그와 섭쓸리고 속을 주고 하기를 사리곤 했다. 〈정자나무 있는 삽화〉 ¶일변 또 그 난리에 섭쓸리기도 사람이 치사한 것 같아 넌지시 삐어져서 구경만 하고 있었다. 〈모색〉

성가시다[형] (자꾸 들볶거나 번거롭게 굴어) 귀찮거나 괴롭다. ¶마치 성가신 남의 말을 겨우 전갈하듯 한다. 〈탁류⑦〉 ¶경손이는 대단히 성가신 심부름을 하는 듯이 볼멘소리로 투덜거려 놓고는, 이내 돌아서서 씽씽 나가 버립니다. 〈태평천하⑪〉

성가지다[형] '성가시다'의 오기인 듯(?). ¶문제가 중대하다면 매우 중대하달 수도 있고 난관이라면 성가진 난관이랄 수도 있고 하기는 하나. 〈패배자의 무덤〉

성구다[동] →생기다. 이것저것 주워 대서 말하다. ¶"허어 참!" 애송이는 더 성구지 못하고, 돌아서서 미두장 정문께로 가면서, 혼자 무어라고 두런두런 두런거린다. 〈탁류①〉 ¶오복이가 부쩍, 아아니 그래서, 시방두 나온단다, 나오는데 네가 어쩔테냐고 성구고 나선다. 〈정자나무 있는 삽화〉

성글다[형] (틈이나 공간의) 간격이나 사이가 뜨다. [비슷] 성기다. ¶이따가 돈 더 주구서 이등 차표하구 바꿔야지… 어때? 이등은 자리가 성글구 또 깨끗해서 좋지?

〈탁류⑫〉 ¶차 안의 자리는 이제는 차라리 적적할 만큼 성글어, 경희가 앉았는 좌석에도 아까 어디께선가 타던 촌영감이 마주 편안히 혼자 앉았을 뿐이다. 〈반점〉

성깔(性-)명 좋지 않은 성질을 부리는 버릇이나 태도. ¶갑쇠는 그새 여러 해 두고 이 논을 붙여 보아 논의 성깔을 아는 만큼, 그만한 가늠은 잡아 두어도 실수는 없을 줄 안다. 〈정자나무 있는 삽화〉 ¶그 여러 생활들이 제가끔 제 성깔대로 짜 내놓은 여러 가지의 피륙들을 하나 둘 다섯 열 연해 연방 물색을 해 왔으면서도. 〈모색〉

성님명 →형님. (경상, 한남, 황해) ¶"아 성님!…" "성님이구 지랄이구 저리 물러나! 당장, 괜시리…" 〈탁류⑥〉 ¶"성님, 일러루 오슈!" 〈흥보씨〉

성례(成禮)명 혼인의 예식을 지내는 것. ¶그러나 다 성례를 치르고 난 다음이니까 도로 쫓지는 못할 것이요. 〈얼어죽은 모나리자〉

성례날(成禮-)명 혼인의 예식을 지내는 것. ¶저의 모친은 규수고 결혼식이고 전부 다아 네 맘대로 정한 뒤에 성례날이나 기별하면, 그날 보러 내려오겠다고 한다고 한다. 〈탁류⑦〉

성명(性命)이 없다『관용』 인성(人性)과 천명(天命)이 없다. 목숨이 없다. ¶윤 직원 영감이 윤 직원 영감다운 팔자를 얼러서 타고 나지 못했으면 그 체질은 성명이 없고 말 것입니다. 〈태평천하⑩〉

성미(性味)명 성질과 비위. ¶영주는 성미를 누르고 침착했다. 그는 서둘지 아니하고 낯꽃을 고쳐 두부값이 얼마냐고 물었다. 〈명일〉

성부르다보 성싶다. ~것 같다. ~듯하다. ¶나는 비로소 이 노장의—아주 속세의 인정사와 인연이 없는 성불러도, 기실 지극히 슬픈 인정비화의 주인공인—이 노장의 내력을 안 것 같아서 혼자 고개를 끄덕거렸다. 〈두 순정〉 ¶비단 이 양복 신사 한 사람뿐인 게 아니라 대가 열에 붙어선 그새 십 분 남짓한 동안만 해도 오륙 명은 더 되는 성부르다. 〈상경반절기〉 ¶보리밥이 그런 성불러두, 그걸 노상 먹느라면 글씨, 애기 못 낳던 여인네가 포태를 헌단다! 〈태평천하⑤〉

성상님명 →선생님. ¶"성상님." 부룩쇠는 부리나케 나뭇짐을 짊어지고 강 선생을 따라가면서 긴하게 부릅니다. 〈어머니를 찾아서〉

성성(星星)하다형 머리털이 세어 희끗희끗하다. ¶소저가 실로 엉터리도 없는 남편의 삼년상을 치르고 울적히 지내는 그 아버지 김 판서를 위로를 할 겸 또 그 지극한 정의 위로도 받을 겸 근친을 왔을 때에 김 판서는 육십 전에 벌써 백발이 성성하여 가지고 눈물 어린 눈으로 소복한 딸을 바라보았읍니다. 〈소복 입은 영혼〉

성세(聲勢)명 명성과 위세. ¶"옥봉네 말이, 지끔 성편에 혼인을 허자구 와락 나설 수가 없대는 게야! 아 번연히 속내 다아 아는 배, 우리가 농사 한 톨을 지우? 따루 모아 둔 성세가 있소?" 〈암소를 팔아서〉

성습(成習)명 버릇이 되는 것. ¶하나는 저만 좋자고 남의 사폐 몰라 주는, 일반으로 이 땅 백성들의 심히 그 자랑스럽지 못한 상습인 탓이거니 하면, 〈상경반절기〉

성이 치닫다『관용』 몹시 성이 나다. 몹시 노

엽거나 분하여 언짢은 감정이 일다. ¶일원 대장이 투구 철갑에 장창을 비껴 들고(가 아니라) 성이 치달은 윤 직원 영감이, 필경 싸움을 걷어 맡고 나서는 것입니다. 〈태평천하⑥〉

성적곽청(性的郭淸)명 지저분하고 어지럽던 성적(性的) 폐단을 없애 깨끗하게 함. ¶"그것은 지금의 과도기에 있어서는 성적곽청을 도저히 할 수 없는 것이다. 도리어 이느 점으로 보면 밥을 구하러 나선 여자들이 성적으로 많이 유린도 당하고 참담한 저 밑에 떨어져서 그 속에서 피를 품고 내달아 오르는 것이 도리어 유리하다." 고까지 말하였다. 〈병조와 영복이〉

성적 직업(性的職業)명 유곽 (창녀가 모여서 몸을 파는 집이나 그 구역) 등에서 생계를 위하여 몸을 파는 일. ¶팔자를 한번 그르친 젊은 여인이란, 매춘의 구렁으로 굴러들기 아니면, 소첩 애첩의 이름 밑에 아무 때고 버림을 받아야 할 말이 없는 위험지대에다가 몸을 퍼뜨리고 성적 직업에나 종사하도록 연약하기만 하지, 〈탁류⑭〉

성취(成娶)명 장가들어 아내를 얻는 것. ¶아따 종태놈 말일세, 모자를 내게로 올려 보내시면서, 너는 지차자식이요, 지차자식은 성취를 하면 으레 분가를 하는 범, 〈이런 처지〉

성편명 →형편. 일이 되어가는 형편. ¶"옥봉네 말이, 지끔 성편에 혼인을 허자구 와락 나설 수가 없대는 게야! 아 번연히 속내 다아 아는 배, 우리가 농사 한 톨을 지우? 따루 모아 둔 성세가 있소?" 〈암소를 팔아서〉

성(盛)하다형 (기운이나 세력이) 한창 왕성하다. ¶여름이 한참 성해 오는 칠월 초생의 어느날 밤이었었다. 〈용동댁〉

성현(聖賢)명 성인과 현인. ¶그와 같은 옛 성현의 교훈에 어그러지는 일이 아니냐고. 〈회(懷)〉

성현(聖賢)도 세속(世俗)을 쫓는다〖속〗 아무리 훌륭한 사람이라도 그 시대의 풍속을 따른다는 말. ¶성현두 다아 세속을 쫓는다는데, 그렇게 제 의향을 물어보는 게 신식이라면서? 〈탁류⑦〉

성화(聖畫)[1]명 종교적 사실이나 인물, 또는 전설 따위를 제재로 한 그림. 〖같은〗 종교화. ¶그런 성화의 한폭이 보이던 것이다. 〈탁류⑧〉

성화(聲華)[2]명 훌륭한 명성. 세상에 널리 알려진 명성, 이름 등을 뜻함. ¶어 참, 군산 있을 때는 복상을 뵙던 못했어두, 성화는 익히 듣고 있었습니다. 〈탁류⑭〉

성화(成火)[3]명 매우 귀찮게 구는 일. ¶그러나 딸 서울 아씨는 친정아버지의 성화쯤 그다지 겁나지 않는 터라, 〈태평천하⑤〉 ¶그런데 글쎄 죽지를 않고 꼼지락꼼지락 도로 살아나니 성화라구는, 내…. 〈치숙(痴叔)〉 ¶유 씨는 처음에는 필경 몸이 아파서 그러는 줄로만 알고 애가 쓰여서 그다지 성화를 한 것이다. 〈탁류⑦〉 ¶대장쟁이 집에 식칼이 없어 걱정이라더니, 이건 제호 자네는 약장수 집에 약이 너무 많아 성활세그려? 〈탁류⑬〉 ¶고까짓 것 30분, 눈 깜짝할 새 감질만 내다가 그만둔다고, 그래서 또 성홥니다. 〈태평천하②〉

성화(成火)[4]명 어떤 일이 뜻대로 되지 않아 답답하고 애가 타는 것. 또는 그런 증세. ¶그저 자식이 앓는 줄이나 알았지 성화는 먹지 않았었다. 〈빈(貧)… 제1장 제2과〉 ¶그러므로 만일 쪽문을 열어 놓는 것이 윤 직원 영감의 눈에 뜨이고 보면, 그여코 한바탕 성화가 나고라야 마는데, 〈태평천하③〉

성화(成火)를 먹이다『관용』 성화를 대다. 몹시 귀찮게 굴다. ¶그건 좋은 양반을 갖다가 그대도록들 성화를 먹이고 가지가지로 괄대를 하고 하다니. 〈회(懷)〉

성화(成火)스럽다㊎ 마음이 답답하고 속이 타는 듯하다. 또는 몹시 귀찮은 데가 있다. ¶유 씨는 바느질하던 것도 내려놓고 성화스럽게 딸을 바라다본다. 〈탁류⑦〉

섶울타리㊔ 섶나무(잎나무나 싸리 등 잡목의 잔가지로 된 땔나무 또는 풋나무 등의 총칭)로 된 울타리. ¶뒤 섶울타리를 소담스럽게 덮은 호박 덩굴 위로 쨍쨍한 불볕이 내리쬔다. 〈동화〉 ¶폭양에 너울쓴 호박 덩굴이 얼기설기 섶울타리를 덮은 울타리 너머로 중동 가린 앞산이 웃도리만 멀찍이 넘겨다보인다. 〈용동댁〉

세간살이㊔ 살림살이. 살림을 차려서 사는 일. 또는 그 규모나 형편. ¶이러한 적지 않은 세간살이건만, 정 주사는 명색 가장이랍시고 벌어들인다는 것이 가용의 십분지 일도 대지를 못한다. 〈탁류①〉

세거리㊔ 길이 세 방향으로 갈라진 곳. 『같은』 삼거리. ¶정거장 앞 세브란스 병원께로 있는 세거리의 교통정리하는 한가운데로 들어섰던 것입니다. 〈어머니를 찾아서〉 ¶정거장에서 들어오자면 영정으로 갈려드는 세거리 바른편 귀퉁이에 있는 제중당이라는 양약국이다. 〈탁류②〉

세검정(洗劍亭)㊔ 서울 창의문 밖에 있던 정자. 조선 영조 24(1748)년에 세웠다고 하며, 인조반정 때 이귀, 김유 등이 광해군 폐위를 결의하고 칼을 씻은 곳이다. ¶그게 바로 어느 해 늦은 봄, 사의 식구들이 통 쓸어서 창의문 밖 세검정으로 전춘놀이를 나갔던 날이었다. 〈회(懷)〉

세교(世交)㊔ 여러 대(代)를 계속하여 사귀어 옴. 대대로 사귀어 온 교분. ¶그는 면장과는 나이도 '벗'을 할 나이요, 또 다 같이 세교가 있는 소위 반명(班名)하는 집안의 끈터리라 맞혀우를 하기는 하지만. 〈보리방아〉 ¶설만들 내가 이 나이를 해 가지고 집안 간의 세교를 생각하든지, 또 과거에 너를 귀애했던 것으로든지, 〈탁류⑫〉

세기(世紀)㊔ 100년을 단위로 한동안. ¶한 세기라니, 인제 한 세기가 지난 뒤라도 이 사람들이 제법 고만큼이나 문화다운 살림을 하게 되리라 싶질 않다. 〈탁류①〉

세기의(世紀-)㊄ 한 세기에 한 번밖에 없거나 그 세기를 특징지을 만한. ¶흙달구지 같은 '모래차'를 몇십 간 통 눈 가리고 껴안겨 앉아 타 보고서 사뭇 세기의 경이를 느끼던 나는. 〈회(懷)〉

세나찌㊅ '세나('넷'의 변형인 듯(?))'와 의미없는 '찌'의 합성어인 듯(?). ¶그리구 죄가 또 있지. 아인두 족한데, 즈바이 드라이씩 독점을 하구 지내구… 응? 하나찌 두 일이 오분눈데 쓰나찌나 세나찌나 무슨 일이 있나? 〈탁류⑬〉

세납(稅納)㊔ 바치는 세금. 『같은』 납세. ¶그러니깐 희생을 해서라두 의무 시행을 해야 옳지?… 세납 못 바치믄 집달리가 솥단지나 순갈 집어 가듯이… 우리 집에서 두 전에 한 번 그 일 당한 걸, 하하하. 〈탁류⑧〉 ¶가령, 세납이야 무엇이야 해서 일반 공과금과 가용을 다 쳐도 그 절반 5, 6만 원이 다 못 될 겝니다. 〈태평천하⑤〉

세농민(細農民)명 소규모로 농사를 짓는 사람. 아주 가난한 농민. ¶자작농 창정의 대상은 근본적으로는 세농민이라고 한다. 〈보리방아〉

세다동 사물의 수효를 헤아리다. 셈하다. ¶제호는 일 원, 오 원, 십 원, 이렇게 세 가지 지전을 따로따로 집어 들고 세면서 묻는다. 〈탁류②〉

세돌하다동 세세하게 골똘하다. 혹은 속속들이 염려하다(?). ¶"자네가 그렇게꺼정 세돌하는 줄은 몰랐지! 교장보담두 나으이그려?" 〈회(懷)〉

세루(프. serge)명 →서지(serge). 학생복 등을 만드는 바탕이 올차고 내구성이 있는 모직물이 일종. ¶가뜩이나 궁한 그에게 검정 세루 양복이 칼라 와이샤쓰를 짜증이 나도록 땟국을 묻혀 주었다. 〈앙탈〉

세류(細柳)명 가지가 아주 가는 버드나무. ¶형보의 눈에 보인 대로 말하면 초봉이는 청초하기 초생의 반달 같고, 연연하기 동풍에 세류 같았다. 〈탁류⑦〉

세리프(serif)명 혼자 말하는 사설. ¶이런 옹색스런 근천을 피우느라고 쫓겨 가는 패군지졸이네 무어네 하면서 아쉰 세리프를 뇌어 보았던 것이다. 〈탁류⑭〉

세마리가 팔리다〖관용〗 '정신(이) 팔리다'의 속된 말. 자기가 할 일을 잊을 정도로 다른 곳으로만 정신이 쏠리다. ¶태식이가 구경에 세마리가 팔렸다가 싸움이 끝이 나니까 다시 밥 시작을 하는데 〈태평천하⑥〉

세모지다형 세모 모양이 나 있다. ¶세모지게 부릅뜬 눈하며, 본시 검은 데다가 술기와 흥분으로 검붉어, 썩은 생선 빛으로 질린 곰보 얼굴을 휘젓고 들여미는 양은 우선 흉하기 다시 없었다. 〈탁류⑥〉

세미(稅米)명 조세로 바치던 쌀. ¶백성의 것을 갈퀴질하고 나라로 올라가는 세미를 입을 대어 많은 재물을 숱하게 장만하였다. 〈산동이〉

세민층(細民層)명 가난한 사람들의 계층. 〖같은〗 빈민층. ¶그러다가 마침내 정말 노후물의 처접을 타고 영영 월급 세민층에서나마 굴러떨어지고 만 것이 지금으로부터 다섯 해 전이다. 〈탁류①〉

세벌김명 세 번째 매는 김. ¶벌써 세벌김을 맬 때부터 남의 손만 대오니…. 〈정자나무 있는 삽화〉

세사(世事)는 여반장(如反掌)이요, 생애(生涯)는 방안지(方眼紙)라〖관용〗 세상 일은 손바닥을 뒤집는 것처럼 쉬운 일이고, 인간의 한평생은 모눈종이처럼 복잡하다는 말. ¶제엔장… 세사는 여반장이요, 생애는 방안지라! 〈탁류④〉

세상(世上)부 도무지. 아무리 애를 써 보아야 전혀. ¶그 사람이면 소절수를 받아다가 현금과 진배없이 풀어 쓸 수가 있는 자린데, 세상 기고 매고 아무리 찾아다녀야 만날 수가 없다는 것입니다. 〈태평천하⑫〉

세상 물정(世上物情)명 세상 돌아가는 형편이나 인심. ¶나이는 나보담 많구 대학교 공부까지 했어도 일찌감치 고생살이를 한 나만큼 세상 물정은 모릅니다. 〈치숙(痴叔)〉

세상살이명 세상을 살아가는 일. ¶젊은 과부는 오지 못하는 남편을, 세상살이에 어려운 사람은 살림살이를, 그리고 돈이 있고 일이 없는 늙은 호색한(好色漢)은 젊은 계집의 부드럽고 다스한 살을… 생각나게 하고 그립게 하는 날씨였었다. 〈산동이〉

세상 우두머리를 치다『관용』 세상에서 가장 뛰어나다. ¶뭐 옛날 지나 땅의 주공(周公)이라든지 하는 사람은, 문왕의 아들이요. 무왕의 동생이요. 시방 임금의 삼촌이요. 이렇대서 근본 좋고 팔자 좋고 권세 좋고 하기로 세상 우두머리를 쳤다지만, 종수의 기구도 그 양반 주공을 능멸하기에 족할지언정 못하지는 않겠읍니다. 〈태평천하⑫〉

세안(歲-)명 새해가 되기 이전. 해가 바뀌기 전의 겨울 동안. 세전(歲前). ¶승재가 방을 세로 얻어 든 것이 작년 세안이라 하지만,…. 〈탁류③〉

세음(細音)명 '셈'의 한자말 취음. 마음속으로 하는 셈이나 궁리. ¶"끝으로 자식 하나를 아니 둔 세음만 잡고 헛되이 기다리지 말면 불효의 죄는 지하에 가서 갚겠다." 〈생명의 유희〉

세이레이(せいれい)형 '익숙한'의 일본어. ¶활동사진이며 스모며 민자이며 또 왓쇼와쇼랄지 세이레이 낭아시랄지 라디오 체조랄지 이런 건 다 유익한 일이니까. 〈치숙(痴叔)〉

세찬(歲饌)명 세배를 하러 온 사람에게 대접하는 음식. ¶처가에 설 세찬으로 달걀 세 꾸러미와 장닭 한 마리를 꼬마동이가 지게에 얹어 지고, 길라잡이 삼아 앞을 섰다. 〈두 순정〉 ¶문오 선생은 그 안 해 섣달, 대목 임시에 항례대로 정월 파접이 되자 설 홍정을 한 것이며 세찬 받은 것이며, 〈순공(巡公) 있는 일요일〉

세코잠뱅이명 농부들이 여름에 입는 가랑이가 무릎까지 오는 짧은 홑바지. 『같은』 사발잠방이. ¶또 가령 그들에게 삼 단보 혹은 사 단보의 자작농 창정을 해 준다 해도 농사 밑천이라고는 세코잠뱅이와 호미 한 개밖에 없는 그들인지라 농자(農資) 때문에 그것을 지어 나갈 힘이 자라지를 못한다. 〈보리방아〉

세파(世波)명 세상의 풍파. 파도처럼 거센 세상살이의 어려움. ¶이래 놓으니 시방은 다 일찍 세파에 찌들어 속도 있는 대로 썩고 해서 어렸을 적의 소갈머리는 죄다 없어지고 거진 농판이 되다시피 했지만, 〈순공(巡公) 있는 일요일〉

세파트명 →셰퍼드(shepherd). 프랑스 알자스 지방의 원산으로 늑대와 비슷한데, 퍽 영리하고 충실, 용감하며 후각이 예민한 개. 주로 경찰견, 군용견, 집 지키는 개 따위로 부리고 있다. ¶그것도 세파트가 아닌 바에 망신이면 제 망신이지 내게 무슨 상관이랴 하면 그만이었었다. 〈모색〉

세파트(shepherd)**답다**형 셰퍼드와 마찬가지인 특성이 있다. ¶그런데 또 보매도 씩씩한 젊은 사내이어서 세파트답게 세찬 매력을 가졌었다. 〈탁류⑤〉

센티멘탈리스트(sentimentalist)명 감상적인 사람. ¶혹시 나 같은 센티멘탈리스트에게 순간의 감격은 주었을는지 몰라도. 〈상경반절기〉

센티멘탈(sentimental)명 감상적(感傷的). 하찮은 일에도 쉽게 감동하고 슬퍼하는 경향. ¶따라서 갈피 없이 흐트러지던 여러 가지 상념이며 센티멘탈도 차차로 가라앉을 것은 가라앉고. 〈패배자의 무덤〉 ¶내가 아직껏 그에게 미련이 있고 그를 연모하기 때문이라면야, 흔한 그저 센티멘탈이었지 별것이 아닐 것이었다. 〈회(懷)〉

센티멘탈(sentimental)하다형 감상적(感傷的)이거나 감정적(感情的)인 특성이 있다. 하찮은 일에도 쉽게 감동하고 슬퍼하는 경향이 있다. ¶그것이 비록 K의 약하고도 또 시대와 환경에 적응성 없는 순박하고 센티멘탈한 성격이 P 자기를 기다리고 있고 싶어도. 〈그 뒤로〉 ¶저도 모를 새에 센티멘탈한 반성을 해 보았던 것이다. 〈탁류⑭〉

셈[1]명 얼마인가 따져 수를 맞추는 일. 또는 주고받을 돈 또는 물건 따위를 서로 따져 밝히는 일. ¶호사가 마가 붙기 쉬운 법인 걸, 만약 제 부모가 알고 보면 약간 7원 50전짜리 반지 한 개 사준 걸로는 셈도 안 닿고, 〈태평천하⑩〉

셈[2]명 '셈판'의 준말. 사실의 형편. ¶그것이 아니라도 잘 사는 사람 집의 돼지우리 셈밖에 안 되는 이 방에서 악취가 나지 아니할 리야 없지만. 〈얼어죽은 모나리자〉

셈(을) 막다『관용』 남에게 주거나 갚아야 할 돈을 치르다. ¶지난 봄부터 몇 번 미뤄 오다가 유월 그믐께가는 재갸가 돈을 마련하러 시굴을 내려가니, 수히 올라와서 셈을 막어 주마구 그랬다는군. 〈소망〉

셈(이) 닿다『관용』 주고받을 돈이 어느 정도에 가깝다. ¶아니 일 원짜리를 주우면? 일 원 가지고는 셈이 닿지 않고 십 원? 아니 십 원짜리 열 장…. 〈앙탈〉

셈들다동 사물을 분별하는 슬기가 생기다. ¶셈든 계집아이가 몸 담그고 있는 방 뒤 꼬락서니 하고는 조행에 갑(甲)은 아깝다. 〈탁류⑯〉 ¶화적이 인가를 쳐들어와서 잡아 족치는 건 그 집 대주와 셈든 남자들입니다. 〈태평천하④〉 ¶그 다음이 또 하나 셈든 어른이라는 게 용동댁인데, 〈용동댁〉

셈조(-條)명 (금전상으로) 셈을 하여야 하는 조건. ¶거 참!… 그놈이 바루 맞기만 했으면 나두 셈평을 펴구, 한 참봉 묵은 셈조두 닦어 디리구 했을 텐데…. 〈탁류①〉

셈조간명 '셈조'의 속된 말. ¶자리가 자리인만큼 탑삭부리 한 참봉이 거묵은 셈조간을… 이런 소리를 하지 못하는 그 속이 고소했고…. 〈탁류⑦〉

셈평명 생활의 형편. ¶고 씨는 고만 개밥의 도토리가 되어 버리고, 도리어 시어머니 오 씨 대신에 며느리 박 씨한테 또다시 시집살이(?)를 하게쯤 된 셈평이었읍니다. 〈태평천하⑤〉

셈평을 펴다『관용』 생활의 형편에 여유가 생기다. 생활의 형편이 풀리다. ¶거 참!… 그놈이 바루 맞기만 했으면 나두 셈평을 펴구, 한 참봉 묵은 셈조두 닦어 디리구 했을 텐데…. 〈탁류①〉

셍고꾸(宣告) 야로(やろう)『관용』 '결정하자'의 일본어. ¶이에 응하여 선뜻 한 사람의 바다지가 손을 번쩍 쳐들면서, "생고꾸 야로." 소리를 친다. 〈탁류④〉

소간명 →소관(所關). 관계되는 바. ¶"그러다뿐이겠어요… 것두 다 팔자 소간이지요. 아, 허기야 오죽 훌륭허십니까!" 〈명일〉 ¶소간은 그 명망유지 씨가 후원을 하고 있는 사학(私學) 하나가 있는데, 〈태평천하⑤〉 ¶'대체 무슨 그리 긴한 소간이 있다고 그다지 들레고 다니면서 나를 찾더란 말이냐.'는 박절한 구박임을 알아차렸을 것이나. 〈모색〉 ¶우선 나부터도 그런 소간으로 불려 올라온 나그네요. 〈회(懷)〉

소간사명 →소관사(所關事). 볼일. 처리해야 할 일. ¶우선 제 소간사를 말 내놓기부터 수나로울 것 같았다. 〈탁류⑮〉

소 갈 데 말 갈 데 안 가는 데 없다〖속〗 아무 데나 돌아다님을 이르는 말. ¶말은 안 해두… 아이구 그 빈차리같이 배싹 야웨가 지군 소 갈 데 말 갈 데 안 가는 데 없이 다니면서 할 짓 못할 짓 다아 하구, 〈탁류⑦〉

소갈머리명 '마음보'의 속된 말. 〖비슷〗 소가지. 소견머리(所見~). ¶"뒤어져 버려라, 이놈의 자식! 누가 생겨나랬더냐?… 되지두 못헌 소갈머리…" 〈빈(貧)… 제1장 제2과〉 ¶이래 놓으니 시방은 다 일찍 세파에 찌들어 속도 있는 대로 썩고 해서 어렸을 적의 소갈머리는 죄다 없어지고 거진 농판이 되다시피 했지만, 〈순공(巡公) 있는 일요일〉

소갈머리(가) 나다〖관용〗 '성이 나다'의 낮은 말. 〖비슷〗 소갈찌가 나다. ¶여 차장은 고만 소갈머리가 나서 보풀떨이를 합니다. 〈태평천하②〉

소갈머리(가) 없다〖관용〗 소견머리 없다. 여기서는 염치없다. 체면도 부끄러움도 없다. ¶… 너는 네 형 혼자만 맽겨 놓구 이렇게 풍당 들어앉어서 고따위 소갈머리 없는 소리만 하구 있니? 〈탁류③〉 ¶또 막상 다들리고 보니 소갈머리 없고 싱거운 오복이가 질증이 났는데. 〈정자나무 있는 삽화〉

소갈찌가 나다〖관용〗 '성이 나다'의 낮은말. ¶그러나 괜히 함부로 잡도리를 했다가는, 단박 소갈찌가 나서 뽀르르 달아나 버리고는 다시는 안 올 테니, 〈태평천하⑩〉

소갈찌를 내다〖관용〗 '성을 내다'의 낮은말. ¶거리로 걸어가면서 승재는, 계봉이가 소갈찌를 포르르 내면서, 남의 속도 모르고 그런다고 쏘아붙이던 말을 두루 생각을 해 본다. 〈탁류⑧〉

소견(所見)명 사물을 살펴보고 인식하는 바의 의견이나 생각. ¶가냘픈 여인이 이렇게 자상스럽게 소견을 말하는 것이다. 〈보리방아〉 ¶그것이 단순한 어린애의 머리에 그대로 소견이 되어, 우리 아버지는 공부를 했어도 '좋은 사람이 안 되었다고' 그래서 돈도 못 벌고, 〈탁류⑮〉

소견머리명 '소견'의 낮은말. ¶어느 미쟁이 녀석이 고따우루 소견머리 없이두 집을 지어 놨는지. 〈소망〉

소경사(所經事)명 겪어 내려온 일. 지내온 일. ¶초봉이는 소경사를 다 이야기할까 하다가 그만둔다. 〈탁류②〉 ¶이야기가 자신의 소경사가 아닌 양으로 하자 함이다. 〈두 순정〉 ¶아닌 게 아니라 그 전자에 몇 차례 소경사로 보면, 그러한 일이 통히 없던 것도 아니어서. 〈용동댁〉

소곤소곤부 작은 목소리로 연하여 가만히 말하는 모양. ¶이 구석 저 구석 앉을 만한 곳으로 벤치에, 잔디 위에는 금시 돈더미가 쏟아져 나오는 것같이 소곤소곤 천 냥 만 냥을 하는 친구들과 로댕이 보았으면 '생각하는 사람' 대신 '게으른 사람'이라는 조각을 새겼을 모델감들이 방금 겨드랑이 속에서 이(虱)라도 더듬어 낼 듯이 느리차분하게 앉아 햇볕을 쪼이고 있다.

〈그 뒤로〉 ¶나오다가 문득 마루에서 소곤소곤 나는 소리를 듣고 불쑥 나가기가 무엇해서 발을 멈추었다. 〈보리방아〉

소곳이[부] 온순한 맛이 나게 고새를 귀엽게 조금 숙은 듯하게. 좀 다소곳하게. ¶마주 환히 열어 놓은 방 앞뒷문으로 소리없이 드나드는 바람이 소곳이 숙인 업순이의 이마 위로 서너 낱 드리운 머리칼을 건드리곤 한다. 〈동화〉 ¶열어젖힌 건넌방 앞문 안으로 소곳이 고개를 숙이고 앉아 용동댁은 한참 바느질이 자지러졌다. 〈용동댁〉

소곳하다[1][동] (고개를) 조금 숙이다. 〈수긋하다. ¶이렇게 말하는 아버지의 말에 소저는 고래를 소곳하고 말이 없었읍니다. 〈소복 입은 영혼〉 ¶아씨는 패앵팽한 눈살로 소곳한 오월이의 앞이마를 노려본다. 〈생명〉 ¶그는 자리에 앉아 소희를 건너다보았다. 여전히 고개를 소곳하고 앉아서 사분사분 헤라질을 하였다. 〈병조와 영복이〉 ¶저는 저만치 빈 자리에 가 혼자 걸터앉아서 고개를 소곳하고 눈을 깜작깜작. 〈반점〉

소곳하다[2][형] (온순한 맛이 나게) 고개를 귀엽게 조금 숙은 듯하다. 좀 다소곳하다. ¶촛불이 환하니 켜져 있는 신방에는 불보다 더 환하게 연지 찍고 곤지 찍고 분단장한 신부 납순이가 소곳하니 앉아 있다. 〈쑥국새〉 ¶그렇건만 마치 중병이나 앓고 난 아이처럼 창백한 얼굴에 하나도 신명이라곤 없이 한편 구석으로 소곳하니 비껴 앉아서는 어른들의 눈치만 말긋말긋 여살피고 하는 양이 하도 애처로와 못 보겠었다. 〈회(懷)〉 ¶소곳한 이마와 날씬한 콧등에 땀방울이 잘게 솟았다. 〈보리방아〉 ¶제호는 소곳한 초봉이의 이마를 의미 있이 건너다 보면서 묻는다. 〈탁류⑫〉 ¶품에 안긴 어린것을 들여다보느라 약간 소곳한 머리의 하이얀 가리마 밑으로 곱게 빗어진 누이의 얼굴. 〈패배자의 무덤〉

소국(小國)[명] 작은 나라. ¶"조선은 소국이라 키 작은 사람이 속을 차린다."는 옛말을 인용해서 천연스럽게 뒤집어 씌우곤 했다. 〈보리방아〉

소꼴[명] →쇠꼴. 소에게 먹이기 위해 베는 풀. ¶그러다가 애기가 자리니까 재작년부터는 아궁이마다 군불 때기, 쇠물 쑤기, 소꼴 먹이기, 그리고 나무하기, 〈어머니를 찾아서〉

소꼽질[명] →소꿉질. (강원, 경기) ¶P는 정조(貞操)적으로 순진한 사나이가 아니다. 열네 살 때에 소꼽질 같은 장가를 갔고 그 뒤 동경 가서 있을 동안에 거기 여자와 살림도 하였다. 〈레디 메이드 인생〉

소꼽질[명] 아이들이 자질구레한 그릇 따위를 가지고 살림살이 흉내를 내는 짓. ¶해판(解版)하는 어린애들은 소꼽질을 하듯이 활자를 추려다가 제자리에 집어넣고 있었다. 〈병조와 영복이〉

소내기[명] →소나기. (평안) ¶왜? 소내기 맞었수? 무얼 자꾸만 쑹얼쑹얼 허우? 〈탁류⑰〉

소 닭 보듯[속] 아무런 관심도 없이 본 둥 만 둥 함을 가리키는 말. ¶그는 왔느냐는 말도 암하고 소 닭 보듯이 멀거니 치어다만 보다가 그나마 외면을 해 버린다. 〈빈(貧)… 제1장 제2과〉 ¶닭이 덤벼들어서 쇠물에 섞인 수수 알맹이를 개평 떼느라고 등쌀이다. 소 닭 보듯 한다더니 저 먹

을 것을 마냥 개평 들려도 소는 본숭만숭이다. 〈암소를 팔아서〉

소담스럽다㉢ 보기에 소담한 데가 있다. ¶팔다리도 거기 알맞게 몽실몽실, 그리고 소담스런 젖가슴과 푸짐한 방둥이가 모두 흐벅지다. 〈빈(貧)… 제1장 제2과〉 ¶마침 두부 장수가 도로 나오더니 목판의 보자기를 걷고 소담스럽게 허연 두부 한 모를 대접에 감아 가지고 도로 들어간다. 〈명일〉 ¶뒤 섶울타리를 소담스럽게 덮은 호박 덩굴 위로 쨍쨍한 불볕이 내리쬔다. 〈동화〉 ¶바람은 솔솔 불어 오겠다 소담스런 먼지가 쌍으로 풀씬풀씬 피어올라. 〈흥보씨〉 ¶참외 수박이며 사이다 같은 것을 소담스럽게 사 들여다 놓고 둘러앉아 먹고 있느라니까. 〈이런 남매〉

소담하다㉢ 생김새가 탐스럽다. 또는 음식이 먹음직하고 풍성하다. ¶K는 우물가로 가서 세수를 하고 안마루로 가서 앉았다. 그의 앞에도 소담한 죽대접이 올라앉은 상이 놓여졌다. 〈생명의 유희〉

소대성(蘇大成)㉥ 고소설 '소대성전(蘇大成傳)'의 주인공처럼 잠이 몹시 많은 사람. ¶소대성이 여대치게 낮잠이나 자기… 이 지경으로 반생을 살았읍니다. 〈태평천하④〉

소댕㉥ 솥을 덮는 뚜껑. 〖같은〗솥뚜껑. ¶그러나 그의 귀에는 반가운 소식이 들렸다. 안에서 사람의 기척이 우세두세하고 가끔 가다가 소댕 여닫는 소리며 그릇 마주치는 소리는 틀림없이 밥 짓는다는 소식이었었다. 〈생명의 유희〉 ¶소댕같이 넓은 칼날이 슬며시 내려와서 열 권씩 다섯 무더기를 가지런히 놓은 책의 서두를 아무 힘도 들이지 않고 썩둑 잘라 버리고는 다시 슬며시 올라가곤 하였다. 〈병조와 영복이〉 ¶장손네는 반기면서 일변 소댕을 덮고 마주 나서면서. 〈암소를 팔아서〉 ¶초봉이는 소댕을 덮고 부뚜막에서 일어선다. 〈탁류③〉

소래기㉥ '소리'의 속된 말. ¶시이 피이 시이 피이, 남 경풍을 하라고 소래기를 빽빽, 앞걸음질 뒷걸음질을 벼락치듯 오락가락. 〈회(懷)〉

소로(小路)㉥ 작은 길. 좁은 길. ¶비탈은 험한데 길이래야 겨우 발이나 붙임직한 소로다. 〈두 순정〉 ¶이 사이를 좁다란 산협 소로가 꼬불꼬불 깔끄막져서 높다랗게 고개를 넘어갔다. 〈쑥국새〉

소름㉥ 춥거나 무섭거나 징그러울 적에 살갗에 좁쌀 같은 것이 나돋는 현상. ¶눈과 입을 반만 감고 벌린 채 숨이 져서 있는 꼴은 첫눈에 소름이 쪽 끼쳤다. 〈탁류⑩〉

소리를 짜내다〖관용〗 '억지로 겨우 말하다'의 뜻을 속되게 이르는 말. ¶초봉이가 소리를 짜내면서 대문 밖으로 쏟쳐 나가는데 순사는 벌써 돌아서서 가고 있고, 〈탁류⑩〉

소만씩 하다㉢ 덩치가 매우 크다. 〖비슷〗말(馬)만 하다. ¶"우리 행경도로 오우다! 많소잉, 소만씩 한기…" "그 소만씩 한 색시들이 날 무얼 보구 좋대겠소!" 〈회(懷)〉

소물㉥ →쇠죽. (평안). 짚과 콩, 풀 따위를 섞어 끓인 소의 먹이. ¶그러자니 촌 농가집 며느리로 새벽 어둑어둑하면 일어나서 소물을 쑨다. 〈두 순정〉

소박(疏薄)㉥ 아내를 박대하고 멀리함. ¶새서방 종학이한테 눈의 밖에 나서 소박을 맞는 것도 죄의 절반은 그 입술과 새수

빠진 소리 잘 하는 것일 겝니다. 〈태평천하⑤〉 ¶근 이십 년 소박을 당했지요. 〈치숙(痴叔)〉

소박데기(疏薄--)명 남편에게 소박을 맞은 여자. ¶어릴 적부터 소박데기 어미의 손에서 아비의 원망과 푸념을 들어 가면서 가란 자식은 자란 뒤에 그 아비에게 호감을 가지지 못한다. 〈레디 메이드 인생〉

소복(素服)명 상복(喪服). 상중에 있는 사람이 입는 예복. ¶괜히 소복 입구 장가들게 되리! 〈탁류①〉

소복 치마명 하얗게 차려 입은 치마. ¶느슨해진 소복 치마 뒷자락을 치렁거리면서, 고개 마루턱까지 겨우 올라선다. 〈패배자의 무덤〉

소불하(少不下)부 줄이어 치더라도. 〖같은〗 적어도. 하불하(下不下). ¶그러니, 한 달에 쌀 오 통 한 가마로는 모자라고 소불하 엿 말은 들어야 한다. 〈탁류①〉 ¶어느 권번이나 조선음악연구회 같은 데 교섭을 해서 특별 할인을 한다더라도 하루에 소불하 10원쯤은 쳐주어야 할 테니. 〈태평천하②〉

소사(小使)명 잔심부름을 하는 남자 하인. ¶바로 저 ××심상소학교의 소사 현 서방의 거동인 것입니다. 〈흥보씨〉

소산(所産)명 '소산물(所産物)'의 준말. 그곳에서 생산된 온갖 물건. ¶그래 말하자면 두 사람의 소산을 둘이서 반분한 셈이다. 〈명일〉

소생(所生)명 '자기가 낳은 자녀'를 이르는 말. ¶"퍽 불쌍하다구… 소생이 무언지, 소생이라두 하나 있었더라믄 그래두 맘이나 고난치 않았을 걸," 〈태평천하⑪〉

소생(蘇生)하다동 다시 살아나다. ¶꽁꽁 얼어서 오그라 붙은 색시와 다 죽어 가는 새서방을 동리 사람이 업어 오기는 했으나 색시는 영영 소생하지 못했고, 새서방만 무사히 살아 났다. 〈두 순정〉

소성(蘇醒)명 중병을 치르고 난 뒤에 몸이 회복됨. ¶그러나 부룩쇠의 상처는 그다지 중한 것이 아니어서 곧 소성이 되어 갔읍니다. 〈어머니를 찾아서〉

소성(蘇醒)되다동 큰 병을 치르고 난 뒤에 다시 몸이 회복되다. ¶스코폴라민의 여독을 말고는, 초봉이는 산후에 다른 탈은 없이 몸이 소성되어 이 주일 후에는 퇴원을 했다. 〈탁류⑬〉 ¶산후라야 벌써 일곱 달인 걸 여태 몸이 소성되지 않았을 리는 없고. 〈패배자의 무덤〉

소소(蕭蕭)하다형 비바람 소리가 쓸쓸하다. ¶지리한 여름도 소소한 가을도 다 지나고 음울한 듯한 겨울의 묵은 해도 며칠 사이에 봄다운 듯한 양기로운 새해로 바뀌고 말았다. 〈불효자식〉

소쇄(掃灑)명 먼지를 쓸고 물을 뿌림. 비로 쓸고 물을 뿌림. ¶인제 가서 소쇄를 하고 조반을 먹고 나면 여덟 시 반, 여덟 시 반부터는 진찰실에 나가 앉아야 한다. 〈탁류⑥〉 ¶어린 놈과 안해의 성화에 견디다 못해 필경 끄들려 일어나다시피 일어나서는 소쇄를 마친 후 마악 조반상을 물린 참이었었다. 〈순공(巡公) 있는 일요일〉

소스라치다동 깜짝 놀라 몸을 떠는 듯이 움직이다. ¶이러한 정열의 외침이 방방곡곡에서 소스라쳐 일어났다. 〈레디 메이드 인생〉 ¶승재는 하릴없이, 별안간 누가 면상에다가 물이라도 쫙 끼얹은 것처럼 소스라치게 놀라, 반사적으로 쳐든 얼굴로 뚫어지라고 태수의 얼굴을 건너다본다. 〈탁류⑧〉 ¶ 날은 훨씬 밝았고, 바람 끝이 소스라치게 싸늘합니다. 〈태평천하⑭〉 ¶ 미럭쇠는 쑥국새 우는 곳을 바라보다가 이윽고 소스라쳐 한숨을 내쉰다. 〈쑥국새〉

소시랑명 →쇠스랑. (경상, 전라). 땅을 파헤쳐 흙을 고르거나 두엄, 풀무덤 등을 쳐내는 데 쓰는 농기구. ¶ "아, 그놈의 것 꼭 소시랑을 피여논 것치름 생긴 것을 주면서 밥을 먹으라넌구나! 허참 …" 〈태평천하⑭〉

소시적(少時-)명 →소싯적. 젊었을 때. 나이가 어렸을 때. ¶ 소시적에 남들이 노름꾼 말대가리 자식놈이라고, 뒷손가락질과 귀먹은 욕을 하는 데 절치부심을 한 소치라고 합니다. 〈태평천하⑩〉 ¶ 약각 둔하다고는 하지만 일찌기 소시적에는 적지 않이 주도(酒道)에 종사를 한 적이 있는만큼. 〈홍보씨〉

소실(小室)명 첩(妾). 또는 작은집. ¶ 그래서 겉늙고 탑삭부리진 남편과 대해 놓고 보면 며느리나 소실 푼수밖에 안된다. 〈탁류①〉

소심(小心)하다형 대담하지 못하고 겁이나 조심성이 많다. ¶ 그러나 그러지를 못하고 다 타 빠진 꽁초를 주워 모아 신문지에 말아먹고 있게쯤 소심해진 그 심정이 밉살머리스러우면서도 한편 측은한 생각에 가슴이 질리는 것이다. 〈명일〉 ¶ 물론 그렇게 할 수 있다면, 아예 집으로 보내주기라도 할 도리를 생각하겠지만, 그러나 소심한 초봉이로 거기까지는 남의 것을 제 마음대로 손을 댈 기운이 나지 않았다. 〈탁류②〉 ¶ 또 그래 놓구서, 그 앞을 얼찐 못할 건 무엇 이며, 사람이 고렇게 소심허(하)다구는! 그런 걸 보면 천하 졸장부야. 〈소망〉

소아(小兒)명 어린아이. ¶ 모두가 열두어 살로부터 열네댓 살 그 어림의 소아들이었다. 〈회(懷)〉

소오바(そうば)명 '투기(投機)', '미두(米豆)'의 일본어. ¶ 그러지 말게! … 소오바란 그렇게 하는 법이 아니란 말야… 그러니 내가 시키는 대루…. 〈탁류④〉

소요(逍遙)명 이리저리 마음 내키는 대로 거니는 일. ¶ 일변 첫 사람의 자취에서는 연연한 옛 회포가 제 홀로 한가로운 소요를 하는 수가 없지 않다. 〈탁류⑰〉

소원(疏遠·疎遠)하다형 지내는 사이가 탐탁하지 않고 멀다. ¶ 오늘이란 오늘야 마침, 날세도 반갑고 하여, 그러면 다녀오는 거라고 작정을 하고 나니 미상불 그제서야 너무 소원했구나 하는 민망한 생각이 들고. 〈패배자의 무덤〉

소위(所爲)명 하거나 해 놓은 일. 『같은』 소행(所行). ¶ 나는 묻지 않고라도 칠복의 소위인 줄을 알았지만 그대로 아무 말 없이 씻어 덮어 버리도록 하였다. 〈불효자식〉

소의소복(素衣素服)명 (색과 무늬가 없는) 흰 옷. 하얗게 차려 입은 옷. 흔히 초상이 났을 때 입음. ¶ 그렇게 아름다운 젊은 여인이 그러나 위아래를 하얗게 소의소복으로 차리고서 아닌 밤중에 소리도 없이 문을 열고 들어오는 그 양자는 그러나 선녀와 같은 아름다움에 취하기보다 귀신인가 의심하게 요염하였읍니다. 〈소복 입은 영혼〉

소이(所以)명 까닭. ¶ 그제서야 활연히 그 아름다움의 아름다운 소이를 깨닫고, 한

꺼번에 숨을 들여쉰 채 주춤 그 자리에 멈춰 선다. 〈패배자의 무덤〉

소인(小人)[명] 도량이 좁고 간사한 사람. ¶더구나 태수한테 질투와 증오를 갖던 제 자신이, 초봉이의 그렇듯 깨끗하고 아름다운 맘씨에 비하여 얼마나 추하고 부끄러운 소인의 짓이던가 싶었다. 〈탁류⑧〉

소일(消日)[명] 어떤 일에 마음을 붙여 세월을 보냄. ¶사실 또 생각하면, 괜히 돈 낭비나 되지, 그게 그리 신통한 소일두 아니구 말구요! 〈태평천하⑧〉

소일거리(消日--)[명] 세월을 보내기 위하여 심심풀이로 하는 일거리. ¶임의롭고 한 행화의 집이니 혹시 제 소일거리라도 생기나 해서…. 〈탁류⑨〉

소임(所任)[명] 맡은 바 직책. ¶정 주사는 밖에서 물건 사들이는 소임을 맡았다. 〈탁류⑮〉 ¶그러니 일변 생각하면 춘심이의 소임이 매우 중대하고도 미묘한 의의를 가졌다고 할 수 있겠읍니다. 〈태평천하⑩〉

소작 노동자(小作勞動者)[명] 농토를 소유하지 못한 농민이 땅을 빌려 농사를 짓는 노동자. ¶병문이는 송곳 꽂을 땅도 없는 말간 소작 노동자가 되고 말았다. 〈농민의 회계보고〉

소잡하다[형] 좁고 복잡하다(?). ¶오르기 오 리, 내리기 오 리의 소잡한 재를 넘어 다시 십 리를 걸어. 〈두 순정〉

소장(小壯)[명] 젊고 기운이 셈. ¶남편 종택이 제법 그때는 녹록치 않은 소장 논객으로서 어떤 잡지의 전임 필자이던 직책을 내던진 후, 집 안에 칩거한 것이 작년 이월 초생…. 〈패배자의 무덤〉

소저(小姐)[명] '아가씨'를 한문투로 이르는 말. ¶슬하에 아들이 없고 만득으로 오직 하나 둔 딸 소저는 낙지 이후부터 불행한 인생의 길을 밟기 시작했읍니다. 〈소복 입은 영혼〉

소절수(小切手)[명] '수표(手票)'의 일본어. ¶형보는 어제 저녁때 태수한테서 액면 이백 원짜리 소절수 한 장을 맡았었다. 〈탁류④〉 ¶그 사람이면 소절수를 받아다가 현금과 진배없이 풀어 쓸 수가 있는 자린데, 세상 기고 매고 아무리 찾아다녀야 만날 수가 없다는 것입니다. 〈태평천하⑫〉

소조(小照)[명] '자기의 사진이나 화상(畵像)'의 경칭. ¶상기된 얼굴빛도 안날 밤에 그와 같은 냉랭한 소조를 하였으리라고는 믿을 수 없을 만큼 수줍은 흥분이 보였다. 〈병조와 영복이〉

소중(所重)**스럽다**[형] 매우 귀중한 듯하다. ¶해서 이놈을 시방 오리쓰메로 더불어 아무려나 소중스럽게 집으로 가지고 가기는 가던 것이나 그러나 딱했읍니다. 〈흥보씨〉

소지(素地)[1][명] 밑바탕. 본디의 바탕. ¶역시 천품의 소지도 없지 않아, 가령 딸이 젊은 과수의 몸으로 와서 있곤 하여. 〈용동댁〉

소지(燒紙)[2][명] 신령 앞에 비는 뜻에서, 희고 얇은 종이를 살라서 공중으로 날리는 일. 또는 그 종이. ¶쌀이 두 되는 실히 되겠고, 소지감으로 접은 백지가 석 장, 일 전짜리 양초에 불을 켜서 꽂아 놓은 사기 접시, 〈탁류⑥〉

소징[명] →소증(素症). 채소 따위만 줄곧 먹어서 고기가 몹시 먹고 싶은 증세. ¶머내가 살이 이렇게 쪘으닝개루, 소징이 나서 괴기라두 뜯어 먹을라구? 에이! 지긋지긋허라! 에이 숭악허라. 〈태평천하⑥〉 ¶

"… 하두 보리꽁퉁이허구 된장덩이만 먹으닝개루 소징이 나서 원… 작은 갯바닥에 물이 어떤지…" 〈정자나무 있는 삽화〉

소첩(少妾)명 젊은 첩. ¶팔자를 한번 그르친 젊은 여인이란, 매춘의 구렁으로 굴러들기 아니면, 소첩 애첩의 이름 밑에 아무 때고 버림을 받아야 할 말이 없는 위험지대에다가 몸을 퍼뜨리고 성적 직업에나 종사하도록 연약하기만 하지, 〈탁류⑭〉

소청(所請)명 청하는 바. 청하는 일. 바라는 것. ¶그는 태수더러는 초봉이가 네한테는 과분하다는 핑계를 해 가면서, 그의 소청을 들어주지 않으려고 드는 것이었었다. 〈탁류⑤〉

소출(所出)명 일정한 논밭에서 생산되는 곡식. 또는 그 곡식의 양. ¶모를 심었느냐 김을 매었느냐 금년 소출이 얼마나 되느냐 하는 등 살림 형편은 통히 알은체할 줄을 모르고. 〈용동댁〉

소치(所致)[1]명 어떤 까닭으로 빚어진 일. 〖비슷〗탓. ¶"또한 곡절이 있는 소치입니다." 〈소복 입은 영혼〉 ¶그것은 대부분이 술기운에서 생긴 객기요, 또 그 자리의 놀이가 웬만큼 싫증난 소치다. 〈명일〉 ¶오히려 제 몸감장도 할 줄 모르는 탁객(濁客)인 소치다. 〈탁류③〉 ¶땀이 빠지도록 언변을 부려 가면서, 공공사업에 돈을 내는 게 불가한 소치를 한바탕 늘어놓습니다. 〈태평천하⑧〉 ¶그러한 것을 좀처럼 강단을 내지 못하는 소치는, 거기 어디 많이 볼 수 있는 구태의 젊은 여인들과 일반으로 용동댁도 독립할 줄을 모르는 영원한 아기—. 〈용동댁〉 ¶그뿐만 아니라 (때와 자리가 마침 그럼직한 소치도 있겠지만) 남편은 그리하여 가고서 오지 못하고. 〈패배자의 무덤〉 ¶이러한 생활들이 두루 불가하다는 소치는 (그 가장 근본적인 이유는) 일껀 애써 배우고 쌓은 귀중한 학문을 갖다가 하나도 옳게 풀어쓰지 못하는 것이라는 데 있었던 것이다. 〈모색〉

소치(小痴)[2]명 조선 말기의 문관 허유(許維, 1808~1893)의 호. 서도에 능하고 묵화에 뛰어나 삼절(三絕)로 이름을 날렸는데 그 중에서도 묵죽(墨竹)에 가장 유명하였다. ¶눈에 뜨이는 것은 연상(硯床)머리로 걸려 있는 소치의 모란 족자, 그리고 연상 위에는 한서가 서너 권. 〈태평천하⑬〉

소탕(掃蕩)**시키다**동 휩쓸어서 죄다 없애다. ¶그 숭악헌 부랑당 놈들을 말끔 소탕시켜 주구, 그리서 양민덜이 그 덕에 편히 살지를 않넝가! 〈태평천하⑧〉

소태명 소태나무의 껍질. 맛이 몹시 쓰며 한약재로 쓰임. ¶계봉이는 입에 소태를 문 듯이 쓰게 내뱉는다. 〈탁류⑰〉

소통(疏通)**되다**동 의사나 의견이 상대방에게 잘 통하게 되다. ¶서로 마음이 소통되게끔 사정이 마침맞았다. 〈탁류⑤〉

소프트(soft)명 '소프트 모자(soft 帽子)'의 준말. 양털이나 그 밖의 짐승 털을 원료로 하여 습기, 열, 압력을 가하여 만든 부드러운 중절모. ¶넥타이도 변변한 게 있을 턱이 없고 모자는 소프트 그냥이다. 구두는 뒤축이 바짝 닳고 코가 벗겨진 검정이다. 〈명일〉 ¶이놈에다가 낡은 소프트를 머리에 얹었으면, 장재동에 있는 병원과 이곳에 거처하는 초봉이네 집을 오고 가는 도중에 있을 때요, 〈탁류③〉

소피(所避)명 오줌. 또는 오줌 누는 일. ¶ 초봉이가 소피를 보러 가느라고 송희를 내려놓고 나가니까…. 〈탁류⑯〉

소행(所行)명 이미 하여 놓은 일이나 짓. ¶ 그러나 제가 송희를 가지고 한 소행은 있겠다. 〈탁류⑱〉

소행머리(所行--)명 '소행'의 속된 말. ¶ 또 제가 그렇게 훔쳐는 놓고 동생을 내버리고 도망을 간 소행머리가 미워서 일단 가라 앉았던 분이 다시 치밀어 종태만 못지 아니하게 매질을 했다. 〈명일〉

속명 마음보나 셈속. ¶ 그 화풀이를 걸리는 대로 나한테 하는 속이로구나, 이렇게 단박 눈치를 채고는. 〈태평천하⑦〉

속(을) 뽑히다『관용』 제 속을 남에게 내어 보이다. ¶ 초봉이는 그새 여러 달 앓던 짓이라, 갑자기 속을 뽑히는 것 같아 귀밑이 붉어 올랐다. 〈탁류⑬〉 ¶ S하며 그 집 사람들이 그가 경희이었음을 짐작하고 보면 자연 속을 뽑히는 노릇이겠어서, 그것 저어했던 것이다. 〈반점〉

속(을) 앗이다『관용』 ('속을 빼앗기다'의 뜻 바탕에서) 속셈이 빤히 보이게 되다. '앗이다'는 '앗기다'의 방언. 『비슷』 속(을) 뽑히다. ¶ 통히 알은체도 안 해 오던 터에, 오늘밤이야 말고서 갑작스레 그런 소리를 하는 게, 다 속 앗일 짓이기는 하지만, 다급한 판이니 옹색한 대로 둘러댈 수 밖에 없던 것입니다. 〈태평천하⑥〉

속(이) 굴저하다『관용』 마음이 느긋하고 만족스럽다. ¶ 그랬으면야 대복이도 속이 대단 굴저했을 것이고, 어떻게 적극적으로 무슨 모션을 건네 보려고 궁리를 할 것이고 그랬을텐데, 〈태평천하⑨〉

속(을) 차리다『관용』 지각 있게 처신하다. ¶ 사람 속 차릴 여망 없어요. 그저 어디로 대나 손톱만큼도 쓸모는 없고 남한테 사폐만 끼치고, 세상에 해독만 끼칠 사람이니, 머 하루바삐 죽어야 해요. 〈치숙(痴叔)〉

속(이) 걸리다『관용』 (말 못할 사정으로) 마음속으로 거북해 하다. ¶ 승재도 그걸 생각하던 터라 우기지는 못하고 속만 걸려 한다. 〈탁류⑰〉

속(이) 절여 터지다『관용』 몹시 아니꼬워 속이 뒤집히다. ¶ 그것이 속이 절여 터지게 밉다. 〈탁류②〉

속(이) 조이다『관용』 마음이 몹시 안타깝고 조마조마하다. ¶ S는 고개를 들지 못하고 거북하며 그리고 속이 조여서 가슴이 막히는 것을 그대로 밥그릇만 꺽꺽 팠다. 〈앙탈〉 ¶ 생각지 아니한 난관을 만났다가 다행히 무사히 피어는 났으나 그것 때문에 정말 요긴한 이야기가 흐지부지될까 봐서 태호는 속이 조였다. 〈보리방아〉

속근(俗勤)명 근속(勤續). 어떤 일자리에서 계속해서 근무하는 것. ¶ 십 년 적엔 십 년 속근의 표창을 받았고. 〈홍보씨〉

속내명 '속내평'의 준말. 겉으로 드러나지 않은 사정이나 실상. ¶ "옥봉네 말이, 지끔 성편에 혼인을 허자구 와락 나설 수가 없대는 게야! 아 번연히 속내 다아 아는 배, 우리가 농사 한 톨을 지우? 따루 모아 둔 성세가 있소?" 〈암소를 팔아서〉 ¶ 행화는 그것이 마치, 모르고 구경했던 구경 거리를, 속내를 알고 나니까 깜빡 신기하듯이 인제야 비로소 일이 자꾸만 희한스럽고 재미가 나고 했다. 〈탁류⑨〉 ¶

예서 서울 속내 잘 알구 착실한 여인네 하나가 마침 있으니깐 올려 보내서. 〈소망〉 ¶ 아무리 속내 아는 사이들이라고 하더라도 주인이 같이 들어서서 하는 일과 남만 시켜서 하는 일과는 영락없이 일 됨새가 다른 법인데. 〈정자나무 있는 삽화〉

속내평[명] (사람이나 사물의) 겉으로 드러나지 않은 일의 사정이나 실상. [준말] 속내. [같은] 내막(內幕). ¶ 자기딴에는 따로이 속내평이 있어서 하는 소리겠지만, 이건 느닷없이 송장 일곱 매 묶는 이야기가 불쑥 나오는 데는, 〈태평천하⑧〉

속 다르고 겉 다르다[속] 속으로 생각하고 있는 것과 행동하는 것이 다르다는 뜻. ¶ 제호가 이렇게 속 다르고 겉 다른 말을 하는 줄은 아나 모르나 간에, 초봉이는 저대로 마음이 급하여, 〈탁류⑬〉

속대[1][명] 어떠한 물체의 가운데에 있는 막대기. [상대] 겉대. ¶ 승재는 독약병을 기울여 바른손에 든 주사기의 침 끝을 담그고 속대를 천천히 잡아당긴다. 〈탁류⑧〉

속대[2][명] 푸성귀의 겉대 속에 있는 줄기나 잎. ¶ 그러나 속대를 뽑아 보면 벌써 물이 올라 촉촉할 것 같다. 〈패배자의 무덤〉

속(俗)되다[형] 고상하지 못하고 천하다. 세속적이거나 천하다. ¶ 요새 그 오케란 말이 자못 속되대서 이놈이 그럴싸한 대로 응용을 하던 것이다. 〈탁류⑯〉

속살로[부] 매우 재빠르게. ¶ 꿩먹고 알먹고 하는 속인데, 윤 직원 영감은 채무자의 재산을 가차압을 해 놓고, 기한이 지난 뒤에 경매를 하게 되면, 속살로 그것을 사 가지고, 그것에서 다시 이문을 봅니다. 〈태평천하⑨〉

속량(贖良)[명] (몸값을 받고) 종의 신분을 풀어 주어서 양민(良民)이 되게 함. 여기서 '양민'은 양반과 천민의 중간 계층. 천역(賤役)에 종사하지 않는 백성. ¶ 작년 정월에야 비로소 그 압제 밑에서 해방이 되었습니다. 남의 집 종으로 치면 속량이나 된 셈이지요. 〈태평천하⑤〉

속 빛깔[명] (물건의) 안쪽 빛깔. 여기서는 '셈속'을 비유하는 말. ¶ 마침 독하다 하리만큼 속 빛깔이 전해 보이는 관수가 나타나니까 뒤도 안 돌아다보고 달려를 오고 하듯이…. 〈정자나무 있는 삽화〉

속사포(速射砲)[명] 짧은 시간에 많은 탄알을 쏠 수 있는 대포. ¶ "아버지? 아버지…." 불러 놓고는 냅다 속사포 놓듯 주워 꿰는 것이다. 〈탁류③〉

속상[명] 속마음의 실상. ¶ 닭이 이웃집의 장닭을 따라간 줄 이내 짐작했고, 그것을 자기도 모르게 괘씸해 하는 속상이던 것이다. 〈용동댁〉 ¶ 현 서방은 그러한 저편의 속상까지 짐작을 하고서 일을 당하자니, 〈흥보씨〉

속새로[부] 드러나지 않게. ¶ 그렇게 아등바등 아니해도 평생 먹고 살 수 있는 터건만 요새 와서는 한술 더 떠 속새로 대푼변 돈놀이까지 하고 있는 마흔댓이나 된 서울 토종이다. 〈명일〉 ¶ 그러니 윤희와 이혼이 되는 날까지는 일을 속새로 덮어두는 게 좋겠다. 〈탁류⑫〉

속속들이[부] 있는 것은 모두. 깊은 속까지 빠짐없이. [비슷] 샅샅이. ¶ 초봉이는 송희가 생김새나 하는 짓이나 속속들이 이쁘지 않은 데가없고, 〈탁류⑬〉

속식(速食)[명] 빨리 먹음. ¶ "오 분도 못 된

걸…? 꽤 속식이로군." 하고 영복이와 같은 기계를 부리는 S가 말을 거들었다. 〈병조와 영복이〉

속없다[1] ⓗ 사리를 분별하는 지각이 없다. ¶"어머니?… 나두 이런 치마 하나만." 말은 해 놓고도 고개를 오므라뜨리고 배식이 웃는다. "속없는 계집애년!…." 〈탁류③〉 ¶남은 기가 막혀서 하는 말을, 속없는 인력거꾼은 고지식하게 언해(諺解)를 달고 있습니다. 〈태평천하①〉

속없다[2] ⓗ 나쁘게 먹는 마음이 없다. ¶하녀가 유까다를 펴 들고서 초봉이더러도 어서 갈아입으라고 속없이 연방 눈웃음을 친다. 〈탁류〉

속으로 기역자를 긋다『속』 겉으로는 나타내지 않아도 속으로는 결정을 짓는다는 뜻. ¶그래서 실상인즉 잘렸느니라고 속으로 기역자를 그어논 판이요, 다만 장사하는 사람의 투로, 지날결에 말이나 한 번씩 비쳐 보는 것이다. 〈탁류①〉

속절없다 ⓗ 어찌할 도리가 없다. 단념할 수밖에 다른 도리가 없다. ¶그러고서 무단히 앉아 속절없이 이 운명 앞에 꿇어 엎디는 제 자신의 만만한 신세를 힘없이 한탄이나 하는 것으로 겨우 저를 위로 하자고 든다. 〈탁류⑫〉

속정(-情) ⓜ 은근하고 깊은 정. ¶하기야 초봉이가 새침하니 저는 저대로 나돌고 속정을 주지 않아서 홍이 미흡하고 헤먹는 줄을 모르는 바도 아니요, 〈탁류⑫〉

속짜 ⓜ →알짜. 여럿 가운데 가장 요긴하거나 실속 있는 물건. ¶"내일 일은 내일 일이구 …자아, 오늘 저녁 일라컨 위선 산뜻한 여학생 오입을 속짜루 한바탕 한 뒤에 어디 별장으루 나가서 밤새두룩, 응?" 〈태평천하⑫〉

속창자 ⓜ ('뱃속의 창자'란 뜻으로) '생각이나 줏대'를 비유하는 말. ¶아무리 내가 이런 병신이기루서니 머, 속창자까지 없을 줄 알았드냐? 〈탁류⑭〉

속충(俗蟲) ⓜ 벌레 같은 속된 무리. ¶그까짓 속충들이 뭘 알아서? 어허허 그 친구 토옹쾌허다! 〈소망〉

속취(俗臭) ⓜ 세속의 더러운 냄새. ¶그리하여 그에게서는 (엄살을 하기로 하면 골치가 아플 만큼) 고약한 속취가 풍기던 것이다. 〈모색〉

속치부(-置簿) ⓜ (잊지 않고 마음 속에 적어 놓듯이) 기억해 둠. 마음 속에 기억하는 일. ¶아예 말 눈치도 보이지 않고 그저 그쯤 혼자 속치부만 해 두고 오늘날까지 지내왔었다. 〈탁류⑦〉 ¶윤 직원 영감은 제가 그대로 병통 없이 말치 없이, 자기 종신토록 자알 살아만 주면 마치막 임종에 가서, 그 집하고 또 땅이나 벼 백 석거리하고 떼어 주어, 뒷고생 않게시리 해 주려니, 이쯤 속치부를 잘해 두었었읍니다. 〈태평천하⑧〉

속한(俗漢) ⓜ 성품이 천박한 사내. 품격이 저속한 사람. ¶조금치라도 관계나 관심을 가진 사람은 시장이라고 부르고, 속한은 미두장이라고 부르고, 〈탁류④〉 ¶돈을 흥정하는 저자에서 오고 가고 하는 속한일 뿐이지, 〈태평천하⑦〉

손(損) ⓜ '손해(損害)'의 준말. ¶"허어! 그렇게 육장 손만 보아서 됐수?" 〈탁류①〉

손(을) 까불다『관용』 어떤 행동을 하고자 하는 마음이 일어나다(?). ¶그렇거니 하면,

문득 섭섭하여 제 자신이 반감스럽고 연달아 남편의 유서의… 맹목적인 모성애로 쓰잘데없이… 운운한 구절이 솔깃하면서 어떤 모험심이 비밀히 손을 까불기도 한다. 〈패배자의 무덤〉

손(을) 끊다『관용』 관계나 교제를 그만 두다. ¶더구나 초봉이와는 하루바삐 손을 끊는 게 그저 상책인 것이다. 〈탁류⑬〉

손가락질㊔ 남을 깔보거나 흉보는 짓. ¶그래 처음 그가 동리에 돌아와 그렇게 눈에 벗어나게 하고 다닐 때에는 동리 사람이 손가락질도 하고 더러는 연갑들이 맞대 놓고 빈정거리기도 했는데. 〈얼어죽은 모나리자〉

손그릇㊔ 거처하는 자리에 가까이 두고 늘 쓰는 작은 세간. 벼룻집, 반짇고리 등. ¶그의 손그릇에는 파라솔을 사려고 아껴둔 일원짜리 두 장과 잔돈이 몇 십전은 더 있었다. 〈빈(貧)… 제1장 제2과〉 ¶보물은 아니라도 썩 마음에 들던 손그릇이나 하나 잃어버린 것같이 신변이 허전하고, 〈태평천하⑧〉

손금고(-金庫)㊔ (늘 거처하는 곳 가까이에 두고 쓰는) 조그마한 금고. ¶이 사람은 돈은 모았어도 손금고 한 개 사는 법 없고, 〈탁류①〉

손 더듬다㊐ 손으로 더듬다. ¶오목이는 눈에 반이나 덮인 신발을 손 더듬어 겨우 찾아 신고 살금살금 기다시피 마당으로 내려섰다. 〈얼어죽은 모나리자〉

손등㊔ 손의 바깥쪽. 곧 손바닥의 뒤. ¶“이걸 육장 와서는, 이래 싸서 어떡허니!” 노마네는 비죽비죽 손등으로 눈물을 씻는다. 〈이런 남매〉

손땟그릇㊔ 손때가 묻은 그릇. ¶마지막 방바닥의 너저분한 것을 대강대강 거두잡아 치우고는 손땟그릇의 돈지갑을 꺼내서 손에 쥔다. 〈탁류⑱〉

손맞다㊐ 함께 일하는 데 서로 보조가 맞다. 손발이 맞다. ¶이렇게, 그야말로 찧고 까불고 하는 소리를, 누가 속은 모르고 밖에서 듣기만 한다면 꼬옥 손맞은 애들이 지껄이고 노는 줄 알 겝니다. 〈태평천하⑩〉

손모가지㊔ ‘손’, ‘손목’의 속된 말. ¶야 이 놈아! 어떤 손모가지가 문은 그렇기 훠어 언허게 열어 누왔냐. 〈태평천하③〉

손박㊔ 솔박. (제주). 나무를 둥그스름하고 납죽하게 파서 만든 작은 바가지. ¶거지 아이는 딸랑하고 노랑돈 너 푼을 손박에 채어 보인다. 〈명일〉

손복(損福)㊔ 복(福)이 줄어듦. ¶천하 시러베 개아덜놈덜이지… 인제 보소마넌, 그런 놈덜은 손복을 히여서, 오래잔히여 박적을 차구 빌어먹으러 댕길 티닝개루, 두구 보소! 〈태평천하⑧〉

손복(損福)하다㊐ 복(福)이 줄어들다. ¶장사해 먹는 이놈이 손복할 지경이지. 생각하면 벼락을 맞일 일이야. 허허허허. 제기할 것. 〈탁류②〉

손 빠르게㊕ (일처리가) 매우 빠르게. 민첩하게. ¶점원이 저울질을 하는 잠깐 동안에 손 빠르게 한 개를 요술하듯이 소매 속에든지 어디든지 감추었어야 할 것을. 〈명일〉

손자 밥을 빼어 먹고 천장을 쳐다보다『속』 염치없는 짓을 하고서 시치미를 뗀다는 말. ¶오복이는 헤헤 속없는 헛웃음을 치다가, 제무렴 제가 푸느라, 그만둬라 손자

밥을 빼어 먹고 천장을 치어다보지! 끙, 하면서 도로 허리를 꾸부린다. 〈정자나무 있는 삽화〉

손짭손[명] 좀스럽고 얄망궂은 손장난. ¶김 씨는 수월찮이 영리하기도 한 여자이었었다. 그는 한때의 손짭손으로 일생을 그르칠 생각은 없었다. 〈탁류⑤〉

손찌검[명] 손으로 남을 때리는 일. ¶"두어 두시우! … 누가 감히 네게다가 손찌검을 해?… 괜히." 〈이런 남매〉

손치[명] 손이 닿을 만한 가까운 곳. ¶손치에 퍼근히 주저앉아 다리를 안 치겠다고 대가리를 쌀쌀 흔들며 암상떨이를 하는 춘심이를 히죽히죽 올려다보고 누웠읍니다. 〈태평천하⑩〉

손탁자(-卓子)[명] 자그마한 탁자. ¶"나 고쓰까이 하나두 없어어!" "으응, 고쓰까이!" 최는 지갑을 꺼내더니 있는 대로 십 원짜리 석 장을 침대 머리의 둥근 손탁자 위에다 내놓는다. 〈이런 남매〉

손틀[명] '손재봉틀'의 준말. 손으로 돌려서 바느질하는 재봉틀. ¶재봉틀이래야 인장표도 아니요, 일백이십 원짜리 국산품 손틀이기는 하지만, 〈탁류⑮〉

솔공이[명] →관솔. 송진이 많이 엉긴 소나무의 가지나 나무에 박힌 가지의 그루터기. 〚비슷〛 솔광이. ¶마음이 지나친 탓이겠지만 마루폭의 솔공이 자죽에서 송진이 금세로 끓어오르는 성도 싶다. 〈모색〉

솔깃하다[형] 마음이 쏠리어 그랬으면 싶다. ¶이 말은 정 씨나 용희에게 다 같이 솔깃한 말이다. 〈보리방아〉 ¶그는 해맑고 선비다운 서방님을 낮으로나 불 안 켰을 때에 넌지시 보느라면 솔깃하게 정다왔다. 〈생명〉 ¶그 말에 또 한 번 솔깃해서 저녁밥을 먹는 시늉, 그 밤을 지냈다. 〈두 순정〉

솔성(率性)[명] 성품. 성격. 본성. 타고난 성질. ¶아뭏든 그래서 유 씨는, 남편의 그러한 솔성을 잘 아는 터라, 아예 말눈치도 보이지 않고 그저 그쯤 혼자 속치부만 해두고 오늘날까지 지내 왔었다. 〈탁류⑦〉 ¶매사에 이렇듯 다심한 성미이면서 일변 지극히 범연스런 그의 솔성이 혹은 마지막 학업을 마치고 난 직후가 되어 긴장이 한꺼번에 탁 풀리는, 〈모색〉

솔솔[부] 불길이 잇달아 가볍게 타들어 가는 모양. ¶담배는 경사진 시멘트 바닥에서 대그르 굴러 길바닥에서 그대로 솔솔 타고 있다. 〈명일〉

솔잎상투[명] 깎았던 짧은 머리털을 끌어 올려서 노끈의 짧은 토막으로 솔잎을 묶은 것과 비슷하게 뭉뚱그려 만든 상투. ¶머리를 도로 길러서 솔잎상투라도 짜려고 애를 썼지만 노쇠한 머리가 그렇게 자라 주지를 아니해서 영영 '중'으로 여생을 마쳤읍니다. 〈소복 입은 영혼〉

솔포기[명] 가지가 무성하게 퍼진 작은 소나무. ¶뜰과 담장 안으로는 잔디야 솔포기야 버들이야, 모두 새삼스러운 듯 눈이 부시게 연푸른 새잎들이 피어나서 있읍니다. 〈흥보씨〉

솔푸덕[명] 솔포기. ¶솔푸덕에서 놀란 꿩이 잘겁하게 울고 날아간다. 〈쑥국새〉

솔푸덩[명] 솔포기. ¶등 뒤의 솔푸더에서 솨 바람이 인다. 〈상경반절기〉

솜뭉치로 사람을 때리다〚속〛 (일이 뜻대로 되지 않고) 하나 마나 하게 된다는 뜻. ¶

계봉이는 그래서, 마치 솜뭉치로 사람을 때려주는 것처럼 헤먹고, 인제는 불쌍하다는 생각은 열두째요 밉살머리스런 생각이 더럭나서, 〈탁류⑧〉

솜솜㊌ 작고 얇은 구멍이 여기저기 많이 뚫린 모양. ¶가무잡잡한 얼굴이 네모가 졌는데 그 바탕이 솜솜 얽었으니 위선 그것부터가 인상적(!)이었읍니다. 〈소복 입은 영혼〉

솟다㊍ ('아래서 위로 높게 서다'의 뜻바탕에서) 비교하는 사물보다 낫다. 우월하다. ¶사실 제호한테다 맡겨만 놓으면, 사람이 어디로 보나 형보보다는 한길 솟으니까 몰릴 까닭이 없이 버젓하게 일 조처를 낼 것이고, 〈탁류⑭〉

솟을대문(--大門)㊎ 행랑채의 지붕보다 높이 솟게 지은 대문. ¶주인이 이렇게 굳이 권하는 바람에 이 서방은 할 수 없이 그 김 판서 집이라는 집을 찾아갔읍니다. 종자를 뒤세우고 솟을대문 앞에 이르러서. 〈소복 입은 영혼〉 ¶지끔두 재갸네 본댁에서는 솟을대문을 달구, 안팎으루 종을 부리믄서 이애 여봐라 허구 그런대나요, 〈탁류⑦〉 ¶젖 먹던 힘까지 아끼잖고 겨우겨우 끌어올려 마침내 남대문보다 조금만 작은 솟을대문 앞에 채장을 내려놓곤, 무릎에 들였던 담요를 걷기까지에 성공을 했읍니다. 〈태평천하①〉

솟치다㊍ (낮게 있는 물건이나 몸을) 위로 높게 올리다. ¶돌진을 하여 탑삭부리 한참봉의 팔 밑을 빠져 마루로 솟쳐 나가는 태수는, 〈탁류⑩〉

송골송골㊌ 땀, 소름 따위가 자디잘게 많이 돋아나는 모양. ¶조금 뒤로 젖혀진 콧등에는 땀방울이 송골송골 배어 올랐다. 〈동화〉

송곳 꽂을 땅도 없다『속』 자기 땅이라고는 조금도 없다. 『같은』 송곳 박을 땅도 없다. ¶병문이는 송곳 꽂을 땅도 없는 말간 소작 노동자가 되고 말았다. 이렇게 된 뒤로부터의 병문이의 생활은 말을 아니하여도 알 것이다. 〈농민의 회계보고〉

송구(悚懼)하다㊔ 마음에 두렵고 거북하다. 마음에 두렵고 거북하며 미안하다. ¶사람을 궂힌 손으로 소중스런 자식을 안기가 송구했던 것이다. 〈탁류⑱〉

송구(悚懼)해하다㊍ 마음에 두렵고 거북해하다. ¶이거 또 걱정을 한바탕 단단히 들어 두었나 보다고 송구해하는 기색만 얼굴에 드러내고 있고, 〈태평천하⑤〉

송글송글하다㊔ 땀, 소름 따위가 아주 가늘고 작게 많이 돋아나 있다. ¶아직 배내털이 송글송글하다, 〈보리방아〉

송덕(頌德)㊎ 공덕을 기림. ¶다아 학교라두 하나 만드시면 신문에두 추앙이 자자할 것이구, 또오 동상두 서구 할테니깐, 영감님 송덕이 후세에 남을 게 아니겠다구요? 〈태평천하⑧〉

송아치㊎ →송아지. ¶"원! 지집애두… 난 무슨 소리라구! … 그리라. 어서 키어서 송아치를 사 놓아라." 〈보리방아〉

송알송알하다㊔ 땀방울 따위가 작고 둥글게 많이 돋혀 있다. 또는 작은 털이 많이 돋혀 있다. ¶털이 송알송알한 갓 돋은 할미꽃 엄이다. 〈패배자의 무덤〉

송진(松-)㊎ 소나무에서 분비되는 끈끈한 액체. ¶송진 냄새가 나는 듯 말쑥한 새 집이, 무능까지 달리고 드높아서 겉으로

보기에는 산뜻한 게 마음에 안겼다. 〈탁류⑫〉

송죽(松竹)명 소나무와 대나무. ¶그것은 또, 결단코 절개가 송죽 같아서가 아니라, 눈가린 마차말이 마차를 메고 달리는 것과 일반으로, 〈태평천하⑨〉

송진내(松-)명 송진의 냄새. ¶울타리 너머로 다가선 언덕의 솔숲에서 향긋한 송진내가 나른한 미풍에 섞여 자취 없이 스며 내린다. 〈보리방아〉

송충이가 솔잎을 먹어야지 갈잎을 먹으면 못쓰지라우속 송충이가 갈잎을 먹으면 떨어진다. 분수에 넘치는 짓을 하면 낭패를 본다. ¶"송충이가 솔잎을 먹어야지 갈잎을 먹으면 못쓰지라우. 다 저이 찌리찌리(끼리끼리) 만나서 살어야지…" 〈보리방아〉

솔글겅이명 눌은밥. 솥바닥에 눌어 붙은 밥찌기에 물을 부어 불려서 긁은 밥. ¶솥글겅이와 밥티가 쌀밥인 채로 수채구멍으로 흘러 나갈 일을 생각하면, 그야 소중하고 아깝기도 했을 겝니다. 〈태평천하⑤〉

솥글겡명 →솥글겅이. ¶그래도 촌 살림이요, 아깝게 버리는 쌀뜨물이며 겨하며 솥글겡이며 흘린 곡식하며가 노상 없는 바 아니니. 〈용동댁〉

솥단지명 솥. 각종 음식물을 끓이는 그릇. ¶솥단지가 걸린 부뚜막에서 조금만 비껴 디딤돌 위로 방문이 달리고, 〈이런 남매〉

솨아부 솨. 나뭇가지나 물건의 틈 사이로 스쳐 부는 바람 소리. ¶바람이 지나가노라, 솨아 벼잎 갈리는 소리가 제법 요란하다. 〈정자나무 있는 삽화〉

쇠경명 →소경. 눈이 멀어 못 보는 사람. ¶"그 놈 참 못난 놈이던개 비네! 눈먼 쇠경(장님)이던지…" "앉인백이어요!" 〈순공(巡公) 있는 일요일〉

쇠다동 (병 따위가) 한도를 지나쳐 점점 더 심해지다. ¶'기니' 어쩌고 하는 소리에 비위가 버럭 상했으나 쇠다가는 더 창피하겠어서 짐짓 고개를 숙여 버렸다. 〈명일〉

쇠달구지명 →소달구지. 소가 끄는 수레. 〖같은〗 우차(牛車). ¶"참 그래! 기차란 여객 비행기가 생긴 뒤루야 벌써 쇠달구지 푼수니깐…" 〈회(懷)〉

쇠목명 소(牛)의 목. ¶새벽잠이 어렴풋이 깨었을 때 삐걱삐걱하며 기운차게 소 모는 소리와 저녁 어스름이 들 때 저편 동구 밖에서 빈 구루마에 올라앉아 쇠목에서 흔들리는 요령을 장단 삼아 콧노래를 부르며 돌아오는 구루마꾼들의 자취는 영영 사라지고 말았다. 〈화물자동차〉

쇠물명 쇠죽. (전남, 함남, 황해). 짚과 통, 풀 따위를 섞어 끓인 소의 먹이. ¶하기야 밤이 이슥하도록 무거운 짐을 실어 놓고 잠깐 눈을 붙인 동안에 닭이 울어… 그러면 뛰어나가서 쇠물을 쑤어…. 〈화물자동차〉 ¶닭이 덤벼들어서 쇠물에 섞인 수수알맹이를 개평 떼느라고 등쌀이다. 소 닭 보듯 한다더니 저 먹을 것을 마냥 개평 들려도 소는 본숭만숭이다. 〈암소를 팔아서〉

쇠물 쑤기명 소에게 먹이는 여물을 물에 끓여 익히는 일. ¶그러다가 애기가 자라니까 재작년부터는 아궁이마다 군불 때기, 쇠물 쑤기, 소꼴 먹이기, 그리고 나무하기, 〈어머니를 찾아서〉

쇠물통명 소의 죽통. ¶외양간에서 중소는 되는 암소가 김이 무럭무럭 나는 쇠물통

에다 주둥이를 처박고 식식거리면서 맛있게 먹는다. 〈암소를 팔아서〉

쇠바리명 →소바리. 소의 등에 짐을 실어 나르는 일. 또는 그 짐. ¶쓰레기 실은 마차가 지나가고 빈 구루마도 지나가고 나무를 부린 빈 쇠바리도 지나갔다. 〈병조와 영복이〉

쇠뿔은 단김에 빼으라[속] 어떤 일을 하려고 생각했으면 망설이지 말고 곧 행동으로 옮기라는 뜻. 무슨 일이든지 기회가 왔을 때 바로 해치워야 한다는 뜻. ¶쇠뿔은 단김에 빼으라 했으니 인제는 시간 문제라 하겠지만, 시방부터는 옳게 남의 계집을 꾀는 수단이거니…. 〈탁류⑫〉

쇠소댕이명 쇠로 만든 솥을 덮는 뚜껑. ¶제군도 일상 보지만 가마솥에서 밥이 한참 넘을 때면 그 무거운 쇠소댕이 들썩들썩 떠들이지 않더냐. 〈회(懷)〉

쇠스랑명 땅을 파헤쳐 고르거나 두엄 또는 풀무덤 등을 쳐내는 데 쓰는 갈퀴 모양의 농기구. ¶장손이가 빈 지게에다 빈 옹퉁이와 쇠스랑을 얹어서 지고 흐느적흐느적 그 옆길로 걸어오고 있다. 〈암소를 팔아서〉

쇠약(衰弱)명 힘이 쇠퇴하여 약함. ¶종시 초봉이는 피로와 쇠약을 막아내지는 못했다. 〈탁류⑯〉

쇠죽방(--房)명 쇠죽을 끓이는 가마솥이 붙어 있는 방(房). ¶그래 옥신각신하다가 저녁도 먹지 아니하고 동리 쇠죽방으로 휙 나가 버릴테니 이 일을 어찌나 싶어 정신이 없고 떡방아는 그냥 건성으로 찧어진다. 〈얼어죽은 모나리자〉

쇠천명 소전(小錢)의 속된 말. 청나라의 놋쇠 돈으로 조선 말기에 민간에서 쓰였던 돈. '쇠천'이란 이름으로 엽전에 섞여 쓰였으나 공식적로는 금하였다. ¶옛네! 도통 25전이네. 이제넌 자네가 내 허리띠에다가 목을 매달어두, 쇠천 한 푼 막무가낼세! 〈태평천하①〉

쇠통부 온통. 아주 또는 완전히. ¶마침 들어오기는 때맞추어 들어왔다는 게, 쇠통 그 모양을 해 가지구 처억 들어서지를 않는다구요! 〈소망〉

쇠파리명 가축에 기생하여 살갗을 파고 들어 피를 빨며, 거기에 알을 낳는 곤충 이름. ¶쇠고삐를 잡고 앉아 명상에 잠겼던 견우는 걷어 올린 맨다리를 "딱." 때리면서 정신이 번쩍 들었다. 쇠파리가 침을 준 것이다. 〈팔려간 몸〉 ¶마침 쇠파리 한 마리가 너벅다리를 따끔 무는 바람에 정신이 번쩍 들어 손바닥으로 무심결에 착각 때린다는 것이 파리는 날아가고 애먼 살앓이 근처를 건드려 놓아서 질색하게 아팠다. 〈정자나무 있는 삽화〉

쇡이다동 →속이다. 거짓을 참으로 곧이 듣게 하다. ¶하하하… 내 쇡였소. 우리 아들이 아니라, 내 동생이라요. 〈탁류②〉

쇤네명 ('소인네'가 줄어서 된 말로) 종이 자기 자신을 일컫는 말. 지난날 하인 등이 상전에 대하여 스스로 자기를 낮추어 일컫던 말. 하녀나 하인이 웃어른께 자기를 스스로 낮추어 이르는 말. ¶점잖은 어른께서 괜히 쇤네 같은 걸 데리구 그리십니다!…. 〈태평천하①〉

쇰직하다형 (어떤 명사와 함께 쓰여) 그것보다 크기나 정도가 조금 더하거나 거의 같다. ¶단장을 한 얼굴은 좀 솜씨있게 빚은 밀가루 떡 쇰직하나 유모 자신은 "어따가 내놓아도…" 하는 흡족한 생각에 다시 한 번 얼굴을 되들고 마슬러본 뒤에 옷을 걸어 입는다. 〈빈(貧)… 제1장 제2과〉

쇼넹구라부(少年俱樂部)명 청소년을 대상으로 한 일본의 월간 종합 잡지 이름. 여기서 '구락부'는 클럽(club)을 뜻함. ¶잡지야 머 찡구나 쇼넹구라부 덮어 먹을 잡지나 있나요. 〈치숙(痴叔)〉

쇼윈도우(show window)명 →쇼윈도. 가게의 진열창. 행인의 눈에 잘 뜨이도록 가게 앞에 설치하여 물건을 진열해 두는 유리창. ¶어디로 갈까? 사방으로 훨훨 돌아다니며 쇼윈도우도 굽어다보고 은행으로 가서 아는 친구에게 담배도 얻어 피우고 여학생 얼굴 구경도 하고 싶었으나, 〈앙탈〉

숍걸(shop girl)명 여점원. ¶백화점의 월급 삼십 원짜리 숍걸로 나선 것만 하더라도, 〈탁류⑯〉

수명 일을 처리하는 데 좋은 방법이나 도리. ¶그렇더라도 태수를 한평생 옆에 두고 지내진 못할 바이면, 역시 차라리 선뜻 떨어지는 게 수거니 싶었다. 〈탁류⑤〉

수(數)가 터지다『관용』 운수가 좋아지다. ¶물론 노인의 믿는 '한때'는 운명에 맡겨 다행히 수가 터져 가지고 잘 살게 된다는 그 '한때'였었다. 〈병조와 영복이〉

수각(手脚)이 황망(慌忙)하다『관용』 당황하여 어찌할 바를 몰라 몹시 어리둥절하다. ¶수각이 황망하고 어떻게 할 도리가 없다. 〈탁류⑭〉 ¶닭이 아궁 속으로 들어간 줄을 대번 알아차린 용동댁은 가슴이 더럭 내려앉고 수각이 황망하여 허둥지둥 불을 긁어내고 두드려 끄고. 〈용동댁〉

수군덕수군덕부 어수선하게 마구 수군거리는 모양. ¶노파는 허겁스럽게 눈짓 고갯짓, 주인이 있지도 않은 건넌방을 조심해 싸면서(그게 애교랍시고) 수군덕수군덕. 〈모색〉

수구하다동 →수고하다(手苦~). ¶"심부름하느라구, 수구했구랴!" 〈홍보씨〉

수긋이부 조금 숙인 듯하게. 조금 앞으로 기울어진 듯하게. ¶수긋이 숙인 그 머릿길 없는 머리와 이마 위로는 무엇인지 모를 슬픔이 흐르는 듯 드리워 있다. 〈두 순정〉

수나로와(워)지다동 무엇을 하기에 어렵거나 까다롭지 않게 되다. ¶철도 교통은 당나귀보다도 더 수나로와(워)졌다. 〈회(懷)〉

수나롭다형 무엇을 하기에 어렵거나 까다롭지 않다. '순화롭다(順和~)'에서 온 말. ¶그러나 그다지 중병도 아니요, 수술하기도 수나로운 명님이의 설하선염을 수술해 주던 때, 〈탁류⑥〉 ¶그렇지만 일이 수나로운 만큼, 그러한 족보 도금이야 조상치레나 되었지, 그리 신통할 건 없었읍니다. 〈태평천하④〉 ¶그 문제 해결도 원만하고 수나로울 게 아니겠나 말이야. 〈이런 처지〉 ¶나무가 저편짝으로 약간 비스듬히 누웠기 때문에 오르기에 수나로운 편이다. 〈정자나무 있는 삽화〉

수녀살이(修女--)명 수녀원에서 수도하는 여자의 생활. ¶칼모친형이나 수도원형이 아닐 뿐이지요. 칼모친형 알아요? 실연허구서 칼모친 신세지는 거… 또, 수도원형은 수녀살이 가는 거. 〈탁류⑰〉

수다스럽다형 쓸데없이 말을 많이 하는 느낌이 있다. ¶승재가 짐작하기에는 이 수다스럽고 의뭉스런 마나님이 그렇게 어쩌고 저쩌고 해서 …. 〈탁류⑮〉

수도원(修道院)명 가톨릭교에서 수사나 수녀가 일정한 규율 아래 공동 생활을 하면서 수행을 쌓는 곳. ¶칼모친형이나 수도원형이 아닐 뿐이지요. 칼모친형 알아요? 실연허구서 칼모친 신세지는 거… 또, 수도원형은 수녀살이 가는 거. 〈탁류⑰〉

수령(首領)명 한 당파나 무리의 우두머리가 되는 사람. ¶그렇다고 조금만 손이 게으르게 움직이면 저편 끝에 앉은 부감독의 지천 소리가 들려 오고 들어오는 문 저편에 수령같이 버티고 있는 곰보 감독의 이맛살이 찌푸려진다. 〈병조와 영복이〉

수명장수(壽命長壽)명 수명이 길어 오래 삶. ¶그저 백만금의 재물을 쌓아 놓고 자손 번창하겠다, 수명장수, 아직도 젊은 놈 여대치게 저엉정하겠다, 〈태평천하⑦〉

수묵색(水墨色)명 엷은 먹물의 빛깔. ¶한 복판으로 조그만씩 조그만씩한 엷은 수묵색 구름 방울들이 망울망울 수없이 많이 널려 있는…. 〈탁류⑩〉

수밀도(水蜜桃)명 원래 껍질이 얇고 과실의 즙이 많은 맛이 단 복숭아의 일종. 여기서는 '여자의 젖가슴'을 비유한 말. ¶ "꼬옥 잘 익은 수밀도야! 그렇지?" "비껴나! 보기 싫은 게…" 〈탁류⑯〉

수배(手配)명 범인을 잡기 위하여 수사망을 펴는 것. ¶의사… 들것… 호외… 수배… 수색 수색… 호외… 검거…. 〈산동이〉

수병풍(繡屛風)명 수를 놓은 병풍. ¶수병풍을 둘러친 아랫목에 새빨간 모본단 보료를 펴고 장침에 비스듬히 기대어 발이 넘는 담뱃대를 문 순간 영감은 아직도 옛날 순천 부사 시절의 면모가 남아 있다. 〈산동이〉

수부(受付)명 '접수(接受)'의 일본어. 여기서는 접수 창구. ¶부친인 성싶은 중년의 노동자와 같이 병원의 수부에 와서 치료비가 얼마나 들겠냐고 물어보더니, 〈탁류⑥〉

수부귀다남자(壽富貴多男子)명 오래 살고 부자이며 신분이나 지위가 높고 아들이 많음. 오복(五福) 가운데의 네 가지. ¶뿌리가 추욱 처진 귀와 큼직한 입모, 다아 수부귀다남자의 상입니다. 〈태평천하①〉

수북수북부 (어떤 물건이) 많이 담겨 있거나 쌓여 있는 모양. >소복소복. ¶속이 한참 출출했던 판이라 찐 송편이며 밤 풋대추 감 등속의 과실이며가 수북수북 쟁반에 담겨 두 쟁반이나 앞에 와 놓였을 때에는. 〈순공(巡公) 있는 일요일〉

수북이부 (물건이 담기거나 쌓인 모양이) 불룩하게 많이. >소복이. ¶어디서 모두 뒤져냈는지 머리맡에다가 헌 언문 잡지를 수북이 싸 놓고는 그걸 뒤져요. 〈치숙(痴叔)〉

수사돈(-査頓)명 사위 쪽의 사돈. 『상대』 암사돈. ¶오히려 손자며 외손자가 늦다고 걱정까지 하던 암사돈 수사돈 두 사돈집에서는 다 같이 경사로와했었다. 〈용동댁〉

수삽(羞澁)하다형 어찌해야 좋을지 모를 정도로 수줍고 부끄럽다. ¶경순은 수삽하여, 부질없이 치맛자락으로 배를 싼다. 〈패배자의 무덤〉

수상(殊常)타형 '수상하다'의 줄어든 말. ¶해서 실상인즉 동네서는 누구보다도 맨 먼저 갑쇠와 사이가 수상타고 소문이 나기까지 했었다. 〈정자나무 있는 삽화〉

수속(收束)명 다잡아 결말을 내는 것. ¶그랬으니까 법적으로는 아무것도 차착없이 수속이 된 것이다. 〈보리방아〉

수상(殊常)하다형 (언동이나 차림새가) 보통과 달리 이상하다. ¶그래서 그 뒤로는 각별히 오월이의 태도를 여살펴보았다. 보니 미상불 수상한 것만 드러났다. 〈생명〉

수서언허(하)다형 →수선하다. 갈피를 잡을 수 없이 정신이 어지럽다. ¶"그리군 전에 그 이야기두 생각이 나구… 어떠세요? 마침 이렇게 수서언허(하)기두 허구, 그러니깐 바람두 쐬실 겸, 이번에…" 〈패배자의 무덤〉

수선명 정신이 어지럽게 부산을 떠는 말이나 짓. ¶이 자식아, 좀 죄용죄용허지 못허구, 그게 무슨 놈의 수선이냐? 〈태평천하⑤〉 ¶그는 기다란 얼굴로 싱글벙글 웃으면서 수선을 피운다. 〈탁류②〉

수선스럼명 정신이 어지럽게 부산을 떠는 말이나 짓이 있음. ¶남과 주위를 상관 않고 큰 목소리로 떠들고 덤비는 수선스럼도 어쩐지 전과는 다른 취미(臭味)가 나는 것 같았다. 〈모색〉

수속(手續)하다동 절차를 밟다. 일을 하는 데 필요한 사무상의 일정한 순서나 방법을 취하다. ¶몇 번 만에 한 번 불려 와선, 네에 내일 수속하지요 하고 시원히 대답은 해도, 그 자리만 일어서면 죄다 잊어버려 버립니다. 〈태평천하⑥〉

수수(愁愁)롭다형 몹시 근심스럽다. 수심에 잠긴 듯하다. ¶초봉이 저도 실상 수수로운 손님이 찾아온 걸 맞는 것같이 어느 구석엔가 서먹서먹한 기운이 있는 걸 어찌하지 못했다. 〈탁류⑬〉

수수(授受)하다[1]동 정(情)을 주고받다. ¶그러나 유월 그믐, 그때가 마침 제호와 새살림을 시작해서 수수하기도 했거니와, 일변 결혼을 하면 그런 변조도 생긴다더니, 그래서 그러나보다고 심상히 여기고 말았다. 〈탁류⑬〉

수수하다[2]형 (물건의 품질이나 겉모양 또는 사람의 옷차림 등이) 그리 나쁘지 않고 어지간하다. ¶차라리 강 서방네라든가 노마네 혹은 노마 어멈 등속이 수수하니 제격에 맞을는지도 모르는 노릇이었다. 〈이런 남매〉 ¶차라리 값도 덜하겠다 수수하니 점잖은 은비녀를 이왕 살 테거든 사라는 주인마님의 권념은 안 듣고 돈만 떼쓰듯 졸라. 〈모색〉

수심가(愁心歌)명 서도(西道) 민요의 한 가지. 구슬픈 가락으로 인생의 허무함을 한탄한 내용인데, 곡조가 매우 구슬픔. ¶기생이 궂은비 오는 날 제 방 아랫목에 누워 콧노래로 수심가를 흥얼거린다든가 하는 근경과 조금도 다를 것이 없지 않다구요. 〈태평천하⑪〉

수양녀(收養女)명 다른 사람의 자식을 데려다가 기르는 딸. 〖같은〗 수양딸. ¶명님이네 부모가 명님이를 기생집의 수양녀로 주려고 하는 것을 알고 나서부터다. 〈탁류⑥〉

수양딸(收養-)명 다른 사람의 자식을 데려다가 기르는 딸. 〖같은〗 수양녀. ¶두 노인 단 두 내외가 호젓하게 살아가시는 터이니까 와서 수양딸 수양손자처럼 계셔도 좋겠다구요. 〈어머니를 찾아서〉

수양산(首陽山) 그늘이 강동(江東) 팔십 리(八十里)를 간다〖속〗 어떤 한 사람이 잘되면 친척이나 친구들까지도 그 덕을 입게 된다는 말. ¶수양산 그늘이 강동 팔십 리를 간다거니와, 애초에 죽은 고태수가 소절수 농간을 부리던 돈으로 미두를

하다가, '아시'가 나게 된 끄터리를 형보가 얻어 가졌고, 〈탁류⑮〉

수양손자(收養孫子)명 다른 사람의 자식을 데려다가 기르는 손자. ¶그리고 또 이 앞으로 살아갈 방도가 없다면 이 어른은 집안은 군색허잖어서 두 노인 단 두 내외가 호젓하게 살아가시는 터이니까 와서 수양딸 수양손자처럼 계셔도 좋겠다구요. 〈어머니를 찾아서〉

수언[1]부 →순. 주로 좋지 않은 말 앞에서 '몹시', '아주'의 뜻을 나타내는 말. ¶"그래 황소 사서, 황소헌티루 시집 갈뇌?" "이 수언!…" 〈암소를 팔아서〉 ¶듣기 싫여! 수언 도척이 같은 녀석아! 〈탁류⑯〉

수언[2]부 →수염. ¶"야, 이 수언 잡어 뽑을 놈아, 이놈아!…." 〈태평천하⑤〉

수얼찮이부 →수월찮이. 수월하지 않게. ¶"아 밤새 볏단이 수얼찮이 축이 났죠!…" 〈암소를 팔아서〉

수우수천관 →수천(數千). ¶은행 돈을 수우수천 원을 범포를 냈지요. 남의 소절수를 위조해 가지구설랑…. 〈탁류⑩〉

수웅숭부 →숭숭. 물건을 듬성듬성 빨리 써는 모양. ¶돼지고기를, 그놈 맛있는 김치를 수웅숭 썰어 넣고, 밀가루를 살짝 두어 복복 주물러서 바글바글 지져 놓고 뜨끈뜨끈한 채로 밥을 먹었으면…. 〈얼어죽은 모나리자〉

수월하다형 (대답이나 응하는 태도가) 시원시원하다. ¶"태워 주구 말구우!… 내가 말허믄 돼애!" 연성 이렇게. 이렇게 연성 식은 죽 먹듯 수월한 대답을 해 싸면서. 〈회(懷)〉

수월찮이부 수월하지 아니하게, 예사롭지 않게. 흔히 있을 만하지 않게. ¶적적한 밥상머리에 앉아 반주도 권해 주고 하는 짓이 수월찮이 밉지 않게 굴었다. 〈탁류⑤〉 ¶아뭏든 수월찮이 고마운 노릇을 해 주어, 제법 친숙함이 없는 바도 아니다. 〈정자나무 있는 삽화〉

수유(受由)명 말미를 받는 것. 또는 그 말미. 휴가를 얻음. 또는 그 휴가. ¶종일 마음이 들떴던 계봉이는 여섯 시가 되자 주임을 얽어삶아서 쉽사리 수유를 타가지고 이내 백화점을 나섰다. 〈탁류⑰〉 ¶종택은 그러면 며칠 말미를 주며 집에 돌아가서 잘 생각해 본 뒤에 작정을 하겠노라고, 수유를 타 가지고 돌아왔던 것이다. 〈패배자의 무덤〉

수응(酬應)명 남의 요구에 응함. ¶그래서, 시간도 시간이려니와, 그 수응을 하느라고 매삭 돈 십 원씩이나 제 돈이 녹는다. 〈탁류③〉 ¶그러는 족족 그 수응을 하자면 내 일을 못하겠는 걸. 그래 대개 잘라 떼기는 하지요. 〈치숙(痴叔)〉

수의(襚衣)명 사람이 죽어 염습할 때에 송장에게 입히는 옷. ¶수의를 죄다 걸어 갈어 입히구 나서선 일곱 매를 묶기 전에…. 〈태평천하⑧〉

수인사(修人事)명 인사를 차림. 또는 늘 하는 예절. ¶그저 혼인한 뒤에 처음이니까 수인사 겸 들른 체하고 돌아오지. 〈탁류⑩〉 ¶아뭏든 그 사업 내용을 수인사로라도 물어볼밖에요. 〈태평천하⑭〉 ¶얼기설기 수인사가 오락가락하면서 술 한 병에 보리고추장에다가 날마늘을 곁들인 안주를 중심으로 비잉 둘러앉는다. 〈정자나무 있는 삽화〉

수일(守一)명 번안 소설의 하나인 장한몽(長恨夢)의 남자 주인공 이름. ¶'장한몽'의 수일이만큼은 아니라도 승재는 아무려나 초봉이가 야속하고 노여웠다. 〈탁류⑧〉

수작(酬酌)[1]명 남의 말이나 행동을 업신여겨 이르는 말. ¶실상 유모의 얼굴은 자세 보지도 않고 입술 끝으로 추어 넘기는 수작이다. 〈빈(貧)… 제1장 제2과〉 ¶생판 아무도 모르게 숨어 들어와설랑은 열한 점에 안방문을 열어젖히라니, 이건 바로 샛서방을 잡는 수작이란 말인가? 〈탁류⑩〉 ¶노상 고루한 수작은 아닐세, 아닌 것이…. 〈이런 처지〉 ¶무얼 제 길로 한 길씩 다 자란 것들이 소녀 애들처럼 다뿍 감상이 나 가지고는 회포니 추억이니 투정을 하고 있었자 속 빠안히 들여다보이는 수작이요, 〈모색〉

수작(酬酌)[2]명 (서로 술잔을 주고받는다는 뜻에서) 서로 말을 주고받는 것. 또는 그 말. ¶P는 엉터리없는 수작을 더 하기가 싫어 웬만큼 말을 끊고 일어섰다. 〈레디메이드 인생〉

수작(酬酌)을 붙이다『관용』 말을 걸다. ¶돈은 어김없이 되었으리라고 생각하고 느긋이 수작을 붙이는 모양 같았다. 〈앙탈〉

수장(水葬)명 시체를 물 속에 넣어 장사하는 것. ¶이 사람, 유언이니, 나는 죽거들랑 나마아비루 탱크에다가 수장을 해 주게, 〈이런 처지〉

수절(守節)명 정절을 지키는 것. ¶과부가 된 지 사 년 만에야 비로소 자기 자신이 장차 팔자를 고치느냐 수절을 하느냐 하는 것을 가지고 골똘히 생각을 해 보았다. 〈용동댁〉

수절 과부(守節寡婦)명 개가하지 않고 정절을 지키는 과부. ¶수절 과부로 평생을 늙히다니 차마 애처로와 볼까 보냐고. 〈패배자의 무덤〉

수제비명 밀가루를 반죽하여 맑은 장국이나 미역국 등에 적당한 크기로 떼어 넣어 익힌 음식. ¶아침에 밀가루 십 전어치를 사다가 수제비를 떠서 아이들 둘까지 네 식구가 요기를 하고는 당장 저녁거리가 가망이 없는 판이다. 〈명일〉

수족(手足)명 손과 발. ¶그럴 바이면 입만 가졌지 수족이 없는 사람, 정 주사도 기념물속에 들기는 드는데 〈탁류①〉

수죄(數罪)명 범죄 행위를 세어 들추어 냄. 죄를 저지른 행위를 들추어 열거함. ¶상관 않고 땅땅 어르면서 먹곰보는 수죄를 하는 것이다. 〈탁류⑥〉

수중(手中)명 손의 안. 자기의 소유 또는 자기 세력이나 권력을 부릴 수 있는 범위. ¶그뿐 아니라 K를 중심으로 부근 각지에 통하는 자동차 선로는 기득권은 매수나 경쟁으로 없는 곳은 새로운 선로 개척으로 거의 전부가 S 자동차부의 수중으로 들어왔다. 〈화물자동차〉 ¶논이 마침 욕심나는 게 한 5천 평 수중에 들어오게 되어서, 그 땅값을 치르려고 4천 원을 집에다가 두어두고. 〈태평천하④〉

수채구멍명 →수챗구멍. 빗물이나 집안에서 버린 물이 흘러 가도록 만든 하수도의 구멍. ¶솥글겅이와 밥티가 쌀밥인 채로 수채구멍으로 흘러나갈 일을 생각하면, 그야 소중하고 아깝기도 했을 겝니다. 〈태평천하⑤〉

수축(收縮)명 줄거나 오그라듦. ¶××이

수축이 되는 것도 약간 알 수가 있었다. 〈탁류⑬〉

수통(水桶)명 물을 담는 통을 통틀어 이르는 말. 『같은』 물통. ¶태수는 추움춤 하면서 시계가 네 시를 지나 버리기를 기다려, 급사더러 수통의 냉수를 길어 오라고 쫓아 버리고는 전화통을 집어든다. 〈탁류⑩〉

수퉁스럽다형 보기에 투박하고 흉하다. ¶영주는 백금 같은 것은 패물로 가져 본 적이 없는지라 푸르르죽죽하고 수퉁스런 백금가락지는 신통치 아니하나 루비 박은 금반지는 벌써 몇 해 전에 전당국에서 떠 내려간 자기 반지 비슷해서 유달리 치어 다보인다. 〈명일〉

수틀리다동 마음에 맞지 않다. ¶선생이 무어 좀 수틀리는 소리를 하면, 냅다 욕을 내깔리고는 안으로 달려 들어가서 할머니한테 역성이나 청하고…. 〈순공(巡公) 있는 일요일〉

수포(水泡)명 노력이 헛되어 버린 상태. 『같은』 물거품. ¶그러자면 인쇄소를 나가 버려야 하겠고 나가자니 입때껏하여 오던 일이 수포에 돌아가고 동지에게 대한 반역이니. 〈병조와 영복이〉

수하(手下)명 손 아래. 여기서는 '부하'의 뜻으로 쓰임. ¶사랑채로 들어간 두목이, 한 수하를 시켜 웃미닫이를 열어젖히고서, 성큼 마루로 올라설 때에, 〈태평천하④〉

수하물(手荷物)명 여행하는 사람이 들고 가는 짐. 여행하는 손님이 손수 휴대하는 작은 짐. ¶마침 주체스럽던 수하물이 아니었더냐? 〈탁류⑭〉

수하사람(手下--)명 손아랫 사람. (나이나 항렬 지위 따위가) 자기보다 아래인 사람. ¶승재가 훨씬 노숙해서 그냥 보기에도 승재는 침착한 게 손윗사람 같고, 태수는 어린 수하사람 같았다. 〈탁류⑧〉

수합(收合)명 거두어 모아서 합침. ¶그 나머지는 달리 수합을 해서 재단의 기초를 완성시키겠다는 것이고, 〈태평천하⑤〉

수험(搜驗)명 수색하여 검사함. ¶"게, 그때, 수험을 헌다구, 날더러두 들오라구 허기에, 시쳇방으를 들어가잖있덩가. 들어가서 가만히 보구 섰으닝게, 수의를 죄다 갈어 입히구 나서넌 일곱 매를 묶기 전에 …." 〈태평천하⑧〉

수형(手形)명 어음. 즉 일정한 날짜에 일정한 곳에서 치를 것을 약속하거나 제삼자에게 그 지급을 위탁하는 유가 증권. ¶그것이 위조 도장인 줄 알고서도 몇천 원 몇만 원의 수형을 받아 주는 사람이 수두룩하고, 〈태평천하⑤〉

수형법(手形法)명 어음에 관계되는 법. ¶수형법? 이라더냐 그런 게 있어서, 고리대금을 해먹두룩 마련이시구… 머, 〈탁류⑰〉

수형 장수명 어음 할인을 업으로 하는 장사. ¶또 현금을 가지고 수형 장수를 해서 1년이면 2, 3만 원씩 새끼를 칩니다. 〈태평천하⑤〉

수형 할인(手形割引)명 어음에 적힌 금액에서 지불까지의 이자와 수수료를 제한 돈을 주고 그 어음을 사들이는 일. 지불기일 이전에 돈을 쓰고자 할 때 이용됨. ¶응, 돈 장수! … 수형 할인 띠어먹는 것 말인데, 자세한 것은 종차 이야기하겠지만, 〈탁류④〉

수화(水火)명 물과 불. 또는 극히 곤란한 환

경을 이르는 말. ¶단코 경순은 (하필 경순이리요, 누가 당했든지) 수화를 가리지 않았을지언정 그대도록 범연하지는, 가령 하고 싶어도 못했을 것이다. 〈패배자의 무덤〉

수히[부] →쉬이. 쉽게. ¶다아 안심허시구 수히 조처나 허시두룩. …. 〈탁류⑮〉 ¶지난 봄부터 몇 번 미뤄 오다가 유월 그믐 껜가는 재갸가 돈을 마련하러 시굴을 내려가니, 수히 올라와서 셈을 막어 주마구 그랬다는군. 〈소망〉

숙맥(菽麥)[명] 숙맥불변(菽麥不辨)에서 온 말. 어리석고 못난 사람. 본뜻은 콩과 보리조차도 분간 못하는 어리석은 사람이라는 말. 사리 분별을 못하는 어리석은 사람. ¶우리 할아버지는, 대체 그 숙맥이 타관에 볼일이 있다니, 또 그렇기로손 한 달이 넘도록 나가서 소식이 없다니, 〈순공(巡公) 있는 일요일〉

숙성(夙成)하다[형] 어린 나이에 비하여 자람이 이르다. 나이에 비해 일찍 지각이 들거나 키가 크다. 어린 나이에 비해 정신적, 육체적 발육이 올되다. ¶"응… 열늬 살이면 퍽 숙성히여!" 〈태평천하⑩〉 ¶"으음, 다섯 살!… 숙성한데!" 순사는 어린 놈을 내려놓고도 못 잊어운 듯 머리를 다시금 쓸어 주면서 내게로 돌아선다. 〈순공(巡公) 있는 일요일〉

숙식(宿食)[명] (남의 집이나 숙박 시설 등에서) 잠을 자고 끼니를 먹음. 또는 그 일. 〖같은〗 침식(寢食). ¶숙식도 전부 병원에 달려 있는 자기 집에서 하게 했었다. 〈탁류③〉

순검(巡檢)[명] 조선 말에 경무청에 딸렸던 경찰 행정에 종사하는 관리. ¶"에끼! 나깨나 먹어 가지고 무얼 철딱서니 없이… 사서삼경 어데가 머리 깎고 순검 댕기라고 씌었든가?" 〈소복 입은 영혼〉 ¶"망칙하게스리 순검, 도둑놈 잡는 포리(捕吏)를 다닌…" 〈순공(巡公) 있는 일요일〉

순리(純理)[명] 순수한 학문의 이치. ¶순리의 인식의 대상에만 언제까지고 멈춰 있을 것이 아님을 그는 깨달았던 것이다. 〈패배자의 무덤〉

순면(純綿)[명] '순면직물(純綿織物)'의 준말. 무명실로만 짠 직물. ¶죄다가 하나도 무늬며 빛깔이 신통치 않은 것도 많은 것이거니와 스빠를 섞은 혼방이지, 순면이 아닌 성만 싶던 것이다. 〈모색〉

순순(諄諄)하다[형] 타이르는 태도가 아주 다정스럽고 친절하다. ¶영감의 목소리는 다시 나직하고 타이르듯이 순순하여졌다. 〈산동이〉

순연(順延)[명] 순차로 기일을 연기함. 돌아오는 차례로 기일을 늦춤. ¶이렇게, 할 수 없이 순연을 하기로 요량을 했읍니다. 〈태평천하⑩〉

순정(純情)[명] 순결한 애정. 순수한 애정. ¶"여든둘… 그러니 칠십 년이군! 칠십 년, 칠십 년, 일 세기 가까운 순정!" 〈두 순정〉

순직(純直)[명] 마음이 순박하고 곧음. 마음이 온순하고 정직함. ¶이렇듯 일찌기는 그만큼이나 근엄도 하고 순직도 하여 족히 존경하기에 빠질 곳이 없던 그 상수가. 〈모색〉

순편(順便)하다[형] 일이 순조롭고 편하다. 일이 거침새 없이 순조롭다. ¶한즉 퍽 순편할 모양이다. 〈탁류⑦〉 ¶도합이고 무엇이고 명색 여인네 치고는 행랑어멈과

시비 시월이만 빼놓고는 죄다 과부니 계산이야 순편합니다. 〈태평천하⑤〉

순하디순하다㉻ 매우 순하다. ¶승재는 계봉이의 하는 양이 도리어 귀엽다고 그대로 눈으로만 순하디순하게 웃고 있다. 〈탁류③〉

순행(巡行)㉹ (여행이나 공무를 위하여) 여러 곳으로 돌아다니는 것. ¶"순을 돌러 나갔더니…" "순행을! … 그리서? " 〈순공(巡公) 있는 일요일〉

순화(醇化)㉹ 잡것을 없애 순수하게 함. ¶심장과 심장으로부터 야생의 말과 같이 거칠게 뛰고 솟치던 정열은, 그리하여 흐를 바를 찾음으로써 순간에 포근히 순화가 된다. 〈탁류⑰〉

술㉹ 책, 종이, 피륙 따위의 포갠 부피. ¶금자박이의 술 두꺼운 책 한 권을 꺼내다가 활활 넘겨 이편 진찰탁 위에 펴 놓는다. 〈탁류⑧〉 ¶윤 직원 영감은 담뱃대를 놓고 일어서더니, 벽장 속에서 조선 백지로 맨 술 두꺼운 장부(?) 한 권을 찾아냅니다. 〈태평천하⑦〉

술 먹은 개『속』 술 취한 사람을 멸시하여 이르는 말. ¶양 서방은 먹곰보를 한 번 떠밀어 내던지고 승재 앞으로 가까이 와서, 술 먹은 개라니, 저 녀석이 시방 자식을 죽이고 환장을 해서 그러는 거니 참고 탄하지 말라고, 제 일같이 사정을 한다. 〈탁류⑥〉

술메㉹ 마을 이름. ¶읍에서 술메까지 나가는 동안 학도들은 누누이 선생님들을 졸랐었다. 〈회(懷)〉

술반㉹ 술과 안주를 차린 소반. ¶맏손자 며느리 박 씨가 들고 들어오는 술반을 받아 가지고 웃목 화로 옆으로 다가앉아 술을 데우는 게 윤 직원 영감의 딸 서울 아씨라는 진짜 과붑니다. 〈태평천하⑤〉 ¶할아버지 앞에는 조그마한 술반에다가 차린 조촐한 술상이 따로 놓이고…. 〈순공(巡公) 있는 일요일〉

술병(-病)㉹ 술을 많이 마셔서 생기는 병. ¶"보나마나 간밤으 또 술이나 퍼먹구섬 술병이 나 앓구 자빠졌을 테지!" 〈암소를 팔아서〉

술속㉹ 술 버릇. 술을 마신 뒤에 드러나는 버릇. ¶술속 사납고, 싸움 잘하기로 호가 난 줄도 잘 알고…. 〈탁류⑥〉

술심(術心)㉹ 심술(心術). ¶그다지 까불고 술심 망나니고 하던 (실상은 명랑했던) 대신 사람이 몹시 뒷그늘이 져 보이고 입도 무거워졌고 해서, 우선 남과 붙일성이 없었다. 〈정자나무 있는 삽화〉

술아범㉹ →술아비. 술을 파는 남자. ¶드나드는 문 앞에서 보면 바로 왼편에 남대문만 한 솥을 둘이나 건 아궁이가 있고 그 다음으로 술아범이 재판소의 판사 영감처럼 목로 인해 높직이 앉아 연해 술을 치고 그 옆에 가 조금 사이를 주고 안주장이 벌어져 있다. 〈산적〉

술에미㉹ →술어미. 술청에서 술을 파는 여자. 『같은』 주모(酒母). ¶그러나 본실 소생은 아니고, 시골서 술에미를 상관한 것이, 그걸 하나 보았던 것입니다. 〈태평천하⑤〉

술척스럽다㉻ 약빠르고 보기에 별나다. ¶이 녀석아, 그게 내가 널더러 할 소리지 네가 할 소리더냐? 그 녀석이 술척스럽게 사람 여럿 궂히겠네! 〈탁류⑯〉

술주정꾼(-酒酊-)명 술에 취하여 정신없이 난잡한 말이나 짓을 마구 하는 사람. ¶매일 카페에 나가서 수없이 보는 술주정꾼들의 횡설수설만큼도 못한 것이었었다. 〈이런 남매〉

술청명 선술집에서 술을 따라 놓는 곳. 널빤지로 길고 높직하게 상처럼 만들어 놓았다. ¶종로 행랑 뒷골 어느 선술집이다. 바깥이 컴컴 어둡고 찬 바람 끝이 귀때기를 꼬집어 떼는 듯이 추운 대신 술청 안은 불이 환하게 밝고 아늑한 게 뜨스하다. 〈산적〉

술추렴명 차례로 돌아가며 내는 술. ¶명색이 지점장 대리라서 일은 한가하겠다, 또 주축하는 축들이 과히 상스럽진 않겠다, 하니까 심심하면 모여서 술추렴이나 하고, 그러지 머, 허허…. 〈이런 처지〉 ¶경식 군은 머 자주 만나서 놀기두 허구 가끔 술추렴두 허구 하니깐…. 〈모색〉

숨(이) 지다관용 숨이 끊어지다. ¶"소용없어요, 벌써 숨이 졌는 걸!" 승재는 죽은 자식을 놓고, 상성할 듯 애달파 하는 정상이 불쌍한 깐으로는 소용이야 물론 없을 것이지만, 〈탁류⑥〉

숨겨 쥐다관용 감추어 쥐다. ¶태수는 약혼반지 곽을 꺼내서 주먹에 숨겨 쥐고 김씨한테 흔들어 보인다. 〈탁류⑦〉

숨길명 →숨결. 숨을 쉬는 높낮이나 빠르기. ¶시방 두 볼이 아뭏든 상말로 오뉴월 무엇처럼 추욱 처져 가지고는 숨길이 씨근버근, 코가 벌씸벌씸, 〈태평천하⑥〉

숩내내다동 →흉내내다. ¶"소희가 오늘 분을 바르구 왔더라 히히." 하고 웃었다. 그 말을 따라 여러 소리가 뒤를 이어 나왔다. "숩내낸 게지…" "젠들 어느 장사놈의 계집애든가…" 〈병조와 영복이〉

숫기(-氣)명 수줍어하거나 부끄럼이 없는 기색. ¶아이가 숫기가 없고 번접스러서, 아무하고도 잘 친하고 몸을 붙여 주고 하던 것이었다. 〈순공(巡公) 있는 일요일〉

숫두루움하다형 →숫두룸하다. ¶나이 두 듬지익허구, 생김새두 숫두루움허(하)구, 다아 얌전스럽구 까리적구 살림 잘허구 근경 속 있구… 어쨌든지…. 〈태평천하⑧〉

숫두룸하다형 행동이 약삭빠르지 아니하고 숫된 데가 있다. ¶못나고 숫두룸한 게 괜찮다는 말이지요. 〈어머니를 찾아서〉 ¶다른 기생들처럼 생김새나 하는 짓이나가 빤질거리지 않고 숫두룸한 게 실없이 좋았다. 〈탁류②〉

숫보기명 순진하고 어수룩한 사람. ¶저도 벌써 알아차리고는 슬며시 드러누우면서도 그저 숫보기답게 부끄럼을 타느라고 괜한 겸사나 한마디 해 보는 눈치인 것 같았다. 〈탁류⑫〉

숫엣것명 아직 한 번도 손대지 아니한 물건. ¶숫엣것이 아니요, 저깔을 댔던 것이 되어 그 역시 저의 부모가 불쾌하게 생각할 게 빠안한 일이니. 〈흥보씨〉

숫제부 처음부터 아예. 또는 무엇을 하기 전에 차라리. ¶계봉이는 숫제 손바닥을 내밀고 사탕이라도 조르듯 한다. 〈탁류⑰〉

숫지다형 (수나 양이) 많다. 일정한 기준 이상이다. ¶팔아두 숫지게 팔았지, 이천 원 딜여서 설비해 놓구, 십 년 동안 전 만 원이나 모으구, 그리구 나서 오천 원을 받았으니, …. 〈탁류②〉 ¶시절이 어두우니까 체계변이며 장리변의 이문이 숫지고, 또 공문서가 수두룩해서 가산 늘리기가 좋았던 한편으로 말입니다. 〈태평천하④〉

숫처녀(-處女)명 남자와 성적(性的) 관계가 없는 여자. ¶첩은 대개가 기생이었으나 남의 집 숫처녀도 있었고 여학생 찌꺼기도 있었고 여배우붙이도 있었다. 〈산동이〉

숭명 →흉물. 음충맞은 짓. ¶아씨는 오월이가 숭을 쓰는 줄 알고서 그대로 물고 뜯고 하다가. 〈생명〉

숭년명 →흉년(凶年). ¶"꾀구 말구라우! 날이 비가 좀 와야 밭곡식이 살어나지! … 이러다간 콩두 숭년 들 것입디다." 〈보리방아〉 ¶"오사헐 년놈들! 어쩌자구 이 숭년 끝에 짐승을 놓아먹여!" 〈동화〉

숭덩숭덩부 연한 물건을 큼직하고 굵게 재빨리 써는 모양. ¶그런 놈덜은 말끔 잡어다가 목을 숭덩숭덩 쓸어 죽여야지! 〈태평천하⑧〉

숭악하다형 →흉악하다. 성질이나 하는 짓이 음흉하고 몹시 악하다. 또는 느낌이나 모양 같은 것이, 아주 흉하고 고약하다. ¶그리믄서 그 숭악한 농투산이한테, 계집으루 한 사내 셈긴다는 것, 〈탁류⑮〉 ¶에이! 지긋지긋히라! 에이 숭악히라. 〈태평천하⑥〉

숭얼숭얼하다형 몸털이 듬성듬성 나 있다. ¶태수는 그리로 가서 털 숭얼숭얼한 종아리를 드러내놓고 펄씬 주저앉는다. 〈탁류⑩〉 ¶살결보다는 버짐이 더 많이 피고, 배내털이 숭얼숭얼해서 분을 발랐다는 게 고루 먹지를 않고, 어루러기가 진 것 같습니다. 〈태평천하②〉 ¶그리 굵지는 못해도 사십객(四十客) 답게 털이 숭얼숭얼한 장딴지를, 꼭 눌린 양말 대님에 매어 구두 버선목이 엇비슷하게 반만 가리었다. 〈이런 남매〉

숭엄(崇嚴)하다형 숭고하고 존엄하다. ¶그 얼굴에는 처참하고도 숭엄한 결심의 빛이 완연히 나타났으나 산동이로서는 그것을 알아보지 못하였다. 〈산동이〉 ¶지금은 예수교인 같으면 예수나, 불도(佛道)하는 사람 같으면 부처님같이 숭엄하되, 그러나 숭엄만 하지 아니하고 정다운 우상이 되어 버렸다. 〈얼어죽은 모나리자〉

숭업다[1]형 흉헙다. 꽤 흉하다. ¶그것은 소희 씨가 컴컴한 길을 더듬어 가다가 발을 헛디디어 더러운 진구렁에 빠져 온몸에 숭어운 흙칠을 하여 가지고 어쩔 줄을 몰라 두 손을 휘저으며 부르짖고 있는 광경입니다. 〈병조와 영복이〉 ¶바짓가랑이로 내려가서는 엄지발톱에 닿아 구멍이 난 언더양말이 남에게 보인다면 몹시 창피할 만큼 숭업게 발톱이 내어다 보였다. 〈앙탈〉 ¶서방님은 커다랗게 숭어운 배를 안고 들어오는 오월이를 미심쩍게 거듭떠 보더니. 〈생명〉 ¶그것도 그것이려니와, 두 아이가, 하나는 용졸스럽디용졸스럽고 하나는 눈방울이 숭업게 툭 비어지고 한 꼬락서니가, 도저히 저게 내 아들이니라 여기기조차 창피했다. 〈반점〉

숭업다[2]형 (남 보기에) 부끄럽다. ¶"아이, 숭업게 왜 자구만 보셔!" 〈패배자의 무덤〉

숭없다형 →흉헙다. 꽤 흉하다. ¶선비이니 과히 숭없지 아니할 것이지만 그런 것보다도 사람은 우선 사람인 것이다. 〈소복 입은 영혼〉

숭포(를) 떨다[관용] 암상이 나서 악을 쓰고 말을 마구 주어대다. [비슷] 포달(을) 떨다. ¶×××차인 것도 인제는 안 아프고 번연히 숭포를 떠느라 엄살인 것이다. 〈탁류⑱〉

숭하다[형] →흉하다. 얼굴이나 태도 따위가 보기에 나쁘다. ¶이러한 얼굴이 임신을 해서 만삭이 되자 마구 뒤틀리고 부숭부숭한 게 보기에도 차마 숭했다. 〈생명〉

숭허물[명] →흉허물. 흉이나 허물이 될 만한 일. ¶말하자면 동기간 진배없는 사이니까 숭허물이 적어서 혹은 지금 걱정하는 대로 그렇게 어려운 고패는 없게 해주실는지도 모를 것이다. 〈생명〉 ¶이렇듯 말이 서로 숭허물이 없을 만큼 현 서방과 김 순사는 사이가 무관합니다. 〈흥보씨〉 ¶자연 둘이는 남녀라는 성별과는 상관이 없이 위선 피차간 숭허물 없는 동무가 되었고. 〈모색〉

숭헌 소리[관용] →흉한 소리. 어떤 일의 예감이 불길한 소리. ¶아이머니나! 숭헌 소리두 퍽두 허시네! 〈탁류②〉

쉬엄쉬엄[부] 쉬어 가면서 천천히 하는 모양. ¶용수산 서편 기슭으로 쉬엄쉬엄 고개를 올라 마루턱에 당도하자…. 〈상경반절기〉

쉬이[1][부] 쉽게. ¶영이는 그 역시 쉬이 잘 결혼을 했고, 심경이 변하여, 시도 문학도 작파하고는 법학 공부를 떠나더니 시방은 서도로 가서 석탄을 (제 말따나, '검정 다이야'를) 캐고 있고. 〈회(懷)〉

쉬이[2][부] 바람결이 지나가는 소리. ¶바람이라도 스르르 일면 방금 쉬이 소리가 요란할 듯 기운차다. 〈정자나무 있는 삽화〉

스래[명] 어느 지역의 이름인 듯(?). ¶작은 집은 물론이고, 취한 계집들이 모두 붙잡는 것을 스래까지 갔다가 열두 시에 도로 오마고, 〈탁류⑩〉

스러지다[동] (나타난 형체나 현상 따위가) 점차 희미해지면서 없어지다. ¶이리하여 마침내 곱던 무지개와도 같이 스러진 환멸, 〈탁류⑪〉

스르르[부] 미끄러지듯 슬며시 움직이는 모양. ¶바람이라도 스르르 일면 방금 쉬이 소리가 요란할 듯 기운차다. 〈정자나무 있는 삽화〉

스멀거리다[형] 벌레가 살에 자꾸 기어 가는 것처럼 못 견디게 근질근질하다. ¶그러자 온몸에 그 손이 와서 스멀거리는 듯 근질근질 근지럽고 비비 꼬여지는 것 같았다. 〈빈(貧)… 제1장 제2과〉

스모(すもう)[명] 일본의 '씨름'. ¶활동사진이며 스모며 만자이며 또 왓쇼왓쇼랄지 세이레이 낭아시랄지 라디오 체조랄지 이런 건 다 유익한 일이니까. 〈치숙(痴叔)〉

스빠[명] 옷감 재료 이름. 영어 '소파(sofa)'의 일본식 발음. '안락 의자에 까는 하급 천'을 두고 하는 말. ¶죄다가 하나도 무늬며 빛깔이 신통치 않은 것도 많은 것이거니와 스빠를 섞은 혼방이지, 순면이 아닌 성만 싶던 것이다. 〈모색〉

스스럽다[형] 수줍고 부끄럽다. 또는 정분이 두텁지 못하여 조심스럽다. ¶무어라고 이야기도 좀 해주고 그러느라면 오목이도 스스러운 마음이 좀 풀려 그 사이 두고 그렇게도 하고 싶던 쌓이고 쌓인 이야기를 다 할 텐데…. 〈얼어죽은 모나리자〉

스실사실[부] 표나지 않게 조금씩 조금씩. ¶제주말이 제 갈기를 뜯어먹는다는 푼수로, 이태 동안에 정 주사의 본전 삼백 원은 스실사실 다 받아 버리고 말았다. 〈탁류①〉 ¶그동안에 최씨 부인의 주머니 속에 든 돈 구 원은 그의 담뱃값, 군것질, 활동사진 구경, 설렁탕, 전찻삯으로 매일 일 원씩 오십 전씩 스실사실 다 없어지고 말았다. 〈불효자식〉

스탬프(stamp)명 잉크를 묻혀 눌러 찍는 고무 도장. ¶당자는 검인의 스탬프를 손에 쥐고 물건 싸개지의 봉인 딱지에다가 주임이라는 제 권위를 꾸욱꾹 찍느라 버티고 있는 맥이다. 〈탁류⑯〉

스팀(steam)명 증기를 통하여 열을 내는 난방 장치. ¶둘러보아야 신산스럽기만 하고, 하다가 문득 거기는 아직도 스팀을 피우고 푸근해 십상이려니 싶어 학교 기숙사 생각이 간절히 난다. 〈모색〉

스프링(spring)명 '스프링코트(spring coat)'의 준말. 봄 가을에 입는 가벼운 외투를 일컫는 일본식 영어. ¶더구나 양복을 입은 사람들은 모두 다 스프링을 입었다. 〈앙탈〉 ¶저는 어제 아침에도 부중엘 들어갔더니 여럿이들 입었더라면서 우겨서 스프링을 입혀 보냈다. 〈상경반절기〉

스피드(speed)명 속력. 속도. ¶어느덧 조선 바닥에서도 증기 기관의 스피드를 한 시대 낡은 문명으로 느끼게쯤 되고… 세태의 변천이란 미상불 쉽기도 한 것이다. 〈회(懷)〉

스핑스명 →스핑크스(sphinx). '수수께끼처럼 알 수 없는 속내'의 비유. ¶소희 소희 스핑스 스핑스 속이 몇 길? 얼마나 깊길래…? 〈병조와 영복이〉

슬개골(膝蓋骨)명 무릎 앞 한가운데에 있는 종지 모양의 오목한 뼈. 『같은』 종지뼈. ¶덴 자리가 화농이 된다는 것도 공교로운 일이지만, 슬개골 밑으로 농이 흘러 들어가서 관절이 상해, 〈이런 처지〉

슬금부 남이 모르게 넌지시. 〉살금. ¶정주사는 속으로 아뿔싸! 하고 슬금 이렇게 둘러댄다. 〈탁류〉 ¶저편에서 선을 보러 오거든 동리집 처녀나 하나 슬금 데려다가 대신 선을 보이고, 〈얼어죽은 모나리자〉

슬금슬금부 남이 모르게 눈치를 살펴 가며 슬그머니 움직이는 모양. 슬그머니 자꾸 행동하는 모양. ¶그러나 이내 시침하고 "손 무얼 허게 파니?" "낼 아침이나 일찍 해 주시우!" 그러면서 장손이는, 모친한테 얼굴을 돌리지 못하고 슬금슬금 사립문으로 걸어나간다. 〈암소를 팔아서〉 ¶그래서 슬금슬금 농간을 부리려던 판인데 오목이가 그 뒤로 눈병이 와락 더쳐가지고 도무지 문밖 출입도 하지 못해…. 〈얼어죽은 모나리자〉

슬슬하다동 (어떤 일을) 서두르거나 힘들게 하지 아니하다. ¶요리집에다가 음식 마추는 것, 이런 것이나 누워 떡 먹기로 슬슬하고 있지, 정작 힘드는 일은 김 씨가 통 가로맡아서 하고 있다. 〈탁류⑨〉

슬하(膝下)명 ('무릎 아래'의 뜻바탕에서) 어버이가 거느리는 곁이나 품안. ¶김 씨는 아이를 낳지 못해서 슬하가 적막하기도 하거니와, 장래가 또한 걱정이었었다. 〈탁류⑤〉 ¶아주머니도 아주머니지만 종조할머니며 할아버지도 슬하에 딴 자손이 없어서 나를 퍽 귀애하겠지요. 〈치숙(痴叔)〉

습관 치이다『관용』 ('습관에 구속을 받다'의 뜻바탕에서) 몸에 배어 아주 익숙함을 이르는 말. ¶식모도 습관 치인 제 일이 남

의 일같이 서먹거리고 섬뻑 손이 대지지를 않던 것이다. 〈탁류⑭〉

승강(昇降)명 승강이. 서로 제 주장을 고집하며 옥신각신함. ¶쓸데없는 승강을 하려 드는 게 심정이 좋지 않은 참인데, 〈태평천하①〉

승겁다형 →싱겁다. (평안, 함경) ¶"말허는 뻰새가 승겁단 말야, 자식아!… 자식이 저렇게 승겁구 멋대가리가 없은깐 옥봉이 기집애두 절 마대구서 바람 잡으러 실 뽑는 공장으루 간대지!" 〈암소를 팔아서〉

승격(昇格)명 어떤 표준으로 자격이 오르는 것. 어떤 표준까지 자격이 높아짐. ¶우리 보명의숙도 남에게 뒤지지 않고 얼른 승격이 되게 하느라고 무척 애를 썼더라고 한다. 〈회(懷)〉

승벽(勝癖)명 '호승지벽(好勝之癖)'의 준말. 경쟁하여 반드시 이기기를 즐기는 성미나 버릇. ¶이것이 처세상 퍽 이롭지 못한 것을 P도 잘 안다. 또 공연한 승벽이요 고집인 줄 알건만 그는 그것을 고치지 못한다. 〈레디 메이드 인생〉 ¶정 주사의 부인 유씨라는 이가 자녀들에 대한 승벽이 유난스러, 머리를 싸매 가면서 공부를 시키는 판이다. 〈탁류①〉 ¶여러 해를 두고 늘 패전만 해 오던 나머지라, 그러나 상하 없이 승벽들은 유난할 시절이겠다, 〈회(懷)〉

승어부(勝於父)명 '아버지보다 나음'의 뜻. ¶"흥! 이놈의 자식 승어부는 했구나." 하고 두런거렸다. 〈명일〉 ¶이런 걸 미루어 보면 그는 과시 승어부라 할 것입니다. 〈태평천하④〉

승차(陞差)명 (한 관청 안에서) 윗자리의 벼슬에 오름. ¶무슨 계의 주임이 되고, 마지막 서무 주임을 거쳐 군수가 되고, 이렇게 승차를 하기는 용이찮은 노릇이다. 〈탁류①〉 ¶맏손자 종수가 난봉을 부리고, 군수를 목표한 관등의 승차에 관한 운동비를 쓰고 그러는 통에 재산이 그 만 석에서 더 붇지를 못하고 답보로—웃을 한 거랍니다. 〈태평천하⑤〉 ¶설혹 신사가 승차가 되지 않았기로서니 레디의 (황차 약혼이 절로 익은 미쓰의) 출입 전에 필요한 용무를 알아차리지 못하도록 야만은 아니었을 것이고. 〈모색〉

승지(勝地)명 경치가 좋은 이름난 땅. 『같은』 명소(名所). 명승지(名勝地). ¶제철 따라 승지로 유람다니기, 〈태평천하⑤〉

승품명 →성품(性品). 성질과 됨됨이. ¶"그렇지만 그런 소절을 거리껴 않는 게 역시 그이의 무인(武人)다운 솔직한 승품이 아니요?" 〈회(懷)〉

승(勝)하다형 (어떤 것이) 두드러지거나 뛰어나다. ¶승하는 놈을 꺾고 없애야 저한테 유리하겠으니 달리 강한 놈에게 빌붙어야 하고 그것이 사대사상의 근원인 것이다. 〈상경반절기〉

시골뜨기명 '시골 사람'을 낮잡아 일컫는 말. ¶침모나 안잠자기 마누라에게는 시골뜨기라고 조소를 받는 것을 볼 때에는 성이 버럭 나고 옥섬이를 곧 그저 어디로 데려다가 숨겨 두고는 잘 어루만져 주고도 싶었다. 〈산동이〉

시공(時空)명 시간과 공간. ¶그 불변색의 반점이 그런데 어떤 시공의 변화의 자극을 받아, 〈반점〉

시관(試官)명 조선 시대, 과시(科詩)에 관련된 모든 관원을 통틀어 이르던 말. 여기서 '과시'는 벼슬아치를 뽑기 위하여 보던 시험을 뜻함. ¶한번 돌이켜, 마치 시관이 주필을 들고 글을 꼲듯이 사윗감인 태수를 꼲는다. 〈탁류⑦〉

시구(市區)명 시 구역. 시 지역. ¶그뿐 아니라 정리된 시구라든지, 근대식 건물로든지, 사회 시설이나 위생 시설로든지, 제법 문화 도시의 모습을 차리고 있는 본정통이나…. 〈탁류①〉

시구문(屍口門)명 '시체를 내가는 문'이라는 뜻으로 '수구문(水口門)'을 달리 일컫던 말. 곧 서울의 사소문(四小門)의 하나인 '광희문'을 속되게 이르는 말. 지난날 성 안에서 상여가 이 문을 통하여 성 밖으로 나갔음. ¶둘째 손자며느리는 서울 태생인데, 시구문 밖 조 씨네 집안이나, 그렇다고 배추 장수네 딸은 아니고, 〈태평천하④〉

시굴뚜기명 →시골뜨기. 시골 사람을 얕잡아 하는 말. ¶원 눈두 삐뚤어졌지. 우리 언니 저 아씨가 어디가 이쁜 디가 있다구 그래애! 시굴뚜기는 헐 수 없어. 〈소망〉

시글시글하다형 우글우글 들끓다. 또는 매우 수두룩하게 많다. ¶범수는 침을 꼴깍 삼키며 그 속에 돈이 시글시글할 그 포켓을 바라다 보았다. 〈명일〉 ¶그렇게 멀리 나가지 않아도 마을에 술장수 여편네가 시글시글하다. 〈생명〉 ¶××이야 매독이 시글시글해서 그만에 한쪽이 썩어 들어가제, 그런 주제에 연애가 무어 말라죽은 거꼬? 〈탁류⑨〉

시급(時急)하다형 몹시 급하다. 시각을 다툴만큼 절박하고 급하다. ¶그러나 화물자동차에도 한 덩이에 이십 전 구루마도 한 덩이에 이십 전일 바에야 그다지 시급하게 운반할 필요도 없는데 구루마꾼들의 밥통이 떨어지는 것을 해서는 아니된다고 거절을 하였다. 〈화물자동차〉

시급스럽다형 기대나 욕구에 만족할 만큼 충분하다(?). ¶글씨 어떤 놈의 소리가 금방 엊저녁까지 들리던 소리가 오널사 말구 시급스럽게 안 들리넹고? 〈태평천하②〉

시껌시꺼멓다형 아주 짙게 꺼멓다. ¶나이도 항용 스무 살 안팎으로 수염이 시껌시꺼먼 아이아범이 수두룩했고, 어린 축에 끼던 내가 열일곱이나 먹었었다. 〈회(懷)〉

시끌덤벙하다형 시끄럽고 번잡하다. 【비슷】 시끌벅적하다. ¶자기 집이 눈에 보이매 어떻게 하면 좋은가 하는 생각에 마치 못 먹을 것을 먹은 것처럼 마음이 꺼림칙하고 두서없는 계책이 시끌덤벙하게 머리속으로 드나들었다. 〈생명의 유희〉

시뉘명 '시누이'의 준말. 남편의 누이. ¶시뉘 되는 서울 아씨는 내가 주장입네 하는 듯이 안방을 차지하고 누워서 사사이 할퀴려 들지요. 〈태평천하⑤〉

시늉명 흉내내어 꾸미는 짓. ¶못생긴 노랑 수염이 몇 낱 안 되게 시늉만 자랐다. 〈탁류①〉

시데나시(仕手無)명 '할 사람 없음', '큰 손 없음'의 일본어. ¶그래서 시데나시(仕手無)라는 걸로 중한도 매매가 성립되지 못한다. 〈탁류④〉

시들부들부 생기가 없어 시들한 모양. ¶첩 얻으믄 못써요! 태식이 같은 오징어 생겨나요, 시들부들… 그렇죠? 아즈머니! 〈태평천하⑪〉 ¶모두들 졸음이 쏟아져 눈은 시일실 감기고, 안개 속같이 몽롱한 정

신에, 끄덱거리는 몸은 맥 하나도 없이 시들부들, 〈순공(巡公) 있는 일요일〉

시러베 개아들놈〖관용〗 '실(實)없는 놈', 즉 '진실하고 미덥지 못한 사람'이란 뜻의 욕말. ¶어느 시러베 개아들놈이, 그래 눈 멀뚜웅멀뚱 뜨구서 제 자식을 의붓애비한테 뺏기구 가만 있을 놈이 어디 있다드냐? 〈탁류⑭〉 ¶천하 시러베 개아덜(들)놈덜이지… 인제 보소마넌, 그런 놈덜은 손복을 히여서, 오래잔히여 박적을 차구 빌어먹으러 댕길 티닝개루, 두구 보소! 〈태평천하⑧〉

시렁가래㉮ 시렁을 매는 데에 쓰는 긴 나무. '시렁'은 물건을 얹어 놓으려고 방이나 마루 벽에 건너지른 두 개의 나무. ¶과년 찬 색시들이 사뭇 시렁가래다가 목을 맬려구 들 텐데, 호호. 〈탁류⑤〉

시료 병원(施療病院)㉮ 무료로 치료하여 주는 병원. 여기서 '시료'는 무료로 치료하여 주는 것. ¶그러니 그들이 그렇듯 무지한 이상 시료 병원이 거리마다 늘비하다고 하더라도 별수가 없겠거니 싶고, 〈탁류⑥〉

시르르㊥ 매미 따위가 가늘게 한 번 우는 소리. ¶이따금씩 생각난 듯이 시르르 울다가 그치는 실매미 소리가 한결 더 더위를 돕는다. 〈정자나무 있는 삽화〉

시름없다㉯ 아무 생까이나 맥이 없다. ¶시름없이 섰는 동안에 추렷한 부친의 몰골, 바느질로 허리가 굽은 모친, 〈탁류②〉

시마㉮ 화투 놀이에서 상대방에게 20점을 받는 하나의 규칙. 풍시마, 초시마, 비시마의 세 가지가 있음. ¶토닥토닥 화투를 치기 시작은 했으나, 둘이는 다 화투에는 하나도 정신이 없다. 싫증이 나서 홍싸리로 흑싸리를 먹어 오기도 하고, '시마'를 빼놓고 세기도 했다. 〈탁류⑤〉

시모(媤母)㉮ 시어머니. ¶어린 것이라는 게, 난 지 석 달 만에 에미가 이 집으로 유모살이를 들어오느라고 시모와 남편의 손에서 길리는 저네들의 소생이다. 〈빈(貧)… 제1장 제2과〉

시무룩하다㉯ 마음에 못마땅하여 말이 없고 언짢은 표정이 있다. ¶승재는 고개를 뒤로 젖히고 눈이 맑게 웃는다. 시무룩했던 것이 저으기 가셨다. 〈탁류⑰〉 ¶봉수는 밖에 나갔다가 돌아와서 모친은 눈에 안 띄어도 그만이지만 색시가 없든지 하면 단박 시무룩해 가지고 찾는다. 〈두 순정〉

시방(時方)㉮㊥ 지금. 또는 금방. ¶"돈 시방 없다. 이담에 주마." 〈명일〉 ¶윤 직원 영감은 그때 일을 생각하면, 시방도 가슴이 뭉클하고, 〈태평천하④〉 ¶산에서 내려오면서는 몇 번이고 앞으로 꼬꾸라질 뻔했고 시방 이길을 올라가는 데도 여간만 된 게 아니다. 〈쑥국새〉 ¶그러잖아도 시방 자네게로 좀 찾아갈까 어쩔까 하고 서서 망설이는 참인데…, 〈이런 처지〉 ¶그 마당에 이르러 섬뻑 나서겠다는 담보가 우선 시방 있느냐? 〈용동댁〉 ¶시방은 이 햇볕과 이 한가로움이 천하 제일이다! 〈모색〉

시방치(時方-)㉮ 시방의 몫. 지금의 몫. ¶그래 시방치에다가 미래치까지 미리서 끌어당겨다가는 (두 모금을 한꺼번에) 벼락을 한바탕 내떨고라야 말 것입니다. 〈흥보씨〉

시보레(chevrolet)㉮ 미국 제너럴 모터스사가 만든 대중용 자동차 이름. ¶타일 입힌 여러 층 벽돌집, 디파트먼트, 빌딩, 일류미네이션, 쇼윈도, 그리고 여객 수송 비행기, 버스, 허리가 늘씬한 게 호마같이 날쌔어 보이는 뽀키전차, 수가 버쩍 늘고 최하가 시보레로 된 자동차, 꽤 자주 들리는 각가지의 사이렌…의 모든 것이 제법 규모가 큰 도회미와 분잡한 기계미를 띠려는 기색이 보였다. 〈그 뒤로〉

시부(媤父)명 시아버지. ¶"참 요새 시체 새악시덜은 시부 밑에서 시집살이를 안 헐라구 그런답디다." 〈보리방아〉

시비(侍婢)명 곁에서 시중드는 여자 종. ¶명색 여인네 치고는 행랑어멈과 시비 사월이만 빼놓고는 죄다 과부니 계산이야 순편합니다. 〈태평천하⑤〉

시비조(是非調)명 트집을 잡아 시비하는 듯한 말투. ¶그 사내는 가까이 오면서 먼저 같은 시비조가 아니고 말과 음성이 공순해서 묻는다. 〈탁류⑰〉 ¶"재미?" 암말두 않구, 한참 있다가, 따잡듯 시비조야. 〈소망〉

시뻐하다[1]동 마음에 차지 않아 못마땅하게 생각하다. ¶이것은 분명 무엇을 시뻐하는 냉랭한 태도이겠는데, 〈탁류⑬〉 ¶경손은 고 씨의 말이 떨어지기가 무섭게, 다뿍 시뻐하는 소리로 대답을 해 줍니다. 〈태평천하⑥〉 ¶눈에는 시뻐하는 빛이 갈아 들면서 고개를 돌리고 가던 발길을 다시 띄어 놓는다. 〈정자나무 있는 삽화〉

시뻐하다[2]동 대수롭지 않게 여기다. ¶귀신이 뭐 어쨌네, 하는 소리를 시뻐하고 곧이듣지 않던 사람이다. 〈탁류⑤〉 ¶말로는 시뻐해도 속으로는 분명 아픈 자리를 건드렸던 것이다. 〈쑥국새〉

시쁘다형 마음에 차지 않아 시들하다. 또는 대수롭지 않게 여기다. ¶유 씨는 시쁘다는 듯이 돋보기 너머로 남편을 넘겨다 본다. 〈탁류③〉 ¶해서 열이면 아홉은 다 시쁘고 깔보이기만 합니다. 〈태평천하⑥〉 ¶칠복은 그 돈 일 원을 시쁘다는 듯이 집어 넣고 나서 그래도 내가 자기를 비웃지나 아니하나 하는 눈치를 보려는 듯이 피숙웃으며 나를 바라보았다. 〈불효자식〉

시쁘듬하다형 →시쁘둥하다. 마음에 차지 아니하여 시들한 기색이 있다. 매우 대수롭지 아니한 기색이 있다. ¶태수는 시쁘듬하게 제 자신더라 하는 듯, 이런 조소를 하다가 다시…. 〈탁류⑤〉 ¶그거 원 참, 이쯤 아니꼽고 시쁘듬했을 뿐, 그때나 지금이나 오복이를, 시방 관수에게 대한 십분지 일만큼도 미워를 안 하니, 그것부터도 편벽이려니와, 〈정자나무 있는 삽화〉

시쁘디시쁘다형 매우 시쁘다. ¶첫 현신이 그쯤 시쁘디시쁜데다가, 두고 보자니 사람이 공중 덤비기만 하고, 재갸 말따나 과연 아무것도 몰랐다. 〈회(懷)〉

시삐부 시쁘게. ¶나이?… 올해 일흔두 살입니다. 그러나 시삐 여기진 마시오. 〈태평천하①〉

시사(時事)명 그때 그때의 세상의 정세나 일어난 일. ¶그야말로 시사를 말한다든지, 학문을 논한다든지야 말로 안 될 처지요, 그렇다면 집안 이야기를 묻는 것밖에 없는데, 〈탁류⑧〉

시새워하다동 →시새움하다. 서로 남보다 낫게 하려고 다투다. 또는 자기보다 나은 사람을 공연히 미워하고 싫어한다. ¶그는 주인아씨가 안팎으로 휘감는 비단옷을 시새워하면서 한숨을 내쉰다. 〈빈(貧)… 제1장 제2과〉 ¶승재 옆에 명님이라는 계

집아이가 있게 되는 것을 노상 텃세하고 시새워하고 해서만 그러는 것은 아니다. 〈탁류⑰〉

시세표(時勢表)명 증권 거래소에서 그때그때 상품을 거래할 때의 가격을 나타내는 표. ¶그들은 대개가 십 년, 이십 년, 시세표의 고하를 그리는 괘선을 따라 방안지의 생애를 걸어오는 동안, 〈탁류④〉

시속(時俗)명 그 시대의 풍속. ¶또 시속이 어떻다는 것이며, 그래 아무데서고 함부로 잘못 호령깨나 하는 체하다가 괜히 되잡혀서 망신을 하는 수가 있다는 것도 잘 알고 있습니다. 〈태평천하③〉 ¶그러나 한갓 시속이 그렇고, 남들도 말만한 계집애 자식을 그냥 두어둔다고 흉하지 않는 것만 다행히 어겨. 〈동화〉

시시(時時)부 가끔. 때때로. 이따금. ¶그와 음영진 대문 안 수통에서는 식모가 시시 무얼 씻고 있고. 〈탁류⑬〉

시시먹거리다동 실없이 웃으며 자꾸 지껄이다. ¶그래도 두 여자는 어디 볼때기가 만지는 것처럼 심상, 심상이라니 도리어 시시덕거리면서 좋아한다. 〈탁류⑮〉

시시로(時時-)부 가끔. 때때로. 이따금. ¶그러한 그에게, 이쁜 초봉이를 손 닿는데 두어두고 시시로 바라보는 것은 큰 위안이 아닐 수 없던 것이다. 〈탁류②〉 ¶장롱 속에 건사해 둘 노리개나 앨범에 붙여 두고 시시로 떠들어 볼 사진이나처럼. 〈패배자의 무덤〉

시신(屍身)명 시체(屍體). 송장. ¶발밑에 뻬드러진 형보의 시신을 들여다본다. 〈탁류⑱〉

시아재명 남편의 남동생. ¶손아래의 시아재와 어린 아들 태진의 뒤치다꺼리를 한다든가. 〈용동댁〉

시암명 →우물. (전라, 충청, 황해) ¶"어머니, 나 시암(우물)에 가서 시언헌 찬물 떠 오까?" 〈동화〉

시앗명 남편의 첩. ¶남편의 마음이 변한 것이야 아니지만, 그래도 시앗을 본 젊은 여인이라, 더위 끝에 산산히 스미는 야기(夜氣)에 잠을 설치고 마음이 싱숭거려, 〈탁류⑤〉 ¶저 여편네가 시앗을 보고 시방 반 실성을 했나 보다고 생각을 할 것입니다. 〈흥보씨〉

시앗이 시앗 꼴을 못 본다『속』 시앗이 새 시앗을 더 못 견딘다는 말. ¶초봉이네가 즉 작은 여편네가 시앗이 시앗 꼴을 못 본다더라고, 왜 그리 펄쩍 뛰느냐고 어줍잖대서 하는 소린지, 〈탁류⑬〉

시앗집명 시앗이 사는 집. ¶동대문 밖과 관철동의 시앗집엘 가끔 쫓아가서는 들부수고 싸움을 합니다. 〈태평천하⑤〉

시언하다형 →시원하다. (경상, 충청, 전라) ¶"한잔 말이 났으니 말이지 요즘 같으면 술이나 실컨 먹고 주정이라도 했으면 속이 시언하겠네." 〈레디 메이드 인생〉 ¶"어머니, 나 시암(우물)에 가서 시언헌(한) 찬물 떠오까?" 〈동화〉 ¶타는 입술에 침을 묻히다가 또 부르대듯 "뭣 좀 시언한 거라두 없나?" 〈이런 남매〉

시에미명 →시어미. (경남). 시어머니의 낮춤말. ¶며느리가 해산을 했는데 약속한 시에미가 미역국을 안 끓여 주고 쑥국만 끓여 주었다. 〈쑥국새〉

시에미가 오래 살면 구정물 통에 빠져 죽는다『속』 너무 오래 살다가 못할 일을 당함을 이르는 말. 『같은』 시어머니가 오래 살다가 며느리 환갑날 국수 양푼에 빠져 죽는다. ¶"체에! 시에미가 오래 살면 구정물 통에 빠져 죽넌다더니, 내가 오래 사닝개루 벨 일 다아 많얼랑개 비네! 인젠넌 오래간만으 목구녁의 때 좀 벳기녕개 비다!" 〈태평천하⑦〉

시에미가 오래 살면 자수물 통에 빠져 죽는다『속』 오랜 시일을 지나는 동안에는 뜻밖의 일도 있을 때가 있다는 말. 『같은』 시어미가 오래 살면 개숫물 통에 빠져 죽는다. ¶허허허허, 시에미가 오래 살면 자수물 통에 빠져 죽는다더니… 그러나저러나 시간이…. 〈탁류⑬〉

시오 리㉮ 십오 리. 십 리에 오 리를 더한 거리. ¶마을에서 한 시오 리 되는 곳에 정거장이 있는데. 〈어머니를 찾아서〉

시운(時運)㉮ 그때의 운수. 시대의 운수. ¶다 참, 내가 부지런하고 또 시운이 뻗쳐서 부자가 되었지.〈태평천하④〉

시원상쾌하다㉻ 시원하고 생쾌하다. ¶어때? 그랬으면 시언(원)상쾌하겠지? 〈탁류⑦〉

시이시하다㉭ 슬슬하다. 서두르지 않고 가만가만 움직이다. ¶점례는 싹 돌아서서 두레박질을 시이시한다. 〈쑥국새〉 ¶누구는 단속곳 바람으로 웃통을 벗어젖히고서 세수를 하느라 시이시한다. 〈탁류⑮〉

시일실㉫ →슬슬. (경남). 서두르지 않고 가만가만 움직이는 모양. ¶새서방은 눈을 시일실 감으면서 커다란 상투가 올라앉았는 머리로 조그만한 손이 올라간다. 〈두 순정〉 ¶아직도 잠이 덜 깨어 눈을 시일실 감으면서도, 주먹은 가져다 커다란 젖통을 움켜쥐며 잡아당기며, 꿀꺽꿀꺽 빨아 넘긴다. 〈패배자의 무덤〉 ¶헤렌은 시일실 감기는 눈을 가까스로 뜨다가 불끈 기지개를 켜고 하품을 내뱉고 한다. 〈이런 남매〉 ¶시일실 눈을 감아 가면서 외어 주는 고시조보다는 저 혼자 읽는 아인시타인의 한 페이지나. 〈모색〉

시장㉮ '배가 고픔'을 정중하게 이르는 말. ¶시장도 한 판이라 밥을 배불리 먹고 상을 물리니까 하인이 또 나와서 상을 내갑니다. 〈소복 입은 영혼〉 ¶한바탕 귀먹은 욕을 걸찍하게 해주고 나서야 저으기 직성이 풀려, 마침 또 시장도 한 판이라 의관을 벗고 안방으로 들어갔읍니다. 〈태평천하⑤〉

시장기(--氣)㉮ 배가 고픈 느낌. ¶영주는 오목가슴에서 꼬르륵 소리가 나고 잊었던 시장기가 다시 들어 침이 저절로 삼켜진다. 〈명일〉 ¶정 주사는 도미찜 소리에 침이 꼴깍 넘어가고, 시장기가 새로 드는 것 같았다. 〈탁류①〉

시장스럽다[1]㉻ 마음에 차지 아니하여 언짢다. ¶그런만큼 오늘만은 시장스런 월급을 받아 든 마음도 그다지 우울하지는 않던 것이다. 〈이런 남매〉 ¶쫙 바라진 여덟팔자걸음으로 아장아장 걸어가는 맵시란 누구더러 보라고 해도 시장스런 꼴이다. 〈탁류①〉

시장스럽다[2]㉻ 시장한 느낌이 있다. 배가 고픈 느낌이 있다.

시장하다㉭ 배가 고프다. ¶그럼 늦게 일을 해서, 시장해서 그리나 보구나? 〈탁류⑦〉 ¶돼지울에서도 돼지가 시장하다고 떼를 쓴다. 〈동화〉

시재(時在)㉮ 당장에 가지고 있는 돈이나

곡식. ¶일 원 한 장만 더 보탰으면, 그때 시재로 살 수가 있었다. 〈빈(貧)… 제1장 제2과〉 ¶돈을 더 주고 이등 차표와 바꾼다고 하니, 지난 시재가 염려되고 속이 뜨악했다. 〈탁류⑫〉

시전(詩傳)명 시경(詩經)의 주해서(註解書). ¶그보다 많은 여러 수십 명의 동네 아이들에게, 하늘 천 따아 지의 천자를 비롯하여, 사자소학이며 동몽선습, 통감, 맹자, 논어, 시전, 서전에 이르기까지, 〈순공(巡公) 있는 일요일〉

시정(市井)명 사람이 사는 집이 모여 있는 곳. ¶항용, 상식적인 교양이나 시정 신사의 지체쯤으로 능히 그것을 인식하고 극복하고 하지를 못했음이, 〈상경반절기〉

시종무관(侍從武官)명 대한 제국 8년(1904)에 베푼 궁내부의 시종. 무관부에 딸려 임금이 타는 수레를 모시고 따라가던 무관. 여기서는 시중드는 사람 옆에서 보살피거나 심부름을 하는 사람. ¶시종무관은 무얼 하구 있는 거야? 여왕님 거동에 신발두 참겨놀 줄 모르구서…. 〈탁류⑯〉 ¶예라 오늘은 내가 진리의 어머니의 시종무관일다고 성큼 차리고 따라나섰던 것이다. 〈패배자의 무덤〉 ¶그러구 또 하나는, 피로를 되려 더하게 할 행동 즉 시종무관이었다! 〈순공(巡公) 있는 일요일〉

시중하다동 옆에서 보살피거나 심부름을 하다. 『같은』 시중들다. ¶"소인은 그런 영이 계시니 시중할 따름이지 알 수는 없읍니다." 〈소복 입은 영혼〉

시체(時體)명 그 시대의 유행이나 풍습. ¶"아따 그게 시체 연애라구 허는 거 아니우?…." 〈암소를 팔아서〉 ¶"참 요새 시체 새악시덜은 시부 밑에서 시집살이를 안 헐라구 그런답디다." 〈보리방아〉 ¶시체 젊은 애들 치구 술 좀 안 먹는 사람이 백에 하나나 있답디까? 〈탁류⑦〉 ¶혹은 작곡을 해 가지고 그것을 시체 유행 가수를 시켜 소리판에다가 넣어서 육장 틀어 놓고 듣는다면 모르지요마는. 〈태평천하④〉

시진(澌盡)하다동 기운이 빠져 없어지다. ¶다시 일어날 기력이 없기도 하려니와 그는 시진한 정신에 시방 좀 쉬어 가자는 생각이 든 것이다. 〈두 순정〉

시체말(時體—)명 →시쳇말. 그 시대에 널리 유행하는 말. ¶시체말로는 브로커요, 윤 직원 영감 밑에서 거간을 해먹는 사람입니다. 〈태평천하⑦〉

시쳇속(時體—)명 그 시대의 유행이나 풍습의 내용. ¶어미 아비는 개명을 못 했을망정 시쳇속으로 어디 네나 개명을 좀 해 보라고 집안 사세도 부치는 거슬 억지 삼아 읍내 보통학교에 들여보내서. 〈동화〉

시초(始初)명 맨 처음. 시작. ¶이래서 시초 없는 싸움은 또한 끝도 없이 휴전이 되고, 〈태평천하⑥〉 ¶이렇게 이야기 시초가 잡혀 가지고는, 아뭏든지 순사가 들으면 유언비어로 취체를 하려다가 허리를 잡을 만큼 별별 괴상한 소리가 다 나온다. 〈정자나무 있는 삽화〉 ¶이야기를 시초만 내다가 말고서 합장을 하고 눈을 감고 앉았는 노장은 언제까지고 움직일 줄 모른다. 〈두 순정〉

시초(始初)를 잡다관용 시작하다. ¶유 씨는 이렇게 시초를 잡아가지고, 넉넉 아마 삼십 분 동안은 별별 잔사설을 다아 늘어놓더니, 〈탁류⑦〉 ¶과연 태식은 입이

비죽비죽, 얼굴이 움질움질하는 게 방금 아앙하고 울음이 터질 시초를 잡습니다. 〈태평천하⑥〉

시츰하다[형] '시치름하다'의 뜻. 짐짓 시치미를 떼는 태도가 천연스럽다. 또는 일부러 쌀쌀하게 대하려는 태도가 좀 있다. ¶태수가 너무 많이 없이 시춤하고만 있으니까, 그렇다고 그게 무슨 걱정이 되는 건 아니지만, 〈탁류④〉

시치름하다[1][동] 짐짓 모르는 체하고 태연한 기색을 꾸미다. 〉새치름하다. ¶판 사람들은 턱을 내밀고서 만족하고 산 사람들은 턱을 오므리고서 시치름하고, 이것은 천하에도 두 가지밖에는 더 없는 노름꾼의 표정이다. 〈탁류④〉

시치름하다[2][형] 조금 시침하다. 일부러 쌀쌀하게 대하려는 태도가 좀 있다. ¶옥례도 시치름해서 고개를 살래살래 내흔든다. 〈보리방아〉

시치미[1][명] 예전에 매의 임자를 밝히기 위해 주소를 적어 매 꽁지 위의 털 속에 매어 두던 네모진 뿔.

시치미[2][명] (통상 '-떼다'와 함께 쓰여) 자기가 하고도 안 한 체하는 태도. 또는 알면서도 짐짓 모르는 체하는 태도. [준말] 시침. ¶아주, 조상두(초봉이) 시치미를 뚜욱 따요! 〈탁류②〉 ¶글쎄 이 한다는 소리 좀 보지요? 시치미 뚜욱 따고 누워서 바쁘다는군요! 〈치숙(痴叔)〉 ¶늘어지게 하나씩 하나씩 열 번을 치더니 그 다음은 시치미를 따고 도로 뚜욱 따악 뚜욱 따악, 종내 암말도 않는다. 〈모색〉 ¶직접 이렇게 찾아와서 만났다고 하기가 혐의쩍기도 하여 시치미를 뚝 뗀 것이다. 〈레디 메이드 인생〉 ¶오목이가 넘겨짚는 것을 금출이는 의젓이 시치미를 떼면서 "안 오기는 왜… 오지 말래두 올 걸….” 하고 뻥등그린다. 〈얼어죽은 모나리자〉 ¶창식은 종시 시치미를 떼고 앉아서 이렇게 대답을 합니다. 〈태평천하⑤〉

시침[명] '시치미'의 준말. ¶애 이년아, 그리 구서두 입때 시침을 따구 있어? 〈탁류⑯〉

시침하다[동] 모르는 체 시치미를 떼고 태연한 기색을 꾸미다. 일부러 쌀쌀하게 대하려는 태도가 있다. ¶그러나 이내 시침하고 "손 무얼 허게 파니?" "낼 아침이나 일찍 해 주시우!" 그러면서 장손이는, 모친한테 얼굴을 돌리지 못하고 슬금슬금 사립문으로 걸어나간다. 〈암소를 팔아서〉 ¶그러나 그것은 일순간이요, 이어 곧 시침해 가지고 대답이, 아 그러냐고,…. 〈탁류⑧〉

시커머니[부] 시커멓게. ¶그놈 시커머니 기다란 차가 식식거리며 들이닿고 윙 소리를 깜짝 놀라게 질러 주고는 달아나고 하는 것을 보면. 〈어머니를 찾아서〉

시큰둥하다[형] (말이나 하는 짓이) 주제넘고 건방지다. 또는 아니꼬운 태도가 있다. ¶"각설이라 이때에 …" 하고 양금채 같은 목에다가 멋이 시큰둥하게 "…하징 아니헤야 …" 하면서, 콧소리를 양념 쳐 흉을 냅니다. 〈태평천하⑪〉

시큼하다[형] 좀 신맛이 있다. ¶먹으면 대번 경련이 일어나고 숨쉬기가 힘이 들어 허얼헐 하고 시큼한 냄새가 나고. 〈탁류⑧〉

시푸우하다[동] →후유하다. 일이 고되거나 시름겨울 때에 크고 길게 숨을 내쉬다. ¶

그는 금출이가 시푸우하고 담배만 피우면서 말이 없는 것이 속이 답답했다. 〈얼어 죽은 모나리자〉

시타[형] →싫다. ¶시타, 아잉. 또 거즛뿌렁 할려구. 밤낮 거즛뿌렁만 허구. 〈탁류③〉

시행(施行)[명] 실지로 행함. [비슷] 해 보기. ¶"설마 죽은 사람더러 내기 시행을 허라구 졸믈라더냐?" 〈정자나무 있는 삽화〉

식교자(食交子)[명] 온갖 반찬과 국, 밥 등을 차려 놓은 직사각형의 큰 음식상. ¶ "… 그렇지만 어디 지가 설마한들 설렁탕이야 사 드리겠어요! 참 하다 못해 식교자라두 한 상…" 〈태평천하⑦〉

식성(食性)[명] 음식에 대하여 좋아하거나 싫어하는 성미. ¶그놈을 잡아먹던 식성과 시방 열네 살 고 또래의 기집 이전인 기집애에게 대해서 우러나는 구미와는 계통이 다르다 할 것입니다. 〈태평천하⑩〉

식식하다[동] 식식거리다. ¶계봉이는 식식하고 웃목으로 가서 돌아앉아 버린다. 〈탁류③〉

식식거리다[동] (숨이 가쁘거나 화가 몹시 나서) 숨을 거칠게 자꾸 몰아 쉬다. 〉색색거리다. [센말] 씩씩거리다. ¶외양간에서 중소는 되는 암소가 김이 무럭무럭 나는 쇠물통에다 주둥이를 처박고 식식거리면서 맛있게 먹는다. 〈암소를 팔아서〉 ¶소는 아무 것도 모르고 여전히 식식거리며 꼴만 먹는다. 〈팔려간 몸〉 ¶그놈 시커머니 기다란 차가 식식거리며 들이닿고 윙 소리를 깜짝 놀라게 질러 주고는 달아나고 하는 것을 보면. 〈어머니를 찾아서〉 ¶승재가 눈에 눈물이 가득, 코를 벌씸벌씸 황소같이 식식거리고 앉았다. 〈탁류⑲〉 ¶두목은 잠깐 식식거리면서 윤용규를 노려다 보다가, 이윽고 음선을 눅여 타이르듯 합니다. 〈태평천하④〉

식은 죽 먹듯[속] 아주 하기 쉽다는 말. [비슷] 식은 밥 먹듯(먹기). 식은 떡 떼어 먹듯. ¶사내대장부가 그렇기 거짓말을 식은 죽 먹듯 헌담 말잉가? 〈태평천하①〉 ¶"태워주구 말구우!… 내가 말허믄 돼애!" 연성이렇게. 이렇게 연성 식은 죽 먹듯 수월한 대답을 해 싸면서. 〈회(懷)〉

식인종(食人種)[명] 사람을 잡아 먹는 풍습이 있는 미개 인종. ¶식인종을 연상할 만큼 흉악스러운 형보의 골상과, 귀족태가 나게 세련된 제호의 골상…. 〈탁류⑭〉

식자(識字)나 들다[관용] 글이나 글자 정도를 알다. ¶"사실 도회지의 신여성들은 건방져서 못쓰지요. 속에 식자나 들었다구 도도허게 굴구… 글쎄 시어머니 시아버지를 섬기잖으러 드는걸…" 〈보리방아〉 ¶신식여자는 식자나 들었다는 게 건방져서 못쓰고, 도무지 그래서 죄선 여자는 신식이고 구식이고 다 제바리여요. 〈치숙(痴叔)〉

식잖다[형] '식지 않다'의 준말. 더운 기운이 없어지지 않다. ¶너 아버지 진지랑 식잖게 뚜껑 덮었니? 〈탁류③〉

식지(食指)[명] 집게손가락. ¶엄지손가락과 식지는 접어 두고 중지와 무명지와 새끼 손가락 세 개만 펴서 손바닥은 바깥으로 둘렀다. 〈탁류④〉

식혜(食醯)[명] 쌀밥에 엿기름 가루를 우린 물을 부어 삭힌 뒤, 생강과 설탕을 넣고 끓여 식힌 다음 건져 둔 밥알을 띄운 음료. [같은] 단술. ¶아씨는 행여 자기의 정성을 알아줄까 하고 알심을 부리느라고 부랴부랴 식혜를 달여서 일부러 이슥한 뒤에 오월이를 시켜 사람으로 내어보냈다. 〈생명〉

신간(新刊)명 새로 발행한 책. 책을 새로 간행함. ¶진작부터 일어나 책상 앞에 앉아서 '성층권의 연구(成層圈의 硏究)'라고 하는 신간을 읽고 있던 승재는, 〈탁류⑥〉

신간(辛艱)하다형 몹시 고생스럽다. ¶형 보는 그새 아픔이 신간했던지, 떠나가게 계목을 지른다. 〈탁류⑱〉

신경(神經)[1]명 사물을 감각하거나 생각하는 힘. ¶윤 직원 영감의 신경으로는 결코 무리가 아닙니다. 〈태평천하⑭〉

신경[2]명 →싱경이. 말리거나 생것으로 장아찌, 쌈 등으로 먹는 갈파래과 바다 이끼. ¶그것은 흡사 곁가지를 후리고 위아래 동강을 쳐낸 가운데 토막만 갖다가 유리 단지의 알콜에 담가 놓은 실험실의 신경이라고나 할는지. 〈탁류⑱〉

신고(辛苦)명 어려운 일을 당하여 몹시 애쓰는 것. 또는 그 고통이나 고생. ¶가령 병이 들어 한동안 신고를 하든지 했다면야 주위의 사람도 최악의 경우를, 〈패배자의 무덤〉

신랄(辛辣)하다형 몹시 혹독하다. 성질이나 행위 따위가 매우 나쁘다. ¶윤 직원 영감의 대답은 매우 신랄해서 "게 여보 원 아무런들 날더러 자식 손자 보험 걸어 놓구서, 그것 타 돈 먹자구 그것덜 죽기 배래구 앉었으람 말이요?" 이렇습니다. 〈태평천하⑭〉

신돈(辛旽)명 고려 말엽의 스님. 31대 공민왕에게 등용되어 고려의 정치와 종교의 실권을 장악, 초기에는 문란한 토지 제도의 개혁 등 급진적인 개혁 정책을 써서 민심을 얻었으나, 점차 권력을 남용하여 오만해지고 음란한 행동을 하다가 임금의 신임을 잃게 되자 공민왕 살해 음모를 꾸미다 발각되어 처형됨. ¶그러나 아무리 신돈이 같은 체질을 타고났다고 하더라도, 〈태평천하⑩〉

신명명 흥겨운 신과 멋. '신명(이) 풀리다'는 흥겨운 신과 멋이 없어지다. ¶초봉이는 대답은 해도 말소리에 신명이 하나도 없고, 방으로 들어서자 접질리듯 주저앉는 몸짓에도 완구히 맥이 없어 보인다. 〈탁류⑦〉 ¶마음은 하나도 내키지 않은 노릇이요, 신명도 물론 나지 않고 재미도 붙지 않았다. 〈용동댁〉 ¶영주는 그만 신명이 풀려서 되레 암상이 나가지고 툭 쏘아 버린다. 〈명일〉 ¶그래 명망유지 씨는 신명이 풀려 두어 마디 더 이야기를 하다가 돌아갔읍니다. 〈태평천하⑤〉

신문장(新聞-)명 '신문'의 속된 말. ¶M 사에서 역시 S와 같이 일이 없이 놀러 오는 친구들과 하루 종일 데굴데굴 누워 굴며 잡지도 뒤적거리고 신문장도 읽고 여학생평 기생평 공연한 사람의 단점 들추기 같은 것으로 해를 보냈다. 〈앙탈〉

신문지사(新聞之士)명 신문과 관계된 직업을 가진 사람. ¶하고뇨 하면, 천하의 목탁이라 칭시하는 일보야며 너도 간여를 하고 있는 잡지야며를 상고할진댄 신문지사와 잡지지사 그를 극구 칭양하여 솔선 고무하니 의(義)임을 가히 알지로다. 〈패배자의 무덤〉

신방(新房)명 신랑 신부가 첫날밤을 치르

도록 새로 꾸민 방. ¶그 정정하던 신랑이 신방에 첫발을 들여 놓으면서 도무지 병명도 모를 급병으로 죽어 버린 것입니다. 〈소복 입은 영혼〉 ¶그것은 마치 첫날밤 신랑을 맞이하는 신방의 신부와 같은 긴장이다. 〈얼어죽은 모나리자〉

신사(神社)명 일본 왕실 조상이나 고유 종교인 신도 또는 국가에 큰 공로가 있는 사람의 신령을 모셔 놓고 제사를 지내는 곳. ¶뒤미처 신사에서 치는 오정 북소리가 감감히 들려오다가 그친다. 〈보리방아〉

신산(辛酸)스럽다형 고생스럽고 을씨년스럽다. ¶둘러보아야 신산스럽기만 하고, 하다가 문득 거기는 아직도 스팀을 피우고 푸근해 십상이려니 싶어 학교 기숙사 생각이 간절히 난다. 〈모색〉

신산(辛酸)하다형 쓰라리고 고생스럽다. 세상살이가 몹시 고되다. ¶승재는 모두 신산했지만, 더욱이 당장 굶고 앉았는 집을 찾아간 때면 차마 그대로 돌아서지를 못해, 지갑에 있는 대로 털어놓곤 했다. 〈탁류⑮〉 ¶일 년 동안 남편 없는 시집살이를 그처럼 마음 없이 해 오다가 영영 신산하기만 하니까. 〈용동댁〉

신 삼기명 짚신을 삼는 일. ¶그리고도 낮으로는 들일이며 밤으로 가마니치기, 신 삼기, 또 장 안날이면 떡방아까지 거들어주곤 했었는데, 〈얼어죽은 모나리자〉

신색(神色)명 남의 '안색(顔色)'을 높여 이르는 말. ¶S의 첫 번 인사는 왜 이렇게 신색이 못되었느냐는 것이다. 〈명일〉 ¶그럼 왜 신색이 저러냐?… 어디가 아픈 게루구먼? 〈탁류⑦〉

신선(神仙)명 세속적인 일에 구애되지 않는, 아무 욕심이 없는 사람. ¶도무지 유유자적한 게 어떻게 보면 신선인 것처럼이나 탈속이 되어 보입니다. 〈태평천하⑤〉

신세리티(sincerity)명 성실. 성의. 정직. ¶이렇게 그는 그새 두고 줄곧 하루에도 몇 번씩 앉아서 궁리요 생각이고 시방도 역시 그러하다. 하되 또 여간한 신세리티가 안나다. 〈모색〉

신수(身數)[1]명 사람의 운수. ¶형보는 그리하여, 잠자코 있어도 초봉이의 손에 을 신순데, 게다가 입을 모질게 놀려 분까지 돋구어 주었으니, 〈탁류⑯〉

신수(身手)[2]명 용모와 풍채. '신수가 화안하다'는 요모가 맑고 풍채가 시원스럽다. ¶그러나 나는, 그리 좋은 신수와 더불어 마음의 성숙하고 침착된 양을 보고서, 〈회(懷)〉 ¶어쩐지, 그러고 아까부터 신수가 화안하더라니, 자세히 보니, 모처럼 화장을 얄풋이 다스린 얼굴이요, 머리엔 아이롱 자죽가지 곱살했다. 〈순공(巡公) 있는 일요일〉

신수땜(身數-)명 한 사람의 운수로 어떤 액운을 넘기거나 다른 고생으로 대신하는 일. ¶인제 가을에 좋자는 신수땜이란다면 오히려 해롭지 않지만. 〈정자나무 있는 삽화〉

신식(新式)명 새로운 격식이나 형식. ¶뉘집 아가씨나 젊은 신식 부인네처럼 무슨 옥이니 무슨 순이니 이름을 갖는다는 것이 오히려 부자연스럽고, 〈이런 남매〉

신어붓잖다형 마음에 차지 아니하여 언짢다(?). 대수롭지 아니하다(?). ¶최 씨는 그것은 장차 일이고 좌우간 주인과 상의해 보아서 가타고 하면 기별하겠다고 신어붓잖게는 대답했으나 벌써 한 달이 넘은지라 좌우간 어찌 되었나 싶어 둘러본 것이다. 〈명일〉 ¶ 비로소 다뿍 신어붓잖은 얼굴로 천천히 고개를 쳐들던 것이다. 〈모색〉

신작로(新作路)명 새로 낸 큰 길. 옛날의 길에 대하여 차가 다닐 수 있는 '새로운 길'을 이르는 말. ¶ 다만 동리 앞으로 난 신작로를 그대로만 가면 서울이란 말은 들었기 때문에. 〈어머니를 찾아서〉

신장(神將)명 여러 방위에 딸린 많은 신을 거느리고 나쁜 귀신을 물리치고 쫓아내는 신. ¶ 그러지 않할 양이면 신장을 시켜 모조리 잡아다가, 천 리 바다 만 리 바다 쫓어 보내되, 평생을 국내 장내도 못 맡게 하리라아. 〈탁류⑥〉

신전(-廛)명 신을 파는 가게. ¶ "신두 아직 못 팔구?" "신전으루 가야지." 〈얼어죽은 모나리자〉

신접살림(新接--)명 처음으로 차린 살림살이. ¶ 그런 관계루 해서 그 군이 저 정초봉 씨하구 결혼을 하느라구 신접살림을 채려둔 집에두 내가 미리 가서 있었구, 〈탁류⑭〉

신정(新情)명 새로 사귄 정. ¶ 하 이 사람, 그렇잖겠나? 평생소원을 이뤘으니… 그렇지만 염려 말게… 신정이 좋기루 구정이야 잊을 리가 있겠나? 〈탁류⑨〉

신주(神主)명 죽은 사람의 위패. ¶ 가로로는 온 집안을, 세로로는 신주 밑구멍까지 들먹거리면서 군욕질이 쏟아져 나왔고, 〈태평천하⑥〉

신주단지(神主--)명 신주를 모시는 그릇. 보통 장손의 집에서 대바구니 따위에 할머니, 할아버지의 이름을 써 넣어 안방의 시렁 위에 두고 위한다. ¶ … 초봉이가 당신네 신주단지요? 〈탁류⑤〉

신총명 (짚신이나 미투리 따위의) 앞쪽의 두 편 짝으로 둘러 박은 낱낱의, 신의 가를 두른 부분. ¶ 오목이는 어두컴컴한 방 안에서 넓적다리를 걷어 올리고 앉아 신총을 비고 있었다. 〈얼어죽은 모나리자〉

신칙(申飭)명 단단히 타일러서 경계함. ¶ "글씨 첫물은 갠찮얼 터지… 그럼 곧 들어가세… 나는 또 이 집 저 집 돌아댕기면서 신칙을 하여야지… 그놈의 짓 참말 고디어 못히여 먹겠네! 허허." 〈보리방아〉 ¶ 두목이 잠깐 돌아다보면서 신칙을 하는데 응하여 안으로 들어가던 패가 몇이 "예이!" 하고 한꺼번에 대답을 합니다. 〈태평천하④〉 ¶ 거 닭이라도 몇 마리 놓아서 알을 받아 끼니때에 쪄 주질 않느냐고 등속의 농가집 가장다운 신칙을 할 주변성이 없는 영감이다. 〈용동댁〉 ¶ 현 서방은 몇 걸음 걷다가 도로 돌려다 보면서 다시금 신칙입니다. 〈흥보씨〉 ¶ 사립문 밖으로 배웅을 나와서는 신칙을 한단 소리가 "짜증내지 마시우!" 하더니 요망스럽게 올바로 적중이 되지를 않았는냐 말이다. 〈상경반절기〉 ¶ "잘 자리니 과식을랑 허지들 말구…" 하고 신칙까지 하신 뒤에. 〈순공(巡公) 있는 일요일〉

신칙(申飭)하다동 단단히 타일러서 경계하다. ¶ 그는 그것을 억제해 가면서 밤 사이의 증세도 물어보고, 술을 삼가고 음식을 자극성 없는 것으로 조심해서 가려 먹으라고 두루 신칙하기를 잊지 않았다. 〈탁류⑧〉

신침명 먹고 싶어서 입 속에 도는 침. 〖비슷〗

군침. ¶그의 양편 어금니에서는 신침이 괴어 꼴깍꼴깍 목으로 넘어갔다. 〈생명의 유희〉 ¶관현을 넘어 재동 네거리에 있는 설렁탕집 앞을 지나가려니까 누릿한 냄새가 코를 술술 들어오고 혀 밑에서는 신침이 사정없이 괴어 나왔다. 〈앙탈〉 ¶이 말에 범수는 어금니로 신침이 사정없이 괴어 나왔다. 〈앙탈〉 ¶이 말에 범수는 어금니로 신침이 스미고 와락 시장기가 들었다. 〈명일〉 ¶어금니에서는 어서 들어오라고 신침이 흥근히 흘러 입으로 그득 괸다. 〈탁류③〉 ¶그렇게 생각하니까는 어금니 밑에서 사뭇 신침이 괴어 나오고 가슴이 쓰리기는 하지만, 〈태평천하⑨〉

신탁(信託)명 신이 사람에게 나타내는 명령, 분부, 응답. ¶그래도 혹시 어떨까 저어하는 마음에, 마치 신탁을 듣는 순간처럼 그의 입 떨어짐을 기다리기가 무서웠었다. 〈탁류⑭〉

신풍경(新風景)명 새로운 모습. ¶갈돕회가 생겨 갈돕만주 외우는 소리가 서울의 신풍경을 이루었고 일반은 고학생을 존경하였다. 〈레디 메이드 인생〉

신행(新行)명 혼인 때 신랑이 신부 집으로 가거나 신부가 신랑 집으로 가는 일. ¶예를 지나거든 당일 신행으로 그저 그 자리에서 얼버무려 신행을 시켜 버리고. 〈얼어죽은 모나리자〉

신흥(新興)명 (어떤 사회적 현상이나 사실이) 새로 일어남. ¶신흥 부르조아지는 민주주의의 간판을 이용하여 노동자, 농민의 등을 어루만지고 경제적으로 유력한 봉건 귀족과 악수를 하는 동시에 지식 계급을 대량으로 주문하였다. 〈레디 메이드 인생〉

신흥동(新興洞)명 지난날 창기(娼妓)를 두고 영업하던 집이 모여 있던 동네 이름. 【같은】 유곽. ¶하아! 기생 아니고, 그럼 신흥동 갈보라요? 〈탁류④〉

실감적(實感的)명 실제로 느껴지는 바의 것. ¶더우기 그 끝엣한 대문은 썩 실감적이고 보매 윤 직원 영감은 눈을 흘기고 히물쭉 웃는 것만으로는 못 견디겠던지, 〈태평천하⑧〉

실갱이명 →실랑이. 서로 옥신각신하는 짓. ¶에잉! 권연시리 그년의 디를 갔다가 그놈의 인력거꾼을 잘못 만나서 실갱이를 허구, 에맨 돈 5전을 더 쓰구 하였구나! 〈태평천하①〉

실골목명 매우 좁고 긴 골목. ¶마침 옆으로 빠진 실골목 앞까지 오느라니까, 경손이가 그 안에서 기침을 합니다. 〈태평천하⑪〉 ¶현 서방은 김 순사와는 집이 문 앞 실골목 길 하나를 사이에 두고 대문이 마주 난 이웃간이어서. 〈흥보씨〉

실권(失權)명 권리나 권세를 잃음. ¶불가항력이나 또는 본의가 아닌 기회에 정조를 온전히 하지 못한 적이 있다 하더라도 그것만으로 '인생의 실권'을 선고할 아무런 근거도 없다는 것이었었다. 〈탁류⑯〉

실끔부 넌지시 슬쩍. ¶사뭇 침이 넘어가게 구미가 당기는 판이라, 벼르고 있다가 실끔 말을 내던진 것인데,…. 〈탁류④〉 ¶실끔 아랫도리를 한번 내려다보더니, 좀 점직하다는 속인지, 피쓱 웃어요. 〈소망〉

실눈명 가늘게 뜬 눈. ¶말은 그렇게 나왔어도, 실눈으로 갠소롬하니 웃는 눈웃음하며, 헤벌어지는 입하며, 다뿍 느긋해하는 게 갈데없읍니다. 〈태평천하⑧〉

실다㉿ →슬다. 벌레나 물고기가 알을 깔기어 놓다. ¶기왕 말을 냈으니 말이지, 낸들 왜 그 데시기에 서캐 실은 예편네라두 하나 있으면 좋 생각이 읎겠넝가?…. 〈태평천하⑧〉

실마리㊔ 일이나 사건의 첫머리. 『같은』 단서. ¶이것이 군산이라는 항구요, 이야기는 예서부터 실마리가 풀린다. 〈탁류①〉

실매미㊔ '매미'의 한 종류. ¶이따금씩 생각난 듯이 시르르 울다가 그치는 실매미 소리가 한결 더 더위를 돕는다. 〈정자나무 있는 삽화〉

실며시㊥ →슬며시. (경남) ¶오늘 타작거달아 주기루 기껏 일 맞추어 놓구섬 살며시 자빠져 버리죠! 〈암소를 팔아서〉

실물적(實物的)으로㊥ '실제적으로'의 뜻. ¶계봉이는 물론 승재보다야 실물적으로 형보라는 인물을 잘 알기 때문에 좀 더 진중하고도 다부진 첫 잡도리를 하고 싶기는 했으나, 〈탁류⑰〉

실비 병원(實費病院)㊔ 환자의 진료에 실제로 드는 비용만 받고 운영하는 병원. ¶아현에다가 어느 친구가 실비 병원을 하나 내겠는데, 절더러 와서…. 〈탁류⑮〉

실상(實狀)㊥ '실제로', '실지로(實地~)'의 뜻. ¶그는 실상 윤용규를 죽일 생각은 없었읍니다. 〈태평천하④〉

실섭(失攝)㊔ 몸조리를 잘 못함. ¶치료는 했어도 뿌리는 빠지지 않고 만성이 되어, 요새도 술을 과히 먹거나 실섭을 하면, 도로 도져서 병원 출입을 해야 했었다. 〈탁류⑤〉

실성(失性)㊔ 정신에 이상이 생기는 것. ¶사람이 실성을 허면은 어데지 말하는 음성이며 태도허며 건숭이구 공허해 보이잖우? 〈소망〉

실성(失性)하다㉿ 정신에 이상이 생기다. ¶눈은 실성할 듯 휑하니 벌어진다. 〈탁류⑭〉

실소(失笑)㊔ (더 참지를 못하고) 저도 모르게 웃는 일. 또는 그 웃음. ¶경손의 모친은 일껏 정색을 했던 것이, 경손이가 더 펄대는 바람에 그만 실소를 해버립니다. 〈태평천하⑪〉

실소(失笑)하다㉿ (더 참지를 못 하고) 저도 모르게 웃다. ¶승재는 실소하려다 말고… "그렇지요, 빡테리안 빡테리아죠. 그게 ××균입니다." 〈탁류⑧〉

실심(失心)하다㉿ 실망하거나 근심이나 걱정으로 마음이 산란하고 맥이 빠지다. 마음이 산란하여 시름없이 되다. ¶그렇잖어두 너 보면 불쌍허다구 실심허시는 느 아버지 속상허신다…. 〈얼어죽은 모나리자〉 ¶십 원이 넘겨 먹겠단 소리에 다시 두말도 없이 실심하고 돌아서는 것을 승재는 보았다. 〈탁류⑥〉

실업(失業)하다㉿ 일자리를 잃다. 또는 일자리를 가지지 못하다. ¶돈 없고 실업한 인텔리란 걸로 그만한 변통성조차 없이 그저 막막한 자기네 처지를 생각하매 남편의 하던 말이 비로소 마음에 찰칵 맞는 것 같았다. 〈명일〉

실(實)없다㊂ (말이나 하는 짓이) 참되지 않다. ¶범수는 듣다 못해서 "원 실없은 소리!" 하고 웃어 버렸다. 〈명일〉 ¶남의 우스개가 되어도 좋으니 제발 어떤 놈의 실없는 장난에 넘어간 것이었으면 하고 마음에 간절히 바라진다. 〈탁류⑩〉 ¶

아니야, 실없는 소리가 아니라, 나는 이렇게 젊어 뵈는데, 〈이런 처지〉 ¶단지 한 여인으로서의 아름다운 것으로만 여겨 내심에, 저 애가 아무래도 시집을 가야 할까 보다고, 이런 실없은 걱정을 하면서 무심코 한 발자국만 더 떼어 놓다가. 〈패배자의 무덤〉

실없이(實--)㊂ 허실없이. 틀림없이 꼭. ¶이 개복동서 그 너머 둔뱀이로 넘어가는 고개를 콩나물고개라 하는데, 실없이 제격에 맞는 이름이다. 〈탁류①〉

실연(失戀)㊄ 사랑을 잃음. 또는 이루어지지 못한 연애. ¶춘심이는 금년 봄부터 시작하여 윤 직원 영감의 다섯 번이나 내리 실연을 한 여섯 번째의 애인입니다. 〈태평천하⑩〉 ¶경희는 그리하여 실연을 한 셈인데, 그래서 동무들도 서로가람 위로를 해 주고 했지만, 〈반점〉

실오라기㊄ 한 가닥의 실. 『같은』 실오리. ¶서쪽으로 내어다보이는 하늘에는 낡은 솜뭉텅이 같은 거지구름이 그득 덮여 가지고 이따금 실오라기처럼 가느다란 빗줄기만 몇 개씩 내키잖게 흘리곤 한다. 〈명일〉

실인심(失人心)㊄ 남에게 인심을 잃음. ¶하바를 하는 같은 하바꾼들한테 '총을 놓지 않아서' 실인심을 않고 지내니 발육이라면 그런 발육이 있을 데가 없다. 〈탁류⑮〉 ¶제 동무들이며 선생에게 실인심을 해, 그래 학교도 다닐 맛이 덜한 판인데…. 〈정자나무 있는 삽화〉

실인심(失人心)하다㊃ 남에게 인심을 잃다. ¶남안티 실인심허(하)구, 자식 손자 놈덜안티 미움 받구, 〈태평천하⑧〉

실족(失足)㊄ 발을 잘못 디딤. 발을 헛디딤. ¶방은 방이 아니라, 인간이 실족을 해서 돼지우리에 빠진 양이다. 〈얼어죽은 모나리자〉

실증(實證)㊄ 확실한 증거. 어떤 사실을 증명할 수 있는 근거. ¶"그건 이십 년 전 사람이 하든 소리야. 번연히 눈앞에 실증을 보면서 그래?" 〈명일〉 ¶이러한 갈피로 해서 명님이는 일변 승재로 하여금 은연중에, 그가 인생을 살피는 한 개의 실증이요 세상을 들어다보는 거울이기도 했다. 〈탁류⑥〉

실직(實直)하다㊅ 성실하고 정직하다. ¶얼굴은 두툼하니 넓죽하고, 이마도 퍽 넓다. 그래서 실직하고 무게는 있어 보여도 매초롬한 고운 태는 찾으려도 없다. 〈탁류②〉

실천궁행(實踐躬行)㊄ 실제로 몸소 이행함. ¶영섭 자신이 그 고결한 정신의 절대 주장자이었었고 동시에 그를 실천궁행을 하는 사람이었었고, 〈이런 남매〉

실토(實吐)㊄ 거짓말을 섞지 않고 사실대로 말함. 사실대로 내용을 모두 밝히어 말함. ¶하기야 순순히 실토를 했댔자 아씨의 심정이 그래도 사그라질 리는 없는 것이고. 〈생명〉 ¶박가는 제가 그 도당에 참예한 것은 불었어도, 그윗 것은 입을 꽉 다물고서 실토를 안 했읍니다. 〈태평천하④〉

실토정(實吐情)㊄ 사실대로 진신할 사정을 말하는 것. ¶세 시만 되거든 다시 일어난다. 일어나서 비로소 초봉이를 일으켜 앉히고 실토정 이야기를 죄다 한다. 〈탁류⑩〉 ¶하기야 요새도 간혹 아주머니가 찾아와서 양식 없다는 사정을 더러 하곤 하는데 실토정 말이지 좀 성가시기는 해요. 〈치숙(痴叔)〉 ¶ 그리고 아주 절박한 실토정이기는 하면서도, 그러나 제라서 듣기에도 가슴이 아플 만큼 공허하게 울려든다. 〈정자나무 있는 삽화〉

실팍하다형 (사람이나 물건이) 보기에 옹골차고 다부지다. ¶ 그러나 오래잖아 초봉이의 남화(南畵)답게 곱기만 한 얼굴보다 훨씬 선이 굵고, 실팍한 여성미를 약속하고 있다. 〈탁류③〉 ¶ "웬걸요!… 놈이 장난이 어찌도 심한지…" "아 어려서는 장난두 해야지요!… 아아주 실팍하구, 머어 대장감인데요? 허어허허허!" 〈순공(巡公) 있는 일요일〉

실패명 바느질할 때 실을 감아 두는 작은 나무쪽 따위. ¶ 용희는 실이 다 된 바늘을 떼어 가지고 실패를 찾다가 문득 숨을 호 내쉬면서 고개를 들고 잠시 우두커니 생각을 한다. 〈보리방아〉 ¶ 마침 박 씨가 굴리는 실패 소리에 정신이 들어, 조 씨는 자지러지듯 한숨을 내쉽니다. 〈태평천하⑪〉

실히(實-)부 허실 없이 꼭 차게. 허실 없이 옹골차게. 넉넉히. ¶ 쌀이 두 되는 실히 되겠고, 소지(燒紙)감으로 접은 백지가 석 장, 일 전짜리 양초에 불을 켜서 꽂아 놓은 사기 접시, 〈탁류⑥〉 ¶ 허리를 안아 본다면, 아마 모르면 몰라도 한아름하고도 반은 실히 될까 봅니다. 〈태평천하①〉 ¶ 그런데다가 육장 그늘까지 덮이고 해서, 도통 치면 한 마지기는 실히 되게시리 논의 벼농사를 잡쳐 놓았다. 〈정자나무 있는 삽화〉

심(心)명 종기 상처의 구멍에다 약을 발라 찔러 넣는 헝겊이나 종이 조각. ¶ 승재가 처음 명님이네 집을 찾아가서 수술을 해 주고, 그 뒤에도 매일 다니면서 심을 갈아 주곤 했는데, 〈탁류⑥〉

심기일전(心機一轉)명 (어떤 동기에 의하여) 지금까지 품었던 생각과 마음의 자세를 완전히 바꿈. ¶ 그리구서 심기일전, 응? 허허, 제기할 것. 〈탁류⑫〉

심덕(心德)명 너그럽고 착한 마음의 덕. 덕이 있는 마음. ¶ "원, 저렇게 바느질 솜씨두 좋구 인물이랑 심덕이랑 얌전헌 이가!" 하고 혀를 끌끌 찬다. 〈명일〉 ¶ 심덕 좋겠다 솜씨 얌전하겠다 하니, 어디 가선들 재갸 일신 몸 가누고 편안히 못 지내요? 〈치숙(痴叔)〉

심동(深冬)명 한겨울. 추위가 한창인 겨울. ¶ 작년 겨울 승재가 이 방을 세 얻어든 뒤로 심동에 헌 외투 하나를 덧입은 것 외에는, 그의 얼굴이 변하지 않듯이, ….〈탁류③〉

심란(心亂)스럽다형 (마음에) 심란한 데가 있다. ¶ 오목이네가 눈이 멀어서 시집을 가기가 막연하다는 것을 생각하면 그런 것이 모두 마음에 없고 심란스럽기만 하지만. 〈얼어죽은 모나리자〉

심란(心亂)스레부 심란스럽게. ¶ 오후 다섯 시가 되자 불이 켜졌다. 사분사분한 종이 소리 외에는 별로이 이야기 같은 것을 하는 사람도 없고 바른편 줄에서 누구인가 콧노래로 개성 난봉가를 심란스레 불렀다. 〈병조와 영복이〉

심문(審問)명 자세히 따져서 물음. ¶ 다시 경찰서의 사람들한테 이실고실 참고 심문을 당하느라고 땀을 뻘뻘 흘리던 일….〈태평천하⑭〉

심란(心亂)하다㉻ 마음이 어수선하다. ¶아침부터 구죽죽하게 내리는 비는 가을날의 싸늘한 기운을 한층 더 도와 추레하고 음산한 기분이 사람사람의 마을을 무단히 심란하고 궁금하게 하였다. 〈산동이〉

심려(心慮)하다㉠ 마음으로 근심하다. 마음으로 염려하다. ¶그들은 아무도 방금 일어났던 풍파를 심려한다든가 윤 직원 영감이 저녁밥을 중판멘 것을 걱정한다든가, 〈태평천하⑥〉

심복(心腹)[1]㉮ '심복지인(心腹之人)'의 준말. 마음 놓고 믿을 수 있는 부하. ¶그는 의붓자식 옷 해 입힌 셈만 대지야고 버릇없는 소리나 해 가면서, 역시 전과 다름없이 병호를 심복의 병정으로 부릴 것이요, 〈태평천하⑫〉

심복(心腹)[2]㉮ '심열성복(心悅誠服)'의 준말. 충심으로 기뻐하며 성심을 다하여 순종함. ¶자연 학도들은 데데한 선생이라 하여 그를 넘보게 되고, 따라서 심복을 않고서 예사 이르는 말도 잘 듣지를 않으려고 들고. 〈회(懷)〉

심부림㉮ →심부름. ¶"육장 이렇게 심부림을 해서, 미안해 어떡허우!" 〈흥보씨〉

심산(心散)스럽다㉻ 마음이 산란스럽다. ¶그렇다고 점잖지 못하게 이불을 뒤쓰고 앉았을 수도 없고, 가도록 심산스럽기만 하다. 〈모색〉

심상(尋常)㉮ 대수롭지 않음. 보통임. 예사로움. ¶그래두 두 여자는 어디 볼때기나 만지는 것처럼 심상, 심상이라니 도리어 시시덕거리면서 좋아한다. 〈탁류⑮〉

심상(尋常)하다㉻ 대수롭지 않다. 보통으로 예사롭다. ¶과년한 딸을 두었기 때문에 남의 집 총각을 심상하게 보고 대하고 하지 않는지라. 〈얼어죽은 모나리자〉 ¶나직하고 심상한 듯하면서도 아씨의 말소리는 엄하고 안색도 결코 평온하지는 않았다. 〈생명〉 ¶승재는 속은 그쯤 동요가 되었어도, 좋은 낯으로 심상하게 물어보던 것이다. 〈탁류③〉 ¶관수는, 그렇다고 심상하게 대답하면서 함지박을 넣어 어깨에 걸멘 구럭과 또 한 손에 들고 온 괭이를 놓고 휘이 더워한다. 〈정자나무 있는 삽화〉

심상히㉯ 대수롭지 아니하게. 보통으로 예사롭게. ¶유모는 그러나 심상히 돌아서서 "놀러오우?" 하고는 노마네의 대답까지 기다린다. 〈빈(貧)··· 제1장 제2과〉 ¶십 원짜리 한두 장은 없어진대도 함부로 넣기 때문에 어디가 빠진 줄 그저 심상히 여기고 말 것이다. 〈명일〉 ¶그러나 딸 서울 아씨는 친정아버지의 성화쯤 그다지 겁나지 않는 터라, "방금 마당에서 놀았는 걸!···" 하고 심상히 대답을 하면서, 술주전자를 들고 밥상 옆으로 내려옵니다. 〈태평천하⑤〉 ¶경순은 그저 그런가 보다고 심상히 웃으면서 나란히 걷기 시작하는데. 〈패배자의 무덤〉

심술(心術)㉮ 짓궂게 남을 괴롭히거나 남이 잘되는 것을 시기하거나 하는 못된 마음. ¶그보다 더, 그래저래 하다가 이 혼인이 파혼이 되었으면 좋겠다는 막연한 심술로다가 하는 말이다. 〈탁류⑧〉

심심 삼아㉯ 심심파적 삼아. 심심풀이로. ¶그게 무슨 걱정이 되는 건 아니지만, 그저 심심 삼아 말을 청하던 것이다. 〈탁류④〉

심심소일(--消日)㊔ 심심하지 않게 무슨 일을 함. 또는 그 일. ¶노인이 심심소일 삼아 옆에 앉혀 놓고서 말동무도 하고 이야기책도 읽히고 노래도 시키고 다리도 치이고, 이렇게 데리고 논다는 조건이고 본즉, 〈태평천하⑩〉 ¶"누가 심심소일루 그리는 줄 아느냐?" 〈치숙(痴叔)〉

심심파적(--破寂)㊔ 심심함을 잊고 시간을 보내기 위하여 무엇인가를 하는 일. 『같은』 심심풀이. ¶경대 앞에서 심심파적으로 눈썹을 다스리고 있던 행화가 세수수건을 집어들고 일어선다. 〈탁류④〉 ¶자네 말대루 내가 몸시중두 들게 허구, 심심파적두 허구 그럴 게 아닝가? 〈태평천하⑧〉 ¶삐약삐약 우는 소리 하며 뛰어다니고 눈에 알찐거리는 형상하며가 적지 않은 심심파적일 뿐더러. 〈용동댁〉 ¶문오 선생과 이야기도 하고, 하던 끝엔 밤참도 내오게 하고 하는 걸로 적잖이 심심파적을 삼아 오던 터이었었다. 〈순공(巡公) 있는 일요일〉 ¶별반 반가울 게 없는 그 궁리 조건을 가지고 다시금 의식적으로 되풀이를 하잘 흥도 나지 않고 해서 주의를 딴 데로 번져뜨릴 겸 심심파적 삼아 앉아서 들여다보던 것인데, 〈모색〉

심심하다㊕ 하는 일이 없어 지루하고 재미가 없다. ¶둘이는 태수가 술 먹은 이야기를 몇 마디 주고받고 하다가 말거리가 없어 심심했다. 〈탁류⑤〉

심외(心外)㊔ 마음 밖. 생각 밖. ¶이 영감한테 이렇듯 추레하니 침통한 기색이 드러날 적이 있다는 것은 자못 심외라 않을 수 없읍니다. 〈태평천하⑦〉 ¶울려니야 심외이었으나 비회가 서리던 차에 막상 새살거리고 있는 내 음성 내 말이 더럭 더 슬픔을 자아내고 말던 것이다. 〈패배자의 무덤〉

심정(心情)(이) 나다『관용』 화가 나다. 성나다. ¶P는 그것이 모두 그와 갈린 안해의 조종인 줄 알기 때문에 더구나 심정이 났다. 화가 나는 대로 하면 어린아이가 입고 온 양복도 벗겨 내던지고 싶었으나 꿀꺽 참았다. 〈레디 메이드 인생〉 ¶그놈은 기운차게 뛰어다니고 하는 것을 보니 영주는 괜히 심정이 나서 "종석아." 하고 팩 소리를 질렀다. 〈명일〉 ¶자네들이 너무 정분이 좋은 걸 보면 나는 괜히 심정이 나군 하데. 〈탁류⑩〉

심정(心情)(이) 상하다『관용』 속이 상하다. 마음이 언짢다. ¶그것을 보니 정 씨는 새삼스럽게 창피하고 심정이 상했다. 〈보리방아〉

심정(心旌)스럽다㊕ (깃발이 바람에 날리는 것처럼) 마음이 안정되지 아니한 데가 있다. ¶어머니는 한숨을 후유 내쉬면서 이글이글 불볕이 내리는 하늘을 심정스럽게 내다본다. 말짱하니 구름 한 점 없다. 〈동화〉

심청[1]㊔ 마음보. 마음을 쓰는 모양새. (주로 나쁘게 이를 때 쓰는 말) ¶아무래도 마음에 께름칙하고, 심청이 상할 뿐만 일변 아니라…. 〈정자나무 있는 삽화〉

심청[2]㊔ 심술(心術). 온당하지 않게 고집을 부리는 마음. 또는 남을 짓궂게 괴롭히거나 시기하는 마음. ¶그게 원 무슨 놈의 갈쿠리 같은 심청이람! … 그래, 우리가 언제까지구 이렇게 지내다 가는 못쓰겠으니 갈려야 하겠다구, 〈탁류⑤〉 ¶"이러다가 되내기(된서리)나 오는 날이면 큰일나

겄는디요." "나두 허느니 말이네!… 하누님두 원, 무슨 심청이람 말이여…." 〈태평천하⑭〉

심청하다[형] 심술궂다. 심술이 몹시 많다. ¶"심청허군! … 남이 얌전해져서 야단이 나요?" 〈탁류⑧〉

심청전(沈淸傳)[명] 작자와 연대 미상의 조선 시대의 소설. 효의 유교 사상과 인과응보의 불교 사상이 어울린 작품. ¶그래 이건 켸켸묵게 심청전을 읽구 있나? 장한 몽 같은 잠꼬대를 하구 있나…. 〈탁류⑧〉

심통(心痛)[1][명] 마음이 괴롭고 아픔. ¶이렇게 되고 보니 일을 당한 소저도 소저려니와 심통이 지극한 것은 아버지 김 판서였읍니다. 〈소복 입은 영혼〉

심통[2][명] 바르지 않은 마음 바탕. ¶그러던 터에 막상 남편의 입에서라도 아주 늙었다는 말이 나오고 보매 인제는 영영 늙었구나 싶어 심통이 버럭 상한 것이다. 〈명일〉

심통머리[명] '심통[2]'의 속된 말. ¶어림없어… 날 마다구 하는 네 심통머리가 얄미워서라두 네 눈구멍으루 보는 데서, 너도 재랄 복통이 나서 자진해 죽으라구. 〈탁류⑭〉

심통(心痛)하다[형] 마음이 괴롭고 아프다. ¶정 주사네는 사부인의 그러한 불의의 급병이며 사랑하는 자제의 경사스런 혼인에 참례를 하지 못하는 섭섭한 심경이며를 사부인을 위하여 대단히 심통해 하는 정성을 표하기를 아까와하지 않았다. 〈탁류⑩〉

십 년(十年) 공부가 나무아미타불(南無阿彌陀佛)[속] 오랫동안 공을 들여오던 일이 허사가 됨을 이르는 말. ¶이번까지 무사히 장원 급제를 하면 여덟 번 장원 급제한 보람이 한데 나서 경사롭게 '백의재상'을 할 터이요 만일 운수 불길해서 이번에 떨어지면 그야말로 십 년 공부가 나무아미타불이 될 터이니 시방 말로 하면 이 서방의 이번 길이 중대한 운명을 결정하는 길이었던 것입니다. 〈소복 입은 영혼〉

심평[명] →셈평. 생활의 형편. ¶다행히 잘 되어서 전 천이나 생기면 그놈 가지구 시골루 내려가서 장사 낱이나 허구 그리느라면 내 심평두 폐잖겠다구. 〈불효자식〉

심포니(symphony)[명] 교향곡. ¶도시의 아득한 소음이 두 사람의 이야기 소리에 무슨 심포니로 반주를 하듯 감감이 들려온다. 〈탁류⑭〉

심화거리(心火--)[명] 감정이 마음속에서 북받쳐 일어나는 울화가 될 요소. ¶또 더 큰 불평과 심화거리가 있으니…. 〈태평천하⑤〉

십년일득(十年一得)[명] ('큰물이나 가뭄의 피해를 많이 보는 논이 어쩌다가 잘 되는 것'의 뜻바탕에서) 아주 오래간만에 겨우 소원을 이룸. ¶저로서는 오늘 같은 일가단란의 행락이 십년일득인 양 즐거움도 한 노릇이었고, 〈순공(巡公) 있는 일요일〉

십 삭(十朔)[명] 열 달. 십 개월의 예스러운 말. ¶그러나 그렇더라도 그 덕에 이 뱃속에 들어 있는 이것을 십 삭을 채워 낳아 놓고 기르고 하느라고 겪는 갖추갖추의 고통과 불쾌함을 면하게 될 것이니 그게 어디냐. 〈탁류⑬〉

십상(十常)[명] '십상팔구(十常八九)'의 준말. 거의 예외없이 그러할 것이라는 추측을 나타내는 말. ¶"모르시기가 십상이지요. 그럼 이야기할 테니 들어 보시오. 저기 전에 못 보던 큰 기와집이 있잖습니까?" 〈소복 입은 영혼〉 ¶이제껏 소식이 없는 것을 보면, 그대로 굶고 있기가 십상이다. 〈탁류②〉 ¶인력거꾼한테 되잡혀 가지곤 빰따구니나 한 대 넙죽하니 얻어맞기가 십상이지요. 〈태평천하①〉 ¶오히려 놀랐기가 십상이요, 태진이가 신기해서 알을 쥐고 날뛰며 좋아한 것은 말할 것도 없거니와. 〈용동댁〉

십자군의 계집[관용] 십자군의 기사가 원정할 적에 그들의 아내에게 정조대를 채웠던 역사적 사실을 두고 한 말. '정조대'는 쇠로 만든, 자물쇠가 달린 기구로 여자의 음부에 차게 하여 다른 사람과 성적 관계를 하지 못하게 한 장치. ¶밤이면 십자군의 계집인 듯이 정조 무장을 하기가 일쑤요, 그렇지 않으면 마지못해서 계집 노릇을 한다는 것이 청루의 계집보다 더 싱겁다. 〈탁류⑬〉

십중팔구(十中八九)[명] 거의 예외없이 그러할 것이라는 추측을 나타내는 말. ¶사실 또 초등 교육이 이미 그 내용이며 제도가 서당의 필요를 십중팔구까지 해소시킨 지 오래어서, 〈순공(巡公) 있는 일요일〉

싯싯[부] (잇새로) 숨을 세게 몰아 내쉴 때 나는 소리. ¶싯싯 하면서 찧느라고 침도 튀어 들어간다. 〈얼어죽은 모나리자〉

싱그레[부] 눈과 입을 조금 크게 움직여 부드럽게 웃는 모양. ¶P는 K 사장이 억담을 내세우는 것을 보고 속으로 싱그레 웃었다. 〈레디 메이드 인생〉 ¶그래 그는 싱그레 혼자 웃었다. 〈명일〉 ¶'오냐, 마지막이니, 맘껏 놀아라.' 하고 싱그레 웃었다. 〈탁류⑩〉 ¶그러자 박 첨지의 성화하던 일이 생각나서 혼자 싱그레 웃는다. 〈정자나무 있는 삽화〉 ¶술상 모로 나앉은 문오 선생은 싱그레 웃으면서 잔을 받아 훨씬 외면을 하고는 쓴 약 먹듯 가까스로 술을 마시는 것이었었다. 〈순공(巡公) 있는 일요일〉

싱글(single)[1][명] '싱글 브레스트(single-breasted)'의 준말. 양복 상의의 섶을 조금 겹치게 하여 단추를 외줄로 단 것. [같은] 홑자락. ¶"저 악한이 또 어데서 대낮에 얼어 가지구 저래!" 맨다리에 원피스에 싱글에 얼굴 샤름한 여자가 말과는 반대로 해죽해죽 웃으며 P에게 달라붙듯이 어깨를 비빈다. 〈명일〉

싱글(single)[2][명] 단 하나. 단 한 개. 한 겹. ¶얼굴 둥그스름하니 예쁘장스럽게 생긴 싱글로 깎아 올린 단발장이가 있고, 〈탁류⑯〉

싱끗이[부] '싱긋이'의 센말. 정답게 살짝 눈웃음치는 모양. ¶"안녕합시요." 하고 인사를 한다. P는 싱끗이 웃었다. 〈레디 메이드 인생〉

싱숭거리다[동] 마음이 들떠 자꾸 뒤숭숭하게 되다. ¶더위 끝에 산산히 스미는 야기(夜氣)에 잠을 설치고 마음이 싱숭거려, 이리저리 몸을 뒤치고 있던 참이다. 〈탁류⑤〉 ¶그중의 한 가지 마음 싱숭거릴 때에 부르는 노래는 새짐승이 자웅을 찾느라고 묘한 소리로 우는 것과 가장 공통된, 동물의 한 본능이라고 합니다. 〈태평천하⑪〉

싱숭생숭하다[형] 마음이 갈팡질팡 들떠 있다. ¶인간은 번뇌가 있으면 노래를 하고 싶어진다고요. 번뇌까지 안 가고라도 마

음이 싱숭생숭하게 되면 콧노래가 절로 나옵니다. 〈태평천하⑪〉

싱싱하다[1]**형** 빛깔이 맑고 산뜻하다. ¶피는 홍건히 흘러, 즐거웠던 자리를 부질없이 싱싱하게 물들여놓는다. 〈탁류⑩〉

싱싱하다[2]**형** 시들거나 상하지 않고 생기가 있다. ¶칠십이 가까와 머리와 수염은 허옇지만 소위 동안 백발이란 격으로 그의 얼굴은 불그레하고 혈기가 싱싱하였다. 〈산동이〉

싫잖다형 '싫지 않다'의 준말. ¶자고 난가 싫잖게 눈이 윤기 있고 맑다. 〈동화〉

싸개지명 물건을 싸는 종이. 『같은』 싸개종이. ¶헤리오도로푸 한 병 있는 것을 진열장에서 꺼내다가 싸개지로 싸고, 다시 전표를 쓰고, 막 그러고 나니까, 또 전화가 온다. 〈탁류②〉

싸놓다동 (어떤 일을) 함부로 저질러 놓다. ¶이놈의 전방에다가 불을 싸놓는 꼴을 보구래야 말테야? 응? 〈탁류②〉

싸늑싸늑부 추울 정도로 몹시 싸늘한 모양. ¶옥초는 생각이 한참 잦아지는 동안 싸늑싸늑 스미는 찬 기운에 몸과 사지가 제풀로 옴츠라들어 부지중 앉음앉음이 그래진 것이지 위정 앉아서 그런 궁상을 피웠던 것은 아니고…. 〈모색〉

싸댕기다동 →싸다니다. (전남, 평북). 갈 데나 아니 갈 데나 가리지 아니하고 채신없이 분주히 돌아다니다. ¶아, 그년은 글씨 무엇하려 밤낮 그렇기 싸댕긴다냐? 〈태평천하③〉

싸아하다형 →싸하다. 입안, 목구멍, 코, 눈 안 등이 자극을 받아 아린 듯한 느낌이 있다. ¶더욱 감격하다 못해 필경 눈이 싸아하고 눈물이 배는 것을, 그러거나 말거나 앉아서 중얼거리듯 탄식을 하던 것이다. 〈탁류⑧〉

싸라기명 잘게 부스러진 쌀알. ¶물론 전 같으면야 우동이 두 그릇이면 싸라기가 두 되도 넘는데 언감히 그런 생심을 했을 가마는, 〈탁류⑮〉

싸움은 말리구 흥정은 붙이다『속』 무릇 나쁜 일은 하지 못하게 말리고 좋은 일은 하도록 권함이 옳다는 말. ¶상말루, 싸움은 말리구 흥정은 붙이라구 않습니까? 그런데 그게 남의 일이라두 모를 텐데 항차 영감의 일인 걸…. 〈태평천하⑦〉

싸전(-廛)명 쌀가게. 쌀과 그 밖의 곡식을 파는 가게. ¶그는 집으로 올라가는 길에 싸전에 쌀 한 말을 부탁하고 호배추도 몇 통 사 들었다. 그렁저렁 오 원을 썼다. 〈레디 메이드 인생〉

싸전가게명 →싸전. 쌀과 그 밖의 곡식을 파는 가게. ¶탑삭부리 한 참봉네 집 싸전가게를 피하자면, 좀 돌더라도 신흥동으로 둘러 가야 한다. 〈탁류①〉 ¶좋은 말루 말을 허구 나가려니깐, 되부르더니, 내려가는 길에 싸전가게 주인더러 재갸가 엊그제 시굴서 올라오기는 했는데. 〈소망〉

싸전집명 싸전 가게. 쌀과 그 밖의 곡식을 파는 가게. ¶늘 바느질을 가져오는 아랫동리 싸전집의 젊은 아낙이 눈에 익은 알록달록한 보자기를 옆에 기고 해죽이 웃으며 가까이 오는 것을 볼 때 영주는 꿈인가 싶게 기뻤다. 〈명일〉

싸하여지다동 싸하게 되다. 혀나 목구멍 또는 코에 자극을 주어 아린 듯한 느낌이 있다. ¶공연히 나의 눈가도 갑자기 싸

하여지며 앞이 어른어른하여졌다. 〈불효자식〉

싹(이)없다[관용] 싹수없다. 희망이나 장래성이 없다. ¶이것을 깨달으면서부터는 그전에 가졌든 생각은 아주 뭣 싹두 없어…. 〈병조와 영복이〉

싹독싹독[부] 연한 물건을 단번에 베거나 자르는 모양. ¶임×× 선생은 그런데 누구보다도 강경히 삭발을 주장하고, 심심하면 한 놈씩 두어 놈씩 붙들어다간 가위로 싹독싹독 머리를 잘라 주곤 했다. 〈회(懷)〉

싹둥머리[명] '싹수'의 속된 말. ¶"요, 싹둥머리 없는 놈의 새끼! 사알살 돌아댕기면서 남의 집 지집애나 바람맞히구!… 죽어봐!" 〈쑥국새〉

싹수[명] 앞날이 트일 만한 낌새나 징조. 있어 보이는 빌미. ¶일 되어 가는 싹수가 그만큼 굴지고 제 맘과 맞아떨어지던 것이다. 〈탁류⑭〉 ¶아뭏든 싹수가 줄잡아야 천 석은 두웅둥 뜨게 되었고. (물론 배짱대로야 버티어는 보겠지만 도나 군이나 경찰의 권유며 간섭에는 항거를 해서는 못쓰니까 말입니다.) 〈태평천하⑭〉

싹수(가) 있다[관용] 장래성이 있다. ¶동티가 나지 않게, 또 창피를 안 당하게 가만히 슬쩍 제 속을 뽑아 보고, 그래 보아서 싹수가 있는 성부르면 그 담에는 바싹 다그쳐 보고…. 〈태평천하⑩〉

싹싹[부] 잇달아 가볍게 쓸거나 밀거나 비비거나 핥는 모양. 또는 그 소리. 〈썩썩. [여린말] 삭삭. ¶"반뱄도 안데… 반뱄도 사무시부종 모자라 사무시부종." 하고 손을 싹싹 내저읍니다. 〈어머니를 찾아서〉

쌀뒤주[명] 쌀을 담아두는 세간. ¶주먹만 했다가 강아지만 했다가 송아지만 했다가 쌀뒤주만 했다가 이렇게 자꾸만 커가다가…. 〈탁류⑱〉

쌀쌀[1][부] 머리를 좀 빠르게 살레살레 흔드는 모양. [여린말] 살살. ¶S는 고개를 쌀쌀 내둘렀다. P는 다시 말을 계속하였다. 〈앙탈〉 ¶"시골 늬 집에 있을 때하구 어떻던?" "몰라." 옥섬이는 고개를 쌀쌀 내둘렀다. "어디가 존지를 몰라?" "몰라." 〈산동이〉

쌀쌀[2][부] 서두르지 않고 가만가만 움직이는 모양. ¶그래도 시원찮은지, 물러서서 쌀쌀 몸부림을 친다. 〈탁류⑥〉

쌈지[명] 종이나 천, 가죽 따위로 만든 담배나 부시 같은 것을 담는 주머니. ¶정 주사는 대답을 하면서 탑삭부리 한 참봉의 곰방대에다가 방바닥에 놓인 쌈지에서 담배를 재어 붙여 문다. 〈탁류①〉

쌍년[명] 본데 없이 막되게 자란 버릇없는 여자라는 뜻이 욕말. [여린말] 상년. ¶"쌍년이라 헐 수 읎어! 천하 쌍놈, 우리게 판백이 아전 고춘평이 딸자식이, 워너니 그렇지 별수 있겄냐!" 〈태평천하⑥〉

쌍놈[명] 지난날 신분이 낮은 남자를 낮추어 이르던 말. 또는 본데없이 막된 남자라는 끗의 욕말. [여린말] 상놈. ¶"쌍년이라 헐 수 읎어! 천하 쌍놈, 우리게 판백이 아전 고춘평이 딸자식이, 워너니 그렇지 별수 있겄냐?" 〈태평천하⑥〉

쌍소리[명] 교양 없이 낮고 천한 소리나 말. [여린말] 상소리. ¶윤 직원 영감이 그렇게 쌍소리로 며느리며 누구 할 것 없이 아무한테고 욕을 하는 것은, 〈태평천하③〉

쌍스럽다[형] '상스럽다'의 센말. 말이나 행

동이 낮고 천한 데가 있다. (말과 행동이) 보기에 교양이 없이 천하고 품위가 없다. ¶그는 왼눈을 째긋이 감으면서 쌍스럽게 두꺼운 입술을 벌려 빙긋 웃는다. 〈빈(貧)… 제1장 제2과〉 ¶이 팔이 가서 초봉이의 그 어여쁜 어깨를 쌍스럽게도 휘감으려니 생각하매, 태수의 팔은 팔이 아니고 별안간 굵다란 구렁이로 보인다. 〈탁류⑧〉 ¶밤이고 낮이고 하는 일이라고는 쌍스럽지 않은 친구 사귀어 두고 술 먹으러 다니기, 활쏘기, 제철 따라 승지(勝地)로 유람 다니기, 〈태평천하⑤〉 ¶그런데 글쎄 고따위로 본 데 배운 데가 없고 쌍스럽다고야…. 〈이런 처지〉 ¶하숙도 실상은 기위 사처를 정하는 길이면 어디 조용하고 쌍스럽지 않은 염집을 방궈서 혼자 거처를 하도록 하려니, 〈모색〉

쌍심지가 뻗치다[관용] 몹시 화가 나서 두 눈에 핏발이 서다. 여기서 '쌍심지'는 몹시 화가 나서 두 눈에 핏발이 섬을 비유하여 이르는 말. ¶그것을 눈여겨보고 있던 윤희가 새파랗게 눈에서 쌍심지가 뻗쳐 나오면서, 〈탁류②〉

쌍으로[부] 둘씩 짝을 이루어. ¶바람은 솔솔 불어 오겠다 소담스런 먼지가 쌍으로 풀씬풀씬 피어올라, 〈흥보씨〉

쌍주(雙奏)하다[동] 둘이서 같은 종류 또는 하나의 악기를 동시에 연주하다. 여기서는 그 음악을 들려 주다. ¶맹꽁이 음악을 끈기 있게 쌍주하고 있읍니다. 〈태평천하⑪〉

쌍짓다[동] 둘씩 짝을 짓다. ¶승재나 계봉이나 다 같이 남은 남녀가 쌍지어 나섰으면 둘이의 차림새에 그다지 층이 지지 않아 보이는 걸, 〈탁류⑰〉

쌍창(雙窓)[명] 문짝이 둘 달린 창문. ¶그새 안방과 부엌으로 팔락거리고 드나들던 김 씨가 행주치마에 가뜬한 맵시로 앞 쌍창을 크게 열더니, 방 안을 한번 휘휘 둘러본다. 〈탁류⑦〉 ¶앞문에 붙인 유리쪽으로 무심히 바깥을 내다보다가 얼른 반겨 쌍창을 드르륵 열어젖힌다. 〈모색〉

쌍통[명] 상판때기. 즉, '얼굴'의 낮은 말. ¶그러는 것을 바둑강아지가, 자식 쌍통 묘하다는 듯이 빈들빈들 바라다보고 앉아서 웃어 쌓는다. 〈암소를 팔아서〉

쌍통(이) 묘하다[관용] 얼굴 생김새가 색다르고 신기하다. ¶그러는 것을 바둑강아지가, 자식 쌍통 묘하다는 듯이 빈들빈들 바라다보고 앉아서 웃어 쌓는다. 〈암소를 팔아서〉 ¶쌍통 묘오(묘)하다! 어이구 쌔원해라! 거저 빼액빽 울기나 좋아하구, 무엇이구 주동아리에다가 틀어넣기나 좋아하구, 〈탁류⑯〉

쌍판대기[명] '얼굴'의 속된 말. ¶알기는 아는데 나두 쌍판대기는 아직 못 봤네. 〈탁류④〉 ¶그 여편네는 나도 몇 번 보았지요 쌍판대기라고 별반 출 수도 없이 생겼읍디다. 〈치숙〉

쌔다[동] '싸이다'의 준말. 함께 잘 어울리다. ¶좋다! 다아 잘 맞구 잘 쌘다. 〈탁류⑯〉 ¶당자 자신은 방금 휘파람이라도 불듯 매우 신이 나 하는 모양이나 라글란 봄외투 밑으로 가뜩이나 쿠렁쿠렁 쌔지 않고 따로따로 노는 앙상한 어깨가 눈에 띄는 게, 새삼스럽게 애처로와 경순은 마음이 언짢았다. 〈패배자의 무덤〉

쌔불거리다[동] 실없는 말을 주책없이 함부로 지껄이다. ¶명랑하게 쌔불거리고 웃

고 하는 데 섭쓸려 탑삭부리 한 참봉도 정주사도 따라 웃는다. 〈탁류①〉

쌔와리다동 실없는 말을 주책없이 함부로 지껄이다. 『비슷』 씨부렁거리다. ¶ "노이예츠 나하츠!" 하고 아 베 쩨 데도 모르는 주제에 독일말 토막을 쌔와린다. 〈탁류⑯〉

쌔왈거리다동 자꾸 쌔와리다. ¶ 가서 또 쌔왈거리구 까부느라구 그러지, 그년이…. 〈탁류③〉

쌔원하다형 →시원하다. ¶ 오꼼이와 주근깨가 쌔원한 김에 재그르르 웃는다. 〈탁류⑯〉

쌜룩하다동 한 부분의 힘살을 한 번 샐그러지게 움직이다. 〈씰룩하다. 『여린말』 실룩하다. ¶ 먼저 여자는 짐짓 쌜룩해서 저편으로 가고 거기 있던 조선옷 입은 얼굴 둥글고 계집애같이 생긴 여자가 갈아든다. 〈명일〉

쌨다형 쌓여 있을 만큼 퍽 흔하다. ¶ 사실 별반 힘들 게 없는 것이, 그런 조무래기야 장안에 푹 쌨고, 〈태평천하⑩〉

쌩동쌩동하다형 대하는 태도가 붙임성이 없이 쌀쌀하다. ¶ 아무려나 승재는 처음 생판 몰라 주고서 쌩동쌩동할 때와는 달라, 이렇게 흔연 대접을 해 주니, 우선 제 소간사를 말 내놓기부터 수나로울 것 같았다. 〈탁류⑮〉

쌩똥거리다동 대하는 태도가 붙임성 없이 자꾸 쌀쌀하게 굴다. ¶ 유모는 짐짓 쌩똥거리나, 눈으로는 웃고 속은 더 좋아한다. 〈빈(貧)… 제1장 제2과〉

쌰감 '쌍놈의 것'이란 뜻의 욕말. ¶ 이 쌰! 혹은, 이 네게에미! 한마디로 와지끈 따악, 갈겨 놓고서 그 다음에 원, 아이새끼가 민하다든지, 문딩이 같응 이 지랄로 한다든지, 비로소 시비를 가리는데, 〈정자나무 있는 삽화〉

써방명 →서방(書房). 제 남편이 아닌 남자. ¶ 와? 기생이 아들 있다니 이상해서? 하하하. 기생이길래 아들딸 낳기 더 좋지요? 서방이가 수두룩한 걸, 하하하. 〈탁류②〉

써비스(service)명 →서비스. 보수를 바라지 않고 남을 위하여 봉사하는 일. 또는 그 봉사. ¶ 언니, 내일 아침버텀은 밥 내가 하께, 응? 해해… 척 이렇게 써비슬 해야 한단 말이야…. 〈탁류⑦〉

써커스(circus)하다동 →서커스하다. 곡예(曲藝)하다. 줄타기나 재주넘기, 요술 따위의 신기한 재주를 부리다. ¶ 이번에는 상점의 꼬마동인지 조고마한 아이놈이 사람 붐빈 틈을 써커스하듯 자전거를 타고 달려오다가…. 〈탁류⑰〉

썩둑부 연한 물건을 단번에 베거나 자르는 모양. 또는 그 소리. ¶ 소댕같이 넓은 칼날이 슬며시 내려와서 열 권씩 다섯 무더기를 가지런히 놓은 책의 서두를 아무 힘도 들이지 않고 썩둑 잘라 버리고는 다시 슬며시 올라가곤 하였다. 〈병조와 영복이〉

썰골명 골짜기 이름인 듯(?). ¶ 그다음에는 연기에 쫓겨 뚫린 대로 몰려나간 것이 썰골로 돌아 이편 봉창한 골 앞까지 나와서는 앞이 막히니까. 〈용동댁〉

썰다동 (물건을) 칼로 토막내다. ¶ 나는 목을 썰어도 안 나갑네 하고, 생떼거지를 쓰는, 마치 소나 돼지하고 진배없는 그런 인간을 상대로 하는 경우와는 더구나 다르니까. 〈이런 처지〉

썼다 벗었다 하다㊕ 하고 싶은 대로, 또는 마음대로 할 수 있다는 말. ¶"저거 보겠지… 삼백 환이면 아주 썼다 벗었다 허겠구려? 백 환 저 집에 떼 주구, 나머지 이백 환 가지구 혼인 못 치러?" 〈암소를 팔아서〉 ¶"걱정 말래두! 요릿집은 내가 다아 그읏두룩 할 테니깐 염려 없구, 여학생 오입은 10원이면 썼다 벗었다 하네!" 〈태평천하⑫〉

쎄왈대왈㊖ 경망스럽고 실없이 자꾸 지껄여 대는 모양. ¶제 동무들한테며 자랑을 할 일이 좋아서, 연신 쎄왈대왈, 우동이야 탕수육이야 볼이 미어지게 쓸어 넣었읍니다. 〈태평천하⑩〉

쎙기다㊍ →켕기다. 마주 버티다. ¶이 무거운 기대를 매고 동동 달려 팽팽하게 쎙겼던 다만 한 가닥의 줄이 의외에 참으로 의외에도 매정스런 한칼에 뚝 잘려 버리는 순간, 〈탁류⑭〉

쏘다㊍ (듣는 사람의 감정이 상하도록) 날카롭게 말하다. ¶나두 그제서는 속에서 부애가 치밀다 못해 대구 쏠밖에. 〈소망〉

쏘사악쏘삭하다㊍ →쏘삭쏘삭하다. 남을 자꾸 그럴 듯하게 속이거나 부추겨 마음이 들뜨게 하다. ¶고년 춘심이년이 방정맞게 와서넌 명창 대흰지 급살인지 헌다구, 쏘사악쏘삭허(하)기 때미 그년의 디를 갔다가…. 〈태평천하①〉

쏘삭이다㊍ 쏘삭거리다. 남을 자꾸 그럴 듯하게 속이거나 부추겨 마음이 들뜨게 하다. ¶간밤에 그의 아낙이 말을 잘못 쏘삭여서 그래 더구나 환장지경이 된 것이라고, 서로 이야기를 하고 있다. 〈탁류⑥〉

쏘아 버리다㊍ (듣는 사람의 감정이 상하도록) 날카롭게 말하다. ¶그 눈치를 알아챈 유모는 저도 잠깐 속으로 망설이다가 "얼른 나가 보기나 해요! 괜히…" 하고 쏘아 버린다. 〈빈(貧)… 제1장 제2과〉

쏘옥쏙㊖ →쏙쏙. 말을 자꾸 거리낌없이 내놓는 모양. ¶네년이 나서서 건방지게 쏘옥쏙 참견을 하려 들어? 〈탁류⑦〉

쏟뜨리다㊍ '쏟다'의 힘줌말. ¶영주는 폭포같이 말을 쏟뜨려 놓고 싶어도 무슨 말을 어떻게 해야 좋을지 다만 남편이 원망스럽고 노여워 울음이 앞을 서는 것이다. 〈명일〉

쏟쳐 나가다㊍ 쏟아지듯 몸이 한 쪽으로 치우쳐 밖으로 나가다. ¶초봉이가 소리를 짜내면서 대문 밖으로 쏟쳐 나가는데 순사는 벌써 돌아서서 가고 있고, 〈탁류⑩〉

쏟트리다㊍ '쏟다'의 힘줌말. 【같은】 쏟뜨리다. ¶부룩쇠는 그만 미칠 듯이 전차 앞으로 몸을 와락 쏟트렸읍니다. 〈어머니를 찾아서〉

쏟혀들다㊍ 쏟아지다. 한꺼번에 많이 몰려 나오거나 생겨나다. ¶피는 한꺼번에 심장으로 쏟혀들고 얼굴은 양초빛같이 해쓱, 등과 이마에는 식은땀이 배어 올랐다. 〈탁류⑩〉

쏟히다㊍ →쏟치다. 쏟아지다. ¶초봉이는 쏟히듯 그편 짝으로 고개를 돌리고 기다린다. 〈탁류⑬〉

쏭알거리다㊍ (남이 알아듣기 어려울 정도의 낮은 목소리로) 경망스럽고 수다스럽게 자꾸 이야기하다. ¶저 혼자만 아는 소리를 쏭알거리면서 마음을 놓고 한가하게 놀고 있다. 〈탁류⑭〉 ¶울타리 밑에서는 장닭이 암탉을 두 마리 데리고, 덥지도

않은지 메를 헤적이면서 가만가만 쏭알거린다. 〈동화〉

쏭알쏭알[부] 쏭알거리는 소리나 모양. ¶엄마 얼굴을 말끄러미 올려다보면서 쏭알쏭알 이야기를 하는지 노래를 하는지…. 〈탁류⑭〉

쐐기를 박다[관용] 뒤탈이 없도록 다짐을 해 두다. ¶형보가 쐐기를 박는데, 행화는 그대로 시치미를 따고 앉아서, …. 〈탁류④〉

쐐와리다[동] →쌔외리다. 실없는 말을 주착없이 함부로 지껄이다. ¶춘심이가 단숨에 이렇게 쐐와리면서, 얼굴 앞에 바투 주저앉는 것을, 윤 직원 영감은 멀거니 웃고 바라다봅니다. 〈태평천하⑩〉

쑥[명] →속. 속셈. 마음속으로 하는 셈. ¶단박 결혼 청첩이라도 박으러 나설 쑥이고… 등속이다. 〈탁류⑰〉

쑥대[명] 쑥의 줄기. ¶치마 주름이 뜯어지고 머리는 쑥대같이 흐트러졌다. 밤 사이에 훌쭉하게 야위고 두 눈두덩만이 팅팅 부어서 눈을 잘 뜨지 못하였다. 〈산동이〉

쑥스럽다[형] (하는 짓이나 모양이) 어색하여 부끄럽다. 하는 짓이나 모양이 어울리지 아니하여 우습고 싱겁다. ¶또 소희더러 왜 그러느냐고 따지어 묻는 것도 쑥스러운 노릇이고…. 〈병조와 영복이〉 ¶가마 뚜껑 같은 선유배에서는 쑥스런 장고에 맞추어 빽빽 지르는 기생의 소리가 졸음이 오도록 단조하게 울리어온다. 〈창백한 얼굴들〉 ¶돈을 취해 달라고 하자면 일부러 찾아온 것같이 해야 하겠는데, 그랬다가 눈치가 달라 돈 말을 내지 못하게 되면 친한 사이라도 쑥스럽겠고. 〈명일〉 ¶이 격렬한 시대적 급류 속에서 그런 유장한 문제를 가지고 연구니 무어니 하는 수작이 좀 신경이 둔하기도 하고 쑥스럽기도 하기는 하이마는, 〈이런 처지〉

쑬쑬하다[1][형] (장사나 거래의 이문이) 썩 좋다. 〖준말〗 쑬하다. ¶미상불 예상한 대로 이익이 쑬쑬하고 해서 몇 식구는 넉넉 먹고 살고도 남을 형편이다. 〈탁류⑭〉

쑬쑬하다[2][형] (품질, 수준, 정도 따위가) 어지간하여 괜찮다. ¶"중매허게…" "쑬쑬해… 하룻밤 친구로는 …." 〈병조와 영복이〉

쑬쑬히[부] 웬만하고 무던하게. ¶윤 주사는 남의 사정을 쑬쑬히 보아주는 사람이면서도 공공사업이나 자선 사업 같은 데는 죽어라고 일 전 한 푼 쓰지를 않습니다. 〈태평천하⑤〉 ¶재작년인가는 좀 그럴 듯한 과부 하나를 얻어 바로 집 옆집을 사 가지고 치가를 시키면서 쏠쏠이(히) 탈없이 1년 넘겨 이태 가까이 재미를 본 일이 있었읍니다. 〈태평천하⑧〉

쑬하다[형] '쑬쑬하다[1]'의 준말. ¶정 주사는 그저 큰 것을 더 바랄 수는 없어도 가게의 수입이 쑬해서 암만은 되고…. 〈탁류⑮〉

쑹덩쑹덩[부] (연한 물건을) 굵고 거칠게 빨리 대강 써는 모양. 〖여린말〗 숭덩숭덩. ¶당장 식칼이라도 들고 쫓아가서 구렁이같이 징그럽고 미운 저놈을 쑹덩쑹덩 썰어 죽이고 싶은 생각이 물끈물끈 치닫는다. 〈탁류⑩〉

쓰나찌[수] '쓰나('셋'의 변형인 듯(?))'와 의미없는 '찌'의 합성어인 듯(?). ¶그리구 죄가 또 있지. 아인두 족한데, 즈바이 드라이씩 독점을 하구 지내구… 응? 하나찌

두 일이 오분눈데 쓰나찌나 세나찌나 무슨 일이 있나? 〈탁류⑬〉

쓰다[1]㊀ (떼나 억지를) 심하게 부리다. ¶ 가끔 부룩쇠가 미련을 부린다든지 고집을 쓴다든지 해서 답답증이 나면. 〈어머니를 찾아서〉

쓰다[2]㊁ 마음에 언짢다. ¶ 굶어서 그렇다고는 못하더라도 그저 고생살이를 하느라니 그렇지야고쯤 대답했겠으나 범수는 쓰게 웃으면서. 〈명일〉

쓰디쓰다㊁ 매우 쓰다. ¶ "원수는 외나무다리서 만난다더니! 저승을 가도 같이 가야 하나!" 하고 쓰디쓰게 한마디 입속말을 씹는다. 〈탁류⑱〉

쓰메에리(つめえり)㊂ '목달이. 또는 그런 모양의 양복'의 일본어. ¶ 극히 간단해서 위아랫막이를 검정 사지로 만든 쓰메에리 양복 그것뿐이다. 〈탁류③〉

쓰요끼(强派)㊂ '증권 시장에서 시세에 큰 영향을 미칠 정도의 거래를 하는 사람'을 뜻하는 일본어. ¶ 도리어 이렇게 떨어지기만 해 놔서 '쓰요끼(强派)'들한테는 여간 큰 타격이 아니다. 〈탁류④〉

쓰윽㊃ →쓱. 척 내닫거나 행동하는 모양. ¶ 미리 안표를 해 둔 갸름한 돌을 집어넣고 또 한 개 큼직한 놈을 집어넣어 어깨에 가사 메듯 걸메고는, 정자나무 밑으로 척 척 걸어가더니 밑에서부터 꼬느듯 쓰윽 구멍께까지 천천히 올려다본다. 〈정자나무 있는 삽화〉

쓴침㊂ 맛이 쓴 침. ¶ 속에 있는 말을 어느 정도까지 활활 해 준 것이 시원은 하나 또 취직이 글렀구나 생각하니 입안에서 쓴침이 괴어 나온다. 〈레디 메이드 인생〉

쓰윽쓰윽㊃ →쓱쓱. 자꾸 쓱쓱 문대거나 비비는 모양. ¶ 미럭쇠는 공동묘지께를 흘끔 돌려다보고는 두런두런, 허리의 수건을 뽑아 땀 흐르는 얼굴을 쓰윽쓰윽 씻는다. 〈쑥국새〉

쓰잘데없다㊁ 쓸데없다. 실제에 아무런 값어치나 의의가 없다. ¶ 또 낮모를 사람과 쓰잘데없이 이야기를 할 맛도 또한 없는 것이라…. 〈태평천하③〉 ¶ 이 정자나무같이 십 년 백 년을 가야 낡아 빠진 채 태고의 꿈속에서 어릿거리고 있고, 그러면서 쓰잘데없이 음충스럽기나 하고…. 〈정자나무 있는 삽화〉 ¶ 맹목적인 모성애로 쓰잘데없는 육괴나 보육하느라고는 청춘의 재건을 묵살할 필요가 없으리라는 말을 해 두고 싶다. 〈패배자의 무덤〉 ¶ 이런 아무 쓰잘데없는 소리를 지껄이는 동안에 나는 어느덧 문오 선생과 그에 대한 일은 다 잊어버리고 말았다. 〈순공(巡公) 있는 일요일〉 ¶ 얘야! 쓰잘디(데)없이 지껄이지 말구 갈 디나 가거라! 괜히 씩둑꺽둑…. 〈탁류⑯〉

쓸디읎다㊁ →쓸데없다. ¶ 권연시리(괜시리) 자꾸 쓸디읎넌 소리를 허고 있어!…. 〈태평천하①〉

쓸리다㊀ 물체가 맞닿아 문질러지거나 스치다. ¶ 도배는 몇 해나 되었는지, 하얐을 양지가 노랗게 퇴색이 된 바람벽인데, 그나마 이리저리 쓸려서 제멋대로 울퉁불퉁 떠이고 있습니다. 〈태평천하⑫〉

쓸어내다㊀ 거두어서 내놓다. ¶ "올에두 열일곱 섬이 떨어지거들랑 닷 섬만 양식으루 냉기구서 열두 섬일랑 죄외 쓸어냅시다?" 〈암소를 팔아서〉

쓸어 넣다[형] 한꺼번에 거두어서 넣다. ¶ 이 쓸어 넣고 들먹거려 하는 욕이 고 씨의 입으로부터 떨어지지마자, 〈태평천하⑥〉

씁쓰름하다[형] 맛이 조금 쓴 듯하다. [비슷] 씁쓰레하다. ¶ 김장이라고 흉내만 낸 갈잎 같이 뻣뻣하고 씁쓰름한 김치에 청국장 한 뚝배기가 언제나 변찮고 밥상에 오르는 이 집의 반찬이다. 〈얼어죽은 모나리자〉

씌워대다[동] →씌어대다. 귀신의 시킴이 미치다. ¶ 초봉이를 뜻밖에 종로에서 만나고 보니 마치 무엇이 씌워대는 노릇이기나 한 것처럼 희한하고 반가왔었다. 〈탁류⑫〉 ¶ 세상에 귀신이 씌워대기나 한 듯이 마침 그 앞으로 지나가던 마누라한테 그만 들키고 말았으니요. 〈흥보씨〉

씨근버근[부] 숨이 몹시 차서 시근거리며 헐떡거리는 모양. [비슷] 씨근벌떡. ¶ 종태가 막 도로 나가려고 하니까 큰아이 종석이가 씨근버근 뛰어들다가 안으로 들어오지는 아니하고 대문간에서 갸웃이 들여다보더니. 〈명일〉 ¶ 제호가 양편 손에 약병 하나씩을 갈라들고 씨근버근 가게로 나오던 것이다. 〈탁류⑦〉 ¶ 그동안에 태식은 씨근버근 넘싯거리면서 밥상에 있는 반찬들을 들이손가락으로 거덤거덤 집어다 먹느라고 정신이 없읍니다. 〈태평천하⑤〉 ¶ 겨우 씨근버근 달려든 박 첨지가 짚고 온 지팡이로, 네 이놈! 하면서 관수의 볼기짝을 따악 갈긴다. 〈정자나무 있는 삽화〉 ¶ 학교에 갔던 태진이가 사립문 밖에서부터 어머니이 할머니이 불러 외치고, 씨근버근 달려들더니. 〈용동댁〉

씨근벌떡하다[동] 숨을 거칠게 쉬며 헐떡이다. ¶ 동네 노인이 가게 모퉁이로 돌아가자 마침 병주가 씨근벌떡하면서 달려든다. 〈탁류⑮〉

씨근씨근하다[동] 숨소리가 가쁘고 거칠게 잇달아 나다. ¶ 초봉이는 처음 한마디 고함을 치다 말고 숨이 차서 가쁘게 씨근씨근한다. 〈탁류⑭〉

씨다[동] →씌다. 글씨가 써지다. ¶ "에끼! 나깨나 먹어 가지고 무얼 철딱서니 없이… 사서삼경 어데가 머리 깎고 순검 댕기라고 씨었든가?" 〈소복 입은 영혼〉

씨부렁거리다[동] 실없는 말을 주책없이 함부로 지껄이다. ¶ 그러는 날이면 이쪽 군산이 망하게 된다고 태수한테 그런 이야기를 씨부렁거리고 있고…. 〈탁류⑦〉

씨악[명] →시악. 몹시 성미를 부리거나 포달을 떠는 소리. ¶ 그만 좀 뻔하다 말고 도야지란 놈이 도로 또 씨악을 질러댄다. 〈암소를 팔아서〉

씨알머리[명] (주로 '없다'와 함께 쓰여) 남의 '혈통'을 욕으로 일컫는 말. ¶ 자식이야 실상인즉 어느 놈의 씨알머린지 모르는 것, 〈탁류⑭〉 ¶ 흥! 뉘 놈의 집구석 씨알머리라구, 워너니 사람 같은 종자가 생길라더냐! 〈태평천하⑥〉

씨어먹다[동] →써먹다. (경기). 어떤 목적에 이용하다. ¶ 씨어먹을 수도 씨어먹을데도 없는 놈의 세상에서 공부를 했으니 그게 무어란 말이야? 〈명일〉

씨월거리다[동] →씨부렁거리다. 실없는 말을 주책없이 함부로 지껄이다. ¶ 그는 형보 말대로 싸움을 말려 주고는 싶어도 형보가 방정맞게 여럿이 듣는 데서 그런 말을 씨월거려 놔서 차마 열적어 선뜻 내닫지 못하는 눈치다. 〈탁류①〉

씨월대다㉮ →씨부렁대다. 실없는 말을 주책없이 함부로 지껄이다. ¶아뿔싸! 내가 괜히 객적은 소리를 씨월대는군. 도무지 영해 밖엣 소리요 한 걸 가지고서, 〈이런 처지〉

씨익㉯ →씩. 한 번 소리 없이 싱겁게 웃는 모양. ¶종택도 아내의 눈을 따르다가 마주 씨익 웃는다. 〈패배자의 무덤〉

씩둑꺽둑㉯ 쓸데없는 말을 수다스럽게 지껄이는 모양. 〉씩둑깍둑. ¶애야! 쓰잘디없이 지껄이지 말구 갈 디나 가거라! 괜히 씩둑꺽둑…. 〈탁류⑯〉

씹어뱉다㉮ 내키지 않는 말을 아무렇게나 억지로 하다. 몹시 언짢은 투로 내뱉다. ¶태수는 씹어뱉듯이 두런거리면서 아무데나 도로 쓰러진다. 〈탁류⑤〉 ¶관수는 씹어뱉듯 순성이를 머쓰려 놓고서 다시…. 〈정자나무 있는 삽화〉 ¶"도야지 같은, 어디서!" 이렇게 씹어뱉는 그 끝에, 제풀에 목안에서. 〈상경반절기〉

씻다㉮ (원한 따위를) 풀다. ¶나는 묻지 않고라도 칠복의 소위인 줄을 알았지만 그대로 아무말 없이 씻어 덮어 버리도록 하였다. 〈불효자식〉

씻어넘기다㉮ 대수롭지 아니하게 보아 넘기다. 가볍게 생각하다. ¶"괜히 지금…" 하고 영복이는 농으로 씻어넘기려 들었다. 〈병조와 영복이〉 ¶"머 그저 그럭저럭 살어가지." 하고 대수롭잖은 듯이 씻어넘겨 버린다. 〈명일〉

씽씽㉯ 바람이 세차게 스쳐 지나가거나 또는 물체가 세차게 바람을 일으키며 나아갈 때에 잇달아 나는 소리. 또는 그 모양. ¶이 서방이 그저 보통 행각이라면 다만 하룻밤의 노자도 아끼고 또 겸해서 좋은 대접을 받을 겸 두말 아니하고 그곳으로 씽씽 갔겠지만 본이 선비요 또 가는 길이 무거운 소임을 가진지라. 〈소복 입은 영혼〉 ¶초봉이는 물론 들은 체도 않고 씽씽 가기만 한다. 〈탁류⑩〉 ¶빽 소리를 지르고는 그대로 죄다 달아 가지고서 씽씽 줄달음질이었다. 〈회(懷)〉

씽씽하다㉰ 생기가 퍽 왕성하다. 〉쌩쌩하다. 〖여린말〗 싱싱하다. ¶초봉이는 이 흙내 씽씽하고, 뗏장 꺼칠한 무덤을 남기고 내려오다가 그래도 끌리듯 뒤를 돌려다보고는 새로운 눈물을 잠잠히 흘리고 섰다. 〈탁류〉

씽하니㉯ 바람을 일으키듯 동작이 매우 재빠르게. ¶마침 제약실에서 안으로 난 문이 열리더니, 제호의 아낙 윤희가 나오는 것을 보고 행화는 눈을 째긋하면서 씽하니 나가 버린다. 〈탁류②〉

ㅇ

아·베·쩨·데(abcd)㉢ 독일어 자모(子母) 이름. ¶"노이에츠 나하츠!" 하고 아 베 쩨 데도 모르는 주제에 독일말 토막을 쌔와린다. 〈탁류⑯〉

아·이·우·에·오(あいうえお)㉢ 일본어의 낱글자 이름. ¶'기역 니은'이며 '일이삼사'며 '아이우에오' 같은 것이라도 가르치자고 시작을 한 것인데, 〈탁류⑮〉

아가리㉢ '입'의 속된 말. ¶산세가 다르고 물맛이 달라 그런지, 중토막 사람들은 콩이야 팥이야 시비 먼저 따지려 들고 그러다가 아가리 힘센 놈한테 언변으로 지고서 만다. 〈정자나무 있는 삽화〉

아갸㉢ 대단치 않거나 하찮게 여길 때 내는 소리. 또는 매우 놀라거나 감탄하여 아주 가볍게 내는 소리. 〖같은〗 아갸갸. ¶아갸! 어짜문 저 입히구 턱하구가 저리두 이뻐노! 〈탁류②〉

아구를 내다〖관용〗 아귀를 새기다. 새김질하다. 소나 양 등이 먹을 것을 도로 내어 씹어 먹다. ¶어쩌면 아구를 내는 입이 보이는 것도 같다. 〈패배자의 무덤〉

아굴찌㉢ →아가리. ¶"뭣이야? 네 아굴찌루다 누구더러 더럽단 말이 나와?" 〈이런 남매〉

아귓심㉢ 손아귀의 힘. ¶세상에 겁할 것이 없이 지나는 윤 직원 영감을 힘으로도 아니요, 아귓심도 아니요, 총으로 아니면서 다만 압기(壓氣)로다가, 그러나마 극히 유순한 것인데, 그것 하나로다가 그저 꼼짝 못하게 할 수 있는 창식은…. 〈태평천하⑤〉

아귓심 있다〖관용〗 남에게 쉽사리 굽히지 않는 꿋꿋한 데가 있다. ¶그는 박제호가, 상당히 아귓심 있게 버팅기지, 그래서 저는 위협깨나 해 보다가 필경 뒤통수를 툭툭 치고 말겠거니, 〈탁류⑭〉

아그려 쥐다㉢ (손아귀를) 오그려 꽉 쥐다. ¶어쩌자구 내가 이렇기 아그려 쥐구 앉어서, 돈 한 푼에 버얼벌 떨구, 〈태평천하⑧〉

아기똥하다㉢ (말이나 짓이) 남달리 앙큼한 데가 있다. ¶혜렌은 아기똥하니 앉아서 대답이고, 그동안 영섭은 저편 마룻전에 가 털썩 걸터앉는다. 〈이런 남매〉 ¶어서 나와서 쌀도 씻고 불도 지피고 할 것이지 저녁이 이렇게 저무는데 아기똥하고 방구석에 처박혀 앉았기만 하느냐고 여지없이 지천을 하였던 것이다. 〈얼어죽은 모나리자〉 ¶오늘은 눈살이 패앵팽 해가 지고 아기똥하니 버티고 서서 있다. 〈쑥국새〉

아기작거리다㉢ 팔다리를 마음대로 놀리지 못하고 바라지게 천천히 걷다. ¶장례에도 나오지 못했던 형보가 아기작거리고 들어서는 꼴이, 섬뜩한 게 배암이 살에 닿고 지나가는 것처럼 몸서리가 치인다. 〈탁류⑪〉

아기작아기작㊇ 팔다리를 마음대로 놀리지 못하고 천천히 걷는 모양. ¶형보는 잠깐 망설이다가 곱사등을 내두르고 아기작아기작 전화통 앞으로 가더니 옆엣 사람들의 눈치를 슬슬 살펴 가면서 ××은행 군산 지점의 전화를 부른다. 〈탁류④〉

아기족아기족㊇ 작은 몸짓으로 다리를 억지로 움직이며 걸음을 나릿나릿 떼어 걷는 모양. ¶제호는 쫓기듯 휭하게 대문께로 나가고, 형보는 배웅 삼아 그 뒤를 아기족아기족 따른다. 〈탁류⑭〉

아까다마(あかだま)㊔ '호박(琥珀)'의 일본어. ¶아까다마의 나마비루 석 잔씩이 두 사람의 기운을 도왔다. 〈창백한 얼굴들〉

아까쓰끼(あかつき)㊔ '새벽', '새벽녘'의 일본어. ¶"응, 봐서… 그리구 저녁에 미세에 와야?" "아, 참… 네 시 아까쓰기루 대구까지 좀 다녀와야겠구먼…" 〈이런 남매〉

아까아까㊇ '아까'의 힘줌말. ¶이 애들 삼학년 송조는 벌서 아까아까 두 시에 파했는데, 〈흥보씨〉

아낙㊔ '아낙네'의 준말. 남의 부녀자를 통속적으로 이르는 말. ¶마침 제약실에서 안으로 난 문이 열리더니, 제호의 아낙 윤희가 나오는 것을 보고 행화는 눈을 째긋하면서 씽하니 나가 버린다. 〈탁류②〉 ¶방금 경찰서장감으로 동경 가서 어느 사립 대학의 법과에 다니는 종학의 아낙입니다. 〈태평천하⑤〉 ¶임신 삼 개월 마침 그때가 아낙이 사랑스러 보인다고 한다. 〈패배자의 무덤〉 ¶남은커녕 그의 아낙 강씨 부인부터가 남편을 공박을 하는 마당일 것 같으면, 〈흥보씨〉 ¶또 사실은 행랑방 살림을 하는 인력거꾼의 아낙일 바이면, 〈이런 남매〉 ¶하마 십 년의 세월이 흘렀다. 숭이는 그 뒤로 이내 좋은 아낙을 맞아, 딸까지 낳고 몸은 더 뚱뚱해졌고, 〈회(懷)〉

아녈 말루㊇ →아닐 말로. 그렇게는 차마 할 수 없는 말이지만. 말하기는 좀 무엇하지만. ¶허허, 그렇지만 어디 그럴 법이야 있나요! 아녈 말루 내가 몇 끼 밥을 굶구서 혼수를 마련할 값에…. 〈탁류⑦〉 ¶단두 내외에 어린 놈 하나겠다, 남의 식구라구는 없으니, 아녈 말루 활씬 벗구는 여기저기 시언한 자리루 골라 눕던 못허우? 〈소망〉

아는 질두(길도) 물어서 가라『속』 아는 체하지 말고 쉬운 일일지라도 물어서 해야 실수가 없다는 말. ¶"아는 질두(길도) 물어서 가랬다네. 눈 뜨구서 남의 눈 빼먹넌 세상인 종 자네두 알먼서 그러넝가?" 〈태평천하⑦〉

아니꼽다㊕ 같잖은 짓이나 말에 불쾌하다. 말이나 하는 짓이 마음에 거슬리고 밉살맞다. ¶흥! 저는 내게다 무얼 잘했다고 눈살이 저리 꼬옷꼿한고? 아니꼽다! 〈탁류⑭〉

아니나 다를까『관용』 미리 생각한 대로 일이 되었을 때에 '과연 그렇다'는 뜻으로 하는 말. ¶어디 오늘은 눈치나 좀 보아야지, 이렇게 염량을 하고 쓱 들러 보았던 것인데, 아니나 다를까…. 〈탁류⑦〉

아닌 밤 중에『관용』 뜻하지 않은 때에. ¶그렇게 아름다운 젊은 여인이 그러나 위아래를 하얗게 소의소복으로 차리고서 아닌 밤중에 소리도 없이 문을 열고 들어오는 그 양자는 그러나 선녀와 같은 아름다움

에 취하기보다 귀신인가 의심하게 요염하였읍니다. 〈소복 입은 영혼〉

아닐 말로㈜ '아니할 말로'의 준말. 그렇게는 차마 할 수 없는 말이지만. 말하기는 좀 무엇하지만. ¶저는 아무렇지도 않은 듯이 시침을 뚜욱 따고 서서 도무지 눈도 한번 깜짝않는 양이라니, 앙똥하기 아닐 말로 까 죽이고 싶게 밉살머리스럽습니다. 〈태평천하⑥〉

아다린㈐ →아달린(adalin). 쓴 맛이 있으나 냄새는 없는 흰 결정성 가루. 최면제나 진정제로 씀. ¶잠이 또 달아나 버린다. 아다린은 있어도 물이 없다. 〈상경반절기〉

아듀우(프. adieu)㈏ '안녕', '안녕히 가십시오' 뜻의 작별 인사. ¶"아듀우!" 헤렌이 눈을 감은 채 때끈한 목소리로 인사를 한다. 〈이런 남매〉

아들내미㈐ →아들나미. (경상, 강원, 전북). '아들자식'을 겸손하게 이르는 말. ¶"아 난두 젠장맞일 그 아들내미가 한 놈 있더람 그런 대루 대학교 공부라두 시켜 설랑." 〈모색〉

아등바등㈜ 잘 안 되는 일을 억지로 해내려고 자꾸 애를 쓰는 모양. ¶"그래두 그런 사람들은 어떻게 해서든지 직업을 가지구 그놈을 만족해서 아등바등 살려구 드는데 당신이야 어데 그렇수?" 〈명일〉 ¶그걸 치료하려고 아등바등 애를 쓰는 제 자신이 생각하면 우스웠다. 〈탁류⑧〉

아등바등하다㈎ 잘 안 되는 일을 억지로 해내려고 자꾸 애를 쓰거나 우겨대다. ¶P가 노상 보고 듣는 세상이 돈을 중간에 놓고 악착스럽게 아등바등하는 것임을 모르는 바는 아니나 정조 대가로 일금 이십 전을 요구하는 것은 처음 보았다. 〈레디 메이드 인생〉 ¶그야말로 눈먼 딸자식 그것 하나뿐인 것을 갖다가 부려 먹지 못해서 아등바등하며 화풀이를 하려 드는 어미의 심정이 몹시 불측스러워 그래 당장 뉘우치는 마음이 들었다. 〈얼어죽은 모나리자〉

아등아등하다㈎ 몹시 기를 쓰며 좁은 마음으로 바득바득 우기며 다투다. 또는 잘 안 되는 일을 억지로 해내려고 자꾸 애를 쓰거나 우겨대다. ¶게다가 한 푼이라두 더 못 뫼야서 아등아등허(하)구… 허니, 〈태평천하⑧〉

아따㈏ 어떤 일이나 상태 따위가 마음에 놀랍거나 몹시 못마땅하게 여겨질 때 하는 말. ¶나이는 올에 스물여섯이구, 서울서 아따 뭣이냐, 전문 대학교를 졸업했다구?…. 〈탁류⑦〉 ¶아따 무어라더냐 그 양약국 앞에 놓아둔 앉은뱅이저울에 올라서 본 결과, 춘심이년이 발견을 했던 것입니다. 〈태평천하①〉 ¶아따 잠자코 들어봐요. 〈이런 처지〉

아뜩하다㈑ 갑자기 정신을 잃어 까무러칠 듯하다. ¶태수의 죽음은 하늘이 무너진 듯 아뜩했다. 〈탁류⑩〉

아라비아(Arabia)㈐ 아시아 대륙의 남서부, 페르시아만, 아라비아해, 홍해에 둘러싸인 큰 반도(半島). 대부분이 사막임. ¶종택이 마호멧의 초청을 받아 아라비아 땅에를 갔던 것이다. 〈패배자의 무덤〉

아라사(我羅斯)㈐ '러시아'의 옛날 한자 표기. ¶"아라사를 찜민구서 그랬다구요!" 〈태평천하⑧〉 ¶바로 저 아라사가 그랬대요. 〈치숙(痴叔)〉

아랑곳이 없다【관용】 어떤 일에 관계하거나

간섭할 필요가 없다. 다른 일에 관계하거나 간섭하거나 마음에 두고 생각할 필요가 없다. ¶또한 행화 저한테는 아랑곳이 없는 일이었었다. 〈탁류⑨〉

아랫거리명 아래쪽에 있는 거리. ¶대놓구 먹던 아랫거리 싸전에 묵은 외상값이 한 이십 원 돼요. 〈소망〉

아련하다형 정신이 희미하다. 아리송하다. 기억이 똑똑히 분간하기 어렵게 아렴풋하다. ¶미상불 승재는 그것이 젊은 첫 사랑이었던 만큼 시방도 초봉이한테 아련한 회포가 없는 것은 아니다. 〈탁류⑮〉

아렷이부 아렴풋하게. (소리나 물체 따위가) 분명하지 못하고 매우 흐릿하게. ¶동네서는 달이 비칠 때면 아렷이 모깃불 지핀 연기만 오를 뿐, 잠들이 들어 교교하다. 〈정자나무 있는 삽화〉

아로새기다동 마음속에 또렷이 기억하여 두다. ¶노인은 그것저것 아로새기지를 않았지만, 태진이는 매일같이 조르는 것을 돈이 없다는 핑계로 한 장 두 장 자꾸만 미뤄 나갔다. 〈용동댁〉

아롱이다롱이명 어떤 바탕에 서로 빛깔이 다른 작은 점이나 무늬 따위가 고르지 않게 촘촘히 무늬져 있는 모양. 또는 그러한 물건. ¶형상이 모두 각각이요 색채가 아롱이다롱이기는 하지만, 〈탁류⑯〉

아름의 두 팔을 벌려 껴안은 둘레의 길이를 세는 단위 ¶"십 원이요? 도둑놈들 같으니, 아름으로도 한 아름씩이 넘는 그 나무를 한 그루에 이 원씩이라니요? 어떤 놈이 사 갔대요?" 〈생명의 유희〉

아름드리명 둘레의 길이가 한 아름이 넘는 물건. 한 아름이 넘는 나무나 물건. 흔히 관형어적으로 쓰임. ¶혹시 아름드리 통나무를 큰 도끼로 꿍꿍 찍어 젖히고 나서는, 〈모색〉

아름하다동 비교하다. ¶범수는 다른 놈을 두어 개 빼어 가지고 아름하는 듯이 양편 손바닥에 올려놓고 촐싹거려 본다. 〈명일〉

아리다형 무엇이 톡톡 쏘는 듯한 알알한 느낌이 있다. ¶초봉이는 눈이 아프고 콧속이 아려서 그 꽃을 안 보려고, 〈탁류⑦〉 ¶울기는 이 사람, 내가 왜 우나! 아니야, 담배 연기가 눈으로 들어가서, 아리더니 눈물이…. 〈이런 처지〉

아리랑명 우리나라의 대표적인 민요의 하나. ¶문경 새재 박달나무는 홍두깨 방망이로 다 나간다는 아리랑의 우상(偶像)은, 그러나 가끔 가다 피의 사자(使者) 노릇도 하곤 한다. 〈탁류⑩〉

아리송하다형 기연가미연가하여 똑똑히 분간하기 어렵다. ¶일변 그렇게 듣고 생각해 보니, 아닌 게 아니라 낯을 암직한 여러 손님 가운데 한 사람, 아리송하니 얼굴이 머리에 떠오른다. 〈탁류②〉

아리탑탑하다부 까다롭지 않고 그저 무던하다. ¶그의 어머니는 그의 그림자와 같이 그의 주위를 충실하게 따라다니며 일절 생활의 모든 것을 아리탑탑하게 보살펴 주었다. 〈불효자식〉

아릿아릿하다동 아렴풋하고 어지럽게 눈에 어리거나 움직이다. 여기서 '아렴풋하다'는 (보거나 들어서) 잘 분간할 수 없이 희미하다. 의식이나 기억에 잘 떠오르지 아니하고 아슴푸레하다. ¶애기는 무엇이 뵈는지 안 뵈는지 몰라도 눈을 뜨기는 뜨

고 아릿아릿하다가 젖꼭지를 입에다 대주니까는 입술을 오물오물하더니, 〈탁류⑬〉

아무[대] 아무것. 꼭 누구라고 가리키지 아니하고 사람 일반을 가리킬 때 쓰는 말. ¶ 전처럼 응석받이를 안 해 주고 나무라면 이퉁을 쓰고, 아무가 무어라고 해도 듣지도 않고 무서워하지도 않는다. 〈탁류⑮〉

아무렴[감] '아무려면'의 준말. '말할 것도 없이 마땅히 그렇다'는 뜻. ¶ 아무렴! 피차 형편 아는 터에, 술이야 어디…. 〈탁류⑮〉

아무리나[부] 아무려나. 아무러하거나. 되는 대로 어떠하거나. ¶ 마침맞게 아저씨가 들어오시는군. 내친 걸음이니 아무리나 같이 앉어서 상의를 좀 해 보구…. 〈소망〉

아무턴지[부] →아무튼지. 사정은 아무러하든지. ¶ "건 그렇지만서두… 아무턴지 오늘 저녁에 생각해 봐서…" 〈이런 남매〉 ¶ "자아… 아까 그 잔은 벌주요, 시방 이 잔은 상주네 상주! 꽁지만 잡었어두 아무턴지 노름꾼 하나 잡을 뻔한 그 상주네!" 〈순공(巡公) 있는 일요일〉

아물거리다[동] 작은 것이 보일 듯 말 듯하면서 자꾸 움직이다. ¶ 강 건너로 아물거리는 고향을 바라보고 섰던 정 주사는 눈이 똑딱선을 따른다. 〈탁류①〉

아물아물[부] 작은 것이 보일 듯 말듯 하면서 자꾸 움직이는 모양. 눈이나 정신이 희미해져 아지랑이가 낀 것처럼 느껴지는 모양. ¶ 들 가운데 조그마한 산 모퉁이를 지나 기차가 장난감같이 아물아물 기어간다. 〈쑥국새〉

아미(蛾眉)[명] 누에나방의 눈썹처럼 아름다운 '미인의 눈썹'을 이르는 말로서 '미녀'의 뜻. ¶ 하하, 새 양복 입구 '아미' 데리구, 오월달 날 좋은 날 시외루 놀러 가구, 하하 남 서방 큰일났네! 〈탁류⑰〉

아방궁(阿房宮)[명] 진시황의 궁전. 여기서는 매우 크고 화려한 집의 비유. ¶ 안국동에다 '안동 아방궁'이라는 별명을 듣는 크고 화려한 집을 지어 놓고 첩을 얻어 살림살이를 하였다. 〈산동이〉

아배[명] →아버지. (경상, 전북, 충남) ¶ 우리 아배는 발써 옛날에 옛날에 천당 갔소! 〈탁류④〉

아베크(프. avec)[명] 한 쌍의 남녀가 함께 짝을 하거나 행동하는 일. 또는 그 남녀. ¶ 그게 수월찮이 맹랑하여, 길목버선이 비단 스타킹 격의 무서운 아베크를 창조해 놓았던 것이요, 〈탁류⑰〉

아비[명] '아버지'를 낮추어 이르는 말. ¶ 내가 내려갈라치면, 글쎄 제가 언제 그리 아비를 많이 보았다고. 〈이런 처지〉

아빠빠[명] '빳빳한 옷', '풀먹인 옷'의 뜻인 듯(?). ¶ 아빠빠를 입은 몸뚱이를 자못 얌전스럽진 못하게 포즈하고 누워서 낮잠이 들었던 김 순사네 아낙은, 〈흥보씨〉

아뿔싸[감] 일을 잘못하였음을 깨닫고 뉘우칠 때 내는 소리. 미처 생각지 못했던 것을 깨닫고 뉘우칠 때 내는 소리. ¶ 정 주사는 속으로 아뿔싸! 하고 슬끔 이렇게 둘러댄다. 〈탁류①〉 ¶ 아뿔싸! 내가 괜히 객적은 소리를 씨월대는군. 도무지 영해 밖 엣소리요 한 걸 가지고서. 〈이런 처지〉 ¶ 그러자 을녜가 오복이와 어쩌구저쩌구, 또 혼인까지 한다는 소문이 들려, 갑쇠는 아뿔싸! 무릎을 쳐. 〈정자나무 있는 삽화〉

아사(餓死)[1][명] 굶어 죽는 것. ¶ 그들은 지금 나와 한가지로 아사에 직면하고 있다. 안

된다. 그들이 죽어서는 안 된다. 나는 그들을 구해 낼 의무가 있다. 〈생명의 유희〉

아사(あさ)[2][명] 삼, 모시, 마닐라삼 등을 총칭하는 일본어. ¶아사 양복바지를 꿰어, 역시 새하얀 아사 와이샤쓰 어깨에 얇고 좁다란 멜빵을 메고 나서 저고리를 떼어 입은 뒤에 마지막 값비싼 진자 파나마 모자를 가만히 머리에 얹고 나니까 정히 신사다. 〈이런 남매〉

아사가오(あさがお)[명] '나팔꽃'의 일본어. ¶저편 담 밑으로는 아사가오 서너 포기가 타고 올라갈 의지가 없어 땅바닥에서 덩굴이 헤매고 있다. 〈탁류⑨〉

아서[감] '해라' 할 사람에게 그렇게 하지 말라고 막는 말. ¶그렇다면 자네 그건 아무도 맘 못 잡은 표적일세. 아서, 그래서는 못써! 더구나 다 저물게…. 〈이런 처지〉

아서라[감] '해라' 할 사람에게 그렇게 하지 말라고 막는 말. ¶P는 또 일어나려는 것을 계집이 껴안고 놓지 아니한다. "자고 가… 내가 반했어." "아서라." "정말!" "놓아." 〈레디 메이드 인생〉 ¶"아서라, 니가 어떻게 밥을 한다고 그러냐…." 〈얼어죽은 모나리자〉 ¶아서라! … 남의 계집애 자식을 몇 푼이나 주구서 사다갈랑은 디리 등골을 뽑아 먹을텐구?… 쯧쯧! 〈탁류⑨〉 ¶"아서라! 어디서 그런…" 〈태평천하⑥〉

아스라이[부] →아스라히. 아슬아슬하게 높거나 까마득하게 멀리. ¶마지막 소리가 아스라이 들리더니 그 다음은 잠잠하다. 〈쑥국새〉

아쉽다[형] 미련이 남아 서운하다. '아쉰'은 '아쉬운'의 준말. ¶이런 옹색스런 근천을 피우느라고 쫓겨 가는 패군지졸이네 무어네 하면서 아쉰 세리프를 뇌어 보았던 것이다. 〈탁류⑭〉 ¶아쉰 깐에 태수한테 하던 버릇만 여겨, 그다지 기름지지도 못한 남편의 젖가슴을 덥석 물어 떼었다. 〈탁류⑤〉

아스라지다[동] '아스러지다'의 좀 가벼운 말. 덩어리가 깨져 여러 조각이 되다. ¶그래 이놈의 자식을 어디가 아스라지게 한 번 칵 질러 주고서 벌떡 일어설까 보다고. 〈정자나무 있는 삽화〉

아스라하다[형] 아슬아슬하게 높거나 까마득하게 멀다. ¶새말 오까무라상네 농장 절에서 울리는 낮북 소리가 그것도 꿈결같이 아스라하게 들려온다. 〈동화〉 ¶끝이 희미해진 거기서야 겨우 아스라한 산들과 만난다. 〈패배자의 무덤〉

아스러지다[형] 덩어리가 깨져 여러 조각이 되다. ¶한바탕 심장이 들이 아스러지게 시리… 연애는 심장으로 하는 게라지? 〈모색〉

아슴찮다[1][형] 고맙다. (함경) ¶"아이, 아슴찮이라! 시방 원두막에서 오는구만?" 〈동화〉

아슴찮다[2][형] 아쉽지 않다. 무엇이 없거나 모자라지 않다. ¶아슴찮으니 돈이라도 몇 푼 채워서 내주어야겠다. 〈탁류⑭〉

아시(證金不足)[명] '(다 썼거나 없어져서) 수량이 다한 상태'를 말함. ¶증금으로 들여논 육백 원은 수수료까지 쳐서 한 푼 남지 않고 '아시(證金不足)'이다. 〈탁류④〉

아싸리하게(あっさり——)[부] '담박하게', '산뜻하게', '시원스럽게', '간단하게', '깨끗이' 등의 일본어. ¶더 길게 쓰지 아니하겠읍니다. '예스'라고 대답하시면 우리는 그 다

음 문제를 생각하겠고 '노'라고 대답하시면 나는 아씨리하게 단념하겠읍니다. 〈병조와 영복이〉

아씨명 지난날 양반의 '젊은 부녀자'를 하인들이 부르던 말. ¶그래두 우리 아씨한테 한 번 상의는 해야지, 헤헤. 〈탁류⑩〉

아아명 →아이. ¶김 군이 짜증 비슷이 하는 말이었다. 그러고는 그 끝에 걱정이 "… 잘못하다. 아알 버리쟁이겠소!" 〈회(懷)〉

아아니[1]감 →아니. 그렇지 않다는 뜻으로 대답하는 말. ¶"그래서? 왜?" "아아니 그이가 돌아갔다구 부고가 온 걸 고만…" 〈순공(巡公) 있는 일요일〉

아아니[2]감 →아니. 감탄이나 놀람, 의문을 나타내는 말. ¶"아아니 여보, 말쑥한 여름 양복은 두어두구서 무슨 내력으루 이걸 끄내 입구, 종로는 또 무엇 하러 가신단 말이요?" 〈소망〉

아야부 아예. (경북, 평북) ¶"난 그럼 아야 말을 내지두 마는 게 옳겠군!" 〈회(懷)〉

아예부 애초부터 ¶혹시 마지못해 불려 가기는 한다더라도, 아예 함부로 손은 대지 않기로 작정을 했었다. 〈탁류⑥〉

아웅하다동 고양이가 우는 소리를 한 번 내다. ¶검은 등에 입과 배와 아랫도리만 하얀 고양이가 한 놈, 마룻전에 오꼼 일어서서 아웅하고 어리광하듯 웁니다. 〈흥보씨〉

아이구찌(あいくち)명 '단도(短刀)'의 일본어. ¶그건 첫 눈에 '아이구찌(단도)'임을 알 수가 있었다. 〈탁류⑭〉

아오리(あおり)명 '인쇄 기계에 딸린 부채 모양의 기구'란 뜻의 일본어인 듯(?). ¶그것이 로울러에 감기어 연판에서 박혀가지고 다시 줄을 타고 위로 올라가 아오리에 올라앉아 이편으로 나와 쌓이는 것을 다른 한 사람이 받아 모으고 있었다. 〈병조와 영복이〉

아유구용(阿諛苟容)명 남에게 아첨하는 구차스러운 모양. ¶조금 더 재빠르게 했으면 M은 벌써 취직이 되었을는지도 모르나 그는 타고난 배포와 그리고 남에게 아유구용을 하기 싫어하는 성질로 말하자면 취직 전선의 낙오자다. 〈레디 메이드 인생〉

아이들 뽀이(idle boy)명 게으른 소년. 게으름뱅이 소년. ¶"여덟 시가 새벽이 아니구 머야?" "아이들 뽀이." "흥 남 말은 잘 허는구려." S는 속으로 낮이 간지러웠다. 〈앙탈〉

아이롱(iron)명 전기 다리미. 머리털을 지져서 다듬는 쇠붙이로 된 기구. ¶어쩐지, 그러고 아까부터 신수가 화안하더라니, 자세히 보니, 모처럼 화장을 얄풋이 다스린 얼굴이요, 머리엔 아이롱 자죽까지 곱살했다. 〈순공(巡公) 있는 일요일〉

아이머니감 '아이고머니'의 준말. 몹시 아프거나, 힘들거나, 놀라거나, 원통하거나 기막힐 때 내는 소리. ¶김 씨는 엽엽스럽게도, "아이머니!" 질겁을 하면서, 그러나 엄살을 하는 깐으로는 서서히, 〈탁류⑤〉 ¶아이머니, 저이가아! 이 소리 한마디를 죽어 가는 소리루 겨우 입술만 달싹거리구는 넋이 나간 년매니루 멍하니 섰느라니깐. 〈소망〉

아이머닛감 '아이머니'의 힘줌말. ¶"아이머닛!" 하는 소리도 미처 다 지르지 못하고, 〈탁류⑩〉

아이유머니나㉿ →아이고머니나. 아주 놀랍거나 갑작스런 감정을 표현할 때에 쓰는 말. ¶아이유머니나! … 이게 대처 웬 야단이우? …. 〈탁류⑧〉

아인(독. ein)㊄ '아인스(eins)'의 변형. '하나(一)'의 독일어. ¶그리구 죄가 또 있지. 아인두 족한데, 즈바이 드라이씩 독점을 하구 지내구… 응? 하나찌두 일이 오분눈데 쓰나찌나 세나찌나 무슨 일이 있나? 〈탁류⑬〉

아재㊐ '아저씨' 또는 '아주버니'를 친근하게 이르는 말. ¶아재란 건 물론 형보더러 하는 말인데, 태수가 그렇게 부르라고 시켰던 것이다. 〈탁류⑩〉

아차㉿ 무엇이 잘못된 것을 갑자기 깨달을 때 내는 소리. ¶가기에 십 분 누더기니까 뇌작거리느라고 오 분, 아차 단번 들어가는 데서는 안 될 것이고 몇 군데 다니느라면 그것이 한 십오 분, 쌀을 팔아 가지고 오느라면 십오 분, 그래서 삼십오 분. 〈산적〉

아치(arch)㊐ 활같이 둥그렇게 굽은 모양. ¶이층에서 올라와 문을 열고 들어서면 마치 기차의 객차같이 기다랗고 천정이 아치로 된 방이 바른편으로 쭉 뻗쳐 있다. 〈병조와 영복이〉 ¶숲속 너머로는 말갛게 갠 하늘이 크막하니 아치를 숙이고 있고, 〈상경반절기〉

아침나절㊐ 아침밥을 먹은 뒤로 반 나절.여기에서 '~나절'은 접미사로서 '하루 낮의 절반쯤 되는 동안' (한나절, 반나절 따위) 또는 '낮의 어느 무렵이나 동안'을 뜻함. 점심나절, 저녁나절 따위. ¶어서 오세요. 벌써 아침나절에 나가시더니, 여태…. 〈탁류②〉

아탕㊐ '사탕'의 어린이 말. ¶"아탕 사 먹었저." "밤낮 그렇게 사탕만 사 먹어?" 〈태평천하⑤〉

아탕불림㊐ →사탕발림. 달콤한 말로 남의 비위를 맞추어 살살 달래는 것. ¶열다섯 살박이 동기 계집애를 아탕불림시키느라고, 나이를 일곱 살을 야바위 쳐서, 예순다섯 살로 속이던 것이랍니다. 〈태평천하⑩〉

악다구니㊐ 기를 써서 다투며 욕설을 하는 짓. 또는 그 소리. ¶이렇게 수형의 액면대로 죄다 캐고 따지고 하자면 아무래도 단단히 악다구니는 해야 할 테고, 〈탁류⑬〉 ¶그러자니 졸리고 악다구니를 하고 하기가 성가신 노릇이니까요. 〈태평천하③〉

악당(惡黨)㊐ 악한 무리. ¶악당의 창조를 어째서 축하해야 하느냐. 〈패배자의 무덤〉

악동 심리(惡童心理)㊐ 장난꾸러기 아이의 심리. ¶그런데 한편으로는 무조건 하고서 어른을 이겨 내고 싶은 소년다운 악동 심리의 탓도 없었던 것이 아니고, 〈회(懷)〉

악살㊐ 성내어 소리지르며 야단함. ¶애기가 잠이 깨어 울고, 주인아씨가 악살이 나서 팔팔 뛰는 모양이 잠시 머리에 스치다가 말고. 〈빈(貧)… 제1장 제2과〉 ¶영주는 익살을 풀지 못해서 내내 이렇게 기승을 피운다. 〈명일〉

악센트(accent)㊐ 말 가운데 어떤 음절, 또는 글 가운데 어떤 말을 강세, 음조, 음의 길이 등의 수단으로 높이거나 힘주는 일. 여기서는 어조, 음조. ¶"학순이!" 하고 오랫동안 들어보지 못한 전라도 악센트로 나를 부르는 소리가 들린다. 〈농민의 회계보고〉

악심(惡心)명 악한 마음. 남을 해치려는 마음. ¶따라서 적극적으로 나서서 태수를 해칠 악심도 생길 기회가 없고 말았을 것이다. 〈탁류⑩〉

악쓰다동 있는 힘을 다하여 모질게 소리를 지르거나 마구 날뛰다. ¶먹곰보네 아낙의 악쓰는 소리를 등 뒤로 들으면서 승재는 침울하게 그 집 문간을 나섰다. 〈탁류⑥〉

악용(惡用)명 잘못 쓰는 것. 나쁘게 이용하는 것. ¶학문은 그러나 결단코 그처럼 잔망스럽거나 무의미한 악용을 당할 것이 아니라. 〈모색〉

악의(惡意)명 남을 해치려 하거나 미워하는 마음. ¶그 스스로는 본의도 악의도 아니면서 우리들의 가슴에 크낙한 설움을 끼쳐 주었던 것이었었다. 〈회(懷)〉

악전고투(惡戰苦鬪)명 죽을 힘을 다하여 몹시 싸움. 매우 어려운 조건을 무릅쓰고 죽을 힘을 다하여 고생스럽게 싸움. ¶그 동안 초봉이는 고태수라는 사람의 독하고 세찬 정기가 미묘하게도 심장 속으로 뚫고 들어오는 것을 막으며 밀리며 실로 악전고투를 해 왔었다. 〈탁류⑦〉

악지명 잘 안 될 일을 억지로 해내려고 하는 고집. 〈억지. ¶그는 하다 못하면 자기가 몸뚱이를 팔아서라도 아이들의 뒤는 댄다고 하고 또 그의 악지로 그만 짓을 못할 것도 아니었었다. 〈명일〉 ¶기운은 나보다 못 세어도 놈이 사람을 궂히고 전중이까지 산 놈이라, 악지가 여간이 아닐걸?…. 〈정자나무 있는 삽화〉

악취(惡臭)명 나쁜 냄새. 불쾌한 냄새. ¶호사스런 생활의 차림새하며 기분도 명랑한 헤렌과 노마네의 그 흉악한 주제 꼬락서니하며 몸에서 푸욱 지르는 악취하며 근천스럽고 시든 표정하며가 썩 구경스러운 대조를 이루는 것이었었다. 〈이런 남매〉

악취미(惡趣味)명 좋지 못한 취미. 괴벽스러운 취미. ¶"불랍인지 악취민지…" "똥끼호떼의 후일담이라구 허는 게 좋겠군, 헴 헴. 옳아! 저 녀석 똥끼호떼…" 〈패배자의 무덤〉

악한(惡漢)명 악독한 짓을 하는 사람. ¶"저 악한이 또 어데서 대낮에 얼어 가지구 저래!" 맨다리에 원피스에 싱글에 얼굴 갸름한 여자가 말과는 반대로 해죽해죽 웃으며 P에게 달라붙듯이 어깨를 비빔다. 〈명일〉

악형(惡刑)명 모질고 잔인한 형벌에 처하는 것. 또는 그 형벌. ¶도저히 견디기 어려운 악형을 당함과 같았다. 〈탁류⑩〉

안길성명 붙임성이 있고 고분고분해서 상대방에게 호감을 주는 성질. ¶무척 안길성 있이 생기기는 생겼어도, 눈이 오긋한 매눈에 눈자가 몹시 표독스러워 보이는, 그 사람이…. 〈탁류②〉

안김새명 (남의 품에) 안긴 모양새. ¶집 안보다도 훨씬 훈훈하여 안김새 그럴싸한 밤이 바로 문 밖에서 잡답한 거리로 더불어 두 사람을 맞는다. 〈탁류⑰〉

안날명 바로 전날. ¶그 안날 낮에. 〈동화〉

안달명 조급하게 굴면서 속을 태우는 일. ¶살 게 있어서 나가는데 어쨌다구 안달이야? 안달이. 〈탁류⑱〉

안대문(-大門)명 바깥채와 안채 사이에 있는 대문. ¶밤이 깊지 아니했으면 잠긴 안대문을 두드려 주인 노인에게라도 물을 청하겠지만 이 깊은 밤에 그리하기도 미안하다. 그것도 방세나 여일하게 내었을세 말이지 얼굴 대하기를 이편에서 피하는 판에 차마 못할 일이다. 〈레디 메이드 인생〉 ¶ 그러기 때문에 그는 안대문께로 돌아가서 지쳐둔 대문을 밀고 들어서서도, 〈탁류⑩〉

안동(眼同)하다동 사람을 따르게 하거나 물건을 지니고 가게 하다. ¶그러니 오늘 저녁부터는 이 애더러 바라다 달래라고, 그 알뜰한 삼남이를 안동해 보냈읍니다. 〈태평천하⑩〉 ¶이바디 고리짝을 진 꼬마 동이가 앞을 서고 뒤에는 색시와 또 하나 안동해 보내는 동리의 일가집 아주머니가 나란히 들판을 건너가고 있다. 〈두 순정〉 ¶어린것한테 아직도 첫봄머리의 쌀쌀한 바람이 해로울까 하여 마땅찮아할까 봐서, 또는 교군을 차린다 하인을 안동해 준다. 〈패배자의 무덤〉

안두명 안면(顔面). 낯. ¶말씨가 어떻게도 공손하고 상냥한지 가슴 속이 그만 뿌듯해 오르면서 안두가 뜨거웠다. 〈상경반절기〉

안력(眼力)명 눈으로 온갖 물건을 알아보는 힘. 시력(視力). ¶매일 아침 소변으로 눈을 씻으면 안력이 쇠하지 않는다는 것은 전부터 일러 오던 말인데, 〈태평천하⑭〉

안마(按摩)명 손으로 몸을 두드리거나 주물러서 피의 순환을 도와주는 일. 마사지. ¶그놈 살이 떨어질 듯이 아픈 맛이란, 약간 안마 못지 않게 시원하다. 〈탁류⑤〉

안색(顔色)명 얼굴빛. 낯빛. ¶얼마만인지 겨우 초봉이는 마디지게 한숨을 몰아쉬고는 강잉해 안색을 단정히 고쳐 가지고서 옷을 갈아 입기 시작한다. 〈탁류⑩〉

안스레명 지명인 듯(?) ¶더러는 '안스레'에 있는 생선장에 가서 흥정도 해도 준다. 〈탁류⑮〉

안어른명 집안 일을 주관하는 여자 어른. ¶이제 자기가 죽고 나면 며느리 고 씨가 집안의 안어른이 되어 가지고, 마음대로 휘둘러 가면서 지낼 테라서, 〈태평천하⑤〉

안잠을 살다『관용』 여자가 남의 집에서 자면서 일을 해주고 살다. ¶태수의 모친은 중년 과부로 남의 집 안잠을 살고 바느질품 빨래품을 팔아 가면서 소중한 외아들 태수를 근근이 보통학교까지만은 졸업을 시켰었다. 〈탁류④〉

안잠이명 남의 집에서 일을 도와주며 먹고 자는 여자. 『같은』 안잠자기. ¶밖으로 대고 안잠이를 불러, 이 방에 군불을 지피라고 이른다. 〈패배자의 무덤〉 ¶여자 전문이라고는 거기 한 군데뿐인데 보육이나 가사나 그런 과는 괜히 남의 집 유모나 안잠이가 연상이 되어서 들여다보기도 싫었고. 〈모색〉

안잠자기명 남의 집에서 일을 도와주며 먹고 자는 여자. 『같은』 안잠이. ¶안잠자기와 옥섬이가 자고 있는 건넌방에는 전등불만이 환히 켜져 있고 인기척은 고요하게 그쳐졌다. 〈산동이〉 ¶집에는 남편 범수도 아이들도 아니 들어오고 싸전집 안잠자기만 벌써 와서 기다리고 있었다. 〈명일〉

안장코(鞍裝-)명 (안장 모양으로) 콧등이 잘록하게 들어간 코. '안장'은 사람이 올라앉을 수 있도록 말의 등에 얹는 제구. ¶말(馬)처럼 닷 발이나 되는 얼굴이 코는 안장코요, 바탕은 뜨다가 만 누룩이요, 입

은 죽가래로 푹 지른 형용이요, 눈은 뱁새 눈인데, 〈이런 처지〉

안존(安存)하다[형] 조용하고 얌전하다. ¶ 가령 히스테리를 젖혀 놓고 보더라도 마음이 안존할 리가 없을 건 당연한 노릇이겠지요. 〈태평천하⑥〉 ¶ 그랬으면서두 언니는 이렇게 안존허(하)게 아무 근심 없이 사는데. 〈소망〉

안존히(安存-)[부] 조용하고 얌전하게. ¶ 한 시간 동안이나 안존히 앉아, 수선도 떨지 않고 점잖게 그리고 간곡히 이야기를 하던 것이다. 〈탁류⑫〉

안주장[명] 선술집 등에서 안주를 장만하여 벌여 놓은 자리. [같은] 안주청(按酒廳). ¶ 드나드는 문 앞에서 보면 바로 왼편에 남대문만한 솥을 둘이나 건 아궁이가 있고 그 다음으로 술아범이 재판소의 판사 영감처럼 목로 위에 높직이 앉아 연해 술을 치고 그 옆에 가 조금 사이를 두고 안주장이 벌어져 있다. 〈산적〉

안중문(-中門)[명] 안채로 들어가는 중문. ¶ 옥섬이는 산동이와 나란히 서서 걸어가다가 안중문 옆에 있는 우물가에 발을 멈추었다. 〈산동이〉 ¶ 별안간 투덕투덕 구둣발 소리가 안중문께서 요란하더니, 경손이가 안마당으로 들어섭니다. 〈태평천하⑥〉 ¶ 현 서방은 더 망설이지 않고, 김순사네의 지쳐 둔 대문을 삐그덕 안중문에서는 밭은기침을 헴. 〈홍보씨〉

안직[부] →아직. (황해). 아직도. 표준 되는 때에 이르기까지 계속해서. ¶ "보리, 벌써 다아 먹었냐?" "안직 있어요!" 맏손자며느리가 매우 대답을 합니다. 〈태평천하⑤〉 ¶ "아 보문 걸 몰루… 일상거지두 조신하련과, 아 보아허니 다아 저만 나이에 안직 연애두 않는가 보던데? 호호호!" 〈모색〉 ¶ "차 타러 오우?" 앞을 가로막으면서 묻는데, 저는 저대로 "차 안직 안 떠났으니까?" 하고 묻는다. 〈상경반절기〉

안질(眼疾)[명] 눈병. ¶ 그저 자나깨나 그렇지 않아도 안질로 육장 질척질척한 눈에 눈물이 질끔질끔 딸의 신세 탄식. 〈용동댁〉

안팎 없이[부] 안과 밖을 가리지 않고. ¶ 도배꾼이 셋이나 들끓고, 방이며 마루며 마당이 안팎 없이 종이 부스러기야 흙이야 너절하니 널려 있어 어설프기는 어설퍼도 집은 선뜻 초봉이의 마음에 들었다. 〈탁류⑨〉

안표(眼標)[명] 나중에 눈으로 보아 알 수 있게 표하는 일. 또는 그 표시. ¶ 미리 안표를 해둔 갸름한 돌을 집어넣고 또 한 개 큼직한 놈을 집어넣어 어깨에 가사 메듯 걸메고는, 정자나무 밑으로 척척 걸어가더니 밑에서부터 꼬느듯 쓰윽 구멍께까지 천천히 올려다본다. 〈정자나무 있는 삽화〉

안 하다[동] '아니하다'의 준말. ¶ 사정없이 아무데고 내리 조진다. 병주는 영 아프니까는 그제서야 아이구 안 하께 소리가 나온다. 〈탁류⑮〉

안하무인(眼下無人)하다[동] 자기밖에 없다는 듯이 성질이 건방지고 교만하여 다른 사람을 업신여기다. 사람됨이 교만하여 남을 업신여기다. ¶ 초봉이는 형보의 무례하고 안하무인한 태도에 속이 불끈했으나, 이왕 제 이야기를 들어 보자던 참이라서 분을 꿀꺽 삼켜 버린다. 〈탁류⑭〉

앉은뱅이저울[명] 저울의 한 가지. 바닥의 받침판 위에 물건을 올려 놓고 용수철에 의한 무게를 위쪽 저울대에서 분동으로 조절하여 달 수 있게 된 저울. 〖같은〗 앉은저울. ¶아따 무어라더냐 그 양약국 앞에 놓아둔 앉은뱅이저울에 올라서 본 결과, 춘심이년이 발견을 했던 것입니다. 〈태평천하①〉

앉음매(명) 앉은 모양이나 태도. 〖비슷〗 앉음새. ¶윤 직원 영감은 정색을 하느라고 담뱃대를 입에서 뽑고, 올챙이도 다가앉을 듯이 앉음매를 도사립니다. 〈태평천하⑦〉

앉음앉음(명) 앉은 모양이나 태도. 〖같은〗 앉음새. ¶옥초는 생각이 한참 잦아지는 동안 싸느싸느 스미는 찬 기운에 몸과 사지가 제풀로 움츠라들어 부지중 앉음앉음이 그래진 것이지 위정 앉아서 그런 궁상을 피웠던 것은 아니고…. 〈모색〉

앉인백이(명) →앉은뱅이. 앉기는 하여도 서지 못하는 불구자. ¶"그놈 참 못난 놈이던개 비네! 눈먼 쇠경(장님)이던지…" "앉인백이어요!" 〈순공(巡公) 있는 일요일〉

알뜰살뜰하다(형) 일이나 살림을 아끼고 꼼꼼히 하여 빈틈이 없다. ¶초봉이의 손이 치이고, 마음이 쓰이고 하지 않은 것이 없이 모두 알뜰살뜰했다. 〈탁류⑫〉

알량(도) 하다〖관용〗 알량하다. 시시하고 보잘것없다. ¶"알량두(도) 허네!" 옥초는 뱅깃이 우스운 입을 쫑긋하면서 부전스런 떡심쟁이 늙은이더러 핀잔을 한다. 〈모색〉

알량꼴량하다(형) 몰골이 사납고 보잘것없다. ¶그 돈으로 방 한 칸 얻고 살림 나부랑이도 조금 장만하고 그래 놓고서 마침 그 알량꼴량한 서방님이 놓여나오니까 그리로 모셔 들였지요. 〈치숙(痴叔)〉

알량스럽다(형) 보기에 알량하다. 시시하고 보잘것없다. ¶그리고 가다가 돈은 없고 모르핀은 떨어지고 하면 그 세모진 눈을 뒤집어쓰고 돈을 얻으러 모르핀을 사러 그 알량스런 두루마기와 모자를 잡히려 헤매고 돌아다녔다. 〈불효자식〉 ¶부르는 소리보다 먼저 발자죽 소리로 아버지의 돌아옴을 알아듣고서 벌써 그 알량스런 다리를 잘름잘름 대문간까지 뛰어나와…. 〈흥보씨〉

알량이(부) →안녕히. 걱정이나 탈이 없게. ¶"선생님 알량이 주무세요!" 하고 돌아갈 인사를 하는 것을. 〈순공(巡公) 있는 일요일〉

알량하다(형) 시시하고 보잘것없다. ¶병주는 아직 얼굴에 남아 있는 놈을 부친의 그 알량한 단벌 두루마기에다가 문대면서 냅다 주워섬긴다. 〈탁류③〉 ¶아이구! 그, 드럽구 칙살스런 양반! 그런 알량헌 양반 허구넌 아 바꾸어… 양반, 흥!… 〈태평천하⑥〉 ¶어질고 얌전해서 그 알량한 남편 양반 받드느라 삯바느질이야 남의 집 품빨래야 화장품 장사야 그 칙살스런 벌이를 해다가 겨우겨우 목구멍에 풀칠을 하지요. 〈치숙(痴叔)〉 ¶종태놈만 건넌방에서 공부를 하고 있다가, 그 알량한 외다리로 뛰어나와서 반갑다고 매달리고. 〈이런 처지〉 ¶옥초는 미상불 그 찬밥 덩이에 알량한 반찬 나부랑이를 명색 점심 밥상이라고 받을 일을 생각하니. 〈모색〉 ¶서당꾼은, 내 이 알량한 끝엣삼촌 태규, 그가 오직 하나의 대가리 굵은 군이요. 〈순공(巡公) 있는 일요일〉 ¶그러느라니 가뜩이나 인심을 잃어, 알량한 그의 돔방 두루마기로 더불어 때리기 잘하는 선생으로 더욱 호가 나고. 〈회(懷)〉

알력(軋轢)[명] (수레바퀴가 삐걱거린다는 뜻에서) 서로 사이가 벌어져 다투는 일. ¶소희와의 알력이(?) 생긴 뒤로는 그는 완연히 '전날의 병조'가 되어 버린 느낌이 없지 아니하여다. 〈병조와 영복이〉 ¶그로 하여 필경 착잡한 알력이 생기든지 하고 보면 어떻게 할 것이냐. 〈탁류⑰〉 ¶부부간에 알력이 있다손 치더라도 구식 가정의 그 야속스럽게 답답한 가정 문제와는 근본으로 성질이 다르잖나. 〈이런 처지〉

알록달록하다[형] 여러 빛깔의 점이나 줄이 고르지 않게 이루어져 있다. ¶늘 바느질을 가져오는 아랫 동리 싸전집의 젊은 아낙이 눈에 익은 알록달록한 보자기를 옆에 끼고 해죽이 웃으며 가까이 오는 것을 볼 때 영주는 꿈인가 싶게 기뻤다. 〈명일〉

알심[1][명] 보기보다 야무진 힘. ¶꾀는 없고 욕심만 많아, 마침 또 지난 장에 새로 베려온 곡괭이가 알심 있이 손에 맞겠다. 〈쑥국새〉 ¶가령 을녜가 맨 처음 갑쇠에게 마음이 있었다가 그의 둔하고도 알심 없는 주변머리에 암상이 나서 폴짝 오복이게로 뛰어가듯이. 〈정자나무 있는 삽화〉

알심[2][명] 은근히 동정하는 마음이나 정성. ¶점원이 알심 있게 만류를 하던 것입니다. 〈태평천하⑭〉

알심(을) 부리다[관용] 은근한 동정심을 베풀다. ¶아씨는 행여 자기의 정성을 알아줄까 하고 알심을 부리느라고 부랴부랴 식혜를 달여서 일부러 이슥한 뒤에 오월이를 시켜 사랑으로 내어보냈다. 〈생명〉 ¶이부자리를 다 펴고 난 하녀는 알심을 부린답시고, 고단하실 텐데 어서 주무시라고 납죽거리면서 물러 나간다. 〈탁류⑫〉 ¶"… 산지기네 아낙이 철도 아닌데 헴 헴, 쥔네 과수 아씨가 성묘 나온 걸 보구서 알심을 부리는 거로다. 됐어!" 〈패배자의 무덤〉

알쏭달쏭[부] 여러 가지 얕은 빛깔의 점이나 줄로 된 무늬가 고르지 않게 뒤섞여서 함부로 이루어진 모양. ¶채송화는 땅바닥을 깔고 누워 분홍 노랭이 빨갱이 흰놈, 벌써 알쏭달쏭 꽃이 피었다. 〈탁류⑩〉

알음[명] 사람끼리 서로 아는 일. ¶전버텀 알음이 있던가요? 혹시 같은 한 고향이라던지…. 〈탁류⑮〉

알자리[명] 새 따위가 알을 낳거나 품고 있는 자리. ¶닭은 알자리가 없던 게 아니지만, 어쩌다가 고양이가 얼찐거리든지 하면 건넌방 아궁이에다가 알을 낳곤 하는데. 〈용동댁〉

알조[명] 알 만한 일. 알 만한 낌새. ¶미두장 앞에서 일어난 싸움이란 빤히 속을 알조다. 〈탁류①〉 ¶물어보나 마나 좋지 아니한 안색이며 가마니 석 장만 도로 가지고 오는 것을 보면 알조다. 〈얼어죽은 모나리자〉 ¶이내 눈 코 입 수염 귀 허리 다리 배꼽 등속에까지 주욱 퍼져 나가곤 한다는데야 그만하면 다 알조가 아니라구요. 〈흥보씨〉

알찌다[형] 알차다. 실속이 있다. ¶사실이지 언제까지고 이대로 알찐 맛이 없이 지내라면 그것은 마치 석고로 빚은 인형을 데리고 사는 것 같아… 〈탁류⑫〉

알찐거리다[동] 앞에서 가까이 돌며 자꾸 알랑거리다. ¶그런데 바로 눈앞에서 알찐거리는 태수는 늘 아주머니 아주머니 하면서 곧잘 보비위를 해주고 싹싹히 굴어

오랍동생같이 조카같이 자식같이 따르는 귀둥이요. 〈탁류⑤〉 ¶ 삐약삐약 우는 소리 하며 뛰어다니고 눈에 알찐거리는 형상하며가 적지 않은 심심파적일뿐더러. 〈용동댁〉

암마야상명 '안마사'의 뜻. 안마를 할 수 있는 일정한 자격을 갖춘 사람. ¶ "너 이 년, 다리넌 안 치기루 힛나?" "싫여요! 누가 암마야상인가 머!" 〈태평천하⑩〉

암만[1]명 굳이 밝혀서 말할 필요가 없는 값이나 수량을 대신하여 이르는 말. ¶ 무엇에 급히 쓸 일이 있어 그런다든지 하고 돈을 암만만 돌려 달라고 말을 내놓았겠지만. 〈명일〉 ¶ 정 주사는 그저 큰 것을 더 바랄 수는 없어도 가게의 수입이 쑬해서 암만은 되고, 〈탁류⑮〉

암만[2]부 아무리. 아주 또는 몹시. 자꾸. 거듭. ¶ 하아! 당신네들이 암만 그란다고, 내 무척 입살을 탈 내요!… 아예 말두 마소…. 〈탁류⑨〉 ¶ 이거 봐요 글쎄. 단박 꼼짝 못하잖나. 암만 대학교를 다니고, 속에는 육조를 배포했어도 그렇다니깐 글쎄…. 〈치숙(痴叔)〉

암만큼부 '암만 만큼'의 준말. 밝혀 말할 필요가 없는 수효나 분량만큼. ¶ 윤 직원 영감은 꿈싯꿈싯, 염낭에서 돈을 암만큼 꺼내어 조심해서 세어 보고 만져 보고 또 들여다보고 하더니. 〈태평천하⑭〉

암말명 '아무 말'의 준말. ¶ "재미?" 암말두 않구, 한참 있다가, 따잡듯 시비조야. 〈소망〉 ¶ 늘어지게 하나씩 하나씩 열 번을 치더니 그 다음은 시치미를 따고 도로 뚜욱 따악 뚜욱 따악, 종내 암말도 않는다. 〈모색〉 ¶ 무렵해서라도 암말도 못하고 슬슬 저리로 가 버렸을 테지만 영감은 도리어 노염이 나 가지고 전접스런 말조로 책을 잡잔다. 〈상경반절기〉 ¶ 짐짓 암말도 않고 있다가 느닷없이 변(진실로 변)을 만나게 하여, 선생이 없더라도 그새 배운 것이나 잊어버리지 않도록. 〈순공(巡公) 있는 일요일〉

암사돈(-査頓)명 며느리 쪽의 사돈. ¶ 오히려 손자며 외손자가 늦다고 걱정까지 하던 암사돈 수사돈 두 사돈집에서는 다 같이 경사로와했었다. 〈용동댁〉

암상명 남을 미워하고 샘을 잘 내는 잔망스러운 심술. ¶ 영주는 그만 신명이 풀려서 되레 암상이 나가지고 툭 쏘아 버린다. 〈명일〉 ¶ 그대로 좋게 돌려보낸다고 그만 암상이 나서 "저 녀석을! 저 녀석을 그저…" 사뭇 안달을 하더니, 〈탁류⑥〉 ¶ 가령 을녜가 맨 처음 갑쇠에게 마음이 있었다가 그의 둔하고도 알심 없는 주변머리에 암상이 나서 폴짝 오복이게로 뛰어가듯이. 〈정자나무 있는 삽화〉

암상떨이명 남을 미워하고 샘을 잘 내는 짓을 자꾸 하거나 몹시 잔망스러운 태도를 부리는 짓. ¶ "싫여! 몰라! 마구 할퀼 테야, 마구…." 하고 암상떨이를 한다. 〈탁류⑬〉

암상스럽다형 깜찍하고 귀여운 데가 있다. ¶ 모노타이프의 조그마하고 암상스러운 기계에서 활자가 제물로 만들어져 가지고는 뾰족뾰족 비어져 나오는 교묘한 작용을 병조는 한참이나 보고 섰다가 다시 저편 끝에 있는 단재기(斷裁機) 옆으로 갔다 〈병조와 영복이〉

암암부 잊혀지지 않고 가물가물 보이는 듯한 모양. ¶ 더우기 저를 잃어버리고 풀

죽어 있을 새서방의 양자가 눈에 암암 밟히어, 밤으로도 편안한 잠을 이룰 수도 없었다. 〈두 순정〉

암암하다[1][형] 어수선하고 뒤숭숭하다. [비슷] 산란하다(散亂~). ¶외계는 끊이지 않고 변하여 차 소리가 요란하여 정신이 암암한 반대로 여전히 한가한 듯이 낯에 익은 차 안의 안온한 기분에 나는 말할 수 없는 친함을 느꼈다. 〈세 길로〉

암암(岩岩)하다[2][형] 산이나 바위가 높고 험하다. ¶강건너 충청도 땅의 암암한 연산(連山)들 봉우리 너머로는 오월의 창공이 맑게 기울어져 있다. 〈탁류④〉

암암하다[3][형] 모습이 잊혀지지 않고 가물가물 보이는 듯하다. ¶앞은 산 밑에서부터 훤하니 퍼져 나간 들판, 들판이 다다른 곳에는 암암한 먼 산이 그림 같다. 〈쑥국새〉 ¶검푸른 벼만 들어찬 들판이 퍼져 나가다 퍼져 나가다 못해 암암한 먼 산을, 불룩한 배를 가지고 오히려 싸고 넘으려 한다. 〈정자나무 있는 삽화〉

암축(暗祝)하다[형] 심축하다(心祝~). 마음으로 축하하다. ¶그는 장차에 올 성공을 미리 즐기는 듯이 빙그레 웃었다. 나는 그의 말을 모두 아니 믿을 수가 없었다. 그리고 그의 성공을 암축하였다. 〈불효자식〉

암토야지[명] →암퇘지. (제주) ¶어머니를 졸라 이웃집에서 '배매개'로 암토야지 새끼 한 마리를 얻어다가 실상 먹여 기를 수도 없는 터에 용희가 제 몫으로 기르고 있는 거소 인제 요원(!)한 장래에 재봉틀을 사 가지려는 커다란 포부에서 나온 것이다. 〈보리방아〉

암투(暗鬪)[명] 서로 적대감을 갖고 속으로 다툼. ¶원수처럼 피해 달아나는 현 서방의 마음은 바야흐로 어지러운 암투에 정히 정신이 아찔아찔합니다. 〈홍보씨〉

암펌[명] 범의 암컷. ¶초봉이는 아드득 한마디 부르짖으면서 새끼 샘에 성난 암펌 같이 사납게 달려들다가 마침 돌아서는 형보를, 〈탁류⑱〉

압기(壓氣)[명] 상대편의 기세에 눌림. 또는 상대편의 기세를 누름. ¶무겁게 퍼져 나오는 이상한 압기, 〈탁류⑫〉 ¶세상에 겁할 것이 없이 지나는 윤 직원 영감을 힘으로도 아니요, 아귀심도 아니요, 총으로 아니면서 다만 압기로다가, 그러나마 극히 유순한 것인데, 그것 하나로다가 그저 꼼짝 못하게 할 수 있는 창식은…. 〈태평천하⑤〉 ¶여름 한 철만은 이 정자나무가 봄, 여름, 가을, 겨울 세 철을 두고 사람을 압기를 시키던 대갚음이라고 할까 치하라고 할까. 〈정자나무 있는 삽화〉

압령(押領)하다[동] 물건이나 사람을 보호하여 보내다. ¶그는 계봉이를 송희와 압령해서 그렇게 시골로 내려보내 놓고 최후의 거사를 해야 망정이지, 〈탁류⑱〉

압제(壓制)[명] 권력이나 폭력으로 남의 언동을 억압하고 강제하는 일. 권력이나 폭력으로 마구 누르는 것. ¶비록 낡은 것이나마 교양이라는 것이 있어 타성적으로 그놈한테 압제를 받기 때문이다. 〈탁류⑦〉 ¶작년 정월에야 비로소 그 압제 밑에서 해방이 되었읍니다. 〈태평천하⑤〉

앗시다[동] 빼앗기다. ¶본이 사람이 염장이 빠져 놔서, 계집애와 붙어 지낼 적에도 속을 달칵 앗기어 노상 구박에 지천을 먹었고. 〈정자나무 있는 삽화〉

앗다동 빼앗다. 남의 것을 억지로 제것으로 삼다. 남이 하는 일을 가로채 가지다. ¶제 정을 앗자면 내가 더욱 정답게 굴어야지, 〈탁류⑫〉

앙가발이명 짧고 안쪽으로 오목하게 휘어져 들어간 다리. ¶가령 돼지는 먹이면 앙가발이가 지거나 병이 들어 죽고. 〈용동댁〉

앙가슴명 두 젖 사이의 가슴 부분. ¶그리하여 그는, 건넌방 그 샛문의 왼편에 놓여 있는 육중한 뒤주 모서리를 번연히 제 눈으로 보면서도, 어찌하지를 못하고 앙가슴으로다가 우지끈 들이받았다. 〈탁류⑩〉

앙갚음명 자기에게 해를 입힌 사람에게 보복하는 행동. 어떤 해를 입은 한을 풀기 위하여 상대편에게 그만한 해를 입힘. 마음속에 품고 있던 원한을 갚는 일. ¶그저 혀를 깨물면서 소리없이 맞는 걸로 형용없는 앙갚음을 해 왔었다. 〈생명〉

앙금발이명 →앙가발이. (전라, 충청) ¶"개돼지를 치면은 미치거나 앙금발이가 지구… 원 무슨 짝의 집터가 그렇게두 센지!" 〈용동댁〉

앙똥하다형 조그만 사람이 분수에 지나치게 얄망스럽거나 아주 뜻밖의 말이나 짓을 하다. (말이나 행동이) 분수에 맞지 않게 지나치고 되바라지며 얄망궂다. ¶손자 경손이놈은 귀엽기는커녕 까불고 앙똥해서 얄밉지요. 〈태평천하⑥〉

앙살거리다동 윗사람에게 반항하는 태도로 자꾸 지껄이다. ¶헤렌은 끄은히 앙살거리면서, 모친과 형에게 끌리듯 일각대문 밖으로 사라진다. 〈이런 남매〉

앙모(仰慕)하다동 우러러 사모하다. ¶이 K 사장과 둥근 탁자를 사이에 두고 공순히 마주 앉아 얼굴에는 '나는 선배인 선생님을 극히 존경하고 앙모합니다' 하는 비룩한 미소를 띠고 있는 구변 없는 구변을 다하여 직업 동냥의 구걸 문구를 기다랗게 놓어 놓던 P…. 〈레디 메이드 인생〉

앙바등명 힘에 겨운 처지에서 벗어나려고 바득바득 자꾸 애를 쓰는 일. ¶닷새를 더 살기 위해서 내가 이렇게 앙바등이냐? 그러잖으면 목전의 주림만을 면하기 위해서 그러나? 그렇지만 위선 먹어 놓고 보아야 할 일이니까 저것을 가지고 가서 팔고 잡히고 해야 할 텐데, 〈생명의 유희〉

앙상하다형 뼈만 남은 것처럼 몹시 마르다. 살이 빠져서 보기에 까칠하다. ¶겉으로 옷이나 잘 입고 휜칠해 보이는 여자들이며 기생들이며의 말라빠진 몸뚱이나 앙상한 얼굴을 많이 보아나느라니까, 〈빈(貧)… 제1장 제2과〉 ¶그렇게 생각하고 보아서 그런지 남편의 앙상하게 야윈 팔다리며 갈빗대가 톡톡 불거진 가슴이 숨을 쉬는마다 얄따랗게 달막거리는 것이 새삼스럽게 눈에 띄었다. 〈명일〉 ¶승재는 어린것의 앙상한 가슴을 헤치고 청진기로 들어 보는 것이나 가느다랗게 담 끓는 소리만 들리는 둥 마는 둥, 맥은 아주 그치고 말았다. 〈탁류⑥〉

앙심풀이(怏心--)명 원한을 앙갚음하여 푸는 일. ¶분명코 이놈 장가놈이 내게다가 못한 앙심풀이를 어린애한테다 하는구나! 〈탁류⑱〉

앙알거리다동 윗사람에 대하여 원망하는 뜻으로 종알거리다. ¶정말 남편이 그리 하려고 나선다면 질겁해서 못하게 말릴 테지만 영주는 악이 오르는 판이라 그렇게 앙알거리고 있는 것이다. 〈명일〉 ¶유 씨가 돈을 받으면서 핀잔을 주는 것을, "그래두 내가 툇자를 놨어 보우! 괜히…." 계봉이는 지지 않고 앙알거리면서 밥상 한 모서리로 앉는다. 〈탁류③〉

앙앙(怏怏)하다형 마음에 차지 않거나 야속하여 원망하는 마음이 있다. ¶그러나 나는 그 순간에 어쩐지 마음이 약간 앙앙하고 불쾌하였다. 〈세 길로〉 ¶부러우니까는 오기가 나고, 그래 앙앙한 오기가 바싹 마른 교만을 부리던 것입니다. 〈태평천하⑪〉 ¶갑쇠는 다시금 씨름에 넘어박힌 것 같아 속으로 앙앙하나 할 수 없고, 부은 술을 최 서방에게로 돌린다. 〈정자나무 있는 삽화〉

앙연히(怏然−)부 마음에 만족하지 않게. ¶그는 뜻밖에도 이편을 앙연히 노려보고 있는 말대가리 윤용규와 눈이 딱 마주쳤읍니다. 〈태평천하④〉

앙이다형 →아니다. (경상, 함경). 어떤 사실을 부정하는 뜻을 나타내는 말. ¶앙이다! 그라지 말고오, 오늘은 어데 어떻기 생긴 기생인지 좀 구경이나 합시다, 예? 〈탁류④〉

앙칼지다형 매우 모질고 날카롭다. ¶그만 것에 눌려 지레 자겁을 하도록 초봉이 제 자신이 본시 앙칼지지도 못했고, 〈탁류⑫〉

앙큼하다형 깜찍하게 엉뚱한 속심을 품는 태도가 있다. ¶사실로 그는 속이며 하는 짓이 맺히고 모져 앙큼하니 영악했다. 〈보리방아〉

앙탈명 생떼를 쓰거나 불평을 늘어놓는 짓. 또는 시키는 말을 듣지 아니하고 반항하는 일. ¶모든 것을 다 내던지고 다른 직업을 구하여 편하게 살아가든지 또 다른 공장으로만이라도 자리를 옮겨가고 싶은 생각이 간절하지 아니한 것도 아니었으나 그것은 눌리고 눌리면서도 앙탈을 부리는 '방자한 감정'이요. 〈병조와 영복이〉 ¶초봉이가 깨서 앙탈을 하더라도 그것을 막이할 준비는 되어 있지만, 그래도 그는 조심조심 걸어 내려가서 전등 스위치를 잡는다. 〈탁류⑩〉 ¶"어는 안 끊었다구 앙탈을 해두 절루 다라 끊졌어! 너 같은 것은 우리 어머니 자식두 아니야!" 〈이런 남매〉

앙화(殃禍)명 지은 죄의 앙갚음으로 받는 재앙. ¶네놈은 뒤어져도 상관 없지만, 동네까지 그 앙화가 미치면 어떻게 하라느냐고, 욕에 꾸중에 왜장을 치면서 관수를 쫓아다닌다. 〈정자나무 있는 삽화〉

앞뒤가 여살펴지다〖관용〗 어떤 일을 하려 하는 때에 이모저모의 이해 관계를 따지다. 〖비슷〗 앞뒤를 재다. ¶그럴 때마다 '병정' 이라는 치사한 생각이 들어 범수는 앞뒤가 여살펴졌는데…. 〈명일〉

앞뒷동명 앞과 뒤를 잇는 마디. '앞뒷동이 잘리다', '앞뒷동이 막히다'는 뒤를 잇대지 못하고 중간에서 끊기다의 뜻. ¶앞뒷동이 뚝 잘려서 도무지 어떻게 할 도리가 없는 게 정 주사네다. 〈탁류①〉 ¶그날그날의 생활이 막막하고 앞뒷동이 막힌 때에는 빈말로나마 좋은 일이 생긴다는 말을 들으면 반가운 법이다. 〈탁류②〉

앞부리명 앞의 뾰족한 끝으로 된 부분. ¶방망이를 바른손에다 단단히 훑으려 쥐고서 발 앞부리로 가만가만 걸어 안으로 난 판자문께로 다가선다. 〈탁류⑩〉

앞서명 앞. 시간상의 이전. ¶이번이, 한 달 전인 요 앞서보다 과히 더해 보이는 줄은 물론 모르겠다. 〈회(懷)〉

앞서거니 뒤서거니〖관용〗 같은 방향으로 움직이면서 혹시 앞에 서기도 하고 뒤에 서기도 하며. ¶색시가 사립문을 잠글 동안 봉수는 기다리고 섰다가 둘이 같이서 앞서거니 뒤서거니 제네들 방으로 들어온다. 〈두 순정〉

앞서번명 이보다 먼저 번. ¶또, 요 앞서번이 그 앞서번보다 별반 더해 보이는 줄은 역시 몰랐다. 〈회(懷)〉

앞섶명 옷의 앞자락에 대는 웃옷의 깃 아래에 달린 긴 조각. ¶허리를 펴면서 절굿대를 들어 올리느라면 때에 전 당목 저고리 앞섶 밑으로 시들어 빠진 왼편 젖통이 댈롱 내다보인다. 〈얼어죽은 모나리자〉

앞자락명 옷의 앞쪽 부분. ¶"어째 상관이 아니어?" "앞자락두 넓기두 허네!" 〈암소를 팔아서〉

앞장치기명 빈 틈을 엿보아 남의 앞 자리에 끼어 드는 짓. 〖같은〗 새치기. ¶그들이 연방 앞장치기를 한다. 그 통에 짜장 열은 한 걸음도 나아가지를 못한다. 〈상경반절기〉

앞참명 여럿이 나가는 데에 맨 앞의 자리. 〖비슷〗 앞장. ¶좋소 좋소 하고 웃으면서, 달래서 손목을 이끌고 맨 앞참을 서 주었다. 〈회(懷)〉

앞채다[1]동 ('앞서 낚아 채다'의 뜻바탕에서) 미리 장만하다. ¶일이 녀 그렇게 해서 돈 백 원이나 앞채면 급자기 정혼을 해서 얼른 혼인을 해 버릴 양으로…. 〈얼어죽은 모나리자〉

앞채다[2]동 ('앞에 채다'의 뜻바탕에서) 어떤 일이 앞으로 닥치다. '채다'는 '차다'이 피동형. ¶너무 부전스럽잖어? 더 큰일이 앞챘는데…. 〈탁류⑰〉

애(가) 끊다〖관용〗 (창자가 끊어질 듯) 마음이 몹시 슬프다. ¶초봉이는 동생의 등 위에 또다시 엎드려 애가 끊이게 운다. 〈탁류⑲〉

애(가) 마르다〖관용〗 마음이 몹시 안타깝다. ¶"네에라께 다 무엇이 말라 죽은 거야? 왜 남은 기다리다가 애가 말라 죽게 하구서…." 〈탁류②〉

애(가) 밭다〖관용〗 몹시 애가 타다. 마음 속이 근심, 걱정 따위로 몹시 안타깝고 조마조마하다. ¶형보 저는 애가 밭아 죽든지 급상한이 나서 죽든지 하고 말 것이다. 〈탁류⑩〉 ¶실끔 아랫도리를 한 번 내려다보더니, 좀 점직하다는 속인지, 피쓱 웃어요. 그 웃는 데 사람이 애가 더 밭더라니깐. 〈소망〉 ¶정이라는 게 무엇인지, 저렇게도 계집아이가 남의 구설 어려운 줄 모르고 밤을 낮도와, 제 그린 사람을 만나보려 허덕지덕 애가 밭아 찾아 다니고 하는가 하며. 〈정자나무 있는 삽화〉

애(가) 쓰이다〖관용〗 (초조하거나 걱정스러워) 몹시 마음이 쓰이다. ¶막상 그렇듯 모친 처접과 괄시를 받는 것이 싫고 애가 쓰여 그러지 말고 동네 사람들과 잘 좀 어울려 지내라고 타이르곤 한다. 〈정자나무 있는 삽화〉

애(가) 잦다〖관용〗 몹시 애를 태우다. ¶하루만 못 만나도 애가 잦아 안달이 나는 그 애겠다. 〈정자나무 있는 삽화〉

애(를) 삭히다〖관용〗 근심 걱정에 싸인 마음속을 가라앉히다. ¶인제 와서는 이것이고 저것이고 간에 지나간 일이 남의 일처

럼 아프지 않고 시쁘듬한 게 곧잘 애를 삭힐 수가 있었다. 〈탁류⑪〉

애개개[감] 대단치 않은 것을 업신여겨 내는 소리. ¶"애개개! 참 내 벨 꼴 다 보겠네!…" 〈쑥국새〉 ¶"애개개! 그이는 이 집 아저씨더러 하등 동물이란다우." 〈소망〉

애걸(哀乞)[명] 애처롭게 사정하여 빎. 슬프게 하소연하며 비는 것. ¶먹곰보네 아낙은 또다시 어린것의 시체에다가 손을 대보고 부르고 하다가 승재한테 애걸을 한다. 〈탁류⑥〉

애걸복걸(哀乞伏乞)[명] 연방 굽실거리며 갖은 수단으로 머리를 숙여 빌고 또 빎. 애처롭게 사정하여 자꾸 빌고 간절히 원함. ¶남의 어린 자식이 방금 죽는다는 것을 보구서두 약 한 봉지를 써 주지를 않구 침 한 대 놓아 달라구 애걸복걸을 해두 그냥 말었다니… 그래서 필경 내 자식을 죽여 놓아? 〈탁류⑥〉

애고오애고[감] →애고애고. 상중(喪中)에 곡하는 소리. ¶"네가 무덤 앞에다가 술을 부어 놓굴랑 엎디려서 애고오애고 우는 걸 갖다가 만화루 그려요." 〈패배자의 무덤〉

애꾸눈[명] 한쪽 눈이 먼 눈. ¶핼끔한 애구눈이라든가처럼 특수하게 인상이 박히고 선전이 되고 한 만만찮은 가게다. 〈탁류②〉

애꿎다[형] 그 일과는 아무런 상관이 없다. 아무런 잘못이 없이 어떤 일을 당하여 억울하다. ¶오목가슴이 발딱거리지만 않으면 죽었는가 싶게 산 기운이 없어 보이는 어린 것의 입에다가 흐뭇진 젖통이의 젖꼭지를 물려 주면서 애꿎게 남편을 칭원하는 것이다. 〈빈(貧)… 제1장 제2과〉 ¶괴롭다구우 괴롭다구 몸부림을 치다가 애꿎인 기관차나 디리받구 그 야단을 낸 느이 아버지처럼. 〈패배자의 무덤〉

애꿎이[부] 그 일과는 아무런 상관없이. 아무런 잘못이 없이 어떤 일을 당하여 억울하게. ¶그런 때면 생트집이라도 잡아 입으로나마 애꿎이 화풀이를 후련히 하고 싶어지기도 한다. 〈얼어죽은 모나리자〉 ¶그래서 오월이가 애꿎이 그 밥이 된 것이다. 〈생명〉 ¶애꿎이 혼이 나기는 승재다. 〈탁류③〉 ¶인제 그네들한테 애꿎이 욕을 한바탕 먹어 두었으니 억울하기까지 합니다. 〈흥보씨〉 ¶그 사람네가 애꿎이 도덕을 지켜서, 무지하게 선량해서 말씀이여요…. 〈이런 남매〉

애끼다[동] →아끼다. ¶"처먹어라… 너 생각허구서 배고픈 것두 안먹구 애꼈다가 갖구 왔다!" 〈쑥국새〉

애띠다[형] →앳되다. 나이에 비하여 애티가 있어 보이다. 어려 보이다. ¶또 이내 포태도 해 보지 못했기 때문에, 스물여덟이라는 제 나이보다 훨씬 애띠기는 합니다. 〈태평천하⑤〉

애련(哀憐)하다[형] 애처롭고 가엾다. ¶이 추상 같은 호령의 서리를 맞고 애련한 한 떨기 꽃은 고개를 숙인 채 가볍게 몸을 떨다가 필경 소리 없이 눈물을 떨어뜨렸읍니다. 〈소복 입은 영혼〉

애망나니[명] 하는 짓이나 성질이 아주 못된 아이를 욕하여 이르는 말. [비슷] 개망나니. ¶그러한 애망나니였으매, 글방의 명색 없는 문오 선생 따위가 하나도 무섭거나 어려울 리가 없던 것이고…. 〈순공(巡公) 있는 일요일〉

애매다[형] →앰하다. 잘못 없이 꾸중을 들

어 억울하다. ¶물론 인제 바로, 김 순사네를 가져다 줄 참이니까 애매고, 조금도 꺼릴 것은 없읍니다. 〈흥보씨〉 ¶에잉! 권연시리 그년의 디를 갔다가 그놈의 인력거꾼을 잘못 만나서 실갱이를 허구, 애맨 돈 5전을 더 쓰구 히였구나! 〈태평천하①〉

애맨소리명 →애먼소리. 억울하게 듣는 딴소리. ¶괜히, 죽은 송장한테 주사를 놨다가 정말 죽였다구 애맨소리를 듣게요?… 생으로 어거지를 쓰믄, 본 사람두 없나, 머…. 〈탁류⑥〉

애먼관 아무런 죄도 잘못도 관련도 없는. ¶남편한테 할 화풀이야 낮잠 못 잔 화풀이야를, 애먼 어린아이한테 하느니라고는 생각도 않는다. 〈탁류⑮〉 ¶윤 직원 영감은 역정 끝에 춘심이더러 귀먹은 욕을 하던 것이나, 그렇지만 그건 애먼 탓입니다. 〈태평천하①〉 ¶마침 쇠파리 한 마리가 너벅다리를 띠끔 무는 바람에 정신이 번쩍 들어 손바닥으로 무심결에 착칵 때린다는 것이 파리는 날아가고 애먼 살앓이 근처를 건드려 놓아서 질색하게 아팠다. 〈정자나무 있는 삽화〉

애멈명 어려운 형편이나 처지. 『비슷』 곤경(困境). ¶그런 것을 사람이, 아아니 여봐라 나는 도둑놈이 아닐다고 개와 마주 짖어서야 애멈을 면하려다가 이번에는 개가 되어 버릴 것이 아니냐! 〈정자나무 있는 삽화〉

애무(愛撫)명 주로 이성을 사랑스럽게 어루만지는 것. ¶시방 와서는 그것이 둘 사이에 없지 못할 애무가 되고 말았다. 〈탁류⑤〉

애물[1]명 애를 태우거나 성가시게 하는 물건이나 사람. ¶만일 초봉이로 해서 일에 걸리적거림이 있다든가, 또 그게 이미 손아귀에 들어온 애물이라고 하더라도, 일을 하는데 필요만 하다면 도로 배앝아 놓기를 주저하지 않을 경우요. 〈탁류②〉

애물(愛物)[2]명 소중히 사랑하여 아끼는 물건. ¶한 시각이라도 빨리 순동이 이하 모든 애물들을 사랑하고 싶습니다. 〈흥보씨〉

애 배다동 뱃속에 아이를 가지다. ¶가을이 여물듯이 애 밴 초봉이의 배도 여물어 갔고, 그 해가 갈려 한 겨울의 정월과 이월이자 사뭇 북통같이 불러 올랐다. 〈탁류⑬〉

애벌명 같은 일을 되풀이할 때에 그 첫 번째 차례. ¶잔치가 애벌 한물이 지나면서는 비가 내리기 시작했다. 〈회(懷)〉 ¶오늘 아침에도 그는 자리 속에서 잠이 애벌만 개어 눈이 실실 감기는 것을, 초봉이가 보이지 않으니까, 보고 싶어서…. 〈탁류⑩〉

애비명 →아비. '아버지'를 낮추어 이르는 말. ¶너는 그것이 심히 불가한 양으로 이 애비를 책망하였음이나 진실로 그렇지 않을 연유가 있는 배로다. 〈패배자의 무덤〉

애비꼬명 일본 여자 이름. ¶"아따, 저 뭣이냐… 있잖두?… 에미꼬라더냐? 애비꼬라더냐…." 〈순공(巡公) 있는 일요일〉

애소(哀訴)명 슬프게 호소하는 것. ¶그 소리는 비록 가늘었으되 그 애달픈 심정을 헤아려서 듣는다면 구천에라도 사무칠 애소였겠지요 〈소복 입은 영혼〉

애송이명 애티가 있어 어려 보이는 사람. ¶다같은 '하바꾼'이로되 나이 배젊은 애송이한테 멱살을 당시랗게 따잡혀 가지고는 죽을 봉욕을 당하는 참이다. 〈탁류①〉

애여㊙ →아예. 애초부터. 처음부터. ¶그렇게 경우가 밝구 하거든 애여 경찰서루 가서 받아 달래구려! 〈탁류①〉 ¶그런 소리거덜랑, 이 사람아 애여 말두 내지두 말소! 〈태평천하⑧〉 ¶그런 외람스런 맘 애여 먹지 말고, 이젠 정말 애처가요, 좋은 파파 노릇이나 하게. 〈이런 처지〉 ¶게다가 우리가 학교의 과정을 복습할라치면, 그런 글은 애여 들여다보지도 말라고 꾸중꾸중이고, 〈순공(巡公) 있는 일요일〉

애오개명 서울의 동네 이름. 오늘의 마포구 아현동. ¶애오개의 남의 집 단간 셋방에 오도카니 앉아 있는 저의 모친한테 알리지도 않았었다. 〈탁류⑩〉 ¶그래도 막상 몰라 애오개 산비탈에 박혀 있는 병호의 집까지 찾아갔읍니다. 〈태평천하⑫〉

애오라지㊙ '오로지'의 예스런 말. 겨우. 오직. ¶그러나 눈은 멀고 다녀 본 지도 오랜 길이라 짐작도 무디어 그는 행방조차 잡지 못하고 애오라지 들판에서 이리저리 헤매기만 했다. 〈얼어죽은 모나리자〉

애원(愛怨)명 사랑과 원망. ¶일변 또 그 마음을 앗으려고 온갖 정성을 들이던, 말하자면 애원이 상반하던 계집이다. 〈탁류⑭〉

애자진하다형 자진하여 애를 쓰다(?). ¶이십 년을 설운 청춘 한숨으로 보내고서 다 늦게야 송장 여대치게 생긴 그 양반을 그래도 남편이라고 모셔다가는 병수발 들랴 먹고 살랴, 애자진하고 다니는 걸 보면 참말 가엾어요. 〈치숙(痴叔)〉

애전명 애초. 맨 처음. ¶경희는 그리하여 애전에 잠에 경계했었고. 〈반점〉

애조(哀調)롭다형 곡조가 서글픈 데가 있다. ¶본시 타고 난 것이지만 약간 떨리는 듯한 소리가 가늘기까지 해서 자지러지게 애조롭다. 〈얼어죽은 모나리자〉

애지중지(愛之重之)하다동 매우 사랑하고 중히 여기다. ¶그러고 보니 상하와 인근의 칭찬이며 흠모는 말할 것도 없고 아버지 김 판서의 애지중지하는 사랑은 천하의 보물을 귀하고 중히 여기는 것에 비길 바가 아니었읍니다. 〈소복 입은 영혼〉

애차랍다형 →애처롭다. 불쌍하여 마음이 슬프다. ¶"글쎄 정 그러시다면 내가 내 자식 진배없이 잘 데리고 있으면서 일이나 착실히 가르켜 드리리다마는… 원 너무 어린데 애차랍잖애요?" 〈레디 메이드 인생〉 ¶온 여름 내내, 그 생지옥에 처박혀 있으면서, 연계 한 마리두 못 얻어먹구 꼬치꼬치 야윈 게 애차랍기두 허구. 〈소망〉

애첩(愛妾)명 사랑하고 아끼는 첩. ¶이렇게 어찌 보면 눈치 빠른 애첩 같기도 하고, 정다운 안해나 착한 주부 같기도 했다. 〈탁류⑫〉

애칭(愛稱)명 본 이름 외에 친근한 정을 곁들여 부르는 이름. 본 이름 외에 귀엽게 불리는 이름. ¶그는 벌써 태수를 '그 애'라고 애칭을 한다. 〈탁류⑦〉

애탄가탄㊙ 힘에 겨운 일을 이루려고 온 힘을 쏟는 모양. 〖비슷〗 애면글면. ¶"온 절으쩌우? 애탄가탄 농살 져 가지구!" 〈암소를 팔아서〉 ¶대체 십 년이나 없는 살림에 애탄가탄 공부를 시켰으니, 그런 보람이 있게 해야지…. 〈탁류③〉

애틋하다형 정을 끄는 알뜰한 티가 있다. ¶단지 초봉이라는 애틋한 계집 하나를

보쌈하듯 업어 가자는 생 엉터리 속이고 한 것을 몰랐다든가, 〈탁류⑭〉

애티명 어린 태도나 모양. 앳된 모양. ¶남편이란 사람은 나이 근 사십이나 되었으되 색시는 겨우 이십이 될까 말까 도렴직한 볼때기에 애티가 아직 남아 있어 귀염성스러웠다. 〈명일〉

액경(厄境)명 모질고 사나운 운수에 시달리는 고비. ¶관수는 영 다급하니까 쭈르르 부엌으로 달려 들어가더니 창끝 같은 식칼을 집어 들고 나와서 냅다 엄포를 하는 바람에 '도까다' 패가 기가 질렸고 그래 겨우 액경을 면했었다. 〈정자나무 있는 삽화〉

액면(額面)명 '액면가격(額面價格)'을 말함. 화폐의 겉에 적힌 금액. ¶"그렇더래두 영감 말씀대루 허자면 7천 원 액면에 5천 6백 원을 쓰구서 한 달 만에 1천 4백 원 이자를 갚게 되니, 돈 쓰는 사람이 억울하잖겠읍니까?" 〈태평천하⑦〉

액색(阨塞)하다형 운수가 막히어 군색하다. 필요한 것이 없거나 모자라서 어렵고 답답하다. ¶그놈이 운수가 좋아도 세 번에 한 번쯤은 빗맞아서 액색한 그 밑천을 홀랑 불어 먹고라야 만다. 〈탁류①〉 ¶그것은 미럭쇠 제가 이뻐하는 납순이의 얼굴! 마주 말끄러미 올려다보는 그 눈이 어떻게도 액색한지 그만 눈물이 날 것 같았다. 〈쑥국새〉 ¶"야아, 그 까치 뱃바닥 같은 소리 그만 하라, 액색헌(한) 꼴 보기 싫다." 오복이가 제딴에 충동이를 노는 속이다. 〈정자나무 있는 삽화〉

액색히(阨塞-)부 운수가 막히어 군색하게. 필요한 것이 없거나 모자라서 어렵고 답답하게. ¶그동안 태수를 총애하던 과장(그는 男×家이었었다)은 태수가 소위 '급사아가리(使童出身)'라서 아무래도 다른 동무들한테 한풀 꺾이는 것을 액색히 생각해서. 〈탁류④〉

액운(厄運)명 재난을 당할 운수. 모질고 사나운 운수를 당할 처지. ¶더우기 아씨는 전과도 달라 시방은 그런 액운을 겪고 계시는데…. 〈생명〉 ¶그래도 옥화 저더러 말하라면 기생은 일시 액운이었었고, 인제 다시 예대로 여학생 저를 찾은 것이랍니다. 〈태평천하⑪〉

액일(厄日)명 운수가 사나운 날. ¶오늘은 정 주사한테 액일도 되지만, 좋은 일도 없지는 않은 날인가 보다. 〈탁류③〉

앱배명 '아버지'의 뜻. ¶"앱배!" 태식은 코를 풀리고 나서, 고개를 되들고 앱배를 부릅니다. 〈태평천하⑤〉

앳되다형 (젊은이로서) 나이에 비해 애티가 있어 아주 어려 보이다. ¶애기를 낳지 않아서 그런지 나이보다도 훨씬 앳되어 고작 스물사오 세밖에는 안되어 보인다. 〈탁류①〉

앵기다동 →안기다. 당하게 하거나 들씌우다. ¶순동이더러 오라 주리때를 앵길 년의 기집애, 어디루 나가서 전차에나 칵 치여 죽으라고 욕을 하고 때려 주고도, 〈흥보씨〉 ¶"망할 식 같으니라고! 우라 주리땔 앵길 식 같으니라고! 꼭지새끼 같으니라고!" 〈상경반절기〉

앵돌아지다동 성이 나서 토라지다. ¶초봉이도 그래서 저렇게 앵돌아져 가지고는 …. 〈탁류⑭〉

앵앵부 모기나 벌 따위가 빨리 날 때에 연하여 나는 소리. ¶아이는 다시 부대끼느라고 손과 발을 가느다랗게 바르르 떨면서 모기 소리만 하게 앵앵 사라질 듯 운다. 〈빈(貧)… 제1장 제2과〉

앵이부 →아니. (함경). 용언 앞에 붙어 부정 또는 반대의 뜻을 나타내는 말. ¶ "열맹이 앵이 여는 곡식으 무스개 심으겠소?" 〈회(懷)〉

앵이요형 →아니오. ¶ "쯔쯔! 사십두 못 먹구 그리 늙소? 한참 때 앵이요?" 〈회(懷)〉

야간도주(夜間逃走)명 (남의 눈을 피하여) 밤에 몰래 달아남. 『같은』 야반도주(夜半逃走). ¶ 필경은 이웃집에 기식하고 있는 젊은 보험 회사 외교원 양반과 찰떡같이 배가 맞아 가지고는 어느날 밤엔가 패물이야 옷 나부랑이를 말끔 쓸어 가지고 야간도주를 해 버렸었읍니다. 〈태평천하⑧〉

야긋야긋부 가만히 살짝 누르거나 힘을 가하는 모양. 또는 어떤 물체가 썩 부드러고 연한 모양. 『비슷』 나긋나긋. ¶ 계봉이는 모로 비스듬히 외면을 하고 서서 저고리 고름을 야긋야긋 씹는다. 〈탁류⑰〉 ¶ 경순은 앞니 앞에서 꼬물거리는 연한 손가락을 야긋야긋 물어주면서. 〈패배자의 무덤〉 ¶ 안 받어 간다면 나 이놈으루 괴기 사다가 야긋야긋 다져서 저녁 반찬이나 히여 먹을라네. 〈태평천하①〉

야기(夜氣)명 밤 공기의 차고 눅눅한 기운. ¶ 더위 끝에 산산히 스미는 야기(夜氣)에 잠을 설치고 마음이 싱숭거려, 〈탁류⑤〉

야단스레(惹端--)부 떠들석하고 소란스럽게. ¶ 그 잘난 제미할 여학생 장가로 못 갈까 봐서 코가 쉰댓 자나 빠져 갖고 댕길 때는 언제고, 저리 좋아서 야단스레 굴 때는 언제꼬! 〈탁류⑨〉

야담(野談)명 야사(野史) 이야기. 민간에서 사사로이 기록한 역사의 이야기. ¶ 시방 같으면 서울 와서 방송국의 초빙을 받아 야담 방송 한자리쯤 잘했을 것입니다. 〈소복 입은 영혼〉

야료(惹鬧)명 까닭 없이 트집을 부리고 마구 떠들어대는 짓. ¶ 더우기 사랑에 뛰어나가서 야료를 하지 못하는 것이라고 배우기도 했거니와. 〈생명〉 ¶ 술 취해 야료를 부렸다거나 하지 않는 이상 순사 아닌 사람을 순사로 에누리해 보았은들, 하나도 본전 밑질 흥정은 아닌 것이다. 〈탁류⑰〉

야릇하다형 무엇이라 표현할 수 없이 묘하고 이상하다. ¶ 사람마다 이상한 괴벽은 다 한 가지씩 있게 마련인지, 윤 주사 창식도 야릇한 편성이 하나 있읍니다. 〈태평천하⑤〉

야리다형 표준보다 조금 모자라다. ¶ 그래서 아무려나 입맛이 날 리가 없고, 야리게 퍼 준 밥 한 공기를 억지로 먹는 시늉을 하다가 상을 물렸다. 〈탁류⑫〉

야만(野蠻)명 미개하여 문화가 뒤떨어진 종족. ¶ 설혹 신사가 승차가 되지 않았기로서니 레디의 (황차 약혼이 절로 익은 미쓰의) 출입 전에 필요한 용무를 알아차리지 못하도록 야만은 아니었을 것이고. 〈모색〉

야멸치다형 태도가 쌀쌀하고 오달지다. ¶ 열댓 살이나 먹어 보이는 야멸치게 생긴 놈이 대답을 하고 발딱 일어선다. 〈탁류⑮〉

야물치다형 몹시 야물다. 『같은』 야무지다. ¶ 청승스런 단소의 동근 청과, 의뭉한 거

문고의 콧소리가 서로 얽혔다 풀렸다 하는 사이를, 가냘퍼도 양금이 야물치게 멕이고 나갑니다. 〈태평천하⑩〉

야바웃속명 →야바윗속. 여럿이 협잡을 꾸미는 속셈. ¶그게 다아 당신허구 결혼할려구 꾸며댄 야바웃속이라우. 〈탁류⑩〉

야바위명 속임수로 돈을 따먹는 중국 노름의 한 가지. 또는 속임수로 그럴 듯하게 꾸미는 일. ¶이것은 가령 사실에 있어서 세농민이 무능력하기 때문에 일을 담당한 면이나 금융 조합도 어찌할 수 없이 그렇게 할 수 밖에 없다고 하지만, 나머지 두 호는 완전히 야바위가 붙었던 것이다. 〈보리방아〉 ¶그래 칠십 노옹이 예순다섯 살로 나이를 야바위도 치고, 열다섯 살 먹은 애가 강짜도 하려고 하고…. 〈태평천하⑪〉

야바위 치다동 남의 눈을 속여 옳지 않은 일을 하다. 그럴 듯하게 꾸며서 남을 속이다. ¶열다섯 살박이 동기 계집애를 아탕발림시키느라고, 나이를 일곱살을 야바위쳐서, 예순다섯 살로 속이던 것이랍니다. 〈태평천하⑩〉

야바윗속명 여럿이 야바위를 치려는 속셈. ¶가령 문벌이 좋으네 재산이 있네 하는 것도 역시 똑같은 야바윗속이요, 자칫하면 그 녀석이 계집을 두어두고서 생판 시방 초봉이를?…. 〈탁류⑧〉

야박(野薄)하다형 태도가 차고 매섭고 인정이 없다. ¶따지고 보면 더 야박하다고 할 수 있는…. 〈탁류⑧〉

야불야불하다형 명 →야들야들하다. 윤이 나며 매우 연하고 부드럽다. ¶첫날 밤, 신부… 그게 을네(乙女)! 을네렷다! 고놈 빠곰한 눈, 도도룩한 볼때기, 야불야불한 입… 으흐흐! 첫날밤의 신부. 〈정자나무 있는 삽화〉 ¶본래 생김새도 야불야불하니 예쁘장스럽고 웃을 때면 눈초리가 먼저 웃는 것이라든지. 〈얼어죽은 모나리자〉 ¶김 씨는 눈이 먼저 웃으면서, 야불야불하니 예쁘장스럽게 생긴 온 얼굴에 웃음을 흩뜨린다. 〈탁류①〉

야비(野卑)스럽다형 성질이나 언행이 상스럽고 더러운 데가 있다. 성질이나 언행이 속되고 천한 데가 있다. ¶그 원망엣소리로만 알아들었지 그 이상 더 야비스런 뜻이 머금겨 있는 줄은 통히 알지 못하였다. 〈이런 남매〉

야소(耶蘇)명 '예수'를 한자로 취음하여 적은 것. ¶진실로 영섭에게는 '고결한 정신'이야말로 공자의 인(仁)보다도, 야소의 박애보다도. 〈이런 남매〉

야속(野俗)스럽다형 매정하여 섭섭하거나 언짢은 느낌이 있다. ¶그러나 야속스런 훈수였었다. "자현? … 자현을 하다니! …" 〈탁류⑲〉 ¶대체 그 시어머니라는 종족이 며느리라는 종족한테 얼마나 야속스러운 생물이거드면, 이다지 박절할 속담까지 생겼읍니다. 〈태평천하⑤〉 ¶부부간에 알력이 있다손 치더라도 구식 가정의 그 야속스럽게 답답한 가정 문제와는 근본으로 성질이 다르잖나. 〈이런 처지〉

야속스레(野俗--)부 야속스럽게. 야속한 태도나 느낌이 있게. ¶이다지도 야속스레 윤 직원 영감 같은 노인에게까지 들어맞기를 하는군요. 〈태평천하⑩〉

야속(野俗)하다형 매정하여 섭섭하거나 언짢다. 박정하고 쌀쌀하다. ¶또 바로 그 전에 초봉이가 못내 야속하던 노염도 죄

다 잊어버리고 얼굴은 아주 딴판으로 감격함과 엄숙한 빛이 가득하다. 〈탁류⑧〉

야수(野獸)명 야생(野生)의 짐승. 산이나 들에서 자라 길들지 않는 짐승. ¶단박 두 눈을 벌컥 뒤집어쓰고 성난 야수와 같이 날뛴다. 〈탁류⑯〉

야숙스럽다형 →야속스럽다. 야속한 태도나 느낌이 있다. ¶어쩌면 느이가 요렇게두 야숙스럽게 … 아이구우 이 몹쓸 놈들아! 〈탁류⑭〉

야숙하다형 →야속하다. ¶내가 촉량해서 야숙한 짓은 안 시키구 잘 맡아 뒀다가 도루 내디릴 테니 다아 안심허시구 수히 조처나 허시두룩…. 〈탁류⑮〉 ¶"아아니, 쫓아낸다면사 야숙헌 짓이지만, 그저 피차에 좋두룩 허자면 네가 짐짓…" 〈정자나무 있는 삽화〉

야시(夜市)명 '야시장'의 준말. 밤에 벌이는 시장. ¶승재와 계봉이는 저편의 빽빽한 야시를 피해 이짝 화신 앞으로 건너서서 동관을 바라보고 한가히 걷는다. 〈탁류⑰〉

야업(夜業)하다동 야간 작업을 하다. 야근을 하다. ¶"그러면 다녀오리다." 하고 영복이도 돌아서다가 다시 "그리구 어머니더러는 야업헌(한)다구… 응." 하고 부탁을 하였다. 〈병조와 영복이〉

야지(野地)명 넓고 평평한 들판. ¶오월이라곤 하지만 정밤중은 한데 야지가 싸늘하게 찹니다. 〈흥보씨〉

야틈하다형 조금 얕다. 또는 생각이 조금 깊지 않다. ¶그러나 결코 이것을 미끼로 사랑을 얻으려는 야틈한 생각은 아닙니다. 그것은 딴 문제입니다. 〈병조와 영복이〉

야웨다형 →야위다. 살이 빠져 수척해지다. ¶말은 안 해두… 아이구 그 빈차리같이 배싹 야웨가지군 소 갈 데 말 갈 데 안 가는 데 없이 다니면서 할 짓 못할 짓 다 아 하구, 〈탁류⑦〉

야트막하다형 조금 야틈하다. ¶미상불 야트막하나 그럴 듯한 꾀는 꾀다. 〈얼어 죽은 모나리자〉

야학(夜學)명 '야간 학교'의 준말. ¶"공자왈 맹자왈은 이미 시대가 늦었다. 상투를 깎고 신학문을 배워라." "야학을 설시하여라." 〈레디 메이드 인생〉

약과(藥果)명 '그쯤 당하는 일은 아무 것도 아님'의 뜻으로 이르는 말. ¶그러나 이런 몸의 고통쯤은 약과였었다. 〈탁류⑬〉 ¶괜찮아요, 시방 더우 같은 건 약관 걸. 〈소망〉 ¶그러나 거기까지는 오히려 약과였읍니다. 〈흥보씨〉

약관(弱冠)명 남자 나이 20세를 일컬음. ¶약관에는 벌써 그의 선친을 도와가며 그 큰 살림을 곧잘 휘어 나갔읍니다. 〈태평천하④〉

약다형 꾀가 많고 눈치가 빠르다. ¶약은 수령이 백성의 재물을 먹자고 트집을 잡는 데 무슨 사리와 경우가 있나요? 〈태평천하④〉

약비(弱卑)하다형 약하고 비루하다. ¶이게 다 무슨 약비한 짓이냐고 애써 저더러 지천도 해 보기는 했으나, 종시 제가 제 말을 들어주지를 않는다. 〈탁류⑫〉 ¶운명이면 다아 하늘의 뜻인데 그걸 이 우리 약비한 인간의 힘으루다가 거역할래서야 될 말인가!… 〈탁류⑬〉

약비(弱卑)해지다형 약하고 비루해지다.

¶심신이 이렇게 약비해지지 아니했다면 내게는 명일(明日)이 있었을 것이다. 〈명일〉

약삭빨리㊕ 약삭빠르게. 꾀가 있고 민첩하여 눈치가 몹시 빠르게. ¶그 위에다 가루분을 약삭빨리 도닥도닥, 눈두겁과 볼에 연지칠, 동강난 루즈로 입술을 붉게 …. 〈빈(貧)… 제1장 제2과〉 ¶미두를 하러 온 친구가 소위 미두장 인심이라는 것으로 쌀이나 한백 석, 오십 원 증금(證金)으로 붙여 주면, 그놈을 가지고 약삭빨리 요리조리 돌려 놓아 가면서 한 달이고 두 달이고 매일 돈 원씩, 이삼 원씩 따먹다가 〈탁류①〉

약시(若是)㊕ 여차여차해서. 이러저리해서. 여사여사해서. ¶또 유 씨라도 승재를 가지고 자 약시 이만저만하고 이만저만, 나는 이 사람을 초봉이의 배필로 마땅하다고 생각하는데 당신은 어떻게 생각하시오, 〈탁류⑦〉 ¶아 이 사람 종수, 다른 게 아니라 내가 목이 달아나게 급한 사정이 있어서 약시 이만저만하고 이만저만했네. 그러니 어떡허려나? 날 죽여 주게. 〈태평천하⑫〉

약시약시(若是若是)하다㊎ 이러저러하다. 여차여차(如此如此)하다. ¶만약 승재가 아직까지도 저를 약시약시하고 있는 줄을 안다면 그때는 죽었던 그 희망이 소생되기가 십상일 것이었었다. 〈탁류⑱〉 ¶"소작인이 바쁘게 지낼 것 같으면 지주 영감은 약시약시하느니라." 이랬으면 어떨까요. 〈태평천하⑩〉

약오르다㊍ ('고추나 담배 따위가 성숙하여 자극적인 성분이 많아지다'의 뜻바탕에서) 한창 때가 되다. ¶약오른 풀 끝에 맺은 잔이슬들이 분주히 반짝거린다. 〈팔려간 몸〉

약장수㊔ 이것저것 끌어대어 이야기를 잘하는 사람을 놀리는 말. ¶그럼 대체 넌 무엇이냐?… 말을 그렇게 능청맞게 잘하니, 약장수냐? 〈탁류⑯〉

약제사(藥劑師)㊔ 약사. 약품을 조제하는 사람. ¶그러나 제중당이라는 간판은, 주인이요 약제사요 촌사람의 웬만한 병론이면 척척 의사질까지 해내는, 〈탁류②〉

약질(弱質)㊔ 몸이 약한 체질. 또는 그런 체질을 가진 사람. ¶생지옥, 염라대왕의 석상 같은 간수들의 얼굴, 사자울 같은 면회실, 원래가 평소 악질인 데다가 아편을 갓 때고 힘에 넘치는 일—. 〈생명의 유희〉 ¶안해라는 유모에 비하면, 남편 최서방은 판판 약질이다. 〈빈(貧)… 제1장 제2과〉 ¶닮기는 S를 닮았으나 몸이 약질이고, 재주가 있는지 멍청한지 그것은 몰라도. 〈반점〉

약차하면(若此--)㊕ 뜻대로 되지 않으면. ¶약차하면 거북스럽잖은 딴 말로 말을 돌려 창피를 보지 말려는 것이다. 〈명일〉 ¶묵은 쌀값을 졸릴까 봐서 길을 피해 가고 싶던 그는 도리어, 약차하면 졸릴 셈을 하고라도 눈치를 보아 외상 쌀이나 더 달래 볼까 하는 억지가 나던 것이다. 〈탁류①〉

약행(弱行)하다㊎ 실행력이 약하다. 일을 하는 데 용기가 없다. ¶프로메테우스의 후혼은 불초하여 약행할지언정, 불을 도로 빼앗지 않기 위하여서는, 육체를 처분할 강단조차 없지는 않다. 〈패배자의 무덤〉

얀정없다㊎ 남을 동정하는 마음이 조금도 없다. ¶계봉이는 말끄러미 승재를 올려

다보다가, 별안간 "… 싫다누!" 하면서 아주 얀정없이 잡아뗀다. 〈탁류⑧〉

얄따랗다㉧ 꽤 얇은 듯하다. 〈열따랗다. ¶그렇게 생각하고 보아서 그런지 남편의 앙상하게 야윈 팔다리며 갈빗대가 톡톡 불거진 가슴이 숨을 쉬는마다 얄따랗게 달막거리는 것이 새삼스럽게 눈에 띄었다. 〈명일〉 ¶그는 순간의 얄따란 자포자기로 그렇게 강잉해서라도 금출이의 내색을 살피자는 것이다. 〈얼어죽은 모나리자〉 ¶얄따란 깜장 세루 치마저고리가 볕을 푹신 받아 금시로 따스한 온기가 살에까지 배어든다. 〈모색〉

얄래지다㉯ 얄망궂게 되다. 『비슷』 야살스러워지다. ¶저년이 얄래져서 한참 까불구 있구만!… 그렇게 까불구 분주하게 굴려거든 저 방으루 건너가아! 〈탁류⑦〉

얄망거리다㉯ 얄망궂은 짓을 자꾸 하다. ¶"얄망거리지 않는 여편네는 넉넉 만금 값이 있어. 아닌 게 아니라, 아씨의 그 다변은 좀 성가셔!" 〈소망〉

얄망궂다㉧ 성질이 괴상하고 까다로워 얄밉다. ¶어떤 사람은, 가지각색 고서를 모으기에 재미를 붙입니다. 별 얄망궂은 책들을 다 모으지요. 〈태평천하⑨〉

얄밉다얄밉다㉧ 매우 얄밉다. ¶초봉이의 얄밉디얄밉게시리 이쁜 입과 턱을 싹싹 할퀴고, 물어뜯고 해주었을 것이다, 〈탁류②〉

얄밉살스럽다㉧ 얄밉상스럽다. 보기에 얄미운 태도가 있다. ¶지금 당장은 저기 저 놈 경손이놈이 사람 여남은 집어삼킨 능청맞은 얼굴을 얄밉살스럽게시리 되들고 서서, 그래 무엇이 어쨌다고 소리나 꽥꽥 지르고 저 모양인고! 〈태평천하⑥〉 ¶어미는, 방금 또 한 마리 날아 들어온 놈과 자웅이서 협력을 하여, 얄밉살스럽게도 새끼 그놈을 죽여라고 떠밀어 내려뜨리는 것이었읍니다. 〈흥보씨〉

얄풋이㉥ 좀 얄팍하게. 두께가 꽤 얇게. ¶어쩐지, 그러고 아까부터 신수가 화안하더라니, 자세히 보니, 모처럼 화장을 얄풋이 다스린 얼굴이요, 머리엔 아이롱 자죽까지 곱살했다. 〈순공(巡公) 있는 일요일〉

얌사스럽다㉧ →남사스럽다. 남에게 놀림이나 비웃음을 받게 되다. ¶흥! 너두 겁은 나기는 나는 모양이루구나… 얌사스런 것! 〈탁류⑬〉

얌얌하다㉯ →냠냠하다. 입맛을 다시는 소리를 내다. ¶범수가 입을 얌얌하면서 무어라고 분명찮게 잠꼬대를 한다. 〈명일〉

얌체 빠지다㉧ 체면도 부끄러움도 없다. ¶요런 얌체 빠진 작자 같으니라구! 왜, 그럼 돈두 없으면서 덤볐어? 〈탁류①〉 ¶"우리 부몬 그 따위루 얌체 빠진 짓을 하구 다니질 안해요!" 〈상경반절기〉

얌체 없다㉧ 체면도 부끄러움도 없다. 『비슷』 염치없다. ¶정 주사는 밥을 보니 얌체 없는 배가 연신 꼬르륵거리고, 오목가슴이 잡아 훑듯이 쓰리다. 〈탁류③〉

얏다㉰ '했다'의 일본어. ¶이어서 여기저기서 '얏다' '돗다' 소리와 동시에 팔이 쑥쑥 올라오고, 소리는 한데 엉켜 왕왕거리는 아우성 소리로 변한다. 〈탁류④〉

양금(洋琴)㉮ 사다리꼴 오동 겹 널빤지에 받침을 세우고, 철사 열넉 줄을 매어 채로 쳐서 소리를 내는 동양 현악기의 한 가지. ¶청승스런 단소의 동근 청과, 의뭉한 거

문고의 콧소리가 서로 얽혔다 풀렸다 하는 사이를, 가냘퍼도 양금이 야물치게 멕이고 나갑니다. 〈태평천하⑩〉

양(䑋)[1]**명** '소의 위(胃)'를 고기 이름으로 이르는 말. ¶작년 가을에 아버지가 장에 갔다가 사다 주어서 날로 기름 소금에 찍어 먹던 양도 먹고 싶고. 〈얼어죽은 모나리자〉

양[2]**의** '-(을) 양으로, -(을) 양이면'의 형태로 쓰여 의향, 의도를 나타내는 말. ¶흥! 놓아주면 빽소니를 칠 양으루? 어림없어… 돈 내요. 안 내면 깝대기를 뱃겨 놀 테니…. 〈탁류①〉

양금채(洋琴-)**명** 양금을 치는 대나무로 만든 가늘고 연한 채. 여기서는 고운 목소리를 가리키는 말. ¶"각설이라 이때에 …" 하고 양금채 같은 목에다가 멋이 시큰둥하게 "… 하징 아니헤야…" 하면서, 콧소리를 양념 쳐 흥을 냅니다. 〈태평천하⑪〉

양기(陽氣)**롭다형** 양기가 있다. 햇볕의 따뜻한 기운이 있다. ¶지리한 여름도 소소한 가을도 다 지나고 음울한 듯한 겨울의 묵은 해도 며칠 사이에 봄다운 듯한 양기로운 새해도 바뀌고 말았다. 〈불효자식〉 ¶하늘은 씻은 듯이 맑고 햇볕은 양기롭습니다 〈태평천하⑭〉

양냥이짓명 입을 놀리는 짓. 입질. '양냥이'는 '입'의 속된 말. ¶안방에다 대고 혓바닥을 날름 코를 실룩, 눈을 깨끗, 오만 양냥이짓을 다 합니다. 〈태평천하⑪〉

양념명 →양염(陽炎). 아지랑이. ¶게다가 제법 봄볕이라고 가물가물 양념이 가물거리는게 더욱 재롱스럽다. 〈모색〉

양념 치다동 흥이나 재미를 돋우기 위하여 무엇을 덧붙이다. ¶"각설이라 이때에 …" 하고 양금채 같은 목에다가 멋이 시큰둥하게 "… 하징 아니헤야…" 하면서, 콧소리를 양념 쳐 흥을 냅니다. 〈태평천하⑪〉

양돝(洋-)**명** 양돼지. 서양종 돼지. ¶어머니한테는 양돝 걸구(암놈) 한 마리를 사드리고. 〈동화〉 ¶또 양돝 새끼 여섯 마리를 삼십 원에 팔고 해서. 〈쑥국새〉

양머리(洋--)**명** 서양식으로 단장한 여자의 머리. ¶막내네 어머니와 엇갈려서 이번에는 양머리를 한 채 운동화를 신은 여자 하나가 손에다 낡은 바스켓을 들고 들어와. 〈보리방아〉

양명절(兩名節)**명** 추석 명절과 설날 명절을 이르는 말. ¶그렇지만 그 밖에, 가령 양명절 때면 고깃근이라도 사 보낸다든지. 〈치숙(痴叔)〉

양미간(兩眉間)**명** 눈썹과 눈썹 사이. 두 눈썹 사이. ¶용희가 아버지 태호를 닮았기 말이지 어머니를 닮았더라면 역시 어머니처럼 양미간이 넓고 코가 모양이 없고 얼굴이 헤멀그러져 남방에서 흔히 보는 여인네의 모습 그대롤 뻔했다. 〈보리방아〉 ¶보는 동안에 양미간이 이상스럽게 찌푸려진다. 〈탁류⑧〉 ¶이미가 좁고 양미간이 넓고 콧잔등은 푹신 가라앉고, 〈태평천하⑤〉

양민(良民)**명** 선량한 백성. ¶멀쩡하게 도당 모아 각구 댕기면서 양민들 노략질이나 히여 먹구, 〈태평천하④〉

양박(凉薄)**스럽다형** 마음이 좁고 후덕하지 않다. ¶금년 음력 정월에 준 쌀 두 말 값이 밀렸다고 그것을 양박스럽게 조를 수는 없는 처지다. 〈탁류①〉

양복 고의(洋服袴衣)명 양복지로 만든 남자의 여름 홑바지. ¶한참만에야 경손이가 양복 고의 바람으로 가만가만 나와서 한옆으로 비껴섭니다. 〈태평천하⑥〉

양복때기(洋服--)명 '양복'의 비속어. '서양식 의복'을 낮추어 이르는 말. ¶그러나 머리맡 책상 위에 놓인 일 원짜리 예약 전집 몇 권과 다리미와 휘발유의 힘으로 겨우 누더기를 면한 양복때기 한 벌이 걸려 있을 뿐, 〈생명의 유희〉 ¶양복때기나 걸치고서 "게이죠오 이찌마이." 하는 자리는 가사 십 원짜리를 내더라도 잔 돈이 없으면 고이 없다고 하지, 〈상경반절기〉

양복장이(洋服--)명 →양복쟁이. 양복을 입은 사람. ¶치가 떨리고 이가 갈리는 게, 언제고 섬뻑 찾아드는 양복장이던 것입니다. 〈태평천하⑭〉

양복 청년(洋服青年)명 양복을 입은 젊은 사람. ¶그의 고향인 전라도 정읍에 가서 땅을 사고 집을 새로 짓고 살다가 기미년 이후에는 양복 청년이 무서워서 서울로 올라왔다. 〈산동이〉

양서류(兩棲類)명 척추동물의 한 종류. ¶ "배고픈 신사, 양반 거지, 거만된 기생충, 양서류의 냉혈 동물." "옳다, 그렇다. 모두가 사실이다. 나는 현대 생활에 적응성이 없다." 〈생명의 유희〉

양순(良順)하디양순(良順)하다형 매우 양순하다. 매우 어질고 순하다. ¶그러나 이어, 그들 양순하디양순한 명님이네 부모의 얼굴을 생각하면, 고약스럽다는 반감보다도 불쌍한 마음이 앞을 섰다. 〈탁류⑥〉

양식(洋食)명 서양식 음식. ¶"단둘이 살면서두 밥 아니 해 먹구 양식 주문해다 먹기, 밤이면 극장에나 다니기… 머 형편 아니지요." 〈보리방아〉

양쌀(洋-)명 서양에서 나는 쌀. 끈기가 없고 쌀알이 길. ¶병조는 속으로 이 집안의 예산을 따져 보았다. '쌀값이 팥과 양쌀까지 합해서 십 원이 좀 넘을 것이고.' 〈병조와 영복이〉

양약국(洋藥局)명 양약을 파는 약국. 【같은】 양약방. ¶아따 무어라더냐 그 양약국 앞에 놓아둔 앉은뱅이저울에 올라서 본 결과, 춘심이년이 발견을 했던 것입니다. 〈태평천하①〉

양양(洋洋)하다형 넘칠 듯한 수면이 끝없이 넓게 펼쳐져 있다. ¶이로부터서 물은 조수까지 섭쓸려 더욱 흐리나 그득하니 벅차고, 강 넓이가 훨씬 퍼진 게 제법 양양하다 .〈탁류①〉

양주(兩主)명 (바깥주인과 안주인이라는 뜻에서) 부부를 이르는 말. ¶승재는 정주사네 양주가 싸우는 것을 산신당의 두 거지한테 빗대 놓고 생각을 하느라니까, 〈탁류⑮〉 ¶또 나올 무렵에 구라다상네 양주가 퍽 기특하다고 돈 칠 원을 상급으로 주고, 그런 게 이럭저럭 돈 백 원이나 존존히 됐지요. 〈치숙(痴叔)〉 ¶"드런 와 이샤쓸 입구서 양주 같이 나가면 남들이 보구서, 저 여편네 저는 말쑥허게 빼떼리구서두 사낸 저 꼴을 시켰단 말이냐구 욕헐 게 아니요?" 〈순공(巡公) 있는 일요일〉

양자(樣姿)명 겉으로 나타난 모양이나 모습 따위. ¶그렇게 아름다운 젊은 여인이 그러나 위아래를 하얗게 소의소복으로 차리고서 아닌 밤 중에 소리도 없이 문을 열고 들어오는 그 양자는 그러나 선녀와 같은 아름다움에 취하기보다 귀신인가 의심하게 요염하였읍니다. 〈소복 입은 영혼〉 ¶금출이의 버젓하고 좋아 보이는 양자를 머리속에 그려 보면서. 〈얼어죽은 모나리자〉 ¶슬픈 양자로 시집가던 초봉이를 슬퍼하는 마음이 더했다. 〈탁류⑩〉 ¶그 머리 센 늙은이의 살기스런 양자가 희미한 쇠기름불에 어른거리는 양이라니, 무슨 원귀와도 같았읍니다. 〈태평천하④〉 ¶더우기 저를 잃어버리고 풀죽어 있을 새서방의 양자가 눈에 암암 밟히어, 밤으로도 편안한 잠을 이룰 수도 없었다. 〈두 순정〉

양즙(膵汁)[명] 소의 양을 잘게 썰어 짓이겨 중탕으로 끓이거나 볶아서 짜낸 물. 몸을 보하기 위하여 먹음. ¶끼마다 먹는 고기와 양즙이 싫어나고, 마코보다는 더러 눈을 기어 뽑아 먹는 주인아씨의 파종이나 해태가 더 맛이 있어가고, 주인 아씨의 간드러진 노랫소리가 귀가 아프고. 〈빈(貧)… 제1장 제2과〉

양지(洋紙)[명] 한지에 대해 서양식 제지법에 의하여 기계로 뜬 종이. 서양식으로 만든 종이. 조선 종이의 반대. ¶그는 벽에다 비스듬히 등을 기대고 두 다리를 거침새 없이 내뻗고 앉아서 책상—양탄자를 씌웠으면 값 헐한 중국요릿집의 요리상으로 쓰기에 꼭 알맞은 형용만 갖춘 책상—위에 얼른 보기에는 흰 테이블 크로스를 덮은 것 같으나 알고 보면 영복이가 기계과에 있는 덕에 가끔 몇 장씩 가져오는 널따란 양지—를 펼쳐 놓고 철필을 든 손으로 무심하게 글자를 끄적거렸다. 〈병조와 영복이〉 ¶양지로 바른 위에다가 분을 먹여 백지로 덧발라 놓아서, 회기는 회되 가볍지 않고 침착한 바람벽, 〈탁류⑩〉 ¶도배는 몇 해나 되었는지, 하얐을 양지가 노랗게 퇴색이 된 바람벽인데, 그나마 이리저리 쓸려서 제멋대로 울퉁불퉁 떠이고 있읍니다. 〈태평천하⑫〉

양지짝(陽地-)[명] 볕이 바로 드는 쪽의 땅. ¶노파는 싱겁게 히뜩 웃으면서 옥초가 하고 앉았는 본으로 안방 마루 끝의 양지짝에 가서 쪼글트리고 앉는다. 〈모색〉

양초빛[명] 양초처럼 새하얀 빛. 얼굴에 핏기가 없고 몹시 파리한 모양. ¶어린 것은 오랜 백일해로 가시같이 살이 받고, 얼굴은 양초빛이다. 〈탁류⑥〉

양친(兩親)[명] 아버지와 어머니. 부모(父母). ¶스물다섯 살까지에 양친이 다 돌아가자, 봉수는 집과 살림과 밭뙈기와 논 몇 마지기를 모조리 팔아 가지고 동이를 떠났다. 〈두 순정〉

양탄자[명] 짐승의 털을 굵은 베실에 박아 짠 물건. 흔히 방바닥이나 마룻바닥에 깜. ¶이층으로 올라가서 양탄자를 깐 복도를 한참 가노라니깐, 〈탁류⑫〉

양행(洋行)[명] 서양으로 가는 것. 여기서 서양은 유럽과 아메리카의 여러 나라를 이르는 말. ¶집안이 넉넉하고 하니(가령 양행까지는 몰라도) 동경쯤 건너가서 한 이삼 년이고 공부가 되었던지 연구가 되었던지. 〈모색〉

양행(洋行)**하다**[동] 서양으로 가다. ¶"그때, 양행허(하)구 싶다구 그리셨지요? 불란서 같은 데루…" 〈패배자의 무덤〉

양회(洋灰)[명] 시멘트(cement). ¶겉은 하잘것없어도 내부는 둘러볼수록 페인트며

벽의 양회며 바닥의 양탄자며 모두 새것이고 깨끔했다. 〈탁류⑰〉

얘리다[형] →여리다. 표준보다 좀 모자라다. ¶오정이 지나서 납작한 생철 벤또의 얘린 밥을 명색 점심이라고 먹었고, 〈흥보씨〉

어거지[명] 심한 억지. 무리하게 내세우는 고집. 생각이나 행동을 무리하게 해내려는 고집. ¶생으로 어거지를 쓰믄, 본 사람두 없나, 머…. 〈탁류⑥〉 ¶실상 윤 직원 영감은 위정 그런 어거지를 쓴 것은 아닙니다. 〈태평천하③〉

어거하다[동] 거느려서 바른 길로 나가게 하다. ¶가슴에 묻은 불이, 아직 그를 바르게 어거해 나갈 '의사'가 트이지 않아, 〈탁류⑰〉 ¶그 다음 제 자신의 포퓰러리티는 평소에 제가 어거하던 동무의 수효를 가지고 산출을 했다. 〈모색〉 ¶그러므로 그러한 강풍을 어거하자면, 보다 더 실한 돛과 정정한 풍차가 있어야 할 것이다. 〈패배자의 무덤〉

어글어글하다[형] 생김생김이 시원스럽다. 또는 성질이 서글서글하다. ¶볼은 홀쪽해져 앙상한 지금의 얼굴에는 어글어글하니 시원한 그의 눈도 도리어 부자연스러웠다. 〈명일〉 ¶그는 옥섬의 두릿한 얼굴에 방금 무슨 말을 할 듯이 유혹적으로 생긴 어글어글한 눈과 또 토실한 게 설면자 방석에 누운 듯한 그의 알몸뚱이를 생각하니 다시 더 체면이나 위신 같은 것을 돌아볼 겨를이 생기지 아니하였다. 〈산동이〉

어기다[동] 약속, 시간, 명령을 지키지 아니하다. (지켜야 할 것을) 지키지 아니하다. ¶이십 분 안에 들어오라던 소리가 미워서 어겨서라도 더 충거릴 판이다. 〈탁류⑱〉

어기죽어기죽하다[동] 어기죽거리다. 다리를 마음대로 놀리지 못하고 약간 사이가 뜨게 걷다. ¶그는 자기 말로 둔종이 났노라고 어기죽어기죽하고 다니다가 내가 손 다친 곳에 요오드포름을 발라서 잘 낫는 것을 보고 생판에 그것을 갈아다가 밥풀에 이겨서 종처에다 붙이고 다녔다. 〈불효자식〉

어깻바람[명] 신이 나서 어깨를 으쓱거리며 활발하게 동작하는 기운. 신바람. ¶그리고 요시까와 에이찌, 그이 소설은 진찐바라바라하는 지다이모논데 마구 어깻바람이 나구요. 〈치숙(痴叔)〉 ¶잔뜩 어깻바람들이 나가지고는 일행이 시방 조×× 선생의 인솔을 받아 운동장에서 합숙소로 돌아오는 그 길이었었다. 〈회(懷)〉

어깻죽지[명] 어깨와 팔이 붙은 부분. ¶첫째 몸이 허전했고 겸하여 만약 거동이고 눈치고 수상한 놈이 어릿거리든지 하거든 우선 어깻죽지고 엉치고 한 대 갈겨 놓고 볼 작정이던 것이다. 〈탁류⑩〉

어둡다[형] 빛이 없어 밝지 아니하다. ¶초봉이는 손으로 어둔 발치를 더듬더듬, 벗어 놓았던 옷을 걷어 입고, 도사리고 앉아 한 팔로 턱을 괸다. 〈탁류⑩〉

어디[부] 반문함이나 부인함을 강조할 대 쓰이는 말. ¶허허, 그렇지만 어디 그럴 법이야 있나요! 〈탁류⑦〉

어디라 없이[관용] 어디없이. 어느 곳 없이 모두. 어디고 가릴 것 없이 죄다. ¶말소리가 그럴 뿐 아니라 얼굴 생김새도 복성스러운 구석이 없고 청초하기만 한 것이 어디라 없이 불안스럽다. 〈탁류②〉 ¶ 쏘아 붙이는 음성은 한결 더 쌀쌀하면서도, 그러나 어디라 없이 풀기가 없다. 〈용동댁〉

어따㊎ 남의 주의를 끌거나 뒷말이 생각나지 않을 때에 내는 소리. ¶ "어이… 자네가 아무개 동생, 어따 저… 오동이지? 참 많이두 컸다… 몰라보았네…." 〈불효자식〉

어따가㊇ →얻다가. '어디에다가'의 준말. ¶ 단장을 한 얼굴은 좀 솜씨있게 빚은 밀가루 떡 쉼직하나 유모 자신은 "어따가 내놓아도…" 하는 흡족한 생각에 다시 한 번 얼굴을 되들고 마슬러본 뒤에 옷을 걷어 입는다. 〈빈(貧)… 제1장 제2과〉

어떨떨하다㊉ 얼떨떨하다. 뜻밖의 일을 당하거나, 일이 너무 복잡하여서 정신을 바로 차리지 못하다. ¶ 영 배가 고팠던지 어떨떨했던지, 그대로 삼키기는 삼킵니다. 〈흥보씨〉

어레미㊔ 바닥의 구멍이 굵은 체. 여기서 '체'는 가루를 곱게 치거나 액체를 거르는 데 쓰는 기구. ¶ 전반의 아이들에다 대면 어레미로 쳤어도 그렇게 잘 골라내기가 어려울 만큼, 〈이런 남매〉

어려이㊇ 어렵게. ¶ 그리 우난 건 아니지만, 동기간이 객지서 어려이 지낸다구 가끔 돈 백 원씩 그렇게 띠어 보내군 했는데. 〈소망〉

어련㊐ '어려운'의 준말. ¶ "아이고 야야 메칠이 다 무엇이냐… 어서 내리가장개… 이 집(P 씨)두 어련 살림에 딴 식구 둘이나 두구 멕이기 심 안 들겄냐…." 〈불효자식〉

어렵사리㊇ 어렵게. 매우 어렵게. ¶ 그리하여 할 수 없이 어렵사리 지내는 그 형에게 맡기어 놓고 다시 서울로 올라온 것이다. 〈레디 메이드 인생〉 ¶ 이렇게 어렵사리 서로 만나 한데 합수진 한 줄기 물은 게서부터 고개를 서남으로 돌려 공주를 끼고 계룡산을 바라보면서 우줄거리고 부여로…. 〈탁류①〉 ¶ 경손이는 혼자 중얼거리면서 미닫이를 열다가 짐짓 머뭇머뭇하는 체하더니 "대고모?" 하고 어렵사리 부릅니다. 〈태평천하⑪〉 ¶ 미럭쇠는 이 경사 급한 깔끄막길을 무거운 나뭇짐에 눌려 끙끙 어렵사리 올라가고 있다. 〈쑥국새〉

어련하다㊉ (의문형으로만 쓰여) 잘못할 리가 없다는 뜻을 나타내는 말. ¶ 이렇게 되고 보면 고 씨야 기다리고 있던 판이니 어련하겠읍니까. 〈태평천하⑥〉

어루러기㊔ 땀을 잘 흘리는 사람에게 흔히 생기는 피부병의 한 가지. 사상균의 기생으로 생기는데, 피부에 얼룩얼룩하게 무늬가 생김. ¶ 살결보다는 버짐이 더 많이 피고, 배내털이 숭얼숭얼해서 분을 발랐다는 게 고루 먹지를 않고, 어루러기가 진 것 같습니다. 〈태평천하②〉

어룽㊔ '어룽이'이 준말. 어룽진 점. 알룩얼룩한 점. 반점. ¶ 그것은 마치 못 먹을 것을 먹은 것처럼 께름칙한 기억이다. 아무렇게나 씻어 넘겨 버리재도, 그러나 머리 한 구석에 박혀 가지고 사라지려 하지 아니하는 어룽과 같다. 〈레디 메이드 인생〉

어르다[1]㊉ '어우르다'의 준말. (둘 또는 여럿을 모아서) 한 덩어리나 한 판이 되게 하다. ¶ 이렇게 에두르고 휘돌아 멀리 흘러온 물이, 마침내 황해 바다에다가 깨어진 꿈이고 무엇이고 탁류째 얼러 좌르르 쏟아져 버리면서 강은 다하고, 〈탁류①〉 ¶ 제호는 초봉이가 앉은 테이블 앞의 걸상에 가서 털씬 걸터앉아 모자를 벗어 가지고 번질번질한 대머리 얼러 얼굴에 부채질을 한다. 〈탁류②〉 ¶ 앞으로 밤에 급한 병자가 있는 집에서 부르러 오든지 하거든 그대로 잘 가리켜 주라는 부탁을 얼러서 당부한다. 〈탁류⑧〉

어르다[2]㊍ 어린아이를 기쁘게 하거나 달래는 짓을 하다. ¶ 금출이는 처음 쩔쩔매었으나 차차 침착해서 어르듯이 오목이를 달랜다. 〈얼어죽은 모나리자〉 ¶ 색시가 들여다보면서 애기 어르듯 하니까 새서방은 차차로 볼때기가 나오더니. 〈두 순정〉

어른어른하다㊊ 어른거리다. 무엇이 보이다 말다 하다. ¶ 공연히 나의 눈가도 갑자기 싸하여지며 앞이 어른어른하여졌다. 〈불효자식〉

어름더름㊉ →어름더듬. 어리숭한 말이나 짓으로 우물쭈물하며 더듬거리는 꼴. ¶ 일찌기 그런 곤경을 만나 한 번이라도 어름더름 아무렇게나 둘러대려고 든 적은 없었다. 〈회(懷)〉

어름어름㊉ 언행을 똑똑하지 않게 하는 모양. 말이나 행동을 똑똑히 하지 않고 우물거리는 모양. ¶ 또 하다못해 박제호에게 어름어름 접근을 해서든지 몰래 훔쳐내는 수밖에 없는데, 그러자니 그게 조만이 없는 노릇이었었다. 〈탁류⑱〉

어리광㊔ 어른에게 귀염을 받거나 남의 환심을 사려고 짐짓 어리고 예쁜 태도를 보이는 짓. ¶ 어머니 아버지가 귀애해주고 하는 깐으로는, 금출이가 온다더니 아니 왔어요! 하고 어리광같이 하소라도 하고 싶었다. 〈얼어죽은 모나리자〉

어름어름하다㊍ 말이나 행동을 똑똑히 하지 않고 꾸물거리다. 우물쭈물하다. ¶ 범수는 S가 있는 데를 어름어름하다가 S의 눈에 띄고 말았다. 〈명일〉 ¶ 승재는 속으로 뜨악해서 선뜻 대답을 못하고 어름어름하고 섰다. 〈탁류⑧〉 ¶ "저어, 무어냐…" 윤 직원 영감은 다리르 비비꼬면서 말끝을 어름어름합니다. 〈태평천하⑩〉

어리광하다㊍ 어른에게 귀염을 받거나 남의 환심을 사려고 짐짓 어리고 예쁜 태도를 보이다. ¶ 거지 아이놈은 범수가 상냥하게 말을 하니까 어리광하듯 떼를 쓰고 달라붙는다. 〈명일〉

어리뚜웅하다㊊ →어리뚱하다. ¶ 그러면서도 어리뚜웅해서 무슨 소리를 무어라고 물어보고 이야기하고 할지를 몰랐다. 〈탁류⑲〉

어리뚱하다㊊ 어리둥절하다. 정신이 얼떨떨하다. ¶ 나의 그이의 옆으로 가까이 가서 인사를 하였다. 그이는 웬 사람인가 하고 의아하는 듯이 어리뚱하고 서서 나를 바라보았다. 〈불효자식〉 ¶ 그런 벤또밖엔 알지를 못하기 때문에, 더욱더 어리뚱합니다. 〈홍보씨〉 ¶ 친구는 잠깐 어리뚱하더니 횡나케 매점께로 뒤어간다. 〈상경반절기〉

어리뜩하다㊊ 보기에 좀 얼뜨다. ¶ 초봉이는 실상 제호가 아까 첫번에 하던 말은 그게 무슨 뜻인지 분간을 못하고 어리뜩했었다. 〈탁류⑭〉

어리벙벙하다㊊ 어리둥절하여 정신을 차릴 수 없다. ¶ 그러나 돌아오면 상의해서 좌우간 저녁에 다시 기별해 주마고 어리벙벙하게 대답을 했다. 〈얼어죽은 모나리자〉

어리친 개새끼 한 마리 없다〖관용〗 개 한 마

리도 얼씬하지 않는다는 뜻으로 '아무도 얼씬하는 사람이 없다'는 말. ¶여편네는 커녕 아주머니하구 나하구 그 외는 어리친 개새끼 한 마리 없더라. 〈치숙(痴叔)〉

어린것[명] '어린아이'나 '어린 사람'을 일컫는 말. ¶경순은 바람이 치일세라 겹겹이 뭉뚱그린 어린것을 벅차게 앞으로 안고. 〈패배자의 무덤〉

어림[명] 대강 짐작으로 헤아리는 것. ¶추석 이매 한결 더 즐겁게 놀았고, 하다가 송편도 엔간히 동이 날 무렵인 스무닷새 그 어림이었는데…. 〈순공(巡公) 있는 일요일〉 ¶모두가 열두어 살로부터 열네댓 살 그 어림의 소아들이었다. 〈회(懷)〉 ¶'삼십 원을 제하고 나면 십 원이 다 못 남는데 전깃불값 반찬값 무엇무엇… 하고 나면 겨울옷은 통 어림이 없는데…'. 〈병조와 영복이〉

어림없다[형] 도저히 될 가망이 없다. 또는 도저히 당할 수 없다. 또는 분수없다. ¶어림없어… 날 마다구 하는 네 심통머리가 얄미워서라두 네 눈구멍으루 죽으라구. 〈탁류⑭〉 ¶작은아버지가 경찰서장 할 사람인 줄 아시우? 참 어림없수! 〈태평천하⑪〉

어림하다[동] 대강 짐작으로 헤아리다. ¶계봉이가 항용 아홉 시 사십 분 그 어림해서 돌아오곤 하니…. 〈탁류⑱〉

어릿거리다[동] 무엇이 눈앞에 가리어서 보이다 말다 하다. [비슷] 어른거리다. ¶약사러 들어선 촌사람의 주의를 끌어 더욱 어릿거리게 한다. 〈탁류②〉 ¶어릿거리는 눈으로 가게를 끼웃끼웃, 가만히 들어와서는 물건마다 한참씩 뒤적뒤적하다가 슬며시 나가 버리는…. 〈태평천하⑭〉 ¶관수는 창녀의 거리에 선 을녜의 환상이 눈에 어릿거려 마음이 가뜩이나 어두워짐을 어찌하지 못했다. 〈정자나무 있는 삽화〉

어릿광대[명] 우스운 짓이나 말로 남을 잘 웃기는 사람. ¶"어릿광대 어릿광대 나는 어릿광대… 꿀 먹은 벙어리 내종 든 황소 앓듯이 끙끙 앓으면서… 소희 소희 소희 관음보살. 눈을 아래로 내려 감고 말없이 앉은 관음보살 소희." 〈병조와 영복이〉

어릿어릿[1][부] 무엇이 어리숭하게 자꾸 보이다 말다 하는 모양. 〉아릿아릿. ¶K는 기차를 연상하고 서울을 연상하고 그리고 서울, 과거의 서울 생활이 모두 연연하게 그리운 자태로 (지나간 그때 당시에는 싫던 것까지라도) 눈앞으로 어릿어릿 지나갔다. 〈생명의 유희〉

어릿어릿[2][부] 어렴풋하게 생기없이 자꾸 움직이는 모양. 〉아릿아릿. ¶제호는 마치 손님으로 남의 집이라도 찾아오기나 하는 것처럼 기다란 얼굴을 끼웃거리면서 어릿어릿 안대문 안으로 들어선다. 〈탁류⑬〉 ¶금시 손가락이라도 입에 물듯 어릿어릿 돌아다니면서 구경에 팔렸는 소년들. 〈회(懷)〉

어릿어릿하다[1][동] 어렴풋하게 생기없어 자꾸 움직이다. 말과 짓이 활발하지 않고 맥없이 움직이다. ¶문앞에서 어릿어릿하느라니까 바로 문 안에 있는 조그마한 집에서 순사 같은 양복을 입은 사람이 "웬 사람이야?" 하고 위아래를 마슬러보며 나선다. 〈팔려간 몸〉 ¶부룩쇠가 호떡집 앞에 어릿어릿하고 섰으니까. 〈어머니를 찾아서〉 ¶가령 부인 유 씨의 바느질삯 들어온 것을 한 일 원이고 옭아내든지, 미두장에서 어

릿어릿하다가 안면 있는 친구한테 개평으로 일이 원이고 떼든지 하면, 〈탁류①〉

어릿어릿하다[2](동) 무엇이 어리숭하게 자꾸 보이다 말다 하다. ¶눈앞에 용융하게 흘러가는 푸른 한강이 어릿어릿하고 쏴 쏟아지는 수통 꼭지가 보이는 듯하다. 〈레디 메이드 인생〉

어마두지(부) →어마지두. 무섭고 놀라워서 정신이 얼떨떨한 판에. ¶사뭇 관수의 뒤로 가서 숨어 앉는다. 물론 어마두지, 달리는 어찌할 수 없으니까, 손바닥으로라도 얼굴이나 가리는 셈밖에 안되는 것이고. 〈정자나무 있는 삽화〉

어마지두(부) 무섭고 놀라워서 정신이 얼떨떨한 판에. ¶그는 설마 이렇게야 함부로 다그칠 줄은 몰랐기 때문에 어마지두 쩔매는데, 그러자 먹곰보는 멱살을 움켜쥐기가 무섭게, 〈탁류⑥〉

어매(명) →어머니. (경상, 전라, 함경) ¶자네 어매가 행실이 궂었덩개 비네 하는 데는 슬며시 비위가 상하지 않을 수가 없습니다. 〈태평천하①〉

어물어물(부) 말이나 행동을 똑똑히 하지 못하고 우물쭈물하는 모양. ¶아무 때 무슨 일이고 재갸가 그 당장에 대답을 못하는 것을 되는 대로 어물어물 얼버무려 넘기는 법은 없었다. 〈회(懷)〉

어물어물하다(동) 말이나 행동을 똑똑히 하지 못하고 우물쭈물하다. ¶나는 무어라고 자기소개를 하여야 좋을지 몰라 어물어물하고 섰는 동안에 나의 얼굴을 자세히 굽어보고 있던 그이는 그제야 어렴풋이 나인 줄을 알았는지 내 팔을 움켜잡으며, 〈불효자식〉 ¶금출이는 몸서리가 치는 것을 겨우 참으면서 어물어물한다. 〈얼어죽은 모나리자〉 ¶정 주사는 좋기는 하면서도 어색해서 어물어물하고, 김 씨는 들입다 혼감을, 〈탁류①〉

어물전(魚物廛)(명) 어물을 파는 가게. 즉 물고기나 가공하여 말린 해산물 등을 파는 가게. ¶이 삼 원의 대금(大金)은 마침 가게에 북어가 떨어져서 아침결에 어물전으로 흥정을 하러 가던 심부름 돈이다. 〈탁류⑮〉

어물쩍하다(동) 꾀를 부리느라고 말이나 행동을 똑똑히 하지 못하고 우물쭈물하며 넘기다. ¶그런 눈치 저런 눈치 볼 게 아니라, 놀러온 양으루 어물쩌억허구(어물쩍하고), 좀 보아 달래야지. 〈소망〉

어물쩍하다(동) 꾀를 부리느라고 말이나 행동을 똑똑히 하지 못하고 우물쭈물하며 넘기다. ¶정 주사는 그렇잖아도, 장기나 두던 끝에 어물쩍하고 쌀 외상을 달래 볼까 싶어, 먼저 청하려던 차라 선뜻 응을 한다. 〈탁류①〉

어설프다(형) 짜임새가 없고 허술하다. ¶반찬 거리라야 제호의 밥상을 어설프지 않게 하기로 하더라도 한 달에 이십 원이면 족할 것이고. 〈탁류⑫〉

어성(語聲)(명) 말소리. ¶그래서 그의 어성에는 노염이 띠어졌습니다. 〈소복 입은 영혼〉 ¶마침내 맞서고 대드는 유 씨의 음성은 버럭 높다. 정 주사도 지지 않고 어성을 거칠게, 〈탁류⑮〉

어수룩하다(형) 되바라지지 않고 좀 어리석은 데가 있다. ¶그거 참 하기만 하면 도무지 어수룩하기가 뭐 짝이 없거든. 〈탁류②〉

어스름(명) (새벽이나 저녁의) 어스레한 빛

이나 또는 그런 때. 또는 빛이 조금 어둑한 상태나 그러한 때. ¶새벽잠이 어렴풋이 깨었을 때 삐걱삐걱하며 기운차게 소모는 소리와 저녁 어스름이 들 때 저편 동구 밖에서 빈 구루마에 올라앉아 쇠목에서 흔들리는 요령을 장단 삼아 콧노래를 부르며 돌아오는 구루마꾼들의 자취는 영영 사라지고 말았다. 〈화물자동차〉 ¶어느덧 어스름이 내리고 전등도 켜져 있다. 〈탁류⑭〉

어슬렁어슬렁㊏ (몸집이 큰 사람이나 짐승이) 몸을 조금 흔들며 천천히 걸어다니는 모양. ¶뒷짐져 들고 어슬렁어슬렁 공동묘지로 걸어간다. 〈쑥국새〉

어슴푸레하다㊕ 좀 어둑하고 희미하다. ¶바깥은 훤해도 방안은 아직 어슴푸레하다. 〈탁류⑩〉

어슷비슷하다㊕ 큰 차이 없이 서로 비슷하다. ¶서로 이해를 해야 하고, 동정이 있어야 하고, 교양으로 말하더라도 어슷비슷해야 하고, 〈이런 처지〉 ¶요즘 인삼 판매권의 갈등 문제를 가지고 자못 한담이 늘어졌던 어슷비슷한 일행 가운데 한 사람. 〈상경반절기〉

어실렁어실렁㊏ →어슬렁어슬렁. ¶"종수는 나무허러 가는 체 어실렁어실렁 뒤따러 갔답니다요… 어떠나? 헤찍허지? 미이이." 〈쑥국새〉

어여㊏ →어서. '빨리', '곧'의 뜻으로 행동을 재촉하는 말. ¶"어여 두부값이나 내시우. 나두 가서 장사해야지." 〈명일〉 ¶어여 쫓아가서 말리게. 괜히 소복 입구 장가들게 되리!… 어여 가서 뜯어말리라니깐 그래! 〈탁류①〉

어엿이㊏ (하는 행동이) 거리낌이 없이 당당하고 떳떳하게. ¶은행에서는 태수가 그것을 어엿이 받아 장부에 기입을 해서 현금계로 넘기고,…. 〈탁류④〉 ¶한데 이건, 바로 대낮에 귀한 손님 행차하듯이 어엿이 찾아와서는, 한다는 짓이 그 짓이니 꼼짝인들 할 수가 있었나요. 〈태평천하④〉

어엿하다㊕ (하는 행동이) 거리낌이 없이 당당하고 떳떳하다. ¶우연히 지나가다가 윤 직원 영감이 홍권을 사 가지고 어엿하게 백권석에 앉아 있는 것을 발견했던 것입니다. 〈태평천하③〉

어영부영㊏ 하는 일 없이 세월을 보내는 모양. ¶좋은 청춘 어영부영 다 보냈지요. 〈치숙(痴叔)〉

어우러지다㊕ 여럿이 조화되어 한 덩어리나 한 판을 이루게 되다. ¶"옥봉이년두 머 여간 좋알 허잖는대는구랴! 호호호!" 둘이는 어우러져서 한참 웃고 나서 점순 할머니가 다시. 〈암소를 팔아서〉 ¶그러자 그 말이 떨어지기 전에 둘이는 어우러져 딩군다. 〈쑥국새〉

어우렁더우렁㊏ 여러 사람과 어울려 엄벙덤벙 지내는 모양. ¶"새루 사귀는 사람두 생기구 해서, 어우렁더우렁 만사 다아 잊구 지낼 게 아니겠수?" 〈소망〉

어웅하다㊕ (굴이나 구멍 따위의) 속이 깊게 비어 있다. 또는 속이 비어 침침하다. ¶어웅하니 그 순하디순한 눈엔 언제나 정이 솔깃한 미소를 머금고…. 〈회(懷)〉

어이(가) 없다『관용』 일이 너무 뜻밖이어서 기가 막히다. 어처구니 없다. ¶이건 두 내외가 마주앉으면 어이가 없대서 하는 말이다. 〈동화〉

어줍잖다형 →어쭙잖다. '어쭙지 않다'의 준말로, 말과 짓이 분수에 넘치어 아니꼽다. 또는 대수롭지 않다. ¶초봉이네가 즉 작은여편네가 시앗이 시앗꼴을 못 본다더라고, 왜 그리 펄쩍 뛰느냐고 어줍잖대서 하는 소린지, 〈탁류⑬〉

어지르르하다형 어지럽다. 몸을 가눌 수 없고 정신이 흐리고 얼떨떨하다. ¶숨차게 이렇게 불러 보고는 부룩쇠는 머리가 어지르르해서 다시 정신을 놓았읍니다. 〈어머니를 찾아서〉

어째부 '어찌하여'의 준말. ¶윤 직원 영감은 오정 때에 오라고 한 춘심이를 어째 다 뿍 늘어지게 오정 때에 오라고 했던고. 〈태평천하⑭〉

어째들부 어찌하여. ¶"… 요거 손톱! 요 손톱은 어째들 깎나? 손톱은. 또오 발톱이랑… 응?" 〈회(懷)〉

어쩌구저쩌구부 '이러니저러니' 또는 '이러쿵저러쿵'을 익살스럽게 하는 말. ¶그러나 또, 다 같은 계집 샘이라도 맨 처음 오복이가 을녜와 어쩌구저쩌구 한달 제는, 흥, 병신이 지랄한다더니. 〈정자나무 있는 삽화〉

어쩌니부 →어쩌면. 도대체 어떻게 해서. ¶대체 그 과부라는 것이 어쩌니 그렇게 여자한테 찔끔이요 상서롭지 못한 것이냐고. 〈패배자의 무덤〉

어쩌잔관 '어쩌하자는'의 준말. ¶S는 고개를 움칫 숙여 버리고 숨조차 크게 쉬지 못하였다. "어쩌잔 말이요 그럼? 응?" 〈앙탈〉

어칠비칠하다동 키가 좀 큰 사람이 기운 없이 어슬렁어슬렁 걸어가다. ¶그 뒤에도 매일 가서 하바도 하고, 어칠버(비)칠하기도 했고, 그리고 오늘도 역시 미두장에서 돌아오는 길에 시방 탑삭부리 한 참봉네 싸전가게에 들른 참이다. 〈탁류⑦〉

어칠비칠부 키가 좀 큰 사람이 기운 없이 어슬렁어슬렁 걷는 모양. ¶잠시 앞뜰에서 어칠비칠 그러다간 또 뒤뜰로 향해 돌아드는데, 〈회(懷)〉

어테부 →여태. 지금가지 또는 아직까지. ¶"아버진 웬 어테 안 오는 거야!" 순석은 대단히 불평스럽게 두런거리면서, 도로 벌떡 드러눕습니다. 〈흥보씨〉

어풀싸감 →아뿔사. 일을 잘못하였음을 깨닫고 뉘우칠 때 내는 소리. ¶이 서방은 비로소 무릎을 탁 치며 "어풀싸!" 하고 부르짖었읍니다. 〈소복 입은 영혼〉

어훈(語訓)명 말하는 법이나 태도. ¶"곡절이 있을량이면 어른 되시는 김 참판이 계시는 터이니 밝는 날을 기다려 어훈으로 하여곰 말씀이 계시게 할 일이지 부인의 오늘밤의 이 거조는 매우 해괴하오…" 〈소복 입은 영혼〉

억담명 억지스럽게 하는 말. ¶P는 K 사장이 억담을 내세우는 것을 보고 속으로 싱그레 웃었다. 〈레디 메이드 인생〉

억만고(億萬古)명 아주 오랜 옛날. ¶공자님과 맹자님이 누가 기운이 더 세었던지 모르겠다는 말은, 윤 직원 영감이 창조해낸 억만고의 수수께끼랍니다. 〈태평천하④〉

억색(臆塞)하다형 가슴이 답답하다. ¶이러한 억색한 경우를 임시로 메꾸기에, 태수의 컨디션은 안팎으로 좋았다. 〈탁류④〉

억지명 잘 되지 않을 일을 무리하게 해내려는 고집. 〉악지. ¶묵은 쌀값을 졸릴까 봐서 길을 피해 가고 싶던 그는 도리어, 약차하면 졸릴 셈을 하고라도 눈치를 보아 외상 쌀이나 더 달래 볼까 하는 억지가 나던 것이다. 〈탁류①〉

억지뱃심명 억지로 쓰는 뱃심. 『같은』 억지엣뱃심. ¶그러고서, 꼬부라진 심청과 억지뱃심으로다가 살기 띤 처세를 하기를 바로 물이나 마시듯 담담하니 무심코 해나갈 뿐이다. 〈탁류⑭〉

억지엣뱃심명 억지로 쓰는 뱃심. 『같은』 억지뱃심. ¶그것은 저편을 존경하는 덕이 있어 그런 게 아니고, 그역 제 자신을 위하는 억지엣뱃심일 따름이던 것이다. 〈탁류⑭〉

억지엣장님명 억지로 장님인 체하는 사람. ¶억지엣장님이 되어 귀만 기울이고 앉았느라니까 이윽고 빽 소리를 지르더니 피이 하면서 슬며시 움직이기 시작했다. 〈회(懷)〉

억지 춘향이명 될 듯 싶지도 않은 것을 억지로 한다는 뜻. 일을 순리로 이룬 것이 아니라 억지로 우겨대어 겨우 이루어진 것을 이르는 말. ¶억지 춘향이가 아니라 애먼 할아버지가 되었으니, 어떻게 손녀 애기더러 쌍스런 입잣을 놀립니까. 〈태평천하⑭〉 ¶억지 춘향이이 노릇을 해서 말씀이여요… 이익을 보는 건 세상뿐이랍니다요? 〈이런 남매〉

억척명 어렵고 힘든 일에 버티는 태도가 끈질기고 억셈. 또는 그런 사람. ¶유 씨의 억척에 다만 몇 원씩이라도 밀려, 차차로 가게를 늘려 가기도 하고 했을 것이지만, 〈탁류⑮〉

억하심정(抑何心情)명 대체 무슨 생각으로 그런 짓을 하는지 그 마음을 모르겠다는 말. ¶그러나 나를 그래 놓고서 억하심정으로 그렇게까지 할 며리도 없는 게 아닌가? 〈탁류⑩〉

언감히(焉敢-)부 어찌 감히. ¶오월이도 뉘 앞이라고 조심스런 상전한테 입을 벌려 말을 할 그런 생심이야 언감히 먹지도 못했을 것이다. 〈생명〉 ¶언감히 그런 생심을 했을까마는, 〈탁류⑮〉

언더양말명 속양말. ¶바짓가랑이로 내려가서는 엄지발톱에 닿아 구멍이 난 언더양말이 남에게 보인다면 몹시 창피할 만큰 숭업게 발톱이 내어다 보였다. 〈앙탈〉

언덕바지명 →언덕받이. 언덕의 꼭대기. 또는 언덕의 몹시 비탈진 곳. ¶겨우 언덕바지를 넘어 다시 비탈을 내려가느라니 왼손쪽 자기 집에서 안해의 높은 목소리가 들려 왔다. 〈명일〉 ¶비탈을 겨우겨우 내려가면 도로 또 올라가는 언덕바지다. 〈두 순정〉

언덕배기명 언덕의 꼭대기. 또는 언덕의 몹시 비탈진 곳. ¶언덕배기 밭 가운데 외따로 토담집을 반 길만 되게 햇짚으로 울타리 한 마당에서는 오목이네가 떡방아를 빻기에 정신이 없이 바쁘다. 〈얼어죽은 모나리자〉

언덕 삼다동 목표로 삼다. ¶그러거들랑 그것을 언덕 삼아 가지고 나는 삼십 년 동안 예순 살 환갑까지만 장사를 해서 꼭 십만 원을 모을 작정이지요. 〈치숙(痴叔)〉

언덕이야부 어떻든지. ¶항차 저게 생억지엣뗀 줄을 빤히 알면서 언덕이야 그걸 핑계 삼아 부우 거짓말을 흘려 놓고 도망가는 마당에 말이다. 〈탁류⑭〉 ¶그래서 욕

이 나오면 언덕이야 트집을 잡아 가지고 싸움을 하잤던 것인데, 〈태평천하⑥〉

언도(言渡)명 '선고'의 옛말. 공판정에서 재판의 판결을 공표하는 일. ¶또 그가 예심에서 공판에서 일 년이나 끌려다니다가 형의 언도를 받고 입감하던 때 바로 받은 K의 편지와. 〈그 뒤로〉

언변(言辯)명 말솜씨. 말재주. 『같은』 구변(口辯). ¶주인 여자의 언변은 차차 더 열이 올라 팔을 부르걷고 승재에게로 버썩 다가앉는다. 〈탁류⑮〉 ¶땀이 빠지도록 언변을 부려가면서, 공공사업에 돈을 내는 게 불가한 소치를 한바탕 늘어놓습니다. 〈태평천하⑧〉 ¶또 누구는 그놈이 말을 잃아서 그렇지 하기로 들면 청산유순데 아마 그 언변으로다가 누구를 속여 재물을 뺏어 먹은 것이라고도 했다. 〈정자나무 있는 삽화〉

언사(言辭)명 말하는 사람의 말씨. ¶그의 얼굴 표정과 언사에 비록 부자연한 점이 없는 것은 아니었으나 하여간 참된 참회의 빛이 나타났었다. 〈불효자식〉

언성(言聲)명 말소리. ¶마흔여섯이 되는 이날 이때까지 남과 언성을 높여 시비 한 번인들 해 본 적이 없읍니다. 〈태평천하⑤〉

언저리명 둘레의 근방. 또는 주위의 부근. ¶강 언저리로 동리 뒤 벌판으로 우거진 숲의 나무들도 풀이 죽어 조용하다. 〈명일〉 ¶다시 그 다음 명색이 문과를 치렀겠다 남처럼 저널리즘 언저리에서나 약게 납뛰어 시인으로든지 소설가로든지. 〈모색〉

언중유언(言中有言)명 말 가운데 말이 있다는 뜻으로, 예사로운 말 같으나 그 속에 어떤 풍자나 암시가 들어 있음. ¶웃어 대면서 언중유언의 말로 짓궂게 놀려 주고 있다. 〈탁류⑦〉

언질(言質)명 어떤 일을 약속하는 말의 꼬투리. ¶점심은 화신에서 내고, 다시 오후엘랑은 영화를 보여 주고 하마는 언질을 두게 했었던 것이다. 〈순공(巡公) 있는 일요일〉 ¶반드시 이따가 저녁에 잘 생각을 해 가지고 내일 화서 대답을 해 주마고 항복 겸 언질을 두곤 했지, 〈회(懷)〉

언짢다형 마음에 들지 않거나 불쾌하다. ¶역시 이렇게 차려 놓은 집을 들던 일이 생각나서 일변 속이 언짢았다. 〈탁류⑫〉

언해(諺解)명 한문을 우리 말로 풀이함. 또는 그런 책. 여기서는 '해석'의 뜻으로 쓰임. ¶남은 기가 막혀서 하는 말을, 속없는 인력거꾼은 고지식하게 언해를 달고 있읍니다. 〈태평천하①〉 ¶누구는, 제가 듣자니 대판서 계집 샘에 칼로 사람을 죽였다더라고까지 언해를 달았다. 〈정자나무 있는 삽화〉

얻다부 '어디에다'의 준말. ¶화가 더럭더럭 나나 마치 중이 장엘 왔다 소나기를 맞구서 난 화 같아서 얻다 대고 부르댈 곳조차 없는 화였다. 〈암소를 팔아서〉

얻어걸리다동 어찌하다가 우연히 물건이나 일이 생기다. ¶그래서 막벌이 노동자지만, 함부로덤부로 아무 일이나 하지를 못하기 때문에 사흘에 한 번이나 나흘에 한 번 일이 얻어걸리기가 어렵다. 〈빈(貧)… 제1장 제2과〉

얼간망둥이명 얼간이. 됨됨이가 변변하지 못하고 모자라는 사람을 낮추보아 이르는 말. ¶"이게 웬 떡이냐… 어제 저녁에 꿈이 갠찮더니 이런 땡을 잡을 영으루 그랬

구나.… 웬 얼간망둥이냐.”〈레디 메이드 인생〉

얼명 이름을 더럽힐 만한 억울한 평판. 『같은』 누명(陋名). ¶“이 애는 아니라는데 어떻게 보구 허는 말이요. 괜히 남의 어린 아이를 갖다가 도적의 얼을 씌울 양으루.”〈명일〉

얼(을) 입다『관용』 남의 허물로 인하여 해를 당하다. 남 때문에 해를 당하다. ¶그는 제 의뭉한 배짱을 깊이 묻어 두고 약삭빨리 서둘러, 얼은 입지 않고서 되도록이면 좋게 갈리고 싶었다.〈탁류⑭〉

얼개명(-開明)하다동 (이것도 아니고 저것도 아닌) 어중간하게 사람의 의식이 깨다. ¶여편네가 얼개명한 건 되레 못쓰는 법이야.〈탁류③〉

얼결명 '얼떨결'의 준말. 뜻밖의 일을 갑자기 당하거나, 여러 가지 일이 너무 복잡해서 정신이 얼떨떨한 판. ¶병조는 얼결에 “어서 오십시요. 칩습니다.” 하고 두어 걸음 소희에게로 걸어왔다.〈병조와 영복이〉 ¶아씨는 비로소 그것이 무엇인 줄을 알고 얼결에 건넌방의 침모를 불러낸다.〈생명〉

얼굴에 화롯불을 끼얹는 것같다『관용』 매우 부끄러운 일을 당하여 얼굴이 뜨거움의 비유. 『비슷』 얼굴에 모닥불을 담아 붓듯. ¶말을 들으면서 용희 모녀는 얼굴에 화롯불을 끼얹는 것같이 확확 달았다.〈보리방아〉

얼굴이 홍당무가 되다『관용』 매우 부끄러운 일을 당하여 얼굴이 화끈화끈 달아오르다. ¶그런 것을 생각해 볼 겨를이 없어 수줍은 게 앞서서 얼굴이 홍당무가 되어 가지고 빗밋이 돌아서 있다.〈탁류⑨〉

얼기설기부 이러저리 얽힌 모양. ¶폭양에 너울 쓴 호박 덩굴이 얼기설기 섶울타리를 덮은 울타리 너머로 중동 가린 앞산이 웃도리만 멀찍이 넘겨다보인다.〈용동댁〉 ¶얼기설기 서로 얼크러진 두 포기씩의 다리와 다리, 팔과 팔….〈탁류⑩〉 ¶얼기설기 수인사가 오락가락하면서 술 한 병에 보리고추장에다가 날마늘을 곁들인 안주를 중심으로 비잉 둘러앉는다.〈정자나무 있는 삽화〉

얼다형 너무 놀랍거나 두려워서 꿈쩍을 못하다. ¶“저 악한이 또 어데서 대낮에 얼어 가지구 저래!” 맨다리에 원피스에 싱글에 얼굴 갸름한 여자가 말과는 반대로 해죽해죽 웃으며 P에게 달라붙듯이 어깨를 비빈다.〈명일〉

얼뚱아기명 얼러 주고 싶도록 재롱스러운 아기. ¶건드려는 놓고도 이 얼뚱아기의 엉뚱스런 정열이 되레 흡족했던 것이다.〈탁류⑰〉

얼뚱애기명 →얼뚱아기. ¶인전 나이 열다섯 살이나 먹었으니 아버니두 제발 얼뚱애기 거천허드끼 그리시지 좀 마시우!〈태평천하⑤〉 ¶그래 겨우 정신을 채려 가지구, 그 얼뚱애기를 데려다가 마룻전에 걸터앉히구서.〈소망〉 ¶그때 시절론 아직 학령 미만이었으나 얼뚱애기로 샘동이라, 형들이 다니고 이웃집 아이들이 아니고 하니까 덩달아 따라다니면서,〈회(懷)〉

얼띠다형 →얼뜨다. 다부지지 못하고 겁이 많아 어리석어 보이다. ¶두 사람의 앞에 신여성과 양복장이가 나란히 서서 걸어간다. 어쩐지 얼띠어 보인다.〈창백한 얼굴들〉 ¶저편에서는 얼띤 목소리가 분명찮게 들려온다.〈탁류②〉

얼러대다(동) →을러대다. 심하게 짓눌러 기를 꺾다. ¶"이년아! 너 이럴 테냐?" 그중에 한 색시가 입술을 바르르 떨며 직녀를 얼러댄다. 〈팔려간 몸〉

얼러메다(동) →을러메다. 우격다짐으로 상대방을 해칠 듯이 위협하다. ¶애송이는 뺨을 한 대 갈길 듯이, 멱살 잡지 않은 바른편 팔을 번쩍 쳐들어 넓죽한 손바닥을 들이대면서 얼러멘다. 〈탁류①〉 ¶순성이는 뒤에서 옆에서 모두 말리는 대로 끌려 물러서면서도 연신 얼러멘다. 〈정자나무 있는 삽화〉

얼레(감) 매우 어이없을 때 내는 소리. ¶그런 곡진한 심정을 알 바가 없는지라 금출이는 당황해서 "얼레!" 소리를 치다가…. 〈얼어죽은 모나리자〉

얼려 붙다(동) 여럿이 어우러져 한데 붙다. ¶그런 싸움은 하루에도 으레껏 한두 패씩은 얼려 붙는다. 〈탁류①〉

얼림글(명) 자기가 남 앞에 먼저 읽는 글. ¶태규 삼촌은 얼림글을 읽어 주는 것이었었다. 〈순공(巡公) 있는 일요일〉

얼리다[1](동) '어울리다'의 준말. ¶또 그 뒤에 따라 들어오는 사십 가량 되어 보이는 아낙네며 차림새나 언동이나가 너무도 이 집에는 얼리지 아니하게 사치스럽고 귀골다왔다. 〈보리방아〉 ¶"아주 썩 잘 얼리십니다! 그럴 듯헌데요!" 〈빈(貧)… 제1장 제2과〉 ¶그 자리에 집이 들어앉고 그 한복판으로 이 근처의 집 꼬락서니와는 얼리지 않게 넓은 길이 질펀히 뻗어 들어왔다. 〈탁류③〉 ¶그리고서 그저 좋은 친구 얼려서 무시로 술이나 마시고, 술이 깨거든 골동품이나 만지고. 〈이런 처지〉 ¶막상 그렇듯 모진 처접과 괄시를 받는 것이 싫고 애가 쓰여 그러지 말고 동네 사람들과 잘 좀 얼려 지내라고 타이르곤 한다. 〈정자나무 있는 삽화〉

얼리다[2](동) 나의 연이 남의 연과 얽히게 되다. 또는 서로 얽히게 되다. ¶"너는 개 × 에 덩덕개비여! 아직 가만 있다가 싸움이 얼리거든 날 때리기나 히여!" 〈정자나무 있는 삽화〉 ¶열다섯 살 먹은 애인과 더불어 그러처럼 구수우하니 연애 흥정이 얼려 가고 있겠다요. 그리고 안에서는…. 〈태평천하⑪〉

얼리다[3](동) 이루어지다. 성립하다. ¶그런데 역시 인간의 사랑만으로는 만족할 수가 없었든지 엊그제부터는 이웃집 장닭과 연애가 얼렸고, 오늘은 필경 그를 따라가기까지 했던 것이다. 〈용동댁〉

얼멍얼멍하다(형) 실 같은 것으로 짠 물건의 바닥이 존존하지 않고 좀 거칠다. ¶소반 옆으로는 얼멍얼멍한 짚신이 세 켤레, 대범 이와 같이 차려 놓았다. 〈탁류⑥〉

얼명주(-明紬)(명) 얼치기 명주. ¶저런 걸 백 개 들여 놓니, 얼명주 단속곳 한 벌만 한가! 〈태평천하⑪〉

얼버무리다(동) 이 말 저 말을 뒤섞여 슬쩍 넘겨 버리다. ¶예를 지나거든 당일 신행으로 그저 그 자리에서 얼버무려 신행을 시켜 버리고. 〈얼어죽은 모나리자〉 ¶아무 때 무슨 일이고 재갸가 그 당장에 대답을 못하는 것을 되는 대로 어물어물 얼버무려 넘기는 법은 없었다. 〈회(懷)〉

얼승낙(명) 어떤 전제가 붙은 승낙. 『비슷』 반승낙. ¶말은 없어도 신용 조사에 낙방이 안 돼야만 돈을 준다는 얼승낙이요, 이번

것이 진짜 승낙한 보람이 날 승낙이던 것입니다. 〈태평천하⑦〉

얼쑹덜쑹㊏ 여러 가지 빛깔이나 무늬가 뒤섞여 분간하기 어렵도록 무늬져 있는 모양. ¶성한 데보다는 뚫어진 데가 더 많은 검정 고꾸라 양복바지에 얼쑹덜쑹 무늬가 박힌 융샤쓰를 입고 이마에 보기 흉한 흉이 있는 아이다. 〈탁류⑮〉

얼쑹덜쑹하다㊎ 여러 가지 빛깔이나 무늬가 뒤섞여 분간하기 어렵도록 무늬져 있다. ¶빨아서 분홍물을 들인 흘게 빠진 생수 깨끼적삼에 얼쑹덜쑹한 주릿대 치마를 휘걷어 넥타이로 질근 동인 게 또한 제격입니다. 〈태평천하②〉

얼씨구나㊌ 흥겨워 떠들 때에 아주 좋다고 지르는 소리. ¶미럭쇠네가 청혼을 하니까 얼씨구나 좋다고 납채 삼십 원에 선뜻 혼인을 승낙했다. 〈쑥국새〉

얼씬거리다㊍ 무엇이 눈앞에 잠깐 나타났다가 사라지다. ¶가느다란 등잔불이 흔들릴 때마다 아랫목 벽에는 노장의 검은 그림자가 커다랗게 얼씬거린다. 〈두 순정〉

얼어붙다㊍ 얼어서 들러붙다. 또는 너무 놀랍거나 두려워서 꿈쩍을 못하다. 여기서는 후자의 뜻. ¶그 속을 굽어보다가 견우는 억 소리를 무심중에 지르고 그 자리에 얼어붙었다. 〈팔려간 몸〉

얼얼하다㊎ (상처 따위가) 속 깊이 아린 느낌이 있다. ¶지나간 일이 그렇듯 얼얼하기나 할 뿐이지, 모질게 결리거나 아프지 않은 것이 요행이어서, 〈탁류⑪〉

얼음판에 미끄러진 황소 눈〖관용〗 멀뚱멀뚱하면서 두리번거리는 큰 눈을 놀리는 말. 〖비슷〗 얼음에 자빠진 쇠눈깔. ¶… 하하하하, 저 눈 좀 봐요. 얼음판에 미끄러진 황소 눈이라니, 글쎄 저 눈 좀 봐요. 하하하…. 〈탁류③〉

얼쩍지근하다㊎ 살붙이의 관계나 알음알음이 있어 조금 인연이 있는 듯하다. 〖준말〗 얼찌근하다. 〉 알짝지근하다. ¶하물며 조금 얼쩍지근했다면 했다고 할 수 있지만, 아무렇지도 않았다면 역시 아무렇지도 않았다고 할 수 있는 둘이의 사이리요. 〈탁류⑧〉

얼찐거리다㊍ 눈앞에 가까이 감돌며 얼렁거리다. 〉알찐거리다. ¶이런 것들이 자꾸만 눈앞에 얼찐거리면서 저절로 눈가가 따가와진다. 〈탁류②〉 ¶그의 눈팡에는 그날 밤 마지막 돌아서던 소저의 그 원망하는 듯 애원하는 듯하던 그 눈이 밤이나 새나 앞에 얼찐거렸읍니다. 〈소복 입은 영혼〉 ¶마침 구장이 사립문 밖에서 얼찐거리다가 업순이를 보더니. 〈동화〉 ¶경순은 명색이나마 시부모 앞에서 얼찐거리고 있는 몸이니, 또한 상청과도 다를 뿐 아니라. 〈패배자의 무덤〉

얼찐도 하지 못하다〖관용〗 두렵거나 하여 조금도 나타나지 못하다. 〖비슷〗 얼씬도 못하다. ¶그러한 관수가 무슨 짓을 하느냐 하면, 동네 사람들은 밤이면 근처에 얼찐도 하지 못하는 정자나무 밑에를 아무렇지도 않아 하고 저 혼자 가설랑은 모기야 빈대 벼룩 안 뜯기고 편안한 잠자리를 한다. 〈정자나무 있는 삽화〉

얼추㊏ 어지간한 정도로 대충. 또는 표준에 거의 가깝게. ¶그때는 달리 무슨 방도로 구처할 것, 이렇게 얼추 이야기가 되었던 것이다. 〈탁류⑰〉 ¶계집종인 삼월이는 부엌에서 행랑어멈과 같이서 얼추 설거지를 하고 있고, 〈태평천하⑥〉 ¶그랬기 때문에 상수가 점심을 같이하러 나가자고 다시 청하는 것도 (먼저에 얼추 대답을 한 것도 있고 하여) 꺼리지 않고 선뜻 응낙을 했다. 〈모색〉

얼큰하다형 술이 거나하여 정신이 어렴풋하다. 〉알큰하다. 〖여린말〗 얼근하다. ¶그렇게 매질을 하고 아이의 등과 볼기짝에서 피가 흐르고 하는 차에 얼큰히 취한 범수가 돌아온 것이다. 〈명일〉

얼토당토않다〖관용〗 '얼토당토아니하다'의 준말. 정도, 수준, 사실 따위가 도무지 비슷하지 않다. ¶코에 걸리는 듯한 베이스 음성으로, 뜸직뜸직 저력 있게 울리는 이 말소리는 데데거리고 급한 제호의 말소리와는 얼토당토않다. 〈탁류②〉

얼핏부 →언뜻. 지나가는 결에 잠깐. ¶그래서 엄마가 방에서든지 부엌에서든지 얼핏 "오냐." 하고 대답을 하면…. 〈어머니를 찾아서〉

얽둑얽둑하다형 굵고 깊게 얽은 자국이 성기게나 있다. ¶구척장신의 키를 한참이나 치올라가서 얽둑얽둑한 상판을 보지 않아도 벌써 그…. 〈흥보씨〉

엄명 →움. 초목의 어린 싹. ¶털이 송알송알한 갓 돋은 할미꽃 엄이다. 〈패배자의 무덤〉

엄달(嚴達)명 엄하게 명령을 내리는 것. ¶네 처자는 네가 거느려야 하느리라, 이런 말하자면, 엄달이네그려! 기가 막혀서 내…. 〈이런 처지〉

엄두명 (주로 부정적인 말과 쓰여) 일에 감히 손을 댈 마음. 감히 무엇을 하려는 마음. ¶그래서 섬뻑 엄두가 나진 않지만, 그래두 어떡허우. 〈소망〉

엄벙덤벙부 속은 모르고 덤벙거리는 모양. ¶"아뭏든 나두 언니처럼 의사허구 결혼이나 했드리면 시방쯤 언니 부러워 않구서 엄벙덤벙 아무 근심 걱정 없이 살아갔을 거야." 〈소망〉

엄벙덤벙하다동 말과 행동이 침착하지 않게 덤벙거리다. ¶그것이 실상 속은 아무렇게라도 술이나 취하고 엄벙덤벙해서 우울한 것을 잊어버리자는 것이나. 〈명일〉

엄부렁하다형 실속은 없으면서 부피만 크다. ¶스물한 살이랍니다! …거 키만 엄부렁하니 컸지, 원 미거해서…. 〈탁류①〉

엄살명 아프거나 어려움을 거짓 꾸미거나 실제보다 보태어서 나타내는 태도. ¶여느 평탄한 길로 끌고 오기도 무던히 힘이 들었는데 골목쟁이로 들어서서는 빗밋이 경사가 진 20여 칸을 끌어올리기야, 엄살이 아니라 정말 혀가 나올 뻔했읍니다. 〈태평천하①〉

엄살엄살부 엄살을 몹시 부리는 모양. ¶다친 게 살은 내 살이라도 나는 짜장 아픈 줄을 모르는데 옆에서들 엄살엄살 하는 것이. 〈패배자의 무덤〉

엄엄(嚴嚴)하다형 매우 엄하다. 매우 엄격하다. ¶호령이 엄엄한 푼수로는 당장 무슨 거조가 날 것 같으나, 오직 발을 구를 따름이다. 〈탁류⑥〉

엄전스럽다형 하는 짓이나 생긴 모양이 정숙하고 점잖은 데가 있다. ¶그야말로 병조의 편지나 소희의 답장이나 의젓하고 엄전스러운 것이었었다. 〈병조와 영복이〉

엄포명 실속 없는 큰소리로 남을 위협하는

짓. ¶초봉이는 이것이 노상이 엄포만이 아니요, 형보가 족히 그 짓을 할 줄로 알고 있다. 〈탁류⑱〉 ¶"그렇지만 인제버텀은 말을 잘 안 듣더지 공부를 잘 못하던지 하거들랑, 응?… 그저 걷어 세워 놓구서, 피가 족족 나도록 종아리를 때려 줘!…" 하고 일껏 엄포를 한번 하신다는 게, 〈순공(巡公) 있는 일요일〉

업덩어리명 '업'을 낮추어 일컫는 말. '업'은 한 집안에 있으면서 살림이 그 덕이나 복으로 잘 보호되고 늘어 간다고 하여 집안의 수호신처럼 생각하는 동물이나 사람. ¶이 집안의 입덩어립니다. 얌전하고 바지런해서, 그 크나큰 안살림을 곧잘 휘어 나가고, 게다가 시할아버지의 보비위까지 잘하니 더할 나위 없읍니다. 〈태평천하⑤〉

업수이부 교만한 마음에서 남을 낮추어 보거나 멸시하여. ¶그러고 내가 소희씨를 모욕하였다고…요? 그러나 그것은 오해이신가 합니다. 추호라도 소희 씨를 업수이 여기거나 한 생각은 없었읍니다. 〈병조와 영복이〉

업어다 난장맞히다〖관용〗 애를 써서 한 일이 제게 손해가 되는 결과를 나타낸다는 말. ¶자네 구문 105원 주구 나면, 천 원 두 채 못 되닝 것, 그것 먹자구, 잘못허다가 다 생돈 6천 원 업어다 난장맞히게? 〈태평천하⑦〉

업원(業冤)명 불교 용어로 전생에서 지은 죄 때문에 이승에서 받는 괴로움. ¶난 전생에 무슨 업원이 그대지두 중했는지, 팔자가 이 지경이니!…. 〈태평천하⑪〉

엇갈리다동 서로 어긋나서 만나지 못하다. ¶"으응… 그럼 오미야게 많이, 응?" "한 차판 실구 오지." 사내와 거진 엇갈리듯 형이 찾아왔다. 〈이런 남매〉

엇나가다동 (줄이나 금 따위가) 비뚜로 나가다. ¶엇나간 겨냥이 도리어 좋게 당처를 들이찼던 것이고 당한 형보로 보면 불의의 습격이라 도시에 피할 겨를이 없었던 것이다. 〈탁류⑱〉

엇비슷하다형 거의 비슷하다. ¶그리 굵지는 못해도 사십객답게 털이 숭얼숭얼한 장딴지를, 꼭 눌린 양말 대님에 매어 구두 버선목이 엇비슷하게 반만 가리었다. 〈이런 남매〉

엉거주춤부 이러지도 못하고 저러지도 못하고 어중간하게 주춤거리는 꼴. ¶바깥의 달빛이 희유끄름한 옆문을 향해 뛰쳐나갈 자세로 고의춤을 걷어잡으면서 몸을 엉거주춤 일으켰읍니다. 〈태평천하④〉

엉덩판명 엉덩이의 살이 두둑하고 넓적한 곳. 엉덩이. ¶"좋다아!" 하면서 큼직한 엉덩판을 한번 칩니다. 〈태평천하⑩〉

엉뚱스럽다형 엉뚱한 듯하다. 상식적으로 생각하거나 짐작했던 것과는 전혀 다르다. ¶건드려는 놓고도 이 얼뚱아기의 엉뚱스런 정열이 되레 흡족했던 것이다. 〈탁류⑰〉

엉치명 →엉덩이. (함경) ¶첫째 몸이 허전했고 겸하여 만약 거동이고 눈치고 수상한 놈이 어릿거리든지 하거든 우선 어깻죽지고 엉치고 한 대 갈겨 놓고 볼 작정이던 것이다. 〈탁류⑩〉

엉켜지르기하다동 (나뭇가지를) 엉키게 하여 꺾거나 자르다. '엉키(다)+지르다'의 짜임새. ¶맛이 달크은한 팽을 따먹느

라고 역시 아이들이 엉켜지르기하다가 어른들한테 혼뜀이 나고 하는 게 고작이다. 〈정자나무 있는 삽화〉

엉클어지다㊍ (일이) 갈피를 잡아서 정리하기 어려울 만큼 마구 뒤섞여 어지럽게 되다. 〖비슷〗 엉키다. ¶거 원 무슨 곡절이 있어서 사단이 그쯤 엉클어졌는지 나는 이해할 수가 없읍니다. 〈탁류⑭〉

엉키다㊍ (일이) 갈피를 잡아서 정리하기 어려울 만큼 마구 뒤섞여 어지럽게 되다. 〖비슷〗 엉클어지다. ¶실상 그것은, 형보가 혹시 칼을 뽑아 들고 송희를 해치지나 않는지 그것을 경계하기에 주의가 엉키고 만다. 〈탁류⑭〉

엉파다㊍ 엄살을 부리다(?). ¶어제 당도하던 길로 그렇게 고집을 부리면서 점심을 주어야 먹지도 않고 저녁도 안 먹고 엉파듯이 앉아 조르기만 했었다. 〈두 순정〉 ¶어서 갖다 붙여 놓으라고 엉파듯이 울어 쌌는데, 에이 거…. 〈이런 처지〉

엎어삶다㊍ 감언이설로 남을 꾀어 자기 뜻대로 움직이게 하다. ¶즉 ×× 조합의 ××한 사람과 ××××의 ××한 사람이 제가끔 만만한 세농민 한 사람씩을 엎어삶아 가지고 그들을 파창정인으로 떡 내세웠다. 〈보리방아〉 ¶눈치를 보아 어수룩한 미두 손님 하나를 친하든지, 엎어삶든지 해서 계제를 보아 인심이란 어수룩한 데가 있어서 그게 노상 그럴 수 없으란 법은 없다. 〈탁류④〉 ¶정작 군자금이 한 푼도 없이, 일왈 누구를, 이왈 어떻게 엎어삶았으면 돈을 좀 발라낼 수가 있을까, 이 궁리를 하던 것입니다. 〈태평천하⑪〉 ¶그러나 시방은 겉으로는 그럴싸하면서도 속은 말짱하니 다르고 그래서 버엉떼엥하고는 남을 엎어삶는 일종의 말재주에 지나지 못하는 것이었었다. 〈모색〉

엎어지면 코 닿다〖관용〗 거리가 매우 가까움을 이르는 말. ¶고까짓것 엎어지면 코 달 년의 디를 태다 주구서 50전씩이나 달라구 허닝개 말이여! 〈태평천하①〉

엎으러지게㊊ (매우 놀라거나 감탄하여 엎어질 정도로) 매우 정도가 심하게. ¶초봉이의 대답은 들리는 둥 마는 둥 했지만, 방긋이 웃는 입을 보고서 태수는 그만 엎으러지게 흠탄을 했다. 〈탁류⑤〉

엎으러지다㊍ →엎어지다. ¶연전에 엎으러진 중놈같이, 허허어 웃고서 세상이야 어떻게 돼 가건, 〈이런 처지〉

엎질러 절받기〖관용〗 상대편은 모르고 있거나 또는 하려는 생각을 갖지 않고 있는데, 이쪽에서 알려 주거나 수단을 써서 자기에게 이로운 짓을 하도록 함을 이르는 말. ¶"헤헤엣다! 참, 엎질러 절받기라더니, 야 이 사람, 그런 허넌 첼랑 구만 히여 두소." 〈태평천하⑦〉

엎치다㊍ '엎다'의 힘줌말. 배를 바닥 쪽으로 깔다. ¶닷새 전 병이 날 때까지에 겨우 사람 되는 시늉이라고는 누운 자리에서 엎치는 재주 하나를 배운 것뿐이다. 〈빈(貧)… 제1장 제2과〉

엎치락뒤치락하다㊍ 이쪽이 우세했다 저쪽이 우세했다 하여 우열을 가릴 수 없게 겨루다. ¶말은 없고 잠시 동안 식식거리면서 엎치락뒤치락했지만, 악으로 덤빈 종수는 다 같은 스물한 살박이 장정이라도 미럭쇠의 황소 같은 힘을 당해내는 수가 없었다. 〈쑥국새〉

엎친 데 덮친다[관용] 어렵거나 불행한 일이 겹쳐 닥친다. ¶그러고서도 이혼은 못하고서 필경 내가 파기증이 난 판인데 엎친 데 덮친다고, 그해 그러니까 계유년이군. 〈이런 처지〉 ¶하던 중에 또 엎친 데 덮치더라고, 어린것이 마저 병이 나 가지고는 필경 눈을 뒤집어 쓰고. 〈이런 남매〉

에꾸[감] '에꾸나'의 준말. 깜짝 놀랐을 때 내는 소리. ¶"에꾸! 나는 네가 신선인 줄 알았더니 인제 알고 보니까 사람이로구나!" 〈레디 메이드 인생〉

에끼[감] 때릴 듯한 기세로 나무랄 때 하는 소리. ¶"에끼! 나깨나 먹어 가지고 무얼 철딱서니 없이… 사서삼경 어데가 머리 깎고 순검 댕기라고 씌었든가?" 〈소복 입은 영혼〉

에나멜(enamel)[명] 물건의 겉에 발라 광택이 나게 하는 재료의 일종. ¶이윽고 옥초가 끝동 없이 고름만 자주로 단 하얀 하부다이 저고리에 무늬가 맘껏 굵은 벨벳의 맑은 남빛 치마를 치렁치렁 받쳐 입고 새로 마주어 두었던 깜장 에나멜 구두를 손에 들고서 마루로 나선다. 〈모색〉

에널기[명] →에너지(energy). 일을 할 수 있는 원기. 정력. ¶"형편두 형편이구 또… 아직 장가 같은 것은 아니 가두 괜찮지 않소?… 그 에널기를 우리는 다른 데 쓸 데가 많잖허우?…" 〈병조와 영복이〉

에누리[명] 값을 깎는 일. 또는 물건값을 더 많이 부르는 일. ¶"야야, 그런 소리 마라! 세상의 에누리 읎넌 홍정이 어디 있다데야?" 〈태평천하⑭〉

에누리하다[동] 사실보다 보태거나 깎아서 말하다. ¶술취해 야료를 부렸다거나 하지 않는 이상 순사 아닌 사람을 순사로 에누리해 보았은들, 하나도 본전 밑질 홍정은 아닌 것이다. 〈탁류⑰〉에누리 없이 [부] 사실보다 더 보태거나 깎거나 하는 일이 없이. ¶"그 위인은 벌써 우글쭈글해요. 그래서 에누리 없이 십 년 층은 져 보여." 〈이런 처지〉

에두르다[동] 사방을 에워 두르다. 둘러막다. ¶이렇게 에두르고 휘돌아 멀리 흘러온 물이, 마침내 황해 바다에다가 깨어진 꿈이고 무엇이고 탁류째 얼러 좌르르 쏟아져 버리면서 강은 다하고, 〈탁류①〉

에라[감] 실망 혹은 단념할 때 어쩔 수 없다는 뜻으로 스스로 내는 소리. ¶에라 겸두겸두해서 조용한 틈에 옥섬이와 이야기 좀 하여 보리라… 고 그는 안으로 들어갔다. 〈산동이〉 ¶에라 내가 돈을 아껴서는 무얼 하겠느냐고 실로 하늘이 알까 무서운 변심을 먹고, 〈태평천하③〉

에랏[감] '에라'의 힘줌말. ¶그리고 한 가지 생각이 그의 머리에 번쩍 떠올랐다. "에랏!" 그는 자기 스스로가 놀랄 만큼 소리를 치고 덮었던 이불을 걷어차고 자리에서 일어났다. 〈산동이〉

에레지(프. elegie)[명] →엘레지. 슬픔을 나타낸 노래나 시. [같은] 비가(悲歌). 애가(哀歌). ¶다만 항거할 수 없는 운명에 이끌리듯, 한 걸음 반 걸음 걸어 나가는 그 고요함이라니, 그것은 마치 소리 없는 에레지인 듯, 승재는 그만 어떻게나 슬프던지, 〈탁류⑩〉

에리(えり)[명] '옷깃, 동정' 등의 일본어. ¶"와이샤스가 모두 에리가 해지구 헌 걸, 미처 손을 못 댔는데에!…" 〈순공(巡公) 있는 일요일〉

에미명 어미. (경기, 경상). '어머니'의 낮춤말. ¶어미니 대신 할머니가 방에서 "에미 어데 가구 없다." 합니다. 〈어머니를 찾아서〉

에미꼬명 일본 여자 이름. ¶"아따, 저 뭣이냐… 있잖우?… 에미꼬라더냐? 애비꼬라더냐…." 〈순공(巡公) 있는 일요일〉

에스페란토(Esperanto)명 1887년에 폴란드의 자멘호프가 고안한 국제어. 28개의 자모와 1,900개의 기본 단어로 이루어지며 문법이 매우 간단함. ¶하고 보니, 벙어리가 에스페란토를 지껄인 것이랄까, 그것을 번역하면 이렇다. 〈탁류④〉

에어 포켓(air pocket)명 공중에 부분적으로 하강 기류가 흐르고 있는 구역. 비행기가 이곳에 들면 양력이 감소되어 갑자기 낙하하거나 요동을 함. ¶진실로 해괴하기 짝이 없고 마치 항공이라면 에어 포켓을 의미하는 이 결론 앞에서 옥초는 스스로 망연치 않을 수가 없었다. 〈모색〉

에피소드(episode)명 어떤 사람의 아직 남에게 그다지 알려지지 않은 재미(흥미) 있는 이야기. 숨은 이야기. 일화. ¶군산 미두장에서 피를 구경하기는 꼭 한 번, 그것도 자살은 아니다. 에피소드는 이렇다. 〈탁류④〉

에피소우드(episode)명 →에피소드. ¶만일 그때에 '덕언이 선생님'이 다 무사히 파스를 해서 여섯 달 동안 교습을 마치고 정복 정모에 환도를 차고 거리로 나섰더라면 조선의 경찰 사상에 숨은 에피소우드의 한 페이지를 써 넣었을 것입니다. 〈소복 입은 영혼〉 ¶그 순사를 두고서 문오 선생의 '순사 있는 에피소우드'를 생각해, 하던 참인데, 〈순공(巡公) 있는 일요일〉 ¶훨씬 그 전엔 한 번인가… 앞문으로 들어와서는 뒷문으로 슬쩍 빠져, 급한 화망을 면하던 아슬아슬한 에피소우드도 없지가 않았다. 〈회(懷)〉

엑스타시(ecstasy)명 →엑스터시. 감정이 고조되어 도취 상태가 되는 현상. 황홀. 황홀경. ¶요란한 사이렌들이 그의 조그마한 엑스타시의 세계를 괴란시킨 데 대한 가벼운 반감만 아니었으면 그는 이 낡은 괘종의 유머를 손뼉을 치면서 재미있어 했을 것이다. 〈모색〉

엔간히부 어느 정도 가깝게. ¶그 덕에 그는 엔간히 매몰스런 저의 주인 아가씨한테 건만 괄시 대신 아직은 조그마한 은총을 받고 일신을 부지해 오던 것이다. 〈모색〉 ¶추석이매 한결 더 즐겁게 놀았고, 하다가 송편도 엔간히 동이 날 무렵인 스무닷새 그 어림이었는데…. 〈순공(巡公) 있는 일요일〉

엘리베이터(elevator)명 동력을 사용하여 사람이나 화물을 아래위로 나르는 장치. 승강기. ¶양복 입은 젊은 사람이 반도 못 탄 담배 토막을 내버리면서 들어서서 엘리베이터 앞으로 가고 있다. 〈명일〉

여간만(如干-)부 '여간'의 힘줌말. 보통으로. 또는 어지간히. 뒤에 부정하는 말을 뒤따르게 하여 쓰임. ¶용희한테는 여간만 반가운 소식이 아니다. 그의 눈은 빛났다. 〈보리방아〉 ¶자꾸만 딴 수작이 벌어지니 여간만 속이 타지 아니한다. 〈명일〉 ¶태수는 이 괴한이 여간만 불쾌한 게 아니다. 〈탁류⑧〉 ¶윤 직원 영감은 옹색한 좌판에서 가까스로 뒤를 쳐들고, 자칫하면 넘어박힐 듯싶게 휘뚝휘뚝하는 인력거에서 내려오자니 여간만 옹색하고 조심이 되는 게 아닙니다. 〈태평천하①〉 ¶색시도 새서방이 밥을 안 먹고 하는 운김에 어제 점심부터 오늘 점심까지 줄곧 설쳤기 때문에 시방, 여간만 속이 허한 게 아니요 따라서 추워도 더 심하다. 〈두 순정〉 ¶산에서 내려오면서는 몇 번이고 앞으로 꼬꾸라질 뻔했고 시방 이길을 올라가는 데도 여간만 된 게 아니다. 〈쑥국새〉 ¶아뭏든 그렇게 재주가 있고, 또 여간만 나를 따르는 게 아니란 말이야. 〈이런 처지〉 ¶그만해도 아이가 여간만 원기가 없고 시달려 보이는 게 아니었었다. 〈회(懷)〉

여간 아니다〖관용〗 정도가 보통이 아니다. 대단하다. ¶그래 가지굴랑은 저 혼자만 애가 달아서, 머 여간 어니었다더군 그래! 허허. 〈탁류⑦〉

여공(女工)명 공장에서 일하는 여자. 여직공. ¶미상불 전에 이 마을에서 두엇이나 '비단 짜는 데' 즉 제사 회사의 여공으로 뽑혀 갈 때에 용희도 가고자 했고 태호나 정씨도 보낼 생각이 없지는 아니했었다. 〈보리방아〉

여급(女給)명 카페, 바, 카바레 같은 곳에서 손님을 접대하는 여자. ¶그 전해 가을부터 '헤렌'이라는 이름으로 종로에 있는 어떤 카페의 여급이 되어 가지고, 〈이런 남매〉 ¶공장의 여직공과 카페의 여급은 기회와 반연이 없었으나 기생도 한 톨 끼여 있었다. 〈모색〉

여느관 보통의. 예사로운. 그밖의 다른. ¶여느 평탄한 길로 끌고 오기도 무던히 힘이 들었는데 골목쟁이로 들어서서는 빗밋이 경사가 진 20여 칸을 끌어올리기야, 엄살이 아니라 정말 혀가 나올 뻔했읍니다. 〈태평천하①〉

여기다동 그러하다고 마음 속으로 생각하다. ¶그러나 그것은 결단코 자기가 믿고 사랑하고 하는 종학이의 신상을 여겨서가 아닙니다. 〈태평천하⑮〉

여남은[1]명 열 남짓한 수. ¶현관으로 들어서니까는 여남은이나 같은 하녀들이 나픗나픗 엎드리면서 한꺼번에, 이랏샤이마세를 외친다. 〈탁류⑫〉

여남은[2]관 열 남짓한. ¶그는 성냥과 손칼을 참겨 가지고 집 후원으로 가서 무강나무 가지를 여남은 개나 골라 끊었다. 〈생명〉 ¶손 가까운 데 두고 풋고추도 따 먹을 겸 화초 삼아 여남은 포기나 심은 고춧대들도 가지가 배애배 꼬였다. 〈동화〉

여니관 →여느. 그밖의 다른. 다른 보통의. ¶아 이건, 이 삼복중에 그 뜸가마 속에서 끄윽 들박혀 있으니, 더웁긴들 오죽허며 여니 사람두 더위에 너무 부대끼면은 신경이 약해져서 못쓰는 법인데, 〈소망〉

여담(餘談)명 용건이나 본 줄거리와 관계없이 하는 이야기. ¶차라리 이왕에 도달한 결론을 다시금 증명이나 해 주는 지날녘의 한날 여담에 불과하던 것이다. 〈모색〉

여대치다형 뺨치게 낫다. 능가하다. 더 낫다. ¶모친 유 씨의 그 눈물만 못 흘리지 비극 배우 여대치게 능청스런 세리프가 있어 놓으니, 〈탁류⑦〉 ¶심장 비대증으로 천식기가 좀 있어 망정이지, 정정한 품이 서른 살 먹은 장정 여대친답니다. 〈태평천하①〉 ¶이십 년을 설운 청춘 한숨으로 보내고서 다 늦게야 송장 여대치게 생긴 그 양반을 그래도 남편이라고 모셔다 가는 병수발 들랴 먹고 살랴, 애자진하고 다니는 걸 보면 참말 가엾어요. 〈치숙(痴叔)〉 ¶무엇이냐 저 거시기, 두억시니 여대치게시리, 나는 죽어도 이 집 귀신입네, 나는 목을 썰어도 안 나갑네 하고, 생떼거지를 쓰는, 〈이런 처지〉 ¶아침으로 오후로 저녁으로면 뱃사람 여대치게 들입다들 소리지르고 지껄이고 쾅당거리고 음악하고 하느라고 남 정신 못 차리게 떠드는 선머슴 중학생들이 들어 있는. 〈모색〉

여독(餘毒)㉮ 채 가시지 않고 남아 있는 독기. ¶스코폴라민의 여독을 말고는, 초봉이는 산후에 다른 탈은 없이 몸이 소성되어 이 주일 후에는 퇴원을 했다. 〈탁류⑬〉

여름참㉮ 여름 즈음. 여름이 된 때나 그 무렵. ¶그리다가 지난 여름참에야 서울루 다시 올라왔읍니다… 머 변변찮은 거나마 영업을 한 가지 시작하게 돼서…. 〈탁류⑭〉

여리다㉯ 표준보다 조금 모자라다. ¶그 중에서 극히 여리게 이문 남은 것을 병신 딸의 시집 밑천으로 아껴 두어야 하고. 〈모색〉

여망(餘望)㉮ 남은 희망 또는 앞날의 희망. ¶인제는 마지막 여망이 그쳐 버리고 어찌할 도리가 없이 되었다. 〈탁류④〉 ¶아무려나, 그렇다면 다시 어떻게 사알살 달래 볼 여망이 없지도 않습니다. 〈태평천하⑩〉 ¶사람 속 차릴 여망 없어요. 그저 어디로 대나 손톱만큼도 쓸모는 없고 남한테 사폐만 끼치고, 세상에 해독만 끼칠 사람이니, 머 하루바삐 죽어야 해요. 〈치숙(痴叔)〉

여물다㉰ (생물이) 제대로 성장하여 단단하다. 열매나 곡식 따위가 충분하게 익거나 단단해지다. ¶파아란 정맥이 여물게 톡톡 비어진 통통한 팔이다. 〈탁류⑧〉

여바㉱ →여보. 자기 아내나 남편을 부르는 말. ¶"여바? 여바!" 하고 가만가만 헤렌의 팔을 흔들면서 부른다. 〈이런 남매〉

여배우붙이㉮ 여자 배우 따위. ¶첩은 대개가 기생이었으나 남의 집 숫처녀도 있었고 여학생 찌꺼기도 있었고 여배우붙이도 있었다. 〈산동이〉

여벌㉮ 당장에 소용되는 것 외의 여분의 물건. 본디부터 소용되는 것 외에 남거나 남긴 물건 또는 일. ¶그러구 장사 밑천이야 다아 여벌이 아니냐구 그리더라나?…. 〈탁류⑧〉 ¶타고난 선천이니 체질이니 하는 것도 다 여벌이고, 주장은 한갓 팔자(시쳇말로는 환경) 그놈이 모두 농간을 부리는 놈입니다. 〈태평천하⑩〉

여벌감㉮ 여벌로 둘 만한 것. ¶그러므로 아무리 해도 이 ×××은 정작이 아니요, 여벌감이다. 여벌감이고, 정작은 앞으로 달리 서둘러서 '××가리'나 그게 아니면 '×××'이라도 구해 볼 것, 〈탁류⑱〉

여벌치하다㉰ 여벌로 준비하여 가지다. ¶태수는 화투의 승부로 그날 밤에 짊어진 내기 시행 가운데, 여벌치한 대목은 아직도 시행을 하지 못했다. 〈탁류⑤〉

여복(女服)㉮ 여자의 옷. ¶여복에 머리 얹지 아니했으면 누가 여자라고 볼 사람은 없다. 〈얼어죽은 모나리자〉

여부(與否)㉮ 그러함과 그러하지 않음. ¶아무렴 그리야 허구말구… 여부가 있을 것잉가! …. 〈태평천하⑧〉

여부없이㉲ 의심할 여지가 없을 만큼 조금

도 틀림이 없이. ¶여부없이 다짜고짜로 전화통에다가 터지라고 악을 쓰는 것이다. 〈탁류②〉

여북[부] '오죽', '얼마나', '작히나' 등의 뜻을 나타내는 말. ¶"아니, 그러면 혹시 어떻게 모면할 도리라두 채려 놨나?… 그렇다면야 여북 좋겠나! … 그래 어떻게 무슨 묘책이 있어?" 〈탁류⑩〉

여살펴보다[동] 엿보아 살펴보다. ¶젊은 점원이 진열창 너머서 직업적으로 인사는 하나 이 초라한 손님의 몸맵시를 여살펴본다. 〈명일〉 ¶그래서 그 뒤로는 각별히 오월이의 태도를 여살펴보았다. 〈생명〉

여살피다[동] 엿보아 살피다. ¶그렇건만 마치 중병이나 앓고 난 아이처럼 창백한 얼굴에 하나도 신명이라곤 없이 한편 구석으로 소곳하니 비껴 앉아서는 어른들의 눈치만 말긋말긋 여살피고 하는 양이 하도 애처로와 못 보겠었다. 〈회(懷)〉

여새겨보다[동] 넌지시 잠깐 살펴보다. ¶속 모르고 소문 아니 날 타관으로 여새겨보아 신랑이 그저 병신이나 아니고 거지나 아니거든…. 〈얼어죽은 모나리자〉

여새기다[1][동] 남이 모르게 가만히 살피다. [비슷] 엿보다. ¶월급날을 꼬옥 여새겼다가 마침맞게 쪽지질을 하고 앉았는 심사가 밉살스러서 다시금 화가 또 나는 것이었었다. 〈이런 남매〉 ¶유 씨가 남편한테 승재를 빼기고서 말을 가로챌 기회를 여새기다가 얼핏 대꾸를 하고 나선다. 〈탁류⑮〉 ¶생김새야 아무리 못생겼다 하기로서니, 남의 그런 낯꽂 하나 여새겨 볼 줄 모르며, 그런 보비위 하나 할 줄 모르고서, 몇천 원 더러는 몇만 원 거간을 서 먹노라 할 위인은 아닙니다. 〈태평천하⑦〉 ¶여새겨 찾지 않아도 저편 산 밑으로 치우쳐 외따로 있는 게 안해의 무덤이다. 〈쑥국새〉 ¶하인년이 그날 낮부터 아무래도 눈치가 수상한 걸 보고서, 여새기다가 살려냈다나, 어쨌다나. 〈이런 처지〉

여새기다[2][동] 마음에 새기어 두다. ¶영주는 마음을 도사려 먹고 이 말 끝 저 말 끝 여새기고 있는데…. 〈명일〉

여세(餘勢)[명] 어떤 일이 끝난 뒤에 또 다른 일도 할 수 있는 나머지 세력이나 기세. ¶태수는 방에서 솟쳐 나오는 여세로 하여, 몸을 바른편으로 돌려 마당으로 피할 여유를 갖지 못하고서…. 〈탁류⑩〉

여수(與受)[명] 주고받음. 주고받는 일. ¶도무지 남과 야수라는 것을 해 보지 못한 샌님이라 놔서 거기까지는 생각이 미치지도 못했거니와, 〈탁류⑮〉

여승[부] 아주 흡사히. 사실과 꼭 같게. [비슷] 여실히(如實~). 천생(天生). ¶간호부가 칭찬인지 건사를 무는지, 연신 흡선을 떨면서, "아주 여승 어머니랍니다! 어머니 화상을 그냥 그대로 그려논 걸요!" 〈탁류⑬〉 ¶배가 불러 오르는 속도의 비례로 뱃속의 생명도 자랐고, 팔월달에는 여승 종택의 모형 같은 조그만 놈이 세상을 나왔고…. 〈패배자의 무덤〉 ¶봄을 보내고 마침 여름을 맞이하려는 첫 녹음은 여승 이십 안팎의 젊음과 같이도 싱싱하여…. 〈홍보씨〉

여우 같다[관용] 매우 교활하고 변덕스럽다. 몹시 간사스럽고 요사스럽고 망령되다. ¶여우 같은 년 같으니라구!… 〈탁류⑦〉

여우다[동] →여의다. ¶그러니 어서 마땅한 자리를 골라서 여워 버려야지. 〈탁류③〉

여의다[동] (딸을) 시집 보내다. ¶도조 일곱 섬에 암모니아 값이야 장리야 다 제해도 여덟 섬은 떨어질 것, 거기다 빚이나 얼마 얻으면 올 가을에는 딸을 여읠 수가 있는 것이다. 〈보리방아〉

여의(如意)하다[형] 일이 뜻과 같다. 마음먹고 바라던 바와 같다. ¶사람이 별로 변통성도 없고 그렇다고 여기 저기 반연도 없어 취직이 여의하게 되지 못하는 것을 볼 때에 P는 가엾은 생각이 늘 들곤 하였다. 〈레디 메이드 인생〉 ¶그놈이 그처럼 여의해서 이삼 년 내에 오륙천 원이 되거들랑 그때는 미두장에서 손을 싹싹 씻고 서울로 올라간다. 〈탁류④〉 ¶연천 선생의 교섭은 곧 여의하여 우리는 마침내 당세의 경이를 몸으로써 치르기까지 할 수가 있었다. 〈회(懷)〉

여일(如一)하다[형] (처음부터 끝까지) 한결같다. ¶밤이 깊지 아니했으면 잠긴 안대문을 두드려 주인 노인에게라도 물을 청하겠지만 이 깊은 밤에 그리하기도 미안하다. 그것도 방세나 여일하게 내었을세 말이지 얼굴 대하기를 이편에서 피하는 판에 차마 못할 일이다. 〈레디 메이드 인생〉

여일히(如一-)[부] (처음부터 끝까지) 한결같이. ¶여일히 거행하기는 해야 하게크름 다 되질 않았읍니까. 〈태평천하⑩〉

여재수재(與財受財)[명] 돈 따위를 서로 주고받는 일. ¶단연코 작년 가을 이래 정주사는 여재수재가 분명했지 도화를 부르고 멱살잡이를 당하거나 욕을 먹거나 한 적이 없다. 〈탁류⑮〉 ¶따라서 여재수재가 분명하여 피차간 떳떳한 일이고 할 것을, 〈모색〉

여지껏[부] 여태껏. 여태가지 한껏. 이제껏. ¶박 첨지는 분이 풀리지 않아 여지껏 발을 구르면서, 저 어디 가서 뒤져 먹던 놈의 자식이, 동네 계집애 탈이나 내주기. 〈정자나무 있는 삽화〉

여쭙다[동] '여쭈다'의 높임말. 웃어른께 말씀을 올리다. ¶많이 여쭙잖읍니다. 부민관서 예꺼정 모시구 왔는뎁쇼! 〈태평천하①〉

여차직하면(如此---)[부] 무슨 일이 일어나기만 하면. ¶나는 아무 죄는 없거니, 또 여차직하면 후덕덕 뛰어 달아나려니 하고, 마음과 몸뚱이를 다뿍 긴장시켜 되사려 두기를 잊지 않는다. 〈정자나무 있는 삽화〉

여차하면(如此--)[부] 무슨 일이 일어나기만 하면. ¶여차하면 저도 내달아 한몫을 볼 다구진 마음으로다가 시방 입술을 다뿍 깨물고 있는 참이다. 〈정자나무 있는 삽화〉

여축(餘蓄)[명] 쓰고 남은 물건을 모아 둠. 또는 그 물건. ¶하는 동안에 형세는 여전하고 조금도 여축이 없다. 〈탁류⑩〉

여축 없이[부] 조금도 축나거나 버릴 것이 없이. 조금도 축남이 없이. 『비슷』 깔축없이. ¶하기를 여축 없이 십오 년에, 오천오백 날 그중 하루도 거르거나 다른 무슨 변이 없이 꼬박꼬박 되풀이를 해 왔던 것이다. 〈모색〉

여태[부] 이때까지. 아직까지. ¶그렇다고 입맛이 없어서 여태 조반을 안 먹은 건 아니야. 〈이런 처지〉 ¶밑에서, 오 서방은

(오복이의 팔을 여태 쥐고 있는) 손이 바르르 떨리고 최 서방은 차마 고개를 돌려 버린다. 〈정자나무 있는 삽화〉 ¶ "여태 아니 왔나?" 휘휘 둘러보다가 묻는 말이다. 〈이런 남매〉

여하(如何)㊍ '어떻게 할까요?', '어떻게 합니까?' 등의 뜻인 듯(?). ¶ 여자의 변명하는 듯이 여하라는 대답이었읍니다. 〈소복 입은 영혼〉

여흥(餘興)㊐ 모임 끝에 흥을 돋우려고 하는 연예나 오락. ¶ 혹시 그 남자 주인공이 '덕언이 선생님'의 아버지였었었다는 것쯤은 '덕언이 선생님'이 꾸민 여흥일는지 모르지만, 〈소복 입은 영혼〉

역력(歷歷)스럽다㊌ (자취나 형상, 기억 등이) 환하게 알 수 있게 또렷하다. 분명하다. ¶ 어쩌면 한 번도 아니요 두 번째나 이 짓을 하다니 그것이 심술 사나운 운명의 역력스러운 표적인가 싶기도 했다. 〈탁류⑱〉 ¶ 이러한 점들은 엔간히 문오 선생인 듯 역력스러움이 있었다. 〈순공(巡公) 있는 일요일〉 ¶ 역력스럽게도, 누구는 보니까 허어연 영감이 시루의 떡을 넙죽넙죽 집어 먹고 있더라든지…. 〈정자나무 있는 삽화〉

역력(歷歷)하다㊌ (자취나 형상, 기억 등이) 환하게 또렷하다. 분명하다. ¶ 그러나, 그 말의 반응은 실로 효과 역력했읍니다. 〈태평천하⑤〉

역력히(歷歷-)㊔ (자취나 형상, 기억 등이) 또렷하게. ¶ 윤희의 쟁그럽게 악을 쓰는 목소리가, 마치 초봉더러도 들으라는 듯이 역력히 들려왔다. 〈탁류⑦〉

역리(逆理)㊐ 도리나 사리에 어그러지는 일. ¶ 세상 일을 그렇게 억지루 해대려 들면 못쓰는 법야… 역리라껀 실패하는 장본이니깐… 알겠나?…. 〈탁류⑬〉

역부(驛夫)㊐ 역무원. 철도역에서 안내, 매표, 개찰, 집찰 등의 일을 맡아보는 사람. ¶ 입에다 나발통을 대고 악을 쓰며 외치는 역부들의 떠드는 소리… 플랫포옴 앞에 그득히 들어선 검은 기차 옆에 모여 서서 긴장이 되어 훤화와 혼잡을 이루는 광경은, 〈세 길로〉

역성㊐ 옳고 그름에는 관계없이 한쪽만 편듦. 옳고 그름에 상관없이 덮어놓고 한 쪽만 편들어 주는 일. ¶ 선생이 무어 좀 수틀리는 소리를 하면, 냅다 욕을 내깔리고는 안으로 달려 들어가서 할머니한테 역성이나 청하고…. 〈순공(巡公) 있는 일요일〉

역성(을) 들다〖관용〗 (옳고 그름에는 관계없이) 한쪽 편만 두둔하여 도와주다. ¶ 그놈이 시방 칼을 품고 와서 우리 송희를 죽인다고 한대요, 하고 역성을 들어 달라는 원정을 하고 싶었다. 〈탁류⑭〉 ¶ "왜 그래?" 역성이나 들어줄 줄 알고 불러 본 것이, 대고 쏘아 버리니, 이제는 울기라도 해서 아빠를 불러대는 수밖에 없읍니다. 〈태평천하⑥〉

역수(驛手)㊐ 역무원. 철도역에서, 안내, 매표, 개찰, 집찰 등의 일을 맡아보는 사람. 역부. ¶ 이윽고 손에 펀치를 쥔 역수가 한 사람 개찰구 편의 문 앞으로 들어서더니 뜻밖에도 일반을 향하여 모자를 벗고 깍듯이 일읍. 〈상경반절기〉

역엣사람㊐ 역에서 근무하는 사람. ¶ 정거장 모습이며, 역엣사람들이 어쩌면 낯이 익은 것 같다. 〈탁류⑫〉

역연(亦然)(부) 또한 역시. ¶채자부 첫 꼭대기에는 병조가 이 인쇄소로 와서 지금까지 한 번도 웃는 낯을 본 적이 없는 채자부 주임 —카이제르 수염 —이 역연 지르퉁한 얼굴로 입에는 빨쭈리에 낀 담배를 비껴 물고 원고를 뒤적거리며 테이블 앞에 앉아 있었다. 〈병조와 영복이〉 ¶관수가 보다못해 시비를 걸었으나, 동네 사람들은 역연 비슬비슬 구경만 하고 있지 말고 거들어 주질 않고, 관수 혼자서 꼼짝없이 여럿에게 몰매를 맞게만 켯속이 되고 말았다. 〈정자나무 있는 삽화〉

역원(役員)(명) 어떤 행사에서 임시로 일정한 일을 맡은 사람. ¶장의(掌議)라고 바로 직원의 아랫길 가는 역원들이 있는데, 그 사람들한테 사음이며 농토 같은 것을 줄 수 있는…. 〈태평천하④〉

역적놈(逆賊-)(명) 자기 나라를 반역한 사람을 낮추어 이르는 말. ¶또 도둑놈은 말고라서 역적놈이라도 그게 문제가 아니라, 〈탁류⑫〉

역적 도모(逆賊圖謀)(명) 역적들이 모여서 반역을 꾀함. ¶헌계집 데리구 살다가 내버리는 게 머 역적 도모더냐? 〈탁류⑭〉 ¶역적 도모요? 서방을 두어두구서 하는 짓이우?…. 〈이런 남매〉

역정(逆情)(명) '성'의 높임말. 불쾌한 충동으로 왈칵 치미는 노여움. ¶"허기야 역정두 나시겠지만 제 말을 좀 들어 보세요." 〈앙탈〉 ¶'왜 또 어머니가 역정이 나셨을까.' 〈얼어죽은 모나리자〉 ¶아씨는 역정도 내고 매질도 하기는 하겠지만. 〈생명〉 ¶그는 하다하다 못해, 화물이 받을 사람도 없는 역정을 내떨면서…. 〈탁류⑩〉

역정(逆情)스럽다(형) 몹시 언짢거나 못마땅하게 여겨 성이 난 듯하다. ¶아들의 등 뒤에다 대고 장손네가 역정스럽게 소리를 지른다. 장손이는 무어라고 코대답을 하는지 마는지 하면서 그대로 어슬렁어슬렁 걸어 나가 버린다. 〈암소를 팔아서〉 ¶"제에길!…" 강 서방은 역정스럽게 두런거리면서 도로 눈을 감고. 〈이런 남매〉 ¶얼굴에도 분명한 역정스러움이 드러난다. 〈용동댁〉

역(逆)하다(형) 마음에 거슬리고 언짢다. 못마땅하다. ¶"아니!" 오목이는 역하게 아니라면서 어깨를 흔든다. 〈얼어죽은 모나리자〉

역형(役刑)(명) 죄인을 교도소에 가두어 노역을 시키는 형벌. ¶형무소에서 일 개월로 역형을 마치고 출옥하여 집에 있었다. 〈생명의 유희〉

연갑(年甲)(명) 서로 비슷한 나이. 나이가 서로 비슷한 사람. 연배. ¶그래 처음 그가 동리에 돌아와 그렇게 눈에 벗어나게 하고 다닐 때에는 동리 사람이 손가락질도 하고 더러는 연갑들이 맞대 놓고 빈정거리기도 했는데. 〈얼어죽은 모나리자〉

연계(軟鷄)(명) '영계'의 원말. 병아리보다 조금 큰 닭. 약병아리. ¶온 여름 내내, 그 생지옥에 처박혀 있으면서, 연계 한 마리 두 못 얻어먹구 꼬치꼬치 야윈 게 애차랍기두 허구. 〈소망〉

연대 채무(連帶債務)(명) 두 사람 이상이 같은 내용의 빚에 각자 책임을 지고, 그 중 한 사람이 빚을 갚으면 되는 채무. ¶윤 직원 영감은 몇 번 그런 억울한 연대 채무란 것에 몇만 원 돈 손을 보던 끝에 이래서는

못쓰겠다고 윤 주사를 처억 준금치산 선고를 시켜 버렸읍니다. 〈태평천하⑤〉

연돌(煙突)명 굴뚝. ¶회색 공구리(콘크리트)로 어마어마하게 둘러싼 담 안으로 역시 어마어마한 벽돌집들이 높은 연돌 밑으로 그득히 들어섰다. 〈팔려간 몸〉

연루자(連累者·緣累者)명 남이 저지른 죄에 관계된 사람. ¶연루자가 수십 명 잡혔는데, 차차 취조를 해 들어가니까, 그 조직이 맹랑할 뿐 아니라, 이름은 세계사업사라고 지은 데는 모두 깜짝 놀랐읍니다. 〈태평천하⑫〉

연막(煙幕)을 치다〖관용〗 본 마음을 숨기기 위한 말이나 행동을 하다. 여기서 '연막'은 자기편의 군사 행동이나 적의 사격 목표가 될 만한 것을 적에게 보이지 않으려고 약품을 써서 피워 놓은 짙은 연기. ¶윤 직원 영감 입에서는 담배 연기가 피어올라 자옥하니 연막을 치고, 올챙이는 팽팽한 양복가랑이를 펴면서, 도사렸던 다리를 펴근히 하고 저도 마코를 꺼내서 붙입니다. 〈태평천하⑦〉 ¶그 발뒤꿈치에서는 부연 먼지가 쌍으로 완연히 연막을 치는 비행기 이상인데야. 〈흥보씨〉

연만(年滿·年晩)하다형 나이가 매우 많다. ¶"거 원, 그래서 어떡허십니까! 더구나 연만하신 노인이!" 〈태평천하⑦〉

연맥(緣脈)명 연줄. 즉 인연이 닿는 길. ¶박가의 실토를 들으면 과시 네가 적당과 연맥이 있다고 하니, 정 자백을 안 하면 않는 대로 그냥 감영으로 넘겨 목을 베게 하겠다는 것이었읍니다. 〈태평천하④〉 ¶그놈을 다시 추어 보면 넌출은 애정 없이 사랑할 수 없다는 서글픈 인정 속에 묻혀 있는 복선의 연맥임을 알 수 있다. 〈탁류⑭〉

연모(戀慕)명 사랑하여 몹시 그리워하는 것. ¶우리들의 그렇듯 메마른 생활에다 대면 훨씬 한 떨기의 환히 핀 꽃이었었다. 이 꽃을 우리는 연모를 했던 것이었다. 〈회(懷)〉

연목(椽木)명 서까래. 기둥과 기둥 위에 돌려 얹히는 처마 끝까지 건너 지른 나무. ¶폐병 앓는 갈빗대 여대치게 툭툭 불거진 연목을 반자지도 아니요 거무튀튀한 신문지로 처더처덕 처바른 얕디얕은 천장 한가운데 가서, 〈태평천하⑫〉 ¶줄행랑 본의 조선 고옥을 겉만 뜯어고쳐 유리창을 해 달고 유리문을 내고 문설주하며 기둥과 연목 등엔 푸른 페인트칠을 하고…. 〈회(懷)〉

연방부 잇달아 곧. 연이어. 금방. ¶연방 운치를 돕습니다. 물론 현 서방더러 그렇게 하라는 한 사람의 '꾼'으로서의 취미로운 지도입니다. 〈흥보씨〉 ¶그 여러 생활들이 제가끔 제 성깔대로 짜 내놓은 여러 가지의 피륙들을 하나 둘 다섯 열 연해 연방 물색을 해 왔으면서도. 〈모색〉

연방들부 '연방'의 힘줌말. 잇달아 곧. 연이어. 금방. ¶연방들 중동치기를 한다. 당연한 노릇인 양 미안하다거나 조금 비껴 달란 소리 한마딘들 하는 법 없이 툭툭 치고 밀치고 하면서 남이 짓고 섰는 앞을 비벼 뚫고 들어온다. 〈상경반절기〉

연변(沿邊)명 국경이나 강, 철도, 도로 등의 언저리 일대. ¶촌 정거장을 세넷 지나 K 역을 거진 바라볼 무렵에는 연변의 농가에서 마침 연기가 겨루듯 솟아오르고. 〈반점〉

연부(年賦)명 치러야 할 돈을 해마다 얼마씩 나누어 내는 일. 또는 그 돈. ¶그뿐 아니라 그렇게 어떻게 해서 반연을 지어 놓으면 농우 자금(農牛資金)을 얻어 소도 한 바리 살 수가 있고 또 자작농 창정에 한몫 끼어 잘하면 육백육십 원어치의 논도 연부로 갚도록 마련할 수도 있는 것이다. 〈보리방아〉

연분(緣分)[1]명 운명적으로 맺어지는 인연. ¶그밖에 여러 가지로 구격이 맞는 그런 혼처가 좀처럼 생기기가 어려운 노릇인데 그게 다아 연분이라는 것이니라. 〈탁류⑦〉

연분(年分)[2]명 일 년 중의 어떤 때. ¶그런 게 다 운수라고 하는 건지 어느 해 연분인가는 난데없는 돈 2백 냥이 생겼더랍니다. 〈태평천하④〉 ¶아무 해 연분에는 아무 교장이 새로 부임을 했고, 〈흥보씨〉

연산(連山)명 죽 이어져 있는 산. ¶강건너 충청도 땅의 암암한 연산들 봉우리 너머로는 오월의 창공이 맑게 기울어져 있다. 〈탁류④〉

연삽하다형 연삭삭하다. 부드러우면서도 사근사근하다. ¶초봉이의 그처럼 끝이 힘없이 스러지는 연삽한 말소리와, 〈탁류②〉

연상(硯床)[1]명 벼루 따위의 문방구를 놓아 두는 작은 책상. ¶윤 직원 영감은 그래서 바로 머리맡 연상 위에 삼 구(三球)짜리 라디오 한 세트를 매 두고, 〈태평천하②〉

연상(年上)[2]명 자기보다 나이가 많은 사람. ¶그 다음은 오복이가 술잔을 받아 가지고, 연상들 앞이라서 고개를 돌리는 체하면서 주욱 들이마신다. 〈정자나무 있는 삽화〉

연상(聯想)[3]명 한 관념으로 말미암아 관련되는 다른 관념을 생각하게 되는 현상. ¶여자 전문이라고는 거기 한 군데뿐인데 보육이나 가사나 그런 과는 괜히 남의 집 유모나 안잠이가 연상이 되어서 들여다보기도 싫었고. 〈모색〉

연선(沿線)명 선로(길)나 해안을 따라 옆에 있는 땅. ¶그 다음에는 길 연선의 주민들을 시키어 호(戶)마다 그 생활 정도를 따라 조약돌을 길바닥에 펴게 하였다. 〈화물자동차〉

연성부 연방. 연신. 잇달아 자꾸. ¶"연성 그래두 잘했대!" 〈상경반절기〉 ¶"태워 주구 말구우!… 내가 말허믄 돼애!" 연성 이렇게. 이렇게 연성 식은 죽 먹듯 수월한 대답을 해 싸면서. 〈회(懷)〉

연신부 연방. 잇달아 자꾸. ¶간호부가 칭찬인지 건사를 무는지, 연신 흠선을 떨면서, "… 아주 여승 어머니랍니다! 어머니 화상을 그냥 그대로 그려논 걸요!" 〈탁류⑬〉

연연(戀戀)하다[1]동 잊혀지지 않고 안타깝게 그리워하다. ¶두고두고 잊히지 않고 연연턴 초봉이고 보니 인절미에 조청까지 찍은 맛이다. 〈탁류⑫〉

연연(軟娟)하다[2]형 가냘프고 연약하다. ¶형보의 눈에 보인 대로 말하면, 초봉이는 청초하기 초생의 반달 같고, 연연하기 동풍에 세류 같았다. 〈탁류⑦〉

연연히(戀戀-)부 애틋하게 그리워하며. ¶사 년 동안 옥중에서 연연히 생각을 하였고 이날 아침 옥문을 나서면서부터도 P의 마음에 간절히 소식을 알고 싶은 것은 K—그의 안해였었다. 〈그 뒤로〉

연유(緣由)명 사유(事由). 이유(理由). 일

의 까닭. ¶그러나 그도 방시레 웃은 입은 연유를 알지 못했다. 〈얼어죽은 모나리자〉 ¶그 연유가 (그런데) 이러하다. 〈정자나무 있는 삽화〉

연자방아명 말과 소를 끌어다가 돌려서 곡식을 탈곡 또는 제분하는 돌로 만든 큰 맷돌. ¶기운은 그런데, 얼마나 센고 하면… 여산서 우리 집으로 연자방아를 싣고 온 통나무 수레, 〈회(懷)〉

연전(年前)명 몇 해 전. 두서너 해 전. ¶ "연전에 큰 액운을 당하였다구?" 이 말 역시 나는 그에게 설명할 수 없는 일이다. 〈농민의 회계보고〉 ¶P에게는 연전에 갈린 안해와 사이에 생긴 창선이라는 아들이 있다. 금년에 아홉 살이다. 〈레디 메이드 인생〉 ¶연전에 아랫녘 어디서라던지, 집을 잡히고 논을 팔고 한 돈을 만 원 가량 뭉뚱그려 전대에 넣어 허리에 차고, 허위단심 군산 미두장을 찾아온 영감님 하나가 있었다. 〈탁류④〉 ¶연전에 엎으러진 중놈같이, 허허어 웃고서 세상이야 어떻게 돼 가건, 〈이런 처지〉 ¶그런데 참 장개석이가 조선 사람이라지? 하니까, 응 바로 연전까지도 서울 종로서 대장간을 하던 장 서방이라는 둥, 그리고…. 〈정자나무 있는 삽화〉

연접(連接)되다동 서로 잇닿게 되다. 서로 맞닿게 되다. ¶지금은 개복동과 연접된 구복동을 한데 버무려 가지고, 산상정이니 개운정이니 하는 하이칼라 이름을 지었지만, 〈탁류①〉

연조(年條)명 어떤 일에 종사한 햇수. ¶아무리 연조가 오래서 사무에 능해도, 이력 없는 한낱 고원이 본관이 되고, 〈탁류①〉

연주(演奏)명 악기로 음악을 들려주는 일. 악기를 타는 일. 여기에서는 '연주회'를 뜻함. ¶제 형 운심이도 연주에 나간다고 자랑 삼아 재잘거리는 것을, 〈태평천하①〉

연줄(緣-)명 서로의 인연이 맺어지는 길. 인연이 닿는 길. ¶형보 제가 손을 대기는 제 처지로든지, 연줄로든지 어느 모로든지 지난한 일이나…. 〈탁류⑦〉 ¶그것이 반 년이 되어 양편집 아낙끼리 교제가 생겼고, 다시 그 연줄로 현 서방과 김 순사가 면분이 두터워지고…. 〈흥보씨〉

연지(臙脂)명 자주와 빨강의 중간색으로 여자가 화장할 때에 양쪽 뺨에 찍는 붉은 빛깔의 염료. ¶체경 앞에는 요전에 산, 골라잡아서 십 전짜리 생철 목간 대야가 놓여 있다. 그 속에는 눈먼 고양이가 조기 대가리 아끼듯 아끼는 크림, 분, 연지 이런 것이 올망졸망 담겨 있다. 〈빈(貧)… 제1장 제2과〉 ¶촛불이 환하니 켜져 있는 신방에는 불보다 더 환하게 연지 찍고 곤지 찍고 분단장한 신부 납순이가 소곳하니 앉아 있다. 〈쑥국새〉

연치(年齒)명 '나이'의 높임말. 연세. ¶"그래 노장, 올에 연치가 어떻게 되셨나요?" "내 나이요? 허! 여든둘이랍니다." 〈두 순정〉

연통(連通·緣通)명 남몰래 서로 연락함. ¶그럴 만한 자리에 연통두 해 보구 그래 왔더랍니다! 〈태평천하⑧〉

연통장이(煙筒--)명 연통을 만드는 사람. '연통'은 양철이나 슬레이트 등을 둥글게 만들어 아궁이나 난로의 연기를 배출하는 장치. ¶그 하야니 곱던 털이 연통장이가 돼 버렸고, 모가지와 죽지와 두 다리는 힘없이 축 처지고. 〈용동댁〉

연판(鉛版)명 활자 조판의 원판에서 지형(紙型)을 뜬 다음 여기에 납, 주석, 안티몬의 합금을 녹여서 부어 만든 복제판. 반복 인쇄에 쓰임. ¶그것이 로울러에 감기어 연판에서 박혀 가지고 다시 줄을 타고 위로 올라가 아오리에 올라앉아 이편으로 나와 쌓이는 것을 다른 한 사람이 받아 모으고 있었다. 〈병조와 영복이〉

연(軟)하다형 무르고 부드럽다. ¶연한 동심은 좋이 자라지를 못하고 속에서 갈고리같이 옥고, 뱀같이 서리서리 서렸다. 〈탁류⑭〉

연해(連-)부 자꾸 계속하여. ¶노랫소리에 견우를 발견한 직녀는 연해 이편만 바라본다. 〈팔려간 몸〉 ¶용희와 정 씨가 벙벙해서 있는 것을 보고 재봉틀 부인은 연해 입맛을 돋아 준다. 〈보리방아〉 ¶그 여러 생활들이 제가끔 제 성깔대로 짜 내놓은 여러 가지의 피륙들을 하나 둘 다섯 열 연해 연방 물색을 해왔으면서도. 〈모색〉

열(熱)에 뜨다〖관용〗 진전하지 못하고 몹시 흥분하다. ¶K는 열에 뜬 사람처럼 벌떡 일어나 앉았다. 그는 넋이 나간 듯이 멍하고 앉았다가 풀없이 다시 드러누웠다. 그의 입엔 탄식이 나왔다. 〈생명의 유희〉

열거(列擧)명 (실례나 사실 등 여러 가지를) 죽 들어서 말함. 일일이 들어서 말함. ¶자네도 다 속을 알지만, 내가 죽 열거를 할 테니, 들어 보게나. 〈이런 처지〉

열녀(烈女)는 이사수절(二死守節) 이라니〖관용〗 열녀는 두 번 죽더라도 절개를 지킨다는 뜻. ¶"죽어야지. 열녀는 이사수절이라니 차라리 죽어서 절개를 더럽힘이 없어야지." 〈소복 입은 영혼〉

열락(悅樂)명 기뻐하고 즐거워하는 것. ¶그는 그것을 기대하고 다시 마음의 열락을―더 나아가서는 직접의 교제까지도 기대하고 그러느니라 나는 생각하였다. 〈세 길로〉

열리다동 →어울리다. ¶막상 그렇듯 모진 처접과 괄시를 받는 것이 싫고 애가 쓰여 그러지 말고 동네 사람들과 잘 좀 열려 지내라고 타이르고 한다. 〈정자나무 있는 삽화〉

열맹이명 열매. ¶"열맹이 앵이 여는 곡식으 무스개 심으겠소?" 〈회(懷)〉

열모로부 '여러모로'의 준말. 여러 방면으로. ¶열모로 뜯어 보아야 지금 자기의 몸차림새며 몸태가 여자에게 좋은 인상을 주지는 못하게 생겼는데. 〈명일〉

열무명 어린 무. ¶태호가 보리를 거진 다 치고 나서 대를 추어내고 있을 때 안해 정 씨가 열무를 조그맣게 한 다발 안고 들어온다. 〈보리방아〉

열불나다형 몹시 바쁘게 서두르다. ¶옥초는 상수가 시방 우렁이 속 같은 속이 있어서 열불나게 쫓아 올라온 꼴이 우습기도 하고 밉살스럽기도 하고…. 〈모색〉

열에 아홉〖관용〗 '거의 예외 없이 그렇게 된 것'의 뜻. 〖같은〗 십상팔구(十常八九). 십중팔구(十中八九). ¶그래두 열에 아홉은 같이 앉어 굶다 못해 그짓입넨다. 〈탁류⑮〉 ¶종수가 다소곳하니 곧이 듣는 것을 보고 병호는 일이 열에 아홉은 성사라서 속으로 좋아 못 견딥니다. 〈태평천하⑫〉

열적다형 어색하고 겸연쩍다. 〖비슷〗 열없다. ¶그는 형보 말대로 싸움을 말려 주고는 싶어도 형보가 방정맞게 여럿이 듣는

데서 그런 말을 씨월거려 놔서 차마 열적어 선뜻 내닫지 못하는 눈치다. 〈탁류①〉 ¶태진이를 것질러 나무란 끝이니, 열적어서도 차마 못한다. 〈용동댁〉 ¶얼굴이 빠알개 가지고 열적게 빙그레 웃으면서 손은 연해 상고머리한 귀 뒤를 만질락 말락. 〈회(懷)〉

열푸르다형 엷게 푸르다. 푸른 빛깔이 진하지 아니하다. ¶꽃이 지고 난 나뭇가지에는 열푸른 새 잎들이 나풋나풋 솟아나고 철이른 백양은 벌써 녹음이 우거지려고 한다. 〈그 뒤로〉

열한 점명 열한 시. 여기서 '점(點)'은 시간을 나타내는 말. ¶생판 아무도 모르게 숨어 들어와설랑은 열한 점에 안방 문을 열어젖히라니, 이건 바로 샛서방을 잡는 수작이란 말인가? 〈탁류⑩〉

엷이부 엷게. 깊지 않게. ¶웅성거리는 소리에 엷이 든 늦잠이 깬 K는 머리맡 재털이에서 담배 토막을 집어 피웠다. 텁텁한 입안에 비로소 입맛이 든다. 〈창백한 얼굴들〉

염(念)명 무엇을 하려는 생각이나 마음. ¶그는 집안이 죄다 굶고 앉았는데, 저 혼자만 음식을 사 먹을 생각은 염에도 나지를 않았다. 〈탁류②〉

염기(艶氣)명 요염한 기운. (사람의 마음을 홀릴 만큼) 얼굴이 매우 아리따운 기운. ¶이러한 때는 누이가 차차로 염기 없어져 가는 노성에, 전도 부인과 같은 일종의 경멸을 느끼고서 조소를 해 주는 조롱이던 것이다. 〈패배자의 무덤〉

염낭명 두루주머니. 아가리에 잔주름을 잡고 끈 두 개를 좌우로 꿰어서 여닫게 된 작은 주머니. 끈이 풀리지 않도록 단단히 잡아매면 거의 둥근 모양이 됨. ¶견우는 허리띠와 염낭을 만지어 보았다. 직녀가 밤으로 집안 사람의 눈을 피하여 가며 정성과 정을 다 들이어 만들어 준 추석 선물이다. 〈팔려간 몸〉 ¶시부모의 버선 한 켤레 주머니 염낭 하나씩이라도 해 가지고 돌아가야 할 것이고…. 〈두 순정〉

염낭끈명 염낭의 아가리를 잡아매는 끈. ¶간드러지게 허리띠에 가 매달린 새파란 염낭끈을 풉니다. 〈태평천하①〉

염두(念頭)명 마음속. 머리 속의 생각. ¶그러니 하루 앞선 내일 일도 염두에 없을 테거늘 인제 가을에 가서 아이들을 입힐 옷을 시장한 허리를 꼬부려 가며 만지고 있는 안해를 보며. 〈명일〉

염라대왕(閻羅大王)명 불교에서 죽은 이의 영혼을 다스리고, 생전의 행동을 심판하여 상벌을 주는 염라국의 임금. ¶산동이는 옛이야기에서 들은 염라대왕의 사자처럼 흉하고 무섭게 생긴 순천 영감이 한 손으로 옥섬이를 움켜쥐고. 〈산동이〉 ¶그게 갑자기 태수이기도 하고, 염라대왕 앞에 붙들려 가서 문초도 받아 보고, 〈탁류⑬〉 ¶싸늘한 쇠끝에 새까만 구멍이 똑바로 가슴 패기를 겨누고서 코앞에다가 들이댄 걸, 그러니 염라대왕이 지켜선 맥이었지요. 〈태평천하④〉

염량(炎凉)[1]명 상황을 판단하고 사리를 분별하는 슬기. ¶'내가 애먼 화풀이를 받아주나…' 하면서, 제 염량 다 수습하고 있읍니다. 〈태평천하⑥〉 ¶한눈은 팔고 앉았어도 갑쇠의 온갖 정신과 염량은 시방 제 앞에 보이는 논과 농사에 잦아졌다. 〈정자나무 있는 삽화〉

염량2명 생각하여 헤아림. 또는 그러한 생각. 『비슷』 요량(料量). ¶그러나 그런 것을 알아차리고 염량을 해도 눈이 먼 오목이에게는 아무 소용이 없다. 〈얼어죽은 모나리자〉 ¶집을 들면 그 이튿날 바로 이 화단에 먼저 손을 대 주리라고 꼬옥 염량을 해 두었다. 〈탁류⑨〉 ¶종차 나서서 규수를 골라 내 손으로다가 뒤받이를 들어 혼사를 치러 줄 염량까지 했고, 〈탁류⑤〉 ¶어제 오후, 일석의 전보를 받고서 불가불 올라가 주어야 할까 보다고 앉아서 그런 염량을 하다가…. 〈상경반절기〉 ¶군불 같은 것도 날이 훨씬 푹해질 때까지는 조석으로 지펴 달라고 아주 식비에다가 그만 것을 더 쳐서 얹어 내기도 마련을 하려니 이렇게 다 세심한 염량을 하기는 했었다. 〈모색〉

염량(을) 차리다『관용』 상황을 헤아려 판단하다. ¶이렇게 그는 투기사답지 않게 염량을 차리고, 그러한 두 가지 계획을 품고서 늘 기회를 엿보던 차에, 언덕이야시피 다들린 게 태수의 일이다. 〈탁류④〉 ¶또 수절을 하기로 작정을 했으면 늙밭에 걱정이 없을 염량을 차려야 할 것이고. 〈용동댁〉

염량하다동 상황을 헤아려 판단하다. ¶그러나 정말 미진한 것을 염량해서 그러는 게 아니라 자꾸 더 충그리고 싶어서 그러는 제 마음을 제가 알았을 때에는, 〈탁류⑬〉

염불(念佛)명 부처의 모습과 공덕을 생각하면서 '나무아미타불'을 외거나 부처의 이름을 부르는 일. ¶인제는 흥분조차 잊어 버렸으나 범수가 늘 두고 염불처럼 되풀이하는 말이다. 〈명일〉 ¶막상 죽자고 들면 죽을 수가 없고, 다만 죽자고 든 것만이 마치 염불이나 기도처럼 위안과 단념을 시켜 준다. 〈탁류①〉 ¶이윽고 노장의 입술이 가느다랗게 움직이면서 소리도 들릴락 말락 "나아무아미타아불, 관세음보살!" 말은 염불이나 음성은 탄식하듯 하염없다. 〈두 순정〉

염생이 똥명 염소의 똥. ¶저깔로 한 덩이 떼어다가 입에 넣고 염생이 똥 같은 콩자반을 한 개 두 개 세 개 계속해서 여남은 개나 집어 먹었다. 〈병조와 영복이〉

염장(鹽醬)명 ('소금과 간장'의 뜻으로) '음식의 맛을 맞추는 양념'을 통틀어 일컫는 말. ¶본이 사람이 염장이 빠져 놔서, 계집애와 붙어 지낼 적에도 속을 달칵 앗기어 노상 구박에 지천을 먹었고. 〈정자나무 있는 삽화〉

염장 빠진 소리『관용』 싱거운 소리. 터무니없이 하는 소리. ¶태수가 작히 그런 염장 빠진 소리를 했으려니 해서, 태수 그에게 대한 반감이 다시금 우러난 표적이었었다. 〈탁류⑭〉

염증(厭症)명 싫증. ¶아 그러냐 그러면 옜다 나는 방금 염증이 나던 판인데 실없이 잘 되었다 자 가져가거라, 〈탁류⑭〉 ¶연거푸 이태 동안 여섯 번이나 낙제를 했으니 여간만 낙망이 되고 염증이 나지를 않았을 것이다. 〈회(懷)〉

염집(閻-)명 '여염집(閭閻~)'의 준말. 영업집이 아닌 일반 백성의 살림집. ¶염집을 구하던 태수한테까지 발이 닿았던 것이다. 〈탁류⑤〉 ¶마침 어느 나이 오십은 먹어 보이는—아무리 보아도 염집 부인 같지는 아니하나 의복은 썩 깨끔하게 입고 금가락지 금비녀도 찌른 부인 하나가 올라와 그 마나님 옆에 앉았다. 〈세 길로〉 ¶ 하숙도 실상은 기위 사처를 정하는 길이면 어디 조용하고 쌍스럽지 않은 염집을 방궈서 혼자 거처를 하도록 하려니, 〈모색〉

염체명 →염치(廉恥). (경기). 체면을 차리고 부끄러움을 아는 마음. ¶ "석 달 동안에 동전 한 푼 구경이나 시켰수? 염체가 무슨 염체야 글쎄." 〈앙탈〉

염치(廉恥)명 체면을 차리고 부끄러움을 아는 마음. ¶ 오늘처럼 염치를 무릅쓰고 돈 십 원을 이달 월급 턱으로 선대 받아 간 것이 열흘도 채 못된다. 〈탁류②〉

염탐(廉探)명 남 모르게 사정을 살펴 조사함. 어떤 일의 사정이나 내막 따위를 몰래 조사함. ¶ 계봉이가 말하던 대로 염탐이라도 좀 해 보았든지 해설랑 고가의 청혼을 물리쳤더라면, 〈탁류⑮〉

염탐(廉探)하다동 남모르게 사정을 살펴 조사하다. ¶ 그걸 어떻게 염탐했는지 벌건 대낮에 쏙 빠진 양복장이 둘이 들이덤벼 가지고는 그 돈 4천 원을 몽땅 뺏어 가던 것입니다. 〈태평천하④〉

염(殮)하다동 죽은 사람의 몸을 씻긴 다음 옷을 입히고 시체를 묶는 베로 묶다. ¶ "… 자네, 사람 죽었을 때 염허넝(염하는) 것 더러 부았넝가?" 〈태평천하⑧〉

엽치다동 보리나 수수 따위의 겉곡을 대강 찧다. ¶ "시방 찧어야 엽쳐서 널었다가 대끼기가 좋지." 〈보리방아〉

엿을 듣다『관용』 남의 말을 몰래 듣다. ¶ 사랑으로 나가는 오월이의 뒤를 밟아 중문 뒤에서 엿을 들었다. 〈생명〉

엽엽스럽다형 →엽렵스럽다. 썩 영리하고 날렵하다. ¶ 김 씨는 엽엽스럽게도, "아이머니!" 질겁을 하면서, 그러나 엄살을 하는 깐으로는 서서히, 〈탁류⑤〉

엿가래명 가늘고 길게 뽑은 엿의 낱개. ¶ 엿가래 같은 누런 콧줄기가 들어 가지고는 숨을 쉴 때마다 이건 바로 피스톤처럼 바쁘게 들락날락합니다. 〈태평천하⑤〉

엿을 보다『관용』 남몰래 가만히 보다. ¶ 그래서 그새 일 년 동안 지나가는 선비가 찾아와서 묵을 때마다 소저는 그 이웃 방으로 들어가 엿을 보아 왔습니다. 〈소복 입은 영혼〉

영각명 암소를 찾는 황소의 울음소리. ¶ 윤 직원 영감은 팔을 부르걷는 주먹으로 방바닥을 땅 치면서 성난 황소가 영각을 하듯 고함을 지릅니다. 〈태평천하⑮〉

영각하다동 황소가 암소를 찾느라고 긴 울음소리를 내다. ¶ 먹곰보는 승재를 보자마자, 황소 영각하듯 외치면서, 눈을 부라리면서, 쏜살같이 달려들면서 승재의 멱살을 당시랗게 훑으려 잡는다. 〈탁류⑥〉

영감태기명 '남자 노인'을 낮추어 이르는 말. ¶ 저 영감태기가 또 능청맞게 애들을 속여 먹는다고 안방으로 대고 눈을 흘깁니다. 〈태평천하⑤〉

영검명 사람의 기원에 대한 신령님이나 부처님의 신령스럽고 기묘한 감응. '영험(靈驗)'에서 변한 말. ¶ 마침 일이 그렇게 되니까 이건 정녕 '뱅애'의 영검이 난 것이라고 좋아들 했었다. 〈순공(巡公) 있는 일요일〉

영검스럽다형 영검이 있는 듯하다. ¶ 그 '지킴'이 퍽은 영검스러워, 누구든지 이 정자나무를 건드리기만 하는 날이면 단박

동티가 나서 그 당장에 병이 들어 죽는다는 것이다. 〈정자나무 있는 삽화〉

영겁(永劫)명 한없이 오랜 세월. 영원한 세월. ¶그 순간은 지옥의 영겁의 고통보다도 차라리 더 클 것이다. 〈생명〉

영금명 따끔하게 당한 곤욕. ¶번번이 그 태을도를 하는 바람에 뜨거운 영금을 보았었읍니다. 〈태평천하③〉

영년(永年)명 긴 세월. 기나긴 세월. ¶영년의 훈장업을 영영 하직하고, 이내 본집으로 물러가, 〈순공(巡公) 있는 일요일〉

영락(零落)명 세력이나 살림이 보잘것없이 찌부러지는 것. 세력이나 사람이 아주 보잘것없이 됨. ¶누구나 깊은 느낌이 있어 옛날 박 진사(칠복의 선친) 집의 호화롭던 부귀와 삼십 년이 채 못 간 오늘날 그 유족의 모진 영락과의 기수로운 대조를 볼 때에 성쇠의 무상함을 안타까와하는 비애의 눈물을 흘리지 아니치 못할 것이다. 〈불효자식〉

영락(零落)되다동 세력이나 살림이 아주 보잘것없이 되다. ¶몇 해 전에 서울로 와서 어느 여학교에 삼년급까지 다니다가 집안이 영락되어 공부를 계속치 못하고 인쇄소의 여직공으로 들어왔다는 것과. 〈병조와 영복이〉

영락없이(零落--)부 →영낙없이. 조금도 틀리지 않고 꼭 들어 맞게. ¶영락없이 어린 아이들이 쓴 약이 먹기 싫어서 눈을 지그려 감고 약그릇을 집어 드는 꼬락서니다. 〈탁류⑭〉 ¶그동안에 다섯 기집애들은 울기 아니면 욕을 하면서, 영락없이 꽁무니가 빠지게 도망을 했는데, 〈태평천하⑩〉 ¶저도 죽고도 싶었을 테지. 그런 것을 따라진 목숨이란 영락없이 모진 법이라, 〈이런 처지〉 ¶아무리 속내 아는 사이들이라고 하더라도 주인이 같이 들어서서 하는 일과 남만 시켜서 하는 일과는 영락없이 일 됨새가 다른 법인데. 〈정자나무 있는 삽화〉 ¶이건 영락없이 또 제 버릇을 고스란히 갖다 내고 있곤 하는 것입니다. 〈홍보씨〉 ¶처억척 떠나가는데 이건 영락없이 온 겨울 팔다가 팔다가 못 팔고 재어 남은 구멍가게의 자반비웃 꽁댕이처럼, 〈모색〉 ¶이렇게 영락없이 문오선생과 죄다 꼬옥 같은 경력이요 인물이거니 하는 상상을 고의로다가 구상하기가 웬일인지 무척 재미스러웠다. 〈순공(巡公) 있는 일요일〉

영롱(玲瓏)하다형 광채가 찬란하다. ¶잠깐만에 고개를 돌려 뫕시도 영롱한 눈으로 무엇을 찾는 듯 갑쇠의 얼굴을 히죽이 웃는 것까지도 우둔은 해 보이나. 〈정자나무 있는 삽화〉

영리사업(營利事業)명 영리를 목적으로 하는 사업. 재산의 이익을 도모하는 것을 목적으로 경영하는 사업. ¶"조선에 신문이 모자라니 신문을 하나 경영하든지, 또 조고맣게 하자면 잡지 같은 것도 좋고, 또 영리사업도 좋고… 그러면 취직 운동하는 것보담 훨씬 낫잖은가?" 〈레디 메이드 인생〉

영문(을) 모르다관용 까닭이나 형편을 모르다. ¶인력거꾼은 어쩐 영문인지를 몰라, 두릿두릿하다가, 혹시 외상인가 하고 뒤통수를 긁적긁적하면서…. 〈태평천하①〉

영사(映寫)명 영화나 환등 따위의 필름의 상을 영사막에 비쳐 나타내는 것. ¶만일 내 과거를 모조리 토키로 촬영, 녹음한 것이 있어서 그것을 지금 스크린 위에다가

영사를 한다고 하면 장면장면 허다한 그 습성과 행위가 나타나지 않는 대목이 없을 것이다. 〈상경반절기〉

영상(映像) 명 머릿속에 떠오르는 사물의 모습. ¶ 한 번 머릿속에 박혀진 고태수의 영상은 그대로 처져 있고 종시 사라지질 않는다. 〈탁류②〉

영생불사(永生不死) 명 영원토록 살아서 죽지 아니함. ¶ 옛날의 진시황은 영생불사를 하고 싶어, 동남 동녀 5천 명을 동해의 선경으로 보내어 불사약을 구하려고 했다지만, 〈태평천하⑭〉

영악스럽다[1] 형 이해(利害)에 분명하고 약은 데가 있다. ¶ 병문이는 철없는 짓을 아니하고 영악스럽게 살림을 하였다. 물론 한 튼튼한 농군으로…. 〈농민의 회계보고〉

영악스럽다[2] 형 신통하고 영리한 데가 있다. ¶ 발로 블레이크를 누르면 웅 소리가 나면서—그 소리는 퍽도 웅장하고 영악스러웠다. 〈병조와 영복이〉

영악하다 형 이해관계에 분명하고 약다. ¶ 사실로 그는 속이며 하는 짓이 맺치고 모져 앙큼하니 영악했다. 〈보리방아〉

영애(令愛) 명 '남의 딸'에 대한 높임말. ¶ "김 판서의 영애?" "네." "하물며 김 판서의 영애로서!" 이 서방에게는 명문 김 판서의 딸이 아닌 밤중에 행객의 방에를 들어왔다는 것이 실로 해괴망측한 패륜인 것이었읍니다. 〈소복 입은 영혼〉

영양(令孃)[1] 명 '남의 딸'에 대한 높임말. 〖같은〗 영애(令愛). ¶ 만약 그렇지 않고서 지혜에 좀먹힌 말초 신경적이 폐결핵 타입의 영양이었다면, 〈탁류⑰〉

영양(營養)[2] 명 생물을 유지하고 몸을 성장시켜 나가기 위하여 필요한 성분을 섭취하는 작용. 또는 그 성분. ¶ 미장불 동서가 다 영양이 좋지 못한 얼굴입니다. 〈태평천하⑪〉

영영(永永) 명 영원히 언제까지나. ¶ P는 아무 말도 아니하고 고개를 숙였다. 이제는 영영 틀어진 것이다. 〈레디 메이드 인생〉

영접(迎接) 명 손님을 맞아서 응접하는 것. ¶ 그 집 하인이 선뜻 나와서 잠시 이 서방을 눈치 빠르게 훑어보더니 공순히 허리를 굽히며 깊숙한 뒤채 방으로 영접을 대들입니다. 〈소복 입은 영혼〉

영접(迎接)하다 동 손님을 맞아서 응접하다. ¶ 상수는 그러므로 이번 길이 불원간 신부가 될 애인 옥초를 영접하는 경의를 표할 겸 재촉하여 데리고 갈 겸. 〈모색〉

영록(榮祿)하다 형 슬기롭고 민첩하고 뛰어나다. ¶ 그 덕에 명색은 전문학교까지 마친 이력이 있고 뛰어난 천재나 영특한 인물은 아니라도 바보나 천치는 역시 아니고. 〈모색〉

영(靈)하다 형 '영검하다'의 준말. 신령님이나 부처님의 신령스럽고 기묘한 감응이 있다. ¶ 약도 지어다 먹이고 영하다는 장님한테 무꾸리도 해 보았으나 모두 효험이 없다. 〈얼어죽은 모나리자〉 ¶ 영하다는 무당이며 점장이며 명두면은 다 찾아다니고 불러오고 해서 하라는 대로는 죄다 해 보았다. 〈생명〉

영해(領海) 명 영토에 인접한 해역으로서 그 나라의 통치권이 미치는 바다. ¶ 아뿔사! 내가 괜히 객적은 소리를 씨월대는군. 도무지 영해 밖엣소리요 한 걸 가지고서. 〈이런 처지〉

옆걸음걸이[관용] 옆으로 걸음을 걷는 모양새. ¶얼굴은 아직 똑바로 두르지 못하고서 거진 옆걸음걸이를 하듯 우선 안방 문께로 다가서기만 해 놓는다. 〈탁류⑭〉

예[1][명] 이미 많은 세월이 지난 때. ¶인제 다시 예대로 여학생 저를 찾은 것이랍니다. 〈태평천하⑪〉

예[2][대] '여기'의 준말. ¶그러니 결국 계봉이한테 끌려서, 또 한편으로는 예가 막막하니까 새로운 공기 속으로 도망을 가는 것이지만, 〈탁류⑮〉

예라[감] 태도를 분명히 할 수 없는 일을 결단할 때 스스로 내는 소리. ¶예라, 기왕 생각이 난 길이니, 빌어먹을 것, 올라가서 저놈의 구멍을 뚜드려 막아 버릴까 보다고. 〈정자나무 있는 삽화〉

예사로(例事-)[부] 보통으로. 아무렇지도 않게. ¶요새는 직통열차고 구간 열차고 모두가 시간을 안 지키기로 행습이 되었기망정이지, 생각하면 예사로 볼 일이 아니다. 〈회(懷)〉

예서[부] '여기에서'의 준말. ¶"예서 실컷 놀다가 원두막으루 가면, 그만인디 뭘." 〈동화〉

옘병(染病)하다[관] →염병하다(染病~). 염병을 앓다. '옘병할(→염병할)'은 '염병을 앓을'의 뜻으로, 저주나 욕으로 하는 말. 여기서 '염병'은 장티푸스를 통속적으로 이르는 말. ¶"별, 옘병헐(할) 소리두 다 아 듣겠네! 무슨 돈으루 벵원인지 급살인지를 데리구 가는구?" 〈빈(貧)… 제1장 제2과〉 ¶"아빠 아빠, 저 경존이 잉? 깍쟁이 자식야, 잉? 아주 옘병헐(할) 자식이야!" 〈태평천하⑥〉

옘집[명] →염집. 보통 백성의 살림집. [같은] 민가(民家). ¶남의 첩, 옘집 여편네, 빠쓰껄, 여배우, 백화점 기집애, 머어 무어든지 처억척 잡아 오지! 〈태평천하⑫〉

옛네[감] →옜네. '여기 있네'의 준말. ¶옛네! 도통 25전이네. 이제넌 자네가 내 허리띠에다가 목을 매달어두, 쇠천 한 푼 막무가낼세! 〈태평천하①〉

옛놈[명] '옛날 사람'을 속되게 이르는 말. ¶… 생각을 해 봐? 이치가 그럴 게 아닌가… 머, 옛놈은 어린 자식 있는 사내를 계집년이 버리구 달아나니깐, 자식을 자반을 만들어서 짊어지구 그년을 찾으러 다녔다더라만, 〈탁류⑭〉

옛다[감] →옜다. '여기 있다'의 준말. ¶계란에도 뼈가 있더라고 고놈 꼭 생하게만 된 후장 이절(後場二節)의 대판 시세가, 옛다 보아란 듯이 달칵 떨어져서, 필경은 그 흉악한 봉욕을 다 보게까지 되었던 것이다. 〈탁류①〉

옛수[감] →옜소. '여기 있소'의 준말. '하오' 할 사람에게 무엇을 줄 때 하는 소리. ¶"옜수. 벵원인지 지랄인지 그런 소리는 내지두 말구." 〈빈(貧)… 제1장 제2과〉 ¶누가 웃겠어? …꼴에 연애? 옛수, 연애? …애인이 딴 데루 시집을 안 가? 〈탁류⑧〉

오가미상(おかみさん)[명] '남의 아내. (요릿집, 여관 따위의) 여주인'의 뜻을 가진 일본어. ¶고떼수노, 오가미상요? 〈탁류⑩〉

오갈(이/까지) 들다[관용] 두려움에 기운을 펴지 못하다. 여기서 '오갈'은 박, 호박, 무 따위의 살을 가늘고 길게 오려 말린 것. ¶옥봉이가 보고도 짐짓 못 본 체하는 것 같아서 더구나 주몃주몃하고 오갈이 들었다. 〈암소를 팔아서〉 ¶이대도록 칼날이 선 이 자리이 초봉이 앞에서는 그러한 떡심도 별수 없고 오갈이 들려고 하던 것이다. 〈탁류⑭〉 ¶그제는 오갈까지 다뿍 든 데다가 갑쇠의 비위와 주변으로는 그게 섬뻑해지질 않고, 번번이 제가 제 무렴에 지쳐 얼굴만 혼자서 붉힐 따름이었다. 〈정자나무 있는 삽화〉

오긋하다[형] →오긋하다. 안으로 옥은 듯하다. 안으로 조금 꼬부라져 있는 듯하다. ¶눈이 오긋한 매문에 눈자가 몹시 표독스러워 보이는, 그 사람이…. 〈탁류②〉

오귀삼살방(惡鬼三煞方)[명] 오귀(무당굿에서 열두 거리의 아홉째. 죽은 사람의 넋을 비는 굿)와 삼살방(세 가지의 불길한 살이 끼어 불길한 방위)의 합성어. ¶아마도 오늘은 현 서방한테 동남방(東南方)이라는 방위가 오귀삼살방이었던가 봅니다. 〈흥보씨〉

오그라 붙다[동] 물건이 안쪽으로 조금 고부라져 들어 붙다. ¶꽁꽁 얼어서 오그라 붙은 색시와 다 죽어가는 새서방을 동리 사람이 업어 오기는 했으나 색시는 영영 소생하지 못했고, 새서방만 무사히 살아났다. 〈두 순정〉

오금[1][명] 무릎의 구부러지는 쪽의 관절 부분. 뒷 무릎. ¶고릴라의 뒷다린 듯싶게 오금이 굽고 발끝이 밖으로 벌어진 두 다리 위에,…. 〈탁류④〉

오금[2][명] '팔오금'의 준말. 팔꿈치의 안쪽. ¶머리에 인 광주리를 한 손으로 거듬어 잡히는 대로 참외 한 개를 집어 내가지고 오금을 꾸부려 땅바닥에다가 살며시 놓는다. 〈정자나무 있는 삽화〉

오금(을) 두다[관용] 공박하고 책하다. 장담하던 이가 그와 반대되는 언행을 할 때, 그 장담을 빌미 삼아 몹시 공박하다. [비슷] 오금 박다. ¶제호는 실상 오금 두어 나무라는 것이 아니고, 종시 부드러운 말로 타이르는 말이다. 〈탁류⑬〉

오금(을) 박다[관용] 장담하던 이가 그와 반대되는 언행을 할 때, 그 장담을 빌미 삼아 몹시 공박하다. ¶더군다나 날이 이래서 내일은 장이 깨어지기 쉬우니 떡은 그만두라고 하는 것을 우겨서 기어코 떡방아를 시작했으니, 그랬다고 오금을 박을 터. 〈얼어죽은 모나리자〉 ¶의관을 했다면서 치마 두른 여편네만도 못하다고, 늘 이렇게 오금을 박던 소리다. 〈탁류⑮〉 ¶"순사 친구 하나 또 사귄 게 퍽이나 재미는 나시나 보군요?… 워너니 그 사람두 술은 좋아허게 생겼습디다!" 하면서 끄은히 오금을 박는다. 〈순공(巡公) 있는 일요일〉

오금(이) 받다[관용] 꼼짝 못하게 되다. ¶제법 그걸 가로막자고 달려들기는커녕 오금이 지레 받아서, 〈탁류⑭〉

오긋하다[형] 안쪽으로 조금 구부러져 있다. ¶조그맣게 그려진 입이, 오긋하니 둥근 주걱턱과 아울러 그저 볼 때도 볼 때지만 무심코 해쭉이 웃을 적이면 아담스런 교태가 아낌없이 드러난다. 〈탁류②〉

오기(傲氣)[명] 남에게 지기 싫어하는 마음. 또는 오만스러운 기운. ¶승재 저는 남들한테, 저놈이 초봉이를 뺏기고서 오기에 괜히 고태수를 중상하여 혼인을 훼방을 놀려던 불측한 놈이라고 얼굴에다 침 뱉음을 당하게 될 테니, 그런 창피 그런 망신이 있으며, 〈탁류⑧〉 ¶그래 오기가 나서 욕으로 화풀이를 했던 것이지요. 〈태평천하⑧〉 ¶한데 산림간수한테 오기는 있어, 들키면 경을 치기는 매일반이라서 들이 닥치는 대로 철쭉 등걸이야 진달래 등걸이야 소나무 등걸이야 더러는 멀쩡한 옹근 솔까지 마구 작살을 낸 것이. 〈쑥국새〉

오까와리(おかわり)[명] '같은 음식'이란 뜻의 일본어. ¶어서 마저 들고 오까와리 불러요. 〈이런 처지〉

오깜상(おかみさん)[명] '아주머니', '부인'을 뜻하는 일본어. ¶우리 집 다이쇼(主人)도 잘 알고 하는데, 그이가 늘 나더러 죄선 오깜상하고 살았으면 좋겠다고, 중매 서 달라고 그래쌌어요. 〈치숙(痴叔)〉

오꼼[부] 도드라지게 오뚝 일어서는 모양. ¶형보는 뒤로 나가동그라져 가슴을 우디다가 초봉이가 다시 달려들려고 벼르는 몸짓을 보고 대굴대굴 웃목으로 굴러 달아나서 오꼼 일어나 앉는다. 〈탁류⑯〉 ¶올챙이는 오꼼 일어서면서 공순히, 그러나 친숙히 인사를 합니다. 〈태평천하⑦〉 ¶검은 등에 입과 배와 아랫도리만 하얀 고양이가 한 놈, 마룻전에 오꼼 일어서서 아웅하고 어리광하듯 웁니다. 〈흥보씨〉

오꼼하다[형] 도드라지게 오뚝 일어나 있다. ¶바둑이는 마당에 가서 순동이를 올려다보고 마주 오꼼하니 앉았읍니다. 〈흥보씨〉

오나다[동] →오다. ¶"그럼 내애, 이따가 저녁에에, 자알 생각해 개애구우, 내일!… 내일 오나서 대답허께, 응?" 〈회(懷)〉

오뇌(懊惱)[명] 뉘우쳐 한탄하고 번뇌함. ¶젊은 과부다운 오뇌는 없지 않지만, 자라기를 호강으로 자랐고, 〈태평천하⑤〉

오뉘[명] '오누이'의 준말. 오라비와 누이. [같은] 남매(男妹). ¶죽을 큰놈 작은놈 한 그릇씩 올려놓고, 그 나머지 세 오뉘와 모친이 먹을 국은 큰 양재기에다 한데 퍼서 땐 상에 올려놓는다. 〈탁류③〉 ¶이렇게 둘이는 부부간의 정이 들기 전에 그것을 건너뛰어 의좋은 동무, 정다운 오뉘가 되었던 것이다. 〈두 순정〉

오뉴월(五六月) 쇠불알[관용] 사물이나 행동이 축 늘어져 활발하지 못함을 조롱하여 이르는 말. ¶크림 맛을 못 본 지 몇 달이 된 낡은 구두, 고기작거린 동복 바지, 양편 포켓이 오뉴월 쇠불알같이 축 처진 양복 저고리, 땟국 묻은 와이샤쓰와 배배 꼬인 넥타이, 엿장사가 이 전어치 주마던 낡은 모자. 〈레디 메이드 인생〉

오늘낼[부] '오늘내일'의 준말. ¶"참 그리잖어두 내가 좀 건너간다문서두 가을걷이에 몰려 오늘낼 오늘낼 미루기만 허군…," 〈암소를 팔아서〉

오도카니[부] 사람이나 작은 물건 따위가 또렷하게 솟아 있는 모양. 〈우두커니. ¶"이 놈들 또 이야기 듣고 싶어서 오도카니 앉었구나?" 〈소복 입은 영혼〉 ¶지나가던 상점의 심부름꾼 아이 하나가 자전거를 반만 내려서 오도카니 바라보고 섰는 것이 그림의 첨경 같아 더욱 호젓하다 〈탁류①〉 ¶올챙이 석 서방이, 과시, 올챙이같이 토옹통한 배를 안고 웃목께로 오도카니 앉아 있읍니다. 〈태평천하⑦〉 ¶마룻전으로 순동이가 오도카니 앉았고, 〈흥보씨〉

오동보동하다[형] 오동통하고 보동보동하

다. ¶그 오동보동한 비단 다리를 바라보느라니 P는 전에 먹던 치킨커틀렛 생각이 났다. 〈레디 메이드 인생〉

오두명 '오두발광(~發狂)'의 준말. 몹시 방정맞게 날뛰는 짓. ¶그년이 서방이 안 돌아부아 주닝개 오두가 나서 그러지, 오두가 나서 그리여! 〈태평천하③〉 ¶실상 용동댁은 무슨 그다지 몸부림이나 오두가 나게시리 남편을 아쉬워하진 않는다. 〈용동댁〉

오두간하다형 별 볼일 없이 초라하다. ¶박정순, 그는 일찍이 ××사의 한 권솔로 잠시 동안 우리들의 오두간한 생활에 참예를 했다가…. 〈회(懷)〉

오두발광(-發狂)명 몹시 방정맞게 날뛰는 짓. ¶"웬걸 봄이 느짓허니까 생 오두발광이 나서 S인지 제 소위 시인이랍시는 자식허구 불어 가지구 요짐은 또 ××× 여기 자까지 됐었다던가…." 〈그 뒤로〉

오때명 '오정때(午正~)'의 준말. 점심때. ¶겨우 쇠말의 처가에 당도했을 때에는 쪼작거리는 어린애 걸음이라 오때가 겨웠었다. 〈두 순정〉 ¶칠월이라 오때가 지나 새참이 되어 오니, 넓은 들로 불볕이 하나 가득 내리쬔다. 〈정자나무 있는 삽화〉

오라명 도둑이나 죄인을 묶는 붉고 굵은 줄. 오랏줄. ¶순동이더러 오라 주릿대를 앵길 년의 기집애, 어디루 나가서 전차에나 칵 치여 죽으라고 욕을 하고 때려 주고도, 〈흥보씨〉

오라다형 오래다. ¶"이 집이 이래 보여두 이 도래선 유서 깊은 청요릿집이야!" "오랐소?" 〈회(懷)〉 ¶"내가 중학에 입학하러 올라왔을 적에두 있었으니깐 얼마나 오란진 몰라두 이십 년은 넘겠지!… 이뭉스럽게 뒷문이 있거든!" 〈회(懷)〉

오라기의 새끼, 종이, 헝겊, 실 따위의 좁고 긴 조각을 세는 단위. ¶한 초쯤 늦게 일어난 것으로 해서 태수는 겨우 머리칼 한 오라기만 한 여유를 얻기는 했다고 할 것이다. 〈탁류⑩〉

오라버니명 '오빠'를 높여 일컫는 말. ¶경식은 고향에 있는 옥초의 오라버니다. 〈모색〉

오라잖다형 '오라지 않다'의 준말. ¶"네, 인제 오라잖애서 돌아오겠지요. 나오지 마시구… 치운데 방으로 들어가세요." 하고 병조는 노인을 부축하여 큰방으로 들어갔다. 〈병조와 영복이〉

오라지다동 죄인이 두 손을 뒤로 하여 오랏줄로 묶이다. 죄인이 손이 오라에 묶여 뒷짐을 지다. 여기서 '오라'는 도둑이나 죄인을 묶는 붉고 굵은 줄. ¶오라지는 건 어떻구? …왜 제 명대루 죽을 것을. 경을 읽으면 꼭 낫는다구는 했어? 〈탁류⑥〉

오라질명 ('오라로 묶여 갈'이란 뜻으로) '고약한!', '빌어먹을!' 따위와 같은 욕하는 뜻으로 내뱉는 말. ¶별 오라질 소리두 다 아 허구 있네! 〈탁류⑤〉

오랄질관 오라질. ('오라로 묶여 갈'이란 뜻으로) '고약한!', '빌어먹을!' 따위와 같은 욕하는 뜻으로 내뱉는 말. ¶두부 장수는 종태의 손목을 당시랗게 훑으려 잡고 도둑놈의 자식이니 오랄질 놈의 자식이니 걸찍하게 욕을 한바탕 퍼붓는다. 〈명일〉

오랍동생명 여자가 자기의 사내 동생을 남에게 일컫는 말. ¶김 씨는 그래서 그때부터, 조카같이 오랍동생같이 나이를 상관 않고 자식같이 귀애했고, 귀애하기를 남편 한 참봉만 못지 않게 귀애했다. 〈탁류⑤〉 ¶색시는 스물한 살, 새서방은 열두 살, 그러니 모자간이라면 좀 무엇하겠고 그저 헴든 누이와 어린 오랍동생 같은 사이다. 〈두 순정〉

오래비명 →오라비. '오빠'를 정중히 일컫는 말. ¶오래비 경호는 어느새 고개를 넘어가고 보이지 않는다. 〈패배자의 무덤〉 ¶그러한 만큼 오늘 아까 먼저에도, 보나 안 보나 끙짜를 할 오래비 영섭보다는 차라리 혜련을 생각하기는 했었으나, 〈이런 남매〉

오래씩부 오래도록. ¶한 시 반이 지나서야 차는 경성역에 닿는다. 중간에서 연해 더디 오는 북행을 기다려 엇갈리곤 하느라고 번번이 오래씩 충그리고 충그리고 하더니, 삼십 분이나 넘겨 이렇게 연착을 한다. 〈회(懷)〉

오래잔히여부 오래 지나지 않아. ¶천하 시러베 개아덜놈덜이지… 인제 보소마넌, 그런 놈덜은 손복을 히여서, 오래잔히여 박적을 치구 빌어먹으러 댕길 티닝개루, 두구 보소! 〈태평천하⑧〉

오루루부 →오르르. 사람이나 동물 등이 한꺼번에 바삐 몰려 다니거나 움직이는 모양. ¶네깐년이 무얼 안다구, 잠자쿠 있던 않구서, 오루루 나서? 주제넘게!…. 〈탁류⑦〉

오리소리하다형 뜻밖의 일이나 복잡한 일들로 정신을 가다듬지 못하다. 〖비슷〗 얼떨떨하다. ¶한번 얻어맞고 정신이 오리소리한 판에 마침 그의 아내가 별안간 "인제는 사람까지 죽이는구나!" 하고 왜장치는 이 소리에, 〈태평천하④〉 ¶하는 동안에 정신이 차차로 더 오리소리하고, 그러자 새서방의 우는 울음소리가 차차로 차차로 멀어감을 알았다. 〈두 순정〉

오리쓰메(おりづめ)명 '나무 상자에 담은 음식'의 일본어. ¶한편 짝 손에다는 오리쓰메를 한 개, 〈흥보씨〉

오리지나루(original)명 →오리지널. 여기서는 '오리지널 상품'을 뜻함. 즉, 자기 회사에서 독특하게 개발한 상품. ¶그저 좋은 것이며 아무거라두 좋습니다. 오리지나루 같은 거.…. 〈탁류②〉

오마께(おまけ)명 '경품'의 뜻을 지닌 일본어. 어떤 모임이 여흥으로 참가한 사람에게 제비를 뽑거나 하여 선물로 주는 물건. ¶태식이는 골목 구멍가게에 나가서 맘껏 오마께를 뽑고 사 먹고 하니, 무사태평을 지나 오히려 행복이고, 〈태평천하⑭〉

오마니명 →어머니. (평안) ¶아뭏든 그래서 아주머니는 꼬박 일 년 동안 구라다상네 집 오마니로 있으면서. 〈치숙(痴叔)〉 ¶진고개 복판의 골목 어귀에서 한가한 오마니가 빨강 유리알을 박은 반지를 양편 손가락에 하나씩 낀 것과, 〈모색〉

오만(五萬)관 만(萬)의 다섯 곱절. 퍽 많은 수량을 과장하여 이르는 말. ¶안방에다 대고 혓바닥을 날름 코를 실룩, 눈을 깨끗, 오만 양냥이짓을 다 합니다 〈태평천하⑪〉

오만상(五萬相)명 보기 흉할 정도로 몹시 찌푸린 얼굴. 얼굴을 잔뜩 찌푸린 형상. ¶여차장은 오만상을 찡그리고는 "몰라요! 속상해 죽겠네! … 어디꺼정 가세요?" 하면서 참으로 구박이 자심합니다. 〈태평천하②〉 ¶ 문오 선생은 쓴 술맛에 오만상을 찡그렸다가 도로 펴고는 잔에 술을 또 부으면서…. 〈순공(巡公) 있는 일요일〉

오목가슴명 사람 몸에 있어서 급소의 하나로 가슴뼈 아래 한가운데의 오목하게 들어간 곳. 『같은』 명치. ¶ 오목가슴이 발딱거리지만 않으면 죽었는가 싶게 산 기운이 없어 보이는 어린 것의 입에다가 흐뭇진 젖퉁이의 젖꼭지를 물려 주면서 애꿎게 남편을 칭원하는 것이다. 〈빈(貧)… 제1장 제2과〉 ¶ 영주는 오목가슴에서 꼬르륵 소리가 나고 잊었던 시장기가 다시 들어 침이 저절로 삼켜진다. 〈명일〉 ¶ 정 주사는 밥을 보니 얌체없는 배가 연신 꼬로록거리고, 오목가슴이 잡아 훑듯이 쓰리다. 〈탁류③〉

오물뜨리다동 →오믈뜨리다. 힘주어 오므라지게 하다. ¶ 그 멋들어지게 익어 설설 녹는 듯한 붉은 살을 칼로 한 점 한 점 도려내어 입에 넣고는 입을 오물뜨리고 새까만 씨만 쏙쏙 빼놓는 그의 입이야말로 썩 귀엽게 보였다. 〈세 길로〉

오물오물부 입술이나 힘살 따위를 자꾸 오므리는 모양. 〈우물우물. ¶ 헤렌이 문득 생각이 나서, 팔을 뻗혀 손가락을 오물오물 사내를 부른다. 〈이런 남매〉

오뭇부 입 따위를 야무지게 다물고 있는 모양. ¶ 두 눈은 또렷, 코는 오뚝, 입술은 오뭇, 다 이렇게 생겨 놔서 대단히 야무집니다. 〈태평천하②〉

오믈뜨리다동 '오므라뜨리다'의 준말. 힘주어 오므러지게 하다. ¶ 여드름바가지는 편지를 주는 줄 알고 손을 쳐들다가 오물뜨린다. 〈탁류⑯〉

오미야게(おみやげ)명 '여행지에서 가족 친지를 위해 선물로 사가지고 가는 토산물'의 일본어. ¶ "으응… 그럼 오먀야게 많이, 응?" "한 차판 실구 오지." 사내와 거진 엇갈리듯 형이 찾아왔다. 〈이런 남매〉

오밀조밀하다형 (솜씨나 재주가) 교묘하고 세밀하다. ¶ 아씨도 원수를 이처럼 오밀조밀하게 미워하는 쾌미를 맛보지는 못했을 것이다. 〈생명〉 ¶ 아뭏든 전체로 이렇게 건강하고 균형이 잡혀 훠언한 몸매라 그는 어느 구석 오밀조밀하니 이쁘장스럽다거나 그런 게 아니고, 〈탁류⑯〉

오방신자앙명 →오방신장(五方神將). 무당이 섬기는 방위를 지키는 다섯 신. ¶ "오방신자앙—" 처억 불러 놓고서 이어, 북도 빨리, 청도 빨리 몰아 들입다 귀신을 불러대는데, 아마 세상 귀신이란 귀신은 있는 대로 죄다 나오는 모양이다. 〈탁류⑥〉

오부다형 →없다. '오부소'는 '없습니까?'를 달리 표현한 말투. ¶ "잔동 오부소." 흔히 대할 수 있는 하급 관원의 괘씸한 버르장머리다. 〈상경반절기〉

오분눈다형 →오붓하다. 허실이 없이 넉넉하다. ¶ 그리구 죄가 또 있지. 아인두 족한데, 즈바이 드라이씩 독점을 하구 지내구… 응? 하나찌두 일이 오분눈데 쓰나찌나 세나찌나 무슨 일이 있나? 〈탁류⑬〉

오불꼬불부 고르지 않게 꼬불꼬불한 모양. ¶ 명색 보통학교도 육 학년은 마쳤으면서 연필로다가 오불꼬불 지렁이 기어간 형용을 그려 꼴이 알아보기에 장히 힘이 들었다. 〈이런 남매〉

오붓이부 오붓하게. 허실이 없이 넉넉하게. ¶ 그 표제에 알맞은 내용을 오붓이 한

입에 삼키기 좋도록 알아내는 수는 없었다. 〈탁류⑰〉

오붓하다형 홋홋하게 필요한 것만 있다. ¶일 원짜리가 수북하고 또 잔돈도 오붓해서, 그런 중에도 그는 속으로 느긋했다. 〈빈(貧)… 제1장 제2과〉

오블라토(oblato)명 라틴어의 oblatus. 편원형(扁圓形)에서 나온 말. 녹말질로 만든 얇은 종이 모양의 투명한 막. 전분으로 만든 포장지의 한 가지. 맛이 쓴 가루약이나 알사탕을 싸서 먹는 데 씀. ¶의사쯤 앉아서 사람 한 개 죽이고 살리고 하는 최후의 경계선 그것은 오블라토 한 겹보다도 더 얇게 가를 수가 있는 것이다. 〈탁류⑧〉

오비작오비작부 자꾸 구멍이나 틈 따위의 속을 파내는 모양. ¶양말 벗어던진 발샅을 오비작오비작 후비고 앉아서, 〈탁류⑦〉

오사(誤死)형 형벌이나 재난을 당하여 죽음. 비명에 죽음. ¶오사 육시를 헐 놈이, 그놈이 그게 어디 당헌 것이라구 지가 사회주의를 히여? 〈태평천하⑮〉

오손도손하다동 의좋게 서로 이야기를 나누거나 지내다. ¶그렇게 마주앉아 오손도손하니 놀면 퍽도 재미가 있을 텐데. 〈얼어죽은 모나리자〉

오스스부 차고 싫은 기분이 몸에 스르르 느껴지는 모양. ¶오스스 냉기가 속속들이 몸에 배어들고 선하품이 절로 내씹힌다. 〈모색〉

오십객(五十客)명 나이가 쉰이 된 사람. ¶방이 추운 것은 아니지만, 그만 해도 벌써 오십객인데 까는 요도 없이 맨구들 바닥에 가서 누워 있자니, 〈탁류⑩〉

오시이레(おしいれ)명 '반침(半寢)'의 일본어. 방 옆에 딸려 물건을 넣어 두게 된 작은 방. ¶승재는 숱한 먼지를 뒤집어써 가면서 다다미야, 오시이레야, 방 안을 말끔하게 털어내고 한 뒤에, 〈탁류⑧〉

오오데(大手)명 '큰 손, 큰 거래처'의 일본어. ¶그러나, 본래 '오오데(大手)'라고 몇 천 석, 몇만 석씩 크게 하는 축들은 제 집에다 전화를 매 놓고 앉아 시세를 연신 알아보아 가면서, 〈탁류④〉

오오라잇(all right)감 좋았어! ¶하하! … 오오라잇! 우리 남 서방, 부라보…. 〈탁류⑧〉

오오사하다동 →오사하다(誤死~). 형벌이나 재난을 당하여 비명에 죽다. ¶"두우두… 저런 오오사헐(할) 년의 돼지 새끼가… 두우." 〈동화〉

오올 오어 낫싱(all or nothing)〖관용〗 '전부(全部)가 아니면 전무(全無)'라는 뜻. ¶난 왜 그런고 하니 '오올 오어 낫싱', 전부가 아니믄 전무, 응? 사랑을 전부 차지하지 못하느니 쪼각은 그것마저두 일없다는 거, 알지요?…. 〈탁류⑰〉

오입(誤入)명 제 아내 아닌 딴 여자와 정을 통하는 것. 〖같은〗 외도(外道). ¶유곽 오입의 장기 계약이라는 게 옳아. 화류계 계집이란 건 길어야 일 년 이상 더 가질 못하니까, 〈이런 처지〉

오입(誤入)하다동 제 아내 아닌 다른 여자와 정을 통하다. ¶잘못? 응, 더러 있지. 오입한다구, 그리고 제 히스테리에 맞추지 않는다구. 〈탁류②〉

오작교(烏鵲橋)명 칠석날 견우와 직녀를 만나게 하기 위하여 까마귀와 까치가 모여 은하에 놓는다는 다리. ¶"미친 사람이군… 이 친구야, 견우가 직녀를 만나려거든 오작교로 가야지 방직 회사로 와? 허허허허." 〈팔려간 몸〉

오장육부(五臟六腑)명 내장의 총칭. 오장(간장, 심장, 폐장, 신장, 비장)과 육부(대장, 소장, 위, 쓸개, 방광, 삼초)를 통틀어 말함. ¶"응당 그렇구 말구… 꺼꾸루 선 놈이 꺼꾸루 선 채 가만히 있자니 피가 모다 대가리로 몰려 내리구 오장육부가 쏟쳐 내려오는데야 가만 있을 장수놈이 있나…?" 〈병조와 영복이〉

오쟁이를 뜯다《관용》 서로 가지려고 헐뜯으며 다투다. 여기서 '오쟁이'는 짚으로 엮어 만든 작은 그릇으로 곡식을 담는 데 쓰임. ¶본시 귀신이란 형체가 보이지 않는 것이라 그런지, 저희끼지 오쟁이를 뜯는 꼴은 볼 수 없다. 〈탁류⑥〉

오 전박이(五錢--)명 돈 5전 짜리. ¶호주머니 속을 부스럭부스럭 만지다가 오 전박이 한 푼을 꺼내 줍니다. 〈어머니를 찾아서〉

오정 불다《관용》 정오를 알리는 사이렌 소리를 내다. ¶"하마, 오정 불어요!" 〈순공(巡公) 있는 일요일〉

오조오상(御嬢さん)명 '아가씨'의 일본어. ¶오조오상이야. 오조오상이 잘못 미끄러져서 이 인쇄소에 임시 머물러 있지만 오래지 않어서 갈 데루 갈걸…. 〈병조와 영복이〉

오페라(opera)명 가극(歌劇). 노래와 관현악을 주제로 하는 극. ¶이렇듯 서울 아씨의 추월색 오페라가 저으기 가경에 들어가고 있는데, 〈태평천하⑪〉

오케(O.K.)감 (그만하면 됐다는 뜻에서) '좋다', '알았다'의 뜻으로 쓰는 말. 'all correct'가 변해서 된 말. ¶요새 그 오케란 말이 자못 속되대서 이놈이 그럴싸한 대로 응용을 하던 것이다. 〈탁류⑯〉

오톨도톨하다형 물건의 거죽이 고르지 않게 솟아 있다. ¶그냥 미끈한 것도 아니요 군데군데 오톨도톨한 혹이 돋쳐 가지고… 〈생명〉

오통(五痛)명 다섯 통(桶). 여기서 '통'은 무엇이 담긴 것을 세는 단위. ¶그러니, 한 달에 쌀 오통 한 가마론 모자라고 소불하 엿 말은 들어야 한다. 〈탁류①〉

옥구구(-九九)명 (잘못 생각하여) 자기에게 도리어 손해가 되게 하는 셈. 《같은》 옥셈. ¶이게 실상은 옥구구요, 사실 초봉이는 누구나 처녀로 결혼식장에 임하여 경험하듯이 아무것도 정신을 차리지 못해, 제법 슬퍼하고 기뻐하고 할 겨를이 없었던 것인데, 〈탁류⑩〉

옥다동 끝부분이 안으로 조금 고부라져 있다. ¶연한 동심은 좋이 자라지를 못하고 속에서 갈고리같이 옥고, 뱀같이 서리서리 서렸다. 〈탁류⑭〉 ¶목은 가느다란 게 길기만 하고, 앞으로 옥은 좁다란 어깨하며, 선병질 일시 완연합니다. 〈홍보씨〉 ¶안으로 옥지 않은 가슴은 유방이 차차 부풀어 오르느라고 알아보게 불룩하다. 〈탁류⑯〉

옥동자(玉童子)명 옥 같이 예쁜 어린 아들. 몹시 소중한 아들. ¶일찌감치 옥동자를 낳아서 시부모의 더한 귀염을 받았다든가. 〈용동댁〉 ¶아씨며 큰댁에서는 금실 좋던 끝에 옥동자를 난 기쁨이나 막냇손자를 본 경사로운 생각은 잠시요, 〈생명〉

옥사정이(獄---)(명) →옥사장이. 옥에 갇힌 사람을 맡아 지키던 사람. ¶5백 냥씩 두 번 해서 천 냥을 수령 백영규가 고스란히 먹고, 또 천 냥은 가지고 이방 이하 호장이야 형방이야 옥사정이야 사령이야 심지어 통인 급창이까지 고루 풀어 먹였읍니다 〈태평천하④〉

옥신각신하다(동) 옳으니 그르니 하고 서로 다투다. ¶더 옥신각신해야 되려 그이 신경에만 해롭겠어서 벌떡 일어나 나와 버렸지. 〈소망〉

옥실옥실하다(형) 아기자기한 재미 따위가 많다. ¶오늘은 마침 북어값 삼 원을 밑천 삼아 땄다 잃었다 하기에 재미가 옥실옥실해서 점심 먹을 것도 깜박 잊었었다. 〈탁류⑮〉 ¶그러나 한 가지 이상한 것은, 남들은 연애를 하면, 머 재미가 옥실옥실하고 어쩌고 허다는데 경희는 통히 그런 맛을 모르겠고. 〈반점〉

옥에 티【관용】 아무리 훌륭한 사람이나 좋은 물건이라도 작은 흠이 있다는 뜻. ¶옥에 티라고나 할까, 이것 한 가지가 유 씨의 승재에 대한 불안이었었다. 〈탁류⑦〉

온 겨울(명) 겨울 내내. ¶처억척 따나가는데 이건 영락없이 온 겨울 팔다가 팔다가 못 팔고 재어 남은 구멍가게의 자반비웃 꽁댕이처럼, 〈모색〉

온고지(부) →온곳. ¶전 같으면 그놈으로 정초의 노름 밑천도 하고 술도 먹고 하였겠지만 온고지 벼 여섯 섬을 사서 장리를 주었다. 〈팔려간 몸〉

온곳(부) 온껏. 온통. 아주. 또는 완전히. ¶보리가 그렇게 흉년만 아니었어도 밭 두 자리만은 자기 것이니까 밭 도조를 물을 것도 없고, 한 석 섬 가량은 온곳 낼 수가 있었다. 〈보리방아〉

온꼿(부) →온껏. 온통. 아주. 또는 완전히. ¶그러나 병조는 밤을 온꼿 새웠다. 밤을 새우며 생각을 하였으나 아무 이렇다는 해답은 얻지 못하였다. 〈병조와 영복이〉 ¶형보가 칼로 옆구리를 찢고 뱃속에서 기어 나오기도 하고, 이런 혼몽 중에서 온꼿 하룻낮 하룻밤을 지나 제정신이 들기는 그 이튿날 저녁나절이다. 〈탁류⑬〉 ¶새파란 청춘이었고, 그 한참 좋았을 청춘이던 무렵을 고패로, 오십까지의 반생 동안 이십오 년을(하니, 온꼿 사반세기를) 두고서, 〈순공(巡公) 있는 일요일〉

온정(溫井)(명) 땅속에서 뜨거운 물이 솟아 나오는 온탕. 또는 온천장. 【같은】 溫泉. ¶초봉이, 온정 더러 해 봤나? 〈탁류⑫〉

올(명) '올해'의 준말. ¶현 서방은 올에 꼬박 열아홉 해째 ××학교의 소사입니다. 〈흥보씨〉

올가미(명) 새끼나 노 따위로 고를 내어 짐승을 잡는 데 쓰는 물건. 또는 자기 꾀에 넘어가 스스로 걸려들게 하는 꾀. ¶영주는 말로는 언제든지 남편을 못 당하는지라 또는 무슨 묘한 소리를 해서 올가미를 씌우나 싶어 톡 쏘아 버렸다. 〈명일〉 ¶정 주사는 고놈을 올가미 씌워다가 사십 원 증금으로 쌀이나 한 백 석 붙여 놓고 미두를 하려고 갖은 공력을 다 들였어도 유 씨는 막무가내하로 내놓지를 않았었다. 〈탁류⑮〉

올망졸망(부) 귀엽게 생긴 작고 또렷한 것들이 고르지 않게 많이 벌려 있는 모양. ¶체경 앞에는 요전에 산, 골라잡아서 십전짜리 생철 목간 대야가 놓여 있다. 그 속에는 눈먼 고양이가 조기 대가리 아끼듯 아끼는 크림, 분, 연지 이런 것이 올망졸망 담겨 있다. 〈빈(貧)… 제1장 제2과〉 ¶올망졸망 사기 반상기가 그득 박힌 저녁상을 조심스레 가져다 놓는 게 둘째 손자며느리 조 씹니다. 〈태평천하⑤〉

올개미 없는 개장수『속』 올가미 없는 개 장사. '밑천 없는 장사'라는 뜻. 여기서 '올개미'는 '올가미'의 사투리. ¶덤비기를… 그랬다가 요행 바루 맞으면 올개미 없는 개장수를 할 양으루?… 〈탁류①〉

올드미스(old miss)㊔ 결혼하기에 적당한 시기를 넘긴 나이 많은 여자. ¶시골 보통학교에서 십 년만 속을 썩힌 메주같이 생긴 올드미스가 이 사람한테는 꼬옥 마침 감이요, 〈탁류⑰〉

올발㊔ 실의 올과 피륙의 발. '발'은 피륙의 날과 씨의 굵고 가는 정도를 말함. ¶혁대를 매며 내려다보니 줄은 칼날같이 잡혔으나 좀 비집은 데를 검정실로 얽어맨 자리와 구두에 닿아 닿은 자리에 올발이 톱니같이 내어다 보였다. 〈앙탈〉

올케㊔ 오빠나 남동생의 아내를 누이가 이르는 말. ¶서울 아씨는 올케 고 씨와 싸움을 하고, 친정 조카며느리들과 싸움을 하고, 〈태평천하⑤〉

옭아내다㊐ 몰래 끄집어 내다. ¶가령 부인 유 씨의 바느질삯 들어온 것을 한 일 원이고 옭아내든지, 미두장에서 어릿어릿하다가 안면 있는 친구한테 개평으로 일이 원이고 떼든지 하면, 〈탁류①〉

옭히다㊐ 꾀로 혹은 다른 일로 애매하게 걸려들다. ¶정 씨는 재봉틀 부인의 입담에 옭히어 이렇게 혹해 가지고 이야기를 청한다. 〈보리방아〉 ¶만일 까딱 잘못하여 이 자리에서 제호를 놓치는 날이면 영영 꼼짝없이 형보의 밥이 되어 그 억지에 옭히고 말지, 아무리 버티고 부스대고 해도 모면할 수 없게 그렇게시리 꼭 사세가 절박한 것만 같았다. 〈탁류⑭〉

옭아 넣다㊐ 붙잡거나 구속하여 집어넣다. ¶그럴 테며 네가 옭아 넣은 내 수하도 풀어놓아 주어야 옳을 게 아니야?…. 〈태평천하④〉

옭혀들다㊐ 옭히어 말려들다. 또는 일이 잘 풀리지 않고 어렵게 되다. ¶어느 결에 이렇게 옭혀들었는지 정신이 번쩍 든다. 〈탁류⑫〉

옭혀 매다㊐ 올가미 따위에 매어지다. ¶시방 태수라는 사람이 던지는 그물에 옭혀 매여 옴나위하지도 못하면서, 〈탁류⑦〉

옴나위(를) 못하다『관용』 꼼짝 못하다. 여기서 '옴나위'는 꼼짝할 여유의 뜻. ¶썩 기발한 답변을 장만해 가지고 와서 도리어 우리를 옴나위 못하게 해 놓았었다. 〈회(懷)〉 ¶병호가 없는 이상, 막대를 잃어버린 장님 같아, 저 혼자서는 옴나위를 못하니까, 낮잠이 제일 만만합니다. 〈태평천하⑫〉

옴나위하다㊐ 겨우 혹은 조금 움직이다. ¶시방 태수라는 사람이 던지는 그물에 옭혀 매어 옴나위하지도 못하면서, 〈탁류⑦〉

옴닥옴닥㊕ 작고 도드라진 덩어리가 고르지 않게 많은 모양. ¶이러한 몇 곳이 군산의 인구 칠만 명 가운데 육만도 넘는 조선 사람들의 거의 대부분이 어깨를 비비면서 옴닥옴닥 모여 사는 곳이다. 〈탁류①〉 ¶맨 앞자리는 고놈 깍정이 같은 조무래기패가 옴닥옴닥 들어박혀 윤 직원 영감의 육중한 체구가 처억 그 틈에 끼여 있을라치면, 〈태평천하③〉 ¶'쇠멀'이라고 백 호 남짓한 농막들이 옴닥옴닥 박힌 촌 동네와 맞닿기 전에 두어 마장쯤서 논 가운데로 정자나무가 오똑 한 그루. 〈정자나무 있는 삽화〉

옴두꺼비명 (등에 옴이 오른 것 같다는 데서) 두꺼비를 흉하게 일컫는 말. 여기서는 옴두꺼비와 같이 '쓸모없고 보잘것없는 짓'을 일컫는 말. ¶그리고 그 밖에 별별 옴두꺼비 같은 것을 다 다짐을 받았다. 〈탁류⑫〉 ¶자네도 알다시피 내가 스무 살부터 서른 살까지 꼬박 십 년 동안을 두고서 별별 옴두꺼비짓을 다 하고, 심지어 자살 소동까지 나질 않았겠나! 〈이런 처지〉

옴쏙옴쏙부 여럿 가운데서 고르거나 발라내는 모양. ¶그 하얀 등성이살을 입에 넣고 가시만 옴쏙옴쏙 빼어 놓으며서 실컷 좀 먹었으면 금시에 산을 불끈 집어 들 기운이 날 듯하였다. 〈생명의 유희〉

옴죽거리다동 연하여 자꾸 움직이다. ¶나는 그의 옴죽옴죽 옴죽거리는 입이 퍽도 귀여워서 한참이나 건너다 보고 있다가 마주 바라보는 그의 시선과 마주쳐 고개를 돌렸다. 〈세 길로〉 ¶어린 놈은 어머니의 옴죽거리는 입술을 만지고 놀기에 재미가 쏟아진다. 〈패배자의 무덤〉

옴죽옴죽하다동 연하여 자꾸 움직이는 모양을 하다. ¶그 여학생은 그때야 산 벤또를 풀어 놓고 그 마나님과 함께 입을 옴죽옴죽하며 먹기 시작하였다. 〈세 길로〉

옴쭉부 몸의 일부로 조금 세게 옴츠리거나 펴거나 하여 움직이는 모양. '옴쭉 못하다'는 몸을 전혀 움직이지 못하거나 기를 펴지 못하다. ¶반은 소같이 부려 먹자는 것인데 눈이 멀어 옴쭉 못할 며느리를 누가 얻어가랴. 〈얼어죽은 모나리자〉

옴츠라지다동 (춥거나 무서워서) 몸이 오므라지다. ¶온 얼굴에 검은깨를 끼얹어 놓았고 목이 옴츠라지고, 이런 생김새가 아닌 게 아니라 청승맞게는 생겼읍니다. 〈태평천하⑤〉

옴칠하다동 몸을 갑자기 한 번 옴츠려 움직이다. ¶마침 문간방에 따로 세 얻어든 젊은 색시가 갸웃이 들여 보다가 범수의 벗고 누운 것이 눈에 띄자 고개를 옴칠한다. 〈명일〉

옴탁옴탁부 →옴닥옴닥. 조금씩 잦게 움직이는 모양. ¶이렇게 되고 난즉 "그 따윗 자식은 뒤어지거나 말거나 내버려두지 않고 옴탁옴탁 가축을 하여 준다."고 최씨 부인까지 주위 사람들의 동정을 잃고 미움을 받게 되었었다. 〈불효자식〉

옴팡 장사명 이익을 보지 못하고 밑지는 장사. 『비슷』 오그랑 장사. ¶필경 끝장에 와서 보니 옴팡 장사다. 밑천이 절반이나 달아나고 일 원 오십 전밖에 남지를 않았던 것이다. 〈탁류⑮〉 ¶그것은 결국 옴팡 장사요, 이를 테면 만리장성의 한 귀퉁이가 좀이 먹는 것이겠는데, 〈태평천하⑭〉

옴폭부 속으로 폭 들어가 오목한 모양. ¶해죽이 웃고, 웃으니까 볼에 옴폭 보조개가 팬다. 〈두 순정〉

옷가지명 몇 가지의 옷. ¶하기야 그 속에서 양식도 팔아먹고 옷가지도 해 입고 하기는 했지만. 〈얼어죽은 모나리자〉

옷허리명 치마, 바지 따위의 허리 부분. ¶신발 소리에 행화가 까웃하고 내다보다가 웃으면서, 흐르는 옷허리를 걷어잡고 마루로 나선다. 〈탁류④〉

옹골지다형 실속있게 꽉 차다. 속이 차서 실속이 있다. ¶세계 대전이 두 번이나 인 것이 그 삼십 년 안의 일이니 전고 없이 옹골진 나이를 먹어 온 시대라 할 것이다. 〈회(懷)〉

옹구바지명 한복을 입을 때 바지통이 옹구의 불처럼 축 처지게 입은 모양. 여기서 '옹구'는 새끼로 망태처럼 엮어 만든 농기구. 소의 등에 짐을 실으려고 얹는, 안장 위에 양쪽으로 걸치고 거름 따위를 나르는 데에 씀. ¶두루마기 밑으로 처져 내린 옹구바지는 더 시꺼멓다. 〈탁류⑭〉

옹근관 옹글게 된. 모자람이 없이 온전한. ¶이렇게 사 남매에, 정 주사 자기네 내외 해서 옹근 여섯 식구다. 〈탁류①〉 ¶그런데 그게 옹근 기생이 아니요 동기고 볼 양이면, 이런 체면 저런 대접 여부 없이 가끔가다가 돈 장이나 집어 주곤 하면…. 〈태평천하⑩〉 ¶처음 여섯 달 동안 견습을 하고 나면 그때는 이십오 원씩 옹근 월급을 준다니까. 〈동화〉 ¶한데 산림간수한테 오기는 있어, 들키면 경을 치기는 매일반이라서 들이닥치는 대로 철쭉 등걸이야 진달래 등걸이야 소나무 등걸이야 더러는 멀쩡한 옹근 솔까지 마구 작살을 낸 것이. 〈쑥국새〉 ¶지금 오늘이 삼월이요 열이틀이니 햇수로는 이 년에 옹근 여섯 달이다. 〈상경반절기〉

옹글다형 모자람이 없이 온전하다. 또는 꽉차서 모자람이 없다. ¶바로 그때다, 퍽 소리와 같이 장작개비가 먹곰보의 옆구리를 옹글게 후려갈긴다. 〈탁류⑥〉

옹글지다형 옹골차다. 힘에 겨운 일도 감당할 수 있을 만큼 다부지다. ¶고집 센 콧대와 심술 든 눈이 좀처럼 몸을 붙이기 어렵게시리 옹글지고 맺힌 데가 있어, 결국 그 두 가지의 상극된 품격을 조화를 시킨다. 〈탁류⑯〉 ¶그날 밤에 형보더러 두고 보자고 무슨 큰 앙갚음이나 할 듯이 옹글진 소리를 하기는 했지만, 〈탁류⑯〉

옹색(壅塞)명 생활이 몹시 궁색함. ¶아쉰 대로 십만 원만—아니 만 원만 있어도 위선 옹색은 면하겠는데…. 〈앙탈〉

옹색(壅塞)스럽다1형 생각이 막혀서 답답하고 옹졸하다. ¶그러나 가령 그렇듯 박절하게 옹색스런 회포를 짜내지 않더라도…. 〈탁류⑦〉

옹색(壅塞)스럽다2형 보기에 매우 군색하다. ¶이런 옹색스런 근천을 피우느라고 쫓겨가는 패군지졸이네 무어네 하면서 아쉰 세리프를 뇌어 보았던 것이다. 〈탁류⑭〉 ¶김 군은 그러나 무던히 막막한 모양으로, 누누이 말을 하면서, 기어코(옹색스런 청병을) 고집했었다. 〈회(懷)〉

옹색(壅塞)하다1형 집이나 장소가 너르지 못하고 비좁다. ¶윤 직원 영감은 옹색한 좌판에서 가까스로 뒤를 쳐들고, 자칫하면 넘어박힐 듯싶게 휘뚝휘뚝하는 인력거에서 내려오자니 여간만 옹색하고 조심이 되는 게 아닙니다. 〈태평천하①〉

옹색(壅塞)하다2형 생활이 몹시 궁색하다. 생활하는 데 필요한 것이 없거나 모자라서 어렵고 답답하다. ¶"그리서 오거던 이것저것 저 옥례네 집에 가서 얻어다 달라구 그리라… 옹색허(하)지만 헐 수 있냐!" 〈보리방아〉 ¶그렇잖어두 자식들은 많구 살림은 옹색한데…. 〈탁류①〉

옹송크리다동 '옹송그리다'의 거센말. 궁상스럽게 몸을 오그려 작게 하다. ¶그리고 그 위에다가는 허리를 옹송크려 한편 볼을 파묻고, 〈모색〉

옹심명 옹졸한 마음. 또는 원한을 품고 앙갚음하려고 벼르는 마음. ¶이렇게 혼자서라도 옹심을 먹어 두어야 조금은 속이 후련해진다. 〈탁류①〉 ¶미럭쇠는 짐짓 제 몸뚱이로 점례를 칵 떠받아, 그것은 방금 납순이를 절굿공이로 내리치려던 그 옹심과 꼭 같았다. 〈쑥국새〉

옹위(擁衛)명 부축하여 좌우로 호위함. ¶제가 어엿하게 모친 유 씨의 옹위까지 받아 가면서 이마 앞으로 바로 다가선 그 고태수! 〈탁류⑦〉 ¶서울 아씨, 태식이, 뒤채의 두 동서, 모두 안방에 모여 종수를 맞이하는 예를 표하고, 그들의 옹위 아래 윤직원 영감과 종수는 각기 아랫목과 뒷벽 앞으로 갈라 앉았읍니다. 〈태평천하⑮〉

옹졸(壅拙)하다형 성질이 너그럽지 못하고 소견이 좁다. 됨됨이가 옹색하고 졸렬하다. ¶다아 내가 위안이 옹졸해서 인사를 진작 이쭙들 못하구 참…. 〈탁류⑭〉

옹쳐매다동 옹치어 매다. 곧 '동여매다'의 뜻. ¶그 나머지는 장사를 해나갈 예비돈으로 유 씨의 고의끈에다가 챙챙 옹쳐매 두었었다. 〈탁류⑮〉

옹통이(甕--)명 →옹동이. 질그릇을 만드는 흙이나 오지로 된 작은 동이. '오지'는 흙으로 만든 그릇에 발라 구우면 그릇에 윤이 나는 잿물. ¶장손이가 빈 지게에다 빈 옹통이와 쇠스랑을 얹어서 지고 흐느적흐느적 그 옆길로 걸어오고 있다. 〈암소를 팔아서〉

와끄르부 와그르르. 여러 사람이 한꺼번에 떠들썩하게 웃는 소리. ¶이 양반이 휙 돌려다보고는 비죽 웃으면서 "끼놈! 많이 댕겼구나!" 아뿔사 혀를 날름하고 고개를 숙이는데 여럿은 와끄르 웃어 젖히고. 〈회(懷)〉 ¶마침 기다리고 있던 우리는 와끄르 들이 손뼉을 치면서 교실이 떠나가게 함성을 질러 우리들의 승리를 기뻐했다. 참으로 어떻게도 통쾌하든지. 〈회(懷)〉

와들와들부 (몹시 춥거나 무서워서) 몸을 야단스럽게 떠는 모양. ¶아씨는 푸른 얼굴이 더욱 푸르러 가지고 사지를 와들와들 떤다. 〈생명〉 ¶두 아이가 한꺼번에 놀라, 순석은 후닥닥 쫓아 나가고 순동이는 와들와들 떨면서 마루 구석으로 기어들어 가고, 〈흥보씨〉

와락부 갑자기 급히 대들거나 잡아 당기는 모양. ¶"저… 거시기…" "안 됐수?" 주인 노파의 얼굴은 일순간에 와락 변하고 목소리는 무쇠를 깨칠 것같이 쨍쨍하였다. 〈앙탈〉 ¶그러다가 제육둘림이 선연히 보이면서 와락 먹고 싶어 군침이 꿀꺽 넘어갔다. 〈얼어죽은 모나리자〉 ¶그래도 송구스러워 말이 와락 나와지지를 않던 것이다. 〈생명〉 ¶그 다음에 발부리를 목표로, 그것을 붙잡으려는 듯이 허리 이상의 상체와 뻗쳐 올린 두 팔을 앞으로 와락 숙입니다. 〈태평천하⑭〉

와리(わり)명 '할당', '배당'의 뜻을 지닌 일본어. ¶"… 이번은 와리를 좀 더 주더래두 내 도장만 찍어야 할 텐데?" 〈태평천하⑫〉

와사가등(瓦斯街燈)명 와사등(瓦斯燈). 가스등. 석탄 가스로 불을 켜게 하는 등. ¶다시 헌책전을 뒤지러 묵묵히 걷는 두 사람의 얼굴이 가다가 와사가등에 비칠 때에는 한층 더 창백하여 보인다. 〈창백한 얼굴들〉

와아부 와. 여럿이 한목에 움직이는 모양이나 떠드는 소리. ¶옳다구나 우리는 와아 벌떼처럼 따들고 나서서 질문을 했다. 〈회(懷)〉

와하다동 여럿이 한꺼번에 냅다 소리치거나 몰리다. ¶위선 당장 부자 사람네 것을 뺏어 먹는다니까 거리 혹해 가지골랑 너도 나도 와하니 참섭을 했다는 구료. 〈치숙(痴叔)〉

와해(瓦解)명 조직이나 기능 따위가 무너져 흩어짐. ¶사변은 국지 해결이 와해가 되고 북지 사변으로부터 전단이 차차 중남지로 퍼지면서 지나 사변에로 확대가 되어 가고, 〈태평천하⑧〉

와해(瓦解)되다동 조직이나 기능이 무너져 흩어지게 되다. ¶하기야 그렇게 기쁘던 끝에 문득 윤희를 생각하고, 이건 일이 모두 와해되나 하면 낙심이 되기도 했었다. 〈탁류②〉

왁살스럽다형 '우악살스럽다'의 준말. 보기에 몹시 무지하고 포악하다. 미련하고 우락부락하다. ¶이짝 한편으로부터서는 도무지 발성학상 계통을 알 수 없는 바스 음악 하나가 대단히 왁살스럽게 진행이 되고 있읍니다. 〈태평천하⑪〉

왁자지껄하다동 왁자지껄거리다. ¶문 밖에서 왁자지껄하는 소리에 섞인 종태의 울음소리를 알아듣고 뛰쳐나갔다. 〈명일〉

왁자부 정신이 어지럽도록 떠들썩한 모양. ¶안에서는 아니나 다를까 아이가 떼를 쓰고 우는 소리가 왁자 들려 나온다. 〈빈(貧)… 제1장 제2과〉

왁자지껄거리다동 여러 사람이 모야 정신이 어지럽도록 떠들다. ¶골목쟁이에서는 아이들이 한 때 왁자지껄거리고 떠들며 몰려나온다. 〈명일〉

왁자하다형 소문이 널리 퍼져 요란하다. 〖비슷〗 왜자하다. ¶한데 금년 첫여름부터는 또, 관수라는 총각과 배가 맞았느니 등이 붙었느니 하는 소리가 왁자하니 돌기 시작했다. 〈정자나무 있는 삽화〉

왁진왁진부 왁살스럽게 잡아당기거나 밀거나 하는 모양. ¶등 뒤에 모여 섰던 수하 중에 서넛이나가 우르르 방으로 몰려 들어가더니, 왁진왁진 윤용규를 잡아끕니다. 〈태평천하④〉

완구하다형 완연하다(宛然~). 분명하다, 확실하다. 아주 뚜렷하다. ¶저 자식은 왜 썩 없어지진 않골랑 흥! 한잔 얻어 든질르고 싶어서… 이런 눈치가 완구하다. 〈정자나무 있는 삽화〉 ¶그러니, 단 하룻밤 동안이라고는 하지만 원이 그다지 완구하지 못한 건강으로 전에 않던 무리를 졸지에 그렇게 치른 탓인지, 〈반점〉 ¶절후로 치면 벌써 춘분이니 봄도 거진 완구해 올 무렵이요. 〈모색〉

완구히부 분명하게, 확실하게. 아주 뚜렷하게. ¶그래도 손으로 만져 보면 옷 위로 망정 완구히 부른 것을 알 수가 있다. 〈생명〉 ¶작년이 재작년만 못한 것은 완구히 눈에 띄어, 살림은 차차 꿀려 들어가기 시작했다. 〈탁류①〉 ¶오늘 아침까지도 어린애로만 여겨온 딸이 그 치렁거리는 머리채하며 통통한 몸집하며가 갑자기 처녀꼴이 완구히 박혀 보이고. 〈동화〉 ¶그러더니 이제는 완구히 살아는 났지요. 〈치숙(痴叔)〉 ¶처음보다 좀 더 크게 그리고 완구히 초조스럽게 닭을 부른다. 그러나 종시 반응은 없다. 〈용동댁〉 ¶완구히 봄을 장만하고 있다. 〈패배자의 무덤〉 ¶그러나 작년 삼월 이맘때에다 대면 시방은 아주 완구히 종로 바닥이 벅차 보인다. 〈회(懷)〉

완력(腕力)㊔ 육체적으로 남을 억누르는 힘. ¶다 같은 장정이라도 승재가 완력이 솟고, 한데다가 먹곰보는 술이 취해 놔서 그다지 용을 쓰지 못하던 것이다. 〈탁류⑥〉

완력다짐(腕力--)㊔ 완력으로 을러대어 위협하는 짓. ¶흉포스런 완력다짐 끝에 따르는 계집의 굴복, 그것에서 형보는 차차로 한 개의 독립한 흥분을 즐겼고, 〈탁류⑯〉

완보(緩步)㊔ 천천히 걷는 것. 느린 걸음. ¶밭은기침을 해 가면서 넌지시 대문 밖으로 완보를 띄어 놓는다. 〈모색〉 ¶"세상은 바쁘다구 디리 뛰여 달아나는데, 찬 되려 천천히 완보시니!" 〈회(懷)〉

완상(玩賞)㊔ 즐겨 구경하는 것. ¶그리하여 그 얌체 없이 무성한 발육이 곧 옥초의 완상의 초점이었던 것이다. 〈모색〉

왓쇼왓쇼(わっしようわっしよう)㊙ '어영차 영차하고 소리치는 함성'의 일본어. ¶활동사진이며 스모며 만자이며 또 왓쇼왓쇼랄지 세이레이 낭아시랄지 라디오 체조랄지 이런 건 다 유익한 일이니까. 〈치숙(痴叔)〉

왕방울(王--)㊔ 큰 방울. ¶죽가래로 푹 찌른 것처럼 가로 째진 입, 길바닥에 떨어진 쇠똥같이 지질펀펀한 코, 왕방울 같은 눈, 좁디좁은 이마, 부룩송아지 대가리처럼 노란 머리터럭이 곱슬곱슬 자지러 붙은 대가리… 등속. 〈쑥국새〉

왕진(往診)㊔ 의사가 환자가 있는 곳으로 가서 진찰하는 일. ¶게다가 낡아빠진 왕진 가방을 들었을 때는 근동의 가난한 집에 병을 보아 주러 무료 왕진의 청을 받고 가는 때다. 〈탁류③〉 ¶아저씨는 왕진 나가셨나 보지? 〈소망〉

왕후(王侯)㊔ 황제, 국왕, 제후를 통틀어 말함. ¶돈 만 원이고 이삼만 원이고 상말로 왕후가 망건 사러 가는 돈이라도 덮어놓고 들고 뛸 작정이다. 〈탁류④〉

왜목불알(倭木--)㊔ 어린 아이의 불알. ¶그해 늦은 가을에 아씨는 왜목불알이 대롱대롱하는 아들을 낳았다. 〈생명〉 ¶'학발가(鶴髮歌)'의 조조 군사 신세타령이 아니라도, 왜목불알에 고추 자지가 대롱대롱하지만 않았을 따름이지, 〈탁류⑬〉

왜사람(倭--)㊔ 일본 사람. ¶그러므로 생각지 아니한 곳에서 뿔 돋친 모자를 쓰고 왜사람 옷을 입은 나를 갑자기 만나게 된 그이가 나를 첩경 몰라 본 것도 또한 괴이치 아니한 일이었었다. 〈불효자식〉

왜송(倭松)㊔ 소나무과의 상록 침엽(針葉)의 큰키나무. 〖같은〗 누운잣나무. 눈잣나무. ¶다시 솔숲을 빠져나와 나직한 비탈에 왜송이 둘러선 산허리에까지 단숨에 달려와서야…. 〈태평천하④〉 ¶바른편은 누르붉은 사석이 흉하게 드러난 못생긴 왜송이 듬성듬성 늘어붙은 산비탈. 〈쑥국새〉

왜장(을) 치다『관용』 누구라고 꼭 바로 집어 말하지 않고 헛되어 마구 큰 소리를 치다. ¶먹곰보가 끄은히 왜장을 치면서 비틀거리고 도로 덤벼드는 것을 그의 아낙이 뒤에서 허리를 그러안고 늘어진다. 〈탁류⑥〉 ¶네놈은 뒤어져도 상관없지만, 동네까지 그 앙화가 미치면 어떻게 하라느냐고, 욕에 꾸중에 왜장을 치면서 관수를 쫓아다니다. 〈정자나무 있는 삽화〉 ¶"앙구―우!" 왜장을 치면서 지쳐 둔 일각 대문을 (정녕 발길로 걷어차느라고) 왈그락 따악, 이어서 …. 〈흥보씨〉

왜장녀(-女)명 체격이 크고 부끄럼을 타지 않는 여자. ¶내 속에서 네년 같은 왜장녀가 어떻게 생겨 났는지 나두 모르겠다! 〈탁류⑦〉 ¶나이 열여덟 살에 그만하면 계집애가 차분하니 좀 얌전스런 구석이 없고서, 이건 가도록 왜장녀가 돼 간다고 (행실머리가 궂은 것은 차치하고라도) 동네서는 달가와하질 않는다. 〈정자나무 있는 삽화〉

왜장치다동 들떼놓고 큰소리로 마구 떠들다. ¶"인제는 사람까지 죽이는구나!"하고, 애장치는 이 소리에, 정말로 죽음이 박두한 줄로만 알았읍니다. 〈태평천하④〉

왜저깔(倭--)명 일본식 젓가락. ¶K가 왜저깔같이 종이봉지에 싼 빨대를 집어 들고 되작거려 보다가. 〈창백한 얼굴들〉

외곬명 단 한 가지 방법이나 일. ¶죄다 친정을 돕기 위하여 그랬느니라고만 해석을 외곬으로 갖게 되었다. 〈탁류⑮〉

외간 남자(外間男子)명 여자의 처지에서 '동기나 친척이 아닌 남자'를 이르는 말. ¶하물며 양반의 집 규중 부인으로 외간 남자의 혼자 있는 방에를 아닌 밤중에 찾어 들어와서…. 〈소복 입은 영혼〉 ¶그리 했으면서 인제는 완전히 외간 남자인 과거의 사람에게 미련을 가짐은 크게 어리석은 짓일뿐더러, 〈탁류⑩〉

외다동 →외치다. 소리를 크게 지르다. ¶벤또 장사, 차 장사, 무슨 장사 해서 모두 가까이 와 차창으로 대고 바쁘게 외었다. 〈세 길로〉

외다리명 (사람이나 물건의) 하나만 있는 다리. 또는 그런 사람이나 물건. ¶종태놈만 건넌방에서 공부를 하고 있다가, 그 알량한 외다리로 뛰어나와서 반갑다고 매다리고…. 〈이런 처지〉 ¶한편치가 무릎에서 으그라 붙은 다리를 잘름거리기가 답답하여, 외다리로 깡충깡충 뛰어나오고 있을 때입니다. 〈흥보씨〉

외동서(外--)명 '외동세(外~)'의 뜻. 첩끼리 서로 일컫는 말. 본처와 첩 사이에 일컫기도 한다. ¶옥화는 이 큰댁엘 자주 드나들어, 시아버지 윤 직원 영감의 귀염을 일수 받고, 외동서 조 씨의 성미를 맞추기에 노력을 하고, 서울 아씨나 두 (남편의) 며느리와도 사이가 좋습니다. 〈태평천하⑪〉

외등(外燈)명 '옥외등(屋外燈)'의 준말. 밤에 건물 바깥을 밝히는 등. ¶계봉이가 앞을 서서 골목 안으로 쑥 들어서는데 외등 환한 대문 앞에…. 〈탁류⑰〉

외등불(外燈-)명 밤에 건물 바깥을 밝히는 등불. ¶밖에서 재촉하는 대로 대문을 열었다. 역시 시꺼먼 수사가 외등불 밑에 우뚝 섰다. 〈탁류⑩〉

외따로부 오직 홀로. 혼자 따로. ¶언덕배기 밭 가운데 외따로 토담집을 반 길만 되게 햇짚으로 올타리 한 마능에서는 오목

이네가 떡방아를 빻기에 정신이 없이 바쁘다. 〈얼어죽은 모나리자〉

외람(猥濫)스럽다[형] (하는 생각이나 행동이) 도리나 분수에 지나친 듯하다. ¶그런 외람스런 맘 애여 먹지 말고, 이젠 정말 애처가요, 좋은 파파 노릇이나 하게. 〈이런 처지〉

외람(猥濫)하다[형] (하는 생각이나 행동이) 도리나 분수에 지나친 데가 있다. ¶시방 정 주사가 '전봇대'한테 우동 한 턱을 쓰기로 하는 것은 그런 호협이나 멋이 아니라 외람한 화풀이다. 〈탁류⑮〉

외려[부] '오히려'의 준말. ¶그런데다 말이네. 맘씨하며 행동거지라도 좀 의젓해서 내 맘에 든다면 외양 못생긴 험은 외려 견디겠는데, 〈이런 처지〉 ¶머 삼청동 풀에를 다니구, 그런 것두 외려 열두째야. 내 참!…. 〈소망〉

외보살 내야차(外菩薩 內夜叉)[관용] 밖으로는 보살(부처에 버금가는 성인)이고 안으로는 야차(민간에서 이르는 모질고 사나운 귀신의 한 가지)이다. ¶외보살 내야차라고 하거니와 곡절은 어떠했든 저렇듯 애련한 계집이, 왈 남편이라는 인간 하나를 궂히려 사약을 사서 들고 만인에 섞여 장안의 한복판을 어엿이 걷는 줄이야 당자 저는 앉았거든, 〈탁류⑱〉

외사촌[명] →외사촌. 외삼촌의 자녀. ¶"이 애로 말하면 제 외사춘의 딸인데, 그러니 다른 아이들은 열 명을 제쳐 놓고라도 이 애 하나만은 그여코 뽑히게 해 주어야 합니다." 〈홍보씨〉

외상[명] 값을 뒤에 치르기로 하고 물건을 사거나 파는 일. ¶인력거꾼은 어쩐 영문인지를 몰라, 두릿두릿하다가, 혹시 외상인가 하고 뒤통수를 긁적긁적하면서…. 〈태평천하①〉

외손주(外--)[명] →외손자. 시집간 딸이 낳은 아들. ¶사우 이뻐할사 장모라구, 그게 다아 딸이나 외손주놈보담두 실상 알구 보면 그 알뜰한 사우 양반 생각허시구, 그러시는 거 아니우?〈소망〉

외수(外數)[명] 남을 속이는 꾀. 속임수. ¶그것만은 외수가 없는 구멍인 것을, 잘못하다가 그 구멍마저 놓쳐서는 큰 낭패이겠으니 말입니다. 〈태평천하⑨〉

외수(外數)없다[형] 속임수가 없다. ¶그렇게 잘하는 이야기 가운데는 이야기의 천재인 '덕언이 선생님'의 창작도 있었고 또 변조도 있었지만 여기서 내가 전하는 '서글픈 전설'은 외수없는 정말 전설입니다. 〈소복 입은 영혼〉

외수없이[부] 속임수가 없이. ¶이것이 밥상 위에 놓은 찬이요. 밥은 외수없이 검붉은 조각팥 밥에서 벗어나지 아니하였다. 〈앙탈〉 ¶그동안의 십오 년과 다름 없는 밥짓기로써 나머지 생명을 하루씩 하루씩 외수없이 치러 나갈 것이다. 〈모색〉

외입(外入)[명] →오입(誤入). 제 아내 아닌 여자와 육체적 관계를 맺은 일. ¶그러나 아직 외입을 하러 나갈 담보는 생기지 않았다. 〈생명〉

외입판(誤入-)[명] 제 아내 아닌 여자와 육체적 관계를 맺는 일이 벌어진 자리나 장면. ¶두 사람이 알기는 서울서부터지만 이렇게 단짝이 되기는 태수가 군산으로 내려와서 외입판에 첫발을 들여놓을 때에 병정을 서 주면서부터다. 〈탁류④〉

외지다㉻ 외따로 떨어져 있거나 구석지다. ¶오정 때가 갓 경운 참이라 욕실 안에서는 두엇이나가 철썩거리면서 목간을 하고 있고, 옆 남탕에서는 관음 세는 소리가 외지게 넘어와서 저으기 한가롭다. 〈빈(貧)… 제1장 제2과〉

외착(外錯)㉮ 일이 잘못되어 어그러짐. ¶대답이 자꾸만 외착이 나곤 해서 피차에 수고로왔읍니다. 〈태평천하⑭〉 ¶칠십만 인구였던 가늠만 하고서 그 수효를 표준하여 식량 배급 마련을 했더니 자꾸만 외착이 나고 나고, 할 수 없이 호구 조사를 새로이 해 본 즉, 자그마치 구십삼만이더라고. 〈회(懷)〉

외창㉮ →외착(外錯). 일이 잘못되어 어그러짐. ¶형본지 곱산지가 나서서 긴찮게 방정맞은 소리를 지절거리고 보니, 일이 단박 외창이 나게 되던 것이다. 〈탁류⑭〉

외탁(外-)㉮ 생김새나 성질 등이 외가쪽을 닮음. ¶초봉이는 부계의 조부를, 계봉이와 형주, 병주는 모계로 외탁을 했다. 〈탁류③〉

왼눈㉮ 왼쪽 눈. ¶그는 왼눈을 째긋이 감으면서 쌍스럽게 두꺼운 입술을 벌려 빙긋 웃는다. 〈빈(貧)… 제1장 제2과〉

요(褥)㉮ 사람이 앉거나 누울 때 방바닥에 까는 물건의 한 가지. 천으로 짓는데 속에 솜을 두거나 혹은 모피 따위로 만듦. ¶김씨는 이내 웃으면서 옆에 와서 앉으라고 요 바닥을 도닥도닥 가리킨다. 〈탁류⑩〉

요강(尿綱)㉮ 방에 두고 오줌을 누는 그릇. 놋쇠, 양은, 사기 등으로 조그만 단지처럼 만듦. ¶자다가 요강을 찾아야 얼른 대 주지도 않는다. 〈두 순정〉

요거㉹ '요것'의 준말. 가까이에 있는 사물을 가리키는 말. ¶"자아 제군! 자아 요거 요거…" 두 손을 쳐들어 손끝마다 손톱을 짚어 보이면서 의기양양, 우선 우리들더러 묻는 것이었었다. 〈회(懷)〉

요건(要件)㉮ 긴요한 말. ¶"진즉 제가 가서 기별을 해 드릴렸는데 이렇게 찾아오시게 해서…" 최 씨는 급사가 가져온 차를 범수에게 권하며 이렇게 요건을 꺼낸다. 〈명일〉

요것㉹ '이것'을 얕잡거나 귀엽게 일컫는 말. ¶"요것아!" 물기도 이골이 나서 어느 결에 들이덤볐는지, 태수의 어깨를 덥석 물고 몸을 바르르 떤다. 〈탁류⑤〉

요기(療飢)[1]㉮ 시장기를 겨우 면하는 것. 시장기를 면할 정도로 음식을 조금 먹음. ¶아침에 밀가루 십 전어치를 사다가 수제비를 떠서 아이들 둘까지 네 식구가 요기를 하고는 당장 저녁거리가 가망이 없는 편이다. 〈명일〉 ¶호떡집에서 그렇게 웬만큼 요기를 하고 나와 문앞에 서서. 〈어머니를 찾아서〉 ¶목간을 먼점 할까? 시장한데 무어 요기를 먼점 할까? 〈탁류⑫〉 ¶자네 댁으로 가서 폐를 끼치느니 또 갑갑하기도 하니까, 어디 요기도 시켜 주고, 좀 자유롭게 앉아서, 〈이런 처지〉 ¶점심 요기를 하자는 것이었다. 아까 낮에는 하도 속이 상해서 점심도 여태 안 먹었노라면서. 〈회(懷)〉

요기(妖氣)[2]㉮ 요망하고 간사스러운 기운. ¶형보는 퀭하니 뚫려 가지고는 요기조차 뻗치는 눈방울을 굴려 초봉이와 태수를 번갈아 본다. 〈탁류⑦〉

요긴(要緊)하다㉻ 중요하고 긴요하다.

『같은』 긴요하다(緊要~). ¶생각지 아니한 난관을 만났다가 다행히 무사히 피어는 났으나 그것 때문에 정말 요긴한 이야기가 흐지부지 될까봐서 태호는 속이 조였다. 〈보리방아〉 ¶그리고 그 다음이 제일 요긴한 어머니를 만나 보고 싶은 것입니다. 〈어머니를 찾아서〉 ¶또 한 가지, 어 참 대단 요긴한 조간이 있읍니다.… 그건 다른 게 아니라, 허허 이거 원 말씀하기가 거북해서…. 〈탁류⑭〉

요꼴명 요러한 모양새. 〈이꼴. ¶화풀이삼아 언제까지고 이렇게 거꾸로 들었다 놓았다 하면서 예미한테다 기어코 요꼴을 보여 줄 심술이었었다. 〈탁류⑱〉

요꾸네마시다까(よくねましたか)동 '잘 잤습니까?'의 일본어. ¶"잘 잤느냐는 인사는, 일어루 무어라구 허닝그라이우?" 한다치면 "요꾸네마시다까, 그럴 테지…" 하고, 대답을 하고…. 〈순공(巡公) 있는 일요일〉

요년대 바로 앞에 있는 여자를 욕되게 이르는 말. ¶"네가 요년 산동이를 생각하고 그러는가 부다마는 산동이쯤은 아무것도 아니다." 〈산동이〉 ¶"요년!" 영감의 호통 소리가 들리며 무엇인지 못이 찢어지는 소리가 날카롭게 들렸다. 영감은 준절히 꾸짖었다. 〈산동이〉

요뇨(嫋嫋)하다형 소리가 간들간들하고 길다. ¶"에끼! 방정맞은 놈들! 글 읽을 때는 눈두덩이 들어붙어서 꼭 맹꽁이 울듯이 졸음 반이 앓는 소리 반을 섞어 밍맹 밍맹하더니 책을 덮어노면서는 눈구멍이 모다들 샛별같이 초랑초랑해 가지고 요뇨하니 앉어서 이야기를 청해?" 〈소복 입은 영혼〉

요담(要談)명 긴요한 이야기. ¶저녁을 마치고 나서 비로소 병문이는 그야말로 요담을 꺼내었다. 〈농민의 회계보고〉

요대도록부 →요다지. 요러한 정도로까지. ¶일찌기 인류는 한 인간이 다른 한 인간을 요대도록 모질게 미워함을 겪은 적이 드물 것이다. 〈생명〉

요란(擾亂·搖亂)명 시끄럽고 어지러움. 시끄럽고 떠들썩한 것. ¶태식이가 밥을 먹느라고 짜금짜금 시근버근 요란을 떨 뿐이지, 〈태평천하⑤〉 ¶요란을 떨면서 뒤끓어 구경—견학을 가던 그 기차라는 게 무어냐 하면, 소위 모래차라고, 흙과 자갈을 파 실어 나르는 뚜껑 없는 화물차였었다. 〈회(懷)〉

요란떨이명 몹시 요란스럽게 구는 짓. ¶그거야 제가 싫으면 내쫓아 버리면 고만일 걸 가지고 저다지도 지레 요란떨이를, 더구나 내게다 대고…. 〈탁류⑭〉 ¶하지만, 진달래꽃머리 요 때면 으레껏 하는 버릇으로 기어코 요란떨이를 한바탕 차례를 잡자는 요량인지…. 〈모색〉

요량(料量)명 (앞일에 대하여) 잘 헤아려 생각함. 또는 그 생각. 앞일을 미루어 헤아림. ¶그러나 정 씨는 그렇게 요량이 통히 없지는 아니했다. 〈보리방아〉 ¶그래두 내 요량 같아서는 따라 보내는 게 좋을 것 같습니다. 집에다 둬선 무얼 하겠수? 〈탁류③〉 ¶윤 직원 영감은 7원 50전이면 산다는 그 반지를 사 주기는 사 줄 요량입니다. 〈태평천하⑩〉 ¶"나는 머 버젓하게 요량이 있는 걸요." 〈치숙(痴叔)〉

요량(料量)을 대다『관용』 요량을 하다. (앞일에 대하여) 잘 헤아려 생각하다. 앞일을 미루어 헤아리다. ¶그래도 한구석 아까운 생각이 들어 그는 이제 아쉽고 심심하면 한두 번 더 오리라고 요량을 대었다. 〈얼어죽은 모나리자〉

요령(搖鈴)명 군령(軍令)이나 경고 등에 쓰는 놋쇠로 만든 종 모양의 큰 방울. 손에 쥐고 흔들어 소리 내는 방울 모양의 작은 종. ¶새벽잠이 어렴풋이 깨었을 때 삐걱삐걱하며 기운차게 소 모는 소리와 저녁 어스름이 들 때 저편 동구 밖에서 빈 구루마에 올라앉아 쇠목에서 흔들리는 요령을 장단 삼아 콧노래를 부르며 돌아오는 구루마꾼들의 자취는 영영 사라지고 말았다. 〈화물자동차〉 ¶꼴을 먹는 소 목에서는 끊이지 않고 요령이 흔들린다. 〈팔려간 몸〉

요마적명 이제로부터 지나간 얼마 동안의 아주 가까운 때. 〈이마적. ¶요마적 양복장이라고는 좀처럼 찾아오는 법이 없지만, 〈태평천하⑭〉

요만하다형 요 정도만 하다. ¶내가 요만할 적부터 내 걸로 맡아 두었는데 다 자란 뒤에 뺏겨! 〈쑥국새〉

요망(妖妄)스럽다형 언행이 경솔하고 방정맞은 데가 있다. ¶"짜증내지 마시우!" 하더니 요망스럽게 올바로 적중이 되지를 않았느냔 말이다. 〈상경반절기〉

요모로조모로부 요런 면으로 조런 면으로. ¶금출이의 영상은 매일 그렇게 품고 지나는 사이에 요모로조모로 변해 가지고. 〈얼어죽은 모나리자〉

요모조모로부 여러 방면으로. 요런 면 조런 면으로. ¶돈을 쓰는데 요모조모로 아끼고 졸이고 깎고 해 가면서, 〈태평천하⑨〉

요밀조밀하다형 →오밀조밀하다. 사물에 대한 마음씨가 매우 자상스럽고 꼼꼼하다. ¶글쎄 젊은이가 으쩌면 그렇게 맘 쓰는 게 요밀조밀합니까! 온…. 〈탁류⑦〉

요보명 일본인이 한국인을 낮춰 부르던 호칭. 일제 강점기 일본인들이 '한국 사람'을 멸시하여 이르는 말. ¶"네나 내나 요보가 진고개에 무슨 일이 있냐?" 하고 S가 픽 웃는다. "그건 그래도 나으이… 상투쟁이래야 제격이지." 〈창백한 얼굴들〉 ¶더구나 때문은 무명 고의적삼에 지게를 짊어지고, 붉은 다리를 추어올린 요보가 아니면, 뒷짐 지고 흰 두루마기에, 어둔 얼굴에 힘없이 벌린 입에, 〈태평천하⑭〉

요부(妖婦)명 요사스러운 여자. ¶"사람을 울리려 세상에 났나? 요부도 아니면서 독부도 아니면서 가시(자)도 없는 좋은 사람…." 〈병조와 영복이〉

요새명 '요사이'의 준말. ¶또 요새도 장복을 하는 인삼 등속의 약효로 해서 얼굴은 불콰하니 동안이요, 〈태평천하①〉

요술 주머니명 사람의 눈을 어른어른하게 하여 여러 가지 이상한 일을 나타내 보이는 주머니. ¶데데하게시리 현미경을 요술 주머니처럼 신기해 하고, 게다가 현미경 검사를 하는 세균을 십 배냐고 묻더니! 〈탁류⑧〉

요술(妖術)하다동 사람의 눈을 현혹하는 괴상한 술법을 쓰다. 또는 초자연적 능력으로 괴이한 일을 행하는 술법을 쓰다. ¶옥봉이가 뾰로통한 소리로 "웅퉁이가 요술허(하)든감!" 이렇게 튼다. 〈암소를 팔아서〉

요시까와 에이찌(吉川英治)명 요시카와 에이지. 일본의 작가 이름. 소설가, 번역가. 시대물 작가로 특히 삼국지 번역의 권위자. ¶그리고 요시까와 에이찌, 그이 소설은 진찐바라바라하는 지다이모논데 마구 어깻바람이 나구요. 〈치숙(痴叔)〉

요염(妖艶)하다형 사람이 유혹에 빠져 정신을 차리지 못할 만큼 매우 아름답다. ¶그렇게 아름다운 젊은 여인이 그러나 위아래를 하얗게 소의소복으로 차리고서 아닌 밤중에 소리도 없이 문을 열고 들어오는 그 양자는 그러나 선녀와 같은 아름다움에 취하기보다 귀신인가 의심하게 요염하였읍니다. 〈소복 입은 영혼〉

요옹하다형 →용하다. 기특하고 장하다. ¶날 울리믄 요옹태지… 난 차라리 우리 송희가 남 서방같이 착한 파파라두 생겼으믄 좋겠어! 〈탁류⑰〉

요외로(料外-)부 요량 밖으로. 생각 밖으로. ¶돈을 5전 가량 요외로 더 지출했을 때만큼이나 벼락 같은 꾸중을 듣게 됩니다. 〈태평천하②〉

요원(遙遠·遼遠)하다형 까마득히 멀다. 아득하게 멀다. ¶어머니를 졸라 이웃집에서 '배매개'로 암토야지 새끼 한 마리를 얻어다가 실상 먹여 기를 수도 없는 터에 용희가 제 몫으로 기르고 있는 것도 인제 요원(!)한 장래에 재봉틀을 사 가지려는 커다란 포부에서 나온 것이다. 〈보리방아〉

요절(腰折·腰絕)하다형 몹시 우스워서 허리가 부러질 듯하다. ¶내가 기차라고 생긴 형용을 처음 비로소 타 보느라, 그 요절할 광경을 하던 지가 겨우 삼십 년이 될까 말까하다. 〈회(懷)〉

요정(料亭)[1]명 요릿집. 여러 가지 요리를 만들어 술과 함께 파는 것을 영업으로 하는 집. ¶물론 첩질이나 하고, 마작이나 하고, 요정으로 밤을 도와 드나드는 걸 보면 갈 데없는 불량자고요. 〈태평천하⑤〉

요정(了定)[2]명 (무엇을) 결판을 내어 끝을 마침. ¶마음에나마 결단을 지은 게 있어야 할 텐데, 그대로 아무 요정이 없고 말았다. 〈용동댁〉

요정(了定)을 내다〖관용〗 (무슨 일을) 결판을 지어 끝을 내다. ¶안해는 오늘은 기어코 요정을 낼 듯이 기승을 부리려 든다. 〈명일〉 ¶저허구 나허구 애비 자식 천륜을 끊던지, 지집을 이혼을 허던지 좌우양단간 오널 저녁 안으루 요정을 내구래야 말 티닝개루… 두구 부아! 〈태평천하⑥〉

요정(了定)을 짓다〖관용〗 (무슨 일을) 결판을 지어 끝을 마치다. ¶이렇게 쾌히 요정을 지어 버리고 싶기까지 했었다. 〈탁류⑦〉

요지간명 →요사이. ¶글쎄? 그건 자네가 요지간 어떤 곡절로 가정에 다소간 염증이 났나 보이마는 머. 〈이런 처지〉

요지경명 알쏭달쏭하고 복잡하여 무슨 일인지 이해할 수 없는 속내. ¶만래가 요지경이 아니우? 〈탁류⑦〉

요짐명 →요즘. ¶웬걸 봄이 느짓허니까 생오두발광이 나서 S인지 제 소위 시인이랍시는 자식허구 붙어 가지구 요짐은 또 ×××여기자까지 됐었다던가…" 〈그 뒤로〉

요행(僥倖)부 뜻밖에 다행히. 운수 좋게. ¶영섭에게서 요행 일 원 한 장을 보내 주어, 그것을 받았을 때만은 기뻤으나. 〈이런 남매〉

요행수(僥倖數)명 뜻밖에 얻어진 좋은 운수. ¶정 주사도 어제 오늘은 달랑 돈 십 전이 없으면서 그래도 요행수를 바라고

아침부터 부옇게 달려나와 비잉빙 돌고 있었다. 〈탁류①〉

욕(辱)을 갈기다『관용』 욕설을 퍼붓다. ¶ "이 영감이 이 모양야? 미쳤나!" 하면서 욕을 냅다 갈기고 통통 나가 버렸읍니다. 〈태평천하⑩〉

욕기(慾氣)명 사물에 대한 욕심의 기운. 가지고 싶어하는 마음. 욕심. ¶ 그래서야 내가 돈에 욕기가 나서 혼인을 한 것이 되지 않느냐? 〈탁류③〉

욕실(浴室)명 목욕 시설을 갖춘 방. ¶ 유모는 몸뚱이며 얼굴이 물크러질 듯 벌겋게 익어 가지고 욕실 밖으로 나왔다. 〈빈(貧)… 제1장 제2과〉

욕지거리(辱---)명 욕설하는 짓. ¶ "자유주의 운동을 하는 놈더러 욕지거리로 반박을 써서 발표했다고." 〈산적〉

욕질명 속이 메슥메슥하여 토하려고 하는 것. 『같은』 욕지기. ¶ 이번에는 입덧이 나서 욕질이 자꾸만 넘어오고, 〈탁류⑬〉

용(用)[1]명 '비용'의 준말. 어떤 일을 하는 데 드는 돈. ¶ 그러던 것이 한 해 두 해 지나노라니까, 아이들은 자라고 학비까지 해서 용은 더 드는데, 〈탁류①〉 ¶ 사십 원 남짓한 돈을 가지고는 최소한도의 용을 줄여도 오히려 부족이 생겨, 〈이런 남매〉

용(茸)[2]명 '녹용'의 준말. 사슴의 새로 돋은 연한 뿔. 한방에서 보약으로 귀히 여김. ¶ 또 부모의 덕택으로 용과 삼을 많이 먹었다. 〈생명〉 ¶ 거의 30여년 전에, 몇 해를 두고 부안, 변산을 드나들면서 많이 먹은 용(茸)이며 저혈(豬血)·장혈(獐血)이며…. 〈태평천하①〉

용(龍) 못된 이무기『속』 '의리나 인정이라곤 도무지 없고 심술만 남아 남에게 손해만 입히려는 사람'의 비유. ¶ 용 못된 이무기 심술만 남더라고, 앉아서 심술이나 부려야 속이나 시원하지요. 〈태평천하⑥〉

용(勇)(을) 쓰다[1]『관용』 괴로움을 참으며 무리하게 하려고 애를 쓰다. 힘을 들여 괴로움을 억지로 참다. ¶ 다 같은 장정이라도 승재가 완력이 솟고, 한데다가 먹곰보는 술이 취해 놔서 그다지 용을 쓰지 못하던 것이다. 〈탁류⑥〉

용(勇)(을) 쓰다[2]『관용』 기운을 몰아 쓰다. ¶ 그것을 알고 그는 이래서는 못쓰겠다고 다시 한번 용을 써 보았으나 몸은 일어서지지 아니했다. 〈얼어죽은 모나리자〉 ¶ 최 서방은 건들건들 우스개를 하면서, 손에 움키어 몸을 뒤틀고 용을 쓰는 응쥐를 들여다보다가. 〈정자나무 있는 삽화〉

용꿈(龍-)명 용을 보는 꿈. ¶ 배고픈 호랑이가 원님을 알아볼 리 없고, 무슨 돈이 되었든지 간에, 마침 또 간밤에는 용꿈을 꾸었겠다 하니, 〈탁류⑮〉

용단(勇斷)명 용감하게 결단하는 것. 용기있게 결단함. 또는 그 결단. ¶ 그러나 그렇게 할 용단까지는 나지 아니하고 모처럼 당한 이 유혹이 또한 자력(磁力)을 부리어 그대로 주저앉아 있는 것이다. 〈명일〉 ¶ 내가 이럴 일이 아니라 차라리 벗어부치고 노동을 해먹는 게 옳겠다고, 크게 용단을 내어 선창으로 나와서 짐을 져본 일이 있었다. 〈탁류①〉

용렬(庸劣)하다형 못생기며 어리석고 변변하지 못하다. 평범하고 재주가 남보다 못하다. ¶ 그래서 용렬한 사내자식이라고 삐죽거릴 것, 〈탁류⑧〉

용색풀이[명] 심심함을 잊으려고 하는 일. [비슷] 심심풀이. ¶장난이나 하고 말지 하고, 그 할 대로 장난 삼아 용색풀이를 했던 것이다. 〈얼어죽은 모나리자〉

용용(溶溶)하다[형] 큰 강물이 질펀하다. ¶눈앞에 용용하게 흘러가는 푸른 한강이 어릿어릿하고 쏴 쏟아지는 수통 꼭지가 보이는 듯하다. 〈레디 메이드 인생〉

용이히(容易-)[부] 퍽 쉽게. ¶그러나 잠은 용이히 오지를 않고, 무엇인가를 기다리는 듯 신경은 가벼운 긴장을 하고 있었다. 〈반점〉 ¶순사라고 하는 특정한 조건이 따랐을 경우라야만 용이히 그를 생각하게 될 만큼, 〈순공(巡公) 있는 일요일〉

용적(容積)[명] 사물이 차지하고 있는 공간의 크기. ¶마당으로 들어서는 강씨 부인은, 머리쪽은 거진거진 떨어져 내리고, 매무시는 흘러 상당한 용적의 맨살이 드러났고, 〈흥보씨〉

용졸(庸拙)스럽디용졸(庸拙)스럽다[형] 용렬하고 졸렬하다. ¶그것도 그것이려니와, 두 아이가, 하나는 용졸스럽디용졸스럽고 하나는 눈방울이 숭업게 툭 비어지고 한 꼬락서니가, 도저히 저게 내 아들이니라 여기기조차 창피했다. 〈반점〉

용천배기 콧구녕에서 마늘씨를 뽑아 먹다 [속] 남의 것을 탐욕하는 사람을 보고 조롱하는 말. ¶그만두소. 용천배기 콧구녕으서 마널씨를 뽑아 먹구 (용천배기 콧구멍에서 마늘씨를 뽑아 먹고) 말지, 내가 칙살럽게 인력거 공짜루 타겠넝가!…. 〈태평천하①〉

용천뱅이[명] →문둥이. (전라, 충청). 문둥병에 걸린 사람. ¶용천뱅이가 보리밭에 숨어 앉아서 어린애들이 지나갈라치면, 구슬 줄게 이리 온, 사탕 줄게 이리 온, 한답니다. 〈태평천하⑩〉

용혹무괴(容或無怪)[명] 혹시 그럴 수가 있더라도 괴이할 것이 없음. ¶"선비가 머리 깎고 (혹시, 홧김에 중노릇을 갔다면 용혹무괴이거니와) 도무지 어디 당한 것이라고," 〈순공(巡公) 있는 일요일〉

용히[부] 기특하고 장하게. ¶끝내 울구 달려나오니깐 첨에는 성가신 듯이 이맛살을 찌푸리드니, 용히 재갸 차림새가 생각이 나든가. 〈소망〉

우겨재키다 [동] →우겨젖히다. (어떤 일을) 고집하여 주장하다. 어떤 일을 억지로 권하다. ¶아버지가 혹시 반대하신다면 내 쫓아가서 우겨재키지 않으리? 〈탁류②〉

우글쭈글하다[형] 주름 따위가 우글우글하고 쭈글쭈글하다. ¶그 위인은 벌써 우글쭈글해요. 그래서 에누리 없이 십 년 층은 져보여. 〈이런 처지〉

우금(于今)[부] 지금까지. ¶장사를 하고 나서 우금 일 년이나 그대로 문두름히 있었다는 것은 좀 박절했다고 할는지 매몰스럽다고 할는지…. 〈패배자의 무덤〉

우김질[명] (자기의 의견이나 주장을) 고집하여 주장하는 짓. 우기는 짓. ¶내외간의 우김질은, 아이들이, 초봉이만 부엌에 있고 모두 몰려드는 바람에 흐지부지 중판을 메고 묵묵하다. 〈탁류③〉 ¶영섭은 어느 겨를에 벌떡 일어서서는, 목에 핏대를 세워가지고 마주 우김질이었다. 〈이런 남매〉

우단(羽緞)[명] 거죽에 고운 털이 돋게 짠 비단. ¶논 귀퉁이를 조금씩 차지한 못자리판도 파란 우단을 펼쳐 놓은 것같이 귀인성 있게 자라났다. 〈생명의 유희〉 ¶ 맑은 햇볕이 차창으로 쬐어 들어, 좌석의 고운 남빛 우단을 더욱 해맑게 드러낸다. 〈탁류⑫〉

우꾼우꾼하다㊀ 어떤 기운이 일시에 세차게 잇달아 일어나다. ¶ 오늘부터 이 집은 그래서 단박 더운 김이 치닫게 우꾼우꾼하다. 〈탁류⑦〉

우나다㊂ 유별나다. 두드러지게 다르다. ¶ "… 난들 무슨 팔자가 그리 우나게 좋다던가?…." 〈태평천하⑪〉 ¶ 그것도 있기만 있었다면야 달리 찢길 데가 없으니 고스란히 정 주사에게로 몰려 내려왔겠지만 별로 우난 것이 없었다. 〈탁류①〉 ¶ 아, 진작 한 나이라도 젊어서 팔자를 고치는 게 아니라, 무슨 놈의 우난 후분을 바라고 있다가 끝끝내 고생을 하는지. 〈치숙(痴叔)〉 ¶ "하루 이틀, 더얼 다닌다고 무슨 그리 우난 공부래서 밑질 게 있을까 보냐"고 생각난 길에 그날로 보내기로 한 것이다. 〈두 순정〉 ¶ 그리 우난 건 아니지만, 동기간이 객지서 어려이 지낸다구 가끔 돈 백 원씩 그렇게 띠어 보내군 했는데. 〈소망〉 ¶ 한갓 그저 우난 볼일도 없으면서 흥떵거리며 번다히 오르내리잘 머리가 없는 노릇이라. 〈상경반절기〉

우당퉁탕㊃ 우당탕거리고 퉁탕거리는 소리. ¶ 그리한 지 한 시간이 넘어서야 복도를 우당퉁탕, 정 주사네 내외가 달려들었다. 〈탁류⑩〉 ¶ 그러다가 윤 직원 영감이 눈에 띄니까는 들이 천동한 것처럼 우당퉁탕 뛰어들어 윤 직원 영감의 커단 무릎 위에 펄씬 주저앉습니다. 〈태평천하⑤〉

우둑우둑㊃ (연한 잎 등을) 뜯는 소리. ¶ 용희는 도야지울 옆으로 가서 무엇을 좀 줄까 하고 망설이다가 울타리에 덮인 호박잎을 우둑우둑 뜯기 시작했다. 〈보리방아〉

우둘부둘하다㊂ 우둘우둘하다. 우둥퉁하고 부드럽다. ¶ 얼굴도 M은 우둘부둘한 게 정객 타입으로 생기었고—잘못하면 복싱 링에 내세워도 좋겠고—H는 안존한 게 사무원 타입이다. 〈레디 메이드 인생〉

우디다㊀ 움키어 힘있게 잡다(?). ¶ 일 분, 이 분, 삼 분이면 안색이 질리면서 가슴을 우디고 몸을 비틀다가 고만 나가동그라져, 그리고 눈을 뒤쓰고 단말마의 고민을 하다가, 〈탁류⑧〉 ¶ 옥봉이는 그러고는, 아마 우는지, 한편 손으로 눈을 우디고 마을을 향해 허둥거리며 달린다. 〈암소를 팔아서〉 ¶ 하나는 볼을 우디러 올라가던 손이 바르르 떨고 만다. 〈생명〉

우뚝우뚝㊃ 여럿 가운데 특별히 높게 두드러져 있는 모양. ¶ 대답 대신, 모포기 속에서 일꾼들이 우뚝우뚝 웃도리를 펴면서, 날쌔게 벌써 논물에다가 흔들어 씻은 손을 해 가지고 논두덕으로 처억처 나온다. 〈정자나무 있는 삽화〉

우라㊄ →오라. 죄인의 두 손을 뒷짐지어 묶는 데 쓰는 붉고 굵은 줄. ¶ "망할 식 같으니라고! 우라 주리땔 앵길 식 같으니라고! 꼭지새끼 같으니라고!" 〈상경반절기〉

우랄지게㊅ '오라로 묶이는 벌을 받아야 하게'의 뜻으로 하는 욕말. ¶ "그 제에길, 없는 걸 누가 억지루 달래나? 우랄지게!" 〈이런 남매〉

우랄질㊆ 오라질. '오라로 묶이는 벌을 받아야 할'의 뜻으로 하는 욕말. ¶ 우랄질 년!… 이년아, 남의 기집들은 사내가 둔

뭇 벌면, 기집이 척척 나가설랑 다아 벌어다가 멕여두 살리구. 〈이런 남매〉

우러나다(동) →우러나오다. 어떤 생각이 마음 속에서 저절로 생겨 나오다. ¶'개가 여러 마리면 호랑이도 잡는다' 이런 생각이 그 끝에 연달아 우러나면서 갑쇠는 다시금 고개를 혼자 끄덕거린다. 〈정자나무 있는 삽화〉

우렁우렁하다(형) 울리는 소리가 크다. ¶오늘은 뜻밖에, "나야, 나…." 하면서 우렁우렁한 사내의 음성이 들려왔다. 〈탁류⑮〉

우렁이속(명) →우렁잇속. ¶어머니가 나와서 이것저것 시키니까 그 말을 듣고 하는 체했지만 속은 아주 우렁이속같이 깊었던 것이다. 〈보리방아〉 ¶옥초는 상수가 시방 우렁이속 같은 속이 있어서 열불나게 쫓아 올라온 꼴이 우습기도 하고 밉살스럽기도 하고. 〈모색〉

우렁잇속(명) '내용이 복잡하여, 또는 속을 내보이지 아니하여 알 수 없는 일'의 비유. '털어놓지 않는 속마음'을 비유하여 이르는 말. ¶속이야 다 우렁잇속같이 있으면서 말을 하자고 들면, 가령 그것이 억울하다든가 분한 경우라든가 기운이 겉으로 시원시원하게 내뿜기지를 못하고 속으로만 수그러들어, …. 〈탁류②〉

우려먹다(동) 조금밖에 없는 것. 또는 이미 이용했던 것을 자꾸 써먹다. ¶차라리 썩은 몸뚱아리를 가지고 보람있게 우려먹으니 더 좋은 일이다. 〈탁류⑭〉

우렷이(부) 모양이나 빛깔이 보일 듯 말 듯 희미하게. 『비슷』 우련하게. ¶그러한 가운데도 우렷이 솟아오르는 달같이 훤하게 아름다운 그 자태가 실로 한 폭의 명화와도 같았읍니다. 〈소복 입은 영혼〉 ¶그는 시방 눈앞에 자비스런 초봉이가 한가운데 천사의 차림으로 우렷이 나타나 있고, 〈탁류⑧〉

우루사이(うるさい)(형) '시끄럽다', '귀찮다', '번거롭다'의 일본어. ¶우루사이나(에잇 성가셔)! 시간두 다아 됐는데… 왜 그런다던? 〈탁류⑩〉

우르릉거리다(동) 무엇이 무너지거나 울리는 소리를 자꾸 내다. ¶그리하여 어쨌거나 삼십 명에 가까운 구루마꾼들은 바로 눈앞에서 검은 연기를 뿜고 우르릉거리며 날쌔게 달리는 기차에게 위협도 받지 아니하고 잘 벌이를 하며 살아간다. 〈화물자동차〉

우르릉털그렁(부) 무엇이 무너지거나 흔들리거나 하면서 몹시 요란스럽게 울릴 때 나는 소리. ¶이윽고 차는 흙을 다 푸고는 우르릉털그렁 다시 돌아오더니 피이 숨을 내쉬면서 멈춰 섰다. 〈회(懷)〉

우리다(동) 더운 기운이 생기도록 볕이 들다. ¶게다가 처마 끝 함석 채양에서는 후끈후끈 더운 기운이 숨이 막히게 우리지요. 〈소망〉

우물우물하다(동) 우물거리다. 말이나 행동을 제대로 하지 못하고 꾸물거리다. ¶산동이도 공연한 짓을 하였다 싶어 후회를 하였으나 그대로 우물우물할 수도 없었다. 〈산동이〉

우미관(優美館)(명) 우리나라 최초의 상설 영화관. 1910년 일본인에 의해 종각 부근(서울 종로구 관철동)에 '고등 연예관'이란 이름으로 세워져 1915년에 '우미관'으로 개칭되었다. ¶"오기만! … 아까 저어, 아따 우미관 앞에서 만난 걸… 그리구 언제 왔느냐니깐 아침 차루 왔다구, 그 말꺼정 했는데!….”〈태평천하⑪〉

우부숙하다형 (머리털, 풀, 나무 따위가) 한데 뭉쳐 덥수룩하다. 『비슷』 우부룩하다. ¶그 누렇게 피가 받고 기름기 빠진 쭈글쭈글한 가죽과 가시 같은 뼈다귀며 우부숙하게 길어난 머리털과 앙상한 얼굴에 푹 가라앉은 눌어 앉은 눈언덕이며.〈불효자식〉

우비다동 구멍이나 틈 속을 긁어내다. ¶윤 직원 영감은 우동 한 그릇을 물린 뒤에, 트림을 끄르르, 새끼손 손톱으로 잇살을 우벼서 밀창문에다가 토옥, 담뱃대를 땅따앙 치면서 하는 소립니다.〈태평천하⑩〉

우상(偶像)명 맹목적인 인기나 추종 및 존경의 대상. 신과 같이 여겨 섬기는 대상. ¶지금은 예수교인 같으면 예수나, 불도하는 사람 같으면 부처님같이 숭엄하되, 그러나 숭엄만 하지 아니하고 정다운 우상이 되어 버렸다.〈얼어죽은 모나리자〉 ¶문경 새재 박달나무는 홍두깨 방망이로 다나간다는 아리랑의 우상은, 그러나 가끔 가다 피의 사자(使者) 노릇도 하곤 한다.〈탁류⑩〉

우세두세부 나직한 목소리로 두런두런 이야기하는 모양. ¶“외딴 주막집이어서 불이 반짝 반짝 허길레…” “안 무섭던가?” “가까이 가 보닝개 돈 소리가 나구 우세두세…”〈순공(巡公) 있는 일요일〉

우세두세하다동 나직한 목소리로 두런두런 이야기하다. ¶그러나 그의 귀에는 반가운 소식이 들렸다. 안에서 사람의 기척이 우세두세하고 가끔가다가 소댕 여닫는 소리며 그릇 마주치는 소리는 틀림없이 밥 짓는다는 소식이었었다.〈생명의 유희〉

우수리명 거스름돈. ¶두말 못하고 차표와 우수리를 내주지 않았으리.〈상경반절기〉

우수수하다형 쓸쓸하고 서글프다. ¶언제나 흉가집같이 휑하니 찬바람이 도는 집안이 우수수한 가을비를 맞아 한층 더 음습하고 무시무시하였다.〈산동이〉

우스개명 남을 웃기려고 하는 짓이나 말. ¶남의 우스개가 되어도 좋으니 제발 어떤 놈의 실없는 장난이 넘어간 것이었으면 하고 마음에 간절히 바라진다.〈탁류⑩〉

우악스럽다형 보기에 모질고 우락부락하다. ¶태수는 정 주사의 멱살을 잡은 애송이의 팔목을, 말하는 말조보다는 우악스럽게 훑으려 쥔다.〈탁류①〉

우연만하다형 그저 그만하다. 또는 그리 대단하지 않다. 『준말』 웬만하다. 『같은』 어지간하다. ¶우연만하면 P에게 돈을 몇십 전 빌려 달라고 하려 하였으나 그러한 이야기가 있은 뒤라 더구나 입이 열리지 아니하였다.〈앙탈〉 ¶우연만하면 삼십원은 집으로 내려보낼 수가 있고….〈탁류②〉

우장(雨裝)명 비를 맞지 않도록 차린 복장. ¶그러나 추운 때에는 뜨뜻한 솜이 되어야 하고, 비가 올 때에는 우장이 되어야 하고,〈탁류⑭〉

우정부 →일부러. (경기, 함경, 황해) ¶어린 것이… 하고 말을 운만 따다가, 우정 끝을 흐리던 것이다.〈빈(貧)… 제1장 제2과〉 ¶계봉이는 급한 마음을 누르는 재미에 집을 둘러보고 하면서 우정 친천히 서둔

다. 〈탁류⑰〉 ¶하기야 쪽대문을 열어 놓은 것도 실상 알고 보면, 우정 그런 것이지요. 〈태평천하⑥〉

우줄거리다[1]㊍ 몸이 큰 물체가 가볍게 율동적으로 자꾸 움직이다. ¶이렇게 어렵사리 서로 만나 한데 합수진 한 줄기 물은 게서부터 고개를 서남으로 돌려 공주를 끼고 계룡산을 바라보면서 우줄거리고 부여로…. 〈탁류①〉

우줄거리다[2]㊍ 의기양양하여 자꾸 뽐내다. 또는 온몸을 율동적으로 자꾸 움직이다. 〉오졸거리다. 【센말】 우쭐거리다. ¶사뭇 우줄거리는데 얼굴은 보니깐, 그새처럼 침울하기는 침울해두, 말소리는 애기같이 명랑하겠지! 〈소망〉

우줄우줄㊎ 몸이 큰 물체가 가볍게 율동적으로 자꾸 움직이는 모양. ¶송희는 좋아라고 같이서 우줄우줄 뛰고, 계봉이는 쪽쪽 입을 맞춰 준다. 〈탁류⑯〉 ¶문간으로 마당으로 우줄우줄 뛰어다니면서 나더러도 어서 얼른 채비를 차리고 나서라고 재촉을 해 쌓는 것이었다. 〈순공(巡公) 있는 일요일〉

우줄우줄하다㊍ 몸이 큰 물체가 가볍게 율동적으로 자꾸 움직이다. ¶부룩쇠는 기뻐서 그만 가슴이 두근거리고 정갱이가 우줄우줄합니다. 〈어머니를 찾아서〉

우지끈㊎ 단단하고 부피가 큰 물체가 부서지는 소리. ¶그리하여 그는, 건넌방 그 샛문의 왼편에 놓여 있는 육중한 뒤주 모서리를 번연히 제 눈으로 보면서도, 어찌하지를 못하고 앙가슴으로다가 우지끈 들이받았다. 〈탁류⑩〉

우직우직㊎ 마른 솔가지 따위를 부러뜨릴 때 나는 소리. 【비슷】 우지직우지직. ¶그러면서 장손이는 밭으로 내려가더니 우직우직 목화대를 잡아 뽑기 시작한다. 〈암소를 팔아서〉

우직(愚直)하다㊌ 어리석고 고지식하다. ¶그것이 봄의 암사슴같이 발랄한 몸짓이라면 마주 덤쑥 어깨를 그러안고 지그시 죄는 승재는 우직한 곰이라 하겠다. 〈탁류⑰〉

우짖다㊍ 새가 지저귀다. 또는 울며 부르짖다. ¶닭은 우짖던 소리에 뒤이어 꼬옥 꼬옥 두어 마디 비명을 지르더니. 〈용동댁〉

우쭐거리다㊍ 몸을 힘있게 율동적으로 자꾸 움직이다. ¶저도 한번 떡 타고 앉아 보았으면 재미가 아주 고소할 것 같아 다리가 절로 우쭐거려지곤 합니다. 〈어머니를 찾아서〉

우축좌측(을) 하다【관용】 주위에서 거들어 주거나 참견하다. ¶잘 이야기를 하고 또 모친과 제호가 우축좌측을 하면 역시 승낙을 할 것이다. 〈탁류②〉

우크르르하다㊌ 여럿이 한데 모여 벅적이며 떠들썩하다. ¶허허… 한 참봉두 가난은 한데 쓸데없이 자식만 우크르르해 보시우?… 자식두 멕여 살려야 말이지…. 〈탁류①〉

우툴우툴하다㊌ 거죽이나 바닥이 굵고 고르지 못하다. ¶주인 내외가 들어오니까, 건넌방에서 배 젊어도 빛이 검고, 우툴우툴하게 생긴 여자가 공손히 마중을 한다. 〈탁류⑫〉

우하다㊍ 여럿이 한꺼번에 몰려오거나 몰려가다. ¶직녀는 견우를 끌고 자기가 거처하는 방으로 들어가서 막 이야기를 하려고 하니까 색시들이 사오 인이나 우하고 몰려왔다. 〈팔려간 몸〉 ¶아, 이렇게 설도를 해 가지고 우하니 들고 일어났다는군요. 〈치숙(痴叔)〉

우편(右便)㊔ 오른편. ¶"아무렴… 나섰다가 돌아 우편 앞으로옷 허면 자네가 제일 앞이 될 걸세… 그렇지?" 이것은 K의 조롱. 〈병조와 영복이〉

우환(憂患)㊔ 병 걱정. 또는 집안에 걱정되는 일. ¶그런데 우환중에 나이는 자셔 가지고 꼭 마흔, 나보다 다섯 살 위야! 〈이런 처지〉

우황(又況)㊕ 하물며. 그 위에 또. ¶단지 서울을 가지 못하는 그것만 해도 큰 실망인데 우황 고태수라니! 〈탁류⑦〉 ¶우황 거세 그를 따름이리요. 〈패배자의 무덤〉 ¶우황 여자로 잘못 어물어물하다가는 학교의 × 선생님이나 × 선생님처럼 천하 서커스감의 괴물이 되고 말 테니. 〈모색〉

우후종(雨後種)㊔ 비가 온 후 뿌리는 종자. ¶우후종이지만 다른 사람의 논처럼은 아직 물도 마르지 아니하고 했으니까 인제 비만 잘 오면 그 논에서 스무 섬은 넘겨 먹을 것이다. 〈보리방아〉

욱신거리다㊍ 몸이 자꾸 쑤시듯이 아프다. ¶그는 머릿속에 더운물을 들어부은 것 같아 욱신거리기만 했지 잠시 어떻게 할 바를 몰랐다. 〈탁류⑩〉

운(韻)㊔ 소리와 음조. ¶그런 내색은 보이지 아니하려고 마음은 먹어도 말하는 운이며 몸가짐이 어쩔 수 없이 서먹서먹해진다. 〈얼어죽은 모나리자〉

운(韻)(을) 떼다『관용』 이야기의 첫머리만 말하기 시작하다. ¶오목이의 혼사도 우선 그렇게 운만 떼 놓았으니까 반대야 하거나 말거나 자기 혼자 범벅을 꾸며 놓고 부득부득 밀고 나가면 남편도 그때 가서는 할 수 없이 굽히리라고. 〈얼어죽은 모나리자〉 ¶초봉이가 말을 운만 떼어 놓고 그 다음 말을 못하고 어려워만 하는 것을…. 〈탁류②〉

운감(殞感)㊔ 제사 때에 차려 놓은 음식을 귀신이 맛보는 것. ¶너 이 귀신들! …빨리 운감을 하고, 당장에 물러가야 망정이지, 그러지 안할 양이면, …. 〈탁류⑥〉

운감(殞感)하다㊍ 제사상의 음식을 귀신이 맛보다. ¶밥바구니를 괴어 놓아 주고, 운감하기를 기다리면서 멀거니 앞을 바라보고 앉아 한눈을 판다. 〈쑥국새〉

운김㊔ 여럿이 어울려 일할 때 일어나는 힘. ¶색시도 새서방이 밥을 안 먹고 하는 운김에 어제 점심부터 오늘 점심까지 줄곧 설쳤기 때문에 시방, 여간만 속이 허한 게 아니요 따라서 추위도 더 심하다. 〈두 순정〉

운덤㊔ 예상밖에 생기는 운수. ¶첩을 얻어 들이는 소임으로, 몇 해 단골 된 곰보딱지 방물장수가, 그 운덤에 허파에서 바람이 날 지경이지요. 〈태평천하⑧〉 ¶그 기개가 자못 핍절하여 듣는 사람으로 하여금 많은 감동을 받게 했었고 그 운덤에 발일모이 위천하라 해도 불위(拔一毛而爲天下不爲)라는 그 한마디는 특히 옥초에게 깊은 영향을 끼쳐 주었었다. 〈모색〉 ¶저절로 흥이 나서 그 운덤에 모두들 글이 잘 읽어지곤 했었다. 〈순공(巡公) 있는 일요일〉

운두㊔ 그릇이나 신 따위의 둘레의 높이.

¶ 운두 새까만 마른신을 조그맣게 신고, 바른손에는 은으로 개대가리를 만들어 붙인 화류 개화장이요. 〈태평천하①〉

운산(運算)명 정해진 방식에 따라 계산을 하여 필요한 답을 구하는 일. ¶ 그는 7.5 0.5 1.5 0.3 1.8 0.7 0.3 하고 무슨 가법 운산을 죽 하고 있었던 것이다. 〈세 길로〉 ¶ 독단이요, 운산은 맞았는데 답은 안 맞는 산술이다. 아마 식이 틀린 모양이었었다. 〈탁류⑱〉

운운(云云)하다동 이러쿵저러쿵 말하다. ¶ 남편의 유서에 쓰여 있던, 맹목적인 모성애로 쓰잘데없는 육괴… 운운한 구절도 (이번에는 다른 의미로) 생각이 나고 해서. 〈패배자의 무덤〉

운치(韻致)명 고상하고 우아한 멋. ¶ 연방 운치를 돕습니다. 물론 현 서방더러 그렇게 하라는 한 사람의 '꾼'으로서의 취미로 운 지도입니다. 〈흥보씨〉

운치객(韻致客)명 운치를 즐기는 사람. ¶ 혹시 호사하는 운치객도 있어 짚신이야 쓸 데 있건 없건 더러 중값을 주고 사려는 사람도 있었을 것이다. 〈얼어죽은 모나리자〉

운치(韻致)스럽다형 보기에 고상하고 우아한 듯하다. ¶ 그러나 이날 밤사 말고, 태수는 김 씨의 잠자리에서 나온 그 흐트러진 자태에 전에 없던 운치스러움을 느끼지 않은 것도 아니다. 〈탁류⑤〉

울명 '울타리'의 준말. ¶ 소를 저렇게 밥을 주고서 나는 왜 안 주느냐고 외양간 옆 도야지울에서 도야지란 놈이 몸뚱이를 반이나 울 너머로 내놓고 일어서서 소리소리 지르면서 생떼를 쓴다. 〈암소를 팔아서〉

울먹소리명 울먹이는 소리. ¶ 울고 누웠던 아이가 비로소 유모를 보고 엉금엉금 기어 오면서 울먹소리로 "음마." 부른다. 〈빈(貧)… 제1장 제2과〉

울먹울먹부 자꾸 울음이 터져 나올 듯한 짓을 하는 모양 ¶ 새서방은 울먹울먹 대답도 안 했다. 〈두 순정〉

울며 겨자 먹기《속》 하기 싫은 일을 마지못해 함을 이르는 말. 싫은 일을 억지로 함의 비유. 마음에 없는 일이지마는 사정이 어쩔 수 없이 되어 하는 경우의 비유. ¶ 그러나 다 성례를 치르고 난 다음이니까 도로 쫓지는 못할 것이요. 저편에서도 울며 겨자 먹기로 무어라고 말마디나 보내다가 말 것이고…. 〈얼어죽은 모나리자〉 ¶ 태수는 불쾌하던 끝이나 울며 겨자 먹기로 오히려 점직해하면서 대답을 한다. 〈탁류⑧〉 ¶ 나중에 가서 일이 뒤집혀지면 윤 직원 영감은 그래도 자식을 인장 위조 죄로 징역은 보낼 수가 없으니까, 그런 걸 울며 겨자 먹기라든지, 할 수 없이 그 수형이면 수형, 차용 증서면 차용 증서를 물어 주곤 합니다. 〈태평천하⑤〉

울 어머니명 '우리 어머니'의 준말. ¶ 옥례는 "나 그럼 울 어머니 한 번 더 졸라 보께." 하고 도르르 가 버렸다. 〈보리방아〉

울어 쌌다동 자꾸 울어대다. ¶ 어서 갖다 붙여 놓으라고 엉파듯이 울어 쌌는데, 에이 거…. 〈이런 처지〉

움덕움덕부 사람, 짐승, 벌레 따위가 떼로 모여 매우 어수선하게 자꾸 움직이는 모양. ¶ 이 구석 저 구석 안팎으로 보기 싫게 생긴 아낙네들만 움덕움덕 들끓지, 초봉이는 그림자도 보이지 않았다. 〈탁류⑧〉

움줄움줄부 우물우물. 입술이나 힘살 따

위가 자꾸 우므러지는 모양. ¶그렇다고 그 애들 말마따나 이 번잡한 길바닥에서 벤또 반찬 나부랑이를 꺼내서 움줄움줄 먹인대서야, 〈흥보씨〉

움질움질하다동 (몸의 일부를) 굼뜨게 움직거리다. ¶과연 태식은 입이 비죽비죽, 얼굴이 움질움질하는 게 방금 아앙하고 울음이 터질 시초를 잡습니다. 〈태평천하⑥〉

움쩍명 (몸이나 물체의 한 부분을) 크게 한 번 움직이는 꼴. ¶그래두 번번이 몸이 건강털 못해서 일 감당을 못하겠다는 핑계만 대지, 종시 움쩍을 안 했더라우. 〈소망〉

움찍명 (몸이나 물체의 한 부분을) 크게 한 번 움직이는 꼴. ¶이편이 몸뚱이를 가져다가 콱 가슴에 부딪뜨리면 바위같이 움찍도 안 할 듯싶은 건장한 몸뚱이. 〈탁류②〉

움칠하다동 갑자기 놀라 몸을 움츠리다. 『여린말』 움찔하다. ¶오월이는 그만 무참해서 몸을 움칠하고 황망히 뒷문으로 나가 버린다. 〈생명〉

움칫명부 놀라서 갑자기 몸을 짧게 움직이는 모양. ¶형보는 네 활개를 쭈욱 뻗고 누워 움칫도 않는다. 〈탁류⑱〉 ¶그놈이 여지껏 끄윽 잠기어 움칫도 않던 주위와 사람을 한꺼번에 갖다가 하잘것없이 잡아 흔들어 놓는다. 〈용동댁〉 ¶S는 고개를 움칫 숙여 버리고 숨조차 크게 쉬지 못하였다. 〈앙탈〉

움칫하다동 (갑자기 놀랄 때) 몸을 가볍게 움직이다. ¶여드름바가지는 움칫하더니 그래도 부스럭부스럭 십 원짜리 석 장을 꺼내어 향수병에다가 얹어 내민다. 〈탁류⑯〉

움키다동 손가락으로 우그려 힘 있게 잡다. 손가락을 오므려 물건을 놓치지 않도록 힘 있게 잡다(쥐다). ¶마루에서 딩굴던 아이는 다시 유모에게로 기어올라 부우연 젖퉁이를 하나는 물고 하나는 움키고 쭉쭉 들이빤다. 〈빈(貧)… 제1장 제2과〉 ¶마루청에 떨어질 뻔한 아이를 어마지두 형보가 움키기는 했고, 〈탁류⑭〉

움파명 겨울에 움 속에서 기른 누런 파. ¶주부는 골목쟁이 구멍가게에 나가서 오전어치 움파 한 단과 십 전어치 태양열 한 덩이를 사다가. 〈회(懷)〉

움패기명 속으로 우묵하게 우비어 파인 곳. ¶마침 남향한 움패기가 맑은 햇볕이 드리워 하도 좋아 보였다. 〈상경반절기〉

웃길명 →윗길. 질적으로 훨씬 더 나은 사물이나 사람. 또는 (어떤 것에 비하여) 그보다 훨씬 나은 품질. ¶그는 소위 '팔자 좋은 사람'이라는 인종 중에도 가장 웃길에 가는 사람이었었다. 〈산동이〉

웃뿌렁구명 윗뿌리. '뿌렁구'는 '뿌리'의 전라, 경남 방언. ¶저편 가로다가 울퉁울퉁 닳아빠진 웃뿌렁구를 드러내 놓고서, 정자나무는 비스듬히 박혀 있다. 〈정자나무 있는 삽화〉

웃어 쌓다동 웃어대다. 자꾸 웃다. ¶그러는 것을 바둑강아지가, 자식 쌍통 묘하다는 듯이 빈들빈들 바라다보고 앉아서 웃어 쌓는다. 〈암소를 팔아서〉 ¶초봉이는 형보가 과히 웃어 쌓는 것이, 혹시 무슨 실시될 말을 했나 해서 귀밑이 빨개진다. 〈탁류⑩〉

웃음말명 우스갯소리로 하는 말. 『같은』 웃음엣말. 웃음엣소리. ¶"어린놈꺼정 안구

서, 좀 조심해라! 괜히 겁두 안 나나 보구나?" 하면서 웃음말같이 나무랜다. 〈패배자의 무덤〉

웃음엣말[명] 웃음말. ¶유 씨는 그저 지날 말같이, 웃음엣말같이 한 말이지만 은연중에 남편을 꼬집는 속이다. 〈탁류⑦〉

웅긋중긋[부] 크고 작은 것이 군데군데 불거져 쑥쑥 내민 모양. ¶크고 작은 목선들이 저마다 높고 낮은 돛대를 웅긋중긋 떠받고 물이 안 보이게 선창가로 빽빽이 들이밀렸다. 〈탁류①〉

웅기중기[부] 크기가 다른 것들이 듬성듬성 많이 모여 있는 모양. ¶그렇게 차고서도 더 넘쳐서 웅기중기 서서 오는 사람이 적지 않았었다. 〈반점〉

웅숭크리다[형] (춥거나 두려워서) 몸을 궁상스럽게 몹시 웅크리다. 〉웅송크리다. 〖여린말〗 웅숭그리다. ¶남녀가 어린아이들과 방구석에 웅숭크리고 있는 집은 벌이가 없어 대개 하루나 이틀은 굶은 집이다. 〈탁류⑮〉 ¶시방이 한참 춥고,그래서 현 서방은 자꾸만 어깨를 웅숭크립니다. 〈홍보씨〉

워너니[부] →워느니. 워낙. 본디부터. 원래. ¶"워너니 자(저애)허구 나허구 한 뭇 두 뭇 손 나는 대루 뚜드려서 먹을 턴디 무엇 허러 도리깨질을 하라던그라우." 〈보리방아〉 ¶흐흥! 맘에 드는 모양이군그래? … 워너니 똑똑하겐 생겼지. 〈탁류⑤〉 ¶그 놈이 어려서버텀두 워너니 나를 자별허게 따르구, 재주두 있구 착실허구, 커서두 내 말을 잘 듣구…. 〈태평천하〉 ¶점례 가시내가 노상이 거짓말은 아니구 종수 자식이 워너니 눈치가 수상하기는 수상했어! 〈쑥국새〉 ¶"살앓이허니라구 워너니 먹고 싶은 것두 많얼 테지!" 〈정자나무 있는 삽화〉 ¶명색 없는 생명을, 쓰잘데없는 생명을, 그 따위 생명의 창조가 워너니 기쁠 것이 무엇이야. 〈패배자의 무덤〉 ¶"잘한다! 정칠 년! … 둔 못 버는 사내가 워너니 사내값에 갈라더냐!" 〈이런 남매〉 ¶"순사 친구 하나 또 사귄 게 퍽이나 재미는 나시나 보군요?… 워너니 그 사람두 술은 좋아허게 생겼습디다!" 하면서 끄은히 오금을 박는다. 〈순공(巡公) 있는 일요일〉

워느니[부] →워낙. 본디부터. 원래. ¶워느니 아무리 어려워두 지름끼를 한번 사다가 먹을라던 참인디 잘 되았다. 〈얼어죽은 모나리자〉

워석워석[부] 좀 단단한 물건을 씹을 때 나는 소리. ¶마늘 한 개를 고추장에 꾹 찍어 워석워석, 거 술맛 해롭지 않다고, 갑쇠 모친을 돌려다 본다. 〈정자나무 있는 삽화〉

원(願)[명] 소원. 원하는 것. 또한 그 원하는 바. ¶당장이나마 원이라도 없으라고 강심제 한 대쯤 주사를 놓아 주고 싶지 않은 것도 아니었으나, 〈탁류⑥〉

원귀(寃鬼)[명] 원통하게 죽은 사람의 귀신. ¶그 머리 센 늙은이의 살기스런 양자가 희미한 쇠기름불에 어른거리는 양이라니, 무슨 원귀와도 같았읍니다. 〈태평천하④〉

원근간(遠近間)[명] 멀고 가까운 사이. ¶그러한 동기간은커녕 원근간에 일가도 없이 무우 대가리같이 외로운 집안이다. 〈얼어죽은 모나리자〉

원대목(元-)[명] 이야기의 원래의 부분. 여기서, '원(元)'은 접두사로, '본디', '시초'의 뜻을 나타내는 말. ¶훨씬 수인사의 한담이 오고가고 하다가 잠깐 말이 끊였던 뒤

를 이어 형보가 비로소 원대목을 꺼내 놓던 것이다. 〈탁류⑭〉

원념(遠念)명 앞으로 있을 일에 대한 생각. ¶사람이 착실하여 결혼 전에 건강 진단을 하자는 것이었으면 하는 원념으로 다뿍 긴장이 되기까지 했다. 〈탁류⑧〉

원두막(園頭幕)명 수박이나 참외 따위의 밭을 지키기 위하여 밭머리에 지어 놓은 막. ¶밭이라고는 별로 없는 이 들판에, 봇둑 이편 짝으로 원두막이 한 채, 유난히 키가 커 보인다. 〈정자나무 있는 삽화〉

원두장이(園頭--) 쓴 오이 보듯『속』 남을 멸시하거나 대수롭게 여기지 않는다는 말. '원두장이'는 원두한이. 즉, 참외, 오이, 수박, 호박 따위를 밭에 심어 가꾸는 사람을 낮추어 이르는 말. ¶계집이라는 건 빼액빽 우는 자식이나 차고 누워서 남편 쳇것이 들어와도 원두장이 쓴 오이 보듯 하기 아니면 제 할 일만 하고 있다. 〈탁류⑬〉

원문(原文)명 본문(本文). 본디 그대로의 문장. ¶물론 원문은 일문이니까 몰라보고, 윤 주사네 서사 민 서방이 번역한 그대로지요. 〈태평천하〉

원수는 외나무 다리서 만난다『속』 남의 원한을 사면 피할 수 없는 곳에서 공교롭게 만나게 된다는 말. ¶"원수는 외나무 다리서 만난다더니! 저승을 가도 같이 가야 하나!" 하고 쓰디쓰게 한마디 입속말을 씹는다. 〈탁류⑱〉

원적(原籍)명 본래의 호적이 있던 장소. ¶사기 전과자 조원봉과 모르핀 중독자요 절도 전과자인 원적을 전북 군산에 두고 현재 주소가 일정치 못한 박칠복이 이 삼 인은 위조문서를 가지고 막대한 금전을 사기하려다가 사실이 발각되어 방금 종로서에서 인치 취조중이라 하며, 〈불효자식〉

원수(怨讐)스럽다형 원수처럼 생각되는 데가 있다. ¶P는 자기 자신이고 세상의 모든 일이고 모두 짜증이 나고 원수스러웠다. 〈레디 메이드 인생〉

원수풀이(怨讐--)명 원수진 사람에게 해를 주어 원한을 푸는 일. ¶속 시원하게 원수풀이도 못하다니 가슴을 캉캉 찧고 싶다. 〈탁류⑩〉

원정(原情)[1]명 억울한 사정을 하소연함. ¶옥섬이는 잠깐 생각하다가 원정을 하듯이 "내 대신 제발 좀 갖구 나가우. 나는 정말 무서워." 하고 산동의 얼굴만 바라보았다. 〈산동이〉 ¶그놈이 시방 칼을 품고 와서 우리 송희를 죽인다고 한대요, 하고 역성을 들어 달라는 원정을 하고 싶었다. 〈탁류⑭〉

원정(怨情)[2]명 원망하는 심정. ¶싸움이 나서 좀 얻어맞고 한 원정 이야기를 할 양으로. 〈어머니를 찾아서〉

원체(元體)부 워낙. ¶원체가 계획적인 난문제인 데다가 원체가 또 짧은 밑천이라. 〈회(懷)〉

원풀이(願-)명 소원을 이루는 일. ¶과연, 원풀이가 됨직하고, 그래 속이 시원하여, 〈흥보씨〉

원피스(one-piece)명 위아래가 붙어 하나로 된 옷. ¶"저 악한이 또 어데서 대낮에 얼어 가지구 저래!" 맨다리에 원피스에 싱글에 얼굴 갸름한 여자가 말과는 반대로 해죽해죽 웃으며 P에게 달라붙듯이 어깨를 비빈다. 〈명일〉

원혐(怨嫌)명 원망하고 미워함. ¶ 제호의 변해 버린 근일의 심경을 알지 못하는 초봉이로서는 당연한 원혐이기도 했다. 〈탁류⑭〉 ¶ 뼈에 사무치는 원혐이 한 가지 있는 터라. 〈태평천하④〉

월괘 저금(-貯金)명 매월 정해 놓고 하는 저축. 〖같은〗 월과 저금(月課貯金). ¶ 가령 근실히 해서 월괘 저금 같은 것도 하고 집도 장만하고 여편네도 생기고 사장이나 중역들의 눈에 들어 지위도 부장쯤으로는 올라가고. 〈레디 메이드 인생〉

월량(月糧)명 한 달 양식. 혹은 다달이 받는 급료. ¶ 월량 푼이나 생기면 잔 가용에 보태 쓰라고 얼마간 집에 떼어 보내고는 나머지를 가지고 글장하는 친구들과 어울려 술이나 마시고 풍월이나 하기로 온갖 낙을 삼는 터. 〈용동댁〉 ¶ 일변 월량 외에 도조 물지 않는 우리 집 논을 가족들의 손으로 짓게 하여, 〈순공(巡公) 있는 일요일〉

월사금(月謝金)명 다달이 내던 학교 수업료를 이르던 말. ¶ 그러나 극비 축에 드는 집안인지라 몇 푼 아니 되는 월사금과 학비를 대지 못하여 중도에 퇴학시켰다. 〈레디 메이드 인생〉 ¶ … 남 월사금도 못 타게! 어머니 나 지난달치허구 이달치허구 월사금! … 그리구 산술 공책허구. 〈탁류③〉 ¶ 이 동네서는 드문 일로 읍내 보통학교를 육 학년까지나 다니던 중 월사금이 여러 달 치가 밀린 것을 못 내어. 〈정자나무 있는 삽화〉 ¶ "즘심 먹고 나서, 아까 그 사람들, 월사금 못 바친 사람들 말야…." 〈이런 남매〉

월여(月餘)명 한 달 남짓. 〖비슷〗 달포. ¶ 이렇게 그의 '나쁜 짓'의 해석이 구구한 판인데, 바로 월여 전이다. 〈정자나무 있는 삽화〉

웬걸요감 어떤 사실이 전혀 기대와 달랐음을 얘기할 때 하는 소리. '웬걸'은 '웬 것을'의 준말. ¶ "웬걸요!… 놈이 장난이 어찌도 심한지…" "아 어려서는 장난두 해야지요! … 아아주 실팍하구, 머어 대장감인데요? 허어허허허!" 〈순공(巡公) 있는 일요일〉

웬 떡이냐〖관용〗 뜻밖의 행운이나 횡재를 만났을 때 하는 말. ¶ "이게 웬 떡이냐… 어제 저녁에 꿈이 갠찮더니 이런 땡을 잡을 영으루 그랬구나. … 웬 얼간망둥이냐." 〈레디 메이드 인생〉

웬만큼부 그저 그만하게. 어지간하게 제법. ¶ 사 년 전. 웬만큼 깊어 가는 가을 어느날이었었다. 〈산동이〉

웬만하다형 '우연만하다'의 준말. 어지간하다. ¶ 화류침척이 웬만해서 부러지자 아씨는 달려들어 물어뜯고 꼬집고 머리채를 잡아 내박지른다. 〈생명〉

위격명 →우격. 억지로 무리하게 하는 짓. ¶ 아내면은 경우와 조리가 빠져도 위격으로 해 넘길 수가 있어서 더욱 좋다. 〈상경반절기〉

위경(危境)명 위태한 지경, 위험한 처지. ¶ 그들도 도망가는 윤 두꺼비를 못 보았거니 와 윤 두꺼비도 물론 그러한 위경이던 줄은 모르고 기기만 하던 것입니다. 〈태평천하④〉

위급(危急)명 상황이 매우 위태롭고 급함. ¶ 제 돈 몇천 원을 착 내놓아 애물의 위급을 감장시켜 주었을는지는 모른다는 것이다. 〈탁류⑩〉

위무(慰撫)하다동 위로하고 어루만져 달래다. ¶ 본점에 있는 그 과정이라도 청해

다가 백석이를 위무해서 일을 모면하려던 그런 계획이었다. 〈탁류④〉

위문(慰問)명 위로하기 위하여 방문하거나 문안하는 것. ¶그러니까 그것을 보고 불쌍하다고 여기고 동정을 하는 것은 위문이 폐문이다. 〈레디 메이드 인생〉

위생(衛生)명 건강에 유익하도록 조건을 갖추거나 대책을 세우는 것. ¶우리 학도들은 반드시 위생을 해야 했었다. 〈회(懷)〉

위선(爲先)부 →우선(于先). 무엇보다도 먼저. ¶닷새를 더 살기 위해서 내가 이렇게 앙바등이냐? 그러잖으면 목전의 주림만을 면하기 위해서 그러나? 그렇지만 위선 먹어 놓고 보아야 할 일이니까 저것을 가지고 가서 팔고 잡히고 해야 할 텐데, 〈생명의 유희〉 ¶그는 자리에 앉아 위선 소희 먼저 보았다. 〈병조와 영복이〉 ¶"… 내일 일은 내일 일이구 … 자아, 오늘 저녁일라컨 위선 산뜻한 여학생 오입을 속 짜루 한바탕 한 뒤에 어디 별장으루 나가서 밤새두룩, 응?" 〈태평천하〉 ¶위선 들고 들어가는 술병을 보기가 무섭게, 〈흥보씨〉

위선(爲先) 먹기는 곶감이 달다속 우선 먹기는 곶감이 달다. '뒷날을 생각지 않고 당장 좋은 것만을 함'을 비유. ¶위선 먹기는 곶감이 달다고 그 지랄들을 했다가 잘코사니야! 〈치숙(痴叔)〉

위세척(胃洗滌)명 위를 물, 소독액, 약품 등으로 깨끗이 씻음. ¶개업의인 S한테 전화를 걸어 위세척을 할 준비까지 해 가지고 오라는 부탁을 한다. 〈탁류⑬〉

위의(威儀)명 위엄이 있는 태도나 차림새. ¶서울 아씨는 긴장한 태를 아니 보이느라고 내려놓았던 추월색을 도로 집어 들면서 경손이를 부르는 음성도 대고모답게 상냥하고 위의가 있습니다. 경손이의 대답 소리도 거기 알맞게 대단히 삼가롭습니다. 〈태평천하〉

위인(爲人)명 사람의 됨됨이. 또는 됨됨이로 본 그 사람. ¶이 천하에 행사가 개차반 같은 위인 같으니라구…. 〈탁류②〉 ¶우리 여편네라는 게 내가 그 위인하고 맞싸움이라도 할 상대나 된다든가. 〈이런 처지〉 ¶마지막 이쑤시개 한 개피를 집어 들고 나섰다면 차라리 위인 고지식하다고나 웃고 말지. 〈모색〉

위정부 →일부러. (함경) ¶또 가게 앞으로 지날 때에도 위정 들러서 잠시잠시 한담 같은 것을 하기를 즐겨한다. 〈탁류②〉 ¶실상 윤 직원 영감은 위정 그런 어거지를 쓴 것은 아닙니다. 〈태평천하③〉 ¶그러니깐 그게 밉살머리스러워서 더러 들렀다가 혹시 마주앉아도 위정 뼈끝 저린 소리나 내쏘아 주고 말을 다잡아 가지골랑 꼼짝 못하게시리 몰아세 주곤 하지요. 〈치숙(痴叔)〉 ¶위정 혼자만 이 암자를 찾아 올라와서 시방 그로 더불어 하룻밤을 지내게 된 것이다. 〈두 순정〉 ¶나는 서울 올라오면 위정 걷는 때가 많네. 〈이런 처지〉 ¶딴 비발 써 가면서 남들은 위정 피서두 갈라더냐. 〈소망〉 ¶참외 하나 다구, 하면서 위정 놀리는 체 소리를 지른다. 〈정자나무 있는 삽화〉 ¶위정 그리하고 싶어서 하는 것도 아니요, 더구나 옆에서 누가 그걸 시킬 머리도 없던 것이요. 〈패배자의 무덤〉 ¶그래 카페에는 일찍 나가야 할 차례면서도 위정 늑장을 부리는 속이던 것이었었다. 〈이런 남매〉 ¶ 옥초는 생각이 한참 잦아지는 동안 싸늑싸늑 스미는 찬 기운에 몸과 사지가 제풀로 옴츠라들어 부지중 앉음앉음이 그래진 것이지 위정 앉아서 그런 궁상을 피웠던 것은 아니고…. 〈모색〉

위칭명 →위층(~層). 위쪽의 층. ¶ 저어, 여긴 백권석입니다. 저 위칭으로 가시지요! 〈태평천하③〉

위태위태(危殆危殆)하다형 매우 위태하다. ¶ 오고 가는 발들이 위태위태하게 그것을 밟으려고 한다. 〈명일〉 ¶ 한껏 이지적기는 하면서도 가릴 수 없는 정열을 흠빽 머금어, 사뭇 위태위태해 보이던 그 눈을 생각하면 승재는 다시는 계봉이와 똑바로 마주 보지를 못할 듯싶게 그 눈이 무서웠다. 〈탁류⑧〉

위패(位牌)명 신주의 이름을 적은 나무패. 대개 밤나무로 만듦. ¶ 그래도 졸라 싸니까, 자 그럼 이걸 두고 보라면서 좋은 구슬 한 개를 위패 앞엣다가 내놓아 주었다. 〈탁류⑮〉

위한(爲限)하다동 기한이나 한도를 정하다. ¶ "원 천만에… 그러면 아주 제게 맡기십시오. 십 년 위한하고 그저 다른 것은 몰라도 자동차에 관해서는 누구 부럽잖을 기술자를 만들어 드릴 테니까." 〈명일〉

윗미닫이명 (아래위 두 짝으로 나누어진 미닫이에서) 위쪽의 미닫이문. ¶ 태수는 나는 듯이 몸을 뛰쳐 열려진 윗미닫이로 돌진을 한다. 〈탁류⑩〉

유곽(遊廓)명 지난날 공창 제도(公娼制度)가 있었을 때, 창녀가 모여서 몸을 팔던 집이나 그 구역. ¶ 객줏집에 들었던 견우는 화가 나는 김에 술을 실컷 먹고 그의 발걸음은 비틀거리며 유곽으로 향하였다. 〈팔려간 몸〉 ¶ 그러나 삼십이 되도록 지금까지 유곽을 가거나 은근짜집을 가거나 동관의 색주가집에 가서 잠자리를 한 일은 없다. 〈레디 메이드 인생〉

유곽 타령(遊廓打令)명 많은 창녀를 두고 손님을 맞아 돈을 받고 남자에게 몸 파는 일을 시키는 일. ¶ 그러자면 배우자와 그 가정에 '재미'라는 게 있어야 할 게 아니겠나? 인간 생활이 유곽 타령은 아니니까…. 〈이런 처지〉

유구무언(有口無言)명 '입은 있으나 할 말이 없다'는 뜻으로, 변명할 말이 없거나 변명을 못함. ¶ 이러한 무정지책에 대복이는 유구무언, 머리만 긁적긁적합니다. 〈태평천하②〉

유까다(ゆかた)명 '욕의(浴衣)'의 일본어. 목욕을 한 뒤 또는 여름철에 입는 무명 홑옷. ¶ 언덕 비탈을 올라가느라니까 서편을 등진 일본집들이 시원하게 문에다가 발을 쳐 놓았고 문앞에는 날아갈 듯이 유까다를 걸치고 아이 데린 일본 아낙네들이 저녁 후에 이쑤시개를 문 채 집집이 나와서 서 있다. 〈명일〉 ¶ 오사까에 있을 때에 입던 것인지 여름이면 정강이 나오는 유까다를 걸치고 돌아다니고. 〈얼어죽은 모나리자〉 ¶ 어디 이 녀석을 오늘은 좀 위협이라도 슬그머니 해 주리라고 벼르면서 유까다 자락을 펄럭거리고 안방으로 건너온다. 〈탁류⑩〉

유난스럽다형 보통과 달리 각별하다. 보통 사람과 매우 다른 데가 있다. ¶ "그러야 당신이 성미가 유난스러우니까 그렇지 다른 사람들은 그렇잖읍디다." 〈명일〉 ¶

그러면서 유난스럽게 주먹으로 옆구리며 배를 퍽퍽 지른다. 〈생명〉 ¶살결이 유난스럽게 희다. 〈탁류⑧〉 ¶우리가 어려서는 언니가 되려 신경질루 감정이 섬세허구 잔 결벽이 유난스럽구 했는데. 〈소망〉 ¶그러한 몰골이니, 가뜩이나 성미 유난스런 우리 할아버지의 눈에 고였을 리가 없는 노릇이어서, 〈순공(巡公) 있는 일요일〉

유난하다형 언행이나 상태가 보통과 아주 다르다. ¶"자식두 고집두 하두우 유난헌(한)깐 고만…." 〈암소를 팔아서〉 ¶"그 자식이 고집두 유난하구나! 찹다. 어서 들어오느라." 〈두 순정〉

유념(留念)명 마음에 새기고 생각함. 기억하여 두고 생각하는 것. ¶병조는 혼잣말로 중얼거리고 시간을 맞추어 놓으려다가 내키지 아니하여서 속으로 삼십 분이 더 가느니라고 유념만 하여 두었다. 〈병조와 영복이〉 ¶그첨저첨 해서 그는 승재를 맏사윗감으로 꼽고서 두루 유념을 해 왔던 것이다. 〈탁류⑦〉 ¶둘째 손자며느리는 아무려나 나도 먹어는 보겠다고 유념을 했고, 서울 아씨는 나도 먹었으면 좋겠는데 하는 생각을 했으니 말입니다. 〈태평천하⑤〉

유도(誘導)명 사람이나 물건을 어떤 장소나 상태로 이끄는 일. ¶문오 선생은 마침 내 할아버지의 유도에 넘어가 부처님같이 어렵던 입이 겨우 조금 떨어져 가지고는. 〈순공(巡公) 있는 일요일〉

유도꾼(柔道-)명 유도를 하는 사람. ¶어깨도 무슨 유도꾼처럼 네모가 진 것은 아니나 묵지근한 게 퍽 실팍해 보인다. 〈탁류⑯〉

유독(惟獨)부 오직 홀로. ¶봉분에서 이리저리 뻗어 나간 논틀길이 서너 갈래, 그중 동네로 난 놈이 유독 넓기도 하고 꽤 길이 난 것은. 〈정자나무 있는 삽화〉

유독히(惟獨-)부 (여럿 가운데) 오직 홀로. 『같은』 유독. ¶제호는 언제고 그렇지만, 오늘은 유독히 더 정신을 못 차리게 혼자 찧고 까불고 하면서 북새를 놓는다. 〈탁류②〉

유들유들하다형 부끄러운 줄 모르고 뻔뻔스럽다. ¶마치 그것은 형보가 살아 있을 제 하던 짓처럼 유들유들한 것과 같았다. 〈탁류⑱〉

유렴하다동 →유념하다(留念~). 마음에 기억하여 두고 생각하다. ¶"그러시다면 잘 알겠읍니다. 저도 그걸 유렴해서 다른 아이들보다는 정신 들여 보아 드리고 되도록이면 시간 여유도 많이 갖도록 해 드리겠읍니다." 〈명일〉

유령적(幽靈的)관 이름뿐이고 실제로는 없는. ¶그러나 그 세 호 가운데 단지 한 호만이 그래도 법적으로든지 실질적으로든지 자작 농창정에 참가될 자격을 가진 사람이었지 나머지 두 사람은 협잡이 붙은 유령적 존재였었다. 〈보리방아〉

유로(流露)명 (마음 속에 있는 것이) 자연스럽게 밖으로 나타나거나 나타내는 것. ¶그들의 생활 행동 위에 가서 언제든지 그것이 유로가 되어 마지않는 것이다. 〈상경반절기〉

유린(蹂躪)하다동 (남의 권리나 인격 등을) 함부로 짓밟고 침해하다. ¶게다가 윤 직원 영감의, 역시 장단을 유린하는, 좋다! 소리가 오히려 제격이요…. 〈태평천하⑩〉

유만부동(類萬不同)명 분수에 맞지 않은 것. ¶대체 사람도 유만부동이지 그 아저씨가 나더러 사람 버렸느니 아무짝에도 못쓰게 길이 들었느니 하더라니. 〈치숙(痴叔)〉

유망(有望)하다형 앞으로 잘될 듯한 희망이나 전망이 있다. ¶남들이 똑똑하고 재주 있고 얌전하다고 칭찬이 놀랍고, 앞길이 환히 트인 유망한 청년인데. 〈치숙(痴叔)〉

유모(乳母)명 남의 아이에게 대신 젖을 먹여주는 여자. ¶제호는 초봉이도 위할 겸, 저도 애기한테 초봉이를 뺏기지 않으려고 유모를 정하라고 권을 했다. 〈탁류⑬〉 ¶하물며 낳은 지 삼칠일 만에 에미한테서 데려다가 유모를 두고 집안의 뭇 눈치 속에서 길러낸 천덕꾸러기니, 〈태평천하⑤〉

유모살이(乳母--)명 유모 노릇을 하며 살아가는 일. ¶그새 문 밖에서 살 때는 그런 것 저런 것 알 줄도 몰랐다. 그러다가 석 달, 유모살이로 들어와서 사는 동안 자주 목간을 다니면서, 〈빈(貧)··· 제1장 제2과〉

유모차(乳母車)명 어린 아이를 태워서 밀거나 끌고 다니는 조그만 수레. ¶내일은 송희를 업혀 가지고 백화점으로 침대며 유모차를 사러 가려니 하다가···. 〈탁류⑬〉

유복자(遺腹子)명 뱃속에서 아버지를 여의고 태어난 자식. ¶옳지 그러면 고태수의 유복자를 찾으러 온 속이로구나 생각하고서 그럴 법도 하대서 혼자 고개를 끄덕거린다. 〈탁류⑭〉

유세(有勢)명 자랑 삼아 세도를 부리는 일. ¶또 그렇다 해서 그걸 갖다가 무슨 자랑거리루 유세를 하는 건 절대루 아니구, 〈탁류⑰〉 ¶또 누구들은 한문장 읽은 걸 유세로 논어니 맹자니 심하면 시전이니 서전이니 하는 따위에서 괴상스런 한 대문을 뽑아 가지고는 뜻을 알으켜 달라기. 〈회(懷)〉

유분수(有分數)가 있다『관용』 분수가 있다. ¶오냐, 이놈 보자. 적반하장두 유분수가 있지, 이놈 네가 되려 사람을 치구···. 〈탁류⑥〉

유산(遊山)[1]명 산으로 놀러 다니는 것. ¶실상 오늘 우연히 유산을 나왔던 길인데, 다른 일행은 아랫절에서 유하고 있고. 〈두 순정〉

유산(遺産)[2]명 죽은 사람이 남긴 재산. ¶돈은 내가 버는 것도 있고 부모의 유산도 있고 넉넉하니까, 허허허허. 팔자가 좋다고! 〈이런 처지〉

유산지민(有産之民)명 재산이 많은 백성. ¶유차 관지컨대 유의지사(有意之士)와 유산지민이 모름지기 숭상할 대도(大道)인지라. 〈패배자의 무덤〉

유상무상 간에(有想無想間-)부 상념이 있건 없건 간에. ¶그밖에 무어이고 유상무상 간에 범연한 게 없이 특별한 관심과 호의가 보이는 것 같았고, 〈탁류⑧〉

유서(由緖)명 예로부터 전하여 내려오는 까닭과 내력. ¶"이 집이 이래 보여두 이 도래선 유서 깊은 청요릿집이야!" "오래되었소?" 〈회(懷)〉

유세(有勢)해 가다동 자랑 삼아 세도를 부리어 가다. ¶사실로 윤용규는 무식하고 소박하나마 시대가 차차로 금권이 유세해 감을 막연히 인식을 했던 것입니다. 〈태평천하④〉

유세통(有勢-)명 유세를 부리는 서슬. ¶

과부댁 종놈은 왕방울로 행세한다더니, 윤 직원 영감은 며느리 고 씨와 싸우다가 몰리면 이혼하라고 할 테라고, 아들 창식을 불러오라는 게 유세통입니다. 〈태평천하⑥〉

유수(有數)하다[형] 손꼽힐 만큼 두드러지다. 손가락으로 셀 수 있는 몇몇 중에 들 만큼 두드러지다. ¶지방의 유수한 명망가라고 해서 그네들과 무슨 연락이 있을 혐의는 아니었고…. 〈태평천하〉

유숙(留宿)하다[동] 남의 집에서 묵다. ¶웬만한 사람이면 거기서 하룻밤씩을 유숙하느니라. 〈소복 입은 영혼〉

유순(柔順)하다[형] (성질이) 부드럽고 온순하다. ¶세상에도 유순한 그의 눈이 난데없는 살기를 띄우고 힐끔 태수를 돌려다보는 것이나, 태수는 아무 것도 모르고 한눈만 팔고 앉았다. 〈탁류⑧〉

유순하디유순하다[형] 매우 유순하다. 매우 부드럽고 순하다. ¶고놈들이 빠꼼히 올려다보면서 벙글벙글 웃는 얼굴을 그 유순하디유순한 눈으로 깨웃이 내려다보던 현 서방은 문득 생각이 났읍니다. 〈흥보씨〉

유언비어(流言蜚語)[명] 근거 없이 널리 퍼진 소문. 뜬소문. ¶이렇게 이야기 시초가 잡혀 가지고는, 아뭏든지 순사가 들으면 유언비어로 취체를 하려다가 허리를 잡을 만큼 별별 괴상한 소리가 다 나온다. 〈정자나무 있는 삽화〉

유예(猶豫)[명] 일을 뒤로 미룸. ¶모든 기성 관념을 죄다 버리고서 새로이 가장 옳고 가장 아름다운 생명을 발견하려, 아무런 주저도 유예도 없이 나는 뛰쳐 일어설 것이다. 〈상경반절기〉

유여(有餘)[명] 남은 만큼 넉넉함. ¶조반을 먹고 나는 동안이 비록 짧으나 그동안의 유여가 S에게는 퍽도 위안의 시간이 되었다. 〈앙탈〉 ¶일 초의 유여도 없이 즉석에서 크게 한바탕 화룡도가 벌어졌을 것은 물론입니다. 〈흥보씨〉

유예 없이(猶豫--)[부] 망설이거나 미룸이 없이. 지체없이. ¶"곡절? 곡절이 있으량이면 어른 되시는 김 참판이 계시는 터이니 밝는 날을 기다려 어흔으로 하여금 말씀이 계시게 할 일이지 부인의 오늘밤의 이 거조는 매우 해괴하오…하니 잠시도 유예 없이 돌아가시오." 〈소복 입은 영혼〉

유유자적(悠悠自適)[부] 아무 거리낌이 없이 편안하게 지내는 모양. ¶평생에 즐거던 (연극) 연출을 하며 재미를 보면서 유유자적 지내고 있고. 〈회(懷)〉

유유자적(悠悠自適)하다[동] 속세에서 벗어나 속박되지 않고 자기 뜻대로 조용하고 편안히 생활하다. ¶도무지 유유자적한 게 어떻게 보면 신선인 것처럼이나 탈속이 되어 보입니다. 〈태평천하⑤〉

유유(悠悠)하다[형] 태연하고 느긋하다. ¶눈을 연신 깜짝깜짝, 자못 유유한 태도다. 〈탁류⑦〉 ¶경호는 단장을 놓고 유유하게 잔디 위에 가서 주저앉아 쿨룩쿨룩 기침을 치르고 있고. 〈패배자의 무덤〉 ¶헤렌은 그새 벌써 유유하게, 수건에 손을 씻고 모자를 찾아 쓰고, 〈이런 남매〉

유유히(悠悠-)[부] 태연하고 느긋하게. ¶구직꾼들이나 계원의 동그래진 시선을 한 몸에 받으며 S는 사무실로 유유히 걸어들어 갔다. 〈앙탈〉 ¶그러자 마침 머리 위에서 하늘이 찢어질 듯이 프로펠라 소리가

쏟아지며 군용 비행기 세 대가 소리와는 딴판으로 유유히 북쪽으로 떠가고 있다. 〈명일〉

유의지사(有意之士)명 뜻있는 선비. ¶유차 관지컨대 유의지사와 유산지민(有產之民)이 모름지기 숭상할 대도(大道)인지라. 〈패배자의 무덤〉

유인(誘引)명 주의나 흥미를 유발시켜 꾀어 내는 것. ¶일요일이면 으레껀 부인하고 아이들한테 가정 써어비스를 하는 하는 사람인 걸 섣불리 유인을 해냈다가는 자네 부인한테 눈치를 먹을 것이고, 〈이런 처지〉

유자천금이 불여교자 일권서(遺子千金 不如敎子一券書)라『관용』 자식에게 많은 돈을 남기는 것은 한 권의 책을 가르치는 것만 같지 못하다는 말. ¶유자천금이 불여교자 일권서라는 봉건 시대의 진리가 자유주의의 세례를 받아 일단의 더 발전된 얼굴로 민중의 열광시키었다. 〈레디메이드 인생〉

유장(悠長)하다형 길고 오래다. ¶오후, 한나절이 겨웠건만 햇볕은 늙지 않을듯이 유장하다. 〈탁류①〉 ¶이 격렬한 시대적 급류 속에서 그런 유장한 문제를 가지고 연구니 무어니 하는 수작이 좀 신경이 둔하기도 하고 쑥스럽기도 하기는 하이마는, 〈이런 처지〉

유족(裕足)하다형 여유있게 풍족하다. ¶순천 영감쯤 해서야 맛있는 음식은 싫어서 아니 먹을 만큼 유족한 터이니까 말할 것도 없고. 〈산동이〉 ¶또 시집은 친정집보다도 좀더 유족하니까 비빌 언덕이 넉넉하다. 〈용동댁〉

유지(油脂)명 기름을 먹인 종이. ¶아랫목에는 노인의 이부자리가 도닥도닥 펴 놓였고 웃목에는 유지로 덮은 영복의 저녁상과 화로에 놓인 된장찌개가 바글바글 끓고 있었다. 〈병조와 영복이〉

유지명망가(有志名望家)명 마을이나 지역에서 명망있고 영향력을 가진 사람. ¶모모한 공직자 영감이나 또는 동네의 유지명망가 씨 한 분을 소개하는 줄로 선뜻 짐작을 하기가 십상이겠지만, 〈홍보씨〉

유진장부 '무진장(無盡藏)'의 오기. 굉장히 많이. ¶게다가 또 나라는 사람이 무던히는 범연하여 유진장 술이나 먹고 놀러 다니기에 음악회하며 영화 구경 한 번인들 데리고 가 주는 법 없고 하는 터이라, 〈순공(巡公) 있는 일요일〉

유차부 재차(再次). 거듭하여. ¶유차 관자컨대 유의지사(有意之士)와 유산지민(有產之民)이 모름지기 숭상할 대도(大道)인지라. 〈패배자의 무덤〉

유축없이부 어김 없이. 어기는 일이 없이. ¶차는 유축없이 그대로 세차게 달리고…. 〈반점〉

유충렬전(劉忠烈傳)명 조선조 때의 군담소설. 작자, 연대 미상. 유충렬이 용감히 전장에 나아가 천자를 구출하고 나라의 위기를 극복한다는 이야기로, 국가와 임금에 대한 충성을 권장하는 내용임. ¶하하하하, 옳아, 네 말이 옳다. 그래두 '추월색'이나 '유충렬전'을 안 읽으니 그건 신통하다! 〈탁류⑯〉

유표(有表)하다형 여럿 가운데서 특별히 두드러진 특징이 있다. 여럿 중에서 눈에 뜨일 만큼 두드러지다. ¶그런 것이 입술

만 유표하게 새까맣게 탔다. 폐렴을 덧들였던 것이다. 〈탁류⑥〉

유(柔)하다[1] ⓗ 부드럽고 순하다. ¶그런 것은 나두 뱃심 유해졌다우. 〈소망〉

유(留)하다[2] ⓓ 자다. 묵다. 머무르다. ¶ "이번 길은 우리 집에서 유하시잖아도 좋은 데가 있습니다." 〈소복 입은 영혼〉

유흥(遊興) ⓜ 흥취있게 놂. 흥겹게 노는 것. ¶그러나 그렇게 할 용단까지는 나지 아니하고 모처럼 당한 이 유흥이 또한 자력(磁力)을 부리어 그대로 주저앉아 있는 것이다. 〈명일〉 ¶영화는 내일 밤으로 미루고 동무를 불러내어 그 돈 2원을 유흥을 하든지 하자는 것입니다. 〈태평천하〉

유희(遊戱) ⓜ 놀이. ¶ "그러면 이제는 나는 자유다. 아무 미련도 없다. 유희가 남았을 뿐이다. 아무데도 쓰잘데없는 이 생명을 가지고 한 번 불이 번쩍 나게 통쾌한 유희를 하여 본다. 붉은 피가 뎅겅뎅겅 듣는 유희다. 유희다, 생명의 유희다." 〈생명의 유희〉

육감적(肉感的) ⓜⓖ 육체적 실감이 나는 (것). 육체가 풍기는 느낌을 주는 (것). ¶ 그 여학생은 얼굴이 넓고 두툼하고 몸과 수족도 큼직하고 마침 바깥을 내어다 보며 무심코 "어디야?" 하는 그 말소리까지가 살이 진 듯이 두두룩해서 한번 보기에 어쩐지 육감적 기분이 그의 주위에 싸여 떠도는 듯하였다. 〈세 길로〉 ¶다시 그의 흐뭇하니 육감적으로 두터운 입술은 그 이상의 것을 암시하구요. 〈태평천하〉

육시(戮屍) ⓜ 지난날 이미 죽은 사람의 시체에 다시 목을 치던 형벌. ¶육시를 헐 놈이, 그놈이 그게 어디 당헌 것이라구 지가 사회주의를 히여? 〈태평천하〉

육거리(六--) ⓜ 여섯 갈래로 나뉜 길. ¶ 안동 육거리와 재동이 얼마 상거가 아니니, 우편국에 가서 공문을 부치고 돌아오는 길에 잠깐 집엘 들르면 될 것이었습니다. 〈흥보씨〉

육괴(肉傀) ⓜ 고깃덩어리. 살덩어리. ¶남편의 유서에 씌어 있던, 맹목적인 모성애로 쓰잘데없는 육괴… 운운한 구절도 (이번에는 다른 의미로) 생각이 나고 해서, 〈패배자의 무덤〉

육 나오게 ⓑ 뼈가 빠지게. 뼈가 휘도록, 오래도록 고통을 참아 가면서 있는 힘을 다하는 모양을 형용한 말. ¶일은 그리구 서두 육 나오게 하지요! 머 말이나 소 같지요! 〈탁류⑮〉

육박(肉薄) ⓜ 바싹 가까이 다가감. 바싹 가까이 쳐들어감. ¶초봉이는 고태수라는 이름을 듣자, 앗! 기어코 여기까지 바싹 들이대고 육박을 했구나! 하고 몸을 떨었다. 〈탁류⑦〉 ¶경손이가 번쩍 들이대는 주먹이 코끝으로 육박을 해도 춘심이는 꼼짝 않고 서서 웃습니다. 〈태평천하〉

육법전서(六法全書) ⓜ 민사 소송법 등 육법과 그것에 딸린 법규 등을 모아 엮은 책. ¶그래두 육법전서가 다 보호를 해 주잖우? 생명을 보호해 주고, 또 재산두 보호해 주구…. 〈탁류⑰〉 ¶성경책이나 논어 맹자나 육법전서도 아닌 걸, 글쎄 어쩌자고 그리 야속스럽게 파고들고, 잡고 늘고 할까마는, 〈태평천하〉

육식류(肉食類) ⓜ 동물을 먹이로 하는 동물의 무리. ¶독기가 뎅겅뎅겅 듣는 눈이며, 분명코 육식류의 야수를 연상하고 몸을 떨지 않질 못했을 것이다. 〈탁류⑱〉

육자배기(六字--)㊔ 남도 지방에서 널리 불리는 곡조가 활발한 잡가의 하나. ¶평소에 무심히 불렀던 육자배기가 정말 자기 신세를 말하게 되니 한층 구슬펐다. 〈팔려간 몸〉 ¶안방에서는 행화가 흥얼거리는 목소리로, 부르던 육자배기를, … "해느은 지이이이고오…." 하면서 귀곡성을 질러 울렸다가, 〈탁류④〉 ¶따라서 그건 촌 나무꾼 총각이 육자배기를 부른다든가, 〈태평천하〉

육장(六場)㊕ 한 번도 빼지 않고 늘. 항상. ¶"어디 가서 서방질을 허나? 그저 육장 와서 입 벌인다는 게 돈, 돈 허니…." 〈빈(貧)… 제1장 제2과〉 ¶봄 가을 겨울이면 역시 오사까 공장 시절의 물림인 골덴복을 입고 육장 지낸다. 〈얼어죽은 모나리자〉 ¶"허어! 그렇게 육장 손만 보아서 됐수?" 〈탁류①〉 ¶신씨(申氏) 성 가진 친구를 잔나비라고 육장 놀려 주면, 그래 그러던 끝에 그 신 씨가 동물원엘 가서 잔나비를 보면 어찌 생각이 이상하고, 〈태평천하④〉 ¶나는 이렇게 육장 매나 맞구, '찌락소' 녀석한테 부대끼구 허다가. 〈동화〉 ¶전에는 내가 고향에다가 처박아 두고서 일체 돌아보지도 않고, 육장 이혼을 하겠다고만 하니까. 〈이런 처지〉 ¶그저 자나깨나 그렇재 않아도 안질로 육장 질척질척한 눈에 눈물이 질끔질끔 딸의 신세 탄식. 〈용동댁〉 ¶나는 해필 그이 때문에 육장 애가 밭구 맘이 불안하니. 〈소망〉 ¶그런데다가 육장 그늘까지 덮이고 해서, 도통치면 한 마지기는 실히 되게시리 논의 벼농사를 잡쳐 놓았다. 〈정자나무 있는 삽화〉 ¶"육장 이렇게 심부림을 해서, 미안해 어떡허우!" 〈흥보씨〉 ¶"이걸 육장 와서는, 이래 싸서 어떡허니!" 노마네는 비죽비죽 손등으로 눈물을 씻는다. 〈이런 남매〉

육장으로(六場--)㊕ 한 번도 빼지 않고 늘. 항상. ¶"웬 고집이며 무슨 도섭으루다가 고걸 꼼지락거릴랴구 않구서, 생판 뜸가마 속에만 늘어붙어설랑 육장으루(로) 그 고생이우?"〈소망〉

육조(六曹)㊔ 고려 말기와 조선 시대에 중요한 국무를 처리하던 여섯 관청. 이조, 호조, 예조, 병조, 형조, 공조 등. ¶이거 봐요 글쎄. 단박 꼼짝 못하잖나. 암만 대학교를 다니고, 속에는 육조를 배포했어도 그렇다니깐 글쎄…. 〈치숙(痴叔)〉

육중(肉重)스럽다㊌ 보기에 덩치나 생김새가 투박하고 무겁다. ¶늙은이의 나이 예순다섯에서 일흔두 살까지 거리가 그리 육중스럽게 클까마는, 〈태평천하⑩〉

육중(肉重)하다㊌ 보기에 덩치나 생김새가 육중하다. ¶오늘도 오목이네의 그 육중(!)한 노점 앞에는 네 사람이 제가끔 호박떡 한 사발씩을 받아 들고. 〈얼어죽은 모나리자〉 ¶맨 앞자리는 고놈 깍정이 같은 조무래기패가 옴닥옴닥 들어박혀 윤직원 영감의 육중한 체구가 처억 그 틈에 끼여 있을라치면, 〈태평천하③〉 ¶간드러지게 생긴 얼굴이, 눈은 아직 그대로 지그려 감고 콧등을 찡긋찡긋하다가, 고 육중한 입을 하 벌리고 하품을 늘어지게 배앝는다. 〈패배자의 무덤〉 ¶그 육중한 수레 열두 채를 한꺼번에 다… 그러면서도 마치 허깨비나 다루듯, 힘 하나 안 들이고 거뿐거뿐. 〈회(懷)〉

육집명 체구(體軀). ¶더구나 목간탕은 누가 오든지 벗고 들어오는 알몸뚱이에 수건 한 개 그것뿐이라, 그러니 그 속에서는 육집 좋고 얼굴 좋은 사람이 잘난 사람이요 뽐내는 판이다. 〈빈(貧)… 제1장 제2과〉 ¶육집이 큰 보람도 없이 뾰족하니 몰린 윤 직원 영감은 마침내 마루로 쿵하고 나서면서 뒤채로 대고 소리를 지릅니다. 〈태평천하⑥〉

육친(肉親)명 부자, 모녀, 형제 등의 혈족 관계. 또는 그 관계가 있는 사람. ¶그것은 사람의 육친의 동기간 사이에서만 우러날 수 있는 극진한 애정에서…. 〈탁류⑲〉 ¶바스티유 함락과는 항렬이 스스로 다르기는 하지만 아뭏든 윤 직원 영감은 그처럼 육친의 피로써 물들인 재산더미 위에 올라앉아…. 〈태평천하④〉 ¶육친의 살뜰한 정인 줄이야 이해를 못하는 바 아니지만. 〈패배자의 무덤〉

육탄(肉彈)명 (탄환이나 폭탄을 대신하여) 적진으로 돌진, 육박하는 육체. 또는 그 일. ¶가뜩이나 이렇게 맹렬한 육탄 (아닌 언탄)을 맞고 보니, 윤 직원 영감으로는 총퇴각이 아니면, 달리 기습이나 게릴라 전술을 쓸 수 밖엔 별 도리가 없읍니다. 〈태평천하⑥〉

육회(肉膾)명 소의 살코기를 잘게 썰어서 갖은 양념을 한 음식. ¶오늘 월급 탄 턱으루 육회두 치구 갈비두 굽구 해 디리께, 당신 좋아허시는…. 〈탁류⑬〉

육혈포(六穴砲)명 지난날 총알을 재는 구멍이 여섯 개 있는 권총을 이르던 말. ¶노름을 하다가 돈을 몽땅 잃어버리면 제 대가리에다 대고 한 방 탕 쏘는 육혈포 소리로, 저승에의 삼천 미터 출발 신호를 삼는 사람이 많다는데,…. 〈탁류④〉 ¶그 놈 새애끼만 육혈포 부리 앞에 가슴패기를 겨냥 대고 앉아 혼비백산, 돈을 뺏기던 일…. 〈태평천하〉

윤선(輪船)명 '화륜선'의 준말. 기선을 이전에 이르던 말. 증기 기관을 동력으로 하여 항해하는 배. ¶덜씬 큰 윤선 옆에 거룻배 하나가 붙어서 가는 격이라고나 할는지, 아뭏든 이 애인네 한쌍은 이윽고 진고개 어귀에 나타났읍니다. 〈태평천하〉

융커(독. Junker)명 원래는 왕공(王公)이나 귀족의 아들이라는 뜻으로, 19세기 중엽 이후 독일의 동 엘베 지방의 대지주 귀족층. 봉건 귀족 체제를 주장하고, 1948년에는 반동 운동으로 합동, 후에 독일의 보수당을 형성하였음. 여기서는 '독일의 철도'를 말함. ¶아이슈타인이 상식이 되고 융커란 놈은 시속 육백 킬로고…. 〈회(懷)〉

으깨리다동 →으깨다. 굳은 덩이 따위를 누르거나 문질러서 부스러뜨리다. ¶육중한 맷돌이 등의 곱사혹에 떠받히어 빗밋이 기운 형보의 앙가슴을 으깨리고 둔하게 굴러 내린다. 〈탁류⑱〉

으깨주다동 으깨어 주다. 굳은 덩이 따위를 누르거나 문질러서 부스러뜨리다. ¶해사하니 이쁘게 생긴 그의 얼굴을 무얼로 다가 들이 으깨주고 싶은 충동도 일어났다. 〈탁류⑧〉

으끄러 버리다동 함부로 으끄리다. ¶미럭쇠는 눈을 불끈불끈 그 잘난 코를 벌씸벌씸, 내리 으끄러 버릴 듯이 바싹 다가선다. 〈쑥국새〉

으끄러지다동 으깨이거나 하여 부스러지

다. 물건의 거죽이 찌그러지거나 뭉그러지다. ¶수령이 그걸 보다 못해 옆에 섰는 수하의 몸둥이를 채어 가지고 윤용규가 총대에다가 버틴 바른편 팔을 겨누어 으끄러지라고 한 번 내리칩니다. 〈태평천하④〉 ¶그 면상이 형적도 없이 으끄러진 머리와 팔이 하나만 붙은 동체와 떨어져 나간 팔과 두어 번이나 동강난 다리와. 〈패배자의 무덤〉

으끄리다동 으끄러지게 하다. ¶수없이 내리쳐 살을 으끄리고 피를 터뜨리되 터럭 하나의 빈 자리도 피할 길이 없이 된 매서운 매 밑에. 〈생명〉

으런명 →어른. (전라) ¶바루 그이가 작고하신 나원정 선생이댔어! 얌전허구두 좋은 으런이댔는데!…. 〈회(懷)〉

으례건부 →으레. 틀림없이 언제나. 언제나 다름없이. ¶얕은 언덕을 의지 삼고 다섯 채 열 채 농가가 들어앉은 촌락이 으레건 기다리고 있다.〈반점〉

으례껀부 →으레. ¶조금만 제 비위를 맞추어 주지 않으면 울고 안방으로 달려가서 일러 바치고, 그 끝에는 으례껀 시어머니한테 걱정을 듣게 하고…. 〈두 순정〉 ¶일요일이면 으례껀 부인하고 아이들한테 가정 써어비스를 하는 사람인 걸 섣불리 유인을 해냈다가는 자네 부인한테 눈치를 먹을 것이고, 〈이런 처지〉

으례껏부 →으레. ¶그런 싸움은 하루에도 으례껏 한두 패씩은 얼려 붙는다. 〈탁류①〉

으르다동 상대방에게 말이나 행동으로 겁을 먹도록 위협하다. ¶두목은 하마 꺾이려던 기운을 돋구어 한마디 으릅니다. 〈태평천하④〉

으릉으릉부 '으르렁으르렁'의 뜻. 부드럽지 못한 말로 사납게 외치거나 다투는 모양. ¶시아버지 윤 직원 영감은 죽고 없는 마누라 몫까지 해서, 갈수록 더 못 먹어서 으릉으릉 뜯지요. 〈태평천하⑤〉

으리으리하다형 무시무시할 만큼 규모나 모양이 굉장하다. ¶화류 의걸이에 이불장에 삼층장에 머릿장에 베갯장에 양복장에, 이칸 장방이 그득, 모두 으리으리합니다. 〈태평천하〉

으수하다형 →의수하다(依數~). 제법 그럴 듯하다. ¶글쎄 요년은, 눈치가 으수하길래 믿은 구석으로 안심을 했던 참인데, 대체 웬일인가 싶어, 무색한 중에도 좀 건너다보려니까, 이게 또 이상합니다. 〈태평천하⑩〉 ¶"돌아오는 장날 오지… 장날 이래야 너 혼자 있을 테닝개루… 그렇지? 오목아." 하고 으수하게 얼버무려 넘긴다. 〈얼어죽은 모나리자〉

으슴푸레하다형 분명히 보이거나 들리지 아니하고 매우 흐리고 희미하다. ¶강낭콩 포기가 풀 속에 묻히고 한 채밭에 흰 빨래가 으슴푸레하니 널리 있다. 〈동화〉

으시시하다형 몸이 좀 떨리거나 움츠러들 정도로 무섭다. ¶별안간 몸이 으시시하면서 뒤가 돌려다보였다. 〈탁류⑩〉

으실렁으실렁부 (몸집이 큰 사람이나 짐승이) 몸을 조금 흔들며 천천히 걸어다니는 모양. 〖비슷〗 어슬렁어슬렁. ¶"웨, 고이댕기던 순검이나 댕겨 먹덜랑 않구서 어쩌자구 으실렁으실렁 도루 와? 오기를… 내 참, 폭폭헐 노릇두 다 보겄당개!" 하고 혼자 두런거려 쌓기를 마지않았다. 〈순공(巡公) 있는 일요일〉

으실으실[부] →으실렁으실렁. ¶그는 삼십이 넘도록 탈망바람으로 삿갓 하나를 의관 삼아 촌 노름방으로 으실으실 돌아다니면서…. 〈태평천하④〉

으심치무레하다[형] 달빛이 침침하고 흐릿하다. [비슷] 으슴푸레하다. ¶으심치무레한 달밤에 보리밭 사이로 죽자 살자 내빼는 사람을 쏜다고 쏘았댔자 제법 똑바로 가서 맞을 이치도 없기는 하지만, 〈태평천하④〉

으쓱하다[형] (춥거나 무서워서) 몸이 움츠러드는 듯하다. ¶여는 문으로 밀려드는 바깥바람은 으쓱하게 찼다. 〈병조와 영복이〉

으젓잖다[형] →으젓잖다. 말이나 행동이 점잖고 무게가 있지 않다. ¶사람 으젓잖은 것 공부시키기 공력만 아깝지! 〈탁류⑦〉 ¶"으젓잖은 놈들! 어쩌다가 놓친단 말이냐!…" 두목은 혀를 차다가, 방 웃목에서 떨고 있는 차인꾼을 턱으로 가리킵니다. 〈태평천하④〉

윽박지르다[동] 억지로 짓눌러 기를 못 펴게 하다. ¶"대체 그 사람이 누군 줄 알구서 그리나?" "누군 무얼 누구야? 네년의 리베지." 주근깨가 윽박질러 주는 말이다. 〈탁류⑯〉

은공(恩功)[명] 은혜와 공로. ¶하루는 산신님의 아낙이 산신님을 보고 거지들한테 무엇 보물 같은 것이라도 주어서 은공을 갚자고 권면을 했다. 〈탁류⑮〉 ¶또 나도 그럴 만한 은공이 없잖아 있구요. 〈치숙(痴叔)〉

은근공손히(慇懃恭遜–)[부] 은근하고도 공손하게. ¶"이번에 인기가 굉장헌 모양이지요?" 하고 은근공손히 말을 청합니다. 〈태평천하③〉

은근짜[명] 밀매음녀. 여자가 허가 없이 돈을 받고 아무 남자에게나 몸을 파는 일. 몰래 몸을 파는 여자를 속되게 이르는 말. ¶삼십이 되도록 지금까지 유곽을 가거나 은근짜집을 가거나 동관의 색주가집에 가서 잠자리를 한 일은 없다. 〈레디 메이드 인생〉 ¶"그땐 말끔 은근짜들뿐이지만, 시방은 이 사람아 오는 기집들이 모두 상당허네!…." 〈태평천하〉

은근(慇懃)하다[형] 마음속으로 생각하는 정이 깊다 드러나지 않게 다정하다. ¶"오목아아." 부르는 소리도 끔찍이 은근하다. 〈얼어죽은 모나리자〉 ¶작은집에서는 은근한 젊은 계집들도 많이 모이고, 잔치도 걸어서, 이를테면 꽃밭에 들어앉은 맥이로되 도무지 흥도 나지 않고 술도 맛이 없고, 〈탁류⑩〉 ¶"춘심아?" 머리를 싸악싹 쓸어 주면서 부르는 음성도 은근합니다. 〈태평천하⑩〉

은실(銀–)[명] 거죽에 은을 얇게 입힌 실. ¶은실을 심은 듯 고운 수염이 그리 터북하지 않아서 더욱 해맑다. 〈두 순정〉

은어(隱語)[명] 어떤 계급이나 직업에 딸린 사람들 사이에서만 통하는 말. ¶아뭏든 그때부터 뚜쟁이집을 어디고 세계사업사라고 불렀고, 시방은 한 개의 공공연한 은어가 되어 버렸읍니다. 〈태평천하〉

은연중(隱然中)[부] 남이 모르는 가운데. ¶차마 좋게 대답을 하느라고 하던 것이나, 그래도 음성은 은연중 모질지 않을 수가 없었다. 〈이런 남매〉

은은하다[형] 겉으로 뚜렷하지 않고 아슴푸레하게 내비쳐 있다. ¶불빛 은은한 포도 위로 사람의 떼가 마치 한가한 물줄기처럼 밀려오고…. 〈탁류⑱〉

은적사(恩積寺)명 절 이름. ¶날이 좋은 데!… 은적사나 나갈까 부다. 〈탁류④〉

은제대 →언제. (경기, 경남). 어느 때. ¶아니, 자네가 시방 또, 은제치름 날더러 저 무엇이냐, 핵교허넌 디다가 돈 기부허라구, 그런 권면헐라구 그러잖넝가? 〈태평천하⑧〉

을러대다동 상대자를 말이나 행동으로 겁을 먹도록 위협하다. ¶두목은 다시 윤용규에게도 얼굴을 돌리고 을러댑니다. 〈태평천하④〉

을러메다동 위력으로써 겁을 먹도록 위협하다. ¶유 씨는 을러메면서 옆에 놓았던 침척을 집어 들고, 계봉이는 얼른 날쌔게 마루로 해서 건넌방으로 달아난다. 〈탁류⑦〉 ¶갑쇠가, 관수의 을러메는 말이 뚝 떨어지자, 황망히 절름거리면서 관수 앞으로 나온다. 〈정자나무 있는 삽화〉

을씨년스럽다형 남 보기에 몹시 쓸쓸하다. ¶을녜는 (알고도) 못 본 체 눈을 내리깔고 종종걸음으로 을씨년스럽게 그 옆을 지나간다. 〈정자나무 있는 삽화〉

을축갑자(乙丑甲子)명 차례가 뒤바뀌었다는 말. ¶송도 말년(松都末年)에는 쇠가 쇠를 먹었다고 합니다. 그러던 게 지금은 다 세태가 바뀌고, 을축갑자로 되는 세상이라서 그런 것도 아니겠지만, 〈태평천하⑦〉 ¶되레 그를 붙잡고 말리니, 밥도 죽도 아니고 을축갑자가 되고 말았다. 〈정자나무 있는 삽화〉

음식 분별관용 음식 준비. 음식 마련. ¶마침 음식 분별이 다 되었던지, 그새 안방과 부엌으로 팔락거리고 드나들던 김 씨가 행주치마에 가뜬한 맵시로 앞 쌍창을 크게 열더니, 방 안을 한번 휘휘 둘러본다. 〈탁류⑦〉

음식머리명 음식을 먹는 자리. ¶들에서 먹는 음식머리의 인심이 후해, 옆에 있던 객군은 말고 지나가는 행인이라도 불러서 먹이고 자청해서도 얻어먹고 하는 법이라. 〈정자나무 있는 삽화〉

음영(陰影)지다동 그늘지다. ¶가을해라 거진 기울게 되어 여윈 햇살이 지붕 너머로 옆집 뒷벽에 가물거리고, 그와 음영진 대문안 수통에서는 식모가 시시 무얼 씻고 있고. 〈탁류⑬〉

음전스럽다형 말과 행동이 얌전하고 점잖은 태도가 있다. ¶면장은 음전스럽게 걱정을 하고 잠시 까막까막 생각을 한다. 〈보리방아〉

음충맞다형 겉으로는 유순하게 보이나 속은 엉큼하고 불량하다. ¶말은 못하나? … 계집애가 밴조고름하게 생겼으니깐 음충맞게 딴 배짱이 있어 가지구설랑…. 〈탁류⑦〉 ¶이건 암만 도사리고 앉아 들어야 영감태기가 음충맞게시리 어린 손자 며느리들더러 보리밥을 먹으면 애가 밴다는 소리나 하고 있지, 〈태평천하⑥〉

음충스럽다형 겉으로는 유순하게 보이나 속은 엉큼하고 불량하다. ¶이 정자나무 같이 십 년 백 년을 가야 낡아 빠진 채 태고의 꿈속에서 어릿거리고 있고, 그러면서 쓰잘데없이 음충스럽기나 하고…. 〈정자나무 있는 삽화〉

음풍(陰風)명 쓸쓸하고 싸늘한 바람. 또는 음산하고 살벌한 바람. ¶탑삭부리 한참봉은 음풍이 도는 듯 텅 빈 가게의 캄캄 어둔 방에서, 더듬는 손에 방망이가 잡

히는 것이 조금 든든하기는 했으나, 〈탁류⑩〉

음험(陰險)하다형 겉보기는 천연스러우나 속으로는 내숭스럽고 우악하다. ¶연한 동심은 좋이 자라지를 못하고 속에서 갈고리같이 옥고, 뱀같이 서리서리 서렸다. 심술이 궂고 음험해졌다. 〈탁류⑭〉 ¶그래서 그놈이 그렇게 두억신같이 음험해 돌아온 줄은 몰랐지야고, 저마다 고개를 끄덕거렸다. 〈정자나무 있는 삽화〉 ¶비겁하고 의심 많고 음험해야만 화를 면하는 것이다. 〈상경반절기〉

읍(揖)을 하다〖관용〗 허리를 공손히 굽혔다 폈다하다. 원래는 인사하는 예로 두 손을 맞잡고 얼굴 앞으로 들고 허리를 굽혔다 펴면서 손을 내리다. ¶들 위로 얕게 덮인 아침 안개가 소리없이 사라지고 누른 볏목들이 일제히 읍을 한다. 〈팔려간 몸〉

응석받이명 응석동이. 응석을 피우며 자란 아이. 응석을 잘 부리는 아이. ¶암만 응석받이라두 나두 눈치는 다아 있어요… 이봐요 남 서방… 글쎄 이번에 우리 언니가 그 결혼을 해서 잘 산다구 칩시다…. 〈탁류⑧〉

응을거리다동 →응얼거리다. 불평 같은 것을 원망스럽게 입속말로 중얼거리다. ¶왜, 걸신허먼 날 못 잡어먹어서 응을거리여? 〈태평천하⑥〉

응전 포고(應戰布告)명 적의 공격에 응하여 싸울 것을 공포하여 널리 알림. ¶응당 영감태기로부터, 어허 그 며느리 대단 괘씸쿠나! 하여 필연 응전 포고가 올 것이고, 〈태평천하⑥〉

응쥐명 쥐의 한 종류인 듯(?). ¶곰보 최서방이 허겁을 떨면서 응쥐 한 마리를 움켜쥐고 웃도리를 쳐든다. 〈정자나무 있는 삽화〉

의(義)명 남과 맺은 혈연과 같은 관계. ¶"너허구 나허구는 동기간 의를 끊었어! 그런데 네가 왜 내 집 문안에 발걸음이야?" 〈이런 남매〉

의걸이(依--)명 '의걸이장'의 준말. 위는 웃옷을 걸고 아래는 반닫이 모양으로 되어 옷을 개어 넣게 된 옷장. ¶의걸이를 열쇠로 열고는, 속서랍에서 1원 짜리 두 장을 꺼내다가 줍니다. 〈태평천하〉 ¶안해는 안방에서 의걸이를 한참 여닫고 하더니, 미닫이를 지치는 소리가 들리는 게 마침내 옷을 갈아 입는 모양이었다. 〈순공(巡公) 있는 일요일〉

의관(衣冠)명 옷과 갓. 또는 옷차림. ¶산동이가 의관을 차리고 들어 오는 것을 보고 "어디를 이렇게 일찍 갔다 오우?" 하고 물었다. 〈산동이〉 ¶아무리 이런 큰 길바닥에서 의관깨나 한 사람들끼리 멱살을 움켜잡고 얼러 붙은 싸움이라도 그리 할 일이 없어서 심심한 사람이 아니면 별반 구경하는 사람도 없다. 〈탁류①〉

의구(疑懼)명 의심하고 두려워함. ¶이 혼인이 장차에 딸자식을 불행하게 하지나 않을 것인가 하는 의구를 일으켜 가지고 그 의구가 완전히 풀리기까지 두루 천착을 해 보기를 짐짓 그들은 피하려 든다. 〈탁류⑦〉

의기양양(意氣揚揚)명 뽐내는 마음이 얼굴에 나타나는 모양. 또는 아주 자랑스럽게 행동하는 모양. ¶"자아 제군! 자아 요거 요거…" 두 손을 쳐들어 손끝마다 손톱

을 짚어 보이면서 의기양양, 우선 우리들 더러 묻는 것이었었다. 〈회(懷)〉

의념(疑念)명 의심이 되는 생각. 의심스러운 생각. ¶제호는 초봉이의 이 지나친 격동에 언뜻 한 가지 의념이 솟아났다. 〈탁류⑭〉

의논성 있게『관용』 은근히 의논하려는 태도로. ¶김 씨는 이야기하던 음성을 일단 낮추어, 더욱 의논성 있게 소곤거리는 것이다. 〈탁류⑦〉

의당(宜當)하다형 사리에 옳고 마땅하다. ¶계집 샘으로 해서 갑쇠로 보면 관수는 인간이 달갑지 않은 것도 의당한 노릇이겠지만, 〈정자나무 있는 삽화〉

의동생(義同生)명 의리로 맺은 동생. ¶현서방도 역시 이 다정한 의동생 윤보가 반가운 것은 물론입니다. 〈홍보씨〉

의례껏부 →으레. 틀림없이. 대개. ¶생김새도 그렇게 생겨 먹었느니라고 으레껏 생각을 합니다. 〈태평천하⑤〉

의리부동(義理不同)하다동 의리에 어그러지다. 의리에 어긋나다. ¶의리부동한 놈이지, 처음부터 끝까지 나를 속여 농락만 해 온 것이 아니냐? 〈탁류⑭〉

의뭉명 겉으로는 어리석은 체하면서 속으로는 엉큼함. ¶그랬기 때문에 대문간에서 웅성거리는 말소리를 대강 다 알아 듣고도 물론 짐짓 의뭉을 피우던 것이다. 〈탁류⑩〉

의뭉꾸러기명 '의뭉한 사람'을 낮추어 일컫는 말. ¶혹시 알고도 위인이 의뭉꾸러기라 짐짓 모른 체하고 있나, 그 눈치를 떠보았다. 〈탁류⑧〉

의뭉스럽다형 겉으로는 어리석은 것 같으나 속으로는 엉큼한 데가 있다. ¶승재가 짐작하기에는 이 수다스럽고 의뭉스런 마나님이 그렇게 어쩌고 저쩌고 해서 …. 〈탁류⑮〉 ¶설마 그와 같은 의뭉스런 궁량이 있었던 줄이야 눈치인들 채었을 턱이 없었던 것이다. 〈순공(巡公) 있는 일요일〉

의뭉장이명 →의뭉쟁이. 겉으로는 어리석은 것 같으나 속으로는 엉큼한 사람. ¶아까 계봉이가 승재더러 한 말은 이 눈치를 본 소린데, 의뭉장이가 저는 시침을 떼고 형의 속만 뽑아 보았던 것이다. 〈탁류⑱〉

의뭉하다형 겉으로는 어리석은 것 같으나 속으로는 엉큼하다. ¶제호는 사람이 의뭉하고, 일일이 내색을 하거나 구누름을 하거나 하지를 않아서 망정이지 그렇다고 우렁잇속 같은 속조차 없는 바는 아니었었다. 〈탁류⑬〉

의미심장(意味深長)하다형 글이나 말의 뜻이 썩 깊다. ¶그거야 귀여워하는 법식 나름이겠지만, 윤 직원 영감의 방법은 의미심장합니다. 〈태평천하⑩〉

의붓자식명 재혼하는 여자가 데리고 들어온 자식. ¶두고 가자니 정을 차마 어찌 끊으며, 그렇다고 데리고 간다면 의붓자식일지니 더욱 못할 노릇이다. 〈용동댁〉

의붓자식 옷 해 입힌 셈『속』 생색없는 일이지만 마지 못해 남을 위해 한다는 뜻. ¶그는 의붓자식 옷 해 입힌 셈만 대지야고 버릇없는 소리나 해 가면서, 역시 전과 다름없이 병호를 심복의 병정으로 부릴 것이요, 〈태평천하〉

의연히(毅然-)부 의지가 굳세어 끄떡없이. 태도가 엄하고 굳세게. ¶이렇게 애원은 하나 그러나 의연히 말하는 것입니다. 〈소복 입은 영혼〉

의아스러이(疑訝---)㊇ 의아스레. 의심스럽고 이상한 태도가 있게. ¶장손네는 의아스러이, 아들의 등 뒤를 바라다본다. 그러다 문득 그 뜻을 알아차리고는, 빙긋 혼자서 웃는다. 〈암소를 팔아서〉

의외(意外)로워하다㊄ 의외롭게 여기다. ¶그의 얼굴에는 반가와는 하면서 그래도 좀 의외로와(워)하는 눈치가 보이는 듯하였다. 〈산동이〉

의외(意外)롭다㊄ 뜻밖이라고 생각되는 느낌이 있다. ¶선뜻 그 이야기를 듣는 순간 승재는 도무지 제 스스로도 의외로와야할 만큼 가슴의 격동이 대단했고, 〈탁류⑧〉 ¶상수가 술을 먹다가 선뜻 의외로왔으나 사람이 저다지 변했을 바에야 오히려 당연한 타락이거니 싶었다. 〈모색〉

의장(意匠)㊊ 물품에 외관상의 미감(美感)을 주기 위해, 형상, 맵시, 색채 또는 그들의 결합 따위를 연구하여 거기에 응용한 장식적인 고안. ¶제각기 용기의 본새랄지, 곽의 의장이랄지가 어느 것 할 것 없이 섬세하고 아담한 게, 〈탁류⑯〉

의젓이㊇ 말이나 행동이 점잖고 무게가 있게. ¶제호는 저편이야 무얼 어쩌거나 말거나 인제는 상관 않기로 하고, 제가 할 말만 의젓이 늘어놓는다. 〈탁류⑭〉

의(誼)좋다㊄ 정이 두텁다. 사이가 좋다. 서로 사귀어 친해지는 정이 있다. ¶이때를 당하면 항용 의좋은 부부 생활을 해 오던 여자라도 히스테리라든지 하는 이상야릇한 병증이 생기는 수가 많답니다. 〈태평천하⑥〉 ¶이렇게 둘이는 부부간의 정이 들기 전에 그것을 건너뛰어 의좋은 동무, 정다운 오뉘가 되었던 것이다. 〈두 순정〉

의증(疑症)㊊ (병적으로) 의심을 잘 하는 성질. ¶형보가 의증을 내어 못 내려가게 하니 너 먼저 송희를 데리고 이번 열한 점 차로 내려가면, 〈탁류⑱〉

의초㊊ 부부 사이의 정의(情誼). ¶부부간에 의초가 그렇게 아니 좋아서 어떡하우! 〈태평천하〉 ¶더우기나 남편과 의초가 좋았다든가 하는 것은 아무것도 남은 게 없고. 〈용동댁〉

의표(儀表)㊊ 몸을 가진 태도. 또는 차린 모습. ¶그가 의사가 되어 가지고 돈도 많이 벌고, 의표도 훤치르르하고, 이렇게 환골탈태해서 척 정 주사의 눈앞에 현신을 한다면, 〈탁류⑦〉

의혹(疑惑)㊊ 의심하여 수상히 여기는 것. ¶그렇더라도 한 마리나 두 마리 같으면 모르지만 다섯 마리씩이나 잡아 오다니, 이렇게 지레짐작과 의혹이 들었던 것이다. 〈용동댁〉

이(利)[1]㊊ '이익'의 준말. ¶"어떠십니까? 내야 거기 별 이도 없으니까 굳이 나서서 이렇다 저렇다 하지는 않겠읍니다마는." 〈보리방아〉

이(虱)[2]㊊ 불결한 몸이나 옷에 번식하여 피를 빨아먹고 병을 옮기는 곤충. ¶잔디 위에는 금시 돈더미가 쏟아져 나오는 것같이 소곤소곤 천냥만냥을 하는 친구들과 로댕이 보았으면 '생각하는 사람' 대신 '게으른 사람'이라는 조각을 새겼을 모델감들이 방금 겨드랑이 속에서 이라도 더듬어 낼 듯이 느리차분하게 앉아 햇볕을 쪼이고 있다. 〈그 뒤로〉

이[3]㊌ '이것'의 준말. ¶한두 번이 아니요 하루 이틀이 아니니 동네에서 온통 그렇게 저를 기하고 흉한 놈으로 돌려 놓은 줄을 관순들 눈치채지 못했을 이치가 없지만, 그는 이 이상이다. 〈정자나무 있는 삽화〉

이골(이) 나다『관용』 어떤 방면에 아주 익숙해지다. '이골'은 어떤 방면에 길이 들어서 그것에 익숙해진 상태. ¶물기도 이골이 나서 어느 결에 들이덤볐는지, 태수의 어깨를 덥석 물고 몸을 바르르 떨다. 〈탁류⑤〉 ¶그런데 글쎄, 그다지도 가산 늘리기에 이골이 난 윤 직원 영감이건만 10년 전에도 만 석 10년 후 시방도 만 석… 그렇습니다그려. 〈태평천하⑤〉

이글이글(부) 불꽃이 벌겋게 타오르는 모양. 불이 발갛게 피어 불꽃이 어른어른 오르는 모양. ¶가령 몸과 마음은 당장 이글이글 달구어진 새 정열의 도가니 속에서 다 같이 녹고 있으면서도, 〈탁류⑰〉 ¶어머니는 한숨을 후유 내쉬면서 이글이글 불볕이 내리는 하늘을 심정스럽게 내다본다. 〈동화〉

이글이글하다(동) (불꽃이) 발갛게 계속하여 피어오르다. ¶"구수한 냄새가… 나는데… 또 마침 산적을—불이 이글이글헌(한) 화로에다 석수를 놓구 산적을 다뿍 굽겠지." 〈산적〉 ¶"속 모르는 소리 말아. 이걸 떠억 이구 이걸 푸욱 눌러 쓰구, 저 이글이글한 불볕에!" 〈소망〉

이기죽거리다(동) 밉살스럽게 지껄이며 빈정거리다. ¶여느때 이기죽거리고 농담 잘하던, 그와는 딴사람이 되어 가지고서…. 〈정자나무 있는 삽화〉

이기죽이기죽(부) 밉살스럽게 지껄이며 빈정거리는 모양. ¶형보는 딱 바라진 음성으로 이기죽이기죽 이야기를 씹는다. 〈탁류④〉

이네(대) 이 사람들. 이 무리의 사람. ¶이네도 정말 서로 죽이지나 않는가 하는 망상이 들어서 어쩐지 무시무시했다. 〈탁류⑮〉

이녁(대) '하오'할 상대를 마주 대하고 얘기할 때 그이를 조금 낮추어 이르는 말. ¶"그런가? 그럼 술이 생기거들랑 날 주구, 빰은 이녁이 맞구 그럴까?" 〈탁류①〉

이대도록(부) 이다지. 이렇게까지. 이러한 정도로까지. ¶내가 왜 저 사람을 이대도록 무서워할까 보냐고 숨을 깊이 들이쉬고 고개를 꼿꼿이 쳐들었다. 〈탁류⑭〉

이대지(부) →이다지. 이러한 정도로까지. ¶그냥 거저라니? 방세가 이대지 많을 리는 없을 것이고…. 〈탁류③〉

이(利)되다(동) 이익이 되다. ¶그것이 진정으로 세상을 이되게 하는 '사업'일진대 경쟁이 붙을 지경이면 사람이 없어서 '사업'을 못할 바 아니니, 〈모색〉

이따[1](명) 조금 지난 때. ¶그거야 이따고 내 일이고 천천히 해도 급하지 않대서, 〈태평천하⑨〉

이따[2](부) '이따가'의 준말.

이따가(부) 조금 뒤에. 조금 지난 뒤에. 『준말』 이따. ¶멀! 배고프문서두… 언니 이따가 내 밥 같이 먹어, 응? 〈탁류③〉 ¶반드시 이따가 저녁에 잘 생각을 해 가지고 내일 와서 대답을 해 주마고 항복 겸 언질을 두곤 했지, 〈회(懷)〉

이랏샤이마세(いらっしゃいませ)(감) '어서 오십시오'의 일본어. ¶검정복을 하고 앞치마 같은 것을 두른 사람이 그게 무슨 소린지 "이랏샤이마세." 하고 쑥 나오더니. 〈어머니를 찾아서〉 ¶이랏샤이마세! 소

리를 지르고, 현관으로 들어서니까는 여남은이나 같은 하녀들이 나풋나풋 엎드리면서 한꺼번에, 이랏샤이마세를 외친다. 〈탁류⑫〉 ¶"이랏샤이마세." 구경도 할 겸. 점원들이 있는 대로 대여섯 일제히 합창을 하고 나섭니다. 〈태평천하〉

이래저래[부] 이라하고 저리하여. ¶이래저래 짜증이 나서 소리소리 어머니를 처부르면 아버지가…. 〈두 순정〉

이러구러[부] 이럭저럭하여. ¶이러구러 그는 한갓 승재가 가금 생각나는 때 말고는 이것이고 저것이고 간에 흥분도 없으려니와 불평도 없이, 〈탁류⑫〉

이러니저러니[부] 이래저래. 이리하고 저리하여. ¶"끄응! 이러니저러니 해두 젊어서 한때가 좋습넨다 다아…." 〈모색〉

이러자거니 저라자거니[부] 이렇게 하자거니 저렇게 하자거니. ¶초봉이는 시잘하기는 하나, 이러자거니 저라자거니 제 의견을 내고 싶지도 않았다. 〈탁류⑫〉

이렁저렁[부] 이런 모양으로 저런 모양으로. ¶시방 제호와 만나 다 이렁저렁 되었다는 사연을 눈치만이라도 비칠까 하던 것이다. 〈탁류⑫〉

이레[명] 일곱 날. 칠일(七日). ¶병아리는 얻어 온 지 이레 만엔가, 그중 병이 들어 원기가 없던 놈이 마침내 죽었고, 〈용동댁〉

이력(履歷)1[명] 지금까지 거쳐온 실지로 보고 듣고 겪는 일. ¶또 동리 계집아이들로 보면 양복까지 입고, 대처(都市) 바람을 쏘였다는 부러운 이력이며. 〈얼어죽은 모나리자〉

이력(履歷)2[명] 지금까지 닦아 온 학업이나 거쳐 온 직업 따위의 경력. ¶오늘 아까 병원에서는 그의 소위 이력이라는 것을 몰랐고 겸하여 딴데 정신이 팔려 그냥 귀넘겨 들었었지만, 어떤 놈의 전문학관지 대학인지 졸업을 했다는 사람이 (사실 중학교만 옳게 다녔어도 그럴 리가 없는데) 〈탁류⑧〉 ¶소학교 교원 노릇을 해먹은 이력이 있는 덕택이었었다. 〈이런 남매〉 ¶그덕에 명색은 전문학교까지 마친 이력이 있고 뛰어난 천재나 영특한 인물은 아니라도 바보나 천치는 역시 아니고. 〈모색〉

이력(履歷) 없다[관용] (어떤 일에) 경력이나 경험이 없다. ¶아무리 연조가 오래서 사무에 능해도, 이력 없는 한낱 고원이 본관이 되고, 〈탁류①〉

이를 갈아붙이다[관용] '이를 갈다'의 속된 말. 몹시 분하거나 원통하여 앙갚음을 하려고 벼르다. ¶"오냐, 이를 갈어(아)붙이구 돈을 모아, 오 년만 참어라." 〈팔려간 몸〉

이리 궁글 저리 궁글[관용] 누워서 몸을 이쪽저쪽으로 구르는 모양. ¶그러나 웬일인지 잠을 이루지 못하고 이리 궁글 저리 궁글 하며 그야말로 전전반측하는데 밤이 이슥한 후에 소저는 또 나왔읍니다. 〈소복 입은 영혼〉

이마빡[명] '이마'의 낮은말. ¶정말 고양이같이 달려들어서는 제호의 까부는 손등이고 빈 대머리진 이마빡이고 사정없이 박박 할퀴어 준다. 〈탁류⑫〉

이마빡에 피도 안 마르다[관용] '이마에 피도 안 마르다'의 속된 말. 아직 어리고 철이 없다는 뜻. ¶이놈, 이 이퉁머리! 이마빡에 피두(도) 안 마른 것이… 이놈, 이놈, 〈탁류⑮〉 ¶윤 직원 영감은 어린 손자 자식이, 그야말로 이마빡에 피도 안 마른

것이 주색에 빠졌으니, 사람 버릴 것이 걱정도 걱정이려니와. 〈태평천하〉

이마적명 이제부터 얼마 오래지 않은 과거. ¶제호는 이마적 와서는 윤희와 이혼할 생각은 없기도 하려니와. 〈탁류⑬〉

이만저만찮다형 '이만저만하지 않다'의 준말. ¶그는 워낙 남도 소리며 음률 같은 것을 이만저만찮게 좋아합니다. 〈태평천하②〉 ¶영감이 성미가 유난하게시리 도섭스러서, 동네 사람들의 폐로와함이 또한 이만저만찮다. 〈정자나무 있는 삽화〉

이만저만하다형 이만하고 저만하다 ¶아이 사람 종수, 다른 게 아니라 내가 목이 달아나게 급한 사정이 있어서 약시 이만저만하고 이만저만했네. 그러니 어떡허려나? 날 죽여주게. 〈태평천하〉

이면상(裏面上)부 속내평으로는. 즉 겉으로 드러나지 아니한 일의 사정으로는. ¶그러나 버티고 볼 양이면 종수가 징역을 가야 하니. 이면상 차마 못할 노릇일 뿐만 아니라, 더욱이 바라고 바라던 군수가 영영 떠내려가겠은즉, 〈태평천하〉

이목구비(耳目口鼻)명 귀, 눈, 입, 코를 중심으로 본 얼굴의 생김새. ¶이목구비가 모두 골라서 미남자로 생긴 태수의 모습사리가 승재는 단박 판에 새긴 부각처럼 똑똑하게 머릿속으로 들어박히고, 〈탁류⑧〉 ¶사람이란 건 이목구비하며 사지육신을 꼭 같이 타고 났는데, 누구는 부자로 잘 살고 누구는 가난하다니 그게 될 말이냐. 〈치숙(痴叔)〉

이몽가몽(-夢-夢)하다형 꿈인지 생시인지 어렴풋한 상태에 있다. 『같은』 비몽사몽하다(非夢似夢~). ¶K가 배고픈 것을 잊으려고 억지로 눈을 감고 누워서 엉겨붙는 파리떼와 싸우면서 이몽가몽하다가 다시 잠이 깨기는 해가 거의 저물어가는 때였었다. 〈생명의 유희〉

이문(利文)명 이익금. 이익이 남은 돈. ¶주인 제호는 그러한 제 이문이 있기 때문에 초봉이를 소중하게 다루기도 하려니와…. 〈탁류②〉 ¶은행의 예금장에서 녹이 슬고 있는 돈인 걸, 두고 놀리느니 보다야 이문이 아니냐 말입니다. 〈태평천하⑦〉

이문(利文)도 박하잖다『관용』 이익이나 남는 돈이 적지 않다. ¶그러면 무얼 해야만 하기도 수나롭고, 이문도 박하잖고 두루 괜찮을꼬? 〈탁류⑦〉

이문(利文)을 보다『관용』 이익을 보다. 이롭고 도움이 되다. ¶제호는 초봉이에게 대한 과거의 불만을 되씹은 덕에 도리어 생각잖은 이문을 보았다. 〈탁류⑭〉

이물리다동 ('이를 맞물리다'의 뜻바탕에서) 두 물건이 서로 물려 이어지게 하다. ¶마당 한가운데로 멍석과 가마니 폭을 여러 닢 이물려 펴고 볏단을 수북이 져다 부렸다. 〈암소를 팔아서〉

이뭉스럽다형 →의뭉스럽다. 겉으로는 어리석은 것 같으나 속으로는 엉큼한 데가 있다. ¶"내가 중학에 입학하러 올라왔을 적에두 있었으니깐 얼마나 오란진 몰라두 이십 년은 넘겠지!… 이뭉스럽게 뒷문이 있거든!" 〈회(懷)〉

이바디명 '이바지'의 옛말. ¶새며느리의 첫 근친이라면 하기야 혼인 잔치 못지 않게 이바디를 차려야 하는 것이지만. 〈두 순정〉

이바지명 힘들여 음식 같은 것을 보내어

죽. 또는 그 음식. ¶천하에도 끔찍한 이 바지를 가지고서 선뜻 눈앞에 나타났던 것이다. 〈탁류⑦〉

이방(吏房)명 조선조 승정원의 육방의 하나. 승지 아래 딸려 인사, 비서, 기타 사무를 맡아 봄. ¶5백 냥씩 두 번 해서 천 냥은 수령 백영규가 고스란히 먹고, 또 천 냥은 가지고 이방 이하 호장이야 형방이야 옥사정이야 사령이야 심지어 통인 급창이까지 고루 풀어 먹였읍니다. 〈태평천하④〉

이방인(異邦人)명 다른 나라 사람. 외국인. 원래는 유대인이 선민 의식에서 다른 민족을 얕잡아 이르던 말. ¶이 축들은 더욱이나 이 명랑한 오월의 태양 아래서는 이방인같이 어색하다. 〈탁류⑮〉

이변(異變)명 괴이한 변고. 이상야릇한 일. ¶느닷없이 이리 서두는 것은 적실코 한 개의 이변이 아닐 수가 없읍니다. 〈태평천하⑨〉

이뻐하다동 생긴 모양이나 하는 짓이 아름다워서 귀여워하다. ¶그런 족족 한 번도 이뻐한 법은 없었다. 〈생명〉

이쁘디이쁘다형 아주 예쁘다. ¶아 고놈이 글쎄 생기기두 이쁘디이쁘게 생긴 놈이 게다가 이쁜 짓만 골고루 하는 걸, 〈탁류⑰〉 ¶나는 이쁘디이쁜 애기를 안고 부두에 서서 마중을 하구요, 이 말을 하잿던 것이다. 〈패배자의 무덤〉

이상이다동 이죽이다. 이기죽이다. 밉살스럽게 지껄이며 빈정거리다. ¶고쓰가이 같은가? 머, 애기 아버지 같을 테지, 하하하. 하면서 이상이다. 〈탁류⑰〉

이상한담(異常閑談)하다동 별나거나 색다른 이야기를 심심풀이로 하다. ¶계봉이는 한 팔을 진열장 위에다 짚어 오도카니 턱을 괴고 편지를 앞뒤로 되작되작 이상한담하듯 한다. 〈탁류⑯〉

이생(-生)명 이 세상에 살아 있는 동안. 지금 살고 있는 동안. 이 세상. ¶제일 큰 소원이던 초봉이한테 여학생 장가를 들어 마지막 원을 푼 다음에야 단 하루라도 좋고 이생에 아무 미련도 없다. 〈탁류⑨〉

이슥하다형 밤이 매우 깊다. ¶그날 밤 우리는 매일 밤 하듯이 졸리는 봄밤의 무거운 눈두덩을 꼬집으면서 이슥하도록 글을 읽다가. 〈소복 입은 영혼〉 ¶아씨는 행여 자기의 정성을 알아줄까 하고 알심을 부리느라고 부랴부랴 식혜를 달여서 일부러 이슥한 뒤에 오월이를 시켜 사랑으로 내어보냈다. 〈생명〉 ¶하마 오래잖아 첫닭이 울게 밤은 이슥하니 깊었다. 〈순공(巡公) 있는 일요일〉

이실고실(以實告實)명 사실 그대로 바르게 고함. 곧이곧대로 알림. 『같은』 이실고지(以實告之). 이실직고(以實直告). ¶다시 경찰서의 사람들한테 이실고실 참고 심문을 당하느라고 땀을 뻘뻘 흘리던 일…. 〈태평천하〉

이심(異心)[1]명 딴마음. ¶또 그 밖에는 달리 어떻게 하잘 이심은 나지도 않고, 〈이런 남매〉

이심(二心)[2]명 두 가지 마음. 변하여 바꾸기 쉬운 마음. ¶전부를 내맡기고 평생을 같이 할, 이 남편되는 사람에게 죄스러운 이심이 아니냐?…. 〈탁류⑩〉

이쑤시개명 잇새에 낀 것을 쑤셔 파내는 데 쓰는 물건. 나무 따위로 끝을 뾰족하게 만듦. ¶언덕 비탈을 올라가느라니까 서편을 등진 일본집들이 시원하게 문에다가 발을 쳐 놓았고 문앞에는 날아갈 듯이 유까다를 뻴치고 아이 데린 일본 아낙네들이 저녁 후에 이쑤시개를 문 채 집집이 나와서 서 있다. 〈명일〉

이애[감] '이 아이'가 줄어서 된 말로, 아이를 부를 때 쓰는 말. ¶지끔두 재갸네 본댁에서는 솟을대문을 달구, 안팎으루 종을 부리믄서 이애 여봐라 허구 그런대나요. 〈탁류⑦〉

이야기낱[명] 이야기 나부랭이. '이야기'를 하찮게 여기어 이르는 말. ¶또 오며 가며 들러서 이야기낱이라도 한다든지. 〈치숙(痴叔)〉

이완(李浣)[명] 조선 조 효종 때의 장군. 병자호란 때 정방산성의 싸움에서 공을 세움. 훈련대장을 지냄. ¶이완이 대장으로 치면 군산을 죄꼼은 깎고, 계수를 몇 가지 벤 만큼이나 하다 할는지요. 〈태평천하②〉

이왈(二曰)[부] 두 번째 가로되. ¶정작 군자금이 한 푼도 없이, 일왈 누구를, 이왈 어떻게 얽어삶았으면 돈을 좀 발라낼 수가 있을까, 이 궁리를 하던 것입니다. 〈태평천하〉

이왕지사(已往之事)[명] 이미 지나간 일. ¶여보, 이왕지사 다아 이리 된 바에야…. 〈탁류⑭〉

이윽고만에야[부] 얼마쯤 시간이 흐른 뒤에야. ¶유 씨는 낯꽃을 도로 푸느라고 이윽고만에야 다시 근사속 있이…. 〈탁류⑮〉

이잉[감] 어어. 뜻밖의 일을 당할 때 내는 소리. ¶"이잉 저것 보게, 산동이도 울었구만? 아이구 이게 웬일들이라우?" 하고 무슨 큰일이나 난 듯이 걱정을 하였다. 〈산동이〉

이자(-者)[대] '이 사람'을 낮추어 부르는 말. ¶그는 열이 나는 깐으로 하면, 그저 주먹을 들어 이자를 대가리에서부터 짓바수어 놓고 싶었다. 〈탁류⑧〉

이재학(理財學)[명] 국가나 지방 자치 단체의 경제인 재정의 원리 및 정책을 연구하는 학문. [같은] 재정학(財政學). ¶"아니란다. 혹시 이재학이라면 돈 모으는 학문이라고 해도 근리할지 모르지만 경제학은 그런 게 아니란다." 〈치숙(痴叔)〉

이제나저제나[부] 언제인지 알 수 없을 때나 어떤 일을 몹시 안타깝게 기다리는 모양. ¶영주는 밥을 다 해 놓고 밥에 찐 감자도 그릇에 담아 놓고 남편과 아이들을 이제나저제나 기다리는데. 〈명일〉

이즘[명] '이즈음'의 준말. ¶이즘 중등학교 입학이 경쟁시험이라는 것이 고만 연령과 체력의 소년들에겐 (부득이 한 번쯤으로도) 힘에 부치는 피로요 흥분이어서, 〈회(懷)〉

이지(理智)[명] 이성(理性)과 지성(智性). 본능이나 감정에 지배되지 않고 지식과 윤리에 따라 사물을 생각하여 판단하는 능력. ¶이지로써 일단 움돋은 감정을 눌러 없앤다는 것은 망상입니다. 〈병조와 영복이〉

이지러지다[동] (물건의) 한 귀퉁이가 떨어지거나 찌그러지다. ¶이지러진 사기 재떨이 하나가 방 안의 유일한 가구요. 〈태평천하〉

이짐[명] 고집이나 떼. ¶아 저놈이 그래두! …네 요놈, 그래두 이짐만 쓰구 섰을 테냐? 유 씨는 속이 지레 터지게 화가 나서 자쪽을 집어 들고 쫓아 나온다. 병주는 꿈쩍도 않고 곁눈질만 한다. 〈탁류⑮〉 ¶"무슨 놈의 행사야!" 하는 한마디에 그저 타성적으로 볼때기를 처뜨리고 뚜하니 이짐을 부리기는 했으나 실상 성이 난 것은 아니다. 〈빈(貧)… 제1장 제2과〉 ¶손가락을 입에 물고 비슬비슬 걸어 들어오면서 볼먹은 소리로 "음마." 하는 것이 벌써 이짐을 부릴 눈치다. 〈명일〉 ¶정 주사는 두루마기를 벗으면서, 다리에 매달려 이짐을 부리는 병주더러 한다는 소리다. 〈탁류③〉 ¶태식이가 여태 밥상을 차고 앉아, 그러나마 먹지도 않고 이짐이 나서 엿가래 같은 코를 훌쩍거리고 있는 것을 보고는 상을 잔뜩 찌푸립니다. 〈태평천하⑥〉 ¶그렁저렁 색시는 마음이 민망하여 속을 질정하지 못한 채 새서방 봉수는 그날 밤부터 이짐이 나 가지고 뿌루퉁한 채 근친 떠나는 날이 되었다. 〈두 순정〉

이짝명 '이편 짝'의 준말. ¶그는 그래서 돈 아까운 줄도 모르고 이삼 년 이짝은 첩을 얻어 치가를 하고 자주 갈아세우고 해보아도 나이 점점 늙기만 하지 이내 눈먼 딸자식 하나 낳지 못했다. 〈탁류①〉 ¶이짝 한편으로부터서는 도무지 발성학상 계통을 알 수 없는 바스 음악 하나가 대단히 왁살스럽게 진행이 되고 있읍니다. 〈태평천하〉 ¶그러해서 사오 년 이짝은 강아지 새끼 한 마리도 얻어다가 기르지를 않는 참인데. 〈용동댁〉 ¶작년 가을 이짝 도무지 웃는 일이라구는 없던 사람이, 근 일 년 만에 웃는구려. 〈소망〉

이찌마이(いちまい)명 '일 매(一枚)', '한 장'의 일본어. ¶양복때기나 걸치고서 "게이죠 이찌마이." 하는 자리는 가사 십 원짜리를 내더라도 잔돈이 없으면 고이 없다고 하지. 〈상경반절기〉

이참저참부 이러하고 저러하여. 알지 못하는 동안에 어느덧. 〖비슷〗 이래저래. ¶이참저참 해서 '밤의 수캐'는 드디어 제 성깔이 나고 말았다. 〈탁류⑱〉 ¶일변 술도 날씨 선선해진 판에 한바탕 먹어 제끼고 싶고, 이참저참 올라왔던 것인데, 방위가 나빴던지 일수가 사나왔던지, 첫새벽 정거장에서 내리던 길로 일이 모두 꿀리기만 했읍니다. 〈태평천하〉

이첨저첨부 이렇게 저렇게 겸사겸사. ¶계제에 월사금 밀린 것으로 창피를 당하곤 하니까, 이첨저첨 그 거조를 냈던 것이다. 〈정자나무 있는 삽화〉 ¶학도 녀석들은 그러니 이첨저첨 해서 조르며 빈정거리며 할밖에. 〈회(懷)〉

이칭명 →이층(二層). ¶그래도 그렇잖습니다. 여기선 예가 상등이구, 저 이칭이 하등입니다. 〈태평천하③〉

이태명 두 해. ¶그러는 동안에 옥섬이를 귀여워하는 즐거운 이태가 지나고 그것이 한 겹 더하여 옥섬이를 아주 자기의 아내로 삼게 된다는 것을 알게 된 때에 그의 행복은 하늘 끝까지 올라간 듯하였다. 〈산동이〉 ¶일 년이 지나고 이태가 지나 아씨의 본 얼굴은 회복되었어도. 〈생명〉

이퉁명 고집. 심술. ¶대단히 이퉁이 세어 한번 코를 휘어 붙이면 지렛대로 떠곧질러도 꿈쩍을 않고, 〈태평천하⑤〉 ¶전처럼 응석받이를 안해 주고 나무라면 이퉁을 쓰고, 아무가 무어라고 해도 듣지도 않고 무서워하지도 않는다. 〈탁류⑮〉

이퉁머리명 '이퉁'의 속된 말. ¶이놈, 이

이퉁머리! 이마빡에 피두 안 마른것이… 이놈, 이놈, 〈탁류⑮〉

이팔명 '이파리'의 준말. ¶그렇기 때문에 산 이팔 한 잎이나 산 가장귀 한 가지는커녕, 그놈을 장작으로 빠개노면 한 마차는 실히 됨직한 커다란 가장귀 하나가 죽어 가지고 볼성없이 뻗어 있는 지가 벌써 몇 해로되. 〈정자나무 있는 삽화〉

이해명 이익. ¶그런데 이편 면에서 내어 주는 것은 두 말이니 그만해도 서 말의 이해가 붙는 것이다. 〈보리방아〉

익다형 익숙하다. 여러 번 겪어서 솜씨가 능란하다. ¶사각사각 소리가 나며 하얀 목탄지 위에 익단 솜씨의 소희의 얼굴 —사진보다도 더 정확하고 섬세한 표정까지 나타난—소희의 얼굴이 도렴직하게 드러났다. 〈병조와 영복이〉

인명 늘 되풀이하여 몸에 밴 버릇. ¶그렇지 않더라도 먹고 싶은 담배나 아편의 인에 몰리듯이 미두장에를 가 보기라도 않고서는 궁금해 못 배긴다. 〈탁류①〉

인가(人家)명 사람이 사는 집. ¶화적이 인가를 쳐들어와서 잡아 족치는 건 그 집 대주와 셈든 남자들입니다. 〈태평천하④〉

인기(人氣)명 사람의 기개(氣槪). ¶그리하다가 그도 저도 못하고 몸에 인기가 돌기 시작하면 하루거리 앓는 놈이 직 돌아온 것처럼 입술이 새파래지고 부들부들 떨며 이불을 무릅쓰고 누워서 배가 아프네 가슴이 아프네 죽네 사네 하며 그대로 내버려두면 곧 죽기라도 할 듯이 졸경을 치르었다. 〈불효자식〉

인다구동 '이리 다오'의 줄어 변한 말. ¶그렇던 걸 글쎄 웬 작자가 툭 튀어들어, 인다구 그건 내거다 하니 이런 다행할 도리가 있나! 〈탁류⑭〉

인도(引導)명 어떤 장소나 길을 안내함. ¶과연, 그리고 공교롭시, 그 시각에 종수는 그의 병정인 키다리 병호의 인도로 동관 어떤 뚜쟁이집을 찾아왔읍니다. 〈태평천하〉

인도깨비(人---)명 사람 모양을 한 도깨비란 뜻으로, '온갖 못된 짓을 하는 사람'을 욕하는 말. ¶그러노라니까, 정말 인도깨비를 사귄 것처럼 사람이 불 일듯 늘어서, 마침내 그의 당대에 3천 석을 넘겨 받게 되었던 것입니다. 〈태평천하④〉

인도환생(人道還生)명 불교 용어로서, 사람이 죽어 저승에 갔다가 이승에 다시 사람으로 태어남. ¶만약에 춘향이가 인도환생을 한 에미 애비라 하더라도 감히 거기에 어떠한 위험을 느끼진 안 할 게니가요. 〈태평천하⑩〉

인두명 재래식 바느질 도구의 한 가지. 불에 달구어 솔기를 꺾어 누르거나 구김살을 눌러 펴는 데 쓰임. ¶유 씨는 삯바느질로 하는 생수 깨끼적삼을 동정을 달아 가지고 마침 인두를 뽑아 들면서 이런 말을 문득 비집어 낸다. 〈탁류⑦〉

인력거(人力車)명 사람을 태우고 사람이 끄는 두 개의 큰 바퀴가 달린 수레. ¶조선은행 앞을 지나면서는 어느 다른 은행의 행원인 듯싶은 매초롬한 양복장이가 불룩한 손가방을 안고 인력거를 타는 것을 보고 몇만 원 찾아 가나 보다고 생각했다. 〈명일〉 ¶저 계동의 이름난 장자(當者) 윤 직원 영감이 마침 어디 출입을 했다가 방금 인력거를 처억 잡숫고 돌아와 마악 댁의 대문 앞에서 내리는 참입니다. 〈태평천하①〉 ¶인

력거가 없구, 들어오면서 들여다보니깐 진 찰실에도 안 기실 제는…. 〈소망〉

인목(人目)명 남이 보는 눈. ¶그뿐 아니라 장례야, 경찰서 일이야 해서 일과 인목이 분잡하기 때문에 다시는 초봉이를 건드리거나 하진 못했다. 〈탁류⑪〉

인물 뜯어먹고 사나『관용』 사람의 됨됨이가 중요하지, 외모가 중요하지 않다는 말. ¶아 그래도 내가 기운은 세고, 또 사내자식이 머 인물 뜯어먹고 사나? 〈쑥국새〉

인복(人福)명 사람을 잘 사귀고, 사람들에게서 도움을 많이 받는 복. 『비슷』 인덕(人德). ¶"글씨, 그러니 말이네… 그런 것두 다아 내가 인복이 읎어서 그럴 티지만, 거 창식이허며 또 종수허며 그놈덜이 천하에 불효 막심헌 놈덜이니! 마구 잡아 뽑을 놈덜이여." 〈태평천하⑧〉

인사상(人事相)명 인사로 나타내는 상. ¶주인 된 인사상이겠지, 눈초리와 입가로 미소가 드러난다. 〈두 순정〉

인에 몰리다『관용』 버릇이 되다시피 깊이 배거나 버릇처럼 굳어지다. 『같은』 인(에) 박히다. ¶그렇지 않더라도 먹고 싶은 담배나 아편의 인에 몰리듯이 미두장에를 가보기라도 않고서는 궁금해 못 배긴다. 〈탁류①〉

인읍(隣邑)명 가까운 고을. 또는 인근의 읍. ¶게다가 중년 이후로는 올해 나이 근 육십이니 이십 년 가까이 남의 집 훈장질을 하느라고 시방도 삼십여 리 상거의 인읍에 나가 학장 노릇을 하고 있으면서. 〈용동댁〉

인자(人子)명 사람의 아들. ¶그러고는 마지막 가서 결론까지, 그러므로 인자 된 도리에 다만 머리터럭 하날지라도 함부로 잘라 버린다든지 해서는 결단코 효도가 아니라고. 〈회(懷)〉

인장표(印章票)명 도장을 찍어 증거로 삼는 쪽지. ¶재봉틀이래야 인장표도 아니요, 일백이십 원짜리 국산품 손틀이기는 하지만, 〈탁류⑮〉

인전부 →인제. (경기). 지금에 이르러. 이 시점에 와서야. 지금부터는. 이제는. ¶박제호가 인전 선영 명당바람이 나나 부다. 제기할 것. 〈탁류②〉

인절미에 조청까지 찍은 맛『속』 구미에 맞고 마음에 든다는 뜻. ¶두고두고 잊히지 않고 연연턴 초봉이고 보니 인절미에 조청까지 찍은 맛이다. 〈탁류⑫〉

인정(人情)명 사람이 본디 가지고 있는 마음. ¶하나, 말을 타면 견마도 잡히고 싶은 게 인정이라고 합니다. 〈태평천하④〉

인정비화(人情悲話)명 따뜻한 인정에 얽힌 슬픈 이야기. ¶나는 비로소 이 노장의—아주 속세의 인정사와 인연이 없는 성불러도, 기실 지극히 슬픈 인정비화의 주인공인—이 노장의 내력을 안 것 같아서 혼자 고개를 끄덕거렸다. 〈두 순정〉

인조항라(人造亢羅)명 명주, 모시, 무명실 따위로 짠 인조 섬유의 한 가지. 구멍이 송송 뚫어진 것으로 여름 옷감에 적당함. ¶박 씨는 여태도 인조항라 고의를 입고 있고, 조 씨는 역시 배 사 먹으러 가게 썰렁한 검정목 보이루 치마를 휘감고 있읍니다. 〈태평천하〉 ¶마지막으로 다릴 인조항라 깨끼적삼이다. 산뜻하게 입고 길 떠날 적삼인 것이다. 〈동화〉 ¶등과 어깨가 갈가리 나간 인조항라 적삼은 살에 가 달라붙어 떨어지지도 않는다. 〈이런 남매〉

인주어㉢ '이리 주어'가 줄어 변한 말. ¶ "인주어, 담배나 있거들랑 한 개…" 하면서 손을 내민다. 〈빈(貧)… 제1장 제2과〉

인찌기(いんちき)㉢ 협작, 부정, 속임의 일본어. ¶…죄다짐이라는 거야… 오십 전짜리 인찌기 약 만들어서 광고만 크게 내굴랑은 오 원 십 원 받아먹는 죄다짐이야. 〈탁류⑬〉 ¶ "헴 멤. 느이 시아버지 강진사가 쓰구 있는 그 위대헌 삼각산두 첩지 값이란다, 실상 모두 인찌기댔지만…" 〈패배자의 무덤〉

인치(引致)㉢ (사람을) 강제로 끌어내거나 끌어들이는 것. ¶사기 전과자 조원봉과 모르핀 중독자요 절도 전과자인 원적을 전북 군산에 두고 현재 주소가 일정치 못한 박칠복 이 삼 인은 위조문서를 가지고 막대한 금전을 사기하려다가 사실이 발각되어 방금 종로서에서 인치 취조 중이라 하며, 〈불효자식〉

인테르(inter line)㉢ 활판 식자 때에 행과 행 사이를 알맞게 띄우기 위하여 끼우는 것. 납, 구리, 나무 따위로 만듦. ¶핀셋으로 활자를 집어내는 사람. 인테르를 가져오라고 소리소리 지르는 사람, 짠 판을 무겁게 들고 게라스리를 하러 오는 사람— 모두들 분주한 품이 이 공장 안에서 제일이었었다. 〈병조와 영복이〉

인텔리(러. intelligentsia)㉢ 지적 노동에 종사하는 사회 계층. 또는 지식, 학문, 교양이 있는 사람. 지식 계급. 지식층. ¶또 그 병적 현실에 메스를 대는 것은 집단의 역사적 문제지만 룸펜 인텔리의 결벽과 흥분쯤으로는 문제도 되지 아니한다. 〈레디 메이드 인생〉 ¶ "이 세상에 제일 만만한 인종은 돈 없는 인테(텔)리." 라고 남편이 노상하는 말이 새삼스럽게 머리속에서 되씹혀지는 것이다. 〈명일〉

인텔리겐치아㉢ 지적 노동에 종사하는 사회 계층. 또는 지식, 학문, 교양이 있는 사람. 지식 계급. 지식층. ¶ "그렇더래두 그저 책상머리에 앉어서 이론으로나 싸워나가는 인텔리겐차(인텔리겐치아)의 온순한 안해감이지 우리한테는 때가 너무 벗었어." 〈병조와 영복이〉

일(一)㉢ 한. 하나의. ¶초봉이의 맑은 정신을 가지고는 좀처럼 마음 차근차근하게 일 거조를 내지 못했을는지도 모른다. 〈탁류⑱〉

일(이) 없다〖관용〗 개의하거나 걱정할 필요 없다. 걱정할 것 없다. ¶ "나는 벼슬도 명망도 인제는 다 일이 없다. 하늘을 두 쪽에 내어서라도 인제 너 하나를 다시 즐겁게 살어가게 할 수가 있다면 나는 그만이다." 〈소복 입은 영혼〉

일(이) 있다〖관용〗 사정이나 괴이쩍은 사고가 있다. ¶ "흥! 누구는 일 있다는디? 아이구 귀역질이 마구 나오네!…." 〈쑥국새〉

일가(一家)㉢ 성(性)과 본(本)이 같은 겨레붙이. 한 집안. 한 가족. ¶네에, 양 서방네요!… 있지요. 홍도 말씀이시군… 그래, 그 앨 만나러 오셨수? 일가 되시우? 〈탁류⑮〉 ¶저로서는 오늘 같은 일가 단란의 행락이 십년일득인 양 즐거움직도 한 노릇이었고, 〈순공(巡公) 있는 일요일〉

일가(一家) **망한 건 항렬**(行列)**만 높다**〖속〗 나이가 적고 촌수만 높은 일가는 접대하기가 거북하다는 뜻. 여기서 '일가'는 한 집안. 한 가족을 말함. 〖같은〗 일가 못 된 것이 항렬만 높다. 못된 일가가 항렬만 높다. ¶일가 망한 건 항렬만 높단 말로 눙치고 넘기자니, 차라리 이 조손 관계는 비극이라 함이 옳겠읍니다. 〈태평천하⑥〉

일가다⑤ 이르게 가다. 빨리 가다. ¶시계가 일간다고 유념하였던 것을 잊어버리고 병조와 영복이가 인쇄소에 당도하였을 때에는 아직 일곱 시 반도 채 못 되었었다. 〈병조와 영복이〉

일각대문(一角大門)⑲ 좌우에 기둥을 하나씩 세우고 지붕을 인 대문. ¶그러나 그는 지쳐 둔 일각대문을 힘없이 밀고 들어사다가, 뜻하지 않은 광경을 보았다. 〈탁류③〉 ¶"아이구-우!" 왜장을 치면서 지쳐 둔 일각대문을 (정녕 발길로 걷어차느라고) 왈그락 따악, 이어서…. 〈흥보씨〉 ¶일각대문 안으로 무심코 들어오던 영섭은 마루에 여럿과 같이 앉아 낭자히 참외 수박을 먹고 있는 헤렌을 알아보자, 〈이런 남매〉 ¶마침 철그럭철그럭, 순사 하나가 환히 열린 일각대문 밖으로 언뜻 지나가다가. 〈순공(巡公) 있는 일요일〉

일각문(一角門)⑲ 일각대문처럼 된 문. ¶그러자 별안간 지쳐 둔 일각문을 와락 열어젖히면서 '먹곰보'가 문간 안으로 숙 들어서는 것이다. 〈탁류⑥〉

일각(一刻)이 삼추(三秋) 같다『관용』 기다리는 마음이 간절하여 아주 짧은 시간도 삼 년 같이 길게 느껴진다는 말. ¶이리 하는 동안에 최씨 부인에게는 일각이 삼추 같은 세월도 어김없이 흘러갔다. 〈불효자식〉

일광지지⑲ 묏자리 하나만 겨우 쓸 수 있는 땅. 좁은 땅. ¶그때에 정 주사는 그것을 선산까지, 일광지지만 남기고, 모조리 팔아서 빚을 뚜드려 갚고 나니, 겨우 이곳 군산으로 와서 팔백 원짜리 집 한 채를 장만할 밑천과 돈이나 한 이삼백 원 수중에 떨어진 것뿐이었었다. 〈탁류①〉

일감⑲ 일거리. 일할 재료. ¶봄에 벗어 논 것을 발써 빨어는 놓구두 손이 안 나서 그러다가 오늘은 일감도 없구 허길래…. 〈명일〉

일격(一擊)⑲ 한 번 세게 침. 한 번의 공격. ¶탑삭부리 한 참봉의 최초의 일격이 우선 김 씨의 머리 위로 내리는 순간을 탈 수가 있었다. 〈탁류⑩〉

일고여덟㉪ 일곱이나 여덟. ¶용희가 한 일고여덟 살 때만 했어도 그때의 아버지는 저렇게 상스럽게 차리고는 장터 출입을 아니하셨는데. 〈보리방아〉

일구이언(一口二言)은 이부지자(二父之子)『관용』 한 입으로 두 말을 하는 사람은 두 아비의 자식이란 뜻으로, 한 번 한 말을 무책임하게 뒤집는 사람을 욕하는 말. ¶일구이언은 이부지자라네. 암만히여두 자네 어매(어머니)가 행실이 좀 궂었덩개 비네! 〈태평천하①〉

일급(日給)⑲ 하루 품삯. 품삯을 날로 계산하여 받는 돈. ¶월급이나 일급 같은 것을 바라는 것이 아니니 그저 한 십 년 하고 데리고 있어 한 사람 몫을 할 수 있는 직공만 만들어 달라고 그는 최 씨더러 부탁을 했었다. 〈명일〉

일껀㉮ →일껏. 일삼아 이때껏. 모처럼 애써서. ¶일껀 정성스럽게, 딸 순동이를 먹이자고.〈흥보씨〉 ¶이러한 생활들이 두루 불가하다는 소치는 (그 가장 근본적인 이유는) 일껀 애써 배우고 쌓은 귀중한 학문

을 갖다가 하나도 옳게 풀어 쓰지 못하는 것이라는 데 있었던 것이다. 〈모색〉

일껏[1]㊊ 이때껏. 지금까지. 이제까지. ¶초봉이는, 일껏 점잖다가 도로 껄껄대고 수선을 떨고 하는 게 밉살머리스러워서 핀잔을 준다. 〈탁류⑬〉 ¶일껏 골라다가는 선을 벌라치면 트집을 잡아 가지골랑 탁탁 퇴짜를 놓고, 그러면서 속히 서둘지 않는다고 성화를 대곤 해서요. 〈태평천하⑧〉 ¶"그렇지만 인제버텀은 말을 잘 안 듣던지 공부를 잘 못하던지 하거들랑, 응?… 그저 걷어 세워 놓구서, 피가 좍좍 나도록 종아리를 때려 줘!…"하고 일껏 엄포를 한번 하신다는 게, 〈순공(巡公) 있는 일요일〉

일껏[2]㊊ 모처럼. 모처럼 애써서. ¶"아니 천만에도! 글쎄 이 서방 같은 이를 천거 아니한대서야 양반댁에서 일껏 부탁받은 것을 시중해 드리는 보람이 생기나요? 그리지 말고 어서 가 보시요." 〈소복 입은 영혼〉 ¶갑자기 오라는 기별이 올지도 모르는 터에 양복을 잡혀 버리면 일껏 된 취직도 낭패가 되고 말 것이다. 〈명일〉 ¶오목이는 그대로 금출이의 가슴에 콱 들어 안겨 그의 목을 얼싸안고 일껏 마음껏 울고 싶게. 〈얼어죽은 모나리자〉

일념(一念)㊐ 한결같이 끊임없는 생각. 어떤 일을 하고자 하는 한결같은 생각. ¶K는 단지 일념이 어떻게 무슨 짓을 하여서라도, 설사 자기 앞길의 전부를 희생하여서라도 그의 어머니 아버지가 살아 있을 동안만 편안하게 봉양을 하고 싶었다. 〈생명의 유희〉

일도(一道)㊐ 행정 구역의 하나인 도(道)의 전부. ¶이 풍신이야말로 아까울사, 옛날 세상이었더면 일도의 방백일시 분명합니다. 〈태평천하①〉

일동일정(一動一靜)㊐ 하나하나의 모든 움직임. ¶기생과 광대들의 일동일정이 바로 앞에서 잘 보이고, 노래가 가까이 들리고, 〈태평천하③〉 ¶개찰구 앞에서 난장판을 이루던 군중이랄지 이들의 일동일정을 깡그리 쓸어 넣고서 모두가 그 향기롭지 못한 근성으로만 보아 버리던 나의 인식 태도가 과연 공명정대한 마음의 반영이었던고. 〈상경반절기〉

일되다㊌ (나이에 비해서) 일찍이 철이 들거나 몸이 크다. 『비슷』 올되다. ¶일곱 달인데 아이가 일되느라고 벌써 이칸 방을 제 맘대로 서얼설 기어다니고 일어나 앉고 했다. 〈탁류⑬〉

일러루㊊ →이리로. 이쪽으로. ¶서울 그 은행에 들어갔다가 작년에 일러루 전근이 돼서 내려왔대요. 〈탁류⑦〉

일류미네이션(illumination)㊐ 전등. 조명에 의한 옥외 장식. ¶타일 입힌 여러 층 벽돌집, 디파트먼트, 빌딩, 일류미네이션, 쇼윈도, 그리고 여객 수송 비행기, 버스, 허리가 늘씬한 게 호마같이 날쌔어 보이는 뽀키전차, 수가 버쩍 늘고 최하가 시보레로 된 자동차, 꽤 자주 들리는 각가지의 사이렌…의 모든 것이 제법 규모가 큰 도회미와 분잡한 기계미를 띠려는 기색이 보였다. 〈그 뒤로〉

일문(日文)㊐ 일본어로 쓴 글. 일본글. ¶물론 원문은 일문이니까 몰라보고, 윤 주사 네 서사 민 서방이 번역한 그대로지요. 〈태평천하〉

일변(一邊)㊇ 한편. 한편으로. ¶탑삭부리 한 참봉이 웃으면서 일변 장기를 골라 놓으면서 농담 삼아 안해를 구슬리던 것이다. 〈탁류①〉 ¶업순 어머니는 일변 네 말이 옳기도 하다고 생각은 하면서도. 〈동화〉

일보(日步)[1]㊐ 날수로 셈하는 이자. ¶땅 장수니 집 장수니 하던 치들인데, 머 일보 40, 50전이라두 못 써서 쩔맵니다! 〈태평천하⑦〉

일보(日報)[2]㊐ 일간 신문. ¶하고뇨 하면, 천하의 목탁이라 칭시하는 일보야며 너도 간여를 하고 있는 잡지야며를 상고할진댄 신문지사와 잡지지사 그를 극구 칭양하여 솔선 고무하니 의(義)임을 가히 알지로다. 〈패배자의 무덤〉

일부함원(一婦含怨)에 오월비상(五月飛霜)〖관용〗 한 여자의 품은 원한은 오월에 내리는 서리와 같다. ¶"그런데 일부함원에 오월비상이라는 말이 있느니라." 덕언이 선생님은 그중에도 대가리 큰 아이들을 치어다보면서 말했읍니다. 〈소복 입은 영혼〉

일상거지(日常擧止)㊐ 일상적인 행동거지. 평소에 몸을 움직여 하는 모든 짓. ¶아니나 다를까 하루는 읍내 주재소의 순사가 나오더니, 고향에 돌아온 뒤로 관수의 일상거지가 어떤가를 조사했고…. 〈정자나무 있는 삽화〉 ¶"아 보문 걸 몰루… 일상거지두 조신하련과, 아 보아허니 다 아 저만 나이에 안직 연애두 않는가 보던데? 호호호!" 〈모색〉

일색 소박은 있어도 박색 소박은 없다〖속〗 얼굴이 예쁜 여자는 잘난 체하여 소박을 당해도 얼굴이 못생긴 여자는 다소곳하므로 소박을 덜 당하다. ¶일색 소박은 있어도 박색 소박은 없다더니, 사실 소박맞은 우리 아주머니가 그 여편네게다 대면 월등 이뻤다우. 〈치숙(痴叔)〉

일수(日數)㊐ 그 날의 운수. ¶꿈을 잘못 꾸었던지, 오늘 아침에 마누라하고 다툼질을 하고 나왔던지, 아뭏든 엔간히 일수 좋지 못한 인력거꾼입니다. 〈태평천하①〉

일순각㊐ 일순간(一瞬間). ¶비록 일순각에 보고 말았을망정 그는 징그러운 두 눈동자를 잊을 수가 없었다. 〈얼어죽은 모나리자〉

일습(一襲)㊐ 옷, 그릇, 기구 따위의 한 벌. ¶왕진 기구 일습과 약품을 장만해 가지고 본격적으로 야간 개업을 시작했던 것이다. 〈탁류⑥〉 ¶헤렌은 진짜 비단으로 모친의 옷감 일습과 귀한 과실을 많이 사 가지고 와서 식구가 모여 앉아 한 차례 잘들 먹었었는데, 〈이런 남매〉

일시일시(一時一時)㊇ 한때마다. ¶그 역 일시일시 그러다가 말지, 눈썹이 타들어 오도록 다급하게 걱정이 되지는 않았고. 〈용동댁〉

일신(一新)[1]㊐ 아주 새롭게 하는 것. 또는 아주 새로워지는 것. ¶이리하여 학교는 면목을 일신, 규모가 째고 공부가 공부다와지고 했다. 한 말로 하자면, 좋아졌던 것이다. 〈회(懷)〉

일신(一身)[2]㊐ 자기 한 몸. ¶마침내는 세상을 통으로 원수를 삼고서 넉 자 다섯 치의 박절한 일신을 부지했다. 〈탁류⑭〉 ¶심덕 좋겠다 솜씨 얌전하겠다 하니, 어디 가선들 재갸 일신 몸 가누고 편안히 못 지내요? 〈치숙(痴叔)〉

일신 삼역(一身三役)명 한 사람이 세 가지 일을 동시에 맡음. 『같은』 일인 삼역(一人三役). ¶ 명색이 주부에 식모 보모를 겸해, 일신 삼역을 맡아 하자매 문 앞 반찬 가게와 목간 출입이 고작이요, 〈순공(巡公) 있는 일요일〉

일심(一心)명 한 마음. 여러 사람이 한 마음으로 힘씀. ¶ 그리고 포주가 너무 야속히 굴어서 이 유곽 전체가 일심이 되어 밥도 아니 먹고 손님도 맞지 아니하고 겨룬다는 것. 〈팔려간 몸〉

일쑤부 가끔 잘. 흔히 또는 곧잘. ¶ 그러니 고맙게 여겨 주어야 할 것을 어느 때는 되레 무슨 적선이나 하는 듯이 비쌔는 눈치를 일쑤 보이곤 했었다. 〈명일〉 ¶ 그러나 어쨌든 승재는 아직도 망부(亡父) 아닌 그 사랑의 유령을 가끔 만나 햄릿의 제자 노릇을 일쑤 하곤 했었다. 〈탁류⑰〉 ¶ 그 색시 우순 소리두 일쑤 잘 하는구랴? 다아 참 얌전한 줄만 알았더니…. 〈모색〉 ¶ 사람이 좋거나 하지 좀 뒷생각이 없는 편이어서 전후 생각 못하고 냉큼 쉬운 소리를 했다가는 뒷갈망을 못해 졸경을 일쑤 치르곤 했었다. 〈회(懷)〉 ¶ 옥화는 이 큰댁엘 자주 드나들어, 시아버지 윤 직원 영감의 귀염을 일쑤 받고, 외동서 조 씨의 성미를 맞추기에 노력을 하고, 서울 아씨나 이 두 (남편의) 며느리와도 사이가 좋습니다. 〈태평천하〉

일아 전쟁(日俄戰爭)명 러일 전쟁. 1904년 2월부터 1905년 10월까지 러시아와 일본 사이에 일어난 전쟁. ¶ 저 거시기 그 때 일아 전쟁에 진 그 원혐으루? 그 분풀이루…. 〈태평천하⑧〉

일언이폐지(一言以蔽之)하다동 (주로 '~하며', '~하고'의 꼴로 쓰여) 구구한 말을 다 그만두고 한마디의 말로 하다. 『같은』 폐일언하다(蔽一言~). ¶ 일언이폐지하면 소위 홍이라는 게 나는 거랍니다. 〈태평천하〉

일없다[1]형 개의하거나 걱정할 필요 없다. 괜찮다. 걱정할 것 없다. ¶ "당하긴 왜 당해? 괜찮어. 일없어." "일없다? 안 당한다." 형보는 가볍게 놀란 제 기색을 얼른 가누면서…. 〈탁류⑩〉 ¶ "죽은드끼(죽은 듯이) 들어앉어만 있으면 십 년 가두 일없어요." 〈탁류⑤〉

일없다[2]형 필요가 없다. ¶ "그러니까 말이야… 가세. 가서 다섯 권만 잽혀." "일없다." "내가 찾어 주지." "흥." 〈레디 메이드 인생〉 ¶ "이 가시내야, 너 암만 그리두 네까짓 건 일없단다!" 〈쑥국새〉

일에 마(魔)가 붙다『관용』 하는 일을 방해하는 일이나 장애가 생기다. ¶ 그런 날이면 회사에 나가서도 온종일 기분이 좋지 않고 일에 마가 붙는다. 〈탁류⑬〉

일왈(一曰)부 한마디로 말하건대. 또는 첫째 가로되. ¶ "일왈 헴 헴, 조금 아까 느이 모자가 허구 있던 그 포즈를 말이다." 〈패배자의 무덤〉 ¶ 그렇게 하자면 일왈 돈이 여간만 많이 드나요! 〈태평천하②〉 ¶ 정작 군자금이 한 푼도 없이, 일왈 누구를, 이왈 어떻게 엎어삶았으면 돈을 좀 발라낼 수가 있을까, 이 궁리를 하던 것입니다. 〈태평천하〉

일읍(一揖)명 마주 잡은 두 손을 얼굴 앞으로 들어 올리고 한 번 허리를 굽혔다가 폄. ¶ 이윽고 손에 펀치를 쥔 역수가 한 사람 개찰구 편의 문 앞으로 들어서더니

뜻밖에도 일반을 향하여 모자를 벗고 깍듯이 일읍. 〈상경반절기〉

일원(一員)명 어떤 한 단체를 이루고 있는 한 사람. ¶일원 대장이 투구 철갑에 장창을 비껴 들고(가 아니라) 성이 치달은 윤직원 영감이, 필경 싸움을 걷어 맡고 나서는 것입니다. 〈태평천하⑥〉

일자 소식(一字消息)명 한마디의 소식. ¶그렇게 집을 나가서는 이내 죽었는지 살았는지 일자 소식이 없더니. 〈정자나무 있는 삽화〉

일잡다동 ('일찍이 줄잡다'의 뜻바탕에서) 일찍 서두르다. '줄잡다'는 어떤 표준보다 줄이어 셈을 치는 것을 말함. ¶벌써 다섯 시 반이니 오늘새라 좀 더 일잡아 갔어야 할 야학 시간도 촉하거니와. 〈탁류⑮〉

일장(一場)명 크게 한 차례. 〖비슷〗 한바탕. ¶그는 모든 것을 옛말대로 일장의 꿈으로 돌리고 깨끗이 잊어버리자 했다. 〈탁류⑪〉 ¶참 여러 가지 말과 구변을 다해 일장 설파를 했읍니다. 〈태평천하⑤〉 ¶일장의 꿈이 아니면 아득한 전설의 사실로써 단지 기억에나 처져 있을 뿐이요. 〈용동댁〉 ¶스스로 열과 진정을 들여 일장의 간고하고도 힘찬 훈화를 해 마지않는 것이었었다. 〈이런 남매〉 ¶준절히 일장의 책망을 했다는 것이 역시 그 당시의 일이다. 〈회(懷)〉

일조에(一朝-)부 하루 아침에. 또는 짧은 시간에. ¶이러한 심한 중독자로서 잡혀 가면서부터 일조에 뚝 잡아 끊게 된 것이었으므로 얼마 동안 그의 고통은 약간이 아니었을 것이요, 가뜩이나 야위었던 그라 뼈와 가죽만 남았다는 말도 과언이 아닐 것이다. 〈불효자식〉 ¶이러고 보니 구루마꾼들은 그야말로 일조에 밥그릇을 빼앗겼다. 〈화물자동차〉 ¶곱장리를 놓는다 해 가면서 일조에 착실한 살림꾼이 되었읍니다. 〈태평천하④〉

일주(一周)명 한 바퀴 도는 것. ¶"훠얼훨, 좀… 뭐 해필 불란서루만 가신다는 게 아니라, 천천히 구라파루 아메리카루 일주를 허서두 좋구." 〈패배자의 무덤〉

일참(-站)명 일을 하다가 쉬기로 정하여진 시간에 먹는 식사. ¶그날부터 아침 아홉 시 반을 정각 삼아 이내 일참을 해 내려왔다. 〈탁류〉

일취월장(日就月將)하다동 날로 달로 자라거나 진보하다. ¶원래 재주가 비상한 터에 부지런까지 겸해서 일취월장했습니다. 참 열심이었읍니다. 〈소복 입은 영혼〉

일판[1]명 일정한 곳을 중심으로 한 지역 일대. ¶그것이 소문이 나 가지고, 이 근처의 일판에서는 걸핏하면 제 집의 촉탁의사나 불러 대듯이, 오밤중이고 새벽이고 상관없이 불러댄다. 〈탁류③〉

일판[2]명 일터. 일을 하는 곳. 일이 벌어진 자리. ¶"S군 같은 사람은—물론 S군 하나만을 가리킨 말은 아니고 공장이나 일판으루 한번 들어가는 게 썩 좋아." 〈앙탈〉

일편단심(一片丹心)명 (오직 외곬으로 향한) 한 조각 붉은 마음의 뜻으로, 진정에서 우러나오는 충성된 마음. ¶그것도 따지고 보면 다 친구의 간절한 부탁을 저버리지 않겠다는 일편단심이던 것이다. 〈탁류⑭〉

일푼의관 극히 적은. ¶C 인쇄소의 삼층 제본실에서는 구십 명 직공의 일백여든

개의 손 구백 개의 손가락이 일푼의 틈과 한 초의 사이도 두지 않고 돌아가는 큰 기계의 하구루마의 하나하나처럼 규율 있게 움직였다. 〈병조와 영복이〉

일호(一毫)[1]명 한 개의 가는 털이란 뜻으로, '아주 작은 정도'의 뜻. ¶모터로부터 조그마한 하구루마의 한 개 한 개까지도 일호의 차착과 군것이 없이 꾸준히 돌고 있는 기계 자체의 규율적 율동을 따라. 〈병조와 영복이〉

일호(一號)[2]명 어떤 사물의 첫째를 나타내는 말. ¶일호 교갑 열두 개, 이것은 보통 때 약으로 먹자면 사흘치 분량이니 극량에 가깝다. 〈탁류⑬〉

일확천금(一攫千金)명 힘들이지 않고 단 번에 많은 재물을 얻음. ¶좀 똑똑하다는 축이 일확천금의 큰 뜻을 품고 인천으로 쫓아온다. 〈탁류④〉

일후(日後)명 뒷날. 나중. ¶그는 유 씨처럼 승재가 일후 잘되게 되는 날을 미리 생각해 보려고를 않던 것이다. 〈탁류⑦〉

일홈명 →이름. (제주) ¶"소희… 소희." 하고 그는 중얼중얼 혼자서 중얼거렸다. "소희… 일홈은 밝고 쾌활한데 어쩌면 그렇게 사람이…" 〈병조와 영복이〉

임박(臨迫)하다동 (어떤 시기가) 가까이 닥쳐오다. ¶역시 그 해 그 겨울, 섣달 대목이 임박해서다. 〈두 순정〉

임시비(臨時費)명 임시로 지출하는 비용. 또는 뜻밖의 지출에 대비하기 위하여 계산하는 비용. ¶목간삯 7전과 이런 것이 경상비요, 임시비로는 가장 하길의 피복대와 10전 미만의 통신비가 있을 따름입니다. 〈태평천하⑨〉

임상(臨床)명 ('병상에 임한다'는 뜻으로) 실지로 환자를 접하여 병의 치료와 함께 그 예방의 실천 등을 연구하는 일. ¶금호의원의 주인 의사 윤달식은 승재의 임상이 능란한 데 안심하고, 거의 병원을 내맡기다시피 했다. 〈탁류③〉

임의(任意)롭다형 서로 친하여 체면을 차릴 필요가 없다. 제한을 받지 않고 내키는 대로 자유롭다. 구애되거나 체면을 차릴 필요가 없이 자유롭다. ¶지금 초봉이한테를 이렇게 임의롭게 다닌다면 작히나 좋으려니 싶었다. 〈탁류④〉 ¶야단을 치는 사람이 없어 잠 못 이루는 밤을 담배로 동무 삼아 밝히기도 무척 임의로 왔읍니다. 〈태평천하⑤〉 ¶장인 장모 단 두 분이겠다, 참말이지 재갸 본가집보담두 더 임의롭구 호강받이루 지낼 건데. 〈소망〉 ¶주위는 그새보다 한결 조용할 뿐 아니라 훨씬 임의롭기도 하고 한 터이니. 〈반점〉 ¶그러나, 연천 선생처럼, 또 그 시절처럼 임의롭고 정답고 한 줄은 아예 모르겠었다. 〈회(懷)〉

임자[1]명 나이가 좀 많은 부부 사이에 상대방을 가리키는 말. ¶그리구두 졸리다 졸리다 못하면, 임자나 태호 데리구 가겠거든 가래는 거야. 〈소망〉

임자[2]대 친한 사이에 부르는 말. '자네'와 같은 뜻이나 좀 품위가 있음. ¶내가 이렇게 선뜻 일어서는 건, 결단코 임자가 부족한 데가 있어서 그런다거나, 또 새삼스럽게 과거지살 탈을 잡아 가지구서 그리는 건 아니구, 〈탁류⑭〉

임종(臨終)명 죽음에 임함. 목숨이 끊어지려는 무렵. ¶윤 직원 영감은 제가 그대로 병통없이 말치없이, 자기 종신토록 자알 살아만 주면 마지막 임종에 가서, 그 집하고 또 땅이나 벼 백 석거리하고 떼어 주어, 뒷고생 않게시리 해 주려니, 이쯤 속치부를 잘해 두었었읍니다. 〈태평천하⑧〉

임종(臨終)하다동 죽음에 임하다. ¶작년 정월에 즈이 외할머니가 임종허(하)시문서, 애비 없이 설리 자란 자식이 이십이 넘두룩 장가두 못 가 가엾다구. 〈암소를 팔아서〉

임포시블(impossible)명 불가능한 일. 있을 수 없는 일. 믿기 어려운 일. ¶그 두 가지가 모두 내게는 임포시블이거든. 거진 절대야. 〈이런 처지〉

입(이) 궁금하다『관용』 속이 헛헛하여 무엇을 먹고 싶은 생각이 일어나다. ¶아이가 마치 뽑아논 콩나물 생기듯 생겨 가지고 육장 입만 궁금해 합니다. 〈홍보씨〉 ¶어린애요 살앓이를 하던 끝이라 입이 궁금해서 무엇이고 두루 먹고 싶을 무렵이었었다. 〈탁류⑥〉

입(이) 싸다『관용』 입이 가볍다. ¶입 싸고 새수 빠지고 속 얕고 속 없고 조심성 없고 체통머리 없고…. 〈이런 처지〉

입에 맞는 떡『속』 자기 마음에 꼭 드는 사물을 이르는 말. ¶행여 무엇이나 입에 맞은(는) 떡이 있을까 하는 생각으로 허실 삼아 가 보았다. 〈앙탈〉

입에 발린 소리『관용』 마음에도 없는 것을 겉치레로 하는 말. 마음에는 없이 듣기 좋으라고 말로만 하는 소리. ¶그러나 형보는 태수를 위해서 그런다는 것은 생판 입에 발린 소리요, 또 그렇게 만 원을 빼 준대도 지금 이야기한 대로 행할 배짱은 아니다. 〈탁류④〉

입에 붙은 말『관용』 입에 발린 소리. 마음에도 없는 것을 겉치레로 하는 말. 마음에는 없이 듣기 좋으라고 하는 소리. ¶허기야 참 입에 붙은 말이 아니라, 장손이놈만 헌 신랑감이 어디 그리 쉬우? 〈암소를 팔아서〉 ¶그러나 그것은 입에 붙은 말로라도 교육의 직접 담당을 갖다가 천직이니 희생이니 하는 사람일세 말이지. 〈모색〉

입에서 침이 마르다『관용』 남을 아주 좋게 말하다. ¶이번에는 입에서 침이 마르게 승재를 추앙을 해 젖힌다. 〈탁류⑮〉

입에 풀기를 하다『관용』 입에 풀칠(을) 하다. 겨우 밥이나 먹을 정도로 살아가다. 겨우 목숨이나 이어갈 정도로 굶지나 않고 산다는 말. ¶이것을 가지고 그들은 '무라까미상'이라는 가가 보는 일본 사람에게서 일 할을 떼이고 돈으로 바꾸어야 그날 집에 돌아가서 입에 풀(糊)기를 하게 된다. 〈화물자동차〉

입에 풀칠하다『관용』 겨우 밥이나 먹을 정도로 살아가다. 겨우 목숨이나 이어갈 정도로 굶지나 않고 산다는 말. ¶입에 풀칠을 하는 것을 얻어먹고는, 밤이나 낮이나 질펀히 드러누워, 〈태평천하④〉 ¶소 같은 장정이 허파가 늘어나도록 달음박질을 해야 겨우 입에 풀칠을 하던 것을, 〈이런 남매〉

입이 귀밑까지 째지다『속』 입이 귀밑까지 찢어지다. '매우 기뻐하거나 만족해 하는 표정이 드러나다'의 낮은말. ¶옥례넌 입이 귀밑까지 째져서 이리 갔다 저리 갔다 허구. 〈보리방아〉 ¶"돈을 마련해 가지고 오면 입이 귀밑까지 째지렷다." 〈명일〉 ¶ 마침내 제호는 입이 귀밑가지 째지면서, 신혼 축하를 한다고 하녀를 불러 올려 맥주를 청한다. 〈탁류⑫〉 ¶ 마침내 그 금비녀처럼 생긴 누렁 비녀를 사서 꽂고는 입이 귀밑까지 째지는 양이 옥초에게는 비극은 비극 같은데 하나도 슬플 수가 없었다. 〈모색〉

입가심명 입안을 가셔서 개운하게 하는 일. 『같은』 입씻이. ¶ 다만, 먼저의 싸움의 입가심같이 그 다음엔 조그마한 싸움 하나가 벌어집니다. 〈태평천하⑥〉

입감(入監)하다동 감방이나 감옥에 갇히다. ¶ 또 그가 예심에서 공판에서 일 년이나 끌려다니다가 형의 언도를 받고 입감하던 때 바로 받은 K의 편지와. 〈그 뒤로〉

입교(入敎)명 종교를 믿기 시작하는 것. ¶ 아낙 강씨 부인이 예수교에 입교를 하면서부터는 단연 남편으로 하여금 같이 하느님을 섬기는 교인이 되는 동시에. 〈흥보씨〉

입구구(-九九)명 입으로 하는 구구셈. 『비슷』 주먹구구. ¶ 윤 직원 영감은 만창상회의 강무엇이를 찾아내어, 대강 입구구를 따져 본 결과, 빚이 더러 있기는 해도, 〈태평천하⑦〉

입께명 입 언저리. 입을 중심으로 한 그 가까운 범위. ¶ 그래도 살기 띤 눈살은 피해서 입께를 보면서. …. 〈탁류⑭〉

입내명 소리와 말로 내는 흉내. ¶ 짓궂은 학도 녀석들이 저희끼리 주거니 받거니 그 입내를 낸단 소리가. 〈회(懷)〉

입담명 말하는 솜씨나 힘. 언변. ¶ 정 씨는 재봉틀 부인의 입담에 옭히어 이렇게 혹해 가지고 이야기를 청한다. 〈보리방아〉 ¶ 데데데데하기는 해도 입담이 좋은 구변과, 그 데데거리는 말끝마다 빠뜨리지 않는 군가락 '제기할 것!' 소리와…. 〈탁류②〉 ¶ 갑쇠가 힘은 좀 세어도 입담으로는 오복이를 못 당한다. 〈정자나무 있는 삽화〉 ¶ 오늘 밤 제 집의 저녁 양식을 벌기 위하여 허풍을 치면서 입담 좋게 지껄이고 섰는 거리의 약장수와 같은 협잡에 지나지 못하는 것이었었다. 〈모색〉

입놀리다동 '먹다'의 가벼운 말. ¶ 겸사겸사해서 무엇 입놀릴 것을 사오는 게 좋겠다고 생각했던 것이다. 〈탁류⑧〉

입덧명 임신 초기에 구역질이 나고 몸이 쇠약해지는 증세. ¶ 이번에는 입덧이 나서 욕질이 자꾸만 넘어오고, 〈탁류⑬〉

입때부 여태. 여태껏. 이때까지. 아직까지. 지금까지. ¶ "입때 가지고 잇으라고… 갈 테건 왜 ×의 집으로 가세." 〈창백한 얼굴들〉 ¶ "그래 아침부터 와서 입때 기다렸네그려?" "응" 〈농민의 회계보고〉 ¶ 얘 이년아, 그리구서두 입때 시침을 따구 있어? 〈탁류⑯〉

입때까지부 '입때'의 힘줌말. ¶ 정 주사의 기색이 하도 암담한 것을 보고, 입때까지 조롱하던 낯꽂을 얼핏 고쳐 갖는다. 〈탁류①〉

입때껏부 입때까지. ¶ 그러자면 인쇄소를 나가 버려야 하겠고 나가자니 입때껏 하여 오던 일이 수포에 돌아가고 동지에게 대한 반역이니. 〈병조와 영복이〉

입맛(을) 다시다『관용』 뜻대로 되지 않는 일을 당하여 귀찮아하거나 근심스러워하다. ¶ K는 내키지 않게 기지개를 쓰고 일어나서 입맛을 쩝쩝 다신다. 〈창백한 얼굴들〉 ¶거 참! … 그놈이 바루 맞기만 했으면 나두 셈평을 펴구, 한 참봉 묵은 셈조두 닦어 디리구 했을 텐데…. 정 주사는 입맛을 다시고 눈을 깜짝거리다가 다시. 〈탁류①〉

입맛(을) 돋아주다〖관용〗 어떤 일에 흥미가 일게 하거나, 하고 싶은 마음이 들게 하다. ¶용희와 정 씨가 벙벙해서 있는 것을 보고 재봉틀 부인은 연해 입맛을 돋아준다. 〈보리방아〉

입맛 사납다〖관용〗 입맛이 좋지 아니하다. ¶마침 도야지가 입맛 사나운 호박잎을 먹다가 물리고 삑삑 소리를 친다. 〈보리방아〉

입모㊔ 입의 생긴 모양새. ¶뿌리가 추욱 처진 귀와 큼직한 입모, 다아 수부귀다남자(壽富貴多男子)의 상입니다. 〈태평천하①〉

입살을 타다[1]〖관용〗 샘을 내다. 자기보다 나은 것을 부러워하거나 지지 않으려 하다. ¶하아! 당신네들이 암만 그란다고, 내 무척 입살을 탈 내오!… 아예 말두 마소…. 〈탁류⑨〉

입살을 타다[2]〖관용〗 꾸짖는 말에 노여움을 타다. ¶여학생이 잡가도 한더더냐고 더러 조롱을 하지만, 역시 그만한 입살을 탈 아이가 아닙니다. 〈태평천하⑩〉

입속말㊔ 남이 잘 알아듣지 못하게 입속으로 중얼거리는 말. ¶"원수는 외나무다리서 만난다더니! 저승을 가도 같이 가야 하나!" 하고 쓰디쓰게 한마디 입속말을 씹는다. 〈탁류⑱〉

입신(入神)㊔ 기술에 숙달하여 사람의 지혜로는 짐작할 수 없을 만큼 훌륭하고 신비스러운 지경에 이르는 일. ¶진실로 입신의 묘기로 추앙해도 아깝지 않습니다. 〈태평천하⑨〉

입심㊔ 말을 줄기차게 하는 힘. 기운차게 쉼없이 말하는 힘. ¶"이 애가 시방 입심 겨룸을 하재나!" 〈치숙(痴叔)〉

입쌀㊔ 멥쌀. 메벼에서 나온 차지지 않은 쌀. ¶장손네가 부뚜막에 꾸부리고 서서 밥을 푼다. 입쌀과 좁쌀이 반반씩이요 깜장 굵은 콩이 다문다문 섞인 밥이다. 그런 밥을 푸되, 한바탕 흐벅지게 푼다. 〈암소를 팔아서〉 ¶특별히 방으로 불려 들어와서 미역국 대신 새하얀 입쌀의 대접을 배불리 받았다. 〈용동댁〉

입안엣말㊔ 입 속으로 중얼거리는 말. ¶승재는 마치 선잠 깬 사람처럼 입안엣말로 중얼거리듯,…. 〈탁류⑰〉

입옥(入獄)하다㊔ 감방에 가두거나 갇히다. ¶칠복이가 입옥하기 전 얼마 동안의 그의 육체는 산 사람의 살이라기는 너무나 썩은 송장에 가까왔었다. 〈불효자식〉

입음새㊔ 옷을 입은 모양새. ¶얼굴의 영양이며 옷 입음새가 초라한 아이들이었다. 〈이런 남매〉

입잣㊔ (좋지 않은 뜻으로) 입짓. 입놀림. ¶"너 입잣 그렇게 함부루 놀리는 법 아니다?" 〈암소를 팔아서〉 ¶초봉이는 이 소리가 배가 채이기보다 형보의 입잣이 밉살스러웠다. 〈탁류⑭〉 ¶윤 직원 영감의 걸찍한 입잣대로 하면, 오두가 나는 것도 그러므로 무리가 아닐 겝니다. 〈태평천하⑥〉 ¶그러자 호랑이도 제 말을 하면 온다더니 (실상은 호랑이 잡이도 못되고 그저 그 비슷한 자라고 해서 맞지만) 혹시 노파의 입잣이 방정맞았던지 별안간 대문간이 요란하게. 〈모색〉 ¶ "저 여편네, 입잣 고약해가네!" 〈순공(巡公) 있는 일요일〉

입초리명 '입가'의 다른 말. '초리'는 가늘고 뾰족한 끝을 말하는데, '눈초리', '회초리' 등의 말짜임이 있다. ¶ 경호는 빈들빈들 분명 누이를 무어라고 또 놀려 줄 입초리다. 〈패배자의 무덤〉 ¶ 옥초는 여전히 빙긋이 웃는 입초리로 연신 혼잣말을 뇌면서 연신 고개를 끄덕거리면서 감심을 하여 마지않는다. 〈모색〉

입하(立夏)명 24절기의 일곱째. 양력 5월 6~7일경임. ¶ 소복히 자란 길 옆의 풀숲으로 입하 지난 햇빛이 맑게 드리웠다. 〈쑥국새〉

입회(立會)명 거래소에서 거래원이나 그 대리인이 일정 시간에 모여 매매 거래를 하는 일. ¶ 그러므로 웬만하면 입회가 다소간 긴장이 되겠지만 절기가 그럴 절기라 놔서 볼썽없이 쓸쓸하다. 〈탁류④〉

잇명 이부자리나 베개 등의 거죽을 씌워 시치는 천(피륙). ¶ 웃목으로 몇 해를 뜯이 맛을 못 보았는지, 차악 눌린 이부자리가 달랑 한 채, 소용이 소용인지라 잇만은 깨끗해 보입니다. 〈태평천하〉

잇념명 잇몸. (전라, 충청) ¶ 콧등과 눈가로 주근깨가 다닥다닥 나고 뒤집히는 웃입술 밑으로 시뻘건 잇념과 누렇게 들여박은 금니가 내다보이고. 〈명일〉 ¶ 이렇게 물어 때는 맛이란, 잇념 속이 근질근질, 몸이 금시로 노그라지는 것 같아 세상에도 꼭 둘째 가게 좋지, 셋째도 가지 않는다. 〈탁류⑤〉

잇대다동 서로 잇닿게 하다. ¶ 여태도 끝을 맺지 못한 '고결한 정신'의 훈화를 다시 잇댄다. 〈이런 남매〉

잇살명 잇몸의 틈. ¶ 잇살에 밥찌꺼기도 끼지 않았다. 〈탁류⑯〉

잇샅명 잇새. 이와 이 사이가 벌어져서 생긴 틈. ¶ 윤 직원 영감은 우동 한 그릇을 물린 뒤에, 트림을 끄르르, 새끼손 손톱으로 잇샅을 우벼서 밑창문에다가 토옥, 담뱃대를 땅따앙 치면서 하는 소립니다. 〈태평천하⑩〉

잇속명 이익이 있는 실속, 또는 그것을 헤아리는 셈. ¶ 완력다짐을 한댔자 별반 잇속이 없을 것인 즉, 〈탁류⑰〉 ¶ 약삭빠르고 고정하고 민첩하고, 잇속이라면 훤하니 밝고 … 이러니 무슨 여부가 있을 리가 있나요. 〈태평천하⑨〉

잉어가 한 길을 뛰니까 망둥이는 두 길을 뛴다〖속〗 힘이 미치지 못하는 자가 남을 흉내 내어 분에 넘치는 짓을 하는 것을 비꼬는 말. 〖같은〗 잉어가 뛰니까 망둥이도 뛴다. ¶ 옥초는 상수의 변화도 변화려니와 그의 턱없는 비약이 하도 어처구니가 없어서 잉어가 한 길을 뛰니까 망둥이는 두 길을 뛴다는 속담을 생각하고 하는 말이었었다. 〈모색〉

ㅈ

자가사리명 동자개과의 민물고기. 몸길이 5~13cm로 등은 짙은 적갈색. 배는 누렇고 네 쌍의 수염이 있고 입이 아래를 향하고 있다. 지느러미의 가장자리는 황백색이다. ¶자가사리 수염은 여전히 노란데 끝도 그대로 아래로 처졌고, 〈탁류⑮〉

자겁(自怯)명 제풀에 질림. ¶그만 것에 눌려 지레 자겁을 하도록 초봉이 제 자신이 본시 앙칼지지도 못했고, 〈탁류⑫〉

자격지심(自激之心)명 어떠한 일에 대하여 자기 스스로 미흡하게 여기는 마음. ¶P가 자꾸만 그러는 것이 호의로 해석하자면 계집을 조롱하는 것이라겠지만 어떻게 보면 범수를 놀리는 것도 같아 자격지심이 들기도 했다. 〈명일〉

자결(自決)명 (의분을 참지 못하거나 지조를 지키기 위해) 스스로 목숨을 끊음. ¶"그러면 저는 자결을 하겠읍니다. 규중의 여인의 몸으로는 이에서 더한 부끄러움은 없읍니다. 자결하는 수밖에 없읍니다." 〈소복 입은 영혼〉 ¶차라리 진작 죽는 것만 못하다고, 그래 자결을 하고 만 것이다. 〈쑥국새〉

자결(自決)하다동 스스로 목숨을 끊다. ¶이 약병은 무엇을 하자는 것이냐 인명을 궂혀서까지 내 목숨을 자결하자는 것이 아니냐. 〈탁류①〉

자궁후굴(子宮後屈)명 자궁의 체부가 경부에서 뒤로 굽는 일. 임신하기 어려우며 임신하더라도 유산 또는 조산하기 쉬움. ¶작은아이를 해산할 때에 자궁후굴이 생긴 것을 치료도 아니하고 그대로 둔 것이 지금와서는 포태도 포태려니와 중증의 히스테리를 앓게 한 것이다. 〈명일〉

자고 이후로(自古以後-)부 자고로(自古~). 예로부터. ¶윤 직원 영감은 바둑이니 장기니 그런 것은 자고 이후로 통히 손을 대본 적이 없습니다. 〈태평천하⑩〉

자그락거리다동 딱딱한 물건이 맞부딪치는 소리가 자꾸 나다. 〈지그럭거리다. 【센말】 짜그락거리다. ¶옥초는 자그락거리는 구두를 디디고 일어서면서 바륵바륵 "먼촌 오라버니는 아니라두 그저 그렇답니다. 아무 걱정두 마세요! 〈모색〉

자긍(自矜)명 자기 스스로 하는 자랑. 또는 스스로 긍지를 가짐. ¶그는 저의 탐스런 몸뚱이에 차차로 자긍이 생겨 "나도 이만하면…" 누구만 못할 게 없다고 어렴풋한 즐거운 기대를 가지게 되었다. 〈빈(貧)… 제1장 제2과〉 ¶인생의 첫걸음을 실패한 것으로 부지중 자긍을 잃고 자포자기가 된 구석이 없지 못했던 때문인 줄을 그는 제 스스로 깨닫지 못했던 것이다. 〈탁류⑫〉 ¶저게 내 손에다가 쥐고 주무르면서 가지고 놀던 계집애거니, 재미있던 그적을 여겨 만족과 자긍을 느끼곤 한다. 〈정자나무 있는 삽화〉 ¶밥은 굶을망정 정신적으로는 만족을 하구 자긍이 있어! 〈이런 남매〉

자기기만(自己欺瞞)명 자기가 자기 마음을 속임. 자기의 양심에 벗어나는 말이나 행동을 알면서도 함. ¶도서관의 무료 열람실에 가서 궁금하던 신문도 뒤적거리고, 그리고 길로 휠휠 돌아다녀 울적한 기분도 (씻을 수 있다면) 씻어 버리고 한다고 하고 나오기는 나온 것이다. 그러나 그것은 자기기만이다. 〈명일〉

자는 호랑이(를) 불침 놓기『속』 크게 재앙을 당하거나 혼이 날 줄 모르고 공연히 건드린다는 뜻. 공연히 건드려서 스스로 위험을 부른다는 뜻. 『같은』 숙호충비(宿虎衝鼻). 벌집 건드리기. 자는 범 코침 주기. ¶그게 자는 호랑이를 불침 놓는 일이겠어서 생각을 돌려먹었다. 〈탁류⑦〉

자는 호랑이 코침 주기『속』 자는 호랑이 불침 놓기. ¶혹시 조용히 조처를 할 수가 없지 않았을 일인 걸 갖다가 자는 호랑이 코침 주더라고 지레 탈을 내 놓고 마는 게 아닐지도 모르겠고, 〈탁류⑭〉

자당 아씨명 하인이 대부인을 부르는 호칭. '대부인(大夫人)'은 남의 어머니를 높여 이르는 말. ¶다람질하는 다리미 불에가 꼬꾸라져서 무르팍을 덴 것을 저의 자당 아씨께서 시부모한테 걱정은 안 들으려고 풀을 처매 주고는 쉬쉬 씻어 덮었던가 보데. 〈이런 처지〉

자도막[尺—]명 자의 도막. 또는 도막난 자. ¶직공들은 왼편 줄에는 전부 남자 직공이 두 줄로 마주대고 앉아서 대개는 소로이(장수 고르기)와 도지(책 매기)를 하고 있고 바른편 줄에는 남편 직공이 뒤섞여 두 줄로 마주대고 앉아서 손에 자도막 같은 헤라를 들고 기계에서 박여 넘어온 인쇄지를 쭉쭉 훑어 접고 있다. 〈병조와 영복이〉

자라 모가지같이 오므라뜨린다『속』 남을 대하기에 부끄럽거나 멋쩍어서 목을 움츠림을 이르는 말. ¶부엌문으로 끼웃이 내다보고 섰던 식모는 질겁을 해서 자라 모가지같이 오므라뜨린다. 〈탁류⑭〉

자량(自量)하다동 스스로 헤아리다. ¶"자량해서 허시우, 언제래야 뭐…" 〈패배자의 무덤〉

자력(磁力)명 자석끼리, 전류끼리, 또는 자석과 전류가 서로 당기거나 밀어내거나 하여 서로 미치는 힘. 『같은』 자기력(磁氣力). ¶그러나 그렇게 할 용단까지는 나지 아니하고 모처럼 당한 이 유흥이 또한 자력을 부리어 그대로 주저앉아 있는 것이다. 〈명일〉

자룡(子龍)이 헌 창 쓰듯『속』 물건을 아끼지 않고 함부로 쓰고 버린다는 뜻. 자룡은 중국 삼국 시대의 유명한 장수인 조자룡을 뜻함. 『같은』 자룡이 헌 칼 쓰듯 한다. ¶한편으로는 한 행세거리로 또 한편으로는 구직꾼 격퇴의 수단으로 자룡이 헌 창 쓰듯 썼을 뿐이지—. 〈레디 메이드 인생〉

자류(自流)명 자기류(自己流). 자기 생각이나 판단대로 하는 방식. ¶그러나 그는 실상 돌이켜 자류의 비판을 가질 겨를은 미처 나지 않았었다. 〈패배자의 무덤〉

자리명 한 가구가 생업으로 삼기에 넉넉할 만한 농경지로서 소작인을 두어 농사를 짓는 농장. 곧 농막을 세는 단위. 여기서는 '뙈기'(경계를 지어 놓은 논밭의 구획)의 뜻으로 쓰임. ¶보리가 그렇게 흉년만 아니었어도 밭 두 자리만은 자기 것이니

까 밭 도조를 물을 것도 없고, 한 석 섬 가량은 온곳 낼 수가 있었다. 〈보리방아〉

자리끼[명] 잠자리에서 마시려고 머리맡에 두는 물. ¶그동안에 초봉이는 승재 방으로 들여보낼 자리끼 숭늉을 해 가지고 서서 망설인다.〈탁류③〉

자리옷[명] 잠잘 때 입는 옷. 『같은』 잠옷. ¶이부자리를 펴 놓고 산동이는 웃목에 물러서서 무슨 영이 내리기를 기다리고 영감은 자리옷을 갈아 입고 나서 이불을 노작거려 보았다. 〈산동이〉 ¶흐트러진 타월 자리옷과 남색 제병 누비이불 위에다가 아낌없이 내던진 하얀 넓적다리며, 〈탁류⑩〉 ¶자리옷을 여느 옷으로 갈아입은 뒤에, 담뱃대에 담배를 붙여 뭅니다. 〈태평천하⑭〉

자리하다[동] 자리를 잡다. ¶정 주사는 자리하고도 이런 자리에서 봉변을 당하는 참이다. 〈탁류①〉

자릿적삼[명] 잘 때에 입는 적삼. ¶김 씨는 흐트러진 풀머리에 엷은 자릿적삼으로 앞을 여미면서 해죽이 웃고 내다보던 것이다. 〈탁류⑤〉

자릿하다[형] 짜릿하다. 살이나 뼈마디가 갑자기 세게 저린 느낌이 있다. ¶열어 놓은 앞뒷문으로 마주치는 가는 바람이 땀이 스민 용희의 이마와 등을 가볍게 스치고 지나간다. 그럴 때마다 자릿한 쾌감에 그는 갸름한 눈을 더욱 갠소롬하게 뜨곤 한다. 〈보리방아〉

자못[부] 생각보다는 훨씬. 꽤. 퍽. ¶그래 자못 난처한 판인데, 남의 그런 속도 몰라주고, 〈태평천하①〉

자문(自問)을 하다『관용』 스스로 자신에게 묻다. ¶미장이의 비비송곳같이 천착을 한 끝에는 애가 밭아, 이렇게 자문을 하는 것이나 역시 시원한 대답은 나오지 않고, 〈탁류〉

자문자답(自問自答)[명] 자기가 묻고 자기가 답하는 것. 스스로 묻고 스스로 대답함. ¶승재는 속으로 이렇게 자문자답을 하면서 내일 보자고 한다. 〈탁류⑧〉

자미(滋味)[명] →재미. 아기자기하게 즐기는 맛이나 기분. ¶사람이 자손 자미두 없이 무슨 맛으로 산단 말씀이요? 〈탁류①〉

자박자박[부] 발소리를 가볍게 내면서 가만가만 걷는 소리나 모양. ¶어디선지 신발 소리가 자박자박 들리더니 문 밖에서 인기척이 들리었읍니다. 〈소복 입은 영혼〉 ¶마침 대문 소리가 삐그덕 나더니 자박자박 "기세요?" 하고 삼가로운 목소리가 들립니다. 〈태평천하⑫〉

자반(佐飯)[명] 생선을 소금에 절인 반찬. ¶계집년이 버리구 달아나니깐, 자식을 자반을 만들어서 짊어지구 그년을 찾으러 다녔다더라만, 〈탁류⑭〉

자반갈치[명] 반찬감으로 소금에 절인 갈치. ¶그렇게 하고도 나머지가 있어서 장작 한 단에 자반갈치 한 마리에. 〈명일〉

자반고등어[명] 소금에 절인 고등어. ¶한 마리에 일 전이나 오 리가 남는 자반고등어며, 〈탁류⑮〉

자반비웃[명] 소금에 절인 비웃. 여기서 '비웃'은 '청어'를 식료품으로 이르는 말. ¶처억척 떠나가는데 이건 영락없이 온 겨울 팔다가 팔다가 못 팔고 재어 남은 구멍가게의 자반비웃 꽁댕이처럼, 〈모색〉

자발(自發)[명] 스스로 나아가 행하는 것. ¶

가령, 그새까지는 그다지 다니고 싶어 자발을 하던 기술 방면의 전문학교를, 의학 전문이고 약학 전문이고 맘대로 다닐 기회를 만났으면서도, 〈탁류⑯〉

자별(自別)하다형 친분이 남보다 특별하다. ¶그만하면 신문사 인심두 얻구 또 사장두 자별하게 대접을 했답디다. 그런 것을 헌신짝 벗어 내던지듯 내던지구는 사람마저 저 지경이 됐으니. 〈소망〉 ¶일변 생각하면 생전에 서로 자별했던 정으로 보든지 생판 촌 며느리와는 달라 출입의 구속이 없는 처지로 보든지. 〈패배자의 무덤〉

자별히(自別―)부 (정이나 친구 사이의 사귄 정 따위가) 남보다 특별하게. 친분이 남보다 특별하게. ¶복도에서 편집국장 C를 만났다. P는 C와 자별히 사이가 가까운 터이었었다. 〈레디 메이드 인생〉 ¶십 원짜리의 촉감은, 어디라 없이 그놈이 빳빳하면서도 자별히 보드라운 것 같았다. 〈탁류②〉 ¶고향의 군수와는 매우 임의로운 사이요, 또 도지사와도 자별히 가깝고 하니까, 종수를 군 고원으로 우선 앉혀 놓고서, 〈태평천하⑫〉

자볼기명 '여편네가 쓰는 자막대기로 맞는 볼기'라는 뜻으로 아내에게 잘못하여 매를 맞는다고 조롱하는 말. ¶"우리 마누라한테 자볼기 맞고 쫓겨난다." 〈레디 메이드 인생〉

자상(仔詳)스럽다형 보기에 자세하고 찬찬하다. ¶가냘픈 여인이 이렇게 자상스럽게 소견을 말하는 것이다. 〈보리방아〉

자선(慈善)명 딱하게 여겨 도와주는 일. 특히 가난한 사람들을 물질적으로 원조하는 일. ¶승재는 암만 동정이나 자선이란 제 자신의 감정을 위안시키기 위한 제 노릇에 지나지 못하는 것이라는 해석은 가지고 있어도, 〈탁류⑮〉

자선 사업(慈善事業)명 남의 가엾음을 불쌍하게 여기고 사랑하여 구제하는 사업. 종교적, 도덕적 동기에 입각하여 고아, 병자, 노약자, 빈민 등을 구조할 목적으로 행하는 사회 공공 사업. ¶윤 주사는 남의 사정을 쑬쑬히 보아 주는 사람이면서도 공공사업이나 자선 사업 같은 데는 죽어라고 일전 한 푼 쓰지를 않습니다. 〈태평천하⑤〉

자성(自省)명 스스로 반성함. ¶달리 그것을 평가를 하거나 자성함이 없었다. 〈탁류⑥〉

자술(自述)하다동 스스로 진술하다. ¶정상이 정상이구, 또 자술했으니깐 형벌이 그대지 중하던 않을 테지 〈탁류⑲〉

자식 연갑(子息年甲)명 자식과 비슷한 나이 또래. ¶나이 자식 연갑이구, 더구나 믿거라 허구서 갖다 맽기는 친구의 자식한테 손을 댈까 봐서?…. 〈탁류⑦〉

자심(滋甚)하다형 점점 더 심하다. ¶"몰라요! 속상해 죽겠네!… 어디꺼정 가세요?" 하면서 참으로 구박이 자심합니다. 〈태평천하②〉

자연하다(自然―)형 저절로 그대로 되어 억지나 거짓이 없다. ¶그 끝에 자연한 순서로 큰댁 김 씨에게 의심이 갈 것이지만, 〈탁류⑩〉

자웅(雌雄)명 암수. 암컷과 수컷. ¶그중의 한 가지 마음 싱숭거릴 때에 부르는 노래는 새짐승이 자웅을 찾느라고 묘한 소리로 우는 것과 가장 공통된, 동물의 한 본능이라고 합니다. 〈태평천하⑪〉 ¶이렇게 비둘기 한 자웅처럼 쌍지어 노는 색시와 새서방이라고는 하지만. 〈두 순정〉 ¶자웅 찌지 않은 암탉 한 마리, 그것은 무던히 희한스런 곡절이 있는 생명이었었다. 〈용동댁〉 ¶어미는, 방금 또 한 마리 날아들어온 놈과 자웅이어서 협력을 하여, 얄밉살스럽게도 새끼 그놈을 죽여라고 떠밀어 내려뜨리는 것이었읍니다. 〈흥보씨〉

자의식(自意識)명 외부의 의식에 대립하는 자아에 대한 의식. 자기 중심적인 의식 상태. ¶초봉이는, 이제 자신이 남으로 여겨지는 자의식의 분열이 무척 마음에 들었다. 〈탁류⑩〉

자이(者以)명 직업, 관직을 나타내는 말 아래에 쓰여 '~인 자(者)'가, '~인 사람이'의 뜻을 나타내는 말. ¶"허! 그런 번괴라니!… 원 제가 순검이 다아 어디 당한 것이라고!… 선비 자이 포리가 어디 당한 것이여! 미쳤어!… 미쳐!…." 〈순공(巡公) 있는 일요일〉

자자(字字)에 관주(貫珠)다『관용』 ('한 글자 한 글자마다 잘된 시구 옆에 동그라미를 치다'의 뜻에서) 한 자 한 자가 모두 묘하게 잘된 것을 칭찬하는 말. ¶한번 돌이켜, 마치 시관(試官)이 주필을 들고 글을 꼲듯이 사윗감인 태수를 꼲는다. 자자에 관주다. 〈탁류⑦〉

자자(藉藉)하다형 (퍼진 소문 따위가) 왁자하다. 떠들석하게 뭇사람의 입에 오르내리다. 『비슷』 파다하다. ¶그는 이번에 군산까지 내려왔다가 자자히 떠도는 소문을 듣고, 초봉이의 겪어온 그동안의 사단을 잘 알았었다. 〈탁류⑫〉 ¶다아 학교라두 하나 만드시면 신문에두 추앙이 자자할 것이구, 또오 동상두 서구 할 테니깐, 영감님 송덕이 후세에 남을 게 아니겠다구요? 〈태평천하⑧〉

자작(自酌)명 술을 손수 따라 마시는 것. ¶배갈과 나조기가 들어왔으나 나는 가뜩이 낮술이요 해서 잔을 치워 놓고 김군이 혼자서 자작을 기울여야 했다. 〈회(懷)〉

자작농(自作農)명 제 땅에 제가 직접 짓는 농사. ¶그뿐 아니라 그렇게 어떻게 해서 반연을 지어 놓으면 농우 자금(農牛資金)을 얻어 소도 한 바리 살 수가 있고 또 자작농 창정에 한 몫 끼어 잘하면 육백육십원어치의 논도 연부로 갚도록 마련할 수도 있는 것이다. 〈보리방아〉

자잘모름하다형 여러 개가 다 잘고 시시하다. ¶집을 드느라고 제호는 자잘모름하 살림 나부랑이를 자동차에 들이 쟁여가지고 초봉이와 더불어 종로 복판을 동쪽으로 달리기는 오후쯤해서고. 〈탁류⑫〉

자정(子正)명 자시(子時)의 한가운데. 밤 12시. ¶마침 또 서울서 친한 친구가 왔으니까 나갔던 길에 찾아보고 올 텐데, 그러자면 자정이 지날지도 모르겠은즉 기다리지 말고 일찌감치 먼저 자라고 미리 일러두었었다. 〈탁류⑩〉

자제(子弟)명 남을 높이어 그의 '아들'을 이르는 말. 남의 아들의 존칭. ¶본시 선비집 자제로 태어나 이십까지는 한문 공부를 하고 삼십까지도 손에 흙은 묻혀 보지 아니하던 샌님이라 종시 농군의 꼴은 박일 수가 없었다. 〈보리방아〉 ¶"응… 자제는?" "한 분 계신데 서울 그대로 계십니다." 〈소복 입은 영혼〉 ¶그러면서 그들을 소개한

철공소의 그 친구와 만나 '김 선생님'에 대한 이야기면 어두기 '자제'를 공장으로 보내려는 포부도 듣고 그 심경을 잘 이해하노라고 일종 존경하는 태도로 범수를 대해 주었다. 〈명일〉 ¶정 주사네는 사부인의 그러한 불의의 급병이며 사랑하는 자제의 경사스런 혼인에 참례를 하지 못하는 섭섭한 심경이며를 사부인을 위하여 대단히 심통해 하는 정성을 표하기를 아까와하지 않았다. 〈탁류⑩〉 ¶가로되 자제 몫으로, 가로되 손자 몫으로, 가로되 무슨 몫으로, 이렇게 조릅니다. 〈태평천하⑭〉

자죽[1]명 →자국. 일정한 물체에 다른 물건이 닿거나 지나간 자리. ¶팔목에 눌렀던 볼때기는 자죽이 유난히 빨갛다. 〈모색〉

자죽[2]명 →자국. 부스럼이나 상처가 아문 자리. ¶스물넉 섬만 잡더라도… 갑쇠는 살앓이 자죽이 따암땀 수시는 것도 잊고 흐뭇해서 입가로 절로 웃음이 흘러내린다. 〈정자나무 있는 삽화〉

자지라지다동 →자지러지다. 몹시 놀라 몸이 주춤하여 움츠러지다. ¶아이가 너무 자지라지게 울고 하니까 매질이 과한 줄 알고. 〈명일〉

자지러 붙다동 (바닥에) 움츠러들어서 붙어 떨어지지 아니하다. ¶죽가래로 푹 찌른 것처럼 가로 째진 입, 길바닥에 떨어진 쇠똥같이 지질펀한 코, 왕방울 같은 눈, 좁디좁은 이마, 부룩송아지 대가리처럼 노란 머리터럭이 곱슬곱슬 자지러 붙은 대가리… 등속. 〈쑥국새〉

자지러지다[1]형 '자지러지게'의 꼴로 쓰여, 정도가 매우 심함을 나타내는 말. 〈지지러지다. ¶용희는 그늘 짙은 뒷마루에 바느질을 차리고 앉아 자지러지게 골몰해서 있다. 〈보리방아〉 ¶계봉이가 잔뜩 부어 가지고 서서 두런두런 두런거리는 것을, 초봉이는 그 꼴이 하도 우스워서 손을 멈추고 자지러지게 웃는다. 〈탁류③〉 ¶두 아이는 자지러지게 까알깔 웃으면서 양편으로 하나씩 현 서방의 너벅다리를 안고 매달리고…. 〈홍보씨〉 ¶본시 타고 난 것지만 약간 떨리는 듯한 소리가 가늘기까지 해서 자지러지게 애조롭다. 〈얼어죽은 모나리자〉

자지러지다[2]동 병이나 탈이 나서 자라지 못하고 오그라지다. 또는 기력이 쇠해서 잦아지다. 〈지지러지다. ¶마침 박 씨가 굴리는 실패 소리에 정신이 들어, 조 씨는 자지러지듯 한숨을 내쉽니다. 〈태평천하⑪〉

자지러지다[3]동 무엇에 몰두하여 정신이 빠지다. ¶열어젖힌 건넌방 앞문 안으로 소곳이 고개를 숙이고 앉아 용동댁은 한참 바느질이 자지러졌다. 〈용동댁〉 ¶물기가 듣는 듯 그늘 짙은 뒷마루에서 업순이는 바느질이 자지러졌다. 〈동화〉 ¶닭의 다리에 흙을 발라 주느라고 자지러져 있는 아들을 가만히 내다보면서. 〈용동댁〉 ¶감은 눈으로 고요한 세상을 보느라고 자지러진 어머니가 콩콩 떡방아를 찧는 절구 소리도 아득히 먼 세상의 일로 귓결에 들리고 해가 저무는 것도 몰랐었다. 〈얼어죽은 모나리자〉

자책(自責)하다동 (양심에 거리끼어) 스스로 자기를 책망하다. ¶영주는 자식을 나무라고 때리기보다는 그때는 자책하는 마음이 더했으나. 〈명일〉

자진(自進)하다㊐ (남이 시키기 전에) 제 스스로 나서서 하다. ¶어림없이… 날 마다구 하는 네 심통머리가 얄미워서라두 네 눈구멍으루 보는 데서, 너도 재랄 복통이 나서 자진해 죽으라구. 〈탁류⑭〉

자쪽㊐ →자. (전라) 길이를 재는 데 쓰는 기구. ¶유 씨는 금시로 자쪽을 집어 들고 쫓아나올듯이 벼른다. 그는 시방, 자식의 버릇을 가르치자고 나무라는 것이 아니라, 〈탁류⑮〉

자청(自請)㊉ (어떤 일에 나서기를) 스스로 청하여. ¶을녜가 그처럼 쌀쌀해지니까, 갑쇠는 그제서야 마음이 달아서 어디 내가 자청 말이라도 좀 붙여 보아보려니 하고 간혹 별러 보곤 하지만. 〈정자나무 있는 삽화〉

자청(自請)하다㊐ (어떤 일을 하기를) 스스로 청하다. ¶내가 규수를 좋게 보구 반해서, 호호, 정말 반했다우. 그래서, 자청해설랑 중매를 서는 거닌깐, 그렇잖아요? 〈탁류①〉 ¶올챙이는, 윤 직원 영감이 자기가 자청해서 자기 입으로 개라고 하니, 차라리 그렇거들랑 어디 컹컹 한바탕 짖어 보라고 그렇거들랑 어디 컹컹 한바탕 짖어 보라고 놀리기나 하고 싶습니다. 〈태평천하⑧〉

자초지종(自初至終)㊐ 처음부터 끝까지의 동안이나 과정. ¶그의 자초지종 이야기를 다 듣더니, 아 그러냐고 그러면 박가라는지 그놈을 잡아오기는 올 것이로되, 〈태평천하④〉

자타(自他)㊐ 자기와 남. ¶윤두섭이란 석 자 위에 무어나 직함이 붙기를 자타가 갈망하던 끝이라 윤 두꺼비는 넙죽 뛰어 윤 직원 영감이 되었던 것입니다. 〈태평천하④〉

자취(自取)하다㊐ 스스로 만들어 가지다. ¶그래서 장차 어느 날일지는 몰라도 그 날에 임하여 종용자약하게 죽음을 자취할 테나. 〈탁류⑨〉

자탄(自歎)하다㊐ 자기 일을 자기 스스로 탄식하다. ¶"허 그거 원!…" 형보는 따라 오면서 혼잣말로 자탄하듯 두런거린다. 〈탁류⑩〉

자판(字板)㊐ 모형이 되는 글자를 일정한 차례에 따라 배열해 놓은 판. ¶침척으로 자판 기럭지만큼씩 한 무강나무 가지는 본시 회초리로 많이 쓰이기도 하지만, 〈생명〉

자포내다㊐ '횡령하다(橫領~)'의 뜻인 듯(?). ¶아, 그래서 한 사오만 환 잽히거들랑 그때는 자네가 자포낸 본전 일만삼천 환을 가지구 도루 와서,…. 〈탁류④〉

자포자기(自暴自棄)㊐ 절망 상태에 빠져 스스로 자신을 포기하고 돌보지 않음. ¶그는 순간의 얄따란 자포자기로 그렇게 강잉해서라도 금출이의 내색을 살피자는 것이다. 〈얼어죽은 모나리자〉

자행거(自行車)㊐ 자전거. ¶자행거에 다쳤나? 선생님께 꾸지람 듣구 벌을 쓰나? 〈흥보씨〉 ¶그래도 얼마만인지는 하릴없이, 발길을 돌려 놓으면서 또 한 번 전별엣 말을 두루 이르면서, 강잉해 여럿과 떨어져 자행거는 타려고도 않고 끄는 채, 〈회(懷)〉

자행(自行)하다㊐ (어떤 일을) 스스로 행하다. ¶그러고 보니 비록 총명도 하고 다부져 독립 자행할 자신과 자긍을 가진 계집아이기는 해도. 〈탁류⑰〉

자현(自現)명 자수(自首). 죄를 지은 사람이 경찰의 조사나 수사를 받기 전에 자기의 범죄를 경찰 등 수사 기관에 신고하는 일. ¶저어, 응?… 저어, 경찰서루 가서 응? 자현을 허우, 응?…. 〈탁류⑲〉

작것명 '잡상스러워서 점잖지 못한 사람'을 욕으로 일컫는 말. ¶"작것이! 나는 저 때문에 이렇기…." 〈쑥국새〉

작고(作故)하다동 사망하다. 돌아가다. ¶바루 그이가 작고하신 나원정 선생이댔어! 얌전허구두 좋은 으런이댔는데!…. 〈회(懷)〉

작금(昨今)명 어제와 오늘. 요즈음. ¶작금의 종택은 강풍을 만나 파선을 하고 난 뱃사람과 흡사하다 하겠다. 〈패배자의 무덤〉

작두날명 작두의 날. '작두'는 짚, 콩깍지 따위를 마소의 먹이로 쓰기 위해 발로 디디어 가며 써는 연장. ¶"네 모가지에 작두날이 내릴 때가 머잖었느니라, 이노옴!" 〈태평천하④〉

작살을 내다〖관용〗 복구할 수 없을 정도로 짓이겨서 부서지게 만드는 것을 속되게 이르는 말. 여기서 '작살'은 짐승이나 물고기를 찔러 잡는 기구. ¶말려서 마당질을 하려고 펴 널어 둔 푸달진 보리 다발을 고놈이 와사 개평으로 작살을 내던 모양이다.동 ¶한데 산림간수한테 오기는 있어, 들키면 경을 치기는 매일반이라서 들이 닥치는 대로 철쭉 등걸이야 진달래 등걸이야 소나무 등걸이야 더러는 멀쩡한 옹근 솔까지 마구 작살을 낸 것이. 〈쑥국새〉

작신부 지그시 힘을 주어 누르는 모양. ¶그러는 동안에 속으로 곯아 필경 끝장에 가서는 작신 부지러지고, 〈탁류⑨〉

작은집명 첩. 또는 첩의 집. 아우나 작은아버지의 집을 이르기도 함. ¶남의 사내를 뺏어 산다는 '작은집다운 신경의 불안이 없을 수가 없었고, 〈탁류⑬〉

작인(作人)명 '소작인(小作人)'의 준말. 소작료를 주기로 약속하고 남의 땅을 빌려 농사 짓는 사람. ¶춘궁에 모여드는 작인들한테 장리벼 내주기야, 〈태평천하④〉

작작부 (남의 하는 짓을 말리거나 또는 권할 적에 쓰는 말로서) 너무 지나치지 않게. 어지간하게. 적당히. 대강. ¶"흥, 먹으랬으면 싸우자고 덤비겠네! 잔말 작작해 두고 성냥이나 찾아와." 〈명일〉 ¶"아씨 애기 서시나 배유?" 하는 것을, 새수빠진 소리 작작 하라고 지천을 해주었다. 〈탁류⑬〉 ¶"그 궁상스런 소리 작작 허시우, 아버니두…" 〈태평천하⑤〉

작정(作定)명 일을 결정하는 것. ¶마침내 혼인날까지 작정이 되었다. 〈얼어죽은 모나리자〉 ¶종택은 그러면 며칠 말미를 주면 집에 돌아가서 잘 생각해 본 뒤에 작정을 하겠노라고, 수유를 타 가지고 돌아왔던 것이다. 〈패배자의 무덤〉

작파(作破)명 (어떤 계획이나 하던 일 따위를) 그만두어 버림. ¶그러나 둘도 없는 딸 하나를 비록 백 리 상거밖에 아니 되는 곳일 망정 보내 버리고 나면 두 내외가 쓸쓸히 지낼 일이 아득해서 그냥 작파를 했던 것이다. 〈보리방아〉 ¶일변 또 공부 따위는 애초에 하기가 싫던 것이라 아주 작파를 해 버렸읍니다. 〈태평천하⑫〉 ¶이렇게 억지로 안심을 할지언정, 뒤미처 새삼스럽게 그것을 갖다가 작파를 할 생심은 못하도록 구미가 당기는 좋은 계제였던 것이다. 〈동화〉 ¶ "풀려 놓아 주구서, 그 질루 바루…" "자가를 허구 말었다?… 허어허허 허! 어허허허!" 〈순공(巡公) 있는 일요일〉

작파(作破)하다동 (하던 일이나 계획을) 그만두어 버리다. ¶ "하늘서 별이라도 딸 듯이 뛰어나와 겨우 이태 동안 학교라고 다니는 체하다가 작파하고 그 뒤는 줄곧 이 모양인데." 〈농민의 회계보고〉 ¶ 어서 이 노릇 작파허(하)구 무엇이든지 내 영업으로 장사라두 시작해야지 허천나 죽겠네…. 〈명일〉 ¶ 체면이라는 것 때문에 일껏 용기를 내어 가지고 덤벼든 막벌이 노동도 반나절을 못하고 작파해 버렸다. 〈탁류①〉 ¶ 속이 상하길래 읽어 보자던 건 작파하고서 아저씨를 좀 따잡고 몰아셀 양으로 그 대목을 차악 펴 놨지요. 〈치숙(痴叔)〉 ¶ 동시에 단연 그것을 작파하도록 명령을 하였다. 〈이런 남매〉 ¶ 아무려나 그런 걸 보아도 진작에 여류 문사 지망은 작파하기를 대단히 잘한 노릇이었었다. 〈모색〉 ¶ 이번 걸음일랑 차라리 작파하고 집으로 돌아가기만 같지 못할까 보다. 〈상경반절기〉 ¶ 영이는 그 역시 쉬이 잘 결혼을 했고, 심경이 변하여, 시도 문학도 작파하고는 법학 공부를 떠나더니 시방은 서도로 가서 석탄을 (제 말따나, '검정 다이야'를) 캐고 있고. 〈회(懷)〉

작희(作戲)명 남의 일을 방해하는 것. ¶ "허 이게 그러면 필시 귀신이로구나. 귀신이 작희를 하려는 것이니…." 〈소복 입은 영혼〉 ¶ 오늘 일도 귀신의 작희로 돌리지 않았다. 〈탁류⑩〉

작히부 '작히나'의 준말. ¶ 늬들이 작히 그걸 불쌍히 여겨서 조석이라두 제때 챙겨 멕이구 헐 듯싶으냐? 〈태평천하⑤〉 ¶ 그만 싫증이 나서 대체 이런 걸 소설이랍시고 끼적거리고 앉았는 그 샌님은 얼굴이 소처럼 생겼을까 곰처럼 생겼을까 작히 한번 구경함직 하겠지 하고 콧 등을 찡긋거리면서 일찌감치 책장을 덮어 치운다. 〈모색〉 ¶ 무릇이 조락한 생애로부터 또 한 가지 하찮으나마 애착과 동경을 영영 잃는다는 것은 작히 슬픔이 아닐 수가 없는 것이다. 〈상경반절기〉 ¶ 지긋지긋한 글방 공부를, 웬걸! 도로 또 시작하는가 할진대, 작히 가슴을 쾅쾅 찧고 싶도록 폭폭하기는 폭폭할 근경이었었다. 〈순공(巡公) 있는 일요일〉

작히나부 반어적(反語的)으로 쓰여 여북이나. 오죽이나. 어찌 조금 만큼만. ¶ 지금 초봉이한테를 이렇게 임의롭게 다닌다면 작히나 좋으려니 싶었다. 〈탁류④〉 ¶ 아, 그놈덜이 작히나 사람 된 놈덜이머넌 허다못히서 눈 찌그러진 예편네라두 … 흔헌 게 예편네 아닝가? 〈태평천하⑧〉 ¶ 우리 아저씨라는 양반이 작히나 양심이 있고 다 그럴 양이면. 〈치숙(痴叔)〉 ¶ 진작 팔자를 고쳤으면 작히나 좋겠느냐고, 은근히 상심을 하면서 한숨들을 곧잘 쉰다. 〈패배자의 무덤〉

잔나비명 원숭이. ¶ 신씨(申氏) 성 가진 친구를 잔나비라고 육장 놀려 주면, 그래 그러던 끝에 그 신 씨가 동물원엘 가서 잔나비를 보면 어찌 생각이 이상하고, 내가 잔나비거니 여겨지는 수가 있답니다. 〈태평천하④〉

잔동명 '잔돈'의 뜻. ¶ "잔동 오부소." 흔히 대할 수 있는 하급 관원의 괘씸한 버르장머리다. 〈상경반절기〉

잔말[명] 쓸데없이 자질구레하게 늘어놓는 말. ¶아차 쓸데없이 '덕언이 선생님'의 인물 소개가 너무 길어졌읍니다. 이제 그러면 잔말은 그만두고 원줄기 이야기를 하지요. 〈소복 입은 영혼〉 ¶"흥, 먹으랬으면 싸우자고 덤비겠네! 잔말 작작 해 두고 성냥이나 찾아와." 〈명일〉 ¶가뜩이나 긴찮이 잔말을 씹힌 대서 저으기 안색이 변합니다. 〈태평천하①〉

잔망(孱妄)스럽다[1][형] 하는 짓이 얄밉도록 맹랑한 데가 있다. ¶그래 고렇게 늘 잔망스럽게 살아왔으니 어떻수? 〈탁류⑦〉 ¶그걸 갖다가 굳이 이편에서 말 개두를 하여 조르든지 하고 보면 사람이 잔망스럽고 치사해 못쓴대서 차라리 입을 봉해 버리고 말던 것이다. 〈모색〉

잔망스럽다[2][형] 잘다. 가늘거나 작다. ¶채자 직공들은 전신의 신경을 두 눈과 바른편 손끝에 모아 가지고 이 잡듯이 잡아내는 잔망스러운 활자들을 왼손에 든 게라에 모으고 있었다. 〈병조와 영복이〉

잔망(孱妄)하다[형] 몸이 작고 약하며 하는 짓이 경망하다. 하는 짓이 얄밉도록 맹랑하다. ¶조옴이나 퀼퀼해서 좋으며 그 잔망하게 생긴 철망 안의 여드름쟁이가 코허리에 걸린 안경이 경풍해 떨어질 만큼 가슴이 사뭇 뜨끔 않았으리. 〈상경반절기〉

잔머리[명] 많지 않은 돈의 우수리. ¶이삼백 원, 기껏 커야 사오백 원짜리로, 이렇게 잔머리만 골라 '수형 할인'을 떼어 먹는다. 〈탁류④〉

잔사살[명] →잔사설. ¶"그년이 노래허라닝개루 또 잔사살을 내놓너만!" 〈태평천하⑩〉

잔사설(-辭說)[명] 쓸데없이 늘어놓는 말. ¶유 씨는 이렇게 시초를 잡아 가지고, 넉넉 아마 삼십 분 동안은 별별 잔사설을 다 아 늘어놓더니, 〈탁류⑦〉

잔시중[명] 자질구레한 시중. '시중'은 옆에서 여러 가지 심부름을 하는 일. ¶그밖에 아침저녁의 잔시중은 누가 들어준다 말이냐. 〈두 순정〉

잔주(-註)[명] 큰 주석 아래 더 자세히 단 주석. [같은] 세주(細註). ¶대복이는 날마다 신문이며 흥신내보며 또는 소식 같은 걸 참고해 가면서, 그들의 신용의 변도에 잔주를 달아 놓습니다. 〈태평천하⑦〉 ¶하도 신통해서 쓰윽 펴 들고 보았더니 제목이 첫 줄은 경제, 사회… 무엇 어쩌구 잔주를 달아 놨겠지요. 〈치숙(痴叔)〉

잔채질[명] 포교가 죄인을 신문할 때 회초리로 마구 연거푸 때리는 매질. ¶영주는 아이를 방으로 끌고 들어가서 활씬 벗겨 놓고 피가 흐르도록 잔채질을 했다. 〈명일〉

잘겁[명] 뜻밖의 일에 몹시 놀람. 〈질겁. ¶온 집안이 모두 놀란 건 물론이지만, 경손은 고만 잘겁을 했읍니다. 〈태평천하⑥〉

잘겁하다[동] 자지러질 정도로 깜짝 놀라다. ¶초봉이는 잘겁해서 절로 소리가 보풀스럽다. 〈탁류⑬〉 ¶잘겁하게 놀란 용희는 앞마루로 뛰어나갔다. 〈보리방아〉 ¶솔푸덕에서 놀란 꿩이 잘겁하게 울고 날아간다. 〈쑥국새〉

잘근잘근[부] 베, 무명, 비단 따위의 옷감을 가볍게 자꾸 밟는 모양. ¶영주는 혼잣말로 두덜거리면서 갠 빨래를 보에 싸서 마루에 놓고 일어나 잘근잘근 밟는다. 〈명일〉

잘급하다[형] →잘겁하다. ¶초봉이는 잘급

해 소리를 지르는데, 얼굴은 절로서 화틋단다. 〈탁류②〉

잘꾸사니㉿ →잘코사니. 얄미운 사람의 불행을 고소하게 여길 때 하는 소리. ¶밑천도 없어 가지고 구성없이 덤벼들어, 남 골탕 멕이기 일쑤더니, 그저 잘꾸사니야! 〈탁류①〉 ¶"닭이새끼 좀 상했다구 병원에 가는 놈두 있다더냐? 방정맞게 싸아다니다가 잘꾸사니지, 머…" 〈용동댁〉

잘라 떼다㉠ 중간에서 가로채다. 〖비슷〗 잘라먹다 ¶그러는 족족 그 수응을 하자면 내 일을 못하겠는걸. 그래 대개 잘라 떼기는 하지요. 〈치숙(痴叔)〉

잘라먹다㉠ 갚을 것을 갚지 않고 중간에서 가로채다. ¶"하숙 밥값은 어떻게 하우?" "좀 조르긴 하지만…" "발써 여러 달일 텐데 그래두 인심이 괜찮헌 걸?" "응… 내가 잘러(라)먹잖을 줄은 아니까…." 〈앙탈〉

잘름거리다㉠ 걸을 때에 다리를 잇달아 가볍게 절다. 〈절름거리다. ¶한편치가 무릎에서 으그라 붙은 다리를 잘름거리기가 답답하여, 〈흥보씨〉

잘름잘름㉥ (한쪽 다리가 짧거나 탈이 나서) 가볍게 다리를 저는 모양. ¶부르는 소리보다 먼저 발자죽 소리로 아버지의 돌아옴을 알아듣고서 벌써 그 알량스런 다리로 잘름잘름 대문간까지 뛰어나와. 〈흥보씨〉

잘새㉢ 잠자리에 들려는 새. ¶들판 건너 앞마을에서 저녁 연기가 하나씩 둘씩 가느다랗게 솟아오르고, 바로 언덕 밑 대밭 집의 대숲에는 잘새가 날아들어 요란스럽게 지저귄다. 〈얼어죽은 모나리자〉

잘은 되야먹다〖관용〗 '잘되다'의 속된 말. ¶ "흥! 잘은 되야먹는다, 이놈의 집구석…" 〈태평천하⑥〉

잘코사니㉿ 얄미운 사람이 불행을 당하거나 봉변 당하는 것을 고소하게 여길 때 하는 말. 미운 사람의 불행을 고소하게 여길 때 하는 소리. ¶위선 먹기는 곶감이 달다고 그 지랄들을 했다가 잘코사니야! 〈치숙(痴叔)〉

잠귀㉢ 잠결에 소리를 들을 수 있는 귀의 감각. ¶그래도 잠귀 하나는 밝아, 푸스스 일어나면서 한 손으로는 크막한 쪽을 다스리면서도 한 손으로는 무명씨 박힌 왼편 눈의 눈곱을 비비면서, 〈흥보씨〉

잠깐㉢㉥ 매우 짧은 동안. ¶유 씨는 딸의 대답을 기다리지 않고 잠깐만에 다시 "그 사람 말이, 너를 안다구 그리구, 너두 자기를 알 것이라구 그리더란다." 하면서, 〈탁류⑦〉

잠꼬대㉢ ('잠을 자면서 자기도 모르게 하는 헛소리'라는 뜻으로) 사리에 닿지 않는 엉뚱한 말을 비유하여 이르는 말. ¶범수가 입을 얍얍하면서 무어라고 분명찮게 잠꼬대를 한다. 〈명일〉 ¶괜히 잠꼬대 같은 소리 하지 말아요. 혼내줄 테니…. 〈탁류⑧〉 ¶아마 아까 하던 소리는 잠꼬댈시 분명합니다. 〈태평천하⑧〉 ¶"하하하!… 아하하하하… 건 무슨 잠꼬대 같은 소리우?…." 〈이런 남매〉

잠덧㉢ 잠이 들었을 때에 자기도 모르게 몸을 뒤척이는 것. ¶초봉이는 문득 옆에서 태수가 잠덧을 하느라고 돌아눕는 바람에 퍼뜩 정신이 든다.〈탁류⑩〉

잠박(蠶箔)㉢ 누에를 치는 데 쓰는 싸리나 대오리 등으로 엮어 짠 채반. 〖같은〗 누에 채반. ¶한밥이 잡힌 누에들이 통으로 주는 뽕잎을 가로타고 기운차게 긁어먹는 잠박처럼 안방에서는 다섯 식구가 제각기 한 그릇 밥에 국을 차지하고 앉아 째금째금 후루룩후루룩 한참 맛있게 밥을 먹고 있다. 〈탁류③〉

잠방이명 가랑이가 무릎까지 오는 짧은 남자용 홑바지. ¶주인 노파가 밥상을 가지고 올 터인데 잠방이 바람으로 문을 열고 받아 들일 수는 없으므로 섭섭은 하지만 할 수 없이 집어 입었다. 〈앙탈〉 ¶잠방이 하나에 홑이불로 배만 가리어서 빼빼 야윈 온몸뚱이가 다 드러나 보인다. 〈명일〉

잠뱅이명 '잠방이'의 방언. ¶"내사 두루매기는 입어서 무얼 허넌가? 보리바슴히여서 주마구 북포 한 필 그날 은어다가 잠뱅이적삼 한 벌 히여 놓았네… 갠찮얼 티지?" 〈보리방아〉 ¶글쎄 잠뱅이만 입구 알몸으루 누웠던 등어리가 땀이 어떻게두 지독으루 났든지, 방바닥이 흥그은해요. 〈소망〉 ¶양복장 문 안쪽에 붙은 겨울을 들여다보면서 넥타이를 매고 섰는데, 잠뱅이 위에 와이샤쓰 자락이 드리운 그 밑으로 너벅다리를 지나, 〈이런 남매〉

잠복(潛伏)명 (감염되어 있으면서도) 병의 증세가 겉으로 드러나지 않음. ¶그 성장이며 전염 경로, 잠복, 활동, 번식, 그리고 병리와 ××이 전산과 부부 생활과 제이세랄지 일반 사회에 미치는 해독이며, 〈탁류⑧〉

잠식(蠶食)하다동 점차적으로 조금씩 침략하여 먹어 들어가다. ¶이 피와 이 본능은 기회가 있는 때마다 성적 방면으로 명예욕으로 안락으로 병조의 굳세게 움켜쥔 이데올로기를 잠식하려 하였다. 〈병조와 영복이〉

잠심(潛心)하다동 (어떤 일에) 마음을 두어 깊이 생각하다. ¶실사회에 나가 몸소 가져야 할 실제 생활이랄지 또 그 '생활의 테마'랄지를 이윽고 잠심해서 생각을 하게 되던 작년 봄 졸업반에 오르고 나서부터다. 〈모색〉 ¶기둥에 기대어 섰는 채, 우두커니 잠심해서 있었던가 본데, 〈순공(巡公) 있는 일요일〉

잠잠히(潛潛-)부 요란하거나 시끄럽지 않고 조용하게. 아무 소리나 말이 없이 가만히. ¶천정에 바투 매어 달린 전등은 방 주인 병조와 한가지로 잠잠히 방 안을 밝히고 있다. 〈병조와 영복이〉 ¶유 씨는 이렇게 두루 생각을 해 보느라고 잠잠히 손끝의 바늘만 놀리고 있다. 〈탁류⑦〉 ¶어느덧 남편의 무덤을 바라보다가 도로 고개를 숙이고 잠잠히 걷는다. 〈패배자의 무덤〉

잠착(潛着)하다동 '참척하다'의 원말. 한 가지 일에 골똘하게 정신을 쏟아 다른 생각이 없게 되다. ¶사람이란 건 일에 잠착하던 끝이면 무심중에 한숨이 나와지기도 하는 것. 〈용동댁〉 ¶여태까지 그림책에만 잠착해 앉았던 아이가 발딱 일어서더니. 〈반점〉 ¶파리를 사냥해다가는 먹이고 먹이고 하기에 잠착하여 한참 깨가 쏟아집니다. 〈흥보씨〉

잡가(雜歌)명 조선 말에 평민들 사이에서 지어 부르던 가사체의 노래. ¶무릇 풍류란 건 점잖대서, 잡가나 그런 것과 달라 그 좋다!를 않는 법이랍니다. 〈태평천하⑩〉

잡것(雜-)명 잡상스러운 사람을 얕잡아 이

르는 말. 됨됨이가 순수하지 못하고 천한 데가 있는 사람을 얕잡아 이르는 말. ¶ 춘심이는 대그르르 웃고, 윤 직원 영감 끙! 저 잡것 좀 부아! 하면서 혀를 찹니다. 〈태평천하⑩〉 ¶ 오복이가 일행을 알아보고서, 흥! 저 잡것이 저라다가 갈보가 되지야고 혀를 찬다. 〈정자나무 있는 삽화〉

잡기(雜技)명 투전, 골패 따위의 잡스러운 여러 가지 노름. ¶ 웬만한 노인들은 대개 만질 줄은 아는 골패도 모르고 이날 이때까지 살아왔읍니다. 그런 기국이나 잡기에 손을 대지 않은 것은, 〈태평천하⑩〉

잡년(雜-)명 '행실이 부정(不貞)한 여자'를 욕으로 이르는 말. ¶ 기생이 연애가 어데 당한 거꼬?… 주제에 연애로 한다는 년도 천하잡년, 기생년하고 연애하자고 덤비는 놈팽이두 천하잡놈…. 〈탁류⑨〉 ¶ 이왕이면 잡년이라두 좋구 화냥년두 좋으니 돈 벌어서 잘 먹구 잘 입구 편안히 지내는 게, 〈이런 남매〉

잡놈(雜-)명 '행실이 부정한 남자'를 욕으로 이르는 말. ¶ 기생이 연애가 어데 당한 거꼬?… 주제에 연애로 한다는 년도 천하잡년, 기생년하고 연애하자고 덤비는 놈팽이두 천하잡놈…. 〈탁류⑨〉 ¶ "허! 참, 잡놈이네! 비 올 줄 알면 어느 개잡년이 빨래질 간다냐? 네가 몇 시간만 더 일찍 전 볼 치지?" 〈태평천하⑫〉

잡도리명 (잘못되지 아니하도록) 엄하게 다룸. 엄하게 단단히 단속하는 일. ¶ 유씨는 계봉이를 무섭게 잡도리를 해 놓고서, 다시 초봉이더러… 〈탁류⑦〉 ¶ 추워서 도로 왔다고, 그리고 무얼 다 아는 체를 하더니 생으로 촌 쟁퉁이 구실을 시키느냐고 얼마든지 잡도리를 하는 것이다. 〈상경반절기〉

잡답(雜沓)하다형 사람이 많이 몰리고 붐비다. ¶ 집 안보다도 훨씬 훈훈하여 안김새 그럴싸한 밤이 바로 문 밖에서 잡답한 거리로 더불어 두 사람을 맞는다. 〈탁류⑰〉 ¶ 조그마한 개성역이 반년지간에 이만큼이나 잡답해진 것이 바로 그 표적이다. 〈상경반절기〉

잡도리하다동 (잘못되지 않도록) 엄하게 단속하다. ¶ 이렇게 반찬 먹은 고양이 잡도리하듯 지청구를 하니, 시로 죽어나는 건 대복입니다. 〈태평천하②〉

잡두리다동 →잡도리하다. ¶ "왜 걸핏하면 날 잡두리우? 잡두리가… 어림없이!" 〈태평천하⑥〉

잡성스럽다형 →잡상스럽다. 잡되고 상스럽다. ¶ 자아(저 애)는 잡성스런 소리도 다 한다고 눈을 흘긴다. 〈정자나무 있는 삽화〉

잡숫다동 '먹다'의 높임말. 여기서는 '(인력거를) 타다'를 비꼬는 말로 씀. ¶ 저 계동의 이름난 장자(當者) 윤 직원 영감이 마침 어디 출입을 했다가 방금 인력거를 처억 잡숫고 돌아와 마악 댁의 대문 앞에서 내리는 참입니다. 〈태평천하①〉

잡아낚다동 (물건을) 잡아서 끌어 당기다. 〖비슷〗 잡아채다. ¶ 또 아버지는 귀엽다고 안아 줄 때도 자꾸만 수염을 잡아낚으고…. 〈동화〉

잡아들다동 (어느 지점이나 길로) 들어서다. ¶ "허허… 딴은 그래… 하숙이나 하나 잡어(아)들지." "못난이 바보… 계집 뺏긴 못난이…." 〈그 뒤로〉 ¶ 태수가 여관에서

묵다가 아는 사람의 반연으로 이 집으로 하숙을 잡아들기는 작년 여름이다. 〈탁류⑤〉

잡아 젖히다동 (물건을) 들어서 옆으로 치우다. 또는 (하던 말이나 일을) 중도에서 잘라 바꾸다. ¶재봉틀 이야기는 쑥 잡아 젖히고 얼마나 더 우냐는 등 신문은 보지도 못하고도 신문에 시골은 가물고 야단법석이 났다는 등 한바탕 이야기를 떠 벌려 놓았다. 〈명일〉

잡아채다동 잡아서 낚듯이 세게 당기다. ¶오월이가 앞으로 푹 엎드러질 때에 아씨는 일어서면서 왼손으로 오월이의 머리채를 감아쥐고 잡아챘다. 〈생명〉

잡어 뽑을 놈관용 '성기를 잡아 뽑아야 마땅할 남자'라는 뜻의 욕말. ¶누구한테든지 욕을 하려면 우선 그 '짝 찢을 년'이라는 서양말의 관사(冠詞) 같은 것을 붙입니다. 남잘 것 같으면 '잡어 뽑을 놈'을 붙이고…. 〈태평천하③〉

잡이의 (어미 'ㄴ', 또는 'ㄹ' 다음에 쓰여) 무엇을 할 만한 대상. ¶이건 머 한 좌석에 같이 앉을 잡이도 못 되는 걸…. 〈이런 처지〉 ¶흰말이 아니라 얻다가 내다 버려도 제 한몫은 능히 감당해 낼 잡이인 것은. 〈모색〉 ¶할아버지는 또다시 선생을 물색하기는 하는가 본데, 선뜻 마땅한 잡이가 없었던지. 〈순공(巡公) 있는 일요일〉

잡지장(雜誌-)명 '잡지'를 낮추어 일컫는 말. ¶초봉이는 도로 테이블 앞으로 가서 잡지장을 뒤지기도 내키지 않고 해서, 뒤 약장에 등을 기대고 우두커니 바깥을 내다본다. 〈탁류②〉

잡지지사(雜誌之士)명 '잡지 일을 하는 사람'을 비꼬아 일컫는 말. ¶하고뇨 하면, 천하의 목탁이라 칭시하는 일보(日報)야며 너도 간여를 하고 있는 잡지야며를 상고할진댄 신문지사와 잡지지사 그를 극구 칭양하여 솔선 고무하니 의(義)임을 가히 알지로다. 〈패배자의 무덤〉

잡치다[1]동 (일을) 잘못하여 그르치다. ¶그 남의 수중에 있는 돈을 얻어 쓴다는 게 무척 힘이 들구, 자칫하면 큰일을 잡치기가 쉬운 걸세그려! 〈태평천하⑫〉

잡치다[2]동 (기분이) 상하다. ¶승재는 부질없이 제 슬픔에 잡쳐 가지고는 그게 초봉이에게서 우러나는 초봉이의 슬퍼함이라는 착각을 일으켰던 것이다. 〈탁류⑩〉

잡히면부 잘하면. ¶잡히면 오십 원은 줄 듯싶었다. 그러나 오십 원을 가지고 이것저것 쓸데를 생각하니 모자랐다. 〈명일〉

장가턱명 장가든 사람이 친구나 친지들에게 술과 음식을 대접하는 일. ¶은행의 동료들이 붙잡고서 장가턱을 한잔 뺏어 먹으려고 애를 썼어도 밴들 피해 버렸다. 〈탁류⑩〉

장간명 (어느 때로부터 어느 때까지의) 시간적 사이. 〖같은〗 동안. ¶×××이라는 약을 알아내기에 초봉이는 보름 장간이나 애를 썼다. 〈탁류⑬〉 ¶팔리기만 하면은 몇만 원 생길 텐데, 매매에 걸려 가지구는 두 달 장간이나 오늘 내일 밀려 나려오기만 허구. 〈소망〉 ¶영섭은 그 이튿날부터 석 달 장간을, 하루 한 끼를 먹기가 어렵게 지내다가. 〈이런 남매〉

장개명 →장가(丈家). 남자가 혼인을 하는 일. ¶"아, 그리서 장개를 여태 못 들여줬더니, 끙끙, 아 저놈이 생판 제가 애비를 낼라구 허너만! 헤! 참!" 〈정자나무 있는 삽화〉

장고(杖鼓·長鼓)명 '장구'의 원말. 국악에 쓰이는 타악기의 하나. ¶가마 뚜껑 같은 선유배에서는 쑥스런 장고에 맞추어 빽빽 지르는 기생의 소리가 졸음이 오도록 단조하게 울리어온다. 〈창백한 얼굴들〉

장관(壯觀)[1]명 '크게 구경거리로 될 만함' 또는 '매우 꼴 보기 좋음'의 뜻으로 남의 행동이나 어떤 상태를 비웃어 일컫는 말. ¶우선 부룩송아지 대가리 같이 머리가 곱슬곱슬하고 노랗기까지 한 게 장관이요. 〈태평천하③〉

장관(壯觀)[2]명 굉장하여 볼 만한 광경. ¶일대 기물다운 장관을 이루고 있읍니다. 〈흥보씨〉

장근(將近)부 거의 가깝게. ¶흰머리가 희끗희끗 장근 오십의 중늙은이 정 주사가 자식 뻘밖에 안되는 애송이한테 그런 해거를 당하는 것을 되레 고소하다고 빈정거리기만 한다. 〈탁류①〉 ¶장가! 나이 스물일곱에 장근 삼십이니, 비로소 장가를 든다는 것이 결코 당자로 앉아서 무심할 수는 없는 일이다. 〈정자나무 있는 삽화〉

장기(將棋)[1]명 '장기짝'의 뜻. 장기를 두는 데 쓰는 말. 장(將)을 중심으로 사(士), 차(車), 포(包), 마(馬), 상(象), 졸(卒) 등. ¶탑삭부리 한 참봉이 웃으면서 일변 장기를 골라 놓으면서 농담 삼아 안해를 구슬리던 것이다. 〈탁류①〉

장기(長技)[2]명 가장 익숙하게 잘하는 재주. ¶그리하여 '고결한 정신'은 이를테면 그의 장기라고 할 수 있는 것이어서. 〈이런 남매〉

장년(壯年)명 한창 기운이 왕성하고 활동이 활발한 나이. 또는 그런 나이의 사람. ¶당시 사십의 장년으로도 재취를 맞이하지 아니하였던 것입니다. 〈소복 입은 영혼〉

장담(壯談)명 (확신을 가지고) 아주 자신 있게 말함. 또는 그 말. '장담(을) 치다'는 호기있게 장담하다. ¶미럭쇠는 동리 사람들이 모여 섰는 데서 이렇게 장담을 하고 못내 분해하는 체했다. 〈쑥국새〉 ¶"자아, 내가 정말을 했는지, 거짓말을 했는지 보십시요! 이렇게 빼젓한 여학생을 모셔 왔으니, 자아." 노파가 가려 서서 한바탕 장담을 치고 나더니 〈태평천하⑫〉

장담(壯談)하다동 아주 자신 있게 말하다. ¶실상인즉 그게 매우 모호해서 섬뻑 이렇다고 장담코 대답하기는 난감합니다. 〈태평천하⑨〉

장독(杖毒)명 곤장을 맞아 생긴 독기(毒氣). ¶어제 아침 달포 만에 말대가리 윤용규는 장독으로 꼼짝 못하는 몸을 보교에 실려 옥으로부터 집으로 놓여나왔던 것입니다. 〈태평천하④〉

장딴지명 종아리 뒤쪽의 살이 불룩한 부분. ¶그리 굵지는 못해도 사십객 답게 털이 숭얼숭얼한 장딴지를, 꼭 눌린 양말 대님에 매어 구두 버선목이 엇비슷하게 반만 가리었다. 〈이런 남매〉

장래보기(將來-)명 (성공, 발전에 대한) 앞날의 가능성을 미리 헤아려 봄. ¶그러는 날이면 다시 직업을 얻기도 만만치 않거니와, 얻어진대도 지금같이 장래보기로는 쉽지 않을 것이다. 〈탁류②〉

장려하다(獎勵)동 권하여 좋은 일에 힘쓰도록 북돋아 주다. ¶좋고 유익한 것이면 나라에서 도리어 장려하고 잘할라치면 상급도 주고 그러잖아요. 〈치숙(痴叔)〉

장리(長利)명 봄에 꾸어 준 곡식에 대하여 가을에 그 절반을 이자로 쳐서 받는 양. ¶선달 그믐날 받은 새경(年給)은 벼를 사서 장리를 내어 주었다. 〈팔려간 몸〉 ¶도조 일곱 섬에 암모니아 값이야 장리야 다 제해도 여덟 섬은 떨어질 것, 거기다 빚이나 얼마 얻으면 올 가을에는 딸을 여윌 수가 있는 것이다. 〈보리방아〉 ¶"안 떨어진게 무어라우… 장리라두 좀 얻어 와야 헐 틴디." 〈얼어죽은 모나리자〉

장리벼(長利-)명 장리(長利)로 빌려 주는 벼. 봄에 꾸어 준 곡식에 대하여, 가을에 그 절반을 이자로 쳐서 받는 조건으로 빌려주거나 빌려 먹는 벼. ¶춘공에 모여드는 작인(作人)들한테 장리벼 내주기야. 〈태평천하④〉 ¶여덟 섬은 도조를 물고, 장리벼가 닷 섬이라, 그놈까지 갚고 나면 나머지가 열한 섬 열한 섬에서 석 섬만 양식으로 남겨 두고, 〈정자나무 있는 삽화〉

장모는 사위가 곰보라도 예뻐하고, 시아버지는 며느리가 뻐드렁이에 애꾸눈이라도 예뻐한다속 흔히 장모는 사위를 사랑하고, 시아버지 되는 이는 그의 며느리를 사랑한다 하여 이르는 말. 같은 며느리 사랑은 시아버지, 장모 사랑은 사위. ¶장모는 사위가 곰보라도 이(예)뻐하고, 시아버지는 며느리가 뻐드렁이에 애꾸눈이라도 이(예)뻐하는 법인데, 윤 직원 영감은 어떻게 된 셈인지 며느리 고 씨를 미워하기를 그의 부인 오 씨 못잖게 미워했읍니다. 〈태평천하⑤〉

장복(長服)하다동 (같은 약이나 음식을) 오랫동안 계속하여 먹다. ¶마침 산동이가 약을 짜서 알맞게 식혀 가지고 들어왔다. 그는 원래의 정력도 좋았으나 그래도 삼과 용을 장복하였다 〈산동이〉

장방(長房)명 너비보다 길이가 길고 큰 방. ¶텅 빈 삼 칸 장방 아랫목에 가서 허연 영감 하나만 그들먹하게 달랑 드러눈 것이, 〈태평천하⑨〉

장방형(長方形)명 '직사각형'의 옛 용어. 긴네모꼴. ¶여덟 자에 열두 자에 장방형으로 된 그 방인데, 인생은 놀랍게 변하여, 〈순공(巡公) 있는 일요일〉

장복(長服)명 (같은 약이나 음식 따위를) 오래 두고 늘 먹음. ¶또 요새도 장복을 하는 인삼 등속의 약효로 해서 얼굴은 불콰하니 동안(童顔)이요, 〈태평천하①〉

장본인(張本人)명 나쁜 일을 빚어낸 바로 그 사람. 어떤 일을 일으킨 주동 인물. ¶글쎄 그놈의 짓이 그렇게 세상 망쳐 놀 장본인 줄은 모르고서 가난한 놈들. 〈치숙(痴叔)〉

장사(壯士)명 '최고(最高)', '가장 나음'의 뜻. ¶저 싫으면 차 내던지는 놈이 장사요, 앉아 당하는 놈이 호수무처라는 걸 모르는 초봉이는, 〈탁류⑬〉

장사패명 장사하는 사람의 무리. ¶긴상이니 박상이니 하는 말투를 보면 장사패가 된 것 같으나 그는 장사를 하는 것 같지도 아니했다. .〈명일〉

장성(長成)명 자라서 어른이 됨. ¶…아, 손자놈들이 다아 장성을 허구, 경손 이놈두 전 같으면 벌써 가속을 볼 나인데, 〈태평천하⑤〉

장성(長成)하다동 자라서 어른이 되다. ¶실상 나는 고향에서 장성한 이후로 별로 그이와 접촉한 일이 없었다. 〈불효자식〉

장속(場―)명 시장 속. 시장 안. ¶지게 진 짐꾼들과 광주리를 인 아낙네들이 장속같이 분주하다. 〈탁류①〉 ¶화신 앞에서 전차를 내려서자 먼저 눈에 뜨이느니 장속같이 밴 사람의 사태다. 〈회(懷)〉

장승명 마을이나 절 입구 같은 데서 세워 놓은 사람의 얼굴 모양을 새긴 기둥. 남녀 한 쌍으로 새겨서 얼굴 모양을 새긴 기둥. 지역의 경계, 이정표 및 마을의 수호신 구실을 하였음. ¶장승같이 우두커니 서서 있던 아씨는 오월이와 눈이 마주쳤다. 〈생명〉 ¶장승 같은 하인이 차를 따라 주고는 음식 분별을 듣고 나간다. 〈회(懷)〉

장안(長安)명 '서울'을 수도라는 뜻으로 일컫는 말. ¶사실 별반 힘들 게 없는 것이, 그런 조무래기야 장안에 푹 쌨고, 〈태평천하⑩〉

장자(長者)명 윗사람. 지위, 나이, 항렬 따위가 자기보다 높은 사람. ¶시어머니는 본시 편성이요 또 여자의 좁은 소견이라 하겠지만, 언뜻 장자의 유유한 풍토가 있어 보이는 시아버지 강 진사까지도. 〈패배자의 무덤〉

장작바리명 소나 말의 등에 장작을 잔뜩 실은 바리. '바리'는 말이나 소에 잔뜩 실은 짐을 세는 단위. ¶간혹 장작바리나 큰 짐이 들어올 때가 아니면 큰대문은 결단코 열어 놓는 법이 없습니다. 〈태평천하③〉

장정(壯丁)명 나이가 젊고 기운이 좋은 남자. 성년에 이른 혈기가 왕성한 남자. ¶이때 어둠 속에서 오월이를 노리는 아씨의 얼굴을 보는 사람이 있었다면 장정이라도 기색이 되었을 것이다. 〈생명〉 ¶이래서 지금은 거진 장정 몫을 하고 있읍니다. 〈어머니를 찾아서〉

장조림명 쇠고기를 간장에 넣고 조린 반찬. ¶곰국은 식어서 기름이 엉긴대서, 장조림은 너무 짜대서 유모는 모두 젓가락도 대지 않고 그 덕에 노마네만 목구멍의 때를 벗긴다. 〈빈(貧)… 제1장 제2과〉

장죽(長竹)명 긴 담뱃대. 긴 대. ¶장죽을 기다랗게 물고는 보료 위에 편안히 드러누워 좋다! 〈태평천하②〉

장지문(―門)명 방과 방 사이, 또는 방과 마루 사이에 칸을 막아 끼우는 문. ¶그의 눈은 장지문을 뚫고 다시 벽을 뚫고 건넌방을 투시할 듯이 열이 번득였다. 〈산동이〉

장질부사(腸窒扶斯)명 법정 전염병의 하나. 티푸스(typhus)균의 경구 감염에 의해 1~2주간 잠복기 중 발병함. 특유한 열 형태를 나타내고, 발열, 설사, 발진 등의 증상을 나타냄. 『같은』 장티푸스. ¶장질부사처럼 배양균으로 주사를 맞든지 집어삼키든지 하기 전에야…. 〈모색〉

장차에야부 장차. 앞으로. 앞날에 가서. ¶승재는 장차에야 버젓한 의사가 될 사람이지만, 지금은 겨우 남의 병원의 조수요, … 〈탁류②〉

장창(長槍)명 싸움의 무기로 쓰던 자루가 긴 창. ¶일원 대장이 투구철갑에 장창을 비껴 들고(가 아니라) 성이 치달은 윤 직원 영감이, 필경 싸움을 걷어 맡고 나서는 것입니다. 〈태평천하⑥〉

장침(長枕)명 모로 기대어 앉아 팔꿈치를 괴는 베개. ¶수병풍을 둘러친 아랫목에 새빨간 모본단 보료를 펴고 장침에 비스듬히 기대어 발이 넘는 담뱃대를 문 순간

영감은 아직도 옛날 순천 부사 시절의 면모가 남아 있다. 〈산동이〉

장쾌(壯快)하다㊔ 장하고 통쾌하다. ¶ - 아깝다. - 장쾌하다. - 도보로? - 하르빈에서. 〈산동이〉

장한몽(長恨夢)㊔ 번안 소설 작품 이름. 1913년 매일신보에 연재됐던 소설 일본 작가 오자키 코요(尾崎紅葉)의 작품 '금색야차(金色夜叉)'를 번안한 연애 소설로, 당시의 사회에 유행되어 사랑에 대한 새로운 풍조를 일으켰던 작품이다. ¶ '장한몽'의 수일이만큼은 아니라도 승재는 아무려나 초봉이가 야속하고 노여웠다. 〈탁류⑧〉

장혈(獐血)㊔ 노루의 피. 몸 안에서 피를 만들어 내는 작용을 도와주는 약으로 씀. ¶ 거금 30여년 전에, 몇 해를 두고 부안, 변산을 드나들면서 많이 먹은 용(茸)이며 저혈(豬血), 장혈이며…. 〈태평천하①〉

장황(張皇)하다㊔ 번거롭고 길다. 지루하다. ¶ 형보는 좀체로 이야기를 꺼내지 않고 우선 장황한 한담으로 초를 잡는다. 〈탁류⑭〉

장히(壯-)㊔ 매우 또는 몹시. ¶ 장히 어설픈 공정을 거쳐 그는 마지막 작업으로 침칠을 하고 있는 것이다. 〈명일〉 ¶ 일변 태수는 도로 심정이 상해서 눈살이 장히 아니꼽다. 〈탁류⑧〉 ¶ 아닌 게 아니라, 히물히물 웃는 게 장히 미심쩍습니다. 〈태평천하②〉 ¶ 명색 보통학교도 육 학년은 마쳤으면서 연일로다가 오불꼬불 지렁이 기어간 형용을 그려 꼴이 알아보기에 장히 힘이 들었다. 〈이런 남매〉 ¶ 옥초는 그 음성이 장히 귀에 익으나 미처 분간을 못 했는데. 〈모색〉

잦다㊔ 자주 거듭하여 있다. 『상대』 드물다. ¶ 그렇게 풍모가 변해 가지고 돌아와서는 자기도 좀 계면쩍은 듯이 "네끼 놈들 네끼 놈들 무얼 그렇게 뻔하고 서서." 하며 그 잦은 말로 되레 우리를 나무랐읍니다. 〈소복 입은 영혼〉

잦아지다㊔ 차차 잦아서 없어지게(가라앉게) 되다. ¶ 곰곰이 생각은 잦아지다가, 그래도 그 때는 지금보다는 나았느니라 하면, 옛날이 그리워진다. 〈탁류①〉

잦히다㊔ 밥이 끓은 뒤에 물기가 잦아지게 하다. 또는 밥을 짓다. ¶ 밥이 제풀에 잦혀지다 못해 밥탄 내가 훙건히 풍긴다. 〈암소를 팔아서〉

재갸㊔ '자기(自己)', '자신(自身)'의 뜻. ¶ 아내요, 고상이 어쩔 양으루 오늘은 재갸가 안 오구서 이렇게 배달을 시키니깐 말이지요… 헤헤헤헤. 〈탁류②〉 ¶ 심덕 좋겠다 솜씨 얌전하겠다 하니, 어디가선들 재갸 일신 몸 가누고 편안히 못 지내요? 〈치숙(痴叔)〉 ¶ 연천 선생은 그 뒤에 미구하여, 학교가 보통학교로 갈리자 아내 번쩍번쩍 금테 두르고 환도 차고 새로이 부임하는 판임관 교장에게 주인 자리를 내주고서, 표연히 재갸는 고을을 떠났었다. 〈회(懷)〉

재그르르㊔ 여러 사람이 한꺼번에 자지러지게 웃는 모양. ¶ 그걸 보고 초봉이와 식모가 재그르르 웃으면 저도 벙싯하고 웃는다. 〈탁류⑬〉 ¶ 저편으로 겅중겅중 뛰어 달아난다. 구경하던 아이들이 재그르르 웃는다. 〈정자나무 있는 삽화〉

재깔거리다㊔ 나직한 소리로 좀 떠들썩하게 이야기하다. ¶ 스무 살 안팎의 한참 피어나는 계집아이들이 넷이나 한데 모여 재깔거리고, 그러다가는 탄력 있는 웃음이 대그르르 맑게 구르고…. 〈탁류⑯〉

재다[1]**동** (물건을) 차곡차곡 포개어 쌓다. ¶처억척 떠나가는데 이건 영락없이 온 겨울 팔다가 팔다가 못 팔고 재어 남은 구멍가게의 자반비웃 꽁댕이처럼, 〈모색〉

재다[2]**동** 담배통에 담배를 넣고 다지다. ¶선뜻 흡선을 피우면서, 마침 윤 직원 영감이 발이나 넘는 장죽에 담배를 재어 무니까, 냉큼 성냥을 그어댑니다. 〈태평천하⑦〉 ¶정 주사는 대답을 하면서 탑삭부리 한 참봉의 곰방대에다가 방바닥에 놓인 쌈지에서 담배를 재어 붙여 문다. 〈탁류①〉

재다[3]**동** '재우다'의 준말. 잠이 들게 하다. 잠을 자게 하다. ¶민망했던지 식모가 와서 팔을 벌리니까 그만 다행해서, "잘 달래서 재던지 허게…." 하고 넌지시 내 맡기고는, 〈탁류⑭〉

재다[4]**형** (동작이) 재빠르다. 동작이 굼뜨지 아니하다. ¶한 코 또 한 코 이렇게 재게 떠 나가다가 필경 실끝을 똑 잡아 떼면서 허리를 펴고 잠겼던 한숨을 내쉴 때에. 〈보리방아〉 ¶그래도 손을 재게 놀려 삼을 가르고 하다가 급한 대로 오월이의 치마에 방금 받은 애기를 안아 가까이 대어 준다. 〈생명〉 ¶업순이는 깜박 졸음이 오려고 하는 것을 참고 손을 재게 놀린다. 〈동화〉 ¶길바닥을 연신 끄는 발 뒤축과 벤또를 든 팔까지 재게 들이 놀리면서 횡허케 그 앞을 지나가고 있읍니다. 〈홍보씨〉

재랄명 변덕스럽거나 경망한 행동을 욕하는 말. ¶유모는 그제서야 "이거 또, 재랄깨나 하겠구나!" 〈빈(貧)… 제1장 제2과〉 ¶"재랄하잖어?" "두 번이나 나오셔서, 아저씨 안 오셨는냐구…." 〈탁류②〉

재랄발광명 변덕스럽거나 경망한 행동을 하며 미친 듯이 날뛰는 것을 야유하여 이르는 말. ¶유모는 입살스럽다고 한참이나 눈을 흘기다가 "배라먹을 아이! 왜 벌써 깨서 그 재랄발광이냐?" 하면서. 〈빈(貧)… 제1장 제2과〉

재랄복통명 '지랄병'의 낮춤말. 간질. 갑자기 온몸에 경련이 일어나며 정신을 잃고 눈을 뒤집어 쓰며 게거품을 흘리면서 버둥거리는 증세. ¶어림없어… 날 마다구 하는 네 심통머리가 얄미워서라두 네 눈구멍으루 보는 데서, 너도 재랄복통이 나서 자진해 죽으라구. 〈탁류⑭〉

재롱(才弄)명 (어린 아이의) 슬기로운 말과 귀여운 짓. ¶… 장갈 들더니 재롱 늘었구나! 〈탁류⑩〉

재롱스럽다형 재롱을 부려 귀엽거나 재미있다. ¶게다가 제법 봄볕이라고 가물가물 양념이 가물거리는게 더욱 재롱스럽다. 〈모색〉

재비명 잡이. 무엇을 할 만한 상대. ¶워너니 길이 제호의 정을 붙잡아 두지 못할 재비는 못할 재비다. 〈탁류⑬〉 ¶그런 자리에다가 중매나 세워 눈딱 감고 장가나 들 재비지 도시에 연애란 과한 부담이겠다고, 이런 생각을 해 보면서 혼자 웃던 것이다. 〈탁류⑰〉

재빠르다동 (동작이) 재고 빠르다. 〖여린말〗 재바르다. ¶조금 더 재빠르게 했으면 M은 벌써 취직이 되었을는지도 모르나 그는 타고난 배포와 그리고 남에게 아유구용을 하기 싫어하는 성질로 말하자면 취직전 선의 낙오자다. 〈레디 메이드 인생〉 ¶그러자 이 양반이 별안간 우리를 획 돌려다 보더니 그 재빠른 말로 "느이들 시장허잖니?" 하고 묻는 것이었었다. 〈회(懷)〉

재앙(災殃) ⓜ 자연에서 일어나는 온갖 불행한 일. ¶당장 오늘 저녁에 큰 재앙이 한 가지 한 참봉댁에 생기게 된 것을 알으켜 디릴려구 전화를 거는 겝니다…. 〈탁류⑩〉

재우치다 ⓢ 빨리 몰아치거나 재촉하다. ¶그러나 병조는 내내 참한 낯빛으로 "그리지 말구 대답을 해 봐요." 하고 다시 재우쳤다. 〈병조와 영복이〉 ¶오남이는 장손이가 못 알아들은 줄 알고서 재우쳐 커다랗게 "장손이여?" "아마 그런가 보에!" 〈암소를 팔아서〉 ¶초봉이는 마침 가드밑을 지나면서 전에 서울로 수학여행을 갈 제 이것을 보고 진기하게 여기던 그때 일이 생각이 나서 한눈을 파느라고 제호가 재우쳐 물을 때서야 겨우 알아들었다. 〈탁류⑫〉 ¶"영 놓치겠거던 대구 쏘아라!" 재우쳐 이른 뒤에 두목이 앞장을 서서 사랑채로 가고, 〈태평천하⑤〉 ¶미럭쇠는 정신이 아찔해서 앞으로 넘치려고 하는데 재우쳐 한번 더 따악 내리갈긴다. 〈쑥국새〉 ¶용동댁은 재우쳐 쏘아붙이고서 못 본 체 방으로 들어가버린다. 〈용동댁〉

재재거리다 ⓢ 수다스럽게 자꾸 재잘거리다. ¶뜰앞 화초밭에서 참새가 두어 마리 재재거릴 뿐 사람의 기척도 보이지 아니하였다. 〈산동이〉 ¶이리 밀치락 저리 밀치락 연방 해망을 부리면서 재재거리고 까불고 이리로 오고 있읍니다. 〈홍보씨〉

재인 광대(才人廣大) ⓜ 옛날에 온갖 재주를 부리거나 악기로 풍악을 치던 광대. 여기서 '광대'는 지난날 줄타기나 판소리, 가면극 따위를 하던 사람을 통틀어 이르던 말. 『비슷』 배우(俳優). ¶지상이랑 재인 광대가 다아 급살 맞어 죽었다덩가? 〈태평천하②〉

재전(在前) ⓜ 지나간 적(때). ¶재전에 그 놈의 부랑당패를 디리읎이 치루던 일을 생각허면 시방두 몸서리가 치이구, 머어치가 떨리구 하넌디, 〈태평천하⑧〉

재차(再次) ⓑ 거듭하여. ¶부룩쇠가 멍하니 서 있는 것을 보고 거지 아이가 재차 물읍니다. 〈어머니를 찾아서〉 ¶그 뒤에 며칠 안 있다가, 재차 또 사람을 내보냈으나, 역시 같은 소리요, 〈순공(巡公) 있는 일요일〉

재취(再娶) ⓜ (이미 장가 들었던 사람이) 두 번째 장가드는 것. 또는 그 때 맞은 아내. ¶당시 사십의 장년으로도 재취를 맞이하지 아니하였던 것입니다. 〈소복 입은 영혼〉

재치 ⓜ 눈치 빠르게 응하는 행동이나 말. ¶못 이기는 체하고 달게 먹을 텐데, 그런 재치 하나 부릴 줄 모르는 것들이거니 하면 다시금 화가 나기도 합니다. 〈태평천하⑨〉

재하자(在下者) ⓜ 아랫사람. ¶시어머니가 죽고 없은 뒤로는 집안에서 어른이라면 시아버지 윤 직원 영감 하나뿐이요, 그 밖에는 죄다 재하자들입니다. 〈태평천하⑥〉

잼처 ⓑ →잼처. 어떤 일에 바로 뒤이어 거듭. 다시 되짚어. ¶윤 호장 영감이 잼쳐 물으니까 부룩쇠는. "저기유."하고 제가 오던 행길 쪽을 턱으로 가리킵니다. 〈어머니를 찾아서〉 ¶을녜도 다시는 그저 손을 안 대겠읍니다고 항복을 하렷다. 그러거들라면 잼쳐 한바탕, 을녜 모가치로 늑신 두들겨 주고 그러고 나서 발길로 콱 차던져. 〈정자나무 있는 삽화〉

잽히다㉯ →잡히다. (경기). 여기서는 '(담보로)맡기다'의 뜻으로 쓰임. ¶"그러니까 말이야… 가세. 가서 다섯 권말 잽혀." "일 없다." "내가 찾어 주지." "흥." 〈레디메이드 인생〉

잿불㉮ 재 속에 남아 있는 아주 여린 불. ¶이대로 잿불 사그라지듯이 소리도 없이 죽지나 않는가 싶어 자꾸만 얼굴이 들여다보인다. 〈이런 남매〉

쟁그랍다㉱ (만지거나 보기에) 소름이 끼칠 정도로 흉하다. 〈징그럽다. ¶휙 짧게 그러나 쟁그랍게 회초리 두르는 소리와 함께. 〈생명〉

쟁그럽다[1]㉱ 진저리를 칠 정도로 힘에 겹다. ¶고개 마루턱에 겨우겨우 올라서자 후유 휙 쟁그럽게 숨을 몰아 내쉬면서 한옆으로 나무 지게를 받쳐 놓고 일어선다. 〈쑥국새〉

쟁그럽다[2]㉱ →쟁그랍다. ¶병조가 마침 문 안에 들어서면서 벨소리가 기다리고 있었던 것처럼 쟁그럽게 울렸다. 〈병조와 영복이〉 ¶바다지석과 갸꾸다마리 사이의 목책 위에 놓인 각 중매점의 전화들만 끊일 새 없이 쟁그럽게 울고 그것을 받아 내느라고 조오쓰게들만 분주하다. 〈탁류④〉

쟁기㉮ 소나 말에 끌려 논밭을 가는 농기구. ¶네 패 다섯 패 군데군데서 쟁기를 멘 소가 뒤에 선 사람으로 더불어 늘어지게 움직이는지 마는지. 〈패배자의 무덤〉

쟁여 두다㉯ (물건을) 차곡차곡 포개어 쌓아 두다. ¶그러나 그새 먹은 것이 여남은 말 될까 말까 한데 시방 헛간에 다발째 쟁여 둔 것이 다 털어도 열 말이 못 될 판이다. 〈보리방아〉

쟁이다㉯ (곳간이나 그릇 따위에) 어떤 물건을 여러 개 차곡차곡 쌓아 올려 큰 덩어리를 만들거나 쌓다. ¶나라구 무덤을 죄선만 허게 파구서, 그 속으로다가 나락을 수천 석 쟁여 주며, 돈을 수만 냥 딜이띠려 주겄넝가? 〈태평천하⑧〉 ¶집을 드느라고 제호는 자잘모름한 살림 나부랑이를 자동차에 들이 쟁여 가지고 초봉이와 더불어 종로 복판을 동쪽으로 달리기는 오후쯤해서고. 〈탁류⑫〉

쟁퉁이㉮ 잘난 체하고 거드름을 피우는 사람을 같잖게 여겨 이르는 말. ¶추워서 도로 왔다고, 그리고 무얼 다 아는 체를 하더니 생으로 촌 쟁퉁이 구실을 시키느냐고 얼마든지 잡도리를 하는 것이다. 〈상경반절기〉

쟁히㉰ →장히(壯~). 매우. 몹시. ¶공으루 인력거 태다 주구 허넝 게 쟁히 기특허다구. 〈태평천하①〉

저깔㉮ →젓갈. '젓갈'은 '젓가락'의 준말로 음식이나 어떤 물건을 집는 한 쌍의 기구. ¶입이 닿는 곳은 하얗게 벗어진 저깔 한 쌍씩을 들고 안주를 구워 가며 혹은 김이 무럭무럭 오르는 술국을 훌훌 마셔 가며 술들을 먹는다. 〈산동이〉 ¶초봉이는 밥 먹던 저깔을 내던지고 일어설 만큼 부아가 더럭 치달았다. 〈탁류⑫〉 ¶밥을 큼직하게 한 덩이 저깔로 집어다가 넣으면서. 〈이런 남매〉

저널리즘(journalism)명 신문과 잡지를 통하여 대중에게 시사적인 정보와 의견을 제공하는 활동. 넓게는 영화, 라디오, 텔레비전을 통하여 오락 및 정보를 제공하는 활동을 포함함. ¶ 다시 그 다음 명색이 문과를 치렀겠다 남처럼 저널리즘 언저리에서나 약게 납뛰어 시인으로든지 소설가로든지. 〈모색〉

저네대 '저네들'의 준말. 저 사람들. ¶ 계룡산은 닭의 형국이요 기차는 저네 직성이 되어서 '연산 팥거리' 그 앞을 지날 때면 줄곧 발이 (바퀴가) 눌어붙어 꼼짝을 못하고 섰는 것을. 〈회(懷)〉

저녁거리명 저녁밥을 지을 재료. ¶ "저녁거리가 없지?" 범수는 할 수 없으면 양복이라도 잡혀야겠어서 떼어 입고 나가기를 주저하는 것이다. 〈명일〉

저다지부 저러하도록. 저러하게까지. 저러한 정도로까지. ¶ 아아니 이 사람, 겨우 여기까지 걸어왔다고 땀을 저다지 흘리나? 〈이런 처지〉

저당 유실(抵當遺失)되다동 저당잡힌 부동산이나 동산이 소유자의 의사에 관계없이 그 점유를 떠나다. ¶ 더욱 일이 잘 되느라고 마침 금융 조합에서 저당 유실되는 논이 있었던지라 그것을 헐값으로 낙가시켜서 대번 아무아무 두세 농민의 명의로 자작농 창정을 해 놓았다. 〈보리방아〉

저대도록부 →저다지. 저렇게까지. ¶ 설사 그런 사단이라고 하더라도 빚이면 빚이지 저대도록 사색이 질리게까지 상지가 되었을 리야 없을 것인데…. 〈탁류⑭〉

저라다동 →저리하다. 저러하게 하다. 저렇게 하다. ¶ 이번에는 계봉이가 저라서 승재의 손을 끌어다가 두 손으로 꽈악 쥐고 조몰조몰한다. 〈탁류⑰〉

저대지부 →저다지. 저렇게까지. ¶ "세상이 곤두서는 데는 태평이면서, 옷 좀 거꾸루 입은 건 저대지 야단이야." 〈소망〉

저력(底力) 있다형 (사람의 음성 따위가) 듬직하다. 침착하고 든든한 힘이 있다. ¶ 코에 걸리는 듯한 베이스 음성으로, 뜸직뜸직 저력 있게 울리는 이 말소리는 데데거리고 급한 제호의 말소리와는 얼토당토않다. 〈탁류②〉

저만치부 →저만큼. 저만한 정도로. ¶ 김군이 저만치서 기다리고 섰다가, 비죽이 웃으면서 누구냐고 묻는다. 〈회(懷)〉

저미다동 여러 개의 조각으로 얇게 베거나 깎아 내다. ¶ 그 뒤로부터 태진이의 벤또에는 달걀을 삶아서 저며 둔 반찬이 별반 끊이지 않았고, 〈용동댁〉

저바리다동 →저버리다. 마음에 새겨 두어야 할 것을 잊거나 어기다. ¶ "언제던지 그와 같은 고결한 정신을 저바리지 말고 항상 명심을 해야 한단 말야…." 〈이런 남매〉

저생길명 →저승길. 저승으로 가는 길. ¶ 노래를 하고 춤을 추고… 하는 걸로써 병이 낫고 재수가 트이고 저생길을 닦고, 한다는 것이고…. 〈흥보씨〉

저승명 죽은 사람의 영혼이 가서 산다는 세계. ¶ "그게 맹인이 저승길 가면서 노수두 쓰구, 또 저승에 가서두 부자루 잘 지내라구 그리잖습니까?" 〈태평천하⑧〉

저어(를)하다『관용』 염려하거나 두려워하다. ¶ 오히려 반가와할 것이지 조금치나 저어를 할 머리는 없는 것입니다. 〈태평천하⑩〉

저어하다㊐ 염려하거나 두려워하다. ¶그는 혹시라도 그것이 사실이기를 저어하여 물어보기가 겁이 나던 것이다. 〈탁류⑦〉 ¶S하며 그 집 사람들이 그가 경희이었음을 짐작하고 보면 자연 속을 뽑히는 노릇이겠어서, 그것 저어했던 것이다. 〈반점〉

저엉정하다[1]㊕ →정정하다. 바르고 가지런하다. 바르고 떳떳하다. ¶빚이 더러 있기는 해도, 아직 7, 8천 원은 말고 2, 3만 원쯤은 돌려주어도 한 달 기간에 낭패가 생기지는 않을 만큼 저엉정한 걸 알았습니다. 〈태평천하⑦〉

저엉정하다[2]㊕ →정정(亭亭)하다. 늙은 몸이 굳고 꼬장꼬장하다. ¶그저 백만금의 재물을 쌓아 놓고 자손 번창하겠다, 수명장수, 아직도 젊은 놈 여대치게 저엉정하겠다, 이런 천하에 드문 호팔자를 누리면서도, 〈태평천하⑦〉

저으기㊏ 꽤 어지간히. 얼마간. 『같은』 적이. ¶오정때가 갓 겨운 참이라 욕실 안에서는 두엇이나가 찰썩거리면서 목간을 하고 있고, 옆 남탕에서는 관음 세는 소리가 외지게 넘어와서 저으기 한가롭다. 〈빈(貧)… 제1장 제2과〉 ¶벌써 일곱 시가 지나고 긴 여름 해도 저으기 기울었다. 〈명일〉 ¶가뜩이나 긴찮이 잔말을 씹힌대서 저으기 안색이 변합니다. 〈태평천하①〉

저자㊔ '시장(市場)'의 예스런 말. ¶열한 시가 되기를 기다려 초봉이는 모친더러 잠깐 저자에 다녀오마 하고 식모를 데리고 정거장으로 나왔다. 〈탁류⑪〉 ¶돈을 흥정하는 저자에서 오고 가고 하는 속한 일 뿐이지, 올챙이로야 어디 그러한 방면으로 들어서야 제법 깊은 인정의 기미를 통찰할 재목이 되나요. 〈태평천하⑦〉 ¶기왕 나온 길이라 저자에 들어서 담배와 수면제를 각각 많이씩 사 가지고, 천천히 집으로 향했다. 〈상경반절기〉

저짝㊔ '저편 짝'의 준말. '저쪽' 혹은 '이전(以前)'의 뜻. ¶그때만 해도 60년 저짝 일이니 누가 지날 말로라도 시비 한마딘들 하나요. 〈태평천하④〉 ¶이십 년 저짝 그 당시야 관립 학교가 그저 2 대 1 정도로 경쟁이랄 것이 있는 성했지, 〈회(懷)〉

저하다『관용』 자기가 행동하다. ¶그래서 안심을 하고 나니까, 그제서야 저하던 짓이 우스웠다. 〈탁류⑩〉

저혈(豬血)㊔ 돼지의 피. ¶거금 30여년 전에, 몇 해를 두고 부안, 변산을 드나들면서 많이 먹은 용(茸)이며 저혈, 장혈(獐血)이며…. 〈태평천하①〉

적간(摘奸)하다㊐ (부정이 있는 지를) 캐어 살피다. ¶이 집 저 집 계집애 있는 집을 적간하고 다니면서 직공을 뽑는 설레에 업순네도 선뜻 응하고 나섰었다. 〈동화〉

적공(積功)㊔ 어떤 일에 많은 공을 들임. ¶선금을 주어서 태워 보내는 외에, 1원 한 장을 따로 손에 쥐어 주기까지 했읍니다. 대단한 적공이지요. 〈태평천하⑩〉 ¶자, 십 년 적공, 대학교까지 공부한 것 풀어 먹지도 못했지요. 〈치숙(痴叔)〉

적당(賊黨)㊔ 도둑의 무리. 『같은』 적도(賊徒). ¶박가의 실토를 들으면 과시 네가 적당과 연맥이 있다고 하니, 정 자백을 안 하면 않는 대로 그냥 감영으로 넘겨 목을 베게 하겠다는 것이었읍니다. 〈태평천하④〉

적반하장(賊反荷杖)도 유분수(有分數)『관용』 '도둑이 도리어 매를 든다'는 뜻이니, 잘못한 놈이 도리어 아무 잘못도 없는 사람을 나무랄 경우에 쓰는 말. ¶오냐, 이놈 보자. 적반하장두(도) 유분수가 있지, 이놈네가 되려 사람을 치구…. 〈탁류⑥〉

적선(積善)명 착한 일을 많이 하는 것. ¶그러니 고맙게 여겨 주어야 할 것을 어느 때는 되레 무슨 적선이나 하는 듯이 비싸는 눈치를 일쑤 보이곤 했었다. 〈명일〉 ¶그들을 구제하는 적선이라는 것이 윤 직원 영감의 지론이던 것입니다. 〈태평천하⑭〉 ¶"갈보? 갈보 좋지! 적선 많이 허구, 끙 끙, 천당두 올라가구… 끙." 〈정자나무 있는 삽화〉

적실코(的實-)부 틀림없이. 확실히. ¶느닷없이 이리 서두는 것은 적실코 한 개의 이변이 아닐 수가 없읍니다. 〈태평천하⑨〉 ¶세상은 적실코 알아보게 바빠졌다. 〈상경반절기〉

적실(的實)하다형 사실이어서 틀림없이 확실하다. ¶가사 10전짜린 줄 알고 50전짜리를 잘못 꺼냈더라도, 톱날이 있고 없는 것으로, 아주 적실하게 분별을 할 수가 있는 것이니까요. 〈태평천하①〉 ¶이월 보름 그 무렵인데 하루는 우리 할아버지가 드디어 적실한 사실을 아셨던지. 〈순공(巡公) 있는 일요일〉

적실히(的實-)부 틀림없이. 확실히. ¶초봉이가 부엌에서 밥을, 죽도 아니요 적실히 밥을 푸고 있고, 계봉이는 밥그릇을 마루로 나르고 있지를 않느냔 말이다. 〈탁류③〉 ¶적실히, 조그마하나마 달관은 달관일 성부르다. 〈회(懷)〉

적악(積惡)명 남에게 못된 짓을 많이 함. ¶그것은 죄없는 여자한테 적악일 뿐 아니라, 생겨나는 자손에게까지도 죄를 짓는 것이니라…. 〈탁류⑧〉 ¶일요일이면 으레껀 부인하고 아이들한테 가정 써어비스를 하는 하는 사람인 걸 선불리 유인을 해냈다가는 자네 부인한테 눈치를 먹을 것이고, 사실 또 적악이기도 하고. 〈이런 처지〉

적의(敵意)명 적대하거나 해하려는 마음. ¶일단 더 정리가 된 적의로부터 우러나는 마음속의 세리프다. 〈탁류⑧〉 ¶반사적으로 적의와 경계의 자세를 취합니다. 〈태평천하⑭〉 ¶아씨에게 대한 존경 대신 그만큼 그는 적의를 품었던 것이다. 〈생명〉

적이부 약간. 꽤 어지간히. 얼마간. 다소. ¶이렇게 선선하게 나는 대답은 하였으나 이 사람 역시 시골서 농사짓는 사람의 하나로 그 근처에 토지를 가진 서울의 부재지주의 사음 운동이나 하러 온 것이 아닌가 하여 적이 맥이 풀리었다. 〈농민의 회계보고〉 ¶오목이네는 마음이 적이 불안했다. 〈얼어죽은 모나리자〉 ¶그애가 건너와서 분배를 놓고 나니까 초봉이와 단둘이서 앉아 있을 때보다는 어쩐지 빽빽하던 것이 적이 풀리고, 〈탁류⑦〉

적이나 하면『관용』 웬만하면. 또는 어느 정도나마 될 수 있다면. ¶적이나 하면, 삼방, 석왕사 같은 데로 초봉이를 데리고 피서라도 가고 싶었지만, 〈탁류⑫〉

적잖이부 적지 아니하게. 적다고 할 수 없이 많게. ¶태수가 그래 주는 것이 적잖이 위로가 되고, 〈탁류⑤〉

적조(積阻)명 (서로 간에) 오래 소식이 막히는 것. ¶그래서 말이야, 오래 적조도 했고, 또 내가 서울이라고 올라와야 자네

말고서 어디 만만한 친구가 있나. 〈이런 처지〉

적조(積阻)하다⑤ (서로 간에) 오래 소식이 막히다. ¶주인은 이 서방을 보더니 반겨하면서 일 년 동안 적조한 인사를 지나는 말이겠지만 흠선히 늘어놓고는 손님을 객실로 인도하려고 하지 아니하고. 〈소복 입은 영혼〉

적적(寂寂)하다⑧ 괴괴하고 쓸쓸하다. 조용하고 쓸쓸하다. ¶또오 아직 저엉정 하시겠다 밤저녁으루 적적하시면 내려와서 위로두 더러 받으시구. 〈태평천하⑧〉

전갈(傳喝)⑲ 사람을 시켜서 남의 안부를 묻거나 말을 전하는 일. 또는 그 안부나 말. ¶대복이가 전갈을 하기 전에 춘심이는 제 귀로 알아듣고 뛰어나와서…. 〈태평천하⑪〉 ¶세째 번에는 사장의 전갈이라구 편집국장이 명함을 적어 보내구. 도루 사에 나오라는 권면이야. 〈소망〉 ¶아직도 돌아오지를 않고서, 집안에서들도 근심으로 지낸다는 전갈이었었다. 〈순공(巡公) 있는 일요일〉

전갈(傳喝)하다⑤ 사람을 시켜서 남의 안부를 묻거나 말을 전하다. ¶마치 성가신 남의 말을 겨우 전갈하듯 한다. 〈탁류⑦〉

전감(前鑑)⑲ 거울로 삼을 만한 과거의 경험. 지난 일을 거울 삼아 비추어 보는 일. ¶윤 직원 영감이 만약 전감이 없었다면 춘심이한테 끌려가서 그 서양 점심을 먹느라고 한바탕 진고개에 있어서의 조선 정조를 착실히 나타냈을 것이지만, 〈태평천하⑭〉

전고(前古)⑲ 지난 옛날. ¶전고에 드문 가뭄이었지만 장손에 모자의 부지런과 정성으로 버젓이 천재를 이겨내고 이만큼 좋은 결실을 보았던 것이다. 〈암소를 팔아서〉 ¶역시 심부름을 시키느라고 뚜드려 깨기 전에는 제 신명으로 밖에 나와서 이대도록 늦게(?)까지 이야기를 하고 논다는 게 전고에 없는 일이다. 〈탁류⑰〉 ¶서울 아씨는 경손이한테 상냥하게 굴고 한 적도 물론 전고에 없는 일이고요. 〈태평천하⑪〉

전고 없이⑨ 어김없이. ¶세계 대전이 두 번이나 인 것이 그 삼십 년 안의 일이니 전고 없이 옹골진 나이를 먹어 온 시대라 할 것이다. 〈회(懷)〉

전교(全校)⑲ 한 학교의 전체. ¶이것이 그가 전교 학도들 앞에 나서서 부임한 인사를 하느라고 하던 거동이었었다. 〈회(懷)〉

전권(全權)⑲ 위임된 어떤 일을 처리하는 일체의 권한. ¶시아버지 윤 직원 영감이 처결하기를, 집안의 살림살이 전권이 마땅히 물려받아야 할 주부 고 씨는 젖혀 놓고서, 〈태평천하⑤〉

전기(戰機)⑲ 전쟁이나 전투가 일어나려는 기운. ¶하다가 필경 전기는 익어, 마침내 고 씨의 입으로부터 집안이 어떻다는 둥, 뉘 놈의 씨알머리가 어떻다는 둥, 〈태평천하⑥〉

전내기⑲ 물을 조금도 타지 않은 술. ¶마침 때를 맞춰 그와 같이 산산한 밤에 전골 남비나 보글보글 지지고 시골서 올라온 쩍쩍 들러붙는 전내기 약주를 평양집이 부어 주는 대로 대여섯 잔 먹고는 그의 보드라운 알몸을 안고 푸근히 누었을 맛을 생각하니. 〈산동이〉

전단(戰端)⑲ 싸움을 벌이는 구실. 또는

전선(戰線). [보기] 전단을 구하다. ¶사변은 국지 해결이 와해가 되고 북지 사변으로부터 전단이 차차 중남지로 퍼지면서 지나 사변에로 확대가 되어 가고, 〈태평천하⑧〉

전달치(前--)[명] 이전 달의 만들거나 발간한 것. ¶15전이면 바로 고 전달치를 사 볼 수 있고 보고 나서는 오 전에 도로 파는데요. 〈치숙(痴叔)〉

전답(田畓)[명] 논과 밭. ¶그렇다고 저희가 내 땅에다가 네 귀퉁이에 말뚝을 박고 전답을 떠가지는 못할 것, 〈태평천하④〉

전당거리(典當--)[명] 전당포에 잡힐 물건. ¶제호는 초봉이가 집안의 전당거리라고 되라고, 그저 무심코 반지를 뽑아 놓고 온 속사정이야 알 턱이 없다. 〈탁류⑫〉

전당국(典當局)[명] 동산을 담보로 잡고 돈을 빌려 주는 일을 업으로 삼는 점포. ¶영주는 백금 같은 것은 패물로 가져본 적이 없는지라 푸르르죽죽하고 수통스런 백금가락지는 신통치 아니하나 루비 박은 금반지는 벌써 몇 해 전에 전당국에서 떠내려간 자기 반지 비슷해서 유달리 치어다보인다. 〈명일〉

전당쟁이(典當--)[명] 전당포를 운영하는 사람. ¶도스토옙스키의 '죄와 벌'의 라스꼴리니꼬프가 도끼를 높이 들어 전당쟁이 노파를 내리찍는 장면을 생각하고 …. 〈명일〉

전대(纏帶)[명] 무명이나 베 따위의 헝겊으로 만들어 중간을 막고 양끝을 터놓은 긴 자루. 돈이나 물건을 넣어 허리에 차거나 어깨에 둘러맴. ¶연전에 아랫녘 어디서 라던지, 집을 잡히고 논을 팔고 한 돈을 만 원 가량 몸뚱 그려 전대에 넣어 허리에 차고, 허위단심 군산 미두장을 찾아온 영감님 하나가 있었다. 〈탁류④〉

전대로(前--)[부] 이전과 같이. 전과 같이. ¶저녁 후에는 전대로 한참 재미나게 놀다가 아홉 시가 되는 것을 보고 유까다를 입은 채 게다를 끌고 집을 나섰다. 〈탁류⑩〉 ¶그래서 안방은 노마나님 오 씨의 시체만 나갔을 뿐이지 전대로 서울 아씨가 태식을 데리고 거처를 하고, 〈태평천하⑤〉

전도 부인적(傳道婦人的)[관] 전도하러 다니는 부인과 같은. ¶남이 보기에는 지나친 전도 부인적인 조심이면서, 그러나 그러하면서도 일변 위태로와 보일 무엇이 없지 않으나…. 〈패배자의 무덤〉

전만(錢萬)[명] 예전에 '몇 만(萬)으로 헤아릴 만한 많은 돈'을 이르던 말. [같은] 돈만(~萬). ¶하나를 끌어 올리다가 전만이나 소개해 주면 둘이서 적게 먹어두 천 원 하나씩은 먹게 될 터이니까 좀 안 해 볼라냐구 그러네―, 〈불효자식〉

전매국(專賣局)[명] 오늘날의 '전매청'을 뜻함. ¶"저년이 또 나왔네그려!" 하고 손으로 가리킨다. "무언데?" 하고 S가 바라본다 "칼멘 말이야." "전매국?" "응." "저년이 짝패가 있더니 오늘은 혼자만 나와서." 〈창백한 얼굴들〉

전무(全無)[명] 아주 없음. ¶주소 씨명 원적 직업 전연 불명… 연령 이십사오 세… 소지품 전무… 시체 화장…. 〈산동이〉

전별(餞別)[명] (서운한 정에서) 떠나는 사람에게 음식을 베풀어 대접하고 작별함. ¶그래도 얼마만인지는 하릴없이, 발길을 돌려 놓으면서 또 한번 전별엣 말을 두루 이르면서, 강잉해 여럿과 떨어져 자행거는 타려고도 않고 끄는 채, 〈회(懷)〉

전방(廛房)명 가게. 작은 규모로 상품을 벌여 놓고 파는 집. ¶전방에 있는 계집애만 데리구 전화질만 하구 있는 게야? 〈탁류②〉

전심(專心)하다동 마음을 오로지 한 일에만 모아서 쓰다. ¶더욱 그가 중등학교의 상급 학년 때부터는 그 이상의 상급 학교는 바랄 수 없음을 각오하고, 정성껏 진찰실의 실제 공부를 전심했다. 〈탁류③〉

전암시(全暗示)명 모든 암시. 온갖 암시. ¶그 이튿날 나는 거리에서 그 사내를 또 만났다. 나는 입안에 든 미소로 그에게 전암시를 주었다. 그 역시 빙그레 웃고 지나갔다. 〈세 길로〉

전야(田野)명 논밭으로 이루어진 들. ¶아낌없이 개방적인 첫여름 전야(田野)의 아침이 신선해서 또한 좋았다. 〈반점〉

전위(轉位)하다동 자리를 옮기다. ¶김 씨는 마침 가게에 나와서 있다가 반겨하면서, 낮에 전위해 정 주사네 집에까지 가서 유 씨만 만나, 우선 대강 이야기는 했다고, 〈탁류⑦〉

전일(前日)명 전날. ¶발산하는 인간의 기품부터가 전일의 그 상수가 아니었었다. 〈모색〉

전자(前者)명 지난번. 과거. ¶제호는 전자에 호남선 찻간에서 처음 초봉이를 제 것 만들기로 하고 좋다고 하던 때와 다름없이…. 〈탁류⑭〉 ¶그러나마 전자의 죄상을 다 회개를 하고 못된 마음은 씻어 버렸을새 말이지. 〈치숙(痴叔)〉

전장(戰場)[1]명 싸움터. ¶장수가 전장에 나가면, 진중에서는 정신은 잠을 자도 몸은 깨서 있다는 것이나 마찬가지 이치라고 할는지요. 〈태평천하④〉

전장(田庄·田莊)[2]명 자기가 소유하고 있는 논밭. ¶그통에 정 주사는 화도 나고 해서 생화도 구할 겸, 얼마 안 되는 전장을 팔아 빚을 가리고, 이 군산으로 떠나왔던 것이요, 〈탁류⑦〉 ¶한 사오십 석 추수를 할 전장도 장만을 했고, 〈순공(巡公) 있는 일요일〉

전장도메(前場止)명 '오전 증권 시장의 끝내매'의 일본어. ¶오늘 아침 '전장요리쓰끼(前場寄付)' 삼십 원 십이 전으로 장이 서 가지고는 '전장도메(前場止)' 홑 구 전, '후장요리쓰기(後場寄付)' 홑 칠이 이절에 가서 오 전이 더 떨어져 홑 이 전으로 되더니, 〈탁류④〉

전장(傳掌)시키다동 맡아보던 일이나 물건을 남에게 넘겨서 맡게 하다. ¶뒤에 남은 계봉이와 송희가 형보에게 환을 보게 될 테니 그건 내 고생을 애먼 그 애들한테다 전장시키는 것밖에 아무것도 아니다 〈탁류⑯〉

전장요리쓰끼(前場寄付)명 '전장(前場) 첫 매매'의 일본어. 즉, 오전 증권 시장의 첫 매매. ¶오늘 아침 '전장요리쓰끼(前場寄付)' 삼십 원 십이 전으로 장이 서 가지고는 '전장도메(前場止)' 홑 구 전, '후장요리쓰기(後場寄付)' 홑 칠이 이절에 가서 오 전이 더 떨어져 홑 이 전으로 되더니, 〈탁류④〉

전장(傳掌)하다동 맡아보던 일이나 물건을 남에게 넘겨서 맡기다. ¶"제몫으루 천

석거리나 전장해 주실 테믄서 그리시우?" 〈태평천하⑤〉

전전긍긍(戰戰兢兢)명 매우 두려워하여 벌벌 떨며 조심함. ¶윤 씨네 집안은 자나 깨나 전전긍긍 불안과 긴장과 경계 속에서 일시라도 몸과 마음을 늦추지 못하고, 〈태평천하④〉

전전반측(輾轉反側)하다동 누워서 몸을 이리저리 뒤척이며 잠을 이루지 못하다. ¶그러나 웬일인지 잠을 이루지 못하고 이리 궁글 저리 궁글 하며 그야말로 전전반측하는데 밤이 이슥한 후에 소저는 또 나왔읍니다. 〈소복 입은 영혼〉

전전해(前前)명 지난해의 전 해. 『같은』 지지난해. 재작년. ¶내가 처음 비로소 글방 도령이 되기는 그 전전해 즉 일곱 살 적이요. 〈순공(巡公) 있는 일요일〉

전접스럽다형 (하는 짓이) 보기에 매우 치사스럽고 더럽다. 『비슷』 던적스럽다. ¶"그년이 왜 사람이 못 돼? 그년이 속이 어떻게 찼다구! … 다아들 그년만치만 속이 찼어 보라지!" 하고 전접스럽게 꼬집어 뜯는다. 〈탁류⑮〉 ¶"안 먹었으면 자네가 설넝탱이라두 한 뚝배기 사줄라간디, 밥 먹었냐구 묻넝가?" 하면서 탐탁찮아 하는 낯꽃으로 전접스런 소리를 합니다. 〈태평천하⑦〉 ¶무렵해서라도 암말도 못하고 슬슬 저리로 가 버렸을 테지만 영감은 도리어 노염이 나 가지고 전접스런 말조로 책을 잡잔다. 〈상경반절기〉

전정(前程)명 앞길. 장차 나아갈 길. ¶그러나 그대의 총명이 결코 그대의 전정을 어리석게 인도하지 않을 것만은 자못 안심이다. 〈패배자의 무덤〉

전주(錢主)명 빚을 준 사람. 또는 밑천을 대는 사람. ¶"하여간 이번 일만 잘 되면 수가 생기네… 내일은 동막을 가서 전주나 좀 찾어보구…." 〈불효자식〉 ¶등 뒤에서 감독을 하는 그의 전주가, 아무렴 먹고 어서 올라가야지 하고 맞장구를 칩니다. 〈태평천하⑬〉

전중이명 징역형을 선고 받고 교도소에서 복역하는 일. ¶한 삼사 년 전중이나 살구 나오면 그만일 걸 가지구 무얼 육장 그런 청승맞은 소릴 하구 있나! 〈탁류⑭〉 ¶죄 선서야 그놈덜이 사회주의허다가 말끔 잽히가서 전중이 살구서, 시방은 다아 너끔 허잖덩가? 〈태평천하⑧〉 ¶그 양반은 필경 붙들려 가서 오 년이나 전중이를 살았지요. 〈치숙(痴叔)〉 ¶그 끝에 우연히 미끄러져 나온 말로 '나쁜 짓'을 하다가 삼 년이나 전중이를 살았다는 것이 그만 드러나고 말았다. 〈정자나무 있는 삽화〉

전지(全紙)명 자르지 않은 온 장의 종이. 편 신문지의 배의 크기임. ¶네 번을 접쳐 접어야 사륙판 열여섯 장이 되는 전지 한 장에 글자를 알아볼 수가 없이 새까맣게 써 놓았다. 〈병조와 영복이〉

전천(錢千)명 천(千)으로 헤아릴 만한 돈. 『같은』 돈천. ¶다행히 잘 되어서 전천이나 생기면 그놈 가지구 시골루 내려가서 장사 날이나 허구 그리느라며 내 심평두 페잖겠다구. 〈불효자식〉

전춘놀이(餞春--)명 봄을 마지막 보내는 뜻으로 음력 3월 그믐께 노는 놀이. ¶그게 바로 어느 해 늦은 봄, 사의 식구들이 통 쓸어서 창의문 밖 세검정으로 전춘놀이를 나갔던 날이었다. 〈회(懷)〉

전취(戰取)하다동 목적한 바를 싸워서 차지하거나 얻다. ¶ "영복이는 그리로 갔다 전취하겠지… 그러나 소희는 저리로 간다… 문제를 남겨 놓고…" 하고 다시 한숨을 내쉬었다. 〈병조와 영복이〉

전표(傳票)명 은행이나 회사 등에서 금전 출납이나 거래 내역을 적어 보관하는 서식. ¶ 헤리오도로푸 한 병 있는 것을 진열장에서 꺼내다가 싸개지로 싸고, 다시 전표를 쓰고, 막 그러고 나니까, 또 전화가 온다. 〈탁류②〉

전화위복(轉禍爲福)명 화가 바뀌어 오히려 복이 됨. ¶ 그런 걸 전화위복이라고, 과연 복이 될는지 무엇이 될는지 아직은 몰라도, 〈태평천하⑨〉

전후사(前後事)명 일의 처음부터 마지막까지의 모든 일. ¶ 관수는 그래 요새로 들어 을녜를 만나는 것이, 처음 아무것도 전후사 헤아림 없이 만나 놀고 하던 적만큼이나마도 그거나마 흥이 일지가 않고. 〈정자나무 있는 삽화〉 ¶ 전후사가 두루 이러하고 보니 상수야 만족치 않을 수가 없고 큰기침이 나오지 않을 이치가 없던 것이다. 〈모색〉

절간(-間)명 '절'을 속되게 이르는 말. ¶ 산중이라 그렇기도 하겠지만 절간의 밤은 초저녁이 벌써 삼경인 듯 싶다. 〈두 순정〉

절구명 (통나무나 돌의 속을 우묵하게 파내서 만든) 곡식을 찧거나 빻는 데 쓰는 기구. ¶ 금출이는 절구 가로 가까이 가서 절구와 함지를 들여다본다. 〈얼어죽은 모나리자〉

절굿공이명 절구에 곡식을 넣고 찧거나 빻는 데 쓰는 공이. ¶ 미럭쇠는 잡아먹을 듯 험한 얼굴을 휘휘 두르다가 토방으로 우르르, 절굿공이를 집어 들고 납순이게로 달려든다. 〈쑥국새〉

절대(絶對)명 다른 그 무엇과도 비교되지 않고 동등한 존재도 없는 것. 『같은』 절정(絶頂). ¶ 모체의 고통은 점점 더하다가 필경 절대의 고패에까지 이르렀다. 〈탁류⑬〉

절러구부 →저리로. 저쪽으로. ¶ "옷 갈아입구 절러루 누우세예지, 여기는 치아!" 〈패배자의 무덤〉

절로서부 저절로. 다른 힘을 빌지 않고 스스로. ¶ 초봉이는 잘급해 소리를 지르는데, 얼굴은 절로서 화틋 단다. 〈탁류②〉

절루부 → 절로. 다른 힘을 빌지 않고 스스로. ¶ 두더지처럼 땅 파구, 개미처럼 짐지구 그렇게 일하면 먹을 거야 절루 생기지요. 〈탁류⑮〉

절망(絶望)을 당하다『관용』 모든 희망이 끊어지다시피 되다. ¶ 자기는 이미 소희에게서 절망을 당하였으나 영복이는 관계치 아니할 듯도 하였다. 〈병조와 영복이〉

절명(絶命)명 목숨이 끊어짐. 죽음. ¶ 형보는 아주 치명상으로 절명이 되었던 것이다. 〈탁류⑲〉

절박(切迫)하다형 (어떤 일이나 때가) 가까이 닥쳐 급하다. ¶ 역시 짐작한 대로 일은 크고 절박했었다. 〈패배자의 무덤〉

절에 간 색시『속』 남이 시키는 대로만 따라 하는 사람의 비유. ¶ 태수는 그따위 참견은 다 아니꼬왔지만 절에 간 색시라. "글쎄요, 그런 줄이야 다아 알지만, 자연…" 하면서 어물어물하다가…. 〈탁류⑧〉

절연(絶緣)명 인연이나 관계를 끊음. ¶ 저의 집과는 이미 마음으로 절연을 했던 터

라, 그네가 잘 산다건 못 산다건 아무 주의도 흥미도 끌리지를 않았고, 〈탁류⑰〉

절절히(切切-)[1]㊙ 몹시 간절하게. 매우 간절하게. ¶재봉틀 부인은 용희의 얼굴을 바라다보면서 이렇게 절절히 탄식을 한다. 〈보리방아〉 ¶정 주사는 속으로 너를 위해서라도, 네 큰누이의 혼인이 어서 바삐 그렇게 얼려야 하겠다고, 절절히 결심(!)을 더 했다. 〈탁류③〉 ¶정자나무의 '지킴'이나 천 년 묵은 구렁이도 사람 궂힌 놈은 알아보는 것이라고, 절절히 관수가 천하 무서운 놈인 것으로 치지를 해 버렸다 〈정자나무 있는 삽화〉

절절히(節節-)[2]㊙ →절절이(節節~). 말이나 글의 마디마디마다. ¶그리고 좋은 체격과 풍족한 생활에서 오는 근심기 없이 언제나 유쾌해 보이는 그의 언동을 절절히 부러워하며… 〈명일〉 ¶"아이! 볼수록 참 좋게두 생겼다!" 별안간 노파가 커다란 소리로 절절히 탄복이다.. 〈모색〉

절창(絕唱)㊔ 뛰어나게 썩 잘 부르는 노래. 또는 지극히 뛰어나게 잘 지은 시(詩). ¶에, 수고했네! 에, 이르러서는 진실로 근천의 절창이라 하겠읍니다. 〈태평천하⑩〉

절처(絕處)에 봉생(逢生)이다『관용』 꼼짝없이 죽게 된 판에 요행히 살길이 생기다. ¶인제는 그래서 죽느냐 사느냐 할 판인데 (진소위 절처에 봉생이더라고) 여지껏 아무 소리도 않던 연천 선생이 정중정중 가까이 가더니 화통으로 대고 무슨 이야긴지 건네기 시작했다. 〈회(懷)〉

절치부심(切齒腐心)㊔ 몹시 분하여 이를 갈며 속을 썩임. ¶소시적에 남들이 노름꾼 말대가리 자식놈이라고, 뒷손가락질과 귀먹은 욕을 하는 데 절치부심을 한 소리라고 합니다. 〈태평천하⑩〉

절후(節候)㊔ 한 해를 스물 넷으로 나눈 기후의 표준점. 15일 내지 16일에 한 번씩 돌아옴. 『같은』 절기(節氣). ¶절후로 치면 벌써 춘분이니 봄도 거진 완구해 올 무렵이요. 〈모색〉

점잔찮다㊕ →점잔잖다. '점잖지 아니하다'의 준말. ¶그러자고 들면 자연 저 사람과 매한가지 약삭빠른 짓을 하고 앉았는 깍쟁이 놀음을 하는 게 되었으니 더구나 점잔찮아 못 쓴다는 것이고 〈모색〉

점잖스레㊙ 보기에 점잖게. ¶웬 점잖스레 보이는 중년의 양복 신사 하나가 열을 짓고 섰는 면면을 주욱 물색하여 지나가다가. 〈상경반절기〉

점지하다㊗ 신불(神佛)이 사람에게 자식을 갖게 하여 주다. ¶처음 겸 마지막으로 딸 하나를 낳았더니, 생긴 게 또 복슬복슬하대서 어머니 아버지는 삼신님이 업을 점지해 주셨다고. 〈동화〉

점진안(漸進案)㊔ 점차로 조금씩 나아가는 계획이나 안건. ¶가만가만 제 눈치를 먼저 떠보아 보는 것이 수다…이런 말하자면 점진안입니다. 〈태평천하⑩〉

점직하다㊕ 좀 미안하고 부끄러운 느낌이 있다. ¶정 주사는 점직해서, 안 돌아가는 고개를 억지로 돌리고, 애송이는 좀 머쓱하기는 하면서 멱살을 놓지 않는다. 〈탁류①〉 ¶실끔 아랫도리를 한번 내려다보더니, 좀 점직하다는 속인지, 피쓱 웃어요. 〈소망〉 ¶차마 (그 김빠져 보임이여, 우울해 보임이여) 남 점직해 그런 비위치레는 하고 있을 수가 없었다. 〈모색〉 ¶ 동료들은 한갓 취흥이거니 여길 따름이었었다. 사실 또 맑은 정신으로야 남이 점직해서라도 차마 울어지지는 않았을 것이었다. 〈회(懷)〉

접경(接境)㊔ (두 지역의) 경계가 서로 맞닿음. 또는 그 맞닿은 경계. ¶그놈이 영동 근처에서는 다시 추풍령과 속리산으로 물까지 받으면서 서북으로 좌향을 돌려 충청좌우도의 접경을 흘러간다. 〈탁류①〉

접방살이㊔ →곁방살이. 남의 곁방을 빌어서 사는 살림살이. ¶"흥! 만만한 년은 제 서방 굿도 못 본다더니, 나는 두 다리 뻗는 날까지 접방살이 못 면헐 걸!" 〈태평천하⑤〉

접장(接長)㊔ 글방 학생의 우두머리. ¶ "접장, 이놈이 천하 별종이요 고집불통이요 장난 괴순 줄 알지?…." 〈순공(巡公) 있는 일요일〉

접질리다㊍ (팔다리의) 관절이 어떤 물체와 마주쳐서 삘 지경에 이르다. ¶방으로 들어서자 접질리듯 주저앉는 몸짓에도 완구히 맥이 없어 보인다. 〈탁류⑦〉

정(情)(을) 붓다〖관용〗 정성을 들이다. ¶"그런데 참 아즈머니." 하고 아주머니 소리에 가득 정을 부어 불렀다. 〈명일〉

정가㊔ 지나간 허물을 들추어 흉보는 것. ¶가난하게는 살았어도 어머니 아버지의 귀염 밑에서 남의 해피나 정가를 받지 아니하고 자란 용희다 〈보리방아〉 ¶이 가시 같은 정가가 그러나 살 두꺼운 유모의 신경에는 그다지 아프게 찔리지 않았다. 〈빈(貧)… 제1장 제2과〉

정가 막히다〖관용〗 약점을 잡히다. ¶오늘일만 해도, 그는 윤희한테 무슨 정가 막힐 일이 있었던 것도 아니요, 〈탁류②〉 ¶그런 것을 병신 자식 남 앞에 내놔서 제 정가 막히게 하기도 싫고 하길래 가정 교사를 구해 주었지. 〈이런 처지〉

정가표(定價票)㊔ 상품의 값을 써 붙인 표. ¶춘심이는 정가표가 실 끝에서 아른거리는 반지를 손에 낀 채, 〈태평천하⑭〉

정갈스럽다㊕ (모양이나 옷 따위가) 깨끗하고 말쑥한 데가 있다. ¶그러니 이 서방은 차차 불안스러워 어찌할 바를 모르고 정갈스럽게 차린 술상을 우두커니 치어다만 보고 있습니다. 〈소복 입은 영혼〉

정갈하다㊕ (모양이나 옷 따위가) 깨끗하고 말쑥하다. ¶그래도 조용하고 정갈한 것이 좋기는 좋았다. 〈탁류⑫〉 ¶분명코 오랫동안 자극없이 한적하던 칩거 생활로부터 별안간 이 소란하고도 정갈치 못한 분위기 속엘 들어온 탓이 아닌지 모르겠다. 〈상경반절기〉

정강이㊔ 다리 아랫 마디의 앞쪽의 뼈가 마루를 이룬 부분. ¶납작 허리를 굽히니까 키다리의 정강이밖에 아니 닿는다. 〈팔려간 몸〉 ¶오사까에 있을 때에 입던 것인지 여름이면 정강이 나오는 유까다를 걸치고 돌아다니고. 〈얼어죽은 모나리자〉 ¶주리를 틀려 앞 정강이의 살이 문드러지고 허연 뼈가 비어져도 그는 불지를 않았습니다. 〈태평천하④〉

정객(政客)㊔ 정치 활동을 하는 사람 〖같은〗 정치꾼. ¶얼굴도 M은 우둘부둘한 게 정객 타입으로 생기었고—잘못하면 복싱링에 내세워도 좋겠고—H는 안존한 게 사무원 타입이다. 〈레디 메이드 인생〉

정갱이㊔ →정강이. (경상) ¶부룩쇠는 기뻐서 그만 가슴이 두근거리고 정갱이가 우줄우줄합니다. 〈어머니를 찾아서〉

정경(情景)㊔ 사람이 처하고 있는 형편. 여기서는 가엾은 처지에 놓여 있는 딱한 형편. ¶이 어른께서 당신네 모자가 그렇게 정경이 가엾이 되었다는 우리 신문을 보시고 찾어오셨읍니다. 〈어머니를 찾아서〉

정나미(情--)가 떨어지다『관용』 정나미가 아주 없어져서 다시 대하고 싶지 않게 되다. '정나미(情~)'는 어떠한 사람이나 사물에 대하여 애착을 느끼는 마음. ¶어쩐지 기색이 다르더니 그래 정나미가 떨어져서 영영 아니 올 작정을 하고 가 버린 것이나 아닌가. 〈얼어죽은 모나리자〉 ¶병을 보아 주겠다고 처억 나서는 위인이 우선 정나미가 떨어졌다. 〈탁류⑧〉

정녕(丁寧)㊕ 틀림없이. 꼭. ¶정녕 안에서 무슨 일로 역정이 난 끝에 밥도 안 먹고 나오다가, 〈태평천하⑦〉

정녕코(丁寧-)㊕ '정녕'의 힘줌말. ¶망연히 서서 생각했다. '세상은 정녕코 바빠진 거다! 그도 오직 반년지간에…'. 〈상경반절기〉

정담(情談)[1]㊔ 남녀간에 정답게 주고받는 이야기. ¶항구라서 하룻밤 맺은 정을 떼치고 간다는 마도로스의 정담이나…. 〈탁류①〉

정담(政談)[2]㊔ 당시의 정치 또는 정치계에 관한 담화와 논의. ¶공장에 다닐 때 농촌 사람들도 직공이 되어 온 사람들한테 설들은 정담을 늘어놓는 푼수다. 〈얼어죽은 모나리자〉

정랑(情郎)㊔ 여자의 정든 임. 여자가 남편 외에 정을 둔 남자. ¶총각은 거기 어디 촌 처녀색시더러 들으란 노래고, 기생은 또 저대로 제 정랑더러 들으란 노래고. 〈태평천하⑪〉

정렬부인(貞烈夫人)㊔ 행실이 바르고 절개가 굳은 부인. ¶모친은 정렬부인 가자란 소린 줄 알고서 말이나마 좋아서 혼자 웃고, 경순은 모르는 어휘라 두릿두릿. 〈패배자의 무덤〉

정리(整理)㊔ (어수선하거나 쓸데없는 것을 없애거나 하여) 가지런하게 바로 잡음. ¶일단 더 정리가 된 적의로부터 우러나는 마음속의 세리프다 〈탁류⑧〉

정만㊕ '정말'의 오기. ¶"정만 없어요?" "없어… 없으니까 없다지…" 〈팔려간 몸〉

정모(正帽)㊔ (학교, 관청 등에서) 정해진 규정에 따라 쓰게 된 모자. 『같은』 제모(制帽). ¶만일 그때에 '덕언이 선생님'이 다 무사히 파스를 해서 여섯 달 동안 교습을 마치고 정복 정모에 환도를 차고 거리로 나섰더라면 조선의 경찰 사상에 숨은 에피소우드의 한 페이지를 써 넣었을 것입니다. 〈소복 입은 영혼〉

정물(靜物)㊔ 정지하여 움직이지 않는 물체. 또는 자체로 움직이지 못하고 생명이 없는 물건. ¶사람이 심심하기보다도 전등과 방안의 정물들이 도리어 무료할 지경입니다. 〈태평천하⑭〉 ¶봇둑에 드문드문 지우산이 꽂혀서 있는 것은 읍내 한량들이 낚시질을 하고 있는 정물…. 〈정자나무 있는 삽화〉

정미(精米)㊔ '정백미(精白米)'의 준말. 뉘가 조금도 없는 썩 깨끗하게 쓿은 흰 쌀. 여기서 '뉘'는 쌀 속에 섞여 있는 겉 껍질이 벗겨지지 않은 벼의 낟알. ¶현물이 품귀요, 정미도 값이 생해서 기미도 일반으로 오르게만 된 형세건만,…. 〈탁류④〉

정미업자(精米業者)명 벼를 찧어 쌀을 만드는 일을 업으로 삼는 사람. ¶그런데 벼는 정미업자가 사들여 매갈이를 하여 현미를 만들어 가지고…. 〈화물자동차〉

정밤중명 자정을 전후한 때. 『같은』 한밤중. ¶그러나 그 밤에 정밤중에 그가 아현터널 앞에서, 막진해 나오는 제이호 급행열차를 정면으로…. 〈패배자의 무덤〉 ¶오월이라곤 하지만 정밤중은 한데 야지가 싸늘하게 찹니다. 〈흥보씨〉

정백미(精白米)명 뉘가 조금도 없는 썩 깨끗하게 쓿은 흰 쌀. ¶옥같이 하얗고 기름이 지르르 흐르는 일등 정백미의, 알 굵고 보드라운 밥도 밥이려니와. 〈흥보씨〉

정변(政變)명 혁명, 쿠테타, 음모, 암살 등 비합법적 수단으로 인한 정권의 변동. ¶특별한 정변이나, 연전의 동경 대진재 같은 천변지이나,…. 〈탁류④〉

정복(正服)명 (단체나 기관 등에서) 정해진 규정에 따라 입게 된 옷. 『같은』 제복(制服). ¶만일 그때에 '덕언이 선생님'이 다 무사히 파스를 해서 여섯 달 동안 교습을 마치고 정복 정모에 환도를 차고 거리로 나섰더라면 조선의 경찰 사상에 숨은 에피소우드의 한 페이지를 써 넣었을 것입니다. 〈소복 입은 영혼〉

정분(情分)명 사귀어서 정이 도타워진 정도. ¶"자네들이 너무 정분이 좋은 걸 보면 나는 괜히 심정이 나군 하데." 〈탁류⑩〉

정사(情死)명 남녀가 사랑을 이루지 못함을 비관하여 함께 죽는 일. ¶그는 계집과 둘이서 천당을 간다는 말에서 '정사'라는 것을 암시를 받았고…. 〈탁류④〉

정사하다형 깨끗하다. ¶이 서방은 인도하는 대로 방에를 들어가니까 아주 정사하게 소제를 하여 놓고 벽에 붙은 주련이며 깔아 놓은 보료며가 모두 생스럽지 아니했읍니다. 〈소복 입은 영혼〉

정상(情狀)명 딱하고 가엾은 형편. ¶겨우 영복이 하나만 데리고 가난에 끌려 하루 이틀을 목숨을 부지하여 나가는 정상은 이 세상의 가장 골똘한 가난을 표증하는 표본이라고 보기에 마침 알맞았다. 〈병조와 영복이〉 ¶"소용 없어요, 벌써 숨이 졌는 걸!" 승재는 죽은 자식을 놓고 상성할 듯 애달파하는 정상이 불쌍한 깐으로는 소용이야 물론 없을 것이지만, 〈탁류⑥〉 ¶승재는 속으로 촌사람들이 돼지 새끼나 송아지를 팔래도 너무 어리고 젖이 떨어지지 않아서 어미를 찾고 소리를 지르니까, 아직 좀더 자라게 두어두고 기다리는 것 같은 그러한 정상을 명님이네 집에다 빗대 보던 것이다. 〈탁류⑥〉

정색(正色)명 얼굴에 엄정한 빛을 나타냄. ¶옥초는 (소위 시골 토반의 집 태생이라서) 노파의 하는 수작이 기어오른다는 푼수로, 좀 괘씸은 했으나 그렇다고 정색을 하는 것도 어린애 짓이고 해서, 〈모색〉

정수(定數)명 정해진 운수. ¶생활의 중심을 갖지 못한 젊은 과부는 물 위에서 떠도는 기름방울 같아 마음도 몸도 질정해 어디다가 건사할 바를 모르는 게 정수란다. 〈용동댁〉

정수리명 머리 위에 숫구멍이 있는 자리. ¶"허허어 이 자식아, 원!" 하고 귀엽다고 정수리를 만져 줍니다. 〈태평천하⑤〉 ¶ 그러자 마침 그때다. 등 뒤에서 작대기가 따악하더니 미럭쇠의 정수리를 보기 좋게 후려갈긴다. 〈쑥국새〉

정서향(正西向)[명] 똑바른 서쪽 방향. ¶ 앞문이 정서향으루 나 놔서 오정만 지나면 그 더운 불볕이 쨍쨍 들이쬐지요. 〈소망〉

정시(正視)하다[동] 똑바로 보다. ¶ 시방 초봉이는 정녕코 눈물을 흘리지 싫어 승재 저도 눈이 싸아하면서 아프고, 차마 그 다음은 고개를 들어 정시하지를 못했다. 〈탁류⑩〉

정신머리(精神--)[명] '정신'을 속되게 이르는 말. ¶ "아이 참 내가 이렇게 정신머리가 없어!" 〈명일〉 ¶ "아이 참! 내 정신머리 좀 봐!…" 하면서 문간으로 부산히 나가더니 그러다가 잠깐 돌려다 보면서. 〈순공(巡公) 있는 일요일〉

정실(正室)[명] 첩에 대하여 본 아내를 이르는 말. [같은] 본처(本妻). ¶ 나는 독식이니까, 인제부터는 버젓한 정실 노릇을 할 뿐더러 어린것도 사생자라는 패를 떼게 되지 않느냐. 〈탁류⑭〉

정양(靜養)[명] 몸과 마음을 안정하여 휴양하는 것. ¶ 꼬박 이태 동안을 요양원과 고향집에 누워서 정양을 하고 지냈고. 〈반점〉

정예(精銳)하다[형] 알짜로만 골라 뽑아 아주 우수하다. ¶ 그 얼굴들은 영복이와 병조의 '이야기'로 얻어진 이 공장 안에서 가장 정예한 ×××× 둘이었었다. 〈병조와 영복이〉

정의(情意)[명] 따뜻한 마음과 참된 의사. ¶ 환경이 바뀌고 또한 생리적으로 변화가 생김에 따라 그의 마음에서도 정의의 싹이 돋아오르기 시작하였다. 〈산동이〉

정이[부] 정히(正~). 진정으로. 꼭. ¶ "이 애야 초봉아?" 유 씨는 음성에 정이 간곡하게 부르면서 잠깐 고개를 쳐들고 본다. 〈탁류⑦〉

정작[명] 요긴하고 진짜인 물건. 또는 요긴한 점이나 부분. ¶ 그러므로 아무리 해도 이 ×××은 정작이 아니요, 여벌감이다. 여벌감이고, 정작은 앞으로 달리 서둘러서 '××가리'나 그게 아니면 '×××'이라도 구해 볼 것, 〈탁류⑱〉 ¶ 먼빛으로는 조그마하니, 마치 들복판에다가 박쥐우산을 펴서 거꾸로 꽂아 놓은 것처럼 동글 다북한 게 그림 같아 아담해 보이기도 하지만, 정작은 두 아름이 넘는 늙은 팽나무다. 〈정자나무 있는 삽화〉

정적(靜寂)[명] 쓸쓸할 정도로 아주 고요하고 잠잠함. ¶ 밤이 아니고 밝은 새벽, 그러나 인적이 없는 정적의 틈을 타서 홀로 마당도 걷고, 화단에 손질도 해 주고, 〈탁류⑩〉 ¶ 보기에도 답답하고, 마치 세상이 가다가 말고서 끄윽 잠겨 움직이지 않는 성싶게 하품이 절로 나오는 여름날 오후의 정적이다. 〈용동댁〉

정정(亭亭)하다[1] [형] 몸이 튼튼하고 건강하다. 또는 솟은 모양이 우뚝하다. ¶ 그것은 혼인을 치른 첫날밤 그 정정하던 신랑이 신방에 첫발을 들여 놓으면서 도무지 병명도 모를 급병으로 죽어 버린 것입니다. 〈소복 입은 영혼〉 ¶ 심장 비대증으로 천식기가 좀 있어 망정이지, 정정한 품이 서른 살 먹은 장정 여대친답니다. 〈태평천하①〉 ¶ 그러므로 그러한 강풍을 어거하자면, 보다 더 실한 돛과 정정한 풍차가 있어야 할 것이다. 〈패배자의 무덤〉

정정(正正)하다[2] 형 바르고 가지런하다. 또는 바르고 떳떳하다. ¶어쩌면 방금 우지끈 딱하고 내려앉는 성싶으면서도 치어다보아야 그냥 정정하니 얹혀 있다. 〈탁류⑭〉

정조(貞操)[1] 명 곧고 깨끗한 절개나 이성 관계의 순결. ¶그제서야 정조라는 것—남의 아낙으로서 정조를 더럽혔다는 것—을 생각하게 되었던 것이다. 〈탁류⑩〉 ¶그동안 저 계집의 정조의 경도를 시험해 보지도 않고서, 그의 정조도 얼굴 생김새와 같이 점수가 높으려니 믿었던…. 〈탁류⑭〉 ¶P는 정조적으로 순진한 사나이가 아니다. 열네 살 때에 소꿉질 같은 장가를 갔고 그 뒤 동경 가서 있을 동안에 거기 여자와 살림도 하였다. 〈레디 메이드 인생〉

정조(情操)[2] 명 정신의 활동에 따라 일어나는 고상하고 복잡한 감정. 지적, 종교적, 도덕적, 미적의 여러 가지로 나눌 수 있다. ¶한바탕 진고개에 있어서의 조선 정조를 착실히 나타냈을 것이지만, 〈태평천하⑭〉

정조 무장(貞操武裝) 명 여자가 자기의 성적 관계의 안전을 유지하기 위하여 필요한 사상이나 기술 따위를 단단히 갖춤을 이르는 말. ¶밤이면 십자군의 계집인 듯이 정조 무장을 하기가 일쑤요, 그렇지 않으면 마지못해서 계집 노릇을 한다는 것이 청루의 계집보다 더 싱겁다. 〈탁류⑬〉

정종(正宗) 명 일본식 '청주'를 흔히 이르는 말. ¶김 씨한테 들렀다가 돌아오면서는 정종을 맛 좋은 놈을 한 병 사서 들고 집으로 온다. 〈탁류⑩〉

정체(正體) 명 사물의 본디의 형체. ¶그것은 그러하고, 일변 미심이 더럭 나는 것이 고태수라는 인물의 정체다. 〈탁류⑧〉

정치다 동 →경치다. (경기, 제주). 호된 꾸지람을 듣거나 벌을 받다. ¶"저런 정칠 녀석!" 하고 욕을 먹되, 〈흥보씨〉 ¶"잘한다! 정칠 년!… 둔 못 버는 사내가 워너니 사내값에 갈라더냐!" 〈이런 남매〉 ¶정치게 효도할려구 드네! 〈탁류⑩〉

정통(正統)[1] 명 바른 계통. ¶두 줄이었던 열이 네 줄인지 다섯 여섯 줄인지 또 어느 게 정통인지 어느 게 서족인지 통 분간을 할 수가 없다. 〈상경반절기〉

정통(正統)[2] 명 사물의 중심이 되는 요긴한 부분. 『같은』 정곡(正鵠). ¶초봉이는 깜짝 놀라 입술을 깨물고 와락 달려들어 형보가 우디고 있는 ×××께를 겨누고 힘껏 걷어찬다. 정통이 거기라는 것을 형보 제가 처음부터 우디고 있기 때문에 안 것이요. 〈탁류⑱〉 ¶곳은 바야흐로 재동 파출소의 정통 앞인데, 〈흥보씨〉 ¶우리게 남산이라도 정통으로 칵 한 번 들이받는다면, 단박에 구멍이 뻥하니 맞창이 뚫어지고 말 것 같았다. 〈회(懷)〉

정표(情表) 명 간곡한 정을 나타내기 위하여 물품을 주는 것. 또는 그 물품. ¶연천 선생이 떠나기 조금 전에, 풍금을 한 채 (나중에야 알았지만, 재갸 사사돈으로, 정표 삼아) 사들여 논 것이 있었다. 〈회(懷)〉

정혼(定婚) 명 혼인을 정하는 것. 혼인하기로 약속하여 정함. ¶일이 년 그렇게 해서 돈 백 원이나 앞채면 급자기 정혼을 해서 얼른 혼인을 해 버릴 양으로. 〈얼어죽은 모나리자〉 ¶그 당장에서 정혼을 해도 좋았을 것이었었다. 〈탁류⑦〉

정황(情況) 명 어떤 일을 에워싼 그 당시의 환경이나 상태. ¶현장으로 덮어놓고 달려들어 가지 않고서 우선 밖에서 정황을 물어 보고 하는 것이 제법 계봉이보다 침착하게 군소리더냐 하면 노상 그런 것도 아니요. 〈탁류⑰〉

정히(正-)㉥ 진정으로 꼭. ¶정히 그렇다면 그 일을 어떻게 하나. 〈얼어죽은 모나리자〉

젖내(가) 나다㉧ 말이나 하는 짓이 유치하다. ¶경손이가 혹시 아까 윤 직원 영감과 반지 조건을 가지고 연애 계약을 하던 경과를 죄다 듣고서 저러는 게 아닌가 싶어, 젖내야 날 값에 그래도 계집애라고 그런 연극을 할 줄 알던 것입니다. 〈태평천하⑪〉

젖어미㉤ '젖어머니'의 맞춤말. 【같은】 유모(乳母). ¶아이는 오래 울던 끝이라, 가끔 학학 느끼면서 아직 눈물 어린 눈으로 말끄러미 '젖어미'를 올려다만 본다. 〈빈(貧)… 제1장 제2과〉

제[1]㉤ '나'의 낮춤말인 '저'의 변한말. ¶유모는 막상 돈 이야기가 아니고, 불쑥 어린 것 말이 나오니까, 제사 싱겁던지 낯꽃이 조금 누그러진다. 〈빈(貧)… 제1장 제2과〉

제[2]㉣㉥ '저기'의 준말. ¶"제서 기대리우우?" 비로소 아까의 그 상아빨 주리 신사인 것까지 생각이 났다. 〈상경반절기〉

제[3]㉦ '적에'의 준말. ¶"전방에 두어둘 제는 치레뿐으로 두어두었나?… 무어야 대체? 모른 체허구 서서 남을 망신을 주구… 전화나 가지구서 히약질이나 하믄 제일인가?" 〈탁류②〉

제겨 가다㉨ (잘잘못을) 하나씩 따져 가다. ¶예까지 형보는 꼬박꼬박 제겨 가다가 문득 낭패한 기색으로 말을 뚝 그친다. 〈탁류⑭〉

제구(諸具)㉤ 여러 가지 도구. ¶신랑의 옷을 한다, 집을 세로 얻는다 살림 제구를 장만한다… 이래서 그 오백 원은 거진 다 없어진 것이다. 〈탁류⑨〉

제군(諸君)㉤ 평교나 손아랫사람에게 '여러분', 또는 '그대들'의 뜻으로 쓰는 말. ¶제군으로 하여금 배우는 길을 얻두룩 이 학교를 설립하신 게 아닌가? 〈이런 남매〉 ¶제군도 일상 보지만 가마솥에서 밥이 한참 넘을 때면 그 무거운 쇠소댕이 들썩들썩 떠들리지 않더냐. 〈회(懷)〉

제기다㉨ (팔꿈치나 발꿈치로) 힘을 세게 주어 넘어지거나 부스러지거나 상처나게 하다. ¶아씨는 침척을 내던지고 달려들어서 물어뜯고 꼬집어 뜯고 무릎으로 제기고 한다. 〈생명〉

제기할 것【관용】 →제기랄 것. 언짢을 때나 실망할 때 불평스럽게 내뱉는 소리. ¶그 데데거리는 말끝마다 빠뜨리지 않는 군가락 '제기할 것!' 소리와, 〈탁류②〉

제길㉩ '제기랄'의 준말. ¶"제길!" P는 혼자 두덜거리며 지금까지 섰던 기념비각 옆을 떠났다. 〈레디 메이드 인생〉

제까짓㉪ '겨우 저 따위 정도의'라는 뜻으로 깔보고 얕잡아 말할 때에 쓰는 말. ¶왜 내가 제까짓 자식을 무서워한단 말이냐고 짜증스럽게 이맛살을 찌푸리면서 연신 저를 탓을 해도 종시 소용이 없다. 〈정자나무 있는 삽화〉

제깐놈㉤ '겨우 저 따위 정도의 사람'이란 뜻으로 남을 깔보고 얕잡아 일컫는 말. ¶"제깐놈들이 뭐 약이 어쩐지 아나 머." 〈탁류②〉

제깐㉤ 자기 생각이나 가늠. ¶제깐에도

이상했던지 잠시 입을 오물거리고 고갯짓을 하다가 비로소 다시 파고들어 빨아 먹기 시작을 한다. 〈빈(貧)… 제1장 제2과〉 ¶사립문 시름이 없어 소리도 크지 아니했읍니다. 〈어머니를 찾아서〉

제네㊥ '저이네'의 준말. '저 사람들'을 약간 높여 하는 말. ¶작인들이야 제네가 싫고 싫지 않고는 문제가 아니요, 〈태평천하⑩〉 ¶그렇잖아도 혼인 비용을 전부 자네가 대 줄 요량을 하고 있단다고 하고, 〈탁류⑦〉 ¶거기에 제네 색시가 기다리고 있는 줄 알면서 부를 수 없는 색시 대신 어머니라고 부르던 것이다. 〈두 순정〉 ¶제네는 그동안 편안히 앉아서 유유하게 한담이나 하고 놀아. 〈상경반절기〉

제네들㊥ '저이네들'의 준말. ¶그리고 그것은 다시 제네들의 어린 것이 젖을 뺏긴 그 덕이다. 〈빈(貧)… 제1장 제2과〉

제돌잡이㊐ 난 지 첫돌이 되거나 그만한 시기의 아이. ¶아랫목에는 제돌잡이 어린것이 앓아 누웠고, 웃목에서는 경쟁이가 경을 읽고 앉았다. 〈탁류⑥〉

제딴㊐ 자기의 생각이나 기준. ¶혹 우리 병원에 간호부 자리라도 한자리 나면… 제딴에는 이런 걱정까지 하던 참인데…. 〈탁류⑧〉 ¶"나 재봉틀 하나 샀으면…" 하고는 제딴에도 웃는다. 〈보리방아〉

제라서㊎ 스스로. 저절로. 또는 자진하여. ¶계봉이는 그렇게까지 안 해도 좋을 것을 너무 매몰스럽게 쏘아 준 것이 미안했던지, 제라서 배시기 웃는다. 〈탁류⑧〉 ¶이렇듯 각 방면으로 미흡함을 홀로 제라서 대신하여 단연코 분풀이를 한 듯이 위대하게 (즉 불구스럽게) 큰 두 개의 귀, 〈흥보씨〉

제로(zero)㊐ 영(零). 아무 것도 전혀 없음. ¶그러나 늙지도 않고 어엿하니 교양이니 지체도 있음직한, 그래서 가히 제로랄 이 신사는? 〈상경반절기〉

제마다㊎ →저마다. 사람마다. ¶한 주발씩의 막걸리거니 하면 그저 그만이겠지만, 제마다 한 주발씩 그 놈을 들이켜고 나서는 그 입맛이 회회 감겨하는 것이며 전신에서 솟아나는 든든해 하는 얼굴이며 가…. 〈정자나무 있는 삽화〉

제물로㊎ 그 자체가 스스로. 저절로. ¶모노타이프의 조그마하고 암상스러운 기계에서 활자가 제물로 만들어져 가지고는 뾰족뾰족 비어져 나오는 교묘한 작용을 병조는 한참이나 보고 섰다가 다시 저편 끝에 있는 단재기(斷裁機) 옆으로 갔다. 〈병조와 영복이〉 ¶관을 내리고, 파 올린 붉은 황토를 덮어 봉분을 쌓고, 제철이라서 푸르러 있는 떼를 입히고 하니 제물로 무덤이 되던 것이다. 〈탁류⑪〉

제미할㊍ 제미붙을. '제 어미와 붙을 것'이라는 뜻으로 남을 경멸하거나 저주할 때 쓰는 심한 욕. ¶그 잘난 제미할 여학생 장가로 못 갈까 봐서 코가 쉰댓 자나 빠져 갖고 댕길 때는 언제고, 저리 좋아서 야단스레 굴 때는 언제꼬! 〈탁류⑨〉

제밀㊍ 못마땅하여 상스럽게 하는 욕말. 【같은】제미랄. 제미붙을. ¶"밥해 먹을 곡식 두 모자라 야단이라문서 그 제밀 술은 어쨌다구 해 팔게 마련인구!" 〈암소를 팔아서〉

제바람에㊎ 제 스스로의 동작으로 말미암아. ¶초봉이는 제바람에 놀랄 만큼 깡충 뛴다. 〈탁류⑬〉

제 밑 구린 줄 모르다【속】 자기의 잘못이나

허물을 깨닫지 못한다는 말. ¶제 밑 구린 줄 모르구서 남더러 어쩌구저쩌구 한다는 게 꼭 우리 아저씨 그 양반을 두고 이른 말인가 봐. 〈치숙(痴叔)〉

제바리[1]㊐ 생식기가 불완전한 남자. 『같은』 고자(鼓子). ¶우리 집 영감님이 아주 제바리야! 그새 첩을 네엔장 몇씩 갈아 딜이두 아이를 못 낳는 걸 좀 보지? 〈탁류⑤〉

제바리[2]㊐ 노가다패들이 자기 불만을 표시하는 욕말(?). ¶신식 여자는 식자나 들었다는 게 건방져서 못쓰고, 도무지 그래서 죄선 여자는 신식이고 구식이고 다 제바리여요. 〈치숙(痴叔)〉

제발 덕분㊊ 제발 덕분에. 간절히 덕(德)이나 혜택을 바라건대. ¶제호는 아낙이 죽기나 했으면 제발 덕분 시원할 지경이다. 〈탁류②〉

제백사(諸百事)㊐ 여러 가지 일. 『같은』 만사(萬事). ¶그러니까 내가 데리구 가서 잘 부탁을 하면 아마 월급 같은 것두 후허려니와 제백사가 다 괜찮을 듯헙니다…. 〈보리방아〉

제 버릇 개 못 준다『속』 제 버릇 개 줄까. 나쁜 습성은 쉽게 고치기 어렵다는 뜻. ¶그 여편네만은 결코 그러지 않으려니 했던 게, 웬걸, 제 버릇 개 못 준다더니, 남의 첩데기짓을 하느라고, 끝내는 요게 샛밥을 날름날름 집어 먹다가, 〈태평천하⑧〉

제병㊐ '비단'의 한 가지. ¶흐트러진 자리옷에 남색 제병 누비이불로 아랫도리를 가리고 앉았는 초봉이 제가, 보아야 역시 저다. 〈탁류⑩〉

제병 이불㊐ 제병으로 만든 이불. ¶옥섬이는 문갑 속에 든 열쇠를 찾아서 이불장을 열고 새파란 제병 이불 한 채를 꺼내어 마루로 안아다 놓았다. 〈산동이〉

제병처네㊐ 겉덮는 얇고 작은 제병 이불. 여기서 '제병'은 비단의 한 가지. ¶남색 제병처네를 덮어씌운 형보의 시신 위에 눈이 제풀로 멎는다. 〈탁류⑱〉

제사 회사(製絲會社)㊐ 솜, 고치 등으로 실을 만드는 회사. ¶미상불 전에 이 마을에서 두엇이나 '비단 짜는 데' 즉 제사 회사의 여공으로 뽑혀 갈 때에 용희도 가고자 했고 태호나 정 씨도 보낼 생각이 없지는 아니했었다. 〈보리방아〉

제약사(製藥師)㊐ 약을 제조하는 사람. ¶제약사가 보구서 무어랄까? 〈탁류⑧〉

제에길㊎ →제길. 원망스럽거나 불평스럽거나 할 때에 하는 소리. ¶"제에길!…" 강서방은 역정스럽게 두런거리면서 도로 눈을 감고. 〈이런 남매〉

제에길헐㊎ 제기랄. 원망스럽거나 불평스럽거나 할 때에 하는 소리. ¶"그렇다… 제에길헐!" 두성이는 가마니를 오목이네 옆에다 아무렇게나 홱 내던진다. 〈얼어죽은 모나리자〉

제엔장㊎ →젠장. 마땅찮아서 혼자 내뱉듯이 하는 말. ¶잡지도 기왕 하려거든 그렇게나 해야지, 죄선 사람들은 제엔장 큰소리는 곧잘 하더구면서도 잡지 하나 반반한 거 못 만들어 내니! 〈치숙(痴叔)〉 ¶제엔장! 나는 더러 와서 언니네가 모두 이렇게 재미나게 사는 걸 본다 치면, 새앰이 나구 속이 상해 죽겠어. 〈소망〉

제엔장맞을㊎ →젠장맞을. '제에기 난장(亂杖) 맞을'의 준말로, 마땅찮아서 혼자 내뱉듯이 하는 말. ¶제엔장맞을! 워너니

이 화상을 누가 좋아한담! 〈쑥국새〉 ¶ 제엔장맞을, 차라리 뛰쳐나서서 냅다 한바탕… 응? 그럴 것이지, 그렇잖우? 〈소망〉

제엔장맞일㉡ →젠장맞힐. 제에기 난장(亂杖) 맞힐'의 준말. ¶ 하누님이 알어보신다? 허허, 제엔장맞일 아따 그리세, 우동 한 그릇씩 먹세그려나! 〈탁류⑮〉

제왕(帝王)㊔ 황제 또는 국왕의 총칭. ¶ 위로 제왕을 비롯하여 아래로 행려병 사망자에 이르기까지 인간의 생명이 소중하다는 소치는, 〈탁류⑬〉 ¶ "저, 위로는 제왕, 밑으로는 걸인, 그 모든 사람이 위선 시방 이 제도의 이 세상에서 말이다." 〈치숙(痴叔)〉

제우㊄ →겨우. ¶ "정거장에서 ×× 인쇄소라고 물으닝께 잘 가르쳐 주더만… 그리두 한참 돌아댕기다 제우 찾았어." 〈농민의 회계보고〉

제웅㊔ '아무 분수를 모르는 사람'을 놓으로 이르는 말. ¶ 위아래를 활씬 벗고 엎드려 매가 아직 내리기 전의 고 찰나에 제웅은 떨며 애원하는 것이다. 〈생명〉 ¶ 그는 이 제웅이 아무 속도 모르고, 속을 모를 뿐 아니라 오히려 타악 믿고서 무심히 앉아 있는 것이 다시금 귀여웠다. 〈탁류⑧〉

제육(猪肉)㊔ 돼지고기. ¶ "고기 다 동나기 전에 제육 한 냥(이십 전)어치만 사시유." 〈얼어죽은 모나리자〉

제육돌림(猪肉--)㊔ 돼지고기 볶음. 돼지고기에 여러 가지를 골고루 한데 섞어 볶은 음식. ¶ 오목이는 제육돌림 먹을 것을 생각하면서 침을 또 삼켰다. 〈얼어죽은 모나리자〉

제제(製劑)㊔ 의약품을 치료 목적에 알맞게 조합 가공하여 일정한 형태로 만드는 것. 또는 그 제품. ¶ 응당, 간유랄지 칼슘제제를 먹였어야 할 것이지만…. 〈흥보씨〉

제주말(濟州馬)이 제 갈기를 뜯어먹는다〖속〗 잘한다고 한 일이 자신에게 불리하게 되었다는 말. 〖같은〗 제주말 갈기 제가 뜯어먹는 격이다. ¶ 제주말이 제 갈기를 뜯어먹는다는 푼수로, 이태 동안에 정 주사의 본전 삼백 원은 스실사실 다 밭아 버리고 말았다. 〈탁류①〉

제철㊔ 가장 알맞은 시기. ¶ 제철 따라 승지로 유람 다니기, 〈태평천하⑤〉

제풀㊄ 제풀에. 제바람에. ¶ 돼지 새끼나, 혹은 송아지나 그놈이 조금만 더 자라 제풀로 뛰어다니면서 밥도 먹고, 꼴도 먹고, 그래 젖이 떨어지면 장에 내다가 팔려니 하고 기다리는 촌사람이나, 〈탁류⑥〉 ¶ 또 그뿐 아니라 이 흉년 끝에 집에 두어두고서 펀펀 굶기느니 제풀로 가서 제 목구멍 하나 얻어먹는 것만 해도 그게 어디냐고. 〈동화〉 ¶ 또 세상 제풀로 살아갈 준비다 해 가지구 비로소 버젓하니 교양있고, 썩 현대적인 부인하고 결혼을 하고. 〈이런 처지〉 ¶ 이 미묘한 계집의 동정을, 더구나 을네가 어찌해서 제풀로 오복이게로 갔으며, 〈정자나무 있는 삽화〉 ¶ 본시 바람이란 것은, 제풀로 두어두면 부질없는 파괴나 일삼는 해로운 물건이다. 〈패배자의 무덤〉

제(除)하다㊍ 덜어 내거나 빼다. ¶ 도조 일곱 섬에 암모니아 값이야 장리야 다 제해도 여덟 섬은 떨어질 것, 거기다 빚이나 얼마 얻으면 올 가을에는 딸을 여윌 수가 있는 것이다. 〈보리방아〉

제풀에[부] 저 혼자 저절로. ¶밥이 제풀에 잦혀지다 못해 밥 탄내가 흥건히 풍긴다. 〈암소를 팔아서〉 ¶유모는 제풀에 심정이 나서 혀를 차다가. 〈빈(貧)… 제1장 제2과〉 ¶그러고 나니, 연하여 주의는 제풀에 그런 데로만 끌린다. 〈상경반절기〉

제휴(提携)[명] 서로 붙들어 도와줌. ¶M은 동경서 학생 ××에 제휴를 했던 만큼, 그리고 전문이 정경과인 만큼 좌익 진영에서 쓰는 어투가 그대로 나온다. 〈레디 메이드 인생〉

젠들[감] 젠장. 뜻에 맞지 아니하여 불평스러울 때에 상스럽게 쓰는 말. ¶"소희가 오늘 분을 바르구 왔더라 히히." 하고 웃었다. 그 말을 따라 여러 소리가 뒤를 이어 나왔다. "숩내낸 게지…" "젠들 어느 장사놈의 계집애든가…." 〈병조와 영복이〉

젠장맞일[감] →젠장맞힐. 뜻에 맞지 아니하여 불평스러울 때에 상스럽게 하는 말. ¶"그리라, 젠장맞일…" 〈태평천하②〉 ¶"아 난두 젠장맞일 그 아들내미가 한 놈 있더람 그런 대루 대학교 공부라두 시켜설랑." 〈모색〉

조(調)[명] '말투', '태도' 등의 뜻을 나타내는 말. ¶말하는 조가 서슬이 시퍼런 것이 사뭇 독이 뚝뚝 듣는데. 〈정자나무 있는 삽화〉

조(調)가 나다[관용] 교만한 태도가 있다. ¶모두 떼거지가 될 꼬락서니에 칙살스럽게 이거라두 채려 놓구 앉어서 목구멍에 풀칠을 하니깐 조가 나서 그래요?…. 〈탁류⑮〉

조각보(-褓)[명] 여러 조각의 헝겊으로 만든 보자기, 헝겊 조각을 여럿 대어서 만든 보자기. ¶자식도 없는 과부로 집은 방이 네 개나 되는 것을 조각보 오리듯 떼어 한 개씩 세를 놓고 자기는 혼자 홑몸으로 안방 하나만 차지하고 있어. 〈명일〉 ¶화초를 가꾸고, 장롱을 훤하게 닦달을 하고, 조각보를 새기고 하는 것과 조금도 다를 것 없이 다만 제 제미를 위해서 하는 노릇일 따름이었었다. 〈탁류⑫〉

조가비[명] 조개의 껍데기. ¶이를테면 시방 해변가의 놀란 조개처럼 다뿍 조가비를 오므리는 양이다. 〈탁류⑰〉

조각적(彫刻的)이다[형] (무엇을) 새기거나 빚어서 만든 모양 같다. ¶너무 울퉁불퉁하게 솟을 놈 솟고 박힐 놈 박히고 해서 조각적이기는 해도, 고태수라는 사람처럼 그린 듯 곱지는 못하다. 〈탁류②〉

조각팥[명] 갈라져 조각이 난 팥. ¶이것이 밥상 위에 놓은 찬이요 밥은 외수없이 검붉은 조각팥 밥에서 벗어나지 아니하였다. 〈앙탈〉

조각(組閣)하다[동] 내각(內閣)을 조직하다. ¶최근 것으로 불란서에서 인민전선파가 내각을 조각했다는 것을 보고는 벌써 반 달이나 신문을 얻어 보지 못했던 것이다. 〈명일〉

조간[명] 이야기. 말씀. ¶어참, 저 부인 되시는 정초봉 씨 그분한테 대한 조간인데.…. 〈탁류⑭〉

조강지처(糟糠之妻)[명] 가난과 고생을 함께 하며 살아온 아내. ¶새장가 든다구 조강지처 이혼하려 들어? 그게 못난 사내 아니구 무어라더냐? 〈태평천하⑪〉 ¶첩이 싫다고 남의 조강지처나 바라고 있는 거 내는 그만에 구역이 나더라, 〈탁류⑨〉

¶이미 헌 몸뚱이니 남의 조강지처는 바랄 수 없고, 다직해야 막지기 아니면 첩인걸. 〈용동댁〉

조개[부] '조금'의 사투리. ¶"둘림하여 먹게? 오오냐, 내가 내일 장에 갔다 오믄서 돼지고기 사구 또 지두 맛있는 놈 조개(조금) 얻어 와서 둘림해 주마…." 〈얼어죽은 모나리자〉

조계(租界)[명] 19세기 후반에 중국의 개항 도시에 있었던 외국인 거주지.

조고맣다[형] →조그맣다. ¶"조선에 신문이 모자리니 신문을 하나 경영허든지, 또 조고맣게 하자면 잡지 같은 것도 좋고, 또 영리사업도 좋고… 그러면 취직 운동하는 것보담 훨씬 낫잖은가?" 〈레디 메이드 인생〉

조곤조곤[부] 조목조목. 한 조목 한 조목. ¶초봉이는 경황 중이라, 이 말이 조곤조곤 해겨서 그 진가를 분간할 겨를은 없으면서도…. 〈탁류⑩〉 ¶그래 다시 조곤조건 따졌지요. 〈치숙(痴叔)〉

조굿 대가리[명] 조기 대가리. '조굿'은 '조기'의 사투리. ¶아나 괭아, 조굿 대가리 주께 이리 온…. 〈탁류⑫〉

조그마하다[형] 좀 작거나 적다. ¶먼빛으로는 조그마하니, 마치 들 복판에다가 박쥐우산을 펴서 거꾸로 꽂아 놓은 것처럼 동글 다북한 게 그림 같아 아담해 보이기도 하지만, 정작은 두 아름이 넘는 늙은 팽나무다. 〈정자나무 있는 삽화〉

조금치[명] 조그마한 정도나 분량. ¶그리고 나는 이 일이 있음으로 해서 소희 씨에게 조금치라도 섭섭한 생각을 가진다거나 반감을 품거나 하지는 않습니다. 〈병조와 영복이〉 ¶오히려 반가와할 것이지 조금치나 저어를 할 머리는 없는 것입니다. 〈태평천하⑩〉

조깨[명][부] →조금. 적은 분량이나 정도. ¶미리미리 조깨씩 삶아 두구 끄니때면 누아 먹어야지!…. 〈태평천하⑤〉

조꼼[명][부] →조금. (함남) ¶"돈 소리가 절렁절렁 나는데?" 미상불 P의 포켓 속에서는 아까부터 잔돈 소리가 가끔 잘랑거렸다. "자고 나 돈 조꼼 주고 가 응." 〈레디 메이드 인생〉 ¶우리 딸로 데리올라 캤더니 아직 어려서 조꼼 더 크게로 두었소, 자아…. 〈탁류⑨〉 ¶아까 그게 그리니까 두시가 조꼼 못 돼서야. 〈소망〉 ¶"저… 검은 실…조꼼만 다구." 옥섬이는 해쭉이 웃으며 마침 옆에 놓고 쓰던 바느질 광주리에서 검정 실패를 찾아 가지고는. 〈산동이〉

조끼(ジョッキ)[의] '맥주를 담아 마시는, 손잡이가 달린 대형의 컵'의 일본어. 여기서는 그 컵을 세는 단위. ¶범수는 본시 술을 못 먹는 편이 아니라 다뿍 시장했던 판에 날맥주를 한 조끼나 들이켜 그 위에다가 더운밥을 먹어. 〈명일〉

조냉(早冷)[명] 일찍이 다가온 차가운 날씨. ¶그런데 우환 중에 날이 이렇게 조냉을 해서, 벼의 결실을 부실하게까지 하려 드니 더욱 걱정이 안 될 수가 없읍니다. 〈태평천하⑭〉

조달(早達)[명] 나이에 비하여 올됨. ¶"그렇게도 조달을 하나!" 승재는 혼자서 탄식하듯 중얼거린다. 〈탁류⑧〉

조동(躁動)[명] 아주 방정맞게 행동함. 경거망동(輕擧妄動). ¶과부의 외아들이겠다, 제 집안이 넉넉하겠다, 허니 자연 조동으루 자랐을 것이요, 그래서 입때까지

장가두 들지 않구 있었던 게 아니요? 〈탁류⑦〉

조락(凋落)하다⑧ 차차 쇠하여 보잘것없이 되다. ¶무릇 이 조락한 생애로부터 또한 가지 하찮으나마 애착과 동경을 영영 잃는다는 것은 작히 슬픔이 아닐 수가 없는 것이다. 〈상경반절기〉

조랑조랑㊊ 작은 열매 따위가 많이 매달려 있는 모양. ¶초봉이는 끌리듯 고개를 쳐들고 높다랗게 조랑조랑 매달린 아카시아 꽃송이를 올려다 보면서 절로 미소를 드러낸다. 〈탁류②〉

조략(粗略)하다㊍ 아주 간략하여 보잘것없다. ¶종차는 제호한테 다 까놓고 이야기를 해서 살림을 조략히 해서라도 할 테니 매삭 이삼십 원 가량씩 따로 내려보내 달라고 하든지, 〈탁류⑫〉

조롱(嘲弄)㊔ 남을 비웃고 놀리는 것. ¶여학생이 잡가도 한다더냐고 더러 조롱을 하지만, 역시 그만한 입살은 탈 아이가 아닙니다. 〈태평천하⑩〉 ¶이러한 때는 누이가 차차로 염기(艷氣) 없어져 가는 노성에, 전도 부인과 같은 일종의 경멸을 느끼고서 조소를 해주는 조롱이던 것이다. 〈패배자의 무덤〉

조롷다㊊ →조렇다. '조러하다'의 준말. ¶조롷게 생긴 계집애한테루 장가를 들랴면서 기생년을 꿰어차구 다니니 하늘이 알아보실 일이지! 〈탁류⑨〉

조마맣다㊍ 꽤 조그마하다. ¶발에는 크막하니 솜을 한 근씩은 두었음직한 흰 버선에 운두 새까만 마른신을 조마맣게 신고, 바른손에는 은으로 개 대가리를 만들어 붙인 화류 개화장이요, 〈태평천하①〉

조막㊔ 주먹보다 작은 물건의 덩이를 형용하는 말. ¶그들먹하게 뻗고 누웠는 다리를 조막만한 기집애가 밤만한 주먹으로 토닥토닥 무심히 치고 있는데, 〈태평천하⑩〉

조만(早晩)㊔ (시간적으로) 이름과 늦음. ¶그러자니 그게 조만이 없는 노릇이었었다. 〈탁류⑱〉

조만간(早晩間)㊊ 이르든지 늦든지 필경 어느 때에든지. 곧. 머잖아. ¶첫날밤 신방에서든지 그 다음날이든지 조만간 탄로가 나기는 하겠지만 〈얼어죽은 모나리자〉 ¶옥초는 제 자신의 역량과 컨디션과 그리고 그러한 역량과 그러한 한 컨디션 밑에서 제가 조만간 거기에 참예를 할 현실 사회의 생활과 이런 것을 가지고 갖추 세세하게 상량을 해보았다. 〈모색〉

조만치가 않다『관용』 '조만하지 않다'의 준말. 일의 상태 등이 예사롭지 않다. ¶운명은 넌출이 결단코 조만치가 않다. 〈탁류⑭〉

조매㊔ →조금. ¶"그리두 무엇 다런(다른) 반찬이 조매나(조금이나) 있어야지." 〈보리방아〉

조몰조몰㊊ 작은 손놀림으로 연한 물건을 만지작거리는 모양. ¶초봉이의 손이, 흙이 묻은 것까지도 어떻게나 이쁜지, 형보만 없는 데라면 꼬옥 잡아다가 조몰조몰 주물러 주고 싶었다. 〈탁류⑩〉

조몰조몰하다⑧ 작은 손놀림으로 연한 물건을 자꾸 만지작만지작하다. 『비슷』 조몰락조몰락하다. ¶이번에는 계봉이가 저라서 승재의 손을 끌어다가 두 손으로 꽈악 쥐고 조몰조몰한다. 〈탁류⑰〉

조무래기㊔ '어린아이'를 낮추어 이르는 말.

¶ 조무래기 아이들이 와 떠들면서 운동장으로 쏟아져 나옵니다. 〈어머니를 찾아서〉 ¶ 사실 별반 힘들 게 없는 것이, 그런 조무래기야 장안에 푹 쌨고, 〈태평천하⑩〉

조무래기패명 조무래기들의 무리. ¶ 맨 앞자리는 고놈 깍정이 같은 조무래기패가 옴닥옴닥 들어박혀 윤 직원 영감의 육중한 체구가 처억 그 틈에 끼여 있을라 치면, 〈태평천하③〉

조물조물부 좀 큰 손놀림으로 물건을 자꾸 주무르는 모양. ¶ 윤 직원 영감은 다른 한 손으로 춘심이의 나머지 한 손을 조물조물 주무릅니다. 〈태평천하⑩〉

조민(躁悶)명 초조하여 가슴이 답답함. ¶ P가 노상 머리속에 K한테 연관시켜 보고 위협을 느끼던 당시의 소위 여류 문사 ×× 순이와 같은 —그러한 경로에 서서 걸어가고 있지나 아니한가 하는 불안과 조민이 P의 가슴을 조바심치게 하였다. 〈그 뒤로〉

조민(躁悶)하다형 초조하여 가슴이 답답하다. ¶ "여기 일은 다 되었는데 이 사람이 웬일이야!" 하고 걱정을 하며 몹시 조민하였다. 〈불효자식〉

조바심명 조마조마하여 마음을 졸임. 또는 그렇게 졸이는 마음. ¶ 사뭇 조바심만 나서 승재는 마치 무엇 마련운 무엇에다 빗댈 형용이다. 〈탁류⑧〉 ¶ 참새가 서너 마리 지붕 말랑에서 지저거리고 둥우리에서는 닭이 조바심을 친다. 〈동화〉

조바심치다동 조마조마하여 불안을 느끼다. 『같은』 조바심하다. ¶ P가 노상 머리속에 K한테 연관시켜 보고 위협을 느끼던 당시의 소위 여류 문사 ××순이와 같은 —그러한 경로에 서서 걸어가고 있지나 아니한가 하는 불안과 조민이 P의 가슴을 조바심치게 하였다. 〈그 뒤로〉

조반(朝飯)명 아침밥. ¶ "응 아니, 머 볼일은 없지만… 나는 조반을 늦게 먹어서…." 〈명일〉 ¶ 촌집의 이른 조반을 먹고 나섰어도 이십 리 들판을 건너. 〈두 순정〉 ¶ 새벽 어둑어둑해 일어나서는 학교에 갈 조반 시간이 될 때까지 글을 읽어야 하고, 〈순공(巡公) 있는 일요일〉

조발(早發)명 (다른 꽃보다 일찍 핀다는 뜻에서) 나이에 비해 정신적, 육체적으로 발달이 빠름. 또는 성(性)에 눈뜨는 것이 남보다 이름. 『비슷』 조숙(早熟). ¶ "고년 어여뿌다. 나하고 ××." 하고 손님이 말하면 그에 좇아 비록 조발일지언정 생리적 만족을 얻는 한편 그야말로 단돈 이십 전이라도 벌면 그만이다. 〈레디 메이드 인생〉

조발성 치매(早發性癡呆)명 '조현병'의 전용어. ¶ "조발성 치매의 세 살 먹은 어린 것이 성적 기능을 가지는 것이 필연은 필연인 것처럼…" 〈그 뒤로〉

조백이다동 →조박이다. 짐짓 조촐한 태도를 나타낸다. ¶ 크고 작은 일이고 간에 누구한테든지 저 하고 싶은 대로 고집을 세운다든가, 속에 있는 말을 조백이게 해대지를 못한다. 〈탁류②〉

조사모사부 '조삼모사(朝三暮四)'의 오기인 듯(?). '조삼모사'는 열자(列子)의 황제편에 나오는 고사로, 간사한 꾀로 남을 속여 농락함을 이르는 말. ¶ 그저 오늘 당장 장형보라는 저 원수가 들이 덤벼 가지고는 조사모사 해 놓은 소치로만 여겼을 것이다. 〈탁류⑭〉

조상(弔喪)명 남의 죽음에 대하여 슬픈 뜻

을 표함. ¶직업도 직업이려니와 애틋한 어린 미망인에 대한 같은 여자로서의 동정과 조상이리라. 〈탁류⑩〉

조상치레(祖上--)㉠ 조상을 자랑하고 위하는 일. 또는 조상에 대한 치다꺼리. ¶그렇지만 일이 수나로운 만큼, 그러한 족보 도금이야 조상치레나 되었지, 그리 신통할 건 없었읍니다. 〈태평천하④〉

조색(皁色)스럽다㉡ 세련된 맛이 없고 촌스럽다. ¶백금 반지야 돌 박힌 반지를 그득 낀 것은 몹시 조색스럽기도 하지만, 의젓한 그 몸집이나 옷 입음새에 얼리지 않고 쌍스러워 보였다. 〈탁류⑮〉

조석(朝夕)[1]㉠ 아침과 저녁. ¶만약 초봉이와 한 울 안에서 조석 상대의 밀접한 생활을 하고 보면, 〈탁류⑰〉

조석(朝夕)[2]㉠ 아침밥과 저녁밥. ¶"주인 김 판서는 나오지도 아니하고 그저 조요한 방에다가 하룻밤 편안히 쉬여 가게만 한답니다. 조석 대접을 잘해서—" 〈소복 입은 영혼〉

조선 총독부(朝鮮總督府)㉠ 일제 강점기에 일본이 우리나라를 통치하기 위하여 서울에 두었던 최고 행정 관청. 1910년부터 1945년까지 있었음. ¶네, 전 전, 조선 총독부 될래요. 〈탁류⑮〉

조섭(調攝)㉠ (음식, 거처, 동작 등을 알맞게 하여) 몸을 보살피고 병을 다스림. 『같은』 조리(調理). ¶그렇게 치료와 조섭을 잘하면 혹시 나을는지도 모른다. 〈탁류⑧〉

조소(嘲笑)하다㉢ 남을 비웃다. ¶도리어 자기네의 일이 덜어지니까 좋아한다. 조소한다. 아! 참담한 비극이다. 〈생명의 유희〉

조속조속㉣ 기운 없이 꼬박꼬박 조는 모양. ¶그러나 마구에, 조속조속 달콤하니 오는 졸음에 저도 모르게 앞 탁자에 엎드려 잠이 들었다. 〈탁류⑫〉 ¶한 마리는 조속조속 조는 게 병이 들어 보였다. 〈용동댁〉

조손(祖孫)㉠ 할아버지와 손자. ¶아무려나 이래서 조손간에 계집애 하나를 가지고 동락을 하니 노소동락(老少同樂)일시 분명하고, 겸하여 규모 집안다운 계집 소비 절약이랄 수도 있겠읍니다. 〈태평천하⑪〉

조손 관계(祖孫關係)㉠ 할아버지와 손자의 관계. ¶일가 망한 건 항렬만 높단 말로 능치고 넘기자니, 차라리 이 조손 관계는 비극이라 함이 옳겠읍니다. 〈태평천하⑥〉

조수(潮水)[1]㉠ 바닷물이 간만의 차로 인하여 높아졌다 낮아졌다 하는 현상. 또는 아침에 밀려 들어왔다가 나가는 바닷물. ¶이로부터서 물은 조수까지 섭쓸려 더욱 흐리나 그득하니 벅차고, 강넓이가 훨씬 퍼진 게 제법 양양하다. 〈탁류①〉

조수(助手)[2]㉠ 어떤 사람의 일을 도와주는 사람. ¶여기는 금호병원인데요, 여기 조수로 있는 사람입니다. 〈탁류②〉

조업(祖業)㉠ 조상 때부터 대대로 내려오는 가업(家業). ¶정 주사의 선친은 이만큼 '남부끄럽지 않게' 아들을 공부시켰다. 그러나 조업은 짙은 것이 없었다. 〈탁류①〉

조신(操身)하다㉢㉡ 몸가짐을 조심하다. 또는 (몸가짐이) 조심스럽고 얌전하다. ¶그 고운 얼굴에 까만 속눈썹이 선연히 보이도록 눈을 아래로 깔고 조신하게 들어서는 그 여인은 수족이 약간 떨리고 분 바르지 아니한 얼굴은 불그레하니 상기가 되었읍니다. 〈소복 입은 영혼〉 ¶물론, 승재가 생김새와는 달라 인정이 있고 행동거지가 조신한 것은 정 주사 자신도 두고 겪어 보는 터라 모르는 바는 아니었었다. 〈탁류⑦〉 ¶"아 보문 걸 몰루… 일상거지두 조신하련과, 아 보아허니 다아 저만 나이에 안직 연애두 않는가 보던데? 호호호!" 〈모색〉

조오쓰게(場附)명 '보조원'의 일본어. ¶ '조오쓰게'라고 역시 중매점에서 한 사람씩 온 서두리꾼들까지, 한 사십 명이나 마침 대기하듯 모여섰다. 〈탁류④〉

조옴부 →좀. (의문문이나 반어적 문장에 쓰여) 그 얼마나. ¶붐빠라 붐빠라 활동사진 구경두 가구… 조옴 좋아!…. 〈모색〉 ¶"그거야 우리가 평갈 하는 말이고, 새세대 사람들은 다르거든! … 차차루 세상이 조옴 좋아지우?" 〈회(懷)〉

조옴이나부 →좀. (의문문이나 반어적 문장에 쓰여) 그 얼마나. ¶조옴이나 퀼퀼해서 좋으며 그 잔망하게 생긴 철망 안의 여드름쟁이가 코허리에 걸린 안경이 경풍해 떨어질 만큼 가슴이 사뭇 뜨끔 않았으리. 〈상경반절기〉

조요하다형 조용하다. ¶"주인 김 판서는 나오지도 아니하고 그저 조요한 방에다가 하룻밤 편안히 쉬여 가게만 한답니다. 조석 대접을 잘해서-" 〈소복 입은 영혼〉

조재하다동 알고 있다. 확인하다. ¶그러나 뭘 내가 무슨 관념을 가지구 '저편을 행복되게 허느라구 나를 희생헌다'는 그런 현실을 만들어내는 것이 아니라 이미 조재헌(한) 사실을 이론에 따라 비판허구, 〈그 뒤로〉

조조(曹操)명 중국 후한 말기의, 무관으로서의 장수로 위(魏)나라를 세움. ¶'학발가(鶴髮歌)'의 조조 군사 신세타령이 아니라도, 왜목불알에 고추 자지가 대롱대롱하지만 않았을 따름이지, 〈탁류⑬〉 ¶겁이 다 뿍 났는데 마차운 샛길이 나오니까 냉큼 그리로 도망을 빼는 꼴새다. 온갖 조조(曹操)는 그자인 것이다. 〈패배자의 무덤〉

조종(操縱)명 남을 자기 마음대로 부리어 순종하게 함. ¶P는 그것이 모두 그와 갈린 안해의 조종인 줄 알기 때문에 더구나 심정이 났다. 화가 나는 대로 하면 어린아이가 입고 온 양복도 벗겨 내던지고 싶었으나 꿀꺽 참았다. 〈레디 메이드 인생〉

조지다동 뒤끝을 단단히 단속하다. ¶'그러면 대체 어떻게 하는고?' 조지듯 스스로 묻는 말에, 〈탁류⑩〉 ¶"워너니 아직 있을 티지… 그런 디, 그러먼 왜 이렇기 맨 쌀만 히여 먹냐? 응?" 조져도 아무도 대답이 없읍니다. 〈태평천하⑤〉

조지리명 '장부의 통계', '장부의 끝부분'의 일본어. ¶액면이 많지 않은 위조 소절수가 자기네 모르게 몇 장 은행으로 들어가서 조지리가 맞지 않더라도 좀처럼 눈에 띄지를 않는다. 〈탁류④〉

조처(措處)하다동 일을 잘 살펴 처리하다. ¶태수가 제 집을 비워 두는 시간을 넉넉히 이용하여 사전에 우선 초봉이를 조처해 둘 요량이었었다. 〈탁류⑩〉

조촐하다형 아주 아담하고 깨끗하다. ¶ 웃목 한편 구석으로 꼬부리고 누워 자는 상좌의 조용하고 사이 고른 숨소리가 마침 더 밤의 조촐함을 돕는다. 〈두 순정〉

조촘부 가볍게 놀라거나 망설이는 짓으로 갑작스럽게 멈칫하거나 몸을 움츠리는 모양. 〈주춤. ¶올챙이도 히죽히죽 웃으면서, 없는 모가지를 늘여 가지고 조촘 한 무릎다가앉습니다. 〈태평천하⑧〉 ¶두 다리와 발바닥에 힘을 주어 조촘 몸을 올리고서는 두 팔로 차악 안고. 〈정자나무 있는 삽화〉

조촘조촘㊄ 걸음이나 어떤 행동이 좀스럽게 망설이며 머뭇거리는 모양. ¶그러나 그 뒤로 시세는 태수를 조롱하듯이 조촘조촘 떨어지다가, 오늘 와서는 삼십 원대를 무너뜨리고 아시란 말까지 나오게 되었던 것이다. 〈탁류④〉

조팝㊔ 조밥. 맨 좁쌀로 짓거나, 입쌀에 좁쌀을 섞어서 지은 밥. ¶늦은가을, 겨울, 이른 봄에는 굶기도 하고 조팝으로도 살아 나왔다. 사월부터는 솥을 씻어 놓고 기다리던 보리를 먹기 시작했다. 〈보리방아〉

조행(操行)㊔ 온갖 몸가짐. 또는 품성과 행실. ¶셈든 계집아이가 몸 담그고 있는 방 뒤꼬락서니 하고는 조행에 갑(甲)은 아깝다. 〈탁류⑯〉

조혼(早婚)㊔ 적령기 전에 하는 혼인. ¶더구나 우리네 고향이라는 데가 다른 지방보다도 더 완고하고 그놈의 조혼이 심한 고장인 걸…. 〈이런 처지〉

족족㊌ '하나하나마다'의 뜻. ¶그러는 족족 실연의 쓴 술잔이 아니라, 편잔을 거듭거듭 마셔 왔읍니다. 〈태평천하⑩〉 ¶그러는 족족 싫은 눈치 한 번 보이지 않는 그 동생이었었다. 〈이런 남매〉

족치다[1]㊃ 남을 견디기 어렵도록 마구 때리거나 괴롭히다. 또는 죄어쳐서 쭈그러지게 하다. ¶그러니 그놈만 잡아다가 족치거드면 그 일당을 다 잡을 수가 있으리라고 아뢰어 바쳤읍니다. 〈태평천하④〉

족치다[2]㊃ (남을 못 견디게) 다그쳐 묻거나 몰아치다. ¶그는 옥섬이에게 대고 '왜 어젯밤에 죽도록 발악을 못하고 영감의 위협하는 소리에 넘어갔느냐'고 족쳐 주고 싶었으나 지금 와서 그 말을 하였다 도리어 갈리는 터에 섭섭만 할 것이고. 〈산동이〉 ¶그는, 대체 어떻게 된 속셈이냐고, 족치듯이 좋찮은 낯꽃으로 초봉이를 건너다본다. 〈탁류⑭〉

족통(足-)㊔ '발'의 속된 말. ¶내가 이렇기 아등아등 잔소리를 허넌 것두다 느덜 위히여서 그러지, 나는 파리 족통만치두 상관읎어야! 알아듣냐? 〈태평천하⑮〉

족(足)하다㊗ 수량이나 능력 따위가 부족함 없이 충분하다. 『비슷』 넉넉하다. ¶이 걸로써 저를 용서하는 대신, 답답한 마음을 어루만져 주는 탄식거리에는 족했었다. 〈탁류⑫〉

존존하다㊗ (내용이) 실하다(實~). 또는 (재물이) 넉넉하다. ¶한 일 년만 모아도 제 시집살 마련은 존존할테고.㊃

존존히㊄ 실히(實~). (재물이) 넉넉하게. ¶또 나올 무렵에 구라다상네 양주가 퍽 기특하다고 돈 칠 원을 상급으로 주고, 그런 게 이럭저럭 돈 백 원이나 존존히 됐지요. 〈치숙(痴叔)〉

존함(尊啣·尊銜)㊔ 남을 높여 그의 '이름'을 이르는 말. ¶하하하 … 그럼, 아가씨 존함이 누구시요? 〈태평천하⑪〉

졸가리㊔ 잎이 다 떨어져 나간 가지. 또는 지저분한 것은 다 떼어 놓은 나머지의 골자. 〈줄거리. ¶그런 아무 일도 없이 떠나온 내가, 이건 꿈에도 생각지 않고 졸가리도 닿지 않고 하릴없이 허방에 푹 빠진 푼수지, 〈탁류⑫〉

졸경을 치다『관용』 '졸경을 치르다'의 준말.

¶어제 해전에는 기어코 밥값을 얼마간 변통해 주마고 해 놓고 아침에 일찍 나갔다가 자정 후에야 들어와서 잠을 잤으므로 아침에는 또 한바탕 졸경을 칠 텐데… 생각하니 앞이 아득하고 얼굴이 화끈 달았다. 〈앙탈〉

졸경을 치르다[1]〖관용〗 밤새 잠을 이루지 못하는 괴로움을 겪다. 여기서 '졸경(卒更)'은 잠이 새도록 잠을 이루지 못하고 괴로워함을 이르는 말. ¶그리하다가 그도 저도 못하고 몸에 인기가 돌기 시작하면 하루거리 앓는 놈이 직 돌아온 것처럼 입술이 새파래지고 부들부들 떨며 이불을 무릅쓰고 누워서 배가 아프네 가슴이 아프네 죽네 사네 하며 그대로 내버려 두면 곧 죽기라도 할 듯이 졸경을 치르었다. 〈불효자식〉

졸경을 치르다[2]〖관용〗 한동안 남에게 심한 괴로움을 당하다. ¶한바탕 졸경을 치르고도 그는 먼지에 바라고 가던 서북편 귀퉁이의 금은상 앞으로 가서 진열창을 들여다보았다. 〈명일〉 ¶졸경을 치른다는 것은 빚쟁이한테 직접 단련이 아니라, 조부 윤 직원 영감한테 말입니다. 〈태평천하⑫〉 ¶사람이 좋거나 하지 좀 뒷생각이 없는 편이어서 전후 생각 못하고 냉큼 쉬운 소리를 했다가는 뒷갈망을 못해 졸경을 일쑤 치르곤 했었다. 〈회(懷)〉

졸다[동] 분량이나 부피가 적어지다. ¶앞과 좌우로는 변두리가 까마아득하게 퍼져 나간 넓은 들이, 이편 짝 한 귀퉁이가 나지막한 두 자리의 야산 틈사구니로 해서 동네를 바라보고 홀쪽하니 졸아 들어온다. 〈정자나무 있는 삽화〉

졸라 쌓다[동] 졸라대다. 바득바득 조르다. ¶그래도 졸라싸니까, 자 그럼 이걸 두고 보라면서 좋은 구슬 한 개를 위패 앞에다가 내놓아 주었다. 〈탁류⑮〉

졸략히[부] '절략히(節略~)'의 변한말. 아끼고 절약하여. ¶그 돈을 졸략히 쓰는 방법, 거기에 우선 깊은 취미를 가지는 사람입니다.. 〈태평천하⑨〉

졸리다[동] 끈덕지게 무엇을 자꾸 요구당하다. ¶그는 갚을 돈이 없어 미안하다거나 걱정이라기보다도 졸리기가 괜히 무색해서 못 견디는 사람이다. 〈탁류①〉

졸림질[명] 끈덕지게 무엇을 자꾸 요구당하는 일. ¶옮겨와 가지고 막상 졸림질을 당하니 미안해도 졸리지는 아니하던 옛집이 그리워지는 것이다. 〈레디 메이드 인생〉

졸립다[동] →졸리다. 졸음이 오다. ¶그는 차라리 이 들판이 졸립게시리 단조롭고 싫증이 날 따름이다. 〈정자나무 있는 삽화〉

졸연(猝然)찮다[형] 어떤 일의 상태가 갑작스럽지 아니하다. ¶그래 웬일인지 모르겠다고 내외가 걱정을 했었는데 오늘은 울기까지 한 것이 아무리 해도 졸연찮은 일인 것 같아. 〈얼어죽은 모나리자〉 ¶몰아대면서 거듭떠보는 태수의 눈살은 졸연찮게 팽팽하다. 〈탁류①〉 ¶"아니, 야 덜아…" 내는 말조가 과연 졸연찮습니다. "… 늬들, 왜 내가 시키넌 대루 않냐? 응?" 〈태평천하⑤〉

졸연(猝然)하다[형] (어떤 일의 상태가) 갑작스럽다. ¶문오 선생에게는 순사 그것에 관련하여 졸연치 않은 한 토막의 에피소우드가 있었던 것이다. 〈순공(巡公) 있는 일요일〉

졸연히(猝然-)㊚ 갑작스럽게. ¶ 더우기 이렇게 시험이 박두해서는 선생을 만나재도 졸연히 만나지를 못한다니. 〈회(懷)〉

졸장부(拙丈夫)㊔ 도량이 좁고 졸렬한 남자. ¶ 또 그래 놓구서, 그 앞을 얼찐 못할 건 무엇이며, 사람이 고렇게 소심허다구는! 그런 걸 보면 천하 졸장부야. 〈소망〉

졸지에(猝地-)㊚ 갑자기. 느닷없이. 뜻밖에. ¶ 어두운 것이 졸지에 기운을 돋구어 주는 성싶어. 〈생명〉 ¶ 그런 게 아니고 방금 아무 근심기 없던 얼굴이 졸지에 해질 무렵같이 흐려 들면서 음성은 풀기없이 가라앉습니다. 〈태평천하⑦〉 ¶ 경호의 건강으로는 말이 좀 과했고, 걸음도 졸지에 너무 속했을지도 모른다. 〈패배자의 무덤〉 ¶ 그러니, 단 하룻밤 동안이라고는 하지만 원이 그다지 완구하지 못한 건강으로 전에 않던 무리를 졸지에 그렇게 치른 탓인지. 〈반점〉

좀㊔ 사물을 눈에 띄지 않게 조금씩 해치는 사람이나 물건의 비유. ¶ 허장성세의 빈약한 내용의 것에 다라운 브로커의 좀까지 생긴 것이라는 것이 즉 그 내용을 말하는 것이다. 〈보리방아〉

좀먹다㊍ 좀이 물건을 잘게 물어뜯거나 끊다. ¶ "좀먹은 책장허구 무엇이 달러?" 〈명일〉 ¶ 우선 유성 온천서 받은 좀먹은 수형(手形)을 오랜 기억의 밑바닥에서 꺼내 놓고 뒤적거린다. 〈탁류⑬〉

좀스럽다㊕ 성질이 옹졸하고 잘다. ¶ 주부의 상식으로, 좀스런 학자님이 될 소용으로, 〈모색〉

좀이나㊚ '좀'의 힘줌말로 의문문이나 반어적 문장에 쓰여 '여간', '오죽'의 뜻을 나타냄. ¶ 내지 여자가 참 좋지 뭐. 인물이 개개 일자로 이쁘겠다, 얌전하겠다, 상냥하겠다, 지식이 있어도 건방지지 않겠다, 좀이나 좋아! 〈치숙(痴叔)〉

좀이 쑤시다〖관용〗 마음이 들뜨거나 초조하여 가만히 있지 못하다. ¶ 좀이 쑤셔서도 하바를 하기는 하는데, 그놈이 운수가 좋아도 세 번에 한 번쯤은 빗맞아서 액색한 그 밑천을 홀랑 불러 먹고라야 만다. 〈탁류①〉 ¶ 이 애는 잠시라도 까불지 못하면 정말 좀이 쑤십니다. 〈태평천하②〉 ¶ 교실 안의 아이들은 모두 좀이 쑤시는 모양이다. 〈이런 남매〉

좀쳇일㊔ 웬만한 일. 또는 여간한 일. ¶ 그러잔즉 두 사내가 우축좌축하는 틈에 꺼여 송희를 안 뺏기려고 혼자서 바워내기가 좀쳇일이 아닐 것이다. 〈탁류⑭〉

좁디좁다㊕ 몹시 좁다. ¶ 툭 불거진 두 눈 방울에, 좁디좁은 이마에, 주먹 같은 코에, 한 근씩은 실히 됨직한 입술에…. 〈흥보씨〉

좁쌀 계급(--階級)㊔ 신분이나 사회적 지위가 미미하고 천한 계급. ¶ 좁쌀 계급인 인력거꾼은 그래도 직업적 단련이란 위대한 것이어서, 젖먹던 힘까지 아끼잖고 겨우겨우 끌어올려 마침내 남대문보다 조금만 작은 솟을대문 앞에 채장을 내려 놓곤, 무릎에 들였던 담요를 걷기까지에 성공을 했읍니다. 〈태평천하①〉

종기(腫氣)㊔ 살갗의 한 부분이 곪아 고름이 잡히는 병. ¶ 그밖에 종기야 가슴아피야 하고 모여드는 사람은 이루 헬 수가 없다. 〈탁류⑮〉

종내(終乃)㊚ 끝내. 마지막에. 드디어. 마

침내. ¶아무렇게나 소매를 들어 눈물을 씻으면서 얼마 안 남은 길을 종내 시름없이 걸어 올라간다. 〈탁류⑱〉 ¶늘어지게 하나씩 하나씩 열 번을 치더니 그 다음은 시치미를 따고 도로 뚜욱 따악 뚜욱 따악, 종내 암말도 않는다. 〈모색〉

종년㊔ '여자 종'을 천하게 이르는 말. ¶ "서생님 주무십니까?" 하는 것입니다. 분명 종년이었읍니다. 〈소복 입은 영혼〉 ¶이 아까운 쌀밥을 온 집안 식구와, 심지어 종년이며 행랑것들까지 다들 먹을 것이고, 〈태평천하⑤〉

종막(終幕)㊔ 연극, 오페라 등의 마지막 막. ¶몰론 거기도 고통이 일시는 따르지 아니할 것도 아니나 연극의 종막이 오고 피차에 나누어 선 자리가 확실하여지면 자기의 소희를 보는 눈도 달라져서. 〈병조와 영복이〉

종사(從事)㊔ (어떠한 일을) 일 삼아서 하는 것. ¶약간 둔하다고는 하지만 일찍이 소싯적에는 적지 않이 주도(酒道)에 종사를 한 적이 있는 만큼. 〈흥보씨〉

종시(終是)㊕ 나중까지 끝내. 나중까지 끝이나도록. 『같은』 끝내. 시종(始終). 종내(終乃). ¶산동이의 긴장된 신경은 조금 누그러지고 종시 일이 없으려나 보다 싶어 무겁던 가슴도 적이 가벼워졌다. 〈산동이〉 ¶본시 선비집 자제로 태어나 이십까지는 한문 공부를 하고 삼십까지도 손에 흙은 묻혀 보지 아니하던 샌님이라 종시 농군의 꼴은 박일 수가 없었다. 〈보리방아〉 ¶집안에서들은 여느 그저 몸살이거니 하고 걱정은 했어도, 그날 그러한 기막힌 내평이 있었다는 것은 종시 알지 못했다. 〈탁류①〉 ¶인력거꾼은 상하는 심정을 눅이고 종시 공순합니다. 〈태평천하①〉 ¶종시 촌 농투성이의 계집애 자식이지 별것이 아니었었다. 〈동화〉 ¶새서방을 들쳐 업고 다시 얼마를 해매는 동안에 길은 종시 찾지 못했는데 날이 깜박 저물었다. 〈두 순정〉 ¶처음보다 좀 더 크게 그리고 완구히 초조스럽게 닭을 부른다. 그러나 종시 반응은 없다. 〈용동댁〉 ¶그래두 번번이 몸이 건강털 못해서 일 감당을 못하겠다는 핑계만 대지, 종시 움쩍을 안 했더라우. 〈소망〉 ¶종시 무슨 애정 같은 것이 와락 솟는다거나. 〈반점〉 ¶종시 교정은 되어지질 않고 주의를 해야 주의하는 그때뿐이지 딴 생각을 하면서. 〈흥보씨〉 ¶그러고 나는, 셋 중에서 매앤 빠져 종시 방황하는 인생인 채 어느덧 마음만 한껏 겉늙었고. 〈회(懷)〉

종실 세도(宗室勢道)㊔ 왕의 친족이 정치상의 권세를 장악함. ¶조선서도 어느 종실 세도 한 분은 반대파의 죄수를 국문하는데, 참새가 찍한다고 해도 죽이고, 짹한다고 해도 죽이고, 〈태평천하④〉

종아리㊔ 무릎과 발목 사이의 부분. ¶ 태수는 그리로 가서 털 숭얼숭얼한 종아리를 드러내 놓고 펄씬 주저앉는다. 〈탁류⑩〉

종알종알㊕ 자꾸 지껄이는 소리. 또는 그 모양. ¶어머니한테 매어 달려 응석도 부리고 또 놀던 이야기도 종알종알 하고 합니다. 〈어머니를 찾아서〉 ¶종알종알 이 얘기하는 입도 들여다보고, 〈태평천하⑩〉

종용자약(從容自若)하다㊗ 조용하고 보통때처럼 아무렇지 아니하다. ¶그래서 장차 어느 날일지는 몰라도 그날에 임하여 종용자약하게 죽음을 자취할테나…. 〈탁류⑨〉 ¶아뭏든 일시에 큰 격동을 받지 않고 종용자약하게 임할 수가 있는 것이지만. 〈패배자의 무덤〉

종이장㊔ →종잇장. 종이의 낱장. ¶그래, 4천 원을 도무지 허망하게 내주고는, 윤두꺼비는 망연자실해서 우두커니 한 식경이나 앉았다가, 비로소 방바닥에 떨어진 종이장으로 눈이 갔읍니다. 〈태평천하④〉

종이 타구(--唾具)㊔ 종이로 된 가래침을 뱉는 그릇. ¶이윽고 경호는 그득 넘어온 담을 출입할 때의 소용인 종이 타구에 배알아 도로 집어넣다가 너무 다붙어 섰는 누이를 힐끔 올려다보더니. 〈패배자의 무덤〉

종자(從者)㊔ (남에게 딸려) 따라다니는 사람. ¶이 집에 더 있을 면목이 없었던 것입니다. 그리하여 그는 종자를 재촉하여 가지고 그 밖으로 과천을 떠나 서울로 올라왔읍니다.〈소복 입은 영혼〉 ¶이 고장의 지드나 발레리의 종자들이 쓰는 소설 가운데서 더러 구경을 할 따름이지만, 〈탁류⑰〉

종작㊔ 대중으로 헤아려 잡은 짐작. ¶고개를 두루 깨웃거리나 통히 종작을 할 수가 없었다. 〈탁류⑩〉

종작하다㊍ 대중으로 헤아려 짐작하다. ¶하기야 또 시체는 상학(相學)도 노망이 나서, 꼭 빌어먹게 생긴 얼굴만 돈이 불곤하니까 종작할 수가 없지마는요. 〈태평천하⑫〉

종작없다㊌ (어떤 일의 사정이나 형편 따위를 헤아리는) 요량이 없다. 일정한 주견이 없다. ¶무엇보다도 그가 전문학교니 대학이니를 업했다는 것이, 오늘 본 걸로 하면 종작없는 소리 같았다. 〈탁류⑧〉 ¶한때는 야속한 생각도 없지는 못 했었다. 종작없는 가십을 곧이듣고서 불쾌하여 한 적도 있었다. 〈회(懷)〉

종재기㊔ →종지. 간장 따위를 담아 식탁에 놓는 작은 그릇. ¶"빌어먹을 년의 자식이 아마 간장을 한 종재기나 처먹었넝가부다!" 〈태평천하⑭〉

종적(蹤迹)㊔ 사라지거나 떠난 뒤에 남아 있는 자취. 또는 행방. ¶언제나 덕언이 선생님의 두상에 올라앉아 그의 고개와 행동을 같이하던 조그마한 그 상투는 씻은 듯이 종적을 감추어 버렸으니, 처음 그것을 볼 때에 왜 아니 우리가 놀랐겠읍니까. 〈소복 입은 영혼〉 ¶내가 서울로 간 종적은 아무한테도 말을 내지 말라고, 끝에다가 긴히 당부를 했다. 〈탁류⑪〉 ¶학교를 그만두게 되니까, 그 길로 종적도 없이 집을 나가 버렸다. 〈정자나무 있는 삽화〉

종종걸음㊔ 발을 자주 가까이 떼며 바쁘게 걷는 걸음. ¶집을 찾아 돌아가는 사람은 저마다 종종걸음을 쳤다. 〈병조와 영복이〉 ¶그러한 느긋한 마음과는 딴판으로 종종걸음을 쳐서 제일 보통학교 앞을 지나 집이 있는 둔뱀이로 가고 있다. 〈탁류②〉 ¶을녜는 (알고도) 못 본 체 눈을 내리깔고 종종걸음으로 을씨년스럽게 그 옆을 지나간다. 〈정자나무 있는 삽화〉

종질하다㊍ 남에게 종노릇을 하다. ¶30년 두구 종질히(하)여 준 보갚음으루 그런 대여? 〈태평천하⑥〉

종차(從此)㊊ 이 다음. 이 다음에. 이 뒤

에. ¶또 종차 형편을 보아 집안이 통 서울로 이사를 해 갈 수도 있을 것이다. 〈탁류②〉 ¶종차 30년이나 40년 후에 가서야 백만 원을 상속 받을 장손일 값에 시방은 단돈 20전이나 30전이 없어, 〈태평천하⑪〉 ¶그래 생각만 골똘히 했었지 좌우양단간에, 가령 행동은 이제 종차의 일이라고 하더라도. 〈용동댁〉 ¶아뭏든지 그러한 것을 믿고 종차 일에 임하면, 잘하려니 하는 수밖에는 없었던 것이다. 〈패배자의 무덤〉 ¶종차 마음에 드는 착실한 사람이 있게 되면, 삼십 신부란 말을 듣기 전에 쉬이 결혼을 해야 하겠다고. 〈반점〉

종처(腫處)명 부스럼이 난 자리. ¶그리고 종처는 그가 잡혀가기 전부터 엉덩이와 팔다리와 온 몸뚱이에 모두 생겼었다. 〈불효자식〉

좋이부 (수량, 시간, 거리 따위의 다음에 쓰여) 그 기준이나 한도에 거의 미칠 만하게. 『비슷』 꽤. 넉넉히. 무던히. ¶아니, 이런 경우가 어디 있어요? … 나이깨나 좋이 먹어 가지구는…. 〈탁류①〉

좋잖다형 '좋지 않다'의 준말. ¶납순네는, 계집애가 못된 종수 녀석과 좋잖은 소문을 퍼뜨리고 다닌대서 걱정을 하던 판이라. 〈쑥국새〉

좋잖아지다동 '좋지 않아지다'의 준말. 좋지 않게 되다. ¶기색이 심상치 않은 의사란 자의 태도에 태수는 마침내 이마를 찡그리고 낯꽃이 좋잖아진다. 〈탁류⑧〉

좌등(坐燈)명 나무로 뼈대를 만들고, 종이나 천 따위를 발라 만든 등. ¶서방님은 성냥을 더듬어 확 그어 석유 좌등에 불을 켜면서…. 〈생명〉

좌(坐)명 풍수설에서, 묏자리나 집터 따위의 등진 방위. ¶또 좌가 동남으로 앉은 집이라 겨울 볕은 잘 들어도, 방금 닥쳐오는 여름철은 서쪽이 막혀서 시원할 것 같았다. 〈탁류⑫〉

좌르르부 작은 물체 여러 개가 한꺼번에 쏟아지는 소리. 또는 그 모양. ¶60점밖에 아니 되는 돈을 주먹째 차표 파는 철망 앞에다 좌르르 쏟아 놓으면서. 〈어머니를 찾아서〉

좌석머리(座席--)명 '좌석'의 속된 말. ¶형보가, 바야흐로 제가 주인이 된 듯 손님을 배웅하는 좌석머리의 태를 내어. 〈탁류⑭〉

좌악부 →좍. 넓게 흩어지거나 퍼지는 꼴. ¶웃던 웃음은 삽시간에 사라지고 별안간 괴로운 번뇌가 좌악 얼굴을 덮는다. 〈탁류⑩〉

좌우양단간(左右兩端間)부 이렇든 저렇든 간에. 어떻게 되든지 간에. 이렇게 되든지 저렇게 되든지 두 가지 중에. ¶그래 생각만 골똘히 했었지 좌우양단간에 가령 행동은 이제 종차의 일이라고 하더라도. 〈용동댁〉 ¶저허구 나허구 애비 자식 천륜을 끊던지, 지집을 이혼을 허던지 좌우양단간 오널 저녁 안으루 요정을 내구래야 말 티닝개루… 두구 부아! 〈태평천하⑥〉

좌정(坐定)명 자리잡아 앉는 것. ¶그 틈사구니에 가서 좌정을 하고 있는 한 채의 근천스런 청요릿집 '장송루씨'의 행색이란 한결 초라한 것도 초라한 것이지만, 〈회(懷)〉

좌지우지(左之右之)하다동 이리저리 제

마음대로 자유롭게 다루거나 휘두르거나 하다. 마음대로 하다. ¶내가 그걸 좌지우지할 동기가 된다던지, 더우기 내가 또 이러라저러라 시킬 머리는 없는 것이니까…. 〈탁류⑭〉

좌판(坐板)명 땅에 늘어놓고 앉게 된 널빤지. ¶윤 직원 영감은 옹색한 좌판에서 가까스로 뒤를 쳐들고, 자칫하면 넘어박힐 듯싶게 휘뚝휘뚝하는 인력거에서 내려오자니 여간만 옹색하고 조심이 되는 게 아닙니다. 〈태평천하①〉

좌향(坐向)명 묏자리나 집터 따위의 등진 방위의 정면으로 바라보이는 방향. ¶그 놈이 영동 근처에서는 다시 추풍령과 속리산으로 물까지 받으면서 서북으로 좌향을 돌려 충청좌우도의 접경을 흘러간다. 〈탁류①〉

죄꼼명부 →조금. 적은 분량이나 정도. ¶이완이 대장으로 치면 군산을 죄꼼은 깎고, 계수를 몇 가지 벤 만큼이나 하다 할는지요. 〈태평천하②〉 ¶"그래… 좀 먹어 봐, 응? … 반찬만 죄꼼 먹어 봐, 응?…" 〈흥보씨〉 ¶그럴라치면 아무리 둔한 신경이라두 죄꼼 깨우치는 게 있을 테니깐요. 〈이런 남매〉 ¶선뜻은 죄꼼 반가왔으나 글 읽을 일이 아득하여 정이 떨어지는 것 같았고, 〈순공(巡公) 있는 일요일〉

죄다[1]동 (마음을) 몹시 졸이거나 긴장되게 하다. ¶마지막 마당에서 들리는 신발 소리에 금출인가 어머니 아버진가 하고 죄다가 그는 눈물이 아직 마르지 아니할 얼굴을 수습도 하지 못하고. 〈얼어죽은 모나리자〉

죄다[2]부 모조리 다. 빠짐없이 온통 다. 〖준말〗 죄. ¶안 보는 체하면서도 죄다 보고 있었든지. 〈암소를 팔아서〉 ¶영하다는 무당이며 점장이며 명두면은 다 찾아다니고 불러오고 해서 하라는 대로는 죄다 해 보았다. 〈생명〉 ¶윤 직원 영감 이외의 다른 식구들도 죄다 평온무사한 것만은 적실합니다. 〈태평천하⑭〉 ¶그는 집안이 죄다 굶고 앉았는데, 저 혼자만 음식을 사 먹을 생각은 염에도 나지를 않았다. 〈탁류②〉 ¶그러나 그것이고 저것이고 죄다 뜻대로 되고 말썽이 없고 해서 개가를 할 수가 있다고 하더라도. 〈용동댁〉 ¶"너, 그리서 스물닷 섬만 차지허구 그 남저지는 죄다 날 줄래?" 〈정자나무 있는 삽화〉 ¶같은 하숙에 있는 동무가 셋이 죄다 그 연애라는 걸 하고 있고. 〈반점〉 ¶음산하게 흐렸던 날이 어느 밑에 죄다 벗어지고 마루에도 맑은 별이 환히 드리워 있다. 〈모색〉

죄다가[1]부 거기에다가. ¶죄다가 하나도 무늬며 빛깔이 신통치 않은 것도 많은 것이거니와 스빠를 섞은 혼방이지, 순면이 아닌 성만 싶던 것이다. 〈모색〉

죄다가[2]부 모조리 다. ¶그것 죄다가 한데 버무려져서는 쩝쩌얼퀴퀴하니 자못 향기롭진 못하였다. 〈이런 남매〉

죄선명 →조선(朝鮮). ¶나라구 무덤을 죄선만 허게 파구서, 그 속으다가 나락을 수천 석 쟁여 주며, 돈을 수만 냥 딜이 띠려주겄넝가? 〈태평천하⑧〉 ¶우리 죄선 구식 부인네들은 다 문명을 못하고 깨지를 못해서 그러지. 〈치숙(痴叔)〉

죄다짐명 ('죄를 다지는 일'의 뜻바탕에서) 죄에 대한 갚음. ¶그게 다아 죄다짐이라는 걸세…. 〈탁류⑬〉 ¶그게 무슨 죄다짐이람? 팔자 팔자 하지만 왜 팔자를 고치지를 못하고서 그래요. 〈치숙(痴叔)〉 ¶ "여러 날 밤 늦게까지 술을 먹구 돌아다닌 그 사실 한 가지가…" "이런 죄다짐이라…?" 〈순공(巡公) 있는 일요일〉 ¶ 그런데 나 같은 사람은 가정이라는 게 재미는 커녕 큰 죄다짐이라! 〈이런 처지〉

죄상(罪狀)명 어떤 범죄의 실상. 저지른 죄에 대한 형편과 내용. 죄를 저지른 실제의 사정. 구체적인 죄의 내용. ¶ 그의 죄상을 낱낱이 헤어 가면서 목청껏 외치고 싶었다. 〈탁류⑩〉 ¶ 잘못하면 사날 전에 태식을 골탕 먹여 울린 죄상으로 욕이나 먹기 십상일 테라…. 〈태평천하⑥〉 ¶ 그러나마 전자의 죄상을 다 회개를 하고 못된 마음은 씻어 버렸을새 말이지. 〈치숙(痴叔)〉

죄수(罪囚)명 교도소에 수감된 죄인. 죄를 저지르고 교도소에 갇힌 사람. ¶ 죄수에게 만기 석방의 선고를 하는 듯한 벨소리가 짜르르 길게 울리자 구백 개의 손가락은 일제히 종이에서 떨어지고 구십 개의 입에서는 폐의 밑바닥에 잠겼던 숨이 일제히 쏟아져 나왔다. 〈병조와 영복이〉

죄외부 →죄. 모조리. 모두. ¶ 전고에 두문 가뭄이었지만 장손에 모자의 부지런과 정성으로 버젓이 천재를 이겨 내고 이만큼 좋은 결실을 보았던 것이다. "죄외 털문 이럭저럭 스물댓 섬 날까 보우?" 〈암소를 팔아서〉

죄용죄용하다형 →조용조용하다. 매우 조용한 모습이나 상태에 있다. ¶ 이 자식아, 좀 죄용죄용허(하)지 못허구, 그게 무슨 놈의 수선이냐? 〈태평천하⑤〉

죄(罪)짓다동 죄가 될 일을 하다. ¶ "그래두. 그새 죄진 벌루다가… 아, 한 번만 더 아." 〈탁류⑤〉

죄책(罪責)명 죄나 잘못을 저지른 책임. ¶ 순전한 마음의 죄책이라든지, 다시 또 그 뒤에 오는 것으로 받을 법의 형벌이라든지 그런 것은 통히 생각이 나질 않는다. 〈탁류⑱〉 ¶ 어머니 아버지께서도 자식 병신 만든 죄책은 그 뒤 일체로 불문에 붙이시고 말았지. 〈이런 처지〉

주객(主客)[1]명 주되는 사물과 그에 딸린 사물. 주체와 객체. ¶ 하기야 지지 않고 같이 들어서 다투는 날이면, 자연 주객이 갈리게 될지도 모르고, 〈탁류②〉

주객(主客)[2]명 주인과 손님. ¶ 주객이 잠시 말이 없고 잠잠합니다. 〈태평천하⑧〉

주객(酒客)답다형 술꾼답다. 술을 좋아하는 사람답다. ¶ 아무려나 술을 본즉 주객다운 흥이 일지 않을 수가 없고. 〈흥보씨〉

주걱명 '밥주걱'의 준말. 밥을 푸는 도구. ¶ 착착 주걱으로 열 번 이겨서는, 퍼서 사발에다 담고 퍼서 담고 퍼억퍽 한정없이 퍼담는다. 〈암소를 팔아서〉

주걱데기명 '주걱'을 낮추어 이르는 말. ¶ 양재기에다가 반이나 될락말락하게 주걱데기를 딱 긁어 붙이고 솥에다 숭늉을 붓는다. 〈탁류③〉

주걱턱명 길고 끝이 밖으로 굽어서 주걱처럼 생긴 턱. 또는 그런 턱을 가진 사람. ¶ 조그맣게 그려진 입이, 오긋하니 둥근 주걱턱과 아울러 그저 볼 때도 볼 때지만 무심코 해쭉이 웃을 적이면 아담스런 교태가 아낌없이 드러난다. 〈탁류②〉

주근깨명 얼굴 등에 생기는 다갈색 또는

암갈색의 작은 점. 얼굴의 군데군데에 생기는 잘고 검은 점. ¶콧등과 눈가로 주근깨가 다닥다닥 나고 뒤집히는 웃입술 밑으로 시뻘건 잇념과 누렇게 들여박은 금니가 내다보이고. 〈명일〉 ¶얇디얇은 얼굴에다가 주근깨를 과히 발라 놓은 레지가 찰그랑거리고 앉았고…. 〈탁류⑯〉

주도(酒道)명 술을 마시거나 술자리에 있는 일. ¶약간 둔하다고는 하지만 일찍이 소싯적에는 적지 않이 주도에 종사를 한 적이 있는 만큼. 〈흥보씨〉

주둥아리만 알로 까다『관용』 말대꾸를 잘하거나 또는 말로만 얄밉게 떠들며 실천함이 없음을 욕으로 이르는 말. ¶말이나 못하나?… 저년은 주둥아리만 알로 까놨어! 〈탁류⑦〉

주련(柱聯)명 기둥이나 벽 따위에 장식으로 써서 붙이는, 한시(漢詩)의 대구(對句). ¶이 서방은 인도하는 대로 방에를 들어가니까 아주 정사하게 소제를 하여 놓고 벽에 붙은 주련이며 깔아 놓은 보료며가 모두 생스럽지 아니했읍니다. 〈소복 입은 영혼〉 ¶추사(秋史)의 글씨를 검정 판자에다가 각해서 흰 페인트로 획을 낸 주련이 군데군데 걸리고, 〈태평천하⑬〉

주리(를) 틀다『관용』 주리로 형벌하다. 여기서 '주리'는 죄인을 신문할 때 두 발목을 한데 묶고 다리 사이에 주릿대를 끼워서 엇비슷이 비트는 형벌. ¶"생판 순검을 댕겨?… 포리! 도둑놈 잡어서 주리 틀구 하는 포리! 그걸 댕겨?! 으응?… 허어허허허. 여보게 접장?" 〈순공(巡公) 있는 일요일〉

주리(를) 틀리다『관용』 주리의 형벌을 받다. ¶주리를 틀려 앞정강이의 살이 문드러지고 허연 뼈가 비어져도 그는 불지를 않았읍니다. 〈태평천하④〉

주리다동 마땅히 먹을 만큼 먹지 못하여 양이 차지 않다. 먹을 만큼 먹지 못해 배를 곯고 굶주리다. ¶그런데 먹을 것이 없어서 주린 배를 훑어 잡고 죽음을 기다리다니? 조선에서 해마다 몇백만 석의 쌀이 외국으로 나가지 아니하는가. 〈생명의 유희〉 ¶뇌수의 사치도 주리지 아니한 때의 말이다. 〈명일〉

주리때명 →주릿대. 죄인의 두 다리를 한데 묶고 다리 사이에 끼워 비틀기 위하여 쓰이는 두 개의 긴 막대기. ¶순동이더러 오라 주리때를 앵길 년의 기집애, 어디루 나가서 전차에나 칵 치여 죽으라고 욕을 하고 때려 주고도, 〈흥보씨〉 ¶"망할 식 같으니라고! 우라 주리땔 앵길 식 같으니라고! 꼭지새끼 같으니라고!" 〈상경반절기〉

주린 개가 고기를 보고 덤비듯이『속』 몹시 배고픈 끝에 먹을 것이 생겼다는 말. 『비슷』 주린 고양이 쥐 만난 격. ¶물론 그는 지금이라도 누가 한 달에 삼십 원만 줄 테니 와서 일을 해 달라면 마치 주린 개가 고기를 보고 덤비듯이 덮어놓고 덤벼들 것이다. 〈레디 메이드 인생〉

주마가편(走馬加鞭)명 (달리는 말에는 채찍을 친다 함이니) 잘하거나 잘 되어 가는 일을 더욱 잘하거나 잘 되도록 부추기거나 몰아침을 이르는 말 『같은』 닫는 말에도 채를 친다. ¶10년 계획이라 속은 말짱하면서도, 주마가편이라니 재촉을 해. 10년보다 더 속히 되면 속히 될수록 좋은 노릇이니까요. 〈태평천하⑭〉

주마등(走馬燈)명 무엇이 언뜻언뜻 빨리

지나감의 비유. ¶까치 뱃바닥 같은 흰 손이 다시 서대문 감옥의 우중충한 붉은 담과 그 안에서 누렁 옷 입고 쇠사슬 차고 노역을 하고 있을 그의 죽어가는 듯할 형상이며—그에 대한 여러 가지 일을 주마등과 같이 연상하였다. 〈불효자식〉

주머니터림명 주머니돈을 있는 대로 다 떨어서 술이나 과실 따위를 사 먹는 일. 『같은』 주머니떨이. ¶그래두 술은 안 먹었드라우! 주머니터림 해 가지군 밤에 살며시 뒷문으루 둘와선, 으례껏 뎀뿌라 잡채 탕수육에 우동이나 짜장면을 시켜서 먹군 했어두…. 〈회(懷)〉

주멋주멋하다동 부끄럽거나 무서워 쉽게 내닫지 못하고 머뭇거리다. 『비슷』 주뼛주뼛하다. ¶옥봉이가 보고도 짐짓 못 본 체 하는 것 같아서 더구나 주멋주멋하고 오갈이 들었다. 〈암소를 팔아서〉

주문(呪文)명 술법을 부리거나 귀신을 쫓으려 할 때에 외는 일정한 글귀. ¶이 서방은 혼자 속으로 이렇게 생각하고 냅다 주문을 좍좍 외었읍니다. 〈소복 입은 영혼〉 ¶그 뒤로 초봉이는 뱃속엣것이 걱정이 될 때마다, 제호가 가르쳐 준 주문을 외었다. 〈탁류⑬〉

주발(周鉢)명 놋쇠로 만든 밥그릇. 위가 약간 벌어지고 뚜껑이 있음. ¶K가 죽 한 대접을 다 먹었을 때, 그의 어머니는 주발에 담은 죽 한 그릇을 더 가지고 와서 더 먹으라고 권하였다. 〈생명의 유희〉 ¶그러고 그리로 돌아서 마방간의 말죽 구유 같은 (평평하니까 말죽 구유와는 좀 다를까?) 선반, 도마가 있고 그 위에가 식칼, 간장, 초장, 고추장, 소금 무엇무엇 담긴 주발이 죽 놓여 있다. 〈산적〉 ¶닭국에다가 국수를 말어 주니깐, 큰 바리루 하나를 다 먹구 또 주발루 반이나 먹더군. 〈소망〉 ¶또 한 손에다가는 주발 두 개를 포개들고 봉분으로 올라선다. 일꾼들한테 내오는 새참이다. 〈정자나무 있는 삽화〉 ¶둘이서, 시원하게 (얼음에 채운 건 아니라도) 데우지 않은 막걸리를 한 주발씩 집어 들고는. 〈홍보씨〉

주변명 일을 잘 처리하는 솜씨. 『비슷』 두름손. ¶병문이가 그리 할 주변도 없을 터이려니와 그러한댔자 만나게 해 주지 아니할 줄 알면서 나는 이렇게 위로를 하여 주었다. 〈농민의 회계보고〉 ¶더구나 정 주사쯤의 주변으로는 거의 절대로 가망 없을 일이다. 〈탁류①〉 ¶이것이 대복이의 주변으로, 종로 일대와 창안 배오개 등지와, 그 밖에 서울 장안의 들뭇들뭇한 상고들을 뽑아 신용 정도를 조사해 둔 블랙리스트입니다. 〈태평천하⑦〉

주변머리명 '주변'의 속된 말. ¶가령 을녜가 맨처음 갑쇠에게 마음이 있었다가 그의 둔하고도 알심 없는 주변머리에 암상이 나서 폴짝 오복이게로 뛰어가듯이. 〈정자나무 있는 삽화〉

주변성(--性)명 일을 주선하거나 변통하는 솜씨. 돈이나 물건 따위를 둘러대는 솜씨. ¶그것도 사람이 좀 더 주변성이 있었다면, 가령 되다가 못될 값에 이번에 병원을 같이 해 나가자고 한다는 그 사람한테 전보라도 쳐서 구처를 해 보려고 했을 것이지만, 〈탁류⑮〉 ¶거 닭이라도 몇 마리 놓아서 알을 받아 끼니때에 쪄주질 않느냐고 등속의 농가집 가장다운 신칙을 할

주변성이 없는 영감이다. 〈용동댁〉

주변을 부리다『관용』 일을 주선하거나 그 때그때의 상황에 따라 융통성있게 처리하다. ¶형보가 이것저것 주변을 부렸다. 자동차부에 전화를 걸어, 집 근처까지는 가지 못하는 자동차로 우선 둔뱀이의 정 주사네를 데리러 보낸 것도 그것이다. 〈탁류⑩〉

주비(籌備)하다[동] 무슨 일을 해내려고 미리 계획하여 준비하다. ¶그때는 이미 날이 저물어 마침 주비한 촛대의 초에 불을 켜 놓고 물러갔던 하인이 조금 있다가 대야에 물을 떠 가지고 나왔읍니다 〈소복 입은 영혼〉

주색(酒色)[명] 술과 여자. ¶사람됨이 영리하고, 젊은 사람답지 않게 주색을 삼가고. 〈탁류④〉

주색잡기(酒色雜技)하다[명] 술과 여자를 바치며 노름을 하다. ¶머 그 사람이 부랑자루 주색잡기하느라구 쓰는 돈이 아니구, 내일 해전으루다가 은행에 입금을 시켜야만 부도가 아니 나게 됐다는군요!…. 〈태평천하⑦〉

주섬주섬[부] 여기저기 흩어진 물건을 하나하나 주워 거두는 모양. ¶범수는 오랜만에 너털웃음을 쳤다. 그러고 나서 벌떡 일어나 양복을 주섬주섬 걷어입는다. 〈명일〉

주식(酒食)[명] 술과 밥. ¶일변 윤용규더러는, 네가 그 도덕과 기맥을 통하고 있고, 그 패들에게 재물과 주식을 대접했하는 걸 자백하라고 문초를 합니다. 〈태평천하④〉

주신(主神)[명] 여러 가지 신 가운데 주체가 되는 신. ¶그제는 검은 옷을 입은 '희생의 주신'이 지팡막대로 앞을 가로막으면서, 〈탁류⑩〉

주야장천(晝夜長川)[부] 밤낮으로 쉬지않고 잇달아 늘. 언제나 늘. ¶그러나 그렇다고 용동댁인들 무슨 주야장천 과부 한탄이요, 숨길마다 그 한숨으로 세월을 보내는 것은 아니다. 〈용동댁〉 ¶마누라 강씨 부인이 주야장천 뒤꽁무니를 따라다니진 못하는 터이겠다. 〈흥보씨〉

주워섬기다[동] 말머리를 잇대어 가다. 또는 듣거나 본 것을 옮기려고 말을 되는 대로 죽 늘어놓다. ¶"아씨가, 저어 아씨가 돌아가세유! 헷소리를 허세유! 정신을 못 채리세유!" 하면서 대중없이 주워섬기기는 바로 오정이 조금 지나서다. 〈탁류⑬〉

주인 많은 나그네 끼니 간데없다『속』 해 준다는 사람이 너무 많으며 서로 미루다가 결국 일을 그르친다는 뜻. 『같은』 주인 많은 나그네 밥 굶는다. ¶속담에 주인 많은 나그네 끼니 간데없단 푼수로 서울하고 시골하고 큰집 작은집 해서 명색 여편네가 둘씩이나 되는 놈이, 〈이런 처지〉

주재소(駐在所)[명] 일제 강점기에 순사 등이 맡은 구역에서 주재하여 사무를 취급하던 곳. 해방 후에 지서로 명칭이 바뀜. ¶아니나다를까 하루는 읍내 주재소의 순사가 나오더니, 고향에 돌아온 뒤로 과수의 일상거지가 어떤가를 조사했고, 〈정자나무 있는 삽화〉

주재자(主宰者)[명] (어떤 일을) 중심이 되어 책임지고 맡아 처리하는 사람. 맡아 다스리는 사람. ¶정조는 생리의 한 수단이지 결단코 생명의 주재자가 아니요, 〈탁류⑯〉 ¶나는 불사약을 먹어 이 나라의

주재자로 이 영광을 무궁토록 누리고…. 〈태평천하⑭〉

주저(躊躇)(명) 망설임. ¶오목이는 어머니를 불러는 놓고도 차마 말이 나오지 아니해서 주저를 한다. 〈얼어죽은 모나리자〉

주저넘다(형) →주제넘다. 말이나 하는 짓이 제 분수에 넘게 건방지다. ¶대복이가 했단 소리가, 다아 주저넘구 하긴 하지만, 넌 아직 어린애니깐 남하구 시빌 하구 그래서 못써요!…. 〈태평천하⑪〉

주적주적(부) 주책없이 잘난 체하며 자꾸 떠드는 모양. ¶"그럼, 우동 사 먹구 가자!" 하고는 주적주적 앞문을 향해 걸어가는 것이었었다. 〈회(懷)〉

주절주절(부) 낮은 목소리로 중얼거리는 모양. ¶우리 아낙은 집에서도 나하고 같이 목간을 하는 법이 없으니, 따로 독탕에 안내해 주라고 주절주절 이른 뒤에, 하녀가 받쳐 주는 타월을 어깨에다 걸치고 나가버린다. 〈탁류⑫〉

주접(을) 떨다『관용』 궁색하고 초라한 짓을 경망스럽게 하다. ¶진정이라고 하더라도 늙은이 같은 주접을 떠는 궁상이라서 아주 질끔했었다. 〈모색〉

주접(을) 피우다『관용』 주접을 떨다. ¶주접을 피웠으면 피웠지, 아닌 트집까지 하려드는 영감이나, 〈상경반절기〉

주접(이) 들다『관용』 궁색한 기운이 돌다. 또는 모습이 초라해지다. ¶남녀간에 사람이 궁이 끼면, 익혔던 글씨까지 주접이 드는 것인지, 〈이런 남매〉

주접스럽다(형) 모습이 초라한 데가 있다. ¶어디라 없이 촌때가 낀 것 같고, 꼈으되 그 촌때는 순박한 농촌의 구수한 때가 아니라 술집 색시네 새서방의 삼팔저고리 동정에 묻은 때와 같은 그런 주접스런 때였었다. 〈모색〉

주접스러워지다(동) 주접스럽게 되다. ¶"인전 건강했자 인간이나 주접스러질께!… 늙으면 젊은 땔 추억하는 재미루 산다구 않소?" 〈회(懷)〉

주정(酒酊)(명) 술에 취하여 정신 없이 하는 말이나 행동. ¶"한잔 말이 났으니 말이지 요즘 같으면 술이나 실컨 먹고 주정이라도 했으면 속이 시언하겠네." 〈레디 메이드 인생〉

주정뱅이(酒酊--)(명) '술만 마시면 주정을 부리는 버릇이 있는 사람'을 낮추어 이르는 말. ¶낡은 맥고모자는 아까 벌써 길바닥에 굴러 떨어졌고, 당목 홑두루마기는 안팎 옷고름이 뜯어져서 잡아 낚는 대로 주정뱅이처럼 펄럭거린다. 〈탁류①〉

주정(酒酊)하다(동) 술에 취하여 정신 없이 말이나 행동을 하다 ¶"아이구 주정허(하)시우! 아, 요거 말이지요?…" 〈패배자의 무덤〉

주제(명) '주제꼴'의 뜻. 즉 변변치 못한 꼴. ¶그 주제를 하고 앉아서 '사안이이로구나 헤헤' 하는 꼴이, 대체 무어라고 빗댔으면 좋을지 모르겠어도, 〈태평천하⑩〉

주제넘다(형) 말이나 하는 짓이 제 분수에 넘게 건방지다. 제 분수에 지나친 말이나 행동이 건방지다. 제 분수에 지나쳐 건방진 데가 있다. ¶네깐년이 무얼 안다구, 잠자쿠 있던 않구서, 오루루 나서? 주제넘게!…. 〈탁류⑦〉 ¶"주제넘은 사람두 다아 보겠다! 제가 무엇이 대껴서 날 가지구 그러네 저러네 해?" 〈태평천하⑩〉 ¶제 앞도 변변히 가리지 못하는 터수에, 주제넘게 나서서 동정이지 구제니 할 책임이나 의무는 더욱 없는 것이다. 〈이런 남매〉

주종(主從)명 주인과 하인. 또는 주장되는 사물과 거기에 딸린 사물. ¶그러자니 생으로 배가 아파 요새 며칠 대복이와 주종이 맞대고 앉으면 걱정이 그 걱정이요, 〈태평천하⑭〉

주지육림(酒池肉林)명 (술은 연못을 이루고 고기는 숲을 이룬다는 뜻으로) '술과 고기가 푸짐하게 차려진 잔치'를 이르는 말. ¶방금 동소문 밖 ××원 별장의, 그야말로 주지육림으로부터 돌아오는 종숩니다. 〈태평천하⑭〉

주쩍부 뜻하지 않게 갑작스러운 모양. ¶우연히 그러자, 하루날은 길에서 이렇게 박정순을 주쩍 만났던 것이다. 〈회(懷)〉

주책꾸러기명 주책없는 사람을 욕하여 이르는 말. ¶이 주책꾸러기 양반이 무슨 맘보를 먹는고 하니, 내 참 기가 막혀! 〈치숙(痴叔)〉

주체스러하다동 처리하기 어려울 만큼 짐스럽거나 귀찮아하다. ¶그를 반가이 맞고 흔연히 대접하고 했어야 할 것이지 그렇게 갖다가 주체스러하고 마음 내켜 하지 않고 할 일이 아니었었다. 〈모색〉

주체스럽다형 처치하기 어려울 만큼 짐스럽거나 귀찮다. ¶마침 주체스럽던 수하물이 아니었더냐? 하나 그렇다고 슬그머니 내버리고 가자니 한 조각 의리에 걸쳐 차마 못하던 노릇이다. 〈탁류⑭〉 ¶흔연히 마음이 내키지를 않아서 주저주저하던 것인데 그렇다고 영 몰인사하잘 수도 없고, 하릴없이 그 주체스런 생철통이를 방으로 청해 들인다. 〈모색〉

주축(主軸)하다동 주장이 되어 움직이다. '주축'은 '주장이 되어 움직이는 사람이나 세력'. ¶돌이켜 직원 구실을 지낼 무렵에 선비들과 주축한 그 덕이라 하면, 그리 이상튼 않겠읍니다. 〈태평천하⑩〉 ¶명색이 지점장 대리라서 일은 한가하겠다, 또 주축하는 축들이 과히 상스럽진 않겠다, 하니까 심심하면 모여서 술추렴이나 하고, 그러지 머, 허허…. 〈이런 처지〉

주필(朱筆)명 붉은 먹을 묻혀 쓰는 붓. ¶한 번 돌이켜, 마치 시관(試官)이 주필을 들고 글을 꼲듯이 사윗감인 태수를 꼲는다. 〈탁류⑦〉

죽가래명 곡식이나 눈 등을 한 곳에 밀어 모으는 데 쓰는 기구. 가래와 비슷한데 넓은 나무판에 자루를 달았음. 【같은】 넉가래. ¶죽가래로 푹 찌른 것처럼 가로 째진 입, 길바닥에 떨어진 쇠똥탈이 지질펀펀한 코, 왕방울 같은 눈, 좁디좁은 이마, 부룩송아지 대가리처럼 노란 머리터럭이 곱슬곱슬 자지러붙은 대가리… 등속. 〈쑥국새〉 ¶말처럼 댓 발이나 되는 얼굴이 코는 안장코요, 바탕은 뜨다가 만 누룩이요, 입은 죽가래로 푹 지른 형용이요, 눈은 뱁새눈인데, 〈이런 처지〉

죽대접(粥--)명 죽을 담는 그릇. ¶그의 앞에도 소담한 죽대접이 올라앉은 상이 놓여졌다. 죽이라서 먹기 싫은 것은 아니지만 어쩐지 좀 섭섭한 것 같았다. 〈생명의 유희〉

죽도 밥도 안 된다【속】 되다가 말아서 이것도 저것도 아니므로 아무짝에도 쓸모없다는 뜻. ¶이러다가는 죽도 밥도 안 되겠다

고 저를 나무라면서 물그릇을 얼른 집어 든다. 〈탁류⑬〉

죽영(竹纓)명 아주 가는 대나무를 마디마디 잘라서 실에 꿰고 구슬로 격자를 쳐서 만든 갓끈. 『같은』 대갓끈. ¶머리에는 탕건에 받쳐 죽영 달린 통영갓이 날아갈 듯 올라앉았읍니다. 〈태평천하①〉

죽자쿠나부 '죽자 살자 기를 쓰고'의 뜻. ¶죽자쿠나 납뛰며 난장판을 이루잘 까닭이 없는 것이다. 〈상경반절기〉

죽지명 새의 날개가 몸에 붙은 부분. ¶암만 그래도 그놈이 카이젤 수염은 되지 못하고 죽지가 처지는 것이고, 〈탁류⑦〉 ¶그 하야니 곱던 털이 연통장이가 돼 버렸고, 모가지와 죽지와 두 다리는 힘없이 축 처지고. 〈용동댁〉

죽창(竹窓)명 대나무로 살을 만든 창문. ¶잘못하면 선실의 창으로 보겠다. 앞쪽으로 문골을 박는 흉내만 내고 진짬 죽창이 삐뚜름하게 달려 있다. 〈얼어죽은 모나리자〉

준명 반갑지 않게 여기는 마음. 『비슷』 싫증. ¶한동안 그러다가 식모도 준이 나서 할 수 없이 안방으로 들어오고, 송희는 엄마한테 안기기가 무섭게 울음을 꿀꺽 그치면서 대주는 젖을 움켜다가 …. 〈탁류⑭〉 ¶그리 하듯이 이번에는 관수의 그렇듯 좀처럼 끊지 않는 정에 그만 준이라도 나가지고, 제풀에 달리 색다른 꽃으로 날아가리를 한다든지. 〈정자나무 있는 삽화〉

준수(俊秀)하다형 재주, 지혜, 풍채 등이 빼어나다. ¶고생에 찌들고 햇볕과 비바람에 그을기는 했어도 용희가 닮아 받은 준수한 코며 보드라운 얼굴의 윤곽이 옛날 미남자의 모습을 그대로 지니고 있다. 〈보리방아〉 ¶후리후리한 몸에 차악 맞는 양복을 입고 갸름한 얼굴이 해맑고, 코가 준수하고, 웃입술을 간드러지게 벌려 방긋 웃고, 〈탁류②〉 ¶준수는 코는 아니라도 너부데데한 얼굴 윤곽하며가. 〈반점〉 ¶초리가 길게 째져 올라간 봉의 눈, 준수하니 복이 들어 보이는 코, 〈태평천하①〉

준금치산(準禁治産)명 '한정 치산(限定治産)'의 옛 용어. 의사 능력이 모자란 사람에게 법원이 선고하여 자유로 재산을 관리하거나 처분하는 것을 금지하는 제도. ¶윤 주사를 처억 준금치사 선고를 시켜 버렸읍니다. 〈태평천하⑤〉

준설선(浚渫船)명 하천이나 해안의 바닥에 쌓인 흙이나 암석 따위를 쳐내어 바닥을 깊게 하기 위한 기계를 갖춘 배. ¶준설선이 저보다도 큰 크레인을 무겁게 들먹거리면서 시커먼 개흙을 파올린다. 〈탁류①〉

준열(峻烈)하다형 준엄하고 격렬하다. ¶지금의 이 거추장스런 자기 분열에 대한 준열한 자책이 어느만큼 완화될 수가 있을 성불렀다. 〈패배자의 무덤〉

준일 년(準一年)명 한 해가 채 못 되는 일 년. ¶"그렇지요… 그래도 그새 준일 년이 되었지만 한 번도 혐의쩍은 일은 없었으니까요." 〈소복 입은 영혼〉

준절히(峻節-)부 매우 위엄이 있고 정중하게. ¶그는 그에게 고유한 눈짓으로 나를 힐끔 보며 계면쩍어하는 듯한 미소를 디고 차ㅈ마 말을 못하였다. "무어여 무엇?" 하고 나는 준절히 물었다. 〈불효자식〉 ¶"요년!" 영감의 호통 소리가 드리며 무엇인지 옷이 찢어지는 소리가 날카롭게 들렸다. 영감은 준절히 꾸짖었다. 〈산동이〉 ¶이 서방은 이렇게 준절히 일렀읍니다. 〈소복 입은 영혼〉 ¶준절히 이르다가 그래도 저희들이며, 옆엣사람들이 나서서 무얼 그러느냐고 권면은 할 테니까, 〈탁류③〉 ¶준절히 일장의 책망을 했다는 것이 역시 그 당시의 일이다. 〈회(懷)〉

준총(駿驄)명 걸음이 몹시 빠른 말을 이르는 말. ¶정 주사도 시방은 다 비루먹은 태마(駄馬)라도 증왕에는 천리준총이었거니 여기고 있다. 〈탁류⑮〉

준치명 청어과의 바닷물고기. 몸길이 50cm 가량. 우리나라 연해와 동중국해, 인도양 등에 분포함. ¶은빛인 듯 싱싱하게 번쩍이는 준치도 푼다. 〈탁류①〉

줄달음질명 단숨에 내쳐 달리는 달음박질. ¶빽 소리를 지르고는 그대로 죄다 달아가지고서 씽씽 줄달음질이었다. 〈회(懷)〉

줄레줄레부 경망스럽게 자꾸 까불며 행동하는 모양. ¶"자반고등언 기집애가 줄레줄레 따라 죽을 지경이겠네?" 〈암소를 팔아서〉

줄 맞은 병정(兵丁)〖관용〗 구속에서 벗어나 제멋대로 행동하는 사람을 비유하여 이르는 말. 〖비슷〗굴레 벗은 망아지. 고삐 놓은 말. ¶줄 맞은 병정이라, 태수는 마음 놓고, "아이구 아얏!" 허겁스럽게 소리를 지르며서 방구석께로 피해 들어간다. 〈탁류⑤〉 ¶그 하인의 태도는 마치 줄 맞은 병정 같아서 초면부지의 이 서방이건만 찬히 아는 손님이 찾아온 것처럼 서슴지 아니하고 영접을 하는 것이었읍니다. 〈소복 입은 영혼〉 ¶남편은 벌써 줄 맞은 병정이 되어 오늘은 일도 나가지 않고 집에서 기다리고 있었다. 〈빈(貧)… 제1장 제2과〉 ¶그래 누가 이러라저라라 시킬 것도 없이 벌써 줄 맞은 병정이 되어서, 젊은 윤 두꺼비는 뒷줄로 뇌물을 쓰느라고 침식을 잊고 분주했읍니다. 〈태평천하④〉

줄잡다동 실제로 대중 잡은 것보다 줄여서 헤아려 보다. ¶이대로 앞에 다른 재앙만 없게 되면 줄잡더라도 스물너댓 섬은 실히 날 것을. 〈정자나무 있는 삽화〉

줄창부 끊임없이 잇달아. 멈추지 아니하고 내처서. ¶몇 해를 두구 화류계 계집이며, 염집 계집을 줄차 상관했어두 자식이라구는 배 본 적이 없더니라. 〈탁류⑭〉 ¶들 복판이고 보매 사방 막힌 데가 없어 줄창 바람이 자질 않는다. 〈정자나무 있는 삽화〉

줄창 치듯부 '줄곧'의 뜻. 내처 잇달아. 끊임없이 잇달아. 멈추지 아니하고 내쳐서. ¶종학은 동경으로 유학을 가면서부터는 아주 털어내 놓고서 이혼을 해 달라고 줄창 치듯 편지로 집안 어른들을 졸라대지만, 〈태평천하⑤〉

줄행랑(-行廊)명 대문 좌우로 죽 벌여 있는 행랑. ¶줄행랑 본의 조선 고옥을 겉만 뜯어고쳐 유리창을 해 달고 유리문을 내고 문설주하며 기둥과 연목 등엔 푸른 페인트칠을 하고. 〈회(懷)〉

중(中)명 길이, 수준 따위의 중간 정도. ¶저녁을 먹고 중쯤 되는 담뱃대를 물고 반이상이나 노출된 배를 슬슬 문지르면서 대문 밖 길 옆에 나서서 '일본 내지인'이 지나가기를 기다립니다. 〈소복 입은 영혼〉

중값(重-)명 비싼 값. 상당한 값. 〖같은〗중가(重價). ¶혹사 호사(好事)하는 운치객도 있어 짚신이야 쓸 데 있건 없건 더러 중값을 주고 사려는 사람도 있었을 것이다. 〈얼어죽은 모나리자〉 ¶이것을 구경하는 것만도 형보한테는 우선 중값이 나가는 향락이다. 〈탁류⑩〉 ¶그 육중스런 임시 첩장인을 위해, 중값 나가는 사향소합환을 주마는 것도 과연 근경 속이 그럴듯하기는 합니다. 〈태평천하⑪〉

중긋중긋[부] 몸집이 큰 여러 사람이나 짐승 등이 빽빽하게 서거나 나오는 모양. ¶동네 앞으로 여편네들이 중긋중긋 나서고 어린애들이 달려온다. 〈정자나무 있는 삽화〉

중난(重難)하다[형] 몹시 어렵다. 중대하고 어렵다. ¶정 주사네는 중난한 미지의 사부인한테 크게 경의를 준비해 가지고 그를 기다렸던 것인데 〈탁류⑩〉 ¶그를 겨우 열두어 시간 전에 자기 발로 저엉정히 집을 나가던 나의 중난한 남편이라고는 믿지 않았을 것이다. 〈패배자의 무덤〉

중놈[명] '중'을 낮추어 이르는 말. ¶내가 동냥하러 온 중놈의 바랑 속에다가라두 집어넣어 주께시니. 〈탁류⑯〉 ¶연전에 엎으러진 중놈같이, 허허어 웃고서 세상이야 어떻게 돼 가건, 〈이런 처지〉

중닭[명] 중간 정도의 크기로 자란 닭. ¶병아리는 완구히 자라 제법 중닭 푼수나 되었고. 〈용동댁〉

중대가리[명] '중처럼 빡빡 깎은 머리, 또는 그렇게 깎은 사람'을 속되게 이르는 말. ¶중대가리로 박박 깎은 박통만 한 큰 머리가 괴상한 얼굴을 해 가지고는 척 올라앉은 양은, 하릴없이 세계 풍속 사진 같은 데 있는 아메리카 인디안의 토템이다. 〈탁류④〉 ¶할아버지는 빙긋이 한참이나 문오 선생의 그 망건 자죽만 하얀 '중대가리'를 건너다보다가 …. 〈순공(巡公) 있는 일요일〉

중도야지[명] 키나 몸무게 등에서 중간 정도의 도야지. ¶앞마당에서는 용희의 아버지 태호가 손에 든 삽을 휘두르며 소리소리 치고 있고 허리에 줄을 맨 중도야지 한 마리가 마늘밭을 함부로 짓밟으면서 뛰어 달아나다가 울타리 밑 개구멍으로 빠져나가 버린다. 〈보리방아〉

중동(中-)[명] 사물의 중간 부분. 또는 가운데 토막. ¶K는 말 중동을 갈라 불쑥 반문하였다. 그는 기왕 취직 운동은 글러진 것이니 속 시원하게 시비라도 해 보고 싶은 것이다. 〈레디 메이드 인생〉 ¶유모는 수건을 둘러 중동만 가리고 체경 앞에 넌지시 물러서서 거울 속으로 뚜렷이 떠오른 제 몸뚱이를 홈파듯이 바라다보고 있다. 〈빈(貧)… 제1장 제2과〉 ¶이 강은 지도를 펴놓고 앉아 가만히 들여다보노라면, 물줄기가 중동께서 남북으로 납작하니 째져 가지고는—한강이나 영산강도 그렇기는 하지만—그것이 아주 재미있게 벌어져 있음을 알 수 있다. 〈탁류①〉 ¶그러나 이 머리는 알고 보면 중동을 몽땅 자른 단발머리에다가 다래를 들인 거랍니다. 〈태평천하②〉 ¶폭양에 너울 쓴 호박 덩굴이 얼기설기 섶울타리를 덮은 울타리 너머로 중동 가린 앞산이 웃도리만 멀찍이 넘겨다보인다. 〈용동댁〉 ¶을녜 제가 흡족해하도록 정도 주지 못했으면서 그거나마 중동을 무질러 버리고서 며칠 사이로 이 고장을 훌쩍 떠나게 되었으니, 생각하며 그런 박절할 도리라고는 없다. 〈정자나무 있는 삽화〉

중동치기명 순서를 어기고 남의 자리에 끼어 드는 짓. 『같은』 새치기. ¶연방들 중동치기를 한다. 당연한 노릇인 양 미안하다거나 조금 비껴 달란 소리 한마딘들 하는 법 없이 툭툭 치고 밀치고 하면서 남이 짓고 섰는 앞을 비벼 뚫고 들어온다. 〈상경반절기〉

중둥명 눈꼴. 눈의 생김새나 움직이는 모양을 얕잡아 이르는 말. ¶"너 이 가시내, 날만 보머넌 중둥이 시어서 해롱해롱허지?" 〈쑥국새〉

중로(中路)명 내왕하는 길의 중간. ¶초봉이를 뜻밖에 중로에서 만나고 보니 마치 무엇이 씌워대는 노릇이기나 한 것처럼 희한하고 반가왔었다. 〈탁류⑫〉 ¶중로에서 그렇듯 많이 충그리고 길이 터지고 했어도, 〈태평천하③〉

중마내님명 →중마나님. 젊지도 않고 아주 늙지도 아니한 부인의 높임말. ¶아마 중마내님이 금방 들어오싰넌디, 그렇게 열어 누왔넝 개비라우? 〈태평천하③〉

중복(中伏)명 삼복(三伏)의 하나. 초복 다음으로, 하지 후의 넷째 경일. ¶마당에는 중복의 한낮 겨운 불볕이 기승으로 내려쪼이고 있다. 〈용동댁〉

중(中)뿔나다형 (아무 관계가 없는 사람이 참견하려고 하여) 주제넘고 엉뚱하다. ¶정 주사가 옆에서 속도 모르고 중뿔난 소리를 한 마디 거든다. 〈탁류⑮〉

중산 모자(中山帽子)명 꼭대기가 둥글고 높은 서양 모자. ¶이렇게 이야기 허두를 내고 보면 첩경 중산 모자에, 깃에는 가화를 꽂은 모닝 혹은 프록코트에, 〈홍보씨〉

중상(僧相)[1]명 중의 모양. ¶제호의 대머리까지 벗어져 가뜩이나 위아래로 기다란 얼굴과 두루뭉실하니 중상으로 생긴 형보의 얼굴…. 〈탁류⑭〉

중상(中傷)[2]명 못된 말로 헐뜯거나 퍼뜨려서 명예 따위를 손상시킴. ¶내가 제군들한테 연애파라구 중상을 받는 것두 즉 말하자면 그런 피해란 말야, 〈탁류⑯〉

중상(中傷)하다동 터무니없는 말로 남을 헐뜯어 명예를 손상시키다. ¶승재 저는 남들한테, 저놈이 초봉이를 뺏기고서 오기에 괜히 고태수를 중상하여 혼인을 훼방을 놀려던 불측한 놈이라고 얼굴에 다 침뱉음을 당하게 될 테니, 그런 창피 그런 망신이 있으며, 〈탁류⑧〉

중소(中-)명 크기가 중간치인 소. ¶외양간에서 중소는 되는 암소가 김이 무럭무럭 나는 쇠물통에다 주둥이를 처박고 식식거리면서 맛있게 먹는다. 〈암소를 팔아서〉 ¶올 가을에는 도통 한 사십 원이나 되어 그놈으로 중소 한 마리를 샀다. 〈얼어죽은 모나리자〉 ¶미럭쇠네는 작년에 저의 부친이 제 장가 밑천으로 장만해 놓고 죽은 송아지가 중소나 된 것을 오십 원에 팔고. 〈쑥국새〉

중소히(重所-)부 매우 중하게. 매우 귀중하게. 『비슷』 소중히. ¶윤 직원 영감은 그 살뜰한 애기 손님을 옆에 중소히 앉히고는 머리도 쓰다듬어 주고, 〈태평천하⑩〉

중(中)스름하다형 →중씰하다. 중년(中年)이 넘어 보이다. ¶돌려다보니 중스름한 영감 하나가 바로 내 뒤에 섰는 젊은 양복 친구의 앞을 비집고 들어오려다가 들키고는 지청구를 먹던 것이다. 〈상경반절기〉 ¶바로 앞자리에 돌아앉았던 중스름한 양

복 신사 둘이가, 내릴 채비로 외투를 입노라 모자를 쓰노라 하면서, 〈회(懷)〉

중언부언(重言復言)명 이미 한 말을 자꾸 되풀이함. ¶형보가 황망하게 중언부언, 이 말을 되씹고 되씹고 하는 것은 행여 초봉이라도, 〈탁류⑭〉

중이 염불하듯〖속〗 뜻도 알지 못하면서 공연히 소리 내어 읽기만 한다는 말. ¶우동 두 그릇 탕수육 한 그릇 얼른 빨리… 우동 두 그릇 탕수육 한 그릇 얼른 빨리… 삼남이는 이 소리를 마치 중이 염불하듯 외우면서 나갑니다. 〈태평천하⑩〉

중죄수(重罪囚)명 교도소에 수감된 무거운 죄를 지은 사람. ¶이 침묵이 S에게는 중죄수가 형의 언도를 받으려는 찰나와 같이 무겁고도 괴로왔다. 〈앙탈〉

중증(重症)명 매우 위중한 병의 증세. 병세가 무겁고 매우 위태로운 증세. ¶작은 아이를 해산할 때에 자궁후굴이 생긴 것을 치료도 아니하고 그대로 둔 것이 지금 와서는 포태도 포태려니와 중증의 히스테리를 앓게 한 것이다. 〈명일〉

중지(中指)명 가운뎃손가락. ¶엄지손가락과 식지는 접어 두고 중지와 무명지와 새끼손가락 세 개만 펴서 손바닥은 바깥으로 둘렀다. 〈탁류④〉

중천(中天)명 하늘의 한가운데. ¶백중 가까운 초열흘 달이 진작 중천에 뜨기는 했지만. 〈정자나무 있는 삽화〉

중판(을) 메다〖관용〗 도중에 그만두다. ¶내외간의 우김질은, 아이들이, 초봉이만 부엌에 있고 모두 몰려드는 바람에 흐지부지 중판을 메고 묵묵하다. 〈탁류③〉 ¶그들은 아무도 방금 일어났던 풍파를 심려한다든가 윤 직원 영감이 저녁밥을 중판멘 것을 걱정한다든가, 〈태평천하⑥〉

중토막명 가운데 토막. 긴 물건의 허리쯤 되는 부분. ¶산세가 다르고 물맛이 달라 그런지, 중토막 사람들은 콩이야 팥이야 시비 먼저 따지려 들고 그러다가 아가리 힘센 놈한테 언변으로 지고서 만다. 〈정자나무 있는 삽화〉

쥐놀다동 몸에 쥐가 나다. 또는 갓 죽은 동물의 살점이나 다리 등이 꿈틀 움직이다 ¶가삐 쉬는 숨길마다, 드러난 그 허리통이 쥐노는 고깃덩이같이 들먹거린다. 〈탁류⑱〉

쥐두 새두 모르게〖관용〗 일을 처리할 방법이 감쪽같아 아무도 그 경위나 행방을 모르게. ¶혹은 아녈 말루 담을 넘어서 들어오시든지, 아뭏던 쥐두 새두 모르게 들어오십니다. 아시겠지요? 〈탁류⑩〉

쥐뿔은 어떻구〖관용〗 아무 보잘것이 없음을 반어적으로 이르는 말. '쥐뿔'은 하잖고 보잘것이 없음. ¶"가관이네… 아니, 쥐뿔은 어떻구?" 하면서 우선 한마디 쏘아다 부딪는다. 〈탁류⑧〉

쥐알형 '쥐의 불알'이란 뜻으로 아주 어리거나 작은 사람이나 사물의 비유. ¶근데 글쎄 저 아랫방에는 아 인제 겨우 쥐알만큼씩 헌 계집애들이 생판 연애를 한답시구 남의 집 선머슴애들을 찾아와설랑은 사뭇 다 디둘구…. 〈모색〉

쥐어뜯다동 함부로 꼬집거나 잡아당기다. ¶"그러니 밤이면 오죽이나 졸립겠소? 그런 걸 눈을 쥐어뜯구 참어 가면서 꾸벅꾸벅 졸아 가면서…." 〈두 순정〉

쥐어바르다동 손으로 쥐어서 함부로 비비

다. ¶부엌에서 밥을 짓고 있는 주인 노파의 눈치를 슬슬 보면서 얼핏 콧등에 물만 쥐어바르고 도망질을 쳐 들어와 버렸다. 〈앙탈〉 ¶방금 울다가 그쳤는지 눈물 콧물을 온 얼굴에다 쥐어바르고 어리광으로 울상을 하면서, 달려들어 부친에게 안긴다. 〈탁류③〉

쥐어지르다동 주먹으로 쥐어서 냅다 지르다. ¶그는 바른편 뺨을 맞고 왼편 뺨을 내어미는 '못생긴 짓'이 자기 손으로 자기의 볼퉁이를 쿡 쥐어지르고 싶게 밉살머리스럽고 짜증이 났다. 〈병조와 영복이〉

쥐어짜다[1]동 힘있게 꼭 쥐어 짜내다. ¶오월이는 마침내 쥐어짜듯 가느다랗게 소리를 낸다. 〈생명〉

쥐어짜다[2]동 이러저리 따져서 골똘히 생각하다. 무엇을 골똘히 생각하거나 생각해 내다. ¶초봉이가 겨우 쥐어짜듯이 기운을 내서 이렇게 말부리를 따 놓고, 눈치를 보느라고 고개를 쳐드니까, …. 〈탁류②〉

쥐어짜다[3]동 오기 있게 떼를 쓰며 조르다. ¶아내의 쥐어짜는 재촉 소리는, 마침 대문을 총개머린지 뭉둥인지로 들이 쾅쾅 찧는 소리에 삼켜져 버립니다. 〈태평천하④〉

쥔마나님명 '주인 마나님'의 준말. ¶"그럴라 말구서 쥔마나님두 진작 시집을 가지요?" 〈모색〉

즈바이(독. zwei)수 '둘'의 독일어. ¶그리구 죄가 또 있지. 아인두 족한데, 즈바이 드라이씩 독점을 하구 지내구… 응? 하나찌두 일이 오분눈데 쓰나찌나 세나찌나 무슨 일이 있나? 〈탁류⑬〉

증금(證金)명 계약의 이행을 확실히 하기 위하여 당사자 일방이 상대방에게 제공하는 담보금. 『같은』 증거금(證據金). ¶미두를 하러 온 친구가 소위 미두장 인심이라는 것으로 쌀이나 한 백 석, 오십 원 증금으로 붙여 주며, 그 놈을 가지고 약삭빨리 요리조리 돌려 놓아 가면서 한 달이고 두 달이고 매일 돈 원씩, 이삼 원씩 따먹다가 급기야는 밑천을 떼고 물러서고, 〈탁류①〉

즉접명 →직접. ¶즉접이든 간접이든 웬만한 희생이 있더래도 양성해 내고 싶으니까요…. 〈명일〉

즘신명 →점심. ¶"어머니, 즘신 잡수?" 업순이는 부엌으로 들어가려면서 돌려다보고 묻는다. 〈동화〉

즘심명 →점심. ¶아이 즘심을 채려 드려야지… 즘심이나마 하두 으설퍼서 원!…. 〈모색〉

증왕(曾往)명 일찍이 지나간 그 때. ¶정주사도 시방은 다 비루먹은 태마(駄馬)라도 증왕에는 천리준총이었거니 여기고 있다. 〈탁류⑮〉

증자(增資)명 자본금, 재산 등을 늘림. 또는 그 자본. ¶황차 회사에 증자를 하느라고 윤희를 추겨서 그의 친정 돈으로 주(株)를 얼마를 사게 했기에! 〈탁류⑬〉

증조명 →징조(徵兆). 미리 보이는 조짐. ¶그렇지만 불행히 병이 도져 가는 증조하면 그 일을 장차 어떡헌단 말이우? 〈소망〉

지겟벌이명 →지게벌이. 지겟짐을 날라주고 돈을 버는 일. ¶"여기서 그대루 지겟벌이나 해먹지…" 〈앙탈〉 ¶그 뒤 며칠이 지나 병문이는 염천교 세관에 가서 지겟벌이를 하였다. 그런데 병문이에게 가장 큰 문제는 시골 남아 있는 가족들이다. 〈농민의 회계보고〉 ¶선창에서 지겟벌이

로 겨우 먹고 사는데, 며칠 전에 다리를 삐었다고 승재한테 옥도정기까지 얻어 간 사람이다. 〈탁류⑮〉

지겟벌이하다㊐ 지게로 짐을 날라 주며 돈을 벌다. ¶"그냥 돌아댕기면서 지겟벌허(하)너니버담은 낫다구 그래유." 〈명일〉

지그리다㊐ 눈살을 살짝 우그려 좁히다. 〖센말〗 찌그리다. ¶영락없이 어린 아이들이 쓴 약이 먹기 싫어서 눈을 지그려 감고 약그릇을 집어 드는 꼬락서니다. 〈탁류⑭〉 ¶간드러지게 생긴 얼굴이, 눈은 아직 그대로 지그려 감고 콧등을 찡긋찡긋하다가, 고 육중한 입을 하 벌리고 하품을 늘어지게 배알는다. 〈패배자의 무덤〉

지기(志氣)㊎ 어떤 일을 이루려는 의지와 지개. ¶어쩌며 정이라는 것에 얽혀 매어서는 이다지도 지기를 펴지 못하고 풀이 죽는고? 〈정자나무 있는 삽화〉

지꺼리㊎ →짓거리. '짓'을 속되게 이르는 말. ¶"콩밭은 어떻기 생깄던가?… 지꺼리가 저 꼴인 걸 보니 아마 콩두 저렇게 배배 꾀였지?" 〈보리방아〉

지끔㊇ →지금. (평북) ¶"옥봉네 말이, 지끔 성편에 혼인을 허자구 와락 나설 수가 없대는 게야! 아 번연히 속내 다아 아는 배, 우리가 농사 한 톨을 지우? 따루 모아 둔 성세가 있소?" 〈암소를 팔아서〉

지나(支那)㊎ '진(秦)'의 와전(訛傳). '중국'을 달리 이르는 말. ¶"아니지요. 그런 게 아니구, 아라사가 지나를 집어삼킬 뱃심으루 그랬지요!" 〈태평천하⑧〉 ¶엇그제 비로소 내지나 지나로부터 이주를 한 것이 아니요, 〈상경반절기〉

지나 나가다㊐ 시간이 과거로 되다. ¶그 때는 그 말이 고깝게 들렸으나, 차차 지나 나가노라니까, 목간을 안해서 몸이 근시런 줄은 모르겠어도…. 〈빈(貧)… 제1장 제2과〉

지나는 말〖관용〗 꼭 말을 해야겠다는 의식이나 상대방이 들어야 한다는 전제없이 예사로 하는 말. ¶주인은 이 서방을 보더니 반겨하면서 일 년 동안 적조한 인사를 지나는 말이겠지만 흠선히 늘어놓고는 손님을 객실로 인도하려고 하지 아니하고. 〈소복 입은 영혼〉

지난(至難)하다㊌ 더할 수 없이 어렵다. 아주 어렵다. ¶형보 제가 손을 대기는 제 처지로든지, 연줄로든지 어느 모로든지 지난한 일이나…. 〈탁류⑦〉

지날결㊎ 지나가는 겨를. 또는 기회. ¶그래서 실상인즉 잘렸느니라고 속으로 기역자를 그어논 판이요, 다만 장사하는 사람의 투로, 지날결에 말이나 한 번씩 비쳐 보는 것이다. 〈탁류①〉

지날녘㊎ 지나간 어떤 무렵. ¶차라리 이왕에 도달한 결론을 다시금 증명이나 해 주는 지날녘의 한날 여담에 불과하던 것이다. 〈모색〉

지날말㊎ 말을 꼭 해야 하거나 들어야 할 필요가 없는 예사로운 말. 꼭 말을 해야겠다는 생각이나 상대방이 들어야 한다는 전제없이 하는 말. 지나가는 말. 지나는 말. ¶전에도 양친이 늘 마주 앉기만 하면, 초봉이가 듣는 데고 안 듣는 데고, 어서 시집을 보내야겠다거니 너무 늦어 가서 걱정이라거니, 이런 이야기를 하곤 했기 때문에, 오늘 저녁에도 그런 지날말인 줄만 알았던 것이다. 〈탁류⑦〉

지날말같이㈜ 지나가는 말로, 말을 꼭 해야하거나 들어야 할 필요가 없이 예사로 다른 말을 하는 것같이. ¶궁금하던 것이라 마침 생각이 난 길에 지날말같이 물어본다. 〈탁류②〉 ¶아무려나 전자에 졸업감상을 쓰라고 하던 그 선배 부인 기자더러 지날말같이 물어보았더니. 〈모색〉

지날말로㈜ 지나가는 말로. 말을 꼭 해야하거나 들어야 할 필요가 없이 예사로 다른 말을 하는 곁에. ¶경손의 모친 박 씨가 지날 말로 나무람 겸하는 소립니다. 〈태평천하⑪〉 ¶그럼 내가, 이건 지낼말루(로)가 아니라, 그 애기한테 꼬옥 가합한 신랑을 하나 골라 디리께요. 〈탁류①〉

지녁㈢ →징역. (경기, 경상, 충청) ¶"아이구… 이 사람 말두 마소… 우리 칠복이가 지녁 산다네 지녁…" 그이의 눈에서는 눈물이 핑 돌아 주름살 잡힌 얼굴로 힘없이 흘러내렸다. 〈불효자식〉 ¶"착착 깎어 죽일 놈!… 그놈을 내가 핀지히여서, 백년 지녁을 살리라구 헐 걸!" 〈태평천하⑮〉

지다이모노(じだいもの)㈢ '시대물(時代物)'의 일본어. 지나간 어떤 시대의 인물이나 사건 등을 소재로 한 작품. ¶그리고 요시까와 에이찌, 그이 소설은 진찐바라바라하는 지다이모논데 마구 어깻바람이 나구요. 〈치숙(痴叔)〉

지당(至當)하다㈣ 아주 당연하다. 또는 매우 마땅하다. ¶지당한 말일세! 궐씨가 너무 행동이 낡구두 분명치가 못해서…. 〈탁류⑯〉 ¶머 참, 우리 집 다이쇼 말이 일일이 지당해요. 〈치숙(痴叔)〉

지대리다㈤ →기다리다. ¶"아니 나는 벌이하시는 이를 너머 오래 지대리시라기가 미안히여서 그렇지라우!" 〈보리방아〉 ¶"어제 저녁에 밤새두룩 지대리게 허구서 안 오구!" 〈정자나무 있는 삽화〉

지덕을 쓰다〖관용〗 남이 귀찮아 하도록 끈질기게 굴다. ¶머 이건 내가 괜히 지덕을 쓰는 것두 아니구 아주 진정으루 하는 말인데… 난 죄꼼두 거리낄라 말구서 그렇게 해요!…. 〈탁류⑰〉

지독으로(至毒-)㈜ 지독하게. 매우 심하게. ¶글쎄 잠뱅이만 입구 알몸으루 누웠던 등어리가 땀이 어떻게두 지독으루 났든지, 방바닥이 흥그은해요. 〈소망〉

지드(André Gide)㈢ 앙드레 지드. 프랑스의 작가(1869~1951). 20세기의 복잡한 문학 정신의 온갖 면을 반영하는 대표적인 작가. 대표작으로 '좁은 문'이 있음. ¶하기야 그렇게 생긴 계집애는 아직은 없고 이 고장의 지드나 발레리의 종자들이 쓰는 소설 가운데서 더러 구경을 할 따름이지만, 〈탁류⑰〉

지딱지딱㈜ 서둘러서 급히 해대는 모양. ¶만약 그런 꾀가 아니라면야 들어서던 길로 지딱지딱 해 버리고 돌아섰을 것이지요. 〈태평천하④〉 ¶우리는 떡이야 과실이야 지딱지딱 쨰금쨰금 맛있게들 먹으면서도 아랫목의 동정을 살피기에 정신은 한 가닥 가서 깔려 있었다. 〈순공(巡公) 있는 일요일〉

지랄㈢ '변덕스럽거나 함부로 법석을 떠는 행동'을 욕하는 말. ¶느이끼리 하두 지랄을 하구 그러니, 어디 견딜 수가 있더냐?…. 〈탁류⑩〉 ¶"저, 짝 찢을 년은, 왜 또 지랄이 나서 저런다냐!" 〈태평천하⑥〉 ¶"지랄! 누가 거기 간다구 그러간디?"

〈동화〉 ¶제 좋을 대루, 지랄입디다! 세상이야 어디루 갔던지…. 〈이런 남매〉

지레[부] 어떤 시기가 되기 전에 미리. 무슨 일이 채 되기 전이나 기회나 시기가 이르기 전에. ¶그러자 이어 뉘우치고 무슨 꾸지람이나 들을까 지레 겁이 나서 살금살금 들어서는 종석이를 보고 목소리 부드럽게 타이른다. 〈명일〉 ¶마구 속이 지레 터질 것 같아 냅다 욕이 먼저 쏟아져 나옵니다. 〈태평천하⑤〉 ¶피차간 범연한 사일세 말이지, 하다가 못할 값에 지레 못한다고 끝끝내 방색만 하고 앉았을 수는 없는 노릇이요. 〈회(懷)〉

지레짐작[명] 미리 넘겨짚는 짐작. ¶최 서방은 시방 안해가 제가 돈이라도 뜯으려 들어온 줄로 지레짐작을 하고서, 그렇게 찌르투룸해서 있는 눈치를 아는 터라. 〈빈(貧)… 제1장 제2과〉 ¶그렇더라도 한 마리나 두 마리 같으면 모르지만 다섯 마리씩이나 잡아오다니, 이렇게 지레짐작과 의혹이 들었던 것이다. 〈용동댁〉

지렛대[명] 무거운 물건을 쳐들어 움직이는 데 쓰는 막대기. ¶여편네라는 건 그래서 지렛대로 마구 떠 곤질러도 못 뗄 운명이지! 〈이런 처지〉

지론(持論)[명] 늘 주장하는 의견이나 이론. ¶그들을 구제하는 적선이라는 것이 윤 직원 영감의 지론이던 것입니다. 〈태평천하⑭〉

지르다[동] 분한 마음이 일어나게 하다. ¶영주의 생각에는 오늘은 어쩐지 남편이 일부러 자기 속을 질러 주려고 하는 것만 같이 더욱 신경이 가스러졌다. 〈명일〉

지르퉁하다[형] 잔뜩 성이 나서 부루퉁하다. ¶채자부 첫 꼭대기에는 병조가 이 인쇄소로 와서 지금까지 한 번도 웃는 낯을 본 적이 없는 채자부 주임—카이제르 수염—이 악연 지르퉁한 얼굴로 입에는 빨쭈리에 낀 담배를 비껴 물고 원고를 뒤적거리며 테이블 앞에 앉아 있었다. 〈병조와 영복이〉

지름끼[명] →기름기. 여기서는 '동물의 고기'를 뜻함. ¶워느니 아무리 어려워두 지름끼를 한번 사다가 먹을라던 참인디 잘 되았다…. 〈얼어죽은 모나리자〉

지리다[동] 똥이나 오줌을 참지 못하고 조금 싸다. ¶이렇게 당황해서 얼른 이러지도 못하고 저리지도 못하고 둘레둘레 허겁지겁 사뭇 액체라도 지릴 듯이 쩔쩔매기만 하고 있다. 〈탁류⑰〉

지리(支離)하다[형] →지루하다. 부질없이 시간이 오래 걸려서 괴롭고 싫증이 나다. ¶그러고 거지 아이가 척 앉아서 아주 천천히 호떡을 먹고 있는 것이 아주 마음에 지리했읍니다. 〈어머니를 찾아서〉 ¶탑삭부리 한 참봉은 불도 켜지 못하고 가겟방에 웅숭크리고 누워서 지리한 시간을 기다린다. 〈탁류⑩〉

지망지망[부] (성질이나 언행이) 조심성 없고 가볍게 나부대는 모양. ¶"그건 무슨 소리라구 지망지망!" 〈정자나무 있는 삽화〉

지망지망하다[동] 경박하고 조심성이 없이 설치다. ¶"너 이 녀석, 어디 가서 그런 소리 지망지망해라?" 〈태평천하⑪〉

지벅지벅[부] (길이 험하거나 어두워서) 서투르게 걷는 모양. ¶약현 천주교당을 뒤로 두고 컴컴한 골목길을 지벅지벅 빠져 봉래정 큰길로 나섰다. 〈병조와 영복이〉

지무시다동 →주무시다. (경기) ¶ "어서 지무실 걸!" 노장은 합장했던 손을 내리고 조용히 눈을 뜨다가 나를 보고 혼잣말하듯 중얼거린다. 〈두 순정〉 ¶ "다아 지무셨군, 우리 대장이." 〈패배자의 무덤〉

지분거리다동 짓궂은 말이나 행동으로 자꾸 남을 건드려 귀찮게 하다. ¶ 소리가 들리며 삐그덕하더니 팬더가 앞 정강이를 지분거리며 머물러 선다. 〈명일〉 ¶ 쓸데없이 지분거리다가는 눈에 넘치는 멸시를 받는 것이건만, 그러자 오복이는 조금도 그걸 창피해하거나 괘념을 하지 않는다. 〈정자나무 있는 삽화〉

지분덕거리다동 짓궂은 언행으로 남을 자꾸 성가시게 하다. ¶ 마음 심란하던 차에 탐탁하지도 않은 사람이 괜히 앉아서 지분덕거리는 게 더욱 싫어서 자연 소갈찌를 내떨곤 하던 것인데, 〈탁류⑫〉

지선(支線)명 (철도, 수도 따위의) 본선에서 갈려 나간 선. ¶ '솜리'서 군산까지 지선이 놓이는데, 공사가 거진 준공이 되어 모래차 그놈이 사석을 실어다가는 연해 선로 바닥을 돋구던 참이었었다. 〈회(懷)〉

지성(至誠)명 지극한 정성. ¶ 승재의 눈 끄먹거리는 얼굴을 빠아꼼 들여다보고 있다가 지성으로 묻는 것이다. 〈탁류⑰〉 ¶ 그랬지. 누가 글쎄 동복을 지성으루 끄내 입구, 그 야단을 떨었을 줄이야 꿈엔들 생각했수? 〈소망〉

지장명 →지중(至重). 지극히 귀중함. ¶ "아이구, 지장의 내 새끼 내 강아지를…." 해 싸면서 혼자 중얼중얼, 송희의 볼기짝을 아파할 만큼 착차악 두드리고, 수없이 입을 맞추곤 한다. 〈탁류⑬〉

지성(至誠)스럽다형 지극히 정성스럽다. ¶ 그리하자면 우선 손쉽게 가령 태수한테라도 그에게 가지던 비열한 마음을 죄다 버리고 일변 그의 병을 정말 지성스런 마음으로 치료를 해주는 것도 바로 그것일 것이고, 〈탁류⑧〉

지수(祗受)명 임금이 내리는 물건을 공경하여 받음. 여기에서는 '청을 받아들임'의 뜻. ¶ 대복이는 골목 밖 이발소의 긴상한테 청을 지르고, 긴상은 계제 좋게 안국동 저의 이웃에 사는 동기 아이 하나가 있어, 쉽사리 지수를 했읍니다. 〈태평천하⑩〉

지어서다동 기대어 서다. ¶ 언제 왔는지, 하얀 점순 할머니가 뒷짐을 지고 부엌 문지방에 가 지어서서 웃는다. 〈암소를 팔아서〉 ¶ 초봉이는 그대로 문치에 우두커니 지여(어)서서 눈을 내리감는다. 〈탁류⑫〉

지우산(紙雨傘)명 대오리로 만든 살에 기름 먹인 종이를 발라 만든 우산. 『같은』 종이우산. ¶ 지우산을 받고 나오니까 물방앗간 처마 밑에 가 웬 낯모르는 어린아이가 비를 흠씬 맞아 가지고. 〈어머니를 찾아서〉 ¶ 봇둑에 드문드문 지우산이 꽂혀서 있는 것은 읍내 한량들이 낚시질을 하고 있는 정물…. 〈정자나무 있는 삽화〉

지저거려 쌓다동 자꾸 지저귀다. ¶ 제 새끼가 사람의 손에(잡혀) 있는 것을 보고는, 들이 성화가 나서 지저거려 싸면서, 허둥대는 게 바로 여간이 아닙니다. 〈흥보씨〉

지전(紙錢)명 종이로 만든 돈. 『같은』 종이돈. 지폐(紙幣). ¶ 제호는 일 원, 오 원, 십 원, 이렇게 세 가지 지전을 따로따로 집어 들고 세면서 묻는다. 〈탁류②〉 ¶ 비로소

염낭끈을 풀어 천천히 돈을 꺼낸다는 것이 10원짜리 지전입니다. 〈태평천하②〉

지절거리다㊍ 낮고 가는 목소리로 수다스럽게 자꾸 지껄이다. ¶형본지 곱산지가 나서서 긴찮게 방정맞은 소리를 지절거리고 보니, 일이 단박 외창이 나게 되던 것이다. 〈탁류⑭〉

지정(指定)하다㊍ (일정한 대상에서 무엇을 어떻게 하라고) 분명히 가리키어 정하다. 또는 (여럿 가운데서 하나만을) 가려내어 정하다. ¶나이는 이편에서 15세 이내로 절대 지정한 소치로 있겠지만 마침 열네 살이요, 〈태평천하⑩〉

지중(至重)하다㊎ 지극히 귀중하다. ¶이렇듯 몸 지중한 종수가 어디를 가서 오입을 하면 못해 하필, 구접스레한 동관의 뚜쟁이집을 찾아왔을까마는 거기에는 사소한 내력과 곡절이 있던 것입니다. 〈태평천하⑫〉

지지리㊏ 매우 심하게. 몹시 지긋지긋하게. ¶그는 지지리 고생하던 일을 하나도 남기지 않고 모조리 이야기를 하였다. 〈불효자식〉 ¶이 거리를 끼고서 좌우로 오막살이집이 총총 박힌 애오개땅 백성들의 바쁘기만 하지 지지리 가난한 생활을 고대로 드러내느라고, 〈탁류⑰〉 ¶야속히 배짱 안 맞는 대고모 서울 아씨와 지지리 보기 싫은 대부 태식이와, 〈태평천하⑪〉

지지리도㊏ 매우 심하게. 몹시 지긋지긋하게. ¶그래서 정 씨는 무엇 보자기라도 있으면 그 범절이 지지리도 궁해 보이는 자기 집안 꼬락서니를 푹 덮어 버리고 싶었다. 〈보리방아〉

지질펀펀하다㊎ 고르게 펀펀하다. ¶죽가래로 푹 찌른 것처럼 가로 째진 입, 길바닥에 떨어진 쇠똥탈이 지질펀펀한 코, 왕방울 같은 눈, 좁디좁은 이마, 부룩송아지 대가리처럼 노란 머리터럭이 곱슬곱슬 자지러 붙은 대가리… 등속. 〈쑥국새〉

지질하다[1]㊎ 보잘것없이 변변하지 못하다. ¶처음 그때 우리 학교로 와서 한동안은 지질한 못난이 구실을 했었다. 〈회(懷)〉

지질하다[2]㊎ 싫증이 날 만큼 지루하다. ¶몇 사람은 내리고 몇 사람은 타고 하느라고 잠깐 동안 동요가 생겼으나 그것도 그 차 안의 낯익은 기분과 지질한 공기에 동화가 되어 버리고 말았다. 〈세 길로〉

지집㊔ →계집. ¶오널 저녁으루 담박 제 지집을 이혼을 안 히였다 부아라! 이놈을 내가…. 〈태평천하⑥〉

지집애㊔ →계집애. 시집가지 않은 어린 여자. ¶“원! 지집애두… 나넌 무슨 소리라구!… 그리라. 어서 키어서 송아치를 사 놓아라.” 〈보리방아〉 ¶“웨 상관이 없어? 내가 맡어논 지집애를 늬가 웨 건디려?” 〈쑥국새〉 ¶“사람 됐네! 동네 지집애 구실릴 줄을 다아 알구… 못난이!” 〈정자나무 있는 삽화〉

지차(之次)㊔ 맏이 이외의 차례. ¶만석꾼이집 지차 손주며느리래서, 호강에 팔자에, 모두 늘어질 줄 알았을 테지!…. 〈태평천하⑪〉

지차자식(之次子息)㊔ 맏이 이외의 자식. ¶아따 종태놈 말일세, 모자를 내게로 올려 보내시면서, 너는 지차자식이요, 지차자식은 성취를 하면 으례 분가를 하는 법. 〈이런 처지〉

지척(咫尺)㊔ (서로 떨어져 있는 사이가)

아주 가까운 거리. ¶그러니 눈은 멀고 다녀 본 지도 오랜 길이라 짐작도 무디어 그는 행방조차 잡지 못하고 애오라지 들판에서 이리저리 헤매기만 했다. 눈먼 지척은 천 리다. 〈얼어죽은 모나리자〉 ¶눈보라도 눈보라려니와 인제는 날이 아주 어두워서 지척을 분간할 수가 없다. 〈두 순정〉

지척지간(咫尺之間)명 (서로 떨어져 있는 사이가) 아주 가까운 거리. ¶참으로 오래간만이다. 그러나마 바로 지척지간에서. 〈상경반절기〉

지천명 →지청구. ¶그렇다고 조금만 손이 게으르게 움직이면 저편 끝에 앉은 부감독의 지천 소리가 들려오고 들어오는 문 저편에 수령같이 버티고 있는 곰보 감독의 이맛살이 찌푸려진다. 〈병조와 영복이〉 ¶지천도 안 먹고 돈은 듬뿍 나오고 해서, 입이 헤벌어진 최 서방은 돈을 받아들고 일어서서. 〈빈(貧)… 제1장 제2과〉 ¶아이는 전에 더러 끼를 굶고는 배고프다고 떼를 쓰다가 지천도 먹고 심하면 매도 맞고 해서 이제는 눈치가 올라. 〈명일〉 ¶어서 나와서 쌀도 씻고 불도 지피고 할 것이지 저녁이 이렇게 저무는데 아기똥하고 방구석에 처박혀 앉았기만 하느냐고 여지없이 지천을 하였던 것이다. 〈얼어죽은 모나리자〉 ¶그냥 시키는 대로나 해 달라고 형보를 지천을 했다. 〈탁류④〉 ¶경손은 버럭, 미어다 부듯듯 제 모친을 지천을 하는데, 그야 물론 조모 고 씨더러 배채우란 속이지요. 〈태평천하⑥〉 ¶최 서방이, 관수의 말이 미처 떨어지기도 전에 버럭 지천이다. 〈정자나무 있는 삽화〉

지청구명 아무 까닭없이 남을 탓하고 원망하는 짓. 남을 꾸짖거나 탓하며 원망하는 핀잔. ¶계봉이는 필경 암상이 나서, 대구 지청구를 한다. 〈탁류⑧〉 ¶이렇게 반찬 먹은 고양이 잡도리하듯 지청구를 하니, 실로 죽어나는 건 대복입니다. 〈태평천하②〉 ¶돌려다 보니 중스름한 영감 하나가 바로 내 뒤에 섰는 젊은 양복 친구의 앞을 비집고 들어오려다가 들키고는 지청구를 먹던 것이다. 〈상경반절기〉

지체명 대대로 전하여 내려오는 지위나 문벌. ¶지체를 바꾸어, 윤 주사를 점잖고 너그러운 아버지로, 윤 직원 영감을 속 사납고 경망스런 어린 아들로 둘러 놓았으면 꼬옥 맞겠습니다. 〈태평천하⑮〉 ¶승허물이 없는 건 무엇이며 무관하다께 될 말이냐고 혹이 분개를 할는지는 모르겠으나 일변 지체는 지체요 상하의 구별이야 있다지만, 〈흥보씨〉 ¶그러나 늙지도 않고 어엿하니 교양이니 지체도 있음직한, 그래서 가히 제로랄 이 신사는? 〈상경반절기〉

지쳐 두다동 문을 잠그지 않고 닫아만 두다. ¶그러나 그는 지쳐 둔 일각대문을 힘없이 밀고 들어서다가, 뜻하지 않은 광경을 보았다. 〈탁류③〉 ¶그거나마 꼭꼭 지쳐 두어야지, 만일 오늘처럼 이렇게 열어 놓군 하면 거지 등속의 반갑잖은 손님이 들어올 위험이 다분히 있습니다. 〈태평천하③〉 ¶집은 텅 비어 놓구 대문만 지쳐 두구서…. 〈소망〉

지축지축부 (신발이) 바닥에 닿아서 느리게 끄는 소리나 모양. 또는 지쳐서 기운없이 걷는 모양. 【비슷】 지척지척. ¶설마 그 무게에 몸이 앞으로 숙었을 리는 없겠지만 허리는 꾸부정 다리도 꾸부정 국방색 운동화 뒤축을 지축지축 끌면서 걸어가고 있는 태도 태려니와, 〈흥보씨〉

지치다[1]동 문을 잠그지 않고 닫아만 놓다. ¶집은 찾기가 쉬었다. 컴컴하여 잘 보이지 아니하나 오래된 오막살이 초가집이었었다. 그는 지친 문을 밀치고 들어서서 "여보세요."하고 불렀다. 〈병조와 영복이〉 ¶부르는 소리에 대답하듯 색시가 기침을 하면서 지친 사립문을 열라 치면 봉수는 반갑다고 한걸음에 뛰어들어. 〈두순정〉 ¶안해는 안방에서 의걸이를 한참 여닫고 하더니, 미닫이를 지치는 소리가 들리는 게 마침내 옷을 갈아 입는 모양이었다. 〈순공(巡公) 있는 일요일〉 ¶현 서방은 더 망설이지 않고, 김 순사네의 지쳐 둔 대문을 삐그덕 안중문에서는 밭은기침을 헴. 〈흥보씨〉

지치다[2]동 힘든 일을 하거나 시달림을 받아 기운이 빠지다. ¶다리가 지치고 목이 컬컬한 두 사람은 메이지세이가로 올라갔다. 〈창백한 얼굴들〉 ¶그러다가 지치면 동네로 비잉 마을 다니기…. 〈용동댁〉

지침명 →기침. ¶"야, 이 잡어 뽑을 놈아, 지침이나 좀 허구 댕기라!…" 〈태평천하⑭〉

지킴명 한 집안, 어떤 장소 등을 지키고 있다고 생각하는 신령한 동물이나 물건의 수호신. ¶정자나무에는 '지킴(守護神)'이 붙어 있다고 옛적부터 일러 내려온다. 〈정자나무 있는 삽화〉

지팡막대명 지팡이 삼아 짚는 막대기. ¶지팡막대도 없다. 그는 금출을 찾아가자는 것이다. 〈얼어죽은 모나리자〉 ¶그제는 검은 옷을 입은 '희생의 주신'이 지팡막대로 앞을 가로막으면서, 〈탁류⑩〉

지편(紙片)명 종잇조각. ¶이 지편은 욕과 조소를 하겠거든 하라고 경호군에게도 한 번 보여 줌이 좋겠다. 〈패배자의 무덤〉

지피다동 아궁이나 화덕 등에 땔나무를 넣어 불타도록 하다. ¶보릿겨로 모깃불을 지핀 연기가 저 혼자서 몽기몽기 피어올라 매캐한 냄새가 퍼져온다. 〈동화〉

지하경(地下莖)명 땅 속에 뻗은 식물의 줄기. 『같은』 땅속줄기. ¶거기엔 두 덩이의 굵은 지하경이 살찐 고구마와 같이 디룽디룽 달려 올라오고 있을 것이다. 〈탁류⑭〉

지함(地陷)명 땅이 움푹하게 가라앉음. 땅이 움푹하게 꺼짐. ¶김만 평야의 익은 볏목에 우박이 쏟아지기를 바라고, ××이나 ××이 지함으로 돌아 빠지기를 기다린다. 〈탁류④〉 ¶윤 직원 영감은 먼저에는 몽치로 뒤통수를 얻어맞은 것 같이 멍했지만, 이번에는 앉아 있는 땅이 지함을 해서 수천 길 밑으로 꺼져 내려가는 듯 정신이 아찔했읍니다. 〈태평천하⑮〉

지휘(指揮)명 (전투 작전이나 합창, 합주 등에서) 일정한 목적을 효과적으로 실현하기 위하여 집단 행동의 전체를 통솔하는 것. ¶행화는 경대 앞으로 앉아 단장을 시작한다. "어디 지휘 받았나?" "아니." "그런데 웬 세수를 벌써?" 〈탁류④〉

직각(直覺)하다동 보거나 듣는 즉시로 바로 깨닫다. ¶모자는 꼭 같이 같은 무엇을 직각했던 것이다. 우리 닭이나 아닌가? 하는 불길스런 예감이다. 〈용동댁〉

직분하다동 재산을 자식이나 가족에게 나누어 주다. 『같은』 분재하다(分財~). ¶백

년 지녁 살리라구 헐 테여… 오냐, 그놈을 3천 석거리는 직분히(하)여 줄라구 히였더니…. 〈태평천하⑮〉

직사(直死)명 그 자리에서 곧 죽음. 『같은』 즉사(卽死). ¶천 년 묵은 구렁이한테 물려 직사를 하든지 하려니만 했던 관수가. 〈정자나무 있는 삽화〉

직사(直死)하다동 그 자리에서 곧 죽다. 『같은』 즉사하다(卽死~). ¶저놈이 뚝 부러져 내리면서 정통으로 그저 저 대가리를 후려갈겼으면 캑 소리도 못하고 직사할 것 같다. 〈탁류⑭〉

직성(直城)명 적을 막으려고 곧고 길게 쌓은 성벽. ¶계룡산은 닭의 형국이요 기차는 저네 직성이 되어서 '연신 팔거리' 그 앞을 지날 때면 줄곧 발이(바퀴가) 눌어붙어 꼼짝을 못하고 섰는 것을. 〈회(懷)〉

직성(直星)이 풀리다『관용』 소원이 욕망 따위가 제 뜻대로 이루어져 마음이 흡족하다. 제 뜻대로 이루어져 마음이 편해지다. ¶한바탕 귀먹은 욕을 걸찍하게 해 주고 나서야 저으기 직성이 풀려, 마침 또 시장도 한판이라 의관을 벗고 안방으로 들어갔읍니다. 〈태평천하⑤〉

직수굿하다동 저항하지 않고 하라는 대로 하다. ¶제가 원체 시장한 판이라 직수굿하고 부친의 밥상을 방으로 날라다 놓고 다시 나온다. 〈탁류③〉

직신부 지그시 힘을 주어 잡거나 누르는 모양. ¶부룩송아지가 장난을 하는 것처럼 대가리로 직신 한편 짝 머리를 떠받아. 〈회(懷)〉

직신거리다동 지그시 힘을 주어 자꾸 잡거나 누르다. 〉작신거리다. ¶그러고 나니까는 아무리 상투를 잡아 끌고 몽둥이로 직신거리고 해도 으응 소리만 치지, 굼쩍 않고 그대로 버팁니다. 〈태평천하④〉

직업 동냥명 일자리를 구걸하는 것. ¶이 K 사장과 둥근 탁자를 사이에 두고 공순히 마주 앉아 얼굴에는 '나는 선배인 선생님을 극히 존경하고 앙모합니다' 하는 비굴한 미소를 띠고 있는 구변 없는 구변을 다하여 직업 동냥의 구걸 문구를 기다랗게 놓어 놓던 P…. 〈레디 메이드 인생〉

직원(直員)명 일제 시대에 향교나 경학원의 한 벼슬 이름. ¶저 계동의 이름난 장자(富者) 윤 직원 영감이 마침 어디 출입을 했다가 방금 인력거를 처억 잡숫고 돌아와 마악 댁의 대문 앞에서 내리는 참입니다. 〈태평천하①〉

직책(職責)명 직무상의 책임. ¶침선 같은 것을 직책으로 맡아 해낸다든가, 시부모를 받든다든가. 〈용동댁〉

직통열차(直通列車)명 중도에서 갈아타지 않고 목적지까지 곧장 가는 열차. 『같은』 직행열차(直行列車). ¶요새는 직통열차고 구간 열차고 모두가 시간을 안 지키기로 행습이 되었기 망정이지, 생각하면 예사로 볼 일이 아니다. 〈회(懷)〉

직함(職銜)명 벼슬의 이름. ¶이렇게 '이놈들'이라고 반드시 직함(?)을 붙여서 우리를 부르기를 '덕언이 선생님'은 결코 잊지 아니하는 이였읍니다. 〈소복 입은 영혼〉 ¶윤두섭이란 석 자 위에 무어나 직함이 붙기를 자타가 갈망하던 끝이라 윤 두꺼비는 넙죽 뛰어 윤 직원 영감이 되었던 것입니다. 〈태평천하④〉

진가(眞假)명 참과 거짓. 진짜와 가짜. ¶

초봉이는 경황 중이라, 이 말이 조곤조곤 새겨서 그 진가를 분간할 겨를은 없으면서도, 〈탁류⑩〉

진공(眞空)명 공기가 없는 공간. 물질이 전혀 존재하지 않는 공간. ¶따라서 여느 공간이 아니라 진공이어서 전연 제로를 가리킴이었었다. 〈모색〉

진국(眞-)명 거짓이 없이 참된 것. 또는 그런 사람. ¶역시 기교가 무대요, 사람이 진국인 데는 틀림이 없으나, 그 안면 근육의 움직이는 양이 어떻게도 둔한지, 바보스럽기 다시 없어 보였다. 〈탁류⑰〉

진득이부 느긋하고 참을성 있게. 몸가짐이 의젓하고 참을성이 있게. ¶그는 진득이 가슴을 가라앉혀 가지고 좌우 옆을 둘러보았다. 〈명일〉 ¶초봉이는 시방 집안일이 마음에 걸려 진득이 있을 수가 없다. 〈탁류②〉 ¶성미가 급해 놔서 진득이 저편의 보고를 기다리고 있지를 못합니다. 〈태평천하⑨〉

진맥(診脈)명 손목의 맥박을 짚어 병을 진찰하는 일. ¶급기야 어린 것을 들쳐 업고 약국에를 와서 진맥을 하고 나니까, 〈이런 남매〉

진배없다형 그보다 못하거나 다를 것이 없다. ¶"글쎄 정 그러시다면 내가 내 자식 진배없이 잘 데리고 있으면서 일이나 착실히 가르켜 드리리다마는… 원 너무 어린데 애차랍잖애요?" 〈레디 메이드 인생〉 ¶무엇이며가 역시 그동안 몇을 다루던 다른 촌 계집아이들이나 진배없이 싱겁디싱거운 데 아주 그만 파흥이 되었다. 〈얼어죽은 모나리자〉 ¶말하자면 동기간 진배없는 사이니까 숭허물이 적어서 혹은 지금 걱정하는 대로 그렇게 어려운 고패는 없게 해 주실는지도 모를 것이다. 〈생명〉 ¶"어떻습니까? 물론 저 아이도 친손자 진배없이 공부도 시켜 주시고 하신답니다." 〈어머니를 찾아서〉 ¶네 살에 고아가 되어, 생판 남과도 진배없는 친척에게 거둠을 받아 자라났으니, 역경이라면 크게 역경일 것이다. 〈탁류⑥〉 ¶표면은 시암탉 한 마리쯤 설이나 추석에 선사 삼아 안고 오는 것과 진배없이 간단하게, 〈태평천하⑩〉 ¶나는 목을 썰어도 안 나갑네 하고, 생떼거지를 쓰는, 마치 소나 돼지하고 진배없는 그런 인간을 상대로 하는 경우와는 더구나 다르니까. 〈이런 처지〉 ¶현 서방으로 앉아서 그것을 당하기에는 제아무리 법령과 진배없고, 〈흥보씨〉 ¶마음은 또 생리보다도 더 늙어서 한 칠십 살고 난 노인과 진배없다. 〈상경반절기〉

진범(眞犯)명 '진범인(眞犯人)'의 준말. 직접 죄를 저지른 바로 그 범인. ¶두부 장수도 먼저 도망간 큰놈이 '진범'인 것을 눈으로 보았기 때문에 잘 알고 있다. 〈명일〉

진범인(眞犯人)명 직접 죄를 저지른 바로 그 범인. ¶그러나 '진범인'을 놓친 바에야 아무나 그 자리에서 두부 한 쪽을 가지고 있던 놈을 붙잡았으니 그놈한테 둘러씌우면 그만인 것이다. 〈명일〉

진세(塵世)명 티끌세상(~世上). 곧 이 세상을 이르는 말. ¶내가 도를 닦는 중이거나, 또는 진세의 인간 생활을 초탈한 성자라거나 그렇다면 모르지만, 〈이런 처지〉

진소위(眞所謂)부 그야말로. 참말로. 정말로. ¶신소위 죽은 토끼 잡으려고 산 토끼 쫓는 셈이지. 〈탁류⑭〉 ¶인제는 그래서 죽느냐 사느냐 할 판인데 (진소위 절처에 봉생이더라고) 여지껏 아무 소리도 않던 연천 선생이 겅중겅중 가까이 가더니 화통으로 대고 무슨 이야긴지 건네기 시작했다. 〈회(懷)〉

진솔명 한 번도 빨지 않은 새 옷. ¶옷은 안팎으로 윤이 지르르 흐르는 모시 진솔 것이요, 〈태평천하①〉

진일명 밥 짓고 빨래하는 따위의 물을 써서 하는 일. 【상대】 마른일. ¶고운 순결이다. 방아도 찧고 부엌에서 진일도 하지만 마디도 불거지지 아니한 몽실몽실한 손가락들이 끝이 쪽쪽 빠졌다. 〈보리방아〉

진자(津紫)명 '진자주(津紫朱)'의 준말. 진한 자줏빛. ¶아사 양복바지를 꿰어, 역시 새하얀 아사 와이샤쓰 어깨에 얇고 좁다란 멜빵을 메고 나서 저고리를 떼어 입은 뒤에 마지막 값비싼 진자 파나마 모자를 가만히 머리에 얹고 나니까 정히 신사다. 〈이런 남매〉

진정(鎭靜)[1]명 (격한 마음이나 아픔 따위가) 가라앉는 것. ¶술취한 끝에 속이 괴로우니까 진정을 하자는 판인데 "오십 전 아니 이십 전도 좋아." 하는 소리에 버쩍 흥분이 된 것이다. 〈레디 메이드 인생〉

진정(眞情)[2]명 참되고 진실한 마음. ¶사람도 있는 게 아니라 사람마다 무슨 일에고 진정과 정신을 꼬박 거기다가만 쓰면 그렇게 되는 법이니라. 〈치숙(痴叔)〉

진지리꼽재기명 '진저리가 나도록 꼬장꼬장한 사람'을 일컫는 말. ¶사납대서 삵괭이라는 별명을 듣고, 인색하대서 진지리꼽재기라는 별명을 듣고, 〈태평천하⑤〉

진중(陣中)명 군대가 머물러 있는 곳의 한가운데. ¶장수가 전장에 나가면, 진중에서는 정신은 잠을 자도 몸은 깨서 있다는 것이나 마찬가지 이치라고 할는지요. 〈태평천하④〉

진중(鎭重)하다형 점잖고 무게가 있다. 사람됨이 무게가 있다. 드레지다. ¶사람이 본시 진중하니까 사뭇 쌔왈거리거나 하지는 않았어도, 혼자 속으로 좋아서 못견디어하는 눈치는 완연했었다. 〈탁류⑦〉 ¶평소에 진중한 사람으로 너무 그렇게 서두는 양이, 일은 벌써 불길해 둔 성싶었다. 〈회(懷)〉

진즉(趁卽)명 진작. 미리. 과거의 어느 때에 이미. ¶"진즉 제가 가서 기별을 해 드릴렸는데 이렇게 찾어오시게 해서…" 최씨는 급사가 가져온 차를 범수에게 권하며 이렇게 요건을 꺼낸다. 〈명일〉 ¶허허 허허. 진죽 그리실 걸 가지구… 그럼 내일 당장 강 씰 데리구 올 텐데, 어느만 때가 좋을는지?…. 〈태평천하⑦〉

진직히부 일찌감치. 조금 더 일찍이. ¶"—나를 기다리고 있지 말고 진직히…" 라고 P는 사 년 전 마지막 날에 K에게 부탁하여 둔 것과. 〈그 뒤로〉

진짬부 →진짜. 참으로. 정말로. ¶잘못하면 선실의 창으로 보겠다. 앞쪽으로 문골을 박는 흉내만 내고 진짬 죽창이 삐뚜름하게 달려 있다. 〈얼어죽은 모나리자〉

진찐바라바라(ちゃちゃんばらばら)부 '칼날이 부딪치는 소리'의 일본어. ¶그리고 요시까와 에이찌, 그이 소설은 진찐바라바라하는 지다이모논데 마구 어깻바람이 나구요. 〈치숙(痴叔)〉

진찰탁(診察卓)명 의사가 진찰할 때 환자가 올라가 눕는 탁자 모양의 물건. ¶환자는 간호부의 지휘로 벌써 진찰실 한옆에 차려 놓은 진찰탁 옆의 둥근 걸상에 가 단정히 걸터앉았고, 〈탁류⑧〉

진척(進陟)명 일이 목적한 방향으로 진행되어 나가는 것. ¶막상 눈썹이 당장 타들어 오도록 시각이 급한 무엇도 없고 하여, 자연 청처짐한 채 어떤 진척이나 고패진 결정은 된 것이 없었다. 〈패배자의 무덤〉

진탕치다동 →질탕치다. 몹시 흥취 있거나 방탕하게 행동하다. ¶하바꾼도 옛날 큰돈을 지니고 미두를 하던 당절. 이문을 보면 한판 진탕치듯이 친구와 얼려 먹고 놀던 호기는 가시잖아, 〈탁류⑮〉

진퇴(進退)명 사람이 어디로 가거나 다니거나 하는 상태. 『비슷』 거취(去就). ¶교원들의 진퇴며 졸업생의 수효하며 교사를 고쳐 짓던 것이며 운동회를 하던 것이며. 〈흥보씨〉

진흥회(振興會)명 어떤 사업이나 사회 운동을 진흥시킬 목적으로 조직한 모임. ¶그래서 그는 얼마 전 구장이 권하는 것을 못 이기는 체는 하면서 내심에 그런 계획이 있기 때문에 위선 진흥회에 들어 두었던 것이다. 〈보리방아〉

질겁하다동 뜻밖의 일을 당하여 숨이 막히듯 깜짝 놀라다. ¶정말 남편이 그리 하려고 나선다면 질겁해서 못하게 말릴 테지만 영주는 악이 오르는 판이라 그렇게 앙알거리고 있는 것이다. 〈명일〉 ¶납순이는 질겁하게 놀라 달아나고, 그러나 저만치 가 서서 거취를 보고 있고. 〈쑥국새〉

질근질근부 꽤 질긴 물건을 가볍게 자꾸 씹는 모양. ¶"그래서 얼핏 푸줏간에 가서 고기를…" 여편네는 고개를 푹 숙이고 손가락만 질근질근 깨물었다. 〈산적〉

질끔질끔하다동 액체를 조금씩 자꾸 흘리다. 『여린말』 질금질금하다. ¶그 끝에 자기 딴은 딸의 신세를 여겨 눈물을 질끔질끔하곤 하지만. 〈용동댁〉

질끔하다동 찔끔하다. 갑자기 놀라거나 겁이 나거나 하여 몸을 뒤로 물리며 움츠러지다. ¶최 서방은 그만 질끔해서 덜미가 보이도록 고개를 푹 숙이고 담배만 빤다. 〈빈(貧)… 제1장 제2과〉

질름질름부 가득한 액체가 흔들려 조금씩 넘치는 모양. ¶계봉이는 해뜩 돌아서서 아랫방께로 달아나느라고, 질름질름 숭늉을 반이나 흘린다. 〈탁류③〉 ¶최 서방은 막걸리 주발을 받아, 이놈이 질름질름 흘릴까 봐, 턱을 쑤욱 빼어다가 입을 대고는 벌컥벌컥. 〈정자나무 있는 삽화〉

질색(窒塞)하다동 몹시 싫어하거나 놀라거나 꺼리다. ¶마침 쇠파리 한 마리가 너벅다리를 따끔 무는 바람에 정신이 번쩍 들어 손바닥으로 무심결에 착칵 때린다는 것이 파리는 날아가고 애먼 살앓이 근처를 건드려 놓아서 질색하게 아팠다. 〈정자나무 있는 삽화〉

질적거리다동 →질척거리다. 물기가 있어서 질고 차진 느낌을 자꾸 주다. ¶할머니는 질적거리는 눈에 눈물을 찔끔찔금 흘리면서 넋두리를 내놓는다. 〈빈(貧)… 제1장 제2과〉

질정(質定)하다동 갈피를 잡고 헤아려 결정하다. ¶그렁그렁 색시는 마음이 민망하여 속을 질정하지 못한 채, 새서방 봉수는 그날 밤부터 이짐이 나 가지고 뿌루퉁한 채 근친 떠는 날이 되었다. 〈두 순정〉 ¶생활의 중심을 갖지 못한 젊은 과부는 물 위에서 떠도는 기름방울 같아 마음도 몸도 질정해 어디다가 건사할 바를 모르는 게 정수(定數)란다. 〈용동댁〉

질증(疾憎)명 몹시 미워하는 것. ¶종수가 도로 여관으로 돌아와서 네 시까지 기다리다가 고만 질증이 나서, 다 작파하고 조부 윤 직원 영감한테 급한 돈 천 원이나 옭아내어 가지고 내려가 버릴까, 〈태평천하⑫〉 ¶또 막상 다들리고 보니 소갈머리 없고 싱거운 오복이가 질증이 났는데. 〈정자나무 있는 삽화〉

질지심스럽다형 아주 싫도록 질래미대다. '질래미대다'는 남에게 짓궂게 눌어 붙어 귀찮게 굴다. ¶"잡어 보았지? 응?" 질지심스럽게 캐고 드는 것을, 문오 선생은 드디어 나가 드러눕듯이. 〈순공(巡公) 있는 일요일〉 ¶질지심스럽게 학도들은 기회만 있으면 임×× 선생을 시달려 주기가 일이었다. 〈회(懷)〉

질척질척하다형 물기가 많고 몹시 질다. ¶그저 자나깨나 그렇지 않아도 안질로 육장 질척질척한 눈에 눈물이 질끔질끔 딸의 신세 탄식. 〈용동댁〉

질탕(跌宕)하다형 흠씬 노는 정도가 방탕에 가깝다. ¶또 질탕하게 노느라고 장고 소리에 노랫소리가 요란히 들린다는데 그런 것도 없다. 〈팔려간 몸〉

질펀히부 아무렇게나 퍼더버리고 있거나 느긋하게. ¶남편 범수는 방에서 문턱을 베고 질펀히 드러누워 낮잠을 자고 있다. 〈명일〉 ¶입에 풀칠을 하는 것을 얻어 먹고는, 밤이나 낮이나 질펀히 드러누워, 〈태평천하④〉

짐(朕)명 왕이 스스로를 일컫는 말. ¶루이 14센지 하는 서양 임금은 짐이 바로 국가라고 호통을 했고, 〈태평천하④〉

짐스럽다형 부담이 되는 느낌이 있다. ¶내 정이 식은 끝에는 두루두루 짐스러운 생각만 남았는데, 계제에 핑곗거리를 얻은 터라, 〈탁류⑭〉

짐을 덜다『관용』 부담을 덜다. ¶그렇게 했으면 P도 한 짐을 덜었을 것이다. 그러나 그는 듣지 아니하였다. 〈레디 메이드 인생〉

짐작(斟酌) 삼다동 (사정이나 형편 등을) 어림쳐서 헤아리다. ¶오목이는 몸을 떨면서 개 짖는 소리만 짐작 삼아 발을 떼어 놓았다. 〈얼어죽은 모나리자〉

짐짓[1]부 속마음에는 그렇지 않으나 일부러 그렇게. 고의로. ¶옥봉이가 보고도 짐짓 못 본 체하는 것 같아서 더구나 주몃주몃하고 오갈이 들었다. 〈암소를 팔아서〉 ¶그러나 그는 그러한 눈치는 아니 보이고 짐짓 찾아온 것처럼 더운 인사 가뭄 인사하던 끝에. 〈명일〉 ¶그래서 그는 울타리 밖에 발길을 멈추고 가만히 서서 한참이나 바라보다가 짐짓 헴 기침을 하고 마당으로 들어선 것이다. 〈얼어죽은 모나리자〉

짐짓[2]명 일부러 하는 짓. ¶웬만하면 짐짓이라도 져주는 게 뒷일이 각다분하지 않을 형편이기는 하다. 〈탁류②〉

집달리(執達吏)명 '집달관(執達官)'의 옛말. 법원에서 재판 결과의 집행과 서류의 송달 및 기타 법령에 따라 사무를 맡아보는 공무원. ¶그러니깐 희생을 해서라두 의무 시행을 해야 옳지?… 세납 못 비치믄 집달리가 솥단 지나 숟갈 집어 가듯이… 우리 집에서두 전에 한번 그 일 당한 걸, 하하하. 〈탁류⑧〉 ¶가차압을 나가는 집달리를 따라갔으니 물어보나 마나 알 일이지마는…. 〈태평천하⑨〉

집살이명 '시집살이'의 준말. ¶난 그리잖어두 맘 없는 집살이에, 덮친 디 엎친다구, 시고모 등쌀에 생병이 나겠읍디다…. 〈태평천하⑪〉

집알이명 남이 새로 집을 지었거나 이사했을 때에 집 구경 겸 인사로 찾아보는 일. 집주인의 편에서는 '집들이'라고 함. ¶행화두 미리서 집알이 겸 가세그려?… 아무래도 또 만나서 저녁이나 먹어야 할 테니 아주 나갈 길에…. 〈탁류⑨〉

집을 들다〖관용〗 집을 택하여 이사 가다. ¶집을 드느라고 제호는 자잘모름한 살림 나부랑이를 자동차에 들이 쟁여 가지고 초봉이와 더불어 종로 복판을 동쪽으로 달리기는 오후쯤 해서고. 〈탁류⑫〉

집정관(執政官)명 나라의 정무를 맡아보는 관원. ¶아씨가 만일 집정관이었다면 그는 오월이를 단두대로 보냈을 것이다. 〈생명〉

집집이부 집집마다. ¶언덕 비탈을 올라가느라니까 서편을 등진 일본집들이 시원하게 문에다가 발을 쳐 놓았고 문앞에는 날아갈 듯이 유까다를 걸치고 아이 데린 일본 아낙네들이 저녁 후에 이쑤시개를 문 채 집집이 나와서 서 있다. 〈명일〉

짓짜다동 함부로 마구 짜다. 마구 울거나 눈물을 흘리다. ¶정 주사를 만나고 보면 자연 우는 소리에 짓짜는 꼴을 보아야 하겠어서 그런 성가신 발걸음이 아예 내키지를 않았다. 〈탁류⑫〉

짓찧다동 아주 세게 마구 찧다. 또는 아주 세게 마구 부딪다. ¶미럭쇠는 종수의 배를 타고 앉아서 주먹으로 가슴패기를 짓찧는다. 〈쑥국새〉

집행(執行)명 '강제 집행'의 뜻. 채권자의 의무 불이행에 대하여 국가 권력으로 강제적으로 의무의 이행을 실현시키기 위한 민사 소송법상의 절차. ¶남이 빚 얻어 쓰는데 뒷도장 눌러 주고는, 그것이 뒤집혀 집행을 맞기가 일쑵니다. 〈태평천하⑤〉

짓거리명 좋지 못하는 행위나 행동을 속되게 이르는 말. ¶아무래도 한바탕 짓거리가 나고야 말 징조다. 〈탁류②〉

짓바수다동 뭉개뜨리다. 찌그러뜨리다. 함부로 막 두드려서 잘게 깨뜨리다. ¶그저 주먹을 들어 이자를 대가리에서부터 짓바수어 놓고 싶었다. 〈탁류⑧〉

짓죽이다형 소리를 몹시 낮추다. 또는 기세를 몹시 누그러뜨려 꼼짝 못하게 만들다. ¶식모는 당황한 얼굴로 일변 반겨하면서 일변 달려오면서 목소리를 짓죽여, "아이! 작은 아씨!" 하는 게 마구 울상이다. 〈탁류⑰〉

징글징글하다형 몹시 징그럽다. 생각만 하여도 징그러울 만큼 흉하다. ¶필자가 기구히여서 이런 징글징글헌(하) 집으루 시집온 죄 뱎으넌 아무 죄두 읎어라우! 〈태평천하⑥〉

짙다형 (재물 따위가) 넉넉하게 남아 있다. ¶정 주사의 선친은 이만큼 '남부끄럽지 않게' 아들을 공부시켰다. 그러나 조업은 짙은 것이 없었다. 〈탁류①〉

짚신총명 짚신 앞쪽의 두 편 짝으로 둘러 박은 낱낱의, 신의 가를 두른 부분. ¶짚신 삼을 짚신총, 짚신 삼아 놓은 것이 제 가끔 제멋대로 그득한 짚북더기와 한가지로 널려져 있다. 〈얼어죽은 모나리자〉

짚검불㊔ 짚이나 지푸라기의 부스러기. ¶서 발 막대 내저어야 짚검불 하나 걸리는 것 없는 철빈인데. 〈치숙(痴叔)〉

짜나 따나㊔ 자나 깨나. 잘 때나 깨어 있을 때나 언제든지. ¶더우기 바라고 바라던 군수가 영영 떠내려 가겠은즉, 목마른 놈이 우물 파더라고, 짜나 따나 그 뒤치다꺼리를 다 하곤 했던 것입니다. 〈태평천하⑫〉

짜내다㊔ 억지로 겨우 말하다. ¶"사람 살리우." 하면서 짜내듯 외친다. 〈탁류⑩〉

짜 두다㊔ (어떤 계획 따위를 구상하여) 정해 두다. ¶저편에서도 선을 보러 오니까 동리 처녀 하나를 미리 짜 두었다가 대신 선을 보였다. 〈얼어죽은 모나리자〉

짜릿하다㊔ 몹시 자린 듯하다. 『여린말』 자릿하다. ¶이번에는 아주 밉상으로 콧속이 짜릿하면서 재채기가 터져 올라온다. 〈탁류⑩〉

짜박짜박㊔ 발에 힘주어 살짝 내디디며 자꾸 걷는 소리. 『여린말』 자박자박. ¶짜박짜박 발걸음 소리가 나며 뒷마루에 쿵하는 밥상 놓는 소리가 들렸다. 〈앙탈〉

짜악소리㊔ →짝소리. ¶"오오냐… 나오지 말아라. 나는 짜악소리두 없길래 불러 보았지야." 〈얼어죽은 모나리자〉

짜장㊔ 과연. 참말로. 정말. ¶… 네년이 무척 바느질이 배우구 싶겠다? … 그리다가 짜장 사람 되게? 〈탁류⑦〉 ¶인력거꾼은 괜히 돈 몇십 전 더 얻어먹으려다가 짜장 얻어먹지도 못하고 다른 데 벌이까지 놓치지 싶어, 할 수 없이 50전을 불렀읍니다. 〈태평천하①〉 ¶다친 게 살은 내 살이라도 나는 짜장 아픈 줄을 모르는데 옆에 서들 엄살엄살 하는 것이. 〈패배자의 무덤〉 ¶그들이 연방 앞장치기를 한다. 그 통에 짜장 열은 한 걸음도 나아가지를 못한다. 〈상경반절기〉 ¶그 주제넘음을 짜장 겸손하는 듯 길로부터 약간 물러나서 ××××관의 비죽 내민 뒷그늘로 넌지시 비껴 앉았는 양은 일종 애교라고도 할는지. 〈회(懷)〉

짜징㊔ →짜증. (경상) ¶그리다가는 더럭 짜징이 나 가지굴랑 날 몰아세기나 허구, 그럴 때만은 여전한 웅변이지. 〈소망〉

짝소리㊔ 찍소리. 조금이라도 남에게 들리게 내는 소리. 반드시 부정이나 금지하는 말이 따른다. ¶안방이고 건넌방이고, 다 불은 켰어도 짝소리도 없다. 〈탁류⑩〉

짝 찢을 년『관용』 '성기를 찢어야 마땅할 여자'라는 뜻의 욕말. '짝'은 얇고 질긴 물건이 갑자기 세게 째지는 소리. 또는 그 꼴을 말함. ¶"그랬으리라! 짝 찢을 년!…" 윤 직원 영감은 며느리더러 이렇게 욕을 하던 것입니다. 〈태평천하③〉

짝패(–牌)㊔ 짝을 이룬 무리. ¶"저년이 또 나왔네그려!" 하고 손으로 가리킨다. "무언데?" 하고 S가 바라본다. "칼멘 말이야." "전매국?" "응." "저년이 짝패가 있더니 오늘은 혼자만 나와서." 〈창백한 얼굴들〉

짭짤하다㊔ 물건이 실속 있고 값지다. 또는 일이 뜻대로 잘 되어 구격이 맞다. ¶"담배 가지구 있다 선뜻 한 개 줬으문 짭짤헐(할) 뻔했지?" 〈암소를 팔아서〉

짯짯이㊔ 빈틈없이 세밀하게. 또는 주의깊게. ¶사람이 들어오는 인기척에 그렇게 힐끔 한 번 보았으면 그만이었을 텐데 다시 한 번 짯짯이 바라보던 것이다. 〈생명〉 ¶이렇게 물으니까 그 부인네는 부룩쇠를 짯짯이 치어다보더니. 〈어머니를 찾아서〉 ¶윤 직원 영감은, 인력거꾼을 짯짯이 바라다보다가 고개를 돌리더니, 풀었던 염낭끈을 도로 비끄러맵니다. 〈태평천하①〉 ¶승재는 의아해서 계봉이의 얼굴을 짯짯이 건너다본다. 〈탁류③〉

짱껜뽕명 '가위바위보'의 사투리. ¶아무나 붙잡고 한 오십 전 내기 짱껜뽕이라도 몇 번 했으면 싶은 마음성이다. 〈탁류⑮〉 ¶"야덜아, 그럴라 말구서 짱껜뽕을 히여라." 〈정자나무 있는 삽화〉

짱이채명 짱아채. 잠자리채. 잠자리를 잡기 위해 긴 막대에 그물 주머니를 매단 도구. ¶마침 태진이가 짱이채를 둘러메고 얼굴이 빨갛게 익어서 사립문으로 들어섰다. 〈용동댁〉

짷다동 →짜다. 머리를 틀어 상투를 만들다. ¶어디 촌 학장 샌님네 집안 태생으로 삼십이 가깝도록 상투나 탄탄 짷고 지나다가 요행 국어 마디나 아는 덕에 하루 아침 뛰쳐나와 순사를 다니는 참이고, 〈순공(巡公) 있는 일요일〉

째금째금부 입맛을 짝짝 다시며 맛있게 먹는 소리. 〖비슷〗 짜금짜금. ¶태식이 딸그락딸그락 째금째금 하는 소리. 그 외에는 누구 하나 기침 한번 크게 하는 사람 없고, 〈태평천하⑥〉 ¶벌써 째금째금 먹는 소리, 그중에는 쿵쿵거리고 물을 뜨러 나가는 놈 해서 모두 요란하였다. 〈이런 남매〉 ¶우리는 떡이야 과실이야 지딱지딱 째금째금 맛있게들 먹으면서도 아랫목의 동정을 살피기에 정신은 한 가닥 가서 깔려 있었다. 〈순공(巡公) 있는 일요일〉

째긋이부 깨끗하게. ¶그는 왼눈을 째긋이 감으면서 쌍스럽게 두꺼운 입술을 벌려 빙긋 웃는다. 〈빈(貧)… 제1장 제2과〉

째긋하다동 (남에게 눈치를 채게 하려고) 눈이나 코를 약간 찡그리다. 〈찌긋하다. 〖센말〗 째끗하다. ¶마침 제약실에서 안으로 난 문이 열리더니, 제호의 아낙 윤희가 나오는 것을 보고 행화는 눈을 째긋하면서 씽하니 나가 버린다. 〈탁류②〉

째다[1]형 (옷, 신 등이) 몸과 발에 너무 작다. ¶"신이라건 좀 낙낙히여야지, 더군다나 새 신을 신구서 정거장까지 십 리길이나 갈라면서 너머 째머는 발 부릍는다." 〈동화〉

째다[2]형 '짜이다'의 준말. 규모가 어울리다. ¶이리하여 학교는 면목을 일신, 규모가 째고 공부가 공부다와지고 했다. 한말로 하자면, 좋아졌던 것이다. 〈회(懷)〉

째지다동 '째어지다'의 준말. 터져서 갈라지다. 쪼개져 벌어지다. ¶이 강은 지도를 펴 놓고 앉아 가만히 들여다보노라면, 물줄기가 중동께서 남북으로 납작하니 째져 가지고는—한강이나 영산강도 그렇기는 하지만—그것이 아주 재미있게 벌어져 있음을 알 수 있다. 〈탁류①〉

쨉흐다동 '째푸리다'의 뜻인 듯(?). 눈살이나 얼굴의 근육을 조금 찡그리다. ¶핏발이 보이게 하늘하늘하고, 그래서 흉헙다할 만큼 시뻘겋고, 그런상이 콧등을 쨉흐을 눈을 감고, 머리털만 언제 그렇게 자랐는지 새까맣고, 〈탁류⑬〉

쨍쨍하다[1]형 햇볕이 몹시 밝고 따갑다. ¶

뒤 섶울타리를 소담스럽게 덮은 호박 덩굴 위로 쨍쨍한 불볕이 내리쬔다. 〈동화〉

쨍쨍하다^2[형] 울리는 소리가 맑고 또렷하다. [여린말] 쟁쟁하다. ¶주인 노파의 얼굴은 일순간에 와락 변하고 목소리는 무쇠를 깨칠 것같이 쨍쨍하였다. 〈앙탈〉

쨍이[명] '짱아'의 방언. 잠자리. ¶풀 끝에서 쨍이가 한 마리 호르르 날아간다. 〈동화〉

쩌얼쩔[부] →쩔쩔. 뜨끈뜨끈하게 끓는 모양. ¶그는 가마솥의 쩌얼쩔 끓는 물에다가 몸뚱이를 양잿물이라도 두어 가면서 푹푹 삶아 냈으면 한다. 〈탁류⑩〉

쩔다[동] 절다. 더러운 물질이 묻거나 끼여 찌들다. ¶"그러닝개 좀 쩔었더래두 삶지 말구 비누루 빨어 입어라." 〈동화〉

쩔매다[동] '쩔쩔매다'의 준말. 어찌할 바를 모르고 갈팡질팡하다. ¶계봉이가 그처럼 웃는 것을 보고 승재는 겨우 안심은 했으나, 꾀에 넘어가서 사뭇 쩔맨 것이, 이번에는 점직했다. 〈탁류③〉 ¶땅 장수니 집 장수니 하던 치들인데, 머 일보 4, 50전이라두 못 써서 쩔맵니다! 〈태평천하⑦〉 ¶어때? 온갖 인간들이 더우에 항복하는 백기 대신 최저한도루다가 엷구 시언헌 옷을 입구서 그리구서두 허어덕허덕 쩔매구 다니는 종로 한복판에. 〈소망〉

쩔벅거리다[동] (말로나 행동으로) 공연히 남을 자꾸 건드려 성가시게 굴다. ¶"그렇지만 응? 이거 봐요 초봉이, 초봉이?" 하면서 쩔벅거릴 듯이 재우쳐 부른다. 〈탁류⑫〉

쪼고맣다[형] →쪼그맣다. ¶"두구 보시우들, 인제… 요놈 요 쪼고만 놈을 가져다 버젓한 대장부를." 〈패배자의 무덤〉

쩝쩔하다[형] 음식의 맛이 산뜻하지 아니하고 짜다. ¶서방님은 오월이를 내보내고 나서 아직도 퀴퀴하고 쩝쩔한 냄새가 이 부자리에 밴 것이 비위가 역해 연신 침을 뱉었다. 〈생명〉

쩝쩌얼퀴퀴하다[형] 쩝쩔하고 퀴퀴하다. 터분하게 짜고 비위가 거슬릴 정도로 구리다. ¶그것 죄다가 한데 버무려져서는 쩝쩌얼퀴퀴하니 자못 향기롭진 못하였다. 〈이런 남매〉

쪼글트리다[동] '쪼그라트리다'의 준말. 팔다리를 오그리어 몸을 작게 움츠리다. ¶태수는 무릎이 어깨까지 올라오게 쪼글트리고 앉아 있는 형보를 들여다본다. 〈탁류⑩〉 ¶종수는 그제서야 일어나더니, 잔뜩 쪼글트리고 앉으면서 담배를 붙여 뭅니다. 〈태평천하⑫〉 ¶오월이는 가리키는 자리에 가서 한 다리를 끓고 한 다리를 무릎 세워 쪼글트리고 앉는다. 〈생명〉

쪼깨[부] 쪼끔. 아주 조금. ¶"쪼깨 먹었냐?" 미럭쇠는 중얼거리면서 밥바구니를 집어 든다. 〈쑥국새〉

쪼르르[부] 작은 발걸음을 재빠르게 떼어 걷거나 따르는 모양. [여린말] 조르르. ¶근처에 더디 있었으면 고고오 한마디 부르기가 무섭게 "꼭 꼭 꼭." 대답을 하면서 쪼르르 달려왔을 닭―. 〈용동댁〉 ¶주인 노파가 좋아하고 흐물흐물 웃으면서 쪼르르 옆으로 쫓아온다. 〈모색〉

쪼작거리다[동] 발걸음을 느리게 아장아장 걷다. ¶겨우 쇠말의 처가에 당도했을 때에는 쪼작거리는 어린애 걸음이라 오때가 겨웠었다. 〈두 순정〉

쪽[명] 시집간 여자가 뒤통수에 땋아서 틀어 올려 비녀를 꽂은 머리. ¶그 표적으로다

가 뒤데시기에는 밤알만 한 쪽이 붙어 있다. 〈동화〉

쪽대문(-大門) 명 (바깥채서) 안채로 통하는 작은 대문. ¶방은 뒤로 구석지게 붙었고 따로 쪽대문이 있어서, 주인네와는 상관없이 출입을 할 수 있게 되었다. 〈탁류⑧〉

쪽문(-門) 명 대문짝의 가운데나 한편에 사람이 빠져 드나들도록 만든 작은 문. ¶큰 대문은 그래서 항상 봉해 두고, 출입은 어른 아니 상전 하인 할것없이 한옆으로 뚫어 놓은 쪽문으로 드나듭니다. 〈태평천하③〉

쪽을 짓다 〖관용〗 쪽을 찌다. 시집간 여자가 머리를 뒤꼭지에 땋아 틀어 올려 비녀를 꽂다. ¶쪽을 지은 것으로 처녀가 아니라 부인인 것을 알 수가 있습니다. 〈소복 입은 영혼〉

쪽을 찌다 〖관용〗 시집간 여자가 머리털을 뒤꼭지에 땋아 틀어 올리고 비녀를 꽂다. ¶초봉이는 결호한 뒤로는 이내 쪽을 찌고 있던 머리를 학생 머리로 고쳐 틀고. 〈탁류⑪〉

쪽지질 명 종이쪽에 글을 써서 남에게 뜻을 전하는 일. ¶이건 가끔 쪽지질을 해서는, 일 원 이 원 이렇게 뜯어 가곤 하니 대관절 어떡허란 말이냔 말이었다. 〈이런 남매〉

쫄딱 부 더할 나위 없이 모두. 남김없이 통틀어. 더할 나위 없이 죄다. ¶K는 그 말을 알아듣고 여전히 천정을 바라보며 "새로 세시까지 쫄딱 녹았네." "누구허구?" "P허구 M허구 서이서." 〈창백한 얼굴들〉 ¶허허 제기할 것, 아범이 아주 쫄딱 망했지, 〈탁류⑬〉

쫄쫄 부 끼니를 굶어 아무 것도 먹지 못한 모양. ¶난 몰라요! 결혼하자믄서 날 무얼루 멕여 살릴 텐구?… 쫄쫄 가난하게 사는 거 나 싫어! 〈탁류⑰〉

쫑 명 종. (경남, 평북) 마늘이나 파 따위의 종대 끝에 달린 방울. ¶마늘이 쫑이 솟아서 잎이 시들고. 〈동화〉

쫑긋하다 동 (입술이나 귀 따위를) 쫑그리는 모양을 하다. ¶"알량두 허네!" 옥초는 뱅깃이 우스운 입을 쫑긋하면서 부전스런 떡심쟁이 늙은이더러 핀잔을 한다. 〈모색〉

쫑다 동 →좋다. ¶그걸 보고는 학도놈들은 쫑아라고 은근히 속으로 갈채를 하고 앉았고. 〈회(懷)〉

쫑알거리다 동 남이 알아들을 수 없도록 혼자서 자꾸 말하다. ¶계봉이는 분을 못 참아 쫑알거리면서 발을 동동 구르다가, 금시로 굵다란 눈물이 방울방울 떨어진다. 〈탁류⑥〉 ¶한참 까부느라고 이렇게 쫑알거리던 것입니다. 〈대평천하②〉

쫑알대다 동 남이 알아들을 수 없도록 혼자서 자꾸 말하다. ¶범수는 안해가 혼자서 졸리고는 그 화풀이를 하느라고 쫑알대면 번들거리면서 곧잘 하는 말이었었다. 〈명일〉

쬐고만하다 형 →쪼고마하다. 아주 조그마하다. ¶"하하하, 아이참, 쬐꼬만한 새서방이라믄 왜 그렇게 질색을 허꼬!" 〈두 순정〉

쬐끔 명 →조끔. '조금'의 힘줌말. ¶죄꼼만 더 참던 않구! 죄꼼만…. 〈탁류⑲〉

쬐외깐하다 형 →쪼그마하다. 아주 조그마하다. ¶이 사람아, 그럴 티면 나넌 이 큰 몸집으루 자네 그 쬐외깐헌(한) 인력거 타니라구 더 욕을 부았다네. 〈태평천하①〉

쭈루투룸하다형 언짢거나 시틋하여 토라진 기색이 있다. 들뜨다. ¶또 그 밖에는 이 쭈루투룸한 심사를 어찌할 수 없을 것 같았다. 〈탁류④〉

쭈르르부 발걸음을 재빠르게 떼어 걷거나 따르는 모양. 〖여린말〗 주르르. ¶이르고는 쭈르르 사립문께로 달려나간다. 〈쑥국새〉 ¶관수는 영 다급하니까 쭈르르 부엌으로 달려 들어가더니 창끝 같은 식칼을 집어 들고 나와서 냅다 엄포를 하는 바람에 '도까다'패가 기가 질렸고 그래 겨우 액경을 면했었다. 〈정자나무 있는 삽화〉

쭈뼉부 얼굴 따위를 갑자기 멋없게 내미는 모양. ¶그러나 승재와 얼굴이 쭈뼉 마주치자 해쭉 웃으려다 말고 금시로 눈물이 글썽글썽하더니…. 〈탁류⑮〉

쭈뼛하다동 놀라거나 무서워 머리끝이 곤두서다. ¶그 흰 홑이불이 바로 죽음 그것임을 암시하는 것 같아, 초봉이는 머리끝이 쭈뼛하고 다리가 허둥거렸다. 〈탁류⑩〉 ¶그들은 처음 귀신 우는 소린 줄 알고 모두 머리끝이 쭈뼛했으나 일행이 여럿이기 때문에. 〈두 순정〉

쭈쩍부 뜻하지 않게 갑자기 마주치는 모양. ¶영주는 대문 앞에서 집 세준 주인과 쭈쩍 만났다. 〈명일〉 ¶승재는 맞닥뜨리게 싶게 계봉이에로 바로 달려들더니 쭈쩍 멈춰 서서는 그 다음에는 어쩔 바를 몰라 하다가…. 〈탁류⑰〉 ¶송희보다 조금 더 클까 한 아기 하나를 양편으로 손을 붙들어 배착배착 걸려 가지고 오면서 서로가 들여다보고는 웃고 좋아하고 하는… 한 쌍의 젊은 부부와 쭈쩍 마주쳤다. 〈탁류⑱〉

쭌득이부 매우 질기고 끈기있게. ¶가령 배가 터지면 터졌지 한 번 터진 다음에는 오히려 아픔이 덜리고 후련할텐데, 이건 쭌득이 누르는 채 조금도 늦추지 않고 끝없이 계속이 되니 견디는 수가 없었다. 〈탁류⑬〉

쭌득쭌득하다형 매우 끈기있게 찔깃찔깃하다. 〉쫀득쫀득하다. 〖여린말〗 준득준득하다. ¶형보는 그렇게 처음부터 끝까지 배포 있이 쭌득쭌득하는데, 〈탁류⑯〉

쯔쯔부 쯧쯧. ¶"쯔쯔! 사십두 못 먹구 그리 늙소? 한참때 앵이요?" 〈회(懷)〉

쯧쯧부 가엾거나 못마땅해서 가볍게 잇달아 혀를 차는 소리. ¶아서라! … 남의 계집애 자식을 몇 푼이나 주구서 사다갈랑은 디리 등골을 뽑아 먹을 텐데? … 쯧쯧! 〈탁류⑨〉 ¶"쯧쯧! 이유 없는 '춘향이'!…" 헤렌은 방 안에서 혼자 형더러 혀를 찬다. 〈이런 남매〉

찌긋째긋부 (상대자가 눈치로 알아차릴 수 있도록) 눈을 약간 찌푸리는 모양. ¶계봉이가 얼른 내달아, 초봉이한테 의미 있는 눈을 찌긋째긋, 〈탁류⑦〉

찌긋째긋하다동 찌긋거리다. 남이 눈치를 챌 수 있도록 눈을 자꾸 찌그리다. ¶계봉이는 향수와 돈을 받아 들고 레지로 오면서 눈을 찌긋째긋한다. 〈탁류⑯〉 ¶어느 결에 일어서서 샛문으로 나가려던 노파가, 종수를 돌려다 보고 눈을 찌긋째긋합니다. 〈태평천하⑫〉 ¶점례가 마침 배슥이 웃고 서서 눈을 찌긋째긋한다. 〈쑥국새〉

찌꺽지명 →찌꺼기. 쓸 만하거나 값어치가 있는 것을 골라낸 나머지. ¶하느라고 밥은 숱한 입들이 단 찌꺽지가 아니면 누

룽지요, 호사도 없고 음악도 없고 연극이 나 영화도 없고. 〈모색〉

찌끗찌끗하다동 남이 눈치를 챌 수 있도록 눈을 자꾸 찌그리다. ¶"가만있수. 내 인제 좋은 하이칼라상 하나, 응?…" 하면서 눈을 찌끗찌끗하기를 기다렸으나, 원체 한 길이라 그래도 조심을 하는 속인지 그 말은 나오지 않는다. 〈빈(貧)… 제1장 제2과〉

찌끗하다형 남이 눈치를 채게 하려고 한 번 눈을 찌그리다. 『여린말』 찌긋하다. ¶"허허 어머니는 별 걱정을 다 허십니다. 일이 많으면 돈을 많이 벌으니까 좋지 안해요." 하고 영복이는 속을 모르는 어머니를 보라는 듯이 병조에게 눈을 찌끗하였다. 〈병조와 영복이〉

찌다동 끼이다. (여럿 사이에) 섞여 들다. ¶자웅 찌지 않은 암탉 한 마리, 그것은 무던히 희한스런 곡절이 있는 생명이었었다. 〈용동댁〉

찌락소명 찌러기. 성질이 몹시 사나운 황소. ¶생긴 게 찌락소 같은 되련님이 그 값 하느라구 세상 미운 짓은 다아 허구 다니구…. 〈탁류⑰〉 ¶"응. 그것두 '찌락소'가 원두막에서 자닝개루." 〈동화〉

찌르투룸하다형 잔뜩 성이 나서 몹시 부루퉁하다. 『비슷』 찌르퉁하다. ¶최 서방은 시방 안해가 제가 돈이라도 뜯으려 들어온 줄로 지레짐작을 하고서, 그렇게 찌르투룸해서 있는 눈치를 아는 터라. 〈빈(貧)… 제1장 제2과〉

찌부러지다동 (기세나 의지가) 꺾여 풀이 죽다. 망하거나 허물어지다시피 되다. ¶"되다가 찌부러진 찌스레깁니다. 철저한 ××주의자라면 이렇게 선생님한테 와서 취직 운동도 아니합니다." 〈레디 메이드 인생〉

찌뿌듬하다형 →찌뿌드드하다. 표정이나 기분이 밝지 못하고 매우 언짢다. ¶마침 내 속이 후련게시리 그리로 경도가 되어 버리질 않고서 차차로 찌뿌듬하니 실혔다. 〈패배자의 무덤〉

찌뿌등하다형 찌뿌드드하다. 표정이나 기분이 밝지 못하고 매우 언짢다. ¶밥보다도 더 다급하게 그립던 물을 실컷 들이켜고 나니 찌뿌등하게 엉킨 듯 불쾌하던 취기도 저으기 걷히고 정신이 말쑥하여졌다. 〈레디 메이드 인생〉

찌스러기명 찌꺼기. 쓸 만하거나 값어치가 있는 것을 골라낸 나머지. ¶날더러 제 주둥이를 댔던 벤또 찌스러기를 먹으라구 가져다 주더람? 〈흥보씨〉

찌스레기명 찌꺼기. 쓸 만하거나 값어치가 있는 것을 골라낸 나머지. ¶"되다가 찌부러진 찌스레깁니다. 철저한 ××주의자라면 이렇게 선생님한테 와서 취직 운동도 아니합니다." 〈레디 메이드 인생〉

찌적찌적부 글씨, 그림 등을 아무렇게나 마구 쓰거나 그리는 모양. ¶자리에 앉기는 하였으나 일은 하려고 아니하고 연필을 꺼내어 종이쪽에다 찌적찌적 낙서질을 하였다. 〈병조와 영복이〉

찌치다동 →끼치다. 남에게 은혜나 괴로움을 주다. ¶"아이구, 그렇게 폐를 찌쳐서 쓸라구요." 〈보리방아〉

찐더분하다[1]형 진기가 많아 끈끈하다. ¶주위는 방금 일어난 조그마한 풍파는 알지도 못한 듯 부레풀같이 찐더분한 침정이 도로 그득히 잠겨 든다. 〈용동댁〉

찐더분하다[2]**형** 마음에 꺼리어 개운하지 않다. 『비슷』 찜찜하다. ¶ 찐더분한 일종의 걱정스러움이었는데 그것이 방금 상수를 만나 잠시 이야기를 하는 동안에. 〈모색〉

찍찍부 신을 끌며 걷는 모양. 또는 그 소리. 『여린말』 직직. ¶ 또 내가 생각을 해도 그렇듯 뒤축을 찍찍 끌면서 걷는 걸음 맵시란 그다지 점잖다 할 수는 없는 것이어서. 〈흥보씨〉

찔끔명 모질음. (마음씨가) 몹시 독함. ¶ 대체 그 과부라는 것이 어쩌니 그렇게 여자한테 찔끔이요 상서롭지 못한 것이냐고…. 〈패배자의 무덤〉

찔벅거리다동 (말이나 행동으로) 공연히 남을 자꾸 건드려 성가시게 굴다. 『비슷』 집적거리다. ¶ 대문이 잠겼으니 열어 달라 다가는 공연히 귀신덩어리를 만나 경을 칠 테고 경뿐이 아니라 창피하게 나가란 말까지 들을지 모르는데 차마 문을 찔벅거릴 용기가 나지 아니하였다. 〈앙탈〉 ¶ 알콜 솜으로 자리를 닦아 놓고서 기다리다 못해 간호부가 찔벅거리는 바람에 승재는 눈을 도로 뜨고 가까스로 주사 한 대를 마쳤다. 〈탁류⑧〉

찜명 고기나 채소에 갖은 양념을 하여 국물이 흥건하지 않게 삶거나 쪄서 만든 음식. ¶ 거 참, 나갈 길이거든 장으루 둘러서 도미라두 한 마리 사다가 찜을 하던지 해서 고 서방 먹게 해 주구려?…. 〈탁류①〉

찜믿다동 아주 철석같이 믿다. ¶ "아라사를 찜믿구서 그랬다구요!" 〈태평천하⑧〉

찜찜하다형 계면쩍어 말하기가 거북하다. 마음에 꺼림칙한 느낌이 있다. ¶ 더욱 무엇보다도 마음 찜찜한 구석은, 그가 조건붙은 새장가를 들려고 하는 것이 아닌가 미심다운 것. 〈탁류⑦〉

찜찜해하다동 마음에 꺼림칙한 느낌이 있어 하다. ¶ 유모는 여전히 보풀스럽게 머쓰리고 나서 "한 달에 하루 다녀오는 것두 속으루는 찜찜해허(하)는 걸, 무척 나가보라겠구먼." 〈빈(貧)… 제1장 제2과〉

찝찌일하다형 →찝찔하다. 일이 되어 가는 꼴이 못마땅하다. ¶ 이것은 괜한 횡액이거니 하면, 금세 좋던 나머지 속이 찝찌일하다. 〈정자나무 있는 삽화〉

찝찔하다형 감칠맛이 없어 좀 짜다. ¶ 떡이, 소금을 두지 아니해도, 찝찔한 것 같다. 〈얼어죽은 모나리자〉

찝찝하다형 입맛이 좀 개운하지 아니하다. ¶ 정 주사는 비로소 잃어버린 북어값을 생각하고 입맛이 찝찝해 못한다. 〈탁류⑮〉

찡긋찡긋하다동 얼굴이나 눈쌀을 몹시 찌그리는 모양을 하다. ¶ 간드러지게 생긴 얼굴이, 눈은 아직 그대로 지그려 감고 콧등을 찡긋찡긋하다가, 고 육중한 입을 하 벌리고 하품을 늘어지게 배앝는다. 〈패배자의 무덤〉

찧고 까불다『관용』 경솔하게 이랬다저랬다 하며 몹시 까불다. 되지 않은 소리로 사람을 치켜 올렸다 깎아 내렸다 하여 조롱하며 경망스럽게 행동함을 이르는 말. ¶ 제호는 언제고 그렇지만, 오늘은 유독히 더 정신을 못 차리게 혼자 찧고 까불고 하면서 북새를 놓는다. 〈탁류②〉 ¶ 이렇게, 그야말로 찧고 까불고 하는 소리를, 누가 속은 모르고 밖에서 듣기만 한다면 꼬옥 손맞은 애들이 지껄이고 노는 줄 알 겝니다. 〈태평천하⑩〉

ㅊ

차곡차곡㉮ 물건을 가지런히 겹쳐 쌓거나 포개는 모양. ¶저의 모녀가 잘 빨아서 꿰맬 데 꿰매고, 기울 데 기워서, 차곡차곡 챙겨다 주곤 했다. 〈탁류⑥〉

차관(茶罐)㉰ 찻물을 끓이는 그릇. 모양이 주전자와 비슷함. 〖같은〗찻주전자. ¶서양 사람이 우연히 물 끓는 차관 뚜껑이 달싹거리는 걸 보고서 그 이치를 깨닫고는 연구를 하여 증기기관이라는 것을 만들어냈다. 〈회(懷)〉

차근차근하다㉱ (말이나 행동이) 매우 조리있고 자세하며 찬찬하다. ¶오월이는 그때에 벌써 정신이 혼미해서 원망이고 앙심이고 그런 차근차근한 사려를 가질 힘이 없었다. 〈생명〉

차도(差度)㉰ 병이 조금씩 나아가는 정도. ¶그날부터 아주머니는 불철주야로 할 짓 못할 짓 해 가면서 부스대고 납띈 덕에 병도 차차로 차도가 있고. 〈치숙(痴叔)〉

차례(次例)(를) 잡다〖관용〗 차례대로 하다. 순서대로 하다. ¶하지만, 진달래꽃머리요 때면 으레껏 하는 버릇으로 기어코 요란떨이를 한바탕 차례를 잡자는 요량인지. 〈모색〉

차례돌림㉰ 차례로 돌아가는 일. 또는 차례에서 차지하는 일. ¶한즉은 유 씨가 이번에는 차례돌림이나 하듯이 부리나케 그것을 발명하기를…. 〈탁류⑦〉

차리다㉲ (옷 등을) 갖추어 꾸미다. ¶나는 차 꽁무니로 해서 차 안에 막 들어서자 바로 문간에서 멀지 아니한 곳에 보얗게 선선하게 차린 여학생 하나에 선뜻 눈이 띄었다. 〈세 길로〉

차림㉰ 옷이나 물건 따위를 입거나 꾸려서 갖춘 상태. ¶이래서 집안이 갑자기 바싹 바빴는데 새서방 봉수는 대목이니까 설 차림인 줄 심상히 알았다. 〈두 순정〉

차림새㉰ 옷 등을 갖추어 꾸민 모양. ¶호사스런 생활의 차림새하며 기분도 명랑한 헤렌과 노마네의 그 흉악한 주제 꼬락서니하며 몸에서 푸욱 지르는 악취하며 근천스럽고 시든 표정하며가 썩 구경스러운 대조를 이루는 것이었었다. 〈이런 남매〉

차림차리㉰ (옷 등을) 이모저모 갖추어 꾸민 모양. ¶이 차림차리로 얼룩덜룩한 보통이 하나를 옆에 끼고 불붙여 지지는 듯한 칠월 노양(老陽)에 사라질 듯이 낡은 참대 지팡이를 의지하고 서서 무엇을 찾는 듯이 무엇을 물어보고 싶은 듯이 오는 사람 가는 사람들을 맥없이 바라보는 총기 없는 눈동자며, 〈불효자식〉

차 싸다㉲ 자꾸 차다. 혀끝을 입천장에 붙였다가 떼어 소리를 내다. ¶마치 초상난 집처럼 노인도 추렷해 혀를 차 싸면서 가엾다고 눈물을 질끔질끔했다. 〈용동댁〉

차악㉮ →착. 망설임이 없이 선선히. 서슴없이 선뜻. ¶승재가 이 세상에 있다는 것이 차악 안심이 되고 기쁘고 한다. 〈탁류②〉

차압(差押)명 '압류(押留)'의 옛 용어. 국가 권력에 의하여 세금 체납자의 재산을 자유 처분하지 못하게 하는 행위. ¶기한이 지나기만 하면 거저 불문곡직하고 수형 액면에 쓰인 만큼 차압을 해서 집행 딱지를 붙여 놓고는 경매를 한다나요. 〈태평천하⑦〉

차이니스 런치(Chinese lunch)명 중국 요리의 점심 식사. ¶두 사람은 얌전한 여점원들을 아니 보는 체 할깃할깃 보면서 식당으로 올라간다. ―식당에서 먹은 것은 차이니스 런치―. 〈창백한 얼굴들〉

차인(差人)명 남의 가게에서 장사하는 일에 시중드는 사람. 또는 임시 사환으로 쓰는 하인. ¶라디오를 프로그램대로 음악을 조종하는 소임은 윤 직원 영감의 차인 겸 비서 겸 무엇 겸 직함이 수두룩한 대복이가 맡아합니다. 〈태평천하②〉

차인꾼(差人-)명 차인(差人). ¶처음에는 영감의 부인의 손에서 길리다가 열두어 살 때부터 순천 영감의 차인꾼으로 이래 아홉 해 동안 서울까지 따라와서 충실한 하인 노릇을 하여왔다. 〈산동이〉 ¶마침 웃목에서 이제껏 자고 있던 차인꾼이, 그제서야 잠이 깨어 푸스스 일어나다가 한참 두릿거리더니, 〈태평천하④〉

차일귀신(遮日鬼神)명 몸이 점점 커져 사람을 덮어 씌우고 잡아먹는다는 귀신. ¶형보 때문에, 형보가 징그럽고 무섭고 그리고 정력에 부대끼고 해서 살 수가 없이 된 초봉이는 마치 차일귀신한테 덮친 것과 같았다. 차일귀신은 처음 콩알만 하던 것이 주먹만 했다가 강아지만 했다가 송아지만 했다가 살뒤주만 했다가 이렇게 자꾸만 커 가다가 마침내 차일처럼 훽 하니 퍼져 사람을 덮어씌우고 잡아먹는다. 초봉이는 시방 그런 차일귀신한테 덮치어, 깜깜한 그 속에서 기력도 희망도 다 잃어버리고, 생명은 각각으로 눌려 찌부러들기만 했다. 〈탁류⑱〉

차일시 피일시(此一時彼一時)〖관용〗 ('그때는 그때이고 지금은 지금이다'라는 뜻에서) 이 때 한 일과 저 때 한 일이 사정이 서로 달라 '이것도 저것도 한때'란 뜻으로 이르는 말. 〖같은〗 피일시 차일시(彼一時此一時). ¶그리고 술이나 먹고 술값 외에 돈 여유가 있거들랑 골동품이나 수집하고, 오죽 좋아? 차일시 피일시 아닌가? 〈이런 처지〉 ¶"그러나저러나, 차일시 피일시 아니우? 어떡허우?…." 〈모색〉

차지다형 끈기가 많다. 또는 성미가 깐깐하고 겁이 없이 깜찍하다. ¶내 마음에는 그 시선이 퍽 차진 것 같고 도리어 그 사내에게로 향하는 시선이 따스한 듯하였다. 〈세 길로〉

차착(差錯)명 순서가 틀리고 앞뒤가 서로 맞지 않음. ¶이러한 여러 가지 소리가 한데 모여 가지고 모터로부터 조그마한 하구루마의 한 개 한 개까지도 일호의 차착과 군것이 없이 꾸준히 돌고 있는 기계 자체의 규율적 율동을 따라. 〈병조와 영복이〉

차착(差錯)없다형 그릇되거나 잘못됨이 없다. ¶그랬으니까 법적으로는 아무 것도 차착없이 수속이 된 것이다. 〈보리방아〉

차치(且置)하다동 내버려두고 문제로 삼지 않는다. ¶더구나 시방은 ××가 되고 안 되고는 차치하고, 첫째 초봉이의 생명의 위험이 염려스러서라도 그다지 다급히 서둘러 않을 수가 없던 것이다. 〈탁류⑬〉 ¶ 나이 열여덟 살에 그만하면 계집애가 차분하니 좀 얌전스런 구석이 없고서, 이건 가도록 왜장녀가 돼 간다고 (행실머리가 궂은 것은 차치하고라도) 동네서는 달가와하질 않는다. 〈정자나무 있는 삽화〉

차탄(嗟歎)명 한숨지어 탄식함. ¶ 경순은 비난의 음성인 것이 아니라 곰곰이 차탄을 하듯. 〈패배자의 무덤〉

차판명 수레나 차의 짐을 싣는 칸. 또는 그것을 세는 단위. ¶ "으응… 그럼 오미야게 많이, 응?" "한 차판 실구 오지." 사내와 거진 엇갈리듯 형이 찾아왔다. 〈이런 남매〉

착색(着色)명 물을 들이거나 색깔을 칠하여 빛깔이 나게 함. 『같은』 빛깔내기. ¶ 승재는 농을 받은 유리 조각을 알콜불에 구워서 메틸렌 브라운으로 착색을 해 가지고 현미경을 9백 배로 맞추어 들여다본다. 〈탁류⑧〉 ¶ 대하는 사물이 결코 굴절이나 착색이 없어 제마다 다 올바로는 보였을 리가 없는 것이었었다. 〈모색〉

착착부 거침없이 베거나 자르거나 깎는 모양. ¶ "착착 깎어 죽일 놈!… 그놈을 내가 핀지히여서, 백 년 지녁을 살리라구 헐걸!" 〈태평천하⑮〉

착취(搾取)명 자본가나 지주가 노동자나 농민에 대하여 그 가치만큼의 보수를 지불하지 아니하고 잉여 가치를 독점하는 일. ¶ 사실 착취라는 문자를 가져다가 붙이려고 하면, 윤 직원 영감은 거 웬 소리냐고 훌훌 뛸 겝니다. 〈태평천하④〉

찬(讚)명 서화(書畵)에 글의 제목으로 쓰는 시(詩), 가(歌), 문(文) 등의 총칭. ¶ 시방 그 만화를 그렇게 하나 그리는데… 그려 가지굴랑 찬은 갖다가 무어라구 쓰느냐 하면 헴 헴. 〈패배자의 무덤〉

찬찬스럽다형 보기에 찬찬하다. ¶ 멀리서 보아도 걸음걸이가 갈팡질팡, 그다지 찬찬스런 맵시는 아니다. 〈정자나무 있는 삽화〉

찬찬하다형 (동작이 급하지 않고) 침착하며 느리다. ¶ 아씨는 회초리를 방으로 가지고 들어와서 찬찬하게 둘씩 둘씩 잡아 꼬아가지고. 〈생명〉

찰거머리명 몸이 비교적 작고 빨판이 발달되어 몸이 잘 들러붙고 떨어지지 않는 거머리. ¶ 그 뒤로 늘 태수는 초봉이의 머릿속에 가서 승재의 옆에 가 차악 붙어서는 초봉이가 아무리 눈치를 해도 찰거머리같이 떨어지지를 않았다. 〈탁류⑦〉 ¶ 그러나 그만 소리에 퇴각할 사람들이 아니요, 찰거머리처럼 붙어 앉아서는 쫀드윽쫀득 졸라댑니다. 〈태평천하⑭〉

찰그랑거리다동 잇달아 찰그랑 소리를 내다. ¶ 얇디얇은 얼굴에다가 주근깨를 과히 발라 놓은 레지가 찰그랑거리고 앉았고…. 〈탁류⑯〉

찰락거리다동 침착하지 못하고 자꾸 덤벙거리다. ¶ 새서방이 찰락거리고 들어서는 걸 본 색시는 고꾸라질 듯이 마당으로 뛰어 내려온다. 〈두 순정〉

찰래찰래부 '살래살래'의 뜻인 듯(?). 작은 동작으로 머리를 가볍게 가로흔드는 모양. 몸의 한 부분을 가볍게 잇달아 흔드는 모양. ¶ 훨씬 저녁때가 되어 종석이는 찰래찰래 들어왔다. 〈명일〉 ¶ 부룩쇠는 비를 도로 맞으면서 윤 호장 영감의 뒤를 찰래찰래 따라섰읍니다. 〈어머니를 찾아서〉

¶춘심이는 윤 직원 영감이 달래는 대로 한동안 앞을 서서 찰래찰래 가고 있다가 무슨 생각이 났는지 또 히뜩 돌려다보면서, 〈태평천하②〉

찰칵[부] 빈틈없이 맞닿거나 들어맞는 모양. ¶돈 없고 실업한 인텔리란 걸로 그만한 변통성조차 없이 그저 막막한 자기네 처지를 생각하매 남편의 하던 말이 비로소 마음에 찰칵 맞는 것 같았다. 〈명일〉

찰칵찰칵[부] 잘싸닥잘싸닥. 납작한 물건으로 수면을 때릴 때 나는 것과 같은 소리. ¶나지도 않는 빈 젖을 물려 달래다가 그만 파깃증이 나서 홧김에 볼기짝을 찰칵찰칵 붙여 밀어 던지고 있는 판이다. 〈빈(貧)… 제1장 제2과〉

찰크당[부] 작은 쇠붙이 따위가 세게 부딪칠 때 날카롭게 울리어 나는 소리. ¶제호는 포켓에서 열쇠 꾸러미를 꺼내 가지고 테이블 위에 놓인 손금고를 방울 소리를 울리면서 찰크당 열어젖힌다. 〈탁류②〉

참(站)[명] '참밥'의 준말. 일을 하다가 쉴 참에 먹는 밥. ¶저녁 후의 마지막 참으로 읽는 셋째 번 참이 거진거진 끝나갈 무렵엔, 〈순공(巡公) 있는 일요일〉

참견(參見)[명] (남의 일이나 말에) 간섭하거나 아는 체하여 나섬. ¶네년이 나서서 건방지게 쏘옥쏙 참견을 하려 들어? 〈탁류⑦〉

참기다[동] →챙기다. 어떤 일에 관계되는 물건 따위를 살펴서 모으거나 건사하다. ¶그는 성냥과 손칼을 참겨 가지고 집 후원으로 가서 무강나무 가지를 여남은 개나 골라 끊었다. 〈생명〉

참례(參禮)[명] 참가하여 관계함. [같은] 참여(參與). ¶말하자면 성가신 갈등에 참례를 해서, 내가 옳으네 네가 그르네 하고 무릎맞춤을 한다던가 하길 싫어하는 사람입니다. 〈탁류⑭〉

참봉(參奉)[명] 조선 시대에 능(陵), 원(園), 그 밖의 여러 관아에 속했던 종9품 벼슬. ¶"첩지… 아버지두 참봉 첩지를 받구서 참봉을 했구." 〈패배자의 무덤〉

참상(慘狀)[명] 참혹한 양상. 눈뜨고 볼 수 없는 상태. ¶일반으로 그들은 어느 때 어디를 쳐서 갖은 참상을 다 저지르곤 할 값에, 좀체로 부녀와 어린아이들한테만은 손을 대는 법이 없습니다. 〈태평천하④〉

참새가 방앗간을 그대로 지나다[속] 참새가 방앗간을 그저 지나지 못한다. 욕심이 있는 사람이 재물을 보고 그저 지나가지 못한다는 뜻. ¶"참새가 방앗간을 그대루(로) 지내우?" "염려 말게… 돈이 못 되면 외상은 못 먹나?" 〈태평천하⑫〉

참섭(參涉)[명] 남의 일에 참견하여 간섭하는 것. ¶어찌서 지가 세상 망쳐놀 부랑당패에 참섭을 헌담 말이여, 으응? 〈태평천하⑮〉 ¶위선 당장 부자 사람네 것을 뺏어 먹는다니까 거기 혹해 가지골랑 너도 나도 와하니 참섭을 했다는 구료. 〈치숙(痴叔)〉

참속[명] 속에 있는 진짜의 마음. ¶그러니 영복이의 그러한 범연한 태도에는 실망(?)을 하였다. 그는 영복이의 참속을 알고 싶었다. 〈병조와 영복이〉

참예(參預)[명] '참여(參與)'의 뜻. 참가하여 관계함. ¶다만 내 땅을 부쳐먹고 사는 놈이, 이 도당에 참예를 하여 내 집을 털러 들어오다니, 〈태평천하④〉 ¶하면서 거진

두문불출이로되 마침 오늘은 고향집으로 모친의 회갑에 참예를 하러 내려가는 길이고. 〈반점〉

참월(僭越)하다㊌ (하는 짓이) 분수에 지나치다. ¶이 가운데 양복 끼끗하게 입고 얼굴 거무튀튀 함부로 우툴두툴한 사내꼭지가 한 놈, 감히 들어앉아 있음은 매우 참월하다 하겠다. 〈탁류⑯〉

참참이(站站-)㊏ 이따금. ¶덕에 근처의 논에서 일을 하다가 참참이 쉴 때라든지 점심이며 새참을 먹을 때든지 또 병자랄지. 〈정자나무 있는 삽화〉

참하다㊌ (생김새가) 나무랄 데 없이 말쑥하고 곱다. ¶그러나 병조는 내내 참한 낯빛으로 "그리지 말구 대답을 해봐요." 하고 다시 재우쳤다. 〈병조와 영복이〉

참회(懺悔)㊐ 자기의 잘못에 대하여 깊이 뉘우치는 것. ¶그의 얼굴 표정과 언사에 비록 부자연한 점이 없는 것은 아니었으나 하여간 참된 참회의 빛이 나타났었다. 〈불효자식〉

창가(唱歌)㊐ '학교에서 배우는 서양 노래'를 개화기 때 이르던 말. ¶더우기 그애들은 평생 들어보지도 못하는 '창가'—술이야 눈물인가라는 것, 또 뭐 강남 달이 밝아서 임과 놀던 곳—이런 것을 간드러진 목소리로 부르고 지나가면 그 애들은 금시로 가슴이 두근두근해지고. 〈얼어죽은 모나리자〉 ¶우리는 두고두고 그 풍금에 맞추어, 학도야 학도야 청년 학도야, 이런 창가를 배웠었다. 〈회(懷)〉

창기(娼妓)㊐ 몸을 파는 천한 기생. ¶창기를, 노예를, 불의한 살상의 도구를, 결핵균이나 퍼뜨리는 폐병장이를 그것들의 무수한 탄생이 어쩌니 생명의 창조의 기쁨값이 나갈 것이냐. 〈패배자의 무덤〉

창녀(娼女)㊐ 몸을 파는 여자. ¶관수는 창녀의 거리에 선 을녜의 환상이 눈에 어릿거려 마음이 가뜩이나 어두워짐을 어찌하지 못했다. 〈정자나무 있는 삽화〉

창대(槍-)㊐ 창의 자루. ¶돈 떨어지자 입맛 난다는 푼수로, 부러진 창대를 가지고는 백전노졸도 큰 싸움에는 나서는 재주가 없다. 〈탁류④〉

창생(蒼生)㊐ 세상의 모든 사람. 백성(百姓). ¶K의 어머니의 하는 말은 조금도 가식과 과장이 없이 마치 물이 얕은 곳을 따라 저절로 흐르는 것처럼 자연스럽고 그 자애로운 품은 예수가 창생에게 대한 그것이나 질 바가 없이 깊었다. 〈생명의 유희〉

창연(蒼然)하다㊌ 예스러운 빛이 그윽하다. ¶"여전히 모다 동색(冬色)이 창연하군!" P는 두 사람의 특특한 겨울 양복을 보고, 그리고 자기의 행색을 내려보고 웃었다. 〈레디 메이드 인생〉

창연히(蒼然-)㊏ 예스러운 빛이 그윽하게. ¶이러한 창연히 고색 질린 기상을 해가지고 오월의 하늘과 초록을 우러러 가슴에 청춘을 느끼다니, 〈흥보씨〉

창의문(彰義門)㊐ 서울 종로구 창의동에 있는 사소문의 하나. 여기서 '사소문'은 조선 시대에 사대문 사이에 나 있던 작은 문으로, 북동의 혜화문, 남서의 소의문, 남동의 광희문, 북서의 창의문을 일컬음. 지금은 광화문과 창의문만 남아 있음. ¶그게 바로 어느 해 늦은 봄, 사의 식구들이 통 쓸어서 창의문 밖 세검정으로 전춘놀이를 나갔던 날이었다. 〈회(懷)〉

창정(創定)명 (전에 없던 일을) 처음으로 정하는 것. ¶그뿐 아니라 그렇게 어떻게 해서 반연을 지어놓으면 농우 자금(農牛資金)을 얻어 소도 한 바리 살 수가 있고 또 자작농 창정에 한몫 끼어 잘하면 육백 육십 원어치의 논도 연부로 갚도록 마련할 수도 있는 것이다. 〈보리방아〉

창창부 단단하게 자꾸 감거나 동여매는 모양. 『비슷』 찬찬. ¶양 끝은 풀리지 않게 굵은 실로 창창 동여맨다. 〈생명〉

채곡채곡부 →차곡차곡. 물건을 가지런히 쌓거나 포개는 모양. ¶색시가 설빔으로 해서 농 속에 채곡채곡 넣어 둔 새 옷을 갈아 입었다. 〈두 순정〉

채다동 갑자기 힘주어 잡아 당기다. ¶"비껴나 이것!" 소리 무섭게 초봉이를 떠다 박지르더니 수화기를 채어다가 귀에 대고는, 〈탁류②〉 ¶수령이 그걸 보다 못해 옆에 섰는 수하의 몸둥이를 채어 가지고 윤용규가 총대에다가 버틴 바른편 팔을 겨누어 으끄러지라고 한 번 내리칩니다. 〈태평천하④〉 ¶"자요, 이거 가지구 가세요." 코앞에다가 바싹 들여대 주니까 채듯 받아 움크려 쥐고 씽하니 달아나 버린다. 〈탁류⑯〉

채뜨리다동 재빠르게 채어 빼앗다. ¶"뭇이?…" 버럭 것지르면서 차표를 채뜨려 뺏었다. 〈상경반절기〉

채림새명 →차림새. ¶끝내 울구 달려나오니깐 첨에는 성가신 듯이 이맛살을 찌푸리드니, 용히 재갸 채림새가 생각이 나든가 봐. 〈소망〉

채무자(債務者)명 재산상의 처리에 관련하여, 일정한 당사자의 요구에 응하여 돈이나 값나가는 물건을 줄 의무가 있는 사람. ¶꿩 먹고 알 먹고 하는 속인데, 윤 직원 영감은 채무자의 재산을 가차압을 해놓고…. 〈태평천하⑨〉

채밭명 '채소밭'의 준말. ¶강낭콩 포기가 풀 속에 묻히고 한 채밭에 흰 빨래가 으슴푸레하니 널려 있다. 〈동화〉

채비명 갖추어 차림. 또는 그 일. ¶오목이는 새 채비로 수줍은 생각이 들어 고개를 숙이고 빗밋이 돌아앉아 손에 잡히는 대로 치맛고름만 만지작거린다. 〈얼어죽은 모나리자〉 ¶이윽고 형보는 둘러댈 말을 장만해 가기고 새 채비로 나선다. 〈탁류⑭〉 ¶그리고 요새는, 그새까지는 별로 않던 짓인데, 새 채비로 기생첩 하나를 더 얻어서 관철동에다 살림을 차려 놓고는…. 〈태평천하⑤〉 ¶내가 시방 그러니 다시 새 채비로 그 격류 속에 뛰어들어서 거슬러를 올라가겠나? 〈이런 처지〉 ¶그래도 나들이를 할 채비로 머리는 가려 빗었다. 닦달이나 잘하고 옷이라도 곱게 입혀 내놓으면, 〈이런 남매〉

채신머리 없다『관용』 남 앞에서의 몸가짐이 경망스러워 위신이 없다. ¶오늘 또 체(채)신머리 없이 가고 보면 초봉이라도 속을 들여다보고 추근추근하다고 불쾌하게 여길 듯싶어 재미가 덜할 것 같았다. 〈탁류④〉

채양명 차양(遮陽). 볕을 가리거나 비를 막기 위하여 처마 끝에 덧대는 물건. ¶게다가 처마 끝 함석 채양에서는 후끈후끈 더운 기운이 숨이 막히게 우리지요. 〈소망〉

채어 가다동 갑자기 날쌔게 빼앗아 가다. ¶버스가 포치에 닿기가 무섭게 앞뒤로

하녀들이 달려들어 문을 열고 손에 든 것을 채어가고 하면서, 〈탁류⑫〉

채어 들다㊍ 다가와서 (발길에) 채이다. ¶바람도 차차로 더 거칠어, 걸음 걷는 앞으로 채어 든다. 〈두 순정〉

채어 들여가다㊍ 갑자기 세차게 잡아 당겨지듯이 안으로 들어가다. ¶오늘도 아침부터 몇 번째 그 긴 얼굴을 쳐들고 분주히 드나들던 끝에 잠깐 앉아 쉬려니까 그나마 안에서 윤희가 채어 들여갔다. 〈탁류⑦〉

채어 보이다㊍ 잡아채어 보이다. ¶거지 아니는 딸랑하고 노랑돈 너푼을 손박에 채어보인다. 〈명일〉

채자(採字)㊔ 인쇄소에서 활자를 골라 뽑는 일. 『같은』 문선(文選). ¶일 분 동안에 열 걸음 이상을 걸어 본 적이 없다고 일상 자랑하는 채자의 M은 고릿새한 새우젓에 백%의 좁쌀밥을 뜨먹뜨먹 먹고 앉았다가. 〈병조와 영복이〉

채장(綵帳)㊔ 오색이 찬란한 휘장. '휘장(揮帳)'은 여러 폭의 베로 만든 둘러치는 막. ¶젖먹던 힘까지 아끼잖고 겨우겨우 끌어올려 마침내 남대문보다 조금만 작은 솟을대문 앞에 채장을 내려 놓곤, 무릎에 들였던 담요를 걷기까지에 성공을 했읍니다. 〈태평천하①〉

채점부(採點簿)㊔ 시험 답안을 살펴 점수를 기록한 장부. ¶교탁 위로 채점부 옆에 놓인 토막 연필을 집어, 버쩍 쳐들어 보이면서. 〈이런 남매〉

채전밭(菜田-)㊔ 남새밭. 채소밭. ¶만 년을 가도 다름이 없는 염생이 똥 같은 콩자반, 기스락물 같은 간장, 채전밭으로 엉금엉금 기어가는 날깍두기, 구릿한 냄새가 코를 찌르는 새우젓, 다 식어서 민둥민둥한 된장찌개…. 〈앙탈〉 ¶허리에 짧은 새끼 토막을 맨 돼지 새끼 한 마리가 채전밭께로 꽁무니가 빠지게 도망을 가고 있다. 〈동화〉

책(責)을 잡다『관용』 남의 잘못을 탈 잡아 말하다. 남의 잘못된 일을 지적하여 나무라다. ¶정 주사는 목 가다듬기로 짐짓 병주를 머쓰려 놓고는 유 씨게로 대고 준절히 책을 잡는 것이다. 〈탁류⑮〉 ¶무렴해서라도 암말도 못하고 슬슬 저리로 가 버렸을 테지만 영감은 도리어 노염이 나 가지고 전접스런 말조로 책을 잡잔다. 〈상경반절기〉

책력(冊曆)㊔ 천체를 측정하여 해와 달의 움직임과 절기를 적어 놓은 책. ¶책력 이리 가져오시오. 〈탁류⑦〉

책망(責望)㊔ 잘못을 들어 꾸짖음. 또는 그 일. ¶인력거꾼은 책망을 듣고 보니 미상불 일이 좀 죄송하게 되어, 〈태평천하①〉

책사(冊肆)㊔ 책을 팔거나 사는 가게. 『같은』 책가게. 서점(書店). ¶할 수 없이 책을 죄다 팔아 버리려고 헌책사 사람을 데려다가 값을 놓게 해 보았다. 〈탁류⑮〉

책상머리(冊床--)㊔ 책상의 한쪽 가. ¶바라보다가 그는 짜증이 나는 듯이 종이를 박박 찢어 싹싹 비벼서 책상머리 문을 열고 밖으로 내던져 버렸다. 〈병조와 영복이〉

챙챙㊇ (실이나 노끈 따위로) 자꾸 꼭꼭 감거나 동여맨 모양. ¶그 나머지는 장사를 헤나갈 예비돈으로 유 씨가 고의끈에다가 챙챙 옹쳐 매 두었었다. 〈탁류⑮〉

처결(處決)하다㊍ 결정하여 처리하다. ¶시아버지 윤 직원 영감이 처결하기를, 집안

의 살림살이 전권이 마땅히 물려받아야 할 주부 고 씨는 젖혀 놓고서, 〈태평천하⑤〉

처네명 덧덮는 얇고 작은 이불. ¶더블벳은 아니라도 베개는 또 하나 놓이고, 처네 자락도 금새 인간이 한몸뚱이 빠져나간 자리가 완연하였다. 〈이런 남매〉

처녀과부(處女寡婦)명 처녀인 채로 남편이 죽어서 혼자 살게 된 여자. ¶그리하여 소저는 소위 남편이라는 사람에게 손목 한번 잡혀 보지도 못한 처녀과부가 되어 버린 것입니다. 〈소복 입은 영혼〉

처덕처덕부 엷은 종이 따위를 함부로 자꾸 바르거나 덧붙인 모양. ¶폐병 앓는 갈빗대 여대치게 툭툭 불거진 연목을 반자지도 아니요 거무퉤퉤한 신문지로 처덕처덕 처바른 얕디얕은 천장 한가운데 가서, 〈태평천하⑫〉

처뜨리다동 처지게 하다. 맥없이 늘어뜨리다. ¶바둑이는 납작 땅바닥에 가 엎드려서는 두 귀를 차악 처뜨리고, 〈흥보씨〉

처방(處方)명 '처방전'의 준말. ¶승재는 처방을 쓰고 있다. 〈탁류⑧〉

처방전(處方箋)명 의사가 환자에게 줄 약제 처방을 적은 종이. ¶그는 다만 병원에 앉아 검온기를 통해서, 맥박의 수효나 청진기를 통해서, 뢴트겐이나 타진을 통해서, 주사기를 들고, 처방전을 들고, 카르테를 들고… 이렇게 다만 병든 인생만을 대해 왔었다. 〈탁류⑥〉

처세명 세상 사람들과 교제하며 살아가는 일. ¶이것이 처세상 척 이롭지 못한 것을 P도 잘 안다. 또 공연한 승벽이요 고집인 줄 알건만 그는 그것을 고치지 못한다. 〈레디 메이드 인생〉

처신(處身)명 (남 앞에서의) 몸가짐이나 행동. ¶그런데 내라는 사람은 본시 성미루 보던지, 처신으루던지 어디루던지 간에 그런…. 〈탁류⑭〉

처억부 →척. 서슴지 않고 선뜻 행동하거나 첫 눈에 언뜻 보는 모양. ¶아들이 처억 들어와서 시침을 뚜욱 따고 앉는 양을 보면, 〈태평천하⑤〉

처억척부 →척척. 일이 조리있게 또는 차례대로 잘 처리되어 나가는 모양. ¶아까부터 이내, 죄꼼도 부끄러워하는 내색이라고는 없고 그저 처억척입니다. 〈태평천하⑩〉

처자(處子)명 처녀(處女). ¶아직 귀영머리를 땋은 채 처자다. 〈동화〉

처재(妻財)명 처가집 재물. ¶그중에도 그는 처재에만 탐이 나서 안해 될 사람의 과거의 흠집을 짐짓 괘념치 않으려고 하는 위인이어서는 안 될 테였었다. 〈반점〉

처쟁이다동 → 처장이다. 잔뜩 눌러서 마구 쌓다. ¶"괜헌 객기를 부리지 말아요… 있는 땅까지 팔어서 머리속에다 학문만 처쟁였으니 그게 무어야?" 〈명일〉

처접명 처우(處遇). 형편에 알맞게 대우함. ¶막상 그렇듯 모진 처접과 괄시를 받는 것이 싫고 애가 쓰여 그러지 말고 동네 사람들과 잘 좀 얼려 지내라고 타이르곤 한다. 〈정자나무 있는 삽화〉

처접을 타다[관용] 대우를 받다. ¶그러다가 마침내 정말 노후물의 처집을 타고 영영 월급 세민층에서나마 굴러떨어지고 만 것이 지금으로부터 다섯 해 전이다. 〈탁류①〉

처제(妻弟)명 아내의 여동생. ¶이것은 그를

형부로 대접한다거나 나이 어린 처제답게 허물 없어 하고 따르고 하는 정이거나 그런 것은 물론 아니고, 〈탁류⑯〉 ¶여섯 살박이의 처제까지 모두 웃었다. 〈두 순정〉

처지다[1]㊐ 위에서 아래로 늘어지다. ¶암만 그래도 그놈이 카이젤 수염은 되지 못하고 죽지가 처지는 것이고, 〈탁류⑦〉

처지다[2]㊐ 뒤로 남게 되거나 뒤로 떨어지다. ¶그러나 직원이란 영광스런 직함은, 공자님과 맹자님이 팔씨름을 했으면 누가 이겼을까? 하는 수수께끼로 더불어 영원히 처졌던 것입니다. 〈태평천하④〉

처진 것『관용』 나머지 금액. 『같은』 잔액(殘額). ¶그놈 구십 원만 우선 받아 두고 그 애를 도로 물려줄 양이면 일간 서울로 올라가서 석 달 안에 실수 없이 나머지 처진 것을 보내주겠노라고…. 〈탁류⑮〉

척㊎ 망설임이 없이 선선히. 서슴없이 선뜻. ¶아, 이런 때 척 밀수나 한 그릇 타다가 주군하면 오죽 좋아? 밤낮 그 히스테리만 부리지 말구, …. 〈탁류②〉

천거(薦擧)㊔ 인재를 어떤 자리에 쓰도록 추천함. ¶"거 아깝다! 나더러 부탁을 허시면 좋은 데 천거를 해 드리련만!" 〈보리방아〉 ¶"아니 천만에도! 글쎄 이 서방 같은 이를 천거 아니한대서야 양반댁에서 일껏 부탁 받은 것을 시중해 드리는 보람이 생기나요? 그리지 말고 어서 가 보시요." 〈소복 입은 영혼〉

천거(薦擧)하다㊐ 인재를 어떤 자리에 쓰도록 추천하다. ¶A라는 그 문선 과장은 요리조리 칭탈을 하던 끝에—그는 P가 누구 친한 사람의 집 어린애를 천거하는 줄 알았던 것이다.— 〈레디 메이드 인생〉 ¶이 군산서 금호의원을 개업하고 있는 윤달식이라는 의사에게 천거하는 소개장 한 장만 남겨 놓고, 마침내 저세상 사람이 되어 버렸다. 〈탁류③〉 ¶언제 머 지가 천거한 자리루 동전 한 푼 허실한 일이 있읍니까? 〈태평천하⑦〉

천금(千金)㊔ 많은 돈이나 비싼 값. 또는 '아주 귀중한 것'의 비유. ¶자기는 버얼떡 드러누워서 이야기책 읽는 입을 바라다보고 하느라고 그야말로 천금같은 봄밤의 한 식경을 또한 즐겁게 보낼 수가 있었읍니다. 〈태평천하⑩〉

천기시세㊔ 기상 상태에 따라서 바뀌는 가격. ¶다직해서 여름의 농황을 좌우하는 천기시세 때와…. 〈탁류④〉

천냥만냥㊔ '놀음'을 달리 일컫는 말. ¶이 구석 저 구석 앉을 만한 곳으로 벤치에, 잔디 위에는 금시 돈더미가 쏟아져 나오는 것같이 소곤소곤 천냥만냥을 하는 친구들과 로댕이 보았으면 '생각하는 사람' 대신 '게으른 사람'이라는 조각을 새겼을 모델감들이 방금 겨드랑이 속에서 이라도 더듬어낼 듯이 느리차분하게 앉아 햇볕을 쪼이고 있다. 〈그 뒤로〉

천냥만냥판㊔ '놀음판'을 달리 일컫는 말. ¶두 사람은 어깨를 나란히 하고 걸어오는 사이에 탑골 공원 앞까지 이르렀다. "오랜만이니 들어가 보랴니?" "들어가 보지… 지금두 천냥만냥판인가?" "언제라구 없겠나… 그렇지만 자네 너무 피곤허지 않은가." 〈그 뒤로〉

천더꾸러기㊔ →천덕꾸러기. 남에게 천대를 받는 사람. 또는 그러한 물건. ¶하물며 낳은 지 삼칠일 만에 에미한테서 데려

다가 유모를 두고 집안의 뭇 눈치 속에서 길러낸 천덕꾸러기니, 〈태평천하⑤〉

천 독(千讀)명 책을 천 번이나 읽음. ¶공자님은 가죽 책가위가 세 벌이나 해지도록 책 한 권을 가지고 오래 읽었다더니만, 서울 아씨는 추월색 한 권을 무려 천 독은 했읍니다. 〈태평천하⑪〉

천동하다동 '천둥하다'의 원말로 보기도 하고 취음 한자어로 보기도 하는 말. 번개가 친 다음 하늘이 요란하게 울리다. ¶그러다가 윤 직원 영감이 눈에 띄니까는 들이 천동한 것처럼 우당퉁탕 뛰어들어 윤 직원 영감의 커단 무릎 위에 펄씬 주저앉읍니다. 〈태평천하⑤〉

천륜(天倫)명 부자, 형제 사이에 마땅히 지켜야 할 떳떳한 도리. ¶저허구 나허구 애비 자식 천륜을 끊던지, 지집을 이혼을 허던지 좌우양단간 오널 저녁 안으루 요정을 내구래야 말 티닝개루… 〈태평천하⑥〉

천리(天理)명 천지 자연의 이치. 또는 하늘의 바른 도리. ¶그거야말로 공평한 천리인 것을, 됩다 불공평하다니 될 말이요? 〈치숙(痴叔)〉

천만부당(千萬不當)명 조금도 가당치 않음. 『같은』 만만부당(萬萬不當). 천부당만부당(千不當萬不當). ¶도무지 천만부당한 엉터리요 하니, 비웃어 버리고 대거리도 할 것 없는 억지인 것을, 〈탁류⑭〉

천만의외(千萬意外)명 천만뜻밖. 전혀 생각하지 않은 뜻밖. ¶그러나 천만의외지, 환자의 입으로부터 나오는 대답이…. 〈탁류⑧〉

천민(賤民)명 지체가 낮고 천한 백성. 신분이 낮고 천한 사람. ¶대체 어디서 굴러먹던 뉘 집 뼈다귄지도 모르는 천민을 가지고 어엿한 내 집 자식과 혼인을 하다니 그런 해괴망측한 소리가 있더란 말이냐고, 〈탁류⑦〉 ¶걸신 들린 천민처럼 말이 떨어지기가 무섭게 네에 하고 따라나설까? 〈모색〉

천변가(川邊-)명 냇가. 개천가. ¶이만하면 어디다가 내놓아도 대광교 천변가로 숱해 많이 지나다니는 그런 모습의 동기지, 갈데없읍니다. 〈태평천하②〉

천변지이(川邊地異)명 하늘과 땅, 곧 자연계에서 일어나는 변동이나 이변. ¶특별한 정변이나, 연전의 동경 대진재 같은 천변지이나, 〈탁류④〉

천 석거리(千石--)명 곡식 천 섬의 양. 또는 천 석의 추수를 할 만한 땅. ¶… 그를 따라와서 얼마 남지 않은 여생을 편안히 보내려니, 지금도 매일같이 그것만 기다리고 있지, 천 석거리 과부란 당치도 않은 소리다. 〈탁류④〉 ¶"제몫으루 천 석거리나 전장해 주실 테믄서 그리시우?" 〈태평천하⑤〉

천석꾼(千石-)명 천 석의 추수를 할 만큼 땅이 많은 부자. ¶십만 원이면 죄선 부자로 쳐도 천석꾼이니, 머 떵떵거리고 살 게 아니라구요? 〈치숙(痴叔)〉

천식(喘息)명 주기적으로 일어나는 호흡곤란. 기관지에 경련이 일어나는 병으로, 기관지성, 심장성, 뇌성, 요독성 천식 등으로 나뉨.

천언만언(天言萬言)명 수없이 많은 말. 수없이 많이 하는 말. 『같은』 천언만어(千言萬語). ¶물론 천언만언 변명을 한대야 제

호의 배짱 토라진 내력이 따로 있는 이상 아무 효험도 없을 것이고, 〈탁류⑭〉

천식기(喘息-)명 천식의 증세가 있는 기운. ¶심장 비대증으로 천식기가 좀 있어 망정이지, 정정한 품이 서른 살 먹은 장정 여대친답니다. 〈태평천하①〉

천신(薦新)[1]명 난생 처음. ¶가난한 사람에게도 더러는 행운이라는 것이 천신 돌아오는 수가 있는 것인지 마침감으로 바느질거리가 들어왔다. 〈명일〉 ¶가난한 오리쓰메 한 납대기가 어찌 하자고 천신이 돌아와 가지고는, 아까 길에서부터 끝끝내 이렇게 곤경과 슬픔을 주는지 알 수 없는 일입니다. 〈흥보씨〉

천신[2]명 →차지. 소유하는 일. ¶백 년 가야 우리 같은 재미는 얻어 천신도 못할 놈인 걸. 〈정자나무 있는 삽화〉

천신(薦新)하다동 처음으로 또는 어쩌다가 차례가 돌아와 얻어걸리다. ¶더우기나 말도 못할 관수 녀석하며 그것들의 찌꺼기를 천신하는 것이라고 생각하면. 〈정자나무 있는 삽화〉 ¶분명 남의 집 아이의 물림을 천신한 듯싶은 다 떨어진 검정 고꾸라 통학복에 짝 안 맞는 고무신을 꿴 것이며. 〈반점〉

천연(天然)명 근본 생긴 그대로의 상태. '천연을 부리다'는 천연하게 대하다. ¶그래 싸움하던 것은 어느덧 싹 씻은 듯이 어디로 가고 이렇게 천연을 부리지 싱거운 건 승재다. 〈탁류⑮〉

천연기념물(天然記念物)명 드물고 귀하거나 학술적 가치가 높아 법률로 정해 보호하는 동식물이나 그 밖의 천연물. ¶이런 산수고 생물이고 간에 천연으로 묘하게 생긴 것이라면 '천연기념물'이라고 한다. 〈탁류①〉

천연(天然)덕스럽다형 짐짓 천연스럽다. ¶그 다음에가 아무리 보아도 뚜쟁이임을 못 속이게 말이며 하는 짓이 천연덕스러운 사십쯤 되어 보이는 여직공. 〈병조와 영복이〉 ¶이 말까지 듣고 난 정 주사는 혼자 속으로 참고 천연덕스럽게 있기가 어려울 만큼 흐흐흐흐 한바탕 웃어젖히든지, 〈탁류⑦〉 ¶그는 심상한 체 이야기도 하고 낯꽃도 천연덕스럽기는 하지만, 관수와 이렇게 단둘이서 호젓이 앉아 있기가. 〈정자나무 있는 삽화〉 ¶헤렌은 해끗 돌려다보고는 도로 천연덕스럽게 먹던 수박을 먹고 앉았고, 〈이런 남매〉 ¶옥초는 이 사람이 농을 그렇게 하거니 하고 얼굴을 치어다보았으나 아주 천연덕스럽다. 〈모색〉

천연(天然)스럽다형 시치미를 뚝 떼어 아무렇지도 않은 듯하다. 감쪽같이 시치미를 떼어 아무렇지 않은 듯하다. ¶"조선은 소국이라 키 작은 사람이 속을 차린다."는 옛말을 인용해서 천연스럽게 뒤집어 씌우곤 했다. 〈보리방아〉 ¶"오월아!" 아씨는 낯꽃 변했던 것을, 태수한테 띄지 않고 얼핏, 고쳐 천연스럽게 갖는다. 〈탁류⑤〉 ¶혀를 끌끌을 차면서 얼굴 기색허며, 말소리허며 아주 천연스럽구 전대루지. 〈소망〉 ¶오죽했으면 그 천연스런 교주 선생이 다 재가 자택에서 선수 합숙을 시켜 줄 지경이었으니. 〈회(懷)〉

천연이부 시치미를 뚝 떼어 아무렇지도 않은 듯하게. ¶그래 천연이 웃으면서 일이 서고, 〈모색〉

천자(千字)명 '천자문(千字文)'의 준말. 중국 양나라 주흥사가 지은 책. 자연 현상으로부터 인류 도덕에 이르는 여러 가지의 지식 용어를 수록했고, 한문 학습의 입문서로 널리 쓰이고 있음. 사언고시(四言古詩) 250구(句)로 모두 1,000자(字)임. ¶이놈이 네 살부터 천자를 배웠다나 봐. 〈이런 처지〉

천장만장명 '천장(天障)'의 힘줌말. 지붕 안쪽의 겉면. ¶이마빡으 피두 안 마른 것두 으런이 무어라구 나무래면 천장만장 떠받구 나서기버틈허구! 〈태평천하⑥〉

천재(天災)명 자연 현상으로 홍수, 지진 따위의 일어나는 재난. ¶전고에 두문 가뭄이었지만 장손에 모자의 부지런과 정성으로 버젓이 천재를 이겨내고 이만큼 좋은 결실을 보았던 것이다. 〈암소를 팔아서〉

천(賤)적스럽다형 보기에 품격이 낮고 야비하다. 『비슷』 천덕스럽다. ¶그러나 그러는 것이 괜히 천적스러운 것 같아 얼핏 나서지를 못한다. 〈명일〉

천주학(天主學)명 지난날 '가톨릭'을 달리 이르던 말. 『같은』 천주교(天主教). ¶싫여요! 그럭저럭하다가 햅쌀 나믄 햅쌀을 들여다 먹어야지, 냄새나는 묵은 쌀은 무슨 천주학이라구. 〈탁류⑬〉 ¶사실 아주머니만 아니면 내가 무슨 천주학이라고 나쁜 병까지 앓는 그 양반을 찾아다니나요. 〈치숙(痴叔)〉 ¶오죽해서 내가 걸레를 집어다가 닦았으니, 천주학이라구는! 〈소망〉

천편일률(千篇一律)명 많은 시문(詩文)의 격조가 서로 비슷비슷하다는 데서 나온 말로, '사물이 모두 한결같아서 변화가 없음'을 비유하는 말. ¶병조는 왼편줄 여자들 틈에 끼여 앉아 천편일률도 변화도 없고 접어도 또 생기고 또 생기고 하는 인쇄지를 접었다. 〈병조와 영복이〉

천지(天地)가 개벽(開闢)을 하다『관용』 큰 변동이나 이변이 일어나다. ¶그게 사람이 기색을 헐 노릇이 아니우? 이건 천지가 개벽을 했다면 모르지만. 〈소망〉

천착(穿鑿)[1]명 (어떤 내용이나 원인 따위를) 파고들어 알려고 하거나 연구함. ¶그 의구가 완전히 풀리기까지 두루 천착을 해 보기를 짐짓 그들은 피하려 든다. 〈탁류⑦〉 ¶그것은 그러나 평생을 학리의 천착에다가 바치지 않을 바에야 고작 이삼 년이나 더 배워 본댔자. 〈모색〉

천착[2]명 억지로 이치에 닿지 않는 말. ¶좀 심한 천착인 것 같으나, 윤 직원 영감으로 해서 조선 사람에도 요보나 센징 말고 조센노 얌반상이 있다는 것을 그야말로 재인식했다고 할 수가 있겠고, 〈태평천하⑭〉

천추(千秋)명 오래고 긴 세월, 또는 먼 장래. ¶그래서 나는 하루를 천추같이 기다리던 이 오늘에 비로소 너와 및 저 모녀를 찾아온 것이다. 〈탁류⑭〉

천품(賤品)[1]명 남에게 '자기의 자질(資質)'을 낮추어 이르는 말. ¶소년 적과 이십 안팎 때의 그렇듯 불타던 양심은 달궈질 대로 달궈져서 그놈이 한 개의 천품으로 굳어져 버렸다. 〈탁류⑭〉

천품(天稟)[2]명 선척적으로 타고난 기품. ¶역시 천품의 소지도 없지 않아, 가령 딸이 젊은 과수의 몸으로 와서 있곤 하여. 〈용동댁〉

천하사(天下事)명 '천하만사(天下萬事)'의

준말. 이 세상의 모든 일. ¶“그것두 천하 사를 도모하는 노릇이라면…”〈소망〉

천하(天下)없어도㈜ 틀림없이 꼭. 〖비슷〗세상없어도. ¶“그래두 인제 두구 보시우. 나는 천하없어두 성공하구 말 테니….”〈치숙(痴叔)〉 ¶도무지 장인이고 장모고 색시고 천하없어도 그의 고집을 당해낼 수가 없었다.〈두 순정〉

천하일색(天下一色)㈜ 세상에서 가장 뛰어난 미인. ¶서울 장안의 기생만 하더라도 얼굴이 천하일색이 수두룩하고,〈태평천하⑩〉

천하일품(天下一品)㈜ 세상에서 가장 뛰어난 물건. ¶그러나 비지와 막걸리가 맛이 천하일품으로 좋은 그 집….〈흥보씨〉 ¶이 삼남이는 시골 있는 산지기 자식으로 못난 이름이 근동에 널리 떨친 것을 시험 삼아 데려다가 두고 보았더니 미상불 천하일품이었읍니다.〈태평천하③〉

천행(天幸)㈜ 하늘이 준 은혜나 다행. ¶“그러문요! 우린들 남의 논 몇 말지기 붙인다구 붙인대지만 옥봉네보담 또 나올 건 그리 있어요? 천행으루 참 송아지 저거 한 마리가 있어서….”〈암소를 팔아서〉 ¶단지 천행으로 이루어진 이 결과에 대한 만족과,〈탁류⑱〉

천호(賤號)㈜ 업신여겨 푸대접하여 부르는 말. ¶소설가가 원고료를 얻어먹고 미술가가 그림을 팔아먹고 음악가가 광대의 천호에서 벗어났다.〈레디 메이드 인생〉

철갑(鐵甲)㈜ 쇠로 겉을 둘러씌운 것. ¶나들이를 한 사이에 건넌방 문에다가 못질을 해서 철갑을 하는 꼴을 안 당하게 된 것도 다 좋은 일입니다.〈태평천하⑤〉

철㈜ 사리를 분별할 줄 아는 힘. 〖같은〗지각(知覺). ¶“요년이 원 철을 몰라서 이러지… 네가 요년 이렇게 고집을 부리면 내가 그만둘 줄 아니? 위선 네 어미 네 아비가 어떻게 될지를 몰라?”〈산동이〉

철둑㈜ 철로가 설치되어 있는 둑. ¶강물두 깊숙해서 좋구, 철둑두 선선해서 좋구.〈탁류⑩〉

철딱서니㈜ ‘철’의 속된 말. ‘철’은 사리를 분별할 줄 아는 힘. 〖같은〗철따구니. ¶“에끼! 나깨나 먹어 가지고 무얼 철딱서니 없이… 사서삼경 어데가 머리 깎고 순검 댕기라고 씨었든가?”〈소복 입은 영혼〉

철럭거리다㈜ 큰 쇠붙이 따위가 서로 부딪치는 소리가 잇달아 나다. ¶이튿날 새벽에야 철럭거리고 집으로 돌아온 미럭쇠는, 납순이가 부엌 서까래에 목을 매고 늘어진 시체를 제 손으로 풀어 내려놓아야 했었다.〈쑥국새〉

철매㈜ 연기에 섞여 나오는 검은 가루. 또는 그 가루가 엉겨 붙은 그을음. ¶대문 안을 들어서면 세상 너저분한 부등갱이들이 시꺼멓게 철매 낀 바람벽 밑으로 먼지와 더불어 동거를 하고 있고,〈이런 남매〉

철부덩㈜ 깊은 물에 묵직한 물건이 떨어져서 나는 소리. ¶다만 우물 속에서 쏟쳐 내려가는 소리로 “잘 가라”는 옥섬의 목소리만 감감히 들리고는 뒤미처 철부덩 하는 물소리가 울려 나왔다.〈산동이〉

철부지(-不知)㈜ 철이 없는 어리석은 사람. ¶그기 연애라요? 활량이 오입한 거 아니고? 기생이 오입 받은 거 아니고? 오입 길게 하는 걸 갖고 연애라 캐싸니 답답한 철부지 소리 아니오? 예?〈탁류⑨〉

철빈(鐵貧)명 아주 심하게 가난함. ¶“아주 철빈이요 형님!” 나이 좀 젊고 가날픈 여인이 하는 말이다. 〈보리방아〉 ¶서발 막대 내저어야 짚검불 하나 걸리는 것 없는 철빈인데. 〈치숙(痴叔)〉

철책명 →철칙(鐵則). 변경하거나 어길 수 없는 규칙이나 원칙. ¶그 방면에는 일체로 주의나 관심이나 괘념을 않기로 했어. 단연코, 이건 부동의 (국책이 아니라) 내 생활 철책이야. 허허허허. 〈이런 처지〉

철철이부 돌아오는 철마다. ¶그 밖에 철철이 갈아 입으르 조선옷이며, 보약이며, 심지어 담배까지도 해태표로만 통으로 두고 피웠다. 〈탁류⑤〉

철크덩철크덩부 잇달아 단단한 쇠붙이 따위가 맞부딪칠 때 나는 소리. 〖여린말〗 철커덩철커덩. ¶철크덩철크덩, 차표 찍어내는 소리를 까아맣게 멀리 들으면서, 〈상경반절기〉

첨예(尖銳)하다형 날카롭다. ¶벌써 세 번째나 감옥살이를 하고 나온 P에게는 처음 때와 달라 별로 이 ‘출옥한 때의 특이한 감상’ 같은 것은 첨예하지 아니하였다. 〈그 뒤로〉

첩경(捷徑)[1]부 단번에. 단 한 번에. 즉시로. ¶정 씨는 그 안손님네가 무엇하러 온 것인지를 첩경 보고 눈치를 채었다. 〈보리방아〉 ¶애초에 방을 세 얻어서 오니까, 나이 찬 안집 딸이, 즉 초봉이가 첩경 눈에 띄었고, 그 뒤로 차차 두고 보노라니, 눈 한번 거듭뜨는 것이며. 〈탁류⑧〉

첩경(捷徑)[2]부 아마도 틀림없이. ¶그러므로 생각지 아니한 곳에서 뿔 돋친 모자를 쓰고 왜사람 옷을 입은 나를 갑자기 만나게 된 그이가 나를 첩경 몰라본 것도 또한 괴이치 아니한 일이었었다. 〈불효자식〉 ¶물론 과부가 마음이 떴다고 하면 첩경 남편 그리움을 의미하는 것이겠는데. 〈용동댁〉 ¶이렇게 이야기 허두를 내고 보면 첩경 중산 모자에, 깃에는 가화를 꽂은 모닝 혹은 프록코트에 기름진 얼굴이 불곽아하여. 〈흥보씨〉

첩데기짓명 첩노릇을 하는 일. ¶남의 첩데기짓을 하느라고, 끝내는 요게 샛밥을 날름날름 집어 먹다가, 〈태평천하⑧〉

첩살림명 첩을 데리고 하는 살림. ¶남편이요 이 집안의 장손인 종수가 시골로 내려가서 첩살림을 하기 때문에, 〈태평천하⑤〉

첩장가명 첩을 맞아 혼인하는 일. ¶윤 주사는 시골서부터 첩장가를 들어 딴살림을 했었고, 〈태평천하⑤〉

첩장인명 첩의 친정 아버지. ¶“와 그르케 코가 쑥욱 빠졌소? 예? … 물건너 첩장인 죽었소?” 〈탁류④〉 ¶그 육중스런 임시 첩장인을 위해, 중값 나가는 사향소합환을 주마는 것도 과연 근경 속이 그럴 듯하기는 합니다. 〈태평천하⑪〉

첩지(牒紙)명 대한 제국 때 판임관에 내리던 임명장. ¶탑삭부리 한 서방이 ‘한 참봉’으로 승차한 것도 돈을 그렇게 잡은 덕에 부지중 남이 올려도 돈을 그렇게 잡은 덕에 부지중 남이 올려 앉혀 준 첩지 없는 참봉이다. 〈탁류①〉 ¶“내, 너한테 헴 헴, 첩지를 한 장 내리마 헴 헴…” 하고 연신 밭은기침을 하던 것이다.〈패배자의 무덤〉

첩질명 본처 외에 다른 여자를 데리고 사는 일. ¶물론 첩질이나 하고, 마작이나 하고, 요정으로 밤을 도와 드나드는 걸 보면 갈데없는 불량자고요. 〈태평천하⑤〉 ¶그러니 나 같은 놈은 할 수 없이 첩질 밖에는 도리가 없는데, 〈이런 처지〉

첫봄머리㊔ 봄이 시작될 무렵. ¶어린것한테 아직도 첫봄머리의 쌀쌀한 바람이 해로울까 하여 마땅찮아할까 봐서, 또는 교군을 차린다 하인을 안동해 준다. 〈패배자의 무덤〉

첫새벽㊔ 새벽의 첫머리. 날이 밝기 시작하는 이른 새벽. ¶대개 한 구루마에 벼나 가마니나 항용 열다섯 섬 열다섯 덩이씩을 싣고 첫새벽에 떠나면 어둠침침할 때에 돌아오는데 삯이 삼 원이다. 〈화물자동차〉

첫술에 배부르다『속』 어떤 일이 단번에 만족해스럽다는 말. '첫술에 배부르랴'의 반어적 쓰임이다. ¶그건 너무 첫 술에 배불러지라는 욕심이라 해서, 알맞게 우선 군수와 경찰서장을 양성하던 것입니다. 〈태평천하④〉

첫찌㊕ →첫째. 차례로 맨 처음. ¶누가 먼저 오나 했더니 대복이가 첫찌(?)를 했읍니다. 〈태평천하⑨〉

첫합㊔ 첫판. 일회전. ¶침착한 것과 초조한 것의 승부는 빠안한 거라, 싸움의 첫합에 초봉이는 우선 지고 넘어가던 것이다. 〈탁류⑭〉

청㊔ 목청. 목에서 울려 나오는 소리. ¶경손이는 두루 두통을 앓는데, 서울 아씨는 이를 생으로 앓느라, 퇴침을 돋우 베고 청을 높여…. 〈태평천하⑪〉 ¶씰그럭 처르르 담을 배앝아 청을 가다듬었다는 게 잔뜩 목이 쉰 소리로…. 〈모색〉

청(請)을 지르다『관용』 '청을 넣다'의 뜻. ¶대복이는 골목 밖 이발소의 긴상한테 청을 지르고, 긴상은 계제 좋게 안국동 저의 이웃에 사는 동기 아이 하나가 있어, 쉽사리 지수를 했읍니다. 〈태평천하⑩〉

청국장(淸麴醬)㊔ 푹 삶은 콩을 띄워서 만든 된장의 한 가지. 주로 찌개를 끓여 먹음. ¶아랫목 한편 구석으로 가마니쪽을 둘러 앉힌 것은 이 방에서 쾨쾨한 냄새가 나는 청국장 시루다. 〈얼어죽은 모나리자〉

청기와 장수㊔ 비법이나 기술 따위를 자기만 알고 남에게는 알려주지 않는 사람. ¶그는 이윽고 공차 타는 기술을 춘심이한테도 깨우쳐 주던 것인데, 그런 걸 보면 아마 청기와 장수는 아닌 모양입니다. 〈태평천하②〉

청도 북대로『관용』 목청도 북쪽 지방의 창법 대로. ¶북을 얕게 동당동당 울리면서 청도 북대로 고저와 박자를 맞추어 나직하고 느릿느릿…. 〈탁류⑥〉

청루(靑樓)㊔ 지난날 몸을 팔던 기생의 집. ¶심하면 기생으로 내앉히거나, 청루에다가 팔거나 한다든지 그렇게 하지는 못한다. 〈탁류⑦〉

청백(淸白)스럽다㊕ 청렴하고 결백하다. ¶몹시 성급하고 소심 청백스런 반면, 한량없이 성미가 누그러지고 범연한 그는 역시 제 값을 하느라고. 〈모색〉

청백(淸白)을 부리다『관용』 짐짓 청렴한 체 행동하다. ¶이달 그믐까지는 그런 대로 기숙사에 눌러 있어도 아무 상관 없는 것을 괜한 청백을 부리느라고 졸업식을 마치던 이튿날로 짐짝을 떠짊어지고 나왔고, 〈모색〉

청병(請兵)㊔ 구원병을 청하는 것. ¶김 군은 그러나 무던히 막막한 모양으로, 누누

이 말을 하면서, 기어코 (옹색스런 청병을) 고집했었다. 〈회(懷)〉

청부업자(請負業者)명 일거리를 도급으로 맡는 것을 업으로 하는 사람. ¶경비는 도(道)의 지방비라고 한다는데 청부업자의 아들의 아들대(代) 사람이 R-K 사이만 사만 원에 도가를 맡았다고 한다. 〈화물자동차〉

청산(淸算)명 (어떤 일이나 부정적인 요소 등을) 결말을 지어 없애는 것. ¶이월달에 그렇게 연애와 실연과 연애 청산과를 한꺼번에 했는데. 〈반점〉

청산유수(靑山流水)명 말을 거침없이 잘 하는 것의 비유. ¶또 누구는 그놈이 말을 잃아서 그렇지 하기로 들면 청산유순데 아마 그 언변으로다가 누구를 속여 재물을 뺏어 먹은 것이라고도 했다. 〈정자나무 있는 삽화〉

청상과수(靑孀寡守)명 젊어서 과부가 된 여자. 『같은』 청상과부. ¶사실이 또 청상과수로서 한숨이 없는 바 아니기는 하지만. 〈용동댁〉

청승명 궁상스러워 언짢게 보이는 행동이나 태도. ¶그때도 잠도 안 자고 청승으로 지켜 앉았으면서…. 〈이런 처지〉 ¶이놈의 영감이 그만큼 살고 쉬이 죽으려고 청승을 떠는가 싶어 얼굴이 다시금 치어다보일 따름이었읍니다. 〈태평천하⑦〉

청승맞다형 궁상스럽고 처량하다. 청승스러워서 하는 것이 격에 맞지 않고 언짢아 보인다. ¶정 주사는 흥분했던 것이 사그라지니 그제서야 내가 왜 청승맞게 강변에 나와서 이러고 섰을꼬 하는 싱거운 생각에, 슬며시 발길을 돌이킨다. 〈탁류①〉 ¶온 얼굴에 검은깨를 끼얹어 놓았고 목이 옴츠라지고, 이런 생김새가 아닌 게 아니라 청승맞게는 생겼읍니다. 〈태평천하⑤〉 ¶"원, 별 청승맞은 소리두 다 헌다!" 〈동화〉 ¶이런 때에 모친이라도 옆에 있다가 보든지 하면, 젊은 홀어미의 청승맞은 한숨이라고. 〈용동댁〉

청승스럽다형 궁상스럽고 언짢은 태도가 있다. 청승스러워 하는 짓이 격에 맞지 않고 언짢아 보인다. ¶이건 어느 몹쓸 놈이 정말로 장난을 한 것을 시방 내가 이렇게 병신 짓을 청승스럽게 하고 있는 게 아닌가, 〈탁류⑩〉 ¶청승스런 단소의 동근 청과, 의뭉한 거문고의 콧소리가 서로 얽혔다 풀렸다 하는 사이를, 가냘퍼도 양금이 야물치게 멕이고 나갑니다. 〈태평천하⑩〉

청신제(淸新劑)명 깨끗하고 산뜻한 기운을 일으키는 약제. ¶그러나 그것이 스스로 피로한 머리를 풀자는 청신제에 그치고 말기에는 과히 니힐한 색채가 차차로 짙어가는 무엇이 없지 못했다. 〈모색〉

청요리(淸料理)명 중국 요리. ¶마침맞게 마당에서 청요리 궤짝이 딸그락거리더니, 삼남이가 처억 "우동 두 그릇 탕수육 한 그릇, 어서 빨리 시켜 왔어라우." 하고 복명을 합니다. 〈태평천하⑩〉

청요릿집(淸料理-)명 중국 요리를 전문으로 하는 음식점. ¶재동 네거리에서 안동 네거리를 바라고 내려오느라면 별궁을 채 못 미쳐 바른손편으로 일컬어 '장송루'라는 한 가구의 청요릿집이 있다. 〈회(懷)〉

청진기(聽診器)명 환자를 청진할 때 사용하는 의료 기구. ¶그는 다만 병원에 앉아 검온기를 통해서, 맥박의 수효나 청진기를 통해서, 뢴트겐이나 타진을 통해서, 주사기를 들고, 처방전을 들고, 카르테를 들고… 이렇게 다만 병든 인생만을 대해 왔었다. 〈탁류⑥〉

청질(請–)명 무슨 일을 힘 있는 사람에게 청하여 그 힘을 빌리는 짓. ¶그러나 대체가 뒷줄로 대고 주선이니 무어니 한다는 것이 부질없은 일이어서 가령 교장이나 교무 주임한테다가 청질을 하더라도 별 신통한 효험을 보지 못한다는 것이 정설인 데야. 〈회(懷)〉

청처짐하다형 (동작이나 어떤 상태가) 좀 느슨하다. ¶대체 그짓을 어떻게 하고 견디며, 또 하루 한시가 꿈만 한 걸 잔뜩 청처짐하고 있기도 못할 노릇이다. 〈탁류⑱〉 ¶막상 눈썹이 당장 타들어 오도록 시각이 급한 무엇도 없고 하여, 자연 청처짐한 채 어떤 진척이나 고패진 결정은 된 것이 없었다. 〈패배자의 무덤〉 ¶그동안 단 한 번인들 사관을 물색하러 나와 다녀보는 법은 없이 이내 그대로 청처짐하고 있었고, 〈모색〉

청첩(請牒)명 '청첩장'의 준말. 남을 청하는 글. ¶아뭏던지 인제 청첩두 보내드리겠지만 부디 구경이나 와 주세요, 퍽 영광이겠읍니다. 〈탁류⑧〉

체(體)명 몸집. ¶10전 한 푼만 더 줍사요. 그리구 체두 퍽 무거우시구 허셨으니깐, 헤…. 〈태평천하①〉

체계변(遞計邊)명 장체계(場遞計)의 이자. ¶시절이 어두우니까 체계변이며 장리변의 이문이 숫지고, 또 공문서가 수두룩해서 가산 늘리기가 좋았던 한편으로 말입니다. 〈태평천하④〉

체경(體鏡)명 몸 전체를 비추어 볼 수 있는 큰 거울. 〖같은〗 몸거울. ¶유모는 수건을 둘러 중동만 가리고 체경 앞에 넌지시 물러서서 거울속으로 뚜렷이 떠오른 제 몸뚱이를 홈파듯이 바라다보고 있다. 〈빈(貧)… 제1장 제2과〉

체계돈(遞計–)명 '체계(遞計)'로 쓰는 돈. '체계'는 '장체계(場遞計)'의 준말로, 장에서 돈을 비싼 이자로 꾸어 주고 장날마다 본전의 얼마와 이자를 거두어서 받는 일. ¶온종일 체계돈 받고 내주고 하기야, 춘궁에 모여드는 작인들한테 장리벼 내주기야. 〈태평천하④〉

체껏명 →쳇것. 주로 명사 뒤에 쓰여 '명색이 그런 사람이나 물건'의 뜻을 나타냄. ¶워너니 그게 명색 며누리 체껏 시애비더러 허넌 소리구만? 〈태평천하⑥〉 ¶질서가 유지가 되구 도덕 체껏이 시행이 되구 하는 덕택에요! 〈이런 남매〉

체득(體得)하다동 몸소 경험하여 알아내다. ¶실상인즉 본시 세태 인정을 투철히 체득하지도 못하고 태어난 만큼. 〈모색〉

체모(體貌)명 남을 대하기에 떳떳한 도리. 〖같은〗 체면. ¶이렇게 속으로 빈정대는 게 아주 번연하니, 썩 발칙스럽기도 하려니와 일변 어째 그랬든 한번 개두를 한 이상 뒷갈무리를 못해서야 어른의 위신과 체모가 아니던 것입니다. 〈태평천하⑥〉 ¶그 붐배 통에 박혀 앉아서 꾸벅꾸벅대고 졸아 쌓고 졸다가는 곤드레만드레 남의 사내들과 살을 마주 비벼대고 한대서야 젊은 여자의 체모에 그다지 아름다운 포즈는 아닐 것이었었다. 〈반점〉 ¶사람이 체모에 차마 안된 일이요. 〈홍보씨〉

체세(體勢)명 몸을 가지는 자세. ¶ 이것은 제 자신이 의식치는 못 했어도 몸과 마음이 다같이 적을 노리는 체세였었다. 〈탁류⑩〉 ¶ 어떻게도 놀랐는지, 벌떡 일어서서 안으로 피해 들어갈 체세를 가집니다. 〈태평천하⑭〉 ¶ 논도 못자리판도 모내기를 앞에 두고서 마침 서로 대가를 하고 있는 처세다. 〈반점〉 ¶ 옥초는 이 딜레머를 극복하기 위하여 새로운 체세를 차려야 했었다. 〈모색〉

체수명 남을 대하기에 떳떳할 만한 도리. 『같은』 체면(體面). ¶ 그렇게 생각하니까는 어금니 밑에서 사뭇 신침이 괴어 나오고 가슴이 쓰리기는 하지만, 집안 애들이 볼까 보아 체수에 차마 못합니다. 〈태평천하⑨〉

체에감 →체. 못마땅하여 아니꼬울 때나, 원통하여 탄식할 때 내는 소리. ¶ "체에! 언니한테나 돈이 귀하구, 또 고만 돈이 대단하지 나두 그런가? 머…." 〈이런 남매〉

체증(滯症)명 체하여 소화가 잘 안 되는 증세. ¶ '소희'라고도 물론 많이 썼지만 그것보다도 체증 있는 사람이 가슴에 막힌 트림을 토해 내려고 애를 쓰듯이 그의 마음 속에 무겁게 쌓인 답답한 생각을 한 마디 한마디 써 놓았다. 〈병조와 영복이〉 ¶ …하기만 했으면 삼 년 묵은 체증 내리듯이 꺼림한 속이 쑥 내려가겠는데, 〈정자나무 있는 삽화〉

체질명 체로 가루 따위를 치는 일. ¶ 그러다가 오목이네가 마지막 체질을 할 때에 겨우 제 볼일을 이야기 하고 돌아갔다. 〈얼어죽은 모나리자〉

체집명 몸집. 몸의 부피. ¶ 내려선 것을 보니, 진실로 거판진 체집입니다. 〈태평천하①〉

체통머리명 '체통(體統)'의 속된 말. 지체나 신분에 알맞은 체면. ¶ 입 싸고 새수 빠지고 속 얕고 속없고 조심성 없고 체통머리 없고…. 〈이런 처지〉

체화(滯貨)명 (팔리지 않아) 창고 따위에 쌓여 있는 화물. ¶ 아무래도 시체의 용어를 빌어오면, 통제가 서지를 않아 물자 배급에 체화와 품부족이라는 슬픈 정상을 나타낸 게 아니랄 수 없겠읍니다. 〈태평천하⑪〉

쳇것명 주로 명사 뒤에 쓰여 '명색이 그런 사람이나 물건'의 뜻을 나타냄. ¶ 그래도 삼 년이나 같이 산 남편이라고 허물이 없대서고 꼴에 또 여자의 본능으로 애교 쳇것을 부리는지 고개를 갸웃갸웃하고 쌕쌕 웃기만 하였다. 〈산적〉 ¶ 계집이라는 건 빼액빽 우는 자식이나 차고 누워서 남편 쳇것이 들어와도 원두장이 쓴 오이 보듯하기 아니면 제 할 일만 하고 있다. 〈탁류⑬〉 ¶ 그때에 내가 젊은 놈이 가슴에 불을 묻었고, 그후부터 여편네 쳇것을 와락 더 미워했더니, 〈이런 처지〉

초(草)를 잡다『관용』 '말을 처음 꺼내다'의 뜻. ¶ 형보는 좀체로 이야기를 꺼내지 않고 우선 장황한 한담으로 초를 잡는다. 〈탁류⑭〉 ¶ 그러고 나서 비로소 처음 초를 잡다가 만 이야기를 다시금 꺼내던 것입니다. 〈태평천하⑧〉

초급(初給)명 '초임급(初任給)'의 준말. 어떤 일에서 처음으로 임명되어 받는 급료. ¶ "내가 가서 부탁을 하면 초급으로도 사십 원은 줄걸…" 〈보리방아〉

초라니명 나자(儺者)의 하나. 기괴한 여자 모양의 탈을 쓰고 붉은 저고리, 푸른 치마를 입고 긴 대의 깃발을 가졌음. 여기서 '나자'는 음력 섣달 그믐날 밤에 궁중이나 민가에서 마귀와 사신을 쫓아낸다는 뜻으로 베풀던 의식을 말함. ¶"저년이 또 초라니처름 까분다! … 그러지 말구, 어서 가자, 가아!" 〈태평천하②〉

초랑초랑하다[1]형 눈에 정기가 돌고 맑다. '초랑초랑'은 초롱초롱, 즉 눈망울에 정기가 돌고 맑은 모양. ¶P는 새삼스레 양복을 벗어던지고 다시 자리에 파묻혔다. 이제는 잠이 십 리나 달아나고 눈이 초랑초랑하여진다. 〈레디 메이드 인생〉 ¶"에끼! 방정맞은 놈들! 글 읽을 때는 눈두덩이 들어붙어서 꼭 맹꽁이 울듯이 졸음 반이 앓는 소리 반을 섞어 밍맹 밍맹하더니 책을 덮어노면서는 눈구멍이 모다들 샛별같이 초랑초랑해 가지고 요뇨하니 앉어서 이야기를 청해?" 〈소복 입은 영혼〉

초랑초랑하다[2]형 정신이 맑고 또렷또렷하다. ¶태수는 술을 많이 먹느라고 먹었어도 종시 취하지를 못하고, 몸만 솜 피듯 피로했지, 취하자던 정신은 끝끝내 초랑초랑했다. 〈탁류④〉 ¶과연 윤 직원 영감은 환장한 것도 아니요, 노망이 난 것도 아니요, 정신이 초랑초랑합니다. 〈태평천하⑧〉

초례청(醮禮廳)명 재래식 혼인 예식을 치르는 곳. ¶혼사, 장가를 간다! 말을 타고 이어 구부 허어, 권마성 소리, 초례청, 곱게 단장을 하고 곱게 입은 신부, 〈정자나무 있는 삽화〉

초리명 가느다랗고 뾰족한 끝. '눈초리', '입초리', '회초리'에서 그 뜻이 잘 살아난다. ¶초리가 길게 째져 올라간 봉의 눈, 준수하니 복이 들어보이는 코, 〈태평천하①〉

초립(草笠)명 옛날에 나이 어려서 관례한 남자가 쓰던 누른 풀로 엮어 짜 만든 갓. ¶방으로 들어서기가 바쁘게 봉수는 노오랑 초립과 빨강 두루마기를 훌러덩훌러덩 벗어 내던진다. 〈두 순정〉

초면부지(初面不知)명 처음으로 얼굴을 대하므로 알지 못함. ¶그 하인의 태도는 마치 줄맞은 병정 같아서 초면부지의 이 서방이건만 친히 아는 손님이 찾아온 것처럼 서슴지 아니하고 영접을 하는 것이었읍니다. 〈소복 입은 영혼〉

초사(招辭)명 죄인이 범죄 사실을 진술하는 말. ¶이번에는 갈릴레오가 도리어 그레고리 십삼세의 초사를 받다가 "… 그래도 지구는 돌지 않는다!" 는 폭담을 들어야 한 차례인 데야…. 〈패배자의 무덤〉

초산(初産)명 처음으로 아이를 낳음. ¶초산이라 그러기도 했겠지만 분명한 난산이었었다. 〈탁류⑬〉

초상(初喪)명 사람이 죽어서 장사 지낼 때까지의 일. ¶좀 과하게 말을 하면, 종일 통곡에 부지 하 마누라 상사라는 우스꽝스런 초상이라고도 할 수가 있겠다. 〈탁류⑫〉

초상집의 주인 없는 개〖속〗 굶주려서 여기저기 기웃거리고 다니는 사람을 이르는 말. 〖비슷〗초상집 개 같다. ¶그 나머지는 모두 어깨가 축 처진 무직 인텔리요, 무기력한 문화 예비군 속에서 푸른 한숨만 쉬는 초상집의 주인 없는 개들이다. 레디 메이드 인생이다. 〈레디 메이드 인생〉

초생(初生)명 음력 초하루부터 며칠 동안. 『같은』 초승. ¶촌 여인네가 산이나 들에서 나물을 뜯을 때였으니까 아마 음력으로 사월 초생이었던 듯합니다. 〈소복 입은 영혼〉 ¶절기는 바로 오월 초생. 〈탁류①〉 ¶바로 지나간 삼월 초생이었었다. 〈쑥국새〉 ¶그게 바로 작년 이월 초생이야. 〈이런 처지〉 ¶남편 종택이 제법 그때는 녹록치 않은 소장 논객으로서 어떤 잡지의 전임 필자이던 직책을 내던진 후, 집안에 칩거한 것이 작년 이월 초생…. 〈패배자의 무덤〉

초연(超然)**하다**형 현실에 아랑곳하지 않고 의젓하다. ¶웃목으로 벽을 향하여 경상 앞에 초연히 발을 개키고 앉아 경만 읽는다. 〈탁류⑥〉

초올촐하다형 →촐촐하다. 시장기가 좀 있다. ¶그래저래 곯고 곯는 것은 형보다. 그는 태수가 술을 먹으러 다니지 않으니, 달리 술을 먹을 길은 없고 아주 초올촐하다. 〈탁류⑩〉

초인적(超人的) **스타트**(start)『관용』 보통 사람보다도 매우 뛰어난 출발. ¶그것이 만일 트랙에서라면 최단 거리의 세계 기록을 깨뜨리고도 남을 초인적 스타트라고 하겠다. 〈탁류⑩〉

초입(初入)명 (골목이나 문 같은 데에) 들어가는 첫 어귀. ¶앞을 서서 가던 춘심이가 초입을 조금 지나 어떤 귀금속 상점 앞에 머무르더니…. 〈태평천하⑭〉

초자판(硝子板)명 유리판. ¶승재는 혼자서 괜히 갈팡질팡하다가 현미경의 초자판을 꺼내 가지고 태수한테로 도로 온다. 〈탁류⑧〉

초조(焦燥)명 애가 타서 몹시 조마조마함. ¶초조 없이 안정된 생활에서 오는 침착과 단란을 족히 엿볼 수가 있는 한 폭의 그림이다. 〈명일〉

초조(焦燥)**스럽다**형 애가 타서 조마조마한 데가 있다. ¶처음보다 좀더 크게 그리고 완구히 초조스럽게 닭을 부른다. 그러나 종시 반응은 없다. 〈용동댁〉

초졸하다형 힘이 없다. 기운이 없다. ¶부친의 초졸한 안색에 얼굴이 흐려진다. 〈탁류③〉

초종범절(初終凡節)명 초상 치르는 데에 관한 모든 절차. ¶노마나님 오 씨의 초종범절을 치르고 나서, 서울 아씨가 올케 되는 고 씨한테 안방을 (섭섭하나마) 내줘야 하게 된 차인데…. 〈태평천하⑤〉

초참명 애초. 맨처음. 당초. ¶애통은, 망극하던 초참과 달라 시방은 하나의 생리와도 같이…. 〈패배자의 무덤〉

초초(草草)**하다**[1]형 바쁘고 급하다. ¶아내가 기색할 듯이 초초한 소리로 팔을 잡아 훑는 힘이 아니라도, 〈태평천하④〉 ¶××면 ××를 진작 시켜 버리든지 해야겠다고 초초히 결심을 하고 말았다. 〈탁류⑬〉

초초(草草)**하다**[2]형 매우 간소하고 간략하다. ¶윤곽과 바탕이 이러니 자연 선도 가늘어서 들국화답게 초초하다. 〈탁류②〉

초초(悄悄)**하다**[3]형 가눌 수 없을 정도로 시름이 많다. ¶밖에서 보슬보슬 내리는 빗소리와 도드락거리는 낙수물 소리가 초초히 들리고 방 안에도 전등불이 잠자는 듯 고요히 비쳤다. 〈산동이〉

초췌(憔悴)**하다**형 고생이나 병으로 인하여 몹시 파리하고 해쓱하다. ¶제호는 성화하듯 만류를 하면서 비바람 함빡 맞고 휘달린 꽃같이 초췌한 초봉이의 얼굴을 물끄러미 건너다본다. 〈탁류⑬〉

초탈(超脫)하다동 세속적인 것에서 벗어나다. ¶또 좋게 보자면 세상 물욕을 초탈한 사람이라고도 하겠지요. 〈태평천하⑤〉

촉급(促急)하다형 촉박하여 매우 급하다. ¶윤 직원 영감은 밤늦게야 혼곤히 들었던 잠이 옆에서 아내와 흔들며 깨우는 촉급한 속삭임 소리에 놀라 후닥닥 몸을 일으켰읍니다. 〈태평천하④〉

촉량하다동 앞일 따위를 잘 헤아려 생각하다. 『비슷』 요량하다(料量~). ¶내가 촉량해서 야숙한 짓은 안 시키구 잘 맡아 뒀다가 도루 내디릴 테니 다아 안심허시구 수히 조처나 허시두룩…. 〈탁류⑮〉 ¶혹시나 잘릴세라 잘 촉량해서 밥값을 받아야 하고. 〈모색〉

촉망(囑望)명 잘 되기를 바라고 기대함. ¶옛날에는 그 골에서 학문과 덕망이 높은 선비가, 여러 사람의 촉망으로 뽑혀서 지내곤 했는데, 〈태평천하④〉

촉촉하다형 물기가 있어서 조금 젖은 듯하다. 〈축축하다. ¶이름난 강경벌은 이 물로 해서 아무 때고 갈증을 잊고 촉촉하다. 〈탁류①〉

촉탁 의사(囑託醫師)명 임시로 채용되어 일을 맡아보는 의사. ¶그것이 소문이 나 가지고, 이 근처의 일판에서는 걸핏하면 제 집의 촉탁 의사나 불러대듯이, 오밤중이고 새벽이고 상관없이 불러댄다. 〈탁류③〉

촉(促)하다형 시기가 바싹 다가서 가깝다. ¶은행 시간이 거의 촉하게 되어서, 웬 낯모를 사람이 아까 형보와 이야기하던 소절수를 가지고 돈을 찾으러 왔다. 〈탁류④〉

촌가(村家)답다형 시골 마을의 집답다. ¶개돼지와 닭 같은 것을 응당 쳤어야 오히려 촌가답게 섭섭치 않았을 것이다. 〈용동댁〉

촌때(村-)명 촌스러운 모양이나 태도. 『같은』 시골티. 촌티. 『보기』 촌때가 끼다. ¶어디라 없이 촌때가 낀 것 같고, 꼈으되 그 촌때는 순박한 농촌의 구수한 때가 아니라 술집 색시네 새서방의 삼팔저고리 동정에 묻은 때와 같은 그런 주접스런 때였었다. 〈모색〉

촌뜨기(村--)명 '시골 사람'을 낮추어 이르는 말. ¶자꾸만 이렇게 둔전거리다가는 촌뜨기 처접을 타지 싶어 얼핏 제호를 따라 올라갔다. 〈탁류⑫〉

촌맹(村氓)명 시골에서 사는 백성. 『같은』 촌백성(村百姓). ¶신사며 젊은이는 그만두고라도 영감이건 촌맹이건 여인네건 되는 대로 하나를 데려다가. 〈상경반절기〉

촌샌님(村--)명 (벼슬을 못한 시골 선비를 일컫던 말로) '촌스럽고 융통성이 없는 사람'의 비유. ¶망건 쓰고 귀 안 뺀 촌샌님들이 도무지 어쩐 영문인 줄 모르게 살림이 요모로 조모로 오그라들라치면 초조한 끝에 허욕이 난다. 〈탁류④〉

촐싹거리다동 조금 가벼운 물건을 좀스럽게 자꾸 들었다 내려앉혔다 하다. ¶범수는 아까 눈독 들인 금비녀를 빼어 손바닥에 놓고 촐싹거려 보며 묻는다. 〈명일〉

촐싹촐싹부 착착. 질서 정연하게 행하는 모양. ¶관수는 두 팔을 벌려 나무를 안고 오그린 다리로 발바닥에 힘을 주어 차악

달라붙어서는 촐싹촐싹 올라가기 시작한다. 〈정자나무 있는 삽화〉

촐촐하다형 시장기가 약간 있다. ¶술이야 얼근했지만, 밤이 그렇게 마음 촐촐하게 하는 밤이니, 다이는 기생집도 있고 한터에 그냥 돌아오지는 않았겠지만, 〈탁류⑤〉

총각 귀신(總角鬼神)명 총각이 죽어서 된 귀신. 여기서는 '총각의 처지나 형편'의 뜻. ¶아녜요, 정말 하나두 걸리는 게 없어요. 이러다간 총각 귀신 못 면할까 봐요! 〈탁류⑤〉

총개머리명 총의 밑동을 이룬 넓적한 나무 부분. 〖같은〗 개머리. ¶아내의 쥐어짜는 재촉 소리는, 마침 대문을 총개머린지 뭉둥인지로 들이 쾅쾅 찧는 소리에 삼켜져 버립니다. 〈태평천하④〉

총망중(忽忙中)명 매우 급하고 바쁜 사이. ¶반지 조건은 총망중에 깜박 잊고 있었다. 〈탁류⑦〉

총부리명 총구멍이 있는 총의 끝부분. ¶그러나 산전수전 다 겪고 칼날 밑에서와 총부리 앞에서 목숨을 내걸어 보기 수없던 윤 직원 영감입니다. 〈태평천하③〉

총애(寵愛)하다형 남달리 귀여워하고 사랑하다. ¶그동안 태수를 총애하던 과장은 태수가 소위 '급사아가리'라서 아무래도 다른 동무들한테 한풀 꺾이는 것을 액색히 생각해서. 〈탁류④〉

총역량(總力量)명 어떤 일을 해낼 수 있는 모든 힘. ¶이 n과 m이 옥초의 총역량이었었다. 〈모색〉

총을 놓다〖관용〗 미두장 등에서 하바꾼들이 시비가 붙어 서로 치고받고 하다. ¶소위 '총을 놓았다'는 것인데, 밑천 없이 안면만 여겨 돈을 걸지 않고 '하바'를 하다가 지고서 돈을 못 내게 되면, 〈탁류①〉

총총걸음명 발을 자주 가까이 떼며 바쁘게 걷는 걸음. 〖여린말〗 종종걸음. ¶"그럼, 내 눈치 봐서 빠져나오께…" 하고 총총걸음을 쳐서 바로 웃집 대문으로 들어가다가 해뜩 돌아다본다. 〈빈(貧)… 제1장 제2과〉

총총(怱怱)하다형 몹시 급하고 바쁘다. ¶설움에 맡겨 언제까지나 울고 싶은 것을 그러나 뒷일이 총총해 못한다. 〈탁류⑱〉

총총히(怱怱-)부 급히. 바삐. 몹시 급하게. 급하고 바쁘게. ¶그러자 아씨의 부르는 소리에 정신이 들어 총총히 마루를 지나 안방으로 건너왔다. 〈생명〉 ¶이야기에 세 마리가 팔렸던 올챙이가 정신이 들어, 시계를 꺼내 보더니, 볼일이 더디었다고 총총히 물러갔읍니다. 〈태평천하⑧〉

총퇴각(總退却)명 전선에서 일제히 후퇴함. ¶가뜩이나 이렇게 맹렬한 육탄 (아닌 언탄)을 맞고 보니, 윤 직원 영감으로는 총퇴각이 아니면, 달리 기습이나 게릴라 전술을 쓸 수 밖엔 별 도리가 없읍니다. 〈태평천하⑥〉

최단 거리(最短距離)명 가장 짧은 거리. ¶그것이 만일 트랙에서라면 최단 거리의 세계 기록을 깨뜨리고도 남을 초인적 스타트라고 하겠다. 〈탁류⑩〉

추궁(追窮)되다동 추궁당하다. (잘못이나 책임 따위를) 끝까지 캐어 물음을 당하다. ¶동시에 그 행동은 추궁된 동기나 미련 남은 과거에서 간섭을 받을 필요가 없는 것이다. 〈탁류⑩〉

추근추근하다형 성질이나 태도가 끈끈하고 질기다. ¶그러나 그것이 도리어 추근

추근한 것 같아서 다만 간단하게 썼다. 〈병조와 영복이〉

추기(追記)명 본문에 추가하여 덧붙여 씀. ¶여기까지 끝을 마치고 병조는 추기로 "오늘 여덟 시쯤 해서 계신 곳까지 찾아가서 말씀을 듣겠습니다…" 라고 써 두었다. 〈병조와 영복이〉

추녀명 한식 기와집에서, 처마 네 귀의 기둥 위에 끝이 위로 들린 큰 서까래. 또는 그 부분의 처마. ¶밖에서 보기에도 추녀며 기둥이 낡지 않은 것이, 그리 묵은 집은 아니고, 대문으로 들어서면서 장독대가 박힌 좁지 않은 뜰 앞이 우선 시원스러웠다. 〈탁류⑨〉 ¶현 서방은 퍼뜩 생각이 나서, 건넌방 추녀 끝의 제비집을 올려다 봅니다. 〈홍보씨〉

추다[1]동 남을 칭찬하다. ¶좋게 생겼다고 추는 말을 용희는 솔직하게 들으면서. 〈보리방아〉

추다[2]동 고르거나 추려 가려내다. ¶인제는 하바판도 다 깨졌은즉 잃어버린 북어값을 추는 도리는 없고…. 〈탁류⑮〉

추레하다형 (옷차림이나 겉모양이) 허술하여 보잘것없고 궁상스럽다. ¶영감한테 이렇듯 추레하니 침통한 기색이 드러날 적이 있다는 것은 자못 심외라 않을 수 없읍니다. 〈태평천하⑦〉 ¶아침부터 구죽죽하게 내리는 비는 가을날의 싸늘한 기운을 한층 더 도와 추레하고 음산한 기분이 사람사람의 마음을 무단히 심란하고 궁금하게 하였다. 〈산동이〉

추렷이부 추렷하게. ¶나이보다 훨씬 더 늙어 보이는 햇빛에 그을은 그 얼굴의 추렷이 슬픈 듯한 표정이며, 〈불효자식〉 ¶황홀도 하여지고 미소도 하고 추렷이 가라 앉기도 하고 쌀쌀도 하여지고 침울한 빛도 떠오르고 돌에 새긴 듯한 고민도 보이고 그러다가는 앞서 것들을 되풀이를 하고 하였다. 〈병조와 영복이〉 ¶큰돈 십 원이 넘겠다고 하니까, 낙심이 되어 추렷이 돌아가는 양이 어떻게나 가엾던지. 그대로 보고 있을 수가 없었다. 〈탁류⑥〉

추렷하다형 →추레하다. (평북) ¶옥섬이는 산동이의 추렷한 태도에 처녀의 본능으로 불길한 예감을 받아 더럭 겁이 난 소리로 "왜 그러실까!" 하고 긴하게 물었다. 〈산동이〉 ¶용희는 처음과는 아주 딴판으로 추렷해서 있다. 〈보리방아〉 ¶시름없이 섰는 동안에 추렷한 부친의 몰골, 바느질로 허리가 굽는 모친, 〈탁류②〉 ¶마치 초상난 집처럼 노인도 추렷해 혀를 차 싸면서 가엾다고 눈물을 질끔질끔했다. 〈용동댁〉 ¶누이동생의 추렷한 얼굴이 눈에 밟히면서 불쌍한 생각이 한편으로는 들지 않질 못하였다. 〈이런 남매〉

추리다[1]동 섞여 있는 것 속에서 필요한 것을 가려 뽑다. ¶집안의 문벌 없음을 섭섭히 여겨, 가문을 빛나게 할 필생의 사업으로 네 가지 방책을 추렸읍니다. 〈태평천하④〉

추리다[2]동 →가리다. ¶그때는 벌써 은행에 저당 들어간 집을 팔아 은행 빚을 추린 후에, 나머지 한 삼백 원이나를 손에 쥐었다. 〈탁류①〉

추물(醜物)명 박색(薄色). 못생긴 얼굴. 또는 '행실이 잡스럽고 지저분한 사람'을 얕잡는 말. ¶말하자면 추물이로되 또 어디서, 어떻게 굴러먹었는지 근지도 모르나 늙게 상처한 싸전집 영감의 막지기로 들어와 없던 아들까지 낳아 주어 호강이 발굼치까지 흐르는 이 '싸전댁'에 대해서. 〈명일〉 ¶ 나이는 서른댓이나 되었고, 인물도 그리 추물은 아니고, 〈태평천하⑧〉 ¶ 게다가 누런 뻐드렁이빨! 참 야속히도 골고루 추물이지. 〈이런 처지〉 ¶ 그리고 마음이나 번화하여 표정으로 나타나게 되면 그다지 추물 축에는 들지 않을 인물이었다. 〈이런 남매〉

추상(秋霜)명 가늘의 찬 서리. 또는 '두려운 위엄이나 엄한 형벌'의 비유. 호령이나 형벌이 엄할 때 '추상 같다'고 함. ¶ 그의 호령은 실로 추상 같았읍니다. 〈소복 입은 영혼〉 ¶ 냅다 풍우를 몰아치듯 추상 같은 호령을 하는 것이다. 〈탁류⑥〉

추수리다동 →추스르다. 들썩이며 치켜 올려 다루다. ¶ 경순은 어린 놈을 추스려 올려 볼비빔을 하면서…. 〈패배자의 무덤〉

추실르다동 →추스르다. 짐짓 올리어 칭찬하다. ¶ 머 있는 소리 없는 소리 주어 보태 가면서 은근히 추실르지를 안 했다구요. 〈소망〉

추앙(推仰)명 높이 받들어 사모함. 높이 우러러봄. ¶ 이래서 옛날같으면 귀공자다운 추앙을 소리없이 받고 있었다. 〈얼어죽은 모나리자〉 ¶ 다아 학교라두 하나 만드시면 신문에두 추앙이 자자할 것이구, 또 오 동상두 서구 할 테니깐, 영감님 송덕이 후세에 남을 게 아니겠다구요? 〈태평천하⑧〉 ¶ 내 정 주사를 뵈믄 추앙을 좀, 그리찮어두 흡씬 해 드릴려던 참이랍니다! 〈탁류①〉

추앙(推仰)하다동 높이 받들어 우러러보다. ¶ 그렇듯 선의와 오해를 하고 든더라도 썩 추앙할 수 있는 심정은 아니어서. 〈이런 남매〉

추어내다동 '들추어내다'의 준말. 들추어 나오게 하다. ¶ 태호가 보리를 거진 다 치고 나서 대를 추어내고 있을 때 안해 정 씨가 열무를 조그맣게 한 다발 안고 들어온다. 〈보리방아〉 ¶ 깬 병아리 가운데 병이 들었다든지 발가락 같은 것이 상했다든지 한 놈은 죄다 추어내 버리곤 해서. 〈용동댁〉

추어 넘기다동 (일을 적당히) 다루어 넘기다. ¶ 실상 유모의 얼굴은 자세 보지도 않고 입술 끝으로 추어 넘기는 수작이다. 〈빈(貧)… 제1장 제2과〉

추어 놓다동 고르거나 추리어 준비하다. ¶ 재료를 만족히 추어 놓고는 이렇게 우선 벼르기만 해도 한결 속이 풀리는 성하다. 〈상경반절기〉

추어 들어오다동 드러내어 살피어 오다. ¶ 이렇게 추어 들어오노라면 헛짚은 생애의 첫걸음이 두루 애닮고 분하고 원망스럽고 하지 않은 것은 아니나…. 〈탁류⑪〉

추어 보다동 위로 끌어 올리거나 채어 살펴보다. ¶ 그놈을 다시 추어 보면 넌출은 애정없이 사랑할 수 없다는 서글픈 인정 속에 묻혀 있는 복선의 연맥임을 알 수 있다. 〈탁류⑭〉

추어올리다동 위로 솟구어 올리다. ¶ 초보이는 마음깐으로는 지금이라도 꽃들을 추어올리고, 아사가오도 줄을 매 주고, 이렇게 모두 손질해 주고 싶은 생각이 간절했으나…. 〈탁류⑨〉

추움춤하다동 →추춤하다. 가볍게 놀라거나 망설이는 짓으로 급작스럽게 멈칫하거나 몸을 움츠리다. ¶ 태수는 추움춤하면서 시계가 네 시를 지나 버리기를 기다려, 급사더러 수통의 냉수를 길어 오라고 쫓아 버리고는 전화통을 집어든다. 〈탁류⑩〉

추월색(秋月色)㉑ 1912년 최찬식이 지은 신소설. 외국 유학 및 자유 연애 사상 등을 다룬 소설. ¶하하하하, 옳아, 네 말이 옳다. 그래두 '추월색'이나 '유충렬전'을 안 읽으니 그건 신통하다! 〈탁류⑯〉

추키다㊍ 위로 가볍게 올리다. ¶그들이 앞으로 다가올 사이에 관수도 일어나서 딱 버티고 서면서 (무심코) 고의춤을 추킨다. 〈정자나무 있는 삽화〉

추호(秋毫)㉑ '가을철에 가늘어진 짐승의 털'이란 뜻으로, '조금', '매우 적음'을 뜻하는 말. 주로 부정의 뜻을 나타내는 문장에 쓰임. ¶그러고 내가 소희 씨를 모욕하였고…요? 그러나 그것은 오해이신가 합니다. 추호라도 소희 씨를 업수이 여기거나 한 생각은 없었읍니다. 〈병조와 영복이〉

축가다㊍ 원기가 쇠하거나 병으로 몸이 약해지다. ¶혹시 남편의 그 참변을 만났을 제 그때에 원기가 축가고 만 것이나 아닌가 싶기도 하다. 〈패배자의 무덤〉

축이 나다『관용』 일정한 수효에서 모자람이 생기다. ¶이삼 일 후에는 내 지갑 속에서 돈이 몇 원 축이 났다. 〈불효자식〉

축배(祝杯)㉑ 축하하는 뜻으로 마시는 술잔. ¶미리서 대복이를 위하여 축배를 들 거리는 못 되는 것입니다. 〈태평천하⑨〉

축수(祝手)㉑ 두 손바닥을 마주 대고 비는 일. ¶속으로 제발 좀 그래 줍시사고 축수를 한다. 〈탁류⑭〉 ¶문호 선생이 제발 더디 돌아옵시사고, 은근히들 축수를 했었다. 〈순공(巡公) 있는 일요일〉

축원(祝願)㉑ 희망대로 이루어지기를 마음속으로 원하는 것. ¶용동댁은 제발 닭의 다리가 병신도 되지 말고 물론 죽지도 말고 무사히 나았으면 하고 속으로 축원을 해 마지않는다. 〈용동댁〉

축원(祝願)하다㊍ 신불에게 바라는 바를 아뢰고 그 성취를 빌다. ¶"… 네놈들이 죄다 잽혀가서 목이 쓸리기를 축원허(하)구 있는 내가, 됩다 한 놈이라두 뇌어 나오라구, 내 재물을 들여서 뇌물을 써?" 〈태평천하④〉

축(을) 내다『관용』 일정한 수효에서 모자람이 생기게 하다. ¶그 돈만 축을 내니까 오히려 죄가 가볍지만. 〈치숙(痴叔)〉

축음기(蓄音機)㉑ 음반에 기록한 음파를 회전시켜 재생하는 장치. ¶여느때 같으면 그는 태수가 초봉이와 같이 축음기를 틀어 놓고 일변 먹어 가면서 재미있게 놀고 있으니, 〈탁류⑩〉

축재(蓄財)㉑ 재물을 모음. 또는 모은 재산. ¶내가 그때까지는 통히 축재를 해 둔 것이 없기 때문에 그런 책임 있는 일을 하자니 섬뻑 엄두가 나지를 않았다. 〈탁류⑭〉

축전(祝電)㉑ 축하의 뜻으로 보낸 전보. ¶겨우 당일에야 결혼식장으로 전보만, 다른 축전 몇 장 틈에 끼여서 들이닿았다. 〈탁류⑩〉

축제(築堤)㉑ 둑을 쌓음. 또는 쌓은 둑. ¶정 주사는 마침 만조가 되어 축제 밑에서 늠실거리는 강물을 내려다본다. 〈탁류①〉

축지다[1]㊍ 살이 빠지다. 『같은』 축나다. ¶밤이면 잠도 잘 자지 아니하고 해서 알아보게 몸이 축졌다. 〈얼어죽은 모나리자〉

축지다[2]동 일정한 수효에서 모자람이 생기다. 『같은』 축나다. ¶시월에 가면 '배메기'로 얻어온 저 도야지가 새끼를 날 테니까 열 마리만 날 셈 치고 그 중 한 마리는 걸구를 껴서 돌려주고 나머지가 아홉 마리, 아홉 마리에서 두 마리쯤 축질 요량을 해도 일곱 마리. 〈보리방아〉

축첩 제도(蓄妾制度)명 첩을 두는 제도. ¶이렇네그려! 한 것을, 축첩 제도가 나쁘다고 나더러 그것조차 못하게 한다면야. 〈이런 처지〉

축항(築港)명 항구를 구축하여 만듦. ¶강 건너 장항이 축항까지 되면 크게 발전이 될 테고, 〈탁류⑦〉

춘궁(春窮)명 묵은 곡식이 떨어져 지나기가 어려운 시기. 『같은』 보릿고개. ¶춘궁에 모여드는 작인들한테 장리벼 내주기야, 〈태평천하④〉

춘래불사춘(春來不似春)명 '봄이 왔지만 같지 않음'의 말. ¶M이 신을 벗고 들어와 먼지 앉은 책상 위에 걸어앉으며 "춘래불사춘일세."하고 한마디 외운다. 〈레디 메이드 인생〉

춘추(春秋)[1]명 어른의 '나이'를 높여 이르는 말. ¶"바깥어른은 춘추가 어떻게 되셨지요?" 앞에서 들어오던 나이 많은 여인이 거만지게 묻는 것이다. 〈보리방아〉

춘추(春秋)[2]명 봄과 가을. ¶춘추로 소를 잡고 돼지를 잡고 해서 제사를 지내고 하지요. 들이껴서는 그게 바로 학교더랍니다. 〈태평천하④〉 ¶군에서는 인공 부화기를 설비해 두고서 춘추로 계통 좋은 알을 깨어서 농회원들에게 나누어주는데. 〈용동댁〉

춘추필법(春秋筆法)명 중국의 경서(經書) 〈춘추〉와 같은 엄정한 비판적인 태도를 이르는 말로 대의명분을 밝혀 세우는 사필(史筆)의 논법(論法). ¶"것두, 당신 밤낮 떠받구 나오는 춘추필법이라더냐, 그 논법이시우?" "방불허지!" 〈순공(巡公) 있는 일요일〉

춘풍추우(春風秋雨)명 (봄바람과 가을비라는 뜻에서) 지나간 세월을 이르는 말. ¶그 춘풍추우 이십오 년을 하루같이, 밤이면 밤으로 낮이면 낮으로 정성껏 가르쳐 왔었다. 〈순공(巡公) 있는 일요일〉

출반주(出班奏)명 여러 사람이 모인 자리에서 어떠한 일에 대하여 맨 먼저 말을 꺼냄. ¶"여보, 나도 한몫 봅시다!" 하는 듯이 출반주를 하던 것이다. 〈탁류⑦〉

출중(出衆)명 뭇사람 속에서 특별히 두드러지다. ¶역량이(출중은 못해도) 그만은 하고, 〈모색〉

출중(出衆)하다형 뭇사람 중에서 뛰어나다. ¶소저는 그리하여 잘 자라났읍니다. 자라는 사리에 먼저 나타나는 것이 출중한 재질이었읍니다. 〈소복 입은 영혼〉

출찰구(出札口)명 기차, 배 따위에서 내린 손님이 표를 내고 드나드는 곳. ¶개찰구와 출찰구를 연방 번갈아 볼라, 그런 중에도 말대답을 할라, 〈상경반절기〉

출출하다형 (배가) 조금 고픈 느낌이 있다. ¶저녁을 몇 술 뜨다가 말아서 속도 출출합니다. 〈태평천하⑨〉 ¶마침 오늘처럼 속은 출출하고 꼭 한잔 생각이 간절한 참인데, 〈홍보씨〉

충그리다동 →충거리다. 꾸물거리거나 머뭇거리다. ¶어째서 진작 목을 매든지 찻길이나 선창으로 나가든지 하질 않고서 여태 충그리고 있었더란 말이냐고, 〈탁류⑩〉 ¶중로에서 그렇듯 많이 충그리고 길이 터지고 했어도, 〈태평천하③〉 ¶파출소 앞에서 김 순사와 수작을 하느라고 잠깐 충그린 시간을 벌충하자 함인데, 〈흥보씨〉 ¶한 시반이 지나서야 차는 경성역에 닿는다. 중간에서 연해 더디 오는 불행을 기다려 엇갈리곤 하느라고 번번이 오래씩 충그리고 충그리고 하더니, 삼십 분이나 넘겨 이렇게 연착을 한다. 〈회(懷)〉

충동(衝動)명 마음을 들쑤셔서 흔들어 놓음. 심리학에서는 뚜렷한 목적이나 의사 없이 본능적, 반사적으로 어떤 일을 하려고 하는 마음의 작용. ¶"네에… 그것두 달리 그랬으꼬마는, 아라사가 쏘삭쏘삭해서, 지나의 장개석일 충동일 시켰대요." 〈태평천하⑧〉

충동이를 놀다〖관용〗 어떤 일을 하도록 부추기거나 들먹이게 하다. ¶"야아, 그 까치 뱃바닥 같은 소리 그만 히라, 액색헌 꼴 보기 싫다." 오복이가 제딴에 충동이를 노는 속이다. 〈정자나무 있는 삽화〉

충신(忠臣)은 불사이군(不事二君)이요, 열녀(烈女)는 불경이부(不更二夫)라니〖관용〗 충신은 두 임금을 섬기지 않고, 열녀는 남편을 바꾸지 아니한다는 뜻. ¶"허, 그렇다면 더구나 해괴하고 망측한 일이지! 충신은 불사이군이요, 열녀는 불경이부라니…" 〈소복 입은 영혼〉

취명 산나물인 곰취, 단풍취, 참취, 수리취 등의 총칭. ¶"오늘두 납순이는 취 뜯으러 간다구 건너와서 뒷산으로 올라가구." 〈쑥국새〉

충청좌우도(忠淸左右道)명 충청남북도. ¶그놈이 영동 근처에서는 다시 추풍령과 속리산으로 물까지 받으면서 서북으로 좌향을 돌려 충청좌우도의 접경을 흘러간다. 〈탁류①〉

충혈(充血)명 혈액 순환 장애로 몸의 일부에 피가 지나치게 많아짐. 또는 그러한 상태. ¶초봉이는 너무 오랫동안 고개를 숙이고 앉았기 때문에 충혈이 되어서 얼굴이 아프고, 〈탁류⑦〉

취각(臭覺)명 냄새를 느끼는 감각. ¶인간은 오랜 옛적, 동물로서 많이 취각으로 살던 본능이 아직도 혈관 속에 처져 있어서 그러한지는 몰라도, 〈패배자의 무덤〉

취객(醉客)명 술에 취한 사람. ¶다만 취객이 삼 원 각수를 던져주었음으로 해서 그 여자는 감격 없는 기쁨을 맛보았을 뿐일 것이다. 〈레디 메이드 인생〉

취기(醉氣)명 술에 취하여 얼근한 기운. ¶범수도 그것이 싫지는 아니했다. 그런지라 점잖게 대할 이 사람을 이렇게 취기를 띠고 찾아 나온 것이 면구스러웠다. 〈명일〉

취리(取利)명 (돈이나 곡식 따위를) 꾸어 주어서 그 이자나 곡식을 받음. 〖비슷〗 돈놀이. ¶윤 직원 영감 (그때 다시는 두꺼비 같이 생겼대서, 윤 두꺼비로 불리어지던 윤두섭) 그는 어려서부터 취리에 눈이 밝았고, 〈태평천하④〉

취미(臭味)[1]명 기미(氣味). 기분과 취미. ¶윤 직원 영감의 취미 아니고는 듣기에 장히 고생이 되지 않을 수 없는 음악입니다. 〈태평천하⑩〉

취미(臭味)[2]명 냄새와 맛. ¶남과 주위를 상관 않고 큰 목소리를 떠들고 덤비는 수

선스럼도 어쩐지 전과는 다른 취미가 나는 것 같았다. 〈모색〉

취체(取締)명 (규칙, 법령, 명령 등을) 지키도록 통제하는 것. 『같은』 단속(團束). ¶물론 별 의미는 없고, 아마 취체를 기이느라고 그런 엉뚱한 명칭을 붙였던 것이겠지요. 〈태평천하⑫〉 ¶이렇게 이야기 시초가 잡혀 가지고는, 아뭏든지 순사가 들으면 유언비어로 취체를 하려다가 허리를 잡을 만큼 별별 괴상한 소리가 다 나온다. 〈정자나무 있는 삽화〉

취(取)하다동 남에게서 물건이나 금품을 꾸거나 빌리다. ¶"나 돈 삼십 원만 취해 주세요." 말이 목구멍에서 나올까 말까 하는 것을 영주는 억지로 끌어내려 버렸다. 〈명일〉

취(取)함직하다형 버리지 않고 가질 만하다. ¶같은 남자일 바에야 대복이보다는 어느 모로 따지든지 취함직한 남자가 허구 많을 텐데 하필 그처럼 눈에도 안 차는 대복이냐고 하겠지요. 〈태평천하⑨〉

층(層)이 지다『관용』 층이나 등급이 생기다. ¶승재나 계봉이가 다 같이 남은 남녀가 쌍지어 나섰으면 둘이의 차림새에 그다지 층이 지지 않아 보이는 걸. 〈탁류⑰〉

치의 사람을 나타내는 '이'의 낮춤말. ¶땅장수니 집 장수니 하던 치들인데, 머 일보 4, 50점이라두 못 써서 쩔맵니다! 〈태평천하⑦〉

치가(置家)명 '첩치가(妾置家)'의 준말. 첩을 얻어 따로 살림을 차림. ¶그는 그래서, 돈 아까운 줄도 모르고 이삼 년 이짝은 첩을 얻어 치가를 하고 자주 갈아 세우고 해 보아도 나이 점점 늙기만 하지 이내 눈먼 딸자식 하나 낳지 못했다. 〈탁류①〉 ¶서울서 따 들인 기생첩을 데리고 치가를 하는 참이랍니다. 〈태평천하⑤〉

치가 떨리다『관용』 (이가 떨릴 정도로) 몹시 분하거나 지긋지긋하다. ¶머어 치가 떨리구 허넌디, 아니 그 경난을 날더러 또 저끄람 말이여?…. 〈태평천하⑧〉

치다[1]동 어떤 명사가 나타내는 행동을 힘차게 하다. ¶"허허허허." 수위는 한바탕 너털웃음을 친다. 〈팔려간 몸〉

치다[2]동 체질을 하여 걸러내다. ¶드나드는 문 앞에서 보면 바로 왼편에 남대문만한 솥을 둘이나 건 아궁이가 있고 그 다음으로 술아범이 재판소의 판사 영감처럼 목로 위에 높직이 앉아 연해 술을 치고 그 옆에 가 조금 사이를 두고 안주장이 벌어져 있다. 〈산적〉

치다[3]동 손이나 무엇을 가지고 어떤 물체에 세게 부딪다. ¶더구나 전에도 종종 밤은 아니지만 낮으로 영감이 옥섬이를 불러다가 심부름도 시키고 다리도 치게 한 적이 없었던 것도 아니었기 때문에. 〈산동이〉

치다꺼리명 일을 치러내는 일. ¶아이한테만 함빡 빠져 가지고는, 그래서 살림이고 세간 치다꺼리고, 화분이고, 재봉틀이고 다 잊어버렸다. 〈탁류⑬〉

치뜨다동 (눈을) 위로 향하여 뜨다. ¶종시 말이 없고 눈을 치떠 허공을 보는 승재의 얼굴은 차차로 황홀해 간다. 〈탁류⑧〉

치렁거리다동 (길게 드리운 물건이) 부드럽게 움직거리다. ¶놀면한 비단 양말 속으로 통통하니 살진 두 마리, 그 중간께를 치렁거리는 엷은 보이루의 검정 통치마, 연하게 물결치는 치마 주름을 사푯 누른 손길, 곱게 그친 흰 저고리의 앞섶끝. 〈태평천하⑫〉 ¶그의 등 뒤에서는 유난히 긴 머리채가 치렁거려 제법 계집애 꼴이 박혀 보인다. 〈탁류⑥〉 ¶어머니는 머리채가 허리 아래로 치렁거리는 딸의 뒤태를 우두커니 바라보다가 또 한숨을 내쉰다. 〈동화〉 ¶느슨해진 소복치마 뒷자락을 치렁거리면서, 고개 마루턱까지 겨우 올라선다. 〈패배자의 무덤〉

치렁치렁㊊ (길게 드리운 물건이) 부드럽게 움직이는 모양. ¶이윽고 옥초가 끝동 없이 고름만 자주로 단 하얀 하부다이 저고리에 무늬가 맘껏 굵은 벨벳의 맑은 남빛 치마를 치렁치렁 받쳐 입고 새로 마주어 두었던 깜장 에나멜 구두를 손에 들고서 마루로 나선다. 〈모색〉

치렁치렁하다㊍ 길게 드리운 물건이 이리저리 부드럽게 자꾸 흔들리는 모양을 하다. ¶머리를 늘쩡늘쩡 땋아 내려 자주 댕기를 들인 머리채가 방둥이에서 유난히 치렁치렁합니다. 〈태평천하②〉

치레뻔㊔ →치레본. 잘 매만져서 모양을 내는 일로만 삼는 것. ¶아무짝에두 쓸디없는 치레뻔… 난 여름부터 고기가 좀 먹구 싶은 걸 못 얻어먹었더니 …. 〈태평천하⑪〉

치레뽄㊔ →치레본. 잘 매만져서 모양을 내는 일로만 삼는 것. ¶전방에 두어둘 제는 치레뽄으로 두어두었나?… 무어야 대체? 〈탁류②〉

치렛감㊔ 어느 일에 실속보다 더 낫게 꾸며 드러내는 재료나 바탕. ¶다 떨어진 고꾸라양복은 제법 치렛감이다. 〈탁류⑮〉

치렛본㊔ →치레본. 잘 매만져서 모양을 내는 일로만 삼는 것. ¶그저 인사 삼아 껍데기로만 치렛본으로만 남의 첩이지, 속정을 주지 못하니 그럴밖에 없는 것이다. 〈탁류⑬〉

치료탁(治療卓)㊔ 치료에 쓰는 약품이나 약제 따위를 올려놓는 탁자. ¶검정 양탄자를 덮은 진찰 침대, 책상, 기구장, 치료탁, 문서탁, 세면대, 가스, 다 제자리에 놓이고, 아직 손도 대지 않은 새것들이다. 〈탁류⑰〉

치르르㊊ 털이 매끄럽고 반지르르한 모양. ¶밀끔한 게 털은 윤이 치르르 흐르고, 통통히 살이 졌다. 〈암소를 팔아서〉

치를 떨다『관용』 몹시 분하거나 지긋지긋하여 몸서리를 치다. 또는 몹시 인색하여 내놓기를 무서워하다. ¶"치를 떠는구나." 하다가 형보가 그 말 끝에 생각이 나서 태수게로 대고…. 〈탁류④〉

치마꼬리㊔ 치마 자락의 끝. ¶조금 있다 장손네는, 일하던 것도 팽개치고서, 중매서는 점순 할머니한테를 건너가기에, 치마꼬리에서 사뭇 바람이 인다. 〈암소를 팔아서〉 ¶필경 치마꼬리를 잡아 올려 눈을 씻는다. 〈팔려간 몸〉

치명상(致命傷)㊔ 회복이 불가능한 정도로 심하게 입는 상처. ¶형보는 아주 치명상으로 절명이 되었던 것이다. 〈탁류⑲〉

치부(置簿)㊔ 금전의 출납을 장부에 기록하는 것. 또는 마음 속에 그러하다고 새겨 두는 것. ¶유 씨는 다섯 마리만 잡더라도 오 전은 벌이를 놓치는구나 생각하면서 다시금 남편 잡도리 할 거리로 단단히 치부를 해 둔다. 〈탁류⑮〉

치부꾼(致富-)㊔ 부지런하고 검소하여 부자가 된, 또는 될 만한 사람. ¶결국 2점 5

리를 아끼려던 것이, 그 갑절 5전을 득했으니, 치부꾼으로 그런 규모가 어디 있겠읍니까. 〈태평천하⑨〉

치사(恥事)스럽다㉱ 쩨쩨하고 단작스러운 데가 있다. 또는 보기에 떳떳하지 못하고 남부끄럽다. ¶창피하고 치사스러워 그런 걸 무엇하러 부득부득 갈까 보냐고 고개가 절로 흔들렸다. 〈얼어죽은 모나리자〉 ¶초봉이는 윤희가 쓰던 것이거니 하고 보자니 치사스럽기도 하나, 〈탁류⑫〉

치사(恥事)하다㉱ 쩨쩨하고 단작스럽다. 또는 보기에 떳떳하지 못하고 남부끄럽다. ¶누가 치사하게 공구경을 하느냐고 우깁니다. 〈태평천하③〉 ¶일변 또 그 난리에 섭쓸리기도 사람이 치사한 것 같아 넌지시 삐어져서 구경만 하고 있었다. 〈모색〉

치산(治産)㉮ 재산이나 집안 살림을 잘 다스림. ¶그 어둔 시절에 그처럼 치산을 하느라고…. 〈태평천하④〉 ¶시집이면 시집 어디든지 가서 마음과 몸을 가라앉혀 가지고 치산을 해야만 할 것이다. 〈용동댁〉

치소(嗤笑)㉮ 빈정거리며 웃는 웃음. ¶여망 없는 세상, 치소 받고 사느니 깨끗이 죽는 게 옳겠다는 생각이죠. 〈탁류⑭〉 ¶그렇게 쫓겨 오고 보면 딸자식 몸 망치고, 돈 없애고 그리고 치소당하고 말 터이니까 아예 안 될 말이라는 것이다. 〈얼어죽은 모나리자〉 ¶옳지 못한 일, 양심에 부끄러운 일, 남에게 치소를 당하는 일, 그런 일을 해서 배를 채우고, 〈이런 남매〉

치어나다㉯ 똑똑하고 뛰어나다. 〖비슷〗 빼어나다. ¶다부지게 두 발로 대지를 밟고 일어서서 버팅길 능(能)이 없이 치어났다는 죄, 〈탁류⑭〉 ¶대복이는 늘 치어난 훈련으로, 제가 복명을 하기보다 주인이 묻는 대로 대답을 하기 위하여 넌지시 꿇어앉아 다음을 기다립니다. 〈태평천하⑨〉

치올려보다㉯ 아래에서 위로 향하여 보다. ¶그러자 안해는 고개를 번쩍 쳐들더니 범수를 치올려보며…. 〈명일〉

치외 법권(治外法權)㉮ 국제법에서 외국에서 그 나라의 법을 적용 받지 않고 자국의 주권을 행사할 수 있는 권리. ¶여기서는 치외 법권이 있는 도박꾼의 공동 조계요 인색한 몽테카를로다. 〈탁류④〉

치욕(恥辱)㉮ 수치와 모욕, 부끄럼과 욕됨. ¶윤 직원 영감으로는 일대의 치욕이 아닐 수가 없읍니다. 〈태평천하⑩〉

치우치다㉯ 균형을 잃고 한쪽으로 쏠리다. ¶그것이 어느 때는 남편이나 남의 눈에 띌 만큼 치우치기까지 했었다. 〈명일〉

치의(致疑)㉮ 의심. 의심을 둠. ¶그러나 실상 초봉이는 그들이 행화를 데리고 온 것을 계봉이처럼 태수한테나 치의를 하거나 그래서 불쾌하게 여기거나 그러지는 않았고, 〈탁류⑨〉 ¶그저 짐작에, 화동서씩네 집에나 갔나 보다구 심상하게 여기구서, 별 치의두 안 했지.〈소망〉

치이다㉯ '치다'의 피동형. 어떤 힘에 구속을 받거나 방해를 받다. ¶경순은 바람이 치일세라 겹겹이 뭉뚱그리 어린것을 벅차게 앞으로 안고 …. 〈패배자의 무덤〉

치지(置之)㉮ 그냥 내버려둠. ¶정자나무의 '지킴'이나 천 년 묵은 구렁이도 사람 궂힌 놈은 알아보는 것이라고, 적절히 관수가 천하 무서운 놈인 것으로 치지를 해 버렸다. 〈정자나무 있는 삽화〉

치지도외(置之度外)하다㉯ 생각 밖에 내버

려두고 문제로 삼지 아니하다. ¶벌써 옛 날에 시골서 아전집과 혼인을 했던 터이라 치지도외하고, 딸은 서울 어느 양반집으로 시집을 보냈읍니다. 〈태평천하④〉

치질하다동 ('치는 짓을 하다'의 뜻에서) 간주하다. '치다'는 '인정하거나 가정하다'의 뜻으로 쓰임. ¶"아니 올시다, 원! … 그건 그거구 이건 이거지, 어쩌면 절 그런 놈으루만 치질하십니까! 허허허." 〈태평천하⑦〉

치킨커틀렛(chicken cutlet)명 닭고기에 밀가루, 달걀, 빵가루를 입혀 기름에 튀긴 음식. ¶그 오동보동한 비단 다리를 바라보느라니 P는 전에 먹던 치킨커틀렛 생각이 났다. 〈레디 메이드 인생〉

치패(致敗)명 살림이 아주 결딴나는 것. ¶만약 우리 종조할아버지네 집안이 그렇게 치패를 안 해서 나도 전문학교를 졸업을 했으면. 〈치숙(痴叔)〉 ¶지금으로부터 다섯 해 전까지엔 마침내 완전히 치패를 하여, 글방 하나조차 지탱을 할 여력이 없을 지경에 이르렀었고. 〈순공(巡公) 있는 일요일〉

치패(致敗)하다동 살림이 아주 결딴나다. ¶그것이 다 집안이 치패해서 궁하게 살자니까 범사가 모두 그 지경이로구나! 〈탁류⑦〉 ¶아마 모르면 몰라도 그 집안이 그렇게 치패하지만 않았으면 나도 그냥 붙어 있어서 시방쯤은 전문학교까지는 다녔으리다. 〈치숙(痴叔)〉

치하(致賀)명 남의 경사에 축하나 칭찬의 뜻을 표하는 것. ¶P는 당부와 치하를 하고 인쇄소를 나왔다. 한짐 벗어 놓은 것 같이 몸이 가뜬하고 마음이 느긋하였다. 〈레디 메이드 인생〉 ¶그래 진심으로 치하를 한 후 내일 일찍이 아이를 데리고 오겠다고 하고 자리를 일어섰다. 〈명일〉 ¶명님이네 부모의 치하도 치하려니와 명님이가 좋아하는 양은 절로 미소가 나오게 했었다. 〈탁류⑥〉 ¶박 씨가 치하를 합니다. 미상불 옥화는 언제고 빈손으로 오는 법은 없읍니다. 〈태평천하⑪〉 ¶여름 한철만은 이 정자나무가 봄, 가을, 겨울 세 철을 두고 사람을 압기를 시키던 대갚음이라고 할까 치하라고 할까. 〈정자나무 있는 삽화〉 ¶소처럼 씨익 웃으면서 인사와 치하를 하는 것이나 역시 기색은 한껏 침울했다. 〈회(懷)〉

칙살스럽다형 (하는 짓이나 말이) 잘고도 더러운 데가 있다. ¶"나? 하이구 말도 말게… 일은 고되구 얻어먹는 건 칙살스럽게 적구…." 〈명일〉 ¶모두 떼거지가 될 꼬락서니에 칙살스럽게 이거라두 채려 놓구 앉어서 목구멍에 풀칠을 하니깐 조(驕)가 나서 그래요?…. 〈탁류⑮〉 ¶그만두소. 용천배기 콧구녕으로서 마널씨를 뽑아 먹구 말지, 내가 칙살스럽게 인력거 공짜루 타겄넝가!…. 〈태평천하①〉 ¶하는 짓이나 말이 보기에 아니꼽게 잘고도 더럽다. 어질고 얌전해서 그 알량한 남편 양반 받드느라 삯바느질이야 남의 집 품빨래야 화장품 장사야 그 칙살스런 벌이를 해다가 겨우 겨우 목구멍에 풀칠을 하지요. 〈치숙(痴叔)〉

칙살시럽다형 →칙살스럽다. ¶"내가 너를 부잣집으루 시집을 보내자구 맘을 먹은 것버텀 아예 망녕이지… 아니꼽구 칙살시런 세상!" 〈보리방아〉

칙칙하다[1]형 (빛깔이) 어둡고 짙다. ¶여자의 감각을 곧잘 모방한 화장품들이 좀 칙칙하다 하리만큼 그득 들이쌓였다. 〈탁류⑯〉

칙칙하다[2]형 (머리털이나 숲 등이) 배어서 짙고 어둡다. ¶본시 나무가 팽나무가 돼서 잔가지가 배게 돋고, 게다가 잎이 칙칙하여 오뉴월로 육칠월 한참 들이 무성할 무렵이면 그늘이 여간만 좋은 게 아니다. 〈정자나무 있는 삽화〉

친가(親家)명 시집간 여자의 본집. 또는 양자로 다른 집에 들어갔을 때 본집을 이르는 말. ¶초봉이는 친가에 있을 때의 버릇대로 퍼뜩 잠이 깨어, 깨던 맡으로 벌떡 일어나 앉는다. 〈탁류⑩〉 ¶시부모는 겨울이라 농사일도 별반 바쁠 게 없고 하니 봄이 되기 전에 며느리를 친가로 보내기로 했다. 〈두 순정〉 ¶속에 학문은 든 게 없다고 하더라도 제 친가가 시골서는 제법 행세한다는 선비 집안이 아닌가? 〈이런 처지〉 ¶시집이야 친가의 가족들이 울고불고 좇아 올라오고, 〈패배자의 무덤〉

친동기간(親同氣間)명 한 어버이에게서 난 형제자매 사이. ¶넉넉하기만 하다면야 아무려나 친동기간이요 하니 고만 것을 동정 못할 바는 아니었다. 〈이런 남매〉

친손자(親孫子)명 자기 아들의 아들. ¶"어떻습니까? 물론 저 아이도 친손자 진배없이 공부도 시켜 주시고 하신답니다." 〈어머니를 찾아서〉

친화성(親和性)명 서로 화합하는 성질. ¶다만 홀애비라는 밑천이 있으니까, 5백 석거리로 도금한 과부라는 데에 오직 친화성이 발견될 따름이고, 〈태평천하⑨〉

친친부 꼭꼭 감거나 동여매는 모양 ¶금새 구멍에서 그 천 년 묵은 끝에 몽땅하고 전봇대만한 구렁이가 푹 솟아 늘럼늘럼, 관수의 목줄띠를 물고 친친 감으려니만 하고, 〈정자나무 있는 삽화〉

친히(親—)부 (손윗 사람이) 직접. 몸소. ¶옥초가 친히 그네의 생활을 테스트할 수 있는 인물치고는 그가 제일 고급(?)이었을 것이다. 〈모색〉

칠 값에부 우선 셈을 잡아 놓을 경우에. 또는 어떠한 양을 여기에 둘 경우에. ¶또 가령 얼굴은 안 본다 칠 값에 노래가 명창으로 멋이 쿡 든 기생이 또한 허구 많은데…. 〈태평천하⑩〉

칠전팔기(七顚八起)명 (일곱 번 넘어지고 여덟 번 일어난다는 뜻에서) 여러 번 실패하여도 굽히지 않고 꾸준히 노력하는 것. ¶"한 번 실패하거든 갑절 용기를 내 가지구 다시 일어서지요. 칠전팔기 모르시요?" 〈치숙(痴叔)〉

침기(—氣)명 침의 기운. '침'은 입속의 침샘에서 분비되는 무색의 끈기가 있는 소화액. ¶목은 더욱더욱 말라 들어온다. 입술이 바싹 마르고 입안이 침기가 없고 목구멍이 바삭바삭 소리가 날 듯이 마르고, 그러고는 창자 속까지 말라 내려가는 듯하다. 〈레디 메이드 인생〉

침노(侵擄)명 불법으로 쳐들어가거나 쳐들어옴. ¶흥분되었던 사기에 잠깐 잊었던 시장기는 다시 침노를 하였다. 온 전신이 노그라지는 것 같았다. 이제는 먹고 싶은 생각이 그의 의식의 전부를 점령하였다. 〈생명의 유희〉 ¶더구나 무슨 일인지는 몰라도 그의 침노로 해서 집안이 이렇

게 불안하게 된 데 대한 적의도 없지 못했으나,…. 〈탁류⑭〉

침노(侵擄)하다㊍ 성가시게 달라붙어 손해를 끼치거나 해치다. ¶옥섬이로 인한 분과 자기로 인한 분이 한데 뭉쳐 당장 분풀이를 하고 싶었으나 그러나 그에게는 순천 영감이 감히 침노하지 못할 무서운 사람이었다. 〈산동이〉 ¶옛날의 드세던 부랑당패가 백길천길로 침노하는 그것보다도 더 분하고, 물론 무서웠던 것입니다. 〈태평천하⑮〉

침모(針母)㊔ (남의 집에 딸려서) 바느질품을 팔던 여자. ¶아기는 벌써 침모를 시켜 건넌방으로 자는 놈을 안아다가 뉘게 했었다. 〈모색〉 ¶며느리 고 씨더러 군욕질을 하는 걸 듣고 들어와서는, 그 말을 댓 발이나 더 잡아 늘려 고 씨한테 일러바친 침모 전주댁, 이 여인이 또 진짜 과붑니다. 〈태평천하⑤〉

침선(針線)㊔ 바느질. ¶순천 영감의 산지기의 딸로서 침선과 모든 범절을 잘 가르쳐서 얌전한 배필을 골라 출가를 시켜 주기로 하고 데려온 것이었다. 〈산동이〉 ¶침선 같은 것을 직책으로 맡아 해낸다든가, 시부모를 받든다든가. 〈용동댁〉

침식(寢食)㊔ 잠자는 일과 먹는 일. 『같은』 숙식(宿食). ¶그래 누가 이러라저러라 시킬 것도 없이 벌써 줄 맞은 병정이 되어서, 젊은 윤 두꺼비는 뒷줄로 뇌물을 쓰느라고 침식을 잊고 분주했읍니다. 〈태평천하④〉

침울(沈鬱)㊔ (마음이) 근심 걱정으로 맑지 못하고 우울함. ¶그러나 그는 방안의 무거운 침울이 싫고 또 오목이의 부모에게 들키지나 아니할까 해서 속이 뜨악하고 차츰 초조하기 시작했다. 〈얼어죽은 모나리자〉

침음(沈吟)㊔ 입속으로 웅얼거리며 속으로 깊이 생각하는 것. ¶방 한가운데 가서 버얼떡 드러누워 눈을 감고 침음에 잠겨 있었다. 〈패배자의 무덤〉

침음(沈吟)하다㊍ 입속으로 웅얼거리며 깊이 생각하다. ¶"아, 그러세요? 그러면, 저어…." 잠시 침음하다가, 〈탁류②〉

침정(沈靜)㊔ (마음이) 차분히 가라앉고 조용함. ¶마침 이 전등불을 신호 삼듯, 집 안의 조심스런 침정을 깨트리고, 〈태평천하⑥〉 ¶단조하고 동요가 없는 주위의 풍물이나 무섭게 조용한 침정 그 속으로 녹아 들어가는 듯. 〈용동댁〉

침질㊔ 침을 묻히거나 바르는 일. ¶형보는 여기까지 말을 끊고, 마른 입술을 혓바닥으로 침질을 하면서 꺼진 담배를 다시 붙여 문다. 〈탁류⑭〉

침척(針尺)㊔ 바느질할 때에 쓰이는 자(尺). ¶침척으로 자판 기럭지만큼씩한 무강나무 가지는 본시 회초리로 많이 쓰이기도 하지만. 〈생명〉 ¶유 씨는 을러메면서 옆에 놓았던 침척을 집어 들고, 계봉이는 얼른 날쌔게 마루로 해서 건넌방으로 달아난다. 〈탁류⑦〉

침칠㊔ 침을 바르는 일. ¶장히 어설픈 공정을 거쳐 그는 마지막 작업을 침칠을 하고 있는 것이다. 〈명일〉

침침(沈沈)하다㊌ 눈이 어두워 잘 보이지 않고 흐릿하다. ¶옷도 이렇게 곱게 입었으니 침침한 매장보다도 저 하늘을 올려다보면서, 저 햇볕을 쪼이면서, 〈탁류⑯〉

침혹(沈惑)하다㊍ (어떤 일이나 물건을) 몹

시 좋아하여 정신을 잃을 정도로 거기에만 빠지다. ¶그는 작년 봄 경성에 있는 본점으로부터 이곳 군산 지점으로 전근해 오면서부터 주색에 침혹하기를 시작했다. 〈탁류④〉

칩거(蟄居)명 나가서 활동하지 않고 집 안에만 들어박혀 있는 것. ¶아직도 젊은 나이면서 그렇게 칩거를 하여 화초나 가꾸고, 찾아오는 두어 사람 극히 친한 동무나 맞아 한담이나 하고. 〈반점〉

칩거 생활(蟄居生活)명 집안에 들어박혀 사는 생활. ¶분명코 오랫동안 자극없이 한적하던 칩거 생활로부터 별안간 이 소란하고도 정갈치 못한 분위기 속엘 들어온 탓이 아니지 모르겠다. 〈상경반절기〉

칩거(蟄居)하다동 나가서 활동하지 않고 집 안에만 들어박혀 있다. ¶남편 종택이 제법 그때는 녹록치 않은 소장 논객으로서 어떤 잡지의 전임 필자이던 직책을 내던진 후, 집안에 칩거한 것이 작년 이월 초생…. 〈패배자의 무덤〉

칭시하다동 칭선하다. 칭찬하여 좋게 여기다. ¶하고뇨 하면, 천하의 목탁이라 칭시하는 일보야며 너도 간여를 하고 있는 잡지야며를 상고할진댄 신문지사와 잡지지사 그를 극구 칭양하여 솔선 고무하니 의(義)임을 가히 알지로다. 〈패배자의 무덤〉

칭원(稱寃)명 원통함을 들어서 말함. ¶"이럴 줄 알았으면 진작 아까 저물기 전에 집으루나 가서, 할아버지께두 말씀을 했지! 에이, 빌어먹을…" 은연중 병호가 늦게 온 칭원까지 하는 소립니다. 〈태평천하⑫〉

칭원(稱寃)하다동 원통함을 들어서 말하다. ¶오목가슴이 발딱거리지만 않으면 죽었는가 싶게 산 기운이 없어 보이는 어린 것의 입에다가 흐뭇진 젖퉁이의 젖꼭지를 물려 주면서 애꿎게 남편을 칭원하는 것이다. 〈빈(貧)… 제1장 제2과〉 ¶그럴라치면 개개 주사가 생사람을 잡았다고 승재를 칭원하고, 심한 사람들은 승재게로 쫓아와서 부르대기까지 한다. 〈탁류⑥〉 ¶"괜히 헴 헴, 어머니가 날 칭원하실라!" 〈패배자의 무덤〉

칭이 나다『관용』 →층(層)이 나다. 사물이 같지 않아 차이가 생기다. ¶"내 말두 그 말이요. 그리두 웬만치 칭이 나야 말이지." 〈보리방아〉

칭탈(稱–)명 무엇 때문이라고 핑계 삼는 것. ¶A라는 그 문선 과장은 요리조리 칭탈을 하던 끝에—그는 P가 누구 친한 사람의 집 어린애를 천거하는 줄 알았던 것이다. 〈레디 메이드 인생〉

ㅋ

카네기(Carnegie)명 미국의 강철왕(1835~1919). ¶하기야 그 사람도 카네기나 최창학이에 비하면 궁민이겠지. 〈화물자동차〉

카달로그(catalog)명명 →카탈로그. 선전을 목적으로 설명을 붙여 만든 상품의 목록. ¶그 재봉틀 부인은 무슨 딴 궁리가 있음인지 바스켓을 열고 카달로그를 줄벌여 놓으면서 "재봉틀 광고올시다. 이걸 구경허시구 새루 하나 사십시요. 종류두 여러 가지요 값도 여러 가지 것으로 있읍니다." 하고 나서…. 〈보리방아〉

카르테(Karte)명명 (이사의) 진찰 기록부. 진료부(診療簿). ¶그는 다만 병원에 앉아 검온기를 통해서, 맥박의 수효나 청진기를 통해서, 뢴트겐이나 타진을 통해서, 주사기를 들고, 처방전을 들고, 카르테를 들고… 이렇게 다만 병든 인생만을 대해 왔었다. 〈탁류⑥〉

카무플라즈(지) 하다(프. camouflage--)동명 →카무플라주하다. 불리하거나 부끄러운 것 등을 의도적으로 위장하다. ¶오늘도 그렇게 하반신을 카무플라즈하고 앉아 결재 서류에 도장을 누르면서. 〈보리방아〉 ¶"그것도 사람 나름이지 제마다 다 그럽디까?" 하고 은연중 남편이 자기의 무능한 것을 이론으로 카무플라지 하려는 듯한 심정이 미워서 톡 쏘곤 하였으나. 〈명일〉

카올명 '타올(towel)'의 오기인 듯. ¶젊은 서방님네가 사지 않아도 괜찮은 것이면서 항용 살 수 있는 화장품이며, 인단, 카올, 이런 것은 전보다 삼 곱 사 곱이나 더 팔렸다. 〈탁류②〉

카이제르(카이젤) 수염(Kaiser 鬚髥)명명 →카이저 수염. 독일 황제 빌헬름 2세의 수염에서 유래된 말로 양쪽 끝이 위로 굽어 올라간 코밑수염. ¶채자부 첫 꼭대기에는 병조가 이 인쇄소로 와서 지금까지 한번도 웃는 낯을 본 적이 없는 채자부 주임—카이제르 수염—이 역연 지르퉁한 얼굴로 입에는 빨쭈리에 낀 담배를 비껴 물고 원고를 뒤적거리며 테이블 앞에 앉아 있었다. 〈병조와 영복이〉

카타스트로프(프. catastrophe)명명 (희곡의) 비극적인 결말. 대단원. 파국. ¶그는 그렇게 함으로써 생으로 미칠 듯한 거북한 연극의 카타스트로프를 짓고 따라서 여름날의 소낙비 오기 전 같은 무거운 기분을 맑고 가볍게 하고 싶었다. 〈병조와 영복이〉

카페(café)명명 커피 등 음료와 양주 및 간단한 서양 음식을 파는 가게. ¶선술집에 가서 엔간히 취하도록 먹은 뒤에 C라는 카페에 가서 술 두 병을 놓고 자정이 되도록 노닥거렸다. 〈레디 메이드 인생〉 ¶자아, 어디가 졸꼬? 아직 오정도 채 못 됐으니, 빠아나 카페 등속은 좀 멋하고, 아 이 사람아, 〈이런 남매〉 ¶"춘향이두 시방 세상에 났었다면 카페나 빠에 가서 헴 헴!" 〈패배자의 무덤〉 ¶그래 카페에는 일찍 나가야 할 차례면서도 위정 늑장을 부리는 속이던 것이었었다. 〈이런 남매〉 ¶공장의 여직공과 카페의 여급은 기회와 반연이 없었으나 기생도 한 톨 끼여 있었다. 〈모색〉

카푸(KAPF)㊔ →카프(KAPF). 조선 프롤레타리아 예술가 동맹. 1925년 김기진, 박영희 등에 의해 결성. 프롤레타리아 문학인의 전위적 단체로 1935년에 해산됨. ¶"참 이번에 카푸 친구들이 단단히 당하는 모양이야." "뭘 아무 것도 없다든데." 〈창백한 얼굴들〉

칼라(collar)㊔ 서양 의복에서 목둘레에 길게 덧붙여 다는 부분. ¶마음에 걸리는 것은 굴레 벗은 말같이 허전허전한 자기의 양복 태도요, 뒤축이 닳고 볼에다 반창고를 붙인 낡은 로이드식(式) 구두요, 뒤집어 댄 칼라였었다. 〈앙탈〉

칼로 물을 치는 것 같다〖속〗 일이 매듭되지 않는다는 말. ¶남편과 말을 하고 있노라면 칼로 물을 치는 것 같아서 헤먹기만 하지 시원한 꼴은 볼 수가 없다. 〈명일〉

칼로 벤 듯〖관용〗 발길이나 관계를 딱 끊음을 비유하는 말. ¶윤용규는 그날부터 칼로 벤 듯 노름방 발을 끊고, 그 돈 2백 냥을 들여 논을 산다. 〈태평천하④〉

칼멘㊔ →카르멘(Carmen). 프랑스의 소설가 메리메(P.Merimee)가 지은 장편 소설의 여주인공 이름. ¶"무언데?" 하고 S가 바라본다. "칼멘 말이야." "전매국?" "응." "저년이 짝패가 있더니 오늘은 혼자만 나와서." 〈창백한 얼굴들〉

칼모친(calmotin)㊔ 칼모틴. 약 이름. 브롬발레릴(bromvaleryl) 요소(尿素)의 상품명. 백색, 무취의 고체로 된 가루약. 진정제, 최면제로 쓰임. ¶칼모친형이나 수도원형이 아닐 뿐이지요. 칼모친형 알아요? 실연허구서 칼모친 신세지는 거… 또, 수도원형은 수녀살이 가는 거. 〈탁류⑰〉

칼피스(calpis)㊔ 우유를 가열, 살균하여 냉각·발효시킨 후 당액과 칼슘을 융합시켜 만든 음료수. 시고 단맛이 있음. ¶결국 가정의 낙이랄 것은 술이나 커피나 칼피스나 그런 것처럼 사뜻한 자극은 없어도 하루 세 때 먹는 밥처럼 담담하니…. 〈이런 처지〉

캉캉㊎ 크게 또는 깊이 찌르거나 박거나 찍는 꼴. ¶속 시원하게 원수풀이도 못하다니 가슴을 캉캉 찧고 싶다. 〈탁류⑩〉

캐다㊍ 드러나지 않은 사실을 밝혀내다. '캘라치면'은 드러나지 않은 사실을 밝혀내려고 하면. ¶대체 무엇이 그대지 서울이 탐탐해서 죽어두 안 떠날 테냐구 캘라치면, 네까짓 것 하등 동물이, 동아줄 신경이, 설명을 해 준다구 알아들으면 제법이게? 〈소망〉

케엑㊎ 목구멍에 걸린 것을 뱉어내려고 목청에서 간신히 짜내는 소리. ¶마침 마루에서 형보의 캐액하는 기침 소리가 들렸다. 〈탁류〉

캐치(catch)**하다**㊍ 얻어 가지다. ¶그가 의학 전문이나 약학 전문을 다녀, 한 개 버젓한 기술을 캐치하고 싶어하는 것은 노상 두고 하던 말이요 진정이었었다. 〈탁류⑦〉

캑㊎ 목구멍에 걸린 것을 뱉어내려고 목구멍에 힘을 주어 내는 소리. ¶"캑!" 하면서 그대로 폭 엎드러진다. 〈탁류⑩〉

캔버스(canvas)명 유화를 그릴 때 쓰는 천. ¶그것은 마치 캔버스 위에서 화필이 노는 대로 그림의 선과 색채가 한 군데씩 두 군데씩 차차로 뚜렷해지다가,…. 〈탁류⑦〉

커 두다동 커다랗게 되어 있는 상태이다. ¶일은 단단히 커 두었다. 어느 결에 어떻게 옮혀들었는지, 정신이 번쩍 든다. 〈탁류⑫〉

커트(cut)가 되다『관용』 끊어지다. ¶이때 마침 대문간에서 윤 직원 영감의 기침 소리가 들려, 이 장면은 그대로 커트가 됩니다. 〈태평천하⑪〉

컨디션(condition)명 형편. 상황. 건강이나 정신 상태. ¶이러한 억색한 경우를 임시로 메꾸기에, 태수의 컨디션은 안팎으로 좋았다. 〈탁류④〉 ¶옥초는 제 자신의 역량과 컨디션과 그리고 그러한 역량과 그러한 컨디션 밑에서 제가 조만간 거리에 참예를 할 현실 사회의 생활과 이런 것을 가지고 갖추 세세하게 상량을 해보았다. 〈모색〉

컴비(combination)명 →콤비. 무슨 일을 하는 데의 단짝. ¶저희 둘이는 승재의 그 어설픈 그 몰골로 해서 장히 얼리지 않는 컴비라는 것도 모르고 시방 큰길을 어엿이 걷고 있는 것이다. 〈탁류⑰〉

컹컹부 개가 크게 짖는 소리. ¶개는 컹컹 짖을 줄밖에 모르는데, 그건 사람의 턱찌꺼기를 얻어먹는 값으로 도둑을 지켜 주자는 밥값이요. 〈정자나무 있는 삽화〉

켕기다동 팽팽하게 되다. ¶바짓가랭이가 조옴 켕기리! 〈탁류⑨〉

켜명 포개진 물건의 낱낱의 층. ¶또 호박을 무말랭이 썰듯 썰어 많이 두고 켜를 두텁게 해서 팥고명을 얹은 호박떡은 아무나 먹기는 별미다. 〈얼어죽은 모나리자〉

켯속명 일의 갈피. ¶인제는 그러므로 켯속이 갈리느냐 안 갈리느냐가 아니라, 〈탁류⑬〉 ¶관수가 보다 못해 시비를 걸었으나, 동네 사람들은 역연 비슬비슬 구경만 하고 있지 말고 거들어 주질 않고, 관수 혼자서 꼼짝없이 여럿에게 몰매를 맞게만 켯속이 되고 말았다. 〈정자나무 있는 삽화〉 ¶오늘은 시아버지 윤 직원 영감과 며느리 고 씨와의 싸움이 방금 벌어질 켯속입니다. 〈태평천하⑤〉

코(가) 빠지다『관용』 (심한 충격으로) 기가 죽고 활기가 없어지다. ¶북어값 삼 원에서 일 원 오십 전을 날려 버린 정 주사는 코빠진 축으로 편입될 것은 물론이다. 〈탁류⑮〉 ¶"그렇잖소?… 왜 지금 코가 대자 오 치나 빠져 가지구 이러구 있어?" 〈병조와 영복이〉 ¶그러구 저… 혼자 있는 때를 가만히 보면 코가 쑥 빠진 것같이…. 〈병조와 영복이〉 ¶올라와서 보니 이렇게 코가 빠져 가지고 있고, 실상은, 오늘 발표를 한다던 ×× 중학에 요행 합격이 되었으면 김 군이야 물론 말 할 것도 없고. 〈회(懷)〉 ¶승재는 십상 되겠거니 믿었던 것이 낭패가 되고 보니, 달리는 아무 변통 수도 없고 해서 코가 석 자나 빠졌다. 〈탁류⑮〉 ¶"그 잘난 제미할 여학생 장가로 못 갈까 봐서 코가 쉰댓 자나 빠져 갖고 댕길 때는 언제고, 저리 좋아서 야단스레 굴 때는 언제꼬!" 〈탁류⑨〉

코대답(-對答)명 탐탁하지 않게 여겨 건성으로 콧소리를 내어 하는 대답. ¶아들의 등 뒤에다 대고 상손네가 역정스럽게 소리를 지른다. 장손이는 무어라고 코대답을 하는지 마는지 하면서 그대로 어슬렁어슬렁 걸어 나가 버린다. 〈암소를 팔아서〉 ¶ "아니요." P는 마지못해 코대답을 하였다. 〈레디 메이드 인생〉 ¶ 정 씨는 서글퍼서 "아니." 하고 코대답을 한다. 〈보리방아〉

코떼다㊍ 무안하리만큼 핀잔을 맞다. ¶ "어제 아침에 사장더라 P군의 사정이 퍽 난처하니 어떻게 생각해 봐주면 좋겠다고 여러 말을 했다가 코떼었소." 〈레디 메이드 인생〉

코똥㊔ 코로 나오는 숨을 막았다가 갑자기 터뜨리면서 불어내는 소리. 『같은』 콧방귀. ¶ P는 속으로 코똥을 '흥' 하고 뀌었으나 아무 대답도 아니하였다. 〈레디 메이드 인생〉

코란(Koran)㊔ →쿠란. 이슬람교의 경전. 마호메트가 유일신 알라로부터 받은 계시를 집대성한 것임. ¶ 마호멧은 매우 친절하게, 코란과 또 한 가지 다른 명물을 내보이면서 어느 것이 마음에 드느냐고 종택더러 물었다. 〈패배자의 무덤〉

코로 웃다『관용』 남을 깔보아 비웃다. 『비슷』 코웃음치다. ¶ 영주는 필경 이렇게 내뻗고 말았다. 그러나 범수는 코로 웃고 맞서지도 아니한다. 〈명일〉

코를 다치게『관용』 어떤 정도가 매우 심함을 나타내는 말. 『비슷』 경치게. ¶ 올라가는 좁다란 골목길은 코를 다치게 경사가 급하다. 〈탁류③〉

코를 떼다『관용』 무안하리만큼 핀잔을 맞다. ¶ 병조는 속마음으로 코를 떼어 놓고 더 말을 하지 못하였다. 〈병조와 영복이〉

코머거리㊔ 코가 막히는 증세가 있는 사람. ¶ "뜸 뜸 뜸." 앞 논에서 코머거리 소리로 우는 뜸부기의 소린데. 〈용동댁〉

코발트(cobalt)㊔ 코발트색. 하늘빛과 같은 짙은 청색. ¶ 추녀 끝과 앞집 지붕 너머로 조금만 내다보이는 하늘이지만 언제 저랬던고 싶게 코발트한 빛으로 맑아 있다. 〈탁류⑯〉

코 벤 돼지『관용』 무안을 당하거나 부끄럽게 된 처지를 이르는 말. ¶ 짜장 초봉이 더러는 검다 희단 말 한마디 않고서 코 벤 돼지처럼 이대로 휭하니 달아나자니 원 천하에 열적기란 다시 없는 짓이다. 〈탁류⑭〉

코스(course)㊔ 진행. 행로(行路). 살아가는 과정. ¶ 밑천 없는 정 주사는 그들의 숙명적 코스대로 하릴없이 하바꾼으로 굴러떨어져…. 〈탁류①〉 ¶ 경순의 생활의 기준과 코스는, 그리하여 스스로 결정이 되었고. 〈패배자의 무덤〉

코티㊔ 화장품 이름. ¶ 그 사이에 경손이는 춘심이한테 코티의 콤팩트와 향수 같은 것을 선사했고, 춘심이는 하부다이 손수건에다 그다지 출 수는 없으나 제 솜씨로 경손이와 제 이름을 수놓아서 선사했읍니다. 〈태평천하⑪〉

콤팩트㊔ 분, 분첩, 입술 연지 따위를 넣는 거울이 달린 휴대용 화장 도구. ¶ 그 사이에 경손이는 춘심이한테 코티의 콤팩트와 향수 같은 것을 선사했고, 춘심이는 하부다이 손수건에다 그다지 출 수는 없으나 제 솜씨로 경손이와 제 이름을 수놓아서 선사했읍니다. 〈태평천하⑪〉

콧구멍이 빠언하도록『관용』 부끄러워서

볼 낯이 없도록. ¶이렇게 콧구멍이 뻐언하도록 몰아세워 주고 싶기도 했다. 〈탁류⑦〉

콧대가 세다[관용] '코가 세다'의 힘줌말. 제 뜻대로만 하려는 고집이 세다. ¶그러나 오목이네는 콧대가 세었다. 그는 젊어서부터 무엇이고 남편을 억눌러 가며 자기 요량대로 해 나왔다. 〈얼어죽은 모나리자〉

콧방귀(를) 뀌다[관용] 아니꼽거나 못마땅하여 남의 말을 들은 체 만 체 콧방귀 소리만 내다. ¶장가는 갈 생각이 없다고 내내 콧방귀만 뀌었다. 〈탁류⑤〉 ¶그럴라치면 관수는 으레껏 콧방귀를 뀌면서 돼지와 개를 빗대 놓고 동네 사람들을 빈정거려 준다. 〈정자나무 있는 삽화〉 ¶"흥!" 경호는 연해 콧방귀를 뀌면서 입을 삐쭉한다. 〈패배자의 무덤〉

콧소리[명] 콧구멍으로 내는 소리. 또는 코 먹은 소리. ¶"각설이라 이때에…" 하고 양금채 같은 목에다가 멋이 시큰둥하게 "…하징 아니해야…" 하면서, 콧소리를 양념쳐 흥을 냅니다. 〈태평천하⑪〉

콧속[명] 콧구멍의 속. ¶초봉이는 눈이 아프고 콧속이 아려서 그 꽃을 안 보려고, 〈탁류⑦〉

콩[부] 곡식을 절구에 넣고 찧거나 빻을 때 나는 소리. ¶콩 콩 콩 콩 단조롭기는 하되 졸리지 아니하고 같이서 마음이 급해지게 야무진 절구 소리가 또 어떻게 들으면 훨씬 한가롭기도 한다. 〈얼어죽은 모나리자〉

콩밥 먹다[관용] 감옥살이를 하다. ¶고것 오래잖아 콩밥 먹을 놈 주긴 아깝다! 아까워. 〈탁류⑦〉

콩밥[명] 감옥에 갇힌 사람에게 주는 밥. '콩밥을 먹다'는 감옥살이를 한다는 뜻. ¶"두어두게. 제 일들 제가 알아서 할 테지. 때가면 둘 다 콩밥인 걸." 〈탁류①〉

콩소매[명] 볼이 축 처지게 지은 넓은 소매. [같은] 큰소매. ¶조선 옷, 양복, 콩소매 달린 옷. 늙은이, 젊은이, 큰 키, 작은 키, 〈탁류④〉

콩이야 팥이야 한다[속] 이러쿵저러쿵 시비하는 투로 따진다는 말. ¶그랬대서, 저편이 말을 꺼내기가 무섭게 얼른 내달아 콩이야 팥이야 하는 건, 새삼스럽게 제 몸뚱아리를 놓고서 흥정을 하는 것같이나 불쾌한 생각이 들던 것이다. 〈탁류⑩〉 ¶산세가 다르고 물맛이 달라 그런지, 중토막 사람들은 콩이야 팥이야 시비 먼저 따지려 들고 그러다가 아가리 힘센 놈한테 언변으로 지고서 만다. 〈정자나무 있는 삽화〉

콩자반[명] 콩을 간장에 조린 반찬. [같은] 콩장. ¶저깔로 한 덩이 떼어다가 입에 넣고 염생이 똥 같은 콩자반을 한 개 두 개 세 개 계속해서 여남은 개나 집어 먹었다. 〈병조와 영복이〉 ¶만 년을 가도 다름이 없는 염생이 똥 같은 콩자반, 기스락물 같은 간장, 채전밭으로 엉금엉금 기어가는 날깍두기, 구릿한 냄새가 코를 찌르는 새우젓, 다 식어서 민둥민둥한 된장찌개…. 〈앙탈〉

쾅당거리다[동] 발을 몹시 구르다. 또는 계속해서 무거운 물건이 되게 떨어져 울리는 소리를 내다. ¶안에서는 연달아 쾅당거리는 소리, 외치는 소리가 들리고, 〈탁류⑦〉 ¶아침으로 오후로 저녁으로면 뱃사람 여대치게 들입다들 소리지르고 지껄이고 광당거리고 음악하고 하느라고 남 정신 못 차리게 떠드는 선머슴 중학생들이 들어 있는. 〈모색〉

광당광당[부] 단단하고 무거운 물건이 바닥에 부딪치거나 떨어져 세차게 울리는 소리. 〖비슷〗 광광. ¶그러나 경손은 본체만체, 광당광당 요란스럽게 발을 구르면서 뒤곁으로 들어갑니다. 〈태평천하⑥〉

쾌미(快味)[명] 시원스럽고 상쾌한 맛. ¶아씨도 원수를 이처럼 오밀조밀하게 미워하는 쾌미를 맛보지는 못했을 것이다. 〈생명〉

쾌(快)하다[형] 상쾌하고 기분이 좋다. ¶ "어느 누구 시체를 감히 벌할 자 있느냐? 쾌하다! 시원타!…." 〈탁류⑩〉

쾨쾨하다[형] 찌든 땀내와 같이 냄새가 비위에 거슬릴 정도로 고리다. 〈퀴퀴하다. ¶아랫목 한편 구석으로 가마니쪽을 둘러앉힌 것은 이 방에서 쾨쾨한 냄새가 나는 청국장 시루다. 〈얼어죽은 모나리자〉

쿠렁쿠렁[부] (자루나 봉지 따위에) 물건이 그득 차지 아니하여 빈 데가 있는 모양. ¶당자 자신은 방금 휘파람이라도 불듯 매우 신이 나 하는 모양이나 라글란 봄외투 밑으로 가뜩이나 쿠렁쿠렁 쌔지 않고 따로 따로 노는 앙상한 어깨가 눈에 띄는 게, 새삼스럽게 애처로와 경순은 마음이 언짢았다. 〈패배자의 무덤〉

쿡[부] (어떤 경향이) 매우 두드러진 모양. ¶또 가령 얼굴은 안 본다 칠 값에 노래가 명창으로 멋이 쿡 든 기생이 또한 허구 많은데, 〈태평천하⑩〉

쿨럭[부] 가운데가 움푹 패거나 들어간 모양. ¶"너 배 안 고푸냐?" 윤 직원 영감은 쿨럭 갈앉은 큰 배를 슬슬 만집니다. 〈태평천하⑩〉

쿨룩쿨룩[부] 오랜 기침병으로 쇠약해진 사람이 입을 우므리고 가슴이 울릴 만큼 힘겹게 내는 기침 소리. ¶뜨는 누룩처럼 꺼멓게 부황이 난 사내가 쿨룩쿨룩 기침을 하고 앉았다. 〈탁류⑮〉

퀄퀄하다[형] ('많은 양의 액체가 큰 구멍으로 잇달아 세차게 쏟아져 나오다'의 뜻바탕에서) 거침없이 시원스럽다. ¶초봉이는 더 참을 수가 없어서 마주 퀄퀄하게 해대려고 고개를 번쩍 들었으나, 말은 목 안에서 잠겨 버리고 청하지도 않는 눈물만 솟아 글썽거린다. 〈탁류②〉 ¶조옴이나 퀄퀄해서 좋으며 그 잔망하게 생긴 철망 안의 여드름쟁이가 코허리에 걸린 안경이 경풍해 떨어질 만큼 가슴이 사뭇 뜨끔 앓았으리. 〈상경반절기〉 ¶안해로 하여금 믿음직한 미소가 저절로 흘러져나오게 할 만큼 퀄퀄하고 대답스러운 본성을 보여주었다. 〈명일〉 ¶퀄퀄하게 대답을 하면서, 도사리고 앉은 윤용규의 눈에서는 불이 이는 듯합니다. 〈태평천하④〉

퀄퀄히[부] 퀄퀄하게. ¶한마디 거칠 것 없이, 굽힐 것 없이, 퀄퀄히 멋스러댑니다. 〈태평천하⑥〉

퀭하다[형] 눈이 움푹 들어가고 정기가 없이 크다. ¶다만 그의 외양이 그중에도 퀭한 눈방울이 너무도 무서워 보이기 때문일 것이다. 〈탁류⑩〉

퀴퀴하다[형] 비위에 거슬릴 정도로 구리다. 〉쾨쾨하다. ¶서방님은 오월이를 내보내고 나서 아직도 퀴퀴하고 찝찔한 냄새가 이부자리에 밴 것이 비위가 역해 연신 침을 뱉었다. 〈생명〉 ¶ 석유 상자에다가 누더기 이불을 올려놓았고, 퀴퀴한 냄새가 코를 찌르고, 서울이면 어디를 가나 한 모양으로 생긴 행랑방이었다. 〈이런 남매〉

큐삐㉰ →큐피(Kewpie). 어깨에 작은 날개가 달린 어린이 인형. ¶ 이윽고 술이 거나하니 취한 숭이가 웬 것인지 큐삐를 한 놈 모래 바닥에다가 파묻으면서. 〈회(懷)〉

크낙하다㉱ 매우 크다. 대단히 크다. ¶ 그 스스로는 본의도 악의도 아니면서 우리들의 가슴에 크낙한 설움을 끼쳐 주었던 것이었었다. 〈회(懷)〉

크레인(crane)㉰ 썩 무거운 물건을 들어 올리거나 옮기는 기계. 『비슷』 기중기(起重機). ¶ 준설선이 저보다도 큰 크레인을 무겁게 들먹거리면서 시커먼 개흙을 파 올린다. 〈탁류①〉

크막하다㉮ 큼직하다. 꽤 크다. ¶ 발에는 크막하니 솜을 한 근씩은 두었음직한 흰 버선에, 〈태평천하①〉 ¶ 크막하니 시원한 눈하며 검고 짙은 눈썹하며. 〈반점〉 ¶ 숲속 너머로는 말갛게 갠 하늘이 크막하니 아치를 숙이고 있고, 〈상경반절기〉 ¶ 그래도 잠귀 하나는 밝아, 푸스스 일어나면서 한 손으로는 크막한 쪽을 다스리면서 또 한 손으로는 무명씨 박힌 왼편 눈의 눈곱을 비비면서, 〈흥보씨〉 ¶ 제가 이야기해 준 말을 골자 삼아 닷 발이나 되게 허겁스런 문구로 늘려논 글이 크막한 사진과 한가지로 게재가 된 데는 낯이 화끈했고. 〈모색〉 ¶ 석양 무렵에 크막한 삼각관을 쓰고서 낡은 비각 앞이라도 오락가락 하염직하게, 〈순공(巡公) 있는 일요일〉

크크크㉮ 나오려는 웃음을 찾지 못하고 입속으로 자꾸 웃는 모양. ¶ "대가리루다가 급행열차를 정면으루 들이받은 것보다 그놈이 되려 걸작일다 걸작, 허허허… 크크크." 〈패배자의 무덤〉

클로로㉰ →클로르칼크(chlorkalk). 무명 따위를 표백하며 소독제로도 쓰임. ¶ 사개 틀린 유리 밀창을 드르릉 열기가 바쁘게 클로로 냄새가 함빡 풍기는 게, 〈탁류⑰〉

키네마㉰ →시네마(cinema). 영화관. ¶ "계봉이 이따가 키네마 안 갈늬?" 영화를 아직까지는 연애보다도 더 좋다고 주장하는 오꼼이가 계봉이를 꾀던 것이다. 〈탁류⑯〉

ㅌ

타관(他關)명 제 고향이 아닌 다른 고장. 『같은』 타향(他鄕), 객향(客鄕), 객지(客地). ¶그것은 다 저라서 그런 것이 아니라 부모가 기왕 견우와 멀리하게 하기 위하여 타관으로 보내는 바이면 돈을 벌게 하는 게 좋다고 생각하고 그렇게 억지로 시킨 것이다. 〈팔려간 몸〉 ¶오 년이나 타관으로 돌아다니다가 작년 가을에 도로 굴러 들어왔기 때문에 언제 장가를 들고 할 겨를이 없었다. 〈얼어죽은 모나리자〉 ¶대복이는 멀리 타관에를 심부름 가고 있지 않는 이상 매일같이 골목 밖 이발소에 나가서…. 〈태평천하②〉 ¶"그러닝개루 너는 저어, 기왕 타관에 나가서두 잘 지내던 사람이구 허닝개루…" 〈정자나무 있는 삽화〉 ¶내려가기는 했어도 마침 공교로이 상수가 타관 출입을 하고 없었고 해서 그럭저럭 일 년 반, 〈모색〉 ¶문오 선생은 바로 정초에 볼일이 있노라면서 타관엘, 어느 타관인지는 모르나 아무튼 타관엘 나가고 집에는 있지 않더라는, 〈순공(巡公) 있는 일요일〉

타기(惰氣)[1]명 게으른 마음이나 기분. ¶눈은 타기가 없고 총명하나, 자라도 심술은 가시잖는다. 〈탁류⑯〉

타기(唾器)[2]명 침을 뱉는 그릇. ¶그러나 구석구석에 타기가 놓여 있지를 않느냔 말이다. 〈상경반절기〉

타다[1]동 어떤 조건이나 기회를 포착하다. 때를 이용하다. ¶오월이는 마침내 마음을 굳게 도사려 밤들기를 타서 사랑으로 나갔다. 〈생명〉

타다[2]동 몫으로 받아 가지다. ¶아무래도 꾸지람과 매는 타 둔 것이니 미리서 그래 버릴까. 〈생명〉

타래버선명 양 볼에 수를 놓고 코에 색실로 수를 단 돌 전후의 어린아이가 신는 누비 버선의 한 가지. ¶고기작고기작 새까맣게 땟국이 묻은 무명 두루마기며 헌 타래버선이나 찢어진 볼을 실로 얽어맨 고무신도 그러하려니와 곰방대를 꽂은 괴나리봇짐이 완연히 그를 시골 사람으로 레테르를 붙이었다. 〈농민의 회계보고〉

타령(打令)명 국악 곡조의 한 가지. ¶미두꾼들이 좋은 때고 언짢은 때고 두루 쓰는 이 타령을 한바탕 외다가 갑자기, "아차 내가 깜박 잊었군!…" 하더니. 〈탁류④〉

타박명 잘못이나 결함을 잡아 나무라거나 탓함. ¶주사라도 한 대나마 놓아 주는 시늉을 하지는 않고서 되레 타박을 한 것이 후회가 났다. 〈탁류⑥〉

타 빠지다동 '불이 붙어 벌겋게 되다'를 강조하는 말. ¶그러나 그러지를 못하고 다 타 빠진 꽁초를 주워 모아 신문지에 말아 먹고 있게쯤 소심해진 그 심정이 밉살머리스러우면서도 한편 측은한 생각에 가슴이 질리는 것이다. 〈명일〉

타산(打算)명 손익관계를 따져 셈쳐 봄. 또는 그 셈속. ¶그런 관계나 저런 타산 말고라도, 이쁘게 생긴 초봉이를 제호는 이뻐한다. 〈탁류②〉 ¶그런 타산은 도시에 의식 가운데 떠오르지도 않고, 〈태평천하⑪〉

타성(惰性)명 어떤 동작이나 경험의 연속에 의하여 굳어진 버릇. ¶그래도 작년 정월 시어머니 오 씨가 살아 있을 때까지는 30년 눌려서 살아온 타성으로, 고양이 앞에 쥐같이 찍소리도 못하고 마음으로만 앓고 살았지만, 〈태평천하⑥〉 ¶비록 낡은 것이나마 교양이라는 것이 있어 타성적으로 그놈한테 압제를 받기 때문이다. 〈탁류⑦〉

타성바지(他姓--)명 자기와 다른 성(姓)을 가진 사람. ¶그 돈을 정작 쓰는 데로 말하면, 매제니 생질이니 하더라도 타성바지에 아무 상관도 없는 딴 남인 걸, 〈이런 남매〉

타악부 →탁. 마음이 풀리거나 느슨해지는 모양. ¶그는 이 제웅이 아무 속도 모르고, 속을 모를 뿐 아니라, 오히려 타악 믿고서 무심히 앉아 있는 것이 다시금 귀여웠다. 〈탁류⑧〉

타앙부 →탕. 탄력이 있고 단단한 물건이 세게 부딪치거나 떨어질 때에 나는 것과 같은 소리. ¶미닫이를 타앙 열어젖히고 다가앉는 윤 직원 영감은 그러기 전에 벌써 밥 먹던 숟갈은 밥상 귀퉁이에다가 내동댕이를 쳤고요. 〈태평천하⑥〉

타패(打敗)하다동 재물이 아주 결딴하다. 『비슷』 치패하다(致敗~). ¶윤 주사는 시방 아무 정신도 없어 알아듣지 못하고 9만을 타패합니다. 〈태평천하⑬〉

타액(唾液)명 침. 입 속의 침샘에서 분비되는 무색의 끈기가 있는 소화액. ¶생리학자의 말을 들으면 조선 사람은 짜고 매운 것을 많이 먹어서 남달리 타액이 더 나온다고 한다. 〈상경반절기〉

타입(type)명 어떤 부류의 유형. ¶얼굴도 M은 우둘부둘한 게 정객 타입으로 생기었고—잘못하면 복싱 링에 내세워도 좋겠고—H는 안존한 게 사무원 타입이다. 〈레디 메이드 인생〉 ¶물론 부르조아 타입은 아니나, 인제 오래잖아 배는 얼마큼 나옴직해 보인다. 〈이런 남매〉

타진(打診)명 손가락이나 타진기로 가슴이나 등을 두드려서 그 소리로 내장의 이상 유무를 진찰하는 일. ¶그는 다만 병원에 앉아 검온기를 통해서, 맥박의 수효나 청진기를 통해서, 뢴트겐이나 타진을 통해서, 주사기를 들고, 처방전을 들고, 카르테를 들고… 이렇게 다만 병든 인생만을 대해 왔었다. 〈탁류⑥〉

탁객(濁客)명 성격이 흐리터분하거나 아무 분수도 모르는 사람을 놓으로 이르는 말. ¶오히려 제 몸감장도 할 줄 모르는 탁객인 소치다. 〈탁류③〉

탁류(濁流)명 흐린 물줄기. ¶이렇게 에두르고 휘돌아 멀리 흘러온 물이, 마침내 황해 바다에다가 깨어진 꿈이고 무엇이고 탁류째 얼러 좌르르 쏟아져 버리면서 강은 다하고, 〈탁류①〉

탁배기(濁--)명 →막걸리. (경상) ¶5전을랑 자네 말대루 막걸리를 받아먹든지, 탁배기를 사 먹든지 맘대루 허소. 〈태평천하①〉

탁탁부 일을 결단성있게 잘 처리하는 모양. ¶일껏 골라다가는 선을 뷜라치면 트

집을 잡아 가지골랑 탁탁 퇴짜를 놓고, 그러면서 속히 서둘지 않는다고 성화를 대곤 해서요. 〈태평천하⑧〉

탁하다㊍ →닮다. (평안) 【참고】 생김새나 성질 따위가 아버지 쪽을 닮으면 친탁, 어머니 쪽을 닮으면 외탁이라고 함. ¶"아무렴, 아범을 탁해야지!" 〈탁류⑬〉

탄다라스(Tantalus)㊐ →탄탈로스. 그리스 신화에 나오는 인물. 제우스의 아들. 신들의 비밀을 누설한 벌로 지옥의 물에 턱까지 잠겨 있었는데 목이 말라 물을 마시려 하면 물이 빠졌다고 함. ¶탄다라스 탄다라스 나는 탄다라스 머리 위에 달아맨 고운 과실. 보고도 못 먹는 손을 때려면 달아나는 고운 과실…. 〈병조와 영복이〉

탄복(歎服)스럽다㊉ 참으로 훌륭하여 감탄할 만하다. ¶깊은 속을 곧잘 표시할 수 있는 지혜와 영리함이 있음을 알았던 것이고, 따라서 탄복스럽던 것이다. 〈탁류③〉

탄식거리(歎息--)㊐ 한탄하며 한숨을 쉴 만한 내용이나 재료. ¶이걸로써 저를 용서하는 대신, 답답한 마음을 어루만져 주는 탄식거리에는 족했었다. 〈탁류⑫〉

탄탄㊇ 헐겁거나 느슨하지 않고 아주 야무지고 굳센 모양. ¶어디 촌 학장 샌님네 집안 태생으로 삼십이 가깝도록 상투나 탄탄 짱고 지나다가 요행 국어 마디나 아는 덕에 하루 아침 뛰쳐나와 순사를 다니는 참이고…. 〈순공(巡公) 있는 일요일〉 ¶머리는 그런데, 머리채를 땋는다든가 상투를 틀어 탄탄 망건을 쓴다든가 하면, 〈회(懷)〉

탄탄하다㊉ 마음이 굳고 실하다. ¶(종차에는 그놈이 어떤 역할을 하게 될 값에 적어도 시초만은) 한 개의 뉴스를 전하는 그런 탄탄한 마음으로 우연히 나온 것이다. 〈탁류⑫〉

탄하다㊍ 남의 일에 참견하여 시비하다. ¶윤 직원 영감은 밥이 새하얀 쌀밥인 걸 보고서, 보리를 두지 않았다고 그걸 탄하던 것입니다. 〈태평천하⑤〉

탈㊐ 뜻밖의 변고나 사고. ¶혹시 조용히 조처를 할 수가 없지 않았을 일인 걸 갖다가 자는 호랑이 코침 주더라고 지레 탈을 내놓고 마는 게 아닐지도 모르겠고, 하니 차라리 아무 말도 말고 제호한테 떠맡기고서, 〈탁류⑭〉 ¶일행은 S자동차부의 자동차를 타고 지나가며 검찰을 한 결과 별로 탈을 잡힌 곳이 없이 무사히 통과가 되었다. 〈화물자동차〉

탈(을) 내놓다【관용】 탈이 나게 하다. ¶혹시 조용히 조처를 할 수가 없지 않았을 일인 걸 갖다가 자는 호랑이 코침 주더라고 지레 탈을 내놓고 마는 게 아닐지도 모르겠고, 〈탁류⑭〉

탈(을) 내 주다【관용】 탈나게 해 주다. ¶그래 벌써 계집애를 두엇이나 탈을 내 주었는데, 오목이도 작년 가을에 그 손에 걸렸을 것을. 〈얼어죽은 모나리자〉

탈(을) 잡다【관용】 흠을 잡아 탓하다. 핑계나 트집을 잡다. ¶그것이 문서상으로는 자작농 창정인 아무아무 두 사람이 한 일로 되었으니까 어느 모퉁이나 탈 잡을 거리가 없이 되었다. 〈보리방아〉 ¶이번에는 정 주사가 탈을 잡는 체한다. 〈탁류⑦〉

탈(을) 하다【관용】 핑계를 대다. 핑계로 내

세우다. ¶어떻게 하나? 탈을 하고, 오늘은 일찍 돌아가나? 〈탁류②〉

탈리(脫離)되다동 떨어져 나가게 되다. 관계를 끊게 되다. 『같은』 이탈되다(離脫~). ¶그것은 그들의 몇 부분이 동경서 학생으로 있을 시절에는 그 속에서 활발하게 ××을 계속하던 것이 조선에 나오면서 탈리되는 것으로 보아 그러한 해석을 내리지 아니할 수가 없다. 〈레디 메이드 인생〉

탈망 바람명 망건을 쓰지 않은 허술한 차림새. ¶그는 삼십이 넘도록 탈망 바람으로 삿갓 하나를 의관 삼아 촌 노름방으로 으실으실 돌아다니면서…. 〈태평천하④〉

탈속(脫俗)명 세속의 번뇌에서 벗어남. ¶승재라는 사람이 속세의 생활을 한 고패 딛고 넘어서서 탈속이 되었다거나, 달리 무슨 괴벽이 있어서 그러냐 하면 살상 그런 것은 아니다. 〈탁류③〉 ¶도무지 유유자적한 게 어떻게 보면 신선인 것처럼이나 탈속이 되어 보입니다. 〈태평천하⑤〉

탐스럽다형 마음이 몹시 끌리도록 보기에 소담스럽거나 좋다. ¶그 키가 탐스런 제 체격에 잘 어울린다. 〈탁류⑯〉

탐지다형 탐스럽다. 마음이 끌리도록 보기에 소담스럽다. ¶뒤 울타리로 숱하게 뻗어 올라간 호박 덩굴의 탐진 호박잎들이 내리쪼이는 불볕에 맥이 없이 처져 있다. 〈보리방아〉 ¶억척으로 마당 한 귀퉁이를 파 일궈 심은 다알리아가 한 길이나 탐지게 자랐다. 〈탁류⑬〉 ¶벼는 며칠 않아서 목이 밸 무렵이라, 잎이 탐지게 뽑혀 오른 포기포기가 보기에도 싱싱하고 소담스럽다. 〈정자나무 있는 삽화〉 ¶그저 좋고 탐지어 개중에도 여럿이 있는 데서 떼어 놓고 보며는 선뜻 눈에 들곤 한다. 〈탁류⑯〉

탐탁명 마음에 들어맞음. ¶어둠 속으로 희엿한 을녜의 얼굴을, 역시 탐탁은 해서 보고 누웠던 관수는 푸스스 일어나 앉아, 참외를 한 개 집어 든다. 〈정자나무 있는 삽화〉

탐탁스럽다형 보기에 마음에 들어맞다. ¶평범하다 할지언정 별반 탐탁스럽게 아름다운 경치는 아니다. 〈반점〉 ¶그래 본들 무슨 그다지 탐탁스런 재미야 있을꼬마는 글세… 아무렇든. 〈모색〉

탐탁스레부 탐탁스럽게. ¶그러나 실상은 그것이 무슨 제호한테 탐탁스레 정이 있어 그러는 게 아니고, 〈탁류⑫〉

탐탁찮아하다형 탐탁하지 않게 여기다. ¶"안 먹었으면 자네가 설넝탱이라두 한 뚝배기 사 줄라간디, 밥 먹었냐구 묻넝가?" 하면서 탐탁찮아하는 낯꽃으로 전접스런 소리를 합니다. 〈태평천하⑦〉

탐탁하다형 (모양이나 태도 따위가) 마음에 들다. ¶"그동안 기다리고 있었으면 앞으로 일 년만 있으면—감형되셨다지요? 퍽도 반갑습니다.—당신을 번듯한 얼굴로 만날 수가 있었을 터인데 이 탐탁치 아니한 생활을 얻느라고!…." 〈그 뒤로〉 ¶결단코 추월색이라는 이야기책의 이야기 내용에 탐탁하는 게 아닙니다. 〈태평천하⑪〉 ¶대체 무엇이 그대지 서울이 탐탁해서 죽어두 안 떠날 테냐구 캘라치면, 네까짓 것 하등 동물이, 동아줄 신경이, 설명을 해 준다구 알아들으면 제법이게? 〈소망〉 ¶계봉이가 웃는 것을 보고, 승재는 아닌 게 아니라 너는 퍽 시원

스럽게 웃는다고 탐탁해 바라다만 본다. 〈탁류③〉

탐탁히㈜ 탐탁하게. ¶갑쇠는 을녜가 열댓 살, 계집애 꼴이 박히기 시작할 적부터 탐탁히 여겼고, 〈정자나무 있는 삽화〉

탑삭부리㈛ 수염이 짧고 탐스럽고 소복하게 많이 난 사람. ¶탑삭부리 한 참봉네 집 싸전가게를 피하자면, 좀 돌더라도 신흥동으로 둘러가야 한다. 〈탁류①〉

탑삭부리지다㈚ 수염이 짧고 다보록하게 많이 나 있다. ¶그래서 겉늙고 탑삭부리진 남편과 대해 놓고 보면 며느리나 소실 푼수밖에 안된다. 〈탁류①〉

탕건(宕巾)㈛ 지난날 관원이 갓 아래에 받쳐 쓰던 관(冠)의 한 가지로 말총으로 뜬 것. 앞이 낮고 뒤가 높아 턱이 졌음. ¶머리에는 탕건에 받쳐 죽영 달린 통영갓이 날아갈 듯 올라앉았읍니다. 〈태평천하①〉 ¶그런데 글세, 깎은머리에다가 탕건 받쳐 갓만 썼을 뿐, 전과 다름 없는 문오 선생인 채로, 〈순공(巡公) 있는 일요일〉

탕수육(糖水肉)㈛ 쇠고기, 돼지고기 튀김에 양념을 달콤하게 끓여 부은 중국 요리. ¶그래두 술은 안 먹었드라우! 주머니터림 해 가지군 밤에 살며시 뒷문으루 둘와선, 으레껏 뎀뿌라 잡채 탕수육에 우동이나 자장면을 시켜서 먹군 했어두…. 〈회(懷)〉

태(胎)㈛ 태아를 싸고 있는 조직. ¶글쎄 다 같은 한 아버지 딸에 한 어머니 태 속에서 생겨나 가지굴랑. 〈소망〉

태(態)(를) 내다『관용』 짐짓 태도를 꾸미거나 지어내다. ¶형보가, 바야흐로 제가 주인이 된 듯 손님을 배웅하는 좌석 머리의 태를 내어. 〈탁류⑭〉

태격태격하다㈜ 티격태격하다. 서로 뜻이 맞지 않아 옳고 그름을 따지다. ¶이렇게 부녀가 태격태격하려고 하는 판인데, 방 웃미닫이가 사르르 열리더니, 〈태평천하⑤〉

태곳적(太古-)㈛ 아득히 먼 옛날. ¶해는 태곳적부터 이렇게 낮은 듯이 늘어지게 길다. 〈보리방아〉

태극선(太極扇)㈛ 태극 모양을 그린 둥근 부채. 『같은』 태극부채. ¶웬 뚱뚱한 여자 하나가 아직 이른 태극선을 손에 들고 나서는 것도 승재한테는 의외거니와, 〈탁류⑮〉

태기(胎氣)㈛ 아이를 밴 기미. ¶시집을 가자, 바로 얼마 안 되어서 태기가 있어가지고 이듬해 여름에 시방 데리고 있는 아들 태진이를 낳았다. 〈용동댁〉

태동(胎動)㈛ 뱃속에서 태아가 움직이는 것. 또는 어떤 현상이 생기기 시작하는 것. ¶태동도 유산도 안 된 것이 도리어 이상할 만큼 경순의 심장에 울린 격동은 대단했고. 〈패배자의 무덤〉

태마(駄馬)㈛ 좋지 아니한 말. ¶정 주사도 시방은 다 비루먹은 태마라도 증왕에는 천리준총이었거니 여기고 있다. 〈탁류⑮〉

태반(太半)㈛ 절반. 또는 반수 이상. ¶그래도 더러는 밥을 먹는다. 그 '더러는 먹는 밥'이 태반은 누구의 덕이냐 하면, 〈빈(貧)… 제1장 제2과〉

태산(泰山)같다㈚ 매우 크거나 많다. ¶정씨는 그것을 태산같이 믿고 있던 판이다. 〈보리방아〉

태액㈜ →택. 목구멍에 걸린 것을 뱉어 내려고 목청을 힘껏 갈아서 내는 소리. ¶관수는 가래침을 태액 뱉으면서, 모두 보기

가 싫고 싫증이 나니, 어서 하루바삐 이 고장을 떠나야 하겠다고 생각을 맺는다. 〈정자나무 있는 삽화〉

태생(胎生)명 어떠한 땅에 태어나는 일. ¶ 이 이야기를 쓰고 있는 당자 역시 전라도 태생이기는 하기만, 그 전라도 말이라는 게 좀 경망스럽습니다. 〈태평천하①〉

태을도(太乙道)명 도둑질. ¶ 똑똑한 놈이면 으례껏 훔치훔치 즉 태을도를 한대서 그러는 것입니다. 실상 전에 시골서 살 때에는 똑똑한 상노놈을 더러 두어 본 적도 있었으나, 했다가 번번이 그 태을도를 하는 바람에 뜨거운 영금을 보았었읍니다. 〈태평천하③〉

태음인(太陰人)명 사상 의학에서 사람의 체질을 넷으로 가른 하나. 간이 크고 폐가 약한 형으로, 체력과 근육, 뼈 등이 좋으며 낙천적이고 호걸다운 기질이 있다. ¶ 사상의더러 보라면 태음인이라고 하겠지요. 〈태평천하⑤〉

태질명 세게 메어치거나 내던지는 짓. ¶ 근력은 내가 세니까 다리 아픈 것만 낫거들랑, 이놈의 자식을 어쨌든지 동동 들어서 굳은 땅바닥에다가 태질을 쳐 주고 칵칵 제겨 주고 다리 팔을 냅다 배틀어 주고. 〈정자나무 있는 삽화〉

태클(tackle)하다동 여기서는 '빼앗다', '차지하다'의 뜻. ¶ 그렇지만 조심해야 해, 혹시 내가 남 서방을 태클할는지도 모르니깐, 응? 언니? 〈탁류③〉

태평몽(太平夢·泰平夢)명 태평하고 안락한 꿈. ¶ 고 씨는 새벽 세 시가 지나 술이 얼큰해 들어오더니 여태 태평몽이고…. 〈태평천하⑭〉

태평세월(泰平歲月)명 태평한 시절. ¶ 다아 이건 조용한 틈이길래 하는 말이네마는, 대체 자네는 어쩔 셈으루다가 이렇게 태평세월인가, 응? 〈탁류⑩〉

택일(擇日)명 길흉을 따져 좋은 날짜를 정하는 일. 『같은』 날받이. ¶ 사주단자에 택일까지 아주 합시다. 〈탁류⑦〉

터덕터덕부 가볍게 자꾸 두드리는 소리나 모양 〉타닥타닥. ¶ 태호는 어색하게 도리깨질을 터덕터덕 하고 섰다. 〈보리방아〉

터덜거리다동 몹시 느른한 몸으로 무겁게 걷다. 〉타달거리다. ¶ P가 터덜거리고 돌아와 앉으면 "아 참 긴상, 어데 편찮으슈? 신색시 아주 못됐어!" 하고 속도 모르고 걱정을 해 준다. 〈명일〉

터덜터덜부 몹시 지친 몸을 이끌고 느릿느릿하게 걷는 모양. ¶ 제호가 술병을 손에 들고 터덜터덜 대문간으로 들어선다. 〈탁류⑭〉

터럭명 사람이나 짐승의 몸에 난 길고 굵은 털. ¶ 수없이 내리쳐 살을 으끄리고 피를 터뜨리되 터럭 하나의 빈 자리도 피할 길이 없이 된 매서운 매 밑에. 〈생명〉 ¶ 칫솔 쓰던 것을, 빗을 치고 살쩍을 쓸고 해서 터럭 틈새기에 비듬이야 기름때야 머리터럭이야가 꼬작꼬작 들이 끼였는데, 〈탁류⑯〉 ¶ 할미꽃 터럭이 눈 날리듯 허옇게 덮여 날린다. 〈쑥국새〉 ¶ 닭은 멀리서 보아도 왼편 다리가 너벅다리께서 피가 시뻘겋게 흰 터럭 위로 흐르고 힘없이 축 처진 게, 보나 안 보나 개한테 물린 속이다. 〈용동댁〉 ¶ 아따 저 거시키 터럭 안 뽑는 철학 그건 인전 그만두셨나요? 〈모색〉

터북하다㉻ (머리털, 풀, 나무 따위가 우거져) 위가 수북하다. 〖비슷〗 터부룩하다. ¶은실을 심은 듯 고운 수염이 그리 터북하지 않아서 더욱 해맑다. 〈두 순정〉

터분하다㉻ (날씨, 마음, 기분 따위가) 시원하게 맑지 않고 몹시 답답하다. ¶꽃이 피느라, 핀 꽃이 지느라 사월 내내 터분하던 하늘이 인제는 말갛게 씻기고 한창 제철이다. 〈탁류⑯〉

터설 궂다㉻ 종이나 천 따위의 바탕이나 가장자리가 매끈하지 아니하고 거칠게 보풀이 일어나 있다. 〖비슷〗 터실터실하다. ¶뜰아랫방들은 으스스한 그늘이 진 툇마루에 저의 주인들처럼 터설 궂게 생긴 헌 신발 짝들만 얌전스럽지 못하게 널려 있지 모두 교교하다. 〈모색〉

터수㉮ (일, 신분, 살림 따위의) 형편이나 정도. 〖비슷〗 처지(處地). ¶"혼인날 동네 사람 청해다 장국이나 대접허구 허재두 아주아주 적게 잡아 백 환 하난 들어야 헐 테니, 당장 우리 터수에 백 환이 어디서 나느냐구…" 〈암소를 팔아서〉 ¶그렇다고 '자격자'를 골라서 혼인을 하잔즉, 지체도 없으려니와 가랭이가 찢어지게 가난한 터수에 도무지 가량없는 소망이고 해서. 〈동화〉 ¶외아들이기 때문에 농투성이의 터수에, 그래도 장차 생일이야 해 먹을 값에. 〈두 순정〉 ¶제 앞도 변변히 가리지 못하는 터수에, 주제넘게 나서서 동정이니 구제니 할 책임이나 의무는 더욱 없는 것이다. 〈이런 남매〉 ¶그러나저라나 글 한 줄 반반히 쓸 줄도 모르는 터수에 신문 잡지의 기자 구습을 생각하다니. 〈모색〉

터울㉮ 한 어머니에게서 난 자녀의 나이 차이. 먼저 난 아이와 다음 난 아이와의 나이 차. ¶그 다음 세 살 터울로 작은아이 종태를 낳고는 이내 포태를 못했다. 〈명일〉

턱[1]㉮ 좋은 일이 있을 때 남에게 베푸는 음식 대접. ¶선생님 됐으니깐 나한테 턱을 한탁 해요! 〈탁류⑰〉

턱[2]㉯ 죄던 마음이 아주 풀리는 모양. ¶그래서 그는 털털하고도 시원스러운 제호한테는 턱 미더움이 생겨,…. 〈탁류②〉

턱찌꺼기㉮ 먹다 남은 음식. 〖같은〗 턱찌기. ¶개는 컹컹 짖을 줄밖에 모르는데, 그건 사람의 턱찌꺼기를 얻어먹는 값으로 도둑을 지켜 주자는 밥값이요. 〈정자나무 있는 삽화〉 ¶그러고는 또 먹던 턱찌꺼기를 남을 주어, 그렇지 않아도 성미가 까달스러운 김 순사네한테 욕을 먹게 하고. 〈흥보씨〉

털고 나서다〖관용〗 하던 일을 끝마치거나 그만두다. 또는 미련 따위를 떨쳐 버리다. ¶아직까지는 털고 나서서 개가를 하겠다는 의사는 감히 없고, 역시 재혼이라는 것은 못하는 걸로 여기고만 있읍니다. 〈태평천하⑨〉

털레털레하다㉸ 매달리거나 늘어진 물건이 둔탁하게 흔들리다. ¶주인 여자는 볼때깃살이 털레털레하도록 고개를 흔들면서,…. 〈탁류⑮〉

털썩㉯ 두툼하고 큰 물건이 갑자기 바닥에 떨어지는 모양. 또는 그 소리. ¶털썩, 옹통이를 일부러 떨어뜨렸다. 〈암소를 팔아서〉

털씬㉯ 사람이 갑자기 주저앉는 소리. 또는 그 모양. ¶제호는 초봉이가 앉은 테이블 앞의 걸상에 가서 털씬 걸터앉아 모자를 벗어 가지고 번질번질한 대머리 얼러 얼굴에 부채질을 한다. 〈탁류②〉

털털이명 (차림이나 행동 따위가) 깍듯하지 못하고 털털한 사람. ¶걱정두 말아요!… 아무려믄 당신 같은 털털이허구 바꾼답디까? 〈탁류⑬〉

털털하다형 (사람의 성질이) 까다롭지 않고 소탈하다. ¶그는 털털하고도 시원스러운 제호한테는 턱 미더움이 생겨, 〈탁류②〉 ¶더구나 대학 물림의 헌 교복을 (사세가 궁한 것도 아니면서) 털털하게 그대로 입고 있었기 때문에 학생 태가 하나도 벗지 않았었다. 〈모색〉

털팽이명 성질이 침착하지 못하고 덩벙거리는 사람. 『비슷』 덜렁이. ¶할 말 못할 말 함부로 들이대기나 하고, 이러한 털팽이요, 심술꾸러기로만 계봉이를 여겨온 승재는 오늘이야 계봉이가 엉뚱하게 속이 깊고…. 〈탁류③〉 ¶그리구 나는 털팽이구. 안 그랬수? 그랬는데, 시방은 꼭 반대니. 〈소망〉

텁텁하다[1]형 (기분이나 몸이) 상쾌하고 가뿐하지 못하다. 개운하지 못하다. ¶요새로 바싹 더, 연일 밤 늦게까지 술을 먹고 돌아다니던 끝이라, 사족이 무겁고 머리가 텁텁한 게 인제 목간이나 푸근히 한탕하고서, 〈순공(巡公) 있는 일요일〉

텁텁하다[2]형 (입맛이나 음식 맛, 또는 입안이) 시원하거나 깨끗하지 못하다. ¶자고 난 입맛이 텁텁한 판에 한 개—일상 많이 피워서 맛을 잘 아는 비둘기표 고놈 한 개를 붙여 물고 푹푹 피우고 싶은 생각이 배고픈 것이나 지지 않게 간절하였다. 〈생명의 유희〉 ¶얼마를 그러고 섰었는지 겨우 입안이 텁텁한 게 담배 생각이 나서 체경 앞을 물러설 때는 몸에 묻었던 물방울이 제풀로 다 말라 버렸다. 〈빈(貧)…제1장 제2과〉

텁텁해지다동 텁텁하게 되다. ¶밤 사이 후덥지근한 방안에서 텁텁해진 머리와 부자연하게 시달린 몸의 피로가 한꺼번에 다 씻겨 나가는 것 같았다. 〈탁류⑩〉

텃논명 집터에 딸리거나 마을 가까이 있는 논. ¶다만 멀리 텃논에서 개구리 우는 소리가 새삼스럽게 아득히 들린다. 〈생명〉

텃세(–勢)명 먼저 자리를 잡은 사람이 뒤에 들어오는 사람을 업신여겨 양보하지 않는 일. ¶"너, 누구냐?" 하면서 눈에 나타난 호의와는 다르게 텃세하듯 따지고 일어섭니다. 〈태평천하⑪〉 ¶승재 옆에 명님이라는 계집아이가 있게 되는 것을 노상 텃세하고 시새워하고 해서만 그러는 것은 아니다. 〈탁류⑰〉

텅하니부 속이 아주 비어 있는 모양으로. ¶한가로이 벤치에 가 걸터앉았을 뿐 그 야단스럽던 군중은 어느덧 말끔 풀려나가고서 텅하니 비어 있다. 〈상경반절기〉

테의 →터. 동사나 형용사의 끝 '–ㄹ' 뒤에 쓰여, '추측'이나 '예정'을 나타내는 말. ¶사랑일 테거들랑 올 하나두 빗나가지 않은 채루 옹근 사랑, 이거래야만 만족할 수 있는거지, 〈탁류⑰〉

테리야명 →테리어(terrier). 영리하고 날쌘 작은 애완견. 영국 태생으로 폭스테리어, 스코티테리어 등 종류가 많음. ¶작년 정월에는 암캐 같은 시어머니었든지 테리야 같은 시어머니었든지간에 좌우간,

그 시어머니 오 씨가 여우가 꽁꽁 물어 간 것은 아니나 당뇨병으로 세상을 떠났고, 〈태평천하⑤〉 ¶흰 바탕에 검은 점이 박힌, 테리야 종자의 바둑강아진데, 요놈이 현 서방의 순동이 다음에 가는 애물입니다. 〈홍보씨〉

테마(thema)㊔ 창작, 논의의 중심 과제나 주제. ¶실사회에 나가 몸소 가져야 할 실제 생활이랄지 또 그 '생활의 테마'랄지를 이윽고 잠심해서 생각을 하게 되던 작년 봄 졸업반에 오르고 나서부터다. 〈모색〉

테머리하다㊍ 머리카락을 테가 생기게 꼬아 둘러 잡아매다. '테'는 표식이나 장식으로 둘레를 두른 물건을 뜻함. ¶이 밤에 이 집을 쳐들어온 이 패들만 보아도 패랭이 쓴 놈, 테머리한 놈, 머리 땋은 총각, 늙은이 해서 차림새나 생김새가 가지각색이듯이, 〈태평천하④〉

테이블 크로스(table cloth)㊔ →테이블 클로스. 식탁이나 탁자 위를 덮는 보자기나 뜨개질하여 만든 물건. ¶그는 벽에다 비스듬히 등을 기대고 두 다리를 거침새없이 내뻗고 앉아서 책상—양탄자를 씌웠으면 값 헐한 중국요릿집의 요리상으로 쓰기에 꼭 알맞은 형용만 갖춘 책상—위에 얼른 보기에는 흰 테이블 크로스를 덮은 것 같으나 알고 보면 영복이가 기계과에 있는 덕에 가끔 몇 장씩 가져오는 널따란 양지를 펼쳐 놓고 철필을 든 손으로 무심하게 글자를 끄적거렸다. 〈병조와 영복이〉

템씨나㊕ →행여나. 어쩌다가 혹시. ¶분명코 그 아가씨는 템씨나, 또 동물원의 하마같은 걸 구경할 때처럼 승재에게서도 병든 신경의 괴상한 흥분을 맛보았기 아니면, 야만이라고 싫증을 내어 대문 밖으로 몰아냈기가 십상이었을 것이다. 〈탁류⑰〉

토닥토닥㊕ 잘 울리지 않는 물건을 잇달아 가볍게 두드려서 내는 소리 또는 그 모양. 【여린말】 도닥도닥. ¶건너 큰방에서는 영감에게 붙잡혀 앉은 옥섬이가 다리 치는 소리가 한시경을 잊은 듯이 토닥토닥 들려왔다. 〈산동이〉 ¶그들먹하게 뻗고 누웠는 다리를 조막만한 기집애가 밤만한 주먹으로 토닥토닥 무심히 치고 있는데, 〈태평천하⑩〉

토담벽㊔ 흙으로 쌓은 담의 벽. ¶개개 지붕이 새고 토담벽이 무너진 오막살이요. 〈탁류⑮〉

토담집㊔ 흙담집. 재목은 거의 쓰지 않고 흙으로 담을 쌓아서 그 위에 지붕을 덮어 지은 집. 여기서 '재목(材木)'은 건축, 토목, 가구 따위의 재료로 쓰는 나무. ¶언덕배기 밭 가운데 외따로 토담집을 반 길만 되게 햇짚으로 울타리 한 마당에서는 오목이네가 떡방아를 빻기에 정신이 없이 바쁘다. 〈얼어죽은 모나리자〉 ¶그중에서도 상상 꼭대기에 올라앉은 납작한 토담집. 〈탁류⑥〉

토드락토드락㊕ 소리가 좀 둔하게 울릴 정도로 작은 물체를 예사롭게 자꾸 뚜드리는 소리. 【센말】 또드락또드락. 【여린말】 도드락도드락. ¶마당에서 조를 토드락토드락 털고 있던 장손네가 마침 생각이 나서. 〈암소를 팔아서〉

토라뜨리다㊍ 토라지게 하다. ¶오정이 거의 되도록 병조는 마음을 다뿍 토라뜨려 가지고 옆을 바라보지 않다가 어찌해

서 주의가 누그러진 사이에 소희에게로 눈이 돌아갔다. 〈병조와 영복이〉

토라지다동 제 마음에 들지 않아 싹 돌아서다. ¶물론 천언만언 변명을 한대야 제호의 배짱 토라진 내력이 따로 있는 이상 아무 효험도 없을 것이고, 〈탁류⑭〉 ¶용동댁은 아직도 아까부터 토라진 속이 가시진 않았으면서도, 그러나 설레는 가슴으로 초조해 기다리노라니까. 〈용동댁〉

토막길명 원 줄기에서 몇 갈래로 갈라져 나온 짤막한 길. ¶그저 복판에 포도 장치(鋪道裝置)도 안 한 십오 간짜리 토막길이 있고…. 〈탁류①〉

토박이명 대대로 그 땅에서 사는 사람. 『같은』 본토박이. ¶아주 이 장에서는 낯익은 단골이 되고 토박이 장꾼들은 떡 생각이 나면 이리로 찾아오기까지 하게 되었다. 〈얼어죽은 모나리자〉

토반(土班)명 여러 대에 걸쳐 그 지방에서 붙박이로 사는 양반. ¶윤 직원 영감의 선친 윤용규는 본이 시골 토반이더냐 하면 그렇지도 못하고, 〈태평천하④〉 ¶옥초는 (소위 시골 토반의 집 태생이라서) 노파의 하는 수작이 기어오른다는 푼수로 좀 괘씸은 했으나 그렇다고 정색을 하는 것도 어린애 짓이고 해서. 〈모색〉

토방(土房)명 마루를 놓을 수 있는 처마 밑의 땅. ¶방문 앞이 마루도 없이 바로 토방이요, 그 밑이 연달아 마당이다. 〈얼어죽은 모나리자〉 ¶맨 먼저 일어나서 시방 몽당빗자루로 토방을 쓴다. 〈탁류⑩〉 ¶윤 주사는 토방으로 내려서는 아들 종수더러, 언제 왔느냐고, 심상히 알은체를 하면서, 〈태평천하⑮〉 ¶어머니는 돼지 새끼가 도망간 울타리 구멍께로 한참이나 눈을 흘기다가 토방으로 올라와서 마룻전에 파근히 걸터앉더니. 〈동화〉 ¶미럭쇠는 잡아먹을 듯 험한 얼굴을 휘휘 두르다가 토방으로 우르르, 절굿공이를 집어 들고 납순이게로 달려든다. 〈쑥국새〉 ¶용동댁은 제일에 따가운 햇볕을 견뎌내지 못해 토방으로 올라와서 마룻전에 가 퍼근히 걸터앉는다. 〈용동댁〉 ¶그러다가 오늘 새벽에는 한 놈이 그만 실수를 하여 토방으로 날아 떨어졌습니다. 〈흥보씨〉 ¶헤렌은 구두를 신고 토방으로 내려서더니, 얼른 웃는 낯으로 모친과 올케와 형이며 아이들을 둘러보면서. 〈이런 남매〉 ¶토방의 흰 모래가 일광을 반사하여 눈이 부시다. 〈모색〉 ¶순사는 한 번 더 안아 주고 싶은지, 그동안 토방으로 와 서 있는 어린놈을 바라다보고 바라다보고 한다. 〈순공(巡公) 있는 일요일〉

토색질(討索-)명 관리가 백성의 재물을 억지로 빼앗는 짓. ¶욕심 사나운 수령한테 걸려들어 명색없이 잡혀 갇혀서는, 형장(刑杖)을 맞아 가며 토색질을 당한 것도 한두 번이 아니요, 〈태평천하④〉

토색(討索)하다동 (관리가) 백성의 재물을 억지로 빼앗다. ¶항차 그는 화적을 잡기보다는 부자를 토색하기가 더 긴하고 재미가 있는데야. 〈태평천하④〉

토설(吐說)명 숨겼던 사실을 비로소 밝혀 말하는 것. ¶그새 통히 토설을 않던 속사정을 다아 자상하게 언니한테랑 아저씨한테랑 설파를 해야 하겠구. 〈소망〉

토실토실하다형 살이 보기 좋을 정도로 통통하다. ¶도렴직하니 볼과 턱이 토실토

실하고 그러고 부룩쇠를 볼 때면 언제나 웃음이 괴는 서늘한 큰 눈. 〈어머니를 찾아서〉

토실하다㉻ 살이 썩 보기 좋을 정도로 찌다. ¶그는 옥섬의 두릿한 얼굴에 방금 무슨 말을 할 듯이 유혹적으로 생긴 어글어글한 눈과 또 토실한 게 설면자 방석에 누운 듯한 그의 알몸뚱이를 생각하니 다시 더 체면이나 위신 같은 것을 돌아볼 겨를 생기지 아니하였다. 〈산동이〉

토옥㉮ →톡. 가볍게 살짝 치거나 털거나 튀기는 소리. 또는 그 모양. ¶윤 직원 영감은 우동 한 그릇을 물린 뒤에, 트림을 끄르르, 새끼손 손톱으로 잇살을 우벼서 밀창문에다가 토옥, 담뱃대를 땅따앙 치면서 하는 소립니다. 〈태평천하⑩〉

토종(土鐘)㉴ 원래부터 그 땅에 있는 동식물. ¶그렇게 아등바등 아니해도 평생 먹고 살 수 있는 터건만 요새 와서는 한 술 더 떠 속새로 대푼변 돈놀이까지 하고 있는 마흔댓이나 된 서울 토종이다. 〈명일〉

토키(talkie)㉴ 음성이나 음악이 동시에 나오는 영화. ¶만일 내 과거를 모조리 토키로 촬영, 녹음한 것이 있어서 그것을 지금 스크린 위에다가 영사를 한다고 하면 장면 장면 허다한 그 습성과 행위가 나타나지 않는 대목이 없을 것이다. 〈상경반절기〉

토템(totem)㉴ 씨족, 부족 또는 씨족적 집단의 성원과 특별한 관계를 가진다고 생각하여 신성시하는 특정 동식물 또는 자연물. ¶하릴없이 세계 풍속 사진 같은 데 있는 아메리카 인디안의 '토템'이다. 〈탁류④〉

토파(吐破)하다㉸ 속마음을 다 드러내어 말하다. ¶당장 쫓아가서 정 주사더러든지, 제가 보고 짐작한 대로 사실과 의견을 토파하여 혼인을 파의하도록 해야만 할 것 같았다. 〈탁류⑧〉

토(吐)하다㉸ 느낌이나 생각을 소리나 말로 드러내다. 씩씩하고 기백 있게 말하다. ¶열을 내어 한참 말을 토하는 것이나 이맛살을 잔뜩 찡그림은, 〈이런 남매〉

토혈(吐血)㉴ 위나 식도 등의 질환으로 인하여 피를 토하는 일. ¶나중에 들었지만 가막소 안에서 달포 전부터 토혈을 했다나 봐요. 〈치숙(痴叔)〉

톡톡㉮ 단단하지 않은 물체를 여러 번 가볍게 두드리는 소리나 모양. 〈툭툭. ¶자기 앞으로 땅마지기나 있는 것을 톡톡 팔아서까지 학자를 삼아 대학까지 마치었다. 〈명일〉

톡톡히㉮ 썩 많고 푸짐하게. 또는 정도 따위가 매우 심하게. ¶"내 원 머리 깎고 중노릇 가는 선비는 더러 있다데만 선비가 머리 깎고 순검—포리 다닐 과거 본다는 말은 내 육십 평생에 첨 들었네. 애들 보기도 부끄럽잖은가?" 하고 톡톡이(히) 핀잔을 먹었읍니다. 〈소복 입은 영혼〉

톨톨㉮ →톡톡. 잇달아 가볍게 치거나 털거나 하는 소리. 또는 그 모양. ¶그러나 톨톨 털어서 죄다가 그것뿐이요 그러므로 (남이 보기라도 연애는커녕 내외간이 아니냐고 망발을 할 만큼) 서로 말과 태도가 소탈한 것도. 〈모색〉

톱톱이㉮ →톡톡히. ¶"저런 게 다아, 시어머니 밑에서 톱톱이 시집살일 못한, 요새 여편네들의 무엄이야!" 〈순공(巡公) 있는 일요일〉

톱톱하다형 텁텁하다. 성미가 까다롭지 아니하고 소탈하다. ¶시방이라도 누구 톱톱한 상대나 있던지 하여 한바탕 실컷 좀 몰아대 주고 구박을 주고 했으면 속이 후련할 것 같으니. 〈상경반절기〉

통부 온통. 통째로 모두. ¶요릿집에다가 음식 마추는 것, 이런 것이나 누워 떡먹기로 슬슬하고 있지, 정작 힘드는 일은 김씨가 통 가로맡아서 하고 있다. 〈탁류⑨〉

통감(統監)명 중국 주나라 위열왕부터 후주 세종에 이르기까지의 113왕 1362년 동안의 역대 군신의 사적을 엮은 책. ¶그보다 많은 여러 수십 명의 동네 아이들에게, 하늘 천 따아 지의 천자를 비롯하여, 사자 소학이며 동몽선습, 통감, 맹자, 논어, 시전, 서전에 이르기까지…. 〈순공(巡公) 있는 일요일〉

통곡(痛哭)명 목 놓아 큰 소리로 욺. ¶좀 과하게 말을 하면, 종일 통곡에 부지 하마누라 상사라는 우스꽝스런 초상이라고도 할 수가 있겠다. 〈탁류⑫〉

통과부(-寡婦)명 온통 여럿 되는 과부. ¶이래서, 생과부 통과부 등 합하여 과부가 셋… 그러나 과부가 셋뿐인 건 아닙니다. 〈태평천하⑤〉

통기(通寄)명 기별하여 알림. 『같은』 통지. ¶초봉이가 부엌으로 내려간 뒤에 건넌방에서 형보가 잠이 깨었다는 통기를 하듯 쿠욱 캐액 담을 배알더니, 〈탁류⑩〉

통김치명 포기째로 담근 배추 김치. ¶시루 속에는 빈 사발과 주걱과 돼지고기와 또 오목이네가 아는 집에서 얻은 통김치 세 포기가 들어 있다. 〈얼어죽은 모나리자〉

통나무명 켜거나 짜개지 않은 통째의 나무. ¶혹시 아름드리 통나무를 큰 도끼로 꿍꿍 찍어 젖히고 나서는, 〈모색〉

통분(痛憤)하다형 원통하고 분하다. ¶인간 세상의 한구석에는 이러한 불행이 있다는 것이 그는 통분했던 것이다. 〈탁류⑥〉

통사(通士)명 조선 시대의 통역관. ¶"일본말 잘하는데 머리까지 깎고… 허기는 잘되었네… 부산 가서 통사나 댕기지…" 〈소복 입은 영혼〉

통신부(通信簿)명 '생활 통지표'를 예전에 이르던 말. ¶아들놈이 여느 때에 공부를 잘 못하는 줄을 알면서도, 통신부의 성적이 좋으면 기뻐하는 게 부모다. 〈탁류⑦〉

통으로(루)부 온통으로. 있는 대로 모두 모조리. ¶마침내는 세상을 통으로 원수를 삼고서 넉 자 다섯 치의 박절한 일신을 부지했다. 〈탁류⑭〉 ¶그걸 가만 둬둬선 청국 즈이두 망하려니와 동양이 통으루(로) 불안하겠으니깐, 이건 이래서 안 되겠다구 말씀이지요, 〈태평천하⑧〉

통인(通引)명 조선 때 지방의 관장 밑에서 잔심부름을 하던 사람. ¶5백 냥씩 두 번 해서 천 냥을 수령 백영규가 고스란히 먹고, 또 천 냥은 가지고 이방 이하 호장이야 형방이야 옥사정이야 사령이야 심지어 통인 급창이까지 고루 풀어 먹였읍니다. 〈태평천하④〉

통째로부 나누지 않고 덩어리로 있는 그대로. ¶온 세상을 뒤죽박죽을 만들어 놓고 나라를 통째로 소란하게 하니까 도저히 용서할 수 가 없대요. 〈치숙(痴叔)〉

통찰(洞察)하다동 환히 내다보다. 꿰뚫어 보다. ¶올챙이로야 어디 그러한 방면으

로 들어서야 제법 깊은 인정의 기미를 통찰할 재목이 되나요. 〈태평천하⑦〉

통치마명 치마폭을 자르지 아니하고 통으로 지은 치마. ¶태수는 그 여학생의 차림새가 너무 조촐하고, 더욱 트레머리에 통치마는 입었어도 고무신에 버섯을 신은 것이, 〈탁류⑤〉 ¶흰 저고리 통치마에 양말이 모두 여학생 차림입니다. 〈태평천하⑩〉

통탕거리다동 잇달아 통탕 소리가 나다. 또는 그런 소리를 내다. ¶아직 장맛물이 빠지지 아니한 강물에는 보트가 덮이다시피 떠돌고 그 사이에 심술궂은 모터보트가 통탕거리고 달음질을 친다. 〈창백한 얼굴들〉

통통부 발을 탄력 있게 구르며 재빠르게 걷는 모양. 또는 그 소리. ¶"이 영감이 이 모양야? 미쳤나!" 하면서 욕을 냅다 갈기고 통통 나가 버렸읍니다. 〈태평천하⑩〉

통통거리다동 발로 탄탄한 곳을 자꾸 구를 때 울려 나는 소리를 내다. ¶유모는 통통거리고 도로 방으로 들어가더니, 오전 한 푼을 더 찾아다 준다. 〈빈(貧)… 제1장 제2과〉 ¶윤희는 혼잣말같이 이렇게 씹어뱉고는 통통거리고 제약실로 해서 안채로 들어가 버린다. 〈탁류②〉

통혼(通婚)명 혼인할 의사를 표시하는 것. ¶하다가 한동안 그 소문이 너끔하니까는 올 봄에는 큰맘을 먹고서, 그리 내켜하지 않는 모친을 졸라대서, 을네네 집으로 통혼을 해. 〈정자나무 있는 삽화〉

통히부 '부정'의 뜻을 가진 글에서 '전혀', '도무지'의 뜻을 나타내는 말. ¶"옷이 그렇게 통히 없어요?" "없지." 〈병조와 영복이〉 ¶그러나 정 씨는 그렇게 요량이 통히 없지는 아니했다. 〈보리방아〉 ¶영감님은 미두란 어떻게 하는 것인지 통히 몰랐고, 그저 미두를 하면 돈을 딴다니까, 그래 미두를 해서 돈을 따려고 그렇게 왔던 것이다. 〈탁류④〉 ¶위인이 농판이요, 오십이 되도록 철이 들지를 않아서 세상일이 죽이 끓는지 밥이 넘는지 통히 모르고 지내는 사람입니다. 〈태평천하⑤〉 ¶아닌 게 아니라 그 전자에 몇 차례 소경사로 보면, 그러한 일이 통히 없던 것도 아니어서. 〈용동댁〉 ¶그새 통히 토설을 않던 속사정을 다아 자상하게 언니한테랑 아저씨한테랑 설파를 해야 하겠구. 〈소망〉 ¶천 년 묵은 구렁이가 쫓아 나와서 사람을 물어 죽이거나 한 적이 통히 없듯이 관수도 여태까지 조그마한 행패도 부리는 법이 없었다. 〈정자나무 있는 삽화〉 ¶그러나 한 가지 이상한 것은, 남들은 연애를 하면, 머 재미가 옥실옥실하고 어쩌고 허다는데 경희는 통히 그런 맛을 모르겠고. 〈반점〉 ¶그 원망엣 소리로만 알아들었지 그 이상 더 야비스런 뜻이 머금겨 있는 줄은 통히 알지 못하였다. 〈이런 남매〉 ¶도저히 감당키 어려운 소임이어서, 통히 가량이 없고 자신이 없노라고 일단 모피를 꾀하여 보았었다. 〈회(懷)〉

퇴(退)를 하다〔관용〕 물리거나 물리치다. ¶하기야 처음에 저와 그랬었고 그랬다가 제가 퇴를 했고, 시방은 꿈속의 그이로 모시고 있고, 〈탁류⑱〉

퇴물(退物)명 어떤 직업에 종사하다가 물러앉은 사람을 얕잡아 이르는 말. ¶마치 무능한 고관 퇴물이 ××원으로 몰려 가듯이, 〈탁류①〉

퇴박(退-)㉑ 마음에 들지 않아 물리침. ¶ “잔동 오부소!” 하고 퇴박을 하거들랑 되짚어 칵 밀쳐 주면서. 〈상경반절기〉

퇴육살(堆肉-)㉑ 사람의 몸에서 힘을 쓸 때 근육이 불거져 나오는 부분. 특히 위팔의 근육을 가리킴. 『같은』 알통. ¶ 지게 밑으로 통통하니 알이 밴 새까만 두 다리가 퇴육살이 불끈불끈 터지기라도 할 것 같다. 〈쑥국새〉

퇴짜㉑ (바치는 물품 따위를) 받아들이지 않고 물리치는 일. 또는 그 물건. 원말은 퇴자(退字). 지난날 상납하는 포목(布木)의 품질이 낮아 ‘퇴(退)’라는 도장이 찍혀 도로 나온 물건에서 유래된 말. ¶ 태수가 뛰어드는 판에 퇴짜를 놓고는 다시 계봉이를 두고 마음에 염량을 해 두었던 것은 벌써 이태 전이다. 〈탁류⑮〉 ¶ 일껏 골라다가는 선을 뵐라치면 트집을 잡아 가지골랑 탁탁 퇴짜를 놓고, 그러면서 속히 서둘지 않는다고 성화를 대곤 해서요. 〈태평천하⑧〉

퇴침(退枕)㉑ 서랍이 있는 나무토막으로 만든 베개. ¶ 올챙이를 보내고 나서 윤 직원 영감은 퇴침을 돋우베고, 보료 위에 가 편안히 드러눕습니다. 〈태평천하⑨〉

툇마루㉑ 원마루 밖에 좁게 달아낸 마루. ¶ 뜰아랫방들은 으스스한 그늘이 진 툇마루에 저의 주인들처럼 터설궂게 생긴 헌 신발짝들만 얌전스럽지 못하게 널려 있지 모두 교교하다. 〈모색〉

투고(投稿)하다㉓ 잡지, 신문 따위에 게재하려고 원고를 써서 보내다. ¶ 한시(漢詩) 지어서 신문사에 투고하기, 〈태평천하⑤〉

툇자를 놓다『관용』 (바치는 물품 따위를) 물리치다. 어떤 일에 대하여 거부(거절)하다. ¶ 유 씨가 돈을 받으면서 핀잔을 주는 것을, “그래두 내가 툇자를 놨어 보우! 괜히….” 〈탁류③〉

투구㉑ 옛날 군인이 전쟁할 때에, 갑옷과 함께 머리를 보호하기 위하여 쓰던 쇠모자.

투구 철갑(--鐵甲)㉑ 투구와 갑옷. ‘철갑’은 쇠붙이를 겉에 붙여 만든 갑옷. ¶ 일원 대장이 투구 철갑에 장창을 비껴 들고(가 아니라) 성이 치달은 윤 직원 영감이, 필경 싸움을 걷어 맡고 나서는 것입니다. 〈태평천하⑥〉

투기사(投機師)㉑ 기회를 틈타서 큰 돈을 벌려고 하는 사람. 『같은』 투기꾼. ¶ 그러니까 투기사는 ××××가 살인 강도나, 옛날 같으면 권총 사건 같은 것이 생기기를 바라듯이, 〈탁류④〉

투박스럽다㉘ 생김새가 모양 없이 튼튼하기만 한 데가 있다. ¶ 여기다도 쓰고 저기다도 쓰고 굵게도 쓰고 잘게도 쓰고 왼편으로 비껴도 쓰고 바른편으로 틀어도 쓰고 어여쁘게도 쓰고 투박스럽게도 쓰고 또 모로도 쓰고 하였다. 〈병조와 영복이〉

투서(投書)㉑ 어떤 내막이나 비행 따위를 적어서 몰래 관계 기관에 보내는 일. 또는 그런 글. ¶ 방송국에서 한동안, 꼭 같은 글씨로, 남도 소리를 매일 빼지 말고 방송해 달라는 투서를 수십 장 받은 일이 있읍니다. 〈태평천하②〉

투시(透視)하다㉓ 막힌 물체를 꿰뚫어 보다. ¶ 그의 눈은 장지문을 뚫고 다시 벽을 뚫고 건넌방을 투시할 듯이 열이 번득였다. 〈산동이〉

투신(投身)하다동 어떤 일에 몸을 던져 관계하다. 직업이나 분야에 뛰어들어 관계하다. ¶화적패에 투신한 놈을 그처럼 잘 알진댄, 〈태평천하④〉

투울툴하다동 →툴툴하다. 마음에 맞지 않아 몹시 투덜거리다. ¶개돼지의 처접을 탔다는 소문이 퍼지자, 동네 사람들은 투울툴하면서 발칙한 놈이라고 분개를 했다. 〈정자나무 있는 삽화〉

투전(鬪牋)명 옛날 우리나라 노름의 한 가지. ¶다만 그 안날 밤 밤새도록 투전을 하느라고 늦잠을 자던 금출이만은 소식을 듣고 그 속을 알았다. 〈얼어죽은 모나리자〉

투전장(鬪牋-)명 노름 제구의 한 가지. ¶개평 푼이나 뜯으면 그걸로 되돌아앉아 투전장이나 뽑기, 방퉁이질이나 하기…. 〈태평천하④〉

투정명 무엇이 못마땅하거나 불만이 있어서 떼를 쓰며 조르는 짓. ¶무얼 제 길로 한 길씩 다 자란 것들이 소녀 애들처럼 다뿍 감상이 나 가지고는 회포니 추억이니 투정을 하고 있었자 속 빤안히 들여다보이는 수작이요, 〈모색〉

투정 삼다동 투정으로 여기다. ¶하지만 그거야 일이 다 작정된 뒤에 투정 삼아 생기는 걱정이요. 〈동화〉

투정하다동 무엇이 마땅치 않거나 불만이 있을 때 떼를 쓰며 조르다. ¶그뿐더러 아직은 영원한 사랑을 투정할 마음도 준비되어 있질 않다. 〈탁류⑰〉

투철(透徹)하다형 깊은 속까지 환히 트이게 뚜렷하고 철저하다. ¶실상인즉 본시 세태 인정을 투철히 체득하지도 못하고 태어난 만큼. 〈모색〉

툭투욱부 →툭툭. 자꾸 가볍게 치거나 털거나 건드리는 모양. ¶울타리 밑에서 메를 헤적이던 수탉이 깜박 생각이 나서 홰를 툭투욱 치더니. 〈동화〉

퉁부 (말을) 갑자기 불쑥 하는 모양. ¶"임자두 인제는 퍽 늙었구려!" 하고 딴소리를 퉁 내놓는다. 〈명일〉

퉁소명 대로 만든 악기의 한 가지. 앞에 구멍이 다섯 개 있고 뒤에 하나가 있으며 세로로 붊. ¶멀리서 서툰 퉁소 소리가 들판을 건너 들려온다. 〈정자나무 있는 삽화〉

튕겨지다동 →퉁겨지다. 숨었던 일이나 물건이 뜻밖에 쑥 나오다. ¶그렇다며는, 밀고를 하기는 해도 일이 한꺼번에 와락 튕겨지지를 않고, 수군수군하는 동안에 제가 눈치를 채도록, 그렇게 어떻게 농간을 부리는 재주가 없을까? 〈탁류⑩〉

트다동 길을 열다. ¶역시 무슨 딴 의사가 있을 줄은 몰랐을 것이고, 다만 제 생색을 내어 놀음발이라도 틀까 하는 요량이던 게지요. 〈태평천하⑩〉

트랙(track)명 육상 경기장. 또는 경마장의 경주하는 길. ¶그것이 만일 트랙에서라면 최단 거리의 세계 기록을 깨뜨리고도 남을 초인적 스타트라고 하겠다. 〈탁류⑩〉

트렁크(trunk)명 여행용 큰 가방. ¶태수가 작년 여름에 이 집으로 주인을 잡고 올 때에는 인조견 이부자리 한 벌과, 낡은 트렁크 한 개와, 행담 한 개와 도통 그것뿐이었다. 〈탁류⑤〉

트림명 먹은 음식이 잘 삭지 않고 피어서 생긴 가스가 입으로 복받쳐 오르는 것. 또는 그 가스. ¶'소희'라고도 물론 많이 썼지만 그것보다도 체중 있는 사람이 가슴에 막힌 트림을 토해 내려고 애를 쓰듯이 그의 마음속에 무겁게 쌓인 답답한 생각을 한마디 한마디 써 놓았다. 〈병조와 영복이〉 ¶ 거지 아이는 호떡 두 개를 다 먹고 나머지 한 개는 그대로 신문지에 뭉쳐서 통조림통에 집어넣더니 트림을 한바탕 걸찍하게 하고서. 〈어머니를 찾아서〉 ¶ 윤 직원 영감은 우동 한 그릇을 물린 뒤에, 트림을 끄르르, 새끼손 손톱으로 잇샅을 우벼서 밀창문에다가 토옥, 담뱃대를 땅따앙 치면서 하는 소립니다. 〈태평천하⑩〉

트레머리명 가리마를 타지 않고 뒤통수의 한복판에다 틀어 붙인 여자 머리. ¶ 태수는 그 여학생의 차림새가 너무 조촐하고, 더욱 트레머리에 통치마는 입었어도, 고무신에 버선을 신은 것이, 〈탁류⑤〉

트집거리명 공연히 끄집어 드러내서 말썽이나 불평을 일으킬 수 있는 흠집. ¶ 시방 건넌방에서 잔뜩 도사리고 앉아, 무어라고 트집거리가 생기기만 하면 시아버지되는. 〈태평천하⑤〉

특지가(特志家)명 좋은 일을 위하여 뜻있는 일을 하고자 하는 사람. ¶ 근자 재정이 어렵게 되어 계제에 돈을 한 20만원 내는 특지가가 있으면…. 〈태평천하⑤〉

틀거리명 →틀거지. 듬직하고 위엄이 있는 겉모양. 위엄이 있는 태도. ¶ 그냥 말로만 주거니 받거니 하는 틀거리가 아니고, 철그덕 따악 살림까지 쳐부수는 게, 이 싸움 졸연찮은가 보다고 고만 엉겁결에 툭 튀어들었던 것인데, 〈탁류⑮〉

틀켜쥐다동 →틀어쥐다. 단단하게 쥐다. ¶ 꼬루룩 소리가 나다 못해 쓰라린 창자를 틀켜쥐구 앉아서 눈 멀뚱멀뚱 뜨구 생배를 곯는 설움보다 더한 설움이 있답니까? 〈탁류⑮〉 ¶ 배고픈 창자를 틀켜쥐구두 도덕인가요? 〈이런 남매〉

틀다동 방향을 돌리다. ¶ 옥봉이가 뾰로통한 소리로 "옹퉁이가 요술허든감!" 이렇게 튼다. 〈암소를 팔아서〉

틀어지다동 꾀하는 일이 어그러지다. ¶ P는 아무 말도 아니하고 고개를 숙였다. 이제는 영영 틀어진 것이다. 〈레디 메이드 인생〉

틈사구니명 →틈바구니. (전라, 충청). 틈의 아주 좁은 부분. 벌어져 난 틈의 사이. ¶ 앞과 좌우로는 변두리가 까마아득하게 퍼져 나간 넓은 들이, 이편 짝 한 귀퉁이가 나지막한 두 자리의 야산 틈사구니로 해서 동네를 바라보고 홀쪽하니 좋아 들어온다. 〈정자나무 있는 삽화〉 ¶ 옆과 앞으로 낯모를 남자들과 어깨야 무릎을 서로 맞대다시피 끼여 앉았는 틈사구니가 되고 보니. 〈반점〉 ¶ 그 틈사구니에 가서 좌정을 하고 있는 한 채의 근천스런 청요릿집 '장송루씨'의 행색이란 한결 초라한 것도 초라한 것이지만. 〈회(懷)〉

틈새기명 벌어져 난 틈의 사이. 『같은』 틈새. ¶ 칫솔 쓰던 것을, 빗을 치고 살쩍을 쓸고 해서 터럭 틈새기에 비듬이야 기름때야 머리터럭이야가 꼬작꼬작 들이끼였는데, 〈탁류⑯〉

틉틉하다형 입맛이나 음식 맛 따위가 신선하거나 깨끗하지 못하다. 『비슷』 텁텁하다. ¶ 웅성거리는 소리에 옮이 든 늦잠이 깬 K는 머리맡 재떨이에서 담배 토막을 집어 피웠다. 틉틉한 입안에 비로소 입맛이 든다. 〈창백한 얼굴들〉

티명 눈에 얼른 드러나는 모양새. ¶논다니요 첩데기란 아무래도 이렇게 제 티를 내는 법이니라고, 〈태평천하⑪〉

티격태격하다동 서로 뜻이 맞지 않아 이러니저러니 시비를 벌이다. ¶필경 티격태격하면서, 보낸다커니 안 보낸다커니 서로 우겨댄다. 〈탁류③〉

팅팅부 살이 몹시 찌거나 부어서 터질 듯이 켕긴 모양. ¶맞은편으로는 일상 집에 두고 온 어린것이 배가 고파 울겠다고 팅팅 불은 젖을 내려다보며 한숨을 쉬는 젊은 여직공. 〈병조와 영복이〉 ¶이렇게 지껄이다가 그는 산동이의 눈이 역시 팅팅 부은 것을 보고 더구나 이상히 여겨. 〈산동이〉

ㅍ

파겁(破怯)명 익숙하여져 부끄러움이나 두려움이 없는 것. ¶그만큼 (인제는 타 보고 싶을 만큼) 파겁이 되었대서 먼저 그와 같은 청을 내자. 〈회(懷)〉

파격(破格)명 관례나 격식에서 벗어난 일. ¶그러고 너무도 기쁘고 좋아서 한바탕 우리를 파격의 호강을 시켜 주고 싶은 생각이었을 것이었다. 〈회(懷)〉

파계(派系)명 같은 조상을 받드는 사람끼리의 관계에서 딴 갈래를 이루어 나온 계통. ¶파계를 따지면 조 대비와 서른일곱 촌인지 아홉 촌인지 된다고 합니다. 〈태평천하④〉

파근히부 다릿심이 지치어 맥이 없고 내딛기가 무겁게. ¶어머니는 돼지 새끼가 도망간 울타리 구멍께로 한참이나 눈을 흘기다가 토방으로 올라와서 마룻전에 파근히 걸터앉더니. 〈동화〉

파기상종(破器相從)명 이미 망그러진 일을 수습하거나 바로 잡으려고 공연히 애씀. ¶그때야 겨우 아버지께서 아시고서는 생벼락이 내리고, 그렇지만 머 파기쌍(상)종인걸…. 〈이런 처지〉

파깃증(破棄症)명 계약이나 약속 따위를 깨뜨려 버리고 싶은 마음. ¶그러고서도 이혼은 못 하고서 필경 내가 파기(깃)증이 난 판인데 엎친 데 덮친다고, 그해 그러니까 계유년이군. 〈이런 처지〉 ¶나지도 않는 빈 젖을 물려 달래다가 그만 파깃증(파기증)이 나서 홧김에 볼기짝을 찰칵찰칵 붙여 밀어 던지고 있는 판이다. 〈빈(貧)… 제1장 제2과〉

파나마 모자(panama 帽子)명 파나마풀의 잎을 잘게 쪼개어 짜서 만든 여름 모자. ¶아사 양복바지를 꿰어, 역시 새하얀 아사 와이샤쓰 어깨에 얇고 좁다란 멜빵을 메고 나서 저고리를 떼어 입은 뒤에 마지막 값비싼 진자 파나마 모자를 가만히 머리에 얹고 나니까 정히 신사다. 〈이런 남매〉

파노라마(panorama)명 주마등(走馬燈). 무엇이 언뜻언뜻 빨리 지나감을 비유. 연속적으로 나타나는 광경. ¶M의 집으로 가느라고 공원 뒷문을 향하여 두 사람은 천천히 걸어가는 동안에 P의 머리에는 K와 지내던 과거가 파노라마와 같이 전개되었다. 〈그 뒤로〉

파라솔(parasol)명 햇빛을 가리는 양산. ¶그의 손그릇에는 파라솔을 사려고 아껴 둔 일 원짜리 두 장과 잔돈이 몇십 전은 더 있었다. 〈빈(貧)… 제1장 제2과〉 ¶역시 혼인 때 태수가 사 준 파라솔과 핸드백을 가졌다. 〈탁류⑪〉

파락호(破落戶)명 지난날 '행세하는 집의 자손으로서 허랑방탕한 사람'을 이르던 말. ¶그러나 그 돈장이란 말이 윤 직원 영감한테는 저 히틀러라든지 하는 덕국 파락호의 폭탄 선언이라는 것만큼이나 놀라운 말입니다. 〈태평천하①〉

파렴치(破廉恥)㉠ 염치없이 뻔뻔스러움. ¶환장을 않고서야 결단코 그렇게 파렴치가 될 이치는 없다는 것이다. 〈탁류⑮〉

파륜(破倫)㉠ 인륜에 어그러짐. 『같은』 패륜(悖倫). ¶그러나 이 서방에게는 그것은 한 파륜의 한소리에 지나지 못했던 것입니다. 〈소복 입은 영혼〉

파리를 날리다『관용』 영업이나 사업 따위가 잘 안 되어 한가하다. ¶일찌기는 그 자동차 등쌀에 파리를 날리던 인력거가 도로 득세를 하여…. 〈이런 남매〉

파리 목숨㉠ 보잘것없는 목숨. ¶재산이 있대야 도적놈의 것이요, 목숨은 파리 목숨 같던 말세넌 다 지내가고오…. 〈태평천하⑮〉

파리 족통㉠ '조금', '아주 적음'의 뜻. '족통'은 '발'의 속된 말. ¶"나넌 아무껏두 잘못헌 것 읎어라우!" 파리 족통만치두 잘못헌 것 읎어라우! 〈태평천하⑥〉 ¶정신적으루두 파리 족통만한 만족이나 위안이나 자긍이나, 다아 없답니다요. 〈이런 남매〉

파립(破笠)㉠ 찢어진 헌 갓. 『같은』 폐립(敝笠). ¶양반이 파립 쓰고 한번 대변 보기가 예사지, 〈태평천하⑩〉

파서 묻다『관용』 캐묻다. 어떤 일을 밝히려고 자세히 파고들어 묻다. ¶"언제쯤 오시나요?" 하고 파서 묻는다. 〈명일〉

파선(破船)㉠ 충돌, 좌초 등으로 배가 파손되는 것. 또는 그 배. ¶작금의 종택은 강풍을 만나 파선을 하고 난 뱃사람과 흡사하다 하겠다. 〈패배자의 무덤〉

파수(把守)㉠ 일정한 곳에서 경계하여 지킴. 또는 그 사람. ¶뒤 울타리로 해서 도망가는 사람을 잡으려는 파순데, 윤 두꺼비한테는 아슬아슬한 순간의 찰나라 하겠읍니다. 〈태평천하④〉

파스(pass)㉠ →패스. 시험에 합격하는 것. ¶만일 그때에 '덕언이 선생님'이 다 무사히 파스를 해서 여섯 달 동안 교습을 마치고 정복 정모에 환도를 차고 거리로 나섰더라면 조선의 경찰 사상에 숨은 에피소우드의 한 페이지를 써 넣었을 것입니다. 〈소복 입은 영혼〉

파스(pass)**하다**㉢ →패스하다. 시험 등에 합격하다. ¶"가만 있게… 어서 변호사 시험만 파스하게. 그러면 이제 내가 백만 원짜리 주식회사를 조직해 가지고 자네를 법률 고문으로 모셔 옴세." 〈레디 메이드 인생〉

파의(罷議)㉠ 의논을 그만 둠. 또는 합의하였던 것을 물림. ¶그러지 않아도 일을 파의시켜야 할 판이었고, 그러니 절로 파의가 된 것이 다행이기도 하지만. 〈탁류⑦〉

파인 플레이(fine play)㉠ 경기에서 선수가 보여 주는 훌륭하고 멋진 기술. ¶신사(또는 숙녀)적으로 하는 파인 플레이라 그런지 어쩐지 몰라도, 하나가 말을 하는 동안 하나가 나서서 가로막는 법이 없고, 〈태평천하⑥〉

파자마(pajamas)㉠ 약간 낙낙하게 지은 위아래가 따로 된 잠옷. ¶헤렌은 하얀 부사견 바탕에 파랑줄이 굵게 져내린 파자마를 입고 침대에서 아직도 잠이 깨지 않았다. 〈이런 남매〉

파적(破寂)㉠ 적막함을 면함. 또는 적막을 깨뜨림. ¶조용해진 틈을 타서 또옥 딱 또옥 딱, 뒷변의 괘종이 파적을 돕는다. 〈탁류⑭〉

파접(罷接)명 글 짓고 책 읽는 모임을 마치는 것. ¶문오 선생은 그 안 해 섣달, 대목 임시에 항례대로 정월 파접이 되자 설 흥정을 한 것이며 세찬 받은 것이며, 〈순공(巡公) 있는 일요일〉

파접(罷接)하다동 글 짓고 책 읽는 모임을 마치다. ¶인제 글방이 파접하거든 설에 어머니 아버지더러 말씀하고 꼬마동이나 앞세우고서 오라고 달래기는 했으나. 〈두 순정〉

파종(破腫)명 종기를 터뜨리는 것. ¶그저께야 침으로 파종을 하기는 했으나, 아직도 합창될 날은 멀었다. 〈정자나무 있는 삽화〉

파탈(擺脫)명 형식이나 예절에서 벗어남. ¶일을 저질렀다는 것은 다름이 아니라, 항용 있는 재정의 파탈로 남의 돈에 손을 댄 것이다. 〈탁류④〉 ¶그 말썽 많은 시잡살이 31년을 유난히 큰 가대를 휘어잡아 가면서 그래도 쫓겨난다는 큰 파탈은 없이 오늘날까지 살아왔읍니다. 〈태평천하⑤〉 ¶하지만 그건 파탈이 생겨서 부부가 갈려서야 할 경우 말이고, 〈이런 처지〉

파파(papa)명 아버지. ¶날 울리믄 요옹태지… 난 차라리 우리 송희가 남 서방같이 착한 파파라두 생겼으믄 좋겠어! 〈탁류⑰〉 ¶아 그런데, 자네는 유명한 애처가였다, 착한 파파였다. 〈이런 처지〉

파(罷)하다[1]동 (모임, 또는 함께 하던 일이) 끝나서 헤어지다. ¶"너는 학교서 파하거던 일찍일찍 오지는 않구서, 무슨 해망을 허느라구 이렇게 저물구…" 〈태평천하⑥〉 ¶이 애들 삼 학년 송조는 벌써 아까아까 두 시에 파했는데, 〈흥보씨〉

파(罷)하다[2]동 어떤 일을 마치거나 그만두다. ¶시내로 들어와서는 다시 요릿집에 들어앉아 자정 후 두 시가 지나도록 술을 먹고서야 파하고 헤어졌다. 〈탁류④〉

파흥(破興)명 흥이 깨짐. 또는 흥을 깨뜨림. ¶무엇이며가 역시 그동안 몇을 다루던 다른 촌 계집아이들이나 진배없이 싱겁디싱거운 데 아주 그만 파흥이 되었다. 〈얼어죽은 모나리자〉 ¶이편의 이야기는 듣는 시늉도 않는 것 같아 그만 파흥이 되었던 것이다. 〈모색〉

판국(-局)명 일이 벌어진 사태의 형편이나 국면. ¶선왕(先王)의 뒤를 이어 즉위는 했으나 권력은 왕자가 쥐게 된 그런 판국과 같다고 할는지요. 〈태평천하⑤〉

판무식꾼(判無識-)명 아주 무식한 사람. 〖같은〗 판무식장이. ¶좀 호협한 구석이 있고 담보가 클 뿐 물론 판무식꾼이구요. 〈태평천하④〉

판박이(版--)명 판에 박은 듯이 꼭 같아서 새로움이 없는 것. 또는 그런 사람. ¶천지에 바다와 맞붙어 단판씨름을 않고는 살 수가 없는 판박이 뱃사람이 아니라 거기 어디 되는 대로 주저앉아도 넉넉할 팔자. 〈패배자의 무덤〉

판백이명 →판박이. ¶"쌍년이라 헐 수 읎어! 천하 쌍놈, 우리게 판백이 아전 고춘평이 딸자식이, 워너니 그렇지 별 수 있겄냐!" 〈태평천하⑥〉

판속명 '판국'의 전라도 방언. 일이 벌어진 형편이나 내용. 또는 사태의 국면. ¶더 치밀고 그렇지만 이판에 부아를 돋구어 주는 거라면 차라리 해롭잖을 판속입니다. 〈태평천하⑥〉

판임관(判任官)명 제2차 세계 대전 이전 일본의 최하급 관리. ¶비록 시방은 그러한 제복이 없어는 졌을 망정 판임관이면 금테가 한 줄, 다시 주임관으로 군수가 되면 금테가 두 줄, 〈태평천하⑭〉 ¶연천 선생은 그 뒤에 미구하여, 학교가 보통학교로 갈리자 아내 번쩍 번쩍 금테 두르고 환도 차고 새로이 부임하는 판임관 교장에게 주인 자리를 내주고서, 표연히 재갸는 고을을 떠났었다. 〈회(懷)〉

판자문(板子門)명 널빤지로 만든 문. ¶방망이를 바른손에다 단단히 훑어져 쥐고서 발 앞부리로 가만가만 걸어 안으로 난 판자문께로 다가선다. 〈탁류⑩〉

판장(板墻·板牆)명 널빤지를 대어 만든 울타리. ¶전당국을 못 미쳐서 바른손편 짝으로 낡은 생철과 판장과 거적을 가지고 흉내만 내듯이 얽어 논, 〈흥보씨〉

판판부 한 번도 거르지 않고 경우마다 모두. 〈펀펀. ¶안해라는 유모에 비하면, 남편 최 서방은 판판 약질이다. 〈빈(貧)…제1장 제2과〉 ¶어제 저녁에 싸라기 한 되로 콩나물죽을 쑤어 먹고는 오늘 아침은 판판 굶었다. 〈탁류①〉

팔걸이 시계〖관용〗 손목 시계. ¶그래, 팔걸이 시계를 연신 들여다보고는 하품을 씹어 삼키고 하는 참인데 마침 급사 아이가 와서 전화가 왔다고 알려준다. 〈탁류④〉

팔다동 시선이나 정신을 다른 대상이나 다른 곳으로 돌리다. ¶금시 손가락이라도 입에 물 듯 어릿어릿 돌아다니면서 구경에 팔렸는 소년들. 〈회(懷)〉

팔락거리다동 나는 듯이 빠르게 움직거리다. ¶그새 안방과 부엌으로 팔락거리고 드나들던 김 씨가 행주치마에 가뜬한 맵시로 앞 쌍창을 크게 열더니, 방 안을 한 번 휘휘 둘러본다. 〈탁류⑦〉

팔선녀(八仙女)명 고대 소설 '구운몽(九雲夢)'에 나오는 주인공 양소유의 처첩인 여덟 미인을 이르는 말. ¶옛놈은 팔선녀두 데리고 놀았으리? 제기할 것. 〈탁류⑬〉

팔을 걷어붙이다〖관용〗 어떤 일에 적극적으로 나서다. ¶그러하되 그는 마치 며느리를 볼, 아들의 혼인이나 당한 것처럼 팔을 걷어붙이고 나서서 일을 했다. 〈탁류⑨〉

팔자(八字)명 사람의 한평생의 운수. 태어난 해, 달, 날, 시의 간지(干支)인 '여덟 글자'라는 뜻으로, 사람의 평생 운수를 말함. ¶"그러다 뿐이겠어요… 것두 다 팔자 소관이지요. 아, 허기야 오죽 훌륭허십니까!" 〈명일〉 ¶이렇게 겨우 십여 년간에 남은 팔자를 고칠 이만큼 잘 되었는데 자기의 몰락된 것을 생각하면 나도 차라리 그때부터 천여 원의 그 밑천으로 장사나 했더라면 하는 후회가 들어, 〈탁류①〉 ¶팔자가 기구히여서 이런 징글징글헌 집으루 시집온 죄밲으넌 아무 죄두 읎어라우! 〈태평천하⑥〉

팔자(八字)를 고치다[1]〖관용〗 여성의 재혼을 일컫는 말. ¶과부가 된 지 사 년 만에야 비로소 자기 자신이 장차 팔자를 고치느냐 수절을 하느냐 하는 것을 가지고 골똘히 생각을 해 보았다. 〈용동댁〉

팔자(八字)를 고치다[2]〖관용〗 별안간 부자가 되거나 지체가 높아져 딴사람처럼 되다. ¶이렇게 겨우 십여 년간에 남은 팔자를 고칠 이만큼 잘 되었는데 자기의 몰락된 것을 생각하면 나도 차라리 그때부터 천여 원의 그 밑천으로 장사나 했더라면 하는 후회가 들어…. 〈탁류①〉 ¶대복이한테로 팔자를 고친다 치더라도, 그거나마 마다고 물리치지는 않을지언정…. 〈태평천하⑨〉

팔자소관(八字所關)명 팔자로 말미암아 어쩔 수 없이 당하는 것. ¶“울지 말어라. 그것두 다 팔자소관이지. 운다구 소용 있냐….” 〈얼어죽은 모나리자〉 ¶그러나 (역시 타고난 팔자소관인지는 몰라도) 철이 든 이후로 무릇 삼십 년의 부단한 명심과 노력이로되. 〈흥보씨〉

팔조(八組)명 8벌의 다다미를 깐 방을 말함. ‘다다미’는 일본식 방에 까는 짚과 돗자리로 만든 두꺼운 깔개. ¶초봉이는 팔조를 모르니, 그냥 넓은 줄만 알 뿐이다. 〈탁류⑫〉

팔찌[1]명 ‘팔가락지’의 준말. 여자의 팔목에 끼는 금, 은, 구리 등으로 된 장신구.

팔찌[2]명 →팔짱. 두 팔을 마주 끼어 손을 두겨드랑 밑으로 지르는 일. ¶“날이 갑자기 치워졌구려…” 하고 노인은 이부자리를 조금만 걷고 팔찌를 끼고 쪼그려 앉았다. 〈병조와 영복이〉

팔팔스럽다형 날 듯이 활발하고 생기가 있어 보이다. ¶젊고 건강하고, 마음 건전하고 그리고 기개는 팔팔스럽고… 〈상경반절기〉

팔팔하다형 힘차고 매우 생기가 있다. ¶그때에 P는 이미 늙은 자식은 팔팔하게 젊은 놈이 옛날에 제 어미를 소박한 아비라서 아니꼽게 군다면 그것은 차마 못 당할 노릇이다. 〈레디 메이드 인생〉 ¶서방님은 팔팔하게 젊다. 그런데다가 어려서 이성을 알았다. 〈생명〉 ¶결벽이나 정조쯤 가지고 자결을 하려 들 만큼 팔팔하던 기운은 그만 다 사그라지고 말았다. 〈탁류⑪〉

팡지다동 ‘빠지다’의 뜻인 듯(?). 힘, 기운이나 살 따위가 없어지거나 줄다. ¶초봉이는 발길질에 차차로 기운이 팡져 오는데, 형보는 일변 도로 멀쩡해지는 걸 보니 마음이 다뿍 초조해서. 〈탁류⑱〉

팡파짐하다형 퍼진 모양이 꽤 둥그스름하게 넓적하다. 〈펑퍼짐하다. ¶돌려세워 놓고 보면 팡파짐하니 둥근 골반 아래로 쪼옥쪽 곧은 두 다리가 비단 양말이 터질 듯 통통하다. 〈탁류⑯〉

팥고명명 팥을 위에 얹거나 뿌려서 찌거나 삶은 고명. ‘고명’은 맛과 모양을 좋게 하기 위하여 음식 위에 뿌리거나 덧놓는 양념을 통틀어 이르는 말. ¶또 호박을 무말랭이 썰 듯 썰어 많이 두고 켜를 두텁게 해서 팥고명을 얹은 호박떡은 아무나 먹기는 별미다. 〈얼어죽은 모나리자〉

패(牌)명 (이름, 신분, 특징 등을 알리기 위해) 그림이나 글씨를 새긴 작은 종이나 나무의 조각. ¶사실상, 일반으로 중년에 들어선 기혼 남자는, 그가 패를 차고 다니는 호색한이 아니면, 미혼 처녀에게 대해서 강렬한 호기심을 갖기는 가지면서도 …. 〈탁류②〉 ¶역시 친정이 가난은 해도 패를 찬 양반의 씹니다. 〈태평천하④〉

패군지졸(敗軍之卒)명 싸움에 진 병사. ¶난 참 말하자면, 패하구서 쫓겨가는 패군지졸인 걸요. 〈탁류⑭〉

패랭이명 지난날 천인이나 상인이 쓰던, 댓개비로 엮어 만든 갓의 일종. ¶이 밤에 이 집을 쳐들어온 이 패들만 보아도 패랭이 쓴 놈, 테머리한 놈, 머리 땋은 총각, 늙은이 해서 차림새나 생김새가 가지각색 이듯이…. 〈태평천하④〉

패륜(悖倫)명 사람의 도리에 어그러지는 것. 『같은』 파륜(破倫). ¶"김 판서의 영애?" "네." "하물며 김 판서의 영애로서!" 이 서방에게는 명문 김 판서의 딸이 아닌 밤중에 행객의 방에를 들어왔다는 것이 실로 해괴망측한 패륜인 것이었읍니다. 〈소복 입은 영혼〉

패물(佩物)명 사람의 몸에 차는 금, 은 따위로 만든 장식물. ¶영주는 백금 같은 것은 패물로 가져 본 적이 없는지라 푸르르 죽죽하고 수퉁스런 백금 가락지는 신통치 아니하나 루비 박은 금반지는 벌써 몇 해 전에 전당국에서 떠내려간 자기 반지 비슷해서 유달리 치어다보인다. 〈명일〉 ¶하기야 안방에도 마누라의 패물이야 돈냥 없는 건 아니지만, 〈탁류⑩〉 ¶필경은 이웃집에 가식하고 있는 젊은 보험 회사 외교원 양반과 찰떡같이 배가 맞아 가지고는 어느 날 밤엔가 패물이야 옷 나부랑이를 말끔 쓸어 가지고 야간도주를 해 버렸었읍니다. 〈태평천하⑧〉

패부자명 '패배자(敗北者)'의 뜻. ¶이날에 진리의 자당이 패부자의 무덤 앞에서 크게 울도다! 이렇게 쓰단 말이렷다. 〈패배자의 무덤〉

패스(pass)명 '통과, 합격'의 뜻. ¶늦어도 명년 오월 시험까지 한 번 아니면 두 번만 더 치르면, 전 과목이 다 패스가 되어 옹근 의사가 될 수 있다. 〈탁류②〉

패앵팽하다형 →팽팽하다. ¶아씨는 패앵팽한 눈살로 소곳한 오월이의 앞이마를 노려본다. 〈생명〉 ¶초봉이는 패앵팽한 눈살로 제호를 거듭떠보다가 외면을 한다. 〈탁류⑫〉 ¶오늘은 눈살이 패앵팽해 가지고 아기똥하니 버티고 서서 있다. 〈쑥국새〉

패어들다동 파고 들다. '패(다)+들다'의 짜임새. '패다'는 '파이다'의 뜻. ¶매는 오월이의 볼을 귀까지 얼러 찰싹하고 모질게 패어든다. 〈생명〉

패잔(敗殘)명 패하여 세력이 꺾인 나머지. ¶완전한 노후요 폐물이요 패잔이다. 〈상경반절기〉

패전(敗戰)명 (경기, 전쟁 등의) 싸움에 짐. ¶여러 해를 두고 늘 패전만 해오던 나머지라, 그러나 상하 없이 승벽들은 유난할 시절이겠다, 〈회(懷)〉

패패(牌牌)부 패마다. ¶모두 패패 '나란히'를 해서 교실로 들어가 버립니다. 〈어머니를 찾아서〉 ¶오월의 눈부신 햇볕이 환히 내리는 행길 바닥으로 패패 흩어져 나오는 미두꾼이나 하바꾼들은…. 〈탁류⑮〉

팩부 갑자기 냅다 성을 내거나 소리를 지르는 모양. ¶그놈은 기운차게 뛰어다니고 하는 것을 보니 영주는 괜히 심정이 나서 "종석아." 하고 팩 소리를 질렀다. 〈명일〉

팽명 팽나무의 열매. 굵은 팥알만 하며 빨갛게 익고 맛이 달콤함. ¶늦은 여름 열매가 열어 새파란 팽이 대래대래 붙곤 할라치면 팽총감으로 그놈을 따느라고 얕은 가장귀에 가 매달리기. 〈정자나무 있는 삽화〉

팽나무명 느릅나뭇과의 낙엽 활엽 교목. 높이 20m. 지름 1m에 달함. 나무 껍질은 회색이며 가지에 잔털이 있음. ¶먼빛으로는 조그마하니, 마치 들복판에다가 박쥐우산을 펴서 거꾸로 꽂아 놓은 것처럼 동글 다북한 게 그림 같아 아담해 보이기도 하지만, 정작은 두 아름이 넘는 늙은 팽나무다. 〈정자나무 있는 삽화〉

팽초명 팽나무의 열매를 탄알로 삼는 아이들의 장난감 총. ¶늦은 여름 열매가 열어 새파란 팽이 대래대래 붙곤 할라치면 팽총 감으로 그놈을 따느라고 얕은 가장귀에 가 매달리기. 〈정자나무 있는 삽화〉

팽팽하다형 물건이 잔뜩 켕기어 있다. ¶몰아 대면서 거듭떠보는 태수의 눈살은 졸연찮게 팽팽하다. 〈탁류①〉

퍼근히부 다리를 뻗어 느긋하고 편안하게. 『비슷』 푸근히. ¶윤 직원 영감 입에서는 담배 연기가 피어올라 자옥하니 연막을 치고, 올챙이는 팽팽한 양복 가랑이를 펴며서, 도사렸던 다리를 퍼근히 하고 저도 마코를 꺼내서 붙입니다. 〈태평천하⑦〉 ¶병조도 방바닥에 가 퍼근히 앉았다. 〈병조와 영복이〉 ¶어디 포근포근한 잔디밭이라도 있으면 퍼근히 좀 주저앉아 놀고 싶어지는 것을, 〈탁류②〉 ¶용동댁은 제일에 따가운 햇볕을 견뎌내지 못해 토방으로 올라와서 마룻전에 가 퍼근히 걸터앉는다. 〈용동댁〉 ¶경순은 둘러보다가, 저만치 무덤 앞에 편 돗자리가 눈에 띄었으나 무얼 그러겠느냐고, 넌지시 북덕잔디 위로 가서 퍼근히 앉아. 〈패배자의 무덤〉 ¶퍼근히 가서 주저앉는 발부리 앞으로 할미꽃이 한 송이 거진 반이나 벌어졌다. 〈상경반절기〉

퍼버리다동 퍼더버리다. 아무렇게나 앉아 다리를 편하게 뻗다. 『비슷』 퍼지르다. ¶그는 제호를 떼쳐 버리기가 겁이 나기 전에, 저와 마주 떠억 퍼버리고 앉아 있는 제호라는 인물의 커다란 몸집에서 무겁게 퍼져 나오는 이상한 압기, 〈탁류⑫〉 ¶주인 아씨는 방금 볼때기가 터질 듯이 성이 나서, 마루에 가 퍼버리고 앉았고, 어린아이는 내동댕이를 친 채로 그 앞에 가 누워 발버둥을 치면서 울고 있다. 〈빈(貧)… 제1장 제2과〉 ¶이렇게 그러더니, 흑흑 설움이 복받쳐 올라, 그대로 퍼버리고 앉아서 울음을 울어대는 것이었었다. 〈회(懷)〉

퍼뜩부 →재빨리. 얼른얼른. (경상). ¶그는 퍼뜩 탑삭부리 한 참봉네 아낙을 생각했던 것이다. 〈탁류⑩〉

퍼스트 임프레션(first impression)명 첫인상. ¶연애에는 소위 퍼스트 임프레션이라는 게 제일이라구요. 과연 둘이 다 같이 첫인상이 만점이었읍니다. 〈태평천하⑪〉

퍼슬퍼슬하다동 물기가 없어 매우 부스러지기 쉽다. ¶양초를 부스러뜨려 놓은 것 같은 퍼스퍼슬한 양쌀 밥알이 말을 하는 입으로 솔솔 흘러져 나왔다. 〈병조와 영복이〉 ¶우환 중에 또 그 소설 명색 것이 하릴없이 식어 빠진 조밥덩이처럼 깡깡하고도 퍼슬퍼슬하고도 천하 멋없기라고는 둘째 가라면 서럽달 망측한 물건이었었다. 〈모색〉

퍼억퍽부 →퍽퍽. 바람 따위가 좁은 틈으로 세차게 쏟아져 나오는 소리나 모양. ¶그러나 암만 기운을 들여서 사납게 제겨야 아파하지도 않고 퍼억퍽 바람 빠진 고무공처럼 물씬거리기만 한다. 〈탁류⑱〉

퍼언펀부 →펀펀. ¶자아, 당신님두 저애네 형편을 잘 아시겠구료! 아시지요? 별

수없이 펴언펀 굶지요? 아마 하루 한 끼 어려우리다?…. 〈탁류⑮〉

펀치(punch)명 차표 등을 검사하여 구멍을 뚫는 집게 비슷한 기구. 『같은』 구멍뚫이. ¶이윽고 손에 펀치를 쥔 역수가 한 사람 개찰구 편의 문 앞으로 들어서더니 뜻밖에도 일반을 향하여 모자를 벗고 깍듯이 일읍. 〈상경반절기〉

펀펀[1]부 한 번도 거르지 않고 경우마다 모두. 온통. 사뭇. 〉판판. ¶또 그뿐 아니라 이 흉년 끝에 집에 두어두고서 펀펀 굶기느니 제풀로 가서 제 목구멍 하나 얻어 먹는 것만 해도 그게 어디냐고. 〈동화〉

펀펀[2]부 하는 일 없이 놀기만 하는 모양. 『비슷』 펀둥펀둥. 〉판판. ¶하루 한 차례씩 글을들 좀 읽어라 읽어라 해 싸시는 걸 막무가내로 펀펀 놀아먹기만 했던 그 벌역인 듯이 한바탕 착실히 우리를 갖다가 골탕을 먹인 할아버지 영감님의 심술도 꽤 어지간한 것이었었다. 〈순공(巡公) 있는 일요일〉

펄씬부 맥없이 가볍게 내리앉거나 주저앉는 꼴. 『비슷』 펄썩. ¶태수는 지친 몸을 지탱하다 못해 펄씬 주저 앉아서 두 손바닥을 싹싹 비빈다. 〈탁류⑤〉

펄펄하다형 성질이 괄괄하고 매우 급하다. 또는 날듯이 활발하고 생기가 있다. ¶두부 장수도 그 애들이 아우형제인 줄은 몰랐다가 이렇게 되고 보니 기승이 펄펄하다. 〈명일〉

편벽(偏僻)명 (생각 따위가) 한쪽으로 치우쳐 있는 것. ¶그거 원 참, 이쯤 아니꼽고 시쁘듬했을 뿐, 그때나 지금이나 오복이를, 시방 관수에게 대한 십분지 일만큼도 미워를 안 하니, 그것부터도 편벽이려니와. 〈정자나무 있는 삽화〉

펌프질명 (물 등) 흡입과 압축 작용으로 액체, 기체를 빨아 올리거나 이동시키는 기계를 작동하는 일. ¶그새까지 다니던 먼저 병원에서는 처음 가던 길로 펌프질이나 해 주고, 〈탁류⑧〉

펑퍼짐하다형 둥그스름하고 펀펀하게 옆으로 퍼져 있다. 〉펑파짐하다. ¶젖도, 광대뼈가 툭 불거지고 코가 펑퍼짐하니 궁상스러운 데가 겉늙은 얼굴처럼 시들어 빠졌다. 〈얼어죽은 모나리자〉

펜더(fender)명 자동차의 흙받이. 바퀴에서 튀어 오르는 흙탕물을 막기 위해 그 윗부분에 둥글게 씌운 철판. ¶소리가 들리며 삐그덕하더니 펜더가 앞 정강이를 지분거리며 머물러 선다. 〈명일〉

펴 놓이다동 펴서 벌려 놓이다. ¶아랫목에는 노인의 이부자리가 도닥도닥 펴 놓였고 웃목에는 유지로 덮은 영복의 저녁상과 화로에 놓인 된장찌개가 바글바글 끓고 있었다. 〈병조와 영복이〉

편모(偏母)명 아버지가 없이 혼자 있는 어머니. 홀어머니. ¶그의 편모는 지금 서울 아현 구석의 남의 집 단간 셋방에서 아들 태수가 십오 원씩 보내 주는 것으로 연명을 해 가고 있다. 〈탁류④〉

편벽(偏僻)되다형 공정하지 못하고 한쪽으로 치우치기 쉽다. ¶그처럼 두드러지게 좋아하는 것도 아니요 편벽되게 나빠하는 것도 아니요, 〈탁류⑨〉

편삿놈이 널(棺)머리 들먹거리듯『속』 당치도 않은 것을 가지고 말썽을 부린다는 뜻. '편삿놈'은 '편을 갈라 활쏘기를 하는 사람'

을 낮게 일컫는 말. ¶또 죽은 부모를 편삿놈이 널머리 들먹거리듯 들먹거리는데야 누군들 좋아할 이치가 있다구요. 〈태평천하①〉

편성(偏性)㉮ 한쪽으로만 치우친 성질. 편벽된 성질. ¶여자의 편성이라고도 하겠으나 거기에는 그의 히스테리증이 다분히 시키는 점이 많았다. 〈명일〉 ¶윤 주사 창식도 야릇한 편성이 하나 있읍니다. 〈태평천하⑤〉 ¶허기야 사람이 전에두 고집이 세구 신경질이 돼서, 편성이구, 허기는 했지만. 〈소망〉 ¶시어머니는 본시 편성이요 또 여자의 좁은 소견이라 하겠지만, 언뜻 장자의 유유한 풍토가 있어 보이는 시아버지 강 진사까지도. 〈패배자의 무덤〉 ¶그야말로 유명한 종족적 편성, 이것인 것이다. 〈상경반절기〉

편역을 들다〖관용〗 옳고 그름에 상관없이 덮어놓고 한쪽만 편들다. 〖같은〗 역성(을) 들다. ¶정 주사가 막내둥이의 편역을 들어 형주를 꾸짖는다. 막내둥이의 편역이 아니라도, 정 주사는 유 씨가 계봉이를 괜히 미워하듯이 형주를 미워하던 것이다. 〈탁류③〉

편입(編入)㉮ 끼어 들어감. ¶그러노라니까 비료값과 농사 밑천 같은 것이며 의복이니 무어니 하는 비용은 해마다 부채로 편입이 되어다. 〈농민의 회계보고〉

편작(扁鵲)㉮ 중국 전국 시대의 유명한 명의의 이름. ¶자식을 생으로 죽여 놓구는… 인적 편작이라두 못 살려 놓아요! 〈탁류⑥〉 ¶부랴부랴 도립 병원으로 보내서 다스리자고 드니, 머 편작인들 소용이 있나. 〈이런 처지〉

편협(偏狹)하다㉻ 도량이 좁고 편벽되어 너그럽지 못하다. ¶저는 편협한 소견에 도리어 모욕을 느낍니다. 〈병조와 영복이〉

평가(評價)㉮ 사물의 가치를 좋고 나쁨 따위로 따져서 매김. '평갈'은 '평가를'이 줄어든 말. ¶"그거야 우리가 평갈 하는 말이고, 새 세대 사람들은 다르거든! … 차차루 세상이 조음 좋아지우?" 〈회(懷)〉

평탄(平坦)하다㉻ 마음이 편하고 고요하다. ¶소희 씨도 평탄한 마음으로 이제부터라도 대하여 주십시오. 〈병조와 영복이〉

평화(平和)하다㉻ 평화롭다. 평온하고 화목하다. ¶근자엔 듣자니 아직도 전주땅 어딘가에서 과수원을 경영하면서, 호호백발에, 평화한 여생을 지내고 있다고. 〈회(懷)〉

폐렴㉮ '폐염(肺炎)'의 변한 말. 허파에 생기는 염증. 세균의 침입으로 처음에는 오한이 나고, 차차 열이 올라 가슴을 찌르는 것 같이 아프고, 기침이 나며 숨이 급해진다. ¶그런 것이 입술만 유표하게 새까맣게 탔다. 폐렴을 덧들였던 것이다. 〈탁류⑥〉

폐(幣)로와하다㉯ 폐롭게 생각하거나 여기다. ¶현 서방은 그만 어느 겨를에 이좋은 일기를 가져다 저편이 대단히 폐로와할 만큼 유린을 하고 말았읍니다. 〈흥보씨〉 ¶영감이 성미가 유난하게시리 도섭스러서, 동네 사람들의 폐로와함이 또한 이만저만찮다. 〈정자나무 있는 삽화〉

폐(幣)롭다㉻ 귀찮고 폐가 되는 듯하다. ¶더구나 우리 같은 놈은 언문도 그런 대로 뜯어보기는 보아도 읽기에 여간만 폐롭지가 않아요. 〈치숙(痴叔)〉

폐문명 방문한 것이 오히려 상대방에게 폐를 끼치게 된 것. ¶ 그러니까 그것을 보고 불쌍하다고 여기고 동정을 하는 것은 위문이 폐문이다. 〈레디 메이드 인생〉

폐병쟁이(肺病--)명 폐병에 걸린 사람을 낮추어 이르는 말. ¶ 창기를, 노예를, 불의한 살상의 도구를, 결핵균이나 퍼뜨리는 폐병장(쟁)이를 그것들의 무수한 탄생이 어쩌니 생명의 창조의 기쁨 값이 나갈 것이냐. 〈패배자의 무덤〉

폐왕(廢王)명 폐위된 왕. ¶ 세계 지도 장사들이 그새 몇 번째 판을 뜯어 고쳐야 했으며 런던과 파리에 망명한 폐제와 폐왕이 몇 명이길래…. 〈회(懷)〉

폐제(廢帝)명 폐위된 황제. ¶ 세계 지도 장사들이 그새 몇 번째 판을 뜯어 고쳐야 했으며 런던과 파리에 망명한 폐제와 폐왕이 몇 명이길래…. 〈회(懷)〉

폐주(廢酒)명 술을 아주 끊음. ¶ 금주(禁酒)는 당했어도 여지껏 폐주는 안 했겠다. 〈홍보씨〉

폐(廢)하다동 (기존의 제도, 법규, 기관 등을) 치워 없애다. ¶ 우리는 오래 오랜만에 문오 선생을 도로 맞아, 여러 달 동안 폐했던 글방 공부를 다시 시작했었다. 〈순공(巡公) 있는 일요일〉

폐해(弊害)명 폐단(弊端)과 손해. 『비슷』 병폐(病弊). ¶ 이와 같이 시골서 이래로 근 20년 각종 양복장이에게 위협과 폐해와 졸경을 치르던 윤 직원 영감인지라, 〈태평천하⑭〉

포구(浦口)명 배가 드나드는 개의 어귀. 항구보다 규모가 적음. '개'는 강이나 내에 바닷물이 드나드는 곳. ¶ 이웃 골, 곰개라는 포구에서 처억, 흰 테 두른 모자에 복장을 떨쳐 입고 환도 차고 구두 신고 철그럭투드럭 뽐내고 돌아다니면서. 〈순공(巡公) 있는 일요일〉

포고(布告·佈告)명 명령, 지시, 법령 따위를 공포하여 널리 알림. ¶ 전 압박자에게 대고 부르짖는 선전의 포고이었을 것입니다. 〈태평천하④〉

포기명 뿌리를 단위로 한 초목의 낱개. 또는 그 세는 단위. ¶ 얼기설기 서로 얼크러진 두 포기씩의 다리와 다리, 팔과 팔…. 〈탁류⑩〉

포대기명 어린 아이를 덮거나 업는 데 쓰는 작은 이불. 『비슷』 강보(襁褓). ¶ 그래 꼭 써야 하겠다는 것 그리고 한 달에 삼 원씩 열두 달에 나누어서 삼십육 원을 갚겠다고 낳지도 아니한 아기를 포대기 장만하듯 해 놓은 뒤에 바느질을 마쳐 가지고 집으로 돌아왔다. 〈명일〉 ¶ 경순은 무덤을 보던 눈을 내려 걸음을 주춤주춤, 포대기를 헤치고 들여다본다. 〈패배자의 무덤〉

포도 장치(鋪道裝置)명 길에 돌, 콘크리트, 아스팔트 따위를 깔아 단단히 다져 꾸미는 일. ¶ 그저 복판에 포도 장치도 안한 십오 간짜리 토막길이 있고, 〈탁류①〉

포라(poral)명 →포럴(poral). 주로 여름 옷감으로 쓰는 바탕에 구멍이 많은 직물. ¶ 양복도 거기 잘 어울리게 때가 묻고 꼬기작 꼬기작한 포라다. 〈명일〉 ¶ 병호는 수형을, 빛 낡은 회색 포라 양복 속 주머니에다가 건사하고 일어섭니다. 〈태평천하⑫〉

포류의 질(蒲柳之質)명 갯버들처럼 아주 가냘프고 약한 성질. ¶ 생김생김은 이 집안의 혈통인만큼 해멀끔하니, 어디 한 군

데 아무지게 맺힌 데가 없고, 좋게 보아야 포류의 질입니다. 〈태평천하⑫〉

포르르[부] 경박스럽게 발끈 성을 내는 모양. 〈푸르르. ¶거리로 걸어가면서 승재는, 계봉이가 소갈찌를 포르르 내면서, 남의 속도 모르고 그런다고 쏘아붙이던 말을 두루 생각을 해 본다. 〈탁류⑧〉

포리(捕吏)[명] 포도청이나 지방 관아에 딸린, 죄인을 잡는 하급 관리. ¶"내 원 머리 깎고 중노릇 가는 선비는 더러 있다데만 선비가 머리 깎고 순검—포리 다닐 과거 본다는 말은 내 육십 평생에 첨 들었네. 애들 보기도 부끄럽잖은가?" 하고 톡톡이 핀잔을 먹었습니다. 〈소복 입은 영혼〉 ¶"망칙하게스리 순검, 도둑놈 잡는 포리를 다닌…." 〈순공(巡公) 있는 일요일〉

포마드(pomade)[명] 머리털에 바르는 진득진득한 기름. ¶그러나 바로 어제 들어서 인단이야 포마드야를 더금더금 사 왔는데, 〈탁류④〉

포박(捕縛)하다[동] 잡아서 묶다. ¶맨 처음 누구를 포박했을 때에는 역시 (고만두진 안 했어도) 기가 막혀서 허허어 한바탕 웃었을 것이고. 〈순공(巡公) 있는 일요일〉

포승(捕繩)[명] 죄인을 잡아 묶는 끈. ¶문오 선생의 그 모습과 더불어 한편 어떤 봉놋방에서 앉은뱅이 노름꾼 하나를 꽁꽁 포승으로 묶어 놓고는 놈이 제발 살려 달라고 비는 것을. 〈순공(巡公) 있는 일요일〉

포올폴[부] →폴폴. 눈, 먼지 따위가 가볍게 흩날리는 모양. ¶새삼스럽게 어이가 없어 뻐언히 보고 섰을 무렵부터 눈발이 하나씩 둘씩 포올폴 날리기 시작했다. 〈두 순정〉

포악(暴惡)[명] 사납고 악독한 말이나 짓. ¶초봉이는 그것이 안타까와 몸부림을 치면서 "나두 몰라요!" 고함쳐 포악이라도 하고 싶었다. 〈탁류⑦〉 ¶노마네는 그새 벌써 몇 번째 듣는 포악인지 모른다. 〈이런 남매〉

포옴(form)[명] →플랫폼(platform). 역이나 정거장의 승강장. ¶지금 저 포옴으로 나간 여러 사람들 가운데 아무나 한 사람…. 〈상경반절기〉

포옹(抱擁)[명] 품에 껴안음. ¶그놈 세파트가 초가을의 산산한 야기(夜氣)에 포옹이 그리운 밤과 더불어, 쭈그리고 앉아 있는 게 그 밤의 핍절한 정경이었었다. 〈탁류⑤〉

포우즈(pose)[명] →포즈(pose). ¶그날 출장을 나갔다가 다뿍 시장해 가지고 허위단심 집엘 마침 당도한 포우즈랬으면 꼬옥 맞겠읍니다. 〈태평천하⑨〉 ¶이렇듯 그의 좋은 신수와 더불어 마음의 성숙하고 침착된 포우즈에서 문득 느끼겠기를, 행복스럽게 잘 사는 걸다 하는 안심 비슷한 즐거움이었다. 〈회(懷)〉

포우치(porch)[명] →포치(porch). ¶그새 벌써 박박 잡아 찢은 차표 조각을, 뻐언하고 섰는 친구의 앞에다가 홱 내뿌려 버리고는, 포우치로 나섰다. 〈상경반절기〉

포주(抱主)[명] 창녀를 두고 영업을 하는 사람. ¶"그래라. 이 담에 만나기로 허구 돌려보내라… 우리가 이번에 포주놈들헌테 지는 날이면 아주 영영 피어나지 못한다." 〈팔려간 몸〉

포즈(pose)[명] 의식적으로 그럴듯하게 가지는 몸의 자세. ¶초봉이를 데리고 살아오는 동안 어느 한구석, 어느 한 고패서고 그의 계집다운 진정의 포즈를 본 적이 있다고는 믿고 싶어야 믿을 건지가 없던 것이다. 〈탁류⑭〉 ¶ "일왈 헴 헴, 조금 아까 느이 모자가 허구 있던 그 포즈를 말이다." 〈패배자의 무덤〉 ¶ 그 붐배통에 박혀 앉아서 꾸벅꾸벅대고 졸아 쌓고 졸다가는 곤드레만드레 남의 사내들과 살을 마주 비벼대고 한대서야 젊은 여자의 체모에 그다지 아름다운 포즈는 아닐 것이었었다. 〈반점〉 ¶ 이윽고 몸을 조금 움직거려, 그 우습게 궁상스런 포즈를 한 부분을 헤뜨린다. 〈모색〉

포즈(pose)하다㉯ 그럴 듯하게 몸의 자세를 취하다. ¶ 아빠빠를 입은 몸뚱이를 자못 얌전스럽진 못하게 포즈하고 누워서 낮잠이 들었던 김 순사네 아낙은, 〈흥보씨〉

포치(porch)㉮ 건물의 입구에 지붕을 갖추어 차를 대도록 한 곳. ¶ 버스가 포치에 닿기가 무섭게 앞뒤로 하녀들이 달려들어 문을 열고 손에 든 것을 채어 가고 하면서, 〈탁류⑫〉

포켓(pocket)㉮ 양복에 달린 호주머니. ¶ 그러나 크림맛을 못 본 지 몇 달이 된 낡은 구두, 고기작거린 동복 바지, 양편 포켓이 오뉴월 쇠불알같이 축 처진 양복 저고리, 땟국 묻은 와이샤쓰와 배배 꼬인 넥타이, 엿장사가 이 전어치 주마던 낡은 모자. 〈레디 메이드 인생〉 ¶ 승재는 아까 마당에서 하듯이 양복 저고리 포켓 속에 손을 넣고 무엇을 부스럭부스럭 찾으면서 어렵사리 묻는다. 〈탁류③〉

포태(胞胎)㉮ 아이를 뱀. 『같은』 임신(姙娠). 잉태(孕胎). ¶ 하기야 태호가 나이 아직 마흔 살이니 자손을 영영 단념하기는 이르지만 십칠 년 전에 용희를 낳고 나서 이내 태호의 안해는 포태도 해 보지를 못했다. 〈보리방아〉 ¶ 그 다음 세 살 터울로 작은아이 종태를 낳고는 이내 포태를 못했다. 〈명일〉 ¶ 또 이내 포태도 해 보지 못했기 때문에, 스물여덟이라는 제 나이보다 훨씬 애띠기는 합니다. 〈태평천하⑤〉

포태(胞胎)하다㉯ 아이를 배다. 『같은』 임신하다. ¶ 포태한 지 이미 넉 달—넉 달이나 된 깐으로는 배가 부르지 않은 편이나, 〈생명〉 ¶ 웬일인지, 김 씨는 포태하는 기색이 보이지를 않았다. 〈탁류⑤〉

포퓰러리티(popularity)㉮ 인기(人氣). ¶ 그 다음 제 자신의 포퓰러리티는 평소에 제가 어거하던 동무의 수효를 가지고 산출을 했다. 〈모색〉

포효(咆哮)㉮ (사나운 짐승이 으르렁거림의 뜻에서) 크게 외침. 사납게 외침. ¶ '옳아! 죽여야지!' 소리는 안 냈어도 보다 더 살기스런 포효다. 〈탁류⑱〉 ¶ 윤 직원 영감은 사뭇 사람을 아무나 하나 잡아 먹을 듯, 집이 떠나게 큰소리로 포효를 합니다. 〈태평천하⑮〉

폭㉰ '-는', '-은' 관형사로 된 용언 다음에 쓰여 '그러한 종류에 딸린 것'의 뜻을 나타냄. ¶ 술 사 먹은 폭만 대면 고만이라고 새벽녘에야 든 잠이 시방 한밤중이요. 〈태평천하⑭〉

폭군(暴君)㉮ 포악한 군주. ¶ 이제는 그 폭군이 하루 아침에 없고 보매기는 탁 펴지는데, 〈태평천하⑥〉

폭담(暴談)㉮ 난폭한 말. ¶ 이번에는 갈릴레오가 도리어 그레고리 십삼세의 초사를

받다가 "…그래도 지구는 돌지 않는다!"는 폭담을 들어야 한 차례인 데야…. 〈패배자의 무덤〉

폭리 취체(暴利取締)명 부당한 이익을 단속함. ¶윤 직원 영감은 요새 새로 발령된 폭리 취체 속을 도무지 모릅니다. 〈태평천하⑦〉

폭백(暴白)명 억울하고 분한 사정을 털어놓고 말하는 것. ¶또 격해서 쏟쳐 오르는 폭백도 아니요 〈탁류⑰〉 ¶당자인 그에게는 진실로 적절한 심경의 폭백이 아닐 수 없었다. 〈순공(巡公) 있는 일요일〉

폭양(曝陽)명 뜨겁게 내리쬐는 볕. ¶폭양에 너울 쓴 호박 덩굴이 얼기설기 섶울타리를 덮은 울타리 너머로 중동 가린 앞산이 웃도리만 멀찍이 넘겨다보인다. 〈용동댁〉 ¶"그런데 저렇게 없구 다녀? 이 더운 폭양에! …." 〈이런 남매〉

폭폭부 김이나 연기 따위가 자꾸 쏟아져 나오는 모양. ¶그는 쓰던 종이를 싹싹 비벼 내버리고 담배를 꺼내어 붙여 물고 폭폭 피웠다. 〈세 길로〉

폭폭하다동 속이 몹시 상하다. 또는 마음이 몹시 상하여 불끈불끈 화가 치밀다. ¶가슴이 지레 터지구, 내가 얼마나 폭폭하겠수? 사뭇 살이 내려요. 〈소망〉 ¶"웨, 고이 댕기던 순검이나 댕겨 먹덜랑 않구서 어쩌자구 으실렁으실렁 도루 와? 오기를… 내 참, 폭폭헐(할) 노릇두 다 보겠당개!" 하고 혼자 두런거려 쌓기를 마지않았다. 〈순공(巡公) 있는 일요일〉 ¶계봉이는 도로 형의 무릎에 가 엎드러진다. 폭폭하다 못해 하는 소리요, 말하는 그대로지, 말 이외에 다른 의미는 없던 것이다. 〈탁류⑲〉 ¶핀잔을 듣고는 폭폭하여 써 보내고 하던, 그야말로 눈물의 투서였던 것입니다. 〈태평천하②〉 ¶늬들이 들어서 필경 또 큰소리를 내서 나를 이렇게 폭폭하게 하는구나…. 〈이런 남매〉

폭한(暴漢)명 함부로 사나운 짓을 하는 사람. ¶문명한 자동차도 분명코 이 거리에서만은 야만스런 폭한이 아닐 수가 없었다. 〈탁류⑰〉

폴짝부 (작은 것이) 가볍고 힘있게 한 번 뛰어오르는 모양. 〈풀쩍. ¶가령 을녜가 맨 처음 갑쇠에게 마음이 있었다가 그의 둔하고도 알심 없는 주변머리에 암상이 나서 폴짝 오복이게로 뛰어가듯이. 〈정자나무 있는 삽화〉

폴폴부 (작은 것이) 기운차게 마구 뛰어오르는 모양. ¶그러자 초봉이가 이렇게 폴폴 뛰는 걸 보고 여간만 시방 속이 뜨악한 게 아니다. 〈탁류⑬〉

폴폴하다형 날쌔고 기운차다. 팔팔하다. 날듯이 생기가 넘치고 활발하다. ¶본시 나약하고 또 무른 성미에 가뜩이나 폴폴하고 기승스런 안해에게 얻어먹고 살다시피 하니. 〈빈(貧)… 제1장 제2과〉

퐁당부 하나만 달랑 남아 있거나 들어 있는 모양. ¶너는 네 형 혼자만 맽겨 놓구 이렇게 퐁당 들어앉어서 고따위 소갈머리 없는 소리만 하구 있니? 〈탁류③〉

표독(慓毒)스럽다형 성질이 사납고 독살스러운 데가 있다. ¶말처럼 기다란 얼굴이 바탕은 푸르족족한 게 표독스럽고 입술은 상스럽게 두꺼웠다. 〈생명〉 ¶눈이 오긋한 매눈에 눈자가 몹시 표독스러워 보이는, 그 사람이…. 〈탁류②〉 ¶"허! 거

젊은 양반이 온 표독두스럽다(표독스럽다)!" 〈상경반절기〉

표리(表裏)㉠ 겉과 속. 안과 밖. 곧 겉으로 드러내는 언행과 속으로 가지는 생각. ¶전일의 그가 떠들고 덤비던 것은 하나의 진정에서 우러나는 정열로서 아무 가식과 표리가 없이 지극히 자연스러운 것이었었다. 〈모색〉

표변(豹變)㉠ 마음이나 행동이 갑자기 변함. ¶별수가 없이 되었으니 "네 그렇습니까." 하고 신선히 일어서야 할 것이지만 지금까지에 은근히 모시고 있던 태도에 비하여 그것이 너무 낮간지러운 표변임을 알기 때문에 실망이나 하는 체하고 잠시 더 앉아 있는 것이다. 〈레디 메이드 인생〉 ¶내가 표변을 한 걸로 저렇게 격분을 한 모양인데…. 〈탁류⑭〉 ¶노파는 어느 틈에 (편리할 대로) 연애와 청춘의 찬미자로 표변을 허더니 꺼지럭꺼지럭 발부리로 신발을 끌어다가 꿰고 부엌으로 들어가 버린다. 〈모색〉

표연(飄然)하다㉥ 훌쩍 떠나는 모양이 거침없다. ¶연천 선생은 그 뒤에 미구하여, 학교가 보통학교로 갈리자 이내 번쩍 번쩍 금테 두르고 환도 차고 새로이 부임하는 판임관 교장에게 주인 자리를 내주고서, 표연히 재갸는 고을을 떠났었다. 〈회(懷)〉

표적(標的)[1]㉠ 목표로 삼는 물건. 또는 목표가 되는 물건. ¶어쩌면 한 번도 아니요 두 번째나 이 짓을 하다니 그것이 시물 사나운 운명의 역력스러운 표적인가 싶기도 했다. 〈탁류⑱〉 ¶윤 직원 영감은 그게 무슨 뜻을 두기는 두었던 표적이려니 하고 혼자 느긋해 하는 판입니다. 〈태평천하⑩〉

표적(表迹)[2]㉠ 표를 하여 외부에 드러내 보이는 일. 『같은』 표시(標示). ¶여기까지 생각하던 초봉이는 한숨을 호 내쉬면서 가슴에다가 무심코 손을 얹는다. 안심의 표적인 것이다. 〈탁류②〉 ¶시방이라도 펴 본다 치면 먹다가 물린 표적이 단박에 드러날 터…. 〈흥보씨〉 ¶그렇다면 자네 그건 아무도 맘 못 잡은 표적일세. 아서, 그래서는 못써! 더구나 다 저물게…. 〈이런 처지〉

표적(標的)[3]㉠ 표지로 삼음. ¶그 표적으로다가 뒷데시기에는 밤알만 한 쪽이 붙어 있다. 〈동화〉

표제(標題)㉠ 책의 겉에 쓰인 그 책의 이름. ¶지금의 승재로는 책을 표제만 보는 것 같아 그놈이 가진 매력에 구미는 잔뜩 당겨도 읽지 않은 책인지라…. 〈탁류⑰〉

표증(表證)하다㉣ 겉으로 드러내어 증명하다. ¶겨우 영복이 하나만 데리고 가난에 끌려 하루 이틀을 목숨을 부지하여 나가는 정상은 이 세상의 가장 골똘한 가난을 표증하는 표본이라고 보기에 마침 알맞았다. 〈병조와 영복이〉

표착(漂着)㉠ 물결에 떠돌아다니다가 어떤 곳에 닿는 것. ¶돛은 여지없이 찢어졌다. 그리고 배는 바다의 낯선 섬에 표착이 되었다. 〈패배자의 무덤〉

표창(表彰)㉠ (공로나 선행 등을) 널리 세상에 칭찬하여 알리는 것. 여기서는 '표창장'의 뜻으로 쓰임. ¶글쎄 아무려면 내가 재갸처럼 다 공부는 못하고 남의 집 고소노릇으로 반또 노릇으로 이렇게 굴러먹을 값에 이래 보여도 표창을 두 번이나 받은 모범 점원이요. 〈치숙(痴叔)〉

푸근하다형 겨울 날씨가 바람이 없고 따뜻하다. ¶둘러보아야 신산스럽기만 하고, 하다가 문득 거기는 아직도 스팀을 피우고 푸근해 십상이려니 싶어 학교 기숙사 생각이 간절히 난다. 〈모색〉

푸네기명 가까운 제살붙이. ¶시골서 돈을 많이 가지고 살면, 여러 가지 공과금이야, 기부금이야, 또 가난한 일가 푸네기들한테 뜯기는 것이야. 그런 것 때문에 성가시기도 하고, 〈태평천하④〉

푸념명 마음속에 품은 불평을 길게 늘어 말하는 일. ¶새초옴한 게 벌써 새서방 종학이한테 귀먹은 푸념깨나 쏟아져 나올 상입니다. 〈태평천하⑪〉

푸달지다형 →푸닥지다. 흐뭇할 정도로 넉넉하고 풍성하다. ¶좀 지나면 갑자기 식욕이 증가되고 살이 찌는 것이므로, 감옥에서 주는 그 푸달진 밥으로는 창자를 틀어쥘 시기가 칠복에게도 올 것이었었다. 〈불효자식〉 ¶가난뱅이 집에서 무얼 그 푸달진 점심을 얻어먹으랴 싶어 그러는 것 같아서. 〈보리방아〉 ¶마침내 푸달진 월급자리나마 영영 떨어지고 나니, 손에 기름은 말랐는네 식구는 우그르하고, 칠팔 년 월급장사로 다시금 빗밖에 남은 것이 없었다. 〈탁류①〉 ¶말려서 마당질을 하려고 펴 널어 둔 푸달진 보리다발을 고놈이 와서 개평으로 작살을 내던 모양이다. 〈동화〉 ¶"거 머 그리 푸달진 명예라구! …심심하니까 무어나 일거리라두 장차 생길까 하구서 우선…." 〈모색〉

푸로명 →프로. '프롤레타리아(proletariat)'의 준말로 자본주의 사회에서 생산 수단을 소유하지 못하고 노동력을 자본가에게 팔아 생활하는 무산 임금 노동자. ¶"허기야 그때쯤은 우리두 푸로 소설을 충분히 이해를 못했은까…" 이것은 영복이의 말. 〈병조와 영복이〉

푸르르죽죽하다형 →푸르죽죽하다. 빛깔이 고르지 못하고 칙칙하게 푸르스름하다. ¶영주는 백금 같은 것은 패물로 가져 본 적이 없는지라 푸르르죽죽하고 수퉁스런 백금가락지는 신통치 아니하나 루비 박은 금반지는 벌써 몇 해 전에 전당국에서 떠내려간 자기 반지 비슷해서 유달리 치어다보인다. 〈명일〉

푸스스부 앉거나 누웠다가 슬그머니 일어나는 모양. ¶잠이 깨어서도 짐짓 눈을 뜨지 않고 한참이나 자는 체 누워 있다가 마지못해 푸스스 일어나 앉는다. 〈빈(貧)…제1장 제2과〉 ¶범수는 시장과 더위에 부대끼다 못해 그런지 깨우지도 아니했는데 혼자 꾸물거리다가 기재개를 기다랗게 뻗치고는 푸스스 일어나 앉는다. 〈명일〉 ¶마침 웃목에서 이제껏 자고 있던 차인꾼이, 그제서야 잠이 개어 푸스스 일어나다가 한참 두릿거리더니, 〈태평천하④〉 ¶어둠 속으로 희엿한 을녜의 얼굴을, 역시 탐탁은 해서 보고 누웠던 관수는 푸스스 일어나 앉아, 참외를 한 개 집어 든다. 〈정자나무 있는 삽화〉 ¶종택은 푸스스 일어나 앉은 채로, 외투며 양복을 벗고, 아무렇게나 바지와 저고리를 꿰고 걸치고 한다. 〈패배자의 무덤〉 ¶그래도 잠귀 하나는 밝아, 푸스스 일어나면서 한 손으로는 크막한 쪽을 다스리면서 또 한 손으로는 무명씨 박힌 왼편 눈의 눈곱을 비비면서, 〈흥보씨〉

푸슬푸슬[부] 가루 같은 것이 물기가 적어서 잘 부스러지거나 해어지는 모양. ¶치는 대로 돌가루가 푸슬푸슬 떨어져 내리면서 돌은 빠듯이 박혀 들어간다. 〈정자나무 있는 삽화〉

푸시시[부] 앉았거나 누었다가 슬그머니 일어나는 모양. ¶일곱 시 반이 되자, 읽던 책을 그대로 펴 놓은 채 푸시시 일어선다. 〈탁류⑥〉

푸울(pool)[명] →풀. 헤엄칠 수 있도록 물을 담아 놓은 시설. ¶집 뒤 바루 중앙학교 후원으루 해서 조금만 가며는 삼청동이요, 푸울이 있겠다. 〈소망〉

푸주간[명] →푸줏간. 쇠고기, 돼지고기 등을 파는 가게. ¶"그래서 얼핏 푸주간에 가서 고기를…" 여편네는 고개를 푹 숙이고 손가락만 질근질근 개물었다. 〈산적〉

푸죽다[형] 푹이 죽어 힘이 없다. ¶영주는 독살을 피우고 싶은 마음과는 딴판으로 말소리는 힘이 없이 푸죽었다. 〈명일〉 ¶응달에서 자란 식물을 갑자기 일광에 내쬐는 것 같아, 어디라 없이 푸죽어 보인다. 〈탁류⑮〉 ¶또 그도 그려니와, 같이 따라나서는 동생 아이의 핼쑥하니 푸죽은 얼굴하며가, 오늘 오정에 발표를 하는 ××중학의 입학시험 결과가 (예상은 하고 있다던 말대로) 막상 여의치 못했음을 짐작하겠었다. 〈회(懷)〉

푸지다[형] 매우 많고 넉넉하다. 넉넉하고 푸짐하다. ¶전등불 밑에서는 반드시 초봉이를 지키고 앉았어야만 마음이 푸지고 좋고 하지 그러질 못하면 공연히 짜증이 나고 짜증이 심하면 광기가 일고 한다. 〈탁류⑱〉

푸짐하다[형] 매우 많고 넉넉하여 풍성하다. ¶전에 볼때기에 살점이나 붙어 있을 때에도 그리 푸짐한 얼굴은 아니었었다. 〈명일〉 ¶우선 눈앞에 내논 한 달 용돈 오십 원이 푸짐하던 것이다. 〈탁류⑫〉 ¶본시 그저 바탕이 푸짐하니(밥술이나 먹음직하게) 좋게 생긴 얼굴인 데다가…. 〈모색〉

푹신[부] 심하게 자꾸 썩거나 삭는 모양. ¶내가 애를 푹신 삭히구 말았지. 〈소망〉

푼더분하다[형] 모자람이 없어 넉넉하다. ¶피곤한 몸뚱이로 먼지와 더위에 숨이 질리는 아스팔트를 아무리 걸어다녔자 푼더분한 남이 생활만이 눈에 띄어 더 우울은 할지언정 가슴이 시원스러울 리는 없는 것이다. 〈명일〉

푼수[1][명] 얼마에 상당한 정도. ¶그 푼수로, 누구 사음이나 한자리 얻어 할 양으로 보비위나 해주려는 사람이, 윤 두꺼비네이 그 신편 족보를 외어 가지고 다니면서, 〈태평천하④〉 ¶병아리는 완구히 자라 제법 중닭 푼수나 되었고. 〈용동댁〉 ¶"참 그래! 기차란 여객 비행기가 생긴 뒤루야 벌써 쇠달구지 푼수니깐…" 〈회(懷)〉

푼수[2][명] 관형사형 '-ㄴ' 다음에 쓰여 '상태', '형편'의 뜻을 나타내는 말. ¶그런 아무 일도 없이 떠나온 내가, 이건 꿈에도 생각지 않고 졸가리도 닿지 않고 하릴없이 허방에 푹 빠진 푼수지, 〈탁류⑫〉 ¶공장에 다닐 때 농촌 사람들도 직공이 되어 온 사람들한테 설들은 정담을 늘어놓는 푼수다. 〈얼어죽은 모나리자〉 ¶조금 먼 동리로 마을이나 가는 푼수를 했던 것입니다. 〈어머니를 찾아서〉 ¶제주말이 제 갈기를 뜯어 먹는다는 푼수로, 이태 동안에 정 주사의 본전 삼백 원은 스실사실 다 밭아 버리고 말았다. 〈탁류①〉 ¶옥초는 (소위 시골 토반의 집 태생이라서) 노파의 하는 수작이 기어오른다는 푼수로 좀 괘씸은 했으나 그렇다고 정색을 하는 것도 어린애 짓이고 해서. 〈모색〉 ¶'쯧! 가이사의 것은 가이사에게 돌려보내란 푼수로, 그야 미나미상이 훠얼씬 다 요량이 있겠지!' 〈상경반절기〉

푼시하다[동] (상태나 정황을) 드러내어 표시하다. ¶"내가 늙은 푼시하믄 당신은 더얼 늙은 편이니깐." 〈순공(巡公) 있는 일요일〉

푼푼이[부] 한 푼씩 한 푼씩. ¶이처럼 헛된 수고를 한 사흘 거푸 하더니 그만 지쳤던지 다시는 더 가지 아니하고 다만 P 씨의 집에 있으면서 틈틈이 학생들 빨래도 빨아 주고 가다가는 행상 같은 것도 하여 가며 이제 칠복이가 나온 뒤에 데리고 내려갈 차비를 푼푼이 주워 모았다. 〈불효자식〉

풀(이) 죽다[관용] 활기나 기세가 꺾여 맥이 없다. ¶"번연한 속이지 물어서는 무얼 허우?" 영주는 풀 죽은 대답을 한다. 〈명일〉 ¶가자던 서울은 못 가고, 저렇게 풀이 죽어 만사에 경황이 없어 하는데 혼인 이야기란 어찌 생각하면 새수 빠진 듯하기도 했다. 〈탁류⑦〉

풀기(-氣)[명] 드러나 보이는 활발한 기운. ¶미상불 병조의 마음은 풀기가 없어지고 그 동안 침착하고도 열의 있게 하며 나오던 '일'에 대하여 범연하여진 눈치가 가끔 보이고 하였다. 〈병조와 영복이〉 ¶누가 보면 어디 몸이 아프냐고 놀랄 만큼 이맛살을 잔뜩 찌푸리고, 몸에 풀기가 없다. 〈탁류④〉 ¶쏘아붙이는 음성은 한결 더 쌀쌀하면서도, 그러나 어디라 없이 풀기가 없다. 〈용동댁〉

풀머리[명] 풀어 내려뜨린 머리털. ¶김 씨는 흐트러진 풀머리에 엷은 자릿적삼으로 앞을 여미면서 해죽이 웃고 내다보던 것이다. 〈탁류⑤〉

풀신풀신[부] →풀씬풀씬. ¶장내는 조금 동요가 다시 조용하고 갸꾸다마리에서는 담배 연기만 풀신풀신 올라온다. 〈탁류④〉

풀썩풀썩[부] 연기나 먼지 따위가 갑자기 뭉켜 일어나는 모양. ¶종시 귀먹은 체하고 서서 담배만 풀썩풀썩 피울 뿐 아무렇지도 않아 한다. 〈탁류⑭〉

풀씬풀씬[부] 풀썩풀썩. 연기나 먼지 따위가 갑자기 뭉키어 일어나는 모양. ¶별 구경을 잘 못해서 겨울에도 곰팡이가 슬고 이불을 며칠씩 그대로 펴 두는 방바닥에서는 먼지가 풀씬풀씬 올랐다. 〈레디 메이드 인생〉 ¶바람은 솔솔 불어오겠다 소담스런 먼지가 쌍으로 풀씬풀씬 피어올라. 〈흥보씨〉

풀 없이[부] 활기나 기세가 없이. ¶K는 열에 뜬 사람처럼 벌떡 일어나 앉았다. 그는 넋이 나간 듯이 멍하고 앉았다가 풀 없이 다시 드러누웠다. 그의 입엔 탄식이 나왔다. 〈생명의 유희〉

품[명] 일하는 데 드는 힘. 또는 수고. ¶어찌 해서 맘이 내켜 품깨나 팔면 품삯을 받은 돈으로 노름을 한다. 〈얼어죽은 모나리자〉

품개질[명] 삯일. 품삯을 받고 하는 일. ¶이와 나온 길이니 품개질이나 해서 저녁반찬거리라도 좀 장만할까. 〈정자나무 있는 삽화〉

품귀(品貴)㉱ 물건이 귀해서 구하기 어려움. ¶현물이 품귀요, 정미도 값이 생해서 기미(期米)도 일반으로 오르게만 된 형세건만…. 〈탁류④〉

품부족(品不足)㉱ 물품이 부족함. ¶아무래도 시체의 용어를 빌어 오면, 통제가 서지를 않아 물자 배급에 체화와 품부족이라는 슬픈 정상을 나타낸 게 아니랄 수 없겠읍니다. 〈태평천하⑪〉

품빨래㉱ 품삯을 받고 하는 빨래. ¶어질고 얌전해서 그 알량한 남편 양반 받드느라 삯바느질이야 남의 집 품빨래야 화장품 장사야 그 칙살스런 벌이를 해다가 겨우겨우 목구멍에 풀칠을 하지요. 〈치숙(痴叔)〉

품새㉦ 어떤 동작이나 됨됨이. 〖같은〗 품. ¶차려 놓은 품새야 대처면 아무데로 흔히 있는 평범한 양약국이요, 규모는 그다지 크지는 못하다. 〈탁류②〉

품앗이꾼㉱ 일품을 지고 갚고 하는 사람. 여기서 '일품'은 일하는 데 드는 품. ¶해서 오늘도 품앗이꾼 셋을 대어 저의 논의 만도리를 시켜 놓고도 저는 할 수 없이 나와서 앉아 보고나 있는 참이다. 〈정자나무 있는 삽화〉

품자리㉱ (남녀가) 서로 품고 자는 잠자리. ¶서방님은 그새 반년이나 두고 십여 차례나 이 오월이를 품자리 속에 끌어들였지만….〈생명〉

품팔이꾼㉱ 품삯을 받고 남의 일을 해주며 살아가는 사람. ¶얼핏 허리를 굽혀 집고 싶은 것을 겨우 참고 차마 그 옆을 떠나지 못하는데 지게 진 품팔이꾼이 성큼 집어 그대로 입에다 물고 가 버린다. 〈명일〉

풋사랑㉱ 정이 깊지 않고 들떠 있는 사랑. 또는 철없는 나이에 느끼는 이성에 대한 애정. ¶그렇건만 계집아이의 첫사랑이라는 게, (첫사랑이 풋사랑이라면서) 〈탁류⑰〉

풋잠㉱ 잠이 든 지 얼마 안 된 옅은 잠. ¶낭자하던 향락의 뒤끝을 수습치 않은 채, 고단한 대로 풋잠이 든 두 개의 반나체…. 〈탁류⑩〉

풋콩㉱ 깍지 속에 들어 있어 아직 덜 익은 콩. ¶용동댁이 마루에 앉아서 풋콩 꺾어 온 것을 저녁밥에 두어 먹으려고 모친과 더불어 까고 있노라니까. 〈용동댁〉

풍(風)(을) 치다〖관용〗 실상과는 맞지 않게 너무 과장하여 말하다. 〖비슷〗 허풍을 떨다. ¶어쩌구 어쩌구 하다구 풍을 쳐서 커다랗게 신문에다 광고를 내면 말이야, 〈탁류②〉

풍겨 버리다㉯ 모여 있던 사람이나 짐승이 놀라서 흩어져 가 버리다. ¶"쫓아 들어갔더니…" "그리서?" "죄다 풍겨 버리구는…" "한 놈만 잡혔단 말이지이?" 〈순공(巡公) 있는 일요일〉

풍경(風磬)㉱ (절 등의 건물에서) 처마 끝에 다는 작은 종. 바람 부는 대로 흔들려 소리가 남. ¶아닌 게 아니라 네 귀에 풍경을 달고 으리으리한 고래등 같은 기와집이 새로 들어서 있읍니다. 〈소복 입은 영혼〉

풍광(風光)㉱ 경치. ¶태수는 그러한 풍광보다는 이 길이 공동묘지로도 가는 길이니라 생각하면, 〈탁류④〉

풍더분하다㉻ →푼더분하다. 얼굴이 두툼하고 복성스럽다. ¶어려서부터 거친 일을 하여왔기 때문에 수족은 험하게 굵었으나 얼굴은 풍더분한 것이 누구나 한 번 보면

두 번째 돌아보고 싶고 세 번째는 욕심이 날 만큼 복성스럽게 생겼다. 〈산동이〉

풍기다㊍ 모여 있던 사람이나 짐승이 놀라서 흩어져 가다. ¶ "두령, 자식놈은 풍겼읍니다." "풍겼다? 그럼, 그건 무어란 말이냐?" "그놈이 울타리를 뛰어넘어 가다가 벗어 버린 껍데기올시다." 〈태평천하④〉

풍도(風度)㊐ 풍채와 태도. 빛나서 드러나는 사람의 겉모양이나 태도. ¶ 그래 오래잖아서 저녁상이 나오는데 비록 번화스럽게 차리지는 아니했으나 조촐한대로 모두 입에 맞는 음식이 가히 양반의 집 풍도를 엿볼 수가 있었읍니다. 〈소복 입은 영혼〉 ¶ 이것은 참으로 이상스러운 그네들의 엄한 풍도입니다. 〈태평천하④〉 ¶ 이것이 한 덩이는 세상 풍도요, 다른 한 덩이는 인간의 식욕이다. 〈탁류⑭〉 ¶ 인심과 풍도만 아니더라면 모른 체 저희끼리만 먹고 말 것을 마지못해 (그러니까) 눈치엣 음식으로 한 사발 주는 게 빠안한 속이다. 〈정자나무 있는 삽화〉

풍로(風爐)㊐ 화로의 한 가지. 흙이나 쇠붙이로 만들며 아래에 바람 구멍을 내어 불이 잘 붙게 하였음. ¶ 종로에서 풍로니 남비니 양재기니 숟갈이니 무어니 해서 살림 나부랑이를 간단하게 장만하여 가지고 올라오는 길에 전에 잡지사에 있을 때 안××인쇄소의 문선 과장을 찾아갔다. 〈레디 메이드 인생〉

풍모(風貌)㊐ 풍채와 용모. ¶ 그렇게 풍모가 변해 가지고 돌아와서는 자기도 좀 계면쩍은 듯이 "네끼 놈들 네끼 놈들 무얼 그렇게 뻔하고 서서." 하며 그 잦은 말로 되레 우리를 나무랐읍니다. 〈소복 입은 영혼〉 ¶ 이 노승의 그렇듯 비애가 흐르는 정적의 풍모에만 온갖 정신이 쏠려. 〈두 순정〉 ¶ 이마에 가서 하얀 망건 자죽만 남고는 박박 깎은 머리 위에 상투가 없어져 버린 그의 풍모는 보기에 자못 기물스럼이 있었고, 〈순공(巡公) 있는 일요일〉

풍신(風神)㊐ 사람의 드러나 보이는 의젓한 겉모양. 풍채(風采). 풍의(風儀). 풍자(風姿). ¶ … 웃는 풍신이 그게 무어람! 그건 소가 웃는 거지 사람이 웃는 거야? 〈탁류③〉 ¶ 게다가 많지도 적지도 않게 꼬옥 알맞은 수염은 눈같이 희어, 과시 홍안백발의 좋은 풍신입니다. 〈태평천하①〉

풍안(風眼)㊐ 바람이나 티끌을 막기 위해 쓰는 안경. 풍안경(風眼鏡). 보안경(保眼鏡). ¶ 윤 직원 영감은 허리에 찬 풍안집에서 풍안을 꺼내더니, 그걸 코허리에다가 처억 걸치고는, 그 육중한 자가용 홍신록을 뒤적거립니다. 〈태평천하⑦〉

풍안집(風眼-)㊐ 풍안경을 넣은 집. ¶ 윤 직원 영감은 허리에 찬 풍안집에서 풍안을 꺼내더니, 그걸 코허리에다가 처억 걸치고는, 그 육중한 자가용 홍신록을 뒤적거립니다. 〈태평천하⑦〉

풍우(風雨)를 몰아치듯〖관용〗 비바람이 몰려오는 것처럼, '한꺼번에 몰려 닫는 꼴'을 비유하는 말. ¶ 냅다 풍우를 몰아치듯 추상 같은 호령을 하는 것이다. 〈탁류⑥〉

풍운(風雲)㊐ 영웅 호걸이 세상에 나와 힘을 발휘하는 기회. 세상이 크게 변하려는 기운. ¶ 그때가 지금으로부터 이십사오 년 전 한말(韓末)의 풍운이 급함을 고할 때다. 〈농민의 회계보고〉

풍월(風月)[1] [명] '음풍 농월(吟風弄月)'의 준말. 시(詩) 따위로 자연을 노래하며 놂. ¶마침 풍월을 하느라고 흥얼흥얼하고 앉았는 여러 장의와 선비들더러 밑도 끝도 없이, 〈태평천하④〉 ¶월량 푼이나 생기면 잔 가용에 보태 쓰라고 얼마간 집에 떼어 보내고는 나머지를 가지고 글장하는 친구들과 어울려 술이나 마시고 풍월이나 하기로 온갖 낙을 삼는 터. 〈용동댁〉

풍월(風月)[2] [명] 청풍(淸風)과 명월(明月). 곧 '자연의 아름다움'을 이르는 말. ¶풍월도 좋거니와 물도 맑다. 〈탁류①〉

풍월 짓기 [명] 아름다운 자연을 소재로 한 글짓기. ¶그 밖에도 글씨 쓰기와 풍월 짓기까지, 이런 것들을 맡아, 〈순공(巡公) 있는 일요일〉

풍장 [명] 농악에 쓰는 풍물을 민속적으로 일컫는 말. ¶멀리서 풍장 소리가 아득하니 들여온다. 〈동화〉

풍파(風波) [명] 어수선하고 떠들썩함. 어지럽고 험한 일. 심한 분쟁이나 분란. ¶그랬으면 초봉이도 그 말 끝에 잇대어 아까 가게에서 풍파가 났던 이야기도 하고…. 〈탁류③〉 ¶그들은 아무도 방금 일어났던 풍파를 심려한다든가 윤 직원 영감이 저녁밥을 중판멘 것을 걱정한다든가, 〈태평천하⑥〉

풍풍 [부] 막혀 있던 기체나 가스가 연거푸 세게 뿜어 나오는 소리. ¶아마 검정 황소가 열 바리, 아니 스무 바리도 넉넉해 보이는 그 덜씬 큰 시꺼먼 화통이, 용솟음 같은 검은 연기를 풍풍 들이 뿜어 올리면서, 〈회(懷)〉

프로메테우스(Prometheus) [명] (신화) 그리스 신화에 나오는 영웅. 티탄(Titan)족에 속하며 아틀라스의 형제. 인간을 진흙과 물로 만들었다고 함. 신의 불을 훔쳐다가 인류에게 준 까닭으로 제우스의 노여움을 사서 카프카스산의 바위에 묶여 독수리에게 간을 쪼이는 벌을 받았음. ¶프로메테우스의 후손은 불초하여 약행할지언정, 불을 도로 빼앗기 않기 위하여서는, 육체를 처분할 강단조차 없지는 않다. 〈패배자의 무덤〉

프라이드(pride) [명] 자존심. ¶자선이나 동정 같은 것은 받는 사람의 프라이드를 뺏는 경우두 있는 법이거든. 〈탁류③〉

프로페쇼날(professional) [명] 숙련된 사람. 직업적 전문가. ¶연앤 정열허구 정열허구가 만나서 하는 게임이구. 그러니깐 연앤 아마추어 셈이구… 그런데 결혼은 프로페쇼날, 직업인 셈이구…. 〈탁류⑰〉

프로펠라(propeller) [명] 엔진의 출력을 추진력으로 변환하는 회전 날개. ¶그러자 마침 머리 위에서 하늘이 찢어질 듯이 프로펠라 소리가 쏟아지며 군용 비행기 세 대가 소리와는 딴판으로 유유히 북쪽으로 떠가고 있다. 〈명일〉

프로필(profile) [명] 측면에서 본 얼굴 모습. ¶손가락으로 세계 일주를 하고 있는 아내의 프로필을 삭막한 얼굴로 건너다본다. 〈패배자의 무덤〉

프록코트(frock coat) [명] 무릎까지 내려 오는 남자의 양복 저고리. 보통 예복으로 쓴다. 서양식 신사용 예복이 한 가지. ¶이렇게 이야기 허두를 내고 보면 첩경 중산 모자에, 깃에는 가화를 꽂은 모닝 혹은 프록코트에 기름진 얼굴이 불콰아하여, 〈흥보씨〉

플랜(plan) [명] 계획. 설계. ¶거기에 대한

구체적 플랜이 있는 것도 아니었었던 것이다. 〈레디 메이드 인생〉

플랫폼(platform)명 정거장의 기차를 타고 내리는 곳. ¶일단 차를 내려 분잡한 플랫폼의 여러 승객들 틈에 호젓이 섞여 섰을 때다. 〈탁류⑫〉

피검(被檢)명 검거됨. 어떤 사건에 관련 혐의가 있어 수사 기관에 붙잡힘. ¶"경시청에 피검! … 이라니? 이게 무슨 소리다냐?" 〈태평천하⑮〉

피로 낙관(落款)을 친 치산(治産)『관용』 피를 흘리며 자기 스스로 모은 재산. ¶일변 생각하면 피고 낙관을 친 치산이지, 녹록한 재물이라고 할 수는 없을 것입니다. 〈태평천하④〉

피로연(披露宴)명 결혼이나 출생 따위를 널리 알리는 뜻으로 베푸는 잔치. ¶피로연에는 애초부터 가지 않을 요량이었지만, 〈탁류⑩〉

피륙명 필로 된 베, 무명, 비단 등의 총칭. ¶이런 여러 가지 비단들이 피륙으로 혹은 말라 놓은 옷감으로 드리없이 손에 만져지는 것이다. 〈동화〉 ¶그 여러 생활들이 제가끔 제 성깔대로 짜 내놓은 여러 가지의 피륙들을 하나 둘 다섯 열 연해 연방 물색을 해왔으면서도. 〈모색〉

피멍명 부딪치거나 맞아서 살갗에 퍼렇게 맺힌 멍울. 『비슷』 멍. ¶같은 왼편 광대뼈가 시퍼렇게 피멍이 져서 부풀어 올랐고. 〈탁류⑩〉

피복대(被服代)명 옷값. 의복값. ¶목간삯 7전과 이런 것이 경상비요, 임시비로는 가장 하길의 피복대와 10전 미만의 통신비가 있을 따름입니다. 〈태평천하⑨〉

피사리명 농작물 가운데에 섞여서 자란 피를 뽑아 내는 일. 논에서 피를 뽑아 버리는 일. ¶갑쇠네 논에서는 요전 그날처럼 최 서방 오 서방 오복이가 오늘은 피사리를 하고 있다. 때도 그날 그맘때 참은 되었다. 〈정자나무 있는 삽화〉

피쓱부 피식. 입술을 힘없이 얼핏 터뜨리며 싱겁게 한 번 웃는 모양. 또는 그 소리. ¶정 주사와 유 씨는 서로 치어다보고 피쓱 웃어 버린다. 〈탁류⑥〉 ¶내 얼굴만 물끄러미 올려다보고 누웠더니 피쓱 한번 웃어요. 〈치숙(痴叔)〉 ¶실끔 아랫도리를 한번 내려다보더니, 좀 점직하다는 속인지, 피쓱 웃어요. 〈소망〉

피쓱피쓱부 피식피식. 입술을 힘없이 얼핏 터뜨리며 싱겁게 자꾸 웃는 모양. 또는 그 소리. ¶"모두 피쓱피쓱 웃기 아니면 넋나간 놈처럼 멍하니 입을 벌이구는 치어다보고 섰지." 〈소망〉

피안(彼岸)명 실제로는 존재하지 않고 관념적인 현실 밖의 경지. ¶인간이 색의 기능을 타고나는 것은 생물로서 운명적 필연이요, 그러니까 결단코 그걸 나무랄 일은 못 됩니다. 또 누가 나무라고 시비를 한다고 그게 없어지는 것도 아니고요. 해서 비판이나 간섭의 피안에 있는 것입니다. 〈태평천하⑩〉

피이1부 →피. 속에 차 있던 가스나 기체가 힘없이 새어 나올 때 나는 소리. 또는 그 모양. ¶이윽고 차는 흙을 다 푸고는 우르릉털그렁 다시 돌아오더니 피이 숨을 내쉬면서 멈춰 섰다. 〈회(懷)〉

피이2부 피. 비웃을 때 입술을 비죽이 벌리며 입김을 내뿜는 모양. 또는 그 소리.

비웃는 태도로 입술을 비죽 내밀며 내는 소리. ¶“너 이거 알지?” “피이! 오십 전!” 〈탁류⑮〉 ¶“남잔 밥 안 짓는 법야!” “피이! 껄렁헌 남자!” “머가 껄렁해? 이년아!” 〈흥보씨〉

피장파장명 상대편과 같은 처지라 서로 낫고 못함이 없음을 이르는 말. 상대편의 행동에 따라 그와 동등한 행동으로 맞서는 일을 일컫는 말. ¶일은 그런데 피장파장이어서 화적패도 또한 말대가리 윤용규에게 원한이 있읍니다. 〈태평천하④〉

피종명 일제 강점기 때 담배 이름. ¶끼마다 먹는 고기와 양즙이 싫어나고, 마코보다는 더러 눈을 기어 뽑아 먹는 주인 아씨의 피종이나 해태가 더 맛이 있어 가고, 주인 아씨의 간드러진 노랫소리가 귀가 아프고, 〈빈(貧)… 제1장 제2과〉 ¶제일 첫째로 며느리인 고 씨가 곰방조대야, 피종을 피우는 터이니 차지를 안 해도 상관없겠지만, 〈태평천하⑤〉

피죵명 →피종. 일제 강점기의 담배 이름. ¶“아무도 없는데!… 피죵 피우소.” 행화는 제 경대 서랍에서 담뱃곽을 꺼내다 놓는다. 〈탁류⑨〉

피차(彼此)명 이편과 저편의 양편. 이쪽과 저쪽과의 양쪽. ¶“허허… 피차에 먹구살자는 노릇이니 헐 수 있넌가!” 〈보리방아〉

피천명 아주 적은 액수의 돈. ¶만일 미두장에서만 어물어물하고 있다가는 피처 한 푼 못 잡고, 근처의 수두룩한 하바꾼 신세가 되기 마침이다—는 것이다. 〈탁류④〉 ¶소위 민간측의 사업이나 구제에는 절대로 피천 한 푼 내놓질 않는 주의요, 〈태평천하⑭〉

피하 주사(皮下注射)명 근육 주사. 피부의 아랫층, 곧 피하 결합 조직이 있는 부분에 놓는 주사. (반의어) 혈관 주사. ¶그것은 ××에 놓는 주사는 주사라도 피하 주사요, 효력도 신통찮아 근자에는 잘 쓰지 않기 때문에 도리어 구하기가 어려운 약이요, 〈탁류⑧〉

핀잔명 남의 하는 짓을 언짢게 꾸짖음. 맞대놓고 언짢게 꾸짖거나 비웃으며 꾸짖음. ¶서울 아씨가 듣다 못해 아버지를 핀잔을 주는 것입니다. 〈태평천하⑤〉

핀잔을 마시다〖관용〗 핀잔을 당하다. 맞대어 놓고 비웃거나 비꼬아 꾸짖음을 당하다. ¶그리하여 세 번 네 번 다섯 번 이렇게 대거리를 구해 들였고, 그러나 그러는 족족 실연의 쓴 술잔이 아니라, 핀잔을 거듭거듭 마셔 왔읍니다 〈태평천하⑩〉

필경(畢竟)부 끝장에 가서는. 마침내. 결국에는. ¶그날 최씨 부인은 면회를 하고 나서 간수 하나를 붙잡고 “제발 우리 칠복이 대신 나를 가두어 주던지 그렇지 아니하려거든 나를 이 자리에서 당장 죽여 달라.” 고 한참이나 울며 승강이를 하다가 필경은 등을 밀려 쫓겨나서. 〈불효자식〉 ¶이 추상 같은 호령의 서리를 맞고 애련한 한 떨기 꽃은 고개를 숙인 채 가볍게 몸을 떨다가 필경 소리없이 눈물을 떨어뜨렸읍니다. 〈소복 입은 영혼〉 ¶작년 여름까지도 멀쩡하던 눈이 아프다는 것을 늦잡도리해서 필경 멀고 말았으니 가난한 탓이요. 〈얼어죽은 모나리자〉 ¶필경 회초리가 다 못쓰게 되자 아씨는 손을 잠간 멈추고 이번에는 두 개를 한데 쥔다. 〈생명〉 ¶다만 숭늉 한 그릇을 청한다 하거나 내보내거나 하는 데도 자연 아이들을 부르고 아이들을 시키고 하기 때문에, 그게 필경 버릇이 되고 말았던 것이다. 〈탁류③〉 ¶부록쇠는 비죽비죽 울면서 도로 나가 동리 집으로 들로 어머니를 찾아다녔으나 필경 만나지 못했읍니다. 〈어머니를 찾아서〉 ¶그 양반은 필경 붙들려 가서 오 년이나 전중이를 살았지요. 〈치숙(痴叔)〉 ¶새서방은 필경 고집이 터져, 글방에도 안 가고 울어대다가 저의 부친한테 매를 맞았다. 〈두 순정〉 ¶해놓고 보니 필경 짐에 넘치는 것을 제 기운만 믿고 짊어진 것까지는 좋았으나. 〈쑥국새〉 ¶그러고서도 이혼은 못하고서 필경 내가 파기증이 난 판인데 엎친 데 덮친다고, 그래 그러니까 계유년이군. 〈이런 처지〉 ¶역시 그런 족족 울고 빌고 용서를 받고, 하니 필경 그것은 울고 빌면 얼마든지 용서를 받을 수가 있기 때문에, 〈홍보씨〉 ¶하던 중에 또 엎친 데 덮치더라고, 어린것이 마저 병이 나 가지고는 필경 눈을 뒤집어 쓰고. 〈이런 남매〉

필생(筆生)명 일생을 마칠 때까지의 기간. 한 평생 동안. ¶집안의 문벌 없음을 섭섭히 여겨, 가문을 빛나게 할 필생의 사업으로 네 가지 방책을 추렸읍니다. 〈태평천하④〉

필시(必是)부 반드시. 어김없이. ¶필시 별뜻은 없고, 구변 좋고 말 좋아하는 여자의 지날 인사가 그렇던 것이다. 〈탁류⑮〉 ¶필시 이것은 병이 났던지 호식이 되었던지, 좌우간 무슨 탈이 단단히 붙은 거라고, 걱정이 이만 저만찮았다. 〈순공(巡公) 있는 일요일〉

필연(必然)하다형 그렇게 될 수밖에 없다. ¶생리상 아주 필연한 요구인 성욕 그걸 만족시키려고 하는 게 죄악이요 무리겠나? 〈이런 처지〉

핍박(逼迫)명 바싹 죄어서 괴롭게 굶. ¶내가 느이허구 무슨 원수가 졌다구 요렇게두 내게다 핍박을 하느냐? 이 악착스런 놈들아! 〈탁류⑭〉 ¶핍박하는 자에게 대한, 일후의 보복과 승리를 보류하는 자신 있는 선언…. 〈태평천하④〉

핍절(逼切)하다형 진실하여 거짓이 없다. 거짓이 없고 간절하다. 거짓이 없고 아주 비슷하다. ¶그놈 세파트가 초가을의 산산한 야기(夜氣)에 포옹이 그리운 밤과 더불어, 쭈그리고 앉아 있는 게 그 밤의 핍절한 정경이었었다. 〈탁류⑤〉. ¶이런 것이 모두 아까와 같았으나 대하는 나에게는 새로이 인상이 핍절했다. 〈두 순정〉 ¶그 기개가 자못 핍절하여 듣는 사람으로 하여금 많은 감동을 받게 했었고 그 운덤에 발일모이 위천하도 불위(拔一毛而爲天下不爲)라는 그 한마디는 특히 옥초에게 깊은 영향을 끼쳐 주었었다. 〈모색〉

핍진(逼眞)하다형 진실하여 거짓이 없다. ¶그러나 이 상수만 하더라도 자못 핍진한 체 현실을 내세우고 시대를 내세우고 하기는 하는 것이나. 〈모색〉

핏대명 큰 혈관. 피의 줄기. ¶승재는 바늘끝으로 핏대를 누른 채 그대로 잠시 멈추고 있다. 〈탁류⑧〉

핏대를 세우다『관용』 목의 핏대에 피가 몰리도록 화를 내거나 흥분하다. ¶영섭은 어느 겨를에 벌떡 일어서서는, 목에 핏대를 세워 가지고 마주 우김질이었다. 〈이런 남매〉

핑계 읎넌 무덤 하나나 있데야〖속〗 무슨 일이라도 반드시 핑곗거리는 있다는 뜻으로 여러 구실로 책임을 회피하려는 행동을 일컬음. ¶공동뫼지를 가 부아라? 핑계 읎넌 무덤 하나나 있데야?…. 〈태평천하⑤〉

핑청거리다㉿ 홍에 겨워서 마음껏 놀다. 또는 넉넉하여 무엇이나 아끼지 않고 잇달아 함부로 쓰다. 〖비슷〗 홍청거리다. ¶우선 날이 좋으니 절에라도 나가서 핑청거려가면서 놂직도 하고, 또 그 밖에는 이 쭈루투룸한 심사를 어찌할 수 없을 것 같다. 〈탁류④〉

ㅎ

하[1]㉮ '아주', '많이', '크게'의 뜻. '하 망극하다'는 '은혜나 슬픔의 정도가 너무나 그지없다'는 뜻. ¶그것은 제 설움이 하 망극하여 그렇겠지만, 그는 남편 태수를 슬퍼하는 정은 마음 어느 구석에고 돌지를 않았다. 〈탁류⑩〉

하[2]㉮ 입을 동그랗게 벌리는 모양. ¶그만 압기라도 되는 듯 제각기 눈을 흡뜨고서 하 입을 벌립니다. 〈태평천하〉 ¶간드러지게 생긴 얼굴이, 눈은 아직 그대로 지그려 감고 콧등을 찡긋찡긋하다가, 고 육중한 입을 하 벌리고 하품을 늘어지게 배앝는다. 〈패배자의 무덤〉

하강(下降)하다㉯ 신선이 인간 세계로 내려오다. ¶다시 나이 열다섯 살이 되매 실로 하늘의 선녀의 인간에 하강한 듯이 얼굴과 태도가 아름다왔읍니다. 〈소복 입은 영혼〉

하게크름㉮ 하게끔. ¶여일히 거행하기는 해야 하게크름 다 되질 않았읍니까. 〈태평천하⑩〉

하고뇨 하면〖관용〗 어느 때에 가서는. ¶하고뇨 하면, 천하의 목탁이라 칭시하는 일보야며 너도 간여를 하고 있는 잡지야며를 상고할진댄 신문지사와 잡지지사 그를 극구 칭양하여 솔선 고무하니 의(義)임을 가히 알지로다. 〈패배자의 무덤〉

하고하다㉰ 하고많다. 많고 많다. ¶말이 쉽지 오천오백 날이라는 그 하고한 날을 아침이면 어둑어둑해 일어나서 쌀을 불을 지피고 밥상을 차리고. 〈모색〉

하구(河口)㉱ 강 어귀. 강물이 바다나 호수, 다른 강으로 흘러 들어가는 어귀. ¶바른편으로는 바다에 기까운 하구의 벅찬 강물에 돛단배들이 담숭담숭 떠 있고. 〈탁류④〉

하구루마(はぐるま)㉱ '톱니바퀴'의 일본어. ¶이러한 여러 가지 소리가 한데 모여가지고 모터로부터 조그마한 하구루마의 한 개 한 개까지도 일호의 차착과 군것이 없이 꾸준히 돌고 있는 기계 자체의 규율적 율동을 따라. 〈병조와 영복이〉

하길㉱ →핫길. 같은 갈래의 물건 가운데 가장 품질이 낮은 물건. ¶목간삯 7전과 이런 것이 경상비요, 임시비로는 가장 하길의 피복대와 10전 미만의 통신비가 있을 따름입니다. 〈태평천하⑨〉

하꾸라이(はくらい)㉱ '외래(外來)'를 뜻하는 일본어. ¶"소장 변호사 영감 계시구…" "하꾸라이 귀공자가 있구…." "대답해라!" "그중 누구냐?" 〈탁류⑯〉

하나님방(---方)㉱ 하나님이 있는 쪽. ¶아니, 천당이락 했던데? 아익 몇 번지락 했더라? … 번지두 쓰고 천당 하나님방(方)이락 했던데? 〈탁류④〉

하나찌㉲ 하나와 의미 없는 '찌'의 합성어인 듯(?). ¶그리구 죄가 또 있지. 아인두 족한데, 즈바이 드라이씩 독점을 하구 지내구…

…응? 하나찌두 일이 오분눈데 쓰나찌나 세나찌나 무슨 일이 있나? 〈탁류⑬〉

하내㊄ 하나. ¶"식구가 하내 늘잖니?" "식구가…" "올 갈엔 서둘어 혼인을 해여 지 아니해?" 〈암소를 팔아서〉

하눌서 빌을 따오것다〖관용〗 하늘의 별따기. 무엇을 얻거나 차지하기가 몹시 어려움을 이르는 말. ¶이년아 늬가 적벽가 새타령을 하머넌 나는 하눌서 빌을 따오것다! 〈태평천하⑩〉

하늘에서 별 따기다〖속〗 도저히 불가능한 일이라는 뜻. 무엇을 얻거나 차지하기가 몹시 어려움을 이르는 말. ¶단부랑지자 윤종수의 수형을 가지고 돈을 얻다께 하늘서 별 따깁니다. 〈태평천하⑫〉

하늘을 두 쪽에 내어서라도〖관용〗 하늘이 두 쪽이 나도. (어떤 결심을 할 때) 아무리 큰 어려움이 있어도. ¶"나는 벼슬도 명망도 인제는 다 일이 없다. 하늘을 두 쪽에 내어서라도 인제 너 하나를 그만이다." 〈소복 입은 영혼〉

하늘을 찌를 듯〖관용〗 '기세가 몹시 세찬 모양'을 형용하는 말. ¶이윽고 노적과 곡간에서 하늘을 찌를 듯 불길이 솟아오르고, 동네 사람들이 그제서야 여남은 모여들어 부질없이 물을 끼얹고 하는 판에, 〈태평천하④〉

하늘이 무너져도〖관용〗 어떤 어려움이 있더라도. 〖같은〗 하늘이 두 쪽에 나더라도. ¶내 재물을 들여서 뇌물을 써? 흥! 하늘이 무너져두(도) 못헌다! 〈태평천하④〉

하늘이 무너져도 꿈쩍 안 한다〖속〗 아무리 큰일이 있더라도 개의치 아니하고 대담하게 처리한다는 뜻. ¶경쟁이는 하늘이 무너져도 꿈쩍 안 할 듯, 여전히 초연하게 앉아 경만 읽는다. 〈탁류⑥〉

하늘이 무너져도 솟아날 구멍이 있다〖속〗 아무리 어려운 경우를 당하더라도 해결할 수 있는 방법은 있다는 말. ¶하다가 문득, 그야말로 하늘이 무너져도 솟아날 구멍이 있다더니, 참으로 문득 이런 생각이 훤하니 비치더란 말이다. 〈탁류③〉

하늘하늘하다㊍ 날아갈 듯이 가볍고 보드랍다. ¶모두 계란만큼씩 밖에 않고, 하늘하늘한 노오란 털이며 토실토실 이쁜게 바로 엊그제 깬 한배어치들이요, 마침 제철이 당한 서릿 병아리다. 〈용동댁〉

하늘하다㊍ 드리우거나 늘어진 물건이 나른하고 보드랍다. ¶옥섬이는 바느질을 하고 산동이는 하늘하게 불에 환히 비치는 옥섬이의 얼굴과 얌전스럽게 움직이는 손끝을 번갈아 바라보며, 〈산동이〉

하도롱㊔ '하드롤지(hard rolled紙)'의 준말. 빛이 누르스름하고 질긴 종이의 한 가지. 봉투, 포장지 따위를 만드는 데 쓰임. ¶추욱 처진 조끼 호주머니에서 불룩한 하도롱 봉투 하나를 꺼내어 태수게로 던진다. 〈탁류④〉

하등표(下等票)㊔ 낮은 등급의 표. ¶윤직원 영감은 넌지시 50전을 내고 하등표를 달라고 해서 홍권(紅券)을 한 장 샀읍니다. 〈태평천하③〉

하따㊎ →아따. (경상). 무엇이 몹시 심하거나 못마땅할 때 내는 소리. ¶"하따 그러지 말구 들어 보아요… 자, 시방 내가 돈이 일 원이 있다구 헙시다. 그런데 그놈 돈을 어떻게 건사하기가 만만찮거든…." 〈명일〉

하략시면㊇ 하려고 하면. ¶“아 연애를 하략시면 색시가 저렇게 혼자서 심심해 하겠다.”〈모색〉

하루거리㊐ 하루씩 걸러서 앓는 학질. ¶그리하다가 그도 저도 못하고 몸에 인기가 돌기 시작하면 하루거리 앓는 놈이 직 돌아온 것처럼 입술이 새파래지고 부들부들 떨며 이불을 무릅쓰고 누워서 배가 아프네 가슴이 아프네 죽네 사네 하며 그대로 내버려두면 곧 죽기라도 할 듯이 졸경을 치르었다.〈불효자식〉

하루걸러큼씩『관용』 ‘하루걸러’의 힘줌말. 하루씩 띄어서. 하루 건너. ¶저의 부모가 하루걸러큼씩 매질을 하고, 그래도 종시 일반으로 기승스럽고 당돌하고 한 이 계집애가.〈정자나무 있는 삽화〉

하룻강아지㊐ 경험이 적고 철없는 사람을 얕납아 이르는 말. ¶“아, 요년의 자식이! 하룻강아지! 하룻강아지…”〈정자나무 있는 삽화〉

하룻강아지 범 무선 줄 모른다『속』 철모르고 함부로 덤지는 것의 비유. ¶“아, 저걸 당장… 당장 그저… 저년의 것이 하룻강아지 범 무선 줄 모르구! 이잉!”〈정자나무 있는 삽화〉

하릴없이[1]㊇ 조금도 틀림없이. ¶그렇게 가냘픈 몸 위에 가서 깜짝 놀라게 큰 머리가 올라앉은 게 하릴없이 콩나물 형국입니다.〈태평천하⑤〉

하릴없이[2]㊇ 어떻게 할 도리가 없이, 어찌할 수가 없이. ¶화단은 그러나 주인 없이 빈 동안에 하릴없이 거칠었다.〈탁류⑨〉 ¶독립해서 세상을 살아갈 능력이 없는 낡은 가정의 여자에게 꽤 맞는 소리요, 용동댁도 하릴없이 그러할 여인인데.〈용동댁〉 ¶그래도 얼마만인지는 하릴없이, 발길을 돌려 놓으면서 또 한 번 전별엣말을 두루 이르면서, 강잉해 여럿과 떨어져 자행거는 타려고도 않고 끄는 채,〈회(懷)〉

하마(河馬)[1]㊐ 열대 아프리카의 강이나 호수에 사는 포유류의 한 종류. ¶그동안에 하마의 유전 같은 하품을 건강하게 두어 번 토한 것은 물론이구요.〈흥보씨〉

하마[2]㊇ ‘하마터면’의 준말. ¶두목은 하마 꺾이려던 기운을 돋구어 한마디 으릅니다.〈태평천하④〉 ¶윤 직원 영감은 더럭 역정을 내어, 하마 삿대질이라도 할 듯이 한 걸음 나섭니다.〈태평천하〉

하마[3]㊇ →벌써. (강원, 경상, 충청) ¶“하마 장에서 들올 때가 되었지?”〈얼어죽은 모나리자〉 ¶작은집에서 열 시에 나왔으니, 하마 열한 시는 되었음직한데 종시 시계 치는 소리는 들리지 않는다.〈탁류⑩〉 ¶그렇거니 하고 보노라면 어쩌면 숨고 하마 쉬지 않느니라 싶어진다.〈두 순정〉 ¶내력이 그러하여 현 서방은 금주를 당했던 것이고, 한 것이 그럭저럭 십여 년이 하마 넘었읍니다.〈흥보씨〉 ¶하마 십 년의 세월의 흘렀다. 숭이는 그 뒤로 이내 좋은 아낙을 맞아, 딸까지 낳고 몸은 더 뚱뚱해졌고,〈회(懷)〉

하마터면㊇ 조금만 잘못했더라면. 위기나 원치 않는 일을 가까스로 피했을 때 하는 말임. ¶산이 휘휘 뒷걸음질을 치고 달아나더라는 둥, 어지러서 하마터면 쓰러질 뻔했다는 둥.〈회(懷)〉

하바꾼(はば－)㊐ 두 가지 사물이나 값의 차이를 내어 이문을 남기는 사람을 낮추어 이르는 말. 여기서 '하바(はば)'는 '두 가지 사물이나 값의 차이'라는 뜻의 일본어. ¶ 다같은 '하바꾼'이로되 나이 배젊은 애송이한테 멱살을 당시랗게 따잡혀 가지고는 죽을 봉욕을 당하는 참이다. 〈탁류①〉

하복(夏服)명 여름철에 입는 옷. ¶어느 구석에 눈먼 돈 십 전이나 들어 있나 하고 이 주머니 저 주머니 만져 보았으나 원래 돈이라는 것을 구경한 지가 하복을 잡혀서 춘추복을 찾아 입은 때 밖에는 더 없는데 웬 게 있을 택 없었다. 〈앙탈〉

하부다이명 →하부다에(はぶたえ). 견직물의 일종으로 '부드러우며 윤이 나는 순백색 비단'의 일본어. ¶그 사이에 경손이는 춘심이한테 코티의 콤팩트와 향수 같은 것을 선사했고, 춘심이는 하부다이 손수건에다 그다지 출 수는 없으나 제 솜씨를 경손이와 제 이름을 수놓아서 선사했읍니다. 〈태평천하⑪〉 ¶이윽고 옥초가 끝동 없이 고름만 자주로 단 하얀 하부다이 저고리에 무늬가 맘껏 굵은 벨벳의 맑은 남빛 치마를 치렁치렁 받쳐 입고 새로 마추어 두었던 깜장 에나멜 구두를 손에 들고서 마루로 나선다. 〈모색〉

하상부 하필(何必). 달리 하거나 달리 되지 않고 어찌하여 꼭. ¶그렇기론들 지금 당해서야 하상 그리 지극한 미망일까마는. 〈상경반절기〉

하소명 '하소연'의 준말. 억울하고 딱한 사정을 간곡히 호소하는 것. ¶어머니 아버지가 귀애해 주고 하는 깐으로는, 금출이가 온다더니 아니 왔어요! 하고 어리광같이 하소라도 하고 싶었다. 〈얼어죽은 모나리자〉 ¶초봉이는 부지를 못해 동생의 어깨에 얼굴을 묻고 엎드려서 울음소리 섞어 섞어 하소를 한다. 〈탁류⑲〉

하시(下視)명 내려다봄. 천대(賤待). ¶영원히 그러한 지위엘 오르지 못할 운명인 한낱 하인에게 대한 상전네 식구의 동정과 하시가 한데 섞인 일종의 짓궂은 농칭(弄稱)임에는 틀림이 없는 것입니다. 〈흥보씨〉 ¶"나는 그 말 믿을 수 없어… 공부 못한 놈이 막벌이 노동자나 되어 남의 하시나 받지 잘될 게 어데 있드람!" 〈명일〉

하여쌌다동 자꾸 해대다. ¶영복이는 병조가 '왜 소희가 못쓰겠다'고 하는 그 속을 알려고 묻는 것인데 딴 대답만 하여쌌다. 〈병조와 영복이〉

하여커나부 하여간(何如間). 어쨌든지. ¶그러고는 재갸가 원 연구를 했던지 하다 못해 다른 선생한테 훈수를 받아서라도, 하여커나 약속한 대로 이튿날 떳떳이 대답을 들려주곤 했었다. 〈회(懷)〉

하염없다형 그저 시름없이 정신이 빠진 것 같다. 또는 이렇다 할 생각이 없다. ¶이렇게 하염없어도 인류는 하루하루 더 재미있어 간답니다. 〈태평천하⑭〉

하이(はい)감 '예'의 일본어. ¶태수가 전화통 옆으로 가서, "하이(네에)." 나른하게 대답을 하는데, "낼세, 내야." 하는 게 묻지 않아도 형보다. 〈탁류④〉

하이구감 아이고. 몹시 아프거나 힘들거나 놀라거나 원통하거나 기막힐 때 내는 소리. ¶"나? 하이구 말도 말게… 일은 고되구 얻어먹는 건 칙살스럽게 적구…." 〈명일〉

하이칼라(high collar)명 멋쟁이. ¶올 때에 입고 온 하이칼라 양복도 며칠 아니해서 읍내 면 서기한테 오 원을 받고 팔아 버렸다. 〈얼어죽은 모나리자〉 ¶지금은 개복동과 연접된 구복동을 한데 버무려 가지고, 산상정이니 개운정이니 하는 하이칼라 이름을 지었지만, 〈탁류①〉

하이칼라상(high collar-)명 지난날 서양식 유행을 따르던 멋쟁이 남자. ¶"가만있수. 내 인제 좋은 하이칼라상 하나, 응?…" 하면서 눈을 찌끗찌끗하기를 기다렸으나, 원체 한길이라 그래도 조심을 하는 속인지 그 말은 나오지 않는다. 〈빈(貧)… 제1장 제2과〉 ¶아 그이, 하이칼라상이 측 찾아와설랑, 다아 참 동물완 산뽀두 같이 가구, 〈모색〉

하잘게없다형 하잘것없다. 시시하여 할 만한 것이 없다. 대수롭지 않다. ¶가만히 생각하면 사내에게 대한 저의 애정은 도무지 하잘게없던 것이었음을 절로 깨닫지 않을 수가 없었다. 〈이런 남매〉

하장(下-)명 아래 부분. ¶갸름한 하장이 아래로 좁아 내려가다가 급하다 할 만큼 빨랐다. 〈탁류②〉 ¶훌쭉하니 긴 하장에 해쓱한 바탕인데 눈이 기형적으로 크고, 〈흥보씨〉

하주감 →아주. 남의 젠체하는 행동이나 태도를 비웃을 때 하는 말. ¶하주? 여드름바가지나 변호사나 하꾸라이 귀공잘 눈두 안 떠 볼 만하구나! 〈탁류⑯〉

하직(下直)명 '어떤 일이 마지막이 됨'을 이르는 말. ¶차가 슬며시 움직이자 이걸로 가위를 눌리던 악몽은 하직이요, 새로운 생애의 출발인가 하면 무엇인지 모를 안심과 희망이 조용히 솟는 것이나, 〈탁류⑪〉

하찮이부 하찮게. 그다지 대수롭지 않게. ¶느리고 갑갑하대서 불편해 하며 하찮이 여기기를 다 한다. 〈회(懷)〉

하필(何必)부 달리 하거나 달리 되지 않고 어찌하여 꼭. 하필이면. ¶"그릇이 하필 밥 한 그릇보다 더 배가 부른 건 아니니까." 〈치숙(痴叔)〉

하학종(下學鐘)명 학교에서 수업을 마치는 시간을 알리는 종. ¶하학종 소리가 때앵땡, 아래층에서 울려 올라온다. 〈이런 남매〉

하향(遐鄕)명 서울에서 먼 시골. ¶하향 양반 쩨의 고취를 풍기는 점잔인 것이라든지, 〈순공(巡公) 있는 일요일〉

하회(下回)[1]명 다음 번. 『같은』 차회(次回). ¶하니 차라리 아무 말도 말고 제호한테 떠맡기고서 아직 하회를 보아 보느니만 같지 못할 것 같다는 것이었었다. 〈탁류⑭〉

하회(下回)[2]명 윗사람이 아랫사람에게 주는 회답. 『같은』 하답(下答). ¶올챙이는 이제 일이 거진 성사가 되었대서, 엔간히 마음이 뇌는지, 담배를 피워 물고 앉아서는 하회를 기다립니다. 〈태평천하⑦〉

학도(學徒)명 학생의 무리. 또는 학문을 닦는 사람. ¶××공립보통학교라는 문패가 커다랗게 갈려 붙고 '학도'는 '생도'로 변했다. 〈회(懷)〉

학령(學齡)명 초등학교에 취학할 의무가 있는 연령. 만 6세. 취학 연령. ¶금년에 입학을 시키지 못하면 명년에는 학령이 초과되어 들여 주지 아니할 것이니 어서 데려다가 공부를 시키라는 것이다. 〈레디메이드 인생〉 ¶그리고 벌써 학령이라 명

년, 즉 금년에는 입학을 시킬 차례고. 〈반점〉 ¶그때 시절론 아직 학령 미만이었으나 얼뚱애기로 샘동이라, 형들이 다니고 이웃집 아이들이 다니고 하니까 덩달아 따라다니면서. 〈회(懷)〉

학리(學理)㊔ 학문상의 이론. 학문에서의 원리나 이론. ¶그것은 그러나 평생을 학리의 천착에다가 바치지 않을 바에야 고작 이삼 년이나 더 배워 본댔자. 〈모색〉

학발가(鶴髮歌)㊔ '늙은 사람의 하얗게 센 머리털'을 주제로 한 노래 이름. ¶'학발가'의 조조 군사 신세타령이 아니라도, 왜 목불알에 고추 자지가 대롱대롱하지만 않았을 따름이지. 〈탁류⑬〉

학부(學府)㊔ 학문을 하거나 학자가 모인 곳이라 하여, '대학'을 가리키는 말. ¶그이 학부 마칠 동안 삼 년 허구 취직한 뒤에 살림 시작하기 전 이 년 허구. 〈소망〉

학설(學說)㊔ 학문상의 문제에 대하여 주장하는 이론. ¶"그래 학설을 들어 봐서…." "하하, 학설은 좀 황송합니다마는 … 아뭏던 그런데." 〈탁류⑰〉

학자(學資)㊔ 학비로 쓰는 돈. 『같은』 학자금(學資金). ¶자기 앞으로 땅마지기나 있는 것을 톡톡 팔아서까지 학자를 삼아 대학까지 마치었다. 〈명일〉

학장(學長)㊔ 글방의 스승. 또는 단과 대학의 우두머리. ¶게다가 중년 이후로는 올해 나이 근 육십이니 이십 년 가까이 남의 집 훈장질을 하느라고 시방도 삼십여 리 상거의 인읍에 나가 학장 노릇을 하고 있으면서. 〈용동댁〉

학학㊕ 설움이 북받쳐 자꾸 흐느껴 우는 소리. ¶아이는 오래 울던 끝이라, 가끔 학학 느끼면서 아직 눈물 어린 눈으로 말끄러미 '젖어미'를 올려다만 본다. 〈빈(貧)… 제1장 제2과〉

한가(韓家)㊔ 한(韓)씨 성을 가진 사람을 낮추어 일컫는 말. ¶그러니까 내가 나가서 한마디만 쑤시면 태수는 남편 한가한테 맞아 죽는단 말이야. 〈탁류⑩〉

한갑㊔ →환갑(還甲). '예순한 살'을 이르는 말. 『같은』 화갑(華甲). 회갑(回甲). ¶하아! 내 나이 한갑 아니오? 〈탁류⑨〉

한강투석(漢江投石)㊔ 한강에 돌 던지기. 어떤 사물이 지나치게 미미하여 아무런 효과나 영향을 미치지 못함을 이르는 말. ¶그러나마 한 번 두 번의 동정으로 그 가난, 그 병이 구조가 될세 말이지, 사실상 홍로점설이요 한강투석인데야…. 〈이런 남매〉

한 귀로 듣고 한 귀로 흘린다『속』 남의 말을 귀담아 듣지 않는다는 뜻. ¶"맨 츰에 내가 하던 소린, 한 귀로 듣고 한 귀로 흘린단 말이요?" 〈태평천하⑫〉

한길㊔ 차나 사람이 많이 다니는 큰길. ¶"가만있수. 내 인제 좋은 하이칼라상 하나, 응?…" 하면서 눈을 찌끗찌끗하기를 기다렸으나, 원체 한길이라 그래도 조심을 하는 속인지 그 말은 나오지 않는다. 〈빈(貧)… 제1장 제2과〉

한끝㊔ 한쪽의 끝. ¶어제 저녁에 형 초봉이가 바늘을 뽑기가 무섭게 부랴부랴 식모한테 한끝을 잡히고 싸악 다려 놓은 새옷이다. 〈탁류⑯〉

한눈을 팔다『관용』 볼 데를 보지 않고 딴 데를 보다. ¶이 거리로 지나가는 사람은 누구 하나 한가히 한눈을 팔며 지나는 사람은 찾아도 볼 수가 없는 거리였었다. 〈병조와 영복이〉 ¶ 세상에도 유순한 그의 눈이 난데없는 살기를 띄우고 힐끔 태수를 돌려다 보는 것이나, 태수는 아무것도 모르고 한눈만 팔고 앉았다. 〈탁류⑨〉 ¶ 윤직원 영감은 남이 애써 위로해 주는 소리를 귀로 듣는지 코로 맡는지, 종시 우두커니 한눈을 팔고 앉았다가, 갑자기 긴한 낯으로 고개를 내밀면서, 〈태평천하⑧〉 ¶ 오히려 아무 생각하는 것이 없이 방심한 채로 우두커니 한눈을 팔고 있는 것이다. 〈용동댁〉

한담(閑談·閒談)[명] 심심풀이로 하는 이야기. ¶ 태수가 오후에 은행에서 돌아와 바깥 싸전가게에 나가서 탑삭부리 한 참봉과 한담을 하고 있느라니까, 〈탁류⑤〉 ¶ 그 뒤로도 부부는 저무나 새나 앉아서 하는 이야기란, 양행과 거기에 대한 여러 가지 두서없는 한담이었었다. 〈패배자의 무덤〉 ¶ 요즘 인삼 판매권의 갈등 문제를 가지고 자못 한담이 늘어졌던 어슷비슷한 일행 가운데 한 사람, 〈상경반절기〉

한데[1][명] 집채의 바깥. 하늘을 가리지 않은 곳. [같은] 노천(露天). ¶ 정 주사는 누구한테라 없이 손을 내밀면서 한데를 바라보고 우두커니 한숨을 내쉰다. 〈탁류①〉 ¶ 오월이라곤 하지만 정밤중은 한데 야지가 싸늘하게 찹니다. 〈흥보씨〉

한데[2][명] 한 군데나 한 곳. ¶ 이렇듯 조건이 붙었다면 붙었달 수 있는 춘심이요, 한데 다니기 시작한 지도 벌써 보름이 넘었읍니다. 〈태평천하⑩〉

한뎃잠[명] 한데서 자는 잠. [같은] 노숙(露宿). ¶ 억만 원을 쓸 공상을 하면서 오 전이 없어 창자를 움켜쥐고 한뎃잠을 자는 자기의 형색이 한심하다 못하여 고소가 나왔다. 〈앙탈〉

한뎃잠자리[명] 한데서 자는 잠자리. ¶ 모기며 빈대 벼룩이 없으니, 한뎃잠자리로 또한 마침이기도 하나. 〈정자나무 있는 삽화〉

한떼[명] 목적과 행동을 같이 하는 하나의 무리. ¶ 초봉이가 마악 돌아서려니까, 대문간에서 뚜벅뚜벅 요란스런 발자죽 소리가 들리면서 사람들이 한떼나 되는 듯싶게 몰려들었다. 〈탁류⑨〉

한량(閑良)[명] 돈 잘 쓰고 잘 노는 사람. ¶ 봇둑에 드문드문 지우산이 꽂혀서 있는 것은 읍내 한량들이 낚시질을 하고 있는 정물…. 〈정자나무 있는 삽화〉

한량(限量)없다[형] 끝없다. 이루 다 말할 수 없다. ¶ 차마 이 집을 떠나는 회포가 한량없이 애달파, 방금 내려 덮이는 황혼과 함께 마음 둘 곳을 모르게 슬펐다. 〈탁류⑧〉 ¶ 한량없이 넓어 나가는 들에서 불볕에 살져 가는 벼…. 〈정자나무 있는 삽화〉

한련화(旱蓮花)[명] 국화과의 일년초. 줄기의 높이가 10~60cm로 가지가 갈라지고 털이 거칠며 잎이 고추잎과 비슷함. 8~9월에 줄기와 가지 끝에서 흰 꽃이 핌. ¶ 백일홍과 봉선화와 한련화가 모두 망울망울 망울이 맺었다. 〈탁류⑨〉

한말(韓末)[명] 대한 제국의 마지막 때를 일컫는 말. ¶ 그때가 지금으로부터 이십사오 년 전 한말의 풍운이 급함을 고할 때다. 〈농민의 회계보고〉

한무내하다[형] '아무 상관없다'는 뜻의 속어. ¶ 다리뼉다구를 하나 부질러 주어두 한무내하지, 〈태평천하⑧〉

한문장(漢文章)[명] 한자로 씌어진 문장. ¶미상불 이십사오 년 전, 일한합방 바로 그 뒤만 해도 한문장이나 읽었으면, 〈탁류①〉

한물[명] 한창. 가장 성하고 활기가 있을 때. ¶잔치가 애벌 한물이 지나면서는 비가 내리기 시작했다. 〈회(懷)〉

한밤[명] 한밤중. 깊은 밤. 자정을 전후한 때. ¶걱정으로 이 한밤을 새우는 편이 훨씬 더 마음은 편안하던 것입니다. 〈흥보씨〉

한배어치[명] 한 태(胎)에서 나거나, 한 때에 한 암컷이 낳거나 깐 새끼. '한배+어치'의 짜임새. '어치'는 '그 값에 해당하는 분량이나 정도'를 나타내는 접미사. ¶모두 계란만큼씩 밖에 않고, 하늘하늘한 노오란 털이며 토실토실 이쁜 게 바로 엊그제 깬 한배어치들이요, 마침 제철이 당한 서릿병아리다. 〈용동댁〉

한빛[명] 같은 빛깔. ¶하늘은 한빛으로 푸르다. 〈탁류②〉

한사코(限死-)[부] 기어코. 고집하여 몹시 심하게. ¶그런 때문에 제호가 초봉이를 서울로 데리고 가려는 것을 한사코 막았던 것이다. 〈탁류⑫〉

한서(漢書)[명] 학문으로 된 글이나 책. ¶눈이 뜨이는 것은 연상머리로 걸려 있는 소치의 모란 족자, 그리고 연상 위에는 한서가 서너 권. 〈태평천하⑬〉

한속[명] 서로 같은 생각을 가진 마음속. ¶그런디 그게 시체 그놈의 것 무엇이냐 사회주의허구 한속이더니…. 〈태평천하⑧〉

한 술 더 뜨다[관용] 이미 한 일에 더하여 엉뚱한 짓이나 생각을 한다는 말. ¶'너는 내 계집이다.' 하는 데는 기가 막히는데, 게다가 한 술 더 떠서 자식 데리고, '나를 따라와야 해….' 하니 생떼가 아니라면, 미친놈의 수작이라고 밖에는 더 달리 보이지가 않았다. 〈탁류⑭〉

한 식경(-食頃)[명] (한 차례의 음식을 먹을 만한 시간이라는 뜻으로) '약간의 일정한 동안'을 이르는 말. 일식경(一食頃). ¶그렇게 하기를 한 식경은 한 뒤다. 〈탁류⑭〉 ¶그래, 4천 원을 도무지 허망하게 내주고는, 윤 두꺼비는 망연자실해서 우두커니 한 식경이나 앉았다가, 비로소 방바닥에 떨어진 종이장으로 눈이 갔읍니다. 〈태평천하④〉

한심하다[형] 정도가 너무 지나치거나 모자라서 가엾고 딱하다. ¶그리고 또 남편이 밖에 나가 있는 동안만은 행여 무슨 반가운 소식이나 가지고 돌아오나 해서 한심한 기대를 하는 터였었다. 〈명일〉

한인(閒人·閑人)[명] 한가한 사람. 할 일이 없는 사람. ¶제 눈치도 모르는 아인걸 남의 눈치를 알아챌 한인은 아니었으니까요. 〈태평천하⑨〉

한증가마(汗蒸-)[명] 몸을 덥게 하여 땀을 내어서 병을 치료하기 위하여 가마처럼 만든 시설. 여기서 '가마'는 숯, 기와, 벽돌, 질그릇 따위를 구워 만든 굴. ¶S는 한증가마에서 뛰어나오는 것처럼 정신없이 벽에 걸린 양복저고리를 꿰어 입고 구두도 채 신을 겨를이 없이 하숙집을 빠져나왔다. 〈앙탈〉

한징가마[명] →한증가마. ¶머 방 속이 아니라, 영락없는 한징가마 속이야. 널더러는 단 십 분을 들앉어 있으래두 죽으면 죽었지 못해. 〈소망〉

한 톨 끼다[관용] '한몫 끼다'의 낮은말. 마땅한 자격을 가지고 함께 참가하다. ¶공장의 여직공과 카페의 여급은 기회와 반연이 없었으나 기생도 한 톨 끼여 있었다. 〈모색〉

한티명 →한데. 한 군데. ¶"이놈은? 이놈 허구 한티다가 묶어 놓구서 한꺼번에 놈년을 쳐죽여야 헐 틴디이…."〈쑥국새〉

한팔명 →한풀. 기운, 의기, 끈기, 투지 등의 한 부분. ¶유모니 아씨니 해서 한팔 꺾일 일도 없고, 본견이니 인조견이니 하는 그런 안타까운 분별도 거리끼지 않을 수가 있는 곳이 목간탕 속이다. 〈빈(貧)… 제1장 제2과〉 ¶영주는 이렇게 한팔 늦구어 집주인을 배송시켜 버렸다. 〈명일〉

한편치명 →한편짝. 한편을 이룬 짝. ¶한편치가 무릎에서 으그라 붙은 다리를 잘름거리기가 답답하여, 〈흥보씨〉

한회(恨悔)명 회한(悔恨). 뉘우치고 한탄하는 것. ¶평생 호밋자루를 한 번 잡아보지 못한 그가 격렬한 노동에 시달려 극도로 피폐한 기분이 완연한 그의 신체, 간절한 한회. 〈생명의 유희〉

할깃할깃부 은근히 자꾸 할겨 보는 모양. ¶두 사람은 얌전한 여점원들을 아니 보는 체 할깃할깃 보면서 식당으로 올라간다. —식당에서 억은 것은 차이니스 런치—. 〈창백한 얼굴들〉

할이명 '할인(割引)'의 뜻. 일정한 가격에서 얼마간 값을 덜어냄. ¶그런데 참 구문이라니 말씀이지, 저두 구문만 많이 먹기루 들자면 할이가 많은 게 좋답니다. 〈태평천하⑦〉

함락(陷落)명 성(城)이나 진지 등이 적의 공격을 받아 무너짐. ¶바스티유 함락과는 항렬이 스스로 다르기는 하지만, 아뭏든 윤 직원 영감은 그처럼 육친의 피로써 물들인 재산더미 위에 올라앉아…. 〈태평천하④〉

함부로덤부로부 '함부로'의 힘줌말. ¶그래서 막벌이 노동자지만, 함부로덤부로 아무 일이나 하지를 못하기 때문에 사흘에 한 번이나 나흘에 한 번 일이 얻어걸리기가 어렵다. 〈빈(貧)… 제1장 제2과〉 ¶차라리 그는 어머니가 그런 눈이 멀지 아니 했을 때처럼 함부로덤부로 일도 시키고. 〈얼어죽은 모나리자〉

함빡부 분량이나 정도가 차고도 남도록 넉넉하게. ¶아이한테만 함빡 빠져 가지고는, 그래서 살림이고 세간 치다꺼리고, 화분이고, 재봉틀이고 다 잊어버렸다. 〈탁류⑬〉

함성(喊聲)명 여럿이 함께 높이 지르는 소리. ¶마침 기다리고 있던 우리는 와끄르들이 손뼉을 치면서 교실이 떠나가게 함성을 질러 우리들의 승리를 기뻐했다. 참으로 어떻게도 통쾌하든지. 〈회(懷)〉

함실명 불길이 아궁이에서 방고래로 넘어 들어가는 곳이 없이, 불길이 곧게 고래로 들어가게 된 아궁이. ¶건넌방 아궁은 전에 솥을 걸었던 것을 부뚜막을 헐어 임시로 함실을 만드느라고 구들 세 골 중에 가운데 한 골만 남겨 놓고. 〈용동댁〉

함지명 나무로 네모지게 짜서 만든 그릇. ¶절구통 옆으로는 그새 찧어서 쳐 놓은 떡가루가 하얗게 큰 함지로 가득 담겨 있다. 〈얼어죽은 모나리자〉 ¶관수는 한 번 더 구멍을 올려다보다가 함지를 담았던 구력을 비어 가지고 와서, 미리 안표를 해

둔 갸름한 돌을 집어넣고 또 한 개 큼직한 놈을 집어넣어 어깨에 가사 메듯 걸메고는,〈정자나무 있는 삽화〉

함지박명 통나무의 속을 파서 큰 바가지같이 만든 그릇. ¶관수는, 그렇다고 심상하게 대답하면서 함지박을 넣어 어깨에 걸멘 구럭과 또 한 손에 들고 온 괭이를 놓고 휘이 더워한다.〈정자나무 있는 삽화〉

함직하다형 조금 또는 꽤 가능성이 있다. '하(다)+ㅁ직하다'의 짜임새. '-ㅁ직하다'는 일부 형용사에 붙어 '좀 또는 꽤 그러하다'의 뜻을 나타내는 어미. ¶허기야 너를 시키느니 내가 내 손으로 함직한 일이기는 하지만,〈태평천하④〉 ¶다른 일에나 뒤를 깨끗이 해 두는 게 사내자식다운 활협이니, 함직한 노릇이다.〈탁류⑩〉

함진애비명 →함진아비. 혼인 전날 밤이나 혼인날 신랑측에서 신부측으로 보내는 함을 지고 가는 사람. ¶보아야 '함진애비'처럼 시꺼먼 검정칠을 한 두 사람이서 기계를 놀리고 있을 뿐,〈회(懷)〉

함흥차사(咸興差使)명 심부름을 가서 돌아오지 않거나 아무 소식이 없음을 비유하는 말. 조선 태조가 임금의 자리를 물려주고 함흥에 가 있을 때, 태종이 보내는 사신마다 돌아오지 않았다는 고사에서 비롯된 말. ¶그러나 모레쯤 올라온다던 조가는 한 번 간 후로 함흥차사가 되어 버리고 말았는지 아무 소식도 없었다.〈불효자식〉

합군(合郡)명 여러 고을을 합쳐서 한 고을을 만듦. 하나의 군으로 합침. ¶그래서 연전 부군 폐합 때에 이웃에 있는 O 군으로 합군이 되고 지금은 다만 R 면일 따름이요 군청도 빼앗겨 버렸다.〈화물자동차〉

합당(合當)하다형 꼭 알맞다. 적당하다. ¶싸전집 아낙 김 씨가 하던 말을 되생각하면서 그가 꼭 그렇게 합당한 신랑감을 골라 중매를 서 주려니 싶어 느긋이 좋아한다.〈탁류③〉

합성금(合成金)명 하나의 금속 원소에 한 종류 이상의 다른 금속 원소 또는 비금속 원소를 첨가하여 만든 금속. 〖같은〗 합금. ¶숱이 짙어 부피 큰 쪽을 한 번 더 치켜서 합성금 비녀로 꽂아 놓고 크림으로 얼굴을 편다.〈빈(貧)… 제1장 제2과〉

합수(合水)지다동 '합수치다'의 오기. 두 갈래 이상의 물이 한군데에 합치다. ¶이렇게 어렵사리 서로 만나 한데 합수진 한 줄기 물은 게서부터 고개를 서남으로 돌려 공주를 끼고 계룡산을 바라보면서 우줄거리고 부여로….〈탁류①〉

합자(合字)명 '합격'을 나타내는 글자. ¶"인젠 이놈을 둘러 꾸며 가지고 와서 기어코 내 손으로 합자를 찍힐 테니 두고 보아라."〈얼어죽은 모나리자〉

합장(合掌)명 두 손바닥을 마주 합치는 것. ¶이야기를 시초만 내다가 말고서 합장을 하고 눈을 감고 앉았는 노장은 언제까지고 움직일 줄 모른다.〈두 순정〉

합장(合掌)하다동 두 손바닥을 마주 합치다. ¶그대로 털썩 주저앉아 두 손을 합장하고 개개 빌고 말았을 것이다.〈탁류⑭〉

합족거리다동 이가 빠져 오므러진 볼과 입을 자꾸 움직이다. ¶노인은 한참 동안 담배만 입을 합족거리며 뻑뻑 빨다가 "여보박 서방." 하고 긴하게 불렀다.〈보리방아〉

합죽선(合竹扇)명 얇게 깎은 겉대를 맞붙여서 살을 만든 접었다 폈다 하는 부채.

여기서 '걸대'는 대를 쪼개서 가늘게 깎은 개비의 거죽을 이룬 단단한 부분을 말함. ¶면장도 마지막 도장을 누른 서류 뭉치를 철사 바구니에 집어넣고는 고개를 들어 사무상 건너에 앉은 태호를 마슬러보면서 자기 키보다도 커 보이는 합죽선을 좍 펴 가지고 의젓이 부채질을 한다. 〈보리방아〉 ¶왼손에는 서른네 살박이 묵직한 합죽선입니다. 〈태평천하①〉

합죽하다㊔ 이가 빠져 입술이나 볼이 우므러져 있다. ¶"솔 낳아 놓구서 소라구 탓을 헌담?" 하고 합죽한 소리가 바로 부엌문 밖에서 말참견을 한다. 〈암소를 팔아서〉

합창(合瘡)㊔ 종기나 상처에 새살이 나서 아묾. ¶갑쇠는 여전히, 아직도 다 합창이 안 된 다리를 정자나무 밑 밀짚기직에 내던지고 퍼근히 앉아서 떠나가는 을녜의 뒷그림자를 바라다본다. 〈정자나무 있는 삽화〉

핫옷㊔ 솜을 두어 지은 옷. 솜옷. ¶콧물이 흐르고 옷이라는 건 때가 누더기 앉고 솜뭉치가 비어 나오는 핫옷이다. 〈탁류⑮〉

항거(抗拒)㊔ 대항함. 버티어서 겨눔. 순종하지 않고 맞서 버팀. ¶어째서 그따위 소리에 가뜩이나 기가 질려 가지고는 맘껏 항거라도 해대질 못했던고! 〈탁류⑩〉

항라적삼(亢羅−−)㊔ 항라로 만든 적삼. '항라'는 명주실, 모시실, 무명실로 짠 피륙의 하나. ¶어깨 나간 인조 항라적삼이 땀이 배어 등에 가 착 달라붙었다. 〈명일〉

항렬(行列)㊔ '행렬(行列)'의 뜻. 여럿이 줄을 지어 감. 또는 그 줄. ¶바스티유 함락과는 항렬이 스스로 다르기는 하지만, 아뭏든 윤 직원 영감은 그처럼 육친의 피로써 물들인 재산더미 위에 올라앉아…. 〈태평천하④〉

항례(恒例)㊔ 보통 있는 예. 『같은』 상례(常例). ¶문오 선생은 그 안해 섣달, 대목 임시에 항례로 정월 파접이 되자 설 흥정을 한 것이며 세찬 받은 것이며, 〈순공(巡公) 있는 일요일〉

항용(恒用)㊔ 늘. 또는 드물 것이 없이 보통. ¶주인 아씨는 항용 하는 버릇으로 아이가 자고 깨어 우니까, 〈빈(貧)… 제1장 제2과〉 ¶"월급이라구 받는다는 게 다달이 적자야… 이삼십 원씩은 항용 밑져 들어가니 그 노릇을 누가 해먹나!" 〈명일〉 ¶젊은 서방님네가 사지 않아도 괜찮은 것이면서 항용 살 수 있는 화장품이며, 인단, 카올, 이런 것은 전보다 삼 곱 사 곱이나 더 팔렸다. 〈탁류②〉 ¶이때를 당하면 항용 의좋은 부부 생활을 해 오던 여자라도 히스테리라든지 하는 이상야릇한 병증이 생기는 수가 많답니다. 〈태평천하⑥〉 ¶천천히 이따가 월급봉투나 받아 가지고 항용 퇴근(!)하는 저녁나절에 돌아갔을 것이지. 〈흥보씨〉 ¶항용, 상식적인 교양이나 시정 신사의 지체쯤으로 능히 그것을 인식하고 극복하고 하지를 못했음이, 〈상경반절기〉 ¶항용 여느 사람이었더라고 한다면, 그렇다고 한다면 그의 풍모하며 성격하며가 비록 문오 선생과 근사함이 있다손 치더라도, 〈순공(巡公) 있는 일요일〉

항용때(恒用−)㊔ 늘 보통의 때. ¶그러나 항용때는 그저 심상히 여기고 심상히 보고 하는 것이다. 〈얼어죽은 모나리자〉

항우(項羽)㊔ 중국 진(秦)나라 말기의 장수. ¶그들이야 항우 같은 장사가 아닌지

라, 강동 아닌 고향으로 돌아갈 면목은 있지만…. 〈탁류④〉

항차㈜ '황차(況且)'의 변한말. '하물며'의 뜻. ¶가령 그 짐작이 옳게 들어맞았다고 하더라도 혼인이 파혼이 될는지가 의문인 걸, 항차 정 주사네가 뒷줄로 다시 알아본 결과 (혹은 이미 알아본 결로) 고태수의 그러한 제반 자격이 적실한 것이고 볼 양이면, 〈탁류⑧〉 ¶항차 그는 화적을 잡기보다는 부자를 토색하기가 더 긴하고 재미가 있는데야. 〈태평천하④〉 ¶항차 나 마아비루를… 자 들면서 내 이야기 결론을 들어요. 〈이런 처지〉

항투(恒套)㈜ 보통으로 하는 투. 예사의 버릇. 『같은』 상투(常套). ¶그렇기 때문에 그는 우정 점잔을 부려 그 점잔으로써 억울한 체면의 손실을 때우곤 하는 게 항투다. 〈탁류⑭〉 ¶좀 점잖다는 손님한테는 항투로 쓰는 말이지만, 〈태평천하①〉

해가에(奚暇-)㈜ 어느 겨를에. ¶그러나 어느 해가에 약을 꾸준히 대고, 더우기나 보양 같은 것은 꿈조차 꾸기 어려운 일이었었다. 〈이런 남매〉 ¶시기하고 아첨해야만 겨우 기회가 돌아오는 것이다. 어느 해가에 남과 명일을 생각할 겨를이 없고, 〈상경반절기〉

해개㈜ 귀찮게 달라붙어 떼를 쓰거나 시비를 따지는 짓. ¶"그래 내가 북에 홍정을 안 해다 주어서 그래 여편네가 삼남 대로 바닥에 앉어서 이 해게(개)란 말이요? 어디서 생긴 행실머리람! 에잉, 고현지고!" 〈탁류⑮〉

해거(駭擧)㈜ 얄궂은 짓. 해괴한 짓. 매우 괴상한 짓. ¶흰머리가 희끗희끗 장근 오십의 중늙은이 정 주사가 자식 뻘밖에 안되는 애송이한테 그런 해거를 당하는 것을 되레 고소하다고 빈정거리기만 한다. 〈탁류①〉

해거름㈜ 해가 서쪽으로 거의 기울어질 무렵. ¶자, 어서 들게. 어서 실컷 먹고 이따가 해거름 되거들랑, 어디 요릿집으로 가서 오늘 저녁에 한바탕 놀아 보세. 〈이런 처지〉

해괴망측(駭怪罔測)하다㈜ 헤아릴 수 없으리만큼 매우 괴상하다. 말할 수 없이 놀랍고 괴상하다. ¶"김 판서의 영애?" "네." "하물며 김 판서의 영애로서!" 이 서방에게는 명문 김 판서의 딸이 아닌 밤중에 행객의 방에를 들어왔다는 것이 실로 해괴망측한 패륜인 것이었읍니다. 〈소복 입은 영혼〉 ¶대체 어디서 굴러먹던 뉘 집 뼈다귄지도 모르는 천민을 가지고 어엿한 내 집 자식과 혼인을 하다니 그런 해괴망측한 소리가 있더란 말이냐고, 〈탁류⑦〉

해괴(駭怪)하다㈜ 놀랍고 괴상하다. 놀랄 만큼 괴상야릇하다. ¶"곡절? 곡절이 있으량이면 어른 되시는 김 참판이 계시는 터이니 밝는 날을 기다려 어훈으로 하여곰 말씀이 계시게 할 일이지 부인의 오늘 밤의 이 거조는 매우 해괴하오… 하니 잠시도 유예 없이 돌아가시오." 〈소복 입은 영혼〉 ¶모친은 다른 체할 테지만, 부친은 해괴하다고 부녀지간의 의를 끊을 테니, 그 말림을 부득부득 어기고서 갈 수도 없는 것이 아니냐? 〈용동댁〉 ¶진실로 해괴하기 짝이 없고 마치 항공이라면 에어포켓을 의미하는 이 결론 앞에서 옥초는 스스로 망연치 않을 수가 없었다. 〈모색〉

해끗㈜ 흰 빛깔이 한 번 나타나는 모양. 또

는 갑자기 얼굴을 돌리며 뒤를 슬쩍 돌아보는 모양. ¶헤렌은 해끗 돌려다 보고는 도로 천연덕스럽게 먹던 수박을 먹고 앉았고. 〈이런 남매〉

해끗해끗㊇ 흰 빛깔이 여기저기 나타나는 모양. 또는 입을 벌려 소리없이 자꾸 밝게 웃는 모양. 〈희끗희끗. ¶승재가 마치 몽유병자가 된 것처럼 별안간 감격 황홀해서 있는 것을, 계봉이는 과실과 과자를 서로가람 집어다 먹어 가면서 우스워 못 보겠다는 듯이 해끗해끗, 재미있어만 하다가…. 〈탁류⑧〉

해넘기다㊍ (말이나 일을) 해서 끝내다. ¶아내면은 경우와 조리가 빠져도 위격으로 해넘길 수가 있어서 더욱 좋다. 〈상경반절기〉

해던지다㊍ (말이나 일을) 마구 하다. 또는 마구 해서 끝내다. ¶"아따 돈!" 해던지고는 P는 뛰어나왔다. 그의 눈에는 눈물이 괴었다. 〈레디 메이드 인생〉

해독(害毒)㊔ 좋고 바른 것을 망치거나 언짢게 하여 손해를 끼치는 것. 나쁜 영향을 끼치는 요소. 손해를 끼치는 요소. ¶사람 속 차릴 여망 없어요. 그저 어디로 대나 손톱만큼도 쓸모는 없고 남한테 사폐만 끼치고, 세상에 해독만 끼칠 사람이니, 머 하루바삐 죽어야 해요. 〈치숙(痴叔)〉

해동(解凍)하다㊍ (봄철이 되어) 얼었던 것이 녹아서 풀리다. ¶날은 도로 풀려 푸근한 게 해동하는 봄 삼월 같다. 〈얼어죽은 모나리자〉

해뜩[1]㊇ 갑자기 얼굴을 돌리며 뒤를 살짝 돌아보는 모양. ¶"그럼, 내 눈치 봐서 빠져나오께…"하고 총총걸음을 쳐서 바로 웃집 대문으로 들어가다가 해뜩 돌아다본다. 〈빈(貧)… 제1장 제2과〉 ¶그때에 거지 아이는 벌써 저편 골목 고팽이로 뛰어가다가 해뜩 돌아다보더니 해해 웃고는 그냥 들고뛰어 버립니다. 〈어머니를 찾아서〉 ¶"춘심아?" "내애?" 해뜩 돌려다 보고 웃으면서, 또 반지를 들여다봅니다. 〈태평천하⑭〉 ¶그래놓고는 도로 일어서면서, 해뜩 갑쇠를 돌려다 보는 것이다. 〈정자나무 있는 삽화〉 ¶아이는 등 뒤에서 부르는 소리에 해뜩 돌려다 보다가 웬 낯선 여자인가 하는 듯이 두릿두릿하고 섰고. 〈반점〉

해뜩[2]㊇ 입을 벌려 소리없이 한 번 웃는 모양. ¶해뜩 웃으면서 방으로 대고, "병주야, 병주야. 아버지 오셨다, 아버지 오셨어!" 연신 소리를 친다. 〈탁류③〉

해뜩해뜩㊇ 입을 벌려 소리없이 자꾸 웃는 모양. 또는 갑자기 얼굴을 돌리며 뒤를 살짝 자꾸 돌아보는 모양. ¶춘심이는 비로소 경손한테 속은 줄을 알고는, 골딱지가 나려다가 생각하니 반가와, 해뜩해뜩 웃으면서 쫓아갑니다. 〈태평천하⑪〉 ¶동리 우물의 동청나무 울타리 뒤에서 점례가 해뜩해뜩 무슨 말을 하고 싶은 눈치로 웃고 섰다. 〈쑥국새〉

해롱해롱㊇ 버릇없이 자꾸 까부는 모양. ¶계집애가 술이 곤주가 되게 취해 가지고 해롱해롱 까분다. 〈레디 메이드 인생〉 ¶전에는 갑쇠를 보기만 하면 제가 좋아라고 해롱해롱 까불고 괜히 말을 붙여 보고 싶어하고. 〈정자나무 있는 삽화〉

해롱해롱하다㊍ 버릇없이 자꾸 까불다. ¶"너 이 가시내, 날만 보머넌 중둥이 시어서 해롱해롱허(하)지?" 〈쑥국새〉

해맑다㉻ 매우 맑다. ¶전에 복성스럽건 두 볼이며 해맑던 얼굴에 비해서 그대로 남아 있는 것은 쌍꺼풀진 큰 눈뿐이다. 〈명일〉 ¶그는 해맑고 선비다운 서방님을 낮으로나 불 안 켰을 때에 넌지시 보느라면 솔깃하게 정다왔다. 〈생명〉 ¶은실을 심은 듯 고운 수염이 그리 터북하지 않아서 더욱 해맑다. 〈두 순정〉

해망(駭妄)㉸ 해괴하고 요망함. ¶그는 그냥 퍼근히 걸상에 앉아 목간 후의 피로를 맘껏 쉬면서, 연해 '이주사' 등을 생각해 보느라고 해망을 부린다. 〈빈(貧)… 제1장 제2과〉 ¶그런 것을 모르고서 해망만 하고 있었다니 그럴 데라고는 없다. 〈탁류⑩〉 ¶대체 식구 중에 누가 갈충머리 없이 이런 해망을 부렸는지 참말 딱한 노릇입니다. 〈태평천하③〉 ¶이리 밀치락 저리 밀치락 연방 해망을 부리면서 재재거리고 까불고 이리로 오고 있읍니다. 〈흥보씨〉

해복(解腹)㉸ 아이를 낳음. 『같은』 해산(解産) ¶삼월 보름께 가서는 산파가 앞으로 닷새면 해복을 하겠다고 말했다. 〈탁류⑬〉

해부딪치다㉷ 마구 대들다. ¶그래서 어엿하게 고개를 쳐들고, 활활 해부딪쳐 주려고까지 별렀었다. 〈탁류②〉

해산(解産)㉸ 아이를 낳는 일. 『같은』 해복(解腹). ¶그 뒤 해산을 하고 나서 배는 없어졌어도 머리가 쏙 빠져 가뜩이나 산후의 추한 얼굴을 더욱 꼴숭업게 해 놓았다. 〈생명〉 ¶며느리가 해산을 했는데 야속한 시에미가 미역국을 안 끓여 주고 쑥국만 끓여 주었다. 〈쑥국새〉 ¶그러자 팔월에 해산을 하고서는 몸이 소성될 무렵이라는 게 늦은 가을과 이내 삼동이고 보니. 〈패배자의 무덤〉

해서㉮ 그렇게 하여서. ¶해서, 정 주사네는 시방 태수와 이 혼인을 함으로써 집안이 셈평을 펴게 된 이 끔찍한 행운을 당하여…. 〈탁류⑦〉

해 싸다㉷ 자꾸 하다. ¶"아이! 하두 해 싸서 인전 할 이애기가 있어 예지, 어떡허나?" 〈두 순정〉 ¶어린것을 추스르고 어르고 해 싸면서. 〈패배자의 무덤〉 ¶그러나저라나 생활의 테마가 어떠네 상식 세계의 거절입네 희떠운 소리는 해 싸면서도 기껏 앉아서 한다는 수작이 점심 어설픈 걱정이나 하고, 〈모색〉 ¶미운 소리 고운 소리 험구에 걱정이 해 싸시는 걸 듣고서야, 우리도 마침내 그를 사실인 줄로 믿게 되었었다. 〈순공(巡公) 있는 일요일〉

해 쌓다㉷ 자꾸 하다. ¶윤 직원 영감을 연해 흥미있게 보고 또 보고 해 쌓더니, 차차로 호기심이 더하는 모양, 필경은 자리를 옮아 옆으로 바싹 와서 앉습니다. 〈태평천하③〉 ¶오히려 그런 부질없는 짓을 해 쌓다가 빚이나 더끔더끔 더 걸머지고는 못 갚든지 하는 날이면. 〈이런 남매〉 ¶문간으로 마당으로 우줄우줄 뛰어다니면서 나더러도 어서 얼른 채비를 차리고 나서라고 재촉을 해 쌓는 것이었다. 〈순공(巡公) 있는 일요일〉 ¶"고상이요? ×× 은행 고상이요?…" 해 쌓는 것이 아무래도 사람을 구슬리는 양이다. 〈탁류②〉

해어지다㉷ 닳아서 떨어지다. 『준말』 해지다. ¶그이의 몸에 걸친 옷—땟물이나 빨아 입었는지 뚫어지고 해어지고 때 묻고 땀에 녹아 몸에 칭칭 감기는 낡은 삼베 치

마와 적삼은 옷이라 하기는 너무도 걸레 조각만도 못하였다. 〈불효자식〉

해잡다[동] 헤집다. 헤쳐서 파다. ¶비로소 불을 해잡고 닭의 둥우리를 살펴보니. 〈용동댁〉

해장[명] 술 속을 풀려고 아침 식전에 국과 함께 술을 조금 마심. ¶이건 바로 쩍쩍 들러붙는 약주술로 해장이나 하는 듯이 쭉 소리가 나게 오줌 한 잔을 마시고, 〈태평천하⑭〉

해전(-前)[명] 해가 넘어가지 전. 해가 지기 전. ¶어제 해전에는 기어코 밥값을 얼마간 변통해 주마고 해놓고 아침에 일찍 나갔다가 자정 후에야 들어와서 잠을 잤으므로 아침에는 또 한바탕 졸경을 칠 텐데… 생각하니 앞이 아득하고 얼굴이 화끈 달았다. 〈앙탈〉 ¶머 그 사람이 부랑자루 주색잡기하느라구 쓰는 돈이 아니구, 내일 해전으루다가 은행에 입금을 시켜야만 부도가 아니 나게 됐다는군요!…. 〈태평천하⑦〉

해죽[부] 만족한 듯이 귀엽게 슬쩍 한 번 웃는 모양. ¶겨우 돼지고기란 말을 해 놓고 오목이는 무색해서 해죽 웃는다. 〈얼어죽은 모나리자〉

해죽이[부] 마음이 흐뭇하여 귀엾게 웃는 모양. ¶해죽이 웃고, 웃으니까 볼에 옴폭 보조개가 팬다. 〈두 순정〉

해죽해죽[부] 만족한 듯이 귀엽게 슬쩍 한 번 웃는 모양. ¶"저 악한이 또 어데서 대낮에 얼어 가지구 저래!" 맨다리에 원피스에 싱글에 얼굴 갸름한 여자가 말과는 바대로 해죽해죽 웃으며 P에게 달라붙듯이 어깨를 비빈다. 〈명일〉 ¶도리어 작년 가을 눈이 멀지 아니하고 목화밭에서 해죽해죽 웃을 때보다 월등 더 나아 보였다. 〈얼어죽은 모나리자〉

해지다[동] '해어지다'의 준말. 닳아서 떨어지다. ¶"와이셔쓰가 모두 에리가 해지구헌 걸, 미처 손을 못 댔는데에!…" 〈순공(巡公) 있는 일요일〉

해쯕해쯕[부] 마음에 흐뭇하여 귀엽게 계속 웃는 모양. ¶마침 제본부에서 여직공 아이들이 내려와 변소에를 가느라고 공장을 가로 건너 그 앞으로 해쯕해쯕 웃으면서 허리를 구부리고 살살 달아났다. 〈병조와 영복이〉

해쭉[부] 흡족한 듯이 가볍게 웃는 모양. ¶그러나 승재와 얼굴이 쭈뼉 마주치자 해쭉 웃으려다 말고 금시로 눈물이 글썽글썽하더니…. 〈탁류⑮〉

해쭉이[부] 해죽. 만족한 듯이 가볍게 한 번 웃는 모양. ¶"저… 검은 실… 조꼼만 다구." 옥섬이는 해쭉이 웃으며 마침 옆에 놓고 쓰던 바느질 광주리에서 검정 실패를 찾아 가지고는. 〈산동이〉 ¶조그맣게 그려진 입이, 오긋하니 둥근 주걱턱과 아울러 그저 볼 때도 볼 때지만 무심코 해쭉이 웃을 적이면 아담스런 교태가 아낌없이 드러난다. 〈탁류②〉

해찰[명] 마음에 썩 내키지 않아 물건을 이것저것 집적거려 해치는 일. ¶경순은 그때 마침, 어린 놈이 (배가 불러 해찰을 하느라고 그랬는지) 빨간 젖꼭지를 입술 밖으로 물리고서 말끄러미 어머니를 올려다 보다가. 〈패배자의 무덤〉

해태[명] 일제 강점기의 담배 이름. ¶"해태 주어요." P는 돈을 들여밀면서 볼먹은 소리를 질렀다. 그러나 담배 가게 주인은 그저 무신경하게 “네.”하고는 마코를 해태로 바꾸어 주고 팔십오 전을 거슬러 준다. 〈레디 메이드 인생〉 ¶ 끼마다 먹는 고기와 양즙이 싫어나고, 마코보다는 더러 눈을 기어 뽑아 먹는 주인 아씨의 파종이나 해태가 더 맛이 있어가고 주인 아씨의 간드러진 노랫소리가 귀가 아프고. 〈빈(貧)… 제1장 제2과〉

해판(解版)하다(동) 조판된 활판을 풀어 헤치다. ¶ 해판하는 어린애들은 소꿉질을 하듯이 활자를 추려다가 제자리에 집어넣고 있었다. 〈병조와 영복이〉

해피(명) 해코지. 해치고자 하는 짓. ¶ 가난하게는 살았어도 어머니 아버지의 귀염 밑에서 남의 해피나 정가를 받지 아니하고 자란 용희다. 〈보리방아〉

해필(奚必)(부) 하필이면. 『같은』 하필(何必). ¶ 나는 해필 그이 때문에 육장 애가 밭구맘이 불안하니. 〈소망〉 ¶ “훠얼훨, 좀… 뭐 해필 불란서루만 가신다는 게 아니라, 천천히 구라파루 아메리카루 일주를 허서 두 좋구.” 〈패배자의 무덤〉

해해하다(동) 마음이 만족하여 자꾸 해해 입을 벌려 웃다. ¶ 그러면서 이러한 때에 어떻게 대응을 해야 저편이 해해하는지 속을 알고 있는지라. 〈명일〉 ¶ 이 기교 없는 기교에, 정말 아닌 노염이 났던 춘심이는 단박 해해합니다. 가령 정말로 성이 났었더라도 그러했겠지마는요. 〈태평천하⑪〉

핸드백(handbag)(명) 여성용 손가방. 나들이할 때에 들고 다니는 작은 가방. ¶ 역시 혼인 때 태수가 사준 파라솔과 핸드백을 가졌다. 〈탁류⑪〉

핼끔하다(형) 빛깔이 좀 희고 깨끗하다. 『비슷』 해끔하다. ¶ 그는 이미 싸늘한 사색(死色)이 내려 핼끔해진 오월이의 눈에서 사무치는 원한의 빛을 보았다. 〈생명〉 ¶ 핼끔한 애꾸눈이라든가처럼 특수하게 인상이 박히고 선전이 되고 한, 만만찮은 가게다. 〈탁류②〉

햄릿(Hamlet)(명) 셰익스피어(Shakespeare)가 지은 4대 비극의 하나인 ‘햄릿’ (1603년 초판 발행)의 주인공 이름. ¶ 그러나 어쨌든 승재는 아직도 망부(亡父) 아닌 그 사랑의 유령을 가끔 만나 햄릿의 제자 노릇을 일쑤 하곤 했었다. 〈탁류⑰〉

햇덩어리(명) ‘해’를 낮추어 일컫는 말. ¶ 요놈을 인제 어쨌든지 저기 저기 저 햇덩어리만한 대장부를 만들어노께시니. 〈패배자의 무덤〉

햇짚(명) 그 해에 새로 난 짚. ¶ 언덕배기 밭 가운데 외따로 토담집을 반 길만 되게 햇짚으로 울타리 한 마당에서는 오목이네가 떡방아를 빻기에 정신이 없이 바쁘다. 〈얼어죽은 모나리자〉

행각(行脚)(명) 어떤 목적이나 의도를 가지고 여러 곳을 돌아다니는 것. ¶ 이 서방이 그저 보통 행각이라면 다만 하룻밤의 노자도 아끼고 또 겸해서 좋은 대접을 받을 겸 두말 아니하고 그 곳으로 씽씽 갔겠지만 본이 선비요 또 가는 길이 무거운 소임을 가진지라. 〈소복 입은 영혼〉

행결(부) →한결. 보다 더, 훨씬, 꽤. ¶ 명색이 친구라는 나루 앉아서 당하자니 행결 더 불쌍한 생각이 들구, 〈탁류⑭〉

행객(行客)(명) 나그네. 자기 고장을 떠나 다른 곳에 임시로 머무르고 있거나, 여행 중에 있는 사람. ¶ "네 있기는 하오만… 그래 지나는 행객이 그런 양반이 집에 무슨 인연이 있겠소? 과객이면 모른다지만." 〈소복 입은 영혼〉

행구(行具)명 길 가는 데 쓰이는 여러 가지 물건이나 차림. 여행할 때에 쓰이는 모든 기구. 『같은』 행장(行裝). ¶ 그러고도 미진하든지 그는 정신도 더 차릴 겸, 젊은 여자의 운명인 화장도 할 겸, 행구에서 세면도구를 꺼내 들고 화장실을 찾아간다. 〈반점〉

행길명 →한길. (경기). 차나 사람이 많이 다니는 큰길. ¶ 행렬은 차차 가까와 온다. 견우가 기다리고 있는 좁은 길과 정자로 정거장 가는 큰 행길이 뻗치어 있다. 〈팔려간 몸〉 ¶ 제가 오던 행길 쪽을 턱으로 가리킵니다. 〈어머니를 찾아서〉 ¶ 집 뒤의 골목길이고 집 앞의 행길이고 사람 하나 지나가는 기척도 없다. 〈용동댁〉

행담(行擔)명 길 갈 때에 가지고 다니는 작은 상자. 흔히 싸리나 버들 따위로 만듦. ¶ 그가 거처하고 있는 이 방에도, 책상 하나, 행담 하나, 이부자리 한 채, 이밖에는 아무것도 없는 허술한 방이지만, 〈탁류③〉

행똥행똥부 뒤뚱뒤뚱. 물체가 중심을 잃고 한쪽으로 기울어지는 모양. ¶ 나이 좀 젊고 가날픈 여인네는 마당으로 내려가서 뒷짐을 지고 행똥행똥 집안을 한 바퀴 휘 돌아나왔다. 〈보리방아〉

행락(行樂)명 잘 놀고 즐겁게 지냄. 재미있게 놀며 즐기는 것. ¶ 그는 마치 아이들이 못 보던 사탕을 손에 닿는 대로 쥐어 먹듯이 방탕의 행락을 거듬거듬 집어 먹었다. 〈탁류④〉 ¶ 저로서는 오늘 같은 일가 단란의 행락이 십년일득인 양 즐거움직도 한 노릇이었고, 〈순공(巡公) 있는 일요일〉

행랑(行廊)[1]명 대문 양쪽에 있는 방. ¶ 대문을 들어서면서 바른편 방이 행랑이요, 다시 유리창을 한 안대문을 들어서면 왼편이 부엌과 안방, 〈탁류⑫〉

행랑(行廊)[2]명 조선 시대에 상인을 위하여 길게 지어 빌려 준 점포. ¶ 종로 행랑 뒷골 어느 선술집이다. 바깥이 컴컴 어둡고 찬 바람끝이 귀때기를 꼬집어 떼는 듯이 추운 대신 술청 안은 불이 환하게 밝고 아늑한 게 뜨스하다. 〈산적〉

행랑것명 '행랑살이하는 하인'을 낮추어 이르는 말. ¶ 이 아까운 쌀밥을 온 집안 식구와, 심지어 종년이며 행랑것들까지 다들 먹을 것이고, 〈태평천하⑤〉

행랑방(行廊房)명 대문의 양쪽 또는 문간에 있는 방. ¶ 삼청동 꼭대기에 있는 집—집이 아니라 삭월세로 든 행랑방—에 돌아왔다. 〈레디 메이드 인생〉

행랑어멈(行廊-)명 행랑살이하는 여자. 남의 행랑을 빌려 들고 대가로 그 집 일을 도와주며 사는 여자. ¶ 꼭 방물장수나 남의 집 행랑어멈감이야. 〈이런 처지〉

행랑채(行廊-)명 행랑으로 쓰는 집채. 문간채. ¶ 계동 긴 골목을 중간쯤 올라가다가 왼편 길 옆으로 있는 행랑채의 행랑방…. 〈이런 남매〉

행려병(行旅病)명 나그넷길에서 얻은 병. ¶ 위로 제왕을 비롯하여 아래로 행려병 사망자에 이르기가지 인간의 생명이 소중하다는 소치는, 〈탁류⑬〉

행렬(行列)명 여럿이 줄지어 가는 것. 또는 그 줄. ¶ 행렬은 차차 가까와 온다. 견우가

기다리고 있는 좁은 길과 정자로 정거장 가는 큰 행길이 뻗치어 있다. 〈팔려간 몸〉

행방(行方)명 (어떤 사람이) 간 곳이나 방향. ¶그러나 눈은 멀고 다녀 본 지도 오랜 길이라 짐작도 무디어 그는 행방조차 잡지 못하고 애오라지 들판에서 이리저리 헤매기만 했다. 〈얼어죽은 모나리자〉

행보(行步)명 어떤 목적지까지 걸어서 가거나 다녀옴. ¶간밤에 동경서 온 전보 때문에 억지로 억지로 큰댁 행보를 하던 것입니다. 〈태평천하⑮〉 ¶작년 구월이든가, 그때에 한 행보를 한 것이 이내 마지막이었고. 〈상경반절기〉

행사(行事)[1]명 '행동(行動)'과 같은 뜻. ¶이 천하에 행사가 개차반 같은 위인 같으니라구…. 〈탁류②〉

행사(行事)[2]명 행패(行悖). 버릇 없이 체면에 어그러지는 난폭한 짓을 하는 것. ¶울던 아이가 놀라 울음을 뚝 그칠 만큼 곧은 목청으로 한마디 "무슨 놈의 행사야!" 〈빈(貧)… 제1장 제2과〉

행상(行商)명 도붓장사. 이리저리 떠돌아다니며 물건을 파는 사람. ¶이처럼 헛된 수고를 한 사흘 거푸 하더니 그만 지쳤던지 다시는 더 가지 아니하고 다만 P 씨의 집에 있으면서 틈틈이 학생들 빨래도 빨아 주고 가다가는 행상 같은 것도 하여 가며 이제 칠복이가 나온 뒤에 데리고 내려갈 차비를 푼푼이 주워 모았다. 〈불효자식〉

행색(行色)명 겉으로 드러난 차림이나 모습. ¶그러나 용희의 눈에는 바느질보다도 아버지의 초라한 행색이 먼저 눈에 띄었다. 〈보리방아〉 ¶일변 너무도 호젓한 내 행색이 둘러보이면서, 장차로 외로울 앞날이 막막하여 그래도 군산을 떠나는 회포는 슬펐다. 〈탁류⑪〉 ¶그 틈사구니에 가서 좌정을 하고 있는 한 채의 근천스런 청요릿집 '장송루씨'의 행색이란 한결 초라한 것도 초라한 것이지만, 〈회(懷)〉

행세거리(行世--)명 해당되지 않는 사람이 어떤 당사자인 것처럼 처신하여 행동하는 것을 속되게 표현하는 말. ¶한편으로는 한 행세거리로 또 한편으로는 구직꾼 격퇴의 수단으로 자룡이 헌 창 쓰듯 썼을 뿐이지. 〈레디 메이드 인생〉

행세꾼(行世-)명 처세하여 행동을 잘하는 사람을 낮추어 이르는 말. ¶범수가 동경서 나오니까 P는 대학을 일 년만 졸업하고 먼저 나와 종로판의 행세꾼이 되어 있었다. 〈명일〉

행습(行習)명 몸에 밴 버릇. 또는 버릇이 들도록 행동하는 것. ¶요새는 직통열차고 구간 열차고 모두가 시간을 안 지키기로 행습이 되었기 망정이지, 생각하면 예사로 볼 일이 아니다. 〈회(懷)〉

행신(行身)명 처신(處身). 세상살이나 대인 관계에 있어서, 가져야 할 몸가짐이나 행동. ¶제아무리 몸이 튼튼하고 마음이 얌전하다는 사람이라도 한 번 아편에 중독이 되어 몇 해 지나고 나면 육체는 눈뜬 송장이 되고 행신은 개차반이 되어 버리고 마는 것이다. 〈불효자식〉

행실머리(行實--)명 '행실(行實)'의 낮은 말. 실지로 드러난 행동. 일상의 행동. ¶초봉이뿐 아니라, 도대체 제호라는 위인의 행실머리가 미덥지 못했지만, 〈탁류⑫〉 ¶나이 열여덟 살에 그만하면 계집애가 차분하니 좀 얌전스런 구석이 없고서, 이건 가도록 왜장녀가 돼 간다고 (행실머리가 궂은 것은 차치하고라도) 동네서는 달가와하질 않는다. 〈정자나무 있는 삽화〉

행실(行實)을 내다[관용] 실지로 드런난 행동을 하게 하다. 일상의 행동을 하게 하다. ¶그러고서는 막상 어디 가서 누구를 행실을 낼 바를 몰라 그것이 답답했다. 〈탁류⑲〉

행악(行惡)[명] 난폭하고 모진 짓을 함. 모질고 나쁜 짓을 행하는 것. 또는 그런 짓. ¶윤용규는 아주 각오를 했읍니다. 행악은 어차피 당해 둔 것, 또 재물도 약간 뺏겨는 둔 것, 〈태평천하④〉 ¶관수가 그렇듯 흉하고 말 못할 '무서운 놈'이게 되면 응당히 흉하고 말도 못랄 무서운 행악을 했을 것이요. 〈정자나무 있는 삽화〉

행여(幸-)[부] 혹시나. 어떤 때에 어쩌다가. ¶행여 무엇이나 입에 맞은 떡이 있을까 하는 생각으로 허실 삼아 가 보았다. 〈앙탈〉 ¶행여 좀 빨아들일까 하고 식어 빠진 밥물에 잠근 젖줄을 아이의 입에 대어 주는 것이나. 〈빈(貧)… 제1장 제2과〉 ¶그리고 또 남편이 밖에 나가 있는 동안 남은 행여 무슨 반가운 소식이나 가지고 돌아오나 해서 한심한 기대를 하는 터였었다. 〈명일〉

행장기(行狀記)[명] 사람이 죽은 다음에, 그의 일생의 행적을 적은 글. 행장. ¶아씨 행장기 〈탁류⑤〉

행주치마[명] 부엌일을 할 때 옷을 더럽히지 않으려고 덧입는 짧은 치마. 앞치마. ¶뚝 떨어져서는 화양 절충식 행주치마에 큰쪽에 굵은 다리와 넓은 발에 조그마한 게다를 끌고. 〈모색〉 ¶이슥고 행주치마에 손을 씻으면서 나오는데, 입은 연방 벙싯벙싯 다물어지질 않았다. 〈순공(巡公) 있는 일요일〉

행차(行次)하다[동] '웃어른이 길을 가다'의 뜻. 여기서 '행차'는 '웃어른이 길을 감'을 높이어 이르는 말. ¶한데 이건, 바로 대낮에 귀한 손님 행차하듯이 어엿이 찾아와서는, 한다는 짓이 그 짓이니 꼼짝인들 할 수가 있었나요. 〈태평천하④〉 ¶그리고는 오늘 아침에 열 시나 돼서 일어나니까, 예배당에 행차하시고는 하인년이 썰렁한 밥상만 갖다가 들여 안기겠지. 〈이런 처지〉

행투[명] 행동거지. 몸을 움직여 하는 모든 짓. 행동이나 몸가짐의 본새나 버릇. ¶그리하여 그동안까지는 대개는 그 막연한 설교를 들은성만성하고 물러가는 것이 그들의 행투였었는데. 〈레디 메이드 인생〉

행티[명] 행동거지. 몸을 움직여 하는 모든 짓. 행동이나 몸가짐의 본새나 버릇. ¶냉수를 떠다가 종이에 싸고 싸고 또 싸서 다 해어진 지갑 속에나 그들이 흔히 잘하는 행티로 헌 궐련갑 속에 넣어 두었던 모르핀 한 봉지를 꺼내어 조심스러이 물에다 풀어 가지고. 〈불효자식〉 ¶그러면서 그는 노마네가 으레껏 하는 행티로. 〈빈(貧)… 제1장 제2과〉 ¶이러한 묘리를 체득한 정 주사는 그래서 이제는 죽고 싶어 하는 것이 하나의 행티가 되어 버렸던 것이다. 〈탁류①〉

행하(行下)[1][명] 놀이나 놀음이 끝난 뒤에 기생이나 광대에게 주던 보수. ¶요릿집과 기생한테 준 행하와 미두 밑천으로 다 먹혀 버린 것이다. 〈탁류④〉

행하(行下)[2]㉮ 아랫 사람의 수고를 갚거나 또는 매우 즐겁고 기쁜 일이 있을 적에 스스로 축하하는 뜻으로, 주인이 부리는 사람에게 주는 돈이나 물건. ¶십 원은 여학생 오입채로 쓰구 이십 원은 요리집 뽀이 행하루 쓰구, 머어 넉넉허이! 〈태평천하⑫〉

향객(鄕客)㉮ 시골에서 온 손님. ¶겸해서, 시기가 한참 입학시험을 치는 고패라, 향객들이 많이 모여들어 가지고 부푸는 관계도 있을 것이다. 〈회(懷)〉

향교(鄕校)㉮ 시골에 있는 문묘(文廟)와 이에 딸린 옛날 학교. ¶시골은 향교라는 게 있어서, 공자님 맹자님을 비롯하여 옛날 여러 성현을 모시는 공청이 있읍니다. 〈태평천하④〉

향락(享樂)㉮ 즐거움을 누림. ¶낭자하던 향락의 뒤끝을 수습치 않은 채, 고단한 대로 풋잠이 든 두 개의 반나체, 〈탁류⑩〉

향락(享樂)하다㉯ 관능적 쾌락을 누리다. ¶우리 같은 사람은 찻집은 향락할 신경의 여유는 없는 종족이니까. 〈이런 처지〉

향의(向意)㉮ 마음을 기울이거나 생각을 둠. 또는 그 마음이나 생각. 향념(向念). ¶무엇을 가지고 초봉이가 내한테 향의가 있었다는 것을 주장을 할 테냐? 〈탁류⑧〉 ¶그렇다고 또 서울 아씨가 대복이한테 깊수룸한 향의가 있는 것이냐 하면, 〈태평천하⑨〉

향촌(鄕村)㉮ 시골. ¶신문과 잡지가 붓이 닳도록 향학열을 고취하고 피가 끓는 지사(志士)들이 향촌으로 돌아다니며 삼촌의 혀를 놀리어 권학(勸學)을 부르짖었다. 〈레디 메이드 인생〉

허겁(虛怯)㉮ 마음이 실하지를 못하여 겁이 많은 것. ¶하마 조꼼 뭣했으면 내가 미칠 뻔했다우, 허겁이 아니라, 시댁두 시댁이지만 집에서 만약 어머니가 아시면, 기절을 하셨지. 〈소망〉

허겁(虛怯)(을) 떨다『관용』 마음이 실하지를 못하여 몹시 겁을 내다. ¶허겁을 떨고 차표만 빼어 간다. 〈탁류⑫〉 ¶곰보 최서방이 허겁을 떨면서 웅쥐 한 마리를 움켜쥐고 웃도리를 쳐든다. 〈정자나무 있는 삽화〉 ¶할아버지의 그, 놀라면서 허겁을 떠는 엄살이라니…. 〈순공(巡公) 있는 일요일〉

허겁떨이(虛怯--)㉮ (마음이) 실하지를 못하여 매우 겁을 내는 일이나 행위. 겁을 먹고 경망스럽게 부산을 떠는 일. ¶아이구 어찌나! 쉬흔 살이나 더 잡수셨구료! 이러고 허겁떨이를 해 쌉니다. 〈태평천하⑩〉

허겁(虛怯)스럽다㉰ 마음이 실하지를 못하여 보기에 겁이 많다. 급한 마음으로 어쩔 줄을 모르다. ¶그 사내는 그 중학생의 등을 턱 치며 허겁스러운 능라주 사투리로 "음마, 중학생이 담배 막 묵네요…" 라고 누구더러 들으라는 듯이 일부러 소리를 높여 말을 하고, 그 중학생은 미소하며 물끄러미 바라보는 곁눈으로는 흘금흘금 그 여학생을 건너다보았다. 〈세 길로〉 ¶영주는 하는 양을 보느라고 허겁스럽게 맞방망이를 쳐주었다. 〈명일〉 ¶줄 맞은 병정이라, 태수는 마음놓고, "아니구 아얏!" 허겁스럽게 소리를 지르면서 방구석께로 피해 들어간다. 〈탁류⑤〉 ¶춘심이는 허겁스럽게 엄살 엄살, 다시 안그런다고 항복을 합니다. 〈태평천하⑪〉 ¶딸년이 아비 수염을 잡아 꺼드네 하면서 허겁스럽게 엄살을 했다고…. 〈동화〉 ¶제가 이야기해 준 말을 골자 삼아 닷 발이나 되게 허겁스런 문구로 늘려논 글이 크막한 사진과 한가지로 게재가 된 데는 낯이 화끈했고. 〈모색〉

허겁지겁[부] 조급한 마음으로 몹시 허둥거리는 모양. 급한 마음으로 어쩔 줄을 모르는 모양. ¶이렇게 당황해서 얼른 이러지도 못하고 저리지도 못하고 둘레둘레 허겁지겁 사뭇 액체라도 지릴 듯이 쩔쩔매기만 하고 있다. 〈탁류⑰〉

허구많은[형] '하고많은'의 사투리. 일일이 헤아리기 어려울 만큼 많고 많은. 매우 많은. ¶그래두 나는 모르는 걸 어떡허니? 허구많은 손님을 누가 일일이 다아 낯을 익혀 둔다더냐. 〈탁류②〉

허구헌 날[명] 허구(許久)한 날. (날, 세월 등이) 매우 오랜 날. ¶"그러게 말이예요. 허구헌 날 참 못 해먹겠어요." 〈명일〉

허기사[부] 하기야. ¶"뭇쓸 것이, 이렇게 가난헌 집에서 며느리를 읃어 가구 보면 개개 탈이란 말이여… 허기사 규수는 언뜻 보매 갠찮얼 것 갈네마는…" 〈보리방아〉 ¶"허기사 이 사람아!…" 윤 직원 영감은 마침내 까놓고 흉중을 설파합니다. 〈태평천하⑧〉

허기야[부] '하기는', '하기야', '실상 적당히 말하자면야'의 뜻으로, 결정된 일을 시인할 때 쓰는 말. ¶허기야 참, 몇 번 별르기두 했더라우. 〈소망〉

허깨비[명] 기(氣)가 허하여 착각으로 나타나는 환영(幻影). 마음이 허하고 착각이 생겨서 어떤 물건이 다른 물건으로 보이는 현상. ¶"못 알어듣기도 괴이찮지… 그렇지만 세상은 부자 사람허구 노동자의 세상이지, 그 중간에 있는 인간들은 모다 허깨비야." 〈명일〉 ¶와락 잡아 낚으는데 종수는 허깨비같이 휘둘리면서도. 〈쑥국새〉 ¶그 육중한 수레 열두 채를 한꺼번에 다… 그러면서도 마치 허깨비나 다루듯, 힘 하나 안 들이고 거뿐거뿐. 〈회(懷)〉

허덕거리다[동] 힘에 부쳐서 애쓰거나 괴로워하다. ¶"가만 있어… 괜찮다." 하는 영감의 허덕거리는 소리도 들려왔다. 〈산동이〉

허덕지덕[부] 힘에 겨워 정신을 못 차릴 정도로 허덕거리는 모양. ¶정이라는 게 무엇인지, 저렇게도 계집아이가 남의 구설 어려운 줄 모르고 밤을 낮 도와, 제 그린 사람을 만나 보려 허덕지덕 애가 받아 찾아 다니고 하는가 하면. 〈정자나무 있는 삽화〉 ¶겨우 하나를 사 가지고 허덕지덕 다시 안동 육거리까지 당도하기는 일곱 시가 훨씬 지나섭니다. 〈흥보씨〉

허덕허덕[부] 힘에 겨워 괴로워하며 애쓰는 모양. 힘에 부쳐서 애쓰거나 괴로워하는 모양. ¶그러나 한편으로는 남편이 돈이나 변통하려고 시장한 것을 참아 가며 더운 데 허덕허덕 돌아다닐 것을 생각하니. 〈명일〉 ¶노파는 더욱 기광이 나서 허덕허덕 들렌다. 〈쑥국새〉

허두(虛頭)[명] 말머리. 말의 첫머리. ¶그쯤서 짐짓 모르쇠를 해 버리면서 비로소 혼인 말의 허두를 꺼내 놓되, 〈탁류⑦〉 ¶이렇게 이야기 허두를 내고 보면 첩경 중산 모자에, 깃에는 가화를 꽂은 모닝 혹은 프록코트에 기름진 얼굴이 불콰아하여 입

에는 이쑤시개를 물고 방금 어떤 공식 축하연으로부터 돌아오고 계신, 〈홍보씨〉

허둥거리다(동) →후들거리다. 몸의 전체나 일부분을 자꾸 흔들며 떨다. ¶그 흰 흩이 불이 바로 죽음 그것임을 암시하는 것 같아 초봉이는 머리끝이 쭈뼛하고 다리가 허둥거렸다. 〈탁류⑩〉

허드레옷(명) 허름하며 함부로 쓸 수 있고 그다지 중요하지 않은 옷. ¶교복이던 것을 허드레옷으로 입고 있는 참이라 저고리 고름 매듭에는 ××여자전문의 배지가 그대로 달려 있다. 〈모색〉

허드렛일(명) 중요하지 않은 허름한 일. 잡역(雜役). ¶그는 남편이 벌이를 나간 사이면 별로 할일도 없는지라 늘 안에 들어와서 영주의 허드렛일도 거들어 주고 말동무도 되고 하였다. 〈명일〉

허든허든하다(동) 허든거리다. 힘이 없어 중심을 잃다. ¶뱃가죽은 홀쭉하게 등으로 내려 붙고 허리는 힘이 빠져서 허든허든하였다. 눈은 뒤에서 잡아당기는 것처럼 움쑥 가라앉았다. 〈생명의 유희〉

허랑(虛浪)하다(형) 말이나 행동이 허황하고 착실하지 못하다. ¶너치름 허랑허(하)지두 않고 그럴뿐더러 내년 내후년이머넌 대학교를 졸업허잖냐? 〈태평천하⑮〉

허리(명) 가운데 부분. 중간 부분. ¶"왜 벼슬은 아니하고 그렇게 과거만 보려 다녔느냐?"고 우리가 '덕언이 선생님' 더러 이야기의 허리를 잘라서 물으니까. 〈소복 입은 영혼〉

허리띠에다가 목을 매달어두『관용』 남을 두렵게 할 목적으로 불법하게 가해할 뜻을 보여도. 협박해도. ¶옛네! 도통 25전이네. 이제넌 자네가 내 허리띠에다가 목을 매달어두, 쇠천 한 푼 막무가낼세! 〈태평천하①〉

허리 부러진 말(馬)『관용』 당당한 기세가 꺾이고 재주를 펼 수 없게 된 말. 위세를 부리다가 심한 타격을 받아 힘을 못 쓰게 된 신세의 비유. 『같은』 허리 부러진 호랑이. 날개 부러진 매. ¶섣불리 공부를 시켰자 허리 부러진 말처럼 아무짝에도 쓸데없는 반거충이가 될 것이요. 〈명일〉

허리춤(명) 허리가 달린 옷의 그 허리를 접어서 여민 윗부분. ¶계봉이는 승재가 주소 적어 주는 종이쪽을 받아 들고 훑어보다가 허리춤에 건사를 한다. 〈탁류⑧〉

허망(虛妄)하다(형) 어이없고 허무하다. ¶"허! 허망한 일이로군!" 이라고 하고 싶은 심정이었었다. 〈탁류⑩〉 ¶그래, 4천 원을 도무지 허망하게 내주고는, 윤 두꺼비는 망연자실해서 우두커니 한 식경이나 앉았다가, 비로소 방바닥에 떨어진 종잇장으로 눈이 갔습니다. 〈태평천하④〉 ¶그래도 혹시 가다가 더러 생각이 나서 아뿔싸 허망한지고! 〈모색〉

허물하다(동) 잘못, 실수, 과실(過失) 등을 들어 나무라다. ¶밤이고 낮이고 안방에 들어가서 놀고 누워 딩굴고 하던 터라, 이날 밤이라고 그것을 허물할 바는 아니었었다. 〈탁류⑤〉

허방(명) 움푹 팬 땅. 땅바닥이 갑자기 패어 빠지기 쉬운 땅. ¶이건 꿈에도 생각지 않고 졸가리도 닿지 않고 하릴없이 허방에 푹 빠진 푼수지, 〈탁류⑫〉 ¶앞으로 옆으로 허방을 딛고는 쓰러진다. 〈두 순정〉

허수히(부) 허전하고 서운하게. 또는 꽉 짜

이지 않고 느슨하게. ¶답답한 소리 말구 아뭏던지 내 말을 헛히 여길 것이 아니라 잘 유념해 뒀다가 꼭 그대루 해 주게…. 〈탁류⑭〉

허실(虛失)명 헛되이 잃음. ¶쌀 한 알갱이 떡가루 한 낱도 새로와하는 규모지만 절굿대 끝에서 튀기도 하고 체로 칠 때 날리기도 해서 하는 수 없이 그만큼씩은 번번이 허실을 하게 된다. 〈얼어죽은 모나리자〉

허실 삼아부 별반 기대는 하지 않고 혹시나 하는 마음으로. 〖비슷〗 허탕 삼아. ¶혹, 지날 길에 허실 삼아 들여다보려고 한 것인지도 모른다. 〈명일〉 ¶행여 무엇이나 입에 맞은 떡이 있을까 하는 생각으로 허실 삼아 가 보았다. 〈앙탈〉 ¶이제 더 졸라도 별 수가 없는 것이지만 허실 삼아 한마디 더 해 보는 것이다. 〈레디 메이드 인생〉

허실(虛失)하다동 헛되이 잃다. ¶언제 머지가 천거한 자리루 동전 한 푼 허실한 일이 있읍니까? 〈태평천하⑦〉 ¶저엉 무엇하면 객초(客草) 몇 대씩 허실하면서라도 바둑 친구나 청해 오겠지만, 〈태평천하⑤〉

허심탄회(虛心坦懷)명 감춤 없이 솔직하여 마음에 아무런 거리낌이 없음. ¶물론 개인적인 성격상의 결함에도 원인이 없는 것은 아니겠으나 조종은 역시 허심탄회, 사물을 정당하게 관찰하고. 〈상경반절기〉

허얼헐부 헐헐. 매우 숨이 차서 숨을 고르지 못하게 쉬는 모양. ¶먹곰보네 아낙이 숨이 턱밑까지 차서 허얼헐 판자문 안으로 들어선다. 〈탁류⑥〉

허얼헐하다동 숨이 차서 숨을 고르지 못하게 크게 쉬다. ¶먹으면 대번 경련이 일어나고 숨쉬기가 힘이 들어 허얼헐하고 시큼한 냄새가 나고…. 〈탁류⑧〉

허욕(虛慾)명 헛된 욕심. ¶그리구 고 꼴에 허욕은 담뿍 나서, 머? 오십 전이야 차마 하겠나? 일 원을 해야지? 〈탁류①〉

하우를 하다〖관용〗 '하오하다'의 변한말. 상대자를 예사로 높여 말하다. '합쇼하다'보다는 낮게, '하게 하다'보다는 높게 쓰임. '무엇 하오', '어서 가오', '어서 말하오' 등과 같은 것. ¶옥화는 영락없이 눈으로 웃으면서, 깍듯이 며느리들더러 허우를 하여, 어서 오시라고 일어서는 인사를 맞대답합니다. 〈태평천하⑪〉

허위단심부 허우적거리며 무척 애를 써서. ¶연전에 아랫녘 어디서라던지, 집을 잡히고 논을 팔고 한 돈을 만 원 가량 뭉뚱그려 전대에 넣어 허리에 차고, 허위단심 군산 미두장을 찾아온 영감 하나가 있었다. 〈탁류④〉 ¶그날 출장을 나갔다가 다뿍 시장해 가지고 허위단심 집엘 마침 당도한 포우즈랬으면 꼬옥 맞겠읍니다. 〈태평천하⑨〉 ¶먹으면서 좋아하는 양을 보자고 허위단심 손에 들고 올라왔던 것을 달칵 그만 뺏겼으니, 〈흥보씨〉 ¶허위단심 찾아 올라온 신부자리 애인의 행방을 놓치고서 한바탕 애를 태우고 쩔쩔맸다는 것쯤. 〈모색〉

허위대명 허우대. 풍채가 있는 키. 겉모양이 좋은 몸집. ¶그는 허위대가 이만이나 하고 명색이 대학까지 마쳐 소위 교양이 있다는 사람으로. 〈명일〉

허장성세(虛張聲勢)명 실속이 없으면서 허세만 떠벌림. ¶허장성세의 빈약한 내

용의 것에 다라운 브로커의 좀까지 생긴 것이라는 것이 즉 그 내용을 말하는 것이다. 〈보리방아〉

허전허전하다형 허술하다. 오래되거나 헐어서 낡다. ¶마음에 걸리는 것은 굴레 벗은 말같이 허전허전한 자기의 양복 태도요, 뒤축이 닳고 볼에다 반창고를 붙인 낡은 로이드식(式) 구두요. 뒤집어 댄 칼라였었다. 〈앙탈〉

허천(이) 나다『관용』 걸신들리다. 굶주려 음식에 대한 탐욕이 몹시 나다. 여기서 '허천'은 몹시 주리거나 궁하여 체면 없이 함부로 먹거나 덤비는 것. ¶나의 하는 소리가 허천이 난 놈 같기도 하겠지만 밤낮 하루를 꼬박 굶어 보면 누구나 함직한 소리다. 〈산적〉 ¶어서 이 노릇 작파허구 무엇이든지 내 영업으로 장사라두 시작해야지 허천나 죽겠네…. 〈명일〉 ¶"그놈의 좁쌀 한 되 두 되 팔아다 먹을라닝개 허천나서 죽것구…" 〈얼어죽은 모나리자〉

허천들리다동 걸신들리다(나다). 굶주려 음식에 대한 욕심이 몹시 나다. ¶이 허천들린 것같이 음식 먹고 싶은 증세가 지나고 나더니, 이번에는 입덧이 나서 욕질이 자꾸만 넘어오고, 〈탁류⑬〉 ¶자연, 허천들린 뱃속처럼 항상 뒤가 헛헛하던 것입니다. 〈태평천하④〉

허천백이명 걸신쟁이(乞神~). 걸신이 들린 사람. 걸신이 들린 듯이 음식을 지나치게 탐내는 사람. ¶… 맛이 고수하냐? 천하 배라먹을 것! 허천백이 삼신이더냐?…. 〈탁류⑯〉

허출하다형 '허줄하다'의 거센말. 허기가 지고 출출하다. 배가 제법 고프다. 허기지며 출출하다. ¶연애를 하면 밥이 쉬 삭는다구요. 윤 직원 영감은 그런데, 저녁밥을 설치기까지 한 판이라 속이 다뿍 허출해서 우동 한 그릇을 탕수육으로 반찬 삼아 걸게 먹었읍니다. 〈태평천하⑩〉 ¶허출한 속에 그놈 찌르르하고 넘어 들어가는 한 잔이 왜 아니 생각 간절했겠습니까. 〈흥보씨〉

허탕명 아무 소득이 없는 일. ¶"아니 왔다우! …허탕을 하는지…." 〈이런 남매〉

허탕을 치다『관용』 아무 소득이 없이 되다. ¶종수는 또 한 번 애오개를 나갔다가 그만 허탕을 치고는 답답한 나머지 여기저기 그를 찾아다녀 보았읍니다. 〈태평천하⑫〉

허튼소리명 헤프게 함부로 하는 말. 실속이 없는 함부로 지껄이는 말. ¶설마 그럴라구? 장가놈이 괜히 꾸며 댄 허튼소리겠지. 〈탁류⑩〉

허튼수작(--酬酌)명 쓸데없이 함부로 말을 주고받는 짓. ¶초봉이는 제호의 이야기에 끌려 허튼수작에 대거리는 하고 있어도, 시방 딴 걱정에 도무지 건성이다. 〈탁류②〉

허파에서 바람이 날 지경『관용』 실없이 웃어대거나 마음이 달떠 있어 실답지 못한 사람을 두고 비유하여 이르는 말. ¶첩을 얻어 들이는 소임으로, 몇 해 단골 된 곰보딱지 방물장수가, 그 운덤에 허파에서 바람이 날 지경이지요. 〈태평천하⑧〉

허패명 →허파. ¶사람 못된 것 공분 더 시켜서 무얼 해! 제 형편 허패만 빠지지! 〈탁류⑮〉

허허실수로부 허허실실로(虛虛實實~). 되면 좋고 안 되어도 그만인 식으로. 되어

가는 대로. ¶그놈 구십 원이나마 손에 쥐고 허허실수로, 또 오늘 일이 여의치 못하면 뒷일 당부도 할 겸. 〈탁류⑮〉

허하다[형] 원기가 부족하다. ¶승재는 아직도 꿈을 꾸는 듯, 얼뜬 얼굴에 허한 음성이다. 〈탁류⑧〉

허황(虛荒)하다[형] 헛되고 황당하여 미덥지 못하다. 거짓되고 근거가 없다. ¶"허황한 소리!" 〈탁류④〉

헉헉[부] 놀라거나 숨이 차서 자꾸 호흡이 끊기는 소리나 모양. ¶솟아오르는 부끄러움과 노염에 용희는 헉헉 느껴 울었다. 〈보리방아〉 ¶영주는 매를 늦추고 나무람을 하는 판인데 남편이 대뜰로 올라서는 것을 보니 그대로 퍽 엎드려 헉헉 느끼며 울었다. 〈명일〉

헌다하다[형] 허름하다. 사람이나 물건이 표준 정도에 약간 미치지 못한 듯하다. ¶아주 헌다한 촌 신사가 되었을 뿐 아니라, 〈모색〉

헌닷[관] 한다는. ¶그리구는 헌닷 소리가, 나를 목을 베어 봐라, 단 한 발이라두 서울서 물러서나, 이리는구려! 〈소망〉

헌신짝 벗어 내던지듯[속] 헌신짝 버리듯. '중요하게 쓰고 난 뒤에는 아까울 것 없이 내버림'을 이르는 말. 여기서 '헌신짝'은 오래 신어서 낡아 빠진 신짝. ¶그처럼 헌신짝 벗어 내던지듯 괄시를 하기는 두 뼘이나 되는 낯을 들고 좀체로 못할 노릇이기도 했다. 〈탁류⑬〉 ¶그만하면 신문사 인심두 얻구 또 사장두 자별하게 대접을 했답디다. 그런 것을 헌신짝 벗어 내던지듯 내던지구는 사람마저 저 지경이 됐으니. 〈소망〉

헌책전(—冊廛)[명] 헌책을 파는 가게. ¶"저것을 군산으로 가지고 가서 책은 헌책전에 팔고 양복은 잡힐까? 책은 한 권에 오십 전씩만 받아도 일곱 권이니가 삼 원 오십 전 하고, 양복은 잡히면…잡히면 삼 원?" 〈생명의 유희〉 ¶두 사람은 헌책전을 뒤지기 시작하였다. 그것이 두 시간이 걸리었다. 〈창백한 얼굴들〉

헌화[명] 지껄여서 떠듦. ¶바다지석은 헌화 속에서 뒤끓는다. 〈탁류④〉

헐떡거리다[동] 계속하여 숨을 가쁘게 쉬다. ¶"하! 수고면 약간한 수고던가?… 아 글쎄 어떻게 들이 헐떡거리고 돌아댕겼다구!" 〈모색〉

헐라치면(歇———)[부] 헐하다고 생각하면. (값이) 시세보다 싸다고 생각하면. ¶헐라치면 십 원씩 내구 사다 먹어요! 십 원씩을. 〈탁류②〉

헐러덕벌러덕[부] 헐레벌떡. 숨을 거칠게 몰아쉬며 헐떡이는 꼴. ¶그러자 마침 양서방이 명님이를 뒤세우고 헐러덕벌러덕 달려든다. 〈탁류⑥〉

헐레벌떡[부] 숨을 헐떡거리며 가쁘게 내몰아 쉬는 모양. ¶난데없이 점례가 미럭쇠, 미럭쇠, 불러대면서 헐레벌떡 달려오고 있었다. 〈쑥국새〉

헐벗기다[동] 헐벗게 하다. 가난하여 떨어진 누더기를 걸치게 하다. ¶차라리 자기 손에 두어 헐벗기고 헐입히면서 공부도 시키지 못하느니 제 아비인 P더러 데려가라고 작년부터 편지를 하던 것이다. 〈레디 메이드 인생〉

헐입히다[동] 가난하여 떨어진 누더기를 입게 하다. ¶차라리 자기 손에 두어 헐벗기고 헐입히면서 공부도 시키지 못하느니 제 아비인 P더러 데려가라고 작년부터 편지를 하던 것이다. 〈레디 메이드 인생〉

헐타형 '헐하다'의 준말. (값이) 싸다. ¶이 날에 천 원은 말고 만 원도 헐타! 만 원이라도 내게는 종잇조각 하나…. 〈탁류⑩〉

헐헐부 숨이 몹시 차서 고르게 내쉬지 못하는 모양. ¶멍에에서 소를 풀어놓으니 여전히 헐헐 더운 숨을 내쉰다. 〈팔려간 몸〉

험명 '흠(欠)'의 변한말. 상처. 피해. ¶남의 집 철없는 처녀를 나 같은 놈이 가지고 놀아서 험을 내주어서야 죄가 아닌가. 〈이런 처지〉

험구(險口)명 남의 단점을 들어 말하거나 험상궂게 욕을 하는 것. 남의 흠을 들추어 내어 헐뜯는 짓. ¶"…자아 뭐라구 또, 험구를 허실려구. 그렇지만 큰아버지 자아." 〈패배자의 무덤〉 ¶미운 소리 고운 소리 험구에 걱정이 해싸시는 걸 듣고서야, 우리도 마침내 그를 사실인 줄로 믿게 되었었다. 〈순공(巡公) 있는 일요일〉

험집명 흠집. 흠이 진 자리나 흔적. ¶S는 한참이나 바지와 양말의 험집을 한심하게 내려보다가 한숨을 내어쉬며. 〈앙탈〉

험(險)하다형 말이나 행동 따위가 몹시 막되다. ¶가령 입 험한 우리 할아버지의 형용을 빌면. 〈순공(巡公) 있는 일요일〉

헙수룩하다형 옷, 수염, 머리털 따위가 허름하고 텁수룩하다. ¶누군가 하고 휘휘 둘러보는데 저편 담 밑에 섰던 웬 헙수룩한 시골 사람이 나를 보고 반기며 쫓아온다. 〈농민의 회계보고〉 ¶그 다음에는 웬 헙수룩하게 생긴 부인네 하나를 보고 물어보았읍니다. 〈어머니를 찾아서〉 ¶벌써 네 신가 싶어 고개를 쳐들면서 가볍게 한숨을 내쉬는데, 마침 헙수룩하게 생긴 촌사람 하나가 철 이른 대팻밥모자를 벗으면서 끼웃이 들어선다. 〈탁류②〉

헛갈리다형 마구 뒤섞여 분간할 수가 없다. ¶어찌어찌하다가 서로 엇갈리고 헛갈리고 해서 할 수 없이 혼자 동떨어진 생이었었다. 〈탁류⑤〉

헛나가기명 빗나가기. 비뚜로 나가기. 잘못 나가기. ¶인제는 암만 걷어질러야 위로 헛나가기 아니면 애먼 볼기짝이나 차이고 말지 정통에는 빈틈이 나질 않는다. 〈탁류⑱〉

헛나가다동 빗나가다. 비뚜로 나가다. 잘못 나가다. ¶바르르 떨리는 오월이의 손을 겨누어 갈기는 매는 헛나가서 다시 볼을 파헤친다. 〈생명〉

헛노릇명 아무 쓸데없는 헛된 일. 헛일. ¶그 결과 일이 틀어진 것을 P는 모르고 와서 헛노릇을 한바탕 한 것이다. 〈레디 메이드 인생〉

헛다방명 헛일. 쓸데없는 일. 아무 쓸데없는 헛된 일. ¶"남순이한티는 암만 반히서 침을 지일질 흘리구 댕겨두 헛다방입니다요." 〈쑥국새〉

헛심명 쓸데없는 힘. 보람없이 쓰이는 힘. ¶이대도록 선선히 박제호가 물러서고 보매 도리어 헛심이 씌는 것 같았다. 〈탁류⑭〉

헛웃음명 마음에 없이 겉으로만 웃는 웃음. ¶"하, 이놈, 희떠운 소리헌다!" 두목은 서글퍼서 이렇게 헛웃음을 치는데, 〈태평천하④〉 ¶오복이는 헤헤 속없는 헛웃음을 치다가, 제무렴 제가 푸느라, 그

만 둬라 손자 밥을 뺏어 먹구 천장을 치어다보지! 끙 하면서 도로 허리를 꾸부린다. 〈정자나무 있는 삽화〉

헛짚다동 대상을 잘못 선택하다. ¶이렇게 추어 들어오노라면 헛짚은 생애의 첫걸음이 두루 애닯고 분하고 원망스럽고 하지 않은 것은 아니나, 〈탁류⑪〉

헛헛하다[1]형 속이 비어 배고픈 느낌이 있다. 속이 빈 것처럼 무엇이 먹고 싶다. ¶자연, 허천들린 뱃속처럼 항상 뒤가 헛헛하던 것입니다. 〈태평천하⑤〉

헛헛하다[2]형 허전하고 쓸쓸하다. (무엇을 잃은 것 같거나 기댈 곳이 없어진 것같이) 서운한 느낌이 있다. ¶제 몸뚱어리를 송두리째 어디다가 잃어버린 것 같은 헛헛함, 비로소 느껴지는 고독, 드세게 머리를 쳐들고 일어나는 초봉이에의 애착, 〈탁류⑧〉

헤뜨리다동 물건을 마구 흩어지게 하다. ¶이윽고 몸을 조금 움직거려, 그 우습게 궁상스런 포즈를 한 부분을 헤뜨린다. 〈모색〉

헤라(へら)명 '넙적한 주걱'의 일본어. ¶직공들은 왼편 줄에는 전부 남자 직공이 두 줄로 마주대고 앉아서 대개는 소로이(장수 고르기)와 도지(책 매기)를 하고 있고 바른편 줄에는 남녀 직공이 뒤섞여 두 줄로 마주대고 앉아서 손에 자도막 같은 헤라를 들고 기계에서 박여 넘어온 인쇄지를 쪽쪽 훑어 접고 있다. 〈병조와 영복이〉

헤라질명 넙적한 주걱으로 되풀이하는 일. ¶그의 옆에는 좌우로 견습하는 이십 전짜리 어린애 둘이 골똘히 헤라질을 하고 있고. 〈병조와 영복이〉

헤먹다[1]형 들어 있는 물건보다 구멍이 헐거워서 어울리지 않다. '입이 헤먹다'는 입이 쓸데없이 벌어지다. ¶올챙이는 고만 속으로 떡심이 풀리고 입이 헤먹으나, 그럴수록이 더욱 잘 건사를 물어야 할 판이어서, 혼감스럽게 말을 받아넘깁니다. 〈태평천하⑧〉

헤먹다[2]형 일이 마음먹은 대로 되지 않고 자꾸 겉돌아서 흥미나 의욕이 없다. ¶그래서 여태까지 말대꾸하던 것도 건성이었고 한 것을 비로소 알고는 그만 헤먹어서, 응석하듯 그의 무릎을 잡아 흔든다. 〈패배자의 무덤〉 ¶사내가 오면 늘 영주가 나서서 대응을 하는지라 집세 조르기가 헤먹었든지 여편네를 보내곤 하더니 오늘은 무슨 생각으로 사내가 온 것이다. 〈명일〉 ¶남편과 말을 하고 있노라면 칼로 물을 치는 것 같아서 헤먹기만 하지 시원한 꼴은 볼 수가 없다. 〈명일〉 ¶계봉이는 그래서, 마치 솜뭉치로 사람을 때려 주는 것처럼 헤먹고, 인제는 불쌍하다는 생각은 열두째요 밉살머리스런 생각이 더럭나서, 〈탁류⑧〉

헤멀그러지다동 빛깔이 희고 멀겋게 되다. ¶용희가 아버지 태호를 닮았기 말이지 어머니를 닮았더라면 역시 어머니처럼 양미간이 넓고 코가 모양이 없고 얼굴이 헤멀그러져 남방에서 흔히 보는 여인네의 모습 그대롤 뻔했다. 〈보리방아〉

헤번덕거리다동 희번덕거리다. 눈을 크게 뜨고 흰자위를 자꾸 움직이다. ¶감는 눈에는, 칼을 뽑아 쥐고 헤번덕거리는 형보와 피투성이가 되어서 바르르 떨고 엎어진 송희의 환영이 역력히 나타나 보인다. 〈탁류⑭〉

헤번덕헤번덕㊍ 희번덕희번덕. 눈을 크게 뜨고 흰자위를 번득번득 자꾸 움직이는 모양. ¶미럭쇠는 종수의 목을 내리누른다. 종수는 캑캑, 눈을 헤번덕헤번덕 얼굴에 푸른 핏대가 선다. 〈쑥국새〉

헤벌리다㊐ 어울리지 않게 넓게 벌리다. ¶안방도 아무 기척이 없는 게 주인 노파도 담뱃대를 물었던 입을 헤벌리고 누워 낮잠이 든 모양이다. 〈모색〉

헤벌씸㊍ 헤벌쭉. 입 따위가 헤벌어져 벌쭉한 꼴. 입을 반쯤 열고 빙긋 웃는 모양. 입을 조금 열고 빙긋 웃는 모양. ¶태수는 눈을 쥐어뜯고 초봉이를 올려다보면서 헤벌씸 웃는다. 〈탁류⑩〉

헤벌어지다㊐ 어울리지 않게 넓게 벌어지다. 모양새 없이 넓게 벌어지다. ¶지천도 안 먹고 돈은 듬뿍 나오고 해서, 입이 헤벌어진 최 서방은 돈을 받아들고 일어서서. 〈빈(貧)… 제1장 제2과〉 ¶금출이는 더욱 입이 헤벌어져 오목이의 손을 잡으려고 내밀다가. 〈얼어죽은 모나리자〉

헤벌쭉㊍ 입 따위가 헤벌어져 벌쭉한 꼴. 입을 반쯤 열고 빙긋 웃는 모양. 입을 조금 열고 빙긋 웃는 모양. ¶윤 직원 영감은 허연 수염을 한 번 쓰다듬으면서 헤벌쭉 웃습니다. 〈태평천하②〉 ¶상수는 저 역시 지나간 그 당절의 제 말이 옥초의 기색에서만 해도 생각이 날 만한 자리라 헤벌쭉 한 번 웃더니. 〈모색〉

헤성헤성하다㊌ 헤싱헤싱하다. 치밀하게 짜이지 못하여 헐겁고 허전한 느낌이 있다. 듬성듬성하다. ¶아침 아홉 시가 조금 지났고, 문을 방금 연 참이라 손님이라고는 뒷짐지고 이리 끼웃 저리 어릿, 구경온 시골 사람 몇이지 헤성헤성한다. 〈탁류⑯〉

헤식다㊌ (열의나 정열이 식어서) 멋적다. ¶승재와 계봉이는 단둘이만 조용한 방안에서 흥분해 있다가 갑자기 분잡한 거리로 나와서 그런지 기분이 헤식어 한동안 말이 없이 걷기만 한다. 〈탁류⑰〉

헤적이다㊐ 들추거나 파서 헤치다. 감추어진 물건을 찾으려고 자꾸 들추어 헤치다. ¶울타리 밑에서는 장닭이 암탉을 두 마리 데리고, 덥지도 않은지 메를 헤적이면서 가만가만 쏭알거린다. 〈동화〉

헤적헤적하다㊌ 마음에 걸려 꺼림칙하다. ¶탕에는 독탕이라 혼자다. 유황내가 나고 호젓한 게 마음에 헤적헤적했지만, 그래도 조용하고 정갈한 것이 좋기는 좋았다. 〈탁류⑫〉

헤쩍허다㊌ 허전하다. ¶"종수는 나무허러 가는 체 어실렁어실렁 뒤따러갔답니다요… 어떠냐? 헤쩍허지? 미이이." 〈쑥국새〉

헤치다㊐ (모여 있는 것을) 제각기 흩어지게 하다. '(분을) 헤치다'는 '얼굴에 분을 바르다'의 뜻. ¶"그러니깐, 이왕 서울 살림은 헤치구 일어서는 길에 아주…" 〈패배자의 무덤〉 ¶(분을) 아니 바른 것같이 바르느라고 살풋 헤치기만 하였으나 그래도 숨길 수 없는 것이었다. 〈병조와 영복이〉

헤프다[1]㊌ 몸이나 물건을 함부로 써 버리는 버릇이 있다. ¶삼백 원 밑천을 가지고 이태 동안이나 갉아 먹고 살아온 것은 헤펐다느니보다도, 오히려 정 주사의 담보작고 큰돈 탐내지 못하는 규모 덕이라 할 것이었었겠다. 〈탁류①〉

헤프다[2]㊌ 물건이 마디지 못하여 소모가

빠르다. 물건이 닳거나 없어지는 동안이 짧다. ¶노린내가 나고 헤프게 타 버리는 '단풍'이라도 명색은 궐련이다. 〈얼어죽은 모나리자〉

헤피[부] 헤프게. 말이나 행동이 신중하지 않고 수다스럽고 싱겁게. ¶계집아이가 몸가짐을 그리 헤피 했을까 보냐고 아닌 속을 아실 것 같고 해서 그래 주저를 한 것인데, 〈탁류⑫〉

헤헤[부] 입을 반쯤 벌리고 주착없이 웃는 소리나 그 모양. ¶오목이는 헤헤 속없는 헛웃음을 치다가, 제무렴 제가 푸느라, 그만 둬라 손자 밥을 뺏어 먹구 천장을 치어다보지! 끙, 하면서 도로 허리를 꾸부린다. 〈정자나무 있는 삽화〉

헴[1][명] 셈. (평북, 함북). 사물을 분별하는 지각이나 의식. ¶눈에 익은 나무 같아 안 자라는 성불러도 이태지간에 퍽 자라기는 자란 셈이다. 키도 자랐거니와 헴도 들고…. 〈두 순정〉

헴[2][명] 점잔을 빼거나 습관적으로 나는 작은 기침 소리. 목소리를 고르느라고 점잔을 빼며 내는 밭은 기침 소리. ¶그래서 그는 울타리 밖에 발길을 멈추고 가만히 서서 한참이나 바라보다가 짐짓 헴 기침을 하고 마당으로 들어선 것이다. 〈얼어죽은 모나리자〉 ¶계봉이는 아랫방문 앞으로 가더니 일부러 사나이 목소리를 흉내내어… "헴, 남 군 있소?" 〈탁류③〉

헴들다[형] 셈들다. (평안). 사물을 분별하는 지각이나 의식이 생기다. ¶색시는 스물한 살, 새서방은 열두 살, 그러니 모자간이라면 좀 무엇하겠고 그저 헴든 누이와 어린 오랍동생 같은 사이다. 〈두 순정〉

헷다방[명] 헛다방. 헛일. 쓸데없는 일. 아무 쓸데없는 헛된 일. ¶이렇게 정신없이 한참 외다가 비로소 헷다방인 것을 알고서…. 〈탁류③〉 ¶"말두 마시우. 큰사랑 뚱뚱할아버지, 헷다방이지!…" 〈태평천하⑩〉

헷소리[명] 헛소리. (경남, 평북, 함남). 앓는 사람이 정신을 잃고 중얼거리는 소리. ¶"아씨가, 저어 아씨가 돌아가세유! 헷소리를 허세유! 정신을 못 채리세유!" 〈탁류①〉

혀가 나오게[관용] 혀가 빠지게(빠지도록). '몹시 힘을 들여'의 낮은말. ¶그 원수의 눈이 멀고 난 뒤로는 이렇게 혼자만 혀가 나오게 몰려 지내니. 〈얼어죽은 모나리자〉

혀가 나올 뻔하다[관용] '일이 몹시 힘들었음'을 이르는 말. ¶여느 평탄한 길로 끌고 오기도 무던히 힘이 들었는데 골목쟁이로 들어서서는 빗밋이 경사가 진 20여 칸을 끌어올리기야, 엄살이 아니라 정말 혀가 나올 뻔했읍니다. 〈태평천하①〉

혀가 닳두룩[속] 혀가 빠지도록. '몹시 힘을 들여'의 낮은말. ¶그런 걸 글쎄, 내가 혀가 닳두룩 말을 해두 안 들어요. 〈소망〉

혀가 빠지게[관용] '몹시 힘을 들여'의 낮은 말. ¶며칠에 한 번씩은 정해 놓고 병조와 영복이로 하여금 인쇄소의 출근 기록표에 지각을 달게 하지 않으면 미처 시간도 되기 전에 혀가 빠지게 쫓아가도록 심술을 부렸다. 〈병조와 영복이〉

혀를 차다[관용] 마음이 언짢거나 유감의 뜻을 나타낼 때 혀끝으로 입천장을 쳐서 소리를 내다. 못마땅하거나 유감스러울 때, 혀끝을 입천장에 대었다 떼면서 소리를 내다. ¶"아이! 궁상이야!" 영주는 혀를 찬다. 〈명일〉 ¶모여드는 동리 사람들은 저마다 애처로와 혀를 차고 돌아선다. 〈얼어죽은 모나리자〉 ¶그의 부친 정 주사는 그것이 단명할 상이라고 늘 혀를 차곤 한다. 〈탁류②〉 ¶고 씨는 차라리 어처구니가 없다고 혀를 끌끄을 차다가, 미닫이를 도로 타악 닫으면서 구누름이 나오기 시작합니다. 〈태평천하⑥〉 ¶"쯧쯧! 이유 없는 '춘향이'!…" 헤렌은 방 안에서 혼자 형더러 혀를 찬다. 〈이런 남매〉

혀 짧은 소리[관용] 혀짤배기소리. 혀가 짧아 'ㄹ' 받침 소리를 잘 내지 못하는 말소리. ¶어떻게 좁쌀 되라도 마련할 도리가 없을까 늘 바느질을 가져오는 집에 가서 바느질삯이라도 미리 좀 선대해 달라고 혀짧은 소리를 해 볼까 말까 망설이고 있는데. 〈명일〉 ¶부룩쇠는 혀 짧은 소리로 애걸하듯 합니다. 〈어머니를 찾아서〉 ¶탑삭부리 한 참봉네 싸전가게야 쌀 외상을 달라고 혀 짧은 소리나 하려면 몰라도, 〈탁류⑦〉

혁대 고리(革帶--)[명] 가죽으로 만든 띠의 고리. ¶"첨에 영감이 그리세요. 가락지만 백금으루 헐 게 아니라 반지, 귀이개 그리고 이 혁대 고리까지 다 백금으루 허자구…" 〈명일〉

현로(顯露)[명] 노현(露顯·露見). 감춘 것이 겉으로 드러나 보임. 겉으로 드러냄. ¶태수의 불의지변과 뒤미처 현로가 된 온갖 협잡, 이리하여 마침내 곱던 무지개와도 같이 스러진 환멸, 〈탁류⑪〉

현인(賢人)[명] 어질고 총명하여 성인(聖人)의 다음 가는 사람. ¶또 노력을 했은들 거룩한 현인이 아니요 한날 범부된 이상, 상당한 위력과 유혹성을 가지는 그 습성을 하루 아침 깨끗이 씻어 버리기란 결코 용이한 일이 아닐지니 말이다 〈상경반절기〉

현부(賢婦)[명] 어진 며느리. 또는 현명한 부인. ¶그러나 막상 이 고 씨라는 여인이 하 그리 현부였더냐 하면 그런 것도 아닙니다. 〈태평천하⑤〉

현신(現身)[1][명] 몸을 나타냄. 몸을 드러냄. 모습을 드러냄. ¶그 후보자로는 자기의 아는 한도 안에서 여러 계급의 여러 사람이 하나씩 하나씩 머리속에 현신을 하고 나타났으나. 〈병조와 영복이〉 ¶시속 70 킬로의 특급 열차도 마침내 현신을 했다. 〈회(懷)〉

현신(現身)[2][명] 현세에 처한 몸. ¶첫 현신이 그쯤 시쁘디시쁜데다가, 두고 보자니 사람이 공중 덤비기만 하고, 재갸 말따나 과연 아무것도 몰랐다. 〈회(懷)〉

현신(現身)[3][명] 지난날 지체 낮은 이가 지체 높은 이를 '처음 뵘'을 이르던 말. ¶그가 의사가 되어가지고 돈도 많이 벌고, 의표도 훤치르르하고, 이렇게 환골탈태해서 척 정 주사의 눈앞에 현신을 한다면, 〈탁류⑦〉 ¶잘 유념을 하여 쉬이 그 마나님감을 골라다가 현신시키겠다고, 자청 다짐을 두기를 잊지 않았읍니다. 〈태평천하⑧〉

현지지식(現地知識)[명] 어떤 일이 벌어진 바로 그 곳에서 얻은 지식. ¶이 '영업 목록'은 그때에 얻은 '현지지식'이다. 〈탁류④〉

현훈증(眩暈症)[명] 어질증. 현기증(眩氣症). 정신이 어질어질해지는 병. ¶골치가 지끈지끈 현훈증이 나고 금방 쓰러질 듯 휘휘 몸이 휘둘린다. 〈상경반절기〉

혈혈단신(孑孑單身)명 의지할 곳이 없는 외로운 홀몸. ¶"그렇지만 자네는 그래도 세상에 난 보람이 있네… 혈혈단신으로 서울 와서 고학으로 학교 졸업을 하고…" 〈농민의 회계보고〉

혐의(嫌疑)명 범죄를 저질렀으리라는 의심. 범죄를 저지른 사실이 있으리라고 의심스럽게 생각함. 또는 그런 생각. ¶이놈이 어마지두 책상머리에 앉았던 채 바로 수갑을 차게 할 혐의가 없지 않으니, 〈탁류⑩〉

혐의(嫌疑)쩍다형 의심할 점이 있다. 꺼려하고 싫어할 만한 점이 있다. ¶직접 이렇게 찾아와서 만났다고 하기가 혐의쩍기도 하여 시치미를 뚝 뗀 것이다. 〈레디 메이드 인생〉

혐이쩍다형 '혐의쩍다'가 바른 표기. 의심할 점이 있다. 꺼리고 싫어할 만한 점이 있다. ¶"아니 머 혐이쩍거나 수상한 일은 않읍니다. 그렇다면 낸들 왜 권고합니까?" 〈소복입은 영혼〉

협잡(挾雜)명 그릇된 짓으로 남을 속이는 것. 옳지 않은 짓으로 남을 속임. 또는 그 짓. ¶그러나 그 세 호 가운데 단지 한 호만이 그래도 법적으로든지 실질적으로든지 자작농 창정에 참가될 자격을 가진 사람이었지 나머지 두 사람은 협잡이 붙은 유령적 존재였었다. 〈보리방아〉 ¶정녕 무슨 협잡이 붙었기 쉽고…. 〈탁류⑧〉 ¶오늘 밤 제 집의 저녁 양식을 벌기 위하여 허풍을 치면서 입담 좋게 지껄이고 섰는 거리의 약장수와 같은 협잡에 지나지 못하는 것이었었다. 〈모색〉

협잡패(挾雜牌)명 옳지 않은 짓으로 남을 속이는 무리들. ¶허욕 끝에는 요새로 친다면 백백교, 들이켜서는 보천교 같은 협잡패에 귀의해서 마지막 남은 전장을 올려 바치든지, 〈탁류④〉

협착(狹窄)스럽다형 (자리 따위가) 몹시 좁다. 차지하고 있는 자리가 몹시 좁다. ¶지극히 좁은 현실에서 얻은 협착스런 결론으로다가 막연한 회의를 하기 시작했었고, 〈탁류⑮〉

혓바닥은 짧아도 침은 멀리 뱉는다『속』 제 분수에 지나치게 있는 체한다는 말. 『같은』 혓바닥은 짧아도 침발은 길다. 혀는 짧아도 침을 길게 뱉는다. ¶혓바닥은 짧아도 침은 멀리 뱉는다고 합니다. 서울 아씨는, 다 참, 양반의 집 자녀요, 양반의 집 며느리였고, 친정이 만석꾼이요, 〈태평천하⑨〉

형국(形局)명 관상이나 풍수지리에서 보는 얼굴이나 집터, 묏자리 등의 겉모양 및 부분의 생김새. ¶계룡산은 닭의 형국이요 기차는 저네 직성이 되어서 '연산 팔거리' 그 앞을 지날 때면 줄곧 발이 (바퀴가) 눌어붙어 꼼짝을 못하고 섰는 것을. 〈회(懷)〉

형방(刑房)명 승정원의 육방의 하나. 형법에 관한 사무를 맡아보았음. ¶5백 냥씩 두 번 해서 천 냥을 수령 백영규가 고스란히 먹고, 또 천 냥은 가지고 이방 이하 호장이야 형방이야 옥사정이야 사령이야 심지어 통인 급창이까지 고루 풀어 먹였읍니다. 〈태평천하④〉

형부(兄夫)명 언니의 남편. ¶이것은 그를 형부로 대접한다거나 나이 어린 처제답게 허물없어 하고 따르고 하는 정이거나 그런 것은 물론 아니고, 〈탁류⑯〉

형상(形相)명 물건의 생긴 모양. ¶삐약삐약 우는 소리하며 뛰어다니고 눈에 알찐거리는 형상하며가 적지 않은 심심파적일 뿐더러. 〈용동댁〉

형용(形容)명 사물의 생긴 모양. ¶그는 벽에다 비스듬히 등을 기대고 두 다리를 거침새 없이 내뻗고 앉아서 책상―양탄자를 씌웠으면 값 헐한 중국요릿집의 요리상으로 쓰기에 꼭 알맞은 형용만 갖춘 책상―위에 얼른 보기에는 흰 테이블 크로스를 덮은 것 같으나 알고 보면 영복이가 기계과에 있는 덕에 가끔 몇 장씩 가져오는 널따란 양지를 펼쳐 놓고 철필을 든 손으로 무심하게 글자를 끄적거렸다. 〈병조와 영복이〉 ¶말처럼 닷 발이나 되는 얼굴이 코는 안장코요, 바탕은 뜨다가 만 누룩이요, 입은 죽가래로 푹 지른 형용이요, 눈은 뱁새눈인데, 〈이런 처지〉

형장(刑杖)명 죄인을 신문할 때 쓰는 몽둥이. ¶욕심 사나운 수령한테 걸려들어 명색없이 잡혀 갇혀서는, 형장을 맞아 가며 토색질을 당한 것도 한두 번이 아니요, 〈태평천하④〉

형적(形迹)명 남은 흔적. 형상과 자국. ¶단 하나의 요란스런 탈선으로서 형적이 영구히 뚜렷하게 남아 있지 않질 못했던 것이다. 〈순공(巡公) 있는 일요일〉

형적 없이부 남는 흔적 없이. 형상과 자국 없이. ¶어쩐지 집안엣 것이 형적 없이 자꾸만 대문으로 해서 빠져나가는 것만 같고, 〈태평천하③〉

형체(形體)명 물건의 생김새와 그 바탕이 되는 몸. ¶"쑥구욱." 형체는 안 보이고 울음소리만 들린다. 〈쑥국새〉

형해(形骸)명 잔해(殘骸). 부서지고 남아 있는 물체. ¶종택은 지금에, 참혹한 파선의 형해를 바라보면서 해안을 두루 배회하고 있었다. 〈패배자의 무덤〉

형형색색(形形色色)명 모양과 종류가 다른 가지가지. 가지각색. ¶일부러 골라다 놓은 듯이 형형색색이다. 〈탁류④〉

호(號)가 나다〖관용〗 세상에 이름이 널리 드러나다. ¶술속 사납고, 싸움 잘하기로 호가 난 줄도 잘 알고…. 〈탁류⑥〉 ¶그러느라니 가뜩이나 안심을 잃어, 알량한 그의 돔방두루마기로 더불어 때리기 잘하는 선생으로 더욱 호가 나고. 〈회(懷)〉

호강명 호화롭고 편안한 삶을 누리는 것. 영화를 누림. ¶말하자면 추물이로되 또 어디서, 어떻게 굴러먹었는지 근지도 모르나 늙게 상처한 싸전집 영감의 막지기로 들어와 없던 아들까지 낳아 주어 호강이 발굼치까지 흐르는 이 '싸전댁'에 대해서, 〈명일〉 ¶젊은 과부다운 오뇌는 없지 않지만, 자라기를 호강으로 자랐고, 〈태평천하⑤〉 ¶닭의 내외에게는 전과 다름 없이 호강과 평화가 계속되었다. 〈용동댁〉

호강받이명 호화롭고 평안한 삶을 누림을 당함. ¶장인 장모 단 두 분이겠다, 참말이지 재갸 본가집보담두 더 임의롭구 호강받이루 지낼 건데. 〈소망〉

호강이 발굼치까지 흐르다〖관용〗 호화롭고 편안한 삶을 누리는 상태가 너무 지나치다. ¶말하자면 추물이로되 또 어디서, 어떻게 굴러먹었는지 근지도 모르나 늙게 상처한 싸전집 영감의 막지기로 들어와 없던 아들까지 낳아 주어 호강이 발굼치까지 흐르는 이 '싸전댁'에 대해서, 〈명일〉

호강하다동 호화롭고 편안한 삶을 누리다. ¶무슨 딸자식 납채 받아 호강허(하)잔 노릇두 아니요. 〈암소를 팔아서〉

호구 조사(戶口調査)명 집집마다 다니며 가족의 동태를 조사하는 일. ¶칠십만 인구였던 가늠만 하고서 그 수효를 표준하여 식량 배급 마련을 했더니 자꾸만 외착이 나고 나고, 할 수 없이 호구 조사를 새로이 해 본즉, 자그마치 구십삼만이더라고. 〈회(懷)〉

호기(豪氣)명 씩씩하고 장한 기상. 호방한 기상. ¶제 품안에서 놀던 태수를 제가 서둘러서 그처럼 장가까지 들여 줄 호기가 있는 계집이 거드면, 〈탁류⑩〉

호기(豪氣)스럽다형 씩씩한 기상이 있어 보이다. ¶두 아이는 말은 그렇게 해도 종시 그 맛이 있다는 이 벤또를 좀 먹어 보았으면 하는, 여전히 호기스러운 얼굴입니다. 〈흥보씨〉

호들갑스럽다형 말이나 하는 짓이 야단스럽고 방정맞다. 언행이 경망하고 조급하다. ¶내 스스로도 의외일 만큼 나의 놀람은 호들갑스럽다. 결코 여느 다른 날 문오 선생의 부음을 들었다면 나는 거저. 〈순공(巡公) 있는 일요일〉

호락호락하다형 일이나 사람이 만만하여 다루기 쉽다. ¶오랍동생같이 조카같이 자식같이 따르는 귀동이요, 그런 만큼 다뤄 보기에 호락호락하기도 했었다. 〈탁류⑤〉

호랑이도 제 말을 하면 온다〖속〗 마침 이야기에 오르고 있는 제삼자가 바로 그때 나타났음을 이르는 말. 어떤 자리에서, 마침 이야기에 오른 바로 그 사람이 나타났을 때에 이르는 말. ¶얘들아! 호랭이두(도) 제 말하믄 온다더니, 왔다 왔다, 저기…. 〈탁류⑯〉 ¶그러자 호랑이도 제 말을 하면 온다더니 (실상은 호랑이 잡이도 못 되고 그저 그 비슷한 자라고 해서 맞지만) 혹시 노파의 입잣이 방정 맞았던지 별안간 대문간이 요란하게. 〈모색〉

호령(號令)[1]명 지휘하여 명령함. 또는 그 명령. ¶윤용규의 말이 미처 떨어지기 전에 두목이 뒤를 돌려다 보면서 호령을 합니다. 〈태평천하④〉

호령(號令)[2]명 큰소리로 꾸짖는 것. ¶그의 호령은 실로 추상 같았읍니다. 〈소복 입은 영혼〉

호르르부 작은 날짐승이 가볍게 날개를 치며 갑자기 나는 소리. ¶풀 끝에서 짱이가 한 마리 호르르 날아간다. 〈동화〉

호를 타다〖관용〗 낙인이 찍히다. 씻기 어려운 불명예스러운 딱지가 붙은 평가나 판정을 받다. ¶차차 이러다가는 영영 P의 병정이라는 호를 타고 말겠구나 하기는 하면서, 그러나 그것을 뿌리치지 못하고 슬머시 따라섰다. 〈명일〉

호리명 극히 적은 분량. ¶호리를 다투는 뜩뜩한 얼굴이 아니면, 남을 꼬집어 뜯는 전접스런 얼굴, 〈태평천하⑦〉

호마(胡馬)명 중국 북방 또는 동북방 등지에서 나는 말. ¶타일 입힌 여러 층 벽돌지, 디파트먼트, 빌딩, 일류미네이션, 쇼윈도, 그리고 여객 수송 비행기, 버스, 허리가 늘씬한 게 호마같이 날쌔어 보이는 뽀키전차, 수가 버쩍 늘고 최하가 시보레로 된 자동차, 꽤 자주 들리는 각가지의 사이렌…의 모든 것이 제법 규모가 큰 도

회미와 분잡한 기계미를 띠려는 기색이 보였다. 〈그 뒤로〉

호마(胡馬)는 북풍(北風)에 울다『속』 호(胡)나라의 말은 북풍이 불 때마다 고향을 그리워한다는 뜻으로, 타향살이하는 사람은 누구나 몹시 고향을 그리워함의 비유. ¶호마는 북풍에 울고, 월조라는 새는 남쪽 가지에다만 둥우리를 얽는다든지, 〈탁류⑮〉

호박(琥珀)㉮ 광물의 일종. 누른빛으로 투명 또는 반투명하고 윤이 남. 질이 좋은 것은 장식용으로 쓰임. ¶거저 맛있는 음식에 좋은 옷, 편안한 집에서 호박 같은 마나님이나 이뻐허구. 〈소망〉

호박이 절로 떨어지는 판이었다『속』 호박이 넝쿨째 굴러 떨어졌다. 호박이 굴렀다. 크게 좋은 수가 생겼다. 뜻밖에 좋은 물건을 얻거나 좋은 수가 생겼을 때 하는 말. ¶혹시 뜻대로 일이 되어서 태수가 죽기만 한다면 미상불 형보한테는 호박이 절로 떨어지는 판이었었다. 〈탁류⑩〉

호배추(胡-)㉮ 중국종 배추. ¶그는 집으로 올라가는 길에 싸전에 쌀 한 말을 부탁하고 호배추도 몇 통 사들었다. 그렁저렁 오 원을 썼다. 〈레디 메이드 인생〉

호사(豪奢)[1]㉮ 호화로운 사치. 호화롭게 사치하는 것. ¶그는 그의 앞에 앉은 뚜장이를 볼 때에, 매초롬한 사무원이 슬금슬금 제본실에 드나드는 것을 볼 때에 한 달에 이십 원을 넘겨 받지 못하는 몇몇 여직공이 곱게 호사를 하는 것을 볼 때에. 〈병조와 영복이〉 ¶여왕님이 호사가 혼란하긴 한데 안 된 게 하나 있군? 〈탁류⑯〉 ¶하느라고 밥은 숱한 입들이 단 찌꺽지가 아니면 누룽지요, 호사도 없고 음악도 없고 연극이나 영화도 없고. 〈모색〉

호사(好事)[2]㉮ 일을 벌여서 하기를 좋아함. ¶"날이 하두 좋길래 호살 좀 하구 싶어서… 하하하, 좋지? 언니." 〈탁류⑯〉

호사가 마가 붙기 쉬운 법『관용』 '호사다마(好事多魔)'와 같은 뜻. 좋은 일에는 흔히 마(짓궂게 일을 훼방 하는 것)가 들기 쉬움. ¶호사가 마가 붙기 쉬운 법인 걸, 만약 제 부모가 알고 보면 약간 7원 50전짜리 반지 한 개 사준 걸로는 셈도 안 닿고, 〈태평천하⑩〉

호사객(好事客)㉮ 호사가(好事家). 일 벌이기를 좋아하는 사람. ¶그렇다고 누가 새삼스럽게 내 멱살을 추켜들고서 따귀를 치거나 시비를 할 호사객도 없으려니와, 〈이런 처지〉

호사(豪奢)스럽다㉱ 호화롭게 사치하는 태도가 있다. ¶호사스런 생활의 차림새하며 기분도 명랑한 헤렌과 노마네의 그 흉악한 주제 꼬락서니하며 몸에서 푸욱 지르는 악취하며 근천스럽고 시든 표정하며가 썩 구경스러운 대조를 이루는 것이었었다. 〈이런 남매〉

호사(好事)하다㉯ 일을 벌여서 하기를 좋아하다. ¶혹시 호사하는 운치객도 있어 짚신이야 쓸 데 있건 없건 더러 중값을 주고 사려는 사람도 있었을 것이다. 〈얼어 죽은 모나리자〉

호색(好色)하다㉱ 여자와의 육체적 관계를 좋아하다. ¶평양집이 달아난 후에는 물론 말할 것도 없지만 그 전에도 호색하는 그는 옥섬을 속으로 욕심내지 아니한 것이 아니었었다. 〈산동이〉

호색한(好色漢)명 여자와의 육체적 관계를 특히 좋아하는 사내. '여자의 성적인 매력을 특히 좋아하는 사람'을 경멸하여 이르는 말. ¶ 젊은 과부는 오지 못하는 남편을, 세상살이에 어려운 사람은 살림살이를, 그리고 돈이 있고 일이 없는 늙은 호색한은 젊은 계집의 부드럽고 다스한 살을… 생각나게 하고 그립게 하는 날씨였었다. 〈산동이〉 ¶ 사실상, 일반으로 중년에 들어선 기혼 남자는 그가 패를 차고 다니는 호색한이 아니면, 미혼 처녀에게 대해서 강렬한 호기심을 갖기는 가지면서도 …. 〈탁류②〉

호소무처(呼訴無處)명 원통한 사정을 하소연할 곳이 없음. ¶ 저 싫으면 차 내던지는 놈이 장사요, 앉아 당하는 놈이 호소무처라는 걸 모르는 초봉이는 〈탁류⑬〉

호식(虎食)명 사람이 범에게 잡아먹힘. ¶ 필시 이것은 병이 났던지 호식이 되었던지, 좌우간 무슨 탈이 단단히 붙은 거라고, 걱정이 이만저만찮았다. 〈순공(巡公) 있는 일요일〉

호외(號外)명 급하고 중대한 사건이 있을 때 임시로 발행하는 신문이나 잡지. ¶ 마침 골목 밖에서 신문 배달부의 요란스런 방울 소리가 울려와서, 두 사람의 이야기를 막고, 문득 긴장을 시켜 놓습니다. 호외가 돌던 것입니다. 〈태평천하⑧〉

호의호식(好衣好食)명 잘 입고 잘 먹음. 또는 그런 생활. ¶ 뭇 놈년덜 눈치 코치 다아 먹구, 늙발에 호의호식, 편안히 못 지내구…. 〈태평천하⑧〉

호장(戶長)명 향리(鄕吏)의 으뜸 벼슬. ¶ 5백 냥씩 두 번 해서 천 냥을 수령 백영규가 고스란히 먹고, 또 천 냥은 가지고 이방 이하 호장이야 형방이야 옥사정이야 사령이야 심지어 통인 급창이까지 고루 풀어 먹였읍니다. 〈태평천하④〉

호장부(好丈夫)명 씩씩하고 쾌활한 다 자란 건강한 남자. ¶ 어디다 내놓아도 늠름하니 호장부로 생긴 P를, 〈명일〉

호젓이부 무서움을 느낄 만큼 아주 고요하고 쓸쓸하게. ¶ 그는 심상한 체 이야기도 하고 낯꽃도 천연덕스럽기는 하지만, 관수와 이렇게 단둘이서 호젓이 앉아 있기가. 〈정자나무 있는 삽화〉 ¶ 넓은 터전에는 화초를 길러 본전 밑지는 장사를 하면서 호젓이 사 년째 세월을 보내고 있는 참이고. 〈반점〉

호젓하니부 무서움을 느낄 만큼 아주 고요하고 쓸쓸하게. ¶ 그러는 동안, 호젓하니 가고 있는 모습은 차차로 차차로 가늘어 마침내 저 멀리로 아득히 스러지고, 〈회(懷)〉

호젓하다형 무서움을 느낄 만큼 아주 고요하고 쓸쓸하다. ¶ 그리고 또 이 앞으로 살아갈 방도가 없다면 이 어른은 집안은 군색허잖어서 두 노인 단 두 내외가 호젓하게 살아가시는 터이니까 와서 수양딸 수양손자처럼 계셔도 좋겠다구요. 〈어머니를 찾아서〉 ¶ 지나가던 상점의 심부름꾼 아이 하나가 자전거를 반만 내려서 오도카니 바라보고 섰는 것이 그림의 첨경 같아 더욱 호젓하다. 〈탁류①〉 ¶ 다시 어떻게 보면 폐허같이 호젓하기도 합니다. 〈태평천하⑨〉 ¶ 마침 그 근처로는 다른 무덤도 없고, 또 묘비가 섰고 하여 호젓은 해도 눈에 잘 뜨인다. 〈패배자의 무덤〉

호졸곤하다㉡ →호졸근하다. ¶가물기는 해도 이슬이 내려 축축해서 달밤이 더욱 호졸곤하다. 〈동화〉

호졸근하다㉡ (옷이) 물에 젖어 풀기가 없이 몸에 감기게 늘어져 있다. 또는 몸이 지쳐서 축 늘어지게 기운이 없다. ¶호졸근하니 풀이 죽은 당목 두루마기에, 두루마기 밑으로 처져 내린 옹구바지는 더 시꺼멓다. 〈탁류⑭〉

호통㉢ (화가 몹시 나서) 큰 소리를 지르거나 꾸짖음. 또는 그 소리. 몹시 화가 나서 크게 꾸짖는 것. ¶"요년!" 영감의 호통 소리가 들리며 무엇인지 옷이 찢어지는 소리가 날카롭게 들렸다. 영감은 준절히 꾸짖었다. 〈산동이〉 ¶윤 직원 영감은 추춤거리고 섰는 경손이더러 호통을 합니다. 〈태평천하⑥〉 ¶참으로 호통과 박대, 이것만이 그들에게는 약일까 보다. 체질에 맞나 보다. 〈상경반절기〉

호팔자(好八字)㉢ 좋은 팔자. 한평생의 운수가 좋음. ¶이런 천하에 드문 호팔자를 누리면서도, 근천이 질질 흐르게시리 밥을 굶네, 속이 상하네, 〈태평천하⑦〉

호 하니㉣ 호 하며. 입을 오므리고 입김을 불며. ¶호 하니 한숨이 나왔으나 안심은 순간이요, 마구 미칠 것 같다. 〈탁류⑭〉

호한(好漢)㉢ 의협심이 강한 훌륭한 사람. 의협심이 많은 사람. ¶꼴깍 침을 삼킨대서야 너무 근천스런 말이고, 김 순사도 술을 즐겨하는 호한의 한 사람인지라 가령 현 서방의 그 가난한 술병 그놈에다가 차마 눈총을 들이지야 않았겠지만. 〈홍보씨〉

호협(豪俠)㉢ 기개가 장하여 작은 일에 거리끼지 아니하고 의협심이 강함. 호방하고 의협심이 있음. 씩씩한 기상과 절개가 있고 의로운 마음이 있음. ¶시방 정 주사가 '전봇대'한테 우동 한 턱을 쓰기로 하는 것은 그런 호협이나 멋이 아니라 외람한 화풀이다. 〈탁류⑮〉

호협(豪俠)하다㉡ 기개가 장하여 작은 일에 거리까지 아니하고 의협심이 강하다. 호방하고 의협심이 있다. 씩씩한 기상과 절개가 있고 의로운 마음이 있다. ¶좀 호협한 구석이 있고 담보가 클 뿐 물론 판무식꾼이구요. 〈태평천하④〉

호호백발(皜皜白髮)㉢ 온통 하얗게 센 머리. 또는 그러한 늙은이. ¶근자엔 듣자니 아직도 전주땅 어딘가에서 과수원을 경영하면서, 호호백발에, 평화한 여생을 지내고 있다고. 〈회(懷)〉

호호호㉣ 입을 오므리고 간드러지게 웃는 모양. 또는 그 소리. ¶"호호호! 것두 참 그렇군그랴! 일찌감치 영감이나 얻어서…." 〈모색〉

혹간(或間)㉣ 간혹. 이따금 어쩌다가 간간이. ¶혹간 징역이란 말만 해두 후울훌 뛰었으니깐요. 〈탁류⑭〉

혹여(或如)[1]㉣ 만일에. 만약에. ¶그 글을 대할 기회가 여지껏 없었으나 혹여 시방 여기서 내가 느끼고 있는 바와 같은 내용이었다고 하면. 〈상경반절기〉

혹여(或如)[2]㉣ 어쩌다가. ¶"애개개! 요게 겨우 언니 밥이야?" 하나 이건, 그게 혹여 제 몫일까 봐서 꾀를 쓰는 소리. 〈탁류③〉

혹(惑)하다㉤ 마음에 들어 홀딱 반하거나 빠져서 정신을 못 차리다. 제 정신을 못 차릴 정도로 반하거나 빠지다. ¶정 씨는 재봉틀 부인의 입담에 옭히어 이렇게 혹해 가지고 이야기를 청한다. 〈보리방아〉 ¶ 태수는 처음 혼인말을 건넬 때야, 공중 그저 그놈에 혹하기나 하라고, 장사 밑천을 얼마간 대 주마고 했던 것이나, 〈탁류⑩〉 ¶ 위선 당장 부자 사람네 것을 뺏어 먹는다니까 거기 혹해 가지골랑 너도 나도 와하니 참섭을 했다는구료. 〈치숙(痴叔)〉

혹형(酷刑)명 가혹한 형벌. ¶ 박가가 잡혀가서 그 모진 혹형을 당하면서도 구혈이나 두목이나 도당의 성명을 불지 않는 것은 불행 중 다행입니다. 〈태평천하④〉

혼곤히(昏困-)부 정신이 흐릿하고 고달프게. 정신이 흐릿하고 기운이 까무러져서. ¶ 윤 직원 영감은 밤 늦게야 혼곤히 들었던 잠이 옆에서 아내의 흔들며 깨우는 촉급한 속삭임 소리에 놀라 후닥닥 몸을 일으켰읍니다. 〈태평천하④〉

혼땜(魂-)명 →혼띔. 몹시 놀라거나 무서워 혼이 떠서 나갈 지경에 이름. ¶ 제호는 기운도 세고 하니깐 어서어서 들어와서 저 위인을 혼땜을 주어서 쫓아 보냈으면 하던 것이다. 〈탁류⑭〉 ¶ 설마, 정거장의 버릇 사나운 계원 하나 혼땜을 좀 시켰기로서니 목이야 달아날까. 〈상경반절기〉

혼띔(魂-)명 몹시 놀라거나 무서워 혼이 떠서 나갈 지경에 이름. ¶ 하기야 중년에 또다시 양복 청년, 혹은 권총 청년이라는 것 때문에 가끔 혼띔이 나곤 하지 않은 것은 아니더랍니다. 〈태평천하④〉 ¶ 또 단풍 무렵이면 불그레하니 익어 맛이 달크은한 팽을 따 먹느라고 역시 아이들이 엉켜지르기하다가 어른들한테 혼띔이 나곤 하는 게 고작이다. 〈정자나무 있는 삽화〉

혼몽(昏懜)명 정신이 흐릿하여 가물가물함. ¶ 형보가 칼로 옆구리를 찢고 뱃속에서 기어 나오기도 하고, 이런 혼몽 중에서 온꼿 하룻낮 하룻밤을 지나 제정신이 들기는 그 이튿날 저녁나절이다. 〈탁류⑬〉

혼미(昏迷)해지다형 정신이 흐리고 사리에 어두운 상태에 있다. ¶ 오목이는 정신이 차차 혼미해지기 시작했다. 〈얼어죽은 모나리자〉

혼방(混紡)명 성질이 다른 섬유를 섞어서 짠 옷감. ¶ 죄다가 하나도 무늬며 빛깔이 신통치 않은 것도 많은 것이거니와 스빠를 섞은 혼방이지, 순면이 아닌 성만 싶던 것이다. 〈모색〉

혼비백산(魂飛魄散)명 몹시 놀라 넋을 잃고 어쩔 줄 모르는 형편. ¶ 그놈 새애까만 육혈포 부리 앞에 가슴패기를 겨냥 대고 앉아 혼비백산, 돈을 뺏기던 일…. 〈태평천하⑭〉

혼사(婚事)명 혼인에 관한 일. ¶ 그놈 일백오십 원을 가지고서 오십 원쯤 납채로 보내고, 백 원으로는 처억 혼사를 치르고…. 〈정자나무 있는 삽화〉

혼시함(婚時函)명 혼인할 때 드는 물건을 담은 함. 혼수함(婚需函). ¶ 탑삭부리 한 참봉네가 보내는 돈 이백 원에다가 간단한 옷감이 들어 있는 혼시함을 받았다. 〈탁류⑦〉

흔연히부 흔쾌히(欣快~). 마음에 기쁘고도 통쾌하게. ¶ 두 번째의 청에는 흔연히 응하고 나서 주고…. 〈모색〉

혼혼하다형 훈기를 느낄 만큼 따스하다. ¶ 오래 목간을 한 끝에, 담배 기운이 몸에 폭신 배는데, 겸하여 열어젖힌 창문으로

첫여름의 훈훈한 간들바람이 자리 안 나게 불어 들어 알몸뚱이를 어루만져 준다. 〈빈(貧)… 제1장 제2과〉

홀게 빠지다〖관용〗 정신이 흐리마리하고 늘쩡하여 똑똑치 못하다. ¶아이유! 홀게 빠진… 정말이지 번죽이 아깝지! 〈탁류⑧〉

홀라당[1]㊎ '홀랑'의 뜻. 가볍게 벗어지거나 벗는 모양. 〈훌러덩. ¶허리띠를 매지 않은 고의를 건사하지 못해서 홀라당 벗어 떨어뜨린 알몸뚱이로 보리밭 고랑에서 엎드려 기기 시작을 하자, 〈태평천하④〉

홀라당[2]㊎ 가지고 있던 돈 따위를 다 날려 버리는 모양. 〈훌러덩. ¶좀 똑똑하다는 축이 일확천금의 큰 뜻을 품고 인천으로 쫓아온다. 와서는 개개 밑천을 홀라당 불어 버리고 맨손으로 돌아선다. 〈탁류④〉

홀리다㊍ 유혹에 빠져 정신을 차리지 못하다. ¶도무지 꿈을 꾸는 것도 같고 나쁘게 말하자면 도깨비한테 홀린 것도 같고. 〈소복 입은 영혼〉

홀애비 살림엔 이가 서 말이요, 홀에미 살림엔 곡식이 서 말이다〖속〗 홀아비는 이가 서 말이고, 홀어미는 은이 서 말이라. 여자는 혼자 살 수 있어도 남자는 돌보아 줄 사람이 없으면 궁색해짐을 이르는 말. ¶"홀애비 살림엔 이가 서 말이요, 홀에미 살림엔 곡식이 서 말이래드니 아뭏든 희한헌 노릇야!…." 〈암소를 팔아서〉

홀연히(忽然-)㊎ 뜻하지 않게 갑자기. ¶마치 공중으로 올라가다가 사라진 연기처럼 홀연히 다 사라지고 말았던 것이다. 〈모색〉

홀쭉하다㊌ 길이에 비하여 통이 가늘다. 또는 속이 비어 안으로 오므라져 있다. 〈훌쭉하다. ¶홀쭉하니 긴 하장에 해쓱한 바탕인데 눈이 기형적으로 크고, 〈흥보씨〉 ¶앞과 좌우로는 변두리가 까마아득하게 퍼져 나간 넓은 들이, 이편 짝 한귀퉁이가 나지막한 두 자리의 야산 틈사구니로 해서 동네를 바라보고 홀쭉하니 졸아 들어온다. 〈정자나무 있는 삽화〉

홀태바지㊔ 가랑이 통이 매우 좁은 바지. ¶맨 앞에 양복 입고 홀태바지 입은 키다리가 모집하러 온 사람. 〈팔려간 몸〉

홈스판(homespun)㊔ 홈스펀. 스카치종의 거친 양털로 만든 직물. 손의 촉감이 단단하고 소박함. 현재는 기계로 짜는 기계직으로서 견, 마, 합섬도 원재료로 이용되고 있음. ¶번화한 홈스판으로 말쑥하게 춘추복을 뺀 제호의 몸치장과, 때묻는 당목 겉로 안팎을 감은 형보의 옷 주제.…. 〈탁류⑭〉

홈스팡㊔ →홈스펀(homespun). ¶겨울 양복허구두 그나마 머, 홈스팡이라든지, 그 손꾸락같이 올 굵구 시꺼무레한 거. 〈소망〉

홈파다㊍ 속을 좁고 깊게 후벼 파다. 〈홈파다. 〖여린말〗 옴파다. ¶유모는 수건을 둘러 중동만 가리고 체경 앞에 넌지시 물러서서 거울속으로 뚜렷이 떠오른 제 몸뚱이를 홈파듯이 바라다보고 있다. 〈빈(貧)… 제1장 제2과〉 ¶정말이건 거짓말이건 이 과부댁에게는 이야기라면 세 끼 밥을 두 끼로 줄이고라도 홈파듯 파는 성미다. 〈명일〉

홍권(紅券)㊔ 입장하거나 또는 일정한 가격이나 권리 등을 나타낸 붉은 색의 표. ¶윤 직원 영감은 넌지시 50전을 내고 하

등표를 달라고 해서 홍권을 한 장 샀읍니다. 〈태평천하③〉

홍당무우(紅唐-)명 →홍당무. 무의 하나. 뿌리의 껍질이 붉으나 속은 흼. 『같은』 당근. ¶단 두 잔 술로 홍당무우같이 빠알간 얼굴에, 웃지도 못하고 빙그레하니, 말이라야 뜨믓뜨믓. 〈순공(巡公) 있는 일요일〉

홍두깨로 치는데 담 안 넘을 놈 없다『속』 아무리 착한 사람이라도 몹시 위급하게 되면 옳지 못한 짓을 하게 된다는 말. 여기서 '홍두깨'는 옷감을 감아서 다듬잇돌 위에 얹어 놓고 방망이로 반드럽게 다듬는 제구. ¶홍두깨로 치는데 담 안 넘을 놈 없고 사흘 굶고서 ××질 않을 놈 없고 하다는 속담은 속담 이상의 깊은 의의를 머금는다. 〈상경반절기〉

홍로점설(紅爐點雪)명 '홍로상 일점설(紅爐上一點雪)'의 준말. 빨갛게 단 화로 위에 눈을 조금 뿌린 것 같다는 뜻. 큰 일을 하는 데 있어 작은 힘으론는 아무 도움이 되지 않음을 일컫는 말. ¶그러나마 한 번 두 번의 동정으로 그 가난, 그 병이 구조가 될세 말이지, 사실상 홍로점설이요 한강투석인데야…. 〈이런 남매〉

홍안(紅顔)[1]명 부끄럽거나 무안하여 붉어진 얼굴. ¶어려운 한문 글자 때문에 딱한 홍안을 당하기 한두 번이 아니었다. 〈회(懷)〉

홍안(紅顔)[2]명 혈색이 좋은 얼굴. ¶암만 무렴은 보았어도 윤 직원 영감은 본시 얼굴이 붉으니까 새 채비로 홍안은 당하지 않았지만 〈태평천하⑩〉

홍안백발(紅顔白髮)명 혈색이 좋은 얼굴과 하얗게 센 머리털. 나이가 들어 머리는 세었으나 얼굴은 곱고 윤기가 있다는 말. ¶게다가 많지도 적지도 않게 꼬옥 알맞은 수염은 눈같이 희어, 과시 홍안백발의 좋은 풍신입니다. 〈태평천하①〉

홑고쟁이명 홑겹으로 지은 고쟁이. '고쟁이'는 여자 속옷의 한 가지. 가랑이의 통이 넓으며, 속곳 위 단속곳 밑에 입음. ¶동지 섣달엔 맨발 벗구 홑고쟁이 입구 더얼덜 떨기 〈탁류⑮〉

화광(火光)명 불빛. ¶윤용규가 화적의 손에 무참히 맞아 죽은 시체 옆에 서서, 노적이 불타느라고 화광이 충천한 하늘을 우러러 〈태평천하⑮〉

화급히(火急-)부 매우 급하게. ¶"이해라니요! 건 아닙니다!…." 하면서 화급히 형보를 가로막는다. 〈탁류⑭〉

화냥년명 제 남편이 아닌 남자와 몰래 정을 통하는 여자. 서방질을 하는 여자. 여기서 '서방질(을) 하다'는 제 남편이 아닌 남자와 몰래 정을 통하다. ¶"그건 어떻게 허는 말인가?" "그따위 화냥년을…" "허허… 이 사람아, 그렇게 혼자만 분개헐 것이 아니라 직접 당사자인 나도 속을 좀 아세그려…?" 〈그 뒤로〉 ¶이왕이면 잡년이라두 좋구 화냥년두 좋으니 돈 벌어서 잘 먹구 잘 입구 편안히 지내는 게, 〈이런 남매〉

화냥질하다동 서방질하다. 제 남편이 아닌 남자와 몰래 정을 통하다. ¶"왜? 내가 어때서요? 카페 여급이구, 화냥질한다구… 그게 어때서요?" 〈이런 남매〉

화농(化膿)명 상처 등이 곪아서 고름이 생기는 것. ¶그래 덴 자리가 그대로 화농이 돼 가지굴랑, 〈이런 처지〉

화룡도명 싸움. 중국 삼국 시대 적벽전 직후 벌어진 화룡도 싸움에서 온 말. ¶일

초의 유여도 없이 즉석에서 크게 한바탕 화룡도가 벌어졌을 것은 물론입니다. 〈홍보씨〉

화류(樺榴)명 자단(紫檀)의 목재. 붉은 빛을 띠고 결이 곱고 몹시 단단하여 건축, 가구, 미술품 등의 고급 재료로 많이 쓰임. '자단'은 콩과에 달린 늘 푸른 큰 키나무. 대만, 필리핀 등지에 분포함. ¶운두 새까만 마른신을 조그맣게 신고, 바른손에는 은으로 개 대가리를 만들어 붙인 화류 개화장이요, 〈태평천하①〉

화류계(花柳界)명 갈보, 기생 등의 활동 분야. ¶몇 해를 두구 화류계 계집이며, 염집 계집을 줄창 상관했어두 자식이라구는 배 본 적이 없더니라, 〈탁류⑭〉 ¶마침 고놈 눈웃음이 화류계 계집으로 꼭 맞았읍니다. 〈태평천하〉 ¶그러니깐 할 수 없이 화류계 계집을 택하고 역시 그런 계집 밖에는 차례가 돌아오질 않고. 〈이런 처지〉

화류병(花柳病)명 성병(性病). 남녀의 육체 관계 등으로 전염되는 병. 임질, 매독 따위. ¶역시 어떠한 환자나 일반으로, 사람처럼 생긴 사람이요, 그러나 양복과 신수가 멀찡하니 이건 갈데없이 화류병 환자요, 〈탁류⑧〉

화류침척(樺榴針尺)명 자단(紫檀)의 목재로 만든 바느질자. ¶무강나무 매가 다 피고 부러지자 두껍집 위에 얹힌 화류침척을 내려 들고 때린다. 〈생명〉

화륜선(火輪船)명 물레바퀴 모양의 추진기를 단 기선. ¶그 증기 기관을 배에다가 쓰면 화륜선이요, 수레에다가 쓰면 이와 같은 기차가 되는 것이다. 〈회(懷)〉

화망명 위기(危機). ¶물론 백짜리 한 개 피밖에 안 남은 터에 급한 희망은 면하겠지만, 윤 주사의 성미로 볼 때엔 그것은 치사한 짓이요 마작의 도도 취미도 아니던 것입니다. 〈태평천하⑬〉 ¶훨씬 그전엔 한 번인가… 앞문으로 들어와서는 뒷문으로 슬쩍 빠져, 급한 화망을 면하던 아슬아슬한 에피소우드도 없지가 않았다. 〈회(懷)〉

화상(畵像)[1]명 '얼굴'을 속되게 이르는 말. ¶"…이년의 자식아, 내가 저 화상이 그리 좋아서?… 아아나 옛다!" 〈쑥국새〉

화상(畵像)[2]명 그림으로 그린 초상. ¶간호부가 칭찬인지 건사를 무는지, 연신 흠선을 떨면서, "…아주 여승 어머니랍니다!" 어머니 화상을 그냥 그대로 그려논 걸요! 〈탁류⑬〉

화색(和色)명 얼굴에 드러나는 환한 빛. ¶볼이 추욱 처지고 두턱진 얼굴이 불콰하니 화색이 도는 것이며, 〈탁류⑮〉

화승총(火繩銃)명 화승의 불로 터지게 만든 구식 총. '화승'은 불을 붙이는 데 쓰는 노끈. 옛날 총열에 화약과 탄알을 재고 이 노끈에 불을 붙여 귀약통에 대어 화약에 불을 붙여 터지게 했음. ¶부지깽이 같은 그 화승총을 가지고, 더구나 호미와 쇠스랑을 다루던 솜씨로, 〈태평천하④〉

화식(和食)명 일본식 요리. 왜식(倭食). ¶제호는 기다리고 섰는 하녀더러, 탕에 들어갔다가 나올 동안에 화식을 준비하든지, 〈탁류⑫〉

화양 절충식(華洋折衷式)명 중국과 서양의 절충식. ¶뚝 떨어져서는 화양 절충식 행주치마에 큰 쪽에 굵은 다리와 넓은 발에 조그마한 게다를 끌고. 〈모색〉

화장(-長)명 옷의 겨드랑이부터 소매 끝까지의 길이. ¶얼굴은 위로 이마가 훨씬 벗겨진 데다가 화장이 길고 턱까지 쑥 내밀어. 〈명일〉

화적(火賊)명 불한당(不汗黨). 떼를 지어 돌아다니는 강도. 명화적(明火賊). 떼를 지어 행패를 부리는 사람. ¶화적의 총부리 앞에 목숨을 내걸고 서서 재물을 약탈당하기도 부지기수요, 〈태평천하④〉

화제(話題)명 그림의 이름이나 제목. 그림 위에 쓰는 시문(詩文). ¶"응? 어떠냐?…그리구 화제는 불랍이구. 어떠냐?" 〈패배자의 무덤〉

화증(火症)명 화를 발칵 내는 증세. ¶돈 잃은 미련이 시장한 얼까지 입어 화증은 더 나는데 '전봇대'가 연신 보비위는 하겠다. 〈탁류⑮〉

화통(火筒)명 기차나 기선의 굴뚝. ¶아마 검정 황소가 열 바리, 아니 스무 바리도 넉넉해 보이는 그 덜씬 큰 시꺼먼 화통이, 용솟음 같은 검은 연기를 풍풍 들이 뿜어 올리면서, 〈회(懷)〉

화틋부 확. 화끈. 갑자기 달아오르거나, 몹시 뜨거운 느낌이 일어나는 모양. ¶그는 비로소 도적질이라는 생각에 연달아 내가 도적질을 하려고까지 하다니! 하고 얼굴이 화틋 달아올랐다. 〈명일〉 ¶초봉이는 잘급해 소리를 지르는데, 얼굴은 절로서 화틋 단다. 〈탁류②〉

화필(畵筆)명 그림을 그리는 붓. ¶그것은 마치 캔버스 위에서 화필이 노는 대로 그림의 선과 색채가 한 군데씩 두 군데씩 차차로 뚜렷해지다가,…. 〈탁류⑦〉

화틋거리다동 화끈거리다. 따가운 기운을 받아 갑자기 자꾸 달아 오르다. ¶병조는 마치 파렴치죄의 폭로를 당한 사람이 많은 군중의 조소와 손가락질을 뒤통수에 받으며 쫓기어가는 것같이 얼굴이 화틋거렸다. 〈병조와 영복이〉

화풀이를 받다〖관용〗 '엉뚱한 일이나 딴 일에 화를 내는 소리를 듣게 되다'의 뜻인 듯(?). ¶초봉이는 괜한 일에 화풀이를 받기가 억울하나, 그렇다고 마주 성굴 수도 없는 노릇이라, 다소곳하고 대답이다. 〈탁류②〉

확대경(擴大鏡)명 작은 물체를 확대하여 보는 광학 기구. 흔히 한 개의 볼록렌즈를 사용함. 돋보기 따위. ¶다직해야 앉아서 홀로 문화를 향락하는 확대경으로, 〈모색〉

확진(確診)명 확실하게 진단을 함. 또는 그런 진단. ¶배가 아직 겉으로 드러나게 부르진 않아도, 삼 개월이라고, 며칠 전에 산과 의사의 확진까지 났던 것이다. 〈패배자의 무덤〉

환(患)명 환난(患難). 근심 걱정과 재난(災難). ¶뒤에 남은 계봉이와 송희가 형보에게 환을 보게 될 테니 그건 내 고생을 애먼 그 애들한테다 전장시키는 것밖에 아무것도 아니다. 〈탁류⑯〉

환각(幻覺)명 자극을 받지 않아도 자극을 받은 것같이 느끼는 이상한 감각. 일반적으로 병적인 심리 상태에서 일어난다고 생각되나, 정상인이라도 수면 직전이나 직후에 경험할 수 있음. ¶한 폭의 슬픈 그림이 아니던가 하는 환각을 일으킬 듯 정적의 한동안이 계속 되고 있다. 〈두 순정〉

환고향(還故鄕)명 고향으로 돌아오는 것. ¶그리군 도루 환고향을 해서 대다 못해

걸 직업이라구 붙들었던 모양인데. 〈회(懷)〉

환골탈태(換骨奪胎)명 용모가 환하게 트이고 아름다워져서 전혀 딴사람처럼 됨. ¶그가 의사가 되어 가지고 돈도 많이 벌고, 의표도 훤치르르하고, 이렇게 환골탈태해서 척 정 주사의 눈앞에 현신을 한다면, 〈탁류⑦〉

환도(環刀)명 옛날 군복을 입고서 차던 군도(軍刀). ¶만일 그때에 '덕언이 선생님'이 다 무사히 파스를 해서 여섯 달 동안 교습을 마치고 정복 정모에 환도를 차고 거리로 나섰더라면 조선의 경찰 사상에 숨은 에피소우드의 한 페이지를 써 넣었을 것입니다. 〈소복 입은 영혼〉 ¶"문오 선생이 교습소에서 순검 복장을 입고 환도를 차고 총을 메고," 〈순공(巡公) 있는 일요일〉 ¶연천 선생은 그 뒤에 미구하여, 학교가 보통학교로 갈리자 이내 번쩍 번쩍 금테 두르고 환도 차고 새로이 부임하는 판임관 교장에게 주인 자리를 내주고서, 표연히 재갸는 고을을 떠났었다. 〈회(懷)〉

환상(幻想)명 현실적 기초도 가능성도 없는 헛된 생각이나 공상(空想). 망상(妄想). ¶그렇게 지날결에 한번 구경한 것으로는 초봉이 동경하던 서울의 환상을 씻지 못했다. 〈탁류②〉

환심(歡心)명 기쁘고 즐거워하는 마음. ¶그 대신 안팎 일에 제 일 못잖게 살뜰히 납뛰어, 정 주사네 내외의 환심을 사기에 온갖 정성을 다하는 참이다. 〈탁류⑪〉

환영(幻影)명 (공상이나 환각에 의하여) 눈앞에 있지 않은 것이 있는 것처럼 보이는 것. 현실로는 존재하지 않는 것이 존재하는 것처럼 보이는 형상. ¶그의 눈앞에는 자식을 잘못 둔 탓으로 말년에 모진 고생을 하는 노인—그 선산 앞에 유일한 기념으로 남겨 둔 나무를 팔고 안타까와서 그 나무 밑에 가 앉아 우는 여윈 노인—그 아버지의 환영이 석연히 떠올랐다. 〈생명의 유희〉 ¶그는 더우기나 발가벗은 오월이의 몸뚱이에서 그 위에 덮친 남편의 몸뚱이의 환영을 보면서 독기찬 힘을 주어 때린다. 〈생명〉 ¶발부리 앞에 가서 사지를 뒤틀고 나가 동그라져 민사(悶死)하는 태수의 환영이 역력히 보이던 것이다. 〈탁류⑧〉 ¶그러나 분홍 저고리에 갈매옥색 치마를 입고 보조개가 옴폭 패게 웃는 색시의 환영은 그대로 가슴속에서 사라지지 않았다. 〈두 순정〉

환장(換腸)명 '환심장(換心腸)'의 준말. (전에 비하여) 마음이 비정상적으로 달라짐. ¶승재는 그의 말대로 하면, 이런 곳은 인류가 환장을 해서 동물로 역행하는 구렁창이었었다. 환장을 않고서야 결단코 그렇게 파렴치가 될 이치는 없다는 것이다. 〈탁류⑮〉

환장지경(換腸之境)명 환장(換腸)에 이른 지경. 마음이 전보다 비정상적으로 변하여 달라진 상황. 정상적인 정신 상태에서 벗어나게 마음이 바뀌어 달라짐. ¶간밤에 그의 아낙이 말을 잘못 쏘삭여서 그래 더구나 환장지경이 된 것이라고, 서로 이야기를 하고 있다. 〈탁류⑥〉

환장(換腸)하다동 정상적인 정신 상태에서 벗어나 마음이 막되게 달라지다. ¶아무래도 노망이 아니면 환장한 소린 것 같

은데, 혹시 그게 정말이어서, 이놈의 영감 태기가, 〈태평천하⑧〉

환장(換腸)한 놈『관용』 (전에 비하여) 상태가 비정상적으로 달라진 사람을 낮추어 이르는 말. ¶그러나, 그렇다고 막상 순사를 불러대고 보면, 저런 환장한 놈인 걸, 지레 덤태가 날 것이고, 그러니 이러지도 못하고 저러지도 못하고 마음이 다급하기만 했다. 〈탁류⑭〉

활갯짓㉠ 걸을 때 두 팔을 힘차게 내저으며 걷는 짓. 버젓이 거들먹거리며 행세하는 것. ¶마침 옆집 노마네가 안대문으로 기웃이 들여다보더니, 유모 혼자 있는 것을 보고 활갯짓을 하면서 안마당으로 들어선다. 〈빈(貧)… 제1장 제2과〉

활량㉠ '한량(閑良)'의 변한말. 재물 따위를 다랍지 않게 쓰는 호탕한 사람. 돈 잘 쓰는 잘 노는 사람. 먹고 놀기만 하는 양반 계급. ¶남북촌 백화점의 식당과 찻집과 삘리아드집과 빠와 요릿집의 다섯 개각의 선 위로 뱅뱅 도는 종로 활량 가운데 한 사람이다. 〈명일〉 ¶그기 연애라요?… 활량이 오입한 거 아니고? 기생이 오입받은 거 아니고?… 오입 길게 하는 걸 갖고 연애라 캐싸니 답답한 철부지 소리 아니오? 〈탁류⑨〉 ¶대복이라는 사람이 본시 계집에게 반하고 어쩌고 할 활량도 아니요, 반할 필요도 없기는 하지만, 〈태평천하⑨〉 ¶나무가 생김새가 운치도 없고, 또 있다손 치더라도 그것을 요긴해할 활량도 없고 한데. 〈정자나무 있는 삽화〉 ¶겸하여 이런 시골이니 좀처럼 (가령 기다려 본댔자) 그러한 맹랑한 활량이 있을 며리도 없고 해서. 〈패배자의 무덤〉

활보(闊步)하다㉮ 큰 걸음으로 힘차고 당당하게 걷다. ¶외상진 싸전가게 앞을 활보해 볼지니…. 〈소망〉

활빈당(活貧黨)㉠ 지난날 부자나 탐관오리의 재물을 빼앗아 가난한 사람을 돕던 의로운 도둑의 무리. ¶알구 보닝개루 바루 부랑당 속이지 별것이 아니데그려?… 자네는 모르리마넌 옛날 죄선두 활빈당이 라닝 게 있었너니.〈태평천하⑤〉

활씬㉡ 정도 이상으로 많거나 적게, 또는 크거나 작게. 〈훨씬. ¶옷을 활씬 벗고는 이것 보라고 하며 떠벌리고 나선다는 이야기가 어찌해서 이 공장 안에 퍼지게 되었던 것이었었다. 〈병조와 영복이〉 ¶영주는 아이를 방으로 끌고 들어가서 활씬 벗겨놓고 피가 흐르도록 잔채질을 했다. 〈명일〉 ¶단 두 내외에 어린 놈 하나겠다, 남의 식구라구는 없으니, 아녈 말루 활씬 벗구는 여기저기 시언한 자리루 골라 눕던 못허우? 〈소망〉

활연(豁然)하다㉢ 의문되던 것을 막힘이 없이 훵하게 깨닫다. ¶그제서야 활연히 그 아름다움의 아름다운 소이를 깨닫고, 한꺼번에 숨을 들여쉰 채 주춤 그 자리에 멈춰 선다. 〈패배자의 무덤〉

활협(闊狹)㉠ 너그러움. 남의 허물이나 잘못을 좋은 말로 풀어서 누그러지게 하는 마음이 관대함. ¶다른 일에나 뒤를 깨끗이 해두는 게 사내자식다운 활협이니, 함직한 노릇이다. 〈탁류⑩〉

활협(闊狹)하다㉮ 남을 도와주는 데 인색하지 않고 시원스럽다. 또는 너그럽다. ¶그가 마음이 그렇듯 활협하고, 남의 청을 거절 못하는 인정 있는 구석이 있다는 소

문을 듣고서, 어느 교육계의 명망유지 한 사람이 그의 문을 두드린 일이 있었읍니다. 〈태평천하⑤〉

활활㈜ 무엇이 계속해서 시원스럽게 진행되는 모양. ¶속에 있는 말을 어느 정도까지 활활 해 준 것이 시원은 하나 또 취직이 글렀구나 생각하니 입안에서 쓴침이 괴어 나온다. 〈레디 메이드 인생〉 ¶만일 아씨가 매를 보이지 않고 그러고 좀 더 보드라운 목소리로 물었다면 그는 서슴지 않고 활활 불었을 것이다. 〈생명〉 ¶그래서 어엿하게 고개를 쳐들고, 활활 해부딪쳐 주려고까지 별렀었다. 〈탁류②〉

황망(荒忙·慌忙)하다㉯ 마음이 몹시 급하여 당황하고 허둥지둥하다. ¶닭이 아궁속으로 들어간 줄을 대번 알아차린 용동댁은 가슴이 더럭 내려앉고 수각이 황망하여 허둥지둥 불을 긁어내고 두드려 끄고. 〈용동댁〉 ¶오복이의 팔을 잡아 흔들면서 저 애가 어쩌자고 저런다냐? 응, 응, 어쩌자고 응, 응, 목안엣소리로 들이 황망해한다. 〈정자나무 있는 삽화〉

황망히㈜ 마음이 몹시 급하여 당황하고 허둥지둥하게. ¶오월이는 그만 무참해서 몸을 움칠하고 황망히 뒷문으로 나가 버린다. 〈생명〉 ¶저편에서 의외로 점잖게 하고 보니 그게 또한 이마빡을 부딪뜨린 것 같아 황망히 혼연한 인사 대답을 하던 것이다. 〈탁류⑭〉 ¶이렇게 황망히 방색을 하는 것이, 윤 직원 영감은 어느덧 꿈이 깨고, 생시의 옳은 정신이 들었던 모양입니다. 〈태평천하⑧〉

황소걸음㉮ 황소처럼 느리게 걷는 걸음. 여기서는 (비록 민첩하게 해치우지는 못하나) 모든 일에 실수 없이 꾸준히 해 나가는 행동의 비유. ¶"발을 내리구 허리를 굽히구 땅에서 손을 띄구 허리를 다시 쭉 펴면 일어나겠지." 이것은 황소걸음 같은 M의 의견. 〈병조와 영복이〉

황우(黃牛)㉮ 황소. 털빛이 누르고 큰 숫소. ¶대체 무슨 이치로 화통이 녀석이 그다지도 기운이 황우같이 세며, 〈회(懷)〉

황차(況且)㈜ 하물며. ¶그러니 그것을 칠 원 한 번만 내고 사라고 해도 어려울 텐데 황차 다달이 칠 원씩 열여덟 달! 〈보리방아〉 ¶공금 횡령해 가지구 도망갔다가 잽히잖는 놈 못 봤네… 제기, 상해나 북경 같은 데루 뛰었다두 잽혀 와서 콩밥을 먹는데, 황차 서울! 〈탁류④〉 ¶황차 막지기나 첩이란 건 자칫 잘못하면 (남을 두고 보아도) 이 손 저 손으로 넘어가기가 쉬운데. 〈용동댁〉 ¶황차 외로운 홀어미의 소중한 자식이거니 하는 타산으로 하여. 〈패배자의 무덤〉 ¶여느 제시간에 돌아가는 것도 그대도록 반가와하거든 황차 때 아닌 시각에 손에는 맛있고 귀한 음식을 들고 짐짓 아무 소리도 없이 마당 안으로 들어서게 되면, 〈홍보씨〉 ¶황차 옥초(옛날 그대로의) 옥초의 앞인데야 아무래도 (처음 한 번쯤은) 무렴을 타지 않을 수 없는 피부인지라. 〈모색〉 ¶황차 한낱 여느 교원으로 무슨 그다지 도움직한 힘이 있으면 싶질 않았다. 〈회(懷)〉

황천객(黃泉客)㉮ 사람이 죽어서 간다는 곳인 '황천으로 간 사람'이라는 뜻으로 죽은 사람을 이르는 말. ¶그뿐 아니라 그는 고향에 돌아와서 병들어 누워 가지고 시름시름 앓다가 한 달이 못 가서 그만

황천객이 되고 말았읍니다. 〈소복 입은 영혼〉

황토(黃土)명 빛깔이 누르고 거무스름한 흙. ¶관을 내리고, 파올린 붉은 황토를 덮어 봉분을 쌓고, 제철이라서 푸르러 있는 떼를 입히고 하니 제물로 무덤이 되던 것이다. 〈탁류⑪〉 ¶아직 잔디가 뿌리를 못 잡아 까칠하고, 뗏장 사이로는 검붉은 황토가 비죽비죽 비어져 나온다. 〈쑥국새〉

황황(遑遑)하다형 마음이 몹시 급하여 허둥지둥하다. 갈팡질팡 어쩔 줄 모르게 급하다. ¶이 서방은 이렇게 거절을 했읍니다. 그러니까 사관 주인은 황황하게 납뛰면서. 〈소복 입은 영혼〉

홰명 새장이나 닭장 속에 새나 닭이 앉도록 가로지른 나무 막대. ¶울타리 밑에서 메를 헤적이던 수탉이 깜박 생각이 나서 홰를 툭투욱 치더니. 〈동화〉

홰애홰부 홰홰. 무엇을 자꾸 휘두르거나 휘젓는 모양. ¶마당에서는 네눈이가 꼬리를 홰애홰 치면서 웃고 섰다가. 〈동화〉 ¶드디어 큰 물의가 일어나고, 동네 사람들은 영 아주 혀를 홰애홰 내저으면서, 그 놈 말 못할 놈이라고 지긋지긋하게 흉한 놈이라고. 〈정자나무 있는 삽화〉 ¶오래비 경호는 오래간만에 넓은 대기 속에서 훠얼훨 이렇게 걷는 것이 대단히 유쾌한가 본지 벌써 저만치 멀찍이 모자는 빼뚜름 단장을 홰애홰, 길도 안 난 산비알 잔디밭으로 비어져서 가분가분 걸어 내려가고 있다. 〈패배자의 무덤〉

횃대명 간짓대(긴 대로 만든 장대)를 잘라 두 끝에 끈을 묶고 벽 같은 데 달아매어 옷을 거는 막대. ¶색시는 그것을 일일이 집어서 갓집과 횃대에다가 넣고 걸고 한다. 〈두 순정〉

횅하다형 (사물의 이치나 학문 등에) 막힐 것이 없이 다 잘 알아 환하다. ¶그런만큼 학교의 역사 속에 들어서는 아주 횅합니다. 〈흥보씨〉

회(蛔)가 동(動)하다『관용』 ('회충이 뱃속에서 움직이다'의 뜻바탕에서) 무엇을 하고 싶은 마음이 생기다. ¶구수한 냄새가 침이 넘어가게 하는 데다가 새로 일어나는 고기 익는 냄새는 회가 동하게 한다. 〈탁류③〉 ¶뿐 아니라, 맛을 보려다가 회만 동해논, 그놈 식욕이 아예 가시지를 않습니다. 〈태평천하⑩〉 ¶아이들 가운데 벤또가 없는 칠팔 명이나는 회만 동하게 우두커니 침을 삼키고 앉았을 며리가 없는 것이다. 〈이런 남매〉

회개(悔改)명 잘못을 뉘우치고 고치는 것. ¶그러나마 전자의 죄상을 다 회개를 하고 못된 마음은 씻어 버렸을새 말이지. 〈치숙(痴叔)〉

회뚝회뚝부 넘어질 듯이 이리저리 흔들리는 모양. ¶빈정거려 주고는 회뚝회뚝 마당으로 내려서서 걸어 나간다. 〈이런 남매〉

회심(悔心)명 잘못을 뉘우치는 마음. ¶태수는 마침내 생각지 못했던 회심에 다들려 후유 길게 한숨을 내쉰다. 〈탁류⑩〉

회정(回程)하다동 돌아오는 길에 오르다. ¶경순은 이어 서울로 회정해서 살림을 정리해 가지고 다시 내려왔고. 〈패배자의 무덤〉

회창회창하다동 가늘고 긴 물건이 휘어지며 가볍게 자꾸 흔들리다. ¶마침 물이 올라 회창회창한 게 감칠맛이 있다. 〈생명〉

회치다(동) 고기나 물고기 또는 푸성귀를 칼로 잘게 썰다. ¶그리고 오월이의 얕은 신음소리, 이 속에서 오월이의 온 몸뚱이는 회치듯 바수어진다. 〈생명〉

회포(懷抱)(명) 마음 속에 품은 생각. ¶그러나 가령 그렇듯 박절하게 옹색스런 회포를 짜내지 않더라도…. 〈탁류⑦〉

회회[1](부) 이리저리 작게 휘두르는 모양. 〈휘휘. ¶한 주발씩의 막걸리거니 하면 그저 그만이겠지만, 제마다 한 주발씩 그 놈을 들이켜고 나서는 그 입맛이 회회 감겨하는 것이며 전신에서 솟아나는 든든해하는 얼굴이며가. 〈정자나무 있는 삽화〉

회회[2](부) 여러 번 작게 감거나 감기는 모양. ¶태수는 회회 감기는 자줏빛 명주 처네를 걸친 채 팔을 내뻗어 불끈 기지개를 쓴다. 〈탁류⑩〉

횟배(명) 뱃속의 회충으로 말미암아 일어나는 배앓이. ¶아마 그새 여러 날 횟배가 아프더니 그래서 그런가 보다고 천연덕스럽게 둘러댔다. 〈탁류⑬〉

횡나케(부) 부리나케. 몹시 서둘러서 아주 급하게. ¶그제서야 횡나케 마당으루 쫓아나가서 두 팔을 덤쑥 잡었대지만. 〈소망〉 ¶친구는 잠깐 어리뚱하더니 횡나케 매점께로 뛰어간다. 〈상경반절기〉

횡령(橫領)(명) 공금이나 남의 재물을 불법으로 가로챔. ¶작년 겨울 백 석이라는 대금업자의 소절수를 만들어 쓰는 것으로부터 그는 '사기'와 '횡령'이라는 것의 첫출발을 삼았다. 〈탁류④〉

횡설수설(橫說竪說)(명) 조리가 없이, 되는 대로 말을 이러쿵저러쿵 지껄임. ¶매일 카페에 나가서 수없이 보는 술주정꾼들의 횡설수설만큼도 못한 것이었었다. 〈이런 남매〉

횡액(橫厄)(명) '횡래지액(橫來之厄)'의 준말. 뜻밖의 당하게 되는 재액. ¶이것은 괜하 횡액이거니 하면, 금세 좋던 나머지 속이 찜찌일하다. 〈정자나무 있는 삽화〉

횡재(橫財)(명) 노력을 들이지 않고 뜻밖에 재물을 얻음. 또는 그 재물. ¶이렇게 선뜻 몇만 원 집어 주지 말랄 법도 노상 없진 않으려니 싶어(싶다기보다도) 그렇게 횡재를 했으면 좋겠다고 다뿍 허욕이 받쳐서, 〈태평천하⑧〉

횡재(橫財)하다(동) 뜻밖에 재물을 얻다. ¶제일차 세계 대전 후에, 아메리카 녀석들이 무얼루 오늘날 번영을 횡재했게! 〈소망〉 ¶불행이라고 할 수 있는 남의 소위 '타락'에서 요행을 횡재해 가지고 기뻐하는 셈쯤 된게 되어 적잖이 잔인한 짓이기도 했으나 그렇더라도 막부득이한 노릇이었었다. 〈모색〉

횡총망총해지다(동) 정신이 맑지 못하고 흐리게 되다. ¶기운이 없을 뿐만 아니라 정신도 아드윽하니 횡총망총해진다. 〈두순정〉

횡행(橫行)하다(동) 거리낌없이 마음대로 돌아다니다. ¶또다시 옛날 화적이 횡행하던 그런 시절이나 되고 보면, 그 일을 장차 어찌하나 하는 걱정으로 꼬박 나흘 동안, 도합 엿새를 두고 밥맛과 단잠을 잃었읍니다. 〈태평천하④〉

횡허케(부) →횡하게. 어물거리거나 지체하지 않고 빠르게. ¶오기는 와도 사랑방에서 부친이나 만나 보고 그대로 횡허케 돌아가지, 안에는 도무지 발걸음도 않습니다. 〈태평천하⑤〉 ¶ 길바닥을 연신 끄는 발 뒤축과 벤또를 든 팔까지 재게 들이 놀리면서 횡허케 그 앞을 지나가고 있읍니다. 〈흥보씨〉

효과여신(效果如神)명 너무나 신통하여 효과가 아주 만족할 만한 상태에 이름. ¶ 과연 효과여신이다. 정말이건 거짓말이건 이 과부댁에게는 이야기라면 세 끼 밥을 두 끼로 줄이고라도 홈 파듯 파는 성미다. 〈명일〉

효험(效驗)명 일이나 작용의 좋은 보람. ¶ 약도 지어다 먹이고 영하다는 장님한테 무꾸리도 해 보았으나 모두 효험이 없다. 〈얼어죽은 모나리자〉

후광(後光)[1]명 기독교에서 성화(聖畵) 가운데의 인물을 감싸는 금빛. ¶ 그 좌우와 등 뒤로는 그의 가권들의 가엾은 얼굴들이 초봉이의 후광을 받아 겨우 희미하게 안식을 얻고 있는 그런 성화의 한 폭이 보이던 것이다. 〈탁류⑧〉

후광(後光)[2]명 어떤 인물 또는 사물을 더욱 빛나게 하는 배경. ¶ 그의 배후에 있는 실재의 후광을 받아 훨씬 감정하는 가치가 확대가 되질 않질 못한다. 〈상경반절기〉

후기(後期)명 '후기약(後期約)'의 준말. 뒷날의 기약. ¶ 승재는 그 요량으로 유념해 두고서 후기를 보기로 작정을 했다. 〈탁류⑦〉

후끈후끈부 후끈후끈. (평북). 몹시 뜨거운 기운을 받아 계속하여 크게 달아 오르는 모양. ¶ 게다가 처마 끝 함석 채양에서는 후끈후끈 더운 기운이 숨이 막히게 우리지요. 〈소망〉

후닥닥부 급하게 서두르는 모양. 급작스럽게 마구 뛰거나 몸을 일으키는 모양. ¶ 제호는 쾌히 말을 꺼내다가, 처음 그렇게 후닥닥 일어서던 것은 어디로 가고 천천히 허리를 꾸부려 앉았던 옆에 놓아 둔 모자를 집어 얹는다. 〈탁류⑭〉

후덕부 날짐승이 나는 모양, 또는 그 소리. ¶ 둥우리 문을 열기 바쁘게 닭들이 후르르 후덕 날아 내려온다. 〈동화〉

후덕덕부 후다닥. (평북). 썩 빨리 날쌔게 자꾸 해내는 모양. 급작스럽게 마구 뛰거나 몸을 일으키는 모양. ¶ 나는 아무 죄는 없거니, 또 여차직하면 후덕덕 뛰어 달아나려니 하고, 마음과 몸뚱이를 다뿍 긴장시켜 되사려 두기를 잊지 않는다. 〈정자나무 있는 삽화〉

후덕(厚德)하다형 어질고 무던하다. 언행이 어질고 두텁다. 덕행이 두텁다. ¶ 어느 팔자 좋은 부자집 여인네가 나들이를 나온 길인 성싶게 후덕하고 점잖아 보였다. 〈탁류⑮〉 ¶ 고 씨로 말하면 사람이 몸집 생김새와 같이 둥실둥실한 게 후덕하기는 하나, 〈태평천하⑤〉

후덕후덕부 급작스럽게 빠른 동작으로 잇달아 뛰거나 몸을 움직이는 모양. ¶ 배는 고프면 기운이 없이 착 가라앉을 뿐이었지만, 목이 극도로 마름에는 금시 미치고 후덕후덕 날뛸 것 같다. 〈레디 메이드 인생〉

후덥지근하다형 불쾌할 정도로 무더운 기운이 있다. ¶ 그는 오래간만에 혼자 자리에 누워 보니, 사지가 마음대로 뻗어지고 후덥지근하지 않고 한 것이 어떻게나 편하든지 몰랐다. 〈탁류⑩〉

후두둑거리다동 후드득거리다. 경망스럽게 자꾸 방정을 떤다. ¶ 또 그뿐 아니라,

약속을 솔직이 행하자고, 순성이가 와락 관수게로 덤벼든다. 하나 여럿에게 붙잡혀, 후두둑거리기만 한다. 〈정자나무 있는 삽화〉

후레자식(--子息)명 배운 데 없이 막되게 자라서 버릇이 없는 놈이라는 말. ¶그러나 그보다도 종수는 갈데없는 후레자식입니다. 〈태평천하⑫〉 ¶밖에 나가면 망나니 후레자식이요, 할아버지의 이른바, 천하 별종이나 고집불통이니, 〈순공(巡公) 있는 일요일〉

후려가다동 날쌔게 빼앗거나 훔쳐 가다. ¶또 식구들이 걱정하던 바와는 달리 이웃집의 장닭이 미처 몰라서 그랬던지 아직은 후려가지를 않았었다. 〈용동댁〉

후려내다동 그럴 듯한 방법으로 사람의 정신을 흐리게 하여 꾀어내다. ¶"웬 상관이여? 내가 늬미를 후려냈더냐? 네 할미를 후려냈더냐?" 고 입은 끄은히 놀린다. 〈쑥국새〉

후로꼬또명 '프록코트(frock coat)'를 일본어로 읽은 것. 신사용 서양식 예복. 길이가 무릎까지 이름. ¶교장 선생님이 아침에 '후로꼬또'를 입고 나오시길래 아마 어디 예식에 참례를 하시나보다 했더니, 〈흥보씨〉

후르르[1]부 날짐승이 나는 모양. 또는 그 소리. ¶둥우리 문을 열기 바쁘게 닭들이 후르르 후덕 날아 내려온다. 〈동화〉

후르르[2]부 얇은 종잇장을 가볍게 넘기는 모양. ¶혹시 망가나 사진이라도 있을까 하고 책장을 후르르 넘기느라니깐 마침 아저씨 이름이 있겠나요! 〈치숙(痴叔)〉

후르륵부 얇은 종잇장을 가볍게 넘기는 모양. ¶아무려나 앞으로 끌어당겨 후르륵 책장을 넘기다가 되는 대로 한 대문을 펴놓고 읽기 시작한다. 〈모색〉

후리다동 그럴듯한 방법으로 남의 정신을 어지럽게 하여 꾀어내다. ¶그래서 제호를 후리려고 하고, 제호는 그것이 좋아서 침을 게질질 흘리면서 헤헤, 헤헤 하려니… 이러한 짐작이 선뜻 머리에 떠오르던 것이다. 〈탁류②〉

후반생(後半生)명 사람의 일생 중 뒤에 남은 반생. 『상대』 전반생(前半生). ¶일종 자랑스럽기에 족할 만큼이나 평탄한 문오 선생의 후반생이었었는데, 〈순공(巡公) 있는 일요일〉

후분(後分)명 사람의 한 평생을 초분(初分), 중분(中分), 후분(後分)의 셋으로 나눈 것의 끝부분. 곧 늙은 시절의 운수나 처지. ¶"그럼! 시집 장가 호강으루 가구서 후분 존 사람 별루 못 구경했으니!" 〈암소를 팔아서〉 ¶아, 진작 한 나이라도 젊어서 팔자를 고치는 게 아니라, 무슨 놈의 우난 후분을 바라고 있다가 끝끝내 고생을 하는지. 〈치숙(痴叔)〉

후원(後園)명 집 뒤에 훌륭하고 멋스러운 경치로 만들어 놓은 작은 동산이나 정원. ¶그는 성냥과 손칼을 참겨 가지고 집 후원으로 가서 무강나무 가지를 여남은 개나 골라 끊었다. 〈생명〉 ¶집 뒤 바루 중앙학교 후원으루 해서 조금만 가며는 삼청동이요, 푸울이 있겠다. 〈소망〉

후일담(後日譚)명 (어떤 사실과 관련하여) 그 후에 벌어진 경과에 대한 이야기. 뒷날 이야기. ¶유황 온천에서도 비누를 쓰느냐고 조롱을 받은 것은 후일담이고. 〈탁류⑫〉

¶ "불랍인지 악취민지…" "똥끼호떼의 후일담이라구 허는 게 좋겠군, 헴 헴. 옳아! 저 녀석 똥끼호떼…" 〈패배자의 무덤〉

후장(後場)명 증권 거래소 등에서 거래원이나 그 대리인이 오후에 모여 매매 거래를 하는 일. ¶ 시간은 오후 두 시반, 후장의 대판 시세 이절이 들어오고 나서요, 〈탁류①〉

후장요리쓰기(後場寄付)명 '오후 증권 시장의 첫 매매'의 일본어. ¶ 오늘 아침 '전장요리쓰끼(前場寄付)' 삼십 원 십이 전으로 장이 서 가지고는 '전장도메(前場止)' 홑 구 전, '후장요리쓰기(後場寄付)' 홑 칠이 이절에 가서 오 전이 더 떨어져 홑 이 전으로 되더니, 〈탁류④〉

후제(後-)명 뒷날의 어느 때. ¶ "허허허허." "후제도 내가 꾸매 주께 무엇이던지 갖다 주우 응?" "뭘…" 〈산동이〉 ¶ 내도 급하잖길래 후제 보자 했소. 속이 씨원하오? 〈탁류⑨〉

후환(後患)명 (어떤 일로 말미암아) 뒷날에 생기는 걱정이나 근심. ¶ 그저 기왕 죽는 길이니 후환마저 없으라고, 형보를 죽이고서 죽는다는 것뿐이다. 〈탁류⑯〉

후히(厚-)부 인심이 두텁게. 마음씀이나 태도 따위가 인색하지 않게 ¶ 식모나 심부름하는 아이년도 돈이며, 옷감이며, 다 후히 얻어먹는 게 있어, 〈탁류⑤〉

훈도(訓導)명 일제 강점기 보통학교의 교원. ¶ 교장이나 수석 훈도는 물론이요, 마침 얼굴 아는 계원이 있어서 부청까지 쫓아다니면서 얼마나 애를 썼는지 모릅니다. 〈홍보씨〉

훈련일기(訓戀日記)명 연애(戀愛)를 가르치는 일을 적은 기록. ¶ 노동 '훈련일기' 〈탁류⑰〉

훈수(訓手)명 남이 하는 일이나 놀이에서 좋은 수나 방법을 귀띔하여 알려 줌. ¶ 그러나 야속스런 훈수였었다. "자현? 자현을 하다니!…" 〈탁류⑲〉 ¶ 공교로이 양행이라는, 아내의 훈수다. 〈패배자의 무덤〉 ¶ 그러고는 재갸가 원 연구를 했던지 하다못해 다른 선생한테 훈수를 받아서라도, 하여 커나 약속한 대로 이튿날 떳떳이 대답을 들려주곤 했었다. 〈회(懷)〉

훈시(訓示)명 가르쳐 보이거나 타이름. ¶ 교무주임이나 되는 듯싶은 한 교원이 아이들이 집합한 앞으로 단 위에 올라서서 라우드 스피커를 통하여 인사 겸 일장의 훈시를 준다. 〈회(懷)〉

훈장업(訓長業)명 훈장 노릇을 하는 일. 글방의 선생 노릇을 하는 일. ¶ 영년의 훈장업을 영영 하직하고, 이내 본집으로 물러가, 〈순공(巡公) 있는 일요일〉

훈장질(訓長-)명 훈장 노릇을 하는 일. 글방의 선생 노릇을 하는 일. 학생을 가르치는 일을 속되게 이르는 말. ¶ 게다가 중년 이후로는 올해 나이 근 육십이니 이십 년 가까이 남의 집 훈장질을 하느라고 시방도 삼십여 리 상거의 인읍에 나가 학장 노릇을 하고 있으면서. 〈용동댁〉

훌러덩부 훌렁. (옷 등을) 가볍게 벗는 모양. 옷 등을 남김없이 벗는 모양. ¶ 태수는 방으로 들어서면서 우선 양복 웃저고리를 훌러덩 벗어 들고 휘휘 둘러보다가…. 〈탁류⑨〉

훌러덩훌러덩부 훌렁. (옷 등을) 가볍게 벗는 모양. 옷 등을 남김없이 벗는 모양.

¶하녀가 차를 따르는 동안 제호는 양복을 훌러덩훌러덩 벗어 던지면서 유까다를 갈아 입는다. 〈탁류⑫〉 ¶방으로 들어서기가 바쁘게 봉수는 노오랑 초립과 빨강 두루마기를 훌러덩훌러덩 벗어 내던진다. 〈두 순정〉

훌트려쥐다동 (여기저기 흩어진 것을) 마구 모아서 쥐다. ¶총을 훌트려쥔 그는 장독으로 고롱거리는 60객 답지않게 불끈 기운을 내어, 〈태평천하④〉

훌훌부 가볍게 날 듯이 뛰거나 움직이는 모양. ¶이렇게 상의를 한다면 정 주사는 마구 훌훌 뛸 것이었다. 〈탁류⑦〉

훌훌히부 행동이 거침없고 시원스럽게. ¶막내네 어머니도 분명 친정에서 누가 왔다가 훌훌히 떠나매 그래 섭섭해서 그러는 줄 짐작한 것이다. 〈보리방아〉

훑어 잡다동 훑어서 붙잡거나 손에 쥐다. ¶그런데 먹을 것이 없어서 주린 배를 훑어 잡고 죽음을 기다리다니? 조선에서 해마다 몇 백만 석의 쌀이 외국으로 나가지 아니하는가. 〈생명의 유희〉

훑으려잡다동 훑어잡다. ¶두부 장수는 종태의 손목을 당시랗게 훑으려잡고 도둑놈의 자식이니 오랄 질 놈의 자식이니 걸찍하게 욕을 한바탕 퍼붓는다. 〈명일〉

훑으려쥐다동 이것저것 가리지 않고 닥치는대로 마구 쥐다. ¶태수는 정 주사의 멱살을 잡은 애송이의 팔목을, 말하는 말조보다는 우악스럽게 훑으려 쥔다. 〈탁류①〉

훔치다동 걸레, 행주 따위로 깨끗이 씻어내다. 물기 따위를 말끔하게 닦아 내다. ¶형보는 식모가 들어와서 밥자리를 훔치고 밥상을 들어내 가기가 바쁘게…. 〈탁류⑯〉

훤치르르하다형 훤칠하다. 막힘없이 깨끗하고도 시원스럽다. ¶그가 의사가 되어 가지고 돈도 많이 벌고, 의표도 훤치르르하고, 이렇게 환골탈태해서 척 정 주사의 눈앞에 현신을 한다면, 〈탁류⑦〉

훤치르하다형 훤칠하다. 막힘없이 깨끗하고도 시원스럽다. ¶겉으로 옷이나 잘 입고 훤치르해 보이는 여자들이며 기생들이며의 말라빠진 몸뚱이나 앙상한 얼굴을 많이 보아나느라니까, 〈빈(貧)… 제1장 제2과〉

훤화(萱譁)명 지껄이고 떠듦. 시끄럽게 떠드는 소리. ¶입에다 나발통을 대고 악을 쓰며 외치는 역부들의 떠드는 소리… 플랫포옴 앞에 그득히 들어선 검은 기차 옆에 모여 서서 긴장이 되어 훤화와 혼잡을 이루는 광경은, 〈세 길로〉 ¶정거장의 성가신 혼잡과 훤화를 털어 버리고 차가 달리기 시작하자, 〈탁류⑫〉

훨훨부 날짐승이 높이 떠서 느릿느릿 날개를 치며 시원스럽게 나는 모양. ¶어디로 갈까? 사방으로 훨훨 돌아다니며 쇼윈도우도 굽어다 보고 은행으로 가서 아는 친구에게 담배도 얻어 피우고 여학생 얼굴 구경도 하고 싶었으나 자기의 꼴새를 생각하고는 발길을 동편으로 돌려 동관에 있는 M이라는 잡지사로 향하여 갔다. 〈앙탈〉

휑뎅그렁하다형 넓은 곳에, 차지하고 있는 물건이 적어 몹시 허전하다. ¶집이라고 돌아는 왔으나, 휑뎅그렁하니 붙일성이 없다. 〈탁류⑪〉

휘갈리다동 휘갈기다. 휘둘러 갈기다. ¶

한 발이 넘게 달필의 붓글씨로 휘갈린 사연이 우습기도 하고 솔직하기도 하나, 결국 함축 있는 반박이었었다. 〈패배자의 무덤〉

휘다동 휘어잡다. 통제하여 손아귀에 넣다. ¶그는 현대적인 지혜를 실한 신경으로 휘고 삭이고 해서 총명을 길러 간다. 〈탁류⑰〉

휘달리다동 정신을 차릴 수 없을 정도로 몹시 시달리다. ¶제호는 성화하듯 만류를 하면서, 비바람 함빡 맞고 휘달린 꽃같이 초췌한 초봉이의 얼굴을 물끄러미 건너다본다. 〈탁류〉

휘둘리다동 '휘두르다'의 피동형. 휘두름을 당하다. 정신을 차릴 수 없도록 얼을 빼놓다. 정신을 차릴 수 없을 정도로 얼떨떨하다. ¶휘둘리는 정 주사의 머리에서, 필경 낡은 맥고모자가 건뜻 떨어져 마침 부는 바람에 길바닥을 데구루루 굴러간다. 〈탁류⑬〉 ¶와락 잡아 낚으는데 종수는 허깨비같이 휘둘리면서도. 〈쑥국새〉

휘딱부 후딱. 빨리 날쌔게 행동하는 모양. ¶"내가 이렇게 자꾸만 피로를 회복 못한 채 생리를 소모만 시키다가는 얼른 휘딱 늙어 버릴 테니, 당신은 손실 아니요?" 〈순공(巡公) 있는 일요일〉

휘뚝휘뚝하다동 넘어질 듯 넘어질 듯하며 흔들리다. ¶윤 직원 영감은 옹색한 좌판에서 가까스로 뒤를 쳐들고, 자칫하면 넘어박힐 듯싶게 휘뚝휘둑하는 인력거에서 내려오자니 여간만 옹색하고 조심이 되는 게 아닙니다. 〈태평천하①〉

휘어 나가다동 '휘어잡다'의 뜻. 손아귀에 넣고 부리다. 통제하여 손아귀에 넣다. ¶약관에는 벌써 그의 선친을 도와 가며 그 큰 살림을 곧잘 휘어 나갔읍니다. 〈태평천하④〉

휘어붙이다동 '거머잡다'의 뜻. ¶대단히 이퉁이 세어 한 번 코를 휘어붙이며 지렛대로 떠 곤질러도 꿈쩍을 않고, 〈태평천하⑤〉

휘어지르르하다형 어질어질하다. 현기가 나서 자꾸 어지럽다. ¶범수는 머리가 휘어지르르해서 쓰러지겠는 것을 한 손으로 전신주를 붙잡고 겨우 몸을 지탱했다. 〈명일〉

휘엿이[1]부 휘영청. 매우 환하게 밝은 모양. ¶그럭저럭 날이 휘엿이 밝아서야 잠깐 눈을 붙였다. 〈탁류⑪〉

휘엿이[2]부 훤하게. 약간 흐릿하고 밝게. ¶밤은 대전역 그 근처서부터 휘엿이 벌써 동이 트더니. 〈반점〉

휘이부 휘. 사방을 대강 둘러보는 모양. ¶관수는, 그렇다고 심상하게 대답하면서 함지박을 넣어 어깨에 걸멘 구럭과 또 한 손에 들고 온 괭이를 놓고 휘이 더워한다. 〈정자나무 있는 삽화〉

휘적휘적부 휘적거리는 모양. 걸을 때에 두 팔을 잇달아 몹시 휘젓는 모양. ¶경순이 앉았는 곳으로 휘적휘적 발걸음을 옮겨 놓는다. 〈패배자의 무덤〉

휘지근하다형 몹시 지쳐서 기운이 없다. ¶그는 벌떡 일어나서 수건을 집어 들고 방문을 열었다. 저신이 좀 휘지근했다. 그러나 무엇보다 먹겠다는 욕망에 힘을 얻어 안으로 들어갔다. 〈생명의 유희〉

휘청휘청부 (걸음을 걸을 때) 다리에 힘이 없어 몸을 똑바로 가누지 못하고 좌우로 자꾸 빛나가는 모양. ¶“각설이라 이 때에…” 하고 양금채 같은 목으로 휘청휘청 멋들어지게 고저와 장단을 맞춰 가면서…. 〈태평천하⑪〉

휘황(輝煌)하다[형] ‘휘황찬란하다’의 준말. 광채가 빛나서 눈이 부시게 환하다. ¶한 말로 그저 좋다고 하기에는 너무도 휘황하고 번화스런 광경이다. 〈탁류⑩〉

휘휘[부] 이러저리 둘러보는 모양. ¶“어데로 갈까?” 하고 K가 휘휘 둘러본다. 〈창백한 얼굴들〉 ¶미럭쇠는 잡아먹을 듯 험한 얼굴을 휘휘 두르다가 토방으로 우르르, 절굿공이를 집어 들고 납순이게로 달려든다. 〈쑥국새〉 ¶골치가 지끈지끈 현훈증이 나고 금방 쓰러질 듯 휘휘 몸이 휘둘린다. 〈상경반절기〉

휘휘휘[부] 이리저리 둘러보는 모양. 자꾸 이리저리 둘러보거나 살펴보는 모양. ¶한 사십 명이나, 모두 고개를 되들고 앉아 선생의 입을 올려다보는 아이들을 휘휘휘 한 번 둘러보고는 다시. 〈이런 남매〉

휴매니즘(humanism)[명] →휴머니즘. ¶그러면서도 딸 너는 시집을 갔으면 하고 바래신단다, 우리 어머니 휴매니즘이야, 하고 꺼얼껄 웃었다. 〈패배자의 무덤〉

휴머니즘(humanism)[명] 인도주의(人道主義). 사람으로서 지켜야 할 도리를 이상으로 하는 윤리관. 인류 전체의 복지 실현을 목적으로 하고 인간애를 근본으로 하는 처지. 따라서 비인간적인 것, 이를테면 잔악한 행위 같은 것을 배척함. ¶그렇기 때문에 소박한(타고난) 휴머니즘밖에 없는 시방의 승재의 지금의 결론은 절망적이다. 〈탁류⑮〉

흉[명] 남에게 비난을 받을 만한 점. 비웃을 만한 거리. 허물. ¶이 눈으로 해서 승재의 그 아무렇게나 생긴 얼굴이 흉을 가리고 남는다. 〈탁류②〉

흉계(凶計)[명] 음흉한 꾀. 흉악한 꾀. ¶오늘 저녁에 나를 따돌리려고 꾸며낸 흉계가 아닌가 하는 생각이 뒤미처 들었다. 〈탁류⑩〉

흉맹(凶猛)스럽다[형] 흉악하고 사납다. ¶얼마쯤이나 흉맹스러웠을 것은 족히 짐작을 할 수가 있을 것입니다. 〈흥보씨〉

흉아작[명] 흉. 흉보는 짓. 남에게 비웃음을 받을 만한 잘못된 점. ¶서로 주거니받거니 주인네 흉아작을 한바탕 늘어놓는 동안에 중학다리 개천가의 유모네 집 무 앞에 당도했다. 〈빈(貧)… 제1장 제2과〉 ¶남의 집 드난살이나 행랑 사람들이란 개개 저희들끼리 모여 서서 잡담과 주인네 흉아작을 하는 걸로 낙을 삼고 지내고, 〈탁류〉

흉중(胸中)[1][명] 가슴속. 또는 마음속. ¶K 사장은 P가 이미 더 조르지 아니하리라고 안심한지라 먼저 하품 섞어 ‘빈 자리가 있어야지’ 하던 시원찮은 태도는 버리고 그가 늘 흉중에 묻어 두었다가 청년들에게 한바탕씩 해 들려주는 훈화를 꺼낸다. 〈레디 메이드 인생〉

흉중(胸中)[2][명] 마음에 두고 있는 생각. ¶“허기사 이 사람아! …” 윤 직원 영감은 마침내 까놓고 흉중을 설파합니다. 〈태평천하⑧〉

흉(凶)하다[형] 보기에 언짢거나 징그럽다. ¶그런 걸 글쎄 몇 번 말해도 흉한 소리 말라고 듣질 않는 걸 어떡하나요. 〈치숙(痴叔)〉

흉한(兇漢)하다㊍ 거칠고 흉악한 짓을 하다. 몹시 흉악하고 사나운 행동을 하다. ¶그리하여 그들은 마침내, 뭘 사람을 궂히고서 삼 년이나 전중이를 산 흉한한 놈이니, 그렇기도 할 테지야고. 〈정자나무 있는 삽화〉

흉허물㊂ 서로 흉이나 허물이 될 만한 일. ¶하기야 분가를 했어도 그들은 어린 적의 흉허물 없던 그 버릇 그대로 아무 때고 방이며 마루에 올라와서. 〈용동댁〉

흉(凶)헙다㊎ (말이나 행동이) 불쾌할 정도로 흉하다. 꽤 흉하다. ¶굵다랗게 불거진 두 눈동자는 부옇게 백태가 덮인데다가 붉은 발까지 섞여 흉헙다 못해 무섭기까지 했다. 〈얼어죽은 모나리자〉 ¶계봉이는 태수의 얼굴은 알아볼 수 있으나, 형보를 보고, 저건 어디서 저런 흉허운 게 있는가, 또 태수가 웬 기생을 데리고 다니니 필경 부랑자이기 쉽겠다 하여, 〈탁류⑨〉

흐느적흐느적㊏ (가늘고 긴 나뭇가지나 얇고 가벼운 물건 따위가) 잇달아 부드럽고 느리게 움직이는 모양. ¶장손이가 빈 지게에다 빈 옹퉁이와 쇠스랑을 얹어서 지고 흐느적흐느적 그 옆길로 걸어오고 있다. 〈암소를 팔아서〉 ¶이 조그마한 폭군에게 대해서 아무런 적개심도 가질 줄 모르고 그냥 돈 이십 전만 손에 쥔 채 돌아서 흐느적흐느적 대문간으로 나간다. 〈빈(貧)… 제1장 제2과〉 ¶미럭쇠는 내밸으면서 흐느적흐느적 걸어간다. 〈쑥국새〉

흐무지다㊎ 마음이 흡족하여 불만이 없다. 몹시 흐뭇하다. ¶초봉이는 흐무진 것 같기도 해도, 어수선해서 무엇이 무엇인지 속을 알 수가 없었다. 〈탁류②〉

흐물흐물[1]㊏ 흐늘거리는 태도로 남을 자꾸 성가시게 하는 모양. ¶윤 직원 영감은 어느결에 다시 집어 문 담뱃대 빨부리로 침이 지르르 흘러내리는 것도 모르고, 흐물흐물 춘심이를 올려다봅니다. 몸이 자꾸만 뒤틀립니다. 〈태평천하⑩〉

흐물흐물[2]㊏ 아주 기뻐하거나 흡족해 하는 모양. ¶정 주사는 시방 속으로는 희한하고도 굴져서 입 저절로 흐물흐물 못 견딜 지경이다. 〈탁류⑦〉 ¶주인 노파가 좋아라고 흐물흐물 웃으면서 쪼르르 옆으로 쫓아온다. 〈모색〉

흐뭇지다㊎ 흐무러지다. 아주 물러지거나 물크러지다. ¶오목가슴이 발딱거리지만 않으면 죽었는가 싶게 산 기운이 없어보이는 어린 것의 입에다가 흐뭇진 젖퉁이의 젖꼭지를 물려 주면서 애꿎게 남편을 칭원하는 것이다. 〈빈(貧)… 제1장 제2과〉

흐벅지다[1]㊎ 탐스럽게 두툼하고 부드럽다. ¶장손네가 부뚜막에 꾸부리고 서서 밥을 푼다. 입쌀과 좁쌀이 반반씩이요 깜장 굵은 콩이 다문다문 섞인 밥이다. 그런 밥을 푸되, 한바탕 흐벅지게 푼다. 〈암소를 팔아서〉 ¶팔다리도 거기 알맞게 몽실몽실, 그리고 소담스런 젖가슴과 푸짐한 방둥이가 모두 흐벅지다. 〈빈(貧)… 제1장 제2과〉 ¶그런데 미상불 그러한 집 자제로 그러한 사람임직하게, 그의 노는 본새도 흐벅지고, 돈 아까운 줄은 모르는 것 같았다. 〈탁류④〉

흐벅지다[2]㊎ 더할 나위 없이 흐뭇하고 푸지다. ¶이렇듯 세상이 다른 방면에 있어서 치른 흐벅진 변화와 진보를 한편으로 생각한다면. 〈회(懷)〉

흐트리다㊍ '(웃음을) 짓다', '(웃음을) 나타내다'의 뜻. ¶그는 대문 문턱을 넘어서기가 바쁘게 초봉이를 부르면서 얼굴에는 웃음이 하나 가득 흐트린다. 〈탁류⑩〉

흑흑거리다㊍ 설움이 북받쳐 자꾸 흐느껴 우는 소리를 내다. ¶옥섬이는 대답이 없고 느껴 흑흑거리는 소리만 가늘게 들렸다. 〈산동이〉

흔감(欣感)㊐ →흥감. 기쁘게 느껴 감동함. ¶정 주사는 좋기는 하면서도 어색해서 어물어물하고, 김 씨는 들입다 흔감을 …. 〈탁류①〉

흔감떨이㊐ →흥감떨이. 실지보다 지나치게 늘려 떠벌리는 짓. ¶승재는 주인 여자의 흔감떨이에 낯이 점직해 어쩔 줄 몰라 하면서, 〈탁류⑮〉

흔감(欣感)스럽다㊌ →흥감스럽다. 기쁘게 여기어 감동하는 마음이 있게 하다. 재미있거나 신나는 느낌이 있게 하다. ¶행화는 초봉이의 손목이라도 잡을 듯이 흔감스럽게, "아이고! 오래간만이오!" 하면서 초봉이의 숙인 얼굴을 들여다본다. 〈탁류⑨〉 ¶그럴수록이 더욱 잘 건사를 물어야 할 판이어서, 흔감스럽게 말을 받아넘깁니다. 〈태평천하⑧〉 ¶관수한테도 딱 마주치면 할 수 없이 흔감스럽게 하기를 잊지 않는다. 〈정자나무 있는 삽화〉

흔연(欣然)하다㊌ 기쁘거나 반가워 기분이 좋다. ¶갑쇠는 섬뻑 달라졌던 기색을 고쳐 흔연한 낯으로 관수를 올려다보면서 고기 잡으러 가느냐고, 인사 삼아 묻는다. 〈정자나무 있는 삽화〉

흔연히(欣然-)㊏ 기쁘거나 반가워서 기분이 좋게. 마음에 흐뭇해 하는 모습으로. ¶병조가 하는 말에는 각별히 조심을 더하고 마주칠 때나 지나칠 때면 마치 마음속에 자기를 해하려는 사람의 눈치를 짐작한 사람이 저편을 경계하며 몸을 사리는 것같이도 보이고 또 어떻게 보면 몹시 불쾌한 반감을 가지고 마지 못하여 흔연히 대어를 하는 것 같이도 보였다. 〈병조와 영복이〉 ¶그러나 그렇다고 우두커니 서서 멀뚱멀뚱 보기만 할 수도 없는 노릇이라 정 씨는 곧 흔연히 손님을 맞이하였다. 〈보리방아〉 ¶승재는 별 말 안하고 어서 데리고 가라고 흔연히 대답을 한다. 〈탁류⑥〉 ¶몰라 또, 말은 그렇게 흔연히 하고 갔어도 보내기는 웬걸 보낼라구? 〈태평천하⑩〉

흘게㊐ 고동, 매듭, 사복, 사개 등을 단단하게 죈 정도나 무엇을 맞추어서 짠 자리. ¶그래 이 서방은 청을 돋우어서 주문 한 대문을 좍 내려 외우는데 등 뒤에서는 여전히 움직이지 아니합니다. 이 서방은 좁 흘게가 풀리는 것 같았읍니다. 〈소복 입은 영혼〉 ¶더구나 남자도 학자란 건 사람이 흘게가 빠지지 않으면 성미가 괴팍해서 못쓰는 법인데. 〈모색〉

흘금흘금㊏ 흘끔. 남의 눈치를 살피려고 곁눈으로 슬쩍 돌려 보는 모양. ¶그 사내는 그 중학생의 등을 턱 치며 허겁스러운 능라주 사투리로 "음마, 중학생이 담배 막 묵네요…" 라고 누구더러 들으라는 듯이 일부러 소리를 높여 말을 하고, 그 중학생은 미소하며 물끄러미 바라보는 곁눈으로는 흘금흘금 그 여학생을 건너다보았다. 〈세 길로〉

흘기다㊍ (언짢거나 미울 때 눈알을) 옆으

로 돌려 노려보다. ¶서방님은 눈을 흘기듯이 뻔하고 바라보더니. 〈생명〉

흘깃흘깃㉮ 눈동자를 가볍게 굴려 자꾸 쳐다보는 모양. ¶기가 막혀 말이 안 나오는 듯이 눈만 흘깃흘깃 연신 고갯짓을 한다. 〈탁류⑮〉

흘끔㉮ 남의 눈치를 살피려고 곁눈으로 슬쩍 돌려 보는 모양. ¶옆으로 가 앉으며 곁눈으로 그 여학생을 흘끔 건너다보았다. 〈세 길로〉

흘끔흘끔㉮ '흘금흘금'의 센말. 눈동자를 옆으로 돌려 노려보는 모양. ¶뒤처져 나오던 동무들이 흘끔흘끔 나의 낯선 동행을 돌아본다. 〈농민의 회계보고〉

흙고물㉯ 고물처럼 부드러운 흙. ¶봉분의 보송보송한 흙바닥에 가 나동그라진 응쥐는 온몸에 흙고물칠을 해 가지고 이리 틀고 저리 틀고 발광을 한다. 〈정자나무 있는 삽화〉

흙내㉯ 흙의 냄새. ¶초봉이는 이 흙내 씽씽하고, 뗏장 꺼칠한 무덤을 남기고 내려오다가 그래도 끌리듯 뒤를 돌려다보고는 새로운 눈물을 잠잠히 흘리고 섰다. 〈탁류⑪〉

흠망하다㉰ 흠선하다(欽羨~). 우러러 공경하고 부러워하다. ¶흔들리기 쉬운 젊은 여자로서 극단으로 생활이 어려울 때에 그의 마음은 자연히 허영을 흠망하게 되며 이 허영을 낚아 들이는 전문 업자가 눈에는 보이지 아니하나. 〈병조와 영복이〉

흠모(欽慕)㉯ 공경하며 사모하는 것. 인격을 존경하며 우러러 따르는 것. ¶그러고 보니 상하와 인근의 칭찬이며 흠모는 말할 것도 없고 아버지 김 판서의 애지중지하는 사랑은 천하의 보물을 귀하고 중히 여기는 것에 비길 바가 아니었읍니다. 〈소복 입은 영혼〉

흠선(欽羨)을 떨다『관용』 우러러 공경하고 부러워하다. ¶간호부가 칭찬인지 건사를 무는지, 연신 흠선을 떨면서, "… 아주 여승 어머니랍니다! 어머니 화상을 그냥 그대로 그려논 걸요!" 〈탁류⑬〉

흠선(欽羨)을 피우다『관용』 우러러 공경하고 부러워하다. ¶선뜻 흠선을 피우면서, 마침 윤 직원 영감이 발이나 넘는 장죽에 담배를 재어 무니까, 냉큼 성냥을 그어댑니다. 〈태평천하⑦〉

흠선(欽羨)하다㉰ 우러러 공경하고 부러워하다. ¶형보는 말끝을 더 기다리지 않고 이어 흠선하게, 〈탁류⑭〉

흠선히(欽羨-)㉮ 우러러 공경하고 부러워하며. ¶주인은 이 서방을 보더니 반겨하면서 일 년 동안 적조한 인사를 지나는 말이겠지만 흠선히 늘어놓고는 손님을 객실로 인도하려고 하지 아니하고, 〈소복 입은 영혼〉 ¶그러나 영영 못 내겠다고 하면 집을 비워 달라고 할 판이라고 곧 무슨 수가 생길 듯이 대답만은 흠선히 해 두는 것이다. 〈명일〉

흠씬㉮ 한도에 한껏 차고도 남도록 아주 넉넉히. 정도가 다 하고도 남을 만큼 흡족하게. ¶오목이를 만났을 때에는 장가를 들어 평생 같이 살기라도 하고 싶게까지 흠씬 마음에 들었었다. 〈얼어죽은 모나리자〉 ¶또 모찌떡도 먹고 싶은 대로 흠씬 사 줄 것, 〈어머니를 찾아서〉

흠집㉯ 흠이 있는 곳. 탈을 잡을 만한 자리. ¶히지만 소위 첫사랑의 사취라면 마

치 어려서 치른 마마 자국 같아 좀처럼 가시질 않는 흠집이다. 〈탁류⑰〉

흠칠하다㊐ 흠칫하다. 갑자기 놀라거나 겁이 나서 어깨나 목을 반사적으로 움츠리다. ¶“여보세요? 여보세요, 학생?” 부르는 소리에 방금 댓 걸음밖에 안 간 여드름바가지는 흠칠하고 그대로 멈춰 선다. 〈탁류⑯〉

흠칫하다㊐ 갑자기 놀라거나 겁이 나서 어깨나 목을 반사적으로 움츠리다. ¶승재는 그러한 장면을 연상하느라고 잠시 우두커니 앉아 있다가 어깨를 흠칫하면서 도로 철필을 놀린다. 〈탁류⑧〉

흠탁하다㊗ 흠쾌하다. 기쁘고 상쾌하다. ¶그의 외양과 들여미는 소담스런 이바지에 그만 흠탁해서 여태까지 유념해 두고 지내던 승재는 미처 생각할 겨를도 없이…. 〈탁류⑦〉

흠탄(欽歎)하다㊗ 아름다움을 감탄하여 칭찬하다. ¶방긋이 웃는 입을 보고서 태수는 그만 엎으러지게 흠탄했다. 〈탁류⑤〉

흡뜨다㊐ 눈알을 위로 굴리고 눈시울을 위로 치뜨다. ¶먹곰보네는 그제서야 놀란 눈을 흡뜨고, “아이구머니 이것이 죽었나베!” 하면서 당황히 서둔다. 〈탁류⑥〉

흡사(恰似)㊕ 마치. 꼭. ¶흡사 부룩송아지 같기는 했읍니다. 〈어머니를 찾아서〉

흡사히(恰似-)㊕ 마치. 꼭. ¶그다지 즐거움도 모르겠고 흡사히 남의 집에 온 것 같아 하루바삐 시집으로 돌아가고 싶은 생각이. 〈두 순정〉

흡씬㊕ 실컷. 한껏. 마음껏. ¶내 정 주사를 뵈믄 추앙을 좀, 그리찮어두 흡씬 해드릴려던 참이랍니다! 〈탁류①〉

흥그롭다㊗ 마음에 여유에 있고 흥겹다. ¶이번에는 현 서방에게 있어서 대단히 흥그로운 유혹입니다. 〈흥보씨〉

흥떵거리다㊐ 흥청거리다. 흥에 겨워서 마음껏 거만스럽게 잘난 체하며 버릇없이 굴다. ¶그도 저도 아니면 흥떵거리고 놀면서 지낸다든지. 〈모색〉 ¶한갓 그저 우난 볼일도 없으면서 흥떵거리며 번다히 오르내리잘 며리가 없는 노릇이라. 〈상경반절기〉

흥뚱항뚱㊕ 어떤 일에 정성이 없거나 마음이 안착되지 않아 들떠 어름어름 지내는 모양. 일에 정신을 온전히 쏟지 않고 꾀를 부리며 들떠 있는 모양. ¶동네 안노인이 아이를 업고 흥뚱항뚱 가게 앞으로 오더니 한다는 소리가 남 속상하게, “북엔 없나보군.” 하면서 끼웃이 들여다본다. 〈탁류⑮〉

흥신록(興信錄)㊔ 개인 또는 법인(法人)의 거래상의 신용 정도를 분명히 하기 위하여 재산, 영업 상황을 적은 문서. ¶윤 직원 영감은 허리에 찬 풍안집에서 풍안을 꺼내더니, 그걸 코허리에다가 처억 걸치고는, 그 육중한 자가용 흥신록을 뒤적거립니다. 〈태평천하⑦〉

채만식 연보 (1902 ~ 1950)…

1902 6월 17일, 전북 옥구군 임피면 취산리 31번지에서 채규섭과 조우섭의 6남매 중 5남으로 출생. 호는 백릉(白菱)·채옹(采翁).

1910 임피보통학교 입학.

1914 임피보통학교 졸업. 이후 진학할 때까지 집에서 한문 수학.

1918 상경, 중앙고등보통학교 입학.

1920 4월, 은홍선과 결혼.

1922 중앙고등보통학교 졸업. 일본으로 건너가 도쿄 와세다 대학 부속 고등학원 입학.

1923 관동대지진으로 귀국. 가정 사정으로 수학을 포기함. 첫 작품 〈과도기(過渡期)〉 탈고.

1924 강화의 사립 학교 교원으로 취직. 단편 〈세 길로〉가 소설가 이광수에 의하여 문예지 《조선문단》에 추천됨. 장남 무열 출생.

1925 동아일보사 입사. 단편 〈불효자식〉, 《조선문단》에 발표.

1926 동아일보사 사직.

1927 희곡 〈가죽버선〉 탈고.

1928 차남 주열 출생. 단편 〈생명의 유희(遊戲)〉 탈고.

1929 단편 〈산적〉, 문예지 《별건곤(別乾坤)》에 발표.

1930 〈그 뒤로〉, 〈병조와 영복이〉, 〈앙탈〉, 〈산동(山童)이〉 등의 단편과 〈밥〉, 〈낙일〉, 〈농촌 스케치〉등의 희곡을 발표함.

1931 개벽사에 입사. 〈간도행(間島行)〉, 〈시님과 새장사〉, 〈조고만한 기업가〉 등의 작품을 발표, 촌극과 대화 소설 등을 시도함. 〈사리지는 그림자〉, 〈산동(山童)이〉, 〈화물자동차〉 등의 작품 해석과 관련하여 평론가 함일돈과

논쟁, 평론문을 쓰기 시작하여 〈평론가에 대한 작가의 불복〉, 〈문단소어(小語)〉 등을 발표.

1932 〈부촌(富村)〉, 〈농민의 회계보고〉 등 농촌 소재의 소설 발표. 동반자 작가와 프롤레타리아 문학을 문제로 평론가 이갑기와 논쟁.

1933 장편 《인형의 집을 나와서》를 조선일보에 연재. 단편 〈팔려간 몸〉 발표. 개벽사 사직하고 조선일보사로 옮김.

1934 중편 〈레디 메이드 인생〉, 희곡 〈영웅모집〉, 〈인테리와 빈대떡〉 발표, 늑간 신경통 발병. 이후 숙질(宿疾)이 됨.

1935 평론 〈문학과 범재(凡才)〉, 〈나의 무력한 펜 한 개〉, 수필 〈단장 수삼제(斷章數三題)〉 발표. 외부 상황의 악화로 인해 의식적으로 창작을 중단한 채 침묵함.

1936 오랜 하숙 생활을 끝내고 김씨영과 새로운 삶을 시작. 조선일보사를 퇴사하고 개성으로 이사함. 2년여의 침묵 끝에 〈보리방아〉를 조선일보에 연재했으나 검열로 중단. 이후 중편 〈명일(明日)〉을 발표, 문학적 재출발을 시도함.

1937 중편 〈정거장 근처〉, 단편 〈생명〉, 〈얼어죽은 모나리자〉 등 발표. 장편 《탁류(濁流)》, 조선일보에 연재 시작. 희곡 〈제향날〉, 수필 〈박연행희화(朴淵行戲畵)〉 등 발표.

1938 장편 《천하태평춘(天下太平春)》, 《조광(朝光)》에 연재. 〈치숙(痴叔)〉, 〈소망(少妄)〉 등 풍자적인 작품 발표. 그 밖에 〈쑥국새〉, 〈용동댁(龍洞宅)의 경우〉, 〈이런 처지〉, 〈동화(童話)〉 등을 발표하여 활발한 창작 활동을 보임. 불온사상 혐의로 일경에 피검, 상당 기간 구치당한 후 풀려남.

1939 《탁류(濁流)》, 《채만식 단편집》 출간. 장편 《금(金)의 정열》, 매일신보에 연재. 단편 〈흥보씨(興甫氏)〉, 〈모색(摸索)〉, 〈이런 남매〉, 〈패배자의 무덤〉 등 발표. 〈자작안내(自作案內)〉, 〈모방에서 창조로〉, 〈내 작품을 해부함〉 등 평론문 발표.

1940 개성에서 안양 양지촌으로 이사. 장편 《태평천하(太平天下)》 출간. 중편 〈냉동어(冷凍魚)〉, 단편 〈회(懷)〉, 〈순공(巡公) 있는 일요일〉, 희곡 〈당랑

(螳螂)의 전설〉 등 발표. 수필 〈안양복거기(安養卜居記)〉, 〈남행기(南行記)〉, 평론 〈창작계에의 제언〉, 〈문예시평〉 등 발표.

1941 장편 《탁류(濁流)》 재판 발행. (6월 27일자로 총독부에게 3판 금지 처분 받음). 장편 《금(金)의 정열》 출간. 단편 〈근일(近日)〉, 〈집〉, 〈사호일단(四號一段)〉, 〈병(病)이 낫거든〉 발표.

1942 장편 《아름다운 새벽》, 매일신보에 연재. 단편 〈향수〉, 〈삽화〉 발표. 3남 병훈 출생.

1943 황해도 일원에서 시국 강연. 소설가 이무영 등과 만주 시찰. 장편 《어머니》를 《조광(朝光)》에 연재 중 검열로 중단. 기행문 〈간도행(間島行)〉 외 친체제적인 논설 발표. 단편집 〈집〉, 장편 〈배비장(裵裨將)〉 간행. 안양에서 광장리로 이사.

1944 장편 《여인전기(女人戰記)》 매일신보에 연재. 단편 〈선량하고 싶던 날〉, 〈실(實)의 공(功)〉 탈고. 딸 영실 출생.

1945 부친 별세. 장남 무열 병사. 고향으로 돌아가 거기서 해방을 맞음. 해방 후 서울 서대문 충정로로 이사.

1946 단편집 《제향날》 출간, 단편 〈맹순사(孟巡査)〉, 〈역로(歷路)〉, 〈미스터 방(方)〉, 〈논 이야기〉 등 발표. 향리 임피로 다시 낙향.

1947 모친 별세. 4남 영훈 출생. 장편 《아름다운 새벽》 출간. 이리시 (현재 전라북도 익산시) 고현동으로 이사.

1948 장편 《옥랑사(玉娘祠)》 탈고. 단편 〈도야지〉, 중편 〈민족의 죄인〉 발표.

1949 단편집 〈잘난 사람들〉 출간. 《탁류(濁流)》 3판 출간. 이리시 주현동으로 이사. 단편 〈역사(歷史)〉 발표. 중편 〈소년은 자란다〉 탈고.

1950 이리시 마동으로 이사. 6월 11일 49세를 일기로 지병인 노후성 폐환으로 사망. 전북 옥구군 임피면 계남리 선산에 안장됨. 미완성 단편 〈소〉를 남김.